CUNEI
F●RM
铸 刻 文 化

徐英瑾，1978年生，上海人。

复旦大学哲学学院教授，专业为英美分析哲学与人工智能哲学。业余爱好中外各国历史。著有《用得上的哲学：破解日常难题的99种思考方法》（上海三联书店，2021年）与《人工智能哲学十五讲》（北京大学出版社，2021年）等。

独家签约于帆书APP（原樊登读书）"非凡精读馆"，作为主讲人解读50多本哲学、人文历史类书籍。在看理想APP有音频课程"暧昧：给日本脑洞一个哲学解释""用得上的哲学""哲学家的十种生活提案"等。活跃于抖音、小红书、哔哩哔哩等视频网站（账号：徐英瑾文史哲），2022年在哔哩哔哩视频网站上线课程"认知世界的20个哲学命题"。

徐英瑾
——著

三国前传之
孙坚匡汉

广西师范大学出版社
·桂林·

坚：三国前传之孙坚匡汉
JIAN：SANGUO QIANZHUAN ZHI SUNJIAN KUANG HAN

封面题签：黄华侨
责任编辑：张玉琴　韩亚平
特约编辑：陈凌云　李栋
设计制作：Titivillus　刘一芸

图书在版编目(CIP)数据

坚：三国前传之孙坚匡汉：全五卷 / 徐英瑾著
. -- 桂林：广西师范大学出版社, 2023.4
ISBN 978-7-5598-5916-7

Ⅰ.①坚… Ⅱ.①徐… Ⅲ.①长篇历史小说—中国—当代 Ⅳ.①I247.5

中国国家版本馆CIP数据核字(2023)第051685号

广西师范大学出版社出版发行
　广西桂林市五里店路9号　邮政编码：541004
　　网址：www.bbtpress.com
出版人：黄轩庄
全国新华书店经销
发行热线：010-64284815
山东临沂新华印刷物流集团有限责任公司印刷
　山东临沂高新技术产业开发工业北路东段　邮政编码：276017
开本：850mm×1092mm　1/32
印张：53.375　字数：1070千字　图：29幅
2023年4月第1版　2023年4月第1次印刷
审图号：GS（2023）560号
定价：198.00元（全五卷）

如发现印装质量问题，影响阅读，请与出版社发行部门联系调换。

前　言

众所周知,《三国演义》不仅仅是中国传统历史章回小说的最重要代表,在泛东亚文化圈(特别是在日、韩)也有很高的人气。譬如,在日本文学史上,早在1692年,《三国演义》就被一位叫"湖南文山"的隐士以《通俗三国志》的名目完整翻译成日语,由此成为日本大众文化的一部分。笔者在日本福冈市立博物馆参观江户时代遗留的节日游行用彩车时,就发现一台彩车描绘了"刘玄德入赘东吴"的情节,不由得为日本普通民众对于三国故事的熟稔感到震惊。更令人欣慰的是,目前三国文化的影响力正在向西方世界拓展。2019年,日本世嘉株式会社(株式会社セガ,SEGA Corporation)旗下的英国子公司"The Creative Assembly"开发了即时战略游戏《全面战争·三国》(Total War: Three Kingdoms),以电子游戏为媒介,向英语世界好好普及了一下关于三国的历史文化知识。借此机缘,很多西方游戏玩家，也开始在网络上用英文认真地讨论"吕布与关羽哪个武力更强""官渡大战袁绍有没有机会赢"这种非常东亚化的话题。这足以说明普泛意义上的三国文化具有超越时空、文化的魅力。

那么三国文化的跨文化魅力究竟何在呢？依据笔者浅见，这便是"冷酷的'马基雅维利主义计算'与充满温情的恩义观之间所达成的某种微妙的平衡"。说得更直白一点儿，三国文化既谈权谋与兵策，也谈人间情义与政治伦理，而且还努力做到了二者的并行不悖。这种"并行不悖"，也使得读者在阅读或听闻相关故事时，不至于落入"工具理性至上"或"道德感情泛滥"这两个价值极端，进而成为一个"有谋有义"的"成熟的人"。

然而，无论从文学价值还是历史教育的角度来看，罗贯中的《三国演义》依然具有重大的缺陷。

从人物刻画角度来考量，《三国演义》与其他中国古典小说名著（譬如同样带有丰富军事斗争内容的《水浒传》）相比，是比较薄弱的，对刘、关、张等核心人物的刻画，具有明显的脸谱化倾向。从这个角度看，《三国演义》更应被视为一个允许大量二次、三次文学开发的母题框架，而不是一部已经完成的文学作品。

另外，与《三国志》《后汉书》《晋书》等反映这一段历史的正史相比，罗贯中对于导致汉末乱局的复杂政治线索（如二次党锢运动、汉羌战争等）似乎缺乏相关的历史知识（譬如，他竟然将黄巾起义的领袖张角说成是落第秀才出身，这就说明他既不知道东汉的"秀才"叫"茂才"[1],也不知道东汉根本就没有科举考试)。罗贯中版《三国演义》掺杂了太多宋元以来的民间文学对于三国历史的附会,反而遮蔽了对于三国历史与东汉历史之间密切关联的可能的洞识。毕竟不是所有人都有精力阅读文字相对晦涩的正史。故而,基于三国相关的正史资料——而不是罗贯中的《三国演义》——的文艺再创作,也就自然具有了重要的文化普及意义。

本小说对于三国东吴早期创业史的构造,便是基于《三国志》《后汉书》《资治通鉴》等正史资料而来。或许有读者会问:为何要以东吴为基本视角?

最容易想到的理由,当然是因为以东吴为视角的三国题材再创作,目前基本上还是一个空白,而既然是空白,就需要被填补。不过,这个理由本身,若无其他理由支撑,还是略显单薄,因为毕竟中国历史上没有被严肃的文艺创作所覆盖的空白实在是太多了。依此逻辑,也可以问:为何不去写写辽东的公孙度与岭南的士燮呢?难道他们不是比东吴更为人所忽略的三国时期地方势力的代表吗?

第二个理由是:笔者是土著上海人,而上海虽然在东汉与三国时期基本上还处在海平面之下,但依然在广义的文化地理上属于"吴"。所以,吴人写吴,天经地义。不过,仅仅以此为理由为笔者的取材正名,很难说服生活在别的文化与地理环境中的读者。他们或许会问:我们又不是吴人,干

---

[1] 为了避讳东汉开国皇帝刘秀。

吗要读你们吴人的故事呢?

而真正触发笔者创作的根本动机,乃在于这第三条:我在东吴帝国早期创业史中看到了"我们"的影子。这里说的"我们",泛指一切因为身份卑微而试图在人生道路上颠倒歧视链的奋斗者,无论他或她来自古还是今、中还是西。具体而言,在东吴政权的第一代开创者孙坚所生活的时代,吴地远非汉帝国的重要经济文化中心,吴人很难不受到来自文化、经济较为发达的中原人士的种种歧视。但孙坚却以吴郡小吏为仕途起点,在徐州三县兢兢业业做了十年县丞,而后紧紧抓住时代变动所提供的机缘努力积累军功,迅速升迁至长沙太守,最后又在汉灵帝驾崩后的政治乱局中以区区一方诸侯的肩膀,试图承担起匡扶汉室的历史重任。他最终的结局虽然是悲剧性的,却同时具有极大的启发意义:他至少让我们看到,一个没有"孝廉""茂才"等名分加持的汉末庶民官吏,究竟能够在那个重视门第的政治舞台上跳出多么炫美的舞蹈。比起自有皇家血统加持的刘备与天生就得到父亲政治庇护的曹操来说,"从零做起"的孙坚的人生经历,更反映出一种与宿命论斗争的人生快意,以及此类斗争最终失败所带来的形而上的虚无。出于人类命运的共通性,我在他的故事里其实看到了很多重要西洋文学人物形象的聚合:司汤达《红与黑》中的于连,狄更斯《远大前程》中的皮普,海勒《第二十二条军规》里的尤瑟林,以及萨特《脏手》里的雨果。

而孙坚从"江湖"到"庙堂"的人生经历,恰好也展现了东汉晚期中国社会的经济、政治、交通、民俗、饮食、法律、诗歌、音乐、体育、建筑、医学与宗教、哲学诸面相，所以这部小说的创作，同时亦具有展现"东汉帝国衰亡史"的附带性意图。为此，笔者在写作过程中根据自己的能力，搜集了大量与东汉史（特别是器物、民俗历史）相关的材料，以丰富小说的素材。但由于笔者不是专业的秦汉史专家，错漏之处肯定难免，还望方家指正。

目前呈现在读者面前的《坚》前五卷并不能算是孙坚的完整传记，而只能算是半部。其涵盖的时间范围是第二次党锢开始后第三年（171），至孙坚被封为长沙太守的187年。按照孙坚在此期间的活动区域，小说分为"破越""案诛""鱼杀""疫战"与"封侯"五卷，地域跨度涉及今天的浙江、江苏、河南、陕西、甘肃等省。由于《三国志》关于孙坚此间行止的描述非常简短，小说中绝大多数内容均是相关历史线索启发下的发散性文艺虚构。现将本小说创作所参考的《三国志》中的三段直接史料罗列于下，以便历史爱好者们查考：

史料一：孙坚字文台，吴郡富春人，盖孙武之后也。少为县吏。年十七，与父共载船至钱唐，会海贼胡玉等从匏里上掠取贾人财物，方於岸上分之，行旅皆住，船不敢进。坚谓父曰："此贼可击，请讨之。"父曰："非尔所图也。"坚行操刀上岸，以手东西指麾，若分部人兵以罗遮贼状。贼望见，以为官兵捕之，即委财物散走。坚追，斩得一级以还；父大惊。由是显闻，府召署假尉。会稽妖贼许昌起於句章，自称阳明皇帝，灵帝纪曰：昌以其父为越王也。与其子韶扇动诸县，众以万数。坚以郡司马募召精勇，得千馀人，与州郡合讨破之。是岁，熹平元年也。刺史臧旻列上功状，诏书除坚盐渎丞，数岁徙盱眙丞，又徙下邳丞。

中平元年，黄巾贼帅张角起于魏郡，讬有神灵，遣八使以善道教化天下，而潜相连结，自称黄天泰平。三月甲子，三十六方一旦俱发，天下响应，燔烧郡县，杀害长吏。汉遣车骑将军皇甫嵩、中郎将朱儁将兵讨击之。儁表请坚为佐军司马，乡里少年随在下邳者皆原从。坚又募诸商旅及淮、泗精兵，合千许人，与儁并力奋击，所向无前。汝、颍贼困迫，走保宛城。坚身当一面，登城先入，众乃蚁附，遂大破之。儁具以状闻上，拜坚别部司马。(《三国志·吴书·孙破虏讨逆传》)

史料二：坚乘胜深入，於西华失利。坚被创堕马，卧草中。军众分散，不知坚所在。坚所骑骢马驰还营，踣地呼鸣，将士随马於草中得坚。坚还营十数日，创少愈，乃复出战。(裴松之给出的来自《吴书》的补充材料，针对"史料一"中的最后一个自然段)

史料三：孙破虏吴夫人，吴主权母也。本吴人，徙钱唐，早失父母。与弟景居。孙坚闻其才貌，欲娶之。吴氏亲戚嫌坚轻狡，将拒焉，坚甚以惭恨。夫人谓亲戚曰："何爱一女以取祸乎？如有不遇，命也。"于是遂许为婚，生四男一女。（《三国志·吴书·嫔妃传》）

史料四：边章、韩遂作乱凉州。中郎将董卓拒讨无功。中平三年，遣司空张温行车骑将军，西讨章等。温表请坚与参军事，屯长安。温以诏书召卓，卓良久乃诣温。温责让卓，卓应对不顺。坚时在坐，前耳语谓温曰："卓不怖罪而鸱张大语，宜以召不时至，陈军法斩之。"温曰："卓素著威名於陇蜀之间，今日杀之，西行无依。"坚曰："明公亲率王兵，威震天下，何赖於卓？观卓所言，不假明公，轻上无礼，一罪也。章、遂跋扈经年，当以时进讨，而卓云未可，沮军疑众，二罪也。卓受任无功，应召稽留，而轩昂自高，三罪也。古之名将，仗钺临众，未有不断斩以示威者也，是以穰苴斩庄贾，魏绛戮杨干。今明公垂意於卓，不即加诛，亏损威刑，於是在矣。"温不忍发举，乃曰："君且还，卓将疑人。"坚因起出。章、遂闻大兵向至，党众离散，皆乞降。军还，议者以军未临敌，不断功赏，然闻坚数卓三罪，劝温斩之，无不叹息。拜坚议郎。时长沙贼区星自称将军，众万馀人，攻围城邑，乃以坚为长沙太守。到郡亲率将士，施设方略，旬月之间，克破星等。周朝、郭石亦帅徒众起於零、桂，

与星相应。遂越境寻讨,三郡肃然。汉朝录前后功,封坚乌程侯。(《三国志·吴书·孙破虏讨逆传》,接史料一)

小说涉及的重大历史事件的时间线,大致与正史描述吻合,但为了戏剧冲突的集中呈现,在个别地方,历史事件的发生顺序有所微调。譬如,按照正史,冀州刺史王芬阴谋废黜汉灵帝之事发生在中平五年(188),笔者在小说中则将其挪移到中平四年(187)。不过,此类与正史记录有所出入的情节,在全书中屈指可数。

由于涉及很多当代读者可能不太熟悉的汉代地理名词与器物名词,笔者在小说中适当增加了一些注释以及本人手绘的器物示意图。为了方便读者,小说中涉及的古地名与器物名,也尽量转写成现代通行的简体字。譬如,东汉的首都"洛阳",本书中就没有写成"雒阳",尽管后一种写法更能体现"东汉特色"[1]。又譬如,在历史文献中,"丹阳郡"也有写作"丹扬郡"的,为求统一,本书统一写为"丹阳郡"。另外,在汉代,下级对于太守这个级别的官吏的称呼乃是"使君",这个称呼也会拓展到别的高级官吏上。但对于现代读者来说,这样的称呼会模糊被称呼者的真正官职。考虑到这一点,在小说中会统一采用"某某大人"的提法

---

[1] 东汉崇火德,而"洛"字有三点水,有克火之意蕴。为图政治上的彩头,在东汉,"洛阳"二字要写为"雒阳"。

("某某"指官职名)。

铸刻文化的编辑在小说的编校过程中付出了大量的心力。罗三洋先生就一些器物方面的细节向我提供了有用的情报。邬银兰女士向我提供了拉丁文方面的指导。在此一并表示感谢。

徐英瑾
2022 年 5 月 20 日
于沪上寓所

目录

楔子　孙权思父　　　　　　　　017

第一卷　破越

第一回　海贼！海贼！　　　　　035
第二回　双雄破寇　　　　　　　045
第三回　婵姬拜降　　　　　　　051
第四回　坚志凌云　　　　　　　059
第五回　孙吴菱缘　　　　　　　067
第六回　海贼胡玉　　　　　　　080
第八回　挑灯争妻　　　　　　　089
第九回　再战四局　　　　　　　099
第十回　五德皆备　　　　　　　113
第十一回　宝瑜析婚　　　　　　128
第十二回　吴彪登门　　　　　　140
第十三回　二定婚约　　　　　　150

第十四回	山阴京观	159
第十五回	柴翁指路	167
第十六回	刺史试坚	173
第十七回	孤注一掷	185
第十八回	击鼓升帐	192
第十九回	孙祖交心	198
第二十回	诈中有诈	209
第二十一回	枯骨慑魂	218
第二十二回	智斩颜虎	231
第二十三回	尘掩渠答	237
第二十四回	刃卷山阴	243
第二十五回	王燮降坚	250
第二十六回	人面桃花	257
第二十七回	招安胡玉	266
第二十八回	俊郎易粮	277
第二十九回	句章密道	285
第三十回	脍炙群口	294
第三十一回	夜救泰明	303

第三十二回	雨日破城	316
第三十三回	一易三百	324
第三十四回	许韶授首	330
第三十五回	阙门救美	343
第三十六回	泣斩越后	351
第三十七回	春秋大义	358

全书插图

图1	东汉王朝十三州	032
图2	扬州刺史部（部分）形势图	033
图3	汉代环首刀	075
图4	汉代卜字戟	083
图5	钩镶与环首刀的组合对抗长戟的使用范例图	109
图6	渠答	239
图7	山阴诱敌战场战术形势图	247
图8	汉代三层楼示意图	305

楔子　孙权思父

大吴黄龙元年四月丙申日寅时初刻[1]，武昌[2]城外都亭[3]附近的皇帝营帐内。天依然漆黑一片，大吴开国皇帝孙权孙仲谋却已早早起身，开始梳洗着装。他头戴十二旒[4]皇帝冕冠，一边对着铜镜反复端详，一边轻语："这白玉珠做的旒着实太长了，遮蔽了朕的视线，难道就不能改短一点儿吗？"旁边的小黄门张幸小心回应道："陛下，置旒的目的

---

[1] 此时间对应于公历的229年5月3日凌晨3点左右。需要说明的是，中国古代历法变迁非常复杂，折算成现代公历日期的路径也非常繁杂，故除非特别重要的日子，本书所涉历史事件的时间，将只给出古代历法（阴阳历）所对应的月与日。大致来说，阴阳历的日期，比现代公历的日期早三周左右。需要补充说明的是，从东汉中后期到三国的这段时期，中国普遍采用的历法乃是"四分历"（阴阳历的一种）。不过，在229年的东吴，当地政权已经开始使用一种叫"乾象历"的新阴阳历了。
[2] 今湖北鄂州，非今日武昌。
[3] 进出首都的重要枢纽。
[4] 旒，皇帝礼帽前后的玉串。"天子玉藻，十有二旒。"（《礼记·玉藻》）

就是为了'蔽明',意思是天子视事观物,只需抓住大体,细枝末节就交给我们这些下人去察看吧……"

孙权撩起玉珠旒,用犀利的目光盯住张幸:"区区一介阉人,也敢教朕怎么做皇帝?你本家张让也曾教汉灵帝怎么做皇帝,你知晓他怎么死的吗?"

张幸听罢,知道孙权说的是汉末"十常侍"之首张让祸乱朝纲,后被袁绍、袁术逼死的旧事,吓得魂不附体,立即跪下讨饶:"小臣多嘴,死罪死罪!陛下恕罪啊!"

孙权哈哈大笑,指着张幸说:"朕故意吓吓你,看你小脸儿煞白的样子!放心,今天是吉日,朕不会降罪于任何人!不过,这玉珠旒嘛……的确太重……只是今天是'正尊号'[1] 大典,就算了。以后朕每日要戴着它上朝,的确不方便,得另外打造一顶轻一点儿的。"

张幸擦擦冷汗,回道:"真吓死小臣了。制造轻便旒冕的事情,小臣一定会去办,陛下请放宽心。现在小臣还是去庖厨那里看看汤饼[2] 是否做好了吧!大典开始后,陛下可就好几个时辰没法用膳了。"

孙权点点头:"汤饼多来一碗,过一会儿宛陵侯会来。"

"诺!"张幸起身,踩着碎步赶往庖厨的方向。须臾,但听得营帐外有兵卒高喊:"宛陵侯求见!"

---

[1] 孙权早在黄武元年(222)就已经有了自己的年号,当时他虽然顶着"吴王"的名号,但已是实质上的皇帝。所以,黄龙元年的登基大典,从吴国立场上,便是"正尊号",即将孙权实质上已具有的皇帝地位再予以正名。

[2] 面条的古称。

孙权拿起放在案几上的一个丁字形木锤,敲了一下案几旁边木架上悬着的一个小号编钟,示意叫宛陵侯直接进帐。两个弹指之后,但见大吴帝国股肱之臣、顶着"左将军"与"宛陵侯"头衔的诸葛瑾,戴着祭祀用的爵弁,小心翼翼进了营帐。他见到孙权,立即下拜,大喊:"仙人在上,鉴观四方。天赞人和,金曰惟休。实在是尧舜之象!臣诸葛瑾在大典之前能独见天子,幸甚,幸甚!"

孙权转过头,不耐烦地挥挥手:"子瑜[1],别背《黄龙大牙赋》[2]了,大吴有今天,靠的不是文辞之功,而是兵甲之利、用谋之巧。你且先坐下,与朕说说,蜀汉[3]与曹魏那边有何动静?成都与洛阳方面有什么消息?"

诸葛瑾跪坐下来,回道:"陛下,蜀汉目下正全力北伐[4],夺取曹魏武都、阴平二郡后,舍弟孔明也恢复了当年因失街亭而自废的相位。留守成都的文武,对我大吴动向漠不关心,都在做入主中原的美梦。至于曹魏方面,昨夜从洛阳回来的细作报称,大司马曹真、大将军司马懿正调兵遣将围堵蜀军,对我吴方向兵力空虚。加之去年我军曾在石亭大挫魏军,目下曹魏更不可能侵犯我吴。现在确是陛下正尊号的绝妙时机啊!"

---

[1] 诸葛瑾表字子瑜。
[2] 《黄龙大牙赋》是东吴御用文胆胡综(183—243)的名作。
[3] 蜀汉政权自称的国号是"汉"。但为了与作为统一王朝的汉朝相互区别,外人均称之为"蜀汉"或"蜀"。
[4] 这是蜀汉进行的第三次北伐。

孙权摆摆手:"子瑜,别光拣好消息说。朕用自家年号已经七年,蜀汉却一直自命尊奉汉祚。今日朕自废'吴王'号,正名号为'大吴皇帝',蜀汉岂能善罢甘休?"

诸葛瑾道:"陛下放心。孔明率军北伐之前,便已与我方秘使谈及此事。孔明的意思是,蜀汉对内当然会说天下只有刘禅才是唯一正统的皇帝,但对外却与我大吴互相承认,相互支应,共拒曹魏。他还说,篡汉之责,首在曹丕。丕夺神器,妄覆汉统,而丕子曹叡,继续淫名乱制,窃号自娱。故此,蜀汉即使对我吴有所不满,其不满程度,也不及忿恨逆魏程度之万一!"

孙权眯起眼睛,摸着胡子,问道:"孔明说一套做一套,就不怕蜀汉内部有人非议吗?"

诸葛瑾笑道:"陛下勿忧。舍弟在蜀汉的真正政敌,乃前益州牧刘璋旧部李严等人。然当年刘璋被刘备、孔明驱赶出益州,恰恰是陛下收留了他,所以李严感激陛下还来不及,又怎会因陛下正尊号而忌恨我大吴?而除了李严,在蜀汉境内,谁还有胆指责孔明对我大吴内外有别、口风不一?"

孙权点点头,突然话锋一转:"孔明在蜀汉的权柄,似可类比我吴的陆逊、步骘、朱然与你诸葛瑾四人各自权柄之总和。你这做兄长的,难道不嫉妒弟弟在蜀汉的成就吗?"

诸葛瑾听罢,头冒冷汗,下拜惊呼:"大吴所有权柄都在陛下手里!至于舍弟那样的权柄,诸葛瑾想都不敢想!"

正在此时,小黄门张幸端着两碗汤饼进了营帐,恰好撞见诸葛瑾诚惶诚恐跪拜在孙权面前，一时不知如何是好。孙权向张幸招招手，说道："别愣着啊！朕与宛陵侯都饿了！"然后，他搀起诸葛瑾，说道："子瑜啊，你人老实，没野心，这一点朕是心知肚明的。来，先起来吃点汤饼垫垫肚子，我们边吃边谈。"

诸葛瑾哆哆嗦嗦从张幸手里接过置着汤碗的食案，高高举起，大喊："谢天子赐食！"

孙权笑着兀自坐下，开始窸窸窣窣吃起汤饼来。诸葛瑾也跟着坐下，一边吃食，一边小心观察孙权表情的变化。孙权吃到一半，突然放下筷箸，对着诸葛瑾说道："子瑜，朕刚才的话，爱卿真会错意了。朕方才将卿与孔明相比，不是怕卿揽权，而恰恰是怕卿揽权不够！"

诸葛瑾抬起头，疑惑地问："下臣驽钝，请陛下明示！"

孙权点点头，慢慢解释道："朕希望卿去揽权，就是为了去制衡陆伯言[1]！去年石亭大捷，功劳几乎是陆逊一人的。加上八年前他在猇亭之役中又大败过刘备，其在我军中的威望，已无人可及。朕为了安定军心，在正尊号之后，会加封陆逊为'上大将军'，地位高于三公，也要高于朕即将封你的'大将军'。不过，对陆伯言，朕还是不太放心。当年朕兄[2]攻打庐江郡时，陆家子弟死难甚多，陆逊是否阴怀报复之志，朕甚无把握。所以，对他，朕不得不用，又不得不

---

[1] 陆逊表字伯言。
[2] 指孙策。

防！而爱卿你就不同了。令尊诸葛珪与先帝武烈皇帝[1]交好，你们诸葛家又与吴郡士豪毫无羁绊，朕信任卿当然要远超过信任陆家人。等到太子[2]驻守武昌时，朕会借口让陆逊辅佐太子，隔断他与吴郡的乡土联系；届时朕也会移驾建业[3]，掌扬控荆，遥制全吴。同时，朕还会让卿之长子诸葛恪来武昌做太子伴读，作为你们诸葛家在太子与陆逊身边的眼线。朕之用心，爱卿可明了？"

诸葛瑾放下碗筷，再次拜谢："陛下对诸葛家知遇之恩，臣当以死相报！"

孙权摆摆手："子瑜，你我君臣之间，就不必那么客气了！若论年龄，卿与朕兄相仿，算是比朕还大一轮。朕还依稀记得，朕两岁时在徐州下邳，令尊诸葛珪带着你们全家与先帝会面，爱卿当年还带朕踢过蹴鞠。就是那种特别小的鞠丸，现在市面上都买不到了。"说罢，孙权还特意用手比画了一下那鞠丸的大小，像孩子一样笑了起来。

诸葛瑾也笑了起来："当时舍弟孔明，与陛下一般大。他老是将鞠丸往自家门口踢，我怎么教都教不会！"

孙权大笑："难道孔明现在不是老往自家鞠门踢球吗？他像疯子一样不断北伐，消耗的是蜀汉的国力，而换来的，可是我大吴的安宁啊！"

---

[1] 指孙权父亲孙坚，被孙权追封为帝。
[2] 指孙登。
[3] 今南京。

诸葛瑾听罢，也与孙权一起哈哈大笑起来。

笑着笑着，孙权的脸色突然凝重了起来，俄而叹气道："先帝与兄长若能活着看到朕之今日就好了。朕这皇帝，没有他们的血与汗，本是做不得的。"

诸葛瑾点点头："先帝为大汉鞠躬尽瘁，洒汗徐州，征讨黄巾，以一己之力讨伐董卓，为孙家博得拥汉盛名，使得陛下今日之举，有了名分的加持；长沙恒王[1]年少有为，在短短六年之内，就拿下江东六郡[2]之沃土，这又使得陛下今日之举，有了立足之本。故此，微臣以为，陛下之成就，乃是集孙氏前二代之大成。武烈皇帝得其名，长沙恒王得其实，而陛下则是实至名归！"

"子瑜说得好！"孙权一拍手，说道，"好一个实至名归！不过，朕也记得，朕能走到今天，除了靠父兄在天之灵的庇护，也离不开那些比朕先走一步的群臣的辅佐。最早暗示朕可称帝的鲁肃、火烧赤壁的大功臣周瑜、袭杀关羽的吕蒙、镇抚山越的朱治、辅佐孙家三代的黄盖与程普、将太后救出陶谦魔掌的吕范、朕少年时拼死以背为朕挡箭的周泰，还有朕的舅父吴景、朕的叔父孙静，都未活到朕正尊号的这一天，殊为可惜！"

---

[1] 孙权内定给已故长兄孙策追加的封号。
[2] 长江在今日的江西九江以下，开始朝东北方向走。江水以东为"江东"，又叫"江左"。汉朝的江东六郡分别是吴郡（今苏州市周边）、丹阳郡（今南京市周边）、会稽郡（从今绍兴市往南覆盖福建）、豫章郡（今江西南昌周边）、庐陵郡（今江西泰和县周边）和庐江郡（今安徽庐江县周边）。

"他们都在天上看着陛下呢……"诸葛瑾一边应和着孙权，一边擦着眼泪。原来，孙权提到的不少人，生前都是诸葛瑾的好友，孙权所言也让诸葛瑾想起了那些峥嵘岁月、铁血年代。

此时诸葛瑾突然又想起了什么事，拍了一下脑袋，说道："微臣在几个时辰之前，遇到了张子布[1]，他曾托臣与陛下说，正尊号大典时所要演奏的《炎精缺》，可能词义略有不妥，等一会儿还是不要奏了吧！"

孙权眼睛一瞪，问道："《炎精缺》追溯的是朕先父武烈皇帝匡汉尽忠的旧事，哪句唱词不妥了？"

诸葛瑾摇摇头："子布未明说。我看他也就是吹毛求疵罢了！"

孙权冷笑一声："依子瑜见解，子布为何要吹毛求疵呢？"

诸葛瑾想了想，回道："或许……或许这与作《炎精缺》歌词的韦昭有关。子布批评《炎精缺》，只是借题发挥，不想让韦昭出风头罢了……"

"朕记得那韦昭不过是一个二十岁出头的小掾吏，张子布作为朝廷重臣，为何要与之怄气？"

诸葛瑾想了想，小心回道："听说韦昭正在四处搜集史料，立志写一部我大吴的创业史。最近还听说他在搜集关于赤壁大战的史料，对于张子布在战前的降曹言论，亦多有关注。子布忌恨韦昭，怕就是因为这个吧！"

---

[1] 东吴重臣张昭表字子布。

孙权哈哈大笑:"当年张子布当众提出降曹,其中苦衷,哪里又是那个二十多岁的韦昭能够明了的?他四处搜集史料,记录的只是当事人愿意让史家看到的言行,哪里又是历史的真相?你我都是亲历者,可都知道其中的利害啊!"

诸葛瑾点点头:"陛下圣明!那就给子布一个面子,等一会儿就不要演奏《炎精缺》了?"

孙权摆摆手:"《炎精缺》还是好曲子,每次听这曲子,先父的音容笑貌就会栩栩如生地浮现在朕的眼前。至于子布嘛……你事后与子布说一声,就让史家按照他们所看到的史料去写,不要斤斤计较。他既然是老臣了,就要有点儿气量嘛!你再告诉那韦昭,要学汉代的太史公,秉笔直书,不要光写朕打的那些胜仗,而朕经历的那些败仗,他也无需避讳。不过,他要是写得实在太过分了,子瑜你就来把关,他大胆去写,卿大胆来删!"

诸葛瑾点头道:"诺!微臣一定删得干干净净!"

孙权笑道:"也别删得太干净,那样会显得太假!像朕在逍遥津的败绩,我们这边不说,曹魏那边难道不会说吗?光他们说,我们这里却没一套能够回转的说法,若我吴民众乍然闻信之,岂不是对我大吴更为不利?"

诸葛瑾频频点头:"陛下真是目光如炬,深谋远虑!"

"哦,这汤饼怎么冷了?"孙权此时才想起他眼前的汤饼还没吃完。他唤来张幸:"将朕与宛陵侯还没喝完的汤饼送下去热一下,再端上来!"

张幸收拾食案的时候,诸葛瑾插话道:"陛下,有句话,臣不知当讲不当讲。"

"但说无妨！"孙权捋着胡子。

诸葛瑾小心说道："陛下也是九五之尊了，这汤饼没喝完冷了，就让下面再做碗新的，何必再去热喝过的汤饼？"

孙权笑道："朕出生在下邳时，先父还只是下邳的一个小小县丞，哪里会想到自己的儿子会做皇帝？而朕的爷爷本也就是吴郡富春[1]一介普通瓜农，又何曾想过先父能够做到县丞？试问，当先父在富春贩瓜时，可曾吃过如此鲜美的汤羹？朕现在做了皇帝，可不能忘本呐！对了，子瑜也不能忘记当年你们诸葛家在豫章郡颠沛流离的日子啊！"

"陛下所言，微臣谨记！"诸葛瑾再拜。

此时，孙权突然想起了什么，对诸葛瑾说："子瑜，等汤热，还需要一小会儿。你先出去知会一下帐外的乐班，预奏一遍《炎精缺》，朕对这曲子就是听不厌啊！"

待短箫铙歌之音从帐外响起，孙权兴奋地敲起了编钟，大声歌唱：

> 炎精缺，汉道微。皇纲弛，政德违。众奸炽，民罔依。赫武烈，越龙飞。陟天衢，耀灵威……

诸葛瑾见状，也立即跟唱了起来：

---

[1] 富春，位处今杭州市富阳区，当时为县。请参看图2。

鸣雷鼓，抗电麾。抚乾衡，镇地机。厉虎旅，骋熊罴。发神听，吐英奇……

帐外的乐班听到孙权的声音，齐齐加大嗓门，合唱道：

张角破，边、韩羁。宛、颍平，南土绥。神武章，渥泽施。金声震，仁风驰。显高门，启皇基。统罔极，垂将来！

不知不觉间，天际线已在歌声中微微发白。遥远的东海之涛中，日神已破浪升空，用光剑驱散了笼罩在大吴所控扼的扬、荆、广、交四州疆土之上的夜幕。在群臣与军卒的欢呼声中，四十八岁的孙权孙仲谋拾级登上高台，祭拜天地，用洪亮的声音大声宣读《大吴皇帝告天书》：

皇帝臣权敢用玄牡[1]昭告于皇皇后帝：……汉享国二十有四世，历年四百三十有四，行气数终，禄祚运尽，普天弛绝，率土分崩……权生于东南，遭值期运，承乾秉戎，志在平世……群臣将相，州郡百城，执事之人，咸以为天意已去于汉，汉氏已绝祀于天，皇帝位虚，郊祀无主……权畏天命，不敢不从，谨择元日，登坛燎祭，即皇帝位。惟尔有神飨之，左右有

---

[1] 玄牡，祭祀天地用的黑色公牛。只有天子祭天时才有资格用"玄牡"。

吴，永终天禄！

读罢，孙权眼角略有湿意。他透过微微颤动的珠旒，扫视台下正在山呼万岁的文武百官；继而仰望苍穹，闭上双眸，任凭初阳将自己的浓眉染金，任凭江风将自己的胡须吹散。在他脚下，大江[1]之水从此浩荡而下，流过荆襄沃地，劈开徐、扬二州，无视关羽在麦城洒下的血泪，曹操在赤壁留下的舰骸，刘备在猇亭遗落的仪仗，一直冲向东海，汇入大洋。

渐强的江风，吹动旒冕的玉珠，蹭痒了孙权的鼻翼。孙权微微张开眼，甩开珠旒，顺风远眺东南方向。他似乎看到大江之南的浙江[2]，亦蜿蜒东向，与富春之土缱绻缠绵，留下一片"风烟俱净，天山共色；从流飘荡，任意东西"[3]的美景；而后，它终于自行觅到了入海的港湾，并在月神的帮助下掀起一年一度的潮汐，屡屡与北面的大江入海口一斗风骚。

"朕多少辰光没回故土富春看一看了……"孙权喃喃自问道。

---

[1] 长江的古称。
[2] 钱塘江的古称。
[3] 语出南朝吴均《与朱元思书》。

本回后记

《炎精缺》是东吴史学家与作词家韦昭撰写的《吴鼓吹曲十二曲》的第一曲,全套十二曲完成于吴永安年间(258—264)。第一曲《炎精缺》反映的是汉末朝廷衰微,孙权父孙坚竭力匡汉、镇压黄巾起义的故事。第二曲《汉之季》反映的则是孙坚兵讨董卓、功败垂成的悲剧历程。韦昭在孙权死后加入了撰写吴国国史《吴书》的写作团队,现该书的内容大部分已散佚。吴亡后,西晋史学家陈寿在撰写《三国志》的《吴书》部分时,曾参考过韦昭的《吴书》,但陈寿以曹魏与西晋为正统的观点,对他如何裁剪吴国史料,亦产生了影响。今笔者以小说体重塑东吴的早期创业史,并不求史料之真,盖东吴史料已大量没入黑暗的历史长河,成为西哲康德所言之"自在之物",不可追索也;然作为小说家,人性之真却不可不察,盖所谓历史小说,无非普遍的人性戴着各色人格面具后所产生的不同戏剧冲突罢了。至于这些面具上的名字,既可以是汉尼拔,也可以是腓特烈;既可以是晋文公,也可以是亨利四世;既可以是曹操,也可以是孙坚。但归根结底,他们就是我们——他们的故事,也就是我们的故事。

第一卷

破越

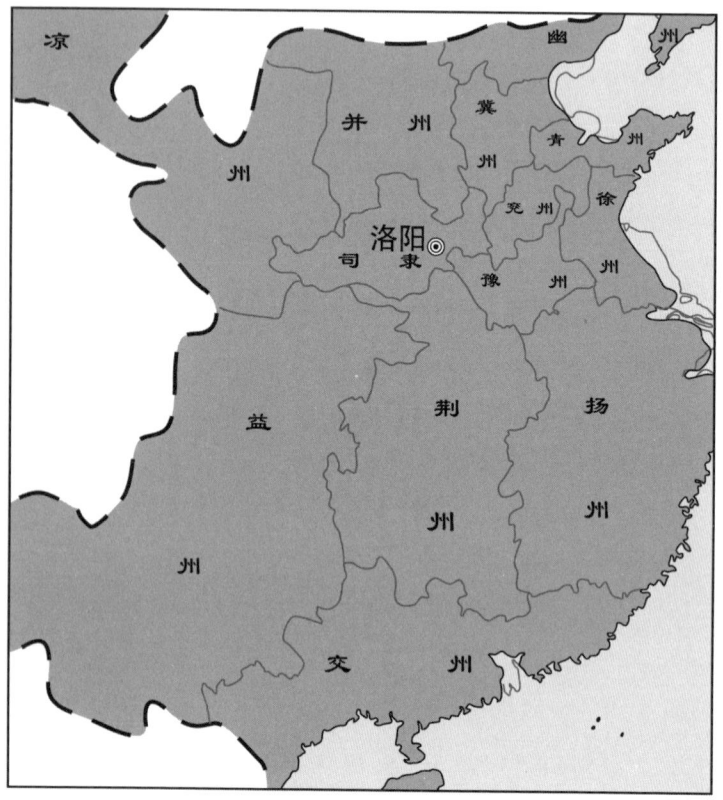

图 1 东汉王朝十三州

图 2 扬州刺史部（部分）形势图

第一回 海贼！海贼！

孙权于武昌称帝前五十八年，大汉灵帝建宁四年[1]七月初八，扬州[2]吴郡[3]浙江[4]。

江上微风，一艘单桅帆舟缓缓行过水面，轧出浅浅的涟漪。毒日将水面的鳞波照得刺眼，好似万条银鱼扭身于江面。一两只雀儿急匆匆掠过船桅，钻入岸边的茂林避暑，热得忘了啼鸣。船主刘孟站在船头，一边用手抹着流入双眼

---

[1] 171 年。
[2] 指扬州刺史部，非今日扬州。扬州刺史部统辖今安徽、江苏两省淮河以南部分，上海（汉代时大部分还在海平面之下）、江西、浙江、福建全部，湖北、河南部分地区。需要注意的是，汉代的"州"是监察区域，往往面积很大，一般包含数郡、国（"国"指分封国，即未获得皇帝继承权的皇子的封地，在行政上与郡平级；"郡"则类似今日省级行政单位，但与"国"累计在一起，其数量约是目前中国的省、自治区与直辖市之数量的三倍）。请参看图 2。
[3] 大致与今日江浙沪地区重合（不含苏北，苏北在当时属于徐州刺史部）。请参看图 2。
[4] 指今钱塘江，非今日浙江省。

的汗水,一边暗自寻思:平时往来富春与钱唐[1]的点点帆影,今日竟全不见踪影,莫非是为了避开已蛰伏数月的海贼[2]?此刻,刘孟有点儿后悔那日在斗鸡时耍弄了吕傔、曹恭等船帮弟兄,以致今日行船之前,他都无从探晓江上的风声。

刘孟回过头,扫了一眼船舱。除了他自己,这条船上还有三名船工与五名乘客。三名船工里,左右两名桨手正有气无力地摇着桨,并不时回头与船尾的司舵手扯家常。那司舵手开始还勉强回应着同伴,但因为人太困,他竟靠在舵杆上嚣张地打起了呼噜。刘孟一皱眉,吐出嘴里嚼着的槟榔[3],扔向其脑门。司舵手摸着脑门猛然睁眼,大呼:"钱唐已至?"引发船舱里的乘客一阵哄笑。

五名乘客里,三名是倡优——一个老头、一位妇人与一个小孩,人数还凑不齐一个最小的百戏班。他们的行李亦少得可怜,一根羌笛、两副排箫、三面鼗鼓[4]、一只大海螺罢了。那老头衣服敞开,露出两排清晰的肋骨,抓着衣襟不停地扇风;那妇人约三十岁光景,身材消瘦,但也有几分风韵——因为四周均是男子,她自然不敢放肆地解开衣襟,只好快扇小竹扇解暑;至于她身边的小男童,则一直乐此不疲地用嘴吹着手里的竹风车——而那风车竟被他吹得如同飞驰的马车的轮缘,让旁人数不清它原本有几个叶片。

---

[1] 钱唐县,属于吴郡,在后朝写作"钱塘"。
[2] 钱塘江近海,在此处劫掠的贼人既是江贼也是海贼。
[3] 槟榔在汉代已经是江南至岭南百姓的日常消闲食品。
[4] 形似拨浪鼓的一种小鼓。"鼗"读"桃"。

刘孟再转头看看江岸两边的重山郁林,不由得心事重重。他正盘算着若真遭遇海贼自己是否要径自逃生时,却听得船舱内有人大喊:"船主,何时可到钱唐,休要误了小爷我的大事!"

刘孟转过头,看了一眼发话的少年。此人约莫十六七岁,敞着襦衣,露出一身子油亮亮的腱子肉,完全不顾及对面妇人的尴尬。他一边不耐烦地质问刘孟,一边摆弄着一把切瓜刀,将寒冷的刀光射入四周人的眼睑。

刘孟心中虽不满于那少年的粗鲁,却又忌惮其健硕的体格与手里的刀,只好强压着不悦回话:"今日风微,船行不易,还望见谅。"

"我看是你的桨工没吃饱吧!"少年冷笑道。

"哎,竖子,休得无礼!"少年旁边的中年突然拿了根胡瓜[1]敲了一下他的后脑勺。那人腿有点儿瘸,进船之后就没吭过声,一直死死盯着一堆准备带到钱唐去卖的胡瓜与甜瓜,其中还杂有几个刘孟不认识的青色大圆瓜。

"爹,平时坐吕船主与曹船主的船,此刻早应到钱唐了。"那少年果然生猛,不但与自己亲爹顶起嘴来,甚至还跳起来直奔身边的桨座,去与那两个桨工抢棹。两个桨工倒也乐得喘口气,遂起身让位。怕得罪人的卖瓜中年马上拿了几根较小的胡瓜往他们手里送,然后又拿了稍大的一根递到刘孟手里,嘴里念叨着:"犬子无礼,在下给诸位赔不是了。"

---

[1] 即今日的黄瓜。因由张骞通西域后从胡地引入华夏,故在汉代被称为"胡瓜"。

话正说着,那少年已经一人抓了左右两支桨,大力摇动起来。那桨棹本是为一边一人安设的,所以少年不得不蹲在船舱中间尽量伸展双臂,以一种很不自然的姿势摇棹。尽管如此,船速还是陡然提高,船头也激起了白浪。船尾的司舵手见乘客竟然干起了桨工的活,也想起了自己的职责,把牢舵杆,紧盯前方。舱内的妇人亦开始用一种异样的目光注视起少年来;她的儿子则放下了风车,拍手高喊:"小哥威武!小哥威武!"

"且慢!"嘴里还嚼着胡瓜的刘孟突然伸手抓住了少年的胳膊,一字一顿地说道,"客官掌棹,船人之耻,还请客官不要越俎代庖!"

那少年呵呵一笑:"船老大,你等不妨先在一旁歇息,你们的活儿小爷我也暂且替你们干着,等到了钱唐,你干脆就免了我和我爹的船资,如何?"

"这可不行!你们两个带的这一大堆瓜,运费都需另算,怎好再免你们自己的船资?我这生意还做不做了?"刘孟一听就急了,伸手就要去抢那少年手里的桨棹。那少年在推搡间继续还价:"减免一半总行吧?不行吗?那就少个三成,行不?"

两人争执间,忽听得司舵手大喊:"不好,水上有人!"众人循声望去,果然在左舷方向看见有一人影正在朝这边游来!

"救人啊!"众人齐声道。

两个船工奔向舵位帮助司舵手将船迅速左转,少年则继续飞桨提高船速。[1] 刘孟站在船头，手持绳套，准备扔向落水人。

须臾，人被救了上来。

说得更准确一点儿，落水者是自己抓住绳套爬上船帮的。看那身手的利落劲儿，就是没有绳子他也能自己上船。

卖瓜少年上下打量着这位落水少年。他大约也是十六七岁，散发遮脸，面目不清，但从其白净的皮肤、微胖的体格与袖口镶了金边的襜褕[2]判断，其家境应当不错。卖瓜少年此时又将目光移向其腰间系着的玉坠，瞥见上面刻着一个"祖"字。

"兄台高姓是否为'祖'？"卖瓜少年试问道。

"嗯。"落水少年只是支应了一下，然后立即将众人的注意力引向了匪情，"真遭海贼了。单船九贼，其中还有一妇人。"

刘孟的血瞬时凝住。所有不祥的预感都应验了。

"且听吾细说。"祖姓少年整理了一下乱发，露出一对眯缝小眼，继续说道，"今朝我搭乘吕船主的货船去钱唐办事，船上除我之外只有四人。行至前方川中岛处，突遇另一载货小舟，船上除了一个摇橹人和一妇人外，似无旁人，而那摇橹人貌似也是吕船主的熟人。那女子歌声妙曼，引得所有船工都据舷争睹。不料，两船接近之刻，彼船货布下却猛

---

[1] 汉代的船只舵面大，操舵传动效率不高，高速转舵需要多人协力。
[2] 汉代的一种宽大的直裾单衣。

然蹿出埋伏好的七名海贼，向我船猛射箭矢。我低头快，一支箭只是穿过了头帻，切断了发髻。另外四人则当场殒命。我立即跳船潜入水中，游到川中岛附近的水域，躲藏起来。刚才看到你们船来，便游来示警。"

卖瓜少年有点儿疑惑："祖兄水性如此了得，为何不直接上岸逃生？"

祖姓少年回道："海贼还在沙洲后面守株待兔，弄不好下条船还会遭殃。吾自小习读圣贤之书，岂能坐视强贼凌弱而不理？再说，今日酷暑，水里也凉快。"

听罢祖姓少年最后一句话，众人都嬉笑起来。对啊，胖子一般都更怕热。卖瓜汉子向他递去一根大胡瓜，祖姓少年道谢后便大口嚼了起来。

"调转船头！"刘孟大声对舵工喝道，心里且悲且喜。悲的是，听祖姓少年那番话，死难者里定有自己的老友吕僡。喜的是，吕僡不会再向自己追讨那日输给他的一千文钱了。不过，更让刘孟疑惑的是：那贼船上的摇橹人为谁？吕僡怎么又会与贼人相熟？

"且慢！"卖瓜少年突然高声对舵工喊道，然后转向舱内众人，"此乃灭贼建功的良机！"

众人不语，全都瞪大眼睛看着他。

卖瓜汉子拿着一根胡瓜指着儿子说："你今天是不是热昏头了？那位公子说了，那些海贼有弓有箭，能打的男人有八个。你看看我们这里，能打的有几个，又有几件兵器？剿贼是县廷[1]之责，我们这些布衣百姓可不能孤身犯险啊！"

卖瓜少年反驳道："爹！谁说孩儿要孤身犯险了？看看这位兄台的身板，多好的武功底子，再加上孩儿我，这里能打的就有两人！兵器么，你看，这把切瓜刀孩儿日日磨砺，刀锋之利，斩贼绰绰有余；再说，孩儿还有一弓三箭，若调配得当，定可力挫众贼，不辱兵圣孙武后人之名！"

刘孟听了，不觉暗笑：又一个姓孙的"孙子"。原来，春秋时齐人孙武襄助吴王阖闾西破楚都、北危齐晋之伟业，在江东可谓妇孺皆知。据说吴县[2]巫门外便有孙武大冢，弄得吴越上下孙姓人氏逢人就说自己是孙武后人，以便在真正的江东豪族面前维护脸面。想到这里，刘孟又窃笑起来——对了哦，俺的姓可比孙姓显贵多了，"刘"可是皇姓啊！……

"什么？这位兄弟还带了弓箭？"比起卖瓜少年的姓氏，祖姓少年显然对他所提到的兵器更感兴趣。

"这不是么？"卖瓜少年高高举起了切瓜用的大砧板。原来那根本就不是砧板。卖瓜少年打开机关后，"啪嗒"一声，"砧板"的两页就左右弹开，显出内侧隐藏的一把半石弓[3]与三支小箭。

祖姓少年凑过头去，仔细端详，然后啧啧赞叹道："此种形制的小弓，绝非中原产物，而是从西域传来。弓背上花

---

[1] "县衙"在汉代的叫法，有时候也称"县寺"。
[2] 今苏州。
[3] 半石弓，指要用半石力量拉开的弓。汉代一石（读"但"）作为重量单位，约合三十一公斤。

纹精美，所刻蝌蚪文不为中土所识。据说轻便易携，马上也可从容射敌。兄台此物如何觅得？"

"好眼力！"卖瓜少年不顾爹爹的低声咳嗽示意，炫耀道，"小弟先祖曾跟着前汉[1]名将赵充国将军为朝廷打过羌胡，这便是他从敌军身上寻得的宝物，然后一代代传到小弟手里，平时就带在身上防身。见兄台身上没有兵器，今天就借你一用！"说罢，卖瓜少年取出弓箭，递予落水少年。

"甚好！吾虽最善使双刀，但遇贼寇时未及带走，留在舱内了。君子六艺，射术虽居末，却最为实用。吾亦自小习射，当不辱使命！"说罢，祖姓少年就立即对着没人的地方拉了拉弓弦，一边估量着弓力，一边嘟囔着，"兄台之先祖真是赵充国将军的手下吗？赵将军可是与霍光霍子孟齐名的'麒麟阁十一功臣'啊……"

"那贼寇是否就在前面川中岛之后？"刘孟可根本不关心这弓箭的来历。毕竟赵充国将军辞世已有两百多年了[2]，鬼知道孙姓少年刚才那番话是真是假。刘孟只关心那些海贼离自己有多远。

"众贼就在离川中岛最近的江滩上，那地方离匏里[3]不远！对了，除了那妇人外，贼寇当有七弓七剑一矛，其中二人还有甲胄！"落水少年一边满意地弹弹弓弦，一边补充着

---

[1] 东汉人将西汉称为"前汉"，并将东汉称为"后汉"。
[2] 赵充国卒于前汉汉宣帝甘露二年，即公元前52年。
[3] 富春与钱唐之间的某个古地名。

贼情。说话间，那祖姓少年所说的江中沙洲，已隐隐进入众人的视野。

"船主，我们还是回富春吧！"这是卖瓜汉子第二次叫嚷着要退缩了，"儿啊，你平时打的那些江湖混混最多只有几把古锈铜剑，你的武功也最多只能以一敌三。这七弓七剑一矛的海贼，近可防、远可攻，你们两人一刀一弓如何敌得？"

"那就以其人之道还治其人之身，偷袭之！"孙姓少年似乎胸有成竹。

"如何偷袭？"祖姓少年锁住了双眉。

"如此、如此、如此……"孙姓少年对他咬了咬耳朵，祖姓少年愁眉渐渐舒展。

孙姓少年转身对刘孟说："船主，我和这位兄弟马上就会泗水绕过川中岛灭贼。你若听到海螺为号，就说明吾等已然得手，还请立即开船来接应。若半个时辰后没有动静，便请自行开船回富春，如何？"

刘孟将信将疑地点了点头。反正不用他出阵，风险倒还可控。

"老伯，大姐，这位小弟！"孙姓少年转向了三位倡优，"听到螺号以后，你们就大唱'竹竿何袅袅，鱼尾何簁簁'[1]，动静闹得越大越好！"

三人齐齐点头。见已说服了倡优，孙姓少年便从他们

---

[1] "簁"读"筛"。这句本是前汉才女卓文君写给情人司马相如的《白头吟》中的唱词，但也可以有别的含义。

手里讨来一个海螺与一面唱戏用的令旗。他将令旗卷好插在腰间，然后将海螺与弓箭交予祖姓少年。

"爹爹，孩儿去去就来！"孙姓少年与父亲道别之后，便纵身跃入了江水。

"诸位静候佳音！"祖姓少年向众人抱拳，随后亦跳入江水。因为他体胖，溅起的水花也更大一点儿，还将一条小鱼惊得跳上了甲板。孙姓少年回头比画手势，示意他以后动静弄小点。

第二回　双雄破寇

在接近川中岛之前，二人一直将头露在水面左右环顾，以勘敌情。祖姓少年因胖得福，更大的身体浮力令他游得更为自如。而后，两人悄悄上岛，用枝叶遮住头，匍匐着接近岛的另一端。不久，便看到了正在江滩上分赃的众贼寇。

贼寇所在的江滩，离孙、祖二人所在的川中岛隔水约八十步。贼寇确有九人，除了一个放哨之外，全坐在滩上歇息。一个拿着长矛的贼寇站在沙滩背后的高处瞭探四周。因为天热，他身上只穿了胸甲保护前胸，未着背甲。余下八人，除了领头的一个大汉戴了顶破皮盔外，全都无甲。其中那个女贼似乎是贼首的姘头，正在其怀里欢喜地挑选抢来的绫罗。因距离颇远，孙、祖看不清其容貌。

孙姓少年摇了摇头。八十步外的目标，这样的小弓绝难射透。但循岸望去，那被劫掠的苦主船只就搁浅在滩边，离岸上贼寇仅约四十步。若以此为掩护射杀，则大有把握。

而更远处的小舟，想必就是贼船。不过那船离岸上诸贼亦更远，据之并不利于弓战。

想罢，孙姓少年略指了一下被劫之船，向祖姓少年示意，后者心领神会。二人扔掉树枝重新下水，潜泳至船底，在贼寇视线之外，蹑手蹑脚上了甲板。好在船上的尸体都搭靠在接近江岸的一舷，自然就构成了掩护，可以让二位少年不至于过早暴露。只是那些绕着尸体追逐血腥的苍蝇着实恼人，祖姓少年刚想挥袖驱赶，却被孙姓少年止住了。

两人透过尸体之间的缝隙仔细观望。贼首四十多岁的样子，一脸横肉，歪戴皮盔，嘴里嚼着一根胡瓜，旁边则插着明晃晃的双刀，应为祖姓少年所遗。贼首边的女贼二十多岁，描愁眉、扮啼妆[1]，绫罗裹身、头蒙薄锦，正晃着贼首的胳膊撒娇。其余贼人，立于贼首与女贼左右，一个个獐头鼠目，一边不知对贼首说着什么，一边偷瞅贼妇。还有一贼，背对孙、祖，看不清容貌。不过，孙姓少年觉得此背影颇为眼熟。

祖姓少年盘算一番，点点头。他已经知道如何分配那三支箭了。他躺在船舱上仰面搭上第一支箭，嘴里叼着余下的两支。他不经意地看了看天色。奇怪，不知不觉间，天边已经滚起乌云，阳光也不那么刺眼了。莫非要下雨？

"够了！所有的蜀锦都得归老子！不许食言！"背对着孙姓少年的贼人突然发话。看样子，贼人要起内讧。

---

[1] 这其实是汉末京都洛阳妇人的流行装扮，后各封国妇人多仿效，民间未必知。

孙姓少年心里一颤。这似乎是他所认识的船主曹恭的声音。此人虽然看似有点儿小奸诈，但是开船从不误期，怎么今日竟与海贼有了勾搭？

女贼冷笑一声，用贼首吃剩下的胡瓜蒂扔向了那疑似曹恭的海贼，后者一甩脸躲了过去——而这一甩脸，也让孙姓少年看清了他那延及下巴的络腮胡。对，确是曹恭！

曹恭被那贼婆娘激得大怒，一跃而起，拔起了贼首身边的一把刀，喝道："在吴郡，只有我曹某负人，岂有人敢负我曹某！"

那女贼马上躲到自己男人身后，贼首与其手下也纷纷抄起兵器与曹恭对峙。稍远处的那个正背对江岸小解的瞭哨，听到这边声响之后，转头去拾长矛。因为身居高处，他恰好看到一个披头散发的少年正在江边搁浅的小船中起身拉弓！

"有——"他刚想喊出"有埋伏"，张开的嘴便吃了祖姓少年一箭。血从嘴里喷出，他捂住脖子倒地，无法控制的血则倒灌入肺，令其窒息。刚被拿起的长矛则跌落在地，顺着沙坡往下滚。众贼听见动静，一齐回头去看，将后背留给两少年。抓住这刹那机会，祖姓少年再发一箭，正好射中贼首后颈，箭头穿出喉咙三寸有余。那壮汉一声不吭面朝地面倒下，体重将伸出的箭头压回了颈腔，结果在入箭处又进出更多的鲜血。女贼吓得挥手惊叫，头上蒙着的蜀锦飘飞起来，正好落在贼首后颈，转瞬就被染为殷红。

"甚好！最难对付的长矛手与匪首已倒伏！"孙姓少年

暗喜。他趁着祖姓少年仰身搭上第三支箭的工夫，持刀跳出船帮，大叫道："贼寇，官兵在此，还不束手就擒！小心再吃小爷一箭！"孙姓少年特意提到"再吃小爷一箭"，以便让匪贼只是注意自己的举动，而忽略重又隐蔽于船舱中的祖姓少年。

众贼先是一惊，但定下神来，看到所谓"官兵"就是一个持刀少年，立即恢复了杀气。除了那女贼之外，其他人立即抄起明晃晃的剑，左右包围上来，大喊："刚才的箭可是你小崽子放的？剁了他，给甘大哥报仇！"

船主曹恭犹豫了一下，随即拿起原属祖姓少年的一把刀，加入包围圈。此时他也突然发现持刀少年有点儿面熟。对了，这不就是富春县的孙——

他刚想报出少年全名，张开的嘴也中了一箭，手里的长刀脱手飞出。射罢，祖姓少年立即将头缩回船帮，心中暗骂："络腮贼，叫你窃小爷的刀！"

与此同时，孙姓少年拔出腰间令旗，大力向左边挥起。饱含着赤色染料的水滴立即随之四处飞舞，溅满了少年的脸庞，配上他的怒目如虎，望之令人生畏。

剩下的几个贼寇有点儿胆怯了，心中不由得暗念：那小子是在给后面的伏兵发信号吗？他故意没穿缇色官衣，难道是为了麻痹我们吗？

这时候那女贼反倒嚣张了起来："你等还是七尺男儿吗？连个小崽子都怕！今日谁斩了此小贼，奴家为他在大王面前请功！"

女贼话音未落，祖姓少年便在船舱中吹起了海螺，向沙洲后的船主刘孟发出信号。不久后，清高的童音便搭上已经在江面上吹起的大风，窸窸窣窣地穿过沙洲上植被的叶缝，开始一个音节、一个音节地重敲着贼匪的鼓膜：

竹——竿——何——袅——袅，鱼——尾——何——簁——簁！[1]

此时，江上顺风。

"此乃孩童之音！勿中疑兵之计！快快取其首级！"那女贼在后面挥舞着来自祖姓少年的另一把刀，发疯似的叫喊着，丰满的胸脯一起一伏。

正在此际，一大片黑漆漆的乌云突然压过整个天际，让江面与地面的一切瞬时陷入了一片巨大的阴影。须臾，一道闪电又从天际打到江面，照亮了少年半张视死如归的脸。与此同时，沙洲后面再次传来了歌声：

望——诸——国，月——氏——臣，匈——奴——服！[2]

所有人都听清了，那声音雄浑而坚定，乃是几条壮汉

---

[1] 此唱词在此暗示贼人已是上了钩的鱼儿。
[2] 此乃大汉军歌《上之回》唱词。"月氏"读"肉支"，此处指贵霜帝国。

的合唱。原来是孙父领着众人齐吼大汉军歌，以壮声势。

此刻，闪电过后的雷声终于传到了大地。"轰隆隆"一声，吓得众贼打了一个激灵，手里的兵器也险些把持不住。接着，豆大的雨点开始砸向江面和地面，密密的雨线模糊了所有人的视线。

"尔等慌什么？！这不过是夏日惊雷罢了！"那女贼挥刀给众贼打气，头上的堕马髻左右晃动。

眼见众贼惧雷而气泄，祖姓少年知道此乃主动出击的大好时机。他咬咬牙，奋力举起一具相对瘦小的船工尸体，跳下船帮。

"射！"那女贼拿刀指着突然出现的祖姓少年，厉喝。

数支箭穿过雨帘飞向少年，但都只是射中了那倒霉的船工的尸体。在几个匪贼慌里慌张地再次搭箭之时，孙姓少年扔出了自己手中的刀，而祖姓少年则在扔掉尸盾后，一边向前飞奔，一边扔出腰间挂着的海螺。孙姓少年的刀，直直插入一贼胸膛——他惨叫倒地，两腿乱抽；祖姓少年的海螺的壳尖，则击中了另一贼的左眼——他捂住伤口，血从指尖渗出，随着雨水淌下脖子。第三个贼人终于抓紧时间又射了一矢，却被孙姓少年侧身躲过。众贼看着二位少年身后貌似掩藏了千军万马的雨幕，士气终于全泄，存活者争相跳上贼船，撑篙而去。女贼亦想跟着逃走，却被脚下的藤蔓绊倒，终于被孙、祖二少年追上。

完胜！狂喜的两少年慢慢靠近倒在地上喘息的女贼，以及散落一地的财物。这便是他们初阵的战利品。

第三回　婵姬拜降

女贼从地上爬起来，瞪圆美目，颤着玉臂，持刀指着朝她走来的两位少年。倾泻的雨水化开了她的妆容，浇灌着她的娇躯，令两位少年四目发直。女贼从他们的眼神里读到了雄性的欲念，转念就有了新的主意。她展开一双玉臂，让佩刀从指尖自然脱落，以示降意。随后，她慢慢拔掉头上的玳瑁发簪，将一头湿漉漉的青丝甩到脑后，像乖巧的雌猫一样趴在沙面上。然后她抬头柔声说道："奴家就是海贼王胡玉之妹胡婵，身上背负多件命案，被吴、会二郡官署通缉已久[1]。二位英雄，若忍心下手，就砍下奴家的首级去官寺[2]领赏罢。"

---

[1] "会"读音为"快"，指会稽郡，在东汉后期涵盖从钱塘江以南到今日福建南部的广袤地区。
[2] "官府"在汉代的称呼。"寺"，指政府办公之所。

孙姓少年缓缓拿起地上的刀，眼睛却一直盯着她白皙修长的脖子，一动不动。他以前的确因为下手过重，打死过一个偷瓜的小混混——但他从来没杀过女人，更何况是美人。祖姓少年也在一边不知所措地喘着粗气，满脸通红。他们暂时忘记了，恰恰是这个女人，刚才还指挥着一支小小的贼帮，试图取下他们的首级。

自名为"胡婵"的女贼见两少年踟蹰，便干脆仰面对着他们，挺起自己傲人的胸脯，双手摩挲着湿裙所包裹的双腿。她轻启朱唇，曼声说道："像两位小哥这样的豪杰，自然不会因为贪恋美色而放走像奴家这样的女贼。这一刀下去，奴家即将被斩作两段——窈窕婀娜，不过是刹那形骸；暖玉温香，也终有尽时。"

这番话令两位少年面面相觑。孙姓少年咽了咽口水，定了定神，用刀指着她玉颈下的锁骨，喝道："贱人，你真不怕死？"

那胡婵哈哈一笑："天下何人能免一死？看奴家身边几位大哥，刚才还生龙活虎，还不是被两位英雄轻易了结性命？请二位端详四下：这江滩上的死尸，可有哪一具超过不惑之年的？说句不吉利的话，二位小哥虽然神勇，但争强好斗，难保未来没有血光之灾，是否能活到四十，也在两可之间。至于奴家，今年二十有四，命数足矣。行此害天道之事，早晚也会伏法。命绝二位英雄手上，奴家死而无憾。"

孙姓少年心中暗惊。此女已处绝境，竟还敢变着法子咒自己早死，可见胆色惊人。他好奇地追问道："贱人，你姿色不错,为何不嫁入良门相夫教子,却要出来做此等伤天害理之事?"

胡婵的笑容突然消失,转成一副生无可恋的哀怨相:"奴家原是会稽郡诸暨人[1],本有丈夫。延熹年间,奴家的男人做了朝廷的募兵,跟着名将段颎去凉州打羌胡,在延熹七年[2]阵亡,连尸首也没找回来。家里的地没人种,只好改嫁曲阿[3]一户人家做小。前面的男人留下一个儿子,若还活着当八岁大,但在六年前的除夕,奴家携子去看驱鬼逐疫之际[4],一时疏忽,孩儿竟……竟被……被扮成恶鬼的人贩子掠走了。对了,奴家至今记得真切,那孩子后背上有个胎记,好似新月,啼哭之声非常洪亮。奴家未给新夫家生下一男半女,夫家嫌我晦气,两年前便把奴家赶出了家门。奴家一介女流,无亲无故,只好投靠海贼胡玉,做其压寨夫人。"

"一派胡言!你前面不是说你是胡玉的妹妹吗?怎么又成了他的压寨夫人?"祖姓少年发现了女贼陈词中的破绽。

不料,胡婵分寸丝毫不乱:"小哥有所不知,那帮海贼均是男子,平时若无女子调剂,难免横生龃龉。胡玉收下奴家,除了满足己欲外,还时常将奴家赏给有功的海贼陪夜,以资犒劳。此时若再将妾身唤为压寨夫人,则太伤胡玉脸

---

[1] 诸暨为西施故里,今浙江省辖县级市,由绍兴市代管。
[2] 164 年。
[3] 今丹阳市,江苏省辖县级市。
[4] 除夕在汉代为祛鬼节。

面。于是，我们就结拜为兄妹，表面上行兄妹之礼，实则行苟且之事。"

两位少年听得目瞪口呆。海贼伦常竟混乱到如此地步，真是闻所未闻。沉默片刻后，孙姓少年继续审问："那你与胡玉并不是真兄妹？"

"只是恰好是本家罢了。"胡婵回道。

"那么他现在何处？"祖姓少年插嘴问道。

胡婵回道："奴家真不知。被二位英雄射死的那个戴皮盔的，便是胡玉手下的干将甘霸，因为有功，胡玉便将奴家赏给他陪侍一月。这死货生前真是个能疼女人的主，哎，可惜了。不过，最近几日奴家一直陪着甘霸，真不知胡玉行踪。"

"那么尔等匪贼是如何与那曹船主勾结的？"孙姓少年问道。

胡婵笑了："那姓曹的，既是我们在船帮里的眼线，又是官寺的暗桩，经常向胡玉泄露来往吴、会二郡各水道货船的情况，等我们择机动手后自己再抽成。他自己的那份还得孝敬官寺。这不，今日就因为官寺抽成多了，他的那份也就水涨船高，于是和我们吵起来，直到二位英雄出场。"

孙姓少年心中一惊，陷入沉思：怪不得钱唐一带海贼屡禁不绝，原来竟有官寺势力参与。看样子，如何处理这女子与这堆赃物，可得多留个心眼。此女弄不好也与官寺有着盘根错节的关系，真要是狠心斩了她的首级去报功，弄不好会自投罗网。至于这堆赃物，看来交给官寺与交给匪贼也无甚区别，还不如……多好的蜀锦啊……

孙姓少年突然眼睛一亮，拉过祖姓少年嘀咕几句。后者先是一惊，随即皱眉思索一番，终于默默点头。达成一致后，孙姓少年瞪起虎目，缓缓举起手中的刀。胡婵先是有些诧异，然后苦笑一下，有点儿委屈地闭上美目，任凭泪水与雨滴在变得铁青的脸上流淌。

唰——胡婵只觉得颈侧肌肤一凉。冰冷的刀背贴着她的玉颈插入旁边的沙地。她睁开眼，发现除了被切断的几根青丝外，自己寸肌未伤，心中顿觉有千朵牡丹同时绽放。她知道，自己的"以退为进"之策已然奏效，性命应已无虞。

"贱人听好！你罪孽深重，本该千刀万剐，但小爷我有好生之德，给你一个改过自新的机会。等一会儿遇到旁人，你就说你是遭贼寇劫掠的良家妇女，被吾等搭救！"孙姓少年虽然还是对她怒目厉喝，但胡婵分明感到了其中的怜意。

胡婵立即识相地向二位少年磕头："奴家以后做牛做马，也要服侍英雄！像奴家这样的身世，恐怕做小妾也配不上英雄，奴家就做英雄的奴婢吧！"

孙姓少年听了不禁觉得好笑，回道："小爷我就是一个卖瓜的，若带你这狐媚回家做奴婢，乡党们看来岂不太过招摇？"

"那……贱婢有一策。不如二位英雄私分了这散在江滩上的财物，拿出少许为贱婢在附近购一小宅，有闲时便来贱婢处坐坐……贱婢当尽力服侍……"

孙姓少年眉头一皱，心想：此女真是得寸进尺，刚留住一条贱命，竟然就提出要房！她若脱离监视，又自行去找海贼，我等兄弟岂不白忙一场？

孙姓少年突然转头看着祖姓少年："兄台可方便收此女为婢？"

"这……"祖姓少年被问得猝不及防，顿了顿说道，"寒舍已经有奴婢二十人，再添一人倒也不显眼。不过……此女既为兄台所俘，兄弟怎好掠美自肥……"

孙姓少年听罢大喜。今天果然结交了一个土豪子弟，还满口"寒舍""寒舍"地装斯文。将此美人送给他就对了。他用拳头捶了一下祖姓少年的胸膛，震得他胸口赘肉乱颤："刚才与兄弟并肩杀贼，那是何等默契痛快，何须再分你我！此女兄弟就暂且先领回去……只是请贤弟牢记她是愚兄所俘便可，如何？"

祖姓少年亦是大喜，但转念一想，脸蛋子不由得红了起来，嗫嚅道："只是……此等作为大违于圣人教导，却肖似于海贼分妻之兽行……"

胡婵看着他那张尴尬的脸蛋，不禁"噗嗤"笑了出来："古人云：名不正，事不成。然贱婢无求于名分，只愿做耕牛犬马，尽心服侍二位英雄罢了。二位也只是轮驭牛马而已，又不妨碍二位另寻名门之妻，这到底有何不妥？"

祖姓少年听了，不由得豁然开朗，频频点头。孙姓少年则在心中揣度：论谋略、口才与见识，此女都在自己之上，若非女流，定能让自己今日事败命丧。形势逆转后，她又审时度势，委身于前敌，可谓能识时务之女中俊杰。

若留此女做智囊，日后或有大用，但若驾驭不成……不会的，若真弄巧成拙，再行决断也不迟。

想毕，孙姓少年便特意再出一题考验此女。他指着地上的赃物、几具贼尸与一具用来做肉盾的船工尸身问道："后船马上就要开到，这里如何收拾？人多眼杂，货物如何藏匿？"

胡婵不紧不慢："藏匿财物最要紧。全部重新移回吕船主的船，用布遮好。那船上已有的尸体都是累赘，你们扔到江滩上便可，事后可以说成是海贼所为。待后面的船一到，二位英雄就说正好目睹海贼内斗，然后大喝一声将余贼吓走，斩下一首级——到了官寺也这么说。对了，斩首级时千万别砍下曹船主的。曹船主的尸体要与货物一起运回，勿要再管别的尸体，那些自会有人来料理。然后将此船速开向钱唐。去报官前，先去寻得钱唐货栈的张船主，让其领走曹船主尸身。不过，他定还会向二位英雄索要一半甚至六成的货物，此时二位英雄千万别去争。然后便可拿那首级去报官领赏。如此，或可保二位英雄富贵。"

孙姓少年捋了捋思路，终于明白了胡婵话里的话。船帮、海贼与官寺盘根错节，两面——不，三面——线人曹船主的身份见不得光，若砍下其首级示众，或许就会惹出一些意想不到的麻烦。故而，其尸体必须交予一可靠之人处理——而这人可能就是张船主。至于为何只可斩下一贼首级，并说其余贼寇均是自相火并而死，恐怕既是为了让官寺与海贼互相生疑，同时也可让世人不过早关注孙、祖二少年，以免树大招风。至于为何要吐出一大半财物，理由也不难揣度——要将如此复杂的关系打点安妥，不破点财可是办不成的。

"那就依你之言！"孙、祖二少年先腾空了吕船主船上的尸体，然后开始整理江滩上的财货，一件件搬运到吕船主船上，顺便也将曹船主的尸体藏匿好了。孙姓少年则砍了甘霸的首级。上船后，三人对着海岸上的尸体喘着粗气，刚想开船，又隐隐觉得哪里还不对劲。胡婵突然指了指那胸口还插着刀的执弓贼。孙姓少年这才恍然大悟：那是他的切瓜刀，而后船上所有人都认得这是他的刀。于是他飞奔回去，拔出那把切瓜刀，换了把匪贼自己的剑，重新插了进去，以便印证日后要对官寺说的"众贼火并"之证词。终于，该曝尸的曝尸，该收殓的收殓，该藏匿的藏匿，一切都遁法于恢恢天道。

第四回　坚志凌云

不知不觉中，雨已停歇。夕阳拨开玫瑰色的云丛，慷慨地让江滩沐浴在自己的金辉之中。祖姓少年将弓还给孙姓少年，然后擦拭起自己的双刀与那海螺上的血迹，顺便也擦净了孙姓少年的切瓜刀。孙姓少年则升起了帆。他望了一眼桅杆上的倪带，此刻依然是顺风。正在此时——

刘孟的船终于绕过川中岛，出现在这二男一女眼前。他们总算来了！——不过，也幸亏他们现在才来。

原来，方才二位少年勇斗众贼时，江风曾一度逆转，且逆风太猛，使得刘孟的船不进反退。等江风重新转顺时，他们看到的便只是孙、祖、胡三人希望他们看到的一切。

孙姓少年示意胡婵钻入货堆隐蔽起来。方才他突然想起，先前祖姓少年已向后船通报，九贼中有一女贼，因此，目下自己已无法将其再说成被匪贼掳掠的良家女。再说，胡婵过于狐媚，若让她抛头露面，恐会惹来祸端。等胡婵依言躲好后,孙姓少年便站在船尾司舵位,挥着海贼甘霸的首级,对着来船船头的刘孟与父亲喊道:"贼首已诛,余贼尽退,孩儿与这位公子毫发未损!"

后船诸人一片惊呼。卖艺妇人用双手遮住小孩双目,不让他看那颗龇牙咧嘴的人头。孙父跪倒在船头如释重负:"吓死为父了。平安就好!平安就好!"刘孟则红着脸解释:"来晚了,来晚了,二位英雄……非吾贪生……是刚才那船……哎,是那风……"

孙姓少年哪里有心情听他辩解这等琐事,他现在要立即拉开与后船的距离,以免让人看出破绽。他拱手道:"方才我二人趁海贼分赃不均、挥刀内斗之际,斩杀贼首,吓退余贼。也多谢刘船主及诸位协力剿贼。目下我与这位公子得先去报官,县寺当会派掾吏处理滩上余尸。诸位可尾随我们慢慢缓行,此条水道谅已安全无虞。爹,你且自己去卖瓜,孩儿报官后再去钱唐找你。"

"孩子啊,来,吃个瓜!"孙父拿起一个大而圆的瓜掷过来。孙姓少年稳稳接住,然后将那借来的海螺抛回后船。没想到,接到海螺的竟是那个七八岁大的孩子。他兴奋地举着海螺在船头转圈跳跃,用清脆的童音大喊:"竹竿何袅袅,鱼尾何簁簁。"

这不是躲在暗处的胡婵今天第一次听到这童声了。只是这一回更为真切。她屏住呼吸,小心翼翼地掀起盖布的一角,透过两位少年身体的间隙窥探。因为刚下过暴雨,那孩子已脱掉上衣,光着膀子。他将后背转向她的时候,胡婵倒吸一口冷气——她清清楚楚地看见，孩子背上有一块月牙形的胎记！

胡婵迅即放下盖布，捂住嘴，以免抽泣声暴露她的存在。那一瞬，她也暂时忘记了世界的存在。

粗心的二少年并未留心到这一细节。他们只想快走。钱唐就在前方，风又顺，无需人执舵掌帆，二少年便一人一桨，飞摇起来。不久后，前方依稀有了渔火，那便是钱唐。再往后望，那已经掌灯的后船只剩一点亮光。二人有些力竭，便停棹小憩片刻。祖姓少年突然想起什么，对孙姓少年说："实在是太失礼了，吾只知兄台高姓为孙，尚未请教大名。"

孙姓少年也回过神来。两人并肩战斗了这么久，竟然还不知对方全名，也是奇事。他抱拳答道："在下孙坚，自起表字'文台'[1]，富春本地人，以种瓜为业。家里排行老二，也请教祖兄大名与表字。"

祖姓少年点点头：他方才的猜测被验证了，面前的少年果然是孙坚孙文台。此人在富春地面上的风评乃是：亦正亦邪、亦刚亦柔，虽有路遇不平拔刀相助的侠名，但也会干点偷鸡摸狗的勾当。今日得见本尊，才发现其智勇双全，且不拘名教，谙通人情，确是大器之才。祖姓少年心中默念：目下朝政腐败，京城阉宦肆虐，郡县官匪一家，各地盗贼纷

---

[1] 按照汉代习俗，男子在二十岁的"冠礼"上才能正式得到表字，作为成年的正式标志。但一些未满二十岁的少年豪侠为了在江湖上彼此称呼方便，往往预先自起表字。

起，真能交上一个这样的狠角色为友，也是自家的一个依靠。想罢，祖姓少年拱手大声说道："小弟祖茂，自起表字'大荣'，也是富春人氏。早就听得兄台大名，虽同处一县，今日才有缘相认，实在是惭愧啊！"

孙坚哈哈大笑。富春祖家的家底他大致有数，以后真有个土豪兄弟了。"大荣，以后我们就是自家兄弟，一定要互通有无啊。"听罢，祖茂也心领神会地大笑起来。

笑罢，孙坚瞥见船舱里的那个瓜，顿觉饥渴，便取来用刀切成数瓣，递予祖茂一瓣。祖茂见那瓜瓤如红玛瑙一般晶莹，上面镶嵌黑白不一的瓜子，颇为诧异，将信将疑间咬上一口，顿觉酥甜可口，清爽解渴，于是问道："文台兄，这是何瓜？兄弟我第一次吃到。"

孙坚得意一笑："此乃'寒瓜'[1]，西域传来，只供皇家与各地诸侯王食用，民间一般不识。我父不知从何处获得瓜种，精心培育成功，专门供给吴越地方显豪。"孙坚话里有话。他在暗示祖茂，不要小看他这个种瓜的，因为他家种的瓜祖家还不识呢。

祖茂听了更加佩服，仔细品尝起寒瓜，觉得自己好像也成了大汉帝国的诸侯王。

孙坚突然想起了胡婵，不知道这见多识广的狐狸精是否知晓寒瓜？他往胡婵藏身处喊道："美人，出来罢！后船已经远离，四下无旁人，可以出来了！"这是孙坚今天第一

---

[1] 即今日的西瓜。

次没有叫她"贱人"。

胡婵掀开藏身的毡布,端正身子坐了起来。

孙、祖二人不由得一愣。只见胡婵双眼通红发肿,面颊依稀还挂着泪痕,看来哭了可不是一小会儿。莫说女贼的气焰早已消散,就连狐媚风姿也化为楚楚之态。孙坚心中怜惜,说道:"可吃过这寒瓜?一起来食罢!"

胡婵强颜欢笑,喃喃道:"让贱婢服侍二位主人食瓜。"她拿起切瓜刀,将大片的寒瓜又切成数小片,说道:"此寒瓜贱婢并未尝过,但听人说,在京都洛阳,贵胄名门食寒瓜要先将其切成小份,再用象牙或犀角磨成的牙签穿而食之,否则会被认为有悖风雅。孙将军以后与京都豪门交往,切不可丢了我吴越豪杰的脸面。"

孙坚真是有点儿从心里喜欢胡婵了。虽然刚才她的那番话明面上在讥刺他不懂吃瓜之礼,但"将军"之称却暗示他以后可以像霍去病与赵充国那样统领大军,与京都豪门平起平坐。他也假装斯文地拿起一小片寒瓜说:"美人说得有理,以后瓜都要切小片吃。"

胡婵瞥见倒映在江面上的弯弯月影,突然鼻子一酸,便要流泪,遏住哭意后,才缓缓对孙坚说道:"不知……不知……但愿贱婢能长侍孙将军左右……贱婢不要任何名分,只愿……"胡婵哽咽着没有继续说下去。

孙坚一边咀嚼着寒瓜,一边咀嚼着她这句没头没尾的话,心想:她刚才为何偷哭?现在又为何眼见月影而哽咽?江东的女子真如江东的风,让男人难以捉摸。不过,今日他已经很累了,已经想不动这些缠人的难题了,于是回应道:"好了,别哭了,只是莫再以将军之称戏弄于我啦!"

"奴婢岂敢有戏弄之心!孙郎气宇轩昂,少年英雄,将来必定官拜大将军!"胡婵的回应非常坚定。孙坚听了此话,心中一凛,把手中的瓜皮远远掷入江心。

看着后面的船灯越来越亮,孙坚知道该动身了。出于谨慎,他示意胡婵重新躲于毡布之下,然后与祖茂一起大力棹桨。划了一阵,见后边的灯影又小了,他突然扔下船桨,爬上桅杆,对着萤火虫飞舞的诡异夏夜大喊:"我孙坚孙文台要做大将军!我孙坚要从吴郡太守做起!我孙坚要做扬州刺史!我孙坚还要做骠骑大将军!我要去打西羌!我要去打乌桓!我要封大汉的万户侯!我要让京都的豪门记住我孙坚!就像霍去病、赵充国那样为朝廷立大功!我是兵圣孙武的后人!"

祖茂听了有点儿紧张。他怕孙坚一激动就说出"我孙坚要做天子"这样的昏话。还好,孙坚的胃口就是大将军与万户侯,这话若是被人听到了,至多也就是被耻笑而已。想这大汉帝国一百零五郡、国,控制各级要害部门的官员,哪个头顶上没有"孝廉"或者"茂才"[1]的名头?而做孝廉的秘诀却恰恰是:你首先得有个背景足够硬的老子让你孝顺。哈哈,父亲只是种瓜人的文台兄,你的官运恐怕最多就是一

---

[1] 即"秀才",因避讳东汉开国皇帝刘秀,称为"茂才"。不过在东汉,茂才与孝廉都不是通过科举考试选出,而是通过地方推举、中央批准而产生。

个县丞吧!

此刻,胡婵却从毡布里探出头来,仰望着桅杆上的孙坚,那神情,就像是一位慈母,正端详着自己刚举孝廉的儿子。她还看到:太白金星就在孙坚的头顶,熠熠发光。

前方钱唐的渔火越来越亮,而迎面的江风也已经有了海的咸涩味。孙坚停止号叫,滑下了桅杆,重新开始摇棹。胡婵又将头掩藏起来。此时祖茂猛然意识到,今天自遭遇海贼袭击以来,自己一直是披头散发,于是就随便在船舱里找了块红布,包住了头。

本回后记

少年孙坚斩杀海贼的故事,有多个版本。最初在吴郡流传的版本是:地痞孙坚与其父种瓜人孙钟从富春搭船去钱唐,在匏里遇到胡玉和麾下的海贼。孙坚与豪勇少年祖茂趁海贼分赃内讧,突而袭之,斩得一首级。因为祖茂不贪功劳,郡署唯独提拔了孙坚,让其做了县廷的假尉[1],以维持地方治安。从此,乡里对孙坚也另眼相看,不再视其为游手好闲的小混混。但这个版本没有提到胡婵。而且,

---

[1] 代理县尉。县尉属于当时县廷行政上的三把手,位列县长(令)、县丞之后,专门负责全县的防务与治安。

这个版本将胡玉的手下甘霸与胡玉本人混为一谈了。

而西晋的陈寿在《三国志·吴书·孙破虏讨逆传》中，甚至没有提到祖茂在其中扮演的角色，好像是孙坚凭一人之力就吓退了海贼似的。为了加强可信度，陈寿还特别提到了孙坚如何故作疑兵，用刀示意并不存在的部下包围海贼，最终将其吓跑。坚父孙钟大惊，就好似从不知道他儿子的霹雳手段似的。为了掩盖这个破绽，陈寿认定当时孙坚已经成了小吏，故有浩然正气可充塞天地，逼退匪贼。不过，这样的夸张可能不是陈寿的错。他看到的由吴帝国的文胆韦昭所主持编修的《吴书》，可能就已是这样录述了。

这件事情发生在大汉建宁四年。是年春，汉朝倒数第三个皇帝刘宏（即后世所称的"汉灵帝"）成年，举行冠礼，秋又立贵人[1]宋氏为后。这也是他人生中的第一位（但绝不是最后一位）正式妻子。朝廷大赦天下，浩荡皇恩。因不满宦官专权而奋起抗争的"党人"[2]，则不在被赦之列。除了二月的地震、三月的日食、五月的冰雹与山洪、冬季鲜卑人的入侵，以及一场不大不小的疠疾之外，这一年大汉帝国可谓风调雨顺、国泰民安。

---

[1] 东汉皇帝的嫔妃在"皇后"之下，由高至低，分"贵人""美人""采女"三等。
[2] 字面意思是"朋党之徒"，是控制了公权力的宦官集团对于士大夫集团的蔑称。

第五回　孙吴菱缘

大汉灵帝熹平元年[1]立秋，扬州吴郡钱唐某条小河。几只白鸥掠过水面，或展翼滑行，或上下扑飞，忽然其中一只猛地扎入水中，叼起一条小鱼，随即敏捷地飞入竹林深处。穿过竹林的风已有秋意，但在岸柳树杈高处，夏末的蝉仍在有气无力地发出其最后的鸣叫，有如那好不容易绵延了近四个世纪的大汉王朝。

一条小船已经在岸柳的树荫下潜伏了一个时辰。两男一女均披着渔夫的蓑衣，垂荡的柳枝则遮住了他们的面目。一个略胖的少年正倚靠在船橹上小声打着呼噜，却不知舱内的鸬鹚正盯着他起伏的白腹上的鱼干准备下喙。这些碎屑是他身边的"渔妇"刚才撒在他肚子上的。此时她正调皮地抱着鸬鹚，既让少年腹上的鱼干引得鸬鹚一次次抻长了脖颈，

---

[1] 172年。

又不让它的喙真啄到他的肚子。而在船头，另一个挺拔的少年则像木头一样矗立在那里。他手搭凉棚，目不转睛地盯着前方，似乎毫无回头看一眼舱内闹剧的兴致。

"阿婵，吴小姐今天恐怕不会来了，天色都变暗了。"船头的少年终于回头了，有点儿失望地抛下这句话。不错，他就是孙坚孙文台，大半年前在鲍里智斩海贼的那个卖瓜少年。他现在可是堂堂大汉帝国扬州刺史部吴郡馀杭县的假尉，身负一县治安之重责。目下孙假尉正与好友祖茂及其婢女胡婵假扮渔夫渔妇，探察水道安全，以防海贼胡玉馀党扰民。如此忠职之心，鸬鹚可鉴。

而孙坚求妻之心则更是滚烫烫的。这一点，胡婵可鉴。

孙坚现在的确缺个妻子。胡婵可不是他的妻子，她是祖茂的婢女。至于这三人之间的关系，是不能对外人言的秘密，哪怕是孙坚的老父孙钟。最近半年来，老爷子一直嘟囔着要孙坚去迎娶住在富春县豆荚亭的吕家小姐，还说什么"种瓜得瓜，种豆得豆，有瓜有豆，岁岁无忧"。但孙坚已是官门中人，怎能与瓜、果、豆、菜纠葛一生？再说吕小姐脸上雀斑太多，身材与祖茂一样胖，又如何能与妖媚迷人的胡婵相比？……但父亲无休止的絮叨不免令孙坚烦闷。

十日之前，孙坚正与祖茂、胡婵二人一起吃螃蟹。正当文台满嘴蟹黄肥膏之际，突听得胡婵喊他："孙郎啊！你行冠礼的日子已近，也该有个正式的妻子了！"

"噗——"孙坚吐出了嚼不出肉的蟹腿，瞪大眼睛看着胡婵，"我不娶吕小姐！"

胡婵笑得花枝乱颤，祖茂亦跟着笑得大口喘气。祖茂拍了孙坚一下："哥哥是被令尊大人吓怕了吧？你要和那麻子脸的吕小姐配为夫妇，小弟我与阿婵都不忍心啊！"

"哦？——"孙坚眼睛一亮，知道二人话里有话，"请问你们说的又是哪家小姐？"

祖茂、胡婵相视点点头，然后一齐说道："钱唐吴家小姐！"

"那个传说中的知书达礼的钱唐吴家小姐？"孙坚听了，眉头一展，但仔细一想，又重新上了锁，"只是听说她模样俊美，但是没有见过真容，不知真假。你们还记得一个月前去吃刘孟家的喜酒的事情吧。刘公子迎娶了赵家的千金，传说中新娘有多漂亮啊，结果大家一看，呵呵，呵呵……"

胡婵用蟹螯敲打了一下被孙坚吃剩下的一个空蟹壳，抗议道："你们男人就知道漂亮不漂亮，却不知娶妻不像纳妾，后者是为了求色，前者是为了求荣。江东这地面，没有宗族的帮衬，就算是大英雄也会被埋没的。孙郎出身并非士族，唯有靠妻家的力量，你的抱负才能得以施展！"

胡婵每次说话都是娇中带刺，刺中又带理，让孙坚不得不吃下、吃透。孙坚默默抢过还没有被剥开的蟹螯，低声追问道："吴家家境如何？"

"家丁奴婢以及隐瞒户口的佃户一共百人，小姐父母早亡，只有一个小她一岁的弟弟，叫吴景。"祖茂抢在胡婵之前作答。

"父母早亡……"孙坚略有所思。

"无父无母好！"胡婵补充道，"孙郎只要俘获吴小姐芳心，便大事可成。若是对方高堂还健在，以孙郎目前的官位去求亲，或许就……"

"那我也得先见见吴小姐！"孙坚还是坚持己见。

祖茂挠了挠头，一不小心将一只蟹脚带到了发髻上。"哥哥，你也是知道的，你得先找个媒人，弄点像大雁或者锦帛这样的聘礼去吴家。对方收了才可能告诉你小姐的真名，然后才能够对双方的八字。哥哥你要见到小姐本人的模样，那是很靠后很靠后的事情了。"

孙坚把头摇了又摇。三人之中，属祖茂书读得最多，但也最迂腐。

胡婵则不慌不忙地说："先见一面也无妨，看看有没有缘分。据说那吴小姐喜欢坐上小船去采菱。时下快立秋了，正是采菱佳季。我们可以扮作渔人，在其必经之路相遇，孙郎便可一睹吴小姐芳容。"

嚼着蟹螯肉的孙坚这才转为颔首。于是，便有了前面柳树荫中的等待。

正当孙坚等得有些不耐烦，考虑是否今天就干脆打道回府之际，河湾处的竹林后传来了一阵少女悠扬的歌声：

  野有菱花，零露浮兮。江东佳人，清扬婉兮。邂逅英郎，适我愿兮……

刚才已经被吵醒的祖茂一听,轻声道:"这是《野有蔓草》……"然后摇了摇头,因为这歌词与《诗经》中的原文又有点儿不同。孙坚瞪了他一眼,示意他不要泛酸,祖茂一吐舌头没有再说话。孙坚倒希望这歌词改得更彻底一点儿,比如将"英郎"改为"孙郎"。

那船开过来了——不,不是一条船,而是两条。前一条船上有八个壮年家丁,个个执弓持戟,充满警惕。船尾的舵杆上绑着一面大旗,上面一个篆体的"吴"字在风中轻轻律动。后面则跟着一条船,上面有七八个婢女,围绕着一个正在唱歌的少女,帮她料理刚从水里得到的收获。船舱里放着几个篝笭[1],里面堆着刚采摘的菱角。

想必那就是吴小姐了……但因距离太远,孙坚看不真切对方的容貌,只是听那歌声婉转悠扬,料想歌者的相貌也应当不差。心急的孙坚从祖茂手里抢过船橹,朝着吴小姐的船摇去。

护卫吴小姐的家丁船抢先迎向孙坚三人的船,隔在孙坚与吴小姐之间。打头的家丁挥刀喝道:"干什么的?"

祖茂怕孙坚唐突,马上跳起来,将孙坚挡在身后:"这位大哥,我与贱内还有兄弟出来打渔!"胡婵也举起了鸬鹚向对面示意。祖茂顺手向家丁的船上扔了条大鱼,喊道:"今日丰收,兄弟们也请尝一条,下酒吃啊!"

---

[1] 背篓在汉代的叫法。

见三人都没有兵器，众家丁彼此点了点头，挥动兵器示意祖茂等人快走。再看看船舱里的这条活蹦乱跳的鲢鱼，大家相视而笑：晚上可以烧鱼汤喝了。打头的家丁向祖茂抱拳道："谢啦！走好！"

孙坚有些沮丧。几个家丁遮挡住了他的视线，他还是没能看清楚吴小姐的相貌。这不，马上就要被赶走了，还白搭上一条鱼。

"且慢！"吴小姐突然起身发话，音色清亮严厉，"说过你们多少回了，都是同县乡党，不要仗着手里有刀剑就白吃白要！这可不是我们吴门家风！"

吴小姐这一起身，孙坚终于看到了她的容貌，这一看，他竟暗暗吃了一惊。

与狐媚的胡婵相比，吴小姐真是另有风情。亮晶晶的眸子嵌在瓜子脸蛋上，透着一种高贵而不可凌辱的光芒，温柔中透着寒冷，寒冷里又浸润着温柔。身材略显消瘦，让男人有股将其一把抱起的冲动——但她说话的气势，却隐隐让人觉得她的身体里有千钧的力量。

莫非……我要娶的……就是她？……孙坚心里开始打起鼓来。

"不好意思啊，刚才不该要乡党的鱼！"家丁的首领抓起了鱼，打算抛回祖茂、孙坚的船。

祖茂摆手道："一条鱼而已，不算什么！兄弟这么客气，我就生气了啊！"

"那几位乡党就拿一篓菱角吧，我们吴家从不占人便宜。"吴小姐发话了，接着又斩钉截铁补充道，"不许推辞！"

祖茂点点头，抱拳作谢。晚上虽然喝不上鱼汤了，但就着小酒啃啃菱角、读读《诗经》倒也挺快活。

满满一簧笭的菱角从吴小姐船上递送到家丁船上，然后又送到孙坚祖茂船上。三人围看，菱角成色上佳，不知是否是吴小姐的特意嘱咐。孙坚抬头望去，吴家两只船已经慢慢驶远，吴小姐站在船尾，右手压左手，对着三人屈身低头做了一个揖礼。孙坚只是呆呆望着，也忘了回礼。

祖茂开始将船往回划。胡婵麻利地剥开菱角，将白晶晶的菱角肉递给孙坚，后者却盯着筐子发愣。胡婵"噗嗤"一声笑了："怎么，孙郎真动心了？这样正气凛然的女子，孙郎吃得住吗？"

孙坚没说话。他的眼睛似乎想透过这筐菱角，看到它后面的东西。

"哎！送聘礼至少得送只大雁，结果送了一条鱼。至于女方的回礼，竟然是一筐菱角。这不合古制啊！"酸溜溜的祖茂对着那已经向西边的山林不断挪蹭的太阳感叹。

此刻，申时[1]的晖光正从天上铺洒下来，笼罩着船上的三人、鸬鹚与那簧笭菱角。

"不，我们得回去！"孙坚突然停止摇橹，卸下橹杆，撑住岸边的坚石，开始让小舟转向。

胡婵与祖茂都有点儿懵。祖茂问道："回去？！我们不

---

[1] 指15:00到17:00。

正回家去吗？"

胡婵用粉拳敲了一下祖茂的肩头："孙郎这是要回到吴小姐身边去，是不是？"

孙坚点点头。此时，小舟已稳稳地转过来，船头正对着吴小姐的船离去的方向。

"为什么啊？"祖茂还是一片迷茫。

"我要向吴小姐表露心意！"孙坚的回答倒是干脆。

"哎呀，孙大哥，刚才我们都露过一面了，等一下再见人家怎么自圆其说？难不成说刚才假扮渔人是为了偷窥小姐，现在发现小姐果然貌美，所以下定决心来求亲？文台兄啊，吴家是要面子的大户，这话我们可说不出口啊！"祖茂有点儿急了。其实祖茂的家境与吴家相仿，若祖茂陪着孙坚偷窥吴小姐的事情在县内传开，那祖家以后在富春的地面上也不要做人了。他喘口气补充道："待小弟回去后为兄台找个稳靠的媒人，再买只大雁……"

孙坚回过头对祖茂微微一笑，然后和胡婵交换了一下眼神。胡婵心领神会：孙坚想必已想好了说辞。

孙坚回过头继续摇橹，嘴里念念有词："用兵之道，虚者实之，实者虚之。说话之道，真里掺假，假里拌真。"

祖茂半信半疑，但不再反驳孙坚，也拿起一支桨划起水来。胡婵则把剥好的菱肉一一送到两位少年的嘴里。

待三人的小舟赶上吴小姐时，那两条船都已经点上了红色的灯笼，远看如两簇红宝石熠熠生辉。其实此时天色尚早，夕阳余晖才刚刚够着西边青色山林最上端的树梢。孙坚

图 3 汉代环首刀

心想,吴家果真有钱,这么早就掌灯了。

祖茂扔了棹桨,小憩片刻。他嫌胡婵剥菱太慢,便拿出匕首将一只只菱角一劈为二,然后将菱肉从壳中抠出往嘴里直送,还轻轻念叨着:"快过申时了,也该吃晡食[1]了。"祖茂的抱怨提醒了孙坚:是啊,这么晚了,吴小姐还在外边游荡,估计是没有父母管教的缘故,才敢这么野。

护卫吴小姐的家丁发现了孙坚等人。因为刚才已经相识,所以没有过于防备,只是隔着水面大喊:"各位乡党,怎么又把船划回来了?"

孙坚立在船头,一言不发,扔掉头上的斗笠,罩住了那只有点儿无精打采的鸬鹚;右手快速解开领口的活结,"唰"的一下,披在他身上的蓑衣掉落在船舱里。只见刚才的渔夫一下子就成了一位头戴赤帻冠、身穿明橘色官衣、腰佩环首刀[2]的少年武吏,迎着风,威风凛凛地站在船头,用

---

[1] "晡食"指晚饭,汉代劳动人民一般只吃朝食与晡食,但祖茂家平时一天吃三顿。
[2] 汉刀近似于今天所见的倭刀,不过刀背更直。汉刀之刀柄往往有圆环,故此又叫"环首刀"。

一只手挥动红色令旗,示意停船。

领头的家丁一看,立即回头对着吴小姐的船喊道:"小姐,官船!"

两条船立即停下了。趁着这当口,祖茂快速摇动船橹,赶上了他们。

被惊动的吴小姐从船舱里出来了,掀开竹帘的时候,奴婢们还在给她擦嘴。看来她刚才还在船上吃哺食呢。

奴婢们拿了个坐垫放在船尾,吴小姐就端坐其上与孙坚对话。孙坚心想:刚才扮作渔夫的时候,她倒是给自己行了礼,见了自己的真实身份,她反而旁若无人地坐了下来,可见吴家在吴郡果然是敬民不畏官的。莫非我孙坚露出官服反而是弄巧成拙?不管了,事已至此,只能硬着头皮上。

孙坚抱拳对吴小姐喊道:"在下乃吴郡馀杭县假尉孙坚孙文台,现奉县丞之命,巡察水道!"

吴小姐冷笑一声:"既是奉官命执官差,为何刚才还要假扮渔夫,弄得鬼鬼祟祟?"

孙坚哈哈一笑:"小姐有所不知,刚才假扮渔夫也是在执官差。"

"此话怎讲?"

孙坚回道:"按理说,吴郡像贵府这样的名门一般都配有家丁,只要官民齐心,地方治安当无虞,郡里也可以少出资费增添兵勇。但为何胡玉等海贼还是屡剿不净?县令、县丞大人以为,目下各府家丁看似人多势众,但不具实战经验,并不能识匪验贼。为此,大人特嘱咐在下与部属扮作渔夫渔妇，暗藏兵刃，检验各府来往船主的警惕心。假若刚才贵府家丁能够多多盘查，发现我舟上暗藏的兵器，则当时在下就会露出官服。只可惜刚才贵府毫无戒备，还与我船交换食物，所以，按县令、县丞大人的嘱托，在下不得不赶回，以作警示！望贵府以后再遇到可疑人等，一定要仔细检查他们身上是否有利器！否则，真遇到贼寇，悔之晚矣！"说罢，孙坚向祖茂使了一个眼色。祖茂随即拿出了藏在蓑衣下的双刀朝对面晃了晃。

吴小姐皱着柳眉听罢孙坚这番奇怪的应答，总觉得哪里不对，但一时又想不出其中的破绽。祖茂手中双刀映射的夕阳余光迷住了她的眼睛，让她一时思绪阻塞。突然，她看到了孙坚船上的那篝荸荠菱角，眼睛一亮，说道："孙尉官辛苦了！不过，既然刚才只是演戏，是否能将那篝荸菱角归还鄙府？"

孙坚略感突然。以吴家家境，怎会在乎一篝荸菱角？他有点儿气短地回道："刚才我们也给了贵府一条鱼……"

吴小姐莞尔一笑："那鱼刚才本小姐已经和奴婢们分食了，肉质不是很好，有点儿腥。那篝荸菱角刚给诸位的时候还是满满的，现在已经少了三成，正好抵上那鱼价。现在把余下的菱角还给鄙府，也算公平买卖。如若孙尉不还，我们可以一起去找县令、县丞评理。孙尉要本小姐和两位大人怎么说呢？——嗯，就说孙尉假公济私，多占民间财物……呵呵……"吴小姐说着说着，调皮地笑出了声。

祖茂心中暗骂：鲢鱼有腥味是因为烹煮不当，与鱼肉品质无关，这小丫头片子和她的奴婢的手艺都需要再调教一下。一旁的孙坚则听出了吴小姐的弦外之音。原来她根本不相信自己刚才编的那段说辞，于是想找个借口去和县令、县丞当面对质。以吴家在当地的声望，即使刚才自己编的不是瞎话，上峰也不会袒护自己的——更何况自己刚才所说的确尽是瞎话，连一个真字儿都没有。

孙坚定了定神，决心将瞎话编到底。他抱拳道："小姐说的极是！但是现在大家都在水上，要称出篝箩内余下菱角的分量，并不方便。在下建议现在先由我们三人护送小姐回府，到了岸上，再细细核对余菱所值。同时，也请小姐妥善保管那鱼骨，我们可以据此推测鱼的大小，再估算其市价，看看是否鱼值菱价。唯此，我们方能知晓鱼菱之易是否公平。"

在一边一直没说话的胡婵捂住嘴，尽量不让自己笑出声来。吃剩下的鱼骨还能作为证据，倒推出鱼活着时候的分量？这孙坚为了能够和吴小姐多待一会儿，真是耗尽余智了。

吴小姐歪了歪头，重新皱起柳眉，盯着孙坚。她疑心今天是碰上了一个穿着吏服的小无赖。他到底是图个啥呢？总之，早点摆脱他才是上策。想到这里，吴小姐回复道："孙尉官，谢谢好意。我们这里有十六个带兵器的，若真是遇到贼寇，你们这三位恐怕也于事无补。还菱之事，只是说笑，孙尉别当真。就此别过吧！"

"且慢！"听到"十六"这个数字时，孙坚吃了一惊。

他用眼角余光将家丁船上的人再数了一遍：对，八个，只有八个。那余下的八个呢？

"吴小姐！河防大事，玩笑不得。在下目测贵府家丁只有八人，请问何来十六人？"

吴小姐拿过奴婢递给她的竹扇，轻轻一挥。她身后的八个婢女突然齐声大喝，从船舱各个部位的机关里取出兵器来。一时间，粉黛佳人个个成了英姿飒爽的女兵，刀、戟、盾、弓一应俱全。

孙坚、祖茂、胡婵三人都惊呆了。吴家彪悍的家风他们算是领教了。不过也难怪，父母早亡的吴小姐要在贼寇出没的吴郡立足，怎么可以不彪悍？

孙坚的脑子一下子凝滞了——他实在想不出继续纠缠吴小姐的借口了。

就在这时候，岸边的芦苇荡中，一把拉满弦的弓，已经搭上了一支利箭，箭头正对着孙坚的后脑勺。船上的诸人对此还无知无觉。

"嗖！——"箭飞了出去。

第六回　海贼胡玉

孙坚正在为如何化解眼前与吴小姐的尴尬而犯愁，突觉脑后传来一阵空气撕裂发出的异响。他本能地将头往右边一侧——一支利箭恰好擦着他的脖子飞了过去，五彩雉尾做的箭羽则像刀子一样划过他耳下之肤。孙坚稍一定神，看清了箭矢向前飞行的轨迹，心中暗叫不好——原来，它正直直飞向端坐船尾的吴小姐！

"噗！"箭镞扎扎实实地射入了吴小姐身边胖丫头举起的木盾，而那在盾牌背面露出狰狞的镞尖，距吴小姐粉嫩的玉颈也仅有区区三寸。倒吸一口冷气的胖丫头立即高喝："保护小姐！"另外三面盾牌立即围拢过来，对着箭矢射来的方向，掩护吴小姐回到船舱。同时，吴府其余奴婢也齐齐蹲下身子，举盾四窥。此刻，无人说话。

无盾的孙坚与祖茂只好尽量压低身姿，用船帮掩护自己，同时抽出各自的兵器。二人四下观察，却未发现一个人影,只见一片芦苇荡如海浪般随风起伏。不会武功的胡婵干脆平卧在船舱里,用孙坚刚才扔下来的蓑衣、斗笠将自己藏了个严实。受了惊的鸬鹚则展翼聒噪,甚是烦人。祖茂嫌其碍事,便挥刀斩断了它脚上的系绳。没了羁绊的鸬鹚立即匆匆飞上青天,以速离此兵凶之地。

但它毕竟没有飞得太远。"嗖!"——另一支箭轻松地追上了它,射穿它的脖项。那鸬鹚甚至连惨叫都未来得及发出,便像一块石头般砸向河面,溅起晶亮的水花。

孙坚一惊。那第二支箭射来的方向,竟与第一支完全相反!前者从南向来,后者从北向来!他朝北望去,依然不见一个人影,只有一片迎风摇曳的竹林,密密的茎叶似乎遮挡着无尽的秘密。

此时,又一声"嗖!"从耳边响起。那是第三支箭,而且箭头还带着亮亮的火苗子!

孙坚旋即明白,这支箭是吴小姐手下向吴府发出的示警箭。然而,又是一声"嗖!"——

第四支箭追上了这支示警箭,在其飞越四周竹林之前,将其精准击落。竹林之后的吴府留守家丁,恐怕是没有机会看到这份警示了。

孙坚手心冒出了冷汗。这第四支箭是从正东面射来的。他往船头正对着的东面望去,发现那里有一个河湾,岸堤上的芦苇正好遮挡住了观者的视线。这背后又藏了多少人呢?

"嗖!""嗖!""嗖!"不甘心的吴家人马又射出了三支示警箭:一支从小姐船上射出,另外两支从家丁船上射出。

"嗖！""嗖！""嗖！""嗖！""嗖！""嗖！"——只见东、北、南三个方向，各有两支箭矢飞起，追逐前面那三支示警箭，将其在飞上竹林顶端之前，全数击落。

看这阵势，孙坚知道，他们已被贼人从东、北、南三个方向半包围了。不过，他也暗自给自己鼓劲：贼人数量至多也就二三十人，并不比吴府的人多多少，这又有何惧哉！想毕，他便对着四下大喊："尔等匪贼，只会暗箭伤人！若真是好汉，敢现身与你孙爷爷一决高下吗？"

孙坚洪亮的声音在竹林与芦苇之间回荡。

不料正东面真有人回应道："吴会海贼王胡玉，只求与吴家小姐一晤！旁杂人等若有阻碍，休怪刀剑无情！"

胡玉！孙坚与祖茂都瞪大了眼睛。尽管他们已斩其悍将、夺其娇妇，却从未和此人真正谋面过。这个"胡玉"究竟是何方神圣？

只见正前方的芦苇荡里，隐隐出现一叶扁舟，慢慢驶出迷蒙的水雾。小舟上共有五人。领头者三十上下，浓眉虎目、一脸横肉、胡满鬓腮、赤铠裸臂、领露胸毛。此人手执长戟，身背长弓，腰悬佩剑，可谓浑身披挂。身后三人则身穿褐色皮铠，执盾配刀，也都携着弓。最后一个贼人则摇着橹，哼着走调的船歌。孙坚暗自揣度：领头者莫非就是胡玉？

此时，胡婵头顶斗笠，只露出双眼，慢慢从舱里直起上身，往船头方向小心探看，随即低声对孙、祖说道："确是胡玉！今日他可能带来了大队人马！"

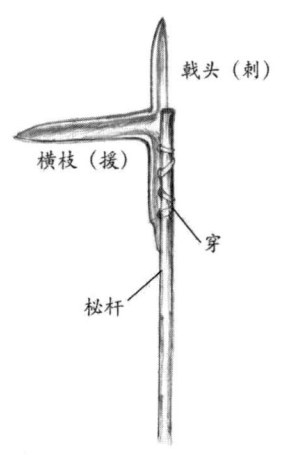

图 4 汉代卜字戟

孙坚听罢,和祖茂交换了一个眼神。不过他还是不太相信胡婵说的后一句话。就这点人,谈何"大队人马"?想到这里,孙坚大声对前方喊话道:"贼人胡玉!就凭尔等这点人马,就想劫持吴家千金吗?"

胡玉哈哈一笑,然后若有所思地对身边的一个驴脸匪贼说道:"老五,此人说的好像有点儿道理啊,我们这次带的人是少了一点儿啊!"

那个被唤作"老五"的匪贼故意大声答道:"大哥,我想,一……百……人,应不算少了吧?"

一百人!孙坚与祖茂向两边望去,还是不见一人。胡玉莫非是在使用疑兵之计?

胡玉哈哈大笑:"以吴小姐这样的身份,我胡玉只带区区百人来迎娶,也的确寒碜了一点儿。不过,也只好请吴府将就一下,弟兄们也各有各的营生,相聚不易啊。"说罢,对着河岸两侧一吼:"还不快滚出来拜见吴小姐!"

突然间,静谧的两岸响起了巨大的擂鼓声,声声敲破耳膜,震碎心脏。十面旌旗,从竹林里、芦苇荡陡然竖起,惊起一片乱叫的飞鸟。只听得众声齐道:"吴小姐安好!"

孙坚大惊,暗想:这么多人埋伏这么长时间却毫无声响,这哪里是匪贼,这可是不折不扣的精兵!目下的局面,又当如何应付?硬打肯定毫无希望,人数对比过于悬殊;偷袭也毫无希望,因为今天被偷袭的明明是己方。对了,刚才胡玉说什么?——只为吴小姐一人?——那么,他这次来的目的是?——想着想着,孙坚两眼一亮,随即抱拳对胡玉喊道:"在下富春孙坚孙文台!胡大哥威名远扬,今日得见,幸甚至哉!胡大哥为迎娶吴家小姐,带来这么多兄弟,可见诚意至深。不过,那吴家小姐生性刁蛮任性,恐怕与胡大哥八字不合,还望三思!"

听到"生性刁蛮任性"几个字,躲在船舱里的吴小姐一阵羞恼,刚想骂"本小姐哪里刁蛮",却被胖丫头"嘘声"的手势止住了声息。

胡玉更是吃了一惊,暗骂:好你个孙坚!杀我兄弟,掳我财货,夺我爱妾,此刻还有脸与我称兄道弟,其中必定有诈!思罢,胡玉大声回应道:"竖子孙坚,我胡玉分明是你爷爷,谁是你大哥!也罢,今日之事暂且与你无干,你别自讨没趣,否则老子就先来细算上次的账,先将你射成刺猬再说!"

孙坚苦笑道："胡大哥，行走江湖，总有风险。上次贵帮虽然损失几位兄弟，但蜀锦漆器之类的稀罕货色，你们最后不也收了一半？不交几颗人头到郡里交差，郡里若是换了面生的县令、县丞来剿匪，贵帮岂不还要重新打点？你们靠乡党吃饭，我们当差的就得靠你们吃饭，大家不都是混口饭吃？"

胡玉仰天一笑："好一个'混口饭吃'！我且问你：那贱人胡婵何在？可是做了你的小，现在跟你混饭吃？"

孙坚不想让一旁的吴小姐知道太多关于胡婵的事情，赶紧回道："胡婵年老色衰，兄弟我连看一眼的兴趣都没有，早就打发给一个徐州来的鳏夫做奴婢了。大哥若对她旧情不忘，我可以马上派人去徐州将其赎回奉上……"

"呸！"躲在蓑衣下的胡婵暗骂，"谁说我年老色衰……"

"哈哈哈哈！"胡玉大笑道，"那胡婵确是有点儿老了，老子也早腻了。今天老子带众兄弟专程迎娶吴小姐，就暂时放过胡婵之事。再说一次：你可不要多事！"

胡婵的心又被狠狠踹了一下。

"胡大哥，吴小姐可不比胡婵……"孙坚边说边想，"吴小姐性格刚烈，脾气火爆……"

"那又怎样？有脾气不是更带劲吗？是不是啊，兄弟们？"胡玉一脸坏笑，众贼也一齐发出震耳的哄笑。听着那笑声，吴小姐船上婢女拿刀的手都开始发抖了。

孙坚心想，于今之势，只能冒险一搏。于是把头一昂，双手抱拳，朗声道："不瞒胡大哥，今日我孙坚也为吴小姐而来，且比大哥早了一步。方才我赠吴小姐以大鱼，她则回报我以菱角。从此，吴小姐之事，也就是我孙坚之事，孙某岂可袖手旁观！"

躲在船舱里的吴小姐听孙坚说到大鱼与菱角，也不禁莞尔：这孙坚刚才还像个无赖，此刻却有些英雄气概了。只听孙坚继续说道："依照目前形势，胡大哥虽或可用强力掳走吴小姐——但方才我已说过，孙某并非冷血漠然之看客。若孙某与吴家上下死战抗霸，虽结局难定，但贵帮也必定损失惨重。况且，即便大哥最后以众凌寡，抢走了吴小姐，但得一人易，得一心难——请别忘了，吴小姐可是路尘难染的深闺牡丹，而非那人人可采的田间野花。如若吴小姐宁为玉碎而不求瓦全，胡大哥岂不是竹篮打水，空忙一场？还望海贼大王明鉴。"

吴小姐听到这里，心中一凛：孙坚所言不错，与其被海贼掳去，不如一死。胡婵则伏在蓑衣之下黯然神伤：在孙坚眼里，自己只不过是一朵绽放在田间的野花罢了。

胡玉听罢，哈哈大笑："老子在乎的就是人，而不是什么心！哈哈！"但与孙坚坚毅的目光再次接触之后，他摸着下巴想了想，觉得孙坚所言也有些道理，于是对孙坚说道："那你出个法子，看看我如何既能得到吴小姐的人，又能得到她的心？"

孙坚翘起大拇指，赞道："胡大哥，真海贼大王也！孙坚愿设一赌局：胡大哥若赢了，吴小姐须认了命，从此死心塌地跟胡大哥纵横天涯；吴小姐若赢了，则请胡大哥与贵帮兄弟自行散去，从此不再骚扰吴小姐。不知二位意下如何？"

胡玉摸了摸下巴："如何赌？"

孙坚转而面向吴小姐之船，拍拍自己的胸脯，大声说道："若蒙吴小姐信任，孙坚愿为吴小姐出战。"然后转向胡玉，"贵方人多，为示公平，必须单挑。我方就出我孙坚一人，胡大哥可选贵帮任何一位好汉，打五轮。为示诚意，贵帮可换人，我不换；兵器由贵帮决定，双方都不许用暗器，旁人只许鼓劲，不许插手。贵帮若有任何一位战胜孙坚，就请立即接走吴小姐。但若五人皆败，就请贵帮立即打道回府！"

"怎样算胜？"胡玉追问。

孙坚默想片刻，指着胡玉所在的小舟说道："对决双方就在这小舟上比武，谁先落水，就算出局！"

"对决之时，兵器伤人，怎么算？"胡玉追问。

"若贵帮兵器伤我，则怪我武艺不精，怪不得别人。为表上次误伤贵帮几位弟兄的歉意，这次我绝不会伤及任何一位兄弟。若我伤及对手，则不论其是否落水，都算我输。"

胡玉颇感吃惊。孙坚怎么如此自信？一人对五人车轮大战，而且放言不会伤及一人？见其怀疑的眼神，孙坚再次抱拳道："贵帮有百余双眼睛盯着孙坚，孙坚如何耍诈？莫非胡大哥对自己属下的武艺如此不自信？"

有些匪贼已经按捺不住了，大声喊道："这孙坚也太狂了，等兄弟我上去将其砍成两半！""对啊，大哥，剁了他！""大哥！让我第一个上！"……

胡玉向众贼摆摆手，然后对孙坚点点头："有种！这条路是你选的！看来，来年的今天，就是你孙坚的忌日！到了那时候，我一定抱着吴小姐敬兄弟一杯酒！"

孙坚哈哈大笑："我担保今日无人会死！"然后转身对着吴小姐的船舱喊道："吴小姐，请你也出来做个见证！"

听着刚才孙坚与胡玉之间的对话，吴小姐心里也是颇为忐忑。但是听着听着，她似乎慢慢理出了头绪。孙坚的策略，是利用匪贼的轻敌情绪，将其化整为零，一一应对，然后渐渐夺其势而摧其志。不过，这也是步险棋，因为孙坚为自己设置的条件也的确过于不利。他到底是个自大狂妄之辈，还是真有万夫不当之勇？不管了，除此之外，目下也的确别无良策——想毕，吴小姐示意左右撤去盾牌的掩护，向孙坚再作了一个揖礼，说道："民女贞洁，全凭今日将军之勇，望将军不辱使命！"

孙坚抱拳作答，心中暖流奔涌。对于他这么一个小小的假尉来说，没有什么比被才貌双全的吴小姐唤作"将军"更让人亢奋的了。

而吴小姐的美貌，则同时引来众匪贼一片赞叹。有人甚至吹起了口哨："嫂夫人哦！比胡婵还要美！"

躲在暗处的胡婵听了，嫉妒地用指甲猛划船舱底的木板。一边的祖茂则略感不安——毕竟上次孙坚杀敌时自己一直在旁襄助，今日却只能袖手旁观。目下匪悍势急，文台究竟该如何应对呢？

第八回　挑灯争妻

众海贼开始为即将揭幕的对决做准备。既然已经定下了以胡玉的座舟为赛场，胡玉等人便靠岸下船，然后用撑杆将船推入河中。孙坚则在自己的小舟上比画了一套螳螂拳，以活络筋骨。不过，为了节省体力，他的每一拳都打得软绵绵的，给人一种"弱不禁风"的错觉。吴小姐在自己的船上一言不发地看着这群忙碌的男人，紧张地咬住了嘴唇。她以后的人生，竟然就要由这场荒唐的比武来决定，而自己却只能在一旁做个看客。不！她坚定地摇了摇头，对自己说道：本小姐必须得做点什么，不管做什么都行！

"诸位英雄！"吴小姐突然对众人喊道——说这话的时候，她面对的是胡玉。

这可是吴小姐第一次对海贼说话，而且还特意称诸贼为"英雄"。诸贼先是一愣，然后齐刷刷停下手上的活计，将一百多双目光齐聚在吴小姐身上。

吴小姐说道:"这位叫胡玉的大哥若真要叫民女心服口服,还需答应民女三件事!"

"只要合情合理,莫说三件,三百件哥哥也答应妹妹!"胡玉一边眯缝着眼睛扫视着吴小姐娇小却不失饱满的身姿,一边慢慢地抚弄着自己飞翘起来的络腮胡。

吴小姐点点头,开始提条件:"好!其一,目下天色已晚,为了对决公平,同时为了能让民女看清胜负,众英雄还需多点些火把!"

其实,此刻立秋之骄阳还未真正落山,只是将半天的云絮烧得红里透紫而已。至于那刚刚离开余晖热吻的另半边天,则已悄然披上了深宝石蓝的夜幕,上面还坠着晶亮亮的繁星与羞答答的月轮。胡玉抬头看看天,点点头,对着手下大喝道:"点火把!"

一声令下,一百多支火把一个个点亮。从天上往下俯视,宛若南、北、东三个方向的三道火墙,构成了一个燃烧的"门"字,将孙坚与吴府的三条船围在当中。不过,若加上被围的孙、吴诸船上已点亮的红灯笼,这场面看上去像极了一个"困"字。

吴小姐满意地点了点头。此时她的玉颊已经被三个方向上的火光映得通红,更显丽质动人。

"妹妹,第二件事是什么?"胡玉追问道。

吴小姐补充道:"第二件么,便是——孙尉与诸英雄对决用的兵器,其形制与质量必须一样。而且,这一点必须由民女亲自勘验确证,否则,民女恐难以认可对决结果。"

胡玉愣了一下,有些为难地回道:"妹妹所说虽然合情合理,但是吾等并非朝廷官军,兵器来源五花八门。就拿最常见的刀剑来说,有的兄弟拿的是铜的,有的兄弟拿的是铁的,有的拿的则是钢的。要找到一模一样的两把,恐怕有点儿强人所难!"

胡玉说这番话时,孙坚的目光也迅速扫视了一遍三个方向上匪贼手里的兵器,发现其言果然不虚。就以匪贼拿的矛与戈来说,长短都不一致,执器列队时,就像是高低错落的竹林。不过,吴小姐所说的第二个条件分明是为防止匪贼耍诈,若不坚持,我孙某人岂不是要吃亏?

思索片刻后,孙坚转身对吴小姐抱拳道:"多谢吴小姐美意!不过,胡大哥已经言明,弟兄们手中的兵器确然形制不一。我们不妨换个玩法,照样能够让双方心服口服!"

"孙君请讲!"胡玉好奇地盯着孙坚。这是他第一次改叫孙坚为"孙君"。

"很简单。"孙坚自信地转向胡玉,"请问胡大哥,匕首与何种兵器对决最为公平?"

匕首就是短剑。短兵器若与长兵器对决,显然对前者不公平。想到这里,胡玉答道:"那自然是匕首对匕首!"

孙坚点点头。"胡大哥手里有几把匕首,何等材质?"

胡玉想了想说:"有个几十把,不是铜的就是铁的,没有钢的。"

"那好,铜的里面挑两把最好的,铁的里面也挑两把最好的,让吴小姐蒙眼挑,她抽中的两把归我用,余下的就归胡大哥点中的英雄用。"

胡玉寻思了一下，的确没有看出这个办法里有任何让孙坚耍诈的机会，便点头同意了。"那么第二轮呢？还比匕首吗？"

孙坚摇摇头："那多无趣啊，第二轮要比更长一点儿的兵器。大家都用盾牌加刀剑，材质好坏不一，还是由吴小姐按抓阄分配。"

"有点儿意思！那第三轮用的兵器就要更长一点儿喽？"

"然也！钺戟对长矛！对了，胡大哥有钺戟吗？"

钺戟是一种带有仪仗礼器性质的稀罕兵器，孙坚此问显然是在刁难海贼。

"有！"胡玉有些兴奋了——前几天他刚从盗墓贼那里弄到一把钺戟，"第四轮我来说吧！长铍对镰刀！"

"镰刀也是长兵器？那不是农具吗？"这下轮到孙坚有点儿糊涂了。

"铁打的镰刀，磨利了刃，镶在长杆上，只要用力一挥，就可削掉一片人头！"胡玉自豪而夸张地描述着。这可是海贼帮自创的兵器。

"的确有趣！"孙坚笑了起来，"那最后一轮呢？"

"最后一轮是长对短。长戟对钩镶，如何？"

"好！"孙坚答应得很干脆，"谁执长戟，谁握钩镶，还是凭吴小姐的手气！"

"一言为定！"孙坚与胡玉同时喊道。两人随即将目光转向了吴小姐。

吴小姐紧张地注视着这两个将自己的幸福当作赌注来掷骰子的疯狂男人。她的目光先是触及了胡玉那充满欲望的眼神，又立即避开了，转而投向了正在向她微笑的孙坚。孙坚举起健壮的右臂，摊开右手五指，再用左手食指指了指右手的掌心，然后突然把右手攥成一个有力的拳头，重重往胸前砸了两下。

这个手势是什么意思呢？是相信自己的手气会给他带来好运，还是在又一次地炫耀他的武力？吴小姐来不及细想了。她低头看了看自己的一双素手：这双手即将以决定孙坚命运的方式来决定自己的命运！她分明感觉到自己的葱葱十指在微颤。

吴小姐咬了咬牙，对着二人大喊："既已成约，驷马难追！"

"对了，我还一直在等吴小姐的第三个条件！"这胡玉的记性倒是不错。

被提醒的吴小姐立即从胖丫头手里夺过佩剑，横在了自己的玉颈之上，引得四下一片惊呼。

吴小姐冷笑道："诸位莫惊，民女生死全凭胡玉大哥是否能够践约。若民女发现胡玉大哥一方有任何耍诈作为，就立即血溅三尺横死船头，让大哥只得一具尸首！"

胡玉急忙摆手："罢了，罢了！美人快放下兵器！我胡玉虽是官寺通缉的海贼大王，但是我们海贼帮也有自己的规矩，并非毫无信义之徒。诸位弟兄，你们说，我们海贼帮讲不讲信义？"

"以信行劫，仗义掠货，信义为本，江海为家！"一百多名匪贼挥舞着火把，齐声喊道，气势震天。孙坚、祖茂与吴小姐听了这荒唐的誓词，但觉好气又好笑。蒙在蓑衣下的胡婵听了，则若有所思——毕竟她原来也是海贼。

胡玉双手叉腰，挺着肚子，满意地对四周的小贼挥挥手，然后转向孙坚："那就开始抽签吧！先挑兵器，我们这里再出人！"

不久后，备选的四把匕首都选出来了。海贼帮里派出了一高一矮两个代表，跳上一块从竹林里拖出来又被推下水的舢板，麻利地攀上了吴小姐的船。高个匪贼手里托着一个盘子，上面用布盖好了四把匕首，只有匕首的把儿露在外边。为了保险，矮个子匪贼则用另一块黑布包住了吴小姐的双目。黑布散发出的汗味让吴小姐感到有些反胃，但她还是忍住了。

高个子海贼一脸坏笑说："吴小姐，这里有四把匕首，两铜两铁，请随意挑选两把给孙尉官。"

吴小姐的脑子飞转着。两铜两铁一共四把匕首——就目下的形势而言，显然对孙坚最有利的情形是选中两铁，而最不利的情况是选中两铜。若选中一铜一铁，则正好两方公平。而匪贼为了尽可能让自己选到"两铜"，他们会按照什么次序来摆放匕首呢？……怎么选？……好为难……

"别磨蹭了！"矮个子匪贼不耐烦了。

吴小姐的手指犹豫了一下，点中了正当中的两把，然后迫不及待地自己扯下了头上的黑布。高个子匪贼从布下抽出了当中的两把匕首。吴小姐心中一凉：两把都是铜的！

须臾之后，这两把铜匕首就被转交到了孙坚的手里。孙坚仔细看了看这两把青铜古董，边缘都已经出现了锯齿，有些地方甚至出现了黄锈，估计送给爹爹用来切瓜都费劲。他对着胡玉大喊："胡大哥，你们就用这东西打劫吗？"

胡玉大笑："别小看这匕首，这可是天下闻名的鱼肠剑啊！"

孙坚差点被他气乐了。所谓鱼肠剑，是古代的侠客专诸的兵器，吴地人士何人不知？相传他曾经将这匕首藏在鱼肚子里，骗过了吴王僚的卫士，并在裸身上菜之时抽出匕首，刺透吴王僚身上的三重铠甲。然而当下之物，又怎么可能是那名震吴越的鱼肠剑！

见孙坚不信，负责抓阄的高个子匪贼立即补充道："这的确是我们海贼帮专门用来拉鱼肠的匕首！孙尉官闻一闻，是不是有点儿鱼腥味？"

孙坚一闻，果然有。原来吴小姐为他选中的不是兵器，而是厨具。

孙坚回头瞪了吴小姐一眼。心中慌乱的吴小姐不敢和他对视，低垂眼帘，长长的睫毛上似有泪花闪烁。

"另外两把匕首呢？"孙坚不服气地对高个子匪贼喊道。

那匪贼得意地将另外两把匕首高高举起，互相敲击了一下，发出铮铮的金属之声。因为距离稍微有点儿远，孙坚看不清匕首的细节，但是分明感到两道寒光反射过来。的确是货真价实的上等铁匕首！孙坚暗念：吴小姐啊！今天我孙坚被你害惨了!

胡玉满意地点点头。然后转向四下:"谁愿意与孙坚对战第一轮?"

"我来!"一个尖细的声音从南边贼群中响起。孙坚循声望去,只见一个只有八九岁的孩童走了出来,但仔细再看,那根本不是孩童,而是一个与八九岁孩童一般高矮的侏儒,看面相应当年近三十。此人黄脸鼠目,唇边还有两簇小胡子,猥琐之外颇有点儿诡异杀气。

"好!老七!刚才孙坚说了,你杀他不算违规,但他不能伤你,至多只能逼你落水!你好好打胜第一阵,余下四阵都可以免了!"胡玉下达了命令。

"老大你瞧好!"被唤作"老七"的侏儒飞身上了那用作比武台的小舟。从那么远的距离猛然跳到舟上,着地时却轻若落叶,整条小舟下沉又浮起,却不偏不倚,不摇不晃。此侏儒轻功了得!

"拿兵器来!"老七对着吴小姐船上的高个子匪贼喊道。

"老七拿好!"那匪贼像掷飞刀一样将两把匕首投出,如同从指间飞出两道闪电。老七腾空跳起,张开双臂接刀。待他再一次悄然无息落在舟上,孙坚清楚看见:那两把匕首分别稳稳地夹在他左右两手的手指中间!

老七保持着这个姿势向四周转了一圈,向众人炫耀他接匕首的功夫。转到孙坚面前那一刻,他突然向上抛出匕首,然后稳稳握住两把匕首的柄,匕尖正好对准孙坚。老七大喊:"孙尉,速速上船,让七爷爷我看看,你的肠子是不是比那鱼肠更长？"

孙坚暗忖，自己的个头大，轻功肯定敌不过老七，不如将计就计，用自身体重将其弹入水中。想毕，孙坚猛地一发力，从自己的船上弹跳起来，飞向小舟。

孙坚往下踩时用力过猛，船尾竟高高地翘起。毫无防备的祖茂猛然向前跌倒，倒在了胡婵的身上，压得美人张口差点就要惊叫。而此时，孙坚的双脚已经踏上了比武小舟的船尾。正如他所料，船尾被他的体重压入了水面，而昂起的船头则将老七高高弹起。

孙坚等待着老七落水的水花。

然而，却见老七在半空中划出了一段非常陡峭的弧线，然后头朝下，向着孙坚的头顶垂直下落。紧握于他双手的匕首劈开了空气，匕尖直奔孙坚仰起的面门而来。

此时孙坚唯一来得及做的动作，就是举起"鱼肠"招架。只听得一阵刺耳的金属碰撞之声。孙坚心中暗叫："鱼肠"误我！吴小姐误我！

但说来也巧，老七的铁匕首击碎"鱼肠"的剑身后，却刚刚插入了"鱼肠"的把柄，如同榫卯一般精确！

全场肃静，只听得见一百支把火把燃烧时发出的"噼里啪啦"声。一百多双眼睛盯住这自汉高祖刘邦斩白蛇以来都罕见的奇景：身材高大的孙坚将孩童般身材的老七托举在了半空中。

孙坚与老七四目对视。时间之流似乎在此刻凝固了。但见孙坚笑道："七哥，请下水！"然后双臂一振，同时松开自己紧握"鱼肠"的双手，身材矮小的老七即被抛至河面上空。

"扑通！"老七落水的水花并不大——这为他捡回了一点儿颜面。

"文台威武！"祖茂从船上一跃而起，差点把胡婵颠入水中。而吴府阵营，不分男女，全都敲打着盾牌兵器，欢声大喊："孙尉威武！孙尉无敌！"

孙坚对着吴小姐挥了挥手，然后重复了刚才那个有点儿古怪的动作：举起右臂，摊开右手五指，用左手食指指了指右手掌心，然后把右手攥成一个有力的拳头，往胸前砸了两下。

吴小姐眼里噙着泪花，也学着样子，对着孙坚举起了一个拳头，朝自己的心口捶了两下。

第九回　再战四局

胡玉看着老七从水里爬出来，瞪了他一眼，然后对着孙坚抱拳朗声道："孙君方才小胜，颇为侥幸。我看这小舟实在太轻太小，若两人同时立于其上，拳脚兵器都不易施展，不如对决双方各立于一舟之上，再决雌雄，如何？"

孙坚点点头。确实，在同一条小舟上对决，对战双方必然会一船头一船尾。只要一人起身弹跳，小舟之平衡就会被打破，则各种状况皆有可能发生。若一人一舟，则相对公平。

孙坚环顾四下，突然看到了高、矮匪贼刚才留在吴小姐船边的竹筏。他指着那筏子说："此筏甚好，在下就立足于上。"平衡力较弱的孙坚选中筏子而不是小舟，自有其道理。小舟底凸而筏底平，显然后者更不易晃动。

胡玉没有反驳，然后进入下一个环节："请吴小姐选兵器！"

按照之前约定，第二轮对战的兵器，双方都是刀、盾组合。但刀、盾太大，无法放在盘子上让吴小姐抓阄，所以众贼先将这四件兵器放在竹筏上，然后通过投掷钱币来决定归属。

一个长脸匪贼将一枚前汉的元狩五铢钱[1]放到吴小姐的手中。吴小姐掂量了一下这枚五铢钱。这枚孔方兄的正面用小篆刻着"五铢"两个阳文，背面则光滑如镜。平时根本都不正眼看的一文钱，现在攥在手心，却似有千斤之重。她又看看筏子上的兵器。两面盾牌放在左边：一面是式样较老的双弧盾，盾缘呈波浪式弯曲，盾面画了个玄底赤纹的饕餮。另一面则是用木板做的牌盾，用玄色的铁皮箍了个盾边，盾面上面毫无装饰。

"吴小姐，你希望选哪一面盾？"

女孩子自然喜欢漂亮的盾。她不假思索地指着双弧盾说："双弧盾！"

"那就请掷币！若字面朝上，孙尉就请执双弧盾！"

吴小姐捏住钱币，屏住呼吸，暗数到三，然后向上一掷。钱币落到甲板上，摇摇摆摆地滚了一个圈，然后停住。众人俯身去看，胖丫头带头大喊："五铢！"吴府上下一片欢乐。

孙坚心里暗暗叫苦：打仗不是为了炫耀盾型，谁告诉你漂亮的盾就是好盾？那面弧盾的漆将材质包裹得严严实实，若是败絮其中，岂不又害了我孙坚？

---

[1] 汉武帝时代铸造的钱币，东汉民间依然流通。

一脸坏笑的长脸匪贼把五铢钱拾起,对着吴小姐说:"现在选刀!"

但见竹筏上的长刀有两把,刀面均雪亮逼人,似乎都是上等钢刀。吴小姐一时分不出好坏,只好将视线转向刀环。只见左边长刀的刀环中间镶了一块美玉,环圈上又绑了五色彩绳,看上去甚是惹人喜爱。右边长刀之刀环中却空空如也,环圈上也只是绑了块长条红布而已。吴小姐打定了主意,指着那左边的刀说:"我选有玉者!若掷币后字面朝上,则将此带玉之刀给孙尉!"

又一次掷币,这一次却是光面朝上。吴小姐不由得一脸沮丧:虽然前番抽中了好盾,但难道刀不比盾更重要吗?

此刻,孙坚也已上了那竹筏,低头仔细观察这两把刀。但见吴小姐所看中的那把装饰绚丽的刀的刀背上有一行错金字,上面写"永初六年五月丙午造卅炼大刀吉羊宜子孙"。[1] 所谓"卅炼",就是指刀身经过三十次锻打,清除杂质后所得到的宝刀。如此利刃未能入手,着实让人可惜。孙坚再将目光转向了旁边那把吴小姐为他实际选中的装饰朴素的刀,发现上面也有两个错金字:"百炼"——也就是锻打了一百次后得到的超级宝刀!

孙坚兴奋地向吴小姐挥了挥百炼刀,以示谢意。吴小姐则一脸疑惑,暗念:他为何不谢谢她为他选中了那么漂亮的双弧盾?男人真是奇怪的动物。

---

[1] "永初六年"是112年。

胡玉对着众手下喊道："谁打第二阵？"

"看小弟我的！"一个青色人影从芦苇丛中突然蹿出，飞上小舟。

孙坚乍一看，不禁吓了一跳。世上哪里有青皮之人？仔细一看，原来是一个用染料将自己从头到脚涂抹成青色的山越人[1]。那山越人又用白色染料在皮肤上描绘了大量类似蛟龙鱼鳖之类的线条，让人看得眼花缭乱。

"老九，杀了他！"胡玉大力晃着大戟，对青皮人喊道。

"得令！"叫"老九"的山越人对着孙坚喊道，"把吴小姐选中的兵器给我！"

孙坚点点头。他先是拿自己的百炼刀刀头挂住卅炼刀环首的小圈，然后让卅炼刀像竹蟝[2]一般绕着百炼刀疯狂舞蹈——突然，加至极速的卅炼刀挣脱了孙坚的控制，向青皮老九的头上方旋转着飞舞而去。

青皮老九从小舟上纵身跃起，稳稳抓住了刀柄，脑后的散发潇洒地飘起。此刻，孙坚踢起来的盾牌也飞向了老九的下盘。老九用一只脚将飞来的牌盾往上踢，另一只手顺势抓住了盾鼻[3]，动作毫无半点拖泥带水。

孙坚一手持刀，一手握盾，注视着对手粗壮眉骨下的一对凶煞的小眼，以及肥厚嘴唇上方翕动的扁平鼻翼。此

---

[1] 山越族是古代百越民族的后裔，三国后渐渐与汉族融合。
[2] 即竹蜻蜓。
[3] 即盾的把手。

时，他忽然觉得刚才踢盾的脚趾一阵生疼——奇怪，那木盾怎么那么重？莫非？……

孙坚咬咬牙，暗想：自己的弧盾分量甚轻，拿到手里就知道材质不如对方。不管了！先用百炼刀劈碎对方盾牌！想毕，孙坚大喝一声，从竹筏上跃入老九的小舟，挥刀向他砍去。

"噌"一声，百炼刀砍到了老九盾牌的包铁盾缘，溅起一阵火花。与此同时，老九左手的卅炼刀则直插孙坚心窝，孙坚不得不用饕餮双弧盾抵挡。"啪！"卅炼刀轻易劈掉了它的一个弧角，溅起阵阵木屑。见状不妙，孙坚立即向后一撤，躲开刀锋，回到自己的竹筏之上。

二人持刀对峙，准备下一回合的拼杀。孙坚趁机瞄了一眼吴小姐为自己选中的这块盾：开裂处横出的木刺材质疏松，一看就知是用未经祛水工艺的朽木仓促造就的烂盾，只是盾面涂饰华美，以欺瞒不懂行的买家。孙坚暗想：此物既然毫无防御力，断裂处的木刺亦可能在格斗中伤及自身，那还不如……

突然，孙坚将手中的双弧盾掷出，只见盾牌飞旋着直奔老九面门而去。

老九不敢怠慢。为了给孙坚一个震慑，他没有用盾牌去格挡，而是决定直接用卅炼刀了结这个饕餮双弧盾。吴小姐眼看着自己选的盾牌，被卅炼刀的刀锋齐刷刷地切成两半，就好像是一张狰狞的饕餮的脸面被人从中间撕裂了一样，她惊讶得合不拢嘴——莫非自己的盾又选错了？

而老九也没有料到，双弧盾破碎时会迸出如此多的碎屑，他只好用自己的牌盾去护住面门。与此同时，他只听得四周的匪贼在大喊："老九，上面！"

老九知道情势有异，也来不及观察孙坚的位置，立即将盾举起，防御上方。

孙坚果然已从自己的竹筏上高高弹跳而起，然后刀锋朝下，直冲老九。这一招是从刚才落败的侏儒老七那里学来的，用来应对当下的局面或许刚刚好。

然而——百炼刀插入木质的盾面之后，扭动着刀身犹豫了片刻，这才挣扎着继续插了下去！

刀身传来的震动让孙坚突然明白：这面盾不但四缘包着铁皮，而且里面也衬着铁皮！而刚才刀锋的迟滞，就是遭遇到了其内衬铁皮之阻隔。怪不得刚才踢这盾的时候，脚趾那么疼！——不过，也正因为自己手执的是真正的百炼刀，它才能最终突破铁皮的防线。

此刻，孙坚看到老九手里的卅炼刀也正向自己的手臂挥来！原来，扎透铁盾的百炼刀贴着老九的脖子扎了个空，并未伤其肉身。而老九也凭借自己的手感判定了孙坚的位置，立即发起了反击。

老九的卅炼刀空挥了两下，第二下差点就砍到了孙坚。孙坚来不及多想，双手松开百炼刀，随即紧紧抓住老九手中刀柄的上端，再借着下坠之势，以自己整个身体的力量去扭转老九的手腕。

老九没有料到孙坚会来夺他的刀，为了防止手腕被拧断，只好选择放手。夺到卅炼刀的孙坚跃回自己的筏子。他不顾双脚落筏时溅在身上的水花，迅速调整姿势，将刀头重新对准老九。此刻，两人的兵器已经对换。

老九尝试着将孙坚留给他的刀拔出再用。不料，因为钢刀与木、铁之间的贴合过于严实，他竟然没有拔出。

孙坚哪里会给他第二次机会，双手握紧卅炼刀再次劈来！

目下老九已陷入尴尬。他手握百炼刀的刀柄，刀身上却挂着笨重的盾牌，阻挡了自己的视线。他本能地侧身一跳，躲开孙坚的劈刺。孙坚举刀再劈，老九挥刀格挡，岂料孙坚这是虚招，老九挥出的刀和盾令其失去了重心，而此时孙坚顺势用扫堂腿全力横扫老九的下盘。老九踉跄了几步，终于扑倒，卡在盾上的百炼刀刀锋亦插入了甲板。老九刚想起身再战，却感到脖子上一阵凉意。一把卅炼刀正架在他脖子上。孙坚拍了拍老九的肩膀说："服不服？"

老九扭过头，闭上眼睛，默默点点头。

"孙文台又胜一局！"祖茂挥刀大喊。

吴小姐在欣喜之余，也陷入了疑惑：自己刚才似乎选错了盾，那么，她是否也选错了刀？

她默默地对自己说：或许，重要的不是选对兵器，而是要选对人。

第三轮对战开始——铍对镰刀。此时，吴小姐已对兵器的优劣失去判断，随意为孙坚选了铍，对方则为镰刀。

所谓铍，就是加了长杆的短剑，可以用来做劈、刺、砍、削等动作。战国时代的铍多用青铜制作，而孙坚手里的这支铍的铍头却是用精钢打造，寒光瘆人。至于那镰刀，正如胡玉前面所言，乃是海贼将农用镰刀改造后的自创兵器。

这次海贼帮派出与孙坚对阵的，乃是一个长眉长鼻长须的红脸长臂贼，自称"老四"。长臂加长杆，老四对孙坚便稍占距离优势。对战一开始，老四就挥动长镰，去勾孙坚手中的竹制铍竿。孙坚一不留神，那铍竿上便多了几处伤痕。他很清楚，只要再来这么一下子，这竿铍就没法用了。至于对面的老四手中的镰头，亦正呼呼地在自己眼前画出死亡的圆圈！

孙坚决定将计就计。他双手横举已经受损的铍竿，迎着镰头冲去！

老四不知孙坚为何要自寻死路，然后本能地将镰往前一挺。只听得"咔嚓"一声，铍竿被截为两段，断口处露出竹子中空的截面。孙坚侧身躲过镰头，随即果断地将手中没有铍头的那半根竹竿朝老四双眼掷去！

手握长镰不便防卫，老四只好腾出一只手去防护面门。抓住这个机会，站在长镰杆一侧的孙坚则举起了已经没有了长竿的铍——不，严格地说它现在就是一把剑——朝桃木做的镰杆砍去！

老四只觉得虎口一震，还来不及把镰杆往回抽，却发现自己的镰头已经掉落在孙坚的筏子上！

孙坚笑嘻嘻地拾起了镰头。现在他一手镰头、一手铍头，老四手里却只有一根木杆。

此战已无悬念。

第四轮对决开始。这次吴小姐为孙坚抽中的是钺戟，对手用的是矛。

所谓钺戟，就是头部一边是斧钺、一边是戟的混合型长杆兵器。孙坚用了这钺戟，便至少可以做砍、刺、扫与啄四个动作。而对方的矛则只能用来刺。看来吴小姐这下真抽中了一回好签。

这次执矛上场的乃是一个豹子头的黑脸匪贼，一上船就咋咋呼呼地大喊："俺是黑老三，有万夫不当之勇！孙坚快来送死！"

想到在解决了这混球之后还有一轮对战，孙坚多少感到有些疲倦。他必须快点结束这一轮，为最后的决战节省体力。想毕，他二话不说，抡起钺戟，就向黑老三面门砸去。后者举矛格挡。"噌"的一声，矛卡在了钺戟的戟枝处，摩擦出阵阵火星。孙坚故意挑衅地问道："黑老三，你就这点力气吗？"

气坏了的黑老三用尽全力想挑飞孙坚的钺戟，但钺戟却死死压住了他的矛尖！

"你撒手！"黑老三瞪着大眼睛。

"你撒手！"孙坚也学着他的样子瞪起了眼睛。

突然，黑老三感觉手中一松，原来孙坚果然撒了手，并借着他的上挑之力，从竹筏上飞身跃入黑老三的小船，而黑老三虽然挑飞了孙坚的兵器，但是重心后仰，将自己的肚腹完全敞露给了孙坚。

孙坚落脚未稳,就借着全身的冲劲,对着黑老三的肚子一顿闪电般的暴击!黑老三一个趔趄,仰面跌倒在甲板上。孙坚顺势跨坐在他的脖子上。黑老三还想挣扎,却发现孙坚已经用两根手指点住了自己的双眼。

"够了!全是废物!"实在看不下去的胡玉决定自己上场了。

按照原来的约定,最后一轮对战的兵器乃是钩镶与戟。但气急败坏的胡玉似乎已经忘记了应当由吴小姐抓阄决定兵器分配的约定,拿了根钩镶就向孙坚面门扔去。他为自己选的兵器当然就是那杆戟。孙坚稳稳接住钩镶,双手抱拳:"没想到是胡大哥亲自出马!得罪了!"

"少说废话!孙坚,那钩镶只是防御用的,我允许你再挑选一把兵器用来进攻!省得等一下我斩杀了你,吴小姐怪我胜之不武!"

孙坚笑道:"在下已明言,今夜绝不会死一人!对了,阁下既然刚才给过我专诸杀吴王僚的鱼肠剑,那现在能否再给我一把当年要离用来刺杀公子庆忌的短矛呢?"

孙坚分明是在调笑海贼。专诸与要离均是古代吴王阖闾手下的著名刺客,前者用的"鱼肠剑"虽然家喻户晓,后者刺杀庆忌时用的短矛却是默默无闻。没想到胡玉竟毫无难色,对着身后人喊道:"他要'要离矛',就给他'要离矛'!"

一支短矛从芦苇荡那边飞来,孙坚跃身接住。他仔细

图 5 钩镶与环首刀的组合对抗长戟的使用范例图

看了一下,发现这矛确非春秋时代的青铜古物,而是锋利异常。闪亮的钢制矛面上刻了"要离"两个篆字,背后则有"延熹三年"[1]的铸造年号。不错,这次得到的肯定不是一把厨具了。

孙坚用短矛碰了一下钩镶,对着挺戟而来的胡玉摆好了战姿。

所谓钩镶,是一种用以克制戟的兵器,居中为一铁制小盾[2],上下分别连上两根长铁钩。其用法是,以小盾挡住戟的刺头,然后用上面的钩子去勾住戟的横枝,再伺机用另

---

[1] 160 年。
[2] 此小盾也叫"镶"。

一只手所持的兵器进攻对方。现在胡玉的戟是从正面刺来的，孙坚自然无暇去用钩镶勾那戟侧面的横枝，只好用钩镶当中的小盾直接抵挡胡玉用整个上身力量所发出的冲击。

"噌！"二人兵器第一次相碰。胡玉果然是个大力士，孙坚感到自己的虎口都快被震裂了。不过，胡玉的戟头还是冒着火星划过了钩镶的小盾面，孙坚则侧身用钩镶上的钩子顺势勾住了对方的戟杆。而后，钩镶与戟杆开始激烈地摩擦，爆出了更多的火星。

孙坚知道，胡玉的戟杆是用铸铁打造的，因此，想用钩镶将其划断，无异于痴人说梦。他便用右手的短矛攻击胡玉的胸口。胡玉将戟杆往上猛提，这样一来，孙坚左手的钩镶不得不顺势改为向上举起。不过胡玉的蛮力真是惊人，孙坚几乎被他提离了竹筏。为保持平衡，孙坚不得不撤回短矛，然后横着身子，奋力用双腿去蹬胡玉的肚子。胡玉见状，侧身躲开孙坚的双脚，同时仅凭左手稳持长戟。双腿踢空的孙坚顺势重新站稳，同时再用短矛锁住了胡玉的右手回到戟杆上的通路。目下的形势是：孙坚的一把钩镶锁住了胡玉的戟，一把短矛管住了胡玉的一臂，而胡玉只要将侧身转回正面，自己的胸膛就会立即与孙坚的短矛撞个正着！

孙坚暗笑：看来海贼头子也不过尔尔。

突然，胡玉左臂松开戟杆末端，腾空跳起，毫无防备的孙坚一个踉跄差点摔倒，钩镶也脱离了戟杆。胡玉往下落时又狠狠地踩到了戟杆上，而那向下的戟头的横枝，正好插入孙坚所在的竹筏的正中。胡玉顺势抓住戟杆后端向后猛拉，连接竹筏的绳索被割断，眼看着竹筏就要散架——而只要落水，孙坚就算输了。

孙坚迅速将双臂平举，利用身体两侧的钩镶与短矛保持平衡，这才在剩下的竹筏上勉强站稳了脚跟。不过，此刻胡玉已经重新举起长戟，直朝孙坚的头颅挥来！

孙坚意识到已来不及用钩镶去挡住戟头了。他迅速跪下，勉强躲过了长戟的横枝——尽管如此，孙坚的赤罽帻，连着那发髻，却被斩落于水中。

吴府阵营见此场面，发出一片尖叫。吴小姐则瞠目结舌，手里的香帕也落到了水面上。

孙坚感到头皮一凉。他疑心头皮已经受伤，但目下已无暇勘验伤情。他怒吼一声，用钩镶与短矛紧紧夹住悬在其头顶的上半截戟杆，然后再用双腿攀上了下半截的戟杆！

胡玉没有料到孙坚有这一手，抡起戟杆想把孙坚甩到水里。孙坚用双腿将戟杆锁死，拼命向下用力，任凭胡玉力气多大，也难以把他甩出去。僵持的刹那，孙坚抓住机会，松开一条腿，对准胡玉的下巴便是一脚。胡玉往后一退，躲其锋芒——也因为如此，他控制戟杆的握力进一步减弱。孙坚趁势用尽全身之力将戟往自己这边拽。

胡玉终于松手了。用双腿盘住戟杆的孙坚重重地落在了自己的半截筏子上。而两手空空的胡玉则向后猛坐在了自己的小舟上。

待两人再次站起时，孙坚手里已有了三件兵器：左手的钩镶，右手的长戟，以及腋下夹着的短矛。胡玉则赤手空拳。

此刻，胡玉头脑一片空白。他已经输了。

不料，孙坚却笑着将长戟掂量了一下，将其横着扔给了胡玉！

胡玉接住了兵器，疑惑地看着孙坚。

孙坚将钩镶与短矛交叉在胸前，权当抱拳礼："刚才在下的赤羂帻与发髻都先被胡兄斩落，然后在下才夺了胡兄的兵器。这一回算是平局，如何？我们不妨再战，一决雌雄！"

胡玉看了看四下一言不发的手下，知道这是孙坚在给自己面子。他望向稍远处的吴小姐，发现她正在用倾慕的目光看着孙坚，他曾经沸腾的心也不禁慢慢凉了下来。

正在双方僵持之际，六支火箭从胡玉身后腾空而起，直插天穹！

吴府上下看到空中的六支火箭，发出一阵欢呼："二公子来了！"看来这六支火箭也是吴家自设的信号，意思估摸着是说"救兵来也"。

吴小姐的船上也立即升起六支火箭，似乎是在回应那边的信号，以报平安。匪贼中有人还想射箭拦截，却被一脸铁青的胡玉喝止了。

第十回　五德皆备

孙坚循着火箭的方向望去。但见远处河面上有一串灯火，十来条大小不一的船正朝此处驶来，船上似有一两百人。他突然想到祖茂曾和他说起，吴家小姐还有一个弟弟叫吴景，想必是吴景带了留驻府上的家丁来寻姐姐了。

不管吴景带来的救兵有多少，孙坚决定先利用这机会吓唬一下海贼。他对着还在沮丧中的胡玉喊道："胡大哥，我看今天就到此为止吧！吴小姐的弟弟吴景和县丞关系极好，现在正集合吴府家丁与官兵朝这边赶来。只要胡大哥收兵，我回去就和县令、县丞大人说明缘由，绝不会为难各位好汉！"

胡玉也看到了远处的点点船火，虽不知虚实，却已无心恋战。看着手里的戟，想着孙坚刚才给他留的面子，他轻叹一口气，横戟抱拳对孙坚说道："孙君果然信义！胡某请吴小姐做压寨夫人，纯属玩笑！吴小姐虽美，但身材太羸弱,我胡玉更喜欢像胡婵那样的丰腴女子!不过,今天与孙君比试五轮,甚是快活!以后不妨交个朋友!"

孙坚哈哈大笑:"只要以后吴府上下平安,我孙坚愿意与大哥做这个朋友!"

"那么张府、陆府的平安呢?"胡玉故意试探说。

孙坚脸一沉:"张、陆二府部曲[1]众多,听说一半人都有从中原购来的鱼鳞甲。要动张、陆二族势力,胡大哥还得先将弟兄们手里的鱼肠剑全部换掉才是。"其实,张、陆府上有鱼鳞甲一事是孙坚信口胡编的,他连传说中的鱼鳞甲的样子都没有见过。[2]

胡玉听完眉头一皱:"这个也不能动,那个也不能碰,那我们海贼以后吃什么?"

孙坚用短矛指着南方说道:"孙某在吴郡当差,会稽郡的事情么,眼不见心为净!"说罢,哈哈大笑。胡玉听懂了他的意思,也跟着哈哈大笑。

现在轮到吴小姐皱眉了。她暗想:会稽本来就是从吴郡分出去的[3],彼处难道不是大汉的疆土吗?但又一想:这肯定是孙坚为了尽快支走海贼而想出的说辞。如今毕竟敌众吾寡,也不可事事较真。

胡玉对着属下吹了一个口哨。须臾间,包围着吴府与

---

[1] "部""曲"本是汉军编制单位,合称可指豪强私兵。
[2] 当时更普及的是扎甲,也就是长方形小甲片连缀而成的铠甲。
[3] 此事发生在永建四年,即129年。

孙坚等人的三面火炬一把把熄灭，水面一下子就黯淡了下来。从上往下看，原本亮堂堂的"困"字那燃烧的"门框"也慢慢裂成了短线，直至消亡。竹林与芦苇荡里则窸窣声不断，众海贼顺着原路悄然撤退。孙坚本还想归还钩镶与短矛，胡玉却大方地挥挥手，示意他可留下二者作个纪念，然后自己也消失在了芦苇丛中。孙坚也不客气，一边飞旋着短矛炫耀着自己掌指的控制力，一边摆弄着钩镶，得意地回味刚才厮杀的每一幕细节。此时祖茂急了，指着自己的头对孙坚大喊："文台兄！你的帻！"

孙坚这才想起自己的赤罽帻已被斩落水中。抬手摸摸头顶，还好没有出血。刚才那戟的横枝是贴着头皮扫过去的，正好将头顶心的头发剃净，实在是险！不过……那赤罽帻呢？……水面好暗……

"孙尉！帻巾在我们小姐处！"吴小姐船上的婢女们齐声喊道。原来刚才那赤罽帻被风吹至了吴府船边，婢女们便用竹竿将其捞了起来。

此时孙坚红着脸，一动不动。刚才低头找赤罽帻的时候，他看到了自己在水里秃顶散发的倒影。他可不想就这个样子去吴小姐那里讨帻巾。

见孙坚不动，吴小姐的船便主动向他驶来了！

婢女们用灯笼与火把照亮了越来越近的孙坚。看到他秃头的狼狈样，大家齐齐欢笑起来。孙坚放下兵器，用双手护住头顶，脸儿比刚才更红了。

吴小姐也笑了起来。她拿起另一块手帕，捂住因欢笑而露出的两排皓齿,轻咳一声,强作严肃地问道:"孙尉,上百匪贼都不怕,却怕秃顶示人?"

孙坚有点儿结巴地回道:"大丈夫不怕……马革裹尸……就怕……怕……衣冠不正……子路……正冠而死……就是因为……因为……怕……死无美姿。"

这下吴小姐实在忍不住了,朗声大笑了起来,现出两个又深又迷人的酒窝。众婢女更是笑得前仰后合。稍远处的祖茂听了,则笑得乱捶还躲在蓑衣下的胡婵,疼得她哇哇乱叫。一个读书少的家丁则对左右窃窃私语:"怎么回事?子路难道不是在卫国死于兵变吗?难道真是因为冠帽太好看遭到丑类嫉妒而被刺的?"

"笨蛋!子路是因为一边打仗一边照镜子故而才阵亡的!亏你是吴府的人,连这个都不知!"另一个读书也没那么多的家丁严肃地纠正道。

说笑之间,有人便将赤罽帻用竹竿挑给了孙坚。孙坚迅疾束帻,却感到帻巾有些温热——原来刚才吴小姐已经吩咐人用火炬略略烘了烘打湿的帻巾。孙坚束帻后,又背对着吴小姐抖落了身上的散发,这才恢复了一个大汉武官的神气。他转身抱拳对吴小姐说道:"吴小姐刚才受惊了!恕在下无能,刚才花费了那么大光景才逼退匪贼!若小姐不嫌,在下这就护送小姐回府!"孙坚说话之时,用余光扫了一眼正在慢慢逼近的吴景船队。这吴小姐的弟弟吴景的脾气、性格如何,孙坚目前尚无把握,因此他必须在吴景出场之前多给吴小姐留点好印象。

收了笑容的吴小姐点点头："去年孙尉大破海贼的故事，早已传遍吴郡。彼时民女尚觉不可思议。但方才亲眼见识孙尉官单人对战上百匪贼的英姿，实在是不得不信。孙尉官单人对众贼，可谓勇；恪守对战之约，可谓信；对战败匪贼每每留情，可谓仁；巧用兵器连胜五阵，可谓智；为救民女于水火、救吴府于万难而奋战不息，可谓义。仁、义、勇、智、信，五德皆备于此战，即使孔夫子在世，亦会盛赞孙尉胜而有德！民女心中实在感佩，请受民女一拜！"说完，便给孙坚下了一个深深的揖礼。众婢女家丁见状，也纷纷行礼，口言大谢不绝。

"小姐请起啊，这都是下官分内之事啊！"孙坚装模作样地推辞着，胸中则心花怒放。"仁、义、勇、智、信，五德皆备于此战"——就凭这句话，今天就是头皮被削掉也算值了！

吴小姐起身，看着孙坚又问道："刚才看孙尉与海贼缠斗，有几件小事民女尚且不明，想请教一二。"

"请讲！"孙坚嘴里这么说，心中却一沉：要是吴小姐再细问他与海贼之间的关系，当如何是好？哪些话可说，哪些又不可说？

"请问孙尉，刚才那胡玉留下的短矛叫什么？"

"叫'要离矛'啊！"孙坚被这个问题弄得有些莫名其妙。

"刺客要离受吴王阖闾嘱托杀死公子庆忌的故事，想必孙尉一定烂熟吧。"

"那是自然。"孙坚愈发糊涂了，还是不明了吴小姐话锋之所指。

"好！"吴小姐顿了顿，"孙尉官如何看待要离发妻之惨死？"

孙坚先是一愣，然后立即明白了。这故事的细节，他幼时早就听父亲孙钟讲过了。原来要离与阖闾为了让被刺杀的庆忌丧失防备心，就定下苦肉计，先由阖闾借故废掉要离一臂，再借故杀掉要离发妻，甚至焚其尸，弃于市。于是，世人均以为要离与阖闾不共戴天，阖闾的政敌庆忌亦如是观之。这样，要离才得以借机接近庆忌，并伺机用短矛将其杀死。很明显，在整件事情中，要离之发妻纯粹是无辜的牺牲品。而吴小姐此问肯定是想了解，我孙坚是不是那种会因为男人之间的仇恨而随时牺牲妻儿之无情种。

念及此，孙坚抱拳道："吴王阖闾与庆忌之间仇隙，与要离毫无关系。为他人霸业害死自己发妻，有悖人伦，又伤及自身性命，在下难以苟同。"

吴小姐点点头："吴起杀妻求将，并非只是为了他人霸业，也是为了自身富贵，孙尉怎么看？"

有了前面的铺垫，孙坚对如何作答，心中大致有数。他回道："吴起是卫人，妻子本是齐人，而吴起为了能当上正与齐国交恶的鲁国的将军，竟趁妻子熟睡时斩杀之，献其首于鲁君，说明此人全无心肝。再者，他先后服侍过鲁、魏、楚三国，可谓三姓家奴，心中不但无宗，亦无国。幸好天道恢恢，小人吴起最终被楚国王族乱箭射死，也算是大快人心。"孙坚其实并没有完全说出他关于吴起的真实想法。

吴起在阴晋之战中率魏军大败十倍于己的秦军的战例[1]，他曾与祖茂多次在棋盘上推演，一直乐此不疲。

吴小姐继续问道："吴起是大兵家，孙尉先祖孙武也是大兵法家。吴起斩妻拜将，孙武斩姬练兵，都是用我们女人的人头铸就男人的功名。孙尉对吴起不以为然，对孙武的作为又如何评价？"

孙坚一惊，这才听出前面三问均是铺垫，此问才是要害。若孙坚按照前面套路继续非议孙武，就等于蔑视祖宗；若只贬吴起，却颂扬孙武，岂不自相矛盾……一时间，竟左右为难。

不过，孙坚静下心来，迅速将孙武斩姬练兵的细节在脑中过了一遍，突然眼睛一亮。

"吴小姐，先祖孙子斩姬练兵，与吴起杀妻拜将，并不可同日而语。斩姬是大义，杀妻则是灭伦。"

"怎么讲？"吴小姐好奇地看着孙坚。

"先祖孙子所杀实非美姬，女兵也。他既受吴王阖闾之王命练后宫佳丽为兵，便有执掌军法之权。被斩美姬在孙子三令五申之后继续违抗军令，由此伏诛，纯属咎由自取。世人多感叹红颜薄命，却不知军中只有兵将之分，却无男女之别。倘若当年大禹所斩杀的误期的防风氏是一介女流，世人是不是还要妄议大禹呢？反之，若大禹斩防风氏是基于大义，吾辈先祖孙子斩姬又何尝不是？与之相较，吴起之妻并

---

[1] 此战发生在公元前389年。

非其兵，而是其妻，且此女并无悖妻道之过。吴起无故杀之，便是灭伦，人神可共愤之。"

吴小姐点点头，但转念一想，还是觉得不能如此便宜孙坚，必须再刁难他一番。她指了一下身后的婢女，问道："倘若将这些婢女调给孙尉调教，其中如有不服军令者，孙尉是否会斩杀之？"

孙坚瞄了一眼那些婢女，神情皆紧张不已。他很清楚，这个问题若答不好，恐怕以后与吴府上下不好相处。细想片刻，他慢声答道："孙某不会。"

听罢此言，众侍女神情都变得释然了。

"孙尉先祖可基于大义斩杀美姬，孙尉却不敢斩吴府违令婢女，又何以自称是孙子后人？"吴小姐依然不依不饶。

"理由有三。"孙坚不慌不忙，"其一，吴小姐并非吴王阖闾。阖闾有图霸天下的野心，这才令孙子调教其后妃以测其专能。吴小姐则对下人行仁义之道，即使聊备兵戈，也是为了防贼驱虎以图自保，并非为了逞强斗勇。如是观之，小姐说要孙某练婢为兵，怕也是笑谈。其二，孙坚虽崇敬先祖孙子，本人却并非孙子。先祖孙子辅佐的是吴王阖闾，而孙某效力的则是大汉朝廷。阖闾可随意指妃为兵，而大汉军制却无女兵。所以，先祖可做之事，孙某却不能为。其三，如今已是大汉熹平元年，而非天下纷乱的东周。光武帝陛下中兴后早就下过明令，杀害奴婢不可免罪，而作为朝廷命官，孙某又怎敢不顾王法，私刑定人生死？"

听罢孙坚的一番解释，吴府家丁婢女纷纷点头称赞。

吴小姐又抛出了她的下一问:"请恕民女无礼。孙尉左一句'朝廷命官',右一句'朝廷命官',但现在也只是县里的一个假尉而已。孙尉虽是孙子后人,但已年代久远,孙家在目下的吴地亦并非显贵。孙尉虽勇智无比,但按目前朝廷的升迁制度,怕也难以封侯拜将。敢问孙尉,对未来功名可有打算?"

同样的问题,祖茂已经问过孙坚很多遍了,连他自己也问过自己很多遍了。现在已经到了对这个恼人的问题做出正式答复的时候了:"小姐问得好!也恕孙某妄言几句。目下海内虽大致安定,但形势依然波谲云诡,难以预测。豪族世家虽然把持各地官位,但用人尚亲不尚能,一旦激起民变,恐怕还得靠吾等武官去收拾残局。封侯拜将,虽非孙某所乞,但孙某依然坚信,只要军功显彰,朝廷定会论功行赏!"

"孙坚,我看你胆子不小,竟敢咒大汉天下还会出赤眉、绿林之乱!"吴小姐嘴里虽这样说着,心里却暗自赞同孙坚对于形势的判断。她知道,党锢之祸压制贤良无数,即使在远离洛阳政治风暴中心的吴地,很多人也是敢怒不敢言。如此下去,或将酿成大祸。

"赤眉、绿林之乱或许不会,但胡玉之乱不就在眼前么?"孙坚回答得不卑不亢。

吴小姐点点头。是啊,要是没有孙坚,她今夜恐怕就要成为胡玉的床笫玩物了。想到这里,吴小姐再将孙坚对于前面几问的回答捋了一遍,终于咬定朱唇,暗下决心。

大家陷入了一阵短暂而诡异的沉默。

这时候，吴景的船队已经很近了。船队上众人的喧嚣声，又将大家吸引了过去。

"姐姐！可安好？"领头船上的一个披铠少年朝着这边大喊。

"小姐安好！"吴小姐本人自然不便大喊，回应的事情就由挥舞着火炬与船灯的家丁们代劳了。

不久后，孙坚也看清了船上的来人。船头的少年，想必就是吴小姐的弟弟吴景。但见那吴景，十五六岁的年纪，皮肤白净，双目炯炯，颇有其姐姐之美姿。头上戴着一个两边装饰着一对犀角的兜鍪[1]，身上的玄甲甲片密集，形似片片叠放之鱼鳞，在炬火照耀下熠熠生辉。莫非这就是传说中的鱼鳞甲？

吴景对着姐姐大喊："姐姐受惊了，恕小弟解救来迟！但见刚才竹林芦苇之间似有一百多名匪贼,他们现在何处？"

"小弟，你怎么才来？要知道今夜你差点儿就看不到姐姐了！"吴小姐没有回答吴景的提问，反倒问起了吴景。

"申时快过了还不见姐姐回府，又不见姐姐发箭示警，小弟料想可能有事。但事发紧急，来不及向别的宗府借部曲，姐姐又已调走了四成家丁，小弟只好命佃户持锄、镰充数，多点火把以壮声势。刚才未迅速接敌，也是为了不让匪贼看出破绽，以疑兵退贼众。"

孙坚听了吴景的回答，迅速向吴景身后望去，发现吴

---

[1] 即头盔。

景身后只跟了三条船,再后面的其实都是些竹筏子。每条筏子上都插着七八个火炬,又点着几盏灯,远看还真分不出虚实。没想到这吴景小小年纪,竟颇会用兵。

吴小姐也看破了吴景的惑敌之道,追问道:"小弟,这招是谁教你的?"

吴景得意地答道:"古代的吴起用兵时就常用疑兵惑敌,而小弟我,就是当代吴子!"

吴小姐咳嗽了一声,狠狠瞪了弟弟一眼,弄得吴景莫名其妙。

尴尬中,吴景将视线转移到了孙坚身上,从其赤帻帧上立即判断出了他的身份。吴景立即作揖:"这位官爷,了不起!刚才斗匪贼就靠你们两人吗?实在令人难以置信!在下吴景吴奋起,因鱼鳞甲在身,不便行大礼,就此大谢官爷!请问尊姓大名?"

——果然是鱼鳞甲!孙坚盯着吴景铠甲锻铔[1]上的花纹,暗暗眼馋,心中计算着吴家的财力与野心[2],嘴上说的却是另外一套:"在下孙坚孙文台,馀杭假尉,路见劫匪不轨,侥幸退贼,吴公子不必大谢。"

吴景听了,目瞪口呆。

此时吴小姐接话了:"弟弟啊!刚才孙尉说得对,不必

---

[1] 即领口。
[2] 当时铠甲属于官方管制物资,理论上民间不可拥有。同样属于管制兵器的还有弩机。一般的弓箭刀剑则不在管制之列。

谢了。因为这恩太大了，大恩不言谢！"

"姐姐所言甚是！"吴景接着说，"若仅仅说声'谢'，怕是吴地人士知道了，都会笑话我们吴府不懂礼数。孙尉要田地、要奴婢、要财宝，只要点点头，鄙府一定奉上！"

"还不够！"吴小姐突然向前走了几步，对着孙坚，又郑重下了一个万福礼："小女吴甄，本是吴郡吴县[1]人氏，年龄一十有七。家父在三年前去会稽会友，返乡时遭山越人袭击，不幸身亡。家母因悲痛过度，亦在月余后辞世。甄只好携景弟移居钱唐，投靠宗族亲戚。本在吴县的家产也变卖了，带着家丁奴婢在钱唐重新购置了地产。家中除了景弟，并无别的男人。若孙郎有意，请在三日内托媒人带聘礼到鄙府。小女不才，愿为孙郎之妻，助君成就功名。"

全场一片肃静。吴景的嘴张得大大的，几乎不敢相信自己的耳朵——刚才姐姐竟然在没有媒人在场的情况下，自己报出了芳名，而且还漏了家底，甚至主动向男方求婚！

祖茂在暗地里偷偷挥了挥拳头：大事已成！

孙坚看上去倒不是非常兴奋。他早已对目下的胜利十拿九稳了。他再次作揖回道："多谢小姐好意！不过，孙某家资不足，恐怕聘礼难以丰盛！"

"一只大雁足矣！"吴甄回答得斩钉截铁。孙坚暗喜：又为家里省下一笔钱。

"若贵府的亲戚嫌弃孙某的出身呢？"孙坚问道。

---

[1] 今苏州姑苏区，当时是江东第一大都会。

"婚姻大事,本该听从父母之命,但家父家母早逝,景弟又年幼于我,只好由甄擅自主张了。亲戚田产与我府财产并不相干,他们的话,甄若觉得无理,自可不听!"

孙坚听了,又多吃了一颗定心丸,便屈身下礼:"三日后自会有媒人带聘礼登府!"

吴甄亦回礼:"小女静候佳音!"

突然,吴甄像想起了什么,若有所思地看了一眼祖茂:"这位好汉是……祖……祖……"

"在下祖茂祖大荣,其实并非县廷掾吏,而是孙坚挚友,去年一起破过海贼,今日亦伴他巡河!"祖茂答道。

吴甄又将目光转向了胡婵藏身之所,问道:"那么,旁边那位妹妹想必就是胡婵喽?为何见了海贼之后一直都躺在船舱里?本来身上已经有了蓑衣,再盖蓑衣于身上,难道不热吗?来,快快卸去蓑衣,让吾等瞧瞧。"

孙坚、祖茂与胡婵三人同时浑身一激灵——吴甄是怎么知道她就是胡婵的?

孙坚的脑子飞转,回忆着他与胡玉的对话。对了,胡玉提起过孙坚抢了胡婵,而自己又对胡玉说过她已被卖到徐州。那她听了此言,也不该认为眼前的女子就是胡婵啊!

此刻,胡婵在吴甄的逼迫下只好起身去掉蓑衣,露出本来面目。诚如吴甄所言,两件蓑衣的确把她捂得大汗淋漓。

胡婵玉立在船头,被香汗湿透的衣衫紧裹着凹凸娇躯。众家丁看了,发出了一阵小小的惊呼。吴景的双眼瞬时就直了。

吴甄上下打量着胡婵，再看看祖茂与孙坚尴尬的表情，暗自揣摩这三人的关系。胡婵低下头不敢搭话，心里小鼓乱敲。突然，吴甄笑了起来，两个酒窝重新浮现在了面颊："不是妹妹，原来是姐姐！这位姐姐肯定是胡婵，对吧？"

"这……这是我祖家的奴婢……"祖茂结结巴巴辩驳道。

"祖公子，我并未说她不是贵府的奴婢啊？我只是说，她应当就是胡婵！"

"何以……何以见得？"祖茂心虚地反问道。

"女儿心自然知女儿心，对不对，胡婵姐姐？"吴甄对着胡婵笑眯眯地问道。

孙坚暗中连连叫苦：本来要成的姻缘，是否会因胡婵而功亏一篑？

吴甄再问孙坚："孙郎，如果小女因为不满胡姐姐与二位的关系而将刚才的婚约解除，你又会如何对待她？"

孙坚看了一眼眼神哀怨的胡婵，心里百感交集。他思考片刻，答道："小姐，胡婵确是我们兄弟从海贼那里解救的民女。她与小姐一样，亦无父无母。我兄弟二人可怜她，便由祖茂兄收留为奴婢，我平时对她也略有接济。坚与小姐结缘，本就是高攀，小姐无意，坚绝无怨言。此事胡婵无错，事后我想祖茂兄也定会将其继续收留于府上。"

祖茂听了，也坚定地点点头。胡婵则听得泪眼模糊，哽咽了起来。

当孙坚刚才说到胡婵也无父无母一句时，吴甄的眼睛也红了。她对孙、祖又下一礼："听孙郎所言，才知二位真是重情重义之真男人,而绝非杀妻求将的小人吴起可比!托付终身于孙郎,甄无怨无悔!"

听到"杀妻求将的小人吴起",吴景这才突然明白刚才姐姐在自己提吴起之时,为何对自己瞪眼。他看了看小船上的孙、祖、胡三人,再看看姐姐,轻叹一口气,不再说话。

婚约既定,孙、祖、胡便驾舟与吴府人等别过。

夜风沿着河面吹来,吹散了映照其上的粼粼月影。胡婵一边擦着眼泪,一边给划桨的孙、祖二人喂已经去壳的菱肉。孙坚一边嚼着,一边问祖茂:"今日天还没黑时吴小姐唱的是什么?兄弟你还记得吗?"

"记得!那是《野有蔓草》,《诗经》里的,吴小姐改了词。"

"你起个头!"

"野有蔓草,零露漙兮。有美一人,清扬婉兮。邂逅相遇,适我愿兮。"祖茂有点儿记不清吴小姐是怎么改词的,只好背出原文。

"野有菱花,零露浮兮。江东佳人,清扬婉兮。邂逅孙郎,适我愿兮。"得到提醒的孙坚立即背出了吴小姐改的词,而且,他还将"英郎"改为了"孙郎"。

祖茂想了想,也附和着唱起了孙坚改的词。胡婵的声音也加入进来。三人的合唱,随着江风,传向了河边的竹林与芦苇荡,飘向了立秋月夜中迷蒙的远方。

第十一回　宝瑜析婚

"喔喔喔！"报晓的雄鸡伸直了骄傲的脖子，抖动着自己亮泽的羽毛，让从背后射来的旭日的阳光剪出了它健美的身姿。灿烂的阳光也射入了孙坚卧房的帐幕，而他却没有像平时那样闻鸡起舞、操练武艺。昨天晚上与海贼帮的五轮大战，已经透支了他的体力，以至于田头的鸡鸣竟然只是让他从一层较深的梦境转入一层较浅的梦境而已。在那层较浅的梦境里，他真的听到了鸡鸣，便"醒"了过来，骑上白马去射大雁。他对天空呐喊着：大雁啊大雁，你们是我孙坚去吴家提亲时要用的聘礼啊，快快掉下来啊！奇怪的是，明明飞得不高的大雁，他却怎么也射不中。再射一下，弓弦竟然被拉断了，变成碎絮被风儿吹散了！他问身边的祖茂怎么回事，祖茂张开了嘴说了好几句话，他却一句都听不到。他问胡婵是怎么回事，胡婵对他笑笑，突然消失在了林子的深处……他回过头，却看到父亲手里拿着一对瓜向他跑来，后面跟着自己的哥哥孙羌、弟弟孙静、大侄子孙贲、小侄子孙辅，还有小妹妹孙雯。孙坚拼命地对父亲摇手喊道："爹爹！孩儿要的是雁，不是瓜！"不料爹爹却文不对题地对他喊道："种瓜得瓜，种豆得豆，有瓜有豆，岁岁无忧！"

这时候，一个披挂着鱼鳞甲的少年却不知从何处冒了出来，突然横戟挡在孙坚与其家人之间。他对着孙坚大喊："小小的假尉，竟然想娶吴府的千金，你可知道自己的斤两吗？"孙坚一惊：这不是吴景么？他回道："吴公子，婚约可是吴小姐亲口答应的，你怎可反悔？"不料吴景却回道："婚姻大事，怎可凭女流做主？不知天高地厚的种瓜郎，且吃我一戟！"说罢挺戟就刺。

孙坚大惊，只见那寒光闪闪的戟头越变越大，而他的身子却毫无躲闪的能力，就像被八十根绳索捆绑得严严实实一样。"别杀我啊！我是你的姐夫啊！"孙坚左右晃动着头，大喊道。

"别杀我！"孙坚一个激灵坐了起来。他仔细想了一下，刚才的梦境里出现了已经离世的大哥孙羌——嗯，那肯定是梦境。只相信拳头的硬度的孙坚才不信"人死可以复生"的鬼话。再想想刚才在梦境里凶神恶煞般的吴景，孙坚笑了起来：人家都说梦境与现实是相反的，说不定现在吴景正在和他姐姐夸赞自己的神勇呢！

长舒了一口气的孙坚揉了揉眼睛，打了个大大的哈欠。他望着窗外洒满金光的瓜田，再将昨晚的事情理了理。昨天正好是休沐日[1]的前一日，自己不必回馀杭县廷配属的临时尉舍，而可以借机骑马回富春县的老家。与吴家结亲这么大的事情，孙坚是绝对不能不告知家人的。不过，因为昨天到家之时家人已经熟睡，他也不便打搅，就径自回到自己的房间倒头睡去。这不，该到了向家人通报喜讯的时候了。

孙坚刚想起身洗漱更衣，却看见七岁的大侄子孙贲正站在门口瞪着大眼睛望着他。孙贲背的竹篓子里，则载着快两岁的小侄子孙辅。小孙辅在竹篓里安静地睡觉，不知梦到了什么好吃的东西，口水竟从肥嘟嘟的小嘴里流了出来。

"叔父，昨晚我起身小解时看到你回家，就告诉了爷爷。你大概没沐浴就睡觉了吧，快闻闻你身上的味道。"孙贲一边用沾着泥的手指堵住鼻孔，一边对孙坚说道。

"还说叔父！你看你自己的手指有多脏！"孙坚故作严肃地指了指孙贲的手指，心里却升起一股子悲意。这一对相差五岁的娃娃可是大哥孙羌留给孙家的骨血。大哥在三年多前得了虚劳病[2]，家里根本请不起好的大夫，于是竟活活咳血而死。因为少了一个壮劳力，家境便越发困顿。狠心的嫂嫂在生下孙辅之后，便在某个黎明一声不响地离开了孙家，正如当年孙坚的母亲在生下小妹孙雯后所做的那样。家里因为缺乏有料理婴儿经验的女性，便只好让孙贲担当起照料小

---

[1] 汉朝官吏的休息日，原则上五天轮到一日，但也可累积连休。
[2] "肺结核"的古代叫法。

弟孙辅的重责。迫于家中境况,孙坚与孙静只好时常在半夜三更与道上的兄弟们去偷富人古墓里的随葬品,换钱后请富春县里的乳娘给孙辅喂奶。小妹孙雯也早早学起了女红,帮人修补衣服以贴补家用。要不是去年孙坚成了假尉,得了"比二百石"的俸禄[1],并因胡婵的指点而得了些横财,真不知这家里的日子要怎么过下去。

"哥,快去洗洗吧,水快烧好了!"孙雯在院子中的大树下向孙坚招手。小妹今年十四岁,虽然出身贫寒,却是全家上下将自己打扮得最干净得体的一个人。孙雯麻利地加着柴火,火苗子将她可爱的圆脸蛋映得红扑扑的。一边十六岁的三弟孙静则笑呵呵地用半片葫芦舀出一些热水,给一只野鸭去毛。他回头也对孙坚招呼道:"二哥昨晚回家了,估计是有好事和咱们说吧。二哥,洗完澡后我们吃鸭子!今早小弟在林子里刚射到的!"

孙坚可不想这么早就把好消息告诉大家。他卖个关子,故意云淡风轻地说道:"我就是想大家了,回来看看家里还缺什么,没什么事情。"然后开始脱衣服,往水桶里跳。孙坚被水烫得哇哇大叫,孙静这才慌忙往桶里加凉水。两人互相泼水嬉闹,哈哈大笑。被笑声吵醒的小孙辅大哭起来,孙贲把他从竹篓子里抱出来,又哄又亲。说来也怪,小孙辅就

---

[1] 这个级别的工资,每月折算为价值二十七斛(折合今天约五百四十升)谷物的月薪发放。其中一半月薪是谷物,一半月薪是与谷物等价的五铢钱。因为吴郡粮价低于朝廷定的官方粮价(每石一百钱),所以当地官吏更希望拿到货币工资。

吃孙贲这一套，立即就不哭了。他的小脑袋转向孙坚，突然发现了什么。他指着孙坚，结结巴巴地说道："叔父……叔父……你……头上有叶子……"

原来是调皮的孙雯刚才绕到孙坚背后，在他脑袋上扣上了一片大荷叶。被嬉闹声惊动的孙钟从自己房门里走了出来。他乐呵呵地看着眼前的一家人。自从孙羌不幸离世以后，全家似乎就没有这么欢愉过。

看见父亲的孙坚在水桶里挥着荷叶，对他大喊道："爹爹，大喜讯！"

"儿啊，是不是上面要升你的官了？"

"比这还大的喜讯！我要和钱唐的吴府结亲了！"孙坚终于没有忍住，将原本应当在食案上说出来的喜讯，在浴桶里说了出来。

全家陷入震惊之中，一时间没有人说话。听不懂孙坚在说什么的孙辅吮着小手指，歪着脑袋，好奇地环顾众人。

孙坚意识到自己说话的时机不对。他匆匆沐浴完毕穿上衣服后，便和一家人围在正在炖煮的鸭子边，说起了昨日的奇遇。

留了个心眼的孙坚并非全盘托出，他根本就没有提到胡婵。孙家上下除了他自己，至今没人知道她的存在。他只是说，自己与祖茂巡河的时候，遇到海贼胡玉劫持吴家小姐，于是拔刀相助，与海贼大战五轮，将其逼退，云云。说到吴小姐亲口决定与孙坚结亲这一段时，孙静、孙雯与孙贲都齐齐拍手喝起彩来，似懂非懂的孙辅也跟着嘻哈起哄。老父亲孙钟却一言不发，面无表情地用树枝拨弄着炉火。

"爹，你怎么不说话？"觉察到父亲神色不对的孙坚小心地问道。

"儿女婚姻，父母之命，媒妁之言，怎么好私定终身？"孙钟慢慢说道。

"父亲！正因为是要奉父母之命，所以孩儿才回家请示啊！"孙坚感到有些委屈。

"亏你还是个假尉，连这点脑筋都没有！为父不是说你！孙家若高攀吴家，以后自然是吃穿不愁，为父我怎么可能从中作梗！我说的'父母之命'，指的是吴家。"

孙坚更糊涂了："孩儿刚才说了，吴小姐父母双亡，自己能够做主！"

孙钟叹了口气："嗐，孩儿你还是太年轻，如果吴小姐与其弟能够在父母离世后立足吴县，为何要去钱唐？而他们去了钱唐，岂不说明钱唐吴家的宗族势力更大？对于这些宗族的态度，孩儿你可知道？要是摆不平他们，这姻缘，我看难结。"

孙坚一时间被父亲的话难住了。今晨做的那个古怪的梦又出现在他脑海里。

"文台兄，今日你终于回家了啊！多少日子没见了？"

正在众人思考孙钟所言的时候，门外传来一位少年的声音。孙坚望去，原来是好友徐真。

徐真，字宝瑜，富春县一户中上等人家子弟，家境与祖茂相仿，比孙坚小两岁。五年前在吴县，徐真与陆家子弟因为一块刻了戏车表演[1]的砖画的交易起了纷争,便打起了群架,正好被路过的孙坚、孙静兄弟看见。二孙见是吴县人打富春人,立即不分青红,加入战团,将陆家子弟打散。那一年,孙坚十二岁,孙静十一岁,徐真才十岁。从此,徐真一被人欺负,就去找二孙帮其报仇,自己则疏于练习武艺,跟着父亲去研读"春秋公羊学"了。孙坚却对此类儒家经学毫无兴趣,抽空将徐家当成闲书的《孙子兵法》《六韬》等兵书拿回家细细琢磨。两家走动一多,徐真也便认识了孙雯,常以"为家婢补衣"的借口来看做女红的孙雯,顺便也借此补贴一点儿孙家的家用。孙坚做了假尉之后,家境改善,出于自尊,他便不再要徐家的接济。加之他经常在馀杭办公,近一年来与徐真的见面颇少。于是,徐真就常以讨论兵法为名去找孙静聊天,继续接近孙雯。今天恰好孙坚也在家,徐真碰巧撞到了一个"全家福"的场面。

孙坚起身招呼徐真:"宝瑜,愚兄公务繁忙,近日怠慢了贤弟,惭愧!小妹,快去煮点烤茶[2]给你徐大哥!"

孙雯也一直对徐真颇有好感,觉得他有自己的两位哥哥所没有的一股读书人特有的仙气。听了孙坚的吩咐,孙雯红着脸对徐真莞尔一笑,就转身去准备煮茶必备的镌斗[3]了。孙静则将已经煮熟的鸭子移灶,以便为镌斗腾出空间。

---

[1] 指百戏班坐着马车进行的杂耍表演。
[2] 汉代人吃茶一般是先将茶叶烤成焦黄色,后用开水煮(若时间允许,要经历"三沸"的过程),再加入大量调料。
[3] 一种大口敞腹煮器。

徐真听到"茶"这个字，还真有些小小的诧异。汉代饮茶者非富即贵，看来做了假尉大人的孙坚真是脱胎换骨了，竟然也学着洛阳的高官们喝起了茶！

徐真问道："又是吃鸭子，又是饮茶，文台兄遇到啥喜事了？对了，让贤弟猜一下。假尉要被升为正式县尉了？"

孙坚沉默了片刻。他觉得徐真不是外人，将昨夜之事告诉他也无妨。加之刚才父亲说的那通话，孙坚听了心里一直很堵，他也需要另外一个人帮他换个角度分析一下，于是向徐真复述了一遍。

徐真盯着孙坚的眼睛，听得很认真，以至于忘了去瞅一瞅孙雯，而镳斗里溢出的茶香，也没有让他分心。徐真的专注让孙坚有点儿紧张，因为从他严肃的表情里，孙坚读不出丝毫乐观与祝福的意味。在旁边观察的孙钟，则用老辣的眼神来回扫视孙坚与徐真的表情。

孙坚的故事正好说完，茶也煮好了，由孙雯端到徐真面前。徐真小心翼翼地品了一小口混煮成羹并伴有葱姜的茶粥[1]，马上大声称赞："小妹这茶煮得火候真是好！这厚厚的茶饽[2]真让人回味无穷！文台，你的故事也非常精彩！"

孙坚脸色有些发白。他听出了此话的讥讽味。不看好这份姻缘也就罢了，竟然还冷眼嘲笑——徐真徐宝瑜，你也太不仗义了！

---

[1] 因煮茶水面凝结似粥而得名。
[2] 茶粥表面的凝结层，厚者称为"饽"，薄者称为"沫"，轻细者称为"花"。

徐真察觉到了孙坚表情的变化，但他依然自顾自地说着。他将头转向孙静："阿静，前日你问，吴地是否能够进行《六韬·豹韬》所说的'林战'。姜太公说得好，要进行林战，首先要'斩除草木，极广吾道'，并且一定要做到'无使人知吾之情'——你看吴地草木茂盛，如何做到'斩除草木，极广吾道'？"

孙静刚想回答，却被孙坚狠狠瞪了一眼。孙坚抢先回道："草木不必尽除，足以容留我军进出即可！"

徐真把头又转向孙坚："这是否指'足以容留我军进出，又足以向敌遮蔽我军行踪'之义？"

"然也！"孙坚没好气地回答道。

徐真低头美美地品了一口茶，笑眯眯地继续问孙坚："若敌军也藏匿林中，不让我军探明虚实，又当如何？"

见孙坚一时语塞，他马上又追问道："吴家现在就藏匿林中，文台兄可知虚实？"

看来徐真并非对孙坚的婚事不上心，而是欲借兵法来讨论。孙坚的火气顿时消散。他回道："大将要有斥候做耳目，要有细作报敌情。宝瑜贤弟啊，我知道你在吴县人脉广，就别卖关子了，快点将你知道的吴家底细告诉给愚兄吧！"

"好！"徐真表情严肃起来，"说实在的，这吴家水很深！"

"怎么讲？"除了孙辅外，孙家的五个脑袋全部凑了过来。

"吴小姐的父亲叫吴恦，在会稽郡遇山越贼袭击遇害后，在吴县的家产大半由其长子吴熊庆继承。吴景希望能够分得一半家产，便与兄长起了争执，闹得鸡飞狗跳。吴老夫人本来就因丧夫而悲恸不已，见二子因家产而起萧墙之争，竟活活被气死了。后来吴氏宗族出面调停，吴景才分得三成财产，置换成了在钱唐的土地。从此，他带着姐姐来了钱唐，与兄长也再不来往。他在钱唐的靠山是其叔父吴彪，你做县尉的怎可不知？对了，你刚才说的吴小姐与吴景带来的家丁，其中一大半借自吴彪，他们自己可没那么多人。"

孙坚听了大为惊讶。这徐真所描述的吴家情形，与昨夜从吴小姐那里听来的颇有出入：其一，吴甄、吴景之上还有长兄吴熊庆；其二，吴熊庆与吴景关系不和；其三，吴夫人不是因为悲恸而死的，而是被两个儿子气死的；其四，吴景可能并不是那么有钱；其五，吴景背后又冒出个吴彪；其六，吴甄在吴家的发言权可能并没有那么大——徐真说得很清楚，是吴景将其"带到"钱唐的。那到底何人所说为真？

孙钟摆弄着胡子对徐真点点头。在他听来，徐真所言显然更可信。

孙坚看了一眼父亲，心里也敲起了鼓。但为了装面子，他还是咬着牙说道："我当然知道钱唐的吴彪，只是不知道他就是吴小姐的叔父罢了！况且，吴小姐说了，他们的家产和宗族并不置于一处，宗族长老的话，她可以听，也可以不听。"

徐真摇摇头。"女流的话听听也就罢了，兄台不要当真。当然，兄台不要误解，我并非质疑吴小姐人品。吴小姐端庄淑仪，风评极佳，断不会戏弄兄台。只是有一点：她没权。"

"此话怎讲？"孙坚还是半信半疑。

"文台啊，虽然县尉管的多是兵事，文牍刑律之类的俗务你也不要全交给那些小吏，自己也要熟悉啊！吴家分给吴景的家产，自然是分在吴景的名下，不信你现在就到县寺去查查其登记的地产明细。按常俗，吴小姐虽然父母双亡，但是族中家长依然掌管其婚配大权，而这个家长现在就是吴彪。总之，你要娶吴小姐，一定要征得吴景与吴彪的同意，否则毫无希望！"

孙坚听了徐真的话，还是不服气。"昨夜吴小姐与我定下终身之刻，那吴景并无异议，贤弟怎会觉得征得其同意是一件天大的难事？"

徐真再次摇了摇头："无异议，并非同意。你刚救了人家姐姐，他就直接开口告诉你'不要对我家姐姐有非分之想'，恐怕这也不是吴门的家风。别看吴家人争家产毫不留情，但对于外人则一向客客气气的。吴景这个人就特别虚伪。他到处结交权贵，希望能被举上孝廉，好在官场上压倒他在吴县的哥哥。据说他为了吓唬本地的山越人，还做了一套竹甲狐假虎威，且因此甲本是假的，也就不怕别人告发自己私藏朝廷管制之物。不过，吴景之姐的美貌却是做不了半点假的。有个这么漂亮的姐姐，他自然是希望能够将其上嫁给陆、张等豪族，以便成就他自己的功名，又怎么会让其下嫁给一个假尉呢？对了，如果在两日之内，他们吴家向哥哥送来了大批赠礼，那么这就意味着他们悔婚了。送礼一是为了维护礼数，因为哥哥毕竟对他们有大恩；二来也是为了含蓄地告诉兄台,你不必再往人家府上送大雁了。"

"徐公子字字入理!"孙钟这时候插话了,"想必吴府并非不通情理之人,所赠财物肯定不菲,也不枉我儿苦斗一晚!娶不了吴小姐,那种豆的……"

"哥哥看上了吴小姐,怎么还会看上种豆的那户!"一直没有抓住机会插话的孙静反驳道。不过,他也低声对孙坚说道:"若和吴家结缘确然不易,不妨先利用这个人情,让吴彪在背后运作,让上边升你的官。升官了,要娶别家的漂亮小姐也就不难了!"

孙坚的脑子此时如一团乱麻。他现在好想让胡婵给他出出主意,可她却不在身边。

"鸭子!鸭子!"小孙辅围着已经有些凉的鸭肉叫道。他好几次想伸手去抓鸭肉,却都被孙贲打了回去。

"吃鸭子!"孙坚肚子也的确饿了,便以此转移了话题。

就在此时,门外传来人喧马啸之声。

第十二回　吴彪登门

院门外的喧嚣声引起了孙坚的注意。他向孙静使了一个眼色，后者立即去开了道门缝，以窥虚实。但见田埂外的小路上，一支十骑马队正徐徐而来，领头的是一个俊美少年与一个中年男子。前者骑黄马，着白色直裾袍，戴白色葛布帻冠，年纪十六七岁，腰悬环首刀；后者骑白马，着朱色直裾袍，戴玄色丝绸帻冠，年纪已过不惑，没有携带任何武器，手里摇着一柄灰白色鹤羽扇。后面六名家丁，白巾黄衣，背挎弓箭，腰悬刀剑，每人手里擎一面绣有"吴"字的大旗。最后两匹驮马载着四口藤条箱，不知里面是些什么。

孙静看到那"吴"字，猜到多半是吴家的人。至于那少年与中年，莫非就是刚才谈话说到的吴景与吴彪？他刚想缩头对门内的孙坚通报，不料对面的少年率先发了话："那位小哥别躲！请问，这可是孙县尉在富春的老宅？"

孙静只好拱手作答："正是孙县尉的陋宅。鄙人孙静，自取表字幼台，孙县尉胞弟是也。敢问这位公子与这位大人是……"孙静加大嗓门，明知故问。他是希望对方的回答也能够大声到让院内的哥哥听到。

"失敬！原来是孙县尉胞弟！在下钱唐吴景，这位是我的叔父吴彪吴瑞虎。我们来找孙县尉家长，是有大事商议。请问令尊大人可在？"

孙静听了，立即觉得刚才院内徐真哥哥的预测或许要应验了。你瞧，吴家没有等到孙坚哥哥去找媒人下聘礼，就急着绕过孙坚来找老父孙钟，明摆着是要用重礼堵上孙家的嘴，让孙家不再提联姻一事。他又瞅了瞅队伍最后两匹老马喘着粗气、打着蹄子的衰样，便料知其所载货物不轻。想到这里，孙静心里又偷偷笑了起来。他先对吴景作了个浅揖，又向吴彪作了个深揖，大声回道："家父的确就在寒舍，我马上就去通报！"孙静故意不提孙坚已于昨夜回家，因为他想让哥哥的突然出现吓上吴家叔侄一跳。

回到院里的孙静对着哥哥使了一个眼色，孙坚心领神会。孙坚对父亲点了点头，回到自己的卧房，暂时隐蔽了起来。孙雯与孙贲则开始迅速收拾稍显杂乱的案几。徐真略感尴尬。孙吴两家的事情，徐家本该回避，但是现在若马上出门，肯定就会撞上吴家。想到这里，徐真只好摇摇头，也跟着孙坚进屋藏了起来。

孙静再次出门，将已经下马的吴家叔侄引入院子。因为孙宅并不宽敞，吴景便令手下在院外休息。进门后，一家之主孙钟立即作揖迎向吴家叔侄："老朽孙钟，有失远迎。

不知吴大人与吴公子今日光临,真是令寒舍蓬荜生辉啊!不过,孙、吴两家门第相差甚远,平时也无走动,今日不知有何事竟然惊动大驾?"孙钟说这话的时候,装作全然不知儿子昨夜救了吴小姐一事。他想静观吴家的反应,再做打算。

吴彪捋着山羊胡哈哈大笑:"老哥何必如此客气!什么门第不门第的!贵公子孙文台可不是什么布衣,他如今是馀杭县尉,管理一县的治安与武备,位次仅在县令与县丞之后!我们这些富户虽然田产多一点儿,人丁旺一点儿,也需要孙尉这样的骁勇尉官保境安民,才敢享得几日安闲!这不,孙尉智退海贼,威震吴郡,今日吴某人代表全宗族来给府上送一点儿薄礼,请老哥一定不要推辞!"

孙钟心中一声冷笑,但脸上还是装出一副迷惑的神情:"犬子斩杀海贼之事已过去大半年了,官寺已经擢升他做了假尉。你看这大汉的天下一百多个郡、国,自光武中兴以来——不,自高祖斩白蛇反秦以来——哪里有布衣直接做尉官的先例?这已经是我孙家承了祖先荫德而得的大福了,哪里还敢收受财物?"

吴景马上插话:"老伯,您误会了。我叔父不是说去年,而是说昨夜孙尉冒险救下我家姐姐的大恩。"

"哦?有此等事?请公子坐下细讲!"孙钟之所以要听吴景将这故事说一遍,乃是因为他也想比对一下吴家所言与自己儿子所说的版本之间的异同。孙坚从小就老爱吹牛,孙钟当然知道他有这毛病。

孙雯在桑树下铺了席子,吴家叔侄便盘腿坐下。趁着孙静、孙雯忙着煮茶的工夫，吴景复述了他昨夜看见的与听姐姐及奴婢转述的孙坚救美之经过。孙钟细细一听，与孙坚所述无甚出入，只是吴景只字不提吴甄已定下的婚约。不过，这一切都在孙钟的意料之中。

"哐当！"孙坚房内突然传出了陶器落地摔碎的声音。原来孙坚听闻吴景一直不提婚约一事，一时火起，用拳头敲了一下案几，不小心弄碎了一个陶杯。但声音一起，就不便再躲藏了。于是他故意解开衣裳，佯装刚刚睡醒，一边打着哈欠走出了房门，一边对孙钟说道："爹，今天来客人了啊！刚才孩儿起身，不小心踢碎了一个陶杯，让爹爹受惊了！"

吴景愣住了——原来孙坚在家！吴彪用扇子碰碰他，意思是问：这是否就是孙坚？吴景点点头。

孙钟反应也很快，装作刚刚听闻儿子昨夜事迹的样子，对孙坚挥手喊道："儿啊，昨夜挑灯破贼，回家竟然也不和老父说一声，倒头就睡。你看，吴府多懂礼数，你略施援手，人家就来登门道谢！快穿戴整齐来回礼！"

孙坚正好衣冠，对着吴家叔侄二人下礼："奋起兄，这位想必就是吴叔叔了！昨夜之事乃孙坚职责所在，二位实在太客气了！"

吴景脸上的肌肉微微抽搐了一下。他大约料到了孙坚刚才是在房内偷听，若真如此，孙坚也定知他刚才未提婚约之事。他有点儿紧张地看了看吴彪，吴彪则对他笑笑，示意他暂且淡定。

吴景有些尴尬地对孙坚笑道："没想到孙尉已经回老宅

了啊……这也好,哈哈,我们本来就是想要来向孙尉道谢的……哈哈。"

吴景说得结结巴巴,前言不搭后语,连七岁的孙贲听了,心中也暗笑:要是吴家真心向孙坚叔父本人道谢,应当去馀杭县县廷啊,又何必跑到富春的孙家老宅?吴家又怎么可能事先料到昨夜孙坚叔父回了富春?

见吴景搭话漏洞太多,吴彪便将话头抢了过去:"孙尉啊,现在你一年俸禄多少?"

"蒙朝廷恩典,比二百石的俸禄!"

"呵呵,太低了啊!像孙尉这样的英雄,应当有两千石[1]的俸禄啊!"

二千石是郡太守或是封国之相的俸禄。吴彪这话是暗示孙坚可以做到一郡行政第一长官的高位吗?孙坚觉得这玩笑开得太大了,不知如何作答。孙钟则不慌不忙奉上了孙雯刚刚煮好的茶:"吴大人……"

"呵呵,老哥,我不是官,叫我瑞虎就可以了!"[2]

"哎……好……瑞虎兄,老朽就改口了。犬子目前还是一个假尉,不是正式县尉。瑞虎兄人脉广,可知何时上面会将犬子扶正?这样,犬子的俸禄也可以升到二百石[3]啊。"

---

[1] 这个级别的俸禄的官吏,在名义上每月收到的谷物是一百二十斛,约合今日的两千四百升,大概是孙坚此时收入的四点四倍。
[2] 古代只有平辈人才可以互称表字。
[3] 这个级别官吏的俸禄,在名义上每月收入谷物是三十斛,约合今日的六百升,比孙坚目下收入每月多六十升。

在当时，能否越过"二百石"一级，是基层官吏升迁的一道坎。若这步都做不到，"二千石"云云，便是戏言罢了。

吴彪品了一口茶后慢慢说道："孙尉莫非觉得刚才我吴彪说'两千石的俸禄'一语是戏言？"

孙坚不知吴彪什么意思，只好赔笑说："哪里，哪里。"

"好，"吴彪放下茶碗，"我就来为孙尉分析一下未来的官运。"

知道要进入正题了，孙家老小的脑袋又都凑了过来。小孙辅当然除外。他趁着大家不注意，已经在一边开始偷吃鸭肉了。

"刚才孙老哥说得对，按照我大汉官制，县尉是从县吏里选拔的，从布衣里将文台直接升为假尉，的确罕见。不过，这'假'字可是大有文章的。馀杭县本来就已经有县尉了，再设假尉，只是为了应付目下治安恶化之局势而临时采取的举措。不想，孙尉任职一年以来，海贼胡玉在馀杭与钱唐的活动的确大有收敛，而多流窜到别县作案。因此，据说郡里正在考虑裁撤馀杭假尉一职，省下经费在别县再增设假尉。"吴彪说得不紧不慢，偷眼察看孙家人的反应。

"什么，哥哥尽力剿贼，上边竟然还要撤哥哥的官？"心急的孙静嘴里嘟囔。

"三弟！不可造次！郡里即使撤了馀杭的假尉，并不意味着对我孙某没有另外的安排。"孙坚对着弟弟喝道，然后笑着转向吴彪："吴叔叔人脉广，是不是能够说动郡里，安排我去别的县做假尉？"

"哦？刚才还在问我何时能够被扶正，现在去别的县继续做个假尉也可以了？"吴彪笑眯眯地看着孙坚。

"此一时……彼一时。"孙坚的脸红一阵白一阵。

"依我看，还是做个郡别部司马吧，掌管个千百人，这才威风！"吴彪继续挥着扇子。

孙坚吃了一惊。"郡别部司马"就是临时征召的武装别动队的统领，不属于朝廷固定编制。吴彪提到"郡别部司马"是什么意思？难道吴郡要打大仗了？想到要打仗了，他的眼睛里一下子就燃起了火焰，整个人的精气神都不一样了。他马上回道："在下除了本县事务之外，并不了解他郡、他县事务，还请吴叔叔指教一二！"

吴彪看着他那副立即就想披挂上阵的样子，赞许地点点头，回道："孙尉，本郡无事，但会稽郡有事！"

"何事？"孙坚不解。他昨天的确建议胡玉去会稽抢劫——不过，就过了几个时辰，他难道就立即在那里犯下了大案？想想时间也来不及啊。

"孙尉可知会稽郡许氏父子？也就是许昌与许韶父子？"

"真不知。"听到会稽郡的变乱与胡玉无关，孙坚暗自松了一口气。

"他们正在句章[1]密谋造反，已悄然聚众万人左右！"

"万人？"孙坚都听傻了。整个会稽郡只有十二万多户，全部人口不到五十万，要从中凑齐一万反贼，岂不是要牵动

---

[1] 今宁波慈城。"句"读"勾"。

大半个会稽？整个会稽郡的百姓都疯了吗？孙坚追问道："请问吴叔叔何以得知此事？官寺怎么没有任何情报？"

"我们吴家的佃户里就有会稽人，老家就在句章，前几日回到钱唐向我通报的。吴家对他有恩，他断然不会欺骗于我。至于官寺么，一个月之内恐怕洛阳京城都会知道！"

"怎么讲？"

"以他们现在的兵力，打下郡治所在的山阴[1]都绰绰有余，到时候，朝廷怎么可能不震动？"

"那……他们为何要反？会稽郡目下并无大的灾情啊。"

"会稽郡山越人与官寺积怨很深，许氏父子只是利用机会挑动山越人去反对郡县的管制罢了！"吴彪回道。

"那……为何吴叔叔知道了此等大事，不去官寺通报，而要告诉下官？"

"因为我希望能够看到你做上吴郡的别部司马啊！"说罢，吴彪哈哈大笑。

孙坚明白了。如果朝廷早日警觉扑灭许氏父子的势力，那么相邻的吴郡就用不着动员兵力跨郡助剿，这样一来，他也就没有机会当上郡别部司马了。但他又一想，又有点儿疑惑：吴彪为何要帮他做郡别部司马？如果吴彪真那么喜欢自己的话，允许孙吴联姻不就得了？如果吴彪只想简单地送点财物以答谢自己救下吴小姐的恩情，那留下财宝便是——目下吴彪为何既不提婚约，又要全力助他在官场上高升？

---

[1] 位于今绍兴境内。

孙坚再次试探吴彪:"若不及时报官,会稽郡的郡守或许就会在遭遇反贼时猝不及防。这样做合适吗?"其实孙坚更想问的是:会稽郡倒霉了,对你们吴家有什么好处?

吴彪点点头:"孙尉忠于职守之心让吴某感佩。不过,为长远计,我劝孙尉还是暂时不要和官寺提起此事。"

"为何?"

吴彪解释道:"若现在报官,一定会打草惊蛇。反贼或许从此蛰伏,往后要将其一网打尽,恐怕就难上加难了。而会稽郡目下的局势,与郡县恶政颇有关联。若借匪贼的力量荡涤污垢,朝廷日后便会派遣清官廉吏整顿郡政,对百姓来说,也未尝不是好事。再者,现在各地郡政之怠,与京师阉患亦颇有关联。吴郡各宗族对此也是敢怒不敢言。如果各宗族能够借剿灭反贼之机为朝廷分忧,便能在郡务中安排更多的自己人。这就叫'吴人助吴'。孙尉祖先孙子虽是古时齐国人,但孙家世居吴地,恐怕也想为家乡多多效力吧!"

孙坚听懂了吴彪的弦外之音。或许会稽郡长官与吴家有什么恩怨,因此吴家乐见其在许氏叛乱中败亡。同时,会稽的动乱本身也为吴地宗族征召人马、扩充势力提供了绝佳机会,而连年对西羌、鲜卑、匈奴等用兵的朝廷,想必也会乐见地方豪族分摊剿贼费用。这就叫"养寇自重"。想明白了这些,孙坚也渐渐看清了自己在这个棋局中所扮演的角色。不过,他还是装作懵懂的样子:"那么,我孙某人到底能够为家乡做些什么呢?"

吴彪笑道:"吴地豪族,不缺钱粮与人手,而是缺能够统兵的大将。如果我吴某人能够帮孙尉募集千人以上的壮士,孙尉是否能够将其调教成军,攻入会稽,在朝廷的诸路剿贼大军中拔得头筹呢?"

"当然!能!"孙坚毫不犹豫。

"那门外就是第一批募兵费用,请孙尉先行联络各地豪杰!"说罢,吴彪对着门外喊道,"都抬进来!"

孙家人听了,暗自摩拳擦掌。大菜上桌了。

第十三回　二定婚约

几个健壮的家丁将四个藤条箱抬了进来。在吴景的指挥下,他们打开了其中的三个。

五铢钱!一串串的五铢钱,以各种姿态互相倚靠着堆成了钱丘,而那丘顶一直垒到了箱口,在阳光的照射下反射出优质紫铜特有的赤色光芒。两岁的小孙辅看到这么多钱,手里的鸭肉也被惊落到了地上。

孙静偷偷咽了咽口水,问道:"吴叔叔,这些……这些有多少?"

"不多,也就十万钱上下。"吴彪笑答。

按照当时的物价,十万钱可以购买成年奴婢三到四人,或者上等田地五十亩,或中下等田地一两百亩。实际上,如果孙家将这笔钱全部补贴家用,他们立即就可以跃升为中产之家。

但孙坚清楚,拿这笔钱来募兵,还是远远不够。他故意做出一种满不在乎的样子,追问吴彪:"吴叔叔,募集一千壮士所需要的粮草与兵器,恐怕会超出此额度。不知吴叔叔可否再襄助少许?"

吴彪点点头。看来孙坚的确有一颗做事的头脑。他回道:"今日来得匆忙,家中只有这些零钱,孙尉先用着。等到会稽反贼起事,朝廷肯定会下公文命令各郡招募义军。到时孙尉可率先在吴郡带出一支百余人的骨干,成为全扬州表率。如此,我们宗族再向郡里推荐你做郡别部司马,也容易压制住不服之人。只要拿到郡别部司马的名号,郡里也会下拨部分经费,而孙尉亦可借此机会向陆府、张府摊派费用。保卫吴郡,毕竟不是吴门一家之责。"

孙坚听懂了吴彪的生意经。吴家只想出募兵费用的小部分,但只要下手早,在全扬州赚得名声,就可以撬动更富有的陆府、张府补齐更多的余款。而孙坚蒙受吴家恩情,只要剿贼立功,日后吴家即可在与陆府、张府的竞争中多些来自官寺的支撑。吴家之所以选中他,也便是赌他武运昌盛,在平灭许氏的战斗中能为吴家争脸。但前面那个老问题又浮现在了他的脑海:既然吴家如此看好自己,为何不干脆将吴甄许配给自己?……对了!这肯定又是吴家的生意经。万一我孙坚沙场殉职,吴小姐又已嫁给了自己,那她岂不就成了寡妇?或许,吴家想让我孙坚做上郡别部司马,便以为还了人情,而同时正计划让吴小姐高嫁陆府、张府,为吴家争取更多利益……这样做,于情、于理、于公、于私都能说得通。吴家办事,的确是滴水不漏。

看到孙坚低头沉思，吴彪便对吴景使了一个眼色。吴景会意，低声对孙坚说："文台兄，借一步说话。"

孙家院子就这么大，到哪里去借一步？孙坚刚想将吴景往自己的房里引，突然想起好友徐真还躲在那里，于是将他引入隔壁孙静的房间。进了屋子，吴景二话不说，从怀里拿出一块手帕，递给孙坚。

孙坚一看，但见上面用朱笔写了九个字："邂逅孙郎，适我愿兮。甄。"

孙坚心里一颤。他其实并不认得吴甄的笔迹，但是这句改自《野有蔓草》的诗句却已在他头脑中萦绕了许久。这断然是吴甄写的！这……这是不是意味着吴甄还没有放弃她昨日定下的婚约？孙坚的心开始狂跳起来，拿着手帕的手指也开始微微抖动。

吴景看着孙坚激动的表情，心中确信，他与吴甄的确是心有灵犀的。因为今早吴甄手写此帕时，手也抖得厉害，写废了两张手帕才留下这份定稿。是时候向这位未来的姐夫摊牌了。

"文台兄，此乃家姐手书。吴家绝非无信义之人，婚约之事依然算数，只是时日还需略做调整。"吴景说话的时候依然压低了声音。

"愿闻其详。"孙坚心中的希望之火越烧越旺。

"待许氏被灭、孙君建功之后，孙、吴再行联姻之事。"

"这又是为何？"

吴景笑道："不怕文台兄生气，孙君的确还需要一个更高一点儿的官职,否则我们吴家在别的豪族面前抬不起头。不过,为助孙君攀上高位,我们吴家也会鼎力相助。只是这一切都需假以时日。"

"许氏反贼势众,何时能被剿灭,无人可以担保。万一误了吴小姐青春,这可如何是好?"其实孙坚还是有些怀疑吴家对于婚约的诚意。

吴景说道:"目下是熹平元年秋,我们吴家愿意等到熹平三年秋。相信在此之前,文台定然能立得大功!"

孙坚一算,今年吴甄一十有七,吴家愿意等到熹平三年秋,也就是说愿意等到她十九岁。当时十九岁尚未出嫁的少女已不多见,这显然已是吴家能够做出的最诚恳的许诺了。但口说无凭,吴家真要是在熹平三年秋之前就将吴甄嫁掉,他孙坚又能如之奈何?想到这里,孙坚问道:"这是奋起的意思,小姐的意思,还是吴叔叔的意思?"

吴景回道:"不瞒文台,是我叔父的意思。昨日我保护姐姐回宅后,正好遇到叔父到家中小坐,于是我们顺势将姐姐与文台兄的婚约说与他听。叔父虽对兄台也非常激赏,不过他觉得会稽郡大乱将至,兄台更应当先报效朝廷,安定吴境。叔父的原话是:吾辈虽非前汉之霍去病,有'匈奴不灭,何以家为'之豪情,但听凭卧榻之侧匪贼横行,恐难安享人伦之乐。小弟以为叔父所言极是,这才劝说家姐安心等待一二载,先待文台兄建功成名!"

见孙坚还是有些迟疑,吴景补充道:"为表示吴家诚意,家姐可定期与兄台见面。只是为防外人闲话,每次必须由小弟陪同。此外，不仅家姐本人的手帕可做定情之物，小弟的鱼鳞甲今日也一并送给文台兄，以壮兄台的英雄气概！"

鱼鳞甲？！孙坚小心地收好吴小姐的手帕，然后眼睛往院内望去。

吴景笑着指指院子里还没有被打开的一个藤条箱，然后大步走入院子，对家丁喊道："开箱！"

家丁们小心地取出铠甲。孙坚俯身细看：没错，就是昨天吴景穿的鱼鳞甲。只是昨夜光线太暗，距离又稍远，孙坚未曾看清细节，现在定睛一瞧，但见这套鱼鳞甲，全铠上下由数千鱼鳞状甲片层叠编缀而成，而对应身体每个部位的甲片，所用的编缀样式也都各有不同。密密的红绳头点缀在片片寒光逼射的鳞片上，细节之丰富，让人感到目不暇接。第一次看到此类宝物的孙静与孙贲也都直了眼。孙贲用手指弹了弹甲片，确信地点了点头："真是铁的！"

"当然是上等玄铁打造！吴郡个别府第没钱定制上等鱼鳞甲，就用竹甲冒充，实在是可耻可鄙！"吴景得意地夸耀道。没想到，这句话让孙家人回想起徐真刚才嘲笑吴景用竹甲冒充铁甲的桥段——现在看来，反倒可能是徐家人自己在贼喊捉贼。于是，孙静带头，诸人都大笑起来。在孙坚房内偷听的徐真则羞得满脸通红。

吴景与吴彪有些诧异，他们并不觉得这话有何好笑。但看到孙家人笑得那么欢乐，他们也附和着笑了起来。

"文台兄！穿起宝铠！让我们大家都看看你的英姿！"吴景提议。

孙坚正有此意。在家丁的帮助下，他披挂整齐，恰似一个铁人般屹立在院内。他觉得手里还少点什么，便走到院墙下，揭开一张草席，露出一排兵器。只见那里竖着两支戟、两支长矛、三把环首刀、一把钩镶与一支短矛。那钩镶与短矛正是昨夜取自海贼之手。孙坚顺手拿起一支戟，对着院内人喊道："院内太小，待孙某去院外操练一番！"

众人都跟着来到院外。但见孙坚舞动长戟，刺、挑、钩、啄、劈、砸、挡，激起阵阵冷风，不时撩动观者衣襟。孙坚虽重甲在身，却身轻如燕，一根沉甸甸的长戟在他手里，仿佛一根小树枝般听话。一套戟操练好，孙坚横戟向众人作揖，毫无气喘疲惫之态。吴彪、吴景带头叫好，互相点头称赞。

重新回到院内，孙坚卸甲，请吴家叔侄留下食用便饭，这才发现刚才那只鸭子已经被小孙辅偷偷吃掉半只。孙钟刚要举手打孙辅，却被吴彪拦住。吴彪抱起孙辅，轻声问道：

"小娃，你叫什么名字？"

"孙辅，字国仪！爷爷你知吗？吾乃孙尉之侄！"孙辅张开油腻腻的小嘴答道。

"你这么小怎么就有表字啦？几岁啦？"

"两岁！表字是爹爹临死前先定好的！"

"哦，可惜你爹爹了……哎，对了……这半只鸭子都是你吃的？"

"嗯……我吃的……"

吴彪一惊。他转身对孙钟、孙坚说道："古时名将廉颇八十岁每顿还能吃三斤牛肉，而这孙国仪小娃两岁就可以吃掉半只鸭子！孙家果然是一门将种！"

孙坚也有些惊讶。侄子能吃，他早已知道，但不晓得胃口竟然暴涨到如此地步。看着那剩下的半只鸭子，他知道家中已无美食招待客人，只好尴尬地对吴家叔侄笑笑。

吴景知道该走了。两家人寒暄几句，就此别过。

送走吴家人，孙坚一屁股坐在藤条箱上，对着众人说道："这笔钱由爹爹保管。现在只许支出十分之一补贴家用，余下大家一文都不许动，专门用来募兵！小妹，你看看家里还有什么可吃的，随便煮点饭，然后我们清点清点这三箱子铜钱！"

普天之下可没有比清点五铢钱更令汉朝人感到幸福的事情了。孙钟早就从房内拿出了装筹算[1]的袋子。而孙坚则以极快的动作将几吊钱装进了自己的衣袖——他打算给胡婵买些胭脂。如何去会稽剿贼，他还需要听听她的高见。

此时，徐真才红着脸从孙坚的房间走了出来，对着孙坚作揖道："兄台，恭喜啊！恭喜啊！"刚才吴景与孙坚密谈时，徐真正在隔壁贴耳偷听，句句听得真真切切。

孙坚对徐真说："宝瑜啊，募兵之事你一定要帮助愚兄！我知道令尊对你与小妹的婚事一向颇有顾虑，无非是嫌弃孙某人家境贫贱，配不上你徐家。要是这次我孙坚能够为朝廷立功，我们孙、徐两家也正好借机联姻，你说是不是？"

---

[1] 汉代人计算用的小木棍。

徐真听了，连连称是。满脸绯红的孙雯则敲打着哥哥的肩头大喊"讨厌"，院子里再度爆发出哄笑——孙辅除外，小家伙刚才还在手心里藏了一块鸭肉，现在正在细细品尝。

本回后记

这天下午，孙坚借故出门见了祖茂与胡婵。胡婵建议，立即将所得的大多数募兵经费用于囤积粮食，以便应对会稽叛乱后必然上涨的米价。祖茂的小田庄则为安顿这些粮秣提供了方便。祖茂与徐真各自的宗族也开始偷偷囤积粮食。为了防止大量购买扬州本地的粮食而引发过于明显的物价变动，他们都绕路从与扬州毗邻的徐州、豫州与荆州分批订购粮食，然后直接入库。同时，孙坚动员了他少年时代积累的所有江湖关系，为建立起一支小型军队而开始悉心准备。

恰如吴彪所预料的，这一年十一月，为了反抗东汉王朝在会稽郡的统治，许氏父子领导的起义突然全面爆发，参与人数一万有余。没有任何防备的会稽郡郡兵主力被迅速歼灭，郡守尹端与其主簿朱儁虽侥幸逃脱，但郡丞[1]以下官、吏百余人连家眷大多被斩杀，惨状震动洛阳朝廷。

---

[1] 郡的最高级行政长官为"郡守"，或称"太守"，二把手为"郡丞"。

天子刘宏盛怒，下旨命令扬州刺史臧旻与丹阳太守陈夤[1]组织讨伐军入会稽进行镇压。由于朝廷同时要应对鲜卑人在并州发动的入侵，下拨军费有限，臧旻只好鼓励各郡太守组织豪族自行募兵，以弥补官军之不足。吴郡得到征兵令之后，诸县之中馀杭县假尉孙坚招募勇士的速度最快，后经各宗族共推，被吴郡任命为统辖全郡内新募一千兵丁的别部司马，而"孙文台"之名也为扬州刺史臧旻所知。十八岁的孙坚孙文台，这位未来的东吴帝国的奠基人，即将迎来其军事生涯中的初战。

---

[1] 丹阳郡归属扬州刺史部，以产精兵著称。

第十四回　山阴京观

熹平元年十二月，大汉帝国扬州刺史部会稽郡首县[1]山阴北门，城池被许氏父子攻陷后的第二十天。阴沉的天空已经下起了飞雪。立马背弓的孙坚，这位两天前刚被任命为吴郡别部司马的少年武官，在城门外打了一个大大的喷嚏。他抹了一把鼻涕，伸手抓住几片雪花，好奇地看着这几片晶莹六角菱花在手心慢慢融化。这是十八岁的孙坚第一次看到下雪。他胯下战马的鼻子里一直喷着热气，靠不断踢动地面冻得发硬的泥块来取暖。不远处的镜湖[2]也结了层薄冰，水面宛若一大片白玉，无波无澜。一群乌鸦从湖面掠过，映衬着湖边肃杀的林影。这突然转寒的天气啊，如同世事一般不可捉摸。

---

[1] 郡下辖的诸县中，郡治所在为"首县"，类似今天的省城。
[2] 今绍兴鉴湖。

身后的祖茂递给孙坚一个酒葫芦,孙坚咬开塞子往嘴里灌了几口。觉得身子暖了一点儿后,孙坚回头对后边正在微微咳嗽的徐真说道:"宝瑜啊,要不你就留在城外,我和祖茂先进去。"言下之意是,一旦二人在城内遇险,徐真可以飞马撤回西北方向的余暨[1],向驻扎在那里的吴郡兵马报信。

徐真摇摇头,策马前趋,靠近孙坚与祖茂。"小弟刚才说了,若就我们三个进去,即使反贼有埋伏,也不会动手,因为他们也怕打草惊蛇,钓不到大鱼。若反贼在城内留下什么文告,小弟我也可以抄写在纸上。"

祖茂有些吃惊:"宝瑜兄,上次吴县刚到了一批从洛阳运来的白纸,莫非都被你们徐家买尽了?怪不得我们祖家连张纸片都没有抢到。"

徐真有点儿不好意思:"若兄台喜欢洛阳纸,回头送兄台半箱。"[2]

孙坚对这场关于纸的谈论毫无兴趣。他挥鞭指着洞开的县城城门与平放的吊桥,问徐真:"宝瑜,再问你一遍,你真的以为,反贼洗劫县城之后故意放下吊桥,不是在引诱官军吗?"

徐真坚定地摇摇头:"我以为此非圈套,而是贼人无意为之。贼军自己离城,不也是要打开城门、放下吊桥吗?既然他们已经离城,又怎么回头去关城门、收吊桥呢?"

---

[1] 今杭州萧山。
[2] 虽然东汉蔡伦已经改进造纸技术,但在吴地,纸张依然昂贵且少见。

"徐兄此言差矣！贼人只要留下少数兵力把守县城，照样可以关城门、收吊桥啊！至于现在城门洞开，兴许就是他们故意卖的破绽呢。"祖茂反驳道。虽然他与徐真认识也不是一天两天了，但没事就爱挤对徐真，因为他与徐真一样，都挺喜欢孙坚的小妹孙雯。

"大荣兄多虑了！"徐真微笑着摇了摇头，"若城中只有少许反贼，那我们就更要进城了！试想，反贼要暗算你我三人，于事何补？再者，你我三人今天都穿成官军斥候模样，他们哪里知道文台哥哥实际上便是吴郡孙司马？若我是留守的贼军，我就会想：不妨就先放这三个官军安然退去，然后引来官军主力，再聚而歼之……"

"对！"孙坚打断了他的分析，"若贼计真如徐兄所言，则我军不妨将计就计！譬如，我军可分为甲、乙两部，甲为佯装上当的诱兵，乙为伏兵，以甲兵入城，以乙兵打援，则可借机反围贼军！"

"好计！"徐真拊掌称赏。

"呵呵，宝瑜，刚才哥哥我是在试探你的韬略。我可不想找个笨妹夫！"孙坚回道。言罢，两人相视大笑。孙坚一边笑，一边用眼角的余光瞅着闷闷不乐的祖茂，心中暗骂：你这祖胖子，胡婵在你身边的时日十倍于我，你还惦记我妹妹！别太贪心了！

须臾，孙坚在前，徐真在中，祖茂在后，三人策马鱼贯进入了城门。他们是山阴被攻破后第一批进入县城的官兵。

说来也怪，进城后他们既不见任何尸体，也不见任何战斗的痕迹。整座山阴城的居民就像突然被掠走了一样，没有留下半点人气，只听得几只乌鸦在头顶聒噪盘旋。孙坚隐隐觉得不太对劲。根据从山阴逃回的少数幸存者向吴郡官署的报告，贼军是装扮成落难的官军骗开城门，而后突然向城内官军动手的。当时郡守尹端正与城外的情人私会，与贼军主力擦肩而过，算是逃过一劫。然而，留在城内的郡丞赵瑞及其以下遇难的官吏、兵丁及其家属，不下五百人。若所报不虚，应当满街都是尸首。可现在人都去哪里了？

徐真指了指头上的乌鸦。几只在空中焦急盘旋的乌鸦突然向城中猛扎下去。那是郡守府的方向。三人立即朝着乌鸦的方向飞奔而去。

随后，他们就被眼前的景象惊呆了。

原来，所有遇难者的尸体，都一丝不挂地堆积在郡府前的街道上，全得有三四人那么高。上面蠕动着上千只乌鸦，黑压压一片，正在叼啄腐肉。大多数尸体已被啄食到骨露肉残的地步。偶尔有吃饱的乌鸦展翅飞起，余下的空位便立即被正在天上盘旋的另一只乌鸦所取代。

徐真吓得从马上滚落下来，捂住腹部在街边狂吐。祖茂正想取笑他，突然也觉得胃中未消化的食物正在往上翻涌，于是迅速下马陪着徐真一起吐。孙坚本是能忍住的，但是看到二人如此，也实在憋不住了。三匹马也是第一次见到这般惨景，全都背对着尸堆，围绕着正在呕吐的主人们，不安地嘶鸣。

待到三人无物可吐后，次第拿起酒葫芦喝了点酒，定了定神。

孙坚问道:"二位贤弟,你们说一下,反贼为何要将尸体堆积起来?"

"京观[1]!"这回是祖茂与徐真异口同声地答道。

"嗯,除此之外,二位贤弟接着说说,为何许贼不将京观筑在城外,这样岂不更醒目?"孙坚继续问道。他知道,在东周时,京观就往往筑在两个敌对诸侯国的边境上,而不会筑在城内。

祖茂抢先发言道:"许贼肯定是想,若在城外就吓住官军斥候,恐怕官军主力就不会上钩了。"

孙坚点点头:"对,看来你也赞成宝瑜刚才的分析了。"祖茂听了一愣,想起刚才徐真说的话,于是脸红了起来。

孙坚刚想再挤对祖茂一两句,却听得身后一片翅拍鸦鸣之声。回头一看,发现用一只手捂住鼻子的徐真,正在挥剑驱赶群鸦。他对徐真喊道:"宝瑜,死人堆有啥好看的?"

"文台,我们得找到郡丞赵瑞的首级啊!奇怪,郡丞身死,本该是贼寇最大的战绩,他们本应大肆炫耀才是!"

听到这话,祖茂立即往郡府里面跑去。他想,郡丞的尸首若不在外边,就肯定在里面。

不久后,郡府里厅再次传来祖茂呕吐的声音。尽管他几乎只是在干呕。

孙坚与徐真也飞奔了进去。因为有了心理准备,这次

---

[1] 京观是战场上获胜一方聚集敌尸、封土而成的高冢,以震慑敌人。

他俩都没有再吐。

郡府的正堂里，竖着二十来根竹竿，每一竿都戳着一颗人头。最前面的人头十有八九就是郡丞赵瑞，证据是系在竿上的一方郡丞印，以及一方郡守尹端未及带走的太守印。后面那些人头估计都属于一起遇难的吏员，如门下督贼曹、奏事掾史、主记事掾史、少府史、府门亭长等。

孙坚皱着眉头问道："他们的身子呢？"

徐真回道："料想堆在京观里。我刚才看到二十几具尸体是没有脑袋的。"

"那么，尹太守的女眷呢？"根据幸存者的口述，尹太守本人虽然逃脱，留在城内的家眷却全部遇难。据说尹太守非常好色，有小妾十余人，若真是全家遇难，那她们的尸体也应当能被找到。

"这……是不是……太守夫人？"祖茂在人头阵的最后一排找到了一个四十来岁的妇人头。她的发髻是用绀缯蔮做的，这是二千石官俸的夫人才允许佩戴的发饰。孙坚点点头。但是三人再也没有找到尹太守小妾与婢女的尸首。很明显，城破时，她们都被反贼掳走了，而年老色衰的太守夫人则未能幸免。不过，想到这些女子可能还在世上，孙坚觉得心里稍微轻松了一点儿。

"你看，反贼果然留下了文书！"徐真指着一面墙说道。墙上的字是用毛笔蘸着人血写的。虽然血迹早已枯干，但字迹却清晰可辨。

孙坚凑近一看，暗吃一惊：这字竟然不是用通行的隶体写的,而是用高雅的篆书!

祖茂抢在徐真之前,开始念上面的字。他知道孙坚未必识得所有篆字,所以想通过朗读来遮掩孙坚的尴尬。他大声念道:

> 夫会稽郡十四县,多为古越故土。勾践隐忍之地,夫差倾覆之所。越风淳朴,本与洛帝无争。恶守尹端,诛良逆贤,饕餮放横,伤化虐民,横征暴敛,郡民苦端久矣!今越王许昌,得天道而为人君,令其子韶为大将军,斩汉丞而筑京观,以泄越人之恨。山阴黔首无不欢欣景从,留空城以警吴、丹阳、庐江、豫章、九江诸郡。越无问鼎中原之心,汉也不可有犯越之举。若不畏天命,举武扬威,扬州五郡二千石首级,越王当一一品鉴。阳明元年。越大将军许韶以端妻血书。

祖茂读完,与孙坚一齐愣在那里,两人再反复将这段文字上下扫视了几遍。这份檄文不但写得文采飞扬,而且篆书水准也在常人之上,可见这许韶绝非胡玉之流的草包海贼。此外,若此文所述不假,此处的郡守尹端恐也非善类,否则难以解释为何越人如此嫉恨。这也说明,会稽人心在贼不在官,以后剿贼怕是不易。

"好了!"徐真轻松地一挥毛笔。孙坚、祖茂一回头,发现徐真刚才已经在纸上将反贼檄文抄录了一遍。祖茂抢过来一看,又发现徐真不畏繁难,连抄写用的也是篆字,而没有用更简易的隶书!可见徐真下笔之快!

"宝瑜,我……我没有看到你磨墨啊!"祖茂觉得这点时间连磨墨都不够,更别说写下近两百个篆字了。

"墨早已备好!"徐真拿出一个两截拇指大小的小葫芦,晃了一晃。原来徐真嫌临时磨墨麻烦,出门前就将备好的墨汁灌入了这小葫芦。葫芦外还有一个小巧的兽皮套,以防墨汁天寒结冻。

孙坚拍了拍徐真的肩头,表示赞赏。他没有点破兽皮套其实是孙雯所缝。徐真则一脸得意地将那张纸卷成条放入另备的一个小竹筒,再将细管"紫霜毫"[1]套上了同样精致的雕花竹笔套,一齐收藏好。

罹难者尸体太多,三人无力掩埋,他们只好包裹好赵郡丞与郡守夫人的首级,收拾好印绶,带回去交给上峰。临别前,孙坚带头,三人伏地下跪,向郡府内余下的人头磕了三个响头,再转身向府外的京观磕了三个响头。

---

[1] 用秋冬老野兔背上的紫毛所制之笔。

第十五回　柴翁指路

三人骑马出城的时候，雪已经停了。被雪润泽过的湖面冷风迎面吹来，三人一时无语，各自想着自己的心事。

但出门不过三百步，祖茂突然发现前面有一老翁，正挑着柴火匆匆经过。这是他们这次查访山阴遇到的第一个百姓。祖茂大喊："老伯请留步，我们是吴郡来的官军，有事要讨教！"

听到"官军"二字，老翁跑得更快了。孙坚一看不好，立即喊道："答疑有赏！"

听到有赏，老翁的脚步踌躇了一下，停住了。三人抓住机会策马追上。为了赢得老翁信任，孙坚随手就往他的面门丢了一串钱，被老翁稳稳接住。

"请问几位军爷有什么要问的？"老翁放下柴火。

孙坚拱手道："请老伯赐教！为何这山阴城外不见人烟？城内尸体不过数百具，余下百姓呢？郡内驻军本有两部[1]，即使遭遇贼寇突袭，也不至于如此狼狈！这些郡兵的散勇目下又在何处？"

老翁捋了捋白胡子，答道："军爷啊，二十日前山阴遭遇突袭的时候，老朽就在城内！"

"啊？！"三人面面相觑，一齐盯住老翁。徐真问道："那夜老伯是如何全身而退的呢？"

"呵呵，许氏的目标是杀死郡府官吏，没有为难吾等百姓。保卫郡城的八百郡兵，其中三百原来是太守本人的部曲，他们自然忠于太守，均在战斗中被斩杀。余下五百人，一半投降许氏，一半自行散去了。"

"那夜匪贼出动了多少人？"祖茂问道。

"这……老朽真不知道。晚上一片昏暗，但听得杀声震天，似乎应不下两千人。"

"城内目下为何不见一个活人？百姓呢？"徐真问。

"一半人都去投靠亲戚了。他们不是畏许氏，而是担心官军与许氏争夺郡城，导致生灵涂炭。等到形势明朗，他们大半都会回来。另一半人，则跟着许氏去了句章。"

"句章？"孙坚有点儿糊涂了，那可是反贼的据点，"他们为何附贼？"

老翁笑道："呵呵，那许氏父子颇能惑众。自称越王的许昌能通灵，会马语，长于御妇之术[2]，七十多岁了，看起

---

[1] "部"为汉代军事编制，每部约四百人。
[2] 即房中术。

来仿佛才四十岁。据说喝其配置的符水,男女寿数都可过百。许韶为其子,文武全才,做事公允,到处言布汉廷的不是,还说什么附越者可免三年赋税。属下大将还有'会稽三兽',江狼、颜虎、王獒是也,据说都有万夫不当之勇。"

孙坚听了哈哈大笑:"难道他许氏父子就不要赋税?没有赋税,何以组织兵马与官寺对抗?到时候用什么喂那些'禽'啊'兽'的?"

老翁回道:"会稽山越族的税收,郡府本来就收不上来,官寺只好将负担都加在汉人身上。如此一来,'免税'二字就对汉人极有蛊惑力。不过,越王不但声称免税,还用妖道收了人心。很多人都自称越王弟子,自愿为其种地当兵,哪还要许氏再收什么税?据说男子为其执一天戟,就可以多增半月的寿命;女子为越王献身一次,就可以多增三年寿命。至于那些山越的长老,也受了许氏父子的蛊惑,派出不少部族战士为其效命,因为许氏答应他们,一旦将大汉势力彻底赶出会稽,山越人将永不上赋。前面说的'会稽三兽',其实也都是山越族的勇将。"

"这个……且不论山越人如何……老伯可知会稽周氏家族对越王态度如何?"徐真皱眉问道。原来,他所提及的周氏,乃是会稽第一豪族,势力极大。汉顺帝永和年间会稽太守马臻兴修镜湖水利之时,因为误淹了周家几亩田,被后者诬告致死。而目下周家的动向,对于官军来说自然也是至关重要的。

"呃……这个嘛……"老翁有点儿犹豫。

孙坚见状，又扔给他一串钱。

"呵呵，其实也不是钱的问题。"老翁笑着收了钱，"这么说吧，周家首鼠两端，表里比兴。"

"怎么讲？"孙坚追问。

"周家与尹端因为赋税数额问题素有嫌隙，或许因此乐见太守落难。但周家亦有官拜庙堂、位列公卿之志，若要全身附贼，亦会自断后路。所以，对官军来说，周家目下是敌中之友，友中之敌。不过……老朽只能说到这一步，还望见谅！如若军爷们不满，后一串钱老朽愿立即奉还！"

"不必了！"孙坚摆摆手，随手扔给老翁第三串钱，"今日得到老伯赐教，真令人茅塞顿开！这串钱是额外打赏。望老伯告诉乡党：其一，吴郡官兵秋毫无犯，以后不要惧怕南渡浙水之王师；其二，许氏反贼必灭，不要为其妖道所惑！太守尹端执政不善，朝廷自会任命新的太守，若百姓不分轻重依附妖贼对抗王师，恐怕到时会大难临头！"

老翁掂量了一下这三串钱，作揖称谢："军爷所言极是！老朽之所以不肯附逆，也是因为看不惯许氏妖言惑众，破坏伦常！此逆天之举，必不可长久！只要朝廷对症下药，会稽全郡传檄可定！"

孙坚对徐真、祖茂点点头。该问的都问了。于是三人与老翁告别，飞马向余暨方向驰去。

此时此刻，在山阴城南的会稽山上，十几个人正死死盯住脚下宛若玉带的镜湖，以及如宝石一般嵌入湖湾的山阴城[1]。一个披着虎皮的山越人喘着粗气爬上山,对着山上的众人,用带着强烈山越口音的汉话喊道:"许大将军!众位头领!小的已经看清了,那三个官军斥候往余暨方向去了!"

"许大将军,你看官军上钩了吗?"听罢虎皮山越人所言,一个执箭者小心地询问一位执着双矛的人。

被唤作"许大将军"的人没有回答。此刻,一只叼着人肉的乌鸦从山阴城内飞出,越过湖面,飞向其筑在会稽山上的鸟巢。"许大将军"将双矛交与随从,取过弓箭,搭弓对准乌鸦射了过去。中箭的乌鸦绝望地看了一眼数百步之遥的鸟巢,挂念着嗷嗷待哺的雏鸟,坠了下去。

雪花又开始飘了起来。

本回后记

所谓"山越人",是东汉末年到三国时期对中国东南地区百越后裔的称呼。虽然史学界普遍承认山越人与古越人之间的因袭关系,但就"山越人是不是与汉族不同的一个民族"这个问题,尚无定论。但可以肯定的是,"山越人问题"自西汉以来就一直让中央政府头疼不已。山越人利用山岭绵延的有利地形,拒绝编户齐民,不愿意向朝廷纳税,并时常为了抵抗政府的武装征税活动而进行军事反

---

[1] 山阴在镜湖北,而镜湖又在会稽山北。

叛。即使在孙坚的儿子孙权建立吴国之后,山越人问题也一直困扰着吴国的统治阶层。而此时少年孙坚所要平定的会稽起义,只不过是孙氏家族与山越人势力的第一次交手而已。

第十六回　刺史试坚

当孙坚、徐真、祖茂三人接近余暨县城时，但见城头旌旗招展，城外人马喧天。看样子，兵马比他们刚走时似乎多了一倍不止。若没料错，丹阳太守陈夤已率丹阳郡兵在此与吴郡兵马会合了。又往前行了四五百步，三人终于看清：两面熊虎旗上，各自绣有代表丹阳太守陈夤的"陈"字，与代表吴郡太守张绍的"张"字；另有一面以杂色缀边呈燕尾的大旗，上面绣着一个"臧"字，这代表的是扬州讨逆军的主帅、扬州刺史臧旻。看来马上要开军机会议了。

三人还未进城门，只见吴郡太守张绍带着一帮郡吏已经守候在门前。让一郡太守等一个郡别部司马，显然是折煞了孙坚。三人立即下马作揖："给太守大人请安！"

张绍一边将孙坚扶起，一边瞄了一眼孙坚坐骑脖子上挂着的两个用白布包裹的圆球，已大致猜到了其为何物。张绍问道："莫非那就是……"

"正是罹难的赵郡丞与太守夫人!"孙坚恭敬地回道。

张绍装模作样地对着两颗人头作了个揖,心中却生出一丝窃喜。原来,那会稽太守尹端仗着朝中有人,对邻郡同僚素来轻薄无礼。有一次尹端的郡丞赵瑞就仗着他的威风,弄得张绍在刺史臧旻面前下不来台。今日看到尹端的下属与夫人落到如此下场,张绍心中怨气不禁大为纾解。

孙坚明白,张太守之所以在城门口候着他,肯定不是为了先看一眼官场仇人下属的首级解气,而是另有所图。孙坚做官一年多来,已经大致摸清了自己的这位郡守的底细。与尹端暴虐的作风不同,这位张太守平素是多一事不如少一事。海贼胡玉闹事,他装作不知;他的族兄张帮主与胡玉暗通款曲,他则睁一眼闭一眼。他最喜欢做的事情便是钻研《毛诗》[1],以及与众小妾厮混。因为剿海贼不利,前几年他已被臧旻斥责过几次,心中忧惧,直到去年才渐有转机。原来去年秋他根据张帮主建议,火速提拔孙坚为馀杭假尉,放权听任其调停胡玉与地方豪族的关系。因为举措得当,一年来臧旻对吴郡官署已无苛责,为此,张绍对孙坚也颇为欣赏。这次会稽叛乱,孙坚竟又像变戏法一般火速募集千余吴勇参加会剿,更是令刺史部刮目相看,对吴郡褒奖有加。于是张绍更视孙坚为全郡武力依托,军情大事均听孙言。这次孙坚携祖、徐二人冒险探察失陷的山阴城,张绍本颇为担心,如今眼见众人安然返营,自然欣喜。不过,张绍也要趁

---

[1] 指西汉时毛亨、毛苌所辑注的古文《诗经》。

着臧刺史主持的军机会议尚未开始，迅速从孙坚嘴中得到最新军情，以便等一会儿能在刺史大人面前露露脸。

孙坚当然知道上司心中所念，故而立即将本次探察的见闻择要汇报。徐真顺势奉上所抄写的反贼檄文。张绍读完也是啧啧称奇，先是大赞徐真字好，后又上下看了檄文几遍，脸上却浮出笑意。

看着孙坚疑惑的表情，张绍轻声对他说："文台小弟，那越贼说得清楚，若我们不犯越，他们也不会犯吴。别看目下天子急着下令要灭贼，其实过几天朝廷就会忘却此事，因为鲜卑人在并州闹得更凶。会稽的战事，我们慢慢来，慢慢来，呵呵……"

孙坚尴尬地陪着笑，佯装表示赞同，心中却暗骂："狗官！你可以等，小爷我不能等！若误了婚期，可是要坏了小爷我与吴小姐的姻缘！"

张绍拍了拍孙坚的肩膀："快将斥候的戎装换掉，洗洗征尘，等会儿刺史大人开军机会议的时候，你孙司马可在一边列席，有什么妙策就直接向刺史大人说，只不过别忘记提醒刺史大人，是你我共同商议的。对了，文台还没有用飧食[1]吧！刺史大人也没有用。他吩咐过了，我们可以边谈边吃。"

此时张绍突然想起祖茂与徐真也没用飧食，便示意他们回自己的营房去用餐。祖、徐二人也丝毫不觉得自己被太

---

[1] "飧食"即古代两餐制中的第二餐。

守冷落，言谢而去。原来，祖茂在孙坚募兵之后，只是以"兵曹史"的名分为其做事，而徐真也只是顶着"仓曹史"的头衔[1]，两人都还属于薪俸百石以下的吏员，的确不便与刺史、太守同席。而孙坚的郡别部司马的薪俸已经达到四百石，与县丞平级，已勉强够格向刺史当面献策。

洗净手脸、换好衣服后，孙坚便跟着张绍去往余暨县寺。所谓"余暨县寺"，就是会稽郡余暨县令理政之所。不曾想会稽郡句章县的动乱波及余暨县之后，当地县令竟带头擅离职守，目下依然不知所终。现余暨刚被吴郡官军克复，扬州刺史臧旻到此督战，原本的县寺自然就被征用为剿越官军的指挥之所。此外，也正因为越兵撤离前未做任何破坏，所以县寺内一切设施稍加修缮，便可为官军所用。目睹这一切的孙坚也由此生出一丝轻蔑心态。他暗想：若我是许贼，必然毁掉全城，不留给官军一砖半瓦；否则，官军凭倚此县为基地，便可背靠吴郡粮草接济，东图山阴，终谋句章。看来，许贼并不识兵。钱唐的吴小姐啊，请少安毋躁，破贼之日将不久矣！

孙坚进了县寺正堂，只见扬州刺史臧旻居中，丹阳太守陈夤居左，二人已然端坐，空出右座虚位，以待吴郡太守张绍。张绍因迟到向二人谢罪后，立即向他们介绍孙坚。臧旻捋须含笑点头，示意属下为孙坚加一席位。

---

[1] "曹"代表郡署或县廷的具体办事部门，譬如"兵曹"负责兵员输送，"仓曹"负责管理粮仓。"史"在这里代表任职者是该曹的副职。若是正职，则叫"掾"。

孙坚拜谢。盘腿坐下后，他开始仔细打量初次见面的臧大人与陈大人。其实，作为吴郡人的孙坚，早就听过臧旻的盛名。因为在做扬州刺史之前，臧旻便是前任吴郡太守，官声不错，胡玉等海贼帮在其任内尚未成形。今日一见，果然觉得臧大人气质儒雅、一身正气，与眼露猥琐的张绍不是一路人。对面的陈太守则戴着颇为罕见的樊哙冠[1]，一脸横肉，两眼如电，让孙坚想起了胡玉的长相。至于这次臧旻为何特别借调丹阳郡兵会剿越贼，孙坚也大致可揣度一二。原来在不久前的建宁二年[2]，山越人便曾攻击过丹阳郡郡治宛陵[3]，却为丹阳郡兵轻松平定，可见陈寅颇有应对山越人的心得。加之丹阳是除了吴郡之外离会稽最近的一个扬州属郡，由丹阳入会稽，运输军粮所费人力、物力也较少。

孙坚正想着，臧旻已经开始了他的开场白："陈太守、张太守、孙司马：臧某不才，为天子所信，统辖丹、吴兵马，剿除会稽贼患。目下形势如下：前会稽太守尹端，擅离职守，弃城而逃，目前已被缉拿归案，押往京都受审。原会稽郡吏，大多罹难。主簿朱儁虽在贼军中救出尹端，表现忠勇，但也被调去京都向朝廷说明会稽变乱之详情，现在也不能到堂前听令。新任会稽太守徐珪，目前还在履任途中，尚不能到堂听候本刺史将令。所以，剿灭会稽之贼，目前只能靠外

---

[1] 刘邦爱将樊哙在参加鸿门宴时所戴的一种形似冕的冠。
[2] 169年。
[3] 今安徽宣城。

郡兵马。目前会稽十四县，唯一被王师克复的，便是这离吴郡最近的余暨。由此向东一路而去，山阴、上虞、余姚、句章、鄮[1]、鄞[2]诸县，均已陷于敌手。今朝得到斥候所报，更往南的诸暨、剡[3]、乌伤[4]、太末[5]四县，也都为反贼控制。章安[6]、永宁[7]、东冶[8]三县，因为距离遥远，目前不知详情，但很可能也已反叛。[9]目下我军兵力如下：吴郡由郡守张绍、司马孙坚领兵一千有奇，最先进入会稽。吴兵步卒一千，其中执刀手五百、长戟手二百、发弩士三百。另有骑兵五十。丹阳太守陈夤不辞辛苦，从宛陵调兵而来，现刚至余暨。共带骑兵二百、长戟手一千、执刀手五百、发弩士六百，合计两千三百人马。两军合计：执刀手一千、长戟手一千二百、发弩士九百、骑兵二百五十，总计三千三百五十。沿途负责运输粮草的民夫不计。越贼反叛人数不详，据报可能过万。只是会稽乃是全扬州最大一郡，这万人如何分布，其中有多少汉人多少山越，有多少是许贼死党，又有多少只是被逼的胁从，目下均缺乏可靠情资。至于目下离我们最近的山阴情况究竟如何，刚才吴郡孙司马已做探察。现在我们就不妨来

---

[1] 读"贸"，在今浙江鄞县东。
[2] 读"银"，在今浙江鄞县。
[3] 读"善"，今浙江嵊州。
[4] 今浙江义乌。
[5] 今浙江龙游。
[6] 今浙江台州市椒江北岸。
[7] 今台州市黄岩区。
[8] 今福州屏山东南麓冶山一带。
[9] 臧旻所言及地名的相对位置请参看图2。

商议一下,是否立即出兵克复郡治山阴,以振全军士气。"

孙坚听罢臧旻所言,心中暗暗叹服。身为六郡之上的刺史,本该说点官场套话装点门面,臧旻却直奔主题,所谈无一句虚言,句句针对军情。相比喜欢引经据典却不谙实务的张绍来说,臧旻才是真正对孙坚脾气的上司。

吴郡太守张绍觉得他发言的时机到了。他对军务毫无兴趣,刚才从孙坚嘴里获得的军情,乃是他在本次会议上唯一能够卖弄的情报。于是他顺着臧旻的话头,将山阴城内京观的情形描述了一遍,并呈上了徐真抄写的檄文。最后他总结说:"山阴目前固然空虚,但周围是否有埋伏,我军不知。宜多派斥候侦探后,再作谋略!"

"砰!"陈夤听了,狠狠砸了一下案几,上面的三足陶杯被惊得跳了起来,几滴酒水溅落在了从臧旻传到他手上的檄文之上,弄糊了徐真写的几个篆字,显出淡绿的酒色[1]。陈夤大骂道:"张太守,你怯战吗?贼寇要点阅你我首级不谈,还敢自立为王、裂土自封、改元'阳明',简直是目无天道!我陈夤恨不得哜其肉、寝其皮!汝竟然还要容留此等贼寇在这世上多苟活几日,恕陈某不敢苟同!"

张绍头上直冒冷汗。陈夤所带兵马是吴兵的两倍多,其中受过良好训练的长戟手与骑兵也较多,其实是这次会剿的真正主力。若当面否了他的战意,恐怕不妥。但一千吴兵中的大半,毕竟是从各宗族的部曲里拼凑出来的,一旦战

---

[1] 汉代曲酒的微生物是绿色的,导致酒的颜色偏绿。

败，以后他张绍也就无法在吴郡立足了。这可如何是好？想不出应对陈夤的说辞，张绍只好将求援的目光投向臧旻。

臧旻笑了笑，对着陈夤摆摆手，说道："陈太守，军机会议嘛，同僚之间意见不同也属正常，且收雷霆之怒。许贼的肉，臧某也想咬上两口，不过今晚肯定是来不及吃了，且吃几只山鸡消消气吧。"说罢，他拍拍手，叫左右端上已经烤熟的山鸡，每人一只。因为怕属下拘谨，他带头撕下一条鸡腿，开始大嚼起来，那豪迈之气，让人觉得这不像是一州刺史，而是一个边地的大将。

臧旻的举动化解了正堂内的紧张气氛。陈夤也暗觉自己刚才的态度过于跋扈，于是举杯对张绍说道："刚才陈某言重了，请张太守不要挂怀！以后丹阳郡兵在会稽的行动，还望吴兵鼎力相助！"

张绍舒了一口气，脸上立马浮起了笑容："陈太守忠于职守之心，张某感佩！以后还望陈太守多多帮衬啊！"

臧旻吞下一口鸡肉，一边细细咀嚼一边看着孙坚。他知道，从张绍嘴里已经问不出什么有价值的意见了——而陈夤一开口就是"进军！进军！"，这也不是臧旻想要听的。不过，直接问策于俸禄只有区区四百石的孙坚，似乎太伤两位二千石级别的太守的面子了。为了考一考孙坚，他臧旻必须旁敲侧击。

"孙司马！"

"卑职在！"孙坚刚才已经意识到臧刺史在打量自己，对于他的提问已有所准备。

"据刚才张太守说,今日探察山阴时,你发现有一个京观?"

"是!"孙坚点头。

臧旻复问:"你还带回了尹太守的属下与夫人的首级?"

孙坚点头:"是!恕属下无能,殉职郡兵众多,属下当时无力埋葬,只好先行带回郡丞与郡守夫人的部分遗骸。"

臧旻再问:"那么可见殉职官兵的章、幡与否?"

所谓"章",即汉代兵卒的身份识别符号,实为系在背后一小布,上写其姓名与所属部队。"幡"则为军官的身份识别符号,实为一种类似披肩的赤白相间的装饰物。没有这两样东西,已经半腐烂的尸体是无法辨别身份的。孙坚明白,刺史大人关心章、幡的去处,实际上是关心阵亡将士的抚恤问题。但因为孙、祖、徐三人的确均未见被害者的衣装,所以对于刺史此问,他只好摇头称"不知"。

"好,那孙司马你说一下,为何被害官兵均赤身露体,不见章、幡?"

其实这个问题孙坚在回营路上已经想过了,于是便和盘托出:"怕是已经被贼剥去了,或已经为其毁坏。"

"许贼为何要费事剥我军衣服?"

孙坚回道:"其一,目下天气寒冷,贼众得我军衣可御寒;其二,得我军戎服后,贼寇或许未来会假扮我军图谋不轨;其三,毁我军章、幡,可令州郡难以造册记录阵亡者姓名,并据此抚恤官兵家属遗族,继而动摇我方军心、民心。"

臧旻点点头,继续问道:"那么,对此贼谋,你可想出什么对策?"

孙坚看了看张绍,发现后者正用期待的眼神看着他。孙坚会意,立即将头转回臧旻:"禀刺史大人,对这三个问题,我郡太守张大人已经对卑职有所部署,现转述其对策如下。第一,被掠军衣数量不多,贼军人众,无法为全军避寒,故不用太虑及此事;其二,虑及少数敌军未来可能假扮我军,日后各营口令更要勤作变更;其三,按照现有的郡兵名录,凡是失踪者均算作阵亡。开出布告,告知民众:凡可由乡党证明为亡卒亲属者,均可领受抚恤。若真有少数刁民想鱼目混珠骗粮领钱,为稳定民心计,官署也不必细究,以显朝廷仁厚,并由此孤立匪贼。"

臧旻笑了起来:"这笔钱由谁来出?吴郡还是丹阳郡?"

孙坚知道,臧刺史此问是有深意的。想当年汉武帝设置刺史这一官职的时候,其任务只是监察所属各郡,自身并无独立财权,而只有关于财税使用的督查权,其自身的俸禄也只有区区六百石而已。因此,臧大人自己可是拿不出阵亡将士的抚恤金的。说让吴郡承担,张太守肯定不乐意;说让丹阳郡承担,陈太守则要翻脸。那么还不如……孙坚灵机一动,有了对策:"禀刺史大人!吴、丹两郡都已出兵马剿贼,所以都不用承担这笔额外的费用。"

"那按你的意思,是要向朝廷上奏额外拨款喽?"臧旻是在暗示孙坚,今天的朝廷连地方剿匪都要郡县自己募兵,哪里还有余钱抚恤殒命的将士呢?

没想到孙坚早已有了方案:"禀刺史大人!九江、庐江、豫章三郡同属扬州,这次仅仅因为地理遥远,未派兵助剿,让丹、吴将士多少有点儿心寒。若会、丹、吴三郡阵亡将士的抚恤都由这三郡平摊,则既显公平,又显扬州六郡一体,岂不美哉!"

"若三郡太守不愿意,又将如何?"臧旻此问是在继续提醒孙坚,刺史的财税监督权不等于直接的使用权,对于刺史部的意见,郡守还是有办法予以抵制的。

孙坚将目光转向自己的上司张太守,意思是说:这个问题,太守大人你应当更拿手啊!

张太守心领神会,马上抢答:"禀刺史大人!九江、庐江、豫章三郡太守贪赃枉法之事,卑职早有体察,现在已经累积大量证据。九江太守偷人婢女,庐江太守长子偷人婢女,豫章太守与其儿媳禽兽行[1]之事,卑职也都有目击证人。这些人身为太守,却不尊圣人教导,践踏伦常,实在是令全扬州蒙羞。现在令三郡筹集抚恤钱粮,是给他们一个改过自新的机会。若三位太守依然执迷不悟,刺史大人自可行弹劾之权!"

臧旻与陈龠听了,哈哈大笑起来。臧、陈平素都知道张绍极爱打听政敌隐私,对此龌龊行径,他们多少都有些鄙夷。但没料到张绍搜集的这些情报,今日却为调动全州剿贼资源做出了贡献,真可谓歪打正着。陈龠笑毕,故作严肃地对张绍问道:"张太守笑人淫乱,但自己的小妾可也不止

---

[1] 禽兽行即乱伦罪。

二十个吧?"

"哎,陈太守此言差矣!张某人的妾都是堂堂正正地纳的,而且房中之事,张某也颇为节制。这叫'乐',不叫'淫'。子曰:'乐而不淫,哀而不伤……'"张太守开始摇头晃脑背诵起《论语》来。臧、陈又一次哈哈大笑起来。

但孙坚笑不出来。他突然意识到,按照汉律,九江太守偷人婢女既然可以立罪,那么他和胡婵之间的事情也是违法的。因为从法律上说,胡婵是祖家的御婢[1],而不是孙家的。要是以后官场上有政敌就此事弹劾孙坚,又该如何是好?

孙坚微微摇头:暂时不管这些小节了,目下军情要紧。

笑到一半的臧旻,注意到孙坚正低着头,若有所思。臧旻当然不知道孙、胡、祖三人之间的复杂关系,他还以为,孙坚是在以沉默来抗议刚才三位高官的低俗趣味。臧旻心中暗惊:孙坚小小年纪,不仅能力超群,而且品质冰洁,实为自己为官多年少见的俊杰。想到自己身为一州刺史,竟然刚才也被张绍的轻薄所感染,跟着张、陈一起浪笑,白皙的脸也不禁泛红了。

---

[1] 在汉代,可以与主人发生合法性关系的婢女才叫"御婢"。主人与一般婢女发生性关系,则犯下"禽兽行"——这是因为,从宗法关系上看,主人与一般婢女的关系可类比于父女关系。

第十七回　孤注一掷

孙坚刚才的回答让臧旻很是满意。他偷眼看了看陈夤，发现一向凶巴巴的陈太守也正柔和地看着孙坚。可见孙坚刚才所提的关于"让九江、庐江、豫章三郡负责抚恤善后"的建议，是多么得人心啊。是时候让孙坚提出关于目下军略的正面意见了。想罢，臧旻便对孙坚问道："孙司马，对目下山阴的形势，你有何见解？我军是否可一鼓作气打下山阴，就如同轻取余暨一样？"

孙坚看看张绍，再看看陈夤。自己的顶头上司主张稳健，而目下掌中兵力最为雄厚的陈太守则主张进取，他两边都不能得罪。于是他回道："陈太守刚才所言极是，匪贼气焰的确太甚。若我军屯兵于吴、会交汇处，却不敢攻取已成空城的会稽首县，恐为天下人所讥。张太守所虑亦对，匪贼是否在城外有所埋伏，我军不知，故也不得不防。而在卑职看来，越贼在山阴不留一兵一卒，显然不合情理，定然有诈……"

"越贼在我们脚下的余暨也未曾留下一兵一卒，你们吴兵克复余暨时也未曾遭到埋伏，怎么换成山阴，就会有诈了？"陈夤不服气地打断了孙坚的发言。

"大人请看地图！"孙坚指了指臧旻身后的会稽形势图，解释道，"馀杭、富春、钱唐等吴郡重镇均逼近余暨，对越贼来说，余暨实际上并不易守。与其徒耗兵力，不如干脆放弃。所以，我们吴兵才捡了个便宜，不损一兵一卒占了余暨。山阴则不然。山阴位于八百里镜湖之中央，我军与贼军若同时分别从西边的余暨与东边的上虞出兵，几乎可以同时赶到此城。因此，敌军应对山阴局势只有两策可取：其一，固守山阴，以此为屏障保护东边的上虞、余姚与句章；其二，以山阴空城为饵，引诱我军来取，然后调集重兵围之，以图大破我军。但敌军断然不会任凭山阴被我占去而无任何动作，因为这就等于将东边的上虞送到了我军嘴边。而就目下的情况来看，敌军未曾占领山阴城池乃是实情。所以，卑职判断，山阴附近必有伏兵。"

陈夤听罢，一时无法从孙坚严密的推理中找出任何破绽，只好闷不作声。张绍则捋了一下八字小胡，得意地看着陈夤，接着转头对孙坚说："孙司马啊，你就把和我一起商量的破敌之策，上奏刺史与陈太守吧！"

孙坚心中暗笑：小爷我何时与你商量过破敌之策了？不过，既然上司这么讲了，戏自然还得演下去。他继续说道："卑职依据张太守方略，提出一计：将我军分为甲、乙两部。甲部权当诱饵，占领山阴后引诱敌大部来攻。而后，我军乙部则反包围敌军主力,里应外合,破敌于山阴城外。"

"我军全部只有三千多人,再要分成两部,一旦围困贼军数量超过我军,我军如何能够反包围之?"陈夤质疑道。臧旻听了,也皱了皱眉。在他看来,陈夤的质疑颇有道理,因为目下官军的确缺乏越兵数量的准确情报。

孙坚回道:"即使敌方万人全部出动,我军目下兵力也足以应付!"

臧旻、陈夤,甚至张绍,都睁大了眼睛盯住孙坚。孙坚此言也太狂妄了吧!陈夤刚想发作,就被臧旻挥手喝止。他示意孙坚继续说下去。

孙坚再次指了指地图。臧旻嫌老是回头看图费事,干脆叫手下将图取下,平铺于正堂中央的地上。孙坚离开自己的案几,跪在图边解说自己的策略:"贼寇要攻山阴,有两条路线可走。一条是从诸暨、剡方向,由南向北打;一条是从上虞出发,从东往西打。但实际上,从南向北这一路几乎不可能,因为山阴南边长长的镜湖便是屏障,敌军要渡湖,必然会被守城官兵发现。此外,目下湖面结了薄冰,即使有船也行之不易。若敌军从东往西打,那么立即就会陷入北面大海[1]与南面镜湖所构成的窄窄地峡之中,即使有万人兵力,也难以展开。以陈太守带来的丹阳精兵,只须扼守要道,便可截断敌军,分而歼之,不必忧虑敌众我寡。"

臧旻追问道:"山阴城南的会稽山,是整个战场的制高

---

[1] "北面大海",即今天所说的杭州湾。当时的杭州湾比今日更深入内陆。

点,是否要派军占领?"

孙坚摇头:"如此,恐不妥。其一,会稽山与山阴隔镜湖相望,我军若要分出一部去占领会稽山,则要从湖的南岸走,这样就难以与湖北岸的主力呼应,反而容易遭到从诸暨、剡方向前出的敌军的攻击;其二,会稽山地形利于防守,不利进攻,若全力攻击,伤亡恐怕不小;第三,若会稽山确有敌酋指挥,我们也正需要其发现我诱兵动向,以此调动贼寇主力。若贸然袭击之,则会打草惊蛇。"

陈夤又问:"若全军前出,余暨空虚,敌军来袭怎么办?吴郡的军粮与辎重均囤积于此,一旦资敌,后果不堪设想。"

孙坚对张绍又挤挤眼,暗示他接话。张绍回过神来,对陈夤答道:"陈太守刚到余暨,并不了解这里情况,目下城内囤积的粮草箭弩只够全军五日之用。若分发给每个兵卒,粮库可立即清仓。大批粮草还囤积在钱唐、馀杭与富春,若要征集,须臾可至。"

孙坚点点头。他知道自己的上司只了解这些,于是立即接话:"所以,依张太守方略,余暨虽是我军克复会稽之要冲,但不宜过于倚重。我军若前出之时,最好带上全部粮草与兵械,只留少数老弱守城。万一敌军从诸暨方向北上攻击余暨,守军就立即弃城撤向钱唐,再留一座空城给许贼!"

"你要把我们脚下的余暨留给贼寇?"臧旻大惊。

"刺史大人,请听卑职解释。"孙坚回道,"我军主力若已占领山阴,敌军即使占领余暨,也就等于陷于山阴与钱唐两城王师之间,反而有利于我军聚歼之。这样,我军就能在不深入会稽郡南部的情况下，尽快剿灭反贼。此乃引蛇出洞之策！"

"但若贼寇从余暨向西，主动攻打钱唐当如何？"这下轮到张绍急了，全然不顾他正在与孙坚演一出双簧。不让战火燃烧到自己管辖的吴郡，乃是他的底线。

"钱唐、富春、馀杭的各豪族部曲都已枕戈待旦，支撑到山阴援军到来，应当不成问题。此刻贼军若前无法克钱唐，后又无法阻追兵，将非死即降！"孙坚对吴郡宗族的力量很有信心。

"呵呵，这就怪了，你们吴郡宗族这么有力量，怎么才凑出一千多人进入会稽？"陈夤冷笑着问道。

"这一点，刺史大人您清楚啊！"孙坚将目光转向曾经在吴郡做过太守的臧旻，"吴郡的不少豪族部曲，只要在本乡本土，个个是猛虎，出了郡境，则都成了病猫。这是吴郡风土使然，为官者也只好顺势而为。"

臧旻点点头，赞同孙坚刚才的判断。但是对于孙坚大胆的策略，他还是觉得有些不放心。思虑片刻，他问道："本刺史再问你最后两个问题。第一，若余暨失守，山阴驻军分兵去克复，而山阴余军自身又遭遇上虞方向敌寇的攻击，当如何是好？第二，若余暨为敌所据，我军既难以攻克之，又耗尽所携粮草，会不会陷于兵家绝地？"

孙坚当然知道这两个问题的分量。他也静静思考了一下，然后回复道："刺史大人所虑甚是。但孙坚也有对策。其一，山阴三面环水，防守并不太难，五百，不，四百精兵足可御敌。其二，依卑职之见，做事不如做绝。既然我军一开始就不准备认真守余暨，我们也不希望贼寇守住余暨，那么，全军前出之前，不妨拆毁县城的城门与吊桥，尽量破坏城墙。毁城总比修城快——这样，敌军即使来了，也要花费更多时间修补城池，而这显然对我军有利。当然，一旦敌军撤走、战局稳定，我们肯定会将县城再修复的。"

孙坚话音一落，大厅里便陷入了死一般的寂静。古有西楚项羽破釜沉舟，今有富春孙坚破城毁墙，二人之军策，均属豪赌。如此孤注一掷，福兮？祸兮？智乎？愚乎？三位高官的前途乃至生命，难道都要听任一个四百石级别的十八岁少年武官的摆布？前会稽太守已丢了妻子与下属的性命，难道这些遇难者在去往阴曹地府的路上，还需要几个同伴不成？抑或……抑或坐视山阴空城而不占，坐拥三千步骑于余暨不动，而为天下人所讥？

"哈哈哈哈……"首先打破沉默的，乃是陈夤的大笑。他指着孙坚说道，"孙文台，你可是当世之韩信？！"

孙坚听不出陈夤这话到底是赞扬还是讥讽，一时间不知如何作答。陈夤也没等他回话，直接将脸转向了臧旻："刺史大人，卑职以为，孙司马之策虽险，但目下敌众吾寡确是实情。以寡击众，不冒险而取胜，怕只是奢望。卑职支持孙司马方略！"

臧旻还是有些犹豫。他追问陈夤："陈大人刚才问孙司马可是当世韩信，究竟何意？"臧旻的言下之意是：你确定他不是当世之赵括吗？

陈龛回道:"韩信背水一战大败赵军,靠的便是以水为兵,使得敌军无法从侧后包围之。今孙司马方略,巧用镜湖与大海所构成的屏障,使得敌军人数优势无从发挥。所以,今日孙司马是活用了当年韩信的战例。"

见战功卓著的陈龛也赞同了孙坚,臧旻也下定了决心。他转头看看吴郡太守张绍:"张太守啊,你平时为人谨慎,没想到今日与孙司马竟然商讨出了如此惊险的战法。"

臧旻显然是在调笑张绍。他与陈龛早就看出了这套策略全然是孙坚所想,张绍只是贪天功为己有罢了。但身为太守的张绍现在是忍着泪水也要把牙齿往肚里咽。他明明心里对孙坚的策略怕得要死,嘴上还在充大:"班超在鄯善国攻伐匈奴使者之前,就曾说过豪言,'不入虎穴,焉得虎子',目下形势也是同等之险要。卑职与孙司马商议军略时,便决意以班超为榜样,以险制胜,以不枉朝廷栽培之恩!"

既然连胆小如鼠的张绍也同意了孙坚的军略,下面便是商讨具体的细节问题了。臧旻一拍桌子:"全军前出余暨方略已定!现在诸位不妨议议三千兵马如何调配。"于是,诸人又七嘴八舌地就吴、丹兵马谁做诱兵、谁做伏兵展开了争论。各方利益达到平衡之后,臧旻下令击鼓升帐。

第十八回　击鼓升帐

"咚！咚！咚！"沉重的军鼓响起，吴、丹二郡军吏、兵曹等人披挂整齐，鱼贯入厅。臧旻与两位太守并排坐于上列，孙坚则因品级不高，只能与本郡军吏并列。

臧旻清了清嗓子，对着众人缓缓说道："臧某不才，承圣意协调吴、丹兵马入会剿贼。目下得报，山阴城空，而贼军或在附近以城为饵，正待我军上钩。臧某与陈、张二位太守商议，决定将计就计，发兵占领山阴，引诱敌军主力前出，再内外夹击，以图破贼。下面，就由两位太守布置各部军务。"

臧旻话音刚落，下面已是一片窃窃私语。做饵兵是极度危险之事，哪个疯子愿意去做人家砧板上的鱼肉呢？

先轮到吴郡太守张绍布置任务。在汉代，有直接兵权的毕竟还是郡太守，所以，不管张绍本人对军务是多么的生疏，这军令还得由他来下。他拿起一支令箭，喊道："吴郡别部司马孙坚听令!"

"有!"孙坚出列。

"命你带吴郡发弩士三百、长戟手一百,明日后出余暨,两日内占据山阴。占据山阴后,立即发一股狼烟为号。若在占城后发现城外有敌,则发两股狼烟,并死守山阴,以待援兵。援兵埋伏好后,何时出击,由你判断,以三股狼烟为出击之信号。若发现山阴城内有敌且难克复,则发四股狼烟为号,并撤回余暨。如上信号,若遇夜晚,则全部改为烽火。兵曹史祖茂为你副将!"

下面又是一阵悄声议论。果然是孙坚来做这冤大头。祖茂则摩拳擦掌,血气上涌。孙坚将如此重责与他——而不是徐真——分担,可见他在孙坚心中的分量。

这时候,张绍抛出第二支令箭:

"尉曹史孙静出列!"

"有!"孙静听令出列。原来他在哥哥孙坚开始募兵之后,也在郡里弄到了一个"尉曹史"的临时名分,负责征兵与押运刑徒。

张绍下令:"我军出发后,你带本郡执刀手一百人,汇合征夫与刑徒,留守余暨。若见山阴方向一股狼烟,暂不行动。若见四股狼烟,则开始加固城防。若见两股狼烟,或有贼寇从诸暨方向攻来,则组织百姓向钱唐方向撤退,并破坏余暨城墙与城门,必要时可以焚城。"

孙静在心里重复了三遍,才将命令刻入脑海。不过,执行此项任务,无须接近前线,并无性命之虞,孙静心中甚感轻松，同时又觉得有些对不起兄长。

"郡丞臧震出列！"张绍抛出了第三支令箭。臧震是他的心腹，俸禄级别六百石。

"有！"

"吴郡五十名骑兵，全部归你调遣。你们跟随各部行动，传递军情，尤其是要看清孙坚在山阴发出的信号，立即向别部飞马呈报。无令不得卷入战斗！"

"得令！"

臧震听明白了张绍的两层意思。一是吴、丹两军分兵前后，相距遥远，且目前天气风雪不定，全凭目视，恐难保证看清狼烟或烽火信号。他的这五十骑便是流动的烽火台，保证全军情报传递顺畅准确。二是在骑兵稀少的吴郡，这五十骑可是张绍的宝贝疙瘩，他不想让其在一场无谓的骑兵冲锋中折损——更难的仗，可以留给丹阳人去打。

"仓曹史徐真出列！"这是张绍抛出的第四支令箭。

"有！"

"你得令后，立即带着几个斥候出城，骑快马知会钱唐、馀杭、富春三县各宗族，若见余暨方向有火光，就立即组织部曲接应从那里撤下的官兵百姓，并准备抗贼！"

"哎……这个……"徐真有点儿犹豫，没有立即去接令箭。张绍问道："徐曹史有何顾虑？"

"启禀郡守大人，按照刚才孙曹史所接到的命令，他很可能会携带一百兵卒与城内百姓同时向吴郡撤退。一百兵卒不算什么，但目下城内百姓就有两千余人。据卑职所知，我军余粮并不充足,若两千多张会稽郡的嘴同时到了吴郡,当地豪族是否愿意贡献家粮赈济难民呢?恐怕……"

徐真这话的意思是,吴郡自己官兵的饭,吴郡豪族是愿管的,但他们没有义务去帮助宗族外面的陌生人,尽管他们名义上也是大汉子民。此外,徐真还有一层私心。徐家在叛乱爆发前夕就囤积了大量粮食,目下吴郡本地的粮价因为战争翻了一番,若白白贡献出来给会稽人吃,就等于是在割徐家人的肉啊!

张绍点点头,看来徐真不但篆字写得漂亮,头脑也会算计,确有管仲遗风。不过,对于徐真的顾虑,张绍也有所准备:"徐曹史且和众豪族打个招呼,其实也不必好酒好肉招待,施舍点粥汤就行。只要挺过十日,庐江、九江、豫章三郡的大批粮草就会运到,到时发放给难民,就说这是吴郡的粮食,会稽人也会记得吴郡人的恩情!"

"得令!"徐真接了令箭,心里也舒了口气,看来徐家的经济损失能降至最低了。不过,又一想,觉得还是有些不安:庐江、九江、豫章三郡的粮草,若到期不至,怎么办?

"主簿张炎听令!"张炎是张绍堂弟,张绍平时最信任的文吏。张绍抛出了第五支令箭。

"有……有!"张炎没有料到,作为文吏也会拿到令箭。

"你立即遣人去九江、庐江、豫章太守处,转交本太守写给三位太守的书信,令其九日内将信中所提及的粮草运至吴郡,不得有误!"

张炎没敢去接令箭,他怀疑自己的耳朵出了问题。一个太守怎么可能命令与之平级的另外三个太守提供军粮？自己的堂兄怎么做官做得脑子都糊涂起来了？

看着一脸疑惑、呆若木鸡的堂弟，张绍有点儿不耐烦："你不要担心三郡太守不给本太守面子，本太守与他们情同手足，借点粮食算什么？只要你将信送到，粮食必至！"

一边听着的丹阳太守陈夤差点没有笑出声来。这个张绍还好意思说自己与三郡太守"情同手足"。拿别人的床笫之欢、不伦之恋当作要挟讨粮，也真是目下大汉的奇观啊。

"兵曹掾朱固听令！"轮到陈夤发令了。朱固是陈夤在丹阳的亲信。

"有！"

"你率执刀手两百、执戟手两百，跟随孙坚部出城门，与其保持半日的路程，一路上要偃旗息鼓，以密林为掩护，尽量昼伏夜出，不让人发现。行军时不得带火把。一旦看到孙坚部升起一股狼烟或烽火，就急行至山阴与上虞之间地峡最窄处，找林木隐蔽，无论多少敌军经过，皆不可暴露。若看到两股狼烟或者烽火，立即做好接战准备。若看到三股狼烟或烽火，则立即截断敌军，或至少将从上虞方向来的敌军与山阴战场隔离开。遇敌后，务必死战至援军赶到！若看到四股狼烟或烽火，则撤回余暨！"

"得令！"

众人窃窃议论，朱固的担子也不轻啊。

说到这里，三位高官集体起立，由臧旻代表三人发令："余下吴、丹两郡主力，先将粮仓粮食均分，修整器械，先行休息。待孙坚部出城一日后，徐徐出城，偃旗息鼓，不做声张，尽量昼伏夜出。行军时不用火把。以孙坚部狼烟烽火为信号，择机出击。两位郡守将亲自领军，而本刺史也将亲自督战！若有畏敌怯战、逡巡不前者，立斩之！"

说罢，臧旻将佩剑拔出，斩掉了案几一角，以示决心。

看到半个扬州的高官都将脑袋赌在了这次大战的输赢上，很多只手都在下面暗自握紧了拳头。

"来，诸君共饮此杯！"臧旻举杯一饮而尽，众人也拿起刚才下人送来的酒杯，仰脖一饮而尽。

一些未曾经历过战事的吴郡曹吏，心中不免忐忑：这会不会是他们人生最后一杯酒呢？而另一些人则开始暗暗评价起三位高官刚才的表现。平时不理实务的张太守，今天一口气发了五支令箭，条条命令心思缜密，句句言辞铿锵有力，那气势瞬间就压倒了手握重兵的名将陈夤，真是"真人不露相"啊！

不得不承认，今晚张绍的耳廓所搜集到的下属的赞叹之声，的确让他很受用。他将头转向孙坚，两人恰好四目相对。不过张绍发现，孙坚虽然头朝着他，目光却越过了自己。张绍顺着那目光回头看去，墙上已重新挂上了会稽形势图。而孙坚的目光，死死盯住了图上标注着"山阴"两字的位置[1]。

---

[1] 参看图2。

第十九回　孙祖交心

这是孙坚、祖茂奉命兵出余暨、占据山阴的第四天晚上。

山阴城头，月黑风高，却罕闻乌啼。原来在孙坚、祖茂率兵重占山阴之前，城池四下的乌鸦早已吃净了城内遇难者的腐肉，纷纷散去，而郡府前的京观，目下已是散乱一地的白骨与骷髅。不过，没人有心情去收敛亡者的遗骸。为了等待越兵主力的侵袭，大多数吴兵此刻正待在北门城墙上候命，而面水的另三面城墙只留了少数哨卒。轮到值更的士兵，则手擎火炬警惕地朝着上虞与句章方向望去，暂时无事的兵卒则四仰八叉地瘫在女墙[1]边酣睡。守城兵卒的心情，现在一半是紧张，另一半则是无聊。

其实孙部占领此城已超过整整两天了。两天半前，因为占城时天还没有黑，祖茂便命人在城楼最高处升起一股狼

---

[1] 城墙上面呈凹凸形的矮墙。

烟,而非烽火。远远看见狼烟的吴郡臧震所部,则立即派出一骑,手执烟炬,飞马向余暨与山阴之间的下一站探哨报信。官军主力发现信号后,便在三位两千石高官的带领下,徐徐开出余暨大本营。至于那四百丹阳兵,也早已在朱固率领下先行开拔。官军主力进入道边的密林后,以丹阳郡的两百骑兵开路,全军开始加快行军速度,向山阴城方向一路小跑而去。带着粮草辎重的牛车队,则在少数殿后兵卒的保护下紧随其后。

孙部在升起第一股狼烟后,两天半已过去,几乎什么也没有做。没有得到新的信号的各路伏军,在各自就位后,除了派出一支辎重队向孙坚提供粮草与箭矢的补给,也几乎什么都没有做。到目前为止,没有任何敌军前来进攻山阴。

孙坚望着远处黑黝黝的会稽山,嘴里嚼着槟榔,眉头紧锁。他猛地意识到他的计划有一个破绽——狼烟。

狼烟不但能被自己人看到,肯定也能被敌哨发现。如果他们有脑子的话,肯定会想:官军既然已占领山阴城,他们发狼烟到底又是给谁看呢?合乎情理的答案只有一个:另一股官军。也就是说,很可能敌军已经意识到官军设了伏。

孙坚觉得身上越来越冷。如果计策被敌人识破的话,自己无法取得任何战果不谈,孙静还会傻乎乎地将余暨空城破坏掉,并莫名其妙地将两千难民疏散到吴郡。到那时,他孙坚肯定就会成为吴、丹两郡军民嘲笑的对象。

当然,若再等两天敌人不来,吴、丹主力也可放弃埋伏,直接收复山阴,对于洛阳朝廷也可以有所交代。但这样一来，歼灭大部敌军的希望依然会落空。

疲劳开始侵袭正在被志忑与不甘折磨的孙坚。他的眼皮子渐渐耷拉下来，开始打起了小盹。但没睡多久，就被身边祖茂雷鸣般的呼噜声吵醒了。

孙坚有点儿生气地站了起来，看着祖茂。这次行动，孙坚为主将，祖茂为副将，本该成为部卒的表率。而主、副二将轮流睡觉，这也是出发前早就定好的规矩。但这祖茂可好，贪吃贪睡，前两日已比规定的多睡了一个时辰，个别吴郡兵卒也有样学样，放哨时也暗打瞌睡。要是此刻敌军攻来，可如何是好！更可恶的是，祖茂昨日在睡梦中嘴里一会儿喊"雯，雯"，一会儿喊"婵，婵"。看到这一幕的众多兵卒皆捂嘴窃笑，实在是有辱官军威严。孙坚心里暗骂：孙雯是我孙坚的妹妹，胡婵是我孙坚寄放在你这里的女人，你春梦里大享齐人之福，可知我孙坚孙司马的感受？孙坚越想越气，咬咬牙，一把扭住祖茂耳朵，狠狠将其揪醒。

被突然唤醒的祖茂跳起来哇哇乱叫，吵醒了一些正在酣睡的士卒。祖茂摸着自己火辣辣的耳根子，气呼呼地问孙坚："文台兄，你下手也太狠了！我还以为越贼来袭了！"

孙坚虎目圆睁："军中无兄弟，别'文台''文台'叫得欢，叫'孙司马'！"

"诺！孙——别部——司马！"祖茂没好气地强调了"别部"二字，提醒孙坚他的官职是临时设置的。众人会意，一阵低声窃笑。

孙坚气得额头青筋暴跳。他指着祖茂的鼻子喝道："祖兵曹史，你身为本将副手，本该做好兵卒的表率，怎敢在众人面前带头酣睡，破坏军纪？若敌军夜晚偷袭，你我项上人头岂不都成了贼寇玩物？！"

没想到今天的祖茂也是吃了豹子胆，听了孙坚的呵斥，反而昂起了脑袋，用犀利的眼神直接与孙坚对视。他一手叉腰，一手指了指自己有点儿圆滚滚的小肚子，大声说道："孙——别部——司马，你在做郡别部司马之前就应当知道，我们祖家一天是吃三顿饭的。参加官军之后，我祖茂与众兵卒一样，每天只吃两顿饭，睡觉时间少一半，骡马一般给朝廷当差，一句暖心话都没听到，却仅因眼皮子耷拉两下，便被你孙——别部——司马当孙子骂。我看你比那越贼都狠。连贼人都知道体恤我，不敢晚上来打搅小爷的清梦，躲在句章睡大觉！"

孙坚刚想狠狠回击祖茂，却斜眼看到不少士卒在祖茂说话时都暗暗点头。其实，孙坚此番大胆的兵谋是否妥帖，军中一直暗议不断，此刻祖茂或许只是凭借着与孙坚的私交，挺身为诸人代言而已。孙坚深知手下兵卒超过一半均来自豪强部曲，他们仗着身后都有主子撑腰，对年轻且家贫的孙坚多少有些不服。若此时处罚祖茂，或许会引发军心不稳……

想到这里，孙坚努力咽下一口唾沫，平复了一下激动的心情，转过身去，将一个冷冰冰的背影留给祖茂。正满脸斗志准备迎接一场暴风雨的祖茂，反而被弄得有点儿懵了。突然，孙坚转过身来，用有力的臂膀将祖茂的头勾住，悄声说道："大荣，我们到后面谈。"

不知所措的祖茂，就这样被孙坚一路拉扯到城楼背面的无人处。临走前，孙坚回头对兵卒大喊："我与祖兵曹要商议军情！若有贼来，速速擂鼓！"众人齐声喊"诺"。见孙、祖身影转入城楼背面，有好事者立即蹲下来与旁人开始交头接耳，低声细说孙、祖之间的关系。

孙坚让祖茂在其对面坐好，然后将自己怀揣的一葫芦酒递给祖茂："大荣，喝口大哥的酒，有什么不满现在就说，不要当着兵卒的面扰乱军心。"

祖茂脸微微一红，这才意识到，刚才当着兵卒的面与孙坚顶嘴有多么不妥。但是，家境所养成的自尊却阻止了他立即认错。他嘟囔道："文台，我确有牢骚。"

"都倒出来吧！"孙坚用两手向后撑地，微微仰身，摊开双腿，故意做出放松的姿势。祖茂有点儿结巴地说道：

"文台，你……你为何不把……雯妹……许配给我？"

孙坚侧过身，用一只手撑住头，看着祖茂："我的雯妹好在哪里？"

"这个……说不清……她笑的样子很干净……每次看到她笑，那样子就像刻在我心里一样……"

孙坚一皱眉，眯起眼睛，反问道："你是嫌胡婵不干净啰？"

祖茂马上辩解道："这个……不是……文台，你是知道的，胡婵来历不明，而且年纪也大了一点儿，恐怕纳妾都不合适。我祖茂也到了该婚配的年纪。你与吴小姐既有婚约，我则也想顺势与阿……阿雯定下婚约……"

孙坚冷笑道："我小妹是贫家女子，以你祖茂的家世，张门、陆门这样的显豪都可能攀附上。徐真家里虽然没有姐妹，但徐氏宗族里待嫁的闺女却不少，你再不济也可以和徐氏攀亲。譬如，富春县县丞徐嫱的五妹就非常漂亮，我看那样貌超过我家小妹阿雯，而且人家是富家女，书读得也多，你为何不拜托徐真去说亲？对了，令尊大人难道不会看不起我孙家的门第？"

孙坚这样问是有道理的。同样喜欢孙雯的徐真之所以一直没有给孙家下聘礼，就是因为徐父认为徐、孙联姻门不当、户不对。沉稳的徐真则采取缓兵之计，暂时不与父亲争执，而是静待孙坚破贼取得更大功名，然后再试图说服父亲。因此，是否能够按时剿灭越贼，对孙坚来说，不仅仅关系到他与吴甄的幸福，而且还牵涉到徐、孙的姻缘。

但对祖茂来说，徐、孙的幸福就意味着他的不幸。他固执地回复说："文台……你……你把阿雯给……徐真……不给我，就说明……就说明你更看重徐宝瑜……不把我当贴己的兄弟。"

孙坚苦笑着摇头。"大荣啊，虽然说婚姻大事要听父兄之言，但阿雯不是狗啊，猫啊，她也是个人，我和我爹不能完全不听她自己的意思。你站在阿雯立场上想想：她是在我们联手大破海贼后才认识你的，而徐真徐宝瑜在此之前早就是我们孙家的常客了，'先入为主'的道理你应当懂吧！此外，我孙坚那么大方地让胡婵登记为你名下的御婢，你怎么就不念我当时的好？"

孙坚话刚出口，就觉得心里微微一疼。雯妹固然不是阿狗阿猫，难道胡婵就是一个物件，可以随便送人？这一年来，胡婵为自己出谋划策、殚精竭虑，已远远超出了一个普通的御婢所能做的。想到这里，一股隐隐的自责涌上孙坚的心头。

没想到祖茂却死死抓住了孙坚刚才说的最后一句话："我没有不念哥哥的好啊！婵姐断然是个尤物，风情妙不可言——但尽管如此，我依然决定割爱，将她送还给你，转让奴婢的文书我回去就写。回头哥哥再去和阿雯说说我阿茂的好，至少给我一个机会啊。哥哥刚才说到徐家宗族也有待嫁的美女，实际上我们祖家宗族也有不少呢。其实，徐真大哥也可以与我们祖家小姐联姻啊！"

孙坚一拍脑门，发现自己已被祖茂绕进去了，便抛开姻亲这个话题，反问祖茂："你一直说我看重徐真轻视你，那么我问你，你自己觉得，你强，还是他徐真徐宝瑜强？"

"我……当然我强！"

"那好，你们两个谁长得俊美？"孙坚开始调戏祖茂了。

"这……男子又不是女子……好看不顶事！"祖茂气呼呼地回答。

"嗯，那就是你不如他俊美啰。"孙坚继续问，"谁的字写得好？对了,你能够在喝一杯酒的工夫写两百个篆字吗？"

"哎……不能。"其实祖茂虽然会写篆字，但的确写得不是太好。不过，大汉朝早就用隶书作为日常书写字体了，没事练习写篆字瞎显摆，又有何用处呢？祖茂发现孙坚其实一直在戳他的弱项，再这么被他盘问下去，自己就真会被他说得毫无优点了，于是站起身来，拍一拍自己健硕的胸脯，说道："论武功，徐宝瑜不如我！"

没想到孙坚竟然摇摇头。祖茂大惊："文台，难道你连我武功比他好，都不愿承认？"

孙坚又摇了摇头，说："非也！非也！你的武功超过徐宝瑜不止一点儿半点儿，这一点瞎子都看得到。我的意思是，你还是没有找到自己最重要的优点。"

"我……什么优点……吃得比他多？"这时候祖茂有点儿犯糊涂了。

"就拿我们初次见面来说吧。你自己的船被海贼劫了，侥幸逃生后本该迅速上岸逃走，你祖大荣却一直留在江上，时刻准备警示后船。遇见我之后，竟然胆敢与一个陌生人联手勇战众贼。这种豪迈之气，便是聪明过人的徐真所没有的。他的精明，使得他有时候缺乏单枪挑贼的锐气；而你的憨傻，却使得你更像一位豪侠。大荣啊，一个人是否有侠气，与他武功多高，其实并不太相关。侠气在心不在剑！"

祖茂听了这通突然而至的赞扬，一下子就懵了。仔细回味了孙坚的评价后，他的眼睛有点儿发湿了："文台，你这次带我来守城，却留徐宝瑜在后方，是不是就是因为担心他面对匪贼的刀刃时，会先泄掉自己的气？"

"是的。小时候替宝瑜打群架，他总是在最关键时候溜走，等到我与孙静打赢了再回来嘘寒问暖。在战场上，我孙某人是不会将自己的后背留给一个随时会开溜的袍泽的，而你祖茂则不然。虽然我和你结识不过一年多,但那次破海贼时,你我的默契却像是真正的兄弟。除了自己的亲兄弟孙静,我从来没有和别的人有过这样的感觉!"

听到这话,祖茂冲上去一把抱住孙坚:"我祖茂就是你的亲兄弟啊!既然你都这么说我了,还是把阿雯给我吧!"

孙坚推开祖茂,对他说道:"既然你叫'哥哥'叫得这么亲,阿雯就是你亲妹妹,你能够娶自己妹妹吗?"

祖茂一愣,发现这下轮到自己被孙坚绕进去了。

孙坚拍拍他肩膀:"徐宝瑜那家伙,只要不遇到危险,绝对是一个可靠的人。聪明绝顶,办事滴水不漏。只要我们将所有朝廷的叛贼都消灭干净,还大汉一个太平盛世,其实我还是觉得阿雯跟他为妥。现在我给你祖茂两条路选。你非要阿雯也不是不可以,但从此以后就在富春好好待着,以后哥哥我去并州打鲜卑,去凉州打西羌,你也不要跟着我!"

"这……"祖茂犹豫了。沉默半天,最后叹了口气,表示默认孙坚的安排。孙坚笑了,捶了一下他的胸脯:"这才是我的好兄弟!"

解开了心结的兄弟俩爬上了城楼顶,并排坐在瓦片上,脚踩着瓦当,对着远处的大海[1]静静发呆。许久后,孙坚用自己的肘碰了一下祖茂,问道:"大荣,有一件事情哥哥一直不明。"

"请说。"

---

[1] 即古杭州湾。

"你为何练武？你家不是有家丁吗？"

"呵呵，小时候我就讨厌读书，就想做高渐离、荆轲、田光那样的大侠。若不是家父逼着读，我早就扔了《诗》《书》，携剑游走天涯了。"

"你还想做荆轲啊？荆轲死得很惨的。"

祖茂笑道："荆轲被杀不是因为他是大侠，而恰恰是因为他武功没练精。对了，哥哥你为何要练武？"

"呵呵，为了不被欺负。"说这话时，孙坚突然想起自己幼年时，县里的小吏因为勒索父亲未果，将其瓜摊一气捣毁的情景。穷人如何在血泪中顽强地活下来，一天吃三顿的祖大荣能懂吗？

"那，除了练武，哥哥小时候最想做的事情是什么？"

"读书。"孙坚静静地回答。

"那么，哥哥为何想要读书？"

"还是为了……不受欺负。"孙坚淡淡地回答。

原来，依据汉代的教育制度，八九岁的孩子需要识字与计数，十二三岁需要读《孝经》与《论语》，再大一点儿才能学《春秋》之类的高级经典。孙家只有能力让他完成第一步的开蒙学习，以后的学业，只能靠自己零敲碎打地补。而此刻的孙坚也已经意识到，少时学问的匮乏，可能会成为阻碍他日后升迁的一项不利因素。

祖茂没有再问。他意识到自己的问题已经触及了孙坚心中的痛处。他转过头，重新将视线转向沉浸在静谧的夜色中的大海。

——突然,两人同时发现,上虞方向,一支点着火把的队伍正在向此地进发!

"咚!咚!咚!咚!"示警的战鼓以沉重的声音唤醒了所有还在酣睡的士卒。大家紧握兵器,各就各位,朝着火光闪耀之处踮脚眺望。

孙坚拍拍祖茂,大声说:"兄弟!开始了!"

祖茂哈哈大笑:"我祖爷爷已恭候多时了!"

第二十回　诈中有诈

山阴城北，古杭州湾吹来的夜风捎来了冬天的冷酷问候，咸涩彻骨。在背靠海湾的密林里，隐蔽的两千多名朝廷官军，则在喷嚏、咳嗽与鼻涕的折磨中，苦求睡神的降临。然而，睡神显然优先照顾了两千石级别的高官。在扬州刺史臧旻、丹阳太守陈夤与吴郡太守张绍各自的营帐内，三位大人正一脸松弛、鼾声如雷——而在他们的身边，耷拉着眼皮的仆从正精心照料着炉火，勉力维持着帐内空气的暖意。

大人们在各自的梦境中，延续着刚才军议中的争吵。争吵的内容，自然是关于此番兵略的安排。孙坚所部占据山阴两日有余，却不见敌军一兵一卒来袭，这不由得让三位高官心急如焚。是不是已经打草惊蛇？空虚的余暨城会不会被敌军突袭？一系列恼人的可能性在会上被提出，被反复评估，最后又搁置下来。更令人担心的是不断下降的士气。

原来，为了不被敌军斥候发现，全军夜晚不敢生火取暖，埋锅做饭时也只能在密林深处进行，而这样的安排实在是让没有及时吃到热饭的兵卒叫苦不迭。考虑到丹阳军战力更强，臧旻特别吩咐热食首先供应陈夤所部——但对于陈部的优待，使得两郡官兵之间产生了一些新的嫌隙。备受困扰的张绍在会上主动提议：明早日出之前，若再无敌情，全军就立即放弃埋伏，进占山阴，让全军好好休整一番。不愿意就此放弃歼敌机会的陈夤，则拍着桌子将张绍训了一顿。处事谨慎的臧旻自然是与张绍心有灵犀，不过，他也不便直接驳掉手握重兵的陈太守的面子，于是只好苦口婆心，在两位太守之间寻求平衡，终于在将埋伏时限拉长至明日日落的前提下，陈太守也接受了张太守的动议。散会之后，三人便打着哈欠，回到自己的营帐歇息了。

大约是在丑时与寅时之间[1]，三位高官都被匆忙闯帐的部下惊醒了。在负责瞭望山阴方向的哨骑迷迷糊糊的视野里，突然出现了两堆烽火——没错，的确是两堆！看来孙坚部终于发现敌情了！

此时，山阴城城防东北方向，正在兵卒帮助下披挂鱼鳞甲的孙坚却开始后悔了：刚才那两堆烽火可能点得太早，甚至可以说是点错了。现在他总算看清楚了，从上虞方向来的这支队伍其实只有两百人，根本不可能是敌军主力。当他们走得再近一点儿的时候，他还发现了他们穿的是官军的缇

---

[1] 约3:00。

色[1]军衣,手里擎的是大汉王朝的赤色军旗。莫非——

这两百人来到城下,对着城头的官军大喊:"我们是会稽官军,二十几日前被越军打散,见贵部复城,特来投奔!"

"是啊!弟兄们,自己人,开城门啊!"

"开城门啊,外面好冷啊!"

"放吊桥啊!"

孙坚与祖茂手搭城墙垛口,警惕地往下望去。这两百多人点了大约三十来支火炬,且人人有盾有刀。与此同时,山阴城头至少有两百支吴兵的弩箭,正死死瞄准了城下的溃兵。孙坚对祖茂说道:"大荣你看,这些溃兵虽然衣衫褴褛,但脸上血色不错,喊话中气亦足,实在不像是困厄二十余日的疲兵。我看其中有诈!"

祖茂点点头:"前几日听到山阴城外的老伯说,山阴之所以失陷,就是因为有贼寇假扮官军骗开了城门。我们不得不防。"

孙坚反问道:"怎么防?开城门,还是不开?"

祖茂答道:"自然是不开。我们就四百多人,若开了城门,对付这两百悍勇,多少还是有点儿吃力的。"

孙坚没有立即回应祖茂的建议。他沉思片刻,突然对着城下的人喊道:"你们之中有头领吗?"

一个肩上带有白幡的低级武吏,抬起了被炬火映照得轮廓分明的脸,对城上喊道:"在下王舫,本来是会稽官军

---

[1] 即橘色。

的一个百夫长,这些散兵都是我汇集的!请大人明鉴,勿生误会!"

孙坚注意到,此人喊话的时候,他手下的二百多兵卒都已高举盾牌,或蹲或立,交错构成龟甲阵,配合非常默契。至于那喊话人的脑袋,则正好从龟甲阵当中的缝隙处伸出。若城上有弩箭飞来,他可立即低头入阵以求掩护,而全军亦可保持龟甲阵阵型,全身而退。至于那些持火炬的兵卒,则已全部熄灭自己的炬火,使得城上的弩手只能凭借城上的灯火瞄准目标。可见,这些兵勇的确是有备而来。

孙坚决定继续盘问:"这二十来日,你们都靠吃什么活下来的?"

"我们藏在会稽山南,靠打野物勉强充饥!刚爬上山看见山阴城有大汉军旗,才知援军已至,所以特来投奔!"

孙坚仰头哈哈大笑,突然收起笑容,瞪着虎眼,以短矛直指自报名为"王舫"的"百夫长":"尔等一派胡言,休要诓骗小爷!会稽山冬日野物不多,就算是山中野狼,也经常因困饿而下山伤人。你们这两百多人,如何可能在那里活过二十多天?而且,那会稽山早已在越寇控制之下,尔等分明已经通匪!"

听罢孙坚此言,城头上的吴郡兵卒群情激奋,大喊:"杀了他们,免留后患!"这下轮到城下人害怕了,龟甲阵的阵型变得更为紧密。

此刻,只见那王舫淌着鼻涕,对着城上的孙坚哭诉:"这位官爷,您眼可真毒啊!我们的确是被贼人胁迫来骗开城门的。我们的家眷都在贼人手里,若不从,他们都会被斩啊!行行好吧,留我们一条生路吧!"

孙坚想了一想,认定当务之急是诱使城下之人弃盾。他挥手让发弩士暂时将弩箭转向天空,继续问道:"小爷我现在不杀你们的话,你们何以为报?"

王舫说道:"愿意给军爷你做牛做马,杀贼谢罪!"说罢,他扔了自己的兵器,走到队伍的最前列,对着孙坚重重磕头,状若啄米。

祖茂这时候忍不住了,在孙坚耳边轻语道:"此人的回答好没有情理。若他们在目下倒戈,其妻儿还不是依然性命不保?另外,一般耍诈者也不会这么快就招认。此人是不是以招认为掩护,诈中套诈?"

孙坚微笑着拍拍祖茂的肩膀,对他眨眨眼,然后转头对城下人喊道:"我是吴郡别部司马孙坚孙文台,这是我的副手兵曹史祖茂祖大荣。祖兵曹刚才和我说,现在朝廷正是用人之际,你们既然愿意迷途知返,朝廷也会宽宏大量,既往不咎!现在只要我们对尔等稍作搜查,验明无误后,即可放尔等入城!"

祖茂心中疑惑,难道孙坚是想用假纳降来应对真诈降?

王舫听罢,示意手下扔了环首刀与盾牌。龟甲阵也于瞬间瓦解。孙坚心中一喜,但还装作一副不满意的表情,他对着王舫大喊:"还不够!"

"还需要做什么?"王舫疑惑地抬起了头。

"你们必须在城外将衣服全部脱光,让我等确认衣袖内没有暗藏利器,才可放尔等入城。"

城下人一片惊呼:"这么冷的天,会冻死人的啊!"城上吴兵则幸灾乐祸地起哄:"脱啊!全脱光!冻死总比被我们射死好!"

孙坚喊道:"这是会稽郡,又不是并州、凉州,冬夜还不至于冻死人吧。也好,我这就派人出去生起篝火,你们围着篝火脱!"

祖茂对孙坚轻语:"既然贼寇已经放下盾牌,我们不妨趁机将其全部射杀算了!何必如此麻烦?"

孙坚微微摇摇头:"这可是两百条人命啊,如果他们的命能够帮助我们省下更多的人命,又何必急着杀他们呢?"

祖茂没有再坚持。随后,他按照孙坚吩咐,带了四十名兵卒出了城,开始对这二百人进行搜身。须臾,熊熊篝火在城下燃起,已经被解除武装的两百兵卒则在吴郡兵勇的呵斥下,开始围着火堆脱下衣服。

卸下的铠甲与脱下的衣装垒成了一座小山。城上的吴兵看着城下两百多个赤裸的身体围着火堆往手里呼热气的窘态,个个乐不可支。祖茂则带人一边翻查堆在一边的衣物,一边警惕地观察着这些来历不明的降卒。看着看着,他突然发现有一个背对着他的降卒的脖颈有点儿异常。或说得更确切一些,那脖子实在太过白净、颀长、优雅,与周围粗、短、红的脖项构成了鲜明的反差。祖茂举刀指着那背影大喊:"那个长脖子的,出列!"

不料那人听了呵斥,反而蹲了下去,在一群纷乱的男性裸体的掩护下失去了踪影。祖茂大怒,挥着环首刀冲了过去,后面紧跟着他的戟兵则用长戟粗暴地分开了人群。等到人群被分开后,城上城下的吴兵都惊呆了。

原来那是个十七八岁的少女,用一块黄色的长布包裹住了半裸的身体,满脸通红蹲在地上,恐惧地看着地面,不敢直视祖茂。

祖茂将刀指向王舫:"这女子是谁?干吗鬼鬼祟祟?"

王舫支支吾吾说道:"这是我妹妹,一直女扮男装混在军中,以防被越贼凌辱……"说到这里,王舫又跪了下来,噙着眼泪说:"这位军爷,我就一个妹妹,父母双亡,你行行好啊,放过我们兄妹吧!"

孙坚在城头眯着眼睛仔细打量着裹住这个女子身体的黄布。这似乎不像是当时女子作为内衣的"抱腹"或"心衣"。孙坚对祖茂大喊:"验验那块黄布!"

祖茂刚想去扯那女子的遮身布,突然注意到了城上城下的吴兵射向那女子的饥渴眼神。祖茂虽然嘴里说不爱读书,但是那些圣人的教化之言,还是对他的举止产生了潜移默化的影响。他停了下来,踟蹰片刻,然后回过头取来几件别人脱下的衣服,往那女子身上一丢,喊道:"换上这些男人的衣服,再把那黄布给大爷查验一番!"

没有想到那女子竟然毫无反应,依旧抱着黄布,浑身发抖,盯着地面上的残雪。

祖茂觉得自己已经仁至义尽了。他冲上去就去扯那布,那女子号叫着与其争夺,但她的力气怎么可能拼得过祖茂。

转瞬间，那幅黄布就攥在了祖茂的手里。那女子则开始莫名其妙地号啕大哭，也不顾祖茂刚刚丢在她身上的衣物已经悉数滑落在地。祖茂多少觉得这场面有伤风化，便吩咐兵卒们用更多衣物将这女子盖住了事。

"祖兵曹，这是不是一面旗？"孙坚急切地问道。

"是！"祖茂肯定地回答。他和另外一个兵卒在篝火照耀之下将这面黄旗徐徐展开。城上的人也都能看清楚了：黄旗之上，绣了一个篆体的"越"字。

孙坚冷笑着看着王舫。大汉王朝以火为德，所以军旗均为赤色；越寇有反汉之心，试图以土克火，而土的颜色便是黄色。这面旗帜，看来便是贼寇得手后，预备向城外大军发信所用。身上明明带有反旗，而刚才投降时却不献旗，足见是准备诈降。

孙坚喊道："王舫，你身携反旗而不报，还有什么话可说？"

城头吴兵愤怒地大喊："诈降！干脆全部射死算了！"

孙坚注意到，王舫兄妹并没有被城头士兵的恫吓所吓倒。那女子身上盖着男人的衣物，已经停止了啼哭。王舫则赤身坐在地上，仰头看天，一言不发。

孙坚对着城下降卒喊道："尔等到底是真降还是诈降？"

在寒风中赤身裸体的降卒纷纷跪下，拼命磕头求饶："真降！真降！"有的干脆站起来喊："所有的匪情我都知道，留我作活口吧！"

孙坚喊道："除了王舫兄妹，其余人等，只要真心投降，即可穿好衣服甲胄，听兵曹指挥入城！"

祖茂听了一愣：叫这些降卒穿好衣服也就罢了，为何允许他们重新披挂甲胄，孙坚葫芦里卖的是什么药？难道他想将这些人用作守城的补充兵力吗？这或许太冒险了吧。

被冻得瑟瑟发抖的降卒得到穿衣的许可后，开始光着屁股冲向衣服堆，胡乱寻觅任何能够御寒的布料与兽皮。几乎所有人都穿错了衣服，很多人又在抢夺衣服的时候互相推搡，一时间丑态百出。一般而言，往自己身上披挂扎甲需要他人的配合，而在目下，很多人也只能将胄甲往身上一套，再用长布束胸束腰胡乱做些固定。等到大家全部穿戴完毕，各个看上去甲歪盔斜，全然失去了刚来叩关时的那股子精悍劲儿。他们现在心中也不知道自己是真投还是假降了。

王舫兄妹则在祖茂的特别关照下，在城头吴兵看不到的城门洞里，背对着背，穿上了衣服。然后，二人被带到孙坚面前，接受进一步的盘问。余下的兵卒则在环首刀与长戟的驱赶下，也跟着入了城。随后，城门里推出几辆鹿车[1]，几个吴兵将降卒所有的兵器与盾牌迅速装车入城。紧闭城门，拉起吊桥，山阴城重新进入全面戒备状态。

---

[1] 即今日之独轮车。"鹿"在这里通"辘轳"的"辘"。

第二十一回　枯骨慑魂

王舫兄妹被带到孙坚面前时，依然面如死灰，一副生无可恋之相。王舫对孙坚冷冷说道："我兄妹俩只求速死，求孙司马成全！"

孙坚摇摇头："我这人有个毛病，就是凡事喜欢探个究竟。求生怕死乃是人之本性，你既然知道我未必会杀你，应当磕头求饶才对，如今却一心求死，必定另有隐情。你且告诉我，为何通贼对抗官军，又为何对匪贼如此死心塌地？"

这时候，王舫的妹妹却突然笑了起来，笑容阴森，嘴里说的话则更令孙坚一头雾水："三生三世追前缘，报得王恩落桃花。"

"什么王恩，谁的王恩？"孙坚指着那女子问道。

那女子神神叨叨回道："大汉气数已尽，已呈油尽灯枯之态。当今越王是轩辕黄帝战蚩尤时出生的，看尽历朝更迭，一直活到今天。他身接天地之气，哪里是汉天子的凡胎肉身可比的！现在越王顺应天命，带领越民复国抗汉，灭汉只在须臾。小女子受过越王宠信，故而已通天意，看淡生死。若孙司马现在就斩了小女子，便可以将小女子阳寿四十年转给越王，保我越国永昌。请孙司马速速动手！"

孙坚之前虽已听说许氏父子利用邪说歪教蛊惑民众，多少还有些将信将疑，今天他才算是真正领教了越王是如何操控愚夫愚妇之心智的。

他继续问道："那么，王舫真是你哥哥？你又叫什么名字？你一介女流来参加诈降干什么？"

那女子回道："王舫当然是我哥哥，越王的子民彼此都是兄弟姐妹。邪儒说'亲亲'，越民则讲'兼爱'[1]，不以姓氏分亲疏。小女子名为许桃花，这可是王姓，因为被越王宠信过的女子都改姓'许'了。这次陪王哥哥来山阴，本来计划引诱官军开城后，由小女子色诱官军首领，令其失去戒备，王哥哥则伺机从城内起事……"

孙坚听得耳朵都竖起来了。这个叫许桃花的女子果然心智低下，竟然在没有被孙坚拷问的情况下，主动供出了匪贼的作战计划。如果匪贼都如此愚蠢，何愁越地不平！

这时候王舫开始不老实了。他冲上去想掐住许桃花的脖子，试图灭口。一边陪审的祖茂哪里会给他机会，上去就是一拳，然后用布头将其嘴堵得严严实实，双手也给反绑起来，然后扔在墙角。

---

[1] "兼爱"本是墨家口号，被许氏父子篡改后利用。

受到惊吓的许桃花瘫倒在地，对着王舫说："奇怪，哥哥为何这样对妹妹？"

无法说话的王舫嘴里"呜呜"作响，对着她挤眉弄眼，意思是不要乱说话。但许桃花看来实在太笨，瞪大眼睛打量着王舫，皱着眉头思索，还是不解其意。突然，她眼睛一亮，对着王舫说："哥哥放心，虽然我们计划失败，等一下颜虎将军与王燚将军率领的越军精锐一到，这些狗官军就会伏尸遍野！"

王舫气得几乎翻了白眼，用脚狠狠砸着地面。祖茂嫌其多事，走过去又是一拳。而这边的孙坚则乐得差点蹦起来。许桃花的供词，证明他的整个诱兵方略都是对的，敌人就要上钩了，而且领军的就有"会稽三兽"中的两兽："大将军"颜虎与"忠夷将军"王燚！

孙坚难掩激动，继续问道："这越军精锐，共有多少人马？山越人多少，汉人多少，步兵多少，骑兵又有多少？"

但此问一出，孙坚就后悔了。

果然，许桃花犹豫了起来："你问这个做什么？莫非要给我军设圈套？我绝不会泄露军情！"

孙坚一时语塞。祖茂灵机一动，马上换了个问法："许妹妹啊，你误会了。孙司马的意思是：以城内官兵的力量，根本不可能守住山阴，他其实更想投奔越王，谋个新的前程。但是城里有些兵卒死脑筋，还想愚忠汉廷，因此，孙司马只是想告诉众人目下越军的真正实力，以劝众人放弃抵抗。从此我们共保大越，岂不美哉？"

"真的吗，孙司马？"许桃花有些迟疑地看着孙坚。

孙坚马上回道："正是如此！"

许桃花看了一眼晕过去的王舫，然后转向孙坚："孙司马，你投越之后，我就叫你孙哥哥！你告诉弟兄们，只要调转刀戈报效大越，我们就能共享富贵！否则，我们三千越兵可绝对不是好惹的！对了，我们有一半是山越人，山越人一个顶三个汉兵，这恐怕是尽人皆知的吧！"

许桃花的确是蠢得太可爱了，孙坚无法控制心头之喜。

许桃花看见孙坚的笑意，再次疑惑了。她隐隐感觉自己被骗了，突然，她像一头母兽一样咆哮起来："狗官军！骗老娘，不得好死！快斩了老娘！不要再问话……"

她还没骂完，就被祖茂一拳击晕，瘫倒在地。

祖茂摸摸许桃花的头发，捏捏她粉嫩的脸蛋，嘴里喃喃道："匪贼怎么会派这么蠢的女人来做这么危险的事？"

孙坚笑笑："危险的事情么，总得让忠诚的人来执行，只不过……"

"只不过什么？"

"忠诚与智慧很难兼得啊……"

祖茂听了，心中突然萌生出一个问题：你孙文台脑子这么灵，你对大汉到底是真忠还是假忠？但他看看正在一边观审的几个吴兵，知道这个问题不适合当着下属的面来问。于是，他指着一旁已昏过去的王舫，换了一个问题问孙坚："这个王舫非常死硬，还要审吗？实在没办法，就斩了他吧！"

孙坚摇摇头："我要他活，而且要他降！否则，后面的文章就不好做了！"

祖茂一边嘟囔着"这么死硬，怎么叫他降啊"，一边掏出王舫嘴里的布条，又狠狠扇了他几个耳光。在此之前，孙坚已吩咐部下将许桃花移走，不让二人再有机会交流。

王舫醒后，嘴角淌着血，大口喘着气："事已至此……我王舫无话可说……斩了我吧……"

"不急不急！"孙坚摆摆手，"王兄弟至少挑明一件事，再上黄泉路也不迟！"

"还能有什么事？军情全被那个傻婆娘泄露了！"王舫没好气地答道。

"你本是会稽官军？"

"对！"

"为何要加入反贼？难道你也相信越王是蚩尤战黄帝时就出生的吗？"

"这个倒不信。那越王也就五十来岁的样子。"

孙坚点点头。看来王舫脑子还没坏。这样的人加入反贼，肯定是有自己的原因。他继续问道："你既不相信妖道，为何还要与朝廷为敌？"

王舫想了想说："为报恩！"

"哦？三生三世之前的吗？"祖茂坏笑着插嘴。

"不，就是今生今世的事情。"王舫严肃地回答，"三年前我在会稽行猎时，被群狼攻击，幸遇'会稽三兽'之一王獒。王獒自小会狼语，见我遇险，乃喝退群狼，我才得以苟活。不过那时许氏父子还没有起事，王獒也只是一个绿林豪杰而已，尚未反叛朝廷。我与他结拜兄弟，他要我做什么，我也就做什么！"

孙坚点点头："被人搭救了性命，终生报答也不为过，但为何要一起反对朝廷呢？你本就是官军，又怎么好意思谋害上峰、引贼入室呢？"

"呸！"王舫恶狠狠地回道，"像尹端这样的狗官也配做我们上峰！平时他只就对自己的几百部曲嘘寒问暖，对我们这些外人视若刍狗。与不愿缴粮的山越人有冲突，我们都带头冲锋，死了弟兄，抚恤金却都被狗官冒领。帮我想明白这一切的是王燊。他有一半山越人的血统，会说山越话。王燊说得对，山越人不是我们汉人的敌人，我们共同的敌人是汉朝的狗官。越地的汉人与山越人应当拧成一股绳，杀掉尹端，自创太平越国。"

孙坚摇摇头："尹端或许是狗官，但并非天下州郡官员都如此不堪。会稽形势糜烂至此，你们应当设法告知扬州刺史臧旻大人。依孙某人所见，臧大人的确是一个清官。他在吴郡做太守的时候，官声非常不错，会稽与我吴一水相隔，怎会不知？"

王舫叹气道："臧大人或许早就知道尹端的恶行了，只是尹端背后有朝廷阉党的支持，臧大人动不了啊！"

孙坚点点头，这话王舫恐怕没有说错。原来东汉"党锢"之后，阉逆迫害忠良变本加厉。臧旻与李膺、陈蕃等被迫害的"党人"虽然没有直接交往，但毕竟意见相近，更需要在非常时刻谨言慎行，不留给洛阳的阉党以口实，哪里还敢主动上书弹劾作为阉党红人的尹端？不过，在孙坚看来，即使朝政如此不堪，造反总是愚蠢的，无异于以卵击石。

他继续劝诱王舫："你看看，王兄弟，尹端已经被送到洛阳，估计会被朝廷判处死罪。这样一来，你们会稽百姓的仇也算报了。臧旻大人目前指挥扬州剿贼全局，事情平定后想必朝廷不会再犯糊涂，再派一个新的狗官来祸害地方。你若此时归降，前面的事情或可一笔勾销，你还可以被朝廷重新收编。若执意跟着反贼闹下去的话……呵呵，你想想，一个会稽郡又怎么可能对抗得了整个汉廷？恐怕连整个扬州都对抗不了吧。前汉的吴王刘濞厉害不厉害？纠集七王反叛，最后还不是被景帝陛下给灭了？你们今日的势力，可及当年刘濞十分之一？而你们的下场，是不是会比他更惨？"

王舫听罢，叹了口气说道："我若现在就投官军，就等于出卖了我的结拜兄弟王獒，我可不想做没有信义之人。再说，山越人与汉人冲突已久，就算来了一个新太守也难以化解……算了，你们还是杀了我吧！"

"你们那个妖王就能化解？"孙坚打断了他，"那个妖王，还有他的儿子，利用妖道占尽良家妇女便宜，难道不比尹端更加恶毒？一旦邪教被揭穿，人心流失岂不就在须臾之间？"

"那我的兄弟……"王舫皱着眉头。

"好吧，就说说你的兄弟王獒。我且问你：他造反仅仅是因为看不惯汉人对山越人的欺负？他本人到底信不信妖道？"孙坚将问题转移了方向。

"他不信。山越人自己就信一些树神、风神什么的,还特别喜欢拜狼犬为神,越王的那套对他们没有用。不过,越王已经向山越人保证了,只要山越部族出兵襄助,事成后可永不纳赋税!"

孙坚听罢哈哈大笑:"没有任何一个朝廷会不收赋税,越王也是如此!这只是蒙骗山越部落的诈言罢了,你那个王燊兄弟怎么会不知晓?"

王舫没有说话,低头沉思。孙坚继续劝诱:"你们的诡计已被我方识破。等一下王燊来了,肯定会陷入我军埋伏。别看这城内只有几百号人,城外有好几千伏兵呢。现在你王舫只有两条路可走。其一是不合作,被我们杀掉,接下来你的兄弟王燊也会被城外的伏兵杀掉,你们兄弟便在黄泉相见;其二是与我们合作,劝王燊也投降,你们兄弟从此在人世间共享富贵。你既然是个知恩图报的人,就应当知晓选哪条路才能对得起恩公,对不对?"

王舫听了孙坚之言,站起来往城北的密林望了望,虽然无法确定孙坚所说的"几千伏兵"是真是假,不过他直觉到有一股杀气正在城外盘旋,孙坚的话八成是真的。他犹豫许久之后,抬头道:"晚了,王燊就在城外等着我的攻城信号。他要是看到你们就四百人,是断然不会投降的。山越人相信实力,并不相信朝廷的名号。至于你说的伏兵,若一直埋伏在林中的话,王燊看不到,自然不会相信;若出现得太早,王燊就会逃掉;若伏击王燊,那他也会失去任何投降的机会。总之,王燊要么死,要么走,不会降。他若死,我也不独活。你们还是杀了我吧！"

孙坚点点头。王舫这人虽然不是太聪明，但刚才那段话的思路却很清晰。此外，孙坚本人也意识到：王獒目下正带着大兵来袭，王舫即使真心想劝说他投降，当着那么多人，也不大可能开口。看来要降服王獒，除了用心战之法，还必先用武力折损其羽翼，才能够动摇其心志。

孙坚再问王舫："看来你与那王獒真是兄弟情深。不过，这一回带兵来攻的，应当还有一个叫颜虎的敌酋吧。那么颜虎与王獒哪个大？他们关系如何？你与颜虎关系又如何？"

王舫回道："颜虎更大，他是'大将军'，管着王獒。颜虎是山越人，平素喜欢用残忍手段报复汉人平民。而据王獒的观点，山越人只能对汉朝贪官下手，清官与百姓都不能碰。因此，两人素有争执。我是汉人，自然站在王獒一边。"

孙坚大喜。他追问道："如果我斩杀颜虎，生擒王獒，你可愿说服后者归降？"

王舫瞪大眼睛："这如何做到？"

孙坚俯身对着王舫耳根子说了一个计策。王舫的眼睛瞪得更大了，随即闭目陷入了沉默。孙坚、祖茂也不催他，只是静静等着。突然，王舫睁开眼，对着二人点点头。他说："此计虽险，但可一试。但我丑话说在前面，只要我发现王獒哥被你们杀死，我就立即自杀。"

孙坚心中暗笑：你自不自杀关我什么事？我只要你按我计策行事骗过敌军，就算"物尽其用"了。不过，孙坚嘴上说的却是另一套："王兄真是义薄云天！放心，我们断不会伤害你兄长！"

此时王舫又低下头沉思起来。过了半响，摇了摇头。

孙、祖二人面面相觑："你还有什么顾虑？对了，是不是你们的妻儿还在匪贼手里做人质？"

"这倒不是。我本人并未成婚，妻子做人质一语，是前面诓你们的。我想说的是：我带来的这两百个人是个麻烦。我未必能够说服他们真心归降。若有人还是以投降为名埋伏其中，恐怕会成祸患。"

孙坚拍了拍他的肩头："这你就不必担心了，我自有妙计！"随后，他对着祖茂轻声嘀咕几句，祖茂边听边笑，听罢立即带人去安排了。

不久后，两百多号降卒都重新被祖茂整队。孙坚对众人喊道："你们的头领王舫已经决意归降朝廷！现在我孙坚需要诸位发下重誓，从此永不叛汉！"

此时两百多号人都抬头看着在城墙内侧上方站着的王舫。王舫对着下面大喊："弟兄们，反汉是死路一条，朝廷已经答应我们既往不咎，以后还可重新入编！"

两百人于是开始此起彼伏地发誓："谢谢孙司马大恩！我们愿意从汉！永不叛汉！"

是时候给他们一点儿颜色瞧瞧了。孙坚向祖茂使了一个眼色。祖茂则立即命人带着几个箩筐放到了降卒面前。降卒凑前一看，原来全是骷髅！

孙坚喊道："诸位，为了表示诚意，每人取一个被越贼杀死的官军弟兄的头颅，平举于自己眼前，看着其眼眶不动,一直等到祖兵曹从一数满至一百为止!这期间,我叫你们喊什么,你们就喊什么!谁若胆敢不大声喊,或视线离开头颅,第一回犯规用鞭抽,第二次就用火烤手,第三次就斩首!若过此关,我便信你们是真心归汉!"然后孙坚转头对王舫说:"你也下去捡个人头,给大家做个表率!"

城头吴兵一片窃窃私语:这个孙司马年纪不大,整人的套路却是层出不穷。什么雪地裸体搜身,什么手端骷髅发誓啦,真是一个比一个毒。今晚的山阴城真是好戏连台啊!

众降卒一个个战战兢兢地从簸箕里拾起骷髅。那些骷髅显然是从那个巨大的"京观"里找出的。不过,严格地说,它们还不是真正的骷髅,因为不少头颅上的残肉还没有被乌鸦吃净,有的眼眶里还留着眼珠,或是牵动眼球的部分肌肉,令人望之即吐。

一个手举人头的少年降卒,开始闭起眼睛呕吐起来。他刚一闭眼,祖茂的鞭子就火辣辣地舔到了他的面颊,留下了一道血痕。那少年一声惨叫,睁开了眼睛。祖茂大叫:"想吐就吐!但不许闭眼!盯着人头的眼睛!"

此时孙坚开始喊话了:"大家跟我喊:从汝目中,可见恨吾之火!"

所有的降卒都努力克制住恐惧,盯住眼前头颅那黑洞洞的眼眶,大喊:"从汝目中,可见恨吾之火!"

孙坚喊出了下一句:"从汝齿间,可见讥吾之笑!"

面对着已被乌鸦啄光唇肉的两排牙齿,降卒们流着眼泪跟着大喊。但前面已挨过祖茂一鞭子的那个少年又吐了。

"二次犯规！"祖茂大喊道，然后将此人从队列中拉出，将其一只手用力高高举起。另一个吴兵则立即将手中火炬移向了少年的手掌。然后，几乎全城都听到了他撕心裂肺的惨叫。

"滚回去！"祖茂一脚，将一只手已经被烧得皮肤脱落的少年踢回了队列，并命令他用另外一只没有坏的手继续举起骷髅。

此时孙坚带领大家喊出了新的口号："若吾再叛，请汝带吾游黄泉，使鸹鸦啄吾目！"

众人跟着孙坚喊完，孙坚点点头，说："大家最后做一个动作。将人头抱在怀里，让其眼眶直接对着你们的眼睛，大喊：'越王老贼，汝不得好死，吾三生三世与汝为敌！'"

众降卒有些犹豫，但大家都忍住恶心，按照孙坚所言，将骷髅抱于怀中。很多人直接吐在了骷髅上。但因为害怕被罚，大多数人吐了几口后就死命憋了回去，再将誓言断断续续说完。

突然有一个人站了起来。孙坚一看，还是那个已两次犯规的少年。

他狠狠地盯住孙坚，突然用那只没有烧伤的手，将带着皮肉的骷髅掷向孙坚，嘴里大喊："孙坚狗贼！你不得好死！我大越迟早要灭汉！杀光你们这些朝廷走狗！越地的好男儿倒下去一个，站起来十个！"

孙坚头一偏，闪过骷髅，随即用刀指着那少年，喊道："三次犯规，斩！"

少年展开双臂，闭上眼睛，满脸微笑，好像已经看到了越王许诺给他的美丽天国中的灿烂桃花。祖茂的环首刀从他的脖项顺溜地切过。于是，少年的人头飞了起来，断颈处喷出的血柱则冒着热气，蹿起了半丈高，就像桃花一样鲜艳。终于，在一堆已经枯烂的人头之中，又添了一颗新鲜的人头，静待时间将其慢慢变成白骨。

孙坚用眼角的余光看了看王舫。他刚才完美地执行了孙坚的每一条命令，没有吐一口。甚至在祖茂将那少年斩首时，也一脸麻木，没有任何表情。孙坚终于相信了王舫的降意。

接着孙坚对余下的降卒大喊："恭喜诸位通过考验。那个被斩之人看来是被妖王摄去了心智，自蹈死路。而诸位都是聪明人——记住，只有聪明人才能在乱世中存活！传我命令：立即给新归汉的弟兄提供热水饮食！"

长吁了一口气的众降卒纷纷拜谢。孙坚则对王舫与祖茂喊道："我们三人且商议一下，如何布置城防！"

王、祖二人点点头，上了城头与孙坚会合。经过一番推敲，他们已为即将到来的越兵主力布下了天罗地网。

第二十二回　智斩颜虎

天色已亮。

背对着从大海升起的冬日朝阳所射出的道道光剑，一条巨型青蛇正从上虞方向蜿蜒而来，向着山阴方向徐徐前进。略略靠近一看，才发现这根本不是一条青蛇，而是一片会移动的树林。再往近一看，才发现这并非一片树林，而是一支用树枝将自己伪装起来的军队。

这支队伍大约有三千五百人，其中一百名骑兵居前，三千四百名步兵随后。他们没有打出任何旗号，全军头顶树枝，默默前行。领头的是两位骑马将领：左边那个三十来岁，眼如铜铃、满脸横肉、鼻孔朝天、鼻翼外翻、唇若鲶鱼、胡须稀疏，双耳都穿孔戴了玉环，脸颊上还文了虎形花纹。大冷的天，竟然将头发剃了个精光，头顶还文了一个"越"字。他身上穿着由玄甲片编缀而成的鱼鳞甲，外边披着斑纹虎皮，身后背着两根枝杈纵横的伪装物。胯下一匹黄骠马，腰间一把环首刀，马鞍前横着一杆长戟。此人便是"会稽三兽"中的"大将军"颜虎。再看颜虎右边，则是一位二十多岁的年轻将领。此人脸长如驴，臂长如猿，细眼若柳叶，鼻梁挺括。头戴用野狼头制成的盔胄，身上也是一件玄甲战衣，上面罩着狼皮斗篷。胯下一匹青斑马，鞍前横着五六根短矛。此人便是王舫的结拜兄弟，会稽反军中的"忠夷将军"王獒。颜、王身后的步骑兵，既有汉人，也有山越人。凡山越人都在鼻孔或耳朵穿孔配环。全军无统一制服，大多数人身上都披着各类兽皮。从上往下看，宛若在密密树荫下流向山阴的一条青溪，其间还点缀着兵刃之冷色。

一骑从山阴方向飞驰而来，在颜、王面前停住，大声用山越语向头领汇报："桑洋央姜夯开！存侯哎黑越嗨！"——意思是：山阴城池已克！城头已见越旗！

颜虎大喜，对着后面的人大喊："更疟登夯邦疟开！"——意思是：今天炖官军的肉吃！

王獒眉头一皱，刚想劝说颜虎小心行事，不料颜虎根本就没有征求他意见的意思，就飞马奔跑起来。他身后的传令兵大喊："卷缩！"——这是"全速"的意思。全军得令后立即扔掉伪装，展开"越"字头黄色军旗，向前狂奔。这条蜿蜒漫游的青蛇终于褪去了蛇皮，开始向前急游。

不久，山阴城的城廓就呈现在了越军的视野中，城头飘扬的"越"字头黄旗，已然看得真切。再往前，但见城门已经洞开，吊桥已经放下。城头横七竖八躺着很多官军的尸首，身上多有血污。城下则有几面已经被扔下的汉军赤旗。

颜虎大喜，对着城头用汉话大喊："王舫何在？"

王舫从官军的尸首堆里露出脑袋，用山越语喊道："怠挖泉森！"——意思是：大获全胜！

颜虎哈哈大笑，继续用汉话作答："王兄弟，山越话说不好就不要勉强了，我颜大将军的汉话非常顺畅！听说带兵守城的是一个吴郡来的黄毛小子，叫什么孙坚。他现在人在何处？"

"孙坚人头在此！"改说汉话的王舫用一根竹竿，挑起一个血淋淋的人头。颜虎、王獒定睛一看，但见此人二十岁左右，面目被血污遮掩得厉害，但头上的赤帻依然暴露了其汉军武官的身份。

颜虎喊道："吴狗孙坚，本大将军原想亲手砍了你的头，可不能就这么便宜了你！"说罢，从身旁随从手中取过弓箭，"啪啪啪"，对着"孙坚"的人头连发三箭。

王舫见状，只好擎着竹竿呆立不动。不料第一支箭并未射中人头，而是擦着赤帻飞了过去。观者尚未定神，但见第二支箭便直奔王舫而去。在一片惊呼声中，王舫慌忙低头，觉得箭矢贴着自己的头皮飞了过去。再一再二不能再三。颜虎的第三支箭终于射断了挑着人头的竹竿，"孙坚"的头颅从城头滚落下来。王舫在惊惶中还以为自己的人头掉了下去。

颜虎扔掉弓箭，策马前驱，用长戟挑起落在地上的头颅，哈哈大笑着就直奔城门而去。

颜虎身后的王獒摇了摇头。颜虎向来对军中的汉人毫不顾惜，刚才为了泄愤，差点伤及王舫，王夔心中颇为不快。而且，按照王夔的本意，必须再仔细盘问王舫几句，全军才可缓缓入城。这下倒好，全军主将一个人先进城了，却将三千五百大军抛在城外。王夔心中隐隐不安，立即对属下骑兵大喊："进城保护大将军！"

然而，来得及上吊桥进入城门的骑兵，只有二十多骑。余下的人就没有这机会了。

不过，也幸好他们失去了这机会。

只见刚才还倒伏在城头的吴兵"尸体"，突然都活了过来，举起滚木礌石往城门口狠狠地砸了下去。一阵尘烟散后，吊桥也拉了起来。后续的越军被阻隔在城门之外，只听得城内传来人与马撕心裂肺的声声惨叫。

在孙坚、祖茂的安排下，吴兵在城门内侧人马必经的狭隘土路上，早就预埋了很多朝天的箭镞。土路两边又都设置了绑着环首刀的拒马鹿角，阻止敌军从两边逃窜。这样一来，入城的越军骑兵就如同进入了刀山箭海。被利刃绊伤的马匹嘶鸣着倒下，将骑手无情地抛向地面那一片闪着寒光的箭镞，溅起一片殷红。侥幸逃生的越军刚刚踉跄站起来，就被城头的弩箭射穿了自己的头颅或者后颈。

颜虎是二十多人中最后一个咽气的。他身上中了三十来箭，嘴里吐着血，对着城头的王舫喊道："叛贼！你不得好死！"

满脸羞愧的王舫默然不语。

城外的王夔正在重整从城门口慌乱退却的骑兵，并让步兵布好盾阵。

此刻，孙坚出现在城头，手里擎着颜虎的首级，对着城下喊道："王檠听好！我乃别部司马孙坚！颜虎已伏诛，人头在此，你还不赶快下马投降！"

刚才还威风八面的颜虎，此刻提在孙坚手中，瞪着血红的眼睛，张着鲶鱼嘴，似乎还在盯着城下三千多名越军。

他们已经失去了统帅。

王檠骑着马，来回踱步。他用短矛指着城头骂道："王舫匹夫！为何龟缩不出！当初与你结拜兄弟，誓反暴汉，不料今日你却出卖越国，为虎作伥！早知如此，当初就该任凭群狼食汝骨肉！悔哉！悔哉！"

王舫听了，奋力摆脱祖茂的阻拦，对着王檠喊道："大哥，小弟也是为你好！越王以妖言惑众，断不能长久。大汉国运虽衰，但死而不僵。现在顺势接受招安，或许还有一线生机！"

王檠回骂："大越举义可是为了一二人之苟活？会稽的山水是会稽人的，吴狗们滚回吴郡！你王舫既然做了吴狗，也就不是我的兄弟了！且吃我一矛！"说罢，他举起手中短矛，向城上的王舫掷去。

王舫见那短矛飞来，也不躲闪，只是闭目等待。孙坚急忙用环首刀将短矛击落。祖茂顺势将王舫拉下城头，不让其再露面。此时孙坚对着城下的王檠继续喊话："王将军，实不相瞒，城外我军有大批伏兵，你若此时攻城，恐会背腹受敌。不如全军向北御敌，我孙坚绝不背后放冷箭！"

王燊发现孙坚身后已升起三股狼烟。他再往自己身后一看，发现远处地平线上一条细而黑长的队伍正在向这边压来。显然，孙坚所言不虚。但孙坚为何要建议自己放弃攻城，而转向北面御敌呢？这孙坚究竟是站在哪一边的？

见王燊犹豫，孙坚哈哈大笑起来。他对王燊解释道："你若现在攻城，我四百兵丁虽然有把握守住，但肯定会折损过半。这四百兵卒多是富春、馀杭、钱唐人，与我孙坚都是乡党，我不忍见其死伤。所以建议王将军转身和北面的丹阳兵打，丹阳人死多少，我孙坚并不挂怀。"

"你就不怕我逃走？"

孙坚摇摇头："不怕。你打不过丹阳兵。"

王燊想了一想，觉得孙坚肯定又在要诈：此人心智过于缜密，他要我往东，我偏向西。再说，山阴也就几百人防守，若能在汉军主力赶到之前破城，越军即可以利用城防拒敌。打定主意后，王燊对手下大声喝令道："攻城！"

孙坚叹了口气："看来，今天会死很多人了。"

第二十三回　尘掩渠答

按照颜虎、王燚之前的计划，王舫诈降，越军主力围住山阴后，不必急于攻城，而是等待时机，里应外合。但现在王舫已经叛变，汉军主力正在赶来。越军应当以绝对的优势兵力，急速强攻城池。王燚所部集中在城东北，孙坚主力也在城北门——因此，越军可先去攻击吴兵薄弱的西门或者东门，以分散孙坚原本就不多的兵力。

王燚开始用山越语与汉语轮流向属下下达军令。三千多越军迅速展开为左、中、右三部：左军去攻击城门左侧城墙，右军去攻击城门右侧城墙，而王燚则带着中军作为后备军，暂时不动。至于那支已折损了二十多骑的小规模骑兵部队，则被王燚布置在全军后侧——面对着从远处而来的丹阳兵进行机动防御。

然而，在越军强大的两翼正迅速压向吴军薄弱的两侧之时，城上吴兵的布置却没有发生任何改变。

越军目下唯一的麻烦，似乎就是登城用的云梯。越军本来期待由内应打开城门，所以全军上下竟只带了十具云梯。现在只能将就用了。左军带走四具云梯，右军也带走了四具，中军留两具备用。岂料左右两侧吴军人数过于稀少，从城墙上射下的箭矢只杀死了不到十名越军，后见城下越军人数实在众多，他们竟像懦夫一样从城墙垛口逃走，撤向北门城楼的赤旗处。八具云梯开始源源不断地向城墙上方输送越兵。不久，越军的黄旗便在东西城墙两侧猎猎飘扬。

攀上城墙的越兵兴奋地号叫着，分别从东西两侧，朝着城楼的赤色军旗处冲去。他们要拔下象征汉帝国权威的赤旗，斩下孙坚与叛徒王舫的人头，为颜虎大将军报仇。

然而，奇怪的一幕发生了：城下的王燮看见，城墙上正从两边向中间靠拢的两面黄旗，突然莫名其妙地倒下了！王燮瞪大了眼睛，却看不见城墙里的情势。

而城墙上的越兵，却清楚地看到了前面发生了什么。

原来，在通向赤色军旗的城墙通道中，吴军预埋了大量的铁渠答[1]，并用碎土覆盖，不踩上去根本发现不了。于是，左右两军执军旗的越兵率先中招，脚掌均被渠答的锐头戳穿，手里的大旗自然也就脱了手。后面越聚越多的越军不敢再动，只好拥挤在狭窄的城墙通道里。

一个有经验的越军头目立即抄起一把长戟，大喊："用戟头蹚地，挑开渠答再前进！"

---

[1] 即铁蒺藜。

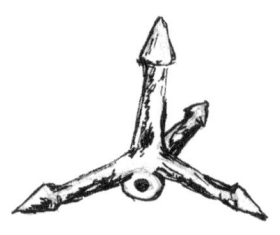

图 6 渠答

得到命令的越军开始用执戟兵开路,小心翼翼地清除前面的障碍。但因速度太慢,城墙上的越兵一直无法迅速腾出大量空间留给还在云梯上的弟兄——云梯也只好暂时停止运作。目下,无论是越军的左军还是右军,都陷入了僵局。

正在观战的王燓心急如焚。要是这样耗下去,越军必然会被身后追来的丹阳军碾压。必须迅速攻城!

他飞马来到东侧城墙下,大喊:"立即进攻!不要怕死!越王有法术,保证大家死后三生三世都能住在桃花聚[1]!"

山越人开始用环首刀与长戟驱赶军队中的汉人做前锋。一个汉人对其首领大喊:"我带着弟兄们从城墙内侧爬下去,从下面策应诸位!"说罢便在腰里盘了绳子,让两个在城头的弟兄牵引,慢慢沿着城墙内侧往下挪移。须臾,那人安全着地。他解开腰里的绳子,兴奋地喊道:"此处安全!地上没有渠答!"他往前往后都蹦了几下,果然没事。然而,地

---

[1] 聚落乃是汉代农村最小的自然居住群落,由一百至一千户构成,可类比于后世的"村"。

面上安全的范围显然没有他估计的那么大。当他往前再走了两步,身子却突然陷了下去,消失在一片烟尘之中。

烟尘慢慢散去。城上的越兵探头往下看,却发现地上多了一个方坑,那个倒霉的弟兄仰面瘫在坑地,嘴里喷着小小的血泉,两脚一抖一颤。原来,坑里暗藏的七八根尖头朝上的竹枪,已经刺穿了他的身体。

越兵愤怒了,汉语与山越语的咒骂声响彻城头。无须任何强迫与威逼,也不再区分山越人与汉人,越军不顾前面的渠答阵,开始勇猛地向赤旗方向冲锋。一些踩上渠答的越军自愿将身子拱成人桥,让别的弟兄从自己身上攀爬过去,任凭别人的身体将身下的渠答压入自己的血肉之躯。于是,两边的猎猎黄旗重新竖起,试图快速夹击城楼的吴军。与此同时,城墙外输送兵力的云梯也开始更为高效地运作起来。

王燊对着城上大喊:"再快!再快!"

然而,两面黄旗又一次倒下了。

原来,左右越军都已进入吴军弓弩的射程。孙坚、祖茂各率领一队发弩士与弓箭手封堵住东、西两侧的城墙通道。士卒用一排盾牌做掩护,盾牌阵后兵力分四排布置。第一排用蹶张弩[1]坐射,第二排用臂张弩[2]立射,第三排用弓对天射击,利用抛物线效应射杀越军后方士兵,第四排则负责为前方士兵补充箭矢。四排兵卒密切配合,就如同一只不

---

[1] 用腿开弩的大型弩机。
[2] 用手开弩的小型弩机。

断喷射箭矢的怪兽,肆意射杀前方密集的越军。

王夔总算看明白了孙坚的兵略:虽然攻城的越军人数占优,但只要吴军将其诱至空间逼仄的城墙通道内,其兵力无法展开,反而彼此踩踏,成为吴军弓弩的死靶。

这时候,身后一骑越兵飞马而来,大声汇报军情:"后方丹阳兵放出重骑两百,开始冲锋了!"

重骑!王夔脸色煞白。这可是连马匹也披挂了甲胄的最精锐的骑兵,大汉帝国最昂贵的兵种!以前只听说凉州与并州的官军才配有重骑,没想到连丹阳军也有重骑!

王夔知道,若现在不从城上撤下来,越军必然会遭遇一场残酷的屠杀。他只好下令鸣金。

说来也怪,看到越军撤退,占尽优势的吴兵却没有从其背后放箭。八架云梯开始反方向输送兵力。

看着狼狈撤退的越军,以及城墙通道上的敌尸,城墙上的吴军欢声雷动,执旗手手擎赤旗大力挥舞。一片"孙司马威武!吴兵无敌!"的欢呼声,让孙坚听得有些飘飘然。投诚未久的两百降卒,则木然地站立在那里,仔细回味自己在刚才的这场杀戮中所扮演的角色。原来,那个精心伪装的渠答阵,就是他们在祖茂的监督下埋下的。

王舫更在意的是王夔的生死。看到吴军没有从背后放冷箭,王舫感动地拉着孙坚的手说:"司马大人果然信义!"孙坚本想再去安慰安慰他,不料许桃花不知何时已经醒来,揉着眼睛傻乎乎地站立在城头,试图理解周围发生的一切。

欢呼着的吴兵看到许桃花,全部安静下来。只见她紧紧捂住胸口，云鬓散乱，满眼恐惧，对所见的一切全然不解。孙坚见了不禁心生恻隐。此女虽为贼妇，但却对贼酋一片痴心，实在是蠢得可爱。此刻，许桃花慢慢走到孙坚面前，浑身颤抖，婆娑泪眼中透出一丝绝望。

突然，许桃花向孙坚跪下，大喊："我许桃花既然被孙司马俘获了，从此我就是你的人了！"孙坚被许桃花突如其来的献媚弄得猝不及防。在众人的哄笑中，他伸手想把许桃花扶起来，不料许桃花死死坠着身子，孙坚只好再加一把力。许桃花顺着这股力量起身之时，竟然灵巧地贴住了孙坚的身体。孙坚刚刚感觉到娇躯的酥软，随即就看到她眼中放出的凶光，然后脸颊一疼。

当孙坚将许桃花甩开时，脸上已经多了几个牙印，印痕中还渗出血水。许桃花躺在地上大笑："孙坚狗贼，老娘是越王王妃，岂会委身于你这条汉狗！想不到你也会有今天吧！哈哈哈！"从许桃花的眼里，只见到疯狂，再看不到痴傻。

周围的吴兵大喊起来："剁了这贼婆娘！"祖茂也抄刀冲了上来，对孙坚说："此女留着是个祸患，杀了算了！"

孙坚摸摸自己的脸，觉得这点皮外伤不算什么。他对祖茂与四下的兄弟摆摆手说："不着急，此事等战后再说。目下还请诸位各就各位，专心备战！"

整好头上帽冠的孙坚与祖茂从城头往下望去，发现已经展开为一字长蛇的越军，正朝北面奔去。官军主力，则由两百重骑兵开道，黑压压地向南边逼近。

决战终于开始了！

第二十四回 刃卷山阴

山阴城北,扬州讨贼军营帐。总算看到孙坚从城中升起三股烽火的扬州刺史臧旻,立即下令全军出击,随后亲自擂鼓为全军打气。在一片隆隆战鼓声中,丹阳太守陈夤对着手下的兵卒大喊:"我丹阳兵为天下第一精兵!当年李陵率五千丹阳勇士,在漠北抗击八万匈奴精锐,吓得单于不敢进逼!建宁二年,我两千丹阳兵大破山越贼万人,震动江东!今日面对区区三千越贼,有何惧哉!"

"无所惧!"丹阳兵卒声势震天,开始在陈太守的带领下向山阴城头有序奔跑,如同移动的戟林刀山,向王燊部压来。陈夤身披重甲,带着两百重骑冲锋在前,宛若一股黑旋风扫过大地。丹阳兵侧翼,吴郡太守张绍也带着吴兵开始向前移动,但速度稍显迟缓。

冲锋在前的重甲骑兵,率先遭遇了王燊所属的八十轻骑兵的抵抗。要是凭硬拼,八十轻骑自然不是两百重骑的对手。不过，越军骑兵并不愚蠢，在马上接敌之前，突然分成左右两部，绕到重骑兵的侧后，开始向跟随在后面的丹阳步兵放箭。此战术让陈夤陷入了两难境地：若他回马去驱散这些讨厌的骑兵，自己的冲锋队形就会被打乱，而重骑的转向能力本来就不如轻骑；而如果听任这些敌骑不管，后者就能有效阻滞丹阳军步兵的跟进，并使得前出的官军骑兵陷入越军重围，得不到及时支援。

战场经验丰富的陈夤示意骑兵队放慢马速，以便控制骑兵与步兵之间的间距。他自信他背后的步兵有能力自行解决这些不自量力的越军骑兵。

八十越军骑兵开始向身后的丹阳步兵射箭。丹阳兵一边手举盾牌抵挡，一边维持原有跑速，个别被射倒的士兵没有影响全军前进的步伐。其中，六百发弩士在军曹指挥下，全力向队伍前列狂奔，终于占据了阵线的第一列，并分成了前后两排。就在这八十名敌军骑手重新搭箭的一刹那，丹阳发弩士中的第一排便向其倾泻出了三百支弩箭。但见八十骑兵只剩下二十人还留在马背上，余下均中箭落地。还活着的二十骑刚想逃走，却被丹阳弓弩兵第二排射来的三百支弩箭所覆盖。须臾之间，越军已经失去了所有骑兵。

陈夤回头瞄了一眼失去主人而向四下狂奔的敌军战马，轻蔑地笑了笑，开始挥动令旗，命令后军发弩士加快奔跑速度。同时，他继续控制骑兵队的速度，不让自己过于前出。

越军方面，眼见失去骑兵的王燮开始命令长戟兵结阵，试图用戟林对抗官军重骑兵的冲锋。陈夤挥动令旗，将两百骑兵分成左右两部，中间留给气喘吁吁跑上来的丹阳发弩士。不久后，六百支弩箭密密射向戟林，越军队列中一片惨叫。王燊愤怒地命令自己的弓箭手立即进行还击。但是越军缺少机械结构精密的弩机，所用之弓的材质也彼此不一，射出的箭有的飞高、有的飞低，对强悍的丹阳兵来说，只是隔靴搔痒而已。等到丹阳兵第二波六百支弩箭射来后，越军弓箭手便无法再进行像样的还击了。

陈龛发现越军的戟林已经七歪八倒，知道冲锋的时机已到。他挥动令旗，命令一百重骑兵向敌军右翼进行佯攻。王燊慌忙命令手下将戟头右转，却忽略了左翼的防护。与此同时，陈龛亲率一百重骑兵，以最快速度扑向王燊军的左翼。

陈龛所率领的骑兵，装备的主战兵器叫"槊"。这是一种加长的矛，且头部尖刃部分特别长，由八个侧面构成，每个侧面均有破甲棱。槊头用精钢打造，槊杆用上等硬木制成。在执槊骑兵全力冲锋时，人马的冲击力都会集中在锋利的槊头上，几乎可以穿透一切厚甲。而比起官军重骑兵而言，越军的甲胄质量可谓低劣：三分之二兵卒穿的是皮甲与石甲，只有三分之一有铁甲，且穿铁甲者大多也披挂不全。因此，这是一场从一开始就胜负了然的战斗。

四溅的鲜血激发着骑兵的杀意，右翼佯攻的一百骑兵，也趁着越军军阵散乱，加入了这场疯狂的屠戮。

对于越军来说，骑兵的冲击只是噩梦的开始。现在轮到丹阳步兵的戟林来收割生命了。长戟手一千、执刀手五百、发弩士六百所组成的步兵方阵，此时也加入了战斗。但见丹阳军的长戟手勾缠住越军的戟头，而丹阳的执刀手则趁机猫腰冲上前去攻击越军下盘，用顾长雪亮的环首刀劈斩他们的腰部与腿部。侥幸逃出刀、戟、槊所构成的杀戮场的越军，又在脱离军阵后被精准飞来的弩箭索命。不久，越军阵线开始崩溃，残兵开始向吴郡太守张绍所在的方向狂奔。

张绍目测三千多越军已经死伤近半，而向他逃过来的大概也有一半。消灭这一半溃军，应当不在话下——这也就等于说，吴军可以用非常小的代价获得与丹阳军差不多的斩首数量。得意洋洋的他开始挥动令旗，命令属下的步兵迎着溃兵的方向发起冲锋。

虽然吴兵作战经验不如丹阳兵丰富，手里的环首刀却是一样的精钢材质。四百个执刀手，持着雪亮的长刀号叫着冲上前去，左右则各有一百长戟手压阵。不过，考虑到吴兵毕竟人数较少，带领一千多残兵逃命的王燊觉得他还是有机会从吴兵的缝隙中逃走。

吴兵近战能力的羸弱终于暴露出来。困兽犹斗的山越人竟然逼退了第一次上战场的吴郡步兵，初步稳住了阵脚，并开始重新结阵！

张绍眉头一皱，心中大骂：真是一群废物！

看来吴兵到头来还得靠丹阳兵解围。不过，陈黉的重骑兵经过几次冲锋之后，披挂重甲的马匹都耗尽了体力，再也冲不动了。体力充沛的丹阳步兵则战意犹酣，从越军身后挥舞着刀、戟赶了上来。看到友军来助，吴兵也壮了胆子大声呐喊，重新围了上去。王燊属下的这一千多人，终于被彻

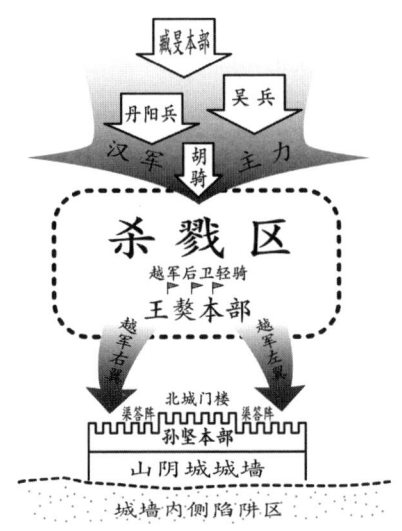

图 7 山阴诱敌战战场战术形势图

底合围了。战至此时,丹阳军阵亡五十,吴兵阵亡六十,官军主力尚存。众多疲惫不堪的越兵开始绝望地放下兵器——对此,满含热泪的王燊并没有阻止。

扬州刺史臧旻这时候也策马冲向自己的军阵。刚才的杀戮让他看得多少有点儿心惊。他有心去劝降王燊,以免更多的杀戮导致朝廷与山越人之间结下更多的怨恨。但他还没赶到陈夤与张绍跟前,针对越军残兵的大屠杀就已经开始了!

一个已经放下武器的越军士兵试图重新拾起武器再战,其伸出的手掌却立即被丹阳兵射出的弩箭刺穿,然后其掌控手掌的头颅也立即被第二支弩箭射穿了。没有放下武器的越军士卒,则开始在王燊的指挥下进行最后的战斗。这是为了越国的名誉与山越武士的尊严而进行的最后的战斗。

臧旻开始在混乱的军阵中大声制止屠杀，但没有人听得见他这位扬州最高长官的声音，唯一能听到的是山越人的惨嚎声。

然而，一个奇迹却发生了。已经在混战中失去战马的王樊，挥着两根血淋淋的短矛，带着一百多个山越弟兄，竟然真的突破了丹阳兵的重围，冲了出来！

求生的本能驱动着一百个浑身是血的山越人向前狂奔，将后面追赶的丹阳兵抛开了一段距离。但当王樊抬头看时，却又绝望地低下了头。

——原来，在混战中失去了方向感的他，又跑回了孙坚所在的山阴城下。[1]

本回后记

陈禽所率领的丹阳兵，产地接近黟山[2]，因此，兵卒在被征召之前就通过山地生活获得了极好的身体素质，但兵气亦比较骄横。如何控制、利用丹阳兵的兵力资源，日后便成了摆在诸如陶谦、刘备、孙策、孙权这样的汉末豪杰面前的一道重要课题。而少年孙坚在会稽郡所目睹的丹阳

---

[1] 参看图7。
[2] 今黄山。

兵战力，只不过是一次小小的亮相而已。

至于暂时交由陈寮掌管的重骑兵，来源则是臧旻通过与朝廷的关系，从"长水校尉部"调来的"归义胡"（归附汉朝的匈奴人）。之所以将他们暂交给陈寮统领，则是因为他本人也曾在"长水校尉部"当过差，略通胡语。此次南调，每名骑兵亦从扬州各郡的地方财政中获得了优厚的赏赐。缺乏土生土长的强大骑兵力量，在日后的三国时期成了困扰江东军事集团的一大难题。

第二十五回　王檠降坚

王檠耗尽了体力，用两支短矛撑地，跪了下来，大口大口地喘着粗气。他披着狼头的盔胄早已不知所终，披散至前额的散发滴着血——不知是官军的血、越军的血，还是他自己的血。

身后的丹阳兵与吴兵，吹响死亡的号角，已经追了上来。

王檠的意志，正在努力榨取着他体内最后的能量。他借着短矛撑地之力，踉跄着站了起来，正想回过身再多杀掉哪怕一个官兵，却突然发现眼前的山阴城下，两百多官兵正在朝自己飞奔过来。一人边跑边喊："王檠大哥，快向孙司马投降！这是唯一的生路！"

那是王舫的声音，在他身边的自然便是孙坚。

原来，孙坚等人在城头已观战多时。看到官军主力开始屠杀放下武器的越军残部，王舫忍不住在城头号啕大哭，大呼"害了哥哥"。不久后，二人便看到少数越军残兵冲出了包围，慌不择路地朝山阴城下狂奔。王舫认定王燮定在其中，便求孙坚出城接应。孙坚迟疑了一下，便答应了。他点了吴郡子弟兵一百人，再加上刚投降的王舫部下一百人，挪开堵在城门口的滚木礌石，出了山阴城。余部则在祖茂的率领下继续守城。

王燮看见孙坚与王舫，一时间不知道说什么好，只有继续喘粗气。王舫冲上去跪下，哭着对王燮说：

"大哥，别打了，给你家里留点香火吧！"

王燮喘着粗气，用一支矛头指着后面说：

"狗……官军……不想……不想留我们越人……一个活口！"接着，便用山越语骂了一通不堪入耳的粗话。就连山越语极差的孙坚，都听明白了大意。

王舫听了，拼命摇头："大哥错了！官军与官军可不一样！昨日我王舫投降了孙司马，孙司马立即就让我们喝上热汤、吃上热食，就像对待自己兵卒一样！刚才哥哥攻城的时候留在城头的少许伤兵，只要能治的，孙司马都命人救下了！"说罢，他立即向身后一指。

在王舫身后，几个士卒抬着一个手脚都裹了绷带的山越人来到了前列。那人显然是在城墙上过渠答阵时受的伤，战斗结束后被王舫所带的降兵救下。

王燮左右的山越人迅速动摇了，纷纷扔掉了兵器。很明显，孙坚刚才的城防谋略虽然刁毒，但比起杀人不眨眼的丹阳兵，孙坚之谋在于防御，而不在于滥杀。而且，刚才越兵从城头撤退时，吴兵并未从背后放箭——这一点，亦是所有参战的越军所清楚记得的。可见，要想活下去，便只能向孙部投降了。

王獒看看丧失了斗志的左右，再看了看对面对他微笑的孙坚，叹了一口气，扔掉了双矛，强忍着没有哽咽出来，跪下了。

孙坚冲上前去，大喊："王獒兄弟莫跪，速到我军阵列后方！"

原来，就在此时，后面追来的丹阳兵的刀戟阵离王獒所部只有二十步了！本来这些追兵是要放箭的，但因害怕误伤孙坚所部，所以就直接派出刀戟手来追杀越军残兵。

如梦初醒的王獒所部立即爬起来，奔向孙坚刀阵所提供的保护圈。等到丹阳追兵赶到时，他们面对的却是孙坚手下两百把明亮的环首刀。丹阳兵一时都愣住了，大喊："吴人快滚！别误了我们丹阳人杀贼！"

孙坚大声呵斥道："越贼已降，尔等不得再滥杀无辜！"

正在双方僵持之际，臧旻、陈夤、张绍也策马赶了上来，嘴里大喊："住手！"原来，在乱军中扯破嗓子的臧旻，终于让两个下属听清了停止杀戮的命令。

丹阳兵不敢不服陈夤的权威，收起兵刃，闪出一条通道，让三位高官策马来到孙坚面前。孙坚立即叫手下撤下兵刃，抱拳对臧旻道："刺史大人，卑职感谢刺史大人不杀降卒之恩！"

臧旻摆了摆手，用沙哑嗓音问道："孙司马辛苦了！那个王獒果然已降？"

身材高大的王檠垂头丧气地从人群中走出，展开长臂猿一般的上肢，拜伏在地，慢慢说道："王檠——愿降！"

臧旻好奇地打量着相貌奇特的王檠，心中暗自估量此人的情报价值，随即转头对陈夤道："既然王檠已降，就带其回去问话，获悉越贼军情，这样岂不对破贼更有裨益？"

陈夤无法反驳，点头称是。张绍自然也频频点头。

臧旻将头转向孙坚。刚才已有哨骑向他与张绍汇报了孙坚斩杀颜虎的事迹，相关细节，现在正好问个究竟。不料他刚想开口，后面一骑飞奔而来，原来是吴郡所属的斥候赶来汇报最新军情。那斥候大喊："刺史大人，兵曹朱固正遭遇从句章、上虞方向前出的两千越贼攻击！带队的可能是'会稽三兽'中的江狼！"

臧旻听罢，对陈夤发问："那些胡骑还跑得动吗？"

陈夤点点头："人、马卸铠后，还可以跑！"

臧旻转向斥候："快去告诉兵曹朱固，令其继续抵抗，守住镜湖与海岸所间隔的地峡，直至我军骑兵来援！"

此时，另一骑斥候从余暨方向奔来，大喊："报！余暨已失！"

官军听了以后，神色都有些慌张，因为余暨是从会稽入吴郡的第一道门户，官军前几日的大本营所在地。臧旻问那斥候："余暨贼军多少？"

"禀大人，约一千人！余暨军民在仓曹史孙静带领下已撤向吴郡，我军没有损失！城防已按照吩咐预先破坏，贼军目下正在赶修城门！"

臧旻思考片刻，改变了军事部署。余暨离此处较远，显然更需要骑兵支援。但骑兵无法直接攻城，而目下丹、吴步兵也都已十分疲惫，无法急行军了。他将目光转向了孙坚："孙司马，若本刺史令你立即带属下四百人跟着陈太守的骑兵去救余暨，将山阴城防转交张太守，你部可否胜任？"

孙坚大喜，这可是刺史大人对自己的信任啊！他马上大声言"诺"。

臧旻满意地笑笑，于是下令丹阳的步兵去救朱固，丹阳的骑兵与孙坚所部去收复余暨，战力最弱的张绍所部则进驻山阴。

孙坚还无法立即动身，他需要少许时间向张绍交代山阴城防要点，尤其要小心城内安置的那些机关埋伏。正在和张绍汇报之际，孙坚突然觉得头有些晕，看人都有点儿重影。但是他忍住了，没有在上级面前表现出不适。

此时，已经将山阴城门清理干净的城内吴军，在祖茂的带领下鱼贯出城。而在刚才的战斗中耗光元神的张绍所部，则等在两侧，大口喘气。突然，城外的吴军看到城内的吴军抬着一具少女的尸首出城，也就顾不上劳累了，好奇地将脑袋凑拢过来。

"看什么看！没见过女尸啊？！告诉你们，她是毒死的，小心毒气沾染你们！"祖茂挥刀将这些闲人赶走。几个看过女尸脸庞的吴兵也对后面的人说："别看了，的确是毒死的，脸色铁青，嘴角的血都是黑的！"

听到喧闹声的孙坚与张绍也都朝这边转回了头。张绍大声问远处的祖茂:"祖兵曹,怎么多了具女尸?难道贼军也用女兵?"

祖茂回道:"此女自报其名为'许桃花',似乎是伪越王之妃!王舫带她来诈降,似乎想色诱孙司马。被孙司马识破后,便装疯卖傻,刚才自己服毒死掉了!"

孙坚心中一惊:许桃花竟在自己的眼皮子底下自杀了?此女虽然愚蠢,但不承想性格如此刚烈。而张太守则对许桃花"伪王妃"的身份更感兴趣,心想:尽管吴兵斩首数字不如丹阳兵,但一颗伪大将军和一颗伪王妃的人头,足以在洛阳的权贵面前为自己扳回不少面子。孙坚可真是吴郡福将啊!

张绍策马跑过去,仔细端详起许桃花的容貌来。只见脸色铁青的许桃花,紧闭美眸,嘴角挂着微笑,似乎已看到了千年越国的未来。天生好色的张绍心里一紧,心中大叹红颜薄命,嘴上却对身边的心腹功曹史章掾说道:"砍下此贼妇人头,将其与颜虎人头一起,快马送至洛阳天子处报功!奏报里这么写:伪王爱妃爱将都已授首,越王首级亦将不日奉献天子!"

章掾大声喊"诺"。张绍突然压低声音,悄声道:"都是山越人可恨!这么好的汉家少女,竟被蛊惑上了贼船!将此女首级斩下后,余下尸身用棺椁收敛,深埋入土,莫叫野狼吃掉。"

站在章掾不远处的孙坚在一旁听了暗笑。将会稽郡所有的问题归结于山越人与汉人之间的矛盾,乃是这些朝廷命官推卸自身责任的不二法门。其实谁不知道造反的贼首许氏父子都是汉人呢？不过，张绍斩许桃花首级又收敛其余尸的做法，孙坚却大为赞赏。他低声对王舫说："那许桃花也曾叫你哥哥，张太守手下将其安葬后，你不妨在上面再种一棵桃树做个记号，你我以后有空也可以来祭拜一下。"

王舫感动地点点头。孙坚还想嘱咐他什么，突然觉得舌头很麻，刚才头晕的症状又加重了，目中的王舫变成了三个。随即，他眼前的一切景物便渐渐黑了下去。

"孙司马倒下去了！快来人啊！"王舫喊道。

这是孙坚陷入深度昏迷之前，听到的最后一句话。

第二十六回 人面桃花

孙坚在昏迷中又陷入了梦境。这回他的梦杂乱无章，没有任何线索。但见眼前猎猎飘扬的黄色越旗与赤色汉旗在背景中不断交替出现，在前景中则出现了被斩下的颜虎的人头，与那不屈的王纺少年部下的人头。他们都狞笑着对着自己眨着眼，似乎那人头与身体之间的粗暴分离，并不能妨碍其表达怨恨与轻蔑。而不知从哪里冒出的吴景，突然挥动环首刀将两颗人头劈开，骨片四处飞溅，而猩红的血浆溅满了他一脸。他恶狠狠地对孙坚说道："文台，杀了这几个毛贼，就想娶我如花似玉的姐姐吗？想得美！"孙坚刚要辩解，摇着扇子的吴彪将吴景推开，笑眯眯地说："孙司马，山阴的兵略做得好啊！不过正如吴景所言，似乎还得多斩上一千颗人头才作数哦！这次山阴大捷斩首最多的还是丹阳兵啊！"孙坚正要辩解，吴家叔侄一齐消失了，眼前出现了亭亭玉立的吴甄，红着眼睛，哀怨地看着他。孙坚大喊："吴小姐，再等一年，我孙坚一定剿灭越贼！"吴小姐咬紧嘴唇，摇摇头："陆府已经来提亲了，被我回绝了三次，但是宗族那里的压力太大，孙郎你要快一点儿啊！否则……"孙坚欲哭无泪："我已经很努力了！"说罢，他扑上去就想抱吴小姐。但他只往前走了两步，吴甄的影像却突然变成了胡婵。胡婵噘着嘴，扭着腰肢，慢慢解下自己薄如蝉翼的绢衣，一边用成熟的身子诱惑着孙坚，一边埋怨说："孙郎，是不是有了吴甄就忘了胡婵？和吴家联姻的主意是谁出的，孙郎忘了吗？"突然，祖茂这小子不知道从什么地方冒了出来，一把抱住胡婵就激烈地亲吻起来。吻痛快后，两个人都开心得喘着气对视，彻底忘记了孙坚的存在。孙坚嫉妒得刚想大喊，祖茂的影像便消失了，而胡婵的影像则换成了小妹孙雯。孙雯一脸懵懂地看着孙坚，问道："徐大哥与祖大哥都喜欢我，哥哥，你说我该怎么办？"孙坚大喊："当然是选徐家啦！"但这句话还没有说完，孙雯的影像却又变成了许桃花。许桃花也学起了胡婵的妖媚样子，扭着腰肢，开始轻解罗裳，嘴里说道："孙司马，我许桃花论妖媚不差胡婵，论年轻不输吴甄，而且只要我愿意，我还能够装得和孙雯一般纯洁。怎么样？采一朵桃花在床头，夜夜风流，岂不快哉？"孙坚结巴地说道："你……你……休要用美色诓骗本司马！"不料，不待孙坚将话说完，许桃花就闭上眼睛，伸出舌头，过来要与孙坚亲吻。孙坚也不由自主地闭上眼睛，想与她做唇齿之亲。不过，等了片刻之后，他没有等到期望中的温柔，却感到半边脸上突然被溅了滚烫的血。孙坚大惊，睁眼一看，发现在许桃花的朱唇就要碰到孙坚的一刹那，不知从哪里冒出的张绍心腹章掾，恶狠狠地用环首刀将她的人头斩飞——就在这颗清秀的少女人头被斩下的一刹那，它就以惊人的速度腐烂成了骷髅。而后，孙坚眼前一切绚烂的色彩，也都转成阴沉沉的色调，无数个骷髅一齐向他飞来，而且所有的骷髅都在说同一句话："孙文台，要娶吴小姐，你还得要斩下一千颗骷髅！"

"啊！"孙坚惊醒了，浑身大汗淋漓。这一回他算是真的睁开了眼睛——刚才只是在梦中睁开而已。他转向旁侧，发现陪在他旁边的人，竟然是徐真徐宝瑜。

"宝瑜……你……你怎么来了……"

"文台兄，快躺下！"

孙坚因为昏迷而变得迟钝的脑子，开始仔细回忆徐真在这场战役中所扮演的角色。不错，他的任务是知会钱唐、馀杭、富春三县各宗族，准备接应从余暨方向撤下的军民。看来，他已经完成了这项任务，这才赶回山阴战场。那么，已经赶往余暨的祖茂呢？

孙坚拉住徐真的手，问道："我本是要和祖茂一起去克复余暨的，却因昏迷无法成行，臧刺史与两位太守没有怪罪吧？现在祖茂何处，余暨如何，朱固又是否守住了镜湖地峡？"

徐真笑了起来："兄台无法执行军令，事出有因，大人们当然没有怪罪！目下祖大荣随丹阳方面派出的骑兵已经克复余暨！官军损失才三人，斩杀敌军四百人，余者已经向诸暨方向逃窜！目下孙静也已从富春回到余暨，与祖茂一起巩固城防。陈太守带着丹阳军主力赶去增援朱固后，贼寇立即撤退。兄台，你这次的兵略真是大获成功啊！三位大人都对你赞不绝口呢！"

但孙坚并未沾沾自喜，他还是觉得刚才徐真所言有些不可思议，追问道："去往余暨的官军里，丹阳兵方面并没有步卒，而只有二百并不适合攻城的骑兵。至于我训出的那四百吴兵，用用弩机远射还行，并不善近战。战果为何如此辉煌？"

说到这里，徐真脸色严肃起来："那些骑兵好像不是丹阳人。为了减轻负荷，到余暨时，其人马都卸了甲，露出了全脸。我看他们的相貌，像是胡人。"

"哦？！"孙坚瞪大了眼睛，"胡人又如何？胡人难道很能攻城？凡是骑兵，都不适合攻城啊？！"

"他们还没有攻城，匪贼就从城墙的塌陷处自行逃跑了，然后被我军预先埋伏的发弩士射杀，后又被骑兵追杀！"

"贼军为何如此怯弱？"孙坚愈发糊涂了。

"胡人每人擎着一根竹竿，上面串着好几颗来自山阴城下贼军的人头，两百串人头，估计共有一千颗吧。城上贼军看了，不少人认出了被斩的亲戚与挚友，于是一片号哭，士气崩溃，我军则顺势斩杀之！"

孙坚叹了口气。陈太守的手下，手段真是不一般啊。

此时徐真突然笑了起来："哥哥，你怎么不问问你自己为何昏迷，又为何苏醒？"

孙坚摸摸脑袋，笑了起来："估计是因为太累了吧！"

"太累了会连续昏迷两日？！"徐真反问道。

"什么，两日了？！"孙坚一下子坐了起来，在徐真的帮助下整好衣装，他披上一件缴获自山越人的虎皮衣，踉跄着走出了营帐。而营帐外正在埋锅造饭的吴兵见到孙坚，全都兴奋地喊起来："孙司马活过来了！孙司马没有死！"张太守的心腹功曹史章掾见了孙坚，也笑呵呵地跑过来："吉人自有天相，孙司马大难不死，必有后福！"

孙坚抓住章掾的手："章功曹，我两日前是不是中毒了？"

"嗯，许桃花下的毒！"

"哦！"孙坚这才如梦初醒。他想起来，许桃花曾突然咬过他一口。很有可能她一开始就将毒药藏在嘴里，即便脱去衣衫也未被发现；待时机合适，她再咬破毒药，以带毒的牙齿噬咬孙坚，以求同归于尽。孙坚回想起许桃花那透出几许疯狂的眼神，不禁有些后怕。他怀疑，许桃花是真傻，还是一直在装傻呢？不过，既然这毒药毒死了许桃花，为何自己能够幸存呢？难道是药量太小，不足以致死？

"文台啊，这次你能够活命，得谢谢王燊！他用随身带的解药救了你。这种用孔雀胆配制的毒药，除了山越人自己，其他人是无法破解的！"从营帐内跟出来的徐真抢先解答了孙坚心中的疑问。

"他……他为何救我……"孙坚迷糊了。

"是你先救了他，他才救的你。"章掾回道。

孙坚点点头，四下张望了一番，忍不住问："那王燊呢？"

王舫又何在？"

章掾回道："三位大人正在联合审问他们，或许能从其嘴中获知大量敌情。等到大人们问完话，孙司马自然有感谢恩人的机会。"

孙坚点点头。此时，他突然发现有一具无头的女尸，正挂在五十步开外的一棵树上。她脚下则倒伏了几只已死的乌鸦。

"那是……"孙坚指着问。

"那是许桃花啊，被曝尸了。因为她体内有毒，想必吃了她肉的乌鸦都被毒死了吧。"章掾漫不经心地回答道，随后又补充说，"她与颜虎的人头，都已被飞马送往洛阳了。我已选了最快的马，一路上的驿站会接力递送。在下心里琢磨：那颜虎的首级实在太恶心了，怕惊了圣驾，有一颗美妇的人头做陪衬，天子看了，恐怕圣心会平复一点儿！"说罢，章掾自顾自地发出了猥琐的笑声。

孙坚一把将他拉过去："张太守不是命你将许桃花的余尸好好收敛吗？我都听到了。怎么还让其曝尸野外？"

章掾叹了口气："此一时，彼一时。那时张太守不知许桃花差点害死了你。他知情后，暴跳如雷，说那妖妇差点害死了吴郡福将。于是下令剥光此妇衣服，曝尸野外。不过妖妇就是妖妇，就连乌鸦吃了她的肉，也都会暴毙啊。"

孙坚无话可说。至少刚才章掾所言，足以证明张太守有多么器重自己。不过，他又转眼看了一眼许桃花裸露的脊背，联想起她刚才在自己梦境里的妖娆风情，心中不禁一片悲凉。

他转头对徐真说:"我们去将此女埋了吧!"

徐真点点头。章掾犹豫片刻后,也过来相助。

但三人没有找到棺椁,只好将许桃花的裸体用草席裹好,扔进土坑里,再覆上泥土。徐真竟从城内找到一棵桃树苗,种在了上面。而后,三人对着与生前的许桃花一样身材纤弱的桃树苗,一言不发。

徐真突然问道:"文台兄曾经和我说过,特别欣赏庄周对生死的态度。庄周之妻死后,他鼓盆而歌,也不掩埋,还说什么让妻子的尸首给天上的乌鸦吃与给地下的蝼蚁吃,其实无甚区别。那么,文台兄今天为何一定要坚持埋了此女?"

孙坚指着桃树说:"许桃花身体腐烂后,自会滋润这桃树。以后我们看到这树,就会想到她。若是给乌鸦、蝼蚁吃了,我们以后谁又能记得她呢?"

"那么……我们为何要记住她呢?"在一旁的章掾问道。

"因为……"孙坚顿了顿,努力想说些什么,但舌头却似打了结,什么也说不出来。

此时,有兵卒跑来传唤章掾,只剩下徐真与孙坚两人。徐真好不容易等到章掾走了,突然装作想起什么事情的样子,一拍脑门,大喊:"有一件要事我忘了!"

"何事?"孙坚问道。

徐真见左右无人,便从衣袖里拿出一块玉来给孙坚看。孙坚仔细看了看,只见那玉上面刻着一个"吴"字,并无什么异常之处。他问道:"此物有何蹊跷?"

"兄台你看看背面。"徐真指点道。

孙坚翻过来仔细查看，才发现上面有一个"惴"字。看来这块玉的主人叫吴惴。可吴惴又是谁呢？这名字听上去有那么一点儿耳熟。

徐真看孙坚还是一脸迷茫，压低声音提醒道："吴惴就是吴小姐生父！小弟和哥哥你说过的啊！"

"对啊！！！"孙坚这才想起，吴小姐的父亲就是遭遇山越人袭击而在会稽被害的。那么，这块玉石肯定就是他的遗物。此遗物在会稽被重新发现……莫非……

孙坚拉住徐真的手："是在哪个越贼身上找到的？"

徐真叹了口气："就是你的救命恩人王燮！"

"什么？！"孙坚听了，如五雷轰顶。原来斩杀自己未来岳丈的，竟是自己的救命恩人！

原来，王燮慌里慌张地给孙坚找解药的时候，将藏在身上的玉佩掉落在地，被一边的祖茂拾起。祖茂发现此物有蹊跷，就带在身上，收复余暨后，转交给了从吴郡赶来会稽复命的徐真。徐真到了山阴后，曾为此提审王燮。王燮对此供认不讳：此玉的确是数年前劫持吴县大户人家时所得的赃物，但坚决否认自己杀了吴惴，而将杀人的责任归给了已经毙命的颜虎。不过，颜虎已死，已死无对证。

听完徐真的话，孙坚不由得头皮发麻。要是让吴家知道孙坚留下了杀死吴父的嫌疑犯的性命，孙、吴结缘也就无从谈起了。但不管怎么说，王燮的确救了自己的命，若恩将仇报，实为天理不容。琢磨再三，孙、徐商定：不妨将此玉石找个地方深深掩埋，对吴家闭口不提此事。至于那王燮，平叛之后最好将其挪移至远离吴郡的处所，好好安顿，让其不再与吴家发生任何瓜葛。

商议已毕，二人立即找了个僻静处埋了这玉。孙坚对着被埋的玉磕了几个响头，嘴里叨念着："爹爹，孩儿不孝，没有办法给爹爹报仇。爹爹九泉之下一定要体谅孩儿苦衷！以后孩儿一定为吴家的富贵不遗余力！"

徐真心中暗笑：你就是看上人家女儿而已，又不是看上这老头子，连面都没有见过，还把人家的名字忘得干干净净，现在却"爹爹"叫得如此亲热。话又说回来了，要是吴惕还在，恐怕比那吴彪还要难对付百倍，你孙坚想娶吴甄，恐怕是没有希望的。看来，那王燹帮你不止一回啊。

天黑了下来，山阴城内外官军的营火开始次第点亮。镜湖对岸的会稽山上，一群越军正在高处眺望这座失去的城池。一个披着兽皮的斥候爬上山来，用带着山越口音的汉话汇报军情："许大将军！我们打听到了，这次官军的兵略都是那个吴郡别部司马孙坚出的！"

"孙——坚——！"听者重复着孙坚的名字，"咔嚓"一声，将手里的三支箭齐齐拗断。

第二十七回　招安胡玉

山阴大捷一年半后，又到了一年中最热的季节。在会稽郡与吴郡交界的某条小河汊里，孙坚与祖茂、胡婵三人又穿上了蓑衣，再次扮成渔夫渔妇。祖茂一边摇着橹桨，一边拍打着不时飞来的蚊子。与此同时，胡婵无精打采地半躺在船舱里，咬着清脆的胡瓜解暑。坐在船头的孙坚则听着蝉鸣，盯着两岸的芦苇发呆，心乱如麻。目下的局势对他并不是很有利。

一年半前，他可不是这么悲观的。那时，官军在山阴的大捷曾使孙坚坚信：既然越军主力已被消灭一半，攻下伪越国都句章自然指日可待。而后，他便可以得到朝廷封赏，与吴甄缔结佳缘。然而，事情的发展却出乎孙坚的预料。这不，被飞马带到洛阳的颜虎与许桃花的首级，固然让天子开心了几天，但臧旻文笔飞扬的奏报却又让朝廷有了口实，继续克扣调拨扬州的军费，以便腾出更多的资源来应对鲜卑人的入侵。更有甚者，朝廷在读到陈龛的奏报后，竟然下旨将二百骑兵北调，致使扬州兵力更加虚弱。而更麻烦的事情，则发生在扬州内部。虽然吴郡太守张绍通过搜集同僚的床笫丑闻，一度从豫章、庐江、九江三郡太守那里敲诈到了一部分钱粮，但三郡太守也通过江湖力量，找到了张绍与张氏宗族别家婢女私通的证据，并以此为要挟，大大削减了对前线的物资输送。因为这三郡太守背后都有朝中的宦官力量撑腰，做事谨慎的扬州刺史臧旻便只好将更多的压力转向他尚能控制的吴、丹两郡。如此一来，两郡宗族、百姓自然是叫苦不迭，少数人甚至萌生反意，星夜穿过官军稀疏的封锁线，咬牙投了反军。而经过山阴兵挫的越国，则吸取教训，在许韶的指挥下，坚守城池，任孙坚如何引诱，也不再中计。剿越战事于是陷入令人心焦的僵局。

如何才能打破僵局呢？眼看与吴家婚约的最后期限越来越近，孙坚整夜失眠，苦思良谋。在与胡婵和祖茂不断商议的基础上，并辅以徐真提供的一些关于会稽形势的最新情报，孙坚总算想出了一个奇策。

不过，此策的执行尚需一个关键人物的配合，此人即海贼王胡玉。今日孙、胡、祖三人来到此僻静之地，就是为了与胡玉接洽，将其招安为官军内应，共谋讨越。

三人在约定的地点将船停下，开始了百无聊赖的等待。

不久后，芦苇后面的河道里驶来了几条小舟，上面载着胡玉与其一干心腹。

孙坚两手抱拳，对着胡玉笑道："胡兄一向可好？有段日子没见哥哥了，我真有点儿想你了！"

胡玉没搭理油嘴滑舌的孙坚，而是指着孙坚身边的胡婵气呼呼说道："好你个胡婵，我与孙文台比武许久之后，才听说你被祖茂收了做了御婢！你好心狠，从此就离了我胡玉，难道我对你不好吗？"

胡婵刚想回答，却被孙坚拦在身后。孙坚对胡玉说道："哈哈，小弟和祖大荣的确是垂涎胡婵美貌，将她在身边多留了几日，心里也觉得挺对不住胡兄的。不过，如果大哥不嫌弃胡婵与我们兄弟之间的事情，今天就把她带回去吧！"

胡玉瞪着孙坚："孙文台，你又要耍诈！你舍得将胡婵还给我？"

孙坚笑道："弟弟我爱美人更爱兄弟，但只怕兄台嫌弃。"

"我不嫌弃！"胡玉将目光转向胡婵，回答得斩钉截铁，"别的女人在我眼里都没有你好！"

胡婵低下头若有所思。她回想起她在海贼帮的那些逍遥快活的日子。如今跟了祖、孙，虽衣食不愁，但毕竟挂着"御婢"的名号，多少有点儿憋屈。要是真能回到胡玉身边，让一切重来，似乎也不错——尽管理智告诉她，这是一个愚蠢的选择。

此时孙坚摇摇头道："可惜啊，可惜啊……"

"可惜什么？"

"可惜胡婵已有了身孕！"

"什么？"胡玉与海贼帮众人面面相觑。胡玉挠挠头，突然想起了什么，问道："胡婵，你不是无法生育了么？"

祖茂抢过话头："本来胡婵的确是无法生育的，但是大半年前一个江湖郎中经过吴郡，为她留下几副方子。胡婵按方抓药，竟然四个月前就有了身孕！"

"有手段如此高明的郎中？他叫什么？"胡玉问道。

祖茂抓抓头："好像叫……对了，叫……华佗。"

"华佗？"胡玉看看左右，问道，"听说过有个叫'华佗'的名医吗？"左右皆摇头。胡玉"哼"了一声，盯着孙坚："你们又联合起来诓我胡玉！胡婵到底有没有身孕，我们得查验一下！"

胡玉话音未落，胡婵便站了起来，脱了裳衣，摸了摸微微凸起的小腹，轻声答道："胡大哥，是真的。"

熟悉胡婵身体线条的胡玉一眼就看出，那隆起的小腹断然不是用小枕头冒充的。他心头一凉，本来炙热的目光开始黯淡下来。他看看胡婵，又看看孙坚，再看看祖茂，然后问道："这孩子是你孙文台的，还是你祖大荣的？"

"胡婵是我祖家的婢女，当然是……当然是……我的！"祖茂急忙答道，急得都有点儿磕磕巴巴。

"哈哈哈哈！"孙坚仰天大笑，"胡大哥，胡婵肚子里的种是谁的，对大哥你很重要吗？反正不可能是你的。一个怀孕的女人，怀的又不是你的种，你带着她干吗？海贼帮四海为家，一个孕妇岂不是你们的累赘？这个累赘我们兄弟替大哥分担，难道不好吗？"

胡玉无法反驳，沉默半晌，然后问道："孙文台，你既然没有将胡婵交还于我的打算，又约我们来，说有求于我，你拿什么做交易？"

孙坚回道："海贼帮几百个弟兄的命，就是我孙坚要交给胡大哥的礼物。命都没了，要美人干吗呢？"

"胡扯！我们几百个弟兄的命都还在呢，干吗要你孙坚来担保？！"站在胡玉身旁的老七气呼呼地说道。老七就是上次与孙坚用匕首对战的侏儒。

"现在还在脖项上的脑袋，不知道明天还在没在呢！"孙坚不紧不慢地回道。

"怎么讲？"胡玉反问。

孙坚慢慢解释道："许贼在会稽未反之前，诸位在会稽作案，只能算是一般的地方案件，朝廷不会挂怀。现在，朝廷剿贼大军早已进驻会稽，在扬州刺史臧旻大人看来，反贼与海贼都是贼。在打反贼的同时，顺便剿灭海贼，恐怕也是官军未来的谋划之一。大哥不如在官军动手之前，率先接受招安，以免为越贼殉葬！"

胡玉摇摇头："官军目下根本吃不动越贼，怎么可能有余力打我们？"

"对啊，正是因为当下越贼坚壁清野，不愿与官军接战，无所事事的官军才会考虑攻打更容易打的海贼，好用你们兄弟的人头向洛阳天子邀功。"

"别人不知，你孙文台是知道的，我们海贼与反贼不是一路人！"老九此时插话道。老九就是上次用刀盾与孙坚对战过的青皮山越人。

孙坚对着老九说道："九哥，现在造反的人里，很多就是像你这样的山越人，我孙坚当然知道，但你叫臧大人怎么分得清海贼里的山越人与越贼里的山越人啊？"

"不对啊，山越人并不都想反汉。我跟了胡玉大哥后，就想做个海贼。我们海贼都希望大汉国运永昌！我们恨越贼！他们才是反贼！"老九回道。

祖茂瞪大了眼睛："你这山越人好有趣！已经做了贼，竟然还希望大汉国运永昌！你倒说说，为何你恨越贼？"

老九摸摸头："这道理是老四告诉我的，老四说得更好！"他将求助的目光转向身边的老四。

老四就是那个红脸长须的海贼，曾经用长镰与孙坚对战过。老四捋了捋长须，慢条斯理地说道："我们海贼帮，靠的是抢劫商旅的货物才能存活。试想，商旅明明知道有贼，为何还要来运货？因为并非件件货物都会被抢，而能够送到目的地的货，依然可以为商人带来暴利。反过来说，若天下的商旅都不运货了，那么海贼帮吃什么？……"

"对啊！"被老四提醒的老九立即将话头抢了过去，"会稽反叛之后，商旅都不敢往来，我们海贼帮只好去抢老百姓，油水少了不少。所以，我们是天天盼望官军能快点剿灭越贼，引来商旅，我们海贼帮才有饭吃啊！"

孙坚点点头，随即又摇摇头："诸位说的道理，我孙坚懂；但臧大人若是听到了，就算真听懂了，也必须装作听不懂。诸位想想，这话怎么上得了台面？——大汉朝国运永昌，就是为了让你们海贼有东西可抢吗？此外，你们以前犯下的命案，臧旻大人也清清楚楚，你以为他会轻易放过诸位吗？"

"孙坚,你今天不是想招安我们吧?你以为我胡玉傻吗?难道我不知道张伯路的下场吗?"胡玉打断了孙坚。

胡玉说的张伯路,曾在永初三年[1]于青州[2]率三千多人谋反,一度掠及九郡。张贼以渤海上的小岛为基地,袭扰海岸线,打得缺乏水师的青州官军疲于奔命。在一度被官寺招安后,张伯路复叛,终被辽东土豪李久所杀。现在胡玉提到张伯路,就是想提醒孙坚:他不想重蹈前人覆辙,为官寺所骗,最后弄得死无葬身之地。

孙坚摇摇头:"张伯路之流是海贼里的反贼,即使被招安了,朝廷也难以全然信任;你们仅仅是海贼,所以可以被招安。"

"这又怎么讲?"胡玉再问。

"第一,张贼有三千之众,朝廷当然会对他们不放心;而你们至多也就三四百人,对朝廷来说,只能算是疥癣之患罢了。第二,张贼自称什么'天帝使者',妖言惑众,有动摇大汉社稷之念;而诸位并不信会稽许氏妖言,亦无改天换日之邪志。第三,据我所知,是张贼在被招安后蓄意再反,而非朝廷故意找茬。只要诸位被招安后不再反,我保大家平安无事。"

"孙坚,你倒说说,我们海贼帮不做贼了,靠什么活?"这次说话的是海贼帮的黑老三,他曾用长矛与孙坚对战过。

---

[1] 109年。
[2] 今山东东北部。

"娶媳妇,种地,打猎,做良民。"孙坚的回答非常简练。

"哪里有媳妇?谁分我们地?"老三继续问。

"伪王许昌在句章汇聚了大量美女供其淫乐,事成之后,我可与臧大人商议,将她们分给众弟兄,做妻生子。至于土地么,会稽很大,很多地方不缺土地,却缺人力,特别是在东冶一带,地价非常低。那里还有大量船坊,不爱种地的弟兄可以去造船。此外,你们在浙江两岸犯下的命案太多,很多仇家都记得你们,恐怕日后为了避祸,也得麻烦你们挪到东冶去开垦土地了。"

胡玉听了,觉得有些不可思议。被招安后,不但前面的命案可以一笔勾销,还可以得到美女与土地,大汉王朝什么时候变得这样仁慈了?孙坚这么说,要么是在托大扯谎,要么就是需要海贼帮付出巨大牺牲来交换。想到这里,胡玉反问道:"我就不懂了,朝廷山阴大捷后,越贼又聚拢了不少新的兵力,目下估计有七千多人。我们就三四百人,即使站在官军一边,又能帮你们多少?刚才你说的那些条件,又需要我们做什么来交换?"

孙坚知道,今天的谈判已到了最关键的时候。他对胡玉回道:"正如大哥所言,刚才的优厚待遇,的确需要海贼帮众兄弟做一些事情来交换。"

"但说无妨!"

"大哥恐怕知道,会稽第一豪族周氏对朝廷剿越的态度一直很暧昧。周氏虽然表面上效忠朝廷,但一直不愿派出部曲参与官军。现在我们需要用计逼其出手,以孤立匪贼。这计有点儿毒辣，所以官军不便动手，希望劳烦你们海贼帮。"

"什么计策？"胡玉追问。

"周氏宗族里最强大者，乃山阴的周昉。当初越贼攻击山阴的时候，他们周家似乎预先得到消息，事先就逃走了，没有半点损失。山阴克复之后，周昉竟然带着全家躲在官军军力不及的诸暨，不回老家，让人非常生疑。要让周氏宗族参战，必然先要劝说周昉。而周昉最挂怀之人，就是其长子周昕，字泰明。周昕是太傅陈蕃的弟子，在洛阳做过太学生，据说是会稽第一才子。陈大人因党锢之祸罹难，没法教他了，他便在京师继续学习"春秋公羊学"。会稽战乱后，他还留在洛阳苦读，不过这几日刚接到其父的密信，正赶往诸暨……"

"人家周公子在洛阳接到其父从诸暨寄去的密信，这事你孙坚是怎么知道的？连你都知道了，那还叫密信吗？"胡玉冷笑着打断了孙坚。

"好吧……"孙坚想了想，决定说实话，"我们的细作曾截获了周昉的信件，然后我的好友徐真便模仿其笔迹与口吻，伪造了一封假托于周昉之口的家信，引周昕出洛阳。"

"哦……"胡玉想明白了，这应当是一个针对周家的复杂圈套。他反问孙坚："你是不是希望我们扮作越贼，在路上截杀周公子，然后让周家从此恨上越贼？"

"没这么简单。"孙坚摇摇头，继续解释道，"胡大哥既要让周家恨上越贼，还要让越贼喜欢上你！"

"那需要我怎么做？"

"其实也不难。你绑架周公子后,将其送到句章,献给伪越王,伪越王必然会利用周昕向其父周舫勒索钱粮。如此,越贼必然会对胡玉大哥信任有加。"

"越王不是傻子,他儿子许韶更不傻。有周公子做要挟,他们会将周家榨干,就算周家从此恨上越贼,于官军又有什么好处?"胡玉发现了孙坚计策的另一破绽。

"那就在周家被榨干前,将周公子救回去!"孙坚得意地笑道。

"谁来救?我先向伪王献周昕,我再将其救回去?这种玩笑开不得啊!"胡玉大笑起来。

孙坚指指自己,意思是:你胡玉只管绑票装坏人,大侠由我孙坚来做。

胡玉明白了孙坚的计策。但细想一下,感觉风险极大。孙坚要想突破句章反贼防卫救出周昕,可谓虎口拔牙。想到这里,胡玉问道:"若你孙坚救周昕失败,又当如何?"

"我孙坚是不会失败的。"孙坚顿了顿,补充道,"若我真失败了,自会找到脱身之法,你不必为我担心。真到了这一步,你就设法弄死周昕,不给越贼继续敲诈周家的机会,这样,丧子的周舫还是会站到朝廷这边来。"

"哦……"

胡玉想了想,问道:"文台,你与那周昕有仇吗?"

"哪里有仇?我都不认识他!"

"但据你的计策,周公子似乎很难保命啊!他是会稽有名的大才子,你作为官家人,难道没有任何怜惜之心吗?"

孙坚瞪着眼睛，突然恶狠狠地说："全怪他的父亲，不肯倾力剿贼！吴郡的徐家、祖家、陆家、张家、吴家都出力了，周家不出力，周家就是反贼！反贼的儿子只知道读圣贤书，却不知道为朝廷分忧，即使是仲尼在世，也会骂他是一个小反贼！"

但孙坚心里更想喊出的话是：谁阻挡了我孙坚的路，谁就是反贼！

无论是海贼帮诸人，还是祖茂与胡婵，都被孙坚骤然爆发的咆哮所惊到了。沉默片刻后，以胡玉为首的海贼帮终于答应了孙坚开出的招安条件。诸人又将如何绑架周公子，之后再如何"搭救"他的细节推演了一番，便各自散去了。

第二十八回　俊郎易粮

孙坚与胡玉密谋后二十天,"越国""国都"句章。

城头黄旗飘扬,刀戟林立。城外一支由骑马家丁护卫的庞大的牛车队已经来到吊桥之下,领头的家丁擎着一面绣着"周"字的大旗。擎旗家丁对城头喊道:"我周家按约,已经运来粮草两千斛、熟铁五百斤、强弓四百副、弩机三百具、箭镞六千支!还望贵方践约,立即归还我家公子!"

城头一山越人模样的越将对左右喊道:"将周昕还给他们!"言罢,一颗半腐烂的人头就从城头抛下,掉落在城下诸人面前。在一片惊呼声中,一个头发微白的中年男子从一辆双辕车上跳下来,分开众人,来仔细验查这颗首级。随后他对着城头大喊:"城上将军莫要戏弄我周舫了!此首级分明不是我儿周昕!"

城头越将哈哈大笑:"我江狼跟你开个玩笑,莫要见怪!带周公子上来!"

须臾之后,周舫便看见,一个满脸横肉的越将押着一位俊美少年出现在城头——果然是周家大公子周昕。而押送他的越将,便是已经打入越军的胡玉。

周昕趴在城头,对着城下的周舫大喊:"爹爹放心,孩儿安好!越王虽不肯放了孩儿,但孩儿在此吃喝无忧,并未受虐遭辱!"

众人原本以为周舫见到周昕会嘘寒问暖一番,不料他却指着城头喝道:"逆子啊!蠢材啊!你怎么这么愚蠢!叫你好好待在京师洛阳,你干吗没事回会稽?会稽在打仗,你不知道啊?"

"父亲大人,孩儿是看到家信,说母亲病危,才赶回会稽的……不料却被越人绑了过来。现在母亲大人可还安好?"

周舫疑惑不解:"什么信?近日来为父没有给你写过信,你母亲也没有生病啊!"

周昕用央求的眼神看了一眼身旁的越将:"胡将军,能否让我给家父看看信?"胡玉点点头。

于是周昕自怀中掏出木牍,趴在城头扔到周舫面前。随后,又扔下了另外一块与之大小一致的小木板。

东汉末年纸张还未普及,当时的信主要还是写在木牍上。为了保护信的内容不被泄露,会再用另外一块木板去覆盖书写有文字的木牍,而这块具有今日"信封"功能的木板就被唤为"检"。检板与牍板合一后,发信人还会用绳子将二者捆绑在一起,并在绳子的交叉处押上封泥。现在拿在周舫手里的这封信,因为已被拆读过,牍板与检板已经分开。

周舫细看牍板，果然形似他的笔迹，再读内容："昕儿，善毋恙。父毋它甚善，然汝母病危，速归。"这"病"字用的是篆体，其余是隶体。原来周舫与周昕已有约定，家信内容中每隔十三字用一个篆字，其余则用隶书，以免旁人伪造。结果在这封断然是伪造的信里，恰好也有一个篆字，让人真假难辨。周舫捡起那块检板，与那牍板合一后，仔细检查缚绳在二者封泥上所留下的印记是否彼此吻合。看了许久，也没有看出什么破绽。周舫叹了一口气：果真碰到作假高手了，怪不得我儿会上当。

周舫举起两块小木板，向城头的江狼、胡玉摇了摇："你们越国好手段，竟然制作出如此以假乱真的家信，诓骗我儿回会稽！"

听了父亲此言，周昕真是又悔又喜。悔的是，自己落入贼寇之手，让反贼得到了敲诈周家的把柄；喜的是，母亲病危其实是假。不过，看到父亲也没有发现这伪信的破绽，周昕也暗暗吃惊。他转头问胡玉："你们是如何做出如此逼真的假信的？"

"周公子，真不好意思啊，我们海贼帮为了向越王献上见面礼，只好伪造假信将你引出洛阳，然后在半路劫持。至于这伪信么，呵呵，你们府里本就有我们海贼帮的内应，对于贵府信札的款式与周老爷的笔迹，我们都已一清二楚。请高手拟造一封，恐怕也没有外人想的那么难。"胡玉得意地笑道。

周昕听得脸色铁青。他细想之下，又觉得有些不对劲。

信是伪造的，但送信到洛阳的周老七却是周家老仆，难道他也是匪贼内应？想到这里，他便向城下的父亲喊道："父亲，那伪信是周老七送的！他现在何处？"

周舫立即问左右："谁知道周老七下落？"

一个家丁答道："那周老七啊，二十天前就……就不见了……"

"为何不报我？"周舫气得暴跳如雷。

没人敢搭话。其实周老七失踪的事情是有人向周舫汇报过的，但当时他正忙着品鉴一款春秋时代的青铜酒樽，并未将此事放在心上。但周府的下人都知道，周舫是一个不喜欢认错的人，下人宁可说自己未汇报过，也不敢在其面前说"是老爷您自己忘了"。所以，众人唯有沉默。

胡玉在城头暗笑。周老七是周家老奴仆不假，但他也是一个大孝子，而他老母就住在孙坚的老家吴郡富春。一年前，因为得了伤寒病，周母奄奄一息，很多医师都束手无策。此事为孙坚所知后，为了拉拢周老七，孙坚便在徐真的引荐下，请了当时尚未成名的华佗救了其母的命，并不收周老七分文。当时周老七便对孙坚感激涕零，且承诺以后做官军在周府的内应。二十来天前，他突然得到孙坚密令，悄然离开会稽，飞马去洛阳给周大公子送假信。事成后，他便隐身于吴郡，处在孙家势力的保护下，不再露面。

周舫虽然不知道周老七为何会背叛周府，但此刻他至少可以肯定周老七已做了内鬼。事已至此，再纠缠这些细节已没有意义。他拱手对城上的江狼与胡玉说道："二位将军，请速派人手出城来点验货品。若无误，请立即释放犬子！"

江狼哈哈大笑："本将当然会派人点验贵府呈献给越王的礼物！不过呢，贵公子是会稽第一才子，仅仅用这些礼品赎身，恐怕与其身份不太相符。许韶大将军已经吩咐过本将了，只要贵府再凑齐粮草四千斛、熟铁八百斤、精造弩机四百具、箭镞八千枚，我们立即就放人！"

爱财如命的周舫听到此番敲诈，气得眼冒金星，身体打颤。他闭了一会儿眼睛，定了定神，才对着城头喊道："难道不能在数量上再通融一点儿吗？除了粮草之外，贵方所要的军械包括太多官寺管制之物，且贵方索要数量如此之大，实在是强人所难啊！"

"那你们这次送来的军械又是哪里来的？"江狼反问。

周舫回道："周家的确有些部曲，手头有点儿兵械。这次送来的兵械都是部曲所用的，要是贵方再要，周家部曲就手无寸铁了！到时候谁来保卫周家？"

江狼回道："我们越国可以保护周家啊，难道你不相信我们有能力将汉军赶出会稽！"

"哪里，哪里……"周舫嘴上说着"哪里"，心中却暗骂：前汉"七王之乱"都不能撼动大汉江山，你们这帮匪贼，守着区区一个破句章城，就想反了天吗？

此时胡玉将周舫的话接了下去："是啊，是啊，周家肯定是相信我越国的战力的，否则周家为何一直不服从扬州刺史部的公令，为官军出粮出人呢？这就说明周老先生与越国心有灵犀啊！"

周舫听了真是觉得有苦难言。他没有积极响应官军的剿贼令的确不假,但并不是因为他相信越国会胜,而只是因为他贪财。周舫仇恨一切征税者——除了他自己——无论征税者的脑门上写的是"汉",还是"越"。他之所以不惜钱财将最聪明的大儿子周昕送到洛阳读书,也仅仅是希望他能够攀附上朝廷的权贵,以便周家继续隐瞒其在会稽的户口田地。

见周舫低头不语,一脸犹豫,城头的周昕当然清楚,这番敲诈对于父亲来说意味着什么。他突然登上墙堞,就要往城下跳,试图以自己的死换来父亲的解脱。眼疾手快的胡玉一把抱住周昕的腰,大喊:"周公子别犯傻!像你这样俊美的男子死了,全扬州的未嫁女子可都活不成了啊!"

胡玉的话提醒了尚未婚配的周昕。即使在不太重视扬州人的京城洛阳,周昕的风流倜傥也经常吸引街头少女少妇的目光。这让周昕非常得意,觉得自己为全扬州的男人争了光。现在被胡玉这么一吹捧,他又突然意识到了自己生命的价值,不再哭闹着要跳城了。不过,因为刚才已经做出了跳城的动作,马上改口有失面子,所以周昕嘴上还是一套倔强的说辞:"让我死吧!爹啊,孩儿死了,家里还有昂弟与喁弟,他们也可以为周家传香火!"

周昕说的"昂弟"与"喁弟",乃是周舫的二子周昂与三子周喁,美俊才学虽然不如大哥,但也算得上是人中翘楚。周舫叹了一口气说:"昕儿的孝心父亲看到了!你们三个人都是为父心头肉,为父谁都不会割舍!"说罢,他再向江狼与胡玉拱手喊道:"二位将军,真的不能再通融一下赎品的数量?"

江狼与胡玉彼此耳语了一番。而后,胡玉清了清嗓子,对周舫喊道:"看到周家父慈子孝的样子,江将军非常感动。考虑到周家也不容易,现在我方将所需货品品类数量修正如下:粮草九千斛、熟铁八百斤,余者都免了!十五日内在此交货,我方立即放人!"

周舫心疼地闭上了眼睛,但他预感已经没有讨价还价的余地了,只好双手作揖,咬牙答应。

江狼挥手叫人放下吊桥,派人查验第一次运来的货品的数量。点验无误后,越兵便将货品卸下,运进城内。周舫向周昕挥别后,长叹一声,重新登上马车。

周昕垂头丧气地被押下了城头。在一旁看着的胡玉暗自赞叹:这周昕就连失意的时候,举手投足间都透露出一股子颓废之美!这样的男子即使要杀,也要让其留下子嗣——若留下的是女孩就更好了,肯定会有西施之姿!

胡玉正想着,却被突然转头的周昕瞪了一眼:"胡将军,你这样死盯着另外一个男子看,有点儿失礼吧!难道胡将军没见过美男?"

胡玉脸一红,环顾左右而言他:"不是……我是看到公子背后的墙上……有一只堰蜓[1]!"说罢,胡玉走到周昕侧面的城墙边,果真抓到了一只青色的小堰蜓。

---

[1] 壁虎之古称。

不过，那堰蜓立即挣断了捏在胡玉手指间的尾巴，掉在地上，一眨眼就爬得无影无踪。周昕不再理会胡玉，昂起头，甩了一下长袖，背着手，大踏步朝自己的牢房走去。胡玉扔了那根堰蜓的断尾，持环首刀紧随其后，身后则跟着几个海贼帮的老弟兄：侏儒老七、长胡子老四、黑面老三，以及山越人老九。至于那根掉在地上的堰蜓断尾，已被众人踩成了一堆烂泥，让人无从分辨其原来的面目。

第二十九回　句章密道

夏夜中的句章城头，蝉在弯月下此起彼伏地歌唱。偶尔吹过一阵凉风，瞬间又被热气吞没。城外的柳枝只是稍稍摆弄了几下，便重新垂荡了下来，纹丝不动。北城门外，一支五六十人的鹿车队，正点着火把，接近吊桥。正在城头的胡玉擦了擦汗，观望一番，与守城越兵喊了几句话，后者便下令放下吊桥，将这支队伍引入城内。

这支队伍乃是胡玉部下。几日前，胡玉告诉越国大将军许韶，海贼帮曾在浙江入海口的南湾[1]某地埋藏了一批精造弩机，投越之时未及带来。胡玉恳请大将军允其手下出城，带回弩机，敬献越王。许韶听完大喜，便允了胡玉之请。今夜，便是胡玉属下归建之时。

"丫！尼！塞！涩！……"一个越兵用山越语清点着进

---

[1] 即今日的杭州湾。

城的海贼帮的人数。他清楚地记得，前日出城的共有五十六人，目下清点回城的也是五十六人。得到汇报的守城越兵满意地点点头，在鹿车队交接弩机后，便任由胡玉带着自己的属下回到城内的驻地。

粗心的越军至少犯了两个错误。其一：出城与回城的虽都是五十六人，但并不意味着这"五十六人"就是原来的"五十六人"。其二：越军只着意清点弩机，未及仔细检查这支队伍顺手带来的草席、葛布与咸鱼。而在一卷草席之中，藏着一具少年尸体。因为刚死不过半日，草席上又盖了咸鱼遮掩，越军的鼻子并未闻出任何异味。

胡玉与手下人等一路快步走向城南海贼帮驻地。进了城他们才发现：纷乱的火把已然照亮了大半个句章，全城都在庆祝古越王勾践的复活。但见不少民众穿街走巷，满脸油汗、神色癫狂地赶往越王宫殿——也就是往昔的县寺。一个骑在父亲头上的四五岁小童，则一边摇着小鼗鼓，一边用稚嫩的童音唱着童谣：

句章城，勾践复生。
洛阳京，汉帝失能。
阳明天子坐龙廷，
光武廷殿化葛藤！

胡玉等人穿过嘈杂的人群与弯曲的街巷，来到了胡玉位处城南的小宅。胡玉示意手下四人与他单独进屋，余人自行散去。五人进了屋，胡玉掀起地上的草席，搬开几块木板，露出了一间密室的入口。他与这四人一起顺着梯子，进入了黑洞洞的密室。

等到进了密室，点亮了几盏青铜底座的油灯之后，胡玉这才松了一口气，转身与这四人打招呼："孙司马，诸位兄弟，辛苦了！"

四人也纷纷含笑作揖。

油灯照耀下，吴甄之弟吴景的脸色看起来煞白煞白的，和其余人等冒着油汗的脸形成鲜明对比。这是吴景第一次与孙坚联手进行敌后探察，也是生平第一次冒这么大的风险。

孙坚用眼角余光瞄了一眼紧张的吴景。说来有趣，每次孙坚做噩梦时，都会梦见这位未来的小舅子凶神恶煞般挡在他与吴甄之间。而在现实生活中的吴景，则又温润又羞涩，与"凶残""阴鸷"这些字眼毫不搭界。孙坚心想：难道所有的梦境都是与现实颠倒的吗？抑或是自己的心魔太重，已然将所有的杯弓都看成了蛇影？

胡玉也眯着眼睛盯着吴景。透过吴景的笑脸，胡玉似乎也看到了吴甄的美颜。不过，这小白脸为何这次也要冒险来救周公子？难道吴甄不心疼自己的弟弟吗？难道孙坚不担心自己未来的小舅子的安全吗？吴景万一出什么事，孙坚又如何向吴甄交代？胡玉对此满是狐疑。

这些问题的答案，孙、祖、徐、吴心里当然都知道，只是不方便告诉胡玉罢了。原来，在胡玉被招安后的第三天，吴彪就带着吴甄、吴景姐弟与孙坚见了面，一来鼓励孙坚安心杀敌，二来也想了解战况。自鸣得意的孙坚本想以"招降胡玉、假擒周昕"之计博得吴彪夸赞，却不料被吴彪狠狠数落了一顿。原来，老奸巨猾的吴彪深知，世上没有不透风的墙，一旦周家识破孙坚计策，日后且不说孙家，就是躲在孙家背后的吴家，也会成为会稽第一豪族周氏的世敌。吴彪本想劝说孙坚放弃此险策，却又被告知，胡玉竟已绑得周公子，送到了句章越贼手里。眼见木已成舟，吴彪只好命令吴景也跟随孙坚参与救周，一定要确保周昕性命无虞，同时亦可监视孙坚。胆小的吴景本想推辞，不料担心孙坚安危的吴甄也催促弟弟听从叔父之命。吴景顶不住二人压力，只好硬着头皮答应。

不过，到目下为止，吴景随孙坚一行还算顺利。只是现在胡玉盯着自己的怪异眼神，让吴景颇为难受。他皱着眉头问胡玉："胡玉，那周大公子现在何处？"

胡玉笑着答道："吴公子少安毋躁，周公子现在正与一群美人对歌，我们现在就去劫人，怕不合适。"

"一群美人？"听到此言的孙、吴、徐、祖都瞪大了眼睛。胡玉解释道："由于周公子的家世，许韶特命手下每日用美食美女款待，颇有拢周家入伙的意味。有意思的是，那周昕虽风流却不下流，天天和美人对《诗经》，却从不对美人乱动乱摸，怡情却不乱性。周大才子如此高雅兴致，我们也不便打扰啊！"

孙坚明白胡玉的心思。越贼控制的美女，在破贼后都是要优先分给海贼帮的，若在解救周昕的时候误伤美人，难免伤及海贼帮的利益。因此，不妨等美人们走后再动手。不过，现在闲着也是闲着，总该先做些什么吧？

看到孙坚的表情，胡玉心领神会："趁着周公子饮酒作乐，诸位也随我胡玉去看一出好戏吧！"

对胡玉不太了解的吴景急忙问道："先说清楚到底让我们看什么，我们再去，不要遮遮掩掩！"

胡玉指了指头顶的斜上方："密室头顶有一个楼道，可通一阁楼，叫'勾践楼'。我们可以在阁楼里看越王许昌与其子许韶主持的'桃花大会'，或许能见识到不少趣事！"

"什么是桃花大会？"吴景问。

"就是越贼为归附伪越的愚夫愚妇施行巫术的大会，以使其更加笃信妖道，诸位也可借机一睹越王父子真颜！"

听了这话，大家才明白，刚才路上遇到的那些癫狂越民，肯定都是去参加"桃花大会"的。想到可以见到越王父子，孙坚、祖茂与徐真都开始摩拳擦掌了。

此时徐真突然想起来，那具用草席包裹的少年尸体还未得到安顿。经他提醒，五人合力将其运进密室，再用草席遮掩好。随后，胡玉一按密室开关，密室一侧的砖墙便"咔吱咔吱"开了一条缝，露出另一间密室，而那第二间密室内有一道梯子，连接上方的楼道，将众人引向所谓的"勾践楼"。

孙坚在密道里小声询问掌着油灯开路的胡玉："你们来到句章后才没几天，越贼也未必完全信任你们，你怎么可能这么快就知道这些机关的奥妙？"

胡玉低声回道："在越贼谋反之前，句章本来就是海贼帮的一个据点,这些密道是三十年前老帮主张世通秘密修建的。张世通就是永初年间青州大海贼张伯路的侄子。张伯路遇难后,张世通逃过官兵围剿,到扬州再创了海贼帮。这些底细,越贼全然不知。文台,你大可放心。"

孙坚凑近胡玉左耳,将声音压得更低:"在吴县,你们可也有如此密室?"

胡玉低声回道:"只要灭越之后,我方兄弟确然得到妥善安置,包括吴县在内的五处秘密据点的详图,我胡玉将向文台悉数奉上!"

孙坚心中大喜,刚想多问一句,回头看到吴景探头探脑的好奇神情,就闭嘴不再多问。

勾践楼是城南的制高点,从这里看见的句章原县寺门前的一大片空地,便是"桃花大会"的举办之所。实际上,此时勾践楼上已站满了观摩"桃花大会"的越民。不过,密道连通的乃是勾践楼底部的中空基座,而这基座内部可勉强容纳数人弯腰而立。胡玉将油灯交给身旁的孙坚,然后小心地用手指抠动此砖室内壁上的几条砖缝。但听得"咔咔"几声,四道小豁口就展现在众人眼前,从此处便可观察外界。孙、祖、徐、吴立即凑上去,胡玉则在一边放风。对于胡玉来说,每隔七天就办一次的"桃花大会",早已没了新鲜感。

孙坚吹了一口气,吹破了挡住他视线的一张蛛网,由此扬起的灰尘引发了吴景的几声咳嗽。由豁口往外望,但见县寺门前炬火通明,人声鼎沸,大批民众围着一个用土夯成的高台大呼"越王万岁""阳明皇帝万岁"。高台上花团锦簇,高台四角各有一执戟武士护卫。台之中央,两列妖艳美女正围绕着衣着华丽的两男一女扭动腰肢。其中的一个年纪稍大的男子坐在"御座"之上,头戴十二旒皇帝冠冕,身上却没有像大汉天子那样穿着黑色朝服,而是穿了与之形制类似的玄黄色朝服。他身边的凤椅上则安坐着一个中年女子,头戴凤冠,肩披五彩披肩。在他们身边还站立着一位男子,头戴"通天冠",身上披挂着刷了油亮亮的赤漆的铠甲,右手则按在长长的环首刀的刀柄上,形貌威严。

孙坚回头问胡玉:"台上这两个男人,是不是就是自称'阳明皇帝'的伪越王许昌,与其子'大将军'许韶?"

胡玉虽然没有抬眼看豁口外的景色,但也知道孙坚指的是谁。他微微颔首。

"那女的,是不是越王立的伪后?"

胡玉点头补充道:"她姓柳,姿色只能算中等偏上,年龄也有点儿偏大了,不知道越王为何喜欢她。"

此时徐真突然插话:"这个伪越王,为何一会儿让反民管自己叫'王',一会儿又管自己叫'阳明皇帝'?三岁的娃娃都知道,'皇帝'要比'王'高一等,越贼怎么连这些名号也搞不清楚?"

孙坚挠挠头。老实说,和越贼打交道这么久,他也一直不是很懂这些匪贼的官制。比如那个在山阴被斩杀的颜虎,其"大将军"的名号就与许韶重叠。按理说,他们也应当分出"左将军"与"右将军",以示职份有别啊!

看到四人疑惑的表情,胡玉笑道:"到底是官家的人,对官职品级最为在意。不过，我胡玉也是在假装投靠越贼后，才搞清楚他们的名号是怎么分配的。伪越的官制分两类：一类是人间官制，管一生一世；一类是桃花仙境的官制，管三生三世。就拿这越王许昌来说：在人间，他是越王，其管辖的国家是越国，其所在的国都是句章；在桃花仙境呢，他又是阳明皇帝，其管辖的国家是桃花万里国，而其所在的国都便是桃花仙岛。所以，对大汉朝廷而言，他是越王；而对所有人间秽土而言，他又是阳明皇帝。前一重身份乃是人，后一重身份则是神灵。"

祖茂捂住嘴，差点没笑出声来。徐真用胳膊肘碰了他一下，叫他忍住，然后转头复问胡玉："那桃花仙岛又在何处？是会稽郡的另一处贼军秘密据点吗？"

胡玉摇摇头："非也，那其实是个胡扯的地方。据说就是秦代的徐福带三千童男童女泛舟而至的那个东方大岛。伪越王说，他就是世代在那里管辖仙境，比那徐福出生还要早三万年，目下才化身为会稽人来拯救越民。而上次阳明皇帝化身成人教训吴人，则是勾践时代的事情了……"

"也就是说，许昌和勾践是同一个人……"祖茂实在憋不住笑了。

"那么，那许韶的'大将军'官职，是桃花仙境的，还是在越国的？"孙坚补问。

"哦，应当是桃花仙境的。已经被文台你斩杀的颜虎的'大将军'，则是人间的官职。"胡玉回道。

听得有些无聊的吴景又咳嗽了一下。他总感觉刚才不小心吸入的一缕破蛛网还在喉咙里,便试图将其咳出。孙坚关切地拍了拍吴景后背,然后递给他一个装满清水的葫芦,说道:"奋起,喝下去就好了!"

"不……"吴景一手捂住喉咙,另一只手摆了摆,"喝下去,那脏东西就被带进肚子了……"

"奋起,你是来打仗的。不要说吃灰吃土,就是马革裹尸,也都是将士的本分!"孙坚突然换了语气,有些斥责的意味。孙坚心里明白,面对家境优渥的吴景,若处处惯着顺着,反而会降低自己的身价。孙坚现在头顶"吴郡别部司马"的名号,完全可以压他一头。

吴景脸红了。他一闭眼,将水就着蜘蛛网一起带入了食道。孙坚捶了一下他的肩头,表示赞赏。但他决定再磨砺一下这位未来的小舅子。他指着豁口外说道:"从这里看不清越贼匪首的面目,奋起可愿陪伴本司马抵近察看?"

吴景脸色发白:"那么近……不会被发现吧……对了,我们不识路……"

孙坚向胡玉使了个眼色。后者一拍胸脯:"我来带路!"

祖茂与徐真也频频点头:"我们也要去!"

吴景叹了一口气,心里暗念远方的姐姐:阿姐啊,弟弟冒的这些危险,可都是为了你啊!

不久后,五人便从密道的另一道小门进入了一条僻巷。胡玉带着大家抄小路,像追寻猎物的野狼,悄然抵近人声鼎沸的"桃花大会"会场。

第三十回　脍炙群口

孙坚一行好不容易才挤进散发着汗臭的狂躁人群。不时被他们推开的观众只是愤怒地叫骂了一两句，但马上就闭上了嘴。原来孙坚等人在用身体为自己开路的同时，还往四下的越民手里偷偷塞了五铢钱，拿了钱的越民自然就不好再说什么了。孙坚一边发钱，一边暗自觉得好笑：想那五铢钱原是大汉朝财政信用的象征，却在反贼的巢穴畅行无阻，可见大汉朝僵而不死，命不该绝。

孙坚正想着，突然发现前方右侧一个已拿了钱的老伯正回头笑眯眯地对着自己眨眼。而后，他再指一指站在他前面小土台上的五个人，又向孙坚伸出五根手指。孙坚明白他的意思：再拿五串钱来，用来买土台上视野更好的五个位置。而土台上的那些人，十有八九是这老伯的家人。孙坚摸摸全身上下，勉强搜出一枚五铢钱——刚才他已把所有的钱串子发完了。他只好用胳膊肘撞了一下身边的吴景，示意他出钱。吴景叹了口气,从袖兜里再掏出几串钱。

于是,得了钱的老伯一家将小土台上的位置让给了孙坚一行人。从这土台往下望去,愚夫愚妇攒动的人头好似一片黑色的瓜田,围绕着前方的大土台无序地波动着。再往大土台上望去,许昌、许韶父子的面目变得清晰起来。但见那披挂铠甲的许韶,大约三十六七岁,鼻子挺而长,目光坚定深邃。他的山羊胡修剪得整整齐齐,皮肤白净,若脱下戎服,举手投足更像是一个儒生。孙坚暗想:这样的人,为何竟成了反贼呢?如果他真读过圣贤之书,怎又会不懂纲常天道?孙坚一边想着,一边将目光移向"御座"上的许昌。只见那个穿着滑稽的黄色龙袍的伪王许昌,身材微胖,年近五旬。其面目浮肿,目光呆滞,满脸空洞的笑容,在精、气、神各方面都极为平庸。孙坚暗自琢磨:这样的人又怎么会成为越贼的领袖呢?再说,就其年龄与相貌而言,他根本不可能是许韶的父亲,难道会稽的百姓真的愚蠢到如此地步吗?再看衣着华丽的伪后。此女大约三十五六岁,画着夸张的愁眉,双颊涂抹着明丽的红妆,多少遮盖了其本来的面目。其表情则迟钝僵硬,好似一具木偶。

这位伪后长相寻常,按理说孙坚本不该对她多加留心,但他却左看右看,觉得此女似有蹊跷。他拍拍祖茂的肩膀,低声道:"大荣,我怎么觉得那伪后好生面熟,却怎么也想不起来她是谁。"

祖茂抓抓后脑勺:"我也觉得似乎在哪里见过此女……不管了,天下生得像的女子实在太多了……"

就在两人交头接耳之际,许韶开始用夹杂汉话的山越语对着下面的越民发表演说,声如洪钟。山越语水平很低的孙坚,只能抓住他言辞中用到的零星汉话。不过,即便如此,他也惊讶地听见许韶好几次提到了自己的名字。他挪到胡玉身边,低声问:"胡大哥,那许韶到底在说些什么?"

山越语水平略高的胡玉,则断断续续地低声转述着他所听懂的句子:

"孙坚……是……鬼畜……不,是比鬼畜更低等的生灵……是……披着人皮……的……汉廷的……狗……不,不是狗,是蛐蛐……祸害越民……不过……他活不过今夜了……越王作法……今天就催其去阴间……臧旻……陈夤……张绍……也活不过今夜……下面一句太难,我听不懂,但里面肯定有问候你祖母的话……"

孙坚听着如此刻毒的诅咒之语,却觉得浑身飘飘然,脸上浮现出了得意的微笑。山阴大捷之后,他已在扬州声名远播,以至于越贼在作法施咒的时候,也会把他一个小小别部司马的位置摆放在诸位高官之前。而在一边也听到胡玉转述的吴景,则好奇地看着这位未来的姐夫的表情。

正当孙坚与吴景各自琢磨着自己心事的时候,台上的许韶突然拔出雪亮的环首刀,改用汉话大喊:"将孙坚、臧旻、陈夤、张绍带上来!"

孙、吴、徐、祖四人听罢,面面相觑。胡玉则轻松地拍拍孙坚:"别担心,不是把你带上去,而是把猪带上去。哦,别误会了,我不是说你是猪,而是说越兵用猪代你。"

果不其然，八个越兵两两一组，将四头嗷嗷叫唤的活猪抬了上来，然后将猪直立起来，用粗麻绳绑缚在了预先备好的粗竹竿上。每头猪身上都覆盖着稻草，头上绑着做工粗劣的官帽，腹前挂的木板上各自写了所代表的人名：鬼畜孙坚、恶吏臧旻、邪魔陈夤、昏官张绍。

祖茂忍笑对孙坚低语道："文台，你是七尺男儿，越贼怎么用母猪来代你？"

吴景听了有些疑惑："大荣，你怎么知道那是母猪？"

祖茂指了指那头猪："你难道没有看到那个大奶头吗？莫非你们吴家人娇贵到了只吃猪肉不见活猪的地步？"

吴景听出祖茂话中的讥讽意味，脸色憋得绯红。他本想引用"君子远庖厨"的名言来反驳，但觉得过于牵强，就没开口。徐真见状，拉了一下祖茂的衣袖，孙坚也回过头瞪了他一眼。有点儿后悔失言的祖茂吐了一下舌头，带着歉意对吴景自嘲道："我……我是说……嘿嘿，其实公猪也是有奶头的，就是小点儿……"

吴景本来的确是有些生气，但听到祖茂这话，也被逗乐了。在一旁观察的胡玉，抚摸着自己的络腮胡，暗想：别看这四个小子穿上戎服威风凛凛，但骨子里还是童心未泯啊！年轻多好！

此时，包围着五人所在小土台的"黑色瓜田"涌起了更大的骚动。原来许韶开始挥舞着环首刀舞蹈起来，嘴里念念有词。高台上的那些衣着轻薄暴露的美女，也从越兵手里取来了短戟短矛，在许韶旁边伴舞，时而甩动青丝，时而扭动柳腰，时而抬腿让罗裙滑下露出长而白的腿，嘴里则发出如同猫叫春般的撩人声音。孙坚虽然听不懂她们在喊什么，但是成熟女子在夏夜中发出的充满情欲的叫声，无论用哪一种语言发出，都无疑会让人热血沸腾。孙坚终于明白越民为何对这"桃花大会"趋之若鹜了。桃花会上无桃花，却有桃色。"食色，性也"，这可是抵挡不住的诱惑啊。他转头看了看吴景。吴景也瞪大了眼睛，满脸通红地看着台上的香艳表演，嘴里轻声低语："非礼……勿视……"

这时候，一直像木偶般坐着的伪王伪后突然站了起来。许韶用环首刀在半空中挥了一下，示意大家安静。于是，全场真的立刻鸦雀无声——四猪乱嚎之声除外。那些舞娘也都停止了舞蹈，拜伏在伪王伪后面前，毕恭毕敬。

伪王许昌腆着肚子，大摇大摆走到挂着"孙坚"牌子的母猪前，用手里的五彩雉尾扇的扇柄戳了戳那猪的长鼻子。被惹怒的母猪摇头晃脑，试图摆脱麻绳的束缚。此时，伪王对着台下众人问道："炙坚肉否？"

全场的热情重新被点燃，大家齐声喊道："炙坚肉！"片刻后，又有人喊："炙旻肉！炙奂肉！……"

伪王随后走到代表孙坚的母猪前，对伪后发令："越后请唱《越兴汉灭歌》！"

那伪后也不说话，得令后立即高歌。不料其一开嗓，就让孙坚等人打了一个激灵：他们从来没有听到过如此清亮高亢的女音！至于那歌词，则是众人在刚进句章时，就从小儿口中听到的：

> 句章城，勾践复生。
> 洛阳京，汉帝失能。
> 阳明天子坐龙廷，
> 光武廷殿化葛藤！

后面还有几句新听到的词：

> 山阴城，孙坚逞凶。
> 桃花岛，文台折寿。
> 王火喷，豚香四溢。
> 炙坚肉，越民分食。

听到后四句，孙坚拍拍吴景的肩头，轻声说："后四句的词比前四句好。"吴景尴尬地笑笑，不知该不该赞同。此时，胡玉又将头靠了上来，说道："越王要喷火了！他本来是一个百戏倡优，有绝技，那伪后也是。"

众人循着胡玉手指的方向望去，但见那伪王分腿蹲立，抚动腹部，突然回头对那母猪张开嘴，喷出一丈长的火龙来。已被覆了稻草并淋了油的母猪在火焰中惨嚎，绑缚母猪的竹竿则被左右摇晃得嘎吱作响。随后，伪王收了火龙，由几个越兵搬来火盆，继续炙烤猪肉。

烈火炙烤未久，空气里即弥漫着肉香。许韶用小刀将猪肉一片片割下，交给身边的红衣女子。红衣女子立即用事先准备好的荷叶将熟肉包扎好，系上细绳，然后挥动细绳，让青色的荷叶包肉在其头顶旋转起来。她大声喊道："谁要吃孙坚第一块肉？"

"我要！我要！我要！"高台下的"黑色瓜田"顿时变成一片指与掌的海洋。于是，一块块荷叶包肉飞旋着落入人群之中。

爱吃肉的祖茂也抢到了一块上好的肋条肉。他打开荷叶，立即被混合着荷叶味的肉香所陶醉。刚想张口大快朵颐，却看到身旁的孙坚正死死地盯着自己。祖茂挠挠头，将肉转给孙坚，说道："孙大哥的肉，孙大哥先吃！"

徐真拍了一下祖茂的后脑勺："怎么说话的？这是猪的肉，怎么是孙大哥的肉？"

孙坚笑道："无妨，自己吃自己的肉，弄不好正破了那越王的咒。"说罢，他张嘴将肉咬了一口，立即大叫"美味"。原来这猪是活着被烧杀的，肉中还带着血丝，咬起来血水掺着油水流转舌齿之间，让人觉得这并不仅仅是在吃肉，而且还是在吸吮猪的生命力。他再咬了一口，就把肉传给了祖茂、吴景、徐真与胡玉，诸人各咬了一口，便只剩下一根还微微发烫的肋骨。

这时候，许韶与许昌开始合作烤杀挂着"臧旻"之牌的猪了。孙坚示意胡玉该去找周公子了。这五人刚走，他们的位置就被其他狂热的越民占据了。

在去找周公子之前，他们还得寻回那具藏在胡玉密室里的少年尸体，一行人只好原路返回。在密道中行走时，孙坚决定要借机再考一考吴景的判断力，于是问道："奋起，越贼虽反汉却依然喜用五铢钱，这事你怎么看？"

吴景想了一想，回道："伪越国力疲弱，无力像前汉的吴王刘濞那样私铸钱币，所以不得不用我朝的五铢钱。"

孙坚再问："那么这些越贼得了钱币，又会与何人交易？是不是仅限于城内交易呢？"

吴景答道："应当是与城外的山越人交易用的。"

"为何？"孙坚补问。

吴景开始了他的推理："小弟刚才观察了一下，虽然那许韶所言多为山越语，但他显然是汉人，而四下民众也以汉人居多。更多的山越人可能并不在句章，而是住在附近的山寨里。我们刚才吃的猪长着大獠牙，是山里的野猪，很有可能就是山里的山越人抓来的。所以，这些钱币就是城内越贼与城外山越人交易所用的。"

孙坚点点头，再问："那么城外的山越人是不是都已从了越贼？"

吴景想了想，回道："应当不全是，否则城内越贼就不会用钱币与之交易，而可直接命令其提供食物。再说，这钱币本身是不能够用来吃喝的，山越人需要钱币，也肯定是为了与整个扬州做交易，再换来别的食物。由此想来，若他们真的彻底反了，又如何与扬州未反之良民做交易呢？"

"那么，官军以后剿贼的重点是在城内，还是城外？"孙坚再问。

"城内！只要城内贼破，城外山越人自然会见风使舵，改投朝廷。反之，若官军陷入茫茫林海，去追捕那些难寻踪迹的山越人，恐怕十年都难以奏效！"

孙坚点点头，问了最后一个问题："你刚才说'桃花大会'上的越贼多为汉人，而说山越语的许韶也是汉人。既然如此，他为何还要坚持说山越语？"

吴景回道："'君子和而不同，小人同而不和。'越贼反汉，除了以虚无缥缈的妖道蛊惑人心，还重新搬出越王勾践来唤醒越民的回忆。而说山越语，不说汉话，当然也是他们宣示汉、越之别的手法罢了。"

孙坚重重拍了拍吴景肩头："你和你阿姐一样聪慧！"此时，一边的祖茂与徐真也以赞许的眼神看着吴景。吴景不好意思地低下了头。

在前面领路的胡玉听了二人的对话，心中不禁生出一股惆怅。他突然意识到，他胡玉领导海贼帮在吴、会二郡呼风唤雨的日子已经过去了。未来的江东，定然属于这些意气风发的少年。

第三十一回　夜救泰明

孙坚一行从密室里搬来那具无名少年的尸体，以草席伪装好后，乃由祖、徐二人挑着，在胡玉带领下，大摇大摆走向关押周昕的处所。穿过几条街巷，它便出现在众人眼前。原来这是一座三层楼的干栏式房屋：下层原是粮食储备处，现为看押周公子的越兵驻守；中层为居室，并有凭栏可供远眺；上层为一装饰精美的小楼。小楼外悬着明灯，里面传来笙笛之声，十分热闹。胡玉指着那第三层楼对孙坚说道："那周公子十有八九还在和那些美人厮混呢。"

"来者何人？"正在底层围墙外巡逻的几个越兵，注意到一行人正接近此禁地，大声盘问道。一个身形矮小的越兵喊出了今晚句章城内的上半句口令："麒麟得炖着吃！"

"朱雀要蒸着吃！"胡玉立即喊出了口令的下半句。

越兵听出了胡玉的声音，便移去了封锁街巷的拒马，打开了宅邸底楼围墙上那两扇用青铜蟠螭纹装饰着边角的沉重木门。此时，走近此宅的孙坚发现，这里领头的越兵原来是海贼帮的老相识——侏儒老七。

老七装作不认识孙坚一行人的样子，指着他们问胡玉："大哥，这些人是谁？后面两位兄弟挑的那卷草席里是什么？"

"这些人是许大将军派来给诸位换岗的。大家也累了，先去歇息吧。至于那卷草席么，里面是一大只烤熟的肥豚，那可是越王赏给周公子的。"

听着胡玉满口胡诌，祖茂忍不住偷笑起来。

老七点点头。他缓步走到孙坚面前，拿环首刀在他面前晃了晃，说道："听说吴郡官军的首领孙坚十分狡诈，或许已派出细作潜入城内图谋掠走周公子，诸位兄弟一定要小心啊！"

孙坚抱拳回道："孙坚固然狡诈，但是只要我辈悉心看守，周公子定然无恙！"

"那我就放心了！"老七手一挥，将手下的越兵全部打发走了，他自己却留了下来。待兵卒走远之后，老七立即换了面孔，对胡玉、孙坚抱拳低声道："胡大哥，孙司马，今夜周公子雅兴很高，和美人们对完《诗经》后，又玩起了'六博投壶'的游戏。"

孙坚一皱眉，心想：怎么我等去看桃花大会这么久，这些碍事的美人还没走？他示意吴景和他一起登上二楼的凭栏去窥探三楼的动静，而祖茂、徐真将草席放好后，则陪着胡玉与老七在底层放风。

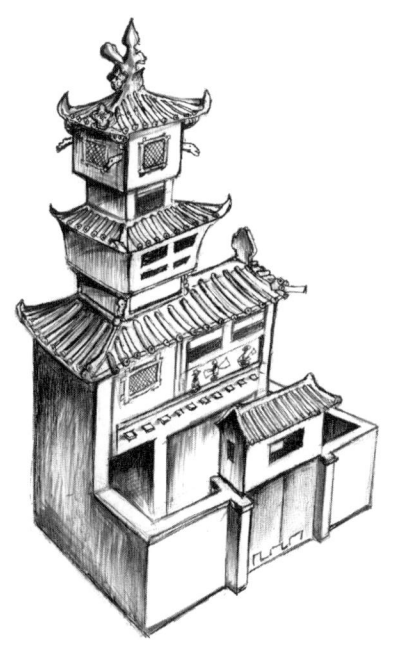

图 8　汉代三层楼示意图

从这宅邸的构造上看，站在二楼的凭栏上是看不到三楼内的情况的，因此看守周昕的越兵便在凭栏里备了两具竹梯，以便攀爬其上监视屋内动静。孙坚、吴景此时便利用了这两具梯子，将其架在三楼窗棂下端的砖墙上，爬了上去，从密密排列的菱形窗格孔中朝内窥视。

但见屋内正中央，摆放着一个带两面屏风的床榻，床上铺着马兰席，地面则铺着香蒲席。床头的一边摆放着青铜制的"禽兽规矩镜"，另一边则有一架与老七一般高的"二十九枝灯"，也就是点了二十九盏行灯的树形灯台，床中央则有一石制棋盘。灯火照耀下,仅仅穿着"犊鼻裈"[1]的周昕周泰明,近乎裸体地盘腿坐在棋盘一边,与三个同样衣着暴露的美人嬉戏。但见这三个美人都穿着几乎透明的丝绸制圭衣,举手投足间峰峦依稀可见。一个头上梳着左右双鬓的少女正被周昕搂抱在怀里。另一个脑后梳着锥髻的少妇则气呼呼地用红漆包身、金丝走边的博箸敲打着周昕的手臂,又指指床前面的投壶,大声叫他投箸,以便决定下一步行棋的方略。第三个脑后梳着圆髻的美人则在床下席地而坐,吹着十六管的排箫,乐音婉转撩人,身边还放着刚才演奏过的十孔笛与十四管竹笙。与此同时,屋子角落处凤形铜熏炉的"凤喙"里,则飘出让人靡靡不振的香味。

孙坚揉了揉眼睛,又捏了捏灌满熏香味的鼻子,用胳膊肘碰了一下身旁两眼发直的吴景,轻声说道:"奋起啊,当年吴太子与景帝陛下行棋之时,若场面也如此香艳,恐怕也就不会有七国之乱了吧。"[2]

吴景点点头,心想:看来下棋这事,还得和妇人在一起玩才有意思,男人太好争胜,而争胜就会争出事端。想到这里,吴景竟然开始小声背诵起汉桓帝时期的文学名士边韶的《塞赋》:"行必正直,合道中也;趋隅方折,利之容也;迭

---

[1] 即今人所说的"三角裤"。"裈"读"昆"。
[2] 孙坚所说的故事发生在西汉。当时吴王刘濞的太子去京师长安,与大汉帝国的太子刘启——也就是后来的汉景帝——下棋作乐,却因为行棋时的一些口角而被刘启失手打死,由此引发刘濞反汉之心。

来迭往，刚柔通也……"

"周而复始，乾行健也！"在屋内听到吴景小声背诵的周昕，立即大声背出了《塞赋》的这八个字。他推开怀里的美人，指着窗棂问道："越贼大多是不服王化的莽夫，尔等却可背出边韶的名赋，尔等究竟是何来头？！"

孙坚、吴景交换了一下眼神。看来周昕早就知道窗棂外有人在偷窥了，刚才只是隐忍不发而已。但虑及屋内的美人还没有走，二人决定暂时不暴露自己的身份。孙坚隔着窗棂对内大喊："周公子听好了，吾等会稽莽夫虽不及你洛阳太学生那样学富五车，但是我们的大将军许韶却堪比今日管仲，我们的《塞赋》就是从他那里学来的。不谈这些酸腐学问了，吾等刚才已奉大将军之命，叫周公子早点休息，并接这些美人回去！"

三个美人听了，立即起身说"诺"，便收拾衣装，从屏风后的梯子依次退下。她们到了底楼，由等待在此的胡玉引回越宫，就此消失在了黑夜之中。原来，这三名女子均为伪越王王妃，由许韶安排供周昕玩乐，以拉拢其心。平时接来送往，多由胡玉负责，今日她们也没有对胡玉的出现产生任何狐疑。

见美人们已走远，孙坚、吴景便从梯上回到二楼，正好遇见了刚从三楼下到二楼的周昕。周昕一边穿上轻薄的襦衣，一边没好气地对他们说道："二位，我要睡了。你们很喜欢看男人睡觉吗？"

孙坚一把抓住周昕的衣袖，小声却坚定地说道："吾非越贼，而是大汉吴郡别部司马孙坚孙文台，这位则是吴郡钱唐吴景吴奋起。楼下还有我的两位弟兄。我等奉扬州刺史臧旻之命，救周公子出虎穴！"

周昕被惊得身体一颤，然后瞪大了眼睛看着孙坚："足下就是在山阴大破贼寇的孙坚孙文台？"

"然也！"孙坚略带得意地点点头。

周昕又看了看吴景，还是觉得有点儿不可思议，追问道："诸位是如何入城的？"

"句章有密道通城外，详情恕不能尽述！"

"此宅由海贼头目老七把守，此人功夫十分了得，你们如何进的门？"周昕再问。

孙坚指一指楼下，说："公子请看！"

周昕从二楼的凭栏往下望去，只见老七仰面朝天一动不动，额头被一个微胖的少年踩着，脑后一摊鲜血。另一个略瘦的少年则蹲在他身边，在其身上搜寻有用之物。孙坚指着下面说："我的兄弟祖茂与徐真已结果了此人！"

周昕略想一下，再问："吾等若就这样出城，难道匪贼不会追吗？"

"不会。"孙坚笑道。

"为何？"

"因为他们不会认为你逃走了，而是会认为你自裁了！"孙坚回道。

"不对啊，自裁必有尸体留下……"周昕有些糊涂了。

孙坚朝下面挥挥手，祖茂与徐真便将那用草席卷着的无名尸体抬到了二楼。二人摊开席子，只见那少年脸色发青、牙关紧咬，面目倒是和周昕有几分形似。

周昕摇摇头："那些美人和我厮混那么久，定能认出此人不是我周昕。"

"要是在其脸上倒油，然后再放把火，造成自焚而死的假相呢？"孙坚追问道。

"哦！"周昕恍然大悟。

于是，五人便开始忙碌地布置起自焚现场来。周昕一边换上孙坚为其准备的越军戎装，一边看着孙坚往那无名少年身上倒灯油。他好奇地问道："此人生前是什么身份？"

"哎！"孙坚探口气，"他是吴郡富春的子弟，跟我孙坚一起打越贼。不料数日前，他在河边汲水的时候被越军的暗箭所杀，才十七岁啊！尚未婚配！好说歹说，我才说服其父母献其身躯以代公子之身，公子可要感恩啊！"

周昕点点头："只要我周昕安然脱身，我们周家愿意出一百万钱去答谢其家人！"

"周公子真是爽快！到时候钱转交给我孙坚，我一定将其如数给予苦主！"孙坚开心地回道。

因为背对着祖茂与徐真，周昕这时候并未注意到二人的相视对笑。原来这个倒霉的少年根本就不是富春人，而是孙坚几日前猎杀的一个越军斥候。孙坚由此想出了用其尸体代替周昕的主意，但伪造其身份来诓骗周家的抚恤金却是胡婵的提议。

等到一切布置停当，快要点火之时，孙坚问周昕："公子身上可有供旁人识别身份,却不易被烧坏的贵重之物?不妨留在此处吧!"

"有!"周昕立即从身上掏出一个陶做的"扑满"[1],上面刻了个"周"字。孙坚看了几乎快要笑出来:"这寻常百姓家都有的扑满,能证明周家大公子的身份吗?"

"能啊!"周昕很严肃地回道,"这扑满陪了我二十年,我从小就喜欢带着它周游天下。父亲大人早就教导过我,周家虽富有,但也要量入为出,开源节流。这扑满便可提醒我时刻谨记家父教导……"

孙坚没空听周昕唠叨周家的家风,眼睛却看到了周昕腰间的几件玉佩。他也不去征得其同意,便将这几件饰品猛地拉下,往无名尸上一扔。周昕只好由孙坚去了。此时,藏在那几件玉佩后面的一把小书刀[2]也映入了孙坚眼帘。孙坚顺手去抢那书刀,却被周昕拦下。他大喊:"这书刀给我留下吧!"

孙坚力气大,还是抢过了那书刀,仔细端详起来。这把书刀带了一个奶黄色的象牙鞘,鞘上还刻了一个"曹"字。看来,这似乎是曹家的物件,不是周家的。孙坚将刀还给了周昕,反问道:"这是一个姓曹的友人赠予公子的吗?"

周昕点点头:"这是一个叫'曹操'的洛阳朋友送我的,他是一个很有趣的人,不拘名教,却胸怀大志,我觉得他日

---

[1] 汉代的储蓄罐,里面可以放二十来枚五铢钱。
[2] 用来修正简牍上笔误的小刀,形制似小型的环首刀。

后肯定会成为我大汉的柱石!"

"曹操?"孙坚看了看吴景,后者也摇了摇头。看来吴郡真是穷乡僻壤啊,京都洛阳有名的公子哥,吴郡人一个都不知道。现在也管不了这些闲事了,孙坚拿起一盏烛台对周昕说:"周公子,等一下你先将火点着,然后在凭栏处大喊'周泰明宁死不附贼',我们再保护你出城!"

周昕点点头。

于是,不久后,此宅附近的住户,都目击到了火苗从二楼蹿到了三楼,不少人也听到了周昕"宁死不附贼"的喊声。而在一片混乱之中,孙、吴、祖、徐则保护着同样乔装为越卒的周昕离开了此是非之所。在经过老七的时候,周昕还狠狠踹了他一脚,骂道:"侏儒鬼,每天都偷看小爷洗澡,都是男人,有什么好看的!"

被周昕辱骂的老七翻着白眼,吐着舌头,一动不动,继续装死。待到这一行人走远后,他才爬起来,抹了一把涂在脸上的猪血,大喊:"不好啦!快来救火啊!周公子要被烧死啦!"

过目不忘的徐真已经记熟了从北门到南门的街巷路径。在他带领下,一行人逆着原路重新来到北门。孙坚对着城门上的越兵大喊:"我们是胡玉部下,要去城外接应一下新到的粮草!"

今夜北门当值的军官刚经过轮换,目下正是山越人老九当值。因其山越人身份,许韶对其的信任甚至超过了胡玉。心领神会的老九立即下令放吊桥。于是,五个少年顺利出城，消失在了城外的黑夜之中。

此刻，城外小河汊里的一条小舟之上，已经脱离危险的周昕正对孙坚等人大声道谢。孙坚摆摆手，说道："希望泰明兄能够传刺史大人的话给令尊大人：要记住当年隗嚣的教训，不要再摇摆了。"

周昕听了，脸色一沉。隗嚣是两汉之交的豪杰，曾辅佐更始帝刘玄与汉光武帝刘秀争夺天下，后虽曾归顺光武，却心怀二志，与光武之敌公孙述眉来眼去，被光武军包围后又不肯投降，最终竟被活活饿死。孙坚此时提起隗嚣旧事，其实是威胁周家，不要再推诿扬州刺史部分派的剿越义务。知道其中利害的周昕立即作揖回道："此前周家对于剿越之战的确出力不够，昕愧疚之极。此番回去，定劝说家父改弦更张，以后唯臧刺史马首是瞻！"

孙坚满意地点点头。一边的徐真看了，觉得气氛有些紧张，便扯开话题："周公子啊，听说你是陈蕃陈大人的学生？可建宁元年的时候陈大人就因与大将军窦武合谋剪除阉党未成而被害死了[1]，难道那时你就是他学生了？"言外之意是，那时周昕至多才十一二岁，怎么可能是陈蕃的学生呢？

周昕脸一红，回道："这个么……诸位是知道的，陈蕃大人过去在扬州做过豫章太守，那时家父带着只有四岁的我拜会过陈大人。我和陈蕃大人的缘分就是那时候结下的……

---

[1] 指的是168年的太学生政变，以及随着政变失败接踵而来的第二次"党锢"。

不过,我去洛阳做太学生的时候,陈大人已经遇害了……"

徐真、吴景与祖茂相视而笑,三人因没有上过洛阳太学而长久郁积的自卑感,此刻一扫而空。

孙坚则冷眼看着这四人,心想:是陈蕃的弟子又如何?不是又如何?一介腐儒,在联合外戚窦武的前提下,都斗不过几个阉党,可见天生就是一个失败者。据说,陈蕃在知晓零陵郡与桂阳郡的山贼谋反的消息后,竟然还曾上书天子阻止其派兵镇压,还说什么"广播仁义,叛乱自息",简直是迂腐至极。难道目下会稽的局势,是"广播仁义"四字就能平息的吗?

想到这里,孙坚将目光转向周昕,严肃地提醒道:"到了吴县见到令尊之后,哪些话该说,哪些话不该说,周公子一定要心知肚明!"

周昕刚想点头,突然意识到刚才孙坚提到了吴县。那可是吴郡的首县,而非周家的据点。他疑惑地问道:"孙司马,我们目下要去的不是诸暨或者山阴,而真的是吴县?"

孙坚点点头,补充道:"前面会有大船去吴郡,我们就此别过。另有专人护送公子去吴县。"

"那我什么时候可以回山阴?"

"等到越贼被彻底剿灭之后!"

"那……家父也被唤到了吴县?"

孙坚点点头。

周昕明白了。他本来是越贼手里用来敲诈周家钱粮的筹码,现在则成了官寺手里用来敲诈周家钱粮的筹码。他依然还是一名人质。

船上众人陷入了长时间的沉默，直到小船来到了一条更宽阔的河道上。此时，清晨的第一缕阳光已照亮了水面。芦苇后面，果然出现了一条官军的大船。吴郡太守张绍的亲信章掾，正站在船头等候周昕。孙坚与章掾交接完后，则带着手下赶往山阴。

在回山阴的河道上，吴景一直皱着眉，有些问题他还是没想通。实在忍不住的他抬头问孙坚："文台兄，那老七会不会因为没有看管好周公子而被许韶斩杀泄愤？此外，没了周昕，越贼怎么和周家做交易呢？胡玉会不会暴露？"

孙坚看看祖茂与徐真，示意他们来回答。原来，关于救出周公子后的后续文章该怎么做，孙坚、胡婵、祖茂、徐真四人早已想出对策，并与胡玉等人通了气。性急的祖茂抢先回道："为了抵消老七看管不严的罪责，胡玉会率先建言许韶对外隐瞒周公子被烧死的信息，而令一个相貌接近周公子的少年在楼内继续假扮周公子。因为那楼宇的火烧得太大，四下住户都已看到，胡玉等人干脆将计就计，对外宣称周公子已被火毁容，不得不佩戴金质面具。这样，即使是那些越宫美人，也无法窥知其真假。到了以郎易粮之日，越贼自然会用假周昕去换粮——而我们则佯装不知这是假周昕，只要将暗藏伏兵的粮车混入城内，与胡玉里应外合，就能大破句章。"

祖茂语速太快，吴景花了一点儿时间才捋清思路：孙坚的谋略是让越贼因周昕自裁而骑虎难下，只能将计就计骗取赎金，这就为官军的破城制造了机会。这计策实在太毒了！

此时，朝阳已经升起，将船上的五人照得浑身光耀。一直在摇橹的孙静眯着眼睛看着天，叹了口气："又是一个大热天。看这架势，今天还是不会下雨呢！"

第三十二回　雨日破城

熹平元年七月二十九日，周家与越军所约定的以粮易郎的日子，竟然下起了豪雨。倾盆大雨倒覆在干渴的会稽土地上，溅起了一片片的水苗，好似透明的秧儿自己层出不穷地钻出了地面。"会稽三兽"中仅存的"骁勇将军"江狼披着蓑衣，站立在北城城头。他皱着凝着水珠的浓眉，焦虑地望着雨幕遮掩的城外，右手中指敲打着腰间环首刀柄中央的貔貅。此刻，他心情极为矛盾。一方面，他期盼着周舫能够如约带来城内亟需的粮草以壮军势；另一方面，他又担心自己手里的冒牌周昕会被周舫识破，导致周家愤而投向官军。他看了看身边的胡玉，问道："你的那个胡十九不会露出马脚吧？"

胡玉摇摇头，转头拍拍身边胡十九的肩膀，以示鼓励。这胡十九，便是胡玉找到的周昕替身。此人年少时本为倡优，数年前为胡玉所俘，便成了海贼帮的消遣工具，后来被胡玉收作了义子，今日是其第一次在阵前为胡玉效力。

十几日前，周昕在被孙坚救走后，匆忙赶到失火现场的江狼与许韶看到孙坚预留的焦尸与周昕的"遗物"，以为周泰明已死，二人方寸大乱，怒而欲斩负责看押事宜的侏儒老七。为保其命，胡玉主动献计，让海贼帮里长相略近周昕的胡十九来瞒天过海。按照胡玉与江狼商定的计划，只要胡十九能够撑到周家大半粮草入城，此事就算成功。

此刻，脸覆金面具的胡十九正在不停地挠痒。原来，为了制造皮肤烧伤的假相，海贼帮的弟兄们十日前便用红蜡滴满了他的脖子与脸颊侧面，上面还封了胶。由于皮肤长期与空气隔绝，胡十九原本光洁的脸上起了不少疹子，痛痒难忍。手挠指抠之际，胡玉一把抓住他的手腕，在其耳畔低语："再忍忍，快到头了！咽几口口水，就不那么痒了！"

胡十九的喉结不停地上下滚动，吞咽着据说能够止痒的口水，但还是不管用。幸好面具遮掩了他因为奇痒而扭曲的表情。

胡玉并没有说错，胡十九娇嫩肌肤的苦难的确就要到头了。此刻，城外的雨幕后渐渐浮现出一支人马的轮廓，牛马的喧嚣声也透过淅淅沥沥的雨声传了过来。周家如约来送粮了。

江狼用手背遮住雨线望去，但见周家这次出动的人数至少上千，遮着篷布的牛车则有好几百辆。有意思的是，今天周舫并没有乘坐那辆精美的双辕车，而是改坐了一辆装饰略显简朴的牛车。穿了蓑衣的周舫，在家丁搀扶下下了车，在城下对着守军大喊:"越军将官可听好!我周家已经为赎回周昕备好粮草六千斛、熟铁三百斤!余下的差额实在难以凑齐,是否可以用我们带来的这些牛车中的五成来代替?"

江狼看着城下那些壮实的牛,满意地捋了捋胡子。他刚想赞同周舫颇有诚意的请求,胡玉却凑了过来,在其耳畔献言:"将军,以周家实力,前面我方索要之物品,他们本当能按时置齐的,现在之所以提出要用牛车抵消部分赎品,恐怕是为了刺探我方虚实。将军你若答应得太快,对方反而会认为我方心虚,担心周公子已遇不测。目下我们不如先拒绝其要求,反而可以展现出我方底气,教周舫不会生疑!"

江狼边听边点头。随后,他便换了一副恶狠狠的面孔,对着城下的周舫大骂:"会稽第一豪族周氏,竟然如此出尔反尔!如若'以次充好'便是周家的做派的话,那么,等一下我方将周公子还给贵府的时候,身上恐怕也会少几个物件!你们是希望他少鼻子呢,还是希望他少命根子?!"

周舫听罢,瘫倒在泥地里大哭:"我苦命的儿啊!为父对不住你啊!"众家人试图将其拉起,可周舫就是不从。

此刻,胡玉踹了踹在江狼背后的胡十九一脚,示意他开始表演。只见他冲上城堞的缺口处,对着下面的周舫哭喊:"爹爹,孩儿不孝啊!还是让孩儿去死吧,不要再耗费家财了!"

周舫揉揉眼睛,对着胡十九发问:"昕儿啊,你脸上为何戴了面具?你……你的声音……好像也变了……为何?"

胡十九拿出了早就备好的台词:"爹爹,十来日前,孩儿试图自焚以绝贼，不料未死，音容俱毁矣！……"说罢，便哽咽起来。

周舫听了，用拳头狠捶地面，溅起的泥点子都飞上了他的胡须。他大叫："傻儿子啊！何至于此！何至于此啊！"突然，周舫双瞳向上一翻，竟昏死了过去，急得周家人大呼小叫，城上的胡十九见状更是号啕不止。

一阵忙乱过后，被掐了三次人中的周舫才慢慢恢复意识，重新坐了起来。城上的江狼见状，也觉得应当适可而止，便口气和缓地对周舫说道："事已至此，周老伯也不要难过。贵公子只是毁容而已，命根子还在，尚能为周家传宗接代。这样吧，你刚才说的留下五成牛车补差额的事情，也不是没有商量。只要你们愿意多留三成牛车，也就是总共八成，我们就成交！"

周舫听罢，低头默默不语，接着突然仰头长啸："人为刀俎，我为鱼肉，如之奈何？如之奈何！"

江狼顺势提出建议："等一下交换赎品的时候，等到贵方八成牛车都入了城，我们再放人！"

周舫瞪起充满血丝的眼睛，骂道："匹夫！老朽如何信得汝等之言？若老夫牛车尽送，而吾儿不归，又当如何！"

胡玉此时出来打圆场了："若真如此，贵府可立即阵斩我方人质！"

周舫疑惑地看着胡玉："人质？我们周家哪里有你们的人质！"

胡玉骄傲地拍拍自己的胸脯："我胡玉就是人质！等一

下你们第一辆牛车入城的时候,我就出城做你们的人质!周公子不归周家,我不回句章城;周公子若有不测,就请周家上下割了我胡玉的人头玩蹴鞠!"

胡玉的这番动议事先并没有与江狼商量,后者听了也不免吃了一惊。江狼拉住胡的衣袖说:"胡玉,这太危险了,你不必这么拼命……"

"江将军!"胡玉激动地对江狼喊道,"我胡玉带领海贼帮几百号弟兄闯荡江湖,饥一顿饱一顿,每日吃了朝食,不知是否还有飨食。是越王与许大将军收留了我,让吾辈衣食无忧。此时不报恩,更待何时?再说,这周公子本来就是我胡玉绑来的,自然也应当由我胡玉的人头作保再送回去,否则,吾等的江湖信义又何在?"

江狼听了,感动地点点头。他再问城下的周舫:"可否以胡玉为质?"

周舫想了想,轻叹了一口气,点头赞同。

须臾,吊桥在"嘎吱嘎吱"的绳索声中被放下了。胡玉未带任何兵器,昂首挺胸,张开双臂,穿过洞开的城门,大摇大摆走上吊桥。他一走到周家队列之前,几个彪形家丁立即冲上去将其扑倒,五花大绑。而后,周家第一辆牛车便开始进城。

按照通例,每一辆进入句章的牛车与马车都要经过岗哨盘查,但今天的雨实在是太大了,细致的盘查的确有些不便。几个越兵打开牛车的篷布,用刀剑在装满粮食的粮袋上草草捅了几下,见流出的粮粒并无异样,便麻痹大意了起来。毕竟雨势过大,越兵也急着想让这些粮食赶紧入库。

而等到第一百辆牛车入城的时候,越兵连草草检查的耐心也没有了,挥手就让其从眼前经过。于是,约八成的周家牛车陆续过了吊桥,入了城门。

此刻,江狼的嘴角开始微微抽搐起来。他忽然意识到有些不对:只要周家一发现周昕是假的,胡玉必死,但素来狡诈的胡玉怎会料想不到这一步?他真是为了表示对于越王的忠心,而甘心去做人质的吗?一个刚刚投靠越国的海贼,真会对大越那么忠诚吗?

不安的本能驱使江狼手扶住堞口,往城下胡玉的方向望去。这一望,他不由得大吃一惊:目下胡玉貌似还被反绑,却与一旁的周家家丁说笑起来,脸上根本就看不到大难临头的紧张感。

"不好!中计了!"江狼大喊。也就在此时,他突然感到后背一阵凉意,很凉很凉——这种感觉立即传到前腹。他低头一看,原来一把环首刀已经洞穿了他的蓑衣、铠甲与身体,在他肚脐眼的上方露出了雪亮而狰狞的刀头。

江狼回过头,发现将刀插入他身体的,竟是假扮周昕的胡十九。江狼无法看见胡十九黄金面具后的表情,但他却清楚地看到,胡十九的两只手还紧紧地持握着环首刀的刀柄,胸口一起一伏。看来这个杀人的新手,在第一次杀人时,竟比被杀者还要紧张。

"孩儿,将刀柄再转几下!"胡玉在城下大喊。

听到提醒的胡十九依言用力转动刀柄。于是,江狼的脏器被捣烂，大口的鲜血从其嘴里喷涌而出。在江狼生命的最后时刻，他总算明白了：刚才胡十九与周舫的父子对话，以及胡玉所提供的每一条建议，都是表演给他一个人看的。现在戏快要收尾了，演技出色的俳优们将用他这位唯一的观众的血清洗舞台。

事发突然，城头的越兵眼睁睁地看着江狼被杀，却没有任何反应。胡十九趁机扔掉了让其烦恼多日的面具，一刀斩下江狼的首级，持于手中，对着越兵大喊："吾奉越王密令，诛杀通汉的反贼江狼，尔等勿要惊慌！"

完全被搞糊涂了的越兵面面相觑。到底谁是反贼，谁是忠臣？见众人狐疑，胡十九立即补充："正在城外的几辆牛车里有官军埋伏，这就是江狼通汉的证据！"

几个大惊失色的执戟越兵飞奔至城外，往还没有进城的几辆牛车的篷帐里一通乱刺。几头牛留着眼泪惨嚎跪地，弄得城门口混乱不堪。

正在这几个执戟越兵不知所措之际，城内的牛车里却发生了大乱。原来伏兵不在这最后几辆牛车里，而是在已入城的牛车队列中！

第一个从牛车里跳出来的，正是孙坚孙文台；第二个，是其生死兄弟祖茂祖大荣。二人飞速砍翻正在一旁看押牛车的越卒，然后吹起口哨，号令前后两百辆牛车里的伏兵出战。须臾之间，两百支弩箭对准了城头的守军，在强劲的弹力下穿过雨幕，飞向了这些不知所措的倒霉的兵卒。

城头的越兵几乎都被射死或射伤了，唯有事先躲在了江狼身后的胡十九躲过一劫。他对着城下的胡玉和周舫大喊:"快快入城,快快入城!"

胡玉领着周府部曲呐喊着直奔城门,城门口的越兵转头往城内跑,却遇上孙坚祖茂的队伍,须臾之间已成刀下之鬼。至于周舫,也像换了一个人似的,意气勃发地指挥着手下的部曲,俨然一名经验丰富的老将。

此刻,一直未歇的豪雨竟戛然而止。蓝天、彩虹、太阳、白云……刚才还在雨幕中扭曲模糊的一切,突然变得清澈明晰。孙坚与胡玉站在城头往外望去,但见本来布置于周舫部曲背后的三支军队,现在也都露出了本来面目。东边的那一千周府部曲,乃是周家的真正主力,由周舫的二子周昂与三子周喁率领,正朝这边移动。西边的一千三百吴郡兵马,则由吴郡太守张绍指挥,也在向此处靠拢,徐真、吴景与孙静亦在其中。这两支军队背后,还有扬州刺史臧旻与丹阳太守陈夤率领的八百精锐丹阳死士。至于周家大公子周昕,则留在臧旻身边,得到了官军最为严密的保护——或者说是监视。

孙坚指挥手下清扫城头与城门的残余越兵,城外的汉军则敲击着战鼓,排列着整齐的军阵,喊着"灭越擒贼"的口号,气势昂扬地开进句章洞开的城门。

第三十三回　一易三百

古城句章雨后初霁的湛蓝天空飘过几朵白色的云絮，宁静的天穹之下，则是人间无休止的喧嚣。人类的欲望与怒火、恐惧与快感，化成了戈戟留在盾牌上的深深抓痕，钢刃切割空间时留下的弧线，飞矢与时间赛跑时所发出的惊叫，以及喷出血管的红色液体所散发出的腥气。针对越军残部的杀戮，已经拉开了帷幕。

在孙坚、祖茂的引领下，周府部曲与官兵已轻松粉碎了越军在城北的薄弱抵抗，将战火引向位于城中央的伪越王宫。残留的越军在许韶率领下，利用王宫前举行桃花大会的高台进行顽抗，向着从四方街巷中步步紧逼而来的官军盾阵射出越来越稀疏的箭矢。而在盾阵之后，已降官军的王燊与王舫则轮流用山越语与汉话劝降越军，其恳切的言辞，令不少在许韶目力之外的越卒偷偷扔掉了兵器。此时，一股股烟柱从越宫后方升起，随之而来的热浪带来如群魔般飞舞的火星的灰烬。原来，在侏儒老七的带领下，海贼帮利用密道潜入越宫后方，点燃大火，封住了越军的后路。残存的越军开始号哭、崩溃，渐渐放弃了抵抗。他们沮丧地发现，平时在桃花大会上疯狂支持他们的句章百姓，现在都大门紧闭。而许韶所许诺的越王法力，亦未能兑现为吞没官军兵甲的漫天火焰。而令汉人兵卒更为沮丧的是，越军中战力最强的山越兵卒，甚至要比汉人更早地放弃了战斗，向着尚未被官军控制的南门狂奔——毕竟，城外就是山越人自己的山寨，而句章并非他们的根。

气喘吁吁的孙坚、祖茂、胡玉与胡十九一行人登上土台，脚踩着破碎的盾牌与人体的断肢，以及同样已经被粉碎的兴越反汉的梦想。不过，要掐灭反叛的最后火种，还需要找到关键的点火人：伪大将军许韶与伪越王许昌。在降兵与尸体堆中寻找二人未果后，有些失望的孙坚将目光转向了不远处正被火苗吞噬其飞檐与斗拱的那一片庑殿顶。庑殿顶是当时高级建筑的标准屋顶构筑方式，而在句章，拥有这样屋顶的建筑，便只有由原句章县寺改建的伪越王宫。

熟悉句章城内地形的胡玉得到孙坚的命令后，挥着环首刀在前面开路，领着官军冲向越宫。不过，在经过宫殿正前方的宫阙时，他小心地停了下来，确定阙后没有埋伏才敢往宫门冲。但见宫门处的卫兵早已不知踪迹，而完成放火任务的侏儒老七则带着长须老四、黑面老三与山越人老九在宫门口挥着赤旗迎接官军。胡玉与孙坚一齐冲上前去，没有任何寒暄，二人几乎同时问出自己最关心的问题——

孙坚："越王何在？"

胡玉："越妃何处？"

众海贼帮兄弟面露难色，没人接话。

孙坚一把抓住老七的左胳膊，胡玉则抓住了其右胳膊，二人将身材矮小的老七提离了地面。老七扑腾着悬空的双腿，大喊："胡大哥，文台兄，不要误会！除了伪越王不知所终外，许韶与众越妃都已被弟兄们困在殿内！"

孙坚与胡玉面面相觑。胡玉大骂："既如此，为何这般愁眉苦脸？带吾等进殿抓人便是！"

长须老四跑过来拉开胡玉："哥哥，殿内形势比较复杂。许韶在自己与三百伪妃身上都倒了灯油，若吾等强攻，他们就将立即自焚！"

祖茂在一旁冷笑道："许韶若真想学殷纣王在鹿台自焚，为何还不动手？分明是故作姿态……"

但祖茂的话没有说下去，他和孙坚都注意到了海贼帮众兄弟背后一具用麻布覆盖其正面的焦尸。黑脸老三怜惜地指着焦尸说："那是小兰。"

"小兰是谁？"孙坚与祖茂一齐发问。

此时，一旁的胡玉哀叹一声，回道："文台，大荣，你们都见过的，就是你们救周公子时，正与其嬉戏的那个脑后有双髻的少女，诸暨人，才十六岁啊！因为她与人亲吻时，经常在男人脸上留下胭脂，故被伪王封为脂妃！"

孙坚已没有心情嘲笑越国可笑的嫔妃制度了，他的眼前不禁浮现出只穿了犊鼻裈的周昕与那少女亲热的香艳场面。长叹一声后,他问老三:"许韶是为了显示他自焚的决心,先拿小兰开刀的吗?"

老三点点头:"对,他先在殿内将小兰点成一个火人,再将其推出殿外。当时她就没法治了,浑身冒着火苗,躺在地上惨号,央求我们杀了她。最后是我冲上去割断其喉咙的。这是我老三生平第一次杀女人,哎……"

祖茂压制住内心的怒火,问道:"许韶这么做,是要提什么条件吗?"

对于祖茂此问,一时竟无人作答。孙坚心中隐隐感到不安。

长须老四看看左右,打破了沉默。他先是看了看祖茂,然后将目光慢慢转向孙坚:"其条件是文台你入殿,换这些美人性命,然后他与你一起自焚。否则,他便与那些美人一起自焚。许韶没有给我们留第三条路。"

孙坚的脑袋像被猛击了一下,瞬间如石化了一般。他万万没有想到,胜利终点之前的最后几步,竟要用自己的性命来作铺路石!

此时,三百多女子啼哭之声从殿内传来,敲击着殿外所有男人的心房。孙坚环视着海贼帮的弟兄,他知道殿内三百多个正在抽泣的娇媚女子,就是海贼帮兄弟脱去贼衣重做良民的希望。他当然可以选择保全自己的皮囊,任凭许韶将她们变成更多的焦尸——但他不清楚,因此而苟活的自己与一具行尸何异。这样的一个孙文台,将不再被天下人信任,而将被天下人唾骂。并且,在未来的每一天,在每一个思绪或梦境里，他孙坚将被几百个哀怨的女鬼折磨终生。

孙坚兀自冷笑了起来。他扔了兵器，开始缓步走向宫殿的大门。

众海贼大惊。胡玉一把抓住孙坚的胳膊："文台！你现在进去，还出得来吗？你那么辛苦地打越贼，不就是为了迎娶吴小姐吗？"

孙坚回过头，平静地说道："我之所以迎娶吴小姐，贪慕其美为其一，仰慕其人为其二，垂涎吴家富贵确为其三，但此三事均非要害。我孙坚更想借用吴家的富贵，以及天下所有豪族的富贵，实现我人生之大欲！"

"文台，何为你人生之大欲？"胡玉追问。

"杀尽天下该杀之贼，救尽天下该救之民，践行霍去病、赵充国之志！"说罢，孙坚甩开胡玉的手，加快脚步，奔向殿门。

祖茂追了上去，挡在孙坚面前，大喊："大哥，让我替你去死！"

孙坚一把将其推开，喝道："许韶没有点你的名，他点的是我的名！你救不了那些女子！"

祖茂找不出理由来反驳，只是号啕大哭。孙坚心一软，便放缓了语气："大哥我命硬，未必死。你答应我，若我活着出来，就不要再想我家孙雯了，让徐真与其成亲。不过，若我真出不来，日后胡婵就跟你吧……"

祖茂抱住孙坚，鼻涕与眼泪一齐淌了下来："我不要阿雯，她本来就喜欢徐大哥。至于胡婵，她本来就是你的……

我祖茂……我祖茂只要文台你活着啊……"

孙坚拍了拍祖茂的后背,说道:"好吧,那我就换个说法。如若我孙坚今日能有幸活着走出此殿门,以后我若再遇险事,你祖大荣再替我去死也不迟。不过,今日之事,就由我孙坚一个人去扛!"说罢,孙坚一狠心,用蛮力将祖茂往身边一推,然后飞奔入殿,自己反身关上了殿门。

此时,殿门内响起了孙坚洪亮的声音:"大汉扬州吴郡别部司马、兵圣孙武之后孙坚孙文台在此!要杀要剐,悉听尊便!吾愿以己之命,换此三百女子!"

第三十四回　许韶授首

句章城伪越宫大殿内，孙坚孙文台正孤身一人与伪越"大将军"许韶对峙。但见披头散发的许韶脸上带着血渍，双目发出困兽特有的异光，一手握着明晃晃的环首长剑，另一手则挥舞着火苗升腾的火把，对着手无寸铁的孙坚喝道："来者真是孙坚么？"

孙坚没有回话。他看了一眼铺满地面的柴薪，以及许韶身后三百多个正在低声哭泣的伪越妃。她们身上都被倾倒了灯油，湿漉漉的衣服贴着一具具曲线毕露的身体，面对许韶手里的火把惊恐万分。而站在前列的那些女子见到孙坚入殿后，齐齐跪下，拼命磕头："孙司马，救救小女子啊！"

孙坚对许韶背后的众女子作了一个揖："诸位姐妹，今日如果我孙坚的命换不来大家的命，那么我就在此地与众姐妹一起赴死！"

众女子从孙坚的话里听出了绝望的意味，有些人开始号啕大哭。

许韶冲上前去，将长剑架在孙坚脖子上，举起火把照着孙坚的脸，问道："你为何要来送死？这三百女子里可有你的相识？"

孙坚摇摇头："孙坚与她们素昧平生。"

"那你为何不留在殿外，任凭本将军处置这些贱人？"

"因为刚才大将军你已托人带话，可以用我孙坚的命换她们的命。一命换三百命，孙坚认为这笔买卖颇为划算。"

"你自己的命都不要了，还在乎这些女子的死活做甚？"

孙坚没有直接回答许韶的问题，转而向诸女子作了一个揖："今日诸位若得生还，而坚却未能幸免，请让吾弟孙静从诸位之中挑选二人做妻妾，以便吾弟代我为孙家传宗接代！此外，麻烦诸位遍告江东乡党，我孙坚今日是如何死的，又为何而死！"

众女听罢，哭声渐止，只是含泪点头。

许韶点点头道："牺牲你一人，为整个孙家赚得好名声，也不算不合情理。不过，孙坚你有没有想过，本将军所说的交换条件，或许只是诈言。换言之，本将军只是想利用这些女子为饵，诓骗你与其一起赴死罢了……哈哈哈哈！"

许韶手中的火把照亮了他扭曲的脸。

孙坚平静地看着许韶："许大将军若真要背信弃义，孙坚也毫无办法。但人生无非就是一个'赌'字。虽然许大将军口口声声说要背约，但我孙坚却敢打赌：大将军不会！"

"何以见得？"许韶反问。

"那就请允许孙坚揣度大将军心思一二：大将军若想临死前再找一个朝廷命官做垫背，为何要找一个区区别部司马？为何不找一名两千石高官？可见，大将军与其说是想杀孙坚，不如说是想借机试试孙坚的胆量。"

"试出你的胆量又如何？难道这就意味着本将军不会背约吗？"

孙坚摇摇头："一个男人想试探另一男人的胆量，多半是因为他对其感兴趣。我妄自揣度，大将军可能对本司马有兴趣，或许大将军舍不得那么快杀我！"

许韶听罢，哈哈大笑："孙坚，你太自以为是了！"突然，他收起笑容，严肃地说道："不过，今日你真赌对了！本将军就是想用此计试你胆量。若你不敢进来，就算我许韶看错了你，我将立即焚杀这些贱人，为越国殉葬；反之，若你敢进门，就说明你是一个值得尊敬的对手，我也将践诺放人！"说罢，他转头对着后面的众女子大喊："滚吧！都从这里滚出去！"

众女子呆若木鸡，没人敢相信许韶的态度会转变得这么快。孙坚瞪着两个站在前列的女子，喝道："快走！"这两人正是那日与周昕嬉戏的三女子中的两个。两人急忙从许韶、孙坚身旁往大殿门口跑去，余下的女子看到许韶没有阻拦此二人，立即爆发出一阵激动的欢呼，争先恐后地向殿门涌去。

"避开殿内火烛！"孙坚没有回头，但大声提醒着身后那些慌不择路的女子。

此时，在大殿门外正等得心焦的祖茂与众海贼，惊喜地发现殿门终于打开了，一群一群的女子争相夺门而出。待所有女子出来之后，祖茂站在门口喊道："文台，你可安好？"

只听得大殿深处传来孙坚的声音："大荣，关上殿门！"

"文台……"祖茂有些犹豫地把殿门缓缓合上。胡玉在一旁拍了拍他肩膀，说道："大荣放心！看来，今天文台又要建奇功了！"

胡玉话音未落，就听见身后有女子的尖叫之声。他转过头，只见海贼帮的弟兄们已忍不住对刚刚获救、惊魂未定的伪越妃们动起手脚来。胡玉把脸一沉，喝道："就算是狗和马受了惊，也要喘口气，何况是人！急什么急！都给我一边老实待着！"

迫于胡玉的权威，众海贼都退到一旁。但他们依然用饥渴的眼睛不停地扫视着这些女子，与同伴交流着猥琐的言辞。听着海贼们的污言秽语，联想到自己命运的凄苦，不少女子又开始低声抽泣。

此时，大殿之内，许韶的剑还架在孙坚脖颈之上。孙坚指指许韶旁边的一张黑色彩漆大食案，以及上面摆放的几条烤狗腿，说道："许大将军肯定有话要对孙坚说，孙坚也有话要问许大将军，咱们边吃边聊如何？"

许韶点点头，对孙坚说道："孙坚，我果真没有看错你。我许韶败在你手下，无悔！也罢，上黄泉路前，先吃一顿饱饭！"说罢，他撤下环首剑，盘腿坐在食案后，抓起一条狗腿，大口啃了起来。孙坚也坐下来，与之分享盛宴。此时两人均已饥肠辘辘，以至于将各自手头的狗腿啃光之前，都没空说哪怕一句话。

终于吃完了。打了个饱嗝的许韶将狗骨头一扔，仰脖喝光了青铜酒樽里的美酒，然后将酒樽往食案上狠狠一掷："孙司马，我许韶虽已败，但目下仍有两个选择。一是与你孙坚捉对厮杀，或者点燃这大殿，与你同归于尽；二是让你孙坚砍了我的首级去换功名。你敢再次打赌，猜我会选哪一项吗？"

孙坚将面前的酒一饮而尽，擦了擦嘴，回道："此事不用赌，孙坚确信大将军愿意将自己首级借孙坚一用！"

"这又何以见得？"许韶一边眯眼盯着孙坚，一边抚摸着自己的脖子。

孙坚答道："其一，大将军若想与孙坚共死，就不会允许我享用美食以补充体力，这显然会徒增杀死我的难度。其二，大将军分明是有话要对孙坚说，而一旦杀了我孙坚，还有谁能将大将军所思所想传诸众人呢？其三，大将军虽然提到献首之可能，却偏偏不提孙坚将你生擒之可能，可见大将军并不想做困兽之斗。这又教我孙坚如何相信，大将军欲与我共赴黄泉呢？"

许韶叹了一口气："知我者，文台也！"这是许韶今天与孙坚对话时，第一次用到了他的表字。不过，他顿了顿，又补充道："我还有一个想让你活下去的理由，文台你尚未猜中！"

孙坚揣摩着许韶的语气，直觉这个尚未被他猜中的理由，恐怕就是这场谈话的核心。

在他思忖之际，许韶已直奔主题，令孙坚心头大惊："文台，我许韶已看出你心存反骨，而我作为反贼，却与你是心怀异志之同道中人！越人灭不了汉，你们吴人却可以试试。你孙坚现在做不了，可以以后做。你这辈子做不完，不妨生几个同样有反骨的儿子在未来继续做。我许韶相信，自己终会在阴间看到汉室倾覆的那一天，而你，或许就是那倾覆汉室之人……"

孙坚猛地站了起来，指着许韶喝道："反贼，死到临头，还要胡言乱语！……"

许韶苦笑着摇摇手，示意孙坚重新坐下。他缓缓说道："文台，这里没有旁人，你不用刻意装出一副忠君匡汉的样子！你这样累不累？试问：你若没有反骨，为何要如此急于立功——甚至不惜以阴谋诡计玩弄周氏？这难道不是打着忠君的旗号为己牟利，为你孙氏以后的霸业打下基底？这种事情，我许韶在洛阳还见得少吗？"

孙坚没有坐下，甚至有点儿激动，他以自己都不熟悉的口吻辩解道："正因为此刻殿内没有旁人，我孙坚才与你许韶说几句真心话。目下不少人都说大汉宦官专权，朝政黑暗，但请问：推翻大汉就没有专权的宦官与黑暗的朝政了吗？一旦朝廷权柄散荡、名器威仪丧失，必然诸侯蜂起，杀戮不断，黎民流离，黔首困顿。王莽篡政代汉在先，绿林赤眉谋乱在后，殷鉴可谓不远……"

许韶打断了孙坚的发言："黎民流离，与你孙坚有何关系？天下大乱，难道不正是你获取军功的机会？就拿目下的局势来说，你能成为吴郡的别部司马，难道不应当感谢我许韶这样的反贼吗？如果没有这些战乱，以你的家世，何时又能够让你成为孝廉与茂才呢？"

孙坚严肃地回道："阻碍我孙坚升迁的是世家，而非朝廷。但即使有世家的阻隔，我孙坚也只是升迁得慢一点儿而已，而若大汉倾覆，何人印玺又可号令天下？除了做朝廷的犬马，我孙家要出头，还有别的机会吗？"

许韶摆摆手："何必舍近求远？你自己若割据一方，再找个会刻印的人，很难吗？"

"煽动一个郡反对整个朝廷，怎么可能成功？你许大将军的下场，难道不正说明了割据之不可行吗？"孙坚寸步不让。

许韶摇头道："文台啊，你错了！恰恰是我目下的下场，让我更加坚信割据是对的！"

"怎么讲？"孙坚问道。

"我许韶起事后，本以为朝廷会派出重兵来克复会稽，不料堂堂扬州刺史臧旻，竟然只能调动区区两郡兵马入会，而洛阳方面也没有下拨足够的钱粮……一郡叛乱，竟然两年不平，可见，大汉气数恐已……"

"那是因为鲜卑人与羌人均在北方作乱，朝廷难以两顾……"孙坚纠正道。

"对啊，文台，你之所言其实正好印证我之所想。光武帝以降，汉之精兵大多用在边塞对付羌胡，边地之外的州郡则武备松弛，可谓'外重内轻'。一旦内地有变而地方郡兵无法克复，或一旦朝廷阉党与外戚在内斗中两败俱伤，边塞的驻军就会入京收拾残局。此时，天下名器势必落入非刘姓的武夫之手，汉室亦将随之倾覆。而这，难道不正是像文台你这样的枭雄割据一方的绝佳时机吗？"

孙坚听着许韶的诱叛之言，竟无言以对。许韶对于天下大势的了解，远远超出一郡一州的视野，可见此人来历非同小可。联想到自己在山阴城看到的那篇用篆体书写的反汉檄文，孙坚不禁对许韶的底细产生了强烈的好奇。

他避开许韶的问题，反问道："许大将军所言，暂且搁置一边。不过，许大将军是否方便告诉孙坚，反汉之前你是做什么的？"

"我曾是洛阳的太学生，跟着名士陈蕃读过几年书。"

许韶的回答非常平静，却令孙坚异常震惊。从许韶的年龄来判断，其自报为陈蕃弟子的说法，要比周昕之流的标榜更为可信，但孙坚心头反而纳闷起来：一个致力于大汉国运安泰的儒学大师，怎么会有一个做反贼的学生呢？

看着孙坚疑惑的表情，许韶解释道："其实，陈蕃与我并不熟络。京师太学生有好几万人，本人也就上过陈蕃三次'大都授'[1]而已，课后问了几个关于《公羊传》的问题。按照洛阳太学的规矩，我也就勉强算是他的学生了。不过，我总觉得，他对经典的解释过于迂腐。两年一次的太学策试，

---

[1] 洛阳太学的大型讲座类课程。

我也始终未能通过，就这样一直在京师待到了建宁元年。这一年，已成太傅的陈蕃联合闻喜侯窦武，试图用武力消灭曹节、王甫等当权宦官。不料窦武行事迟缓，机谋又遭泄露，终被阉党矫诏诛杀。陈蕃得此噩耗，立即到太学率领八十名热血太学生，各执刀剑，试图入宫诛杀阉党，当时我就在那八十人之列……"

听到此处，孙坚不由得瞪大了眼睛。根据他闲时从徐真与祖茂那里听来的此事梗概，那日陈蕃的确带着八十个太学生冲入宫门，但经过一番敌众我寡的搏斗后，陈蕃以下八十人无人生还。为何唯独这许韶能够幸存呢？

许韶看着孙坚疑惑的眼神，不待他发问，自己便解释道："队伍还没有到承明门，我就借着夜色进了一条小巷，故而幸免遇难。"

"那你为何临阵脱逃？"孙坚皱眉道。

"若当时你在场，你会逃吗？"许韶反问。

孙坚凝视着面前被啃干净的两根狗骨头，默默不语。从军谋角度看，靠八十个缺乏训练的太学生就想去撼动树大根深的京师阉党，实属自杀。但临阵脱逃，却又有失大丈夫威仪。许韶的这个问题，的确令人进退两难。

"若将你换成我，那日你会逃吗？"见孙坚不语，许韶又重复了一遍。

孙坚咬咬牙，回道："我也会！韩信可忍胯下之辱，是因为他知晓成就大业不在一时一势。若我当时从宫门前逃脱，也无非是仿效韩信当年的故事罢了。但我还是不明白，你逃则逃矣,为何谋反?"

"图一时之快罢了!"许韶笑道。

孙坚大惊:"你煽动诸县谋反,导致无数生灵涂炭,就为了图一时之快?"

许韶回道:"且听我细说。那日我从承明门逃走之后,便听说陈蕃与八十同窗皆被宦官王甫屠戮。被杀的一些同窗与我皆为多年交好,一夜太学菁华尽失,血流宫门。经常资助太学的窦武全家,则在洛阳都亭[1]被枭首示众,连奴婢、婴儿也未能幸免。此事让我许韶深感阉宦之残忍、外戚之愚蠢、清流之轻率、人生之短暂、命运之无常,以及汉室复兴之无望。为何要将自己有涯之青春,空掷入无涯的匡汉虚梦之中呢?人生苦短,当及时行乐,又何必纠结于《春秋》之义,而去做飞蛾扑火之事?"

"你乐则乐矣,又何必谋反?"孙坚再问。

许韶道:"吾非豪族世家,不谋反何以敛财行乐?此外,陈蕃、窦武被害后,士大夫与外戚力量均被削弱,但地方世家却依然盘根错节。我许韶空负一身才华抱负,是否能在这盘根错节中杀出一片天地呢?于是,我利用会稽民众对恶守尹端的不满,利用山越人与汉人的对立,煽动诸县反汉。我倒想看看,一介无足轻重的太学生引发的叛乱究竟能够坚持几年。你说说看,这是不是一件有趣之事呢?"说罢,许韶又哈哈大笑起来。

---

[1] "都亭"是进出洛阳的要害之所。

孙坚皱着眉，继续问："按照你的说法，你也是知道谋反迟早要失败的，只是不知何时败亡而已，那为何还要以卵击石呢？"

许韶答道："先与文台说段故事。与光武帝争天下的公孙述在自封'白帝'前，曾做了一个梦，梦里神仙托话给他：他若称帝，便只有十二年帝命。他醒来将梦说给妻子听，不料其妻却说：'朝闻道，夕死可矣，何况夫君还有十二年富贵呢！'于是公孙述听其言，在蜀地称帝。我许韶可是非常欣赏公孙述妻子的这段话的。是的，今日我兵败了，但我在兵败前睡过的女人、吃过的珍馐、得到的礼遇，却是一个大汉的百姓一百辈子都享受不到的。既然如此，我今日就算授首，又有什么可遗憾的呢？比起那些没有享受过人生富贵就在承明门丢了性命的太学同窗来说，我许韶的人生难道不是异常幸运吗？"

孙坚死死盯着许韶的眼睛，问道："对于那些因你而死的人，你难道就没有一点儿愧疚吗？对于像许桃花那样的弱女子，你不是骗色就是利用，你难道就没有一点儿天良吗？"

许韶再度大笑起来："看来你还惦记着许桃花！文台你在山阴破了我的方略，斩杀颜虎，收降王癸、王舫，可你却偏偏不提这些事，而只提那被我玩剩下的小贱人许桃花！可见你心里真是放不下她啊！哈哈……对了，她是不是差点就要了你的命？她没有你想的那么傻吧，哈哈哈哈……"

"可恶！"孙坚的眼前又浮现出许桃花的无头裸尸挂在山阴城外示众的惨状，凄苦与悲愤一起涌上心头。他一把揪住许韶的衣领，骂道："还有那个叫'小兰'的少女，竟然就被你活活烧死，你长的真是豺狼之心吗？！"

许韶也不反抗，只是笑道："文台！这话从你嘴里说出来，真是太有趣了！你在山阴的那些阴毒的布置，便是出于仁善之心；而我烧杀一个小贱人，就算是豺狼之心。哈哈！告诉你吧，即便今日我放过那三百女子，她们也不可能活到日落！"

"此话怎讲？"孙坚松开了揪住许韶的手。

"待会儿官兵大部将至，全句章的控制权亦将为其接管。按照汉律，这些女子身为伪妃，定会被全数屠灭。而后，三百颗娇滴滴的美人头，都会被送到洛阳报功。而我之所以想烧死她们，本是为了让她们少受凌辱——可惜啊，哈哈，是你孙文台坏了我的谋算，反而害了那些女子……"

孙坚心中一惊。许韶所言可能真有道理，弄不好这些女子的性命还真的保不住。但许韶这话也提醒了孙坚，他立即问道："伪越王现在何处？他到底是什么来历？"

"什么来历？两个百戏班的倡优罢了，一个会喷火，一个会唱戏。我抓他们来扮王扮后，便是利用其专长装神弄鬼，操纵越民。这帮愚民，几块猪肉、几片桃花就让他们相信了我编的胡话……那些人真是蠢得连人的年龄都看不出来，那越王怎么可能是我爹……哈哈……"

"那伪越王与王后现在何处？"

"哦，那越后就在殿外的三百女子之中，你自己慢慢找。至于越王么，可能与山越人一起逃到城南的群山里去了……"

孙坚已问完了他最关切的问题。他心中正想，接下来如何处置许韶。岂料许韶一眼看穿了他的心思，摇头道："文台，你忘记了你我的约定了？要么同归于尽，要么立即斩杀我，请勿将我活着交给朝廷！"

孙坚点点头："我没忘。不过，你能再给我一个理由，说明你为何不想被生擒吗？难道你不想再多活一会儿？"

"很简单，与你谈话很有趣，与臧旻谈话则未必。为了延长必然会结束的生命而增加一些无趣的对话，本身就会成为一件无趣之事。现在我也活够了，就由你孙文台来了结我吧！"

说罢，他指指放在桌案上的环首剑，然后双手撑地，伸长脖子，示意孙坚提剑动手。

孙坚缓缓举起了宝剑。

须臾，孙坚一手执剑，一手提着许韶的首级，走出殿门。

"伪越大将军许韶——已授首！"脸上溅着许韶鲜血的孙坚大声喊道。

第三十五回　阙门救美

孙坚提着许韶首级缓缓走出殿门，发现宫阙之外已聚集了大队人马。原来，孙坚与许韶对峙之际，官军已粉碎了句章城内零星越兵的抵抗，晃着刀戟赶了过来，后面跟着丹阳太守陈夤与扬州刺史臧旻的将旗。孙坚心中一沉。他意识到刚才在殿内与许韶浪费的时间实在太多了。按目下情势，海贼帮已不可能在众目睽睽之下将殿外的伪越妃带走了。虽然孙坚事先已将其与胡玉的交易禀报给了张绍与臧旻，但脾气暴躁的陈夤是不知情的。如果陈太守对海贼私分伪妃的行径横加阻拦，又当如何是好呢？如果真如许韶所说，这些伪妃被当作反贼家属论处，谁又来保住她们的性命呢？

孙坚正想着，突然发现周家部曲与吴郡兵马背后的丹阳兵正在组织长戟阵，用雪亮的戟头逼开前面的人群，而在后面举着环首长刀指挥的，正是杀气腾腾、披挂玄甲的陈夤。陈夤大喊："听说有人要将越贼伪妃私分，这可是通贼行径！谁敢阻挡官军剿贼，杀无赦！"

慑于陈夤的言辞与丹阳兵的兵锋，周家部曲与吴郡子弟都悄然无声地往两边撤开，为丹阳兵让道。胡玉意识到局势已发生剧变，立即命令手下三百多名海贼手执兵器将众伪妃围了起来，刀、盾朝外，形成一道圆形的防御圈。胡玉在盾牌后对着孙坚大喊："文台，这是怎么回事？！"

孙坚对着胡玉大喊："陈太守不知内情，胡大哥少安毋躁！"随后，他对身边的祖茂使了一个眼色，后者立即招呼徐真、吴景、孙静、王燊、王舫等人，带领各自部曲与手下，齐刷刷小跑出列，将海贼与丹阳兵隔开。胡玉见状，心头不禁一暖。原来这些吴兵统统将自己的后背留给了海贼帮，却将刀头和弩箭朝向丹阳兵。

孙坚瞟了一眼自己的顶头上司张绍。他其实并不太担心张绍会因自己私下军令而迁怒于他。吴郡调集的剿越兵马，本就是各豪族凑成的杂兵，祖籍荆州江夏郡的张绍对他们的掌控力本来就若有若无。倘若张绍不识相，想要弹压地方豪强，他在扬州地面上的官路也就到头了。

孙坚的估计没有错。张绍虽然对孙坚代行军令的行为面露不满，但他什么也没说，只是眯着眼睛，紧咬住嘴唇。

孙坚同时注意到，同样被丹阳兵驱赶到一边的周家部曲依然保持中立。他决定再放一把火，便对身后的胡玉喊道："胡大哥，这些被越贼掳掠的女子，可大都是会稽郡的？"

胡玉等海贼听了，示意众女子："快说会稽话啊！"

不管自己是否真是会稽籍，所有女子都用带会稽口音的汉话哭诉起来:"吾是会稽女啊!吾是诸暨人啊!吾是山阴人啊!吾是上虞人啊!……"

会稽方言比吴郡方言带有更多山越人的发音特点,很容易辨认。听到乡音的周氏部曲都有些激动了。周舫的二子周昂与三子周喁晃着环首剑喊道:"会稽男儿当救会稽姐妹!吾人都上!"说罢,便引领手下冲了上去,与吴郡兵卒并排而立。周舫本想阻止,但见木已成舟,便也跟着两个儿子加入了战阵。

陈夤没有料到孙坚竟敢在自己面前组织反抗。他有点儿不知所措,结结巴巴地对孙坚喊道:"孙……孙坚,你……要造反吗?"

孙坚不卑不亢地答道:"陈太守,并非孙坚抗命!这些女子实非越王伪妃,而是被越王掠来的良家女子!此事臧刺史是知情的!试问,既然吴、丹阳兵马都受扬州刺史节制,陈太守若在刺史大人下令之前擅自屠戮良民,难道不是犯上吗?孙坚为防止大人铸成大错,才不得不遣人与贵部隔离!"

陈夤气得嘴唇乱抖,对着一边的张绍大喊:"张太守,你就是这样管教自己的手下的吗?"

张绍虽有所不满,但对目下形势洞若观火的他并没搭理陈夤,而是对着丹阳兵背后的"臧"字旗喊道:"此事全凭刺史大人定夺!"

感受到孤立的陈夤听了,叹了一口气,只好让排成戟阵的部下分成左右两列,为后面的臧旻让出通路。

终于,骑着白马的臧旻,以及作为人质一直留在他身边的周昕,也出现在伪越宫的宫阙前。周昕一看见自己的父亲与两个弟弟站在孙坚身后,也不向臧旻请示,便跳下官军配给他的黄骠马,往家人方向狂奔。几个家丁冲上去,接应少主人退回本阵。历经磨难的周家老小终得团圆,周家部曲中也随即爆发出一阵欢呼。

臧旻看着剑拔弩张的丹阳兵阵与吴周联军,摇了摇头。他非常清楚,如果决策失误,官军内部很有可能发生火并,而酿成大祸。想到这里,他策马来到吴周联军的阵前,对孙坚诸人喊话:"诸位,陈太守肯定是有所误会,待本官与其疏通一二。你们且将刀箭指天,不要再向着丹阳郡的弟兄!"

"刺史大人,你不要糊涂啊!不杀掉那些贱人,大人官位也难保啊!"陈夤听出臧旻的口风明显不向着自己,也策马跟了上去,试图说服臧旻。

臧旻一皱眉:"此话怎讲?只要我上书天子,说明这些女子都是被胁迫的民众而非伪妃,天子怎会怪罪于我?"

陈夤挥手驱散身旁兵卒,给他和臧旻留下一个悄声说话的空间,然后低声道:

"大人啊,非陈夤嗜杀,而是庐江与豫章二郡郡守已背着您向天子上书,说您之所以在山阴大捷后未能速剿余贼,就是想养寇自重,诓骗朝廷军粮。而且,他们在奏报中提到伪越王有三百嫔妃,据说天子很感兴趣。如果到时我们交不出三百颗人头,恐怕这些小人又要在背后做文章了!第五种大人被陷害的旧事,大人您难道忘记了?"

陈夤在此所说到的"第五种",乃是一个复姓为"第五"的东汉名儒。其在做兖州刺史时，曾因招安匪贼叔孙无忌而被阉党构陷，而当时做徐州从事的臧旻曾上书天子为其辩护。

陈龑现在提此旧事，是要提醒臧旻，目下扬州的形势与当年的兖州类似：无论州刺史部对匪贼是剿是抚，州内、州外的阉党眼线都会鸡蛋里挑骨头，以便肃清他们心目中潜伏未发的清流余党。

陈龑之言果然奏效了。臧旻想起庐江、豫章二郡在剿越作战中的消极态度，又想起二郡太守与朝中宦官势力之间的密切关系，以及那些在党锢之祸中受到迫害的清流的悲惨命运，隐隐觉得如履薄冰。他捋着自己的胡子，一时陷入了沉默。

见势不妙的孙坚赶紧走上前去。臧旻向他微微点头，示意他加入商讨。孙坚又听陈龑复述了一遍庐江与豫章二郡郡守秘密奏报之事，随即问道："陈大人，既然二郡太守是密奏天子，大人又是如何知道的？"

陈龑瞪了孙坚一眼："难道本郡守还会无中生有欺骗刺史大人不成？难道本官在朝中就没有眼线了？你看看这是什么！"说罢，他从怀里拿出一块木牍，双手呈交给臧旻。

臧旻一看，原来是朝廷的议郎为了交流信息而用的抄报。此物本不能示于民间，却在州郡一级的地方官之间秘密流通，以便地方能够及时了解京师的政治动态。而根据这张木牍的内容，伪越王封三百伪妃一事的确已在京师广为人知，并引发了官场的广泛好奇心。臧旻读了几句，暗觉搭救众伪妃无望，叹了口气，便将木牍扔给了孙坚。

孙坚拿到木牍后，没有立即阅读，而是退了几步，示意身后的徐真、祖茂、吴景三人上前来与其一起解析。孙坚很清楚，挖掘文牍背后微言大义的本事，自己远远不如这三人。几人皱眉琢磨一番后，徐真突然一拍脑门，在孙坚耳边嘀咕了几句，孙坚握拳暗笑："妙计！妙计！"

只见孙坚复又来到臧、陈面前，双手将木牍递还给陈夤，然后说道："二位大人，我们不用斩杀那些女子，在今日已死的越军中挑选三百颗人头送至京师报功便可！"

陈夤听了，撇嘴嘲讽道："你孙坚的意思是，天子和朝中大员连男女都分不出？"

孙坚将脸转向臧旻："刺史大人可向天子奏明：越王有断袖之癖，喜好男色，所封妃子皆为男儿。等一下选人头的时候，我们大可多选些俊美的脸庞，然后冲洗干净，上漆防腐，再装匣运京！想必天子见了，也就不会对伪妃之事再有兴致了！"

臧旻听了，复问："如此离奇之事，朝廷怎会相信？"

孙坚笑道："正因离奇，才会信。妖贼许韶创立邪教'桃花道'，许诺三生三世的桃花岛富贵。如此离奇的事情，在会稽为何有那么多人信？因为，人生本来无聊，荒谬便成了调料。试问：朝中大员为何不关心会稽剿贼的兵粮辎重的耗费，不关心吴、丹二郡军民的疾苦，却偏偏对这三百伪妃念念不忘？还是那个道理：调料比饭菜更可口。既然京师的口味如此特别，我们再加点特别的调料，又有何不可呢？"

孙坚的这番"歪理"竟让臧旻一时无言以对，但其中表达出的对于京师官场的不屑，却让他感到手心出汗。他挥手叫来太守张绍加入商讨，也化解了张绍在一旁观望的尴尬。

张绍自然是不愿意斩杀这三百女子，以免得罪地方豪族。对于孙坚的计策，他也心中没底。但最终这件事是臧旻担着，他只是表面做做样子，陪着臧旻捋捋胡须。

沉默良久之后，陈夤突然叹道："罢了！那就派些人在死尸堆里砍一些模样俊俏的人头吧！"

臧旻问道："陈大人真的认为孙司马此计可行？"

陈夤点点头："只要能弄三百颗人头交差即可。"

张绍问道："男的也行吗？"

"也行！"陈夤恨恨回道，"这年头，雄的雌的、黑的白的、忠的奸的，都统统分不清楚了！我们丹阳兵在前线为朝廷浴血奋战，朝廷竟然毫无片言关怀，却对几百个伪妃挂怀更甚！既然朝廷不兑现下拨丹阳军粮的许诺，我们丹阳人为何又要将真的伪妃首级送到京师呢？"

孙坚听了大喜。这个陈夤，看似脾气暴躁，却总能在关键时刻被自己说服。

"只是还需一物。"陈夤又道。

"何物？"臧旻问道。

"一颗人头，只要一颗人头！"

"谁的人头？"孙坚问道。

陈夤捋捋胡子："伪越后的人头！我和臧刺史曾联名上

奏天子，虽然没有提到三百伪妃之事，却说明了伪越王确有一伪后，且其为一名中年女子。因为这是我们自己上的奏报，总不能自食其言，欺骗天子说什么'连越后也是男的'吧？再说，目前许韶虽已授首，伪越王却依然在逃，我们总不能连一颗伪越后的人头也交不出来吧？"

未待孙坚回话，臧旻即点头道："孙司马，此事陈太守言之有理！今天你已经救了三百女子的性命，你的爱民之心亦令本官十分感动。但凡事都无法十全十美，你总不能救出所有人吧！快去找到伪越后，将其斩首交差！"

孙坚无法再抗命了，只好言"诺"，随后缓缓走到众伪妃面前。他先对着她们作了一个揖，然后说道："诸位姐妹，今日孙坚为了搭救大家的性命，已耗尽余力。还望那位已被封后的大姐自己走出来吧，为了诸姐妹，献出生命。孙坚在此先拜谢了！"

众伪妃沉默不语，有人隐隐啜泣，有人开始往人群深处探寻越后踪影。不久后，一中年妇人慢慢走了出来，用充满磁性的女音对孙坚说道："孙司马，奴家项上人头，请随意取用，不必客气！"

孙坚瞪大了眼睛，看着眼前这名女子，随即看了一眼同样惊讶得张大了嘴的祖茂。两人几乎同时惊呼："怎么会是你？！"

第三十六回　泣斩越后

此刻，素面朝天的伪越后大大方方地站在众人面前，毫无铅华粉黛遮掩。对，没错，就是她——细长的眉眼、鹅蛋般的长脸、消瘦的身材，以及某种历经风雨而缓缓绽出的成熟女人的风韵。

她——就是建宁四年七月初八，孙、祖二人在鲍里初战海贼时，刘孟船上的那个女倡优。那个倡优班里的小孩儿在船过沙洲时所发出的清亮童音，至今仍在孙、祖二人耳畔缭绕。不过，那日掳胡婵去钱唐后，孙、祖二人再也没有听到过船上这个倡优班的任何音信。今日怎么又在此处见到了倡女？她身边的那个孩子与老头呢？

看到孙坚与祖茂惊讶的表情，陈夤一眼就猜出，他们原是认识伪越后的，便立即过来盘问。孙坚无法遮掩，只好告诉其实情，并特别强调："卑职那日杀退海贼后，就没见过此女，不知道她怎么今日就成了伪后！"

臧旻在一边听了，也走了过来，和气地问道："孙司马那日所救之人中是否有你？你既脱离海贼之手，为何又加入越贼，并成为伪后？"

伪越后在众官员面前缓缓跪下，答道："犯妇本姓柳，青州东莱郡[1]人氏，家贫，母早亡。自小学百戏，游走青、徐、扬、荆四州讨生活。建宁四年，犯妇的确与家父及幼子坐船经匏里去钱唐，在那里遇到海贼打劫。幸遇孙司马勇战海盗，救得一船人性命。到了钱唐后，我与家人后又辗转到了会稽郡治山阴卖艺，却……却不料遇到前会稽太守尹端家丁调戏。家父与之理论，竟然被当街……活活打死……"

说到这里，柳氏忍不住呜呜哭了起来，过了好一会儿才止住哽咽，继续说道：

"我孤儿寡母走投无路，便投靠了经过山阴的另一个更大的百戏班，班主就是后来成为伪越王的许昌。我男人死得早，那许昌又相中了我，待我不薄，我就做了他的女人。不料，不久后，我们遇到从洛阳回来的许韶，他看中了许昌会喷火龙的本事，便立他做越王，自己则在背后操控一切，鼓动民众攻占山阴，遂成会稽变乱……因为我是许昌的女人，所以也就被立为伪后……"

"大姐，你没有脑子啊，跟着反贼混，迟早是一个死啊！"听到这里，祖茂恨恨说道。

"难道不反了，我们这些倡优就有活路吗？"柳氏用红

---

[1] 东汉时治所为黄县（今日山东龙口）。

肿的眼睛瞪着祖茂,目光中透着悲愤,"据说有钱人家子弟一天可以吃三顿饭,而我们这些唱戏的,只有在有钱人婚丧嫁娶的时候,才可能一天吃上两顿饭。吞刀子不小心切掉舌头的,喷火时不小心烧坏皮肤的,砸大砖时不小心伤到内脏的,学都卢人[1]爬'缘橦竿'时不小心摔下来致残的,用额头顶'额上缘橦'时不小心砸断鼻梁的,在这个行当里比比皆是。做我们这行的都是失去土地的流民,没有族长的庇护,没有乡党的温情,得到的却只是看客零零落落的几枚赏钱。然而,我做了越后之后,一天想吃几顿饭就吃几顿饭,想何时醒来就何时醒来。你们知道吗?我甚至还吃过东海蛟龙的皮,喝过南方孔雀的血,把玩过产自西域大秦国[2]的五色琉璃瓶,穿过京都贵妇穿过的绫罗。这位兄弟,你说我为何不从反贼?难道仅仅为了求生,就去做顺良的猪狗吗?而既然连那种猪狗一般的生活我都不怕过,我难道还怕在过几天人上人的日子后,再去阴曹地府吗?"

柳氏之言让孙坚联想起了许韶在临死前所引述的公孙述妻子的话,更勾起了他少年时因家贫而被地痞恶吏欺凌的痛苦记忆。但他同时很清楚:柳氏的供词已表明,她从贼乃是出于自愿,救她的最后一份希望也破灭了。

猎猎飘动的军旗之下,斩杀柳氏的行刑台已经摆好,刽子手则在一边卖力地磨着斧钺。臧旻内心亦对柳氏生了同

---

[1] 处在今天缅甸、泰国一带的小国,具体地点不详。据说此国民众善于杂技。
[2] 罗马古称。

情,问她有何遗愿。柳氏只提了两条:第一,她还有话要对孙坚一个人说;第二,她希望孙坚亲自行刑。

臧旻皱了皱眉:孙坚本与柳氏有一面之缘,在其伏法之际本该避嫌。不过,念及孙坚在破贼过程中功劳甚大,此女身世也颇为可怜,臧旻决定法外开恩,允了她的遗愿。

心情复杂的孙坚凑近已经被五花大绑的柳氏,轻声问道:"大姐,你还有什么话?"

柳氏压低声音,用很快的语速说道:"吾儿并非亲生,而是伙同人贩子从吴郡曲阿一个大户人家拐来的。我的确不是什么好女人,做了谋逆朝廷的事,活该今天这个下场。这孩子你见过,声音洪亮,非常可爱,现在十岁的光景,后背有一个月牙形的印记——记住,他背后有一个月牙形的印记!句章城破后,他和那许昌都失散于乱军之中。你们抓到许昌,杀了他也就算了,但这孩子与反叛毫无关系,你可千万要放过那孩子!"

孙坚点点头:"我孙坚一定保全他的性命!"

"你愿意发誓吗?"

"怎么发誓?"

"你就说:我若加害柳氏养子,来日必死于乱箭之下!"

孙坚犹豫了一下,但仔细想想,自己绝非那种会无端屠戮幼儿的恶魔,即使发下这样的毒誓,也应当无伤大雅。于是,他小声发誓道:"如果我孙坚孙文台加害柳氏养子,日后必死于乱箭之下!"

柳氏满意地笑了,最后说:"等一会儿斩我的时候,孙司马务必要看着我的眼睛,听我唱完四句歌,然后再动手。"

将死之人的眼神是最可怕的,因为眼里包含着不可抗拒的诅咒的力量。孙坚以前杀人的时候从不看被杀者的眼睛,更何况这是一个若仔细看还颇有风情的女人的眼睛。但为了满足她的遗愿,孙坚还是答应了她的请求。

在孙坚转身去拿磨好的斧钺的时候,被几个丹阳兵将头摁在斩台上的柳氏,开始了其人生最后的吟唱:

> 五帝佐太一,司命掌生死。
> 穆王会王母,相娱两难辞。
> 灵芝含于兔,桃花落于此。
> 地府母念儿,不复思飧食。

在三百伪妃低声啜泣伴奏下的清亮歌声终止了。脸颊紧贴着斩台的柳氏,对着提起斧钺的孙坚露出了阴森的笑容。摁着她脑袋的一个丹阳兵,则掰开遮住她后颈的发髻,用手指指着她细长的脖子,向孙坚示意最合适的下斧之处。孙坚含泪点点头,凌空抡起斧钺,砍了下去。

终于,一切都结束了。

一个时辰之后。血色的夕阳余晖洒满了句章城内的每一处沟回。孙坚瘫坐在斩台一边,任凭赤旗一角的齿状玄黄燕尾在风的指使下肆意抚摸自己污秽的脸。斩台前一丈处,还残留着一大摊从柳氏颈腔中喷出的鲜血。至于柳氏的人头,早就随着许韶的人头,以及三百颗被伪装成越王男妃的越兵人头,被飞马运往京都洛阳报捷了。祖茂悄然走到孙坚的身边,拍拍他的肩:"文台,你都坐了一个时辰了,大伙轮流叫你,你却一直不搭理。你看,吴兵、丹阳兵都去寻觅伪越王留下的宝藏了,周家部曲去追讨原本属于他们的粮草了,就连海贼帮也都分完女人各自寻欢去了。小弟我也带哥哥去歇息吧!徐真、吴景、孙静正带人搜罗美酒,准备今夜与哥哥一醉方休呢!"

眼神发愣的孙坚缓缓问道:"那些女子在被海贼瓜分时,难道就没有反抗吗?"

"哪里会有反抗!若不被海贼分,就会被砍头,她们又不蠢!就像分猪分狗一样安静,没有人有一句怨言!"

孙坚冷笑了一下,嘴唇动了一下,但还是克制住了发表评论的欲望。沉默良久,他突然将脸转向祖茂,盯住他的眼睛。

"哥……你干吗这样看着我?"

孙坚看左右无人,一把抓住祖茂:"大荣,胡婵是不是说过她在曲阿的儿子被人拐卖的事情?她是不是说过那孩子背上有个月牙形的胎记?"

"是啊!"祖茂被这个问题弄得有点儿莫名其妙。

"如果哪天我们兄弟找到了那孩子,一定要让他衣食无忧!"孙坚继续一字一顿地说道。

"这是自然……但……这与今天的事有关吗?"祖茂更糊涂了。

"哦……无关……无关。我只是因为今日斩了自己曾救过的人，随意感慨几句罢了……你看……昔日之良民今日却成了反贼，昔日之海贼却可以借官寺威名强分女子，这真是……"孙坚说不下去了，因为他意识到，自己正是这一切背后的主谋。他放开了抓住祖茂的手，将目光转向远方。

祖茂安慰道："文台，今日你虽不得不斩了柳氏，却救了那三百多女子的性命，仁义之心，天地可鉴！至于那柳氏，活在世上也是苦命，死了反而会得到解脱。总之，哥哥别想那么多了，还是先随我去歇息吧！"

孙坚点点头，刚想随祖茂去找安歇之处，不料臧旻手下的一个亲兵却飞马过来报信："臧大人请孙司马现在就去其营帐一叙！"

第三十七回　春秋大义

当孙坚骑着马往城外臧旻的营帐奔去的时候,他留心观察了一下城内目下的局势。让他略感欣慰的是,虽然官军已控制了句章全城,但并没有发生预想中的大劫掠。原来,臧旻已下令,全军搜罗战利品的范围只限于伪越王宫殿附近,不得骚扰一般句章平民。而后全军主力也不能在城内过夜,维持城内治安的任务则被委派给同为会稽人的周家部曲。当孙坚经过这些正在巡逻的周家部曲的时候,他们大声向其致意:"孙司马威震扬州,仁义无双!"

孙坚向其挥了挥手,心中升起的满足感稍稍平复了刚才郁结于胸的情绪。出了城门,天边已经滚起了玫瑰色的火烧云,臧旻营帐附近兵卒的炊火也已冉冉升起。引路的亲兵示意孙坚先沐浴更衣、进飧食,再见刺史大人。孙坚看了一眼已经装满热水的大木桶,以及旁边一只被烤得流油的山鸡,点了点头。

洗掉一身的血水与污浊后，孙坚换上了干净的白色葛布单衣，一边就着酒水啃鸡腿，一边思索着臧旻找自己谈话的目的。当大半只鸡快吃光的时候，之前那个引路的臧旻亲兵过来催促孙坚即刻就去见臧旻。

"可否容在下整理一下衣冠？"孙坚指指自己宽松的单衣。这衣装只能做睡衣，穿着这个去见全州最高长官，实在是太失礼了。

那亲兵摇摇头："大人只是想和您随便聊聊，穿成这样就可以了。您就随我去吧！"

孙坚心中一惊。按照官场的规矩，不穿官衣的时候，官员互相见面，就算私交，说的话也不能作为行政执法的根据。莫非臧旻想与自己发展私谊？

正想着，他已经被引入了臧旻的大帐内。

不出所料，也已沐浴完毕的臧旻亦穿了一件宽松的米色葛衣，正在烛火下扇着扇子，手持一卷以竹简编成的《春秋》。看到孙坚进来了，他立即和气地向其招手："文台，不好意思，今夜你肯定已经非常劳顿了，还特意叫你来与我一叙！刚才吃得还满意吧？"

孙坚听了一惊。这是臧旻第一次叫他的表字。按照规矩，表字是平辈之间才能用的称呼，而无论就年龄还是官职而言，臧旻叫他的表字，都无异于自降身份。孙坚有点儿结巴地回道："臧刺史……"

臧旻摆摆手："我现在又没有穿官衣，就别叫我臧刺史了，而且这扬州刺史我可能也当不了几天了，就叫我的表字

'云翔'吧。今晚我臧旻就想和你文台喝喝酒，别无他意。"

孙坚刚想喊出臧旻的表字，但还是觉得不妥，转而说："请恕在下实在叫不惯。您是长辈，我怎么好叫您表字，还是叫您'臧大人'吧。"

臧旻笑笑，没再坚持，但是他还是用"文台"称孙坚。他一边给孙坚倒酒，一边问道："文台，听说你与吴家定了一门亲事，为何还不让吴家小姐过门？"

孙坚又是一惊。看来臧旻今天的谈话是有备而来。真不愧是扬州刺史啊，已经派人去打探自己的底细了。不知道臧旻掌握了多少关于自己的情报，孙坚决定坦诚相告，将其与吴彪定下的婚约内容大致讲给了臧旻听。

臧旻边听边点头，然后大笑起来："怪不得啊，怪不得！"

"臧大人，什么怪不得？"

"老夫一直很奇怪，文台你只是一个吴郡的别部司马，自己的俸禄都朝不保夕，为何在剿贼大战中一直如此卖力？原来是想抱得美人归啊！"

孙坚马上补充："更是为了天子，为了朝廷！"

臧旻摆摆手："这个'更'字就有点儿虚了吧！就连见过天子的老夫，都不是特别喜欢他，你没见过天子，却口口声声说'更是为了天子'，太虚了吧！……哈哈！"

孙坚倒吸一口冷气。刚才臧旻的话里显然带有对圣上不敬之意，真没想到这样的话竟然会出自名儒之口。他转头确定营帐外无人偷听后，压低声音提醒臧旻说："大人，您今夜是不是醉了？"

臧旻指指自己空空的酒樽："文台，你都没给我倒一杯酒，老夫怎么会醉？我看是你先醉了吧……"

孙坚急忙上前给臧旻斟酒。

"文台，你多虑了。今夜我是以师长的身份与你说话的，而非上峰。作为上峰，就得说些场面上的话；而作为师长，却要告诉你这朝廷实际上是如何运作的，否则，未来你又如何在官场上施展抱负呢？"

孙坚听出了臧旻的潜台词。他其实是对自己早有提拔之心，所以今夜专门来传授官场之道。领会到这一点后，孙坚方才脸上的紧张表情一扫而空，立即举杯说道："臧大人的教诲，肯定是千金难买，文台当洗耳恭听！"

臧旻喝干了孙坚给他倒的酒，捋了一下胡子，慢条斯理地说道："当今天子十二岁就登基了，如今也就大约和你一般大，实际上掌事的都是阉宦。建宁元年陈蕃、窦武举兵反抗阉宦失败后，外戚、清流都已在朝中式微，目前的真天子是不是姓刘，恐怕还真不好说……"说完，他自己给自己斟了一杯酒，一口喝了下去。

孙坚本来不敢接臧旻的话，因为这分明不像官场经验之谈，而更像臧旻在找人发泄郁积已久的负面情绪。但他又担心臧旻酒喝多了，话越说越离谱，便主动将话题转移到了另外一个方向："大人，我相信天子还是圣明的。当年第五种大人蒙冤，您给天子上的辩诉书可谓字字铿锵、名动天下，最后那通缉令不也被撤销了吗？"

臧旻摇摇头："文台，有几件事情你搞混了。第一，当时我上书的对象是先帝孝桓帝陛下,不是当今天子。第二,第五种大人是得罪了宦官才被陷害的,而即使是先帝,也是倾向于宽纵宦官势力的。第三,那通缉令虽然被撤销,但第五种大人一直没有得到朝廷重新录用,不久后就在家里染病亡故了。"

孙坚追问道:"那么,为何宦官的势力那么大?"

臧旻又抿了一口酒,说道:"文台,这才是你该思考的问题。你倒说说,为何大家都那么恨宦官,但宦官的势力还那么大?"

孙坚挠挠头:"我是富春小地方的人,不懂京都的事情……只能根据道听途说胡猜……"

"私下聊天,胡说无妨!"

"嗯!"孙坚的脑子迅速整理着从徐真与祖茂那里听到的关于京都官场的点滴信息,并按照自己的理解对其进行了加工,"就拿第五种大人来说,我听说他在做兖州刺史的时候,得罪了宦官中的大红人中常侍单超。而单超曾经帮过先帝除掉'跋扈将军'梁冀,先帝念其旧功才放纵单氏培养其私人势力。至于第五种大人,虽然从其曾祖第五伦开始便一直是大汉忠良,却对先帝个人并无恩情,所以在第五氏与单氏发生冲突的时候,天子便很难站在前者一边……"

臧旻点点头,主动给孙坚倒满一樽酒,继续问道:"文台,其实你知道的不算少啊!那么你说说,单超除掉'跋扈将军'梁冀的事情,做得对不对?"

"对!"孙坚边喝边说,"外戚梁氏不遵本分,祸乱朝纲，理应蠲除！"

"那么皇家给单氏更大的权力作为回报，对不对？"

"也对！受人恩惠，应当……回报！"孙坚的回话有些犹豫了。

"那么第五种揭发单超亲戚单匡在济阴郡胡作非为的行径，对不对呢？"

"对！第五种大人当时是兖州刺史，对下辖的济阴太守单匡进行监察，乃是其分内事！"孙坚回道。

"那么天子偏袒单氏、打压第五氏，到底对不对？"

孙坚沉默了。他发现自己支持天子报恩的理由，却是否定第五种执行其职责的理由；而更让人头疼的是，第五种所试图捍卫的，恰恰是天子自己的江山。

孙坚感到自己的头有点儿发涨。经过一天紧张的战斗，他其实已经想不动如此艰深的政治难题了。半晌，他终于进出了一句话："大人，这都是很多年前的事了，问对错还有意义吗？"

"有意义！"臧旻的声音突然变得斩钉截铁，"因为你今天做的事，多少就有点儿像当年我在给先帝上书时所碰到的境遇。当年我运笔的时候，内心亦经历了私情与公义之争。论私情，我与第五大人素昧平生，却对臧家宗族的兴盛负有责任，不宜以身犯险；论公义，像第五大人这样的忠良反遭奸人陷害，可谓汉室不幸。至于你文台，难道今天就没有经历过类似的煎熬吗？"

孙坚想起被自己亲手斩杀的柳氏，点点头；但仔细再想想，又摇了摇头。他回道："大人，孙坚杀柳氏，的确算是出于公务；但即使有救她之心，我也不是出于私情。我与她只有一面之缘，根本不算有私交，只是觉得她可怜罢了。"

臧旻摆摆手："文台你误会了。我说的不是柳氏的事情，而是说你这两年多来在会稽剿贼之事上投入的所有心力。你倒说说看，这事到底是出于你与吴小姐的私情，还是出于你对朝廷的忠心？"

孙坚脸一红："可……可我对吴小姐的私情，并没有妨碍我执行公务啊。"

"对！"臧旻点点头，"反而还促使你更为勇敢地面对反贼。"但他顿了一顿，继续说道，"然而，假设你的私情妨碍了你对于朝廷的忠心呢？好吧，老夫就打个比方——仅仅是个比方，文台你可别多心啊——老夫虽然相信你和那柳氏没私情，但老夫这把年纪了，还是看得出，你是有点儿喜欢她的。倘若是你先与柳氏定亲，然后她叫你与她一起去做反贼呢？"

"孙家家贫，恐怕不会再找倡优做妻，让子孙继续受穷……"孙坚把话岔到了另一边。

"好吧，"臧旻转而提出了另外一种假设，"如果你看不上柳的身世，而与周家的某位千金定亲了呢？那么，你会不会听周舫所言，在官军剿越的战事中继续观望呢？若这种事情真发生了，算不算私情与公义的斗争呢？"

孙坚总算听明白了：在臧旻看来，他对于朝廷的效忠只是出于偶然，而只要条件一变，他很可能会另投门庭。为打消臧旻的顾虑，孙坚马上说出了一番他曾对许韶说过的言辞："臧大人，如今虽然朝纲不振、阉党肆虐，但大汉江山一旦崩塌，必然诸侯蜂起，黔首涂炭，民不聊生。到了那时候，天下可会残留半瓦供孙氏安歇？人皆有私心不假，但若天下之公器崩塌殆尽，私利焉有安顿之处？"

说到此处，孙坚突然想起许韶临死前引用的公孙述妻子的话，决定反其道而用之，进一步打消臧旻的顾虑："孙坚听说，当年公孙述在蜀地僭号为'白帝'前，其妻曾怂恿他：'朝闻道，夕死可矣，何况十二年富贵？'窃以为，这真是一派胡言。人生在世，当求的是封妻荫子，香火延绵不断，而非一人一生之痛快。想我孙坚，乃是兵圣孙武之后，虽家道中落，却依然有振兴孙氏之重责。既如此，吾等怎可学公孙之僭乱妄举，为图朝夕之乐而废鸿鹄之志呢？既然天下大乱必将毁灭一切长远打算，我孙坚又怎敢不为大汉江山永固奉献绵薄之力？！"

臧旻听了孙坚所言，满意地笑了起来，他指指孙坚，又指指摆放在自己案头的竹简，笑道："文台，看来你是懂《春秋》的！"

孙坚摇摇头："大人，您不要取笑我了。孙坚读书不多，《论语》也只读了一半，《春秋》其实翻都没翻过，只听一些读书多的朋友说过其中的一些片段。"

"此言差矣！"臧旻纠正道，"很多京都太学的腐儒研究了一辈子的《春秋公羊传》，也仅仅是为了混得一个'五经博士'的虚衔，而非真懂圣人的大道。而文台你的所为，却很符合老夫在为第五大人写的诉状中的一句话：'《春秋》之义，选人所长，弃其所短，录其小善，除其大过。'"

"大人言重了，孙某不敢当……"孙坚立即摆手推辞。

"哪里言重了？众所周知，周家在剿越战事中曾首鼠两端，胡玉之流曾在扬州地面上犯下不少命案，你却都能选其所长，为官军所用，大大减少了朝廷兵饷粮草的开销。而且，你也给一些曾经的匪贼以新的出路。就拿那些伪妃来说，老夫不瞎，她们中的大多数都是因为好吃懒做才主动从了贼，而你却给其以生机。这样，既留下三百颗人头积了德，又用三百个女人安稳住了匪心，真是一举多得。这若不是《春秋》之义的体现，又是什么呢？"

听到臧旻对自己表现的这番肯定，孙坚激动得双眼湿润，一时竟不知如何作答。

不料，臧旻此时却皱了皱眉头："不过……"

"不过什么？"

"文台的卓越表现，老夫肯定会在奏书中详细汇报给朝廷。但你也知道，你非孝廉或茂才，即使有此番大功，老夫也只能保你做到县丞。而且，本朝官制有回避制度，你做个假尉、郡别部司马什么的替补官员，不出家乡也就罢了，而要升到县丞一级，还一定要出扬州去做。你不会因此埋怨老夫刻薄吧？"

孙坚听罢，知道臧旻已在大汉官吏的正式官职系统中，为自己找到了一个安妥的编制。对于没有家世背景的孙坚来说，这已经是非常好的结果了。孙坚二话不说，立即向臧旻下拜，大呼："大人知遇之恩，坚没齿难忘！"

臧旻点点头："文台满意就好。陈太守私下曾和我说过，你在扬州私人势力过大，恐日后尾大不掉。对此，老夫是颇不以为然的。不过，你出了扬州做官，也正好顺势堵了这些人的嘴。至于张太守么，他也曾建议你去荆州做官，因为他本就是荆州人。然而，依照老夫的意思，你还是去老夫曾经效力过的徐州当差吧！老夫在徐州曾留下的人脉，或许对你还是有用的。对了，你就先去广陵郡盐渎县做县丞如何？老夫就出生在广陵郡。"

盐渎县是因煮盐业而闻名的徐州富县，臧旻举荐孙坚去盐渎，显然是扔了一块大肥肉给他。孙坚这下真是什么话也说不出了，只是伏地哽咽。

"男子汉么，哭什么哭！"臧旻又笑了起来，"不过，那伪越王还没有找到，剿越战事还不算彻底完结……"

孙坚抬起头，擦擦眼泪："大人，这不难。据在下所知，那伪越王是带了财宝贿赂山越头领，后者才愿意庇护他的。只待这些财宝散尽，我们再威逼利诱山越头领，他们自会送上伪越王首级，这期间不用打一仗、损一卒！"

"好！"臧旻点点头，"这些事情，一定要在老夫调到边疆前办妥！"

"边疆？"孙坚突然想起臧旻前面提到的不再做扬州刺史的话。那么，他接下来要就任什么官职呢？

看到孙坚疑惑的神色，臧旻解释道："朝中有人提议我出任匈奴中郎将，以后老夫可能会去边塞处理汉匈关系，继续为朝廷分忧！"

孙坚小心试探道："大人不是说，朝中已经被阉宦控制了吗？难道他们还会提议您去做匈奴中郎将？"

臧旻微笑道："这又如何？外戚、宦官、清流虽然斗来斗去，不亦乐乎，但至少谁都不希望大汉朝廷船翻。我臧旻虽心系清流，却不在党锢名单之内，还能为朝廷做点小事。那些阉党也不蠢，论捞财，他们肯定会派自己人，而论艰难的军国大事，他们只能托付给我们这些还能做事的老人！"

"望大人能够为朝廷立下霍去病、赵充国那样的功劳！"孙坚忙给臧旻戴了顶高帽。

"岂敢！"臧旻摆摆手，"像霍去病、赵充国那样再开与匈奴的战端，已非当下国力所能及。老夫还将以《春秋》之义为指导，'选人所长，弃其所短，录其小善，除其大过'，争取以最少的流血，为朝廷获得最长时间的和平！"

"那……那就预祝大人能成就张骞、班超那样的大业，促成汉匈友好，永固汉疆！"孙坚顺势改了口，再给臧旻戴了顶高帽。

臧旻听罢，哈哈大笑。

与臧旻谈话结束后，孙坚发现，帐外的月牙已爬上了随风摇曳的树梢。不知怎的，他的耳畔再次想起了许韶的话："为何要将自己有涯之青春，空掷入无涯的匡汉虚梦之中呢？"孙坚淡然一笑。他相信，汉朝是不会亡的。一个经历过王莽篡政的蹂躏、赤眉绿林的烽火而得到重建的王朝，一定受到了上天的庇佑。张伯路、许韶之流，是斗不过天命的。而只有顺应天命，剿贼护民，孙氏才能兴旺发达，重现祖先的荣光。

孙坚走上城外的一处土包，努力往北面的徐州眺望。他对着昏暗的夜色喊道："盐渎！盐渎！我孙坚来也！"

本回后记

大汉熹平三年[1]十一月，承受不了官寺压力的山越人部落，终于献上了伪越王许昌的人头。由此，从熹平元年十一月开始的会稽叛乱，终于被官军完全镇压下去了。原会稽太守尹端因失土丧师，本该问斩，但在臧旻的暗中安排下，原会稽主簿朱儁赴京贿赂廷尉，使得尹端免于一死。新会稽太守徐珪在战事平息后才到任，并将宝贵的孝廉名额留给了包庇其前任的朱儁。朱儁在日后剿灭黄巾的大战中，又成了孙坚的上司——不过，这已是后话了。

会稽的战事平息后，臧旻得到了朝廷的诏书，任匈奴中郎将，负责与南匈奴人沟通事宜。臧旻刻苦学会了初等水平的匈奴语，并在与匈奴大单于的交涉中获得了后者的信任，使得朝廷在匈奴人中的募兵变得更为便利，臧旻亦因此成为一代名吏。

---

[1] 174年。

吴彪得知孙坚将会升任盐渎县县丞后，便按约将侄女吴甄许配于他。在吴景的坚持下，婚礼在吴家故地吴县举行，以便羞辱在分家中占得便宜的长兄吴熊庆。吴甄、吴景、孙坚的长侄孙贲与幼侄孙辅，后来均跟着孙坚去了徐州，孙坚的小弟孙静则因为眷恋家乡，和老父孙钟一起守着富春的瓜田，不愿北迁。

孙坚的小妹孙雯和徐真也成了婚。和孙静一样，徐真也因眷恋故土，未随孙坚入徐。

祖茂因为没有得到孙雯，情绪一度有些低落。对于是否要去徐州投奔孙坚，他尚在犹豫之中。

胡玉等人分了田、女后，海贼帮就此暂时金盆洗手，胡玉与其最贴己的几个弟兄都去了遥远的东冶。

至于臧旻对于"《春秋》之义"的解释，则在他唯一流传后世的文章《诉第五种书》中得到了保留。其中"《春秋》之义，选人所长，弃其所短，录其小善，除其大过"一句，在汉末曾广为流传。

第一卷完。

CUNEI
F●RM
铸 刻 文 化

徐英瑾
——著

三国前传之
孙坚匡汉

广西师范大学出版社
·桂林·

第二卷

案诛

目录

第一回	休沐归家	011
第二回	吴甄问房	023
第三回	县令责坚	029
第四回	遗产疑云	035
第五回	螺羹破案	039
第六回	盐城说盐	051
第七回	东门临贼	059
第八回	牢盆飘香	064
第九回	七十步外	074
第十回	四百零一	082
第十一回	夏夜焚尸	092
第十二回	景心嫣识	098
第十三回	群英重聚	111
第十四回	鼗鼓篪箫	122

第十五回	河边青草	134
第十六回	诸葛先生	148
第十七回	桑蚕之理	154
第十八回	阳盛生鬼	161
第十九回	狡兔三窟	172
第二十回	孙策出世	182
第二十一回	东海黄公	195
第二十二回	北宫嫣脂	203
第二十三回	戌时一刻	211
第二十四回	人皮地图	221
第二十五回	党锢之根	231
第二十六回	青州蟹胥	247
第二十七回	夜谈曹袁	253

第二十八回　再登臧门　263

第二十九回　吕布张辽　270

第三十回　孙吕相搏　276

第三十一回　火浣神布　286

全书插图

图1	东汉王朝十三州	008
图2	徐州刺史部广陵郡盐渎县附近形势图	009
图3	三足椟复原图	014
图4	弩机	021
图5	二出阙楼	155
图6	东汉猪圈复原图	278
图7	鼻钮印与龟钮印对比图	292

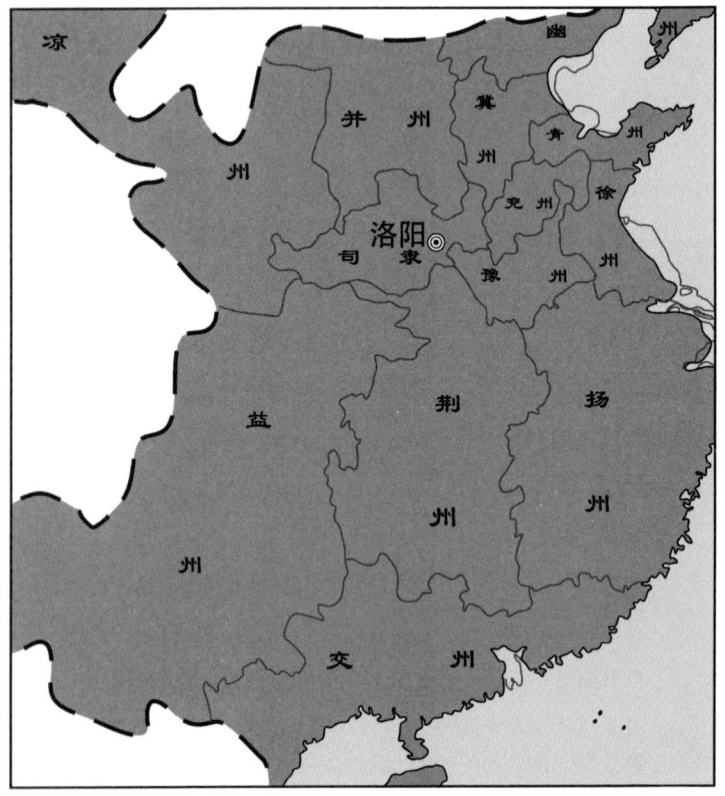

图1 东汉王朝十三州

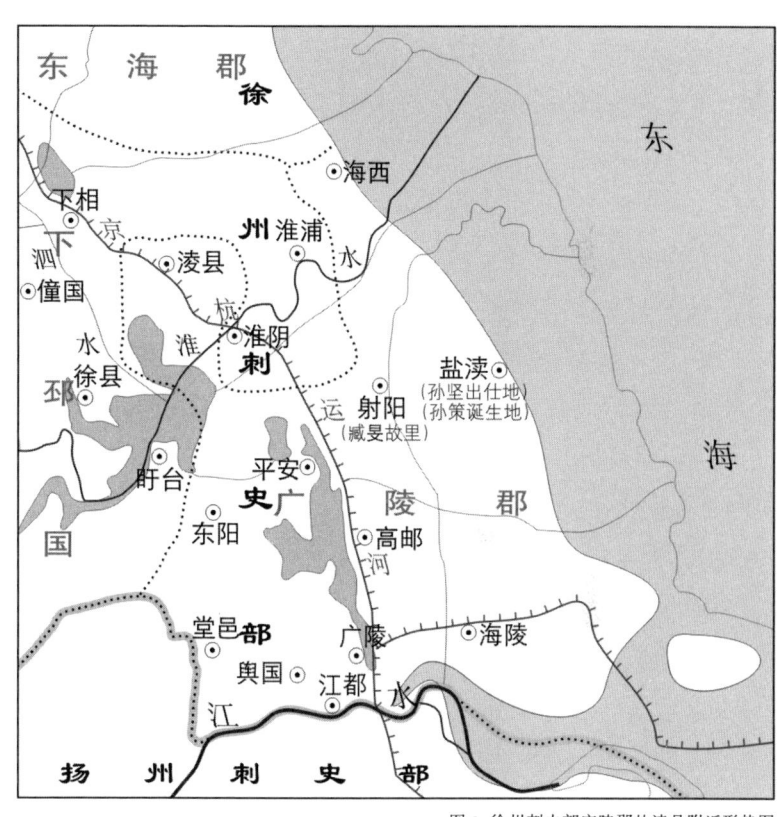

图 2 徐州刺史部广陵郡盐渎县附近形势图

第一回　休沐归家

大汉熹平四年[1]初春，春寒依旧料峭，四野却因刚下的一场细雨而有了绿意。徐州刺史部广陵郡盐渎县县城郊外，好不容易挨到休沐日的大小吏员，或乘车，或骑马，鱼贯于通往各自家宅的田间小径上，身边伴飞着同样急着回巢的一只只乌燕。待县令大人的车舆及其随从走远后，城门中又跑出两人两骑，离开大路后径直奔往旁边的一条桑林小道。居前骑枣红色老马者，正是新任盐渎县县丞孙坚孙文台；而紧随其后的骑白马少年，则是跟他同来盐渎任功曹史的小舅子吴景吴奋起。

见四下无人，开路的孙坚便抽鞭加快了马速。胯下老马四蹄踏起的春泥，向四下播撒着青草的芳香，不经意间却溅脏了吴景所骑白马的脖颈。与姐姐吴甄一样有洁癖的吴景

---

[1]　175 年。

微微皱眉,放慢了马速,以避开孙坚坐骑踢起的新泥。

孙坚仅凭耳朵就听出了吴景放慢了马速。他不满地回过头,大喊:"奋起,今天可是休沐日啊,你不急着回家看你阿姐吗?"吴景脸上浮起了淡淡的笑容,心中暗想:姐姐什么模样我都看了快二十年了,恐怕是姐夫你更急着与天仙般的阿姐团聚吧!

但他的笑容瞬间凝固了。原来,正在孙坚回头那一刻,吴景突然发现,孙坚右前方的路上横着一根倒伏的朽木。吴景大喊:"文台,小心前方!"

但孙坚的马速实在太快。更不巧的是,他胯下的枣红马右眼是瞎的,看不到右边的情形,而此刻孙坚却偏偏分心回头与吴景说起话。于是,枣红马的右前蹄重重地踢中朽木,巨大的疼痛迫使它屈膝下跪,将毫无防备的孙坚顺着前倾的马脖子抛了出去。

孙坚毕竟能武,在身体飞向空中时,他迅速调整姿态,双脚稳稳着地。吴景吓得不轻,立即下马查看姐夫是否受伤。孙坚摆摆手,指指枣红马,示意他先去看马。

此时,刚才跪下的枣红马嘶鸣着站了起来,抖抖颈后的鬃毛,似无大碍。但凑近仔细一瞧,才发现其右前腿上插入了好几根木刺,伤口正在渗血。孙坚脸色一沉,将伤马牵到一边,与吴景一起小心从马腿中拔出木刺,然后从随身行李中寻出布条,将伤口仔细包扎起来。见那枣红马呼吸均匀了,孙坚舒了一口气:"幸好伤不重,回去敷上草药,养个十天,应当就可以重新跑了,但未来这十天要出行的话……"

"未来十天嘛……文台你只好坐车了。"吴景答道，但随即笑了起来，"文台，你现在是县丞啊，官俸四百石，本来就当坐车。而且，按照朝廷仪轨，出行时除了你自己的车之外，还应当配上三辆导车，两辆从车，以及两名骑吏。列羽旄、陈戎马，这才有官威嘛。可你还是那番武将做派，嫌车慢，偏偏去市上买了匹战马，而且还瞎了一眼……这么一匹瞎马，竟然也配叫'朱雀'……"

"这朱雀可是被降汉的归义胡骑过，打过鲜卑人的战马！它的右眼可是战伤！"孙坚怜惜地抚摸着坐骑的鬃毛，重复着他从吴县的马贩子那里听来的说辞。吴景只好无可奈何地笑笑。他知道，只要是塞外的战马，在孙文台眼里，即使是瞎了一只眼睛，也要比关东马来得健美。他似乎还活在会稽郡那场已平定的叛乱中，满脑子都是杀伐与兵略。

为了照顾朱雀的腿伤，吴景只好牵着马儿，与孙坚一道慢慢往家里走。孙宅不近，两人足足走了一个时辰才到。

孙宅外，孙家的佃户朱老三正扶着用熟铁打造的三足耧给田里开沟、播种；至于三足耧身上的羁绳，则紧紧套在前行的老黄牛阿顺的脖颈上，带动耧具翻开了早春的土地。朱老三熟练地上下摇动着耧具的把手，让漏斗处的种子顺势落入耧尖刚刚翻开的槽沟中。此时，阿顺突然停下来，对着孙、吴二人"哞哞"叫唤起来。实际上，阿顺真正熟络的乃是吴景，因为朱家本就是吴家佃户，与吴氏姐弟感情特别好，吴甄跟孙坚北上后，朱家也随她一起到了盐渎县，安了新家。

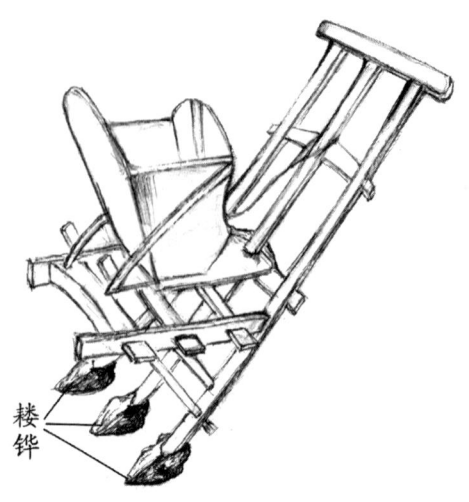

楼铧

图 3　三足耧复原图

看到孙、吴二人的朱老三，立即放下手中的耧具把手，向他们跑过来："二位老爷，总算等到休沐日啦！夫人可想死你们了！"

"夫人想不想我，你怎么知道？"孙坚笑眯眯地看着朱老三。

"嘿嘿！"年长孙坚十岁的朱老三傻笑了起来，"大好的青春时光，新婚夫妻只能五日见一次，怎能不想……我老朱也是过来人……嘿嘿！"

要是在别人的庄园里，佃户对主子说话这么不知轻重，可能早挨鞭子了。可同样是贫苦出身的孙坚却对此毫不在意，只是叹了一口气，口中竟吟出诗来："儿已薄禄相，幸复得此妇。结发同枕席，黄泉共为友……"

很少听到孙坚吟诗的吴景吃了一惊,忙问:"文台,这诗……辞令好不吉利……你新婚不久,别说这些丧气话!"

孙坚笑着摇摇头:"又不是说我的事,而是说别人。这诗是我昨日在县城酒肆处采风而得的。诗中说庐江府小吏焦仲卿妻刘氏,为仲卿母所遣,自誓不再嫁。其家逼其再婚,乃投水而死。仲卿闻之,亦自缢于庭树。有人伤感之,便作了此诗……我刚才只是触景生情,吟唱了出来。"

"原来是扬州庐江郡的事……不知真假……"吴景听罢,沉默片刻,然后说道,"若是真的,恐怕也是因为那焦仲卿与我们一样,五日才能回家一次,婆媳之间的积怨无人调停,这才酿成惨剧……"

听了二人的对话,不懂朝廷仪轨的朱老三不解地问道:"恕小人驽钝,为何你们做官吏的五日才能回一次家?这样的安排太不近人情了!看我朱老三,虽只是一个佃户,但日落后就能抱妻逗子,享受人伦之欢,你们做官的怎么还不如我们这些草民?"

吴景则耐心向其解释:"按我大汉制度,官吏两千石以下,一直到百石小吏,只要不是休沐日,都必须住在官舍,以便随时处理公务,而不能随意回家宅。这是前汉的制度,光武中兴后延续下来,都绵延快四百年了,没法改啊……"

孙坚恨恨地说道:"这不是最可恶的。就拿县廷分的房子来说,本来只要是令、丞、尉这个级别的,所分的官舍也应该是够全家住的。但县廷欺负我是扬州人,分给我的丞舍至今还未修缮好,大小也不合适,逼得我只好与夫人两地分居。可恶！"

吴景忙劝孙坚："文台，县令不是说，这是暂时的困难，你再忍耐几个月就好了……"

孙坚还是不服气："他的话你也能信？修缮丞舍的账目我看过了，只够添置几张案几，县令分明是在诓骗我！"

吴景咳嗽了两声，示意孙坚不要在下人面前说上峰的闲话。孙坚也就换了话题："朱老三，这新买的三足耧，还用得惯吗？"

朱老三也识相地回道："托二位老爷的福，将这么好的耕地利器租给小人，开沟、播种一气呵成，真是事半功倍。小人在扬州的时候，也曾在市面上见过这三足耧，但形制又重又笨，耧铧遇坚石便裂，没有徐州的农器好用啊……"

吴景听罢，若有所思地喃喃自语："其实在前汉武帝之时，搜粟都尉赵过就已发明了三犁共一牛之法。只是扬州太过偏远，很多农具传到扬州就走样了，竟然连前汉的农技还没有普及。还有那些不服王化的山越人，连铧犁都用不好……真是可悲可笑！"

孙坚见吴景又借机卖弄了一下对于前朝典章的知识，心中暗自好笑。但吴景提到的扬州农具不如徐州之事，其实他也注意到了。他记得老父孙钟曾与他说过，论铸耧铧之工艺，扬州与交州的工匠均属于全国末流水准，京都所在的司隶[1]出品者，才是天下第一。与之相比，徐州耧亦只是中上

---

[1] "司隶"是司隶校尉部的直接统辖地区，拱卫着京都洛阳。

品罢了。不过，即使是中上品，也定然比劣等的扬州货好，所以，孙坚入徐后不久，就开始考虑如何转运徐州所产铁器来牟利。考虑到制耧范[1]之技难以窥得，他只好用从句章城伪王宫弄到的金银，直接买下了一百套优质铁头三足耧，低价租赁给自己的佃户，待其春播完成，再迅速装车运给扬州的弟弟孙静与自己的妹夫徐真，然后让其再出租给吴郡富春县的佃户，继续套利。由于孙坚本身是县丞，故可与官府通融制作允许"官器"自由流通的公文，使得其所运铁器一路皆免州郡关税，最终方便孙家与必须缴税的私营铁贩争利。至于朝廷仪轨所规定的那些供县丞出行用的仪仗车马，孙坚也统统拿来输运铁器，以做到"物尽其用"。

孙坚正低头心算朱老三用完耧具再发货运往扬州的时日，没注意田埂边已有两个孩童飞奔过来，大喊："叔父大人回来了！"

孙坚抬头一看，原来是孙贲与孙辅。这一年，孙贲已十岁，而被孙贲拉扯大的孙辅也已五岁了。两个孩子随叔父到了盐渎县之后，由于孙坚在县城内暂无私房，便一时未安排他们去县学读书，而是暂请夫人吴甄在家亲自教他们学习《仓颉篇》《急就篇》等启蒙读物。今日孙坚回府，正好亲自盘问其功课。他先问孙贲："爱侄，叔父有一题，你若算对了，便有赏！"

"叔父请讲！"孙贲乐呵呵地拍起手来。他已注意到，

---

[1] 指制作耧所需要的模具。

在那匹朱雀马的马鞍一侧，拴着一个鼓鼓的布囊，里面十有八九就是带给他与弟弟的玩具。

"嗯，听好！"孙坚清了清嗓子，"今有人持金十二斤出关，遇关卡收税，税率十分之一。现此人先被收关税金二斤，后税官发现所收税已过税率，便又返还此人五铢钱五千。那么，一斤金价值钱几何？"

之所以问此题，其实是因为这几日孙坚也一直在计算自家买的铁器由徐入扬所可省下的税费。此外，此前他从许韶的伪王宫所掠的金子，也需要折算成五铢钱才能进入小额流通，故而金价也是他在意之事。只是用此题来考十岁孩童，多少有点儿刁钻。

孙贲咬紧牙关，脸色发红。他也不说话，从腰带上解下一个小布袋，从中倒出一根根象牙做的算筹，摆放在地上，开始默默演算。孙坚注意到：孙贲先将一根算筹竖着放，后面跟着一枚圆石子，表示"十"；然后再在那圆石子下方密密摆上五根横放的算筹；后面再跟上另外三枚石子，表示"五千"。两大行算筹如此摆放，就表示"五千乘以十"。孙坚点点头：这小子思路不算错，解这题的确首先需要算出五千乘以十的乘积。不过，他又微微皱眉：难道就连这一步也要摆算筹吗？这小子难道不能心算？

正当孙贲满头汗珠思考下面的算筹该怎么摆放时，身边的小孙辅突然张口："叔父，一斤金值六千二百五十钱！"

孙坚大惊，因为孙辅的答案居然是对的！他转头问孙辅："小侄，你快说说如何算的？"

孙辅流利地答道:"暂且先当税官收的二斤税金是足额,不用返税,那么若如此,按照十分之一的税率,此人本来当携二十斤金报关。但此人实际上是带十二斤金报关,可见他需要被返税的部分对应的是八斤金子。按照十分之一的税率,八斤所对应的实际税金就是十分之八斤金子。已知税官返还那人五千钱,可知五千钱即对应十分之八斤金子。由此可知,一斤金所对应的钱数,当是五千乘以十除以八,此即六千二百五十钱!"

孙坚与吴景听了,都呆立在那里,根本不相信这是五岁的孩子能够给出的演算思路。面带愧色的孙贲一言不发,默默将算筹收拾好,装进布袋,重新拴在腰间。孙坚左思右想,突然厉声指着孙辅问道:"老实说,这题你以前是不是看到过?"

孙辅本以为会得到叔父的表扬,却不料反被呵斥,委屈地哭了起来,躲到了孙贲的身后。孙贲急忙打圆场:"叔父莫怪!这几天婶子的确在教我们《九章算术》,这题大概那书上就有……"

"那么为何你记不得里面的题目?你已经十岁了!"这下孙坚又把火气发到孙贲的头上。

孙贲忙不迭地解释:"侄儿一直就讨厌算术,叔父你是知道的。侄儿……侄儿更想练武,学叔父你斩贼报国,以后带兵打仗……"

孙坚一听,更来气了:"兵卒不知几何,粮饷不晓多少,你还敢带兵?你要带的若是那些骄纵的丹阳兵,少一斛军粮他们都会哗变，半夜拧下你的小脑瓜！"说罢，孙坚突然向孙贲踢出了一记扫堂腿。

只见孙贲身姿机敏地轻轻向上一跳，轻松躲开孙坚的腿攻，然后稳稳落地。其实，在上次休沐日时，孙坚就曾教过孙贲怎么在格斗中躲开敌人的拳脚，今日正好校验一下。

见孙贲并非一无是处，孙坚心中的怒火才渐渐平息。他开始有点儿后悔刚才对两个小娃过于严厉，但又担心立即变作笑脸会损伤叔父的尊严，便朝着一边的吴景眨眨眼。后者心领神会，笑嘻嘻地走了过来："文台，我看你这两个侄子一文一武，真是相得益彰，人家羡慕还来不及，你生哪门子气啊。来，两位小侄，看看这次舅叔给你们带什么礼物了？"

孙贲与孙辅看着孙坚，用眼神征求他的同意。孙坚装出勉强同意的表情，心中却暗骂吴景：明明是我掏钱买的，怎么成了你给孩子们的礼物了？

两个孩子随着吴景来到朱雀马边，瞪大眼睛看着他从马鞍一侧的大布囊里拿出了一条长着翅膀的木雕鲤鱼。鲤鱼背上还雕了一个小人，双手抓住鱼鳍哈哈大笑。孙辅忙问："这是何物？实在有趣！"

吴景故弄玄虚，不做回答，然后又从自己坐骑的行囊里取出一把弩机。"嘎巴"一声，他打开了木鲤鱼腹部的机关。两个小娃这才发现：原来镂空的鲤鱼腹内部还置有一根带着长线的弩箭，正好与那弩机配套。吴景将那长线的一头接续上一个缠了五彩线的滚轮，再将这"木鲤箭"安上弩机，对着天空"嗖"的一声射了出去。但见那木鲤鱼载着小

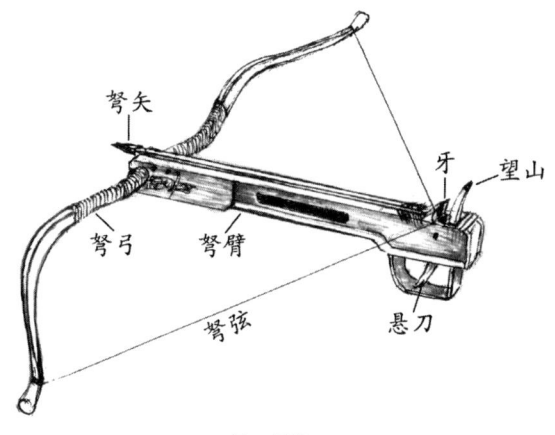

图 4 弩机

人,顺势冲上蓝天,又在春风的鼓动下,比翼乌燕之间,俯瞰着阡陌纵横的孙氏庄园。吴景则一边飞跑着控制提线的滚轮,一边对着紧随其后、欢呼雀跃的两个小娃大声解释道:"和帝、顺帝时,有一个叫张衡的奇人,做过京都的太史令,也做过河间王的国相。他做的浑天仪可知天象,做的地动仪可勘地情,做的木雕飞鸟则可飞三日而不坠。此物叫'乘鱼升仙鹞',即是徐州工匠模仿张衡的木雕飞鸟而造,虽不能飞三日而不坠,却也可丈天量地,游戏浮云!"

两个小娃跟着兴奋地大喊:"丈天量地,游戏浮云!"

看着欢乐的三人与展翅飞翔的鲤鱼,正在田间开渠播种的佃户也纷纷停下了活计,开心地大笑起来。

只有孙坚一人没有理会这些小孩把戏。他牵着朱雀马,朝着田埂的另一边走去。

原来，孙坚已经看见，在田埂的另一边，夫人吴甄正带着几个侍女款步走来。

第二回　吴甄问房

只见吴甄头梳五环髻,左右两髻都插了白银坠珠的步摇,玉颊上敷了粉黛,唇上抹了口脂,身上罩着绣着赤牡丹的襜褕服,可谓盛装出迎。而当她与孙坚之间的距离接近到五步左右的时候,她便在孙坚面前举手齐眉、屈膝低首,对丈夫行了一个肃礼。几个侍女见状,也依样行了礼。

孙坚赶忙双手去搀扶吴甄:"夫人在宅内等我就好,何必亲迎呢?"

吴甄柔声说道:"夫君为朝廷分忧,妾身理应相迎。"

孙坚心里打鼓。原来,上次休沐日归家的时候,吴甄并未出迎,而只是倚在家院门口向其远远招手。今天却如此郑重其事,反而让孙坚疑心妻子接下来会有什么要事与他相谈。究竟是什么事呢?

孙坚刚想问吴甄,却见吴景、孙贲、孙辅三人也收了"飞鲤鱼",一路跑来给吴甄行礼。孙坚把朱雀马交给一个侍女，叮嘱其给马好好疗伤。吴甄跟吴景寒暄了几句，然后对孙坚使了个颜色，暗示丈夫与自己独行。识相的吴景立即带着两个孩子，和侍女们一起走开了。

孙坚与妻子缓步并行在自己庄园田间的小道上，略带寒意的春风吹拂着这对新婚夫妻年轻的面庞。孙坚转头看着身边的妻子，但见一缕带着清香的发丝浮动在吴甄雪白的额头上，遮住了她一边的黛眉和那长密的睫毛，白里透红的肤色则透出青春少妇的生命力。孙坚欣赏着妻子的美貌，竟一时忘了说些什么，直到被看得有点儿娇羞的吴甄首先打破了沉默："夫君，妾美吗？"

"美，美，堪比洛神，迷醉楚王……"孙坚的嘴里胡乱蹦出了从徐真、祖茂那里学到的赞扬女性姿容的词。

"那么……妾身比那胡婵如何？"吴甄再轻声问。

孙坚没有料到妻子会冷不丁提到胡婵，瞬间满面通红。

见丈夫哑口无言，吴甄反而笑起来："夫君尴尬的样子真是有趣，妾也只是问问，想知道夫君更喜欢妙龄女子，还是半老徐娘，并无他意……"

"你问……这个……做甚……"孙坚有点儿结巴地反问。

吴甄看到四下无人，而田埂两边的佃户也都在安心劳作，便附在孙坚耳边小声说道："夫君未来肯定是要做两千石的官禄命，迟早会纳妾。妾身只想知道，未来夫君的妾是比我大，还是比我小呢……"

"大如何……小又如何？"孙坚被问得一头雾水。

"大的话，我就不怕了，因为在此之前，我必然会生下孙家的子嗣，若比我小的话，夫君莫要怪我不客气！"

"这……哪里的话，我当然只喜欢你一个……"孙坚嘴里这么说着，心里却在揣度吴甄的言外之意。莫非吴甄想暗示孙坚可以纳年龄较大的胡婵，而不可以纳别的更年轻的女子？

孙坚正在疑惑之际，却见吴甄脸颊上再次露出一对酒窝。她缓缓说道："夫君莫怪，你写给胡婵的书信，已被我们吴家的人截获了。不过你放心，妾并不嫉妒。只是考虑到我们吴家的脸面，请在试婚未有结果之前，不要再与其联系。只要妾为你生下一个男孩，我便允你纳她入府，只是她生下的所有孩子，都不能入族谱。"

吴甄所说的"试婚"，乃是汉代婚俗，新婚夫妻在头三个月内将试验双方的生育能力。女方怀孕，则为合格，否则男方可以考虑休妻。尽管由于孙、吴两家地位悬殊，孙家绝不敢休妻，但孙、吴结婚三月有余，吴甄尚未怀孕，却也是事实。说到这里，孙坚也总算听明白了吴甄的真正用意。她是希望丈夫多陪伴自己，让自己早点摆脱"无法生育"的舆论指责，甚至为此不惜牺牲未来的快乐，以年长的胡婵作为丈夫的额外犒劳。

吴甄说完，孙坚反而皱起了眉头。其实孙坚更希望夫妻长聚，但他对大汉的休沐制度也无可奈何。看到丈夫满面愁容，吴甄用胳膊肘轻轻碰了他一下，轻声说道："夫君莫愁，妾有良策。"

孙坚听得一头雾水，紧随妻子进了院落，也顾不上用膳，就直奔两人的卧房。吴甄将门关紧，指指屋内案几上放着的一个彩色陶院模型，说道："这院子如何？"

汉代的陶制建筑模型主要有两种用途：一是为了做陪葬的明器，让其在地府也可以住上美宅；二是为了展示建筑的模样，方便房产交易。见了这陶楼，孙坚问道："夫人是要我在县城内买一座院子居住，这样我们就可夜夜相会？"

吴甄点点头："不仅如此，孩儿出生后，也可以在县城内就近上学，免得舟车劳顿，浪费光阴！"

孙坚将陶楼拿起来，对着窗光仔细端详。这是一个"日"字形院落，房屋当中有两个小花园，房间大概有二十间，应当是够孙坚夫妻住，甚至还留有给吴景、孙贲、孙辅与下人的空房。不过，他隐隐觉得这房型好眼熟，于是问道："这是不是县城北面的房子？我在巡街的时候注意到过，那是田家的房产，怎么可能转让给我？"

"夫君啊，你可是县丞啊，可以和其谈价钱啊？"

"这……"孙坚皱着眉头回道，"事情是这样的：田家主营盐业，在县城北面就有煮海盐场。为了方便照料城外的生意，因此在城北有房。要让其转让此房产，可谓虎口夺食。加之我孙坚本是扬州来的外人，虽有县丞的名头，但强龙难压地头蛇……"

"哎，夫君你想哪里去了！"吴甄用粉拳轻轻敲了孙坚一下，"妾怎么会叫夫君去做得罪乡党的事情！只是这几日下人向我汇报，田家内部因为一个孩儿的继承权正在起内讧，此案的案牍不日之内就会呈到你的公案上。夫君若审时度势，扶弱助道，弄不好事主感恩，会愿意将房产转让给我们呢！"

孙坚想了想，说道："这案子既然还没有呈上来，如何利用这机会，还得走一步看一步。即使我们有机可乘，可买房子的钱呢？贤妻你是知道的，最近我们家手头有点儿紧。"

孙坚说的是实话。其实，他们在盐渎的庄园就是卖了吴家在吴郡的庄园而在本地新买的。由于广陵郡的地价本来就比吴郡要高，新庄园甚至还比老庄园小了三成，谷物的产量也随之减少。孙坚之所以想出买卖铁器到扬州的主意，也是为了补上这部分亏空。目下，他也的确拿不出余钱去购置新地产了。

吴甄用胳膊勾住孙坚的脖子，耳语道："夫君，别死脑筋，给吴彪叔叔写封信，他会借给我们钱的……"

孙坚摆摆手。他已享用了吴家太多的恩泽，若继续吃吴家的，以后会更抬不起头。想罢，他放下陶楼，笑着对吴甄说："贤妻，我看了那田家的案牍后再想良策，事后实在不行，再向叔叔求援，可好？"

吴甄还没来得及回应，门外便有下人敲门："老爷、夫人，该用饭了！"

孙坚对着门外说道："等半个时辰再来！"

"夫君，你不饿吗？"吴甄困惑地问道。

"饿，饿极了！我看到爱妻你，就饿死了！"说罢，孙坚突然恶狠狠地抱住妻子狂亲起来。吴甄喘着气半推半就，装模作样地抵抗道："不能等到日落吗？"

"时不……我待啊!"孙坚将吴甄压倒在床榻上,粗暴地扯开她的衣服,嘴里嘟嘟囔囔,"你来给孙家留子嗣……行妻道……房子的事,为夫去办……我找房子……定有良策……因为我手里……手里有权……"

被丈夫突然的激吻弄得意乱情迷的吴甄,幸福地闭着眼睛,享受着猛兽的入侵。她在混混沌沌中说:"夫君,妾为你生的第一个孩子就叫策儿吧!"

"好!"

"第二个,就叫权儿吧!"

"随你!"孙坚喘着粗气回道。

第三回　县令责坚

次日清晨，盐渎县城中央的县寺门口，双桓表[1]外的建鼓还未捶响。孙坚与吴景来得早，便悄声进入了县寺大门。话说在这县寺内，最大的厅房便是县令升堂用的正堂。县寺内余下的空间，除了正堂边的"便坐"[2]之外，则被区隔成一个个办公用的小隔间，其中最大者属于县丞孙坚，再次的属县尉丁昊，其余更小的则分属主簿、金曹、贼曹、议曹、仓曹、功曹、金曹等掾吏。吴景的职位是作为"功曹掾"之辅吏的"功曹史"，办公地方与孙坚相隔颇远，其间安排的也都是孙、吴所不熟络的本地掾吏。在县令赵衡看来，此番安排颇有道理，因为孙坚与吴景毕竟都是扬州人，老凑在一起交头接耳，弄不好就会在盐渎县里弄出一个"吴人帮"

---

[1] 即后世所说的"华表"，在官衙门口的精美立柱。
[2] 县令处理一般事务时的办公处所，没有"正堂"来得正式。

来。而且，对于孙坚在会稽灭许贼时所施展的种种手段，赵县令也有所耳闻，这进一步引发了他对于孙的防备。不过，碍于臧旻大人事先打过招呼，赵县令也曾嘱咐左右，至少不要在面子上让孙、吴难堪，以免刺激孙坚写信给已升任匈奴中郎将的臧大人告状。

早就看破赵县令心思的孙、吴二人则将计就计，每日均比别的吏员早到县寺办公，以尽快就公务的种种疑问进行交流。当然，说得更确切一点儿，是孙坚向吴景请教，因为他读的书毕竟有限，对很多简牍术语一知半解。

不过，因为今天是休沐日后的第一个办公日，前日并无遗留的公文要处理，所以二人只是在廊外随便聊了几句。孙坚对吴景感叹道："近日我感觉被臧大人骗了！"

"文台，此话怎讲？"吴景反问。

"臧大人推荐我来徐州做官，说是为了遵守官员回避制度，防止本籍官员在本地当差滋生弊政。后来我到了徐州，查了《三互法》的原文才知道，按照朝廷本意，两千石郡守以上的官员才需要回避本籍，而县丞这个级别的根本不用。要是我还在吴郡做官，恐怕会比现在顺风顺水得多，根本不用看这些徐州人的脸色！"

吴景笑了："文台，你以为我作为吴县人，就这么愿意随你来盐渎啊！不过，姐姐和我说过，姐夫你日后定能做到二千石以上的高官，《三互法》迟早也会适用于你。既然如此，不如先到外州历练历练，积累人脉，以便日后大展宏图！"

孙坚对这空洞的未来图景感到好笑。他知道,对他这种做不了孝廉与茂才的寒门官吏来说,军功是其上升的唯一途径。也正基于此,几年前他曾在祖茂与胡婵面前夸下海口,迟早要立下霍去病、赵充国那样的盖世功勋。但在会稽亲手斩杀伪后柳氏后,他已悄然转变了想法。他开始意识到:没有一场战争是纯粹的黑白缠斗,因为总会有无辜的花草会被铁蹄所践踏;与其踩着别人的头骨往上爬,如今他更想利用现有的官职捞点好处,发点私财。

此时,提示办公时间将至的建鼓声终于响了,其他吏员也随即鱼贯进入通向官署的游廊。孙、吴也回到了各自的隔间开始办公。

孙坚打了一个哈欠,随便拿起放在案几上一根记录本县户籍情况的竹简,慢慢读了起来:

　　常福里户人公乘丁凡年卌三刑右手求免租三十斛……

孙坚眯起眼睛,觉得这些小字互相纠葛缠绕,生生看得他眼疼。这到底是什么意思?是不是说:常福里的户主(也就是"户人公乘")丁凡被判刑四十三年,他伸出右手申请免租三十斛?但为何一定要伸出右手呢?定神细读三遍,孙坚再默念吴景教给他的断句之法,这才勉强读通此简之义:

"在本县常福里有一户人家,户主叫丁凡,今年四十三岁，右手因为犯罪受过刑，请求免租三十斛。"

孙坚又打了一个哈欠，顿感无聊。处理这些散简本是掾吏之事，现在交给他堂堂县丞来评判，分明是本地掾吏故意给他好看。孙坚看看一边的笔砚，突然有了打发辰光的新主意。他对身后大喊："丁塘，本县丞要练字！"

丁塘乃是县廷配给孙坚的县丞史[1]。他听了孙坚的吩咐，立即拿出一些废牍板供其书写。而眼下的孙坚的确需要练字。汉代流行的公文用字，乃是比篆字简单得多的隶书。但对更善于舞戟弄矛的孙坚来说，就连这隶书也都是难写的。譬如，写公文体隶书的关键，是要将字的大小控制好，可这恰恰是孙坚所不擅长的。笔画多的字，他一般都写得比较大，而笔画少的，则缩成了一团，字与字之间也忽疏忽密，远看就像一堆堆墨汁不规则地洒在牍板上。至于每份公文最后的"如律令"一句中的"令"字，就更难煞孙文台了。原来在汉代的公文中，这"令"字的结尾一点都需要拉长，然后慢慢收尾，显示出苍劲雄浑的笔锋，据说这样才能将朝廷文牍的威严播撒四方。但孙坚呢，用笔不是吸墨太多就是太少，导致这一笔要么就是墨汁四溢，要么就是戛然而止。今天孙坚暗自定了个小目标：先练好这个"令"字。他就不信，写好一个字，竟会比灭了会稽的反贼还难。

孙坚正在专心练"令"字的时候，并没有注意到，县令赵衡已经悄悄走到了他的身边。

---

[1] 辅佐县丞处理公务的秘书。

"孙县丞，这个'令'字，恐怕还是由县令我来写才显得工整啊！"赵衡一边皮笑肉不笑地说道，一边用不屑的目光扫了一眼孙坚案几上堆的一大沓涂满"令"字的牍板。

孙坚压住心里的不悦，起身作揖问安："孙坚驽钝，连个'令'字都写不好，以后还请县令大人多教在下。"

"呵呵，我哪里教得了孙县丞这样的平叛大英雄啊。不过本官没想到，县丞不仅会剿贼，而且还颇通经商之道。到了盐渎不久，就开始了贩铁的生意。"

孙坚明白，县令分明是在警告自己：不要初来乍到就坏了朝廷的规矩，用私铁充官铁逃税。但孙坚对此并不慌张。原来，吴家的情报网早已打探清楚，给孙家供货的赵家铁铺就是县令大人的亲戚开的，县令自己也常借官职之便逃税卖铁。不过，考虑到县令的面子，孙坚也没有顶嘴，而是顺其话锋往下说："县令大人教训得是，朝廷法度一定要遵守。这样吧，这个月孙坚的俸禄就全部领带糠的粟米吧！"

按汉制，县丞这个级别的官员领的薪俸，应当用去糠的粟米支付，以免去官员自己舂米的麻烦。但舂米的工作总得有人来做，当时通行的做法便是由女犯来舂米。然而，最近全县在押的女犯只有区区三人，根本不敷使用。孙坚主动提出领带糠的米，显然是想把领取更多去糠米的机会让给县令。

赵县令见孙坚这人还算识趣，便不再纠结其贩铁逃税之事，而是想顺势再占些便宜。他补了一句："不但这个月，一连三个月都罚你领带糠的粟米！"

"诺！诺！"孙坚作揖。

见孙坚全无气焰，颇为满意的赵县令语气也和缓了下来："孙县丞啊，你来本县这段日子以来，一直也没有什么大案，你也一直没机会历练自己。不过，今日便有一个关于房产交割的案子，稍微有点儿难度。当然，这种案子，和你剿灭反贼的大事相比，真是不消一提。"

孙坚心中一阵惊喜：吴家的情报果然精准，田家的房产纠葛这么快就报上来了。

第四回　遗产疑云

孙坚虽已猜出县令所说的案件，十有八九就是田家的房产纠纷案，但脸上还是装出一副懵懂的样子，恭谦地说道："大人吩咐的案子，卑职当然会尽心尽责。不知大人今日是否会在一边观审？"

赵县令摆摆手："对孙县丞的手段，本县心里有数。你大胆去做就是了。对了，今天督邮大人要到本县视察，我马上就要乘车去与之会面。孙县丞务必要在督邮大人停留本县期间，将此案办理妥帖，不要让其听到一些有辱本县官威的风言！"

"诺！"孙坚一边应承，一边揣摩着县令的心思。他知道，县令方才提到的督邮大人，是专门代表郡守负责巡游各县的督查官员，人称郡内"小刺史"，县级官僚见之无不毕恭毕敬。如果今日有些对县务不满的刁民跑到督邮那里告状，县里就会非常尴尬。而县令叫自己留守县寺审案，可能是希望利用自己的手段压住案情，不要发酵。若自己没有弹压住案情，县令也可顺势将责任推给自己。

到底是怎样的案情会让堂堂县令都去寻机避责呢？好奇的孙坚问道："请问县令大人，可有关于案情的文牍可看？"

赵县令指着自己"便坐"的方向说："文牍都堆在那里，孙县丞可自由调阅。此事牵涉到的被告与原告都在县寺外候着，你不妨看完文牍心里有数之后，再召唤他们进正堂对质。对了，今天本县令离开时，全县寺人等都由你调遣，你放心去做就是！"

"县令大人如此信任下官，坚自当效犬马之劳！"孙坚立即拜谢。不过，他注意到，县令并没有将自家的令印转交给孙坚，因此，孙坚就只有自己的丞印可用。这样一来，若孙坚办案妥帖，县令就可以在结案公文上加盖令印以便抢功；一旦孙坚举措失当，县令也可以立即撇清关系。想到这里，孙坚暗骂：这赵衡，真是比泥鳅还滑！

孙坚送走县令及其随从后，立即唤来吴景，急匆匆赶往县令的便坐，拿起文牍细读起来。

此案果然就是关于田家的。原来田氏也是本县强宗，在县城外有大片盐场与田庄，光庄园的面积就是孙、吴城外庄园的五倍。户主田彧一年半前刚刚过世，享年八十八，在当时算是惊人的高寿。因为年龄大，妻妾子女多，遗产分割当然也成了一件麻烦事。而更麻烦的是，田彧老爷子临死前还取了一房小妾丁氏，留下一个遗腹子，其继承权却遭到了田氏宗族的否定，甚至连孩子的名字都不让上族谱。想那丁家的势力，虽不及田氏，但也算本地另外一个强宗，若不是希望能分到老爷子的遗产，是断不会将自己的姑娘嫁给田家做妾的。不过，见田家到头来还是不认田家自己下的种，丁家这才在一气之下将田家告上了县廷。

孙、吴读罢诉状，都皱起了眉头。依汉律，一般民事纠纷，里、亭、乡三级小吏都有权调停；调停不成，案子再送到县里；县里处理不了，再通过督邮，呈报到郡守那里；若郡守处置不当引起民愤，则州刺史部就会出来干预；而极个别连刺史部都处理不了的，则会被呈报京都三公。此案目前已走完里、亭、乡三级程序，而这三级小吏呈上的公文都说此事真假难辨，无法决断。如若孙坚在此时再不给出一个令人满意的说法，恐怕丁家就真要闹到督邮那里，让所有人都下不来台了。

孙坚轻轻指了指简策上的"丁"字，小声问身边的吴景："奋起，这丁氏是不是与丁县尉有瓜葛？"

吴景点点头："那丁县尉算是这苦主丁氏的族叔。"

"我今日怎么没有看到他？"

"你忘了，前些日子他母亲过世，他因为丁忧请了二十五天假。"

"嗯嗯，我想起来了。"

按照《礼记》的要求，汉代官员父母亡故，需守孝二十五个月。而在前汉文帝当政期间，朝廷为防止过多官员守孝导致政府无法运作，便将丁忧期缩短为二十五日。光武中兴后，后汉官场也遵循此制。孙坚此时还想起，丁县尉是二十天前请假离职的，因此目下还当有五日余假。不过，这丁县尉会不会利用这丁忧之假的便利，煽动乡党对抗田氏呢？孙坚心里不禁犯起了嘀咕。

孙坚突然又想起，这县里的曹吏三分之一都姓田。他再轻声问吴景："相比丁家，田家在县寺里的势力是不是更强一点儿？"

吴景点点头，并在宽袖的掩护下抓住孙坚的手心，用手指快速写下"金""仓""田""贼"四个字。孙坚立即会意。县里的金曹、田曹、仓曹与贼曹均是田氏在官府安插的眼线，代表了县里大半个晒盐业的利益。[1] 看来县令大人觉得此案棘手，也是有道理的。赵县令其实是冀州常山国人，在本地根基尚浅，田、丁二家都惹不起。如今田、丁起纷争，赵县令无论怎么判都会得罪人，只好将这烂摊子扔给扬州人孙坚。

孙坚左思右想，也没想出解套办法，于是叫小吏将等候在县寺外的丁、田二家代表叫来。吴景轻声问："文台，你可想出眉目了？"

孙坚指指这些文牍："看字根本看不出名堂，得见人，才可窥见真相。到时候我们见机行事。"

吴景听罢，点点头。

---

[1] 东汉不像经济政策严苛的西汉，大多数时候是允许私人从事盐业生产的，但从业者必须以货币税的方式向国家上缴部分利润。"金曹"便是从事相关的税收核定、收缴事务的掾吏。

第五回　螺羹破案

县寺外的小吏听到孙县丞的发令，立即拿起桴槌，敲起了门前的建鼓。不久后，田家代表二十人，丁家代表十五人，都披麻戴孝，沿着长廊来到正堂前。见到在堂上坐着的不是赵县令而是孙县丞，两家人都有点儿诧异，彼此耳语，不知说些什么。吴景见了有点儿生气，站起来呵斥："见到县丞大人为何不跪？"

两家人勉强跪下，脸上却流露出对于这个扬州外来官吏的怀疑与不屑。孙坚则正色说道："县令大人今天有事出巡，由我孙坚代行其职，请诸位尽抒胸臆，本官一定为民作主！"

说到这里，田家总代表田邈站了起来，指着丁家的一个年轻女子说道："老朽是田家原户主田彧长子田邈，此女系先父生前所纳之妾，但迎娶三日后先父突然亡故，可见是此女克死了先父。考虑到田家家风一向宽厚，故而不再追究，只是将其撵出了家门。不料丁氏不思悔改，竟然在先父亡故之后与人勾搭成奸，还暗结珠胎，生下一男婴。而后到处撒谎说是先父的种，妄图以此为口实霸占家产，实在是可恶至极……"

田邈其实已是六十几岁的老人了，不料说起话来声如洪钟，听得孙坚鼓膜发麻，心中不禁对田彧老爷子生前的风姿遐想联翩。不过，田邈的恶毒话语，也惹得手抱婴儿的丁氏大肆啼哭起来，丁家阵营里一片喧嚣，整个厅堂瞬时陷入了混乱。

"一个一个说！不得喧嚣！"吴景喝道。

"我代表丁家说话。"一个声音低沉的青年男子拄着哭丧棍站了出来。他把额前的乱发往后一捋，抬起了头，看得孙、吴与四下的曹吏都一起惊叫起来：

"丁县尉，怎么是你？"

"不错，正是丁昊。"丁昊用坚定的眼神与孙坚对视着。

吴景暗觉县寺三把手与二把手如此四目相对，实在有碍观瞻，立即开口替孙问话："丁县尉，你身为朝廷命官，遇到亲属涉案，本该避嫌。你却利用为家母丁忧的机会打本县的官司，不怕外人责你以权谋私吗？"言罢，几个围观的田姓曹吏也都纷纷附和。

"吴功曹此言差矣！"丁昊不卑不亢地应道，"圣人说过，不在其位，不谋其政。我身在县寺当差，遇到家人打官司，自然要避嫌；可我当下既然还在丁忧期间，就是草民一介，自然有权打官司。"

吴景也不依不饶："可圣人也说过：名不正则言不顺，

言不顺则事不成。你既然在丁忧期间,就得好好守孝思母,不可逾越名分、横生是非。请问:阁下为何现不去守孝,而到了县寺?"

丁昊冷笑一声:"请教吴功曹,何为孝?"

吴景不假思索地回道:"孝子之事亲也,居则致其敬,养则致其乐,病则致其忧,丧则致其哀,祭则致其严……"

"好!吴功曹说得好!"丁昊拍掌大叫,然后继续说道,"所以,孝子要乐父母乐之乐,忧父母忧之忧,是否?"

"然也!"吴景点头。

丁昊接着往下说:"家母病危时,最忧虑的就是我这侄女的遭遇。她对我说,这孩子命苦,被田家玩弄后惨遭抛弃,肚子里明明是田家的种,却横遭污蔑为野种,真是让全族脸上无光。换言之,我要是无法给侄女讨回公道,就是违背家母遗愿,也就是不孝。丁忧期间为了家母遗愿来打官司,正是孝子当为之事!"

丁昊说罢,丁家阵营一片叫好。

孙坚摆手叫大家安静,说道:"尽管两家分歧很大,但也并非毫无共识。丁氏曾是田家纳的妾,这一点当无争议。按照汉律,凡是妾都无法继承遗产,这也是无异议的。所以,若丁家要分得田家遗产,须证明丁氏之子是田家的种……"

丁昊打断了孙坚的发言:"这事不需要证明。侄女给田老爷子做妾之前还是黄花闺女,做妾之后才怀了孕,不是田家的种是谁的种……"

田邈反驳道:"先父纳那贱人的时候已经八十八岁高寿

了啊，与先父同房三日就能够怀上，你当先父是廉颇再世？分明是丁氏被休之后再勾搭别的野男人，怀了野种，然后到处胡说是田家的种！"

丁昊悲愤地反驳道："捉贼捉赃，捉奸捉双。你说我侄女勾搭别的男人，请问她勾搭谁了？可有证据？"

田邈一时语塞，想了想，回道："说到那野男人，那个刘医工最可疑，很多人看到他和那丁氏过往甚密！"

"你胡说！我家侄女产后虚弱，便请了刘医工上门调理，而且其诊治时，我家族人都在场，刘医工从来没有非分之举！"丁昊还击道。

"你们丁家自己人做自己人的证，我们田家不认！"田邈也是寸土必争。

孙坚手里摇动着笔杆，陷入了沉思。丁、田二家的观点都有一定道理，各自论据又都略显不足。那么，事情的真相究竟是什么呢？他一边想着，一边在不经意间低头看到了妻子吴甄昨夜给他缝的一个香囊。他由此联想到吴甄说到的房产之事。于是，孙坚将话锋一转，开始向田邈问起了别的事情："田老伯，若抛开丁氏不谈，你们田家到底有多少遗产可以继承？又有哪些人可以继承？"

田邈被这个有点儿不相干的问题问得有点儿懵。他与族里人沟通一下意见后，回道："先父留下的遗产，主要有县城外三片庄园与四片盐场，以及县城里五座房产。大小奴婢有四百五十七人、佃户一千两百二十三人、精壮部曲五百二十六人、盐奴一千八百四十三人、船奴一百八十九人、载量三十石的小艇五十艘、载量八十石的大艇二十七艘、马车一百二十辆、牛车一百一十辆。至于马匹、耕牛、家禽的数量……老朽年纪大了，记不清了。老朽是新户主，这一点大人可以查验官府的户籍记录。家母已离世二十年，此后先父没有再立过正妻，只有四个妾，不过不算那个贱人。先父留下的儿子，算上老朽，是五人，留下的女儿是三人。还有孙子二十人、孙女八人……"

"那包括老伯在内的令尊的五个儿子，其中几个是正妻所生呢？"孙坚再问。

"前四子是老朽生身母亲所生，第五子是先父在六十八岁纳的小妾卞氏所生。"田邈回道。

"哦，"孙坚想了想问，"那么，排名第五的田大叔现在何在呢？"

"五弟要照管盐场的营生，今日没来。"

孙坚点点头："不过，本县丞有一事不明：那卞氏是令尊六十八岁纳的妾，她生的孩子你们田家认，为何就不能认丁氏的孩子呢？"

"大人有所不知！"田邈解释道，"先父纳了卞氏后，吃了好几服药，两年后才生下五弟，整个过程田家上下都知悉，故不可能有诈。而先父纳丁氏后旋即暴死，后来丁氏又突然宣布自己怀孕，此事怎能不叫人生疑？"

听到田邈开始重复前面那套说辞，孙坚失去了耐心，转头问丁昊："按照丁家说法，这孩子是田家骨肉，因此有遗产继承权。若你们所说属实，那么你们希望获得多少遗产？"

丁昊拱手答道:"按照汉律,死者亡故后,遗产继承顺序是儿子、父母、寡妻、女儿、近孙、远孙,等等。遗腹子也可与死者生前所生儿子分享继承权。因此,我侄女所生孩子,继承权应该在田家排名第六。但丁家不贪,家里也不穷,不是真要财产,而是要个名分。我们只要田家同意将孩子编入族谱,并在城内五套房产中匀出两套较小的房产,分给他便可。其余盐产、田产、奴婢,我们一概不分。"

"哪里的两套房产?"听到"房产"二字,孙坚眼睛一亮,示意手下立即在地上展开全县地图。

丁昊俯下身,在图上指出了他看中的两套房子,其中一套便是吴甄看中的日字院。

孙坚办案的劲头大增。他隐隐看到了鹬蚌相争渔翁得利的机会。他转头再问田邈:"老伯,丁家的胃口并不大。你们田家的大利在于城外的盐场,可人家丁家闭口不提,只要区区城内两套房产。你们就松松口吧,给人家孤儿寡母行一个方便。"

田邈发现孙坚的口气开始转向丁家,有些急了:"孙县丞,这不是利大利小的问题!让一个不明不白的人进族谱,这脸我们丢不起啊!"

孙坚一皱眉:"说那孩子不是你们家的种,只是你们一方的推测,并没有证据啊?"

"说是我们家的,也没有证据!"田邈气得银须乱抖。

孙坚示意田邈不要激动,并叫丁塘给其看茶。不料,丁塘却在其耳边低语:"大人,昨夜小人查验,发现郡里发给曹吏们的醒脑茶都变质了,不能拿来招待人……"

"有这等事!堂堂广陵郡也做得出这样的事?!"孙坚眉毛紧锁。丁塘立即补充道:"这事以前经常发生,我们一般用螺羹汤来代茶。反正我们盐渎靠海,新鲜海螺有的是。"

"好,螺羹汤这里每人一碗,算在我账上,从我俸禄里扣!速去办!"孙坚催促道。

"诺!"丁塘叫了几个人,飞跑了出去。

不久,厅堂里每个人面前都有了满满一碗海螺汤。孙坚刚想喝,却发现一旁的吴景皱着眉头不喝。他立即催促道:"奋起,先歇息一下吧,喝点汤提神!"

"文台,你忘记了,我和姐姐都没法吃海里的东西,否则身上会出风疹。"吴景叹了口气道,"其实我也知道,海螺真的很美味。"

"呵呵,我忘了……"孙坚笑着开始喝汤。但喝了两口,他注意到田府族人也没有喝汤,丁氏一族则大多喝得欢畅。

"这海螺羹颇为鲜美,为何诸位不享用?"孙坚疑惑地问田家人。

田邈答道:"并非我们不给大人面子,也不是这汤羹不好,而是我们田家上下有奇症,吃了海里的东西身上就发风疹,奇痒无比。"

孙坚看看吴景,再看看田氏一家,突然眼睛一亮,立即问田邈:"令尊生前是否也有此症状?"

田邈点点头:"先父有,我们五个兄弟也不同程度都有,三位姐妹则更严重。"

孙坚一拍大腿，站起来对诸人说道："虽然我孙坚目下还不能够断定这孩子究竟是不是田家的，但只要大家略加配合，真相即可水落石出！"

众人面面相觑。

孙坚笑道："田氏宗族食海产后多会罹患风疹，怕是田氏宗族之通病。若那孩子也是田氏子孙，那么喝下那汤也会有风疹块。若无，则表示其非田氏骨血……"

那丁昊听了，大声叫"妙"，立即吩咐丁氏给孩子喂食螺羹汤。丁氏不敢多喂，只喂了一小勺。不久后，那孩子就扭动身子皱眉哭了起来，丁氏摊开孩子的褴褛，果然，屁股上生出了一些疹块。丁氏疼惜孩子，一边流出泪，一边给小儿喂些热水。丁昊则大笑道："这下你们心服了吧！"

田家陷入了短暂的沉默。随后田邈眼珠一转，向孙坚身边的吴景问道："吴功曹，你刚才为何不喝那羹汤？"

吴景答道："我们吴家也怕吃海物，吃了会发疹块……"

这下轮到田邈哈哈大笑了："所以嘛，刚才那小儿屁股上的疙瘩，只能说明其父惧海物，可不能说明其父就是先父。因为天下有这病症的不只是我田家，还有吴家！"

孙坚也跟着笑了起来："听老伯刚才这话的意思，是否想指控本县功曹史吴景就是那奸夫呢？"

田邈立即解释道："老朽不是这个意思啊！那贱人生孩子之时，吴功曹还跟着孙大人您在会稽剿贼呢……"

"好！"孙坚一拍桌子，"看来要成为那所谓的奸夫，得至少满足两个条件。第一，他惧海物，吃了以后身上会有风疹；第二，他的确在丁氏回娘家后与丁氏有接触的机会。那么，你们说，这人究竟是谁？"

田邈想了想，有些心虚地回道："就是……就是我提到的刘医工！"

"你想不出第二人了？"孙坚反问。

田邈低头，默默不语。

"好，传刘医工！"孙坚下令。

刘医工的诊铺离县寺不远，不久后就被带到正堂内。看着彼此剑拔弩张的丁、田两家，他感到不明就里。看到孙坚，立即跪下："小人没有犯罪啊，大人明察！"

孙坚摆摆手，指指摆在刘医工面前的螺羹汤，下令道："听说你给盐渎县民看病十三年，救活了不少人，本县丞颇为感怀，特赏你汤喝。"

"诺！"刘医工糊里糊涂将汤喝了。孙坚便原原本本地将传唤他的理由告诉了他。

刘医工听罢，气得满面通红。他指着田家人喝道："大丈夫可杀不可辱，你们田家的人找我看病时，我何曾不尽心尽力？今日却恩将仇报，血口喷人，你们的良心叫狗吃了吗？"

心虚的田邈结结巴巴回道："这……刘医工，我们说的……只是一种可能……等一下，阁下只要让我们看到你皮肤无碍……我们自……自会道歉。"

"现在我就脱给你们看！"气呼呼的刘医工不顾面前还有女人，立即宽衣解带。

和煦的春日阳光照耀在刘医工白皙的皮肤上。的确没有一点疹块,一点都没有。

"再来一碗!"刘医工叫道。他喝了一碗又一碗,但皮肤依然光洁。"你们还要看吗?"刘医工继续挑衅地问道。

田家上下皆默然无语。这场官司,他们输得心服口服。

孙坚、吴景相视一笑。孙坚一拍案几,大声喝道:"本案事实已清,本县丞宣判如下!第一,丁氏所生确为田家前户主田彧之子,责令田氏宗族将其名字登记入族谱;第二,田家必须在三日内登门分别向丁家与刘医工道歉,令全县上下都知道你们冤枉了无辜之人;第三,丁家所要求的两处房产,限田家十日内交割给丁家。两家可否有异议?"

听罢此言,丁家上下一片欢呼,纷纷拜谢。田家则一片唉声叹气,但也无法反驳。

孙坚将起草判决文书的工作交给了助手丁塘,自己则站了起来,尽情地享受属吏佩服的目光。正在此时,门外传来了一声清脆的报门声:"广陵郡西督邮[1]韩福大人到!"

听到督邮大人驾到,厅内所有人都跪下了。

但见身材略微发福的督邮大人,在赵县令的陪伴下快步走近孙坚:"孙县丞,刚才你断案的过程,本官在廊外都听得真切。真不愧是会稽的剿贼英雄,谋略惊人,手段非凡,本官听了都非常感佩!"说罢,将头转向一边的赵县令:"赵县令啊,你好福气啊,有了如此得力的帮手!"

跪在地上的孙坚没有抬头,却顺势给县令戴了顶高帽:

---

[1] 在东汉,一个郡一般会有东、西、南、北四个督邮,分区进行监察。

"下官本是粗人,不懂《诗》《书》,不精文墨,在盐渎当差,可谓战战兢兢。幸得赵县令不嫌下官驽钝,对下官耳提面命,教下官治县之道,下官这才略有长进,让大人见笑了!"

听了这话,赵县令心里就像被灌了蜜一样。韩督邮也听得十分受用,转而问一边的田逸:"你们田家可有不服?"

看到督邮如此器重孙坚,田逸知道此案已无翻盘可能,只能认栽。他回道:"老朽糊涂,不辨黑白,指鹿为马,差点将田家骨肉误认为外家杂种。以后一定多读圣人之书,反省过失,谨慎为人,还望大人不要与老朽一般见识,给我们田家一个改过自新的机会!"

"老伯请起!"督邮俯身挽起田逸,"人非圣贤,孰能无过。老伯遇到的此类事情,平素的确不常见,误判也是人之常情,只要以后改过就是。您看,现在就有一个改过的机会。目下朝廷要在京都洛阳为《鲁诗》《尚书》《周易》《春秋》《公羊传》《仪礼》《论语》七部儒经刻录石经,而主持者乃天下名儒蔡邕蔡大人。所需费用已摊派到各州郡,但天子有爱民之心,不想横加田赋,而希望能多加盐税,以补刻经费用之不足。老伯您是本县盐业第一大户,田家又经常为县里的儒学募捐,对于朝廷的号召,想必不会虚与委蛇吧!"

田逸听了,心里真有被锥子锥透的感觉。分给丁家的两处房产毕竟是较小的损失,而京都刻石经的费用就是个大数目了。但督邮官威在此,以后田家孝廉与茂才的名额也需郡县各级官员的核定,这次破财恐难以避免。想到这里,田逸只好强挤出笑容说道:"秦皇暴政焚书,我朝却刻经重文。

生逢此文治盛世，能够为圣人之音远播尽绵薄之力，乃是我田家三世修来的福分。有何需要，田家有求必应！"

督邮与县令听了，都哈哈大笑起来。

送走各路上司之后，孙坚顿感有点儿内急。在去如厕的路上，他被丁昊悄悄拦下。丁昊对孙坚下拜道："这次能还我丁家清白，全靠县丞大人谋略！今后我丁昊愿为县丞效犬马之劳！"

孙坚看左右无人，扶起丁昊："丁兄，实不相瞒，这次我孙坚帮丁家的忙，也是有私心的！"

"有何为难处，与我说便是。"

"你和我交个底，为何你们要那两处房产？"

丁昊也不隐瞒："两个院子，一个是日字院，比较小，有二十来间房。大一点儿的田字院落，有三十五间房。我家侄女会带着那小娃住在那田字院，我也会带家眷过去，省得每到休沐日才能见家眷一面。这样一来，我们丁家子弟到县里上学也方便，几乎过两条街就到。"

"那日字院你们将如何处置？"孙坚再问。

"租赁啊。那日字院虽然房间少了一点儿，但院落精致，离县学更近，赁出一定不难。"

听到这里，孙坚拱手道："若兄台真心赁出，就给我孙家吧，我们愿意先付一年的赁金！"

丁昊一听，笑道："文台兄若愿入住这院子，是我们丁家的荣幸！"

两人四手紧握，相视而笑。

第六回　盐城说盐

孙坚巧断遗产案四个月后，整个广陵郡已经入夏。这日又是休沐日，孙坚无事，便携家小在县城东门城头赏海景。吴甄抚摸着微微隆起的肚子，微笑着侧立在孙坚身边。原来，在搬入丁家的日字院后不久，她便顺利怀孕了。孙坚坚信这会是个男娃，并取名为"孙策"。孙贲与孙辅则在城墙上兴奋地牵引着翱翔在蓝天的"乘鱼升仙鹞"，引来白鸥阵阵飞舞。吴景盘腿坐在城楼的阴棚里，与兵卒们一边喝梅子酒聊天，一边下着六博棋解闷。

孙贲、孙辅玩腻了飞鲤鱼，便收了玩具，气喘吁吁地跑回孙坚、吴甄面前。小孙辅指着城门外海岸边的片片盐场，问孙坚："叔父，那城外的盐场是怎么产盐的？我们吃的盐真是从大海里来的吗？"

孙坚给孙贲使了一个眼色，叫他来回答弟弟的问题。孙贲点点头，指着下面的盐田说："弟弟，你看到外面摆放的一个个大牢盆了吗？海水倒到里面，然后下面用柴火加热，蒸去水分，留下的就是晶白的盐。海里煮出的盐叫'散盐'，颗粒细，味道虽然比内地池子里晒出来的带苦味的'鹽盐'[1]味道更清淡，但价格更便宜，所以一直不愁销路。"

"嗯……但我还是不懂……"小孙辅皱起了眉头。

"阿辅，你心算如此迅捷，这么简单的煮海制盐法怎么不懂？"吴甄笑眯眯地摸了摸孙辅的小脑袋。

"婶娘，我不是不懂煮海制盐法。我只是不懂，这么简单的制盐之法，住在海边的人都会，那为何本县最富庶的只有田、丁两家呢？"

孙坚哈哈大笑，拍拍孙辅的脑袋："以前听你答出了算题，还以为是你死背了《九章算术》的解题法。现在看来，侄儿能有此问，的确是动了点小脑筋。"说罢，又转头看孙贲，"你能回答阿辅此问吗？"

孙贲瞪着眼睛看着下面的盐田，许久之后，突然恍悟。他在小弟脚下垫了几块废砖，以便让他看清城外盐田边的一排排牢盆。他问道："阿辅，你觉得那一个牢盆有多大？"

要准确判断远方物体的大小，即使对成人也并不容易。但孙辅清楚地看到几个田家的成年盐奴正在一个大牢盆边用木棍搅动热腾腾的卤水，而那牢盆的高度又恰好是盐奴身高的三分之一。于是，他往婶娘吴甄身上比画了一下，位置大约在她肚子最凸出的那个部分，然后说道："牢盆就是策弟

---

[1] "鹽"读"鼓"。

那么高。"

"不得对婶娘无礼!"孙坚刚想抡巴掌教训孙辅,孙辅虽懵懂不解,但机警地躲到了吴甄身后。他知道,吴甄喜欢他甚过孙贲,根本不可能因为这点小事动气。

吴甄果然笑着拦住了孙坚,打圆场道:"夫君莫怒。盐铁之利,天下富庶之本。刚才阿辅指着策儿,随口即说这就是煮盐牢盆之高度,可见策儿未来定有大富贵!吉兆啊!"

吴甄的这番吉利话,打消了孙坚的怒气。他再回头看孙贲:"别分心,继续回答阿辅的问题!"

"诺!"孙贲点点头,"阿辅,你也看到了,牢盆很大,又必须耐得住火烧。可见,不是大户根本置办不了这么多优质的铁牢盆。所以,穷人家煮海可富不了……"

"那穷人家可以买小牢盆煮海啊……"孙辅反问。

"那产量就低了啊。你看,大户有自己的大批盐奴,又有大号的牢盆,产的盐自然就多,价格自然也就低,小盐户怎么与之竞争?"孙贲说罢,回头望向孙坚,"叔父,我说得对吗?"

孙坚点点头:"小侄,你搬进县城后,见识的确长了不少。你说的都对,不过叔父再补充几句。其一,对大户而言,煮海用的木材是自家庄园的,而小户煮盐却要买木材,这样盐的价格自然就会更高;第二,你们看盐田边是什么?"

大家手搭凉棚望去,但见一条条密密的水道网格将盐田连接到内陆,河道上帆影点点。

孙坚继续说道:"这盐渎县之所以得名,不仅因为产盐,也因为溇川密布。你们想想，为何要修溇川？因为盐户要将盐运到缺盐的州郡去卖掉。沿溇运盐，自然就需船与车马。若你能用自家的船与车马将盐运到尽量远的地方，那么你的盐价就会更少受到别家商贾的盘剥。这样一来，家里也就能变得更富有。你们说说，这既要有大庄园，又要有盐奴、铁器、船队、车马，穷人能够做这营生吗？"

孙辅满意地笑了起来，拍着手说道："我们孙家以后一定要越来越富！"

孙贲却皱起了眉头，慢慢说道："那么，叔父，穷人就没有活路了？"

孙坚笑了起来："怎么没有活路了？穷人竞争不过大户，可以给豪强做佃户、做部曲啊。看看我们孙家的佃户，我们何曾亏待过他们？此外，本地豪强田氏、丁氏亦对本乡父老颇为照顾，极少恃强凌弱。再拿叔父我领回家的粟米来说吧，为何往往带壳？就是因为本县政通人和，连舂米的女犯都不够用啊……"

孙贲仍旧皱着眉头："但穷人即使饱暖，其吃穿依然与富人有云泥之判。侄儿前几日看到西城外一家佃户死了老人，收敛尸体的棺木都没涂漆，便草草下葬了。而南城外丁家老奶奶亡故后，据说光墓室前的两只石制辟邪兽就花费了四万钱，这价格可以买两个壮年奴婢呢。富人将这余财分给穷人，不是更好吗？"

孙坚被孙贲的话噎住了。孙家是穷苦出身，思考问题从穷人的角度出发，也是家境使然。但孙坚毕竟已走在富贵的路上，对孙贲所言多少有点儿听不进去了。于是，便将求助的目光转向了从小就锦衣玉食的吴甄。

吴甄先是表扬道："阿贲刚才所说，颇有王符《浮侈篇》之余韵。对了，王符就是那个设计木雕飞鸟的张衡的好友。此人也反对厚葬，提倡薄葬。"随后她将话锋一转，"不过，侄儿是否也想过孟子所云'老吾老以及人之老，幼吾幼以及人之幼'？天下有待接济的穷人虽多，但照顾自家老幼的责任总得居先，这就叫'亲亲'。既家有余财，自会将父母的冥宅弄得敞亮一点儿，这难道不是人之常情吗？按照侄儿的想法，大家不照顾先人，却先去照顾不沾亲带故的穷人，虽貌似高尚，却太不切实，因为这违背了'亲亲'之常理啊。"

"但是，"孙贲还不肯认输，"侄儿以为，食盐就是天下公器。若学习前汉武帝的盐业专卖制，不让大盐户有盘剥小民的机会，天下或许就可均富，自然也就无人厚葬奢靡了。"

孙坚听了，心中一惊：盐业专卖制度在东汉早就废除，一个十岁小儿怎会想到启用前朝旧制？他追问道："侄儿，关于盐业专卖的事，是谁告诉你的？"

"是县学新来的诸葛先生教的。他教给我们读前汉宣帝时一个叫桓宽的大臣写的《盐铁论》，里面就主张盐铁专卖。"

孙坚听了，鼻子都气歪了。桓宽曾写《盐铁论》确实不假，但立场显然偏向废除盐业专卖制的各地贤良文学，并反对坚持此制的顾命大臣桑弘羊。这到底是哪里来的诸葛先生，在经书之外随意增加阅读书目也就罢了，竟还歪曲古书原义、误导幼童？其心可诛。

不过孙坚还是压住了怒火，因为他知道，若在孩子面前随意贬斥学堂的先生，会有损天下所有为师者的颜面。他转而一想，再问孙贲："那我问你，本朝第三代皇帝孝章帝[1]是不是旷世明主？"

"当然是！"孙贲点点头，"我听老人说，孝章帝陛下忠厚仁义，笃于亲系，刑罚宽疏，天下归心，实为明君！"

"那孝章帝陛下为何先是恢复了前朝的盐业专卖制度，又在驾崩前不久将其废除呢？"

见孙贲一时语塞，孙坚立即给出了答案："这是因为孝章帝陛下睿智英明，慢慢看透了盐业专卖之虚伪！[2]若行旧制，看似由官府掌控盐类之制作、均输与出售，令私人商贾无法从中获利，却使得官府可以随意定价，进而盘剥全天下子民，致使民穷税绝，最后贻害社稷！孝章帝驾崩之后，孝和帝[3]陛下延续前制，允许私人制贩盐类，只是设置金曹，收取税金，以充官府之需，由此实现'永元之隆'。我朝国运昌盛，难道不正有盐业私营之功吗？"

见孙贲被说得哑口无言，孙坚上了劲头，继续滔滔不绝："此外，这大汉天下，除了我们盐渎县之外，产盐之县还有会稽的海盐、东莱的曲城、苍梧的高要、南海的番禺、

---

[1] 指刘炟（56—88）。今天称"汉章帝"。汉代人则习惯在帝王谥号之前加"孝"字。
[2] 在这里，孙坚故意在侄子面前修改了他所知道的历史。汉章帝是在代表地方豪族利益的大臣的政治压力下，最终不得已废除盐业专卖制度的。
[3] 刘肇（79—106），东汉第四位皇帝，今天称"汉和帝"。一般认为，汉和帝统治时期，东汉国力达到巅峰。

渤海的章武、渔阳的泉州、辽东的平郭、辽西的海阳、巴郡的朐忍[1]。经销品类除了海盐外,还有井盐、池盐与岩盐。你倒数数天下制盐大户有几何?大户多了,也就有了竞争。一家定价高,另一家则可削价以夺其销路,由此无人可左右天下盐价,百姓反而得了实惠。至于因盐业而变富的商贾,有时虽花销奢靡了一点儿,但那墓室中的壁画、砖石上刻的孝子图,无一不是所雇工匠之杰作。若按你的说法,天下人都行节俭之风,那漆工、画工、雕工、砖工恐怕都会冻饿而死,天下恐复绿林、赤眉之乱!"

孙坚一口气说这么多,听得吴甄也暗暗吃惊。看来孙坚做了县丞之后,补读了很多文牍材料,口才提升不少。她用佩服的目光看了丈夫一眼,然后转向孙贲:"你叔父说得有理啊。人自有命,不可贪求过多。那些穷人,能够饱暖,就不会造反。这就是夫子所言'君君、臣臣、父父、子子'……"

孙贲擦了擦鼻涕,有点儿不识趣地回道:"婶娘无非想说,人生在世,不要索求太多。然而叔父以前常说,未来要做本朝的霍去病与赵充国。但谁都知道,在本朝,不要说做郡守,就连做县令或县长[2]也需要孝廉与茂才出身,可叔父这些头衔都没有。这么看,叔父自己的索求是不是过多了呢?"

吴甄脸色骤变。她喜欢孙辅甚于孙贲,道理也在这里:孙辅是该表现聪明的时候表现聪明,不该表现聪明的时候就

---

[1] "朐"读"渠",朐忍在今重庆云阳县西。
[2] 在汉代,大县的最高长官叫"县令",小县的最高长官叫"县长"。

闭嘴；而孙贲则反之，过于实诚。

然而，孙坚并未生气，反而哈哈大笑。他低下头，对孙贲说："近日侄儿不但见识涨了，知道了前汉的盐铁之辩，说话也犀利了！老实说，叔父的确不是孝廉或茂才，未来升迁的可能的确不大。但是……"他指了指吴甄腹中胎儿，"你的策弟有希望！你们也有希望！"

"为何？"孙贲、孙辅都睁大了眼睛。

"只要叔父日后小心勤政，善待百姓，积累家财，打通各个关节，说动郡县将孝廉、茂才的名额匀出一两个给我们孙家子弟，并非毫无可能。不过，你们两个要记住——"说着，又抚摸着吴甄的肚子，"策儿，你也听好！"

"孩儿听好！"吴甄也轻拍自己的肚子，附和着孙坚。

"孙家复兴的大业，不是我孙坚一代人可以做成的，你们得继续做。你们这一代做不成，还有你们的儿子与孙子。我孙坚做不了大汉的万户侯，我孙家的后代一定要做到！我们孙家一定要青史留名！"

孙贲、孙辅听了，不由得精神大振，都兴奋地攥紧了小拳头。不料吴甄此时却柳眉紧锁，小声喊痛。原来，此刻孙策正在踢她肚子呢。

孙坚关爱地将耳朵贴在妻子肚皮上，小声说道："策儿，父亲为你铺好路，以后你得驾着驷马快车在上面驰骋啊！"

咸涩的海风携着微微的热浪袭来，小孙辅用舌头舔了舔嘴唇，喃喃自语道："咸。"

第七回　东门临贼

　　正当孙坚一家议论盐政、欣赏海景之际，海面上方却突生乌云，滚滚而来，咸涩的海风也愈加迅疾，将吴甄额边的发丝往后猛吹。吴甄担心下雨，带着两个孩子走进了吴景所在的城楼。孙坚不愿离开，仍死死盯着远方的大海发呆。城门外的盐奴开始手忙脚乱地给一排排煮海牢盆加上防水盖，并在牢盆上支起防雨棚，以免辛苦煮出的盐被淋湿。

　　孙坚还站在原地。吴景从城楼里出来，给孙坚带来了蓑衣，然后陪着姐夫对着大海一起发呆："真是很久没下雨了！"

　　孙坚手扶墙堞，淡淡地问吴景："棋下得如何？"

　　吴景若无其事地答道："还没开始落子呢。"

　　岂料这场雨终究还是没下起来。风吹云散，光剑重新从云缝之间扎入海面，照亮了片片粼波。此时，孙坚与吴景忽然发现，阴晴不定的海面上，似有船队正碾压着粼波，步步逼近盐渎海岸。

孙坚眯眼观察，那船队在视野中愈发清晰，大概有五排，每排二十艘。他大叫一声"来了"，随后取出随身携带的小红旗，对着百步之外城楼内的兵卒挥动。

兵卒中吹螺最拿手的田福，立即奋力吹响了巨型海螺。其余的兵卒，也纷纷来到警鼓之前，大力捶鼓。

"呜——"低沉的螺声从东门城楼最高处，传遍了半个县城。急促的战鼓声也裹挟着死亡的气息，震颤着县民们的耳膜。谁都知道，这是海贼来袭的警讯。

城楼内的吴甄也吓了一跳，她捂住耳朵阻挡战鼓的噪音。虽然她也曾遭遇过海贼胡玉，但今日所见海贼的人数，似有当初胡玉所部的两三倍。而且，这些海贼船队形严整，可见贼酋颇懂用兵之法。吴甄心中嘀咕：今日是休沐日，县内大半官吏不在城内，就连赵县令与丁县尉也结伴去了临近的射阳县游玩，盐渎危矣！

吴甄紧张地望向百步外的丈夫，发现孙坚一动不动地看着正在逼近的海贼，毫无惊慌之色。吴甄的心绪也开始安定下来，默念：有文台在，盐渎就在！

第一次见到这种场面的孙辅，吓得抱住孙贲的腰直哭。他毕竟只有五岁。孙贲却似初生牛犊，挣开孙辅，兴奋地在城楼内找寻兵器，大喊道："几位兵哥哥快给我环首刀！"

刚吹完一阵螺喘着粗气的田福，猛然看到只有十岁的孙贲颤巍巍地举起明晃晃的环首刀，吓得大叫："孙公子啊，这兵器不适合你这个年岁！"

孙贲点点头，将环首刀"哐当"一声丢在城楼地板上，然后从墙上取下一把短得多的拍髀[1]，去鞘露刃，大喊："杀贼啊！"

"阿贲，不许胡闹！"从孙坚身边跑回城楼的吴景一把夺过孙贲的拍髀，"你们先撤下城楼！"

按照吴景的吩咐，吴甄、孙贲、孙辅三人先去县寺，告知当日留守的小吏相关情况，并立即组织人手协防。一路上，三人亦不停向县民示警。听到警讯的盐渎精壮男女，手里持着竹枪与藤盾，背着弓箭，朝东门方向奔去。

吴景回到孙坚身边，急切地问："文台，破贼你有几分把握？"

孙坚淡淡一笑，指着城后涌来的盐渎民众，说道："决定此战胜负的，不是我孙坚的谋略，而是县民的士气。只要在海贼登陆之前，我们这面城墙上能够站满六百人——不，四百人就足够了——我们就赢定了！"

吴景听罢，转身对远处的田福喊道："再吹螺，再擂鼓，不许停！"

此时，贼船第一排已离海岸很近了，孙坚甚至能数清每一条船上的人数。左边第一艘上有八人，第二艘上有九人，第三艘上也有九人，第四艘十二人……

城外，眼见海贼逼近盐田的盐奴们，开始惊慌地往城门跑。但孙坚却命令士卒拉上吊桥，关闭城门。盐奴们一边

---

[1] 拍髀（读"必"）就是短刀。它与匕首的区别是，匕首的中轴线是直的，而它的中轴线是略弯的，二者类似于环首刀与环首剑的关系。

咒骂狠心的扬州人,一边纷纷滚入城门前的护城壕,躲在防浪堤后面。原来,为了防止海水侵袭城墙,在武帝元狩四年[1]盐渎建县后不久,当时的县令就在护城壕靠海一侧修了一条一人高的防浪堤。

第一艘贼船开始登陆。贼人们晃着刀剑,踩着海浪就往岸上冲来。此时吴景也告诉孙坚,已有五百人上城协防。

不久后,第一批上岸的贼人,大概有四百之数,开始岸上整队。与此同时,孙坚也惊讶地发现:方才明明已经撤离的吴甄与孙贲,也与丁昊县尉一起上了城墙。孙坚大喊:"夫人,你怎么又回来了?!丁县尉,你今天不是陪着赵县令去射阳县了吗?"

手里晃着一对短矛的丁昊抢着回答:"县丞大人,我今天腹中略有不适,所以在去射阳的半路上就回家了。尊夫人将我从刘医工的诊铺找来,我立即带人来协防!我苦劝尊夫人躲避,但夫人却说,这么多民妇都上了城,她作为县丞之妻,也必须上城提振民气!"

孙坚的眼睛有点儿湿润了。他感动地看着身怀六甲,手里还握着环首剑的吴甄。吴甄则回之以温柔的一笑。孙坚发现孙辅不在妻子身边,急问:"阿辅呢?"

晃着拍髀的孙贲回道:"婶娘说辅弟太小,还不适合看这些杀戮场面,就让仆从将其带回家了。"

"小公子,你也不大啊,就适合看溅血了?"孙贲身边

---

[1] 公元前119年。

一个粗壮的民妇半开玩笑地说道。

孙贲瞪大了眼睛,瞳孔里透出十岁孩子所罕见的凶光。他对着城下的贼人,用尽力气,一字一顿地喊道:"贼——人——洗——好——脖——项,等——兵——圣——孙——武——后——人——来——砍——"

"砍"字的余音夹杂着涛声与鸥啼,从城头传向四方。

此刻,第二波的贼船也已经开始登陆了。

第八回　牢盆飘香

海贼船队最后一排中，一艘一百八十石载重的中型船只稳居中央，貌似这支舰队的领舰。船头站立着一个长须的精瘦男人，像是贼酋，头上戴着一个前后垂荡着旒帘的冠冕，身上披着黄色的蟒袍，里面穿着玄铁片编缀成的大铠。他身后的桅杆上飘着一面九旒交龙玄黄旗，上写"太平"二字，迎风猎猎飘动。贼酋旁边一个军师模样的白面胖子，手里晃着鹅毛扇子，头上戴着不知从哪里搞来的进贤冠。他一边在贼酋耳边不停嘀咕，一边又伸出胖胖的手指，指着盐渎的城头。

不久后，贼酋开始命令船上的小贼敲响战鼓，下达军令。一个身材轻盈的小贼酋开始指挥上岸的贼人向盐田深处慢慢逼近。但见众贼人虽然衣服不整，却个个头戴黄巾，从城头望去就像一片正在攒动的黄珠，而此景又让孙坚与孙贲同时想起了孙钟老汉在富春老家打理的瓜田。吴景指着依稀可辨的海贼军旗，对姐夫说道："这帮贼野心不小，竟然敢用诸侯才配用的旌旗，可见其志远在胡玉之上——远可比安帝时代的青州海贼张伯路，近可比会稽阳明反贼许韶！"

孙坚点点头，轻蔑地回道："哼，又是一群相信黄土可以克制大汉之赤德的蠢货！"

吴甄此时已经来到孙坚身旁，她略略皱眉道："夫君不可轻敌，贼势甚众，你可有破敌之策？"

孙坚道："这群海贼与所谓的'太平道'有瓜葛，最近数月从青州一路南下劫掠，号称劫富济贫，颇能蛊惑人心。最近徐州沿海郡县已屡有警报，我作为盐渎县丞焉能不知？"

吴甄听了更是疑惑："夫君，既然你知海贼要来，为何县寺今日毫无防备？"

孙坚摇摇头："夫人啊，我虽知道海贼迟早要来，但如何知道他们今日会来？再说，今天是官家的休沐日啊！"

吴景安慰姐姐："姐姐，姐夫已说过，若天天备兵，则会弄得人心惶惶，影响了制盐的生意，损失反而会更大。不如'既来之，则安之'，我们不妨就来个以静制动！"

吴甄听罢，明白孙坚其实已做好了防备，只是天机不可泄露，也就不再追问下去。

此刻，那个身材轻盈的小贼酋竟然晃起了一面白旗示意谈判，并在几个盾牌手的掩护下向城头逼近。孙坚命令左右弓弩手箭头朝天，不要放箭。那小贼走到离城门十五六步处，开始大喊："城头可是孙坚孙县丞！"

孙坚也大声回道："正是本官。本县财薄人穷、兵少粮匮，各位好汉想要打劫，不妨去南边的扬州！"

那小贼酋哈哈大笑："天下何人不知徐州比扬州富庶，广陵郡可是当年吴王刘濞发迹之地，孙县丞竟然怀金哭穷！不过，吾等并非贼人，而是替天行道的太平道弟子。北方疠疾，民多死难，张角大人已立太平道，立誓匡世济民。今日遣我等弟子来盐渎借粮借盐，以购药材，日后必加倍酬谢。若县丞大人不予方便，我们便只好凭借刀戟之力，自己来取！"

孙坚没有正面回答，反问那小贼酋："小哥尊姓大名？远处那穿黄袍的大首领又是何人？"

那小贼酋舔了舔嘴唇，回道："小弟我叫张小宝，十六岁。我们的大首领叫张宏，他身边的则是我们的军师张桓。"

孙坚略有诧异："你们是一家人？都姓张？"

小贼酋回道："太平道弟子都尊拜张角、张宝、张梁三位太师，他们是前汉开国功臣张良的后代，沾染了张良张子房的仙气。我们三人得到张角太师的恩宠，故而废弃本姓，改为张姓……"

孙坚打断了他："那你们大首领名字中的'宏'字，是不是就是当今天子名字中的'宏'字，而你们军师名字中的'桓'字，是不是已驾崩的孝桓帝陛下谥号中的'桓'字？"

张小宝没有料到孙坚会问这个问题，沉默片刻后，点了点头。

孙坚突然怒喝道："不知好歹的东西，两代天子的名讳，是你们这群贼人可以随便用的吗？"

张小宝舔了一下嘴唇，立即反驳："县丞说话好无理！我大首领年龄比当今天子都大，其父母怎么会预知天子之名？而桓帝驾崩也不过七八年而已，我们军师的父母又怎么可能预知其谥号？"

孙坚哈哈大笑："任你巧舌如簧！你可见这城头密布的弓弩？尔等若不怕矢箭穿额，不妨冒矢来取城下盐粮！只怕你们带走盐粮前，先会留下狗命！"

张小宝见谈判破裂，舔了一下嘴唇，仰天长叹一声，张开双臂，在海风中大喊："太平教主，请你怜悯这些冥顽不化的愚民吧！"说罢，收起白旗，在诸盾牌手的保护下开始撤回本阵。此间，盐渎城头亦未放一箭。

见战斗即将开始，孙贲拉拉孙坚的衣襟，疑惑地问道："叔父，就算是强弩也只能射两百步，而那盐场上的远处的牢盆，我看离我们都有五百步远了。若贼人就在我方箭弩的射程之外劫掠，该如何是好？"

孙坚拉扯了一下孙贲的耳朵，以嘉许的口吻说道："小侄最近真是长见识了，连本来不擅长的算术也有进步！对，我们的确无法用矢箭击中远贼——但你刚才注意到了吗？那张小宝说话时多次舔了自己的嘴唇，他身边几个盾牌手亦如此。可见，贼人缺乏淡水，而这一点或许就是他们的命门！"

孙贲似懂非懂地点了点头。

此时，贼人开始撬动装盐的牢盆。不料，盐田里的每个牢盆都被铁链拴在了大铁桩旁，而每根铁桩又被深深打入了淤泥之中。众贼无奈，只好试图撬开牢盆上的铁盖子——

却不料这些盖子也都上了锁,一时砸不开。

此时,孙坚对着城外的贼人大声喊着:"你们手脚麻利一点儿!本县县令赵大人马上会带臧家部曲回来布防!"

张小宝没听懂孙坚的意思,急忙回到贼酋张宏身边问:"大将军,那臧家部曲指的是哪方人马?"

军师张桓抢先回道:"那是射阳县的臧洪的部曲,而臧洪就是匈奴中郎将臧旻的儿子。那臧旻在做扬州刺史的时候,曾带孙坚打过许氏父子,因此孙坚与臧家关系可不一般。射阳就在盐渎西面[1],若射阳发兵来救,恐怕一个时辰内就会到。"

张小宝听罢有点儿着急:"将军,军师,我军久陷坚城之外,恐非良策。刚才我看到离城头两百步处的牢盆似乎没有加盖,我们快去那里取点盐来,然后就撤!"

张宏想了想,回道:"两百步的距离,只有边关劲旅配备的强弩才能够射到,料那孙坚也没有此等利器!你这就带弟兄们去取盐!"

张小宝大声喊"诺",便带着众贼逼近到离城头两百步的位置。

确如贼人所料,城头果真没有射箭。让张小宝更欣慰的是,这里有一半的牢盆确未加盖,而另外一半牢盆的盖子则没来得及上锁。众贼人开始展开随身携带的麻袋,用勺子

---

[1] 因为海岸线的变迁,今天江苏省的射阳县已经移动到了盐城市(即东汉的盐渎)的北面。

往里面舀盐粒。

突然,张小宝身边有人大叫一声"水",将众贼的注意力全部引向更靠近城头的一排牢盆。

张小宝循声望去,发现其中的确有一个牢盆侧面写着一个"水"字。

不过,那里面装的真是淡水吗?张小宝再次舔了舔干裂的嘴唇,目测了一下距离:那贴着"水"字的牢盆离城头大约一百五十步,应当已经在城头守军弓弩的射程之内。他环视一下四周,问:"谁敢去?"

喊"水"的那个贼人的嘴唇都已经干裂得发白了。他不等张小宝的命令,连盾牌都没有带,就往那牢盆奔去。

城头开始射箭。三十支箭画出弧线,向城下的取水贼人射去。

但没有一箭命中。张小宝发现,所有的箭矢落地的地方距离取水之人都有二十步左右。可见,就连这个牢盆也在孙坚部下的射程之外。

同样注意到这一点的取水贼人,开始安心地将头探入牢盆。但他的头探进去后,就没有再抬起来,从后面看,整个人一动不动。张小宝看了不由得一惊,心中暗念:此牢盆是否有机关,害得那兄弟中了埋伏?

他正想着,那取水的贼人突然将头从牢盆里抬起,一甩湿漉漉的黄巾、长发与满脸的水珠,兴奋地大喊:"小爷好几日没有喝得这么畅快了!"

"真是水!"张小宝身边众人见了,都疯狂地往那有水的牢盆跑去，张小宝则对后面的人示意往前递送水囊装水。

然而，此牢盆中的水原就不多。当后方的水囊送来时，张小宝沮丧地发现，水已经快要被身边的这群渴鬼喝光了，身后那么多兄弟怎么办？

他开始往眼前更靠近城墙的一排排牢盆望去。在离他二十步的距离，也就是离城墙一百三十步的距离，又有一个写着"水"字的牢盆。而在更靠近城墙的地方，这样的牢盆甚至更多。不过，这些牢盆的位置，肯定已经进入孙坚的射程了。要不要冒险呢？

此时，还未喝到水的大批贼人已聚集到了张小宝周围，嫉妒地看着那些肚子里灌满清水的兄弟打着饱嗝。他们一齐对张小宝喊道："我们也要喝水！"

张小宝指指城头的盐渎军民，提示大家小心弓箭。众人道："只要盾阵严密，应当无虞！"

张小宝拗不过众人，只好答应。于是，众贼用盾牌保护住天灵盖，组成一个盾阵，掩护十来个抱着水囊的取水贼人，继续逼近城墙。

果然，城头又开始射箭。但让众贼安心的是，这些箭的准头却极差，十有八九都飞离了盾阵，个别的箭矢飞出城垛子没多远就掉到了地上。即使有几箭射到了贼人的盾牌上，也软弱无力，如鸡啄轻轻啄米一般。

张小宝透过盾牌的缝隙往城墙上看，发现射箭的盐渎人中超过一半是女流之辈。他心中暗笑：怪不得！

成功抵达牢盆的贼人开始喝水、取水，士气大振。此时又有人大喊:"前面还有桑葚干!"众人循声望去,果然发现在离城墙更近的几个牢盆周围,竟然放着好几个装着桑葚干的簞笿!

桑葚干在汉末经常被当作粮食的代用品。众人见有桑葚干可以充饥,更是个个摩拳擦掌。刚才已领教过盐渎军民的射功,众人不等张小宝下令,便继续向城墙前方移动。

城头继续飞出箭矢,但极少命中目标。一些先跑到簞笿边的贼人开始大把大把地抓起桑葚干,直接往嘴里送。

孙坚在城头大喊:"你们这些贼人,竟然偷吃盐奴的水粮,实在可恶!吃完就滚!"

此时,贼人已离城墙只有百步。他们发现离城墙七十步左右的一个牢盆上摆着一个漆盘,上面盖着一块赤色的布头。一个小贼喃喃自语:"看形状,下面似乎盖着一个猪头。"

"怎么,此地盐奴的待遇这么好,还能吃猪头?"另一个小贼问道。

"我看你才是猪头!那是给管家或者监工准备的,你还以为他们是太平道,会与自己的奴婢有福同享?"第一个说话的小贼嘲笑道。

张小宝看着疑似猪头的那坨子凸起物,看看身边的弟兄,回头看看阵营中的大首领和军师,再看看城头凌乱的盐渎军民,一拍大腿,喊道:"上!我们已经很长时间没有吃过荤腥了!"

众人呼啸着,迎着稀疏的飞矢,冲了上去。

掀开红布,果然是猪头。移去漆盘后,只见下面的牢盆的盖子上写着一个"肉"字。于是众人兴奋地撬开盖子，发现下面的确藏着大量风干的猪肉块。

人群中发出一声欢呼。旁边一个牢盆的盖子也被打开了，里面装满了带壳的粟米。相邻的一个牢盆也被打开了，还是粟米。众人陷入狂喜之中。

张小宝对着城头大喊："太平道笃信天下人都应当分五斗米！谢谢孙县丞今日成全太平正道！日后必有重谢！"

孙坚在城头大骂："这些食物均为田家财产，你们敢动一动，叫你们用人头来偿！"

张小宝看着从城头射来的又一轮不成气候的箭矢，开始有点儿相信，孙坚今日可能是故意放过太平道信徒，以图大汉倾覆后可以为自己找条退路。他挥动信号旗，提示后方贼人立即过来帮忙运走这些补给。

不久后，六百海贼都猬集在盐渎城墙七十步外，开始往麻袋里装桑葚干与肉。余下的几百人则排成人链，将装得鼓鼓囊囊的麻袋往靠岸的船队上运。

此时，城头的盐渎军民反倒陷入了混乱。很多妇人大喊："县丞大人啊，民妇手指都射断了啊！实在是太累了！"

孙坚忙不迭地鼓励士气："这些贼抢的都是本县人民的血汗，大家都加把劲，不要让匪贼耻笑！"

"不行啊，大人，这弓弦都断了啊！"

"是啊，这箭矢都用完了啊！"

"民妇只会煮饭带孩啊，射箭真的很难啊！"

孙坚的声音被铺天盖地的抱怨声淹没了，城头射出的箭也变得更加稀疏。

贼人听到城上的动静,都哈哈大笑起来。很多人扔掉了盾牌,开始安心往嘴里塞肉块。

"嗯,好吃,真好吃!"连张小宝也放松警惕吃起肉来。

此时,孙坚对着城下大喊:"今日算你们这些匪贼走运!射阳的臧家部曲恐怕是今天全都吃坏了肚子,竟还没来救盐渎!还是那句话,尔等吃完就滚,以后不许再来骚扰本县!"

"我们太平道弟子……呃!……会记住……呃!……你孙大人今日之恩!"张小宝在回话时,连打了两个响嗝。

"你们太平妖道的所有徒子徒孙,迟早会被噎死!"孙坚在城头用尽力气大喊,声音都有点儿变哑了。城下众贼听罢,更是一片哄笑。

张小宝喃喃自语:"想这孙坚也不容易啊,虽然暗地里帮我们,但明里也要做场戏,让别人知道自己已恪尽职守。"他再次仰头,看着青天喊道:"苍天啊,让黄色的沙尘扑灭满山的野火吧!让孙坚这样的人从火位转移到土位吧!让徐州人不再向我们射箭,就像我们青州人也一直不曾想伤害他们一样!太平!"

说来也怪,张小宝刚说完"太平"两字,众贼也暂时停止了吃喝,一齐对天空大喊:"太平!"

一直憋住没有说话的县尉丁昊紧张地拉拉孙坚的衣袖,小声说:"文台,你还要等到什么时候啊?!"

孙坚没有理他,只是眯着眼睛,暗咬钢牙,狠狠说道:"不平太平道,天下难太平!"

第九回　七十步外

正在城下大快朵颐的海贼并不知晓，局势已经转向对他们不利的方向了。

原来，方才已有四百多名田家与丁家的部曲，背着弓弩，悄悄登上了城头。丁县尉示意他们低头静音，不要让城下人发现。

孙坚仰面躺在城堞后，拉了拉田家家丁递给他的一把角端弓——据说，这可是用獬豸[1]之兽角所制的宝弓。他估量了一下，这弓大约有一石半的弦力，居高临下射死七十步外的敌人，不费吹灰之力。此时，同样持着弓弩的田、丁两家部曲也在城堞的射口后就位，只等孙坚与丁昊一声令下。

孙坚依然没有发令，并示意丁昊勿要急躁。原来，孙坚刚才让孙贲去找那个木雕飞鱼，孙贲竟然一时忘记丢在哪

---

[1]　"獬豸"读"谢治"，为头上长角的麒麟。

里了,在吴甄的提醒下,他才在城楼里找回了这物件。

"叔父,你要这个干吗?"满头汗珠的孙贲从守军的身体缝隙之间挤回来,疑惑地将木雕飞鱼递交给了孙坚。

孙坚没有回答,而是用眼神示意他将木雕飞鱼交给吴景,吴景立即熟练地将这木雕飞鱼插上一支带有竹制哨管的弩箭。与此同时,孙坚则在专心致志地摆弄一部刚刚被运上城头的大型弩机。此弩机过于笨重,必须用脚力开弦,所以叫"蹶张弩"。但见采取坐姿的孙坚用平放的双脚顶开弩弦,然后让吴景将那插着飞鱼的箭安在弩机的弩臂凹槽处。孙坚将整个弩机仰举,对准青天。见风向正对,他便毫不犹豫地扳动了弩臂下的悬刀[1],将飞鱼箭射了出去。

张开翅膀的木雕飞鱼带着嘹亮哨音冲向天空,随风滑翔,将城下所有匪贼的注意力都吸引了过去。很多人一边咀嚼食物,一边仰头观看。一个有些见识的海贼喃喃自语:"南阳张衡先生发明的木雕飞鸟,在徐州怎么变成飞鱼了呢?"

张小宝仰头看着木雕飞鱼,不知怎么忽然想起了因疠疾而在去年夭折的小妹——她生前就一直嘟囔着要买一个木雕飞鸟玩……

此刻,孙坚也正从城堞口向下探望。但见城下一个个不断跳动的男子的喉结,全部暴露在了城头的箭弩手凶残的目光之中,而防身的盾牌则凌乱地四下散落。

战机终于到了。

---

[1] 类似于今日枪支的扳机。参看图4。

"射喉！"孙坚大喊一声，拉开手中的角端弓，一箭射了出去。与此同时，丁昊与吴景也射出了手中之箭。预先埋伏好的四百弓弩手，也像变戏法一般，从城头突然露出头来。须臾间，密密麻麻射出四百支箭，劈斩开空气，呼啸着扑向七十步外的匪贼，为其带去死亡的问候。

此番出现的田、丁家部曲，在每年县里组织的"秋射"中得到过丁昊的亲自调教，控弦的本领哪里是那些临时上阵的民妇可比。但见他们射出的第一轮箭矢，就穿透了八十多个海贼的喉咙或头颅。动作敏捷的海贼立即抄起盾牌阻挡飞来的箭雨，一边大喊"中计"，一边试图逃窜。孙坚见状，马上向城下护城壕处大喊："动手！"

埋伏在壕内，并一直在防浪堤掩护之下的两百盐奴，突然将身子探出石墙，端起早就安放在护城壕内的小型擘张弩，将弩箭射向贼人的下盘。只顾用盾牌护住头顶的贼人，突遭两面射击，顿时大乱。不少人的膝盖与小腿被盐奴射来的弩箭射穿，惨叫着倒地，同时也忘记了用盾牌掩护头顶，结果终被城头射来的弩箭透颅索命。

手臂中了一箭的张小宝立即组织撤退，后方观战的张宏与张桓也命令舰上的小贼鸣金收兵。见贼势大乱，城头士气大振，原本抱怨的民妇也纷纷叫好。吴甄在一片喧哗声中大声对孙坚喊道："夫君，你今日是活用孙膑减灶添兵之计啊！"

孙坚对妻子会心一笑，然后继续回头射箭。孙贲有点儿懵懂，问道："今天叔父是靠增食诱兵，怎么会是学的孙膑的减灶之策？"

孙坚与吴景都在忙着对着城下的匪贼射箭，没空搭理孙贲，吴甄便蹲下来替孙坚回答："战国时，齐将孙膑在命齐军撤退时故意减灶，以迷惑追击的魏军，使其误以为齐军士卒已经大量溃逃。魏军在轻敌情绪中一路追击，最终进入了孙膑设在马陵道的伏兵圈。今日你叔父故意制造盐奴逃跑时来不及顾及水粮的假象，同样是为了示弱，诱使匪贼进入我方弓弩的有效射程。故而，减灶也好，增食也罢，均是手段，诱敌入彀才是目的。这就叫'兵无常势，水无常形'，为将者必须妙用于心！"

孙贲听罢，大为折服，从城堞的缺口处指着下方喊道："这盐田，就是太平妖贼的马陵道！"

"呸，他们也配！"孙坚一边对着城下吐了口唾沫，一边又搭上了一支箭，继续说道，"在马陵道被射死的魏将庞涓，多少也算个英雄，岂是太平道匹夫可比！"说罢，箭矢离弦，又射中了一个正在逃跑的海贼的屁股。

经过几轮猛射，二百多个海贼已横躺在城墙七十步外的牢盆边。一半人已经毙命，另一半则惨叫着挪动插有箭羽的身子，一寸一寸地向海岸方向爬去，在散落了一地的晶白的盐粒上，拖出长长的血迹。最先去抢水的那个海贼被射中了腿部、腹部与肩部，半躺在地上，对着城头凄厉喊叫："行行好吧，快了结我吧，疼死了！啊！——实在疼死了！"

惨叫声伴随着海浪声，在城头回荡。

吴甄的心一紧。看那海贼也就十八九岁的样子，头发蓬乱，骨瘦如柴，若非生计所迫，恐怕也不会为贼为盗。她轻轻拉了拉孙坚衣袖，小声说："夫君，快让他早点上路，不要再折磨他了！"

孙坚点点头。不过，正当他举起一把弩机，瞄准完毕准备扣动悬刀的时候，却发现有两百多原本已经逃脱的匪贼，竟然在张小宝的带领下重新冲进了城头守军的弓弩射程！而领头的张小宝，则晃着白旗大喊："我等只是想将受伤的兄弟抬走，请勿再射！"

孙坚立即示意城头军民停止射箭。此时丁昊凑了过来，轻声说道："文台，这两百个笨贼是送上门来的。不妨先停止放箭，麻痹他们一下，等他们在运送伤员无法防备之时，我们再猛射上几轮！"

孙坚一皱眉，回道："我虽也有此意，但却没料到这群匪贼竟然愚蠢到如此地步，白白来送死，令人匪夷所思！"

吴景插嘴道："这群太平道信徒似乎主张人人平等如兄弟，兄弟有难，不可不救，否则死后就无法升仙。所以，我并不认为他们是存心对我们耍诈。我附议丁县尉的策略，先等一下，然后再射他几轮。"

此时，吴甄实在忍不住了，瞪着眼睛质问道："孙坚，我还没嫁给你的时候，曾夸赞你五德兼备，是因为你即使对海贼胡玉，也都信守承诺，以忠义践道。今日学孙膑减灶之计破敌也就罢了，那是阳谋。可海贼分明已提出罢兵，你却想背信弃义，试图偷袭。如此作为，道义何在？"

听到妻子严厉的斥责，孙坚连头都没回一下，冷冷地说道："兵谋大事，妇人休要多言！"

吴甄听了，简直不敢相信自己的耳朵。原来，孙坚与自己结为夫妇之后，一直举案齐眉、相处甚笃，两人甚至未吵过一架。可刚才孙坚这说话的口气，却好似对一陌生的妇人说话，令吴甄自尊心大受打击。

"你——"吴甄眼噙泪花，嘴唇颤抖，气得说不出话来。

孙贲第一次看到叔叔与婶娘红脸，紧张得一言不发。

吴景见势不妙，立即跳出来拦在姐姐与姐夫之间，为孙坚辩解："姐夫当年尽力招安胡玉，是因为胡玉只有贼心而没有反意。今日太平道不同，此等贼人有代汉之野心，必须斩草除根！"

丁昊也跟着发言，不过他不便直接反驳吴甄，而是对着城墙上的诸多民妇大声说道："盐渎的姐妹们，太平道所谓人人平等之说，听似美妙，用心却相当歹毒。女人必须爱自己的父母、孩子与丈夫，此乃天理。太平道主张人人平等，就是让姐妹们不再那么爱自己的家人，而去爱他们的教主。今日放过他们，他们必然会抢走你们的孩子，离间你们的骨肉，淫辱你们的身体，让你们遗忘自己的祖宗！你们说，今日之事该怎么办？"

女人们一阵沉默。突然，一个满脸雀斑的胖姑娘挥着弓大喊道："杀光他们！"

"杀光！"人群里爆发出一阵强大的附和之声，有男声，有女声，也有童声。那童声便是挥舞着小拳头的孙贲发出的。

吴甄不再说话。她瘫坐在城墙上，两眼发呆，面挂泪珠。吴景示意侍女将吴甄扶下城墙，以免姐姐再受刺激。

听到城头鼓噪的海贼们也警觉起来，停止搀扶伤员，而将怀疑的目光投向城墙。

孙坚露出头喊道："刚才有人说要杀光你们，已被我制止，只要你们答应以后不再来袭扰本县，我们就绝不偷袭！"

张小宝听了，张开手臂，对着孙坚大喊："孙县丞，我相信你的信——"

还没来得及将"信义"二字说完，蹶张弩射出的弩箭就已从其脑门插入，将其头上的黄巾染成了赤色。

"射得真准！"孙坚拍了拍丁昊的肩头。

丁昊射出的箭就是命令。四百部曲随即对着城下的目标狂射。而此时，吴甄委屈地抚着肚子，在侍女的搀扶下走下城头。她们的耳后回荡着一片哀号。吴甄低声抽泣，拍着自己的肚子，说道："看看你的爹，我当年是瞎了眼！"

但里面的胎儿却毫无反应，似是睡着了。

"如此吵闹竟也能睡着，长大也定是一个硬心肠的！"吴甄咬紧了嘴唇。

不久后，城外已经听不到惨叫声。孙贲从城堞的缺口处往下望去，密密麻麻的箭就像刚被插下的秧，直立在四百多个海贼的身上。曾经的饕餮场，已变成了死人堆。

"叔父真乃孙膑再世！"孙贲兴奋地跳了起来。

远处，另一半海贼正在张宏、张桓的带领下登船逃窜。他们今日虽然已折损了一半人马，但毕竟也获得了一些给养，并非空手而归。

"开城门！"孙坚立即下令。

须臾,孙坚骑着瞎了一眼的朱雀马,飞奔出城,直到距正在离岸的海贼两百步处才勒住缰绳。他对正在拼命划桨的众贼人大喊:"今日兵谋,乃富春孙文台一人所为,尔等若要报复,就冲我孙家人来,不许招惹盐渎百姓!"

不少盐渎军民听到孙坚所言,都感动得落泪。小孙贲眼睛一转,却喊了声:"不好!"他转头问吴景:"舅舅,听了叔父这话,贼人若真去我们富春老家报复,又当如何?"

吴景笑着拍了拍孙贲的头:"阿贲勿虑!这是你叔父的另一个计策!他用激将法引诱贼人南下去扬州吴郡富春县报复,而你三叔孙静、姑父徐真与你的祖茂叔叔,早已在那里设下埋伏!"

"可……匪贼还有不少人呢……而且还带走了一些补给……三叔他们的仗并不好打啊……"孙贲还是没有想透。

此时,吴景俯身悄悄对孙贲说:"今日贼人带走或吃下的粮、米、肉、水,都已下了毒,药性会在一两日后发作,到时候人将全身麻痹、上吐下泻。这事城下的盐奴都知,他们自己饮水的牢盆都已刻上记号,贼人却不知晓……"

"哦……"孙贲点点头,"所以几日后漂到富春与钱唐岸边的,或许就是几百具尸体了?"

"对,这可是你叔叔送给富春乡党的大功劳!"吴景说罢,哈哈大笑。但他想起方才姐姐与姐夫之间的争执,笑容又慢慢消散了。

吴景正暗自叹息之际,发现身边的丁昊不见了。原来,丁昊已带着自家部曲出了城门去收割战利品了。

第十回　四百零一

丁昊命令部曲将海贼的尸体一具具搬起再排列起来，然后开始清点人数："五十、五十一、五十二……八十九、九十……一百二十三、一百二十四……到三百了！三百零一……哈！这小贼的头被射没了……三百零二……"

此时，一名手下用胳膊肘碰了碰丁昊。

"何事？"丁昊回头一看，自己也愣住了。

只见那些盐奴，正用怜悯的目光看着这些刚被杀死的太平道信徒，他们手里的弩机却还没放下。这些盐奴意识到，横尸眼前的所谓贼人，绝非官府事先宣称的六臂狂魔，而是和自己一样的穷人，其中一小半还是受过髡钳刑[1]、脸上烙了囚印的奴隶——而且，他们还是一群不甘为奴，愿意为平等而献身的穷人。

---

[1] "髡钳"读"昆前"，一种剃去犯人头发、用铁圈束颈的刑罚。

丁昊敏锐地感受到了气氛的微妙变化。作为全县行政的三把手，他非常清楚，如果只是消灭了反叛的肉体，却留下了反叛的精神，那么明天还会有更多的人参加太平道，威胁豪强宗族的利益；更何况，现在这些盐奴手里已有了武器——这可是连外行也能迅速掌握的擘张弩。

他随即换了副面孔，向众盐奴作了个揖："今日众兄弟剿贼功劳甚大，本县尉欣喜万分。既然贼人已经剿灭，请诸位速速归还官家的弩机，帮忙清理贼人尸体。我们丁家的盐奴，可放假两日，第三日再开工煮盐，这期间饭食照给！"

众盐奴面面相觑。有些人缓缓地放下了弩机，但更多人依然紧握着。一个胆大的盐奴突然站了出来，喊出了所有人的心声："丁大人，我们天天像牛马一样在盐田里干活，就算多了两天喘息的日子，以后还不是要继续做牛做马？"

"这……"丁昊一时语塞。

一些准备弯腰放下弩机的盐奴打消了主意，重新站直了腰，将弩机平端在胸前。

气氛重新紧张起来。丁昊身边的众部曲也有点儿哆嗦地举起了弩机。城头的田家部曲见势不好，也举起弩机，从上面对准了盐奴。

一根根弩弦都绷紧了，所有人的神经也都绷紧了。丁昊开始用威胁的目光扫视众盐奴。城头的吴景与孙贲见了，亦不知如何是好。

此时，孙坚正从海岸飞马回奔。他看到丁家部曲与盐奴正紧张对峙，大喊道："自己人不要刀剑相向！快去尸堆里求富贵啊！"

众盐奴疑惑地看着孙坚，不知道他所言何意。

孙坚跳下马，抄起环首刀就砍下了一个死去海贼的人头，任凭其喷出的鲜血溅红了自己的半张脸。他将人头用力往盐奴堆里一扔，大喊："你们看！"

盐奴们都凑了上去，仔细观看。突然，有人喊道："此人头发里有金钗！"

孙坚哈哈大笑："恐怕这些尸堆里还有更多宝贝呢，弟兄们要不要帮忙来清理一下啊？"

盐奴们愣住了。还是那个胆大的盐奴张口发问："难道所有的贼人头发里都会插着妇人的金钗？"

孙坚点头道："本县丞在扬州与海贼打交道时，就知道他们有将掠到的财物盘到发内的习惯。诸位看这群贼人，虽然个个面黄肌瘦，但刀剑盾牌一应俱全，其中不少似是前代的古物，可见其偷坟掘墓的事情做了不少。诸位想想，贼人从墓里既然可以偷出兵器，难道就不会顺手偷出随葬的财宝吗？别犹豫了，放下那没用的弩箭。除了兵器，这些贼人身上的财物，弟兄们可以自行取之！"

孙坚话音未落，几个盐奴就扔了弩箭冲进尸堆。孙坚用眼神示意丁家部曲不要阻拦。不久，这几个人全都有了斩获，分别找到了玳瑁做的长摘、碧玉做的簪子与素银丝弯成的双股钗。他们兴奋地大喊："发财了！发财了！"

丁昊趁热打铁，把孙坚的话又强调了一遍："所有财物，均归盐奴！只要诸位放下弩机，立即帮助清理贼尸，我丁县尉决不食言！"

众盐奴听罢，一拥而上，开始在死人身上寻起宝来。此时，已悄然出城的吴景，则带着田家部曲，将盐奴们丢在地上的弩机全部收走。

孙坚没有兴趣在尸堆里顺手牵羊了。今天自己出的风头已经太多了。他牵着马回到城门处，接过孙贲递给他的葫芦，大口喝起水来。吴景则在一旁帮其擦去脸上的血迹。

丁昊开始重新清点海贼尸体。在盐奴的帮助下，清理工作的效率果然大大提高。

"三百九十八、三百九十九……哈哈！四百了！"丁昊摸了摸第四百个海贼的头，用手指弹了弹他的鼻子。其额头已被弩箭射穿，两只大眼睛瞪着丁昊。

"瞪着我干吗？又不是我逼你做贼的！"丁昊一边骂着，一边用手在这海贼的头发里乱摸，结果摸到一个硬物。他拔出来一看，发现是一个金簪子。他将簪子往盐奴堆里扔去，喊道："本县尉赏你们的！"

"谢大人！"几个盐奴立即疯抢起来。丁昊哈哈大笑，心中却暗骂：一群狗奴才，扔根骨头就教你们服服帖帖！

恰在此时，丁昊发现有一只手抓住了自己的脚踝。他低头一看，大惊：竟然还有一个活着的海贼在死人堆里呻吟！

"四百零一！"丁昊刚想举起环首刀了结此人性命，却发现那贼人的另一只手也伸了出来，同时听见一个稚嫩的童声："官爷饶命，小人才十岁啊，还不想死！"

丁昊回想了一下，刚才在城头射箭的时候，的确看到过贼群里有个孩子。只是那孩子在战斗开始后不久，就在盾牌后消失不见了，没想到他竟然还活着。

"小贼也是贼！"丁昊心一狠，将雪亮的环首刀重新举起。但挟着阴风的刀锋在空中划到一半时，却突然停住了。丁昊看看左右的部曲，吩咐道："先将这小贼提溜出来，让我看清楚他的脸。"

三名手下迅速将这小贼从尸堆里拉了出来。

丁昊一看，这小贼的确只有十岁上下。他让人擦去小贼脸上的血污，只见其面容清秀、皮肤白皙，与周围面黄肌瘦的尸体果然不同。丁昊暗暗称奇。不等他开口问话，那小贼就跪地大声叩谢："谢谢官爷不杀之恩！小的我就是做牛做马，也要报您的恩！"

"你是什么来历？！怎么会和这些贼人混到了一起？"丁昊用环首刀指着这孩子问道。

那孩子哭诉道："我本是青州东莱人，家里有几亩薄田，并不算穷人。不料太平妖贼偷袭我家，杀害了我的父母，就将我掠到贼群中……"

"一派胡言！你只是个十岁孩子，他们掠你做甚？！"丁昊逼问。

"官爷有所不知，小人开蒙早，已经能够认三四千个字。贼人大多目不识丁，无法读懂《太平经》，所以就掠了小人教他们认字……"

这《太平经》，丁昊也有所耳闻。听县里的吏员说，此书乃是顺帝时期一个叫于吉的道士所编，专门宣扬众生平等、反富济贫，似乎已在北方各州郡疯传。看来，此书已成为太平道的纲领。就在丁昊回忆相关传闻的时候，一名手下从这孩子背后的布囊里搜出了一些已断了韦编的书简，递给丁昊。丁昊随意抽出一根竹简，发现上面只写了八个字：

善自命长，恶自命短。

这显然是《太平经》的训导。

丁昊看着这八个字，再看看周围那些死状凄惨的尸体，皱着眉头思索了片刻，然后问那孩子："若我不杀你，你可安心做我丁家的小奴？"

听到有活路了，那小孩立即抱着丁昊的大腿哭道："只要留小人一口气，叫我上刀山、下火海也愿意啊！"

丁昊转身对左右说道："我本来想砍了这孩子的脑袋，算作四百零一的。现在突然杀烦了，不想再杀人了。你们不会向督邮或者郡守告发我通贼吧？"

有些盐奴含泪看着孩子，有些微微点头，表示赞许。丁家部曲也在一边议论纷纷："丁大人，看样子这孩子的确是被逼为贼的，念其年少，就收其为奴吧！"

丁昊点点头，捏捏这孩子的脸蛋："看你这个子，卖到市上至少可以赚一万钱。如果你真能认三千多字，或许还能值一万五千钱，杀了的确有些可惜！"

众部曲与盐奴看见这孩子终于保下命来，也都相视而笑，各自散去。他们还要从尸体上费力拔下那些堪用的箭头，而这项活计绝不轻松。

"四百零一！"丁昊重新开始计数，他眼前的尸体只剩下二三十具了。

但众人却没有等到他数出"四百零二"。他数完"四百零一"后，就一直站在那里，不再发声。

突然有人大喊："不好，丁大人出事了！"

所有人都停止了手头的工作，拥了过来。

但见丁昊站在那里，一只手卡住自己的脖子，鲜血从手指缝里狂涌出来，而一支箭的箭羽还露在脖子外。丁昊已经说不出话，只是用眼睛瞪着刚才那个被"收服"的小奴。

那小孩脸上带着胜利的微笑，手里还拿着另外一支箭。

原来，那小孩在诈降之后，趁丁昊不注意，突然用藏在身上的箭矢刺穿了他的喉咙。丁昊的武功与反应其实都不错，此刻竟被偷袭得手，可见这小孩定然受过特殊训练。

事出突然，所有人都愣在那里，不知所措。

孙坚在城门洞下清楚地看到了这一幕，大叫一声"不好"，扔了葫芦，狂奔而来。吴景与孙贲紧随其后。

整个城头也是一片大乱。有人大喊："丁县尉出事了！"丁昊妻子左氏，正在城墙背面准备犒赏军民的饮食，闻讯立刻神色慌张地跟着人群冲出城门。

等孙坚赶到，丁昊已经倒地断气了。他心有不甘的眼睛瞪着天，任凭别人怎么合也闭不上。而那个诈降的小贼，已被田家部曲用绳子紧紧缚住了身体，用布堵住了嘴巴，却依然"呜呜"叫唤。

孙坚冲上去将他嘴里的布团扯掉，怒喝道："丁县尉已经放过了你，你为何恩将仇报？"

那小贼恶狠狠地回道："孙县丞也答应过我们不在背后放箭，又为何食言？"

孙坚一时语塞，立即换了个问题："我这是杀贼，迫不得已！你这模样也不像贼，为何要为太平妖道卖命？"

那小贼哈哈大笑："小爷我根本不是太平道从民间掠来的孩子，而是道内教长从倭国精心选来的一千金童子之一，专门负责向各州郡的太平道信友传播张角教主的圣音。今日我道信众诚心来盐渎借点粮盐，并无杀戮之心，却遭你孙坚暗算，真是可恨可叹。不过，我一介孩童，却手刃了盐渎县尉，临终前算是痛快了一回，快哉！快哉！哈哈！"

孙坚从来没有听说过世上有一个叫"倭国"的国家，因此也无法辨别此孩童所言之真假。此孩童有此身手，可见的确颇有背景，不加审讯怕是不行。想到这里，孙坚立即下令将这小贼押解到县狱严密关押。

然而，正当吴景带着几个小吏走向那小孩之时，丁昊的妻子左氏却持刀挡在了吴景面前。

"嫂子，你这是干吗？"吴景示意左氏让开。

"我要亲手给亡夫报仇！"左氏歇斯底里地狂叫着，舞动起手里的环首刀，呼呼生风。

吴景急了："此贼定然难逃一死，但我们必须先问出太平道的组织运作，然后再为丁大哥报仇！"

"不！"左氏将刀尖对准了吴景，"早上我丈夫还好好的，还在吃我给他准备的肉干,他怎么就死了……我想不通……"

"嫂子,丁大哥的事情我也很难过,但嫂子你要节哀,不要妨害公务……"吴景一边说,一边小心地躲避着左氏的刀尖,心里也是一阵害怕。他以前看过左氏在丁昊的指导下习武,知道她的功夫并不算差。

"让我亲手杀了这小贼给亡夫报仇,你们再把我收监,我也认了……县里不是少春米的女犯吗?我去春米……"

吴景叹了口气。毕竟是县寺的女人,知道县寺的规矩。原来,受到《公羊传》"大复仇"思想的影响,后汉刑律往往对为亲属复仇的杀人犯网开一面。若运气好,杀人的女犯或许只会被判个春米劳作了事。不过,太平道牵涉甚广,就此错过一个情报来源也未免有些可惜。吴景感到左右为难。

此时孙坚也凑了上来,劝慰左氏:"嫂子,至少不要将刀尖对准吴功曹好不好,大家都是自己人!"

左氏想了一想,点点头,于是将刀尖朝后,刀柄指向了吴景与孙坚。

孙、吴刚刚喘口气,不料左氏大喊一声:"让我报仇!"她用尽力气,持着反向的刀往身后跳去,而那刀尖正好顺势插入了那孩童的胸膛。

孙、吴冲上去将左氏拉开,但为时已晚:环首刀的刀身已贯穿了他的身体。他嘴里喷着鲜血,还在胡言乱语:

"小爷……要升仙了……小爷要升仙了……"

"让我再砍他几刀!"被吴景抱住的左氏一边挣扎,一边大叫。

孙坚朝吴景摆摆手,示意他放开左氏。现在已经没有必要阻止她复仇了。

左氏拔出环首刀,溅射出的鲜血立即喷红了她的上半身。她疯狂地挥舞环首刀,边哭边骂:"还我丈夫!还我丈夫!"

"小爷升仙喽!……升仙……喽……"那孩子的声音越来越轻,直到断气。

此时,突然传来一阵呕吐之声。原来,站在一旁的孙贲看着与他一般大的孩子被切开了胸腔与腹腔,顿时感到五内俱焚,狂吐不止。不少人见状也跟着呕吐起来。

发泄完的左氏昏厥了过去,被丁家部曲抬走了。余下的人开始清理丁昊的尸体。空气中弥漫着血腥与呕吐物的气息,毫无半点胜利的气氛。

吐完的孙贲抱着孙坚的腿小声抽泣:"打仗比读兵书可怕多了……我……我只要读兵书,我不想打仗……"

"读兵书,不就是为了打仗吗?"孙坚长叹一声,摇了摇头,自问道,"当年孙膑在马陵道将昔日的同窗庞涓射死,又是怎样的一种心情呢?"

说到这里,孙坚突然觉得脚下被什么东西刺了一下。他一低头,发现是一根竹简,拿起一看,上面写了八个字:

善自命长,恶自命短。

孙坚哈哈大笑,将竹简一节节掰断,掷于风中。

第十一回　夏夜焚尸

大破太平道海贼后的盐渎，全县无眠。丁家人忙着准备丁昊的后事，披着重孝的家丁则骑着快马冲出城门，将噩耗传向临近各县的丁氏宗族。赵县令也终于从射阳县赶了回来，身边还跟着臧旻的儿子臧洪以及臧家的四百部曲。见战斗业已结束，赵县令与臧洪便叫臧家部曲一起参与焚烧海贼尸体，以防尸体腐烂引发疫情。

田邈此时也露了面。战事正酣时，他一直躲在城内小宅，抱着新讨来的小妾瑟瑟发抖。听说海贼已退，才披上自家备的铠甲上了城头，不料正好目睹丁昊殒命的悲惨一幕。虽然丁、田两家素有争端，但看到对手如此惨死，老头子亦唏嘘不已。听到刚刚回县的赵县令号召军民焚烧贼尸，他也速命手下拉着牛车，送来了烧尸用的木料与硫黄。

此刻，夜幕降临的海滩上，五个大柴堆已经垒好。前四个柴堆里层层叠叠地垒了四百具尸体，第五个柴堆则专门用来焚烧这四百具尸体的人头。当这些人头上的皮肉被烧尽后，它们将被装车送往广陵郡郡署报功。聚拢到一起的所有海贼的兵器，也将在事后装车呈送给郡守大人。

盐奴们还在一边争抢死者的衣物。突然，一个丁家部曲瞪着眼睛冲了过去，对着其中一个瘦骨嶙峋的老年盐奴吼道："你找死啊！这块布不能要！"

原来，这老者正试图将一长条黄布往腰上缠。这黄巾是从一个死去的海贼的头上取下的，而黄巾本身就意味着对于大汉"赤德"的反叛。

老汉哆哆嗦嗦解下黄巾。丁家部曲刚想去夺来烧掉，却被孙坚伸手拦住了。孙坚面无表情地说道："这老伯只是用黄巾缚腰而已，又不是绑在额头做反贼，算了吧。"

丁家部曲不敢与县丞争执，闷声走开。老盐奴立即下跪拜谢。其他私藏了黄布的盐奴见了，彼此交换了一下眼神，放心地将黄巾拿出来绑在腰间。孙坚对着他们挥挥手，示意他们不要太招摇，于是不少人又将黄巾收了起来。

此刻，吴景拿着熊熊的火炬，点燃了第一个尸堆。然后，第二个，第三个……

"噼噼啪啪"的火苗呼呼上蹿，裹住了木料与尸体，很快，黑烟在高空升起。赤裸的人体在高温中碳化，哔啵之声此起彼伏。不少旁观的盐渎人都用袖子掩住了口鼻。

脸庞被大火映照得红彤彤的孙坚，对着那五股黑烟发呆，没有留意到赵县令已悄然走到了他的身边。

"文台，今日你辛苦了。"赵县令轻声说道。

孙坚回头想行大礼，却被县令阻止了。他继续轻声问道："文台，你觉得今日之事该如何奏报郡守呢？"

"当然是该怎么说就怎么说喽……当然，此次破贼，全靠县令大人事先布置，下官只是奉命行事。"孙坚一边回答，一边揣摩其真正用意。

"文台，我不是说功劳，你别误会。我是问，该如何和上边说这些海贼呢？"赵县令指着眼前的火堆问。

"这些人……当然就是青州来的太平道海贼了。"孙坚有点儿糊涂了，不知道县令到底想问什么。

赵县令轻轻摇头："文台，可以提青州，但别提太平道。"

"请县令赐教！"这下孙坚真糊涂了。

"青州的事情，我们徐州管不了。只要说这些人是青州人，整个徐州刺史部就卸了责任，朝廷自然会向青州刺史部问责……"赵县令开始向孙坚传授官场之道。

"那……为何不能再言明太平道之事？"孙坚不解。

见左右军民都在观看焚烧尸体，赵县令便凑到孙坚耳边说道："据我所知，这些海贼只是太平道的支流，张角的太平道的老巢在冀州的巨鹿郡，目前正向各州郡扩张势力……"

孙坚不解："既然贼势汹汹，那就更应当奏明天子……"

赵县令坚决地摆了摆手："那冀州刺史为何不奏报呢？据说凉州与益州也有'五斗米道'开始蠢动，那么，凉州刺史与益州刺史为何不奏报呢？可见，这些太平道教徒势力不小，你可击破之，却不可深究。"

孙坚皱着眉头："恕下官驽钝，还是没有听懂大人的意思，大人您能否说得再清楚一点儿？"

"好好！"赵县令将声音压得更低了，"文台，你想想，太平道若大乱天下，谁可得利？"

孙坚愣住了，反问："难道是各州郡长官？"

赵县令没有接孙坚的话茬，而是按照自己的思路解答道："建宁元年二次党锢之后，各地党人都被断了仕途，愤懑之情溢于言表，也都在等朝廷起用。不难想见，若发生全国性大乱，朝廷肯定无法应付。由此，内朝肯定会停止党锢，重用党人灭贼。各个州郡长官虽然本身不是党人，但门生故吏却多党人，所以亦乐得坐视妖道壮大，这就是'养寇自重'的道理……此外，这些党人的势力实际上已控制了整个外朝，对我等外朝官吏的升迁有巨大的影响。故而，我等在为内朝效忠之前，首先要服侍好外朝，不要多说我们不该说的。"

孙坚默默不语。

"内朝"与"外朝"的区别，徐真曾经和他解释过，但他还是有点儿似懂非懂，只隐约记得，天子、宦官与外戚属于内朝，尚书台与御史台亦是内朝工具。至于各州郡长官，则均属外朝，其在京都的代表便是三公九卿。但他不是很清楚，为何二者之间的斗争会剧烈到使用"养寇自重"这样的伎俩的地步。从孙坚的立场上看，此伎俩一旦运用不当，汉朝天下就会倾覆，内朝外朝也都会统统覆灭。

见孙坚还是一脸疑惑，赵县令心中暗笑，口气却依然温和："文台，你如此忠君爱国，本官也甚为感佩。不过，你也得为自己的前途多想想。若这天下一直这样波澜不惊，你到死也只能做个县丞，因为你头上没有茂才或者孝廉的帽子。再想想，如果未来某一天你能击斩四万贼寇，而不是今天的区区四百人，你孙文台离二千石的大印还会远吗？"

孙坚虽然没有直接回答县令，但赵县令分明看到他脸上的阴郁已经慢慢散去。赵县令拍拍孙坚的肩膀："你眼前的这些尸体，其实就是助你成就功名的梯子。甚至可以说，你需要的是一具用数万数十万尸体搭成的大梯子！"

孙坚这才开口回答："本来丁县尉也是有机会爬到这梯子上的……"

"死人是没有机会的……可惜了，他也是将才啊！"赵县令叹了一口气，然后自言自语道，"我也不会有机会了。一旦天下大乱，我这样的文官是难堪大用的。文台，你日后发迹了，一定要照顾照顾我们赵氏宗族啊！"

"哪里！哪里！"孙坚立即摆手，表示谦让，心里却盘算着，现在是不是到了向县令提出新请求的时机了。孙坚咬咬牙，便将这请求说了出来："县令大人，丁县尉殉职之后，县尉一职空缺，您可有人选？"

赵县令皱起了眉："此事发生得如此突然，我如何能立即想得出人选？"

"禀大人！在下在富春的同乡祖茂祖大荣，曾随在下在扬州击海盗、灭许贼，功劳卓著，是否可让其入徐做官，为盐渎效力？"

赵县令想了想，笑道："本来县里人会说，县寺里已经有两个扬州人了，再多一个扬州人，恐怕不太好。但现在看来，你们扬州人的确会打仗。乱世将至，未来大汉更需要的，的确是像你孙坚这样的人才啊！"

"那……大人同意了？"

"文台你看上的人，不会错的。"赵县令微笑着捋了捋自己的山羊胡。

孙坚道谢后，两人不再说话，只是注视着眼前的五个大火堆。

此时，借着火光，孙坚惊讶地发现，那个他买给孙贲的乘鱼升仙鹞，竟然还在天上飞翔；而且，借着尸火升起的热力，它还飞得越来越高。

"小爷升仙喽！"火光中隐隐显露出"倭国金童子"的轻蔑笑容，其脸孔则被升腾的空气扭曲得格外狰狞。

第十二回　景心嫣识

大破太平道海贼半月后，某个公务日，未时。正在县寺办公的孙坚突然收到了私邮快马从吴郡富春送来的两尾腌制的鲤鱼，其中一条鱼的鱼嘴里还伸出两根用红头绳裹扎的竹简。他抽出一看，第一根竹简上写了一首诗：

> 信从远方来，遗君双鲤鱼。呼童烹鲤鱼，中有尺素书……

孙坚笑了起来。那时书信多用一对鲤鱼形木板做信封，但也不知何人突发奇想，开始用真的腌鲤鱼做信封。最近此风俗亦在徐、扬蔓延开来。他再看看竹简上的字，立刻辨出了胡婵的字迹。她的字其实没有她人好看，隶体"鱼"字的四点水点得都不匀称。但恰恰是这种不经修饰的粗糙，让孙坚感到心安。原来，这几日吴甄因为孙坚背诺杀贼而不满，一直对他寡言少语。入夜后，孙坚在床上面对着娇妻的脊背发呆，满脑子想的都是远在吴郡的胡婵。他清楚，倘若当时胡婵就在自己身边，非但不会阻挠其杀贼，弄不好还会想出什么更毒的计策。而此刻，胡婵的字迹更是触发了他对胡婵的思念。孙坚暗念：吴甄要是有胡婵一半的机灵劲儿就好了；同时，胡婵要是有吴甄一半的家产也好啊……嗨！要是两个女人都在我身边就好了……一个教我知礼，一个教我求利……

孙坚一边念叨着自己牵挂的两个女人，一边从鱼嘴里抽出了另一根竹简。而那字迹一看就是祖茂的：

孙丞坐前，善毋恙：茂同真、静二兄合斩青州贼首级四百，郡守悦；茂不日入徐。

孙坚开心地用拳头砸了一下案几。看来祖茂已彻底接受了孙坚将妹妹孙雯许配给徐真的安排，不再与他赌气了。不过，孙坚心里也清楚，为了化解祖茂心里的疙瘩，徐真本人所花的心思恐怕是最大的。原来，徐真在庐江郡还有一个叫徐嬙的堂妹，年龄、相貌与气质都肖似孙雯。徐真便在自己与孙雯大婚之日，叫徐嬙也盛装来参加婚礼，以便让祖茂有机会认识自己的堂妹。而事情的发展果然不出徐真所料，祖茂立即对徐嬙魂不守舍，并在徐真的婚礼结束后，迅疾与徐家定下了婚约。此刻喜滋滋的祖茂又收到了孙坚要其入盐渎做县尉的邀请，自然一口答应。

孙坚笑眯眯地将两根竹简收好,吩咐仆从丁塘将腌鲤鱼交给庖厨,烹饪后分给诸小吏当点心吃。处理完零星杂务后,时间一下子就到了酉时,夕阳的余晖已经洒满盐渎全县。孙坚看到赵县令已经开溜回家了,才悄无声息地离开自己办公的隔间,去马厩牵出了朱雀马,归家去了。

骑在马背上的孙坚心里一边想着即将到来的与祖茂、胡婵的团聚,嘴里一边哼出了他刚学会的《安世房中歌》[1]。老实说,孙坚的歌声并不美妙,也经常走调,但是今天唱出的几句,却字正腔圆,甚是深沉:

大孝备矣,休德昭清。高张四县,乐充官庭。芬树羽林,云景杳冥。金支秀华,庶旄翠旌……

唱着唱着,他还来劲了,声音大了起来:

王侯秉德,其邻翼翼,显明昭式。清明鬯[2]*矣,皇帝孝德。竟全大功,抚安四极……*

平心而论,这个"极"字很难唱,需要用整个人的丹田气息将字送出唇齿,同时还要做到语音缭绕且不散神。若论这句唱词,全县唱得最好听的莫过于赵县令,孙坚偷学了

---

[1] 汉高祖妃唐山夫人所作的祭祀用颂歌。
[2] "鬯"读"唱"。

好几次，才多少寻到点门道。他就是要为自己争一口气，不想被徐州人视为只会打打杀杀的扬州武夫。

但唱着唱着，孙坚突然觉得有些不对劲，停止了歌声。

原来，他没有看到吴景。平时他常与吴景一起归家，而今日因为看到故人鱼书，过于兴奋，竟然把他给忘了。孙坚有心回马再去县寺找他，却又觉得吴景很可能已经独自归家了，便在踟蹰稍许后继续前行。

归家后，家仆立即将孙坚的坐骑牵走喂草。孙坚脱去官服、摘下佩刀，小心翼翼往院子另一头吴甄的房间走去。他知道，吴甄的火气还未全消，与她说话还得多加小心。这不仅仅是出于对吴甄的敬重，更是因为怕她动了胎气。

但一进庭院，孙坚就觉得气氛不对。几个侍女神色慌张，好像家中出了什么大事。孙坚抓住一个叫阿黄的胖丫鬟的胳膊，问道："夫人还在生我的气？"

阿黄悄声回道："老爷，今日夫人是在生吴老爷的气。"

孙坚心中疑惑：难道是这对姐弟闹别扭了不成？他们之间又有什么别扭好闹呢？一个是满脑子儒家礼教的小姐，一个是满肚子圣人之道的公子，到底有什么事情可辩呢？

想到这里，孙坚加快脚步，穿过了种着桃花与桑树的庭院。但还没走进吴甄的房间，就听到了她的号啕之声。门外仆人不知所措，彼此交头接耳。突然，门内传出了铜镜摔在地上的声音，气氛变得更为紧张。

孙坚眉头一紧。他从未见过贤淑的妻子发这么大脾气，到底出了什么事？他推门入内，眼前的一幕令他瞠目结舌。

原来，吴景竟满头是血地跪在吴甄面前，而吴甄则气得脸色苍白，云鬓散乱，嘴唇紧咬，手里还拿着一把环首剑，做出要砍吴景的样子！

孙坚大叫一声"放下！"，冲上前去夺吴甄的剑。吴景顺势躲到孙坚身后，抱着他的腿，大叫道："文台救我！阿姐要杀我啊！"

"你疯了啊，这是你弟弟啊！"孙坚夺过妻子的剑，暗自惊讶妻子暴怒时的膂力，同时更困惑于她今日的癫狂。

"夫君，这是我们吴家的事，你休要拦我！我家父母早亡，我做阿姐的就是他阿母！我今日就要杀了这个败坏门风的东西！"吴甄还不死心，用尽力气想把剑夺回。

"有话好好说！"孙坚将剑高高举起，令吴甄够不着剑柄，同时厉声问吴景："你究竟做了何事，让姐姐如此生气？"

吴景没有回答，只是一边大喊"文台救我"，一边用袖子擦去额头血迹。此时，孙坚注意到脚边的铜镜上也有血迹，才明白吴景的伤口原来是刚才吴甄用铜镜砸出来的。

孙坚心头一沉。吴景只是喊救命却不说是为何，可见是闯了大祸，无法启齿。几种可能性迅速掠过孙坚的脑际。第一种可能性：吴景是不是杀了人，希望姐姐包庇，却为姐姐所不容呢？不！孙坚暗自摇摇头。吴景绝非那种会滥杀无辜的人。上次派他拿个火炬去烧海贼的尸体，其双手竟然吓得瑟瑟发抖，可见此人骨子里就是胆小。第二种可能性：他是不是贪污了盐税被姐姐发现，要被姐姐告发呢？应该也不是。县里交给郡署金曹的盐税，全县官吏都有贪污，孙坚与吴景拿的份额算是少的，这一点吴甄也应当早就知道了，为何此刻突然发难呢？那么——

此刻，孙坚最不愿意相信的一种可能性浮上心头：是不是吴景与被朝廷通缉的某些党人有了瓜葛？今日早上，赵县令特别教人将京都送来的几份党人画像张贴于全县，还强调说，若发现有包庇者，定会株连全族。而吴景这个人，平时恰恰老是爱咒骂阉党、褒扬党人。他会不会暗中收留了几个流窜到本县的通缉犯，由此给全家带来祸害呢？

想到这里，孙坚转过身，抓住了小舅子的衣襟，大叫起来："奋起啊，你糊涂啊！现在包庇党人，全家都要掉脑袋啊！前些日子臧旻大人还从边塞给我们送来书信，告诫我们不要介入所谓清流与宦官的争斗，安心做好县务，你怎么就这么糊涂啊？天下就你一个是君子吗？就你一个懂正义，要你出风头吗？"

"这里有党人什么事！"吴甄抢过话头，"夫君，你不知道内情，就别乱说。如果吴景真因为包庇党人被官府抓捕，那也是吴家的荣耀，我做阿姐的宁可陪他一起从容就义……哎哟……"吴甄刚说到"就义"二字，她肚子里的孙策就踢了她一下。

孙坚听了妻子的话，反倒略略心安。听妻子口气，吴景犯下的事情当与党人无关。而在孙坚看来，只要不牵涉上这摊子事，就没啥大事了。即使吴景失手杀了人，只要死的不是阉党的七姑八姨，他孙坚都能摆平。于是，他转身问吴景："说吧，你到底失手杀了谁？有我在，你不会有事的！"

"文台你想到哪里去了,没有人死啊!"吴景捂着额头,呻吟着回道。

"既然没有党人流落本县,也没有人横死盐渎,那就是天下太平啦!你们姐弟发疯啊!"这下轮到孙坚有些不悦了。

"你让他亲口对你说,到底做出了什么不知羞耻的事情!"吴甄恶狠狠地指着吴景的鼻子说道。

吴景回头看了看门外的仆人,大喊:"看什么看!谁家主人不吵架啊?!忙自己的事情去!"

轰走仆人后,孙坚再问吴景:"快说,我肚子还饿着呢!"

吴景红着脸,慢慢说道:"我……我想结婚……"

孙坚瞪大了眼睛:"你再说一遍?!"

吴景咬咬牙大声说道:"我想结婚!"

孙坚愣在那里,突然大笑起来:"这……这不是好事吗?这……这事情需要吵架吗?"

但孙坚马上收住了笑容。他看到妻子脸色铁青、毫无表情地站在那里,只是用冷酷的目光盯住弟弟,就像看着一个陌生人。孙坚思忖,是不是吴景看上了哪家与其门第并不般配的姑娘,引发吴甄的不满呢?

想到这里,孙坚把吴景拉到一边:"如果你看上的姑娘家境贫寒,心中又实在喜欢,以后不妨就以纳妾的形式收入,这样就不会惹姐姐生气啊……"

"不……她……很有钱……比吴家……更有钱。"吴景慢慢回道。

"那你真喜欢她?"孙坚再问。

"嗯！"吴景点头。

"那她也喜欢你？"孙坚补问。

"嗯！"吴景用力地点了点头。

"那你阿姐为何发怒？"孙坚完全听不懂了。

"那女子……文台你认识……"吴景回道。

"谁？"孙坚好奇地问。

"她就是……就是……已经殉职的丁昊县尉的遗孀……左氏！"吴景终于和盘托出。

孙坚一时愣在那里，几乎不相信这话是吴景说的。过了半晌，他终于慢慢挤出了一个新的问题："奋起，丁县尉才殉职半个月，我们全家都去参加了他的大葬，你现在却说你和其遗孀暗通款曲。这事到底发生有多久了？"

吴景咬牙道："四个月了。我与她私通四个月了。"

孙坚觉得头有点儿发晕。他现在宁可听到吴景私通党人，而不是私通左氏。他终于理解妻子为何暴怒了。

但控制了一下情绪后，孙坚还是慢条斯理地继续盘问小舅子："你是不是想告诉我，丁昊还活着的时候，你就与其夫人私通了，而且他一死，你就想与其遗孀婚配？"

吴景红着脸，点点头。

孙坚心里大骂其不要脸，嘴上则继续问道："那我再问你，你知不知道左氏大你五岁？"

"我……我不在意！"吴景答道。

"那……你为何会喜欢那个女人？"孙坚蹲下来看着吴景，"你没有看到她杀那个什么……对了，杀那个倭国童子的时候，表情有多可怕？那么残忍的女人，你也想要？贲儿被她吓得连续四五个晚上在噩梦中哭醒，你不是不知道吧？"

"她那是做戏……"吴景突然哭了出来，"她如若不在众人面前装出对于丁昊的爱以及对于杀夫凶手的恨，以后改嫁就难了……其实她本不是那么残忍的人……"

"那么，那天她用刀头对着你，也是做戏，恰恰是为了掩盖你们两个之间的真实关系？"孙坚这才恍然大悟。

吴景点了点头。

"那么，你到底喜欢她什么？她好像是屠夫的女儿吧，似乎读书也不多，你应当喜欢书香门第的女子才对啊？更何况她还是寡妇，娶回家多晦气！"

"我……我……为何不能喜欢屠户的女儿……我自己从小读书，对读书多的姑娘没感觉……和她在一起我觉得自在，那些礼教好像突然不存在了一样……我觉得自己像个男人……"吴景边哭边说。

"但你也不想想，那左氏不是刚死了男人吗？她在丈夫还活着的时候就与你偷情，日后难道不会背着你偷别人吗？"

没想到吴景的哭声更大了："文台，你不知里面的底细。那个丁昊死了也是活该！他不把左氏当人看，喝醉了就将她剥光了吊起来打，毫无理由！她背上的伤疤都有七八条！不但左氏，丁昊纳的两个小妾也经常遭到其毒打！"

"真有此事？！"孙坚瞪大了眼睛。

此时吴甄也慢慢将头转了过来，问道："这事我怎么听你第一次说？"

"你根本不给我机会说嘛！"吴景擦着眼泪。

吴甄沉默半晌，再看看弟弟头上的伤口，叹了口气，开始去找家里常备的草药，边找边问："你怎么知道左氏被虐待的事情的？"

"四个月前，丁家刚把房子租给我们的时候，那是我第一次见到左氏。当时我就觉得她走路一瘸一拐的，好生奇怪。因为是人家的妻子，我也不好多问。几日后，丁县尉去县东头虎阳亭调查耕牛失窃案，左氏带着家人去给他送饭，丁昊仅仅因为饭菜不合口味，竟然当众抽了左氏几鞭，就像是对一个奴婢一样。我当时在场，立即就拦住了他……"

"这事夫君你知道吗？"吴甄打断了弟弟的话，将头转向了孙坚。

孙坚想了想，转而问吴景："就因为看到人家打了妻子，你就和她勾搭上了？丈夫打妻子固然不对，但人家毕竟将房子租给了我们，你竟然还去占人家妻子的便宜……"

吴景擦了擦鼻子，回道："其实我本来的想法也与文台你一样，并不想深涉丁家事务，不料那左氏……"

"她怎么了？"吴甄一边问，一边为弟弟敷上草药。

吴景红着脸，半晌不说话。待敷完草药，孙坚使了个眼色，让吴甄离开，以便单独对吴景进行劝慰。吴甄一走，孙坚就说："奋起啊，你糊涂啊！你若仅仅是与那左氏继续偷情，我可以装作不知，但一旦下了婚聘，那肯定会闹得满城风雨，这点你难道不懂？到时候你我两个扬州人怎么在徐州立足？我就不懂了，女人就是那么回事，有些事情图个新鲜也就罢了，你怎么就认真了呢？"

"她……她是……我第一个女人。"吴景慢慢回道。

孙坚惊讶地看着自己的小舅子，又摸了摸他的额头："真的？你在遇到她之前，就没有去过那吴县的花街柳巷见识一下？"

吴景木然摇摇头。

孙坚苦笑着在席子上坐下，摇摇头："真没想到你喜欢这样的女人……那左氏赚大了！"

此时，吴景突然眼睛一亮，抓住孙坚的胳膊："文台，你应当站在我这一边啊！听说胡婵有个孩子，将来能不能入孙家的族谱，将影响到未出生的策儿的地位，这事我姐姐很可能会介怀。这次你帮我，下次我再帮你！"

孙坚摆摆手："你休拿这事威胁我！胡婵的儿子就算是我的种，不用你姐姐发话，我也不会让其入孙家的族谱。策儿是我孙坚未来的第一继承人，就连贲儿与辅儿以后也只能帮衬他。而且也不是我这次不想帮你，是因为这事你自己做得太脏，没法说出口……"

"怎么没法说出口？"吴景反问道，"谁说寡妇改嫁丢人了？光武中兴后，光武帝陛下的姊妹湖阳公主[1]的丈夫亡故了，她就委托天子替她再找丈夫。可见，就连皇家的寡妇也可以再嫁，何况他丁家？"

"你这是狡辩！"孙坚回道，"公主死了丈夫，皇帝代

---

[1] 刘黄，南郡蔡阳（今湖北枣阳）人，光武帝刘秀的大姐。

为张罗找丈夫,这是名正言顺。你在别人丈夫活着的时候就与人妻有染,这叫私通!……"

"私通又如何?卓文君与司马相如也是私通,不也留下千古佳话?"吴景还是非常固执。

"那是因为司马相如运气好,写了《子虚赋》与《上林赋》,被汉武帝赏识拜了官,这才让宗族承认了他与卓文君的婚姻。而且在此之前,他和卓文君一直靠卖酒度日,小日子有多惨,你不是不知道吧?"司马相如与卓文君之间的风流故事,孙坚听祖茂说过,所以复述出来可是滴水不漏。

吴景摇摇头:"我们不会沦落至此!按照汉律,亡妻也可以分得先夫大量遗产,更何况丁昊其子尚幼,左氏还可代为监管他的那部分财产。如果遗产分割引发丁家宗族不满,不是还有你孙文台坐镇县寺吗?就连螺羹破案这样的奇招你都能想得出,分割丁家财产的事情难道会难住你吗?"

孙坚被吴景说得默默不语。他很清楚,只要左氏能够带来丁家四分之一的财产加入吴家,孙、吴两家的财力就会大大增加。因此,这桩婚姻一旦成功,其实是会让他孙文台得大利的。但由此引发的舆论风暴,却又让孙坚感到忧心。

正当两个男人四目相对之际,吴甄突然闯了进来。原来,刚才她在隔壁已经听到了二人对话中的大半。吴甄也不多说废话,指着吴景问道:"阿景,你就回答一句话:你真喜欢那左氏?"

"当然!"

"那你可否等一等?"

"等什么？"

"亡妻必须为丈夫守孝三年，若在三年内就改嫁，恐怕郡县风评不佳，到时候甚至会连累到文台的官运。你等左氏守孝完毕，再下聘礼如何？"吴甄一边说着，一边对孙坚挤挤眼。

孙坚明白了吴甄的缓兵之计。吴景毕竟青春少年，怎可能等上三年？只要抓紧时间为其寻访到门第相当的青春少女，吴景十有八九会见异思迁，这样自然是皆大欢喜。

吴景听到姐姐所言，踟蹰了一下，然后猛地站立了起来，大声说道："姐姐所言，合乎礼法，也合乎景心。既然姐夫能够在会稽等姐姐两年，我也可以在盐渎等左氏三年！"

听到吴景坚定的口气，孙坚有点儿怀疑刚才的算计或许会落空。但想到吴景若真娶了那个左氏，也能给孙家带来大量财产，孙坚心中也便坦然起来。反正，无论形势如何发展，他孙坚都不会是输家。他补问道："奋起，那个左氏的名字是什么？直到现在为止，我也只知道她的姓而已。"

"她姓左名嫣。"吴景回道。

"景心焉知？嫣知之。"吴甄冷冷地评论道。

第十三回　群英重聚

又是一个炎热的休沐日。孙坚一家带着仆从，在县城外的驿道边焦急地向南边张望。原来，昨日祖茂家的快马已经入城来报，说是今日巳时或午时，祖茂就会带着新妻徐嫱以及家中部分奴婢和部曲，来到盐渎县接任县尉一职。徐真也会携新妻孙雯一道来看望孙坚。想到马上就会与久别的亲人挚友重逢，孙坚心里怎能不激动。更让他挂怀的，则是客居祖家的胡婵。祖茂在前一封密信中就已知会孙坚，胡婵生下的儿子已经快一岁了，但直到现在连个名字都没法取，从中作梗的便是祖家老太爷。祖茂希望孙坚能认了这孩子，同时将胡婵纳入孙府，以免祖老太爷再就此事絮叨。孙坚虽在回信中一口答应，心中却颇为忐忑，因为他不得不考虑吴甄的态度。尽管对纳胡婵为妾一事，吴甄曾满口答应，但她会如何看待胡婵的这个来历模糊的孩子，孙坚心里就没谱了。更何况，在孙坚射杀太平道海贼后，两人关系一直若即若离，目下她是否会兑现前言，孙坚心里更是没底。

想到这里，孙坚不由得回头看了一眼正在吩咐仆从准备饭食的吴甄。吴甄佯装没有看见丈夫投来的目光，依然脸色严肃地摆弄准备烧烤河鱼与烙饼的炭火，不时小声斥责身边的婢女拙笨的手脚。对于身旁的吴景，她更是不屑一顾，就像他压根儿不存在一样。可见，吴甄对弟弟与左氏私通之事依然耿耿于怀，只是考虑到宾客将至，不便发作罢了。甚至孙贲与孙辅这两个小孩，亦被这种尴尬微妙的气氛所感染，远远躲在一边自顾自吹着竹风车打发时间，不敢多说一句话。

孙坚叹了口气，继续手搭凉棚向南观望，心中疑惑祖茂一行怎么还没来。此刻，被太阳烘热的微风，一边吹动着驿道边的柳枝，一边将懒洋洋的蝉鸣从一棵树传向下一棵树。

当在此时，驿道上一骑飞马踏尘而来，急促的马蹄声让人顿感亢奋。但听马上驿卒大喊："广陵郡署行罚檄到盐渎！"

孙坚一惊。"行罚檄"是汉代官署之间传递的一种用以公开揭露官吏过失的文件，其目的是让阅檄官吏引以为戒。今日这份行罚檄所要揭露的，是何人的过失呢？

孙坚站到驿道边的一块高石上，大喊："我便是本县县丞孙坚！将檄文先传阅于我！"那驿卒放慢马速，在孙坚面前跳下马背，解下绑缚在背上的一根约有半人高的行罚檄，恭敬地呈上。

孙坚掂量了一下这根用硬木树枝削成的行罚檄，但见其四面密密麻麻写满隶体的檄文。横着读这些文字实在太不方便，孙坚便示意驿卒将其竖起，自己则单膝跪下一列列细读。吴景见了,也凑过来一起解读。

两人一边读,一边皱眉。原来这行罚檄说的是广陵郡堂邑县县尉岑进的事情。据檄文描述,被通缉的党人张高流窜到堂邑县六合乡白虎亭虎爪里的亲戚家,身为县尉的岑进知情不报,甚至包庇张高,助其渡江南下扬州继续隐匿。现郡署与徐州刺史部都已查获岑进与党人私通的文书,铁证如山。至于岑进本人,则已被革职押送东京洛阳[1]等待朝廷严审,恐怕性命难保。堂邑县县令公孙操亦有渎职之嫌,罚去半年俸禄,以观后效。郡署就此告诫各地官吏,要严查外来人员,并全面自查县、乡、亭、里各级吏员是否有私通党人者。若再有此类不法行径,必将加重处罚。

但见吴景眉头一皱,"阉——"基于读书人对于党人的天然同情,吴景又要开骂阉党了。孙坚一看不妙,立刻抢过话头:"焉有身为县尉,却私通朝廷钦犯的道理!"吴景听罢脸一红,这才意识到自己差点在这驿卒面前失言。原来,这驿卒是直接归属广陵郡而非盐渎县的,平时也负责搜集各种不利于朝廷的风言。在其面前说话,自然要格外小心。

孙、吴读完行罚檄,交还驿卒,并教下人给他送了清水。驿卒喝罢水,向孙坚道谢,然后立即上马,往县城方向飞奔而去。他的最终任务是将这根木棍子树立在县寺前,让所有人都能够看到私通党人者的下场。

---

[1] 因为洛阳在汉朝故都长安之东,所以又叫"东京"。与之对应,"西京"就是长安。不过,东汉的长安已经荒废,不再是汉王朝的政治、经济、文化中心。

"阉党的鹰犬!"吴景见驿卒走远了,终于将他想说的话吐了出来。

孙坚瞪了他一眼:"你私通左氏有碍教化的事情要是也上了行罚檄,恐怕就连被通缉的党人都会鄙夷你!别以为我不知道你昨晚干什么去了!"

吴景脸一红,不说话了。

远处的吴甄敏锐地观察到了丈夫与弟弟之间怪异的表情。她刚想张口说些什么,突觉得腹内有动静,或许是还没出生的孙策刚刚睡醒了,正在吴甄腹内翻身。

须臾,驿道上又有车马奔来。孙坚闻声再度登上高石,但见整整一个车队正在朝这边驶来。其中五辆是车厢四面敞露的轺车[1],两辆是车厢封闭的軿车[2],四辆是装杂物的役车,其中甚至还有一辆装饰比较豪华的安车[3]。整个车队前面有一个小厮正在撒腿狂奔,那便是"辟车伍佰",也就是为车队开道的快跑手。而在整个车队后面,则有五十人左右的奴婢与部曲跑步跟随。真是气势非凡!

等那辟车伍佰跑近了,孙坚才发现此人有些眼熟。原来此人便是祖家收留的孤儿祖迅,有长跑百里而不喘的本领。祖迅也认出了孙坚,一边扶着跑歪的巾帽,一边远远地大喊:"县丞大人,我家主人就在后面!刚才我们遇到传行

---

[1] 一马驾之轻便车。"轺"读"遥"。
[2] 有帷盖的车子,多为妇女所坐。"軿"读"平"。
[3] 古车立乘,此为坐乘,故称安车。供年老的高级官员及贵妇人乘用。安车多用一马,礼尊者则用四马。

罚檄的驿卒,不得不让路,所以略有延迟!望见谅!"

孙坚苦笑着摇摇头。这祖茂还没有拿到县尉的印绶,就拿出了与其地位不相称的行头与排场,可见其虚荣。如果以后祖茂没事出门就拉出这么大的阵仗,是不是也会倒逼孙坚本人也开始重视朝廷仪轨,大动干戈呢?这可是有点儿违背喜好简装速行的孙坚的本心。

孙坚一边琢磨着规劝祖茂的措辞,一边在等待祖茂的出现。却不料那祖迅身后出现的第一匹快马上骑坐的并非祖茂,而是孙坚的亲弟弟孙静孙幼台。但见孙静头戴竹制鹊尾冠,身穿绣着金丝边的白色直裾衣,身下的黄骠马的毛鬃修剪得整整齐齐,马首顶还做了一个形似高角的发尖,上面涂抹了赤、白、靛三色的漆,跑起来摇摇晃晃,相当招摇。孙坚皱眉疑惑:一向简朴的弟弟怎么现在也这么浮夸了?这才过了几天富日子啊?

还没等孙坚对弟弟打招呼,孙静就远远地喊道:"二哥,一向可好啊?"

孙坚也回喊:"三弟,你要来为何也不知会一声?"

孙静哈哈大笑:"自家兄弟,想来就来!"说罢,他朝身后的驷马豪车上的老汉大喊:"爹,文台就在前面候着!"

孙坚又是一惊。原来老父孙钟也来了。他往马车望去,但见这拉车的四匹马,马首都顶着夸张的红雀羽冠,车横档上则立着鎏金铜雀,车厢的装饰也可谓"羽盖华萋"。而孙坚的父亲孙钟正坐在这绚烂的华盖下,对着孙坚笑眯眯地摇着孔雀羽五彩扇,喊道:"孩儿,为父好挂念你啊!"

孙坚见状,立即对身后的吴甄做了一个手势,然后忙不迭跑过去给孙钟下拜行礼,吴甄、吴景姐弟也小跑着过来行礼。孙钟见吴甄腆着肚子,慌忙叫她免礼,生怕挤压到她肚子里的孙儿。孙坚说:"我只知道祖茂、徐真来了,不知道父亲大人与静弟也来了,否则一定要多迎出几里地。"

孙钟摆摆手:"我就是故意不让你知道我要来。广陵郡离富春不算特别远,又不算出远门,更何况是看自己的儿子,不用你跑这么远来接。"

孙坚摇摇头:"其实路已算远了。这一行,父亲大人你得从富春出发去乌程,经过吴县绕过震泽[1],然后经过无锡、毗陵、曲阿再到丹徒附近的大江渡口,从那里渡江出扬入徐。入徐后,你们还得从广陵到高邮,然后才能到盐渎。真是舟车劳顿啊!"

孙钟笑着再摆摆手:"你没全部说对。从广陵后我们没有直接去高邮,而是到海陵县转了一两天,然后才折回高邮来盐渎的。好不容易来次徐州,得多看看,多玩玩,呵呵!再说有这豪华的安车,坐着可舒坦呢!"

孙坚对着这安车微微叹了口气。孙静一眼看穿了哥哥的心思,抢白道:"哥哥是不是觉得父亲是黔首布衣,坐不得安车?哥哥啊,现在有钱人僭越礼制的事情还少吗?朝廷法不罚众啊!只要有钱,人人皆可诸侯。什么印绶啊,官俸啊,依小弟看,都没有记在名下的地产与奴婢来得实在。"

---

[1] 古太湖。

孙坚想训斥小弟的孟浪之语，但碍于父亲的面子，还是忍住了。孙钟见状，马上将话头岔了出去："人各有志，阿静的志向就是学严光在富春江畔钓钓鱼，而做二千石、为天子分忧的大事，就拜托阿坚你了。"

孙坚盯着孙静的眼睛，绵里藏针地回应道："父亲说得好，要你阿静学严光。你可知我们扬州人为何纪念他？并不是因为他善于钓鱼，而是因为他曾帮光武帝陛下起兵讨贼，一统华夏，事后却淡泊名利，归隐乡间。你还没为朝廷分过忧，却先做起了隐士，这哪里是严子陵[1]的做派？"

孙静也不依不饶："二哥，你敢说你跟着臧大人讨伐会稽许贼的时候，小弟没有出过力？只是小弟生是富春人，死也要做富春鬼，出了吴郡的事情我就兴趣不大，出了扬州的事情我听都不想听。以后二哥要学光武帝打天下，打到别的州郡小弟不管，只要回到江东老家，我一定效犬马之劳！"

吴景听了，故意大声咳嗽起来。孙静这话谋逆意味太浓了，竟然敢将区区一个县丞比附当朝开国皇帝。孙坚抢过车夫的马鞭佯装要抽弟弟，孙静则向他调皮地吐吐舌头，飞也似的跑到赶来的车队后面。

孙坚刚要追去，却发现随后驶来的一辆轺车挡住了去路。棂窗一开，一张熟悉的面孔出现在眼前——原来是好友徐真徐宝瑜。徐真对着孙坚喊道："文台，幼台只是开开玩笑。他只是希望你能够回家乡做官罢了。"

---

[1] 严光，表字子陵。

"宝瑜啊，好久不见！"孙坚冲上去一把握住徐真的手。马车夫也将缰绳勒住。

"我哪里不想回家做官啊！但朝廷下了'三互法'，以后官场上要高升，就一定要回避本籍，我必须出扬州才能有前途啊！"孙坚辩道。

此时车厢里又传来柔和的女声："二哥，你说的不错，策儿诞生在盐渎后，只要你将其籍贯定在徐州，他成人后就可规避'三互法'，回江东做大官！"

孙坚一愣。这分明是小妹孙雯的声音。但她刚才所言，绝对是老谋深算之语，吐出的每一个字，都透着一股浓浓的徐真气息。真是嫁鸡随鸡，嫁仙成仙啊！

孙雯露出头来："哥哥，我也来了！"

孙坚笑眯眯地看着小妹，也不知怎的，嘴里突然冒出一句："小妹，多日不见，你胖了！"

"讨厌！"孙雯扔出半截子吃剩下的胡瓜。孙坚一侧脸，敏捷地用手抓住胡瓜，大口大口吃起来，继续笑眯眯地上下端详妹妹，补了一句："的确胖了！"

"二哥你太讨厌了！"孙雯气呼呼地就要下车找孙坚理论。此时车后有人喊道："文台啊，别惹你妹妹了！她已经有了！"

"有什么了？"孙坚回道，同时意识到这是祖茂的声音。循音看去，但见祖茂祖大荣亲自驾着一辆轺车向他驶来。他身边坐着的女子，面目清丽，明眸皓齿，略像徐真，想必便是祖茂新妻徐嫱。

"自然是有孩子了！"祖茂边说边跳下车，跑过来与孙坚大力拥抱。孙坚捶了一下他的胸膛，半开玩笑地说："我小妹怀孕了，徐真不说，你倒抢着说！"

已经下车的徐真则摇着鸡毛扇，替祖茂辩解："我自己说就显得不够谦逊了。不过，确如大荣所言，琨儿已三个月了！"

"琨儿？"孙坚瞪大了眼睛，盯着妹妹并未明显隆起的腹部，"胎儿这么小，你就取了名字了？要是生下的是女孩，这名字不是还得重新取？"

"那你文台兄又怎么能保证嫂夫人腹中的策儿一定是男孩呢？"徐真不紧不慢地反问孙坚。孙坚一时语塞。众人见状，大笑起来。

笑罢，孙静刚想去抱孙辅和跟着他跑来的孙贲，不料孙钟抢在他前面将两个孩子揽在怀里。他一边笑，一边抹着眼里渗出的泪花，呢喃道："羌儿要是还活着就好了……"

"还有我阿坚呢！"孙坚抓住父亲粗糙的手。

"还有我阿静！"

"还有我祖茂！"

"还有我阿贲！"

"还有我阿辅！"

"还有我阿雯！"

"还有我徐真！"

"公公，还有我吴甄！"

……

一只只手伸出来，层层叠叠地握住孙钟的手。孙钟突然控制不住情绪,用另一只手捂住脸,抽泣了起来。

孙坚不自觉地抬眼往车队后面的几辆马车望去,泪光迷离中,但见一个妇人抱着婴儿,从一辆辂车上缓步走下来,然后远远看着团聚中的孙坚一家人,安静地一动不动。

孙坚心一沉。

那人,便是他日思夜念的胡婵。

她的美丽与智慧不输给自己身边的任何一个女人,但是她没有名分。她存在着,又不存在。她为孙家做了那么多,却始终如同一个外人。

孙坚此刻暗暗下定决心。他一定要给她一个名分,无论多么卑贱。

敏锐的吴甄此刻也看到了刚刚下车的胡婵。她不动声色地观察着丈夫的神情,思考着下一步的对策。她必须维护这个家的完整性,不能让任何来路不明的入侵者毁灭它。

此时,天边突然滚起了乌云,一场夏日暴雨即将来临。孙坚招呼大家上车继续赶路。在众人上路前,吴甄嘱咐下人将刚做好的烤鱼与烙饼分发给了孙、祖、徐三家的奴婢。

"我也饿了!"祖茂抢过一张烙好的大饼,边啃边问,"这饼怎么这么大?都顶上半张盾牌了!"

一旁的孙坚回道:"此物为'泗水饼'。前汉七王之乱后,孝武帝在今广陵境内建泗水国[1]制衡楚、吴,烙巨饼以犒驻军。泗水国后虽被废,但民间依然流传了泗水饼的做

---

[1] 今日江苏宿迁、淮安一带。

法。这可是典型的徐州物产,你们在扬州吃不到吧?"

"为何要做得这么大呢?小一点儿不是更容易入口吗?"孙雯疑惑地问道。

徐真想了想,猜测着回答:"小饼放在锅上加热,饼间圆弧之间的空隙便无法再烙别的食物,算是浪费了柴火。行军打仗,讲求速度与节约,大饼才最适合将士在野外分食。"

孙坚点点头。坐在前面驷马安车上的孙钟听到了徐真的话,也回过头补充道:"不但行军如此,治家也是一样。在同一口灶台上烧菜,在同一个屋檐下动箸,能互相帮衬的事情,就不要分开来做!"

孙坚大喊:"父亲教训得是!"然后大笑着策马冲到前面开道去了。身为辟车伍佰的祖迅见了,也跟着朱雀马不服输地飞奔起来。在孙坚与祖迅的带动下,整个队伍都加快了速度,扬起了一路烟尘。

第十四回　鼖鼓篪箫

孙坚一行入宅后,豪雨即至。孙钟、孙静、祖茂、徐真等人先行沐浴,在骤急清亮的雨声中美美地补了一个午觉。待到华灯初上,诸人起身更衣,参加孙坚为祖茂举办的洗尘家宴。此时雨也恰好停了,日字院内被浇灌过的花草,在夏夜的清风中送来阵阵淡香。

孙坚小睡过后,立即进厅堂检验诸小厮、婢女们的布置。但见孙宅厅堂之内,灯火辉煌,宛若白昼,与屋外天穹中的明月争辉。四盏青玉七枝灯坐落四角,而厅堂中央偏左处则是一盏炫目的铜座百枝灯,形如一棵点缀了银河群星的繁茂大树。孙坚背着手看着这座快一人高的炫美明灯,既有些得意,也略有些心疼。原来这些模拟树神的多枝灯,乃是盐渎的首富田邈从遥远的益州购来的。孙坚在将这个日字院落判给丁家后,田家便在交接前移走了院落中全部鎏金错银的高价灯,唯独留下这五盏青铜面的次等货,以免丁家嘲讽田家过于小气。丁家将日字屋租给孙家之后，这些灯也就留在原处，任凭孙坚使用。不过，习惯简朴的孙坚其实并不太喜欢此类耗油脂的多枝灯，故而平时只许下人点亮这百枝灯中的十枝，为此他也没少受娇贵惯了的吴甄姐弟的奚落。

今天却不一样。今天是孙坚与亲人挚友团聚的日子。百枝灯的每一枝都必须点亮，一枝也不能少——尽管孙坚还是忍不住嘟囔："其实八十枝的亮度，和一百枝也差不多。"

"夫君说得是。灯枝多不如烛火亮，膳食亦然。就好比眼前白白的御米饭不好好吃，却要去惦记那硌牙的粝米饭，实在有违圣人'食不厌精，脍不厌细'的教导啊。"

一听就是吴甄的声音，阴阳怪气。上等精米做的御米饭当然指她自己，而粝米饭指的当然就是胡婵。想到这里，孙坚一阵不悦。但夜宴将至，他也只好压住怒火，没好气地回道："夫人你误会了。粝米饭我可下不了口。就是不吃御米，我也要吃糳米[1]才行。"孙坚意在为胡婵辩护——她可不是下等的粝米，至少也是略逊御米的糳米。

不料，吴甄却没有被孙坚的还击所激怒，反而"噗嗤"一声笑了出来。她款步走近孙坚，突然用双臂勾住孙坚的脖子，并用自己的鼻尖迅速碰了一下丈夫的鼻尖。然后转到孙坚耳边，轻声说道："夫君，你是瞒不了我的。你是不是想将糳米拌在御米里，再混上豆豉，细细地嚼？这样一来，夫君的牙齿都分不清哪粒是御米，哪粒是糳米了。"

---

[1] 指春过的精米。"糳"读"做"。

孙坚被吴甄这话彻底搞糊涂了。她到底是在献媚,还是在挑衅?不过,他分明感到,吴甄的一条玉臂在微微发抖,不经意间暴露了她此刻真正的心声。

"什么?文台,你竟用糵米招待我们,不用御米?"揉着睡眼的祖茂在徐嫱的陪伴下也进了厅堂。刚才吴甄与孙坚的对话,他隐约听到几个字,都是关于吃的。祖茂喜欢美食,又知道孙坚素来抠门,所以一进门就嚷嚷着要吃好米。

祖茂的到来给孙坚解了围。他如释重负地轻轻推开吴甄,然后上前大力握住祖茂的双手,笑道:"大荣啊,不但御米不在话下,还有牛肉。外厨今早就椎杀一牛,你难道没有闻到内厨大鼎内传来的肉香?"

祖茂提鼻子闻闻,果然有牛肉香。牛肉可是当时最珍贵的肉食,可见孙坚今日是下血本了。

祖茂刚想随便挑个座位坐下,却被孙坚拉到上座,与其并列,而吴甄与徐嫱则坐在各自丈夫的旁边。祖茂有点儿不好意思,红着脸说:"上座应当留给令尊大人啊……"

孙坚摆摆手:"今夜情形不同。这既是家宴,亦是公宴。因为赵县令家中有事,无法亲自迎接大荣兄,所以特别嘱咐我代他为你洗尘。所以,你怎能不上坐呢?"

此时孙钟也在孙静的搀扶下进了厅堂,乐呵呵地替孙坚打圆场:"大荣,你听你坚哥的!未来闯荡官场、光宗耀祖,都靠你们这些小辈了,我等老朽坐在一边看就很开心了。日后帮衬孙坚的事情,还望你多费心,老朽一直把你当半个儿子看啊!"

徐嫱在祖茂耳边轻语:"夫君以后既然留在文台身边,自然就算是徐州的官吏了。另外,夫君承担的县尉官职,仅在县丞之下,所以今天在场官职最大的就属文台与你了。坐上座也不算违礼。"

祖茂又推辞了两番,这才顺着孙坚的意思,挨着他坐下了。

此时,吴景、徐真、孙雯、孙贲、孙辅等人亦在仆从的引导下进了厅堂,一一坐下。一家人其乐融融。

不过,胡婵没有出现。

夜宴开始。

孙坚作为主持人,举起斟满美酒的三足陶杯,先向祖茂献上祝酒词:"扬州吴郡富春祖茂祖大荣,熟读《诗》《书》,精于弓马,对朝廷赤胆忠心,多建奇功。前率祖家部曲于山阴、句章二破会稽反贼,后又率富春乡勇在钱唐江外斩杀黄巾妖贼四百余。现徐州广陵盐渎县尉丁昊不幸殉职,县尉一职空缺,经吴郡郡署与使匈奴中郎将臧旻大人联合举荐,广陵郡已下文书,特征辟祖茂入盐渎任尉。今日祖茂兄弟刚到本县,我孙坚便代表县令为你接风洗尘。愿祖尉日后仕途顺达,家业兴盛;也愿各位亲朋日后福星高照,公私两顾!"

祖茂举杯回礼:"文台兄言重了!文台才是孙武再世,文韬武略不输'凉州三明'。我祖某不才,跟从文台在会稽略有斩获,实则全凭文台事前运筹帷幄。譬如此次剿青州海贼之前,文台就已书信于我及徐宝瑜,一定要斩草除根,不留活口,并要迅速焚烧贼尸,以免疫情扩散至扬州。而在青州贼寇扣关之前，均已中毒染病，吾等这才能不费吹灰之力就将其斩杀。再者，灭贼护民之事，幼台与宝瑜所出之力，比我祖某只多不少，只是二位留恋扬州故土，不愿北迁，我祖茂这才能冒领数人之功，忝列盐渎曹吏之伍。今得文台谬赞，实在是羞愧难当。日后祖某必当兢兢业业，维护全县防务，帮衬文台，不给扬州子弟丢脸！"

祖茂的声音很洪亮，吐出的每一个字，坐在孙坚一边的吴甄都听得真切。而当她听到"以免疫情扩散至扬州一语"时，心中突然一惊。她突然想起，太平妖道之所以在北方得势，便是因为其教主张角自称能够克制疠疾，可见此类贼寇基本来自疫区。吴甄继续默默推演：就算流贼中的大多数可能已痊愈，但其在各郡流窜，毕竟会带来扩散病情的风险。莫非夫君前些日子在县城门前的残忍行为，是为了隔离疫区流民，以保全盐渎父老性命？若真如此，自己这几天来是不是一直都错怪文台了呢？

吴甄想到这里，略带愧疚地抬头看看自己的丈夫。孙坚此刻并没有工夫搭理她，继续端着酒杯回祖茂的话："大荣这才是言重了！孙某不才，怎么能够与'凉州三明'相比？这三位朝廷股肱之将，平定羌乱，功勋卓著，有目共睹。孙坚所为，又何以能达其万一？"

徐真在一旁看着孙坚的假客套，心中暗自好笑。实际上，孙坚在扬州时曾放言说："凉州三明"中，除了段颎[1]段

---

[1] "颎"读"炯"。

纪明兵略尚可之外,余下两位都名不副实。在徐州官场混了几天,今日的孙文台也学会藏匿自己的锋芒了。想到这里,徐真便站起来,端起自己的酒杯,代孙坚说出自己的心声:"文台不必过谦。这'凉州三明'之所以能名震天下,多是因为家世显赫,年纪轻轻就被委了重任。想那'第一明'皇甫威明[1],为度辽将军皇甫棱之孙、扶风都尉皇甫旗之子;'第二明'张然明[2],为汉阳太守张惇之子;'第三明'段纪明,也因家世关系很早就做了孝廉,后又从宪陵园丞、阳陵令一路做到并州刺史与破羌将军。文台若有家世衬托,也定能像这'三明'那样,掌握控弦将士数万,汉羌之间的战争又怎么可能绵延百年呢?"

正当孙坚琢磨着如何回复徐真才不显得那么骄傲时,没想到孙贲突然蹦出一句:"徐真叔叔说得对啊,我们孙家没有显赫家世,叔父恐难做到像'凉州三明'那样的大官了!"

"哈哈哈哈!"徐真听了孙贲这句有点儿破坏气氛的话,不禁大笑,随即解释道,"阿贲小侄,你只知其一,不知其二。目前羌人虽得到段颎大人的弹压,但西北形势依然严峻,更何况羌人在叛、降之间,往往只是一念之差。而在这征羌'三明'之中,皇甫规刚过世,已不可能再为朝廷分忧。张奂在建宁元年参与过对清流领袖陈蕃的捕杀,在士人之中口碑极差;后又与段颎结下怨仇,目前已淡出宦海。而

---

[1] 皇甫规表字威明。
[2] 张奂表字然明。

'三明'中硕果仅存的段颎，早就离开西北前线，目前深陷京都朝争，正战战兢兢地做他的司隶校尉。一旦段颎惹上官司，而羌人复叛，或北方黄巾贼势大作乱，朝中能用的武将也不多了。而这也正是你阿坚叔叔建功立业、拜将封侯的大好时机啊！"

孙贲听完，似懂非懂，而完全听不懂的孙辅，则开始偷偷咀嚼下人端上的牛肉片了。吴甄有点儿厌烦徐真所说的这些军国大事，用银箸敲了一下她面前装着牛肉片的禽头三彩漆盒，略略咳嗽了一下："宝瑜真是身处富春，心怀天下啊！不过羌患距此太远，'三明'前景不明，值此良辰美景，诸君更当饮酒欢唱，尽享人生之乐！"

"好！"此时孙钟也用两根银箸互敲了一下，附和着儿媳，"老朽刚看到厅外廊内有几个乐伎正在准备乐器，想必一会儿就有歌舞可看。不知何时可以开始奏乐？"

孙坚也觉得官面上的话说得太多了，便示意大家先把端着的酒喝完。然后，他笑着拍拍手，叫乐伎入厅。

但见六个少女低头走进大厅，其中一人持六孔竹篪[1]笛，一人持六孔陶埙，四人则一手持鼗鼓，一手持排箫。在这六女身后，又有两个身材健壮的下人搬上来一座小型建鼓。祖茂一看，吓了一跳，对孙坚耳语："文台，我看这六个乐伎面目清秀，估计技艺也不会太逊。按照目前市价，没有六百万钱，是无法买入这样一个六人私家乐队的。文台，

---

[1] "篪"读"迟"。

你才到盐渎几日,莫非就已发了大财?"

孙坚摆摆手:"我区区一个四百石的小县丞,哪里养得起她们啊!这是丁家养的奴婢,因为丁昊县尉生前与我家交好,故而其遗孀左氏前几日便将这些倡优借我家宴所用。"

"哦,白借?还不用你孙家出赁金?没有想到盐渎人如此豪爽!"祖茂开心地拍起手来。

"那还不是我家吴景人缘好!"吴甄冷冰冰来了一句,同时向弟弟投以犀利的目光,看得吴景脸色羞红。

徐嫱也是女人,立即从吴甄的口气与神态里猜到了其中的奥妙,随即暗自拧了一把祖茂的大腿,叫他不要再拍手。孙坚见状,立即示意吴景起身唱赋。

吴景领命,戴上代表"月中仙"宋毋忌的木制面具,走到厅堂中央,挥舞木剑,用高亢又不失清亮的男音高唱:"嗟——夫——"

"咚!"后面的两个乐伎大力敲了一下建鼓。然后,众乐伎用轻柔的女声合唱应和:"嗟——夫——"

而后吴景用念白的方式,拿腔拿调地背起了经学家马融的《长笛赋》。他每念完一句话,后面的乐队都会发声伴和。但听得他念道:

> 昔庖羲作琴,神农造瑟。(一鼓:咕隆咚!)
> 女娲制簧,暴辛为埙。(二鼓:咕隆咚!)
> 倕之和钟,叔之离磬。(三鼓:咕隆咚!)
> 或铄金砻石,华睆切错。(四鼓:咕隆咚!排箫

开始低吟)

丸挺彫琢,刻镂钻笮。(排箫声渐响)

穷妙极巧,旷以日月。(埙声加入)

然后成器,其音如彼。(建鼓再响,四鼗齐摇)

唯笛因其天姿,不变其材。(众乐器消音,唯四鼗轻摇)

伐而吹之,其声如此。(鼗停,六女声伴音:"如——此——")

盖亦简易之义,贤人之业也。(六女声渐轻)

若然,六器者,犹以二皇圣哲难益。(六女声渐响:"益——")

况笛生乎大汉,而学者不识其可以裨助盛美,忽而不赞,悲夫!(六少女合唱:"悲——夫——")

念罢,吴景突然将木剑扔给了下人,从腰间取出竹笛,吹起了《江南》。持六孔竹篪的少女则用篪音为笛音和声。篪虽形似笛,但音色更厚重,与笛声相伴,立即产生了荷叶错落、溪流分殊一般的层次感。二人奏罢一个乐段,持篪少女开始用楚音吟唱歌词,而吴景则继续用笛伴奏。只听得那少女唱道:

江南可采莲,莲叶何田田——

后面几个乐伎则用低音和声:

何田田——

领唱少女继续唱道：

鱼戏荷叶间——

此时，后面四个乐伎突然按照统一的旋律摇摆起了鼗鼓，加快了歌曲的节奏。但听得她们齐声合唱："鱼戏荷叶东，鱼戏荷叶西，鱼戏荷叶南，鱼戏荷叶北……"

一边唱着，另外几个乐伎便拿出了事先准备好的巨型镂空荷叶，套在了四位摇鼗少女的玉颈上。她们顺势走到了厅堂中央，边唱边舞，就好比是四片荷叶突然有了人的生命，在旋转中向四周播撒着青春的活力。退到一边的吴景向孙辅眨眨眼。孙辅心领神会，立即按照事先的排演，从下人那里找到鲤鱼状的头套戴上，也摇着一个小鼗鼓钻入了这片片"荷叶"，用稚嫩的童音高唱：

吾是鲤鱼儿，游戏荷叶间！穿行荷叶东，穿行荷叶西，穿行荷叶南，穿行荷叶北……

孙辅的声音其实有点儿走调，但也正因如此，才显得朴实无邪，分外可爱。诸人看得兴起，一起和声大唱起来。最后，整首歌曲以全场合唱的一句"鱼头压荷叶，鱼尾激白浪"结尾。孙辅顺势跳到一个模样出众的乐伎怀里,轻轻在她耳边说道:"小姐姐,你好美!做我们孙家的奴婢吧!"后者瞬间脸颊绯红。

要是在别的场合,孙辅如此轻浮,早就挨吴甄的责骂了,但今夜就连吴甄都被孙辅逗得咯咯直笑。她一边笑一边跟孙坚耳语:"你们孙家人,大小一个德行,看到漂亮女子就挪不了腿。"

孙坚边笑边答:"彼此彼此。辅侄还不是在学阿景?"

吴甄被孙坚的话呛到了,只好不语,转脸去瞪吴景。

吴景没有看到姐姐的表情,仍陶醉地用笛子吹着尾音。

暖场曲唱罢,主人起身邀请客人一起跳舞助兴。孙坚也拿起代表光武帝"云台二十八将"第一名"角木蛟"邓禹的木制面具,请祖茂与其共舞。祖茂大笑戴上了"云台二十八将"第二名"亢金龙"吴汉的面具。两人在乐伎隆隆的建鼓声中各自拿起了饕餮面青铜盾与木制长剑,开始敲盾对舞。此时,孙文台唱起了汉高祖刘邦创作的《鸿鹄歌》。他起头后,祖茂也与其一起合唱,观者拍手应和,乐伎摇鼗。但听得:

鸿鹄高飞,一举千里。
羽翮已就,横绝四海。
横绝四海,当可奈何?
虽有矰缴,尚安所施?

孙钟捋着胡子观赏着两个小辈的孔武舞姿，脸上露出了淡淡的微笑。这《鸿鹄歌》原是孙坚七岁时他亲自教给孙坚的，他还记得小孙坚询问此歌深意时的好奇表情。孙钟当时也未隐瞒：汉高祖是想借此歌提醒宠妃戚夫人，立吕后儿子刘盈为太子的决策已无法动摇。但现在儿子重唱此曲，又是何意呢？

熟知前汉典故的吴甄暗自咬了咬牙，开始用目光扫视四下，心中奇怪：那胡婵人呢？

在厅外廊内候着的胡婵，此刻也听到了孙坚与祖茂雄浑的歌声，脸上露出了自信的微笑。该她出场了。

第十五回　河边青草

当胡婵携着一具胡箜篌低头碎步进入厅堂时，空气瞬时凝固了。正在为祖茂斟酒的徐嫱咬了咬嘴唇。她大约知道胡婵、孙坚与祖茂三人之间的关系，这次之所以同意祖茂带胡婵来孙家，正是为了将这个来历不明的女子清除出祖家。她将修长的玉颈略略转了一个角度，瞥了一眼孙家女主人吴甄的表情。她很清楚，如果吴甄铁了心不接受胡婵，那么胡婵就将是她这个祖家新娘的麻烦。

不料，吴甄此时的表情既自然又随和。她用宽袖遮掩好微微发颤的手，笑着对胡婵说道："这就是文台经常挂念的胡婵姐姐吧！我们也不是第一次见面了！"

只见胡婵将乐器摆放在一边，伏地拜道："县丞夫人折煞奴婢了。奴婢胡婵哪里敢让夫人称姐姐，只不过是主人们的一个玩物罢了！"

此时，计时用的铜漏壶的壶嘴里滴下的水珠，滴滴答答地敲击着用来接水的赤漆碗的碗底，向厅内的众人提醒着天地间时光的飞逝。而吴甄只是端坐在那里，微笑看着伏地的胡婵，既不继续问话，也不叫她起身。孙坚刚想开口叫胡婵起身，目光却扫到了正朝他微微摇头的老父孙钟，以及一脸木讷的弟弟孙静。孙坚将目光转向徐真，发现他正在闭目养神。徐真身边的妹妹孙雯则向他皱皱眉，表示爱莫能助。孙坚再去看吴景，却见那吴景正在低头摆弄他的篪笛。这也难怪，吴景自己也有把柄落在姐姐手里，此时他又能说什么呢？孙坚又转头看看同样一脸尴尬、不便开口的祖茂，只好暗自叹了口气，将刚张开的嘴闭上了。

"十五、十六……"对数字敏感的小孙辅，一边往嘴里送牛肉片，一边默默记录着自胡婵伏地下拜以来漏壶滴出的水滴数量。至于孙贲，则用一只手撑着脑袋，从侧面欣赏着伏地下拜的胡婵背部完美的线条，以及她那白皙颀长的后颈。他毕竟已到了能欣赏女性姿容的年龄了。

"三十！"小孙辅数到了三十，心中也开始惊讶为何吴甄还不叫胡婵起身。他刚想低声问贲哥，却不料吴甄突然笑出了声音。其银铃般的声音在安静的厅内回响——而在此刻的孙坚听来，这笑声如战鼓般令人心绪紧张。

吴甄用一只袖子掩住红唇之间露出的洁牙，笑着说道："哎呀！胡婵姐姐不要见怪。我只是见你伏地时，洁白的长袖如水银泻地一般铺展，乌发若新出的墨汁一般四溢，实在是太美了，竟一时忘记叫你起身了！"

徐真睁开眼睛，扫了一眼这两个女人，嘴角微微一扬，心中暗自冷笑。他在案几下抓住身边的妻子孙雯的手心，迅速写了一个"诈"字。孙雯则在案几下揪了他一下。

此刻，仍然伏地的胡婵回道："若夫人真喜欢奴婢这个样子，奴婢愿意保持此容姿，直到天明！"

吴甄摆摆手："这哪里使得！胡婵姐姐的事情，我吴甄略有所闻。在会稽剿贼的时候，胡婵姐姐的计谋可是帮了文台的大忙。帮过文台的人，我吴甄当然会看重！快快起身！"

"诺！"胡婵甩袖起身，连舒展一下筋骨的小动作也没有，便恢复了挺拔的身姿。她微笑着看着吴甄，眼睛里没有显出哪怕一点点怨恨与不满。因为夏夜炎热，伏地颇久的胡婵早已被憋闷得满脸汗珠，发髻旁的几缕青丝亦都紧贴着湿漉漉的脸颊。然而，她就这样端庄地挺身跪坐在地上，任凭汗淌玉面，纹丝不动。这一幕，众人皆看在眼里。

吴甄心中一颤，有点儿后悔刚才对胡婵的这般捉弄。她转眼看了一下四周，发现就连她平时最宠爱的小孙辅也噘着小嘴看着她，眼里透露出些许不满。吴甄调整情绪，轻轻咳嗽一声，瞥眼使唤四下："你们都是瞎子吗？胡婵姐姐现在满脸是汗，还不去弄点冰水浸润的纱巾来！"

胡婵谢过丫鬟送来的冰敷纱巾，优雅地擦拭起脸上的汗水，然后将纱巾认真地叠好，恭敬地还给那丫鬟。随即再向吴甄与孙坚下拜："奴婢胡婵，恭贺祖大人荣升盐渎县尉！恭贺县丞孙大人大破青州反贼！恭贺县丞夫人怀上将种！奴婢无能，略通音律，愿弹唱一曲，为诸位主人助兴！"

吴甄看了一眼胡婵身边的乐器，问道："姐姐，这可是胡箜篌?"

"回夫人!是胡箜篌!夫人好眼力!"胡婵低头回道。

十四岁起,吴甄就开始学习弹奏中原卧箜篌,却从未弹过胡箜篌。自小深受"夷夏之辨"观念影响的她,内心深处对胡地器物一直有点儿抵触。她略带讥讽地说道:"胡婵姐姐用胡箜篌,可真是相得益彰啊!"

胡婵听得清楚,吴甄刚才说这句话时,两个"胡"字都加了重音。她不卑不亢地回道:"夫人说笑了,胡乐配猛将,这才是相得益彰。前汉金日䃅[1]身为胡人却效忠孝武帝,本朝张元节[2]身为汉人却越境投胡,可见胡汉之分,不在名号,而在心意。胡婵感谢当年孙丞、祖尉在钱唐水畔收留之恩,愿以贱躯浅智略助孙丞功名,而孙丞未来官途,也未必在昔日胡将金日䃅之下。日后孙丞运筹于羌胡之地,胡曲羌音恐怕不绝于耳,若独熟中原雅乐,恐不利于成就将业。再者,据说当今天子亦喜西域月氏乐舞,孙丞若略通此道,日后或也可以此亲近天子,封侯拜将!"

吴甄多少有点儿被胡婵的应答之辞给惊到了。一个奴婢知道匈奴王子金日䃅与被朝廷通缉的党人张俭张元节也就罢了,就连天子喜欢大月氏乐舞这样的消息,她竟然也能知晓——莫非是有人教的?她用怀疑的目光打量着祖茂,发现他正在一边默默咀嚼着拌了豆豉与凉藕丝的御米饭。吴甄回

---

[1] "日䃅"读"密低"。
[2] 即被通缉的党人领袖张俭,元节为其表字。

头转向胡婵，说道："姐姐还是抬起头来回话。姐姐既不是胡人，又是从哪里学来的胡筚篥？"

胡婵抬头回道："这是奴婢在前两个月跟一个流落到吴郡的胡人女子学的。弹得不好，主人们不要笑话。"

"你要弹奏的什么曲目？"吴甄再问。

胡婵回道："蔡邕大人写的《饮马长城窟行》。"

听到这里，一直默不作声的吴景突然好奇地站了起来。《饮马长城窟行》这歌的曲子，他听过瑟弹奏的，也听过琵琶弹奏的，却没有听过胡筚篥弹奏的。他开始下意识地将篪笛放在嘴边，吹起这曲子的第一句来。孙贲听到吴景吹出的熟悉的旋律，亦不由自主地哼出了第一句歌词："青青河边草……"

吴甄轻拍桌子，叫吴景与孙贲分别收声，然后和颜悦色地对胡婵说道："姐姐莫怪，我这弟弟看到美艳的女人就把持不住，听到美妙的音乐也会接连三日忘却肉味。下面你安心弹唱就是！"

胡婵笑道："看来文豪蔡大人的歌词还真是深入人心！若吴功曹不嫌弃，待贱婢弹唱完'展转不相见'一句后，吴功曹就立即吹篪相和，如何？"

吴景点点头，并对几个乐伎吩咐道："'客从远方来'一句后，调子会变得欢快，尔等不妨用鼗鼓伴音，并用两个声部合音！"

几个乐伎立即喊"诺！"，并凑过来与胡婵商量合音的细节。须臾，诸人就绪，胡婵也架好了胡筚篥，准备弹奏。

这时候她偷偷向祖茂眨了眨眼,祖茂则微微点头。

所谓胡箜篌,形状类似今日所说的竖琴,有人认为是从古波斯流传到中土的。但见胡婵手中的那胡箜篌,是用上等蜀桐做的三角框子,框间密布着吴丝做的二十三根琴弦。胡婵将其竖抱于怀中,双手齐奏,从低到高先调了一遍弦音。调试完毕后,身后乐伎轻摇鼗鼓,胡婵开始正式奏曲。她顺着指间流出的空山凝云的旋律,低声唱出了啼竹湘妃的忧愁:

胡:青青河边草,绵绵思远道。远道不可思,宿昔梦见之。

乐伎声部甲:不——可——思——

乐伎声部乙:梦——见——之——

胡:梦见在我傍,忽觉在他乡。他乡各异县,展转不相见!

乐伎声部甲、乙:展——转——不——相——见——

当作为背景音的两个声部渐渐收音的时候,胡婵的余音还在缭绕,凄苦中透着芙蓉泣露的妖艳,以及香兰吐苞的诱惑。很快,这点诱惑渐渐消散在夏夜略略发闷的空气之中。正当众人意犹未尽之刻,吴景按约定站起,用篪笛吹起了第二个乐段的旋律,宛若空山玉碎时凤凰的啼鸣。胡婵重新弹起胡箜篌,弦音渐渐融入篪音,汇成一股情绪的溪流,冲击着听者的心房。胡婵重启朱唇，唱道：

胡：枯桑知天风，海水知天寒。
乐伎声部甲：知——天——寒——（高音）
乐伎声部乙：知——天——寒——（低音）
胡：入门各自媚，谁肯相为言！
乐伎声部甲、乙：谁——肯——相——为——言——

当"言"音渐渐消散之后，吴景的簇音与胡婵的箜篌音重新成为主角。接下来的曲调立即变得欢快起来，宛若震裂女娲补天用的五彩石后，迫不及待地扑向干渴的大地的秋雨。但听得胡婵再唱道：

胡：客从远方来，遗我双鲤鱼。
乐伎声部甲：遗我双鲤鱼——（较快，较高）
乐伎声部乙：双——鲤——鱼——（较慢，较低）

此时，一直作为听客的祖茂突然伸出双手，拍了两下。得到信号的祖家婢女立即从厅下端来一个个漆绘食盒来，在每张案几都放了一个。吴甄带头打开一看，发现其中还真有一条被荷叶包裹的清蒸的鲤鱼。胡婵再唱：

呼儿烹鲤鱼，中有尺素书。

吴甄用双箸挑开遮蔽了鱼嘴的荷叶,果然发现一根竹简伸出了鱼嘴。她抽出一看,上面写道:

上言加餐食,下言长相忆。

此时胡婵也带着众乐伎合唱:

长跪读素书,书中竟何如?上言加餐食,下言长相忆。——长——相——忆——

奏唱结束了。厅堂内静谧良久,随即爆发出一片赞赏之声。胡婵放下胡箜篌,重新下拜。吴甄扫视了一下四周,心知除了自己,这厅内的其他人几乎都希望胡婵立即入孙府。刚才献鲤鱼的段落,想必是祖家事先的算计。实际上,吴甄在宴会前就看到祖家奴婢争着去孙家灶台蒸鱼,现在终于明白了其中的缘由。吴甄暗自叹了口气,脸上挤出笑容,对胡婵说道:"姐姐快起身。姐姐歌若天仙,弦出籁音,要真是我们孙府的人就好了……"

祖茂立即接过话头:"嫂子如果不嫌弃,我们祖家当然愿意割爱,将胡婵转给孙家……"

吴甄哈哈大笑:"祖兄弟,一个成年奴婢虽然只要两万钱,但像胡婵姐姐这样色艺俱佳的,恐怕要两百万钱吧!我家孙坚可是个清官,两百万钱可能一时拿不出手哦……"

祖茂皱了皱眉。很明显，吴甄此时提到买卖奴婢的价格，其实是在变相敲打胡婵，教她不要因为有些本事就忘记了自己的身份。此时，徐嬬又在案几下掐了祖茂一把，提醒他去接吴甄的话。于是祖茂硬着头皮对吴甄说道："嫂子说笑了。文台动用臧旻大人的关系为我祖茂的官位说情，光凭这一件事，就远远超过二百万钱了。区区胡婵，不足挂齿。嫂子休要再说钱的事了。"

吴甄点点头，对胡婵说道："姐姐勿要见怪。什么两万钱、两百万钱的，皆是说笑之辞。平心而论，姐姐认识文台在我之前，算是文台的旧相识，哪有入府只做婢女的道理！我早就答应过文台，应当大大方方地纳你为妾。只是——"

当吴甄说"只是"时，所有人都望向她。富有经验的孙钟意识到下面的谈话会涉及一些孩童不宜的话题，立即小声叫孙贲带着孙辅回到自己卧房。同时，吴景也小声吩咐诸奴婢退下。

"只是——"吴甄看到无关人等都出了厅，便继续说道，"既然以后共侍一夫，有些事情做妹妹的还是要先问清楚。"

"夫人问话，贱婢一定如实回答。"胡婵低头答道。

"姐姐是哪里人氏？"吴甄问。

"会稽诸暨人。"胡婵回道。

"怪不得姐姐相貌如此动人，原来是西施同乡。那么，为何不找良人婚嫁，而去从了胡玉海贼？"

孙坚在一旁听了，气得脸热耳烫。吴甄当着众人的面重提这段往事，显然是想故意羞臊胡婵。不料胡婵早已胸有成竹:"禀夫人,无人愿意天生为贼。贱婢的第一个丈夫死于战乱,后贱婢又给曲阿一家富户作小妾,但因未生下一男半女而被逐出家门,衣食无着,终被胡玉收留。那胡玉虽是海贼,但夫人您也见过此人,着实诚信仗义。明明有上百属下,却在与孙丞比武时恪守道义,毫不要诈。可见,即使是从贼,贱婢也要从仁义之贼,绝不跟从蝇营狗苟之徒。后贱婢幸蒙孙丞、祖尉搭救,脱离贼道,为报大恩,便协助官军策反胡玉,设计引会稽豪族周氏参与剿灭许贼,以图洗清前孽。至于贱婢先前服侍于祖府,也仅仅是因为那时夫人未嫁孙丞,若奴婢鸠占鹊巢,便会失了尊卑之序……"

"姐姐说话真有意思,你入祖府时祖大荣也未婚配,难道这就不算鸠占鹊巢了?"吴甄冷笑反击。

祖茂立即开口替胡婵解围:"嫂子啊,我怎么能和文台比!文台是迟早要做两千石的大器,弄不好后世会有个像太史公那样的大文豪,将文台兄的故事记载在哪部列传里呢!后人写到文台的家眷时,自然要把嫂子的名分写得清清楚楚,这样才能给孙、吴两家长脸啊!至于我祖茂嘛,史家若能略提一笔,我也就满足了,没有人会在乎我家的鹊巢里是鸠啊,还是鸠蛋啊……"

说到这里,祖茂眼眉突然一拧,原来是新婚妻子徐嫱被其最后一句话气到了,在下面狠狠又掐了他一把。吴甄被这对夫妻给逗笑了:"看来祖家的鹊巢容不下两只凤啊!"她转头再看胡婵:"姐姐,幸好我们孙家的巢足够大,也足够温暖。不过,它也不是大至无穷。"吴甄顿了顿,缓缓继续说道，"听说……姐姐最近……生了一个幼子？"

厅堂内的气氛一下子又紧张了起来。

胡婵脸色稍变，但她还是立即作答："禀夫人，是的。"

"姐姐怀上那孩子时，还是祖家的御婢？"吴甄步步紧逼。

胡婵回道："禀夫人，是的。"

"孩子到底是谁的？"吴甄再问。

胡婵没有立即回答。但听得铜漏壶的壶嘴里淌下的水珠，滴滴答答地敲击着厅内诸人的心房。

"是我的！"孙坚站了起来。

"你怎么知道是你的？"吴甄反问丈夫，"那时胡婵姐姐难道不是祖家的御婢吗？"

"但是那个月里，我根本没有碰过她！"祖茂也红着脸站了起来，"此事天地可鉴，我祖茂绝不撒谎！"

吴甄冷笑着对祖茂说："大荣的话，我信！"

然后她看向孙坚："不过，那时你应当也已给吴家下过聘礼了吧！尽管那仅仅是一只大雁而已。难道你就是带着这样的心意去找的胡婵姐姐吗？"

孙坚被问得一时语塞，满脸通红。

此时，胡婵突然一反之前的恭敬，轻轻一笑，那笑声虽微弱，却清晰可闻。

"姐姐，你觉得我的问题很好笑吗？"吴甄眯着眼睛看着胡婵。

"夫人莫怪，我只是笑夫人并没有体会到孙丞对夫人的敬重之心。孙丞去找贱婢，并非出于对夫人的不敬，而恰恰是因为尊敬夫人。"胡婵回道。

"此话怎讲?"吴甄问道。

胡婵回道:"那时山阴官军虽已大捷,但句章贼寇未破,战场凶险,不知生死,孙丞苦闷,找贱婢排解烦忧,亦属正常。"

吴甄想了想,转头问孙坚:"我当时虽未嫁给夫君,但确实已心属夫君。若夫君需要排忧解烦,为何当时不找我?"

不等孙坚回答,胡婵便抢先回道:"夫人,孙丞当时不能找你,只好去找贱婢,理由有二!"

"但说无妨。"吴甄好奇地看着她。

"其一,吴家素尚儒风,吴地无人不知其清正。夫人当时还是处子,若有不利门风之事,恐有辱祖先。而贱婢本是河边青草,早已不在意风言风语。其二,我胡婵虽驽钝,但早年混迹草莽,多少有点江湖见识,或有助于孙丞杀贼破寇。当时孙丞虽已给吴家下了聘礼,但按照吴家长老的意见,除非孙丞在剿贼大战后立下殊功,否则婚约取消。孙丞找奴婢为其分忧,亦是在为夫人分忧。还望夫人体谅孙丞之苦心。"

吴甄被胡婵的回答给噎住了,许久都说不出话来。过了好一会儿,她慢慢说道:"姐姐的厉害,吴甄领教了。看来你真会成为文台的一个好帮手。不过,有两件事,吴甄要求姐姐答应!"

"折杀奴婢了!夫人吩咐就是!"胡婵回道。

吴甄点点头:"我曾答应文台纳你为妾,我不会食言。但是,能否委屈你再等几日,容我肚子里的策儿诞生?"

"奴婢感念夫人宽容！当然得等小主人出世后再说。"胡婵立即拜谢。

"这才是第一件事。第二件事嘛，你与文台的孩子，我会视同己出，你我一起抚养。但是在宗族关系上，孩子还得委屈一下，等到我为文台生下四个孩子之后再入族谱，这时候恐怕孩子的年龄也要改写，要写到最末。你看如何？"

胡婵犹豫了一下，还是咬牙答应："夫人说怎么办，就怎么办！"

"哟！姐姐答应得似乎有点儿心不甘、情不愿啊！你以为我吴甄没能力给孙文台生四个儿子吗？"吴甄骄傲地抚摸了一下自己隆起的腹部。

"奴婢不敢！"胡婵低头答道。但想了一想，的确心有不甘，抬头问道："夫人，奴婢斗胆，也想提一个小小要求，希望夫人不要赐罪！"

吴甄笑了："好，姐姐且说来。"

胡婵回道："既然尊卑有序，希望夫人以后不要叫奴婢'姐姐'，就直呼奴婢之名吧。"

吴甄笑道："姐姐要上好的厢房、漂亮的衣服，我吴甄都答应。但我就是要叫你姐姐！因为我吴甄比姐姐年轻，这是事实！"说到"年轻"二字的时候，吴甄收起了笑容，用自信的眼神端详着胡婵眼角淡淡的鱼尾纹。

胡婵不再说什么了，拜谢而退。

宴会散场后，孙坚心事重重地跟在妻子身后，一起走向卧房。吴甄突然停住了脚步，回头对丈夫说："夫君，你毕竟和胡婵很久没说话了,你先去看她吧,回头再来找我!"

孙坚立即作揖:"夫人仁义!"然后撒腿就走。

吴甄对着丈夫急匆匆的背影,叹了口气,眼角泛起泪珠。

孙坚看到胡婵后,什么也没问,劈头盖脸就一句:"孩子呢?"

胡婵从一个祖家带来的奶妈手里接过襁褓,递给孙坚,说道:"孙郎,这才是你的第一个儿子!"

孙坚打开襁褓,看着熟睡中的婴儿甜美的娇容,暗暗流泪。他呢喃着:"明明是我的儿子,但就是不能上户籍……我堂堂一个县丞,管着全县父老的户籍,竟然没有法子给自己的儿子上户籍……我对不起你……儿啊!"

眼圈同样发红的胡婵抓住孙坚的手,说道:"孙郎,你至少得让他有个名字!在上户籍之前,家里人得知道他的名字啊!"

孙坚一时没了头绪:"这……对啊……但……我一时没想出应当叫他什么名字好……"

"我已经想好了!"胡婵坚定地说道,"叫孙朗!我希望终有一天他能立于朗朗青天之下!"

孙坚点点头:"就依你,叫朗儿!"

两人拥抱温存片刻,孙坚便与胡婵母子道别,匆匆赶回吴甄的卧房。为抄近路,他直接穿过日字院花园内的草丛,踩倒了几株脆嫩的青草。被踩平的草叶,在孙坚走后,复又倔强地抬起自己的身姿,叶片上的水珠映现着挂在黑幕上的明月。

第十六回　诸葛先生

祖茂到来后的一个休沐日。在从广陵郡盐渎县到射阳县的官道上，骑着独眼朱雀马的孙坚正在一路疾奔，后面跟着骑着一匹花色小母马的孙贲。原来，几日前孙坚收到来自射阳县的臧府的请柬，邀请人是现任匈奴中郎将臧旻之子臧洪，时年十六岁。臧洪在书简里写道，由于父亲收服匈奴人的功劳，自己已获"童子郎"资格，即将入京谢恩，临行前希望与父亲当年的部下孙坚畅谈一二。老实说，孙坚对这份请柬并不意外，因为他入徐后与臧旻的书信，其实都是通过臧旻在射阳的家人转交的。令他意外的是，这次臧洪竟还请孙坚之侄孙贲一起来玩耍。这又是何故呢？

尽管心中带着些许疑惑，但叔侄两人骑马奔向射阳的路上依然心情轻松。不管怎么说，总算是离开盐渎那个气氛诡异的家了。原来，胡婵到了孙家之后，吴甄便天天给孙坚冷脸色看，孙坚去看一眼胡婵、孙朗母子，都得小心翼翼避开吴家贴身奴婢的耳目。至于孙贲,内心也支持叔叔纳胡婵为妾,对吴甄的态度一直敢怒不敢言。所以,今日他也乐得与叔叔去临县散散心,让这两个女人在家里斗天作地。

"叔叔,你跑慢点,我这小马的马力不如你的朱雀!"孙贲在后面喊道。

孙坚立即勒住缰绳,让孙贲追上来。等到两马齐平,叔侄二人便开始慢悠悠地边骑马边聊起天来。

"叔叔,臧旻大人究竟立下什么功劳了?"孙贲对臧家的事情很感兴趣。

"这几年本来已经归义大汉的南匈奴人有点儿不老实,臧大人软硬兼施,控制住了南匈奴的单于,使得朝廷免去大量的兵费。你说,这功劳大不大啊?"孙坚笑眯眯地答道。

"那臧大人是怎么做到让南匈奴人心服口服的?"

孙坚想了想,回道:"臧大人有奇才,懂胡语。在会稽剿贼时,官军曾用过一批胡骑,我曾亲耳听臧大人与胡人说过胡语。想必在去边境任职之前,他已开始学习胡语了。另外,昨日我还听赵县令说,臧大人前不久在洛阳述职时,在朝堂上对西域风土人情、山川地理如数家珍,被当朝太尉袁逢大人说成是班固、班超再世……"

"哎?"孙贲听到这里,抓了抓头上的发髻,"原来打仗的关键是要懂胡语,而不是懂兵法啊?"

"二者并不矛盾啊!"孙坚补充道,"孙子云:'上兵伐谋,其次伐交,其次伐兵,其下攻城。'很显然,要乱其谋,交其政,就不可不通敌之心;而要通其心,就要先通其言,晓其语。故而，你要驾驭夷狄，就要先有一颗夷狄的心！"

"哦！"孙贲想了想，又皱起了眉头，"婶娘常对我与辅弟说，要有'夷夏之辨'，而胡姨却说，只有通晓胡乐，才能有封侯拜将的机会。可见，胡姨的观点与臧大人更接近。不过，难道婶娘的见识还不如胡姨吗？"

孙坚瞥了一眼孙贲，心中暗骂：我还没把胡婵正式纳为妾，你这小子就拍马屁叫起"胡姨"了！而且，你这哪里是提问，分明是借机表达对吴甄的不满嘛！但想到吴甄毕竟是一家女主，肚里又怀着即将出世的孙策，他只好说："胡婵毕竟是一介奴婢，就算说对了，也是瞎蒙。以后切记不要再说你婶娘的坏话！她和你说的是儒家的道理，我和你说的是兵家的道理。儒家的道理是根本，兵家的道理只是支流，懂吗？"

孙贲听完素常骂"腐儒"的孙坚说的这番话，突然又冒出了一个新问题："我已经不小了，叔父，你老实告诉我：你到底是更爱婶娘，还是更爱胡姨？"

"换一个话题！"孙坚瞪大双眼，向孙贲挥起了马鞭。

孙贲敏捷地从马的另一侧顺下马鞍，抱住马肚子，背朝地面以躲避叔叔的鞭子。但见孙坚的马鞭没有真打过来，这才翻身重上马背，笑呵呵地说道："好，换一个话题！"

孙坚满意地看着侄子骑术的进步，不再申斥他，而是淡淡地说道："关于朝廷官职、边疆地理，你大可提问！"

"好！叔父，臧洪哥哥的'童子郎'头衔是什么意思呢？"

孙坚回道："按照本朝律法，孝廉试经通过者，拜为郎。臧洪本还不是孝廉，因为父亲的功劳，被迅速拜郎，同时被举孝廉。因为他尚且年幼,所以这郎就叫'童子郎'。老实说,以前还有更年轻的童子郎呢。孝顺帝时的名吏左雄就曾将两个十二岁的娃娃推为童子郎,其中一个是汝南人谢廉,另一个好像是……"孙坚一时想不起第二个名字。

"河南人赵建章!"孙贲抢答道。

"对!是赵建章!"孙坚点点头,但马上发现有些不对劲,"阿贲,你既然知道赵建章是童子郎,怎么可能不知道何为童子郎?对了,又是谁告诉你赵建章是童子郎的?"

"嘿嘿!"孙贲红着脸一笑,"侄儿的确知晓,之所以明知故问,是想检测一下叔父对于朝廷典故的熟悉程度!"

尽管被侄子耍了,但孙坚并没有生气,而是欣慰于孙贲学业的进步。他好奇地追问:"暂且饶过你没大没小之罪。你老实告诉我,这些事情是谁教给你的?"

"县学里的诸葛先生!"

"诸葛先生?"孙坚一皱眉,"就是那个将桓宽的《盐铁论》解释得面目全非的诸葛先生?"

孙贲看到叔父不悦的表情,立马回道:"我知道诸葛先生对《盐铁论》的解释是有点儿悖谬,但是……侄儿认为,他说的别的事情,却很有趣……"

"比如把本朝童子郎的名单都背诵一遍?"孙坚略带轻蔑地反问道。

"不是哦!"孙贲噘起小嘴,认真地为诸葛先生辩解道,"他经常和我们说一些经学以外的学问,比如会稽上虞人王充写的《论衡》。"

王充？孙坚在脑海里默默搜寻这个名字。他隐约想起来，在扬州当差时的确曾听年长的郡吏说过，一百多年前，有个叫王充的刺儿头，曾在丹阳、九江、庐江三郡做过郡吏，且以喜欢与上司顶牛著称。不过，这个死了快八十年的会稽人的学问，几乎无人说起，只听说他曾与编纂《汉书》的班固有些私交罢了。孙坚暗想：这个诸葛先生也真是奇怪，当代儒学大师多了去了，主刻《熹平石经》的蔡邕蔡伯喈不提，注释《孟子》的赵岐赵邠卿不提，古文经学大师郑玄郑康成也不提，却偏偏要提一个普通的扬州小吏的名字。还有什么《论衡》，一本根本没有听过的书——肯定是一本烂书。

见孙坚黑着脸，孙贲只好换一个问题："叔父，你觉得世界上有鬼吗？"

孙坚心中暗道：又来钻牛角尖了。

其实，孙贲并不是第一次问孙坚这个问题了。

就在前不久，关于世界上有没有鬼这个问题，孙坚就与孙贲严肃地辩论过。原来，孙贲在看到左嫣亲手将那倭国童子开膛之后，精神一度十分恍惚，担心那小童子化成厉鬼来找孙、吴、丁三家报仇。

孙坚则反复与其言说，世上本无鬼，人死后则形神俱灭。孙贲不服，反问：若世上无鬼，为何人死后，后人都要在其墓室里砌上刻工精美的画像砖，摆上栩栩如生的陶俑，这难道不正是为了让先人在阴间照样能够享受娇妇美食吗？孙坚当时一时语塞，借口县里有公务就逃遁了，没想到孙贲今天又重提这个难题。

孙坚皱着眉说:"无鬼!"

"那为何无鬼?叔父,你得把道理说清楚。"孙贲得意地回击道。

"这么玄虚的道理,谁能说清楚。"孙坚脸上带着不屑,心里却略略发虚。

"诸葛先生推荐的王充的《论衡》,就把为何世上无鬼的道理说清楚了!"孙贲骄傲地回道。

"什么?王充的学问就是证明世上无鬼?那么,他也不相信董仲舒说的'天人感应'?"孙坚惊讶地问道。

孙贲大力点头。

"那么——"孙坚再问,"那个诸葛先生,就是想借王充的口,告诉大家世上无鬼?"

"是啊!"孙贲笑了起来,"听了诸葛先生的课,我心情好多了。贼死了就是死了,不会有鬼魂来纠缠我们孙家!"

孙坚暗自吃惊。一个县学老师,不教授儒家经典,却老是教这些旁门左道,他到底是什么来头?还有那本《论衡》,究竟是一本怎样的书,竟早就把自己多年来对图谶之学的暗自不屑整理成了一套能够自圆其说的道理?想到这里,他问孙贲:"这位诸葛先生,叫什么名字,哪里人氏?"

孙贲字正腔圆地回道:"诸葛先生,名珪,字君贡,徐州琅琊国阳都县人氏,是前汉孝元帝时期光禄大夫诸葛丰的后人。到我们盐渎做教书先生,已经一年多了!"

"诸——葛——珪?"孙坚喃喃自语,"真没听说过。"

第十七回　桑蚕之理

孙坚叔侄二人且谈且行，不久后就看到了臧家庄园门口的一对正在施工的二出阙楼。所谓"二出阙"，就是主阙与次阙构成的复合式阙楼。在汉代，只有二千石以上的官员才可以使用。不过，据孙坚所知，臧旻在做扬州刺史时就已经到这个级别了，现在才将阙门升格，可见臧家行事之谨慎。正站在阙门前竹架上凿刻斗拱细部的臧家雕工，远远就看到二孙骑马而来，立即大喊："来者可是盐渎孙县丞？"

"正是！"孙坚回道，"麻烦这位弟兄去向贵府小主人禀报！"

"哈哈！不用禀报，臧洪在此！"随着洪亮的应答之声在阙门后响起，一个身材高大的英俊少年现出身来。此人正是臧旻之子臧洪臧子源。原来，他一直在阙楼后面等候，只是因阙楼主体建筑的遮挡，才不为孙坚叔侄所见。

孙坚颇为感动。这么热的天，臧洪明明可以躲在宅中，

图 5 二出阙楼

却远远地在庄园入口等候,可见自己这个小小县丞在臧家人心中的分量。与孙坚不同,孙贲今日是第一次看到臧洪,颇为惊讶于他几乎不输给自家叔父的大个头,上下直打量他。

叔侄二人立即下马给臧洪下肃礼,却被臧洪拦住:"孙县丞,这哪里使得!"

"子源现在是朝廷钦定的童子郎,已非黔首!你现在又有孝廉的名头,估计不日就会被朝廷委任为某县县令!我区区一个县丞,自当下拜!"孙坚恭维道。

臧洪回道:"我臧洪只是依仗家父寸功,坐享其成而已!现在天下纷乱,像孙县丞这样的将才更有前程!再说,孙丞比洪年长,现在的官俸也不在洪之下,怎好让孙丞委屈下拜!"

孙贲年龄还是太小,不理解这些官场客套的意义,没大没小地插嘴道:"臧大哥说得有道理,其实你们两个现在基本算平级的。要么也就不要互称官职,就互称表字吧!"

孙坚狠狠瞪了侄子一眼,刚想申斥,不料臧洪却毫不介意地把孙贲拉了过来:"我称孙丞为文台,孙丞称我为子源,这都好说。但我又该如何称呼你呢?你有表字吗?"

臧洪这样问是有道理的。在汉代,表字一般要到成年冠礼之后才能向亲友宣布。不过,孙贲对此问也毫无怯色,大声回道:"我有表字,字伯阳!"

看到臧洪略为诧异的表情,孙坚回道:"孙贲是我长兄孙羌的孩子。长兄早亡,临终前希望定下两个孩子的表字,所以孙贲这才早早有了表字。家父顺便给我的小弟孙静也定了表字。吴郡富春蛮荒之地,布衣出身的人,冠礼之类的事情往往就简,子源见笑了。"

臧洪笑道:"彼此彼此!其实我臧洪也尚未到举行冠礼的年龄。只是在洛阳太学读书时,很多同学都喜欢用表字互称,我也就在家父的允许下先给自己起了个字。"他转头对孙贲笑笑,"我就叫你伯阳小弟喽!"

"子源大哥!"孙贲意识到这样的称呼可以提升自己的身份,便欢快地应道。很快,他突然又觉得哪里不对劲,反问臧洪:"子源大哥,你刚才说你在洛阳太学读书?你现在才十六岁啊,你几岁去洛阳读书的?"

孙坚明白自我吹嘘的话当然不能让臧洪自己来说,便抢先答道:"小侄有所不知,你子源大哥十四岁就去京都太学了,《齐诗》《大夏侯尚书》《颜氏春秋》这三门功课的成绩都非常优异,若没有臧中郎将在边疆的功劳,童子郎的功名也能稳稳考得。"

"既然在洛阳读书,子源大哥怎么会回广陵呢?"孙贲好奇。

"哦,是这样!"臧洪回道,"家父去边关后,家中有些私事需要打理,所以我向太学诸博士[1]请假一年,暂住于此。三日后,我就要启程回京向朝廷谢恩了!"

孙坚瞪了侄子一眼。其实孙坚已从赵县令处得知臧洪请假回家的真正原因。臧家与邻家有点儿地产纠葛,于是臧旻让长子回乡与族人商量对策。同时,京都政治气氛过于诡异,臧大人担心儿子会被那些同情党人的太学生带上歪道,最终给臧家惹来祸患。这些事情,又怎么能与孙贲说清楚呢?

孙贲从孙坚的眼神里大致领悟到了什么,立即换了个话题:"子源大哥,你们臧家的庄园好漂亮!好多桑树啊!"

"我们臧家还养了很多夏蚕呢!这些桑树就是为蚕准备的。"臧洪回道。

孙贲兴奋地跳了起来:"我爹早说了,春蚕好养,夏蚕难养,养夏蚕的都是高手。我们能看看蚕吗?"

"好,这就看蚕去!"臧洪一手牵着孙坚,一手牵着孙贲,兴冲冲往庄园深处走去,嘴里则吟唱着《诗经》里咏桑蚕的句子:"蚕月条桑,取彼斧斨。以伐远扬,猗彼女桑。"臧府下人则牵过孙氏叔侄的两匹马,带去马厩喂料。

---

[1] "博士"在汉代指在太学有资格教授一门儒家经典的导师,人数非常少。

三人在桑林道中漫步，日光透过密密的枝条在地上裁剪出斑驳叶影，任凭三人穿梭其中。须臾，他们听到前面有人在低声浅吟：

> 十亩之间兮，桑者闲闲兮，行与子还兮。
> 十亩之外兮，桑者泄泄兮，行与子逝兮。

原来是一群臧家奴婢，正一边采桑，一边歌唱。

孙坚大惊。臧家真是书香门第，就连奴婢也能熟背《诗经》！臧洪却没有注意到孙坚的诧异表情，对着歌声传来的方向大喊："诸葛先生，你怎么又教我家奴婢唱歌了？"

——诸葛先生！莫非是那个诸葛珪诸葛君贡？孙坚循着歌声的方向望去，但见一个二十五六岁的年轻人，正摘下斗笠，一边擦汗，一边向臧洪挥手："子源啊，贵府奴婢真是个个好灵性！什么都是一教就会！"

孙贲此时也认出了老师，高兴地跳起来大喊："先生！你今天怎么在臧府？！"

孙坚心犯嘀咕。臧洪今日请自己与侄子来臧府，到底是为何？诸葛珪既是孙贲老师，难道这是臧洪故意安排的？

臧洪径直跑过去，抓住诸葛珪那双桑味浓浓的手，问道："君贡兄啊，你是客人，怎么好让你去采桑叶！"

诸葛珪没有直接回答，而是指了指落在头上的几片桑叶，说道："天下腐儒之害，就在于五谷不分、四体不勤，却空谈《诗》《书》，不理桑、麻。就拿这养夏蚕来说，夏蚕难养,便在于夏桑之叶易老,蚕食而不消,故不易长得健硕白胖。老中取嫩的本事,就必须亲身体察,而不可求之于经。我诸葛珪在盐渎教书时,就曾听说射阳臧家夏蚕养得好,今日有此良机,何不求贤于野,问道于桑,寻理于蚕呢?"

"好一个寻理于蚕!"虽不懂养蚕,却有满腹种瓜经的孙坚拍手叫好,他凑上前来,"先生可知桑树对兵家的意义?"

"桑葚晒干后可做军粮,津而有味,不用佐餐!"诸葛珪回道,说完他打量了一下孙坚,"这位可是盐渎孙县丞?"

"正是!"孙坚作揖行礼。

"失敬!在下琅琊阳都诸葛珪,在盐渎县学教书。今日受臧公子之邀,到此做客闲聊,不想巧遇孙丞!"诸葛先生回礼道。

孙坚看看臧洪,心中暗笑:这怎么可能是巧遇!分明就是臧洪分别邀请诸葛与自己,事后又制造巧遇的假象。臧洪此时也不搪塞,自行揭开了谜底。他对孙坚笑着解释道:"我也不兜圈子了。我在京都读过蔡邕先生从吴地寻访来的奇书《论衡》,作者是会稽上虞人王充王仲任,小弟亦深为书中观点所震惊。后听人说,诸葛先生竟然在盐渎县学教授《论衡》,于是专门请先生上门来谈书论道,指点迷津。"

孙坚边听边点头,但还是没听懂此事与他有何干系。此时臧洪话锋一转,说道:"家父在家信中对孙丞于会稽的剿贼义举赞不绝口,前不久我本人也目睹了孙丞大破青州海贼的赫赫战功,这才意识到扬州真是个出人才的所在。可谓文有上虞王仲任,武有富春孙文台!我在去洛阳前,很想听听文台对于《论衡》的见解。"

孙坚这下更是摸不着头脑了:"子源说笑了!《论衡》一书,今日我是第一次听说,怎么可能有什么见解?"

臧洪哈哈大笑起来:"诸葛先生和我说过,《论衡》之理乃是天下常理,经书读得多的人,反而会被古人之言蒙蔽心智,觉得王充所写尽是异说。诸葛先生与我打赌,凡是书中所言,我臧洪觉得悖谬之处,盐渎县丞孙文台都会深以为然!故而邀请文台兄来府上,一起检验这《论衡》的说服力!至于伯阳小弟嘛,你可作证文台事先并不知《论衡》,也可证明文台对诸葛先生的盐铁观略有成见。若在此情况下,文台还能被说服,才可见《论衡》是真言宝典!"

孙坚听罢这番话,心中不禁火冒三丈。跑这么大老远来射阳,就是为了一个可笑的赌,为了检验一个百年前的扬州小郡吏写的破书是不是说出了常识。而之所以选他孙坚来做这检验,仅仅是因为臧洪与这诸葛珪认定自己读书少,容易被说服而已!若不是看老上司臧大人的面子,孙坚真想立即拂袖而去。不过,再想到未来还有很多事情需看臧家脸色,他也只好笑着应承下来。

于是,四人便在一帮奴婢的指引下,走进了坐落于臧家庄园中心位置的宅院。

第十八回　阳盛生鬼

臧家书房里，臧洪、诸葛珪、孙坚、孙贲四人盘腿坐在席子上。奴婢们送上了冰镇的寒瓜片、酸梅汤与梅子酒。每人后面都有两个奴婢轮流用大竹扇扇着风，屋内四角也都放了刚从地窖里取来的大冰块，使人顿感凉爽。孙坚斜眼看到臧洪身后书架上那一卷卷包裹了各色布套的简书，其量几乎是吴甄书房藏书的六七倍之多，心中暗暗吃惊。不料，更让其吃惊的是臧洪下面的话："文台啊，等一会儿你到书架上去翻翻，有什么喜欢的书就拿去吧。本该带你去我家最大的那个书房，只是仆人正在那里将小弟最爱看的一些书装箱，所以只好委屈兄台到这间小书房了。"

不等孙坚回话，孙贲就发问了："子源大哥，你们家到底有几个书房啊？"

"五个。"臧洪回道，"两个为家父所用，两个为我所用，另有一间专供仆从奴婢闲时阅读。"

孙坚默默不语。臧家连奴婢都有专属的书房,真是奢侈。他转脸看诸葛珪,却发现他正满不在乎地往嘴里送寒瓜片,似乎并不为臧家的富足所动。孙坚试探性地问道:"君贡兄,明日是否还要回盐渎县学继续教课?若不嫌弃,明日你我同行回县如何?"

诸葛先生摆摆手:"谢谢文台好意!我要在此多留几日,看看子源家里的书。"

"那县学的课怎么办?"孙坚再问。

"不上了!前几日县廷的门下祭酒田涛已经知会我说,乡党控告我在县学散布谬说,荼毒人心,叫我立即离开盐渎另谋高就。这不,我就到射阳来了。"

孙坚、孙贲面面相觑。在汉代,县里的地方教育的行政管理由"门下祭酒"负责,而做门下祭酒的那个田涛又恰恰是县内强宗田邈的小侄子。由此可见,赶诸葛先生出县,最终乃是田家的意思。但孙坚想不通的是,此等事情,为何田涛没有写简牍向自己禀报呢?看来即使在大破青州海贼之后,田家还是没有把他这个扬州来的县丞放在眼里!

小孙贲双眼泛红:"先生,你怎么说走就走?你上节课结束时,并没有说过这是最后一课啊?!"

诸葛珪指指孙贲的脑门:"你没专心听讲,我已经说了我要走。"

"你最后就背了一句《庄子》啊?"孙贲不解。

诸葛珪呵呵一笑:"相濡以沫,不若相忘于江湖!"

孙贲默然,这才理解《大宗师》中这句话的含义。

看着侄子的表情，孙坚安慰道："小侄莫难过，门下祭酒的命令，我县丞有权驳回。就凭田涛没有上报这件事，我就可以收拾他！"他转而又对诸葛珪说："先生究竟说了些什么，会被乡党控告？莫非是因为教了王充那本什么……什么《论衡》，才遭非议？"

诸葛先生点点头，又送了一片寒瓜入口。

"那书可是《太平经》那样的反书？是否教人谋逆？"

诸葛珪摇摇头："此书非但不教人谋反，而且教人明辨是非，肃清风气，大破虚妄！若遍传天下，定然有利于大汉长治久安！"

孙坚复问："既然如此，这是好书啊！为何不让人教？"他想了想，又说道，"不过，即使是好书，若不在太学的考试范围之内，家长恐怕也不希望你占据课时……"孙坚指指臧洪身后的书架，补充道，"孙坚虽是个粗人，也知道洛阳太学定的'五经'只包含《周易》《尚书》《诗经》《礼记》《春秋》这几种，里面肯定没有王充的《论衡》。有钱人家都希望孩子能在太学考上郎官，若哪天朝廷定《论衡》为考试科目，君贡兄你再教也不迟啊？"

诸葛珪听罢，哈哈大笑，几颗寒瓜子飞出了嘴巴。

"我难道说得不对？"孙坚一边问着，一边盯着还留在诸葛珪下巴上的一颗寒瓜子。

"文台所言，珪有两点不敢苟同！"诸葛珪咽下寒瓜片，说道，"其一，不是所有人都能做官。大汉朝光靠刺史、郡守与县令是无法运作的，而要靠大量的郡吏与县吏帮衬。就拿盐渎县廷来说吧，在赵县令、您孙县丞与新来的祖县尉之下，还有主簿、主记、贼曹、督盗贼、功曹等辅吏，每个辅吏下面又有很多小吏帮衬。令、丞、尉每天发的文牍，又要一级级传到亭长与里长手里去，否则，政令又如何能得到执行呢？试问：对那些掾吏来说，关于《五经》的知识真的那么重要吗？知道在《公羊传》与《左氏传》之间，何者体现了《春秋》的真义，又有何用呢？请想想掾吏们要处理的那些事情吧——如何在粮仓里灭鼠，蝗灾来了如何抵御虫害，如何计算甲地到乙地的关税税率，如何计算舂米的女犯每月可以舂出的精米，如何估量驿马的马力，并决定裁汰更新的时机——请问：所有这些事情，洛阳太学的十四个博士会教吗？他们又能教吗？由此可见，天下之弊乃在于所学与所用完全脱节，而我诸葛珪主张经世致用，恰恰是针对时弊，期望官、吏、民一体，天、地、人合一。而那些一心送孩子去太学的家长，满脑子想的都是封侯拜将，枉顾'人多粥少'的事实。他们也不扪心自问：富贵有命，违命强求，可乎？"

孙坚听了，微微点头，但还是心有不甘。老实说，他孙坚虽也轻薄五经，却更不爱听"富贵有命"这四个字。他若信命，就不会在会稽绞尽脑汁剿贼，在盐渎兢兢业业为丞。他要改变的，就是一个瓜农儿子的定命。

说得兴起的诸葛珪根本没理会孙坚的表情，喝了一口冰镇酸梅汤后，继续滔滔不绝："至于文台你刚才说哪天王充的《论衡》会进入太学，更是一厢情愿。《论衡》确是一部对朝廷有用的书，却恰恰因为如此而无法被朝廷所用！"

"这又是为何？"孙坚对《论衡》更好奇了。

"文台啊，本朝开国皇帝光武帝是靠什么起兵的？"诸葛珪诱导性地提问道。

"这……靠仁义为本……雄才大略……"孙坚随意找了几个词搪塞诸葛珪。

诸葛珪嘿嘿一笑："兄台就没听说过'刘秀发兵捕不道，四夷云集龙斗野，四七之际火为主'这句话？"

"这是《赤伏符》里的话，预示光武帝刘秀会坐龙廷！"

诸葛珪眯起眼睛："文台，你真的相信这《赤伏符》？"

听罢此言，孙坚既紧张又气愤，心中暗骂：好个琅琊来的诸葛匹夫，竟敢在两个朝廷命官面前非议本朝开国皇帝的道统！他斜眼看向臧洪，却发现其面不改色，正笑眯眯盯着诸葛先生粘着寒瓜子的胡须。孙坚心中泛起了疑惑：他竟能够容忍这个布衣说出如此大逆之言？臧家的家风真是古怪。

"哎！文台，别看子源，我是在问你！"诸葛珪用手拍了一下孙坚的膝盖。

"这个……我……我当然信《赤伏符》，否则大汉如何中兴？"孙坚敷衍道。

"哈哈！"诸葛珪大笑，"有人就因为信这个而死了！"

"谁？"孙坚追问。

"刘秀啊！"说完，诸葛珪又哈哈大笑。

孙坚实在忍不住了，猛地站起来，指着诸葛珪："诸葛君贡，开玩笑也得有个限度！"说罢，他朝向也在一旁偷笑的臧洪与孙贲，气呼呼地问道，"诸葛先生的话很可笑吗？"

臧洪努力收住笑容，指着诸葛珪说："君贡兄，莫要再开文台兄的玩笑了！"

他转而对孙坚解释道："这是君贡兄想出的一个反对图谶说的辩策。按照《赤伏符》的字面含义，得天下的人应当叫刘秀。但在王莽时代，刘氏宗亲已经繁衍于各州郡，天下叫'刘秀'的人不知有几何，谁又知道哪个刘秀会得天下？于是乎，经学大师刘歆就在建平元年[1]将自己改名为'刘秀'，并凭借此名带来的蛮勇之气，在地黄四年[2]反叛王莽。但因空等太白金星升天穹的吉兆，反被莽贼诛杀。试想：倘若这个'刘秀'不信图谶，好好算他的天文历法，继续注释那本《山海经》，又怎能招来杀身之祸呢？"

孙坚听了，摇头道："这话说服力不够。刘歆是自己改名为'秀'的，这可不算，而我朝开国皇帝本来就叫'刘秀'。所以《赤伏符》还是应验了！"

诸葛珪反问道："与光武帝陛下一起争天下的公孙述，在益州称帝之前也做过一个包含谶言的梦，内容是'八厶[3]子系，十二为期'。他据此谶言称帝，最终却败亡。那么，为何图谶有的灵，有的却不灵呢？"

孙坚顿时想起，那个会稽反贼头子许韶也曾在败亡前与自己说过公孙家的事。他回复诸葛珪："'八厶子系，十二

---

[1] 6年。
[2] 23年。
[3] "厶"为"四"的异体字。

为期'这八个字怎么就没应验呢？公孙述在成都做了皇帝后，难道不正是在十二年之后败亡于光武爱将吴汉吗？"

诸葛珪迅疾反击道："文台只知其一，不知其二。建武十二年[1]十一月，吴汉率军攻击成都时，公孙述正是看到了'虏死城下'这四个字的占卦辞，才愚蠢地出城与吴决战，最后胸膛中矛而死。为何这占卦辞又没应验呢？"

孙坚的脑子快被诸葛珪绕晕了。他定定神，想了想，回复道："这占卦辞应当还是应验了！因为这'虏'字指的是公孙述，而非吴汉！"

"哈哈哈哈！"诸葛珪又大笑，"文台，我再问你，如果你这套辩解可以成立的话，我为何不能说'八厶子系，十二为期'是指光武帝只能做十二年的皇帝呢？"

"这……当然不能这样解释，因为光武陛下实际上做了超过三十年的皇帝啊！"孙坚反驳道。

诸葛珪笑道："光武陛下称帝虽然超过三十年，但并非在称帝伊始就已统治全天下。天下一统，以西域诸国归附我大汉为标志。我算过了，从西域的鄯善、焉耆等十八国向大汉主动献出人质表示臣服，到光武驾崩，正好十二年。"

正当孙坚掰着手指头计算诸葛珪提到的这些年份时，诸葛珪自信地站起来，抢过身后奴婢手里的大扇子，大力为众人扇着，边笑边说："清风能让人冷静。文台，你冷静想一想，如果你预先肯定所有谶言都是对的，你总能想到说辞

---

[1] 36年。

来为其找到根据。譬如,你可以咬定《赤伏符》说的'刘秀'就是南阳刘秀,而非那个改名为'刘秀'的刘歆;你可以咬定'十二为期'指的是公孙述的称帝年数,而非光武帝的在位时间;你也可以咬定'虏死城下'咒的是公孙述,而非吴汉。但若一开始就坚持所有谶言的解释方向都错了呢?即可以把'刘秀'解释为刘歆,将'十二为期'说成光武帝一统天下的时间,将'虏'字之所指视为吴汉。由此看来,到底哪些事实有利于你孙文台,哪些事实又有利于我诸葛珪,不都是凭说话人的一己私念吗?由此可见,若天下人都根据一己私念来解释,这些图谶不就成了天下祸乱之根吗?"

孙坚听到"天下祸乱之根"这六个字,心中不禁一震,立即联想起许韶在会稽建立的桃花妖道,以及青州海贼所笃信的太平道教义。但他又觉得,诸葛珪这些攻击图谶的话虽然有理,但身为朝廷命官的自己却很难说出口,因为光武帝刘秀本人恰恰就是靠图谶起家的。也不知怎的,此时孙坚的心中渐渐浮现起一条大白蛇的形象:它正弯过脖子,试图反咬自己的尾巴。很显然,这条蛇试图吞噬的,恰恰是它自己;而另一方面,正是这种自我反噬的行为,带给了整条蛇继续存在的动力。

看到孙坚发呆的眼神,诸葛珪知道自己的辩策已获成效,随即趁热打铁:"这些道理啊,王充先生在一百多年前就说过了,而且说得更透彻。文台可想一听?"

孙坚默默点头。

看到有机会继续卖弄辩才,诸葛珪兴奋不已,尽管已满脸是汗。他从仆人手里拿过一碗酸梅汤一饮而尽,而后说道:"图谶之说的根本,在于前汉董仲舒提出的'天人感应'说。正是依据此说,人们才认为天意与人事互为因果,而二者之间的纽带,则是图谶之辞。王充先生却不以为然。他认为,人间之言就是人间之言,人言既无法感动天意,天意也无法左右人事。举例来说,不管天子是不是贤君,老天爷该干旱的时候还是会干旱,会有蝗灾的时候还是会有蝗灾!"

"按照王充所言,难道天旱之时,做土龙求雨也是虚妄的?"孙坚反问。其实他心里非常清楚诸葛珪此言的政治杀伤力。按汉制,每遇大旱,天子都要制土龙以求天赐甘霖,而一旦此做法被揭为虚妄,整套朝廷仪轨恐怕都会被撼动。

"当然是虚妄的!"诸葛珪更为兴奋,"《周易》里确有'云从龙'的字句,但那说的是真龙才能招来云雨,你做个土龙又有何用?——就像我诸葛珪即使浑身写满了'二千石',也依然无法成为二千石郡守一样!"[1]

"图谶既然不灵……大汉的赤德又怎么会统治天下?难道光武陛下不是明主?"孙坚虽然已被诸葛先生说服,但是依然对其论的政治暗示感到担忧。

"光武陛下当然是明主!"诸葛珪斩钉截铁地说道,"光武陛下起于南阳布衣之家,与宗族好友举义兵反王莽暴政。昆阳大战,以一万义军破莽军四十二万,震动天下。后破赤

---

[1] 相关讨论见《论衡·乱龙篇》。诸葛珪对《论衡》此段文字的解释加入了他自己的理解,未必是王充的本意。

眉、公孙述、隗嚣,使西域臣服,一统天下。然而,这只是光武之德,非赤德也。试问:难道德性真有颜色吗?难道人人都穿赤衣,天下就会随之安宁吗?如果德性真是依附于颜色,而颜色又是依附于万物的话,难道就不会有人借口'土克火'来宣扬黄土之德,最终撼动大汉社稷之根基吗?"

孙坚叹了口气:"辩不过你啊,君贡兄!也辩不过你引的王充!"他想了想又说,"你虽然说服了我,但在外面可得当心。记得中元元年[1],光武帝据《河图会昌符》封禅于泰山。那时官任给事中的桓谭就因不信谶,差点儿被斩。那做浑天仪的张衡,也因攻击图谶而在官场上一直不得志呢!"

诸葛珪点点头:"官场一套话,心里一套话,这理我懂。不过,道理就摆在那里,拿杀头吓人,只能堵人嘴一时,却不能堵一世。那桓谭、王充与张衡均不怕鬼、不信邪,而我诸葛珪也是这样的人!"

听到"鬼"字,孙坚突然想起孙贲曾提过王充对于鬼神之论的驳斥。他好奇地问诸葛珪:"说到鬼,我倒要请教诸葛先生了,世上真无鬼吗?为何有人梦中能见到鬼呢?"

诸葛珪捋了一下被酸梅汤弄湿的胡子,慢慢说道:"这个道理,王充先生说得特别好。试想:天下已死之人的人数,恐怕至少百倍于活人之人数,若死人皆成鬼,为何我们见到的活人,还是远多于梦中的或坟冢之间的鬼呢?再试想:如果真有鬼,且某鬼生前确是死于谋杀,那么,为何天下审案

---

[1] 56年。

的官吏从来没有见过冤鬼来告状呢？请再试想：为何梦中出现的鬼形近乎人形？鬼本该是脱离人形的气啊，而梦中所见的鬼既然有形，恐怕就不是真鬼，而只是心象罢了！"

孙坚沉默须臾，复问："什么叫'脱离人形的气'？"

诸葛珪呵呵一笑："这是《论衡》中最精妙的议论。王充认为，天地之间本有气充塞，气动则生阳，气静则生阴。人之血肉皮肤与骨骼均是阴气沉淀而成，而贯穿阳气后则有精神。但精神无法脱离阴之骨肉，一旦骨肉形灭，则阳气耗散于宇宙，不再有形，也不再与原来的形体有任何关系……"

诸葛珪此番话，孙坚着实无法理解，额头上都冒出了小汗珠。孙贲用胳膊肘撞了一下孙坚的腰，小声说道："叔父，诸葛先生说得真好！虽然我也不是完全理解，但我至少知道了噩梦里的倭国童子仅仅是我自己的心象罢了。知道这一点后，我便不再做噩梦了！"

孙坚沉思起来。他想到噩梦里经常出现的许桃花，以及被自己亲手斩下首级的伪后柳氏。孙坚闭上双眼，心中默念：因为兵灾而横死的姐妹们啊，你们的形体湮灭后，真的还会有鬼魂遗存吗？我孙坚反倒希望你们的鬼魂存在，这样你们就能听到我的解释，看到那些因你们的死而活下来的男人、女人与孩子……

正当屋内人陷入沉默之时，门外突然响起了一个女人的高叫："好一个诸葛珪！老娘终于找到你了！"

刚才还意气风发的诸葛珪，闻声吓得立刻躲到书架背后，边躲边对孙坚与臧洪小声说道："贱内又来烦人了！"

第十九回　狡兔三窟

孙坚循着女声望去，只见一个长脸女子，一手抱着个婴儿，一手拿着把弩机，出现在门口。听闻诸葛珪刚才说的"贱内"二字，想必这是诸葛的妻子，而在其怀中的，当为其骨肉。只是这女子手里拿的弩机，则让人完全摸不着头脑。

"还敢骂老娘'贱内'！你知道你自己有多贱吗？好不容易在盐渎找了个教书先生的职位，却不好好教经书，得罪了门下祭酒，现在又到射阳臧府来传播谬说！"诸葛妻将那弩机往地上一扔，怀抱婴儿破口大骂。那婴儿被母亲惊到，顿时号啕大哭。

"王充先生以斥鬼之说破天下虚妄之言，怎是谬说？"诸葛珪虽然嘴硬，却依然躲在书架后不敢出来。

"呸！老娘管你世上有没有鬼！老娘只管家里有没有米！若再没米，我们母子俩迟早成鬼！"诸葛妻不依不饶。

"唯女子与小人难养也……"诸葛珪理屈词穷，拿起一部已经展开的《论语》书简,挡在面门之前。

"难养是吗?那你休了我啊?凭老娘的身段样貌,难道还找不到一个新丈夫?"说罢,诸葛妻把头转向臧洪,瞬间换了脸色,笑眯眯地说,"臧公子……不,童子郎大人,这几日民女一家在府上多有叨扰,真是难为情呢!"她又看看孙坚,娇滴滴说道,"县丞大人,民女幼子在手,不能肃拜,望大人见谅!"此时她看到小孙贲,马上奉承道,"想必这是孙丞的公子吧!孙丞年龄不大,儿子却这么大了!真是虎头虎脑,惹人喜爱!"

"诸葛夫人说笑了!我不是孙丞的儿子,是他大侄子。"孙贲立刻纠正道,然后实在忍不住笑了出来。他着实不理解口若悬河的诸葛先生怎么会有这么个粗俗势利的妻子。

听到妻子要自己休了她,诸葛珪双脚慢慢挪移出了书架,但还继续拿着《论语》罩头,嘴里喃喃道:"贤妻莫吓我,若贤妻真离开了诸葛珪,恐怕我诸葛珪会哭成伤心鬼!"

听了这话,诸葛妻对丈夫的气似乎消了一半。她走过去将孩子往丈夫手里一塞,说道:"这娃也是你儿子啊,不能总是让我抱!"

"抱孩子难道不是女人的事?……"诸葛珪还想推脱。

"诸葛珪,你搞错了没有?这孩子是你诸葛家的长子!他叫诸——葛——瑾!'瑾'是什么意思?美玉啊!难道怀抱美玉的事情,你还要推脱?难道让孙县丞抱啊?!"

一听那孩子的名字里有个"瑾"字,孙坚心中顿生亲切之感,因为其好友徐真的字"宝瑜"中的"瑜"字也是美玉的意思。孙坚也不客气，站起身来从诸葛妻手里夺来小诸葛瑾，抱在怀里哄了起来："阿瑾乖哦！孙叔叔抱你哦！"孙贲见状，也凑上来悄声对孙坚说道："叔父，你抱法不对，得用右手绕过他双腿托起屁股……对，这就对了！……我以前就是这么抱辅弟的！"

诸葛珪一看不乐意了，走上前来抢孩子："文台兄，这是我的孩子，又不是你孙家的孩子，请立即完璧归赵！"

孙坚对诸葛珪瞪眼道："阿瑾当然是你的儿子，但他长大了难道就不能为我孙家做事吗？我先哄一会儿，等一下再还你！"孙坚一边说，一边心中也起了波澜。一岁大小的诸葛瑾，在年龄上正好与胡婵所生的孙朗相仿，孙坚看着他就像看到了孙朗，实在是舍不得放手。

臧洪也将头凑了过来，看看孩子，再看看诸葛夫妻，笑了出来："君贡啊，阿瑾其实长得更像嫂子，脸有点儿长！"

"童子郎不妨直说民女脸有点儿像驴！"诸葛妻没好气地回道。

"我就喜欢驴！"诸葛珪立即回复道，却被妻子一顿撒娇捶打："讨厌！今晚你睡驴厩！"

看着两人又闹又笑的场面，孙坚心中突然生出一阵悲凉。诸葛妻虽然粗俗，但夫妻俩却亲密无间；而自己的妻子吴甄虽雅致端庄，却时不时说些绵里藏针的话，让人不快。

孙贲捡起被诸葛妻扔在地上的弩机，反复端详。他抓抓头，自言自语道："这弩机样子好奇怪！弩臂上凸出这么大一块木匣子，到底是何物？"

诸葛珪又开始得意起来:"这是我发明的诸葛连弩!能够连射三箭,正准备推荐给匈奴中郎将臧大人,大量复制后分发给前线的官军,用来对付那些不服王化的羌胡!"

"呸!什么诸葛连弩!"诸葛妻揭穿丈夫所言,"这东西他做了三年,没有一次发射成功。一箭飞出,得打开箭匣调试半天才能将第二支箭装到位,还不如原来的那种弩机方便。你这东西发到前线,不是给官军添乱吗?!"

"诸葛兄还会试制军械!"孙坚的眼睛一下子亮了。他将诸葛瑾交还其母亲,从孙贲手里夺过弩机,认真琢磨起来。不料没等他打开箭匣,那弩机又被诸葛珪夺回。他红着脸说道:"贱内说得没错,的确有些部件没有做好……我还得琢磨琢磨、调试一番……"

孙坚暗笑:看来,即使聪明如诸葛珪者,也不是事事神通。他劝解道:"慢慢来,不要急。你若做不出来,可以交给你儿子诸葛瑾做嘛!"

"这灭敌神器最终能否完成,还是要看天命的!"诸葛珪略叹一口气。

"哦?诸葛先生既然不信鬼,怎么会谈天命?"孙坚自以为抓到了诸葛珪言谈中的破绽。

"天命,就是命运中的偶然。"诸葛珪回道,"世上没鬼,但处处有偶遇。譬如,我诸葛珪在盐渎教书时,没见到你文台兄,到了射阳却能与你深谈,这就是偶缘。我在肉肆与贱内章氏相遇,后去章家求婚成功,这也是偶缘。有此偶缘,才有了小儿诸葛瑾,这又是复缘。而犬子瑾儿今日又被文台兄亲手抱过,这岂不是缘上加缘?凡命运中的偶然安排,均非凡人心智可以参透,所以吾辈更要顺其自然。这弩机也是一样。如何参透箭匣机构设计的奥妙,要靠灵光,而灵光之现,亦靠偶思,不能强求。"

孙坚又被搞糊涂了:"先生所说的天命,其意义怎么与我孙坚之理解不同?我所知道的天命,即必然发生之事,而先生所说的天命,却似乎像是在撞大运?这难道也是王充所说的道理?"

诸葛珪怀抱弩机,哈哈大笑:"哪里来的必然之事!阴阳二气,浑灏流转,或成人形,或成鬼畜。王朝兴衰,天下聚合,均是重缘!必然之说,只是事后管仲之言罢了!"

"那么……"孙坚的思绪又转回到光武帝刘秀身上,"先生的意思是说,从偶缘的角度看,光武陛下也并非一定会统一华夏?"

"那当然!"诸葛珪解释道,"在建武六年[1]时,天下其实已一分为三。光武陛下控中原,此其一;隗嚣据陇右,此其二;公孙述据西蜀,此其三。而隗嚣之所以败亡,乃是因为在刘秀东征之时,没有趁机从背后袭之;公孙述之所以败亡,则是因为没有抓住时机攻下汉中。换言之,光武确实侥幸,假若隗嚣得一韩信,公孙述得一张良,之后的天下大势,谁又能说清呢?"

孙坚听罢此言,倒吸一口冷气:"诸葛先生真是敢说!"

---

[1] 30年。

他又转而看臧洪,"子源,你是朝廷二千石之子,怎么也不管管诸葛先生的这张嘴?"

臧洪摆摆手:"洛阳太学生那里,比这放浪的话多了去了,我早就听麻木了!再说,诸葛先生的意思并不是说光武大帝没有谋略,而是说,即使有谋略,也要靠天时相佐——这话本身也没有错啊!"

孙坚转而问诸葛珪:"假若你我生在建武六年,而隗嚣与公孙又得高人辅佐,你诸葛珪还会保我大汉朝吗?"

诸葛珪皱着眉头沉思了一下,突然拍了一下妻子章氏的后背:"这得看你的本事啦!"

"这和我有什么关系?你们男人说的这些军国大事,我听得头皮都麻!"章氏没好气地回道。

诸葛珪笑呵呵地解释:"除了瑾儿之外,你再给我生两个儿子吧!我把一个儿子送给大汉做辅丞,一个儿子送给隗嚣做军师,再把一个儿子送给公孙述做大将!不管三国争雄最终谁会赢,我们诸葛家永远不会输!"

"君贡兄,你真是狡兔三窟啊!"臧洪指着诸葛珪,哈哈大笑。众人皆跟着大笑起来。笑着笑着,臧洪脸上的表情变得严肃起来:"君贡,其实半月前我就收到家父来信,说青州刺史部委托他推荐几个可靠的郡吏人选,而家父因为公务繁忙,希望由我代为甄选贤良。这一两日我对你察言观行,觉得你的确是个办事的人才。对了,青州刺史部的泰山郡缺一个金曹佐史,兄台可有兴趣?至少小弟觉得是比较合适的,而且泰山郡离你老家琅琊也不远。虽然名义上也就一百多石的俸禄，但是个有油水的差事，这一点君贡兄应当是懂的。只是请兄台到了任上之后，有些过于激进的话，还是要注意分寸。就这一点而言，你的确要向文台兄多学学。"

诸葛珪听了，马上扔掉弩机，速速拜谢："多谢中郎将大人栽培！多谢童子郎在中郎将面前美言！"然后他又对孙坚拜谢："多谢孙丞能容忍刚才诸葛珪大逆之言！以后诸葛珪一定会以孙丞为榜样，上辅郡守，下安黎民！"

孙坚嘴角微微一扬。原来在秩位面前，一个文人的骄傲竟消失得那么快。

天色已晚，孙坚叔侄便在臧府过了夜，天明后与诸人告辞，上马回盐渎而去。骑马时孙坚又仔细将诸葛珪昨日的话捋了一遍，突然发现了其中的蹊跷。诸葛难道真是为讨论学问才来臧府的吗？看他最后得到职位时兴奋的样子，那似乎才是其真正目的！孙坚这才彻底明白了诸葛珪的真正谋略：借教歪书《论衡》为契机，吸引同样喜欢王充的臧洪注意，然后再通过其父亲的关系，为自己游说官职；而在县学故意歪解《盐铁论》，或许也是出于类似目的。什么无鬼说，什么偶缘说，恐怕都只是诸葛最终进入官场的敲门砖而已！

"狡猾啊！诸葛匹夫！"孙坚咬牙切齿地骂道。

对诸葛珪的离去仍有不舍的孙贲并未听到叔父的咒骂。他的小母马远远跟于孙坚的朱雀马后面，因为孙贲不想过分的颠簸震晕他从臧家讨来的几条夏蚕。此刻，那几条白白胖胖的小虫子正躺在孙贲背后的小藤匣里，"沙沙"啃着桑叶。

诸葛珪见门外无人，立即把门关严实，不动神色地将诸葛连弩的模型踩得稀烂，嘴里嘀咕着："还好没让孙坚那厮看出这只是个样子货！老子才没空琢磨啥破弩机呢！哎，捣鼓出这个样子货，也只是为了让臧家觉得我一直心怀前线罢了！"

旁边的章氏也叹了口气："为了让臧家人觉得夫君可怜，妾身我这几日一直装悍妇，也的确是装累了。不过，结果总算还不错。如果你再找不到一个像样的职位，我娘家人就要逼着妾身改嫁到琅琊富豪家做小了……"说着说着，章氏眼圈红了。

诸葛珪一把抱住章氏的柳腰，疼爱地亲吻着她的脖子："我诸葛珪是有良心的人，知道养家的责任，所以才出此下策，尽拣些歪书来投那些京都来的公子哥的癖好。本来想选《淮南子》，后来听说蔡邕将《论衡》传到京都后，很多青年名士都开始暗地里吹捧此书，这才让我换了脑筋。比如那个洛阳北尉曹操，对，就是那个一上任就棒杀大宦官蹇硕之叔父的曹操曹孟德，就很喜欢在闲谈时引用王充……"

"原来你是因为这个才去看《论衡》的！"章氏恍然大悟。她又想想，觉得不对："夫君向别人介绍王充思想时，那样子就像王充附体似的，难道你真的不信他说的？"

诸葛珪淡淡一笑："本来我也只是当闲书看的，没想到一看就看进去了，最终还真被王充那狂生给说服了。不过这也是好事，因为这样演起来才更逼真呢！"

"夫君啊，那你到底哪句话是真的，哪句话又是假的呢？"章氏噘起了小嘴。

"我喜欢你长长的脸蛋是真的，我不喜欢别人说你长得像驴是真的，我疼爱阿瑾，这也是真的……"诸葛珪一边说着蜜语，一边从章氏的脖子亲到了肩部。

章氏轻柔地用手抵挡住丈夫得陇望蜀的嘴，再问："夫君，那你与那孙坚、臧洪所说的，哪句是真的呢？"

"我与他们说了太多的话，自己都分不清真假了！"诸葛珪不耐烦地回答道。不过他眼珠一转，又有了新说辞："只是有一句话，我的确没对孙坚撒谎。那就是：我至少要有三个儿子。一个瑾儿的确太少了，贤妻再给我生两个吧！我看这大汉朝朝不保夕的，中朝昏庸无能，州郡匪贼横行，哪一天说不准又一分为三了！未来若再出个公孙述，恐怕也未必会像前面那个那般愚蠢，我们诸葛家还得多处下注为好！"

"好好好！我是你的女人，当然要行妻道，给诸葛家多生子嗣！此小诸葛在青州，彼小诸葛在扬州，还弄个小诸葛在益州，夫君总算满意了吧？不过现在天都亮啦……"

"不，我现在就要！"诸葛珪突然眼中发出绿光，使出蛮力，将妻子压倒。

"你……你现在就想要第二个儿子？"章氏在诸葛珪身下挣扎。

"有何……有何不可？"诸葛珪一边喘着粗气，一边熟练地解开妻子的衣服。

"你给孩子先想个名字……"

诸葛珪看看窗外亮堂堂的日光,随口说道:"就叫亮儿吧!"

不知什么时候,阿瑾醒来了,开始哇哇大哭。章氏也不理他,只是一边享受着脚踩云端的感觉,一边顺手将阿瑾的襁褓推得更远一点儿,以免不小心压到幼子。

阿瑾面对刺眼的太阳亮光,哭得更厉害了。此时,他的小脑袋,正好朝着江东扬州。

在那里,有孙坚孙文台的故乡。

第二十回　孙策出世

大汉熹平四年[1]九月初三深秋,夜色初降,弯月爬梢。秋风裹着寒意,催促着满地的枯叶纷纷起舞。孙坚背着手,焦急地在家宅院落里踱来踱去,枯碎的叶子不时发出酥脆柔弱的抗议。孙钟瞪了儿子一眼,喝道:"坚儿,大家已经够烦了,你就别在众人面前再走来走去的!"

孙坚应了一声,终于停下来,倚在一棵桃树边对着里屋发愣。身旁的孙辅流着鼻涕,闲着无聊,拿起手里的鼗鼓摇了起来,却立即被孙贲喝止:"婶娘正在受苦,阿辅你休要添乱!"

孙辅红着脸,将鼗鼓收进袖子,嘴里嘟囔着:"都折腾一整天了,怎么生个孩子这么麻烦……"

孙贲伸手去堵孙辅的嘴,怕他不懂事说出什么不吉利

---

[1] 175年。

的话,结果沾了一手鼻涕,呼叫着跑到井台边去洗手。孙钟刚想训斥二人,不料一阵冷风吹来,自己先打了个喷嚏。

"爹,您别等了,孩子生出来,会喊你的,您回屋先休息去吧!"孙坚劝父亲。

孙钟摇摇手,咳嗽着说:"我夏天来盐渎后,本来想立即回富春的,只是太……咳咳咳……太惦记这孙子了。这才打发你静弟先回乡照顾地产,自己留在这里等阿甄把孙子生下来。你叫我现在回屋休息,那我干脆夏天时跟着阿静他们回去得了,又何必等到今日?"

孙坚刚想再与父亲理论,却听到院门打开,祖茂与徐嬺带着几个奴婢也来了。祖茂也不寒暄,冲过来就抓住孙坚的手:"嫂子还没生?"

孙坚还没来得及回答,就听到屋内传来一阵撕心裂肺的惨叫。

除了孙钟,院内诸人一时间都脸色煞白。孙坚觉得身上的血都要凝固了。孙钟则脸泛红光,对屋内大喊:"阿甄啊,加一把劲!快了!"然后对小辈们悄声说,"你们不懂,这是阿甄运气发力的声音,不发力孩子出不来。别担心!"

"快去问问胡婵,孩子头出来了吗?"孙坚嘱咐身边的婢女阿蓉去屋内打探。原来,自吴甄临产以来,有过生产经验的胡婵一直服侍在其左右,与产婆一起悉心照料吴甄。现在屋内的情况,胡婵自然是最为清楚的。

阿蓉喊了声"诺",小跑进了屋内。很快,她就脸色苍白地出来了。

"小主人出来了吗?"孙坚眼睛瞪得巨大。

"是……是快出来了……"阿蓉回道,随即补充了一个重要的细节,"是……是寤生……"

"啊!"孙坚一愣,呆立在那里。孙钟也惊得说不出话来。一边的祖茂与徐嬶亦皱起了眉头。

"寤生,啥意思?"不懂事的孙辅插嘴问道。

"滚!"失去耐心的孙坚对侄子吼道。被吓到的孙辅刚想哭,就被识相的孙贲捂住小嘴抱走了。孙贲一边跑一边对弟弟小声解释道:"寤生就是脚先出来,而正常生产是头先出来。当年郑庄公就是由于寤生,才被其母嫌弃,因为寤生往往伴随着难产……"

此时徐嬶凑上前来给孙家人提气:"孙县丞,寤生未必就一定会不顺,只是消耗时间略长罢了。春秋霸主郑庄公诞生时也是类似情形,后来不也青史留名了吗?"

而孙坚的心情,却根本没有因为此番空洞的安慰而得到丝毫纾解。郑庄公诞生可是快一千年前的事情了,鬼知道他是头先出娘胎还是脚先出来。他只是知道,自打记事以来,身边寤生的产妇没一个活命的。就在一个月前,射阳县县丞弥霸的妻子就因寤生大出血而死,一尸两命。而痛丧爱妻的弥霸因此精神恍惚,无法办公,只好辞官。此事震动了整个广陵郡官场,也让孙坚一个月来寝食难安。他一直乞求上苍开恩不要让妻子寤生,不料今日却偏偏中招,真不知道前路是否能逢凶化吉!

正在孙家人焦头烂额之际,屋内吴甄的惨叫声又响了起来。接下来便是胡婵的惊叫:"一只脚出来了!另一只脚却不肯出!"

正当孙家人踮起脚尖往屋内看时,身后的院门又打开了。这次来的是吴景。孙坚回头骂道:"你姐姐都这样了,你现在才回来!"

气喘吁吁的吴景摆摆手:"文台你误会了,我是去搬救兵了!"随后他往身后一指。但见一女子,身披白色裘皮衣,一手提着白细帛做笼衣的灯笼,另一手拐着一个盖着青花布的竹篮,正款步走进院子。待她去掉颜面前的纱帐后,众人才看清:这便是与吴景一直私通的丁昊遗孀左嫣。

孙坚没好气地数落吴景:"这就是你搬来的救兵?"

不待吴景搭话,左嫣就笑着作答:"孙县丞不要见笑,对如何接生孩子,左嫣略懂!"

孙坚摆摆手:"在屋内为贱内接生的黄婆,可是全县最好的接生婆,毋庸劳您的大驾!"

左嫣笑道:"左嫣以前帮助家父杀猪屠狗时,就帮猪、狗、马、驴等接过生,按说人也与之差异不大……"见孙坚脸色阴沉,左嫣随即补充道,"当然,尊夫人娇贵之身,绝非猪狗可比。只是十日前在田家庄园看百兽马戏之时,左嫣目视尊夫人腹型,似有瘠生迹象,今日才冒昧登门,以助绵薄之力。"

院内众人听了都吃了一惊。左嫣刚进孙府门,怎么知道吴甄瘠生?莫非此女是巫?

见诸人疑惑,左嫣解释道:"诸位大概不知,我为丁县尉生的一个儿子便是瘠生。瘠生是女子一大难关，但既然左嫣已经走过一次鬼门关，或许能够帮助尊夫人逢凶化吉。对了，尊夫人目下是否真是瘠生？"

孙坚不情愿地点点头。左嫣一笑。正在此时，屋内又传来吴甄的惨叫。胡婵也惊叫起来："小主人的另外一只脚乱蹬，就是不肯出来！"

左嫣放下灯笼，也不等孙家人同意，就冲到井台边洗了洗手，然后拎起竹篮，直接推门进了里屋。孙坚也想跟着进去，却被左嫣拦下。她以威严的口吻说道："这事恐怕孙县丞帮不上忙！"

孙坚气得青筋暴起，刚想喝骂这个不把自己当客人的左嫣，却不料吴景飞身过来也挡住了孙坚。他大声说道："文台，人命关天的时候，就别管什么礼数了，让她试试罢！"

"听阿景的！"意识到情况紧急的孙钟，敲打着拐杖发出命令。

孙坚不再言语。但听得刚进屋的左嫣立即引发吴甄的惊叫："怎么是你！"

吴景在门外对屋内人大喊："屋内奴婢，现全听丁夫人左氏调遣，不许顶嘴！"然后又补充了一句，是专门说给吴甄听的，"姐姐，我知道你对左氏有成见，但这次人家是来救你与孩子的命的，切莫再……"

吴景还没说完，吴甄就用嘶哑的嗓音骂了起来："吴景，你这个败坏门风的东西，竟然还有脸带这个贱……啊！"随后又是一阵惨叫。原来孙策还没有伸出的另外一只脚，又开始在母亲体内乱踢了——对于此刻的吴甄来说,那感觉就像一个小恶魔扯着自己的内脏,向着黑暗的地狱里飞堕。疼痛到了极点,吴甄竟然眼白一翻,背过气去了。

屋内顿时一片慌乱。众奴婢大叫:"夫人昏过去了!"皆不知所措。

左嫣瞪着胡婵:"现在该怎么办?"

"弄……弄醒夫人……她若昏睡下去,非常危险……"就连见多识广的胡婵都有点儿被吓到了,说话结结巴巴。

"那你还愣着干吗?动手啊!"左嫣吼道。

胡婵被一个突然闯入的外人骂成这个样子,不免感到有些委屈,泪水瞬时涌了出来,但她来不及擦拭,立即用身边备着的凉水往吴甄脸上泼去。当务之急,救人要紧。

被汗水弄得浑身湿透的吴甄,现在又被凉水泼了一脸,让人看来又凄凉又无助。更糟糕的是,吴甄依然没醒!

"没用的奴婢!"屠户出身的左嫣用手肘将胡婵顶到一边,从头上摘下银簪,抓起吴甄的一只手就往指尖扎去!

屋内奴婢来不及惊叫,吴甄就被扎醒了。只见她一对杏目瞪着左嫣,用已经变声的嗓音骂道:"我不想看到你!你也别想进孙家的门!"

不料左嫣闪电出手,毫不客气地给了吴甄一记耳光!

因为下体的疼痛,吴甄并没有感到脸上的五个指印所带来的新的疼痛,但左嫣的无礼也的确让她惊呆了,张着嘴竟然不知道说些什么。左嫣直视着吴甄的双眼,语气坚定地说道:"县丞夫人,我与吴景的事情可以后理论,但今天你自己这关若过不了,可对得起还未出世的婴儿,对得起孙县丞?若不速速生产,婴儿就会被憋死!"

理智慢慢占据了吴甄的头脑。她的态度缓和下来,轻声问道:"你……说……该如何做?"

"我叫你运气,你就用力!"

吴甄无力地点点头。

左嫣一边撸起袖子,一边叫身边的黄婆与胡婵上来,对她们说道:"你二人去压住夫人双肩,让其身体不要乱移,我来为其接生!"

二人依左嫣所言将吴甄按住。左嫣则小心摸寻到婴儿未出一腿的位置,压住其膝盖将腿拉直,然后慢慢将这腿往吴甄体外腾挪,然后对吴甄大喊:"用力!"

伴随着吴甄的惨叫声,屋内传来了胡婵兴奋的大喊:"小公子的另一足也出来了!"

屋外诸人一片欢腾。

"聒噪什么!才出了两足而已!关键是小儿的肩部,此处最宽!"左嫣叫道。

"左姐姐,让我喘口气啊!"吴甄实在疼得熬不住了,竟然改口叫左嫣"姐姐"了。

"你若再休息,你的儿子就会被憋死!再来!出大力!"左嫣呵斥道。

在吴甄的大叫声中,婴儿的两腿与肚脐,以及沾满血污的脐带,也都慢慢出了母体。非常奇怪的是,通常在瘟生中造成麻烦的小儿肩部,并没有在吴甄今日的生产中卡住她的产道,看来小孙策也已感知到了母亲的痛苦,想尽快出世。看到孩子脖子以下的部分都已出来,双手血淋淋的左嫣喘了口气,到身边备好的一盆热水里洗了洗手,然后从随身带来的篮子中取出了一个用精钢打造的小钳子。她喃喃自语:"就差头部没出来了……这步最关键!"

吴甄紧张得胸脯一起一伏。同样满头大汗的左嫣则屏住气息,慢慢将钳子深入吴甄产道,托住婴儿的头部,向外慢慢拉。

终于,整个婴儿都出来了!黄婆总算干起了她最擅长的事情:剪断了脐带,将婴儿抱起。但此刻,最让人担心的事情出现了:婴儿双目紧闭,没哭!

疑心孩子已经被憋死的吴甄再也忍受不了巨大的压力,反倒先哀号起来!

黄婆抓住孩子的脚脖子,将其倒吊,轻拍其背,试图催出其口中的黏液,促其呼吸。不料,依然没哭!

满脸通红的胡婵用力打了一下婴儿的臀部,依然没哭!

被逼急的左嫣拾起那银簪子,朝婴儿的臀部扎去。这是最后的希望了。

"哇!——"洪亮的哭声终于响起。屋内屋外顿时爆发出一片欢呼。

孙坚再也不管奴婢的阻拦,如一头猛牛冲进屋内。亲见那婴儿确是个男孩时,孙坚激动地下跪,对着窗外的朗月大喊:"天生策儿,伯掌虎符!"

吴甄仍在哭,但这次是幸福的泪水。

终于喘了口气的左嫣调整了一下情绪,恭敬地向吴甄行了个礼,说道:"刚才对夫人多有得罪,还望见谅!"虚弱的吴甄则红着脸对左嫣尴尬地笑了笑,亦对刚才自己的粗鲁态度表示歉意。此刻,孙坚也不顾自己身份,向左嫣猛然下拜,大声说道:"犬子救命恩人在上,请受孙坚一拜!"

左嫣慌忙去搀扶:"民女怎敢叫县丞下拜!"

"谁救了我儿的命,谁就是我孙家的恩人,这时候还分何人是官,何人是民?"说罢,孙坚还不尽兴,突然站起来冲到门外,抓起正在激动地抹眼泪的吴景的手,将其拉到左嫣身边,大声对着众奴婢宣布:"我深知平日汝等对吴公子与左氏之间多有碎语。此刻汝等听好!丁县尉临终前曾托付我孙某为其遗孀再找丈夫,并明言吴景与左氏颇为般配。吴左之缘,符合教化,顺乎人伦,以后谁再嚼舌根子,我孙坚就割掉谁的舌头!"

众奴婢明知孙坚是在信口雌黄,但也都大声喊"诺"。实际上,左嫣刚才的雷霆手段,早已争得孙府上下之心。

老泪纵横的孙钟此时也走过来抱起小孙策,嘴里念叨:"看这孩子的面相,颇有西楚霸王的霸气,真不知以后会做出啥霸业来!"

心直口快的左嫣笑了起来:"项羽已经死了三百多年了,老伯莫非见过本尊?"

孙钟一脸严肃纠正道:"从淮泗水畔到扬州富春,民间多有项羽陶俑流传,我看这孩子与那些陶俑颇为肖似……"

孙钟还没说完,祖茂立即上来纠正:"老伯莫怪我无礼,我并不觉得阿策像项羽。项羽只是一介莽夫，虽有巨鹿、彭城之侥胜，最终还不是在垓下败于那淮阴侯韩信？而阿策出生时雷霆万钧的气势，那可像极了郑庄公再世，弄不好将来也能做出一番匡扶天子、威震诸侯的大业来……"

一个出世才叫了几声的婴儿，就被祖茂吹捧成这样子，孙坚听了都觉得皮肤有些发冷。他用手肘捅了一下祖茂，说道："大荣休要浪言，郑庄公在繻葛大战中逼退周桓王[1]，对天子算是大不敬，并非吾辈效仿之榜样。我只希望我儿成人后，能够为大汉朝廷立下尺寸之功，若能名列二千石，就不枉今日阿甄之惨痛矣！"说罢，孙坚回到吴甄身边，抚摸着她满脸冷汗的面庞，关切地说道，"贤妻今日之苦，未来当有百倍之甜来报偿！"

吴甄眼泪本已止住，但听了孙坚这番话，心中一暖，又哭了出来。

此时，听到动静的孙贲与孙辅也跑了过来，看到小孙策后，两人都兴奋地大呼小叫。孙贲看了一眼今日立得大功的左嫣，竟不觉得她面目可憎，反觉十分亲切。多日前，她在斩杀倭国童子时露出的狰狞，此刻早已烟消云散。

徐嬬突然叫了一声："瞧我这记性，竟忘了大事！"

"什么大事？"孙坚瞪大双眼，今天他不想再受惊吓了。

徐嬬红着脸，回道："料知孙府今日上下都忙着嫂子生产的事情，无人生火做饭，我便带了自家饭菜过来。但这一

---

[1] 姬林（？—公元前697年），东周第二代天子。

耽搁，天又冷，怕是已经凉了。"

孙坚看着祖家奴婢带来的几个食盒，笑了起来："弟妹休要吓我，我当是出了什么大事。饭菜再热一下，又不是什么难事！"

不久，孙家上下都吃起了热腾腾的饭菜。胡婵没有顾上吃饭，带着黄婆与几个婢女，正耐心帮吴甄清洗身子，换上干净衣裳。一个胖丫头喘着气，将一盆盆充满血污的水往屋外下水沟里倒。左嫣则向众人告辞。忙了半天，她也要回府沐浴修整。

孙坚喜滋滋地端起刚被温热的酒樽，却突然看见远方一颗拖着彗尾的孛星正划过黑暗的天际。孙坚眉头一紧。这可不像是吉兆。为何策儿诞生之刻，却天露凶相？

就在此时，院门外响起一阵马蹄之声，接着是急促的叩门声："孙县丞，快开门！"

孙坚一听，知道是县丞史丁塘的声音。这么晚了竟然还叩门，可见不是小事。开门后，但见丁塘满脸油汗，冲到孙坚面前下拜，小声说道："县城东的东莱客舍刚才出现命案！孙县丞快去现场勘验！"

查断凶案，一般是县里的贼曹与督盗贼的职责，有疑难杂案才会上报给县丞、县令。今日此案越级上报，可见非同小可。孙坚凑近丁塘耳朵，小声问："谁死了？"

丁塘小声回道："死者乃是十日前在全县父老面前风光无限的归义胡姬北宫嫣脂。杀人嫌犯已经捕获，乃是本县首富田邈！"

"你有没有搞错？那田老头会杀了一个留宿本县的胡人女子？"孙坚简直不敢相信自己的耳朵。他早就知道田邈贪慕北宫姑娘的美色——但既然贪慕其色，又怎会狠心摧花斫柳？再说，这田老头平时走路只要超过五十步都要坐奴婢抬着的步辇，他又怎么杀得了一身武艺的北宫姑娘？

见孙坚面带疑惑，丁塘补充道："田邈只是嫌犯，案情真相如何，尚不清楚。只是目击人不是旁人，正是赵县令！"

孙坚意识到了事情的严重性，立即起身喊道："牵我朱雀马来！"

听到喊声，吴甄在屋内问道："文台，你这么晚还要出门吗？"

孙坚深感愧疚，隔门回应道："田家傍晚在郊外丢了两条水牛，我得立即去寻！"

吴甄的眼泪一下子止不住了："孙坚，妾身对你而言，还不如两头牛吗？"

丁塘不蠢，打量了四周，再听到新生婴儿的哭声，大略猜出了孙家的喜事。他立即对孙坚再下拜："属下顿首顿首！死罪死罪！在县丞大喜之日冲撞，望大人恕罪！"然后站起身，对着门后的吴甄喊道："夫人喜得贵子，丁某当来日再登门道贺！只是田家丢的这两头牛，非常重要，相当重要，极端重要，一定要辛苦县丞亲自跑一趟！"

吴甄身边的胡婵听出了丁塘的弦外之音，立即俯身在吴甄耳边说道："夫人，肯定是出了惊天大案，只是那丁塘不便说出案情。夫人一定要体谅！"

刚经过生死搏斗的吴甄，方才因为糊涂，暂时失去了判断力。经胡婵提醒后，她对着窗外的孙坚喊道："夫君公务要紧，快去寻牛！"

孙坚对着窗子抱拳道："贤妻勿念！我去去就回！"

说罢，他转身对祖茂说道："大荣，田家丢的牛有两条，我去找一条，你去找另一条！"然后对吴景说道，"你留下来照应你姐姐！"

祖茂点头，也去牵自己的坐骑。吴景则招呼奴婢去给吴甄热鸡汤喝。

听到孙、丁、祖的马蹄声走远，屋内的吴甄握住胡婵的手，温柔地说道："今日姐姐真是辛苦了。平日妹妹对你多有不敬，姐姐千万不要往心里去。以后我们共侍一夫，我绝不与姐姐争风。待我身子稍微恢复，你就是孙家正式的妾，不再是奴婢！"

胡婵含着眼泪拜谢吴甄。几个婢女见了，也相视而笑。

在飞马赶往案发现场的路上，孙坚心中五味杂陈。喜得虎子的狂喜，目下却被办理棘手大案的压力所吞没。他的脑海里飞速地回闪着吴甄苍白的脸蛋、孙策啼哭的小嘴、左嫣瞪大的双眼，以及老父孙钟眼眶边的浊泪。同时，闪入他脑际的，还有一张高鼻深目的胡女俏丽的脸蛋，以及她长长睫毛下青天般碧蓝透彻的双瞳。

她正是方才遇害的北宫嫣脂。

"此女之武艺不在我之下，何人能害之？"孙坚在颠簸的马背上喃喃自语，思绪不禁飘回了十日之前。

第二十一回　东海黄公

孙策出世前十日，盐渎全县上下喜气洋洋。这不仅仅因为当天是官吏的休沐日，也不仅仅因为最近全县粮食的大丰收，更因为从洛阳一路巡演而来的"獑𩦺"百戏班正好要在田家庄园向全县父老展示绝技。盐渎首富田邈为了收买人心，预先支付了百戏班的出场费用，甚至田家的盐奴今日也全部放假，允许观演。孙坚、祖茂亦一起全家出动，驾车来到城外的田家庄园，一睹大汉帝国第一流百戏班的风姿。

表演的场地乃是田家庄园自设的跑马场，其后便是田家用香柏木搭建的台榭，高丈余。田邈正在台上开心地与诸妻妾一起品酒，等待百戏班化妆完毕。为了表示对县廷的恭敬，台榭最好的观赏位置留给了县令赵衡、县丞孙坚与县尉祖茂。至于吴景，则正带着一帮垂头丧气的发弩士在穗浪滚滚的田间巡逻，以防县外匪贼在秋收时节打劫，只好错过了表演。照理说，这份差事本是该祖茂做的，但吴景因为在左嫣的事情上需要祖大荣的支持,便主动提出代劳。

孙坚看看身边捧着大肚子的妻子吴甄,关切地问道:"策儿十几日后就要生了,贤妻若是觉得不适,可以先回去。"不料,吴甄却满不在乎。她看着身边的胡婵,说道:"胡婵姐姐若不下去,我为何要下去?"

孙坚明白吴甄的意思。她绝不允许在公开场合出现在孙坚旁边的最重要的女人不是她。身旁的胡婵不敢多言,眼睛看着指尖。

吴甄品着茶,扫视着台榭下的芸芸众生。此时,她发现左嫣也带着几个家奴上了台榭,突然锁起了眉头,转脸问孙坚:"左嫣又不是官吏,有什么资格上台榭?"

孙坚耳语道:"她是作为丁昊县尉遗孀来的。丁县尉为保卫县民而殉职,自然要优待其遗属。"

吴甄轻蔑地笑了一下,什么也没说。

此时,在丁家奴婢的搀扶下,左嫣已然在台榭右翼二层廊道的空位处坐下。但见左嫣朝着吴甄的方向大方地微笑致意,吴甄碍于礼节也微笑回礼,然后就将头扭过来再也不看她。然而凭着女人的直觉,吴甄觉得左嫣还在看自己。她抚着肚子,气呼呼地自语:"那左嫣难道没有见过孕妇吗?"

"那左嫣肯定没有见过如此端庄美丽的孕妇。"孙坚一边安抚吴甄,一边给她喂切成小块的肉干。吴甄"哼"了一声,咀嚼着肉干,不再吭气。

正在说话间,台榭下的观众开始鼓噪起来,原来猕驷百戏班开始上台布置道具了。趁着下人做杂活的间隙,一个六十岁的戴着金色面具的老人出现在众人面前,朗声说道:"诸位盐渎乡党,本人便是猕猢百戏班的班主章简!"

一听他自报姓名为"章简",台下一片哗然。一个同样快六十岁的红脸老伯站起来笑呵呵地说道:"你叫张俭,我还叫刘表呢!"然后台下又是一阵大笑。

孙贲与孙辅都没听懂这个笑话,忙向孙坚请教。吃着肉干的孙坚没法说话,便向祖茂努努嘴。于是祖茂代为解答:"约十年前,党人领袖张俭因为得罪宦官侯览,被朝廷通缉,后逃至塞外,目前通缉令还未取消。这个章简和那个张俭根本就是两回事,其姓是'文章'的'章',名是'简单'的'简',与那'张俭'同音而已。台下的人明知故问,拿其名字开玩笑罢了。"

孙贲听了,恍然大悟。孙辅再问:"那刘表是谁?张俭与刘表又有什么关系?"

孙坚咽下肉末,回道:"听说那刘表是山阳郡高平人,与张俭是同乡人,同列于'八及',也就是'八位引导民众追随之名士'。不过一群沽名钓誉之徒罢了,这种人的名字不记也罢。"

"那……为何这个章简老伯头戴金色面具?"孙辅再问。

孙坚叹了口气:"他的脸因为火灾被毁容了,没法见人啊。县廷检查这行人等的来历时,我曾亲自查验过其容貌,真是被烧得面目全非,可怜啊。"

孙辅不再发问,跳到孙钟的怀里说:"爷爷,我怕!"

孙钟抚摸着他的小脑袋:"辅儿不怕,烧的又不是我们孙家的人！"

章简在继续向大家介绍自己的戏班："诸位乡党，知道我们戏班名字里的'獓𤜣'二字是什么意思吗？"

下面议论纷纷，说什么答案的人都有。一个小娃举手道："我知道！我知道！三危山上有一种野兽，样子像牛，白身，四角，长毛似蓑衣，这就是獓𤜣，据说还会吃人嘞！"

章简哈哈大笑："盐渎的孩子就是聪明，这么小就知道《山海经》里神兽的名字！我们的百戏班取名'獓𤜣'，就是表示我们的本事不亚于獓𤜣兽，能上天下海！"

观众听了这话，有的鼓掌打气，有的喝起了倒彩："你就吹吧！"还是那个红脸老伯站起来，语带轻蔑地问道："据说贵班在京都洛阳表演时，就连天子都曾微服观看贵班表演，躲在人群中叫好。你们这么有本事，为何还要来我们盐渎这小地方？干脆一直就在京都待下去得了！"

章简抱拳道："京都虽绝美，但大汉疆域广袤，各地风情不同。吾等走遍各州各郡，也是为了多学技艺，以求精进，博各位看官一笑！多说无益，下面就是第一场表演，'东海'——"

"'黄公'！"台下观众一起大喊。

在后汉的百戏表演中，作为热身表演，第一场往往就是角抵戏"东海黄公"。此时孙钟抱着怀里的孙辅问道："'东海黄公'的情节，辅儿还记得吗？"

"记得！"孙辅抬起小脑袋，一板一眼地背起书来，"东海人黄公，少时为术，能制蛇御虎；佩赤金刀，以绛缯束发，立兴云雾,坐成山河。及衰老,气力羸惫;饮酒过度,不能复行其术。秦末,有白虎见于东海,黄公乃以赤刀往厌之,术既不行,遂为虎所杀……"

孙钟听了一愣。他原以为孙辅会用白话将"东海黄公"的故事复述一遍,没想到他竟然背出了刘歆在《西京杂记》中描述此戏的原文。吴甄听了开心地拍起手来:"辅儿就是聪慧!昨天我将《西京杂记》中相关内容与你说了两遍,今日你就全部记住了!"

孙坚不以为然:"这没啥了不起,有本事扮个虎试试!"

孙坚这么说是有道理的。看"东海黄公"这戏的乐趣,就是看扮虎的两个倡优披着虎皮惟妙惟肖地模拟老虎的姿容。这显然是需要多年苦练才能达成的功夫。很多事情,说说容易,做起来就难了。

但孙坚今天失算了。表演的场地上没有出现倡优扮演的假老虎——相反,戏班里的几个奴婢拉来了一个覆着五彩布的大型铁制囚车,章简亲自揭开了那覆布。然后,全场沸腾起来——这是一头真虎!

孙坚不敢相信自己的眼睛。再仔细一看,的确见得一头白额、花斑、黄皮的猛虎端坐在笼内,无精打采地晃着尾巴,眯眼看着众人。显然,它事先已被喂饱,多少消磨了点儿野性。同样也是第一次在戏台上看到真虎的孙辅与孙贲,都兴奋得大叫起来。

章简示意人群安静下来,容他说话。他抱拳道:"为了答谢田老伯的厚意,今日獂骊班将用真虎表演'东海黄公',

事后再分虎肉给大家吃!"

孙坚吃了一惊。难道猴䌹班要当众杀虎?但"东海黄公"的剧情分明是黄公最终为虎所害啊?难道猴䌹班的"黄公"与众不同?

怀着同样疑惑的盐渎民众交头接耳。恰在此时,在隆隆建鼓声中,一个头束赤布、手持金刀的年轻人大步走到表演场地中央,大喊:"东海黄公在此,制蛇御虎降百兽,驱鬼逐疫开太平!"说罢,将手中金刀舞得上下翻飞,引来一片喝彩。与此同时,四名倡优披着熊皮,玄衣朱裳,执戈扬盾,喊着驱鬼的"傩辞"上场,将东海黄公包围其中。这四人,便是汉代傩戏中扮演驱鬼者"方相氏"的演员。须臾,扮十二神兽的倡优也纷纷上台,将前面四个方相氏包围起来。最后,一条由二十来人撑起来的"大青蛇"也盘旋着上了台,复将那十二神兽包围其中。东海黄公一声号令:"正转!"方相氏、神兽与青蛇便正向圆周转动。他改说"逆转!",外面的三个圆即逆向旋转。从台榭上往下看,这场面宛若绚烂绽放的花朵,煞是喜人。

突然间,在加快的建鼓伴奏声中,那青蛇不再听黄公的命令,扭头冲开十二神兽与方相氏勾勒出来的两个内圈圆,向着黄公冲去!在黄公面前,青蛇猛然张开血盆大口,并从嘴里射出一条条带状物!

"那是什么?"孙辅问道。

孙坚也暂时没看清楚。这时候,坐在下面的一些观众大喊了起来:"那些是真蛇啊!"

孙坚定睛一看，果不其然，从假的青蛇嘴里，扔出的乃是一条条真的毒蛇，直接往黄公面门飞去！至于那黄公，毫无惧色，挥动金刀，将飞蛇一条条斩断！

看着满地被砍成两段还在蠕动的半死之蛇，全场都激动地大喊："猕猴班威武！"

砍蛇砍得还不过瘾的黄公，突然弹地跳起，挥动金刀，向青蛇中央刺去！

全场霎时沉默。大家都知道，这所谓青蛇的"蛇皮"下面，藏着的可是真人。

人到刀到。但见那青蛇被截为两段，赤血乱喷！

观众看得瞠目结舌。许久后，大家发现那所谓的赤血，其实是猕猴班在青蛇中部备好的皮囊被戳破后喷出的朱漆，只是溅射的样子过于逼真，实在让人难分虚实。

"壮哉！壮哉！"全场欢声雷动。

黄公哈哈大笑："斩蛇只是雕虫小技，看我如何屠虎！"说罢，他扔了金刀，从一个扮演方相氏的倡优手里夺来长戟，一边挥动兵刃，一边冲向铁笼里的老虎！

老虎意识到了危险，发出恐怖的呼吼，吓跑了田氏庄园里的一群飞鸟。

"打开笼子！"黄公下令。

在众人的惊叹声中，老虎冲出了铁笼！

但它毕竟没有跑多远。它的后足被铁链拴在了铁笼上，努力挣脱而不得。

老虎扭过身子，试图用利齿咬断铁链。就在此时，不知何时弄到一葫芦酒水的黄公，已然绕到老虎的后侧，正往自己嘴里灌酒。

愤怒的老虎刚想回头嘶吼，黄公单手所持的长戟却已插入了它的背部。老虎嗷嗷大叫之际，只见黄公嘴里突然喷出一条火龙，直接将老虎点燃！

疼痛的老虎发疯般地打滚，试图压灭背上的火。此时，扮演十二神兽的倡优也纷纷靠近，将老虎包围起来。待黄公一声令下，十二条火龙从其嘴中喷出，将老虎烧成了火虎！

见到场面愈发残忍，吴甄皱着眉头，闭上眼睛干脆不看了。孙坚趁机在案几下摸了摸胡婵的手心。胡婵的手则顺势将孙坚的手指包裹住，反复揉捏，极尽掌间温柔。二人脸上还在装作认真看戏，没有任何眼神交流。

不久后，老虎已是奄奄一息。黄公对着台下的观众大喊："吾人素知广陵虎害，今日当众杀虎，就是为了解乡党心中之气。乡党中若有曾为虎伤者，可上台了结此虎性命！"

此时，那位红脸老伯跳上台，喊道："乡党素知老夫年轻时腿上曾被恶虎撕去一块肉，今日正好报仇！"说罢，抢过黄公手中长戟，就往虎身刺去！连刺十几下，终于结束了这大虫的性命。

在观众的欢呼声中，章简重新上台。他挥着鼗鼓问大家："今日是否尽兴？"

"尚未尽兴！"全场大喊。

"那就请看下面更惊险的场面！"章简将手中的鼗鼓摇得更欢了。

第二十二回　北宫嫣脂

"东海黄公"精彩亮相后,接下来的表演就没有那么惊心动魄了。十名少女倡优先后表演了夯杵舞与鞞舞[1],这些都是大家平时已看过的。当大家心绪略为平静后,章简又上台向大家作揖:"下面,本戏班台柱胡女北宫嫣脂将有薄艺敬献盐渎父老!不过,北宫的技艺是按各位赏钱的多寡来展示的,你们赏钱越多,她所展示的技艺就会越神乎其神!"

"到底有什么了不起的?难道她还能在飞车上叼盘不成?"台下有人挤对那章简。

"这有何难?"章简轻蔑地回道。然后,他拍拍手,四下建鼓声再起。但见台榭后面飞出六匹骏马,全部无鞍无缰,每匹马上站着一个胡人少年,头顶油灯,纹丝不乱。章简一声口哨,六马便围绕着戏台中央开始转圈狂奔。与此同

---

[1] 舞人执鞞鼓于前(或两旁)导舞。"鞞"读"皮"。

时，六位胡人少年或单手撑身，或金鸡独立，或藏身马肚，围绕着坐骑玩尽花样，油灯则流转于身上各个部位，却始终不灭！六人精彩的表演重新燃起了观众的热情，前排许多人都起立叫好，引发后排观众大声咒骂。

然而，在这六马的骑手中，并未见到章简提到的胡女。但听得几声海螺声起，台榭后又飞出两辆并列的马车，一马身披鱼鳞衣，一马身披龙鳞衣，远看就像是一条鱼与一条龙拉着后面的车舆。最让人惊讶的并非马车的装扮，而是车舆里各自竖着的两根木橦：这两根木橦之间又横着一根木橦，上面站着一个身子被绳索紧紧束缚住的胡人美女！孙坚看了，心中暗惊：在运动中的横杆上控制平衡已经非常困难，更何况此女从胸到腿都被绳索绑缚，双脚无法自由运力，在此情况下，她竟然还可在杆上稳若泰山，其功夫实在了得！

两个驾车的羌人少年彼此招呼着，控制两马之间的速差，然后在章简的号令下将各自的车停稳。此时，那胡人美女用标准的汉话大声说道："小女北宫嫣脂是归义胡，年方二十。下面的薄技，哪位客官愿意出三十金，小女定倾力而为！"

"什么技艺？"下面的人好奇地大喊。

"哪位客官善射的话，就请在二十步外射向小女身上任何一个部位！此前舍弟北宫伯玉会将盾牌平放于小女脚边，小女将在客官箭镞离弦的那一刻同时挣脱绳索，举起盾牌，将箭挡住，同时还能立于橦上不坠！"

众人听了都大惊。有人高喊："姑娘身后的绳索估计是假的吧？"

北宫莞尔一笑:"愿意出三十金者,可先行检验绳索之真假,同时还可再加一绳索!"

"若你技艺不精,被射死,这又算谁的啊?"台下有人再喊。

北宫大笑,声若银铃:"生死有命,富贵在天,我们这些走江湖的,哪个不是在险中求富贵?对了,按照规矩,万一小女失手丧命,金主还可领走小女尸首。以小女姿容,埋入冢中为哪位公子做冥配,定会让主人在阴间欢畅无比!"

看到这里,吴甄紧张地拉了拉孙坚衣袖:"文台,这胡女疯了!弄不好今天真要出人命,你作为县丞,也不管管!"

孙坚摆摆手:"我与大荣勘察过了,这猴骊班纵横三十多郡国,表演从未失手。此女口气如此狂傲,看来是有真本事的。我们还是不要断其财路为好。"

正在此时,一位衣着华丽的胖公子真的上台了,大喊:"我愿出三十金!"

孙坚认得,此人乃是来自彭城国的豪族钟离顼,此番是专程来广陵看猴骊班的表演。钟离公子当即将足额的金子交给章简,然后接过弓箭,来到北宫面前,大喊:"姑娘,我真不忍心当众将你这美人射死。你干脆就做我的侍妾,离开猴骊班算了,以后吃香喝辣,何苦再如此担惊受怕?以后我每天给你三十金,姑娘你看如何?"

北宫大笑:"小女刚才说了,公子若真心想让小女做侍妾,不妨当场将小女射死,拿小女的尸体去做公子在阴间的侍妾。但只要小女活一天,小女就不愿做任何人的奴隶,而要品尝这自由自在的滋味！"

钟离顼大感不解，指着一边的章简驳斥道："姑娘，你现在难道不就是这个连脸都不敢露的老东西的奴隶吗？到我们钟离家，有大批奴婢可供你使唤，你怎么会还是奴隶呢？"

北宫笑着摇头："目下小女并非班主的奴婢。刚才你给班主的三十金，事后将会全部交付小女，他不会从中抽取一文钱。江湖人在刀尖求富贵的快乐，公子恐怕不懂。闲言少叙，公子请快射箭！"

钟离顼横肉一抖，轻声骂道："不知好歹的贱人！"他马上叫了几个家奴上台查验北宫背后绳索的真伪。几个家奴登上车子仔细查看，喊道："无诈！"

隆隆的建鼓声重又响起。此刻北宫伯玉已小心地将盾牌平摆到了北宫嫣脂所站立的横木上。显然，除非北宫嫣脂挣脱绳索，否则此盾牌对她毫无用处。钟离顼紧张得头冒冷汗，拉满了弓弦，看着前方正对他微笑的北宫姑娘。钟离顼的脑袋飞转着，盘算对他最有利的射法。若故意射空，显然对他最为不利，白白浪费三十金；若射死北宫，则至少可以得到她的尸体，但仔细一想，又觉得不妥，他要一具尸体有何用？原来这钟离公子也是王充"无鬼论"的信徒，对死后冥配的习俗是颇不以为然的。思来想去，对他最有利的做法，恐怕就是将北宫射伤，废其武功，这样她就不得不离开獥驷班，安心做自己的床笫玩物了。想到这里，一脸坏笑的钟离顼将箭头瞄准了北宫的腿，然后轻轻放开了弓弦！

此时，北宫嫣脂一运气，大喊一声，身上的绳索突然就像着了魔一般,齐齐断掉,落于车下。她随即一脚踢起身边的盾牌,恰好挡住了飞来的箭镞!

当北宫嫣脂重新立定时,一腿金鸡独立,另一腿平直举起,手里的盾牌则围绕着圆心飞旋。而在这圆心中,则插着一根颤巍巍的五彩雉羽箭。

在观众的欢呼声中,两个驾车的少年开始催马前行。在横橦上的北宫干脆单手倒立在杆上,双脚像顶盘子一样顶着盾牌飞转。等马车行进到钟离公子的面前时,北宫突然又用单掌将身子弹起,在空中翻转全身,然后重新落在杆上,金鸡独立。她用一指飞旋着盾牌,另一手叉腰,轻蔑地俯视着钟离项说道:"公子这三十金,花得可痛快?"

钟离项刚想发火,却被近在咫尺的北宫嫣脂的美艳震惊得浑身充血。看那北宫嫣脂,不知是匈奴、羌族、月氏人还是别族的混血:高鼻深目,发色棕中带金;长睫闪动,碧目生辉;红唇烈焰,皓齿白晶。身材高出汉人女子一头,凹凸有致;体内散发着胡香,让人神迷。钟离项转念一想,今日能如此近距离欣赏美人身姿,钱也不算白花,气也消了一半。于是顺坡下驴,提出了新的要求:"北宫姑娘的本事,我钟离项真是佩服之至!只是本公子今天带的还不止三十金,很想多花点钱,多买点乐趣。不知姑娘还有什么本事?"

北宫笑道:"公子可知七丸之戏?"

钟离项点点头:"就是不停往空中抛出七个铁丸,再不停接住。这不是很新鲜的表演啊,我家的奴婢都会!"

北宫笑道:"贵府的奴婢可在两辆行进的马车的横橦上

接过七丸？"

钟离项默默不语。

"公子再加五十金，不但能看到橦上接七丸，还能看到七丸三剑！"

钟离项大惊："姑娘是说要同时接住七个丸与三把宝剑？而且是在两辆行进的马车的横橦上？"

"是！我先去接七丸，三把剑则由公子掷来。如果我被剑所伤或所杀，公子概不负责。若小女因此而死，公子照样可领尸！"

钟离项的脸涨得通红。此女的武功真是深不可测。考虑片刻后，他咬咬牙，又献上了五十金。

建鼓声中，两辆马车又开始平行移动。北宫伯玉大喊一声，向姐姐扔出第一个铁丸。嫣脂稳稳接住，然后开始向高空抛去。

伯玉随即扔出了第二个铁丸。接着是第三个，第四个……第七个。

七个铁丸相继从嫣脂的左手飞到空中，又落到她的右手，在空中划出一条连贯的弧线。随着接球速度加快，那弧线的颜色也越来越深。

"公子还不掷剑！"北宫转脸对钟离下着命令。

看呆了的钟离项，被章简催促着上了一匹事先备好的白马，扬鞭就去追赶北宫所在的马车。等到离北宫三丈远处，他哆嗦着将一把放在马鞍前方的小剑拉出鞘，朝北宫的面门扔去！

只见北宫毫无惧色,竟迎向飞来的宝剑。钟离吓得闭上了眼睛,耳膜却几乎被全场的欢呼所震碎!原来,北宫用额头将剑身一顶,硬是将其顶向高空,然后趁其在落下时又抓住剑柄,抛向了另一只手。就这样,这小剑合着那七丸,一起成了北宫手中的玩物。

钟离项简直不敢相信自己的眼睛。他又哆嗦着掷出了第二剑。这次,他是朝北宫的脚尖抛出的。而北宫也毫不含糊,用脚尖轻松踢起宝剑,然后稳稳接住,手中七丸一剑就变成了七丸二剑。

钟离项叹了一口气,朝着北宫胸前掷去最后一剑。但见那北宫用眼角的余光目测着剑来的角度,迅速在运动的横橦上蹲下身子,然后故伎重演,以额头将剑顶入空中,待其下落之时,慢慢站起身来,以丝毫没有迟滞的速度摆弄着手里的七丸三剑!

所有的游戏都有收场的一刻。然而,抛掷丸剑的游戏却极难收场,因为接剑的瞬间很容易伤人。但北宫自有其收场的绝招。她先一个一个将铁丸抛射到地上,然后再将三把小剑逐一扔出。孙坚在台榭上看得清楚,她扔出的七丸三剑构成了一个分布均匀的圆阵,正好将两辆马车围在中间。

钟离项吓得滚下马来,在北宫面前拜伏:"北宫姑娘不是人,是西王母下凡!"

孙坚则对祖茂咬着耳朵:"此女来历不凡,得再查查!"

表演结束后,田邈请章班主带着众倡优上台榭与之一起喝梅子酒。章简指着一个小眼眯缝着的少年说:"这就是扮演黄公的黄盖，零陵郡人。"随即又指着一个浓眉大眼的少年说道："这是右北平郡人程普，青蛇嘴里的真蛇就是他放出来的……"田邈对这二人毫无兴趣，一把抓住北宫嫣脂的手，摸了又摸。赵县令见状，咳嗽了一下，小声说道："您是全县首富，得注意身份。"田邈这才放手，但眼睛依然紧紧盯着北宫的身姿，就好似要用目光将她吃掉一样。

北宫嫣脂没理会田邈，而是在不经意间将头转向孙坚。她忽闪着睫毛，对孙坚眨着眼。

孙坚心中的小鼓也敲了起来，脸上刚不由自主地露出微笑，却觉得两颊火辣辣地疼。原来，吴甄与胡婵此刻都在恶狠狠地盯着孙坚。

孙坚立即长袖掩面，低头去吃那些剩下的肉干。

第二十三回　戌时一刻

孙坚回味着十日前的那场表演，不知不觉中已与祖茂、丁塘来到了东莱客舍。但见穿着便衣的县令赵衡正背着手，焦急地在客舍门口踱步，并不时与客舍的掌柜丁鄙窃窃私语。孙坚等人立即下马行礼。赵衡看左右无人，做出"嘘"声的手势，拉起孙坚，径直前往回廊，丁鄙则在前面开道。祖茂与丁塘亦跐起脚尖，跟着孙坚进了客舍，轻轻关上了院门。几个小厮将孙坚等人的坐骑默默牵到了马厩。

孙坚边走边小声问赵衡："据丁塘说，是您看见田邈杀了北宫嫣脂？恕属下多嘴，县令大人这么晚了来客舍做甚？"

赵衡回道："不怕文台笑话，我在常山国真定县[1]有个叫赵宽的族弟，游手好闲，老是向乡党借钱却从不还钱。现在借不到钱了，竟千里迢迢来盐渎找我讹钱，还想把他九岁的

---

[1]　今河北省石家庄市正定县。

儿子赵云过继给我。贱内不允他们住在我家，二人便赊账赖在东莱客舍。今晚我就是来与族弟商讨解决事宜的……"

孙坚一边听一边想。按说，赵家内部的丑事，县令本不必向下属和盘托出，除非他急于证明自己只是偶然闯入案发现场。此案竟把一县县令吓成这样，可见案情之重大。想到这里，孙坚忍不住插嘴："杀人现场在何处？县令大人的族弟在何处？嫌疑人田邈现在又在何处？"

赵衡回道："舍弟赵宽父子住在三楼，凶杀现场在二楼。要去三楼，必然会经过二楼。我就是在上楼时，发现田邈像个呆子一样持着匕首，才觉得怪异。跑过去一看，竟发现二楼客房门口横着北宫嫣脂的尸体。我当即叫来丁鄫，令店内奴婢将嫌犯绑于现场，并派丁塘去叫你文台兄来帮忙……"

"你今天来客舍做甚？"孙坚再转头问丁塘。

丁塘忙不迭洗清自己："在下不是第一个发现北宫尸体的，是丁掌柜一路小跑来我家传县令大人的话，我才赶来。县令大人想到我，也只是因为在下家舍离客舍最近！"

孙坚皱着眉头："那田邈今天是一个人来的，竟未带奴婢？"

赵县令摇摇头，说道："我也奇怪。田邈平时出门都车马喧嚣，今夜竟然一个人悄悄来到客舍。从田府到这客舍要穿过半个县城，难不成这老东西一个人走过来的？"

孙坚听了，也颇为疑惑。不过赵衡的话也提醒了他，他发现赵县令今夜也没有带任何奴婢。孙坚问道："请大人再恕属下无礼。敢问您今夜为何也是孤身出门？"

赵衡叹了口气："我身上带了点金子，想避开贱内悄悄给赵宽父子送点盘资，打发他们回常山国老家。家里奴婢皆为贱内耳目，我也只好偷偷牵匹马来客舍，本想快去快回，不料却摊上这事！"

孙坚点点头，又转头问丁鄙："现在客舍里有多少人知道发生了凶杀案？"

丁鄙掰着手指头算了算，回道："县令算一人，我算一人，田邈算一人，加上您孙县丞、祖县尉以及丁县丞史，也就六人吧。"

"奇怪！"祖茂挠挠头，抛出一连串质疑，"北宫嫣脂的功夫，十日前大家都已领教过。难道她被杀时，就没有任何动静？田邈被县令大人抓捕时就没反抗？三楼的赵宽父子可知情？而这一楼又住的是谁？"

赵县令解释道："我去抓捕那田邈时，他都吓瘫了，看见我就要喊冤枉，结果被我堵住了嘴。实际上，本县令也并不相信田邈真有能力杀得了北宫，因此我才不想将动静闹大，以免事情变得更难处理。至于三楼与一楼的住客是否知情，我也不知。本官料想：若田邈不是凶手，则凶手极有可能就是客舍内的其他住客，所以我才立即叫丁鄙将一楼住客房门反锁。那时从窗棂缝隙处看，里面的人还在酣睡，看来无论是否与此事有关，都无法逃脱。"

"请问一楼住的到底是谁？"孙坚再问。

丁鄙抢答："就是北宫所在的猣驹百戏班的班主章简。"

孙坚看着赵县令："大人是不是觉得凶手是章简，所以才反锁其房门？"

赵衡叹了口气："我哪里知道！若说他是凶手，为何要杀掉自己的摇钱树？我只是觉得章简这人怪怪的，所以才叫人将门反锁。具体该怎么办，还想与文台、大荣商议后再定。"

"那三楼的门为何不反锁？"孙坚盯着县令的眼睛。根据县令刚才的描述，三楼的赵宽似乎很缺钱，而住在二楼的北宫姑娘身上随便一件首饰，都价值不菲。他显然具备谋财害命的动机。

赵县令的嘴角抽搐了一下，回道："舍弟人品不佳是不假，但他的身手怎么可能杀得了那北宫？"

孙坚笑了起来："那是！那是！"随即示意丁鄙带路，将大家带到凶案现场。

到了二楼的拐角处，二楼客房里飘出的血腥味便钻进了孙坚的鼻孔，众人的心都悬了起来。只见那田邈已被绑在了门内的立柱上，嘴里堵上了布条，无法说话。见到孙坚等人，他立即瞪大眼睛，拼命挣扎，似乎想大喊冤枉，但又发不出声。他身边的地板上则铺了一张草席，一对脚丫子露在外面，地面淌着血迹。显然这就是被害人北宫嫣脂的尸体。

孙坚转脸问县令："大人是否允许孙坚主审？"

赵县令点头："文台螺羹破案，早就名震广陵。今日叫你文台出马，本县令自然要下放权柄于你。"

孙坚听了也不客气，立即凑到田邈耳边轻语："田老伯，我知你冤枉，县令亦知，否则为何只是在此将您绑了，而不是干脆就将您解送到县寺公堂？将您嘴堵上，其实是为了您好，怕您大呼小叫，弄得满城风雨。您是县里头面人物，若被县民知道您晚上与一不知来历的胡人女子相会，那么田家在整个徐州的名声也就算完了。您说是不是这个理？"

田邈满脸通红，尴尬点头。孙坚继续说道："既然老伯今天在杀人现场，那么作为县丞，我必须仔细盘问。只要老伯答应不大声喧哗，我立即就去掉您嘴里的布条，如何？"

田邈大力点头。孙坚便将布条撤去，并为田邈松了绑。失去绳子束缚的田老头立即瘫坐在地上，大口喘气。孙坚亲自为之倒酒压惊。孙坚一边抚摸着田邈的脊背，一边开始了盘问："老伯今天为何不带一个奴婢，孤身来客舍？"

田邈不语，但孙坚发现他的耳根子已然红透。孙坚心中暗笑：都是男人，有啥好装的？但他嘴上仍带着恭敬："老伯，若您不便开口，我孙坚就冒昧揣度一下您今夜来此地的原因。若我说得对，您就什么也别说；若孙坚说错了，您就小声反驳，如何？"

田邈微微点头。孙坚问道："老伯老当益壮，雄心不减，今夜是想约会北宫，以证明广陵男子之雄风，是否如此？"

田邈低头不说话，算是承认。祖茂在一旁窃笑，被孙坚偷偷打了一拳，便立即捂住了嘴。

"您到此处时，北宫已是死人了，对不对？"孙坚再问。

田邈立即抬起头，眼里泛着泪花，抓住孙坚的手："孙县丞真是明察秋毫，老夫的确是无辜的！"

孙坚做了一个"小声"的手势，继续审问："老伯是如何与那北宫约定的？可有中介人？"

田邈点点头:"我也不顾老脸了,把知道的都说了,只是希望县令、县丞与县尉能够为老夫保密。"

孙坚心领神会,立即叫丁鄙、丁塘去监视楼上与楼下的房客。他们走后,田邈继续说道:"老夫十日前就迷上了这北宫,有意纳其为妾。但此女是百戏班的台柱子,班主章简定然不会放人。好在胡女大都水性杨花,只要给钱就愿意陪宿……不过此女要价很高,一夜要三十万钱,而且要事先付清。做淫媒的那个人叫黄盖,就是那个演'黄公'火烧老虎的黄盖。老夫昨日偷偷找人送了三十万钱给他,还额外给了他五万钱的谢资。黄盖托话给我,叫我今夜戌时一刻[1]来东莱客舍与北宫约会。于是,今夜酉时二刻[2],老夫就叫四个小厮用步辇将自己抬到离客舍不远处的小巷内,然后叫这四人在小巷内候着,老夫则从后门偷偷进了客舍。没想到……老夫到时……北宫已经死了……这分明是个圈套,有人要害我啊!"说着说着,田邈小声哭了起来。

孙坚回头看赵衡:"大人,您能再详细描述一下今夜初见田老伯时的情形吗?"

赵衡点点头:"我在上楼时就撞见了田老伯,见他想上二楼又不敢上,似乎心里有鬼。我先佯装上了三楼,而后偷偷下楼,进门便看到他手持匕首发呆,地上则横躺着北宫之尸。本官一时难以判断事实真相,又怕田邈大叫坏事,这才

---

[1] 约19:15。

[2] 约17:30。

堵了他的嘴，将其看管起来。"

孙坚再问田邈："老伯见到那尸体便罢了，为何要手持匕首，难道不怕人误会？"

田邈苦着脸回道："冤枉啊！那匕首不是凶器，而是信物！那拉淫媒的黄盖托人带来一把匕首，说这是已付三十万钱的凭证。见了北宫，她得先验查此匕首，才愿意接客。所以，老夫一进门就忙不迭地拿出了匕首……"

祖茂此时插话道："老伯拿出匕首时可曾出鞘？"

田邈道："黄盖带话说，北宫留下了刀鞘，见面时匕首与刀鞘相合才算接头成功。所以老夫没有刀鞘，而是直接拿出了匕首。"

"这没鞘的锋利匕首您就直接带在身上，难道就不怕伤了自己吗？"孙坚补问。

田邈随即从身上掏出一个刀鞘："我是将那匕首放在此刀鞘内的。此刀鞘明显比这匕首要大，并不太贴刀身，但勉强可用。进屋后，我怕北宫姑娘误会我是用另外一把匕首欺瞒她，所以忙不迭地从另配的刀鞘中拔出了匕首。"

"哦！"孙坚点点头，"那黄盖给你的匕首现在何处？"

此时赵衡从袖中拿出一把带着精美刀鞘的匕首来："文台你看，这刀鞘是从北宫身上搜出来的，而这刀当时是在田老伯手里握着的，二者严丝合缝，肯定就是事先配好的！"

孙坚拔出匕首，在亮如明镜的刀背上看到了自己的眼睛。刀锋没有血迹。他问赵衡："这刀身有没有被擦拭过？"

赵县令摇摇头："这是证物，当然不能擦。不过，按理说，没血迹并不意味着田邈是无辜的，因为他可能在遇见我之前，自己已先擦干净血迹。"

孙坚笑了起来："田老伯若真是杀人凶手，应当早点逃走，为何还拿着刀在现场发呆？"

祖茂点点头，补充道："若田伯真是杀人凶手，就很难对北宫的死感到震惊，看来凶手定有旁人！"

田邈抓住祖茂的手："祖县尉这样仗义执言，老夫真后悔给你租的房子房租定高了。明年的房租祖家不用缴了！"

祖茂摇摇头："祖某也是公事公办。不过，我还是不明白，为何有这么巧的事，县令和田伯竟出于不同的原因，同时到了这家客舍？田伯你刚才说过，你与北宫约好在戌时一刻见面，难道赵县令也是与赵宽约好于戌时一刻见面吗？"

赵衡眉头一锁："昨日我与舍弟曾约定今夜酉时整见面，但昨日稍晚时小侄赵云又来找我，说酉时不便，最好在戌时一刻将过未过时见面。我当时也奇怪，为何是戌时一刻将过未过时，而不是戌时整呢？"

"嗯……"孙坚陷入沉思。为何黄盖与赵云都提到"戌时一刻"？难道黄盖与赵云相识？但一个百戏班拉淫媒的，与一个从遥远的常山国来的九岁少年，又会有什么关联呢？

此时祖茂发言："田伯是被陷害的当是无疑，但此事至少有三疑。第一，无论田伯得罪了谁，用如此愚蠢的办法陷害他，完全是没有必要的，因为田伯既无杀人的武功，也没有杀人的动机，县廷当然不会就此判田伯的罪。第二，陷害田伯，却要以北宫的尸体为诱饵，请问，谁又能够轻易得手,杀死北宫?其三,陷害田伯要成功,必须要有目击证人,而赵县令便是本案的第一目击人。怎么看都像是有人在悄悄布局。但到底是何人在布局,又为何布局呢?"

孙坚点点头:"照大荣所言,或许作案人的最终目的并非嫁祸田伯,而是要造成盐渎第一首富深陷命案的假象,引发县廷的重视。"此刻,他将目光转向裹着草席的尸体,说道,"也许死人能够告诉我们一些事情!"

祖茂点头,便去轻轻揭开草席。香消玉殒的北宫嫣脂面朝上躺着,脸色铁青,杏目圆睁,檀口微开,似乎想说一些什么事情,却又说不出来。她脖子上有一道深深的刀痕,被人干脆利落地切开了喉咙,喷出的血溅满了四周的器物。她双臂平摊,并无挣扎的痕迹,显然是死后被凶手调整了身姿。祖茂试图将她的双手掰开,但尸体已略微僵硬,这进一步证实其死亡时间当在田邈入客舍之前。

祖茂抬头对孙坚说道:"文台,血是喷溅出北宫脖颈的,可见刀子是她活着的时候就插入其身体的。谁的武功那么高,能一刀了结北宫?"

此时,已完全洗清嫌疑的田邈突然胆肥了起来,提出了一个大胆的假设:"老夫揣度,如果此凶手武功远在北宫之上,那么也可能轻易打败孙丞与祖尉。这会不会是一个连环局呢?杀死北宫,卷入老夫,然后引诱本县令、丞、尉三人入瓮,对你们这些官府中人不利?对了,你们三位过去没有啥仇家吧?"

赵县令浑身一哆嗦,转脸望向孙坚。这三人之中,孙坚身上命债最多：无论是在会稽剿贼，还是在盐渎城下破黄巾，孙坚都是双手沾血，难免会在江湖留下仇家。不料孙坚却轻声笑了出来："老伯，您糊涂了。这是在县城，就算有人要暗算本丞，恐怕这也不是理想的所在……"

孙坚话音未落，窗外一阵阴风吹来，屋内几盏油灯竟被齐齐吹灭。田邈吓得抱住祖茂的大腿，一动不动。孙坚拔出环首剑，警惕地盯着窗外的动静。

窗外树枝上，一只抓握着仓鼠的鸮鸟[1]，用雷电般锐利的双眼扫视着屋内，突然振翅飞走，消失在夜空之中。

田邈略喘了口气，喃喃自语："一只破鸟……"

祖茂憋住笑，重新点亮了油灯。

就在此时，屋门突然被叩响，传来的是丁塘有点儿颤抖的声音："诸位大人，有情况！"

孙坚打开门，却被眼前的景象惊呆了。

只见丁塘被人反绑，用刀顶着，出现在门前。他背后，则是两个蒙面少年。其中一个少年小声说道："在下右北平郡土垠人程普程德谋，这位是零陵郡泉陵人黄盖黄公覆。我们有话要对县令、县丞说！"

随后，两人揭开面罩，露出了两张年轻却略带沧桑的脸，用无所畏惧的眼神盯着孙坚及其身后的人。

此时，另一只鸮鸟不知从何处飞来，停在窗棂外的树梢上，用一对晶莹锐利的巨目好奇地打量着屋内的人类。

---

[1] 即猫头鹰，在古代被视为不祥之鸟。

第二十四回　人皮地图

看到黄盖，田邈一下激动起来，冲上去就要与之理论。在田邈看来，既然是黄盖拉的淫媒，肯定是他设套陷害的自己。孙坚见状，立即将田老头子拦腰抱住，嘴里念道："且听这两人怎么说！"

黄盖与程普交换了一下眼神，异口同声说道："我们是来投案的！"

孙、赵、祖、田四人面面相觑。被绑的丁塘不乐意了："既然是来投案的，为何还将我反绑起来？"

程普回道："借你的声音骗开门而已。你不过是个百石小吏，有些事情还是不知道的为好！"

丁塘气得满脸通红。孙坚朝他微笑一下，叫他不要介怀，然后问黄、程："丁掌柜呢？难道也被你们绑了？"

程普点点头："是的，嫌他们麻烦。"他一边说一边向孙坚递交了自己的环首刀，以示自首的诚意。黄盖亦照做。

孙坚将收缴的武器交给祖茂，点了点头："一点儿动静都没有，就把这门外四人全部降服，两位的武功真是了得！"

此时，田邈有点儿懵了。他抓住孙坚的手，问道："文台老弟，这两个贼人武功如此高，先前设下圈套陷害于我，现在却主动提交兵刃束手就擒，莫非有诈？"

"有什么诈？"祖茂一边解开丁塘的绳索，一边回道，"此二人现在赤手空拳，又有啥可怕的？"不过，他想了一想，还是觉得不太放心，便对丁塘说道："拿他们刚才绑你的绳索来，将这二人绑了，然后给外面几位弟兄松绑。记住，叫他们别出声！"

丁塘得令，立即麻利地将程普与黄盖绑得结结实实。在此过程中，二人竟面带微笑，毫不反抗。

赵县令仔细地打量着浓眉大眼的程普与小眼眯缝着的黄盖，试探性地问道："你们杀人设局，引我们齐聚一处，是有何要事相告吗？"

此时，田邈明白了自己只是个诱饵。他怜惜地看了一眼横躺于地的北宫嫣脂无神的双眸，气恼地指着程、黄说道："有话要对县廷说，击鼓鸣冤便是，何故将老夫牵扯进来，还杀了北宫姑娘？再说，北宫难道不是你们猕驺班的台柱吗？这样滥杀无辜，你们的良心难道被豺狼吃了吗？"

程、黄脸色铁青，相互对视。最后还是黄盖先打破沉默："对田老伯今夜受惊一事，我二人深感愧疚。只是杀北宫、引田伯，再引令、丞、尉，乃是我们反复推敲后定下的唯一可行计策，希望几位能有耐心听我们说完。到时候，如果几位大人仍觉得我们应给北宫贱人偿命，我们立即奉上人头，绝无二话！"

听到黄盖说北宫是"贱人"，孙坚心中一怒。"贱人"这话是不能用来侮辱像北宫这样武艺高强的女子的，否则就是对于江湖规矩的亵渎。但他仔细一想，又觉得今夜此事过于蹊跷。一个武艺高强的女子，竟这样轻易被杀，可怜兮兮地充当诱饵，这难道不有悖常理吗？想到这里，他指了指北宫脖子上的伤口，问道："你们如何杀得她的？"

程普轻轻一笑："孙县丞螺羹破案、大破海贼之后，整个广陵郡都说你是神机妙算赛孙膑。今日看来，问案却也不分轻重缓急。县丞难道不觉得，应当更关心我们为何杀她，以及我们到底要与诸位官人说些什么吗？至于她是怎么死的，有那么重要吗？"

孙坚被程普的话给噎住了，但又想不出反驳的理由，只好没好气地回道："那就快点招，说清尔等为何行凶杀人！"

轮到黄盖开口了。他沉稳道来："今夜我二人所做之事，往小了说，是为报家仇；往大了说，乃是为了救国难！"

众人面面相觑。祖茂颇不耐烦："别故弄玄虚，速将原委道来！"

黄盖继续用他沉稳的语速说道："这事的祸端，要追溯到十年之前。十年前，党人领袖张俭在杀害宦官侯览的亲属两百多人时，顺手杀了到侯府行商的多名外地商旅。家父黄邢与程普的父亲程廉就是那时候遇害的。我舅父公孙无常逃到家乡，告诉乡党实情。从此，黄、程二家时有私信往来，商议如何报仇。今夜我们两个便是身负重任来此报仇的。"

黄盖这番话透露出来的讯息实在过于丰富，孙坚等人沉默了半响，弄不清十年前的张俭案与目下形势有何关联。田邈懒得想了，气呼呼地反问黄盖："引发党锢之祸的张俭案中牵涉人命众多，对此老夫也有所耳闻，但你们杀一个胡人女子做甚？杀你们父亲的肯定不是她，十年前她也只是个女娃罢了。而且她既然是胡人，也不可能是张俭的亲戚啊！"

黄盖继续解释道："潜逃多年的张俭四年前已从塞外潜入中原。他与塞外鲜卑人勾结，毁容后改名为现在的'章简'。而后组织猣驷班，以卖艺为名，流窜各州郡，搜集大汉军政民情。两年前，我们加入猣驷班，博得张俭信任，一直潜伏在班内，伺机报仇。"

众人听罢都震惊了。赵县令语无伦次地问程、黄二人："那张俭就在楼下？他还在楼下？他目下的确还在楼下？"

程普点点头："县令大人莫惊！此等朝廷钦犯，当然不能让其逃脱！在杀北宫得手后，我们立即将张俭绑缚严实，扔在了楼下的床上。"

"哦！"赵衡恍然大悟，"原来你们杀死北宫，就是为了方便擒拿张俭。想必她就是张俭的保镖吧？"

黄盖点点头："大人明察秋毫！虽然张俭在楼下也租了一个房间，但平时都在二楼与北宫奸宿，同时也为方便北宫对他的保护。傍晚我们与其一起享用飨食时，偷偷在酒里下了毒。我们事先吃了解药，所以喝了无碍，便解除了二人的防备。此毒并不能杀人，但能教人昏睡，程普趁机割了北宫之咽。我们再将张俭绑缚，背到楼下，将门反锁，静等田老伯按时到来。"

听到"按时"二字，赵衡突然想到，他自己也是听了侄子赵云的话，在戌时一刻来到客舍的。他忙补问黄盖："小侄赵云是否也受到了你的指使？"

黄盖点点头："县令恕罪！我们也是迫不得已。"

赵衡皱起眉头："你使了什么计策？"

程普交代道："我们得知令弟赵宽好赌，就在前日设局与其下六博棋。他若赢，可得三十金；若输，则将其子赵云卖给獩骊班为奴。赵宽果然输了，却不肯卖儿，于是我们与之商定，三日之内可随意使唤赵云，条件是赵云不能问缘由，只能服从。今日县令之所以到客舍，完全是我们的安排……"

赵衡听了，怒不可遏。赵云这小儿竟毫无头脑，随意受外人指使，祸害自家人，实在可恶。不过，此刻他也突然意识到，今夜自己被这杀人案弄得头昏脑涨，竟一直没顾得上去三楼看看赵宽父子的安危。

看到赵衡的眼睛在往楼上瞅，黄盖接茬道："令弟与令侄皆无事，吃了我们的麻药，都昏睡过去了。"话音刚落，赵衡便亲自上三楼察看，祖茂与田邈则去了张俭所在的底楼，屋内只留下孙坚一人持刀看管程、黄。他继续审问："你们一个住在零陵郡，一个住在右北平郡，又怎知那个巡游州郡的獩骊班班主就是张俭呢？毕竟他容貌已毁，且你们从未见过他。倘若你们自以为是，冤枉了好人，又当如何？"

程普说道："县丞大人问得好！我们本来都有去塞外寻

找仇人的大愿，不料张俭竟自投罗网。四年前，他在西京长安附近组织猕猢班卖艺，偶然被行商至长安的我家堂叔程融认出。虽然张俭已被毁容，但其模样与语态都没有变。堂叔程融亦是当年大案的目击者，且被张俭亲手砍去三指，所以对张俭的姿容毕生难忘。他立即写信给我，我再去信给黄盖，与之相约混入猕猢班伺机报仇。张俭等人在右扶风[1]时曾用重金招揽百戏艺人，彼时我与黄盖便凭借武艺进入戏班，后又在京都洛阳主动协助张俭搜集军情，由此获其信任……"

"既然尔等在京都就已获得张俭的信任，为何不立即报仇？为何要将这些恩怨带到我们广陵盐渎？"孙坚还是觉得程普的话有破绽。

黄盖继续解释道："我们本想速速报仇了事，后才发现那张俭与北宫借横穿大汉疆土的机会，秘密绘制各地州郡军政要图，并准备在盐渎将图转交给北方的黄巾妖道，借机祸乱天下，以便火中取栗。所以，我与程普商议，应当在盐渎动手，以便将图完整地呈交官府。同时，此图也能成为我等所言的证据。"

"那图现在何处？"孙坚忙问。

程普指了指躺在地上的北宫嫣脂。孙坚刚想仔细搜查她的尸体，赵衡、祖茂与田邈三人回来了，且脸上略显轻松。原来，赵宽父子都在酣睡，张俭也在房内打着呼噜，可

---

[1] 为拱卫长安的"三辅"之一。汉时将京兆尹、左冯翊、右扶风称三辅，即把京师长安附近地区归三个地方官分别管理。右扶风在今西安市长安区以西。

见程、黄所言不虚。孙坚上前向赵衡复述了黄、程刚才的供词，众人亦大惊。赵衡想了想，看看田逸，说道："田老伯既然这么喜欢北宫，查验地图的事情，就交给老伯吧。"

田逸就像赌赢了三十金一般睁大了眼睛："这等美差真交给老夫了？"

此时黄盖插话道："老伯，您今夜的乐趣还真大了。据我等所知，这地图既不是绢帛做的，更不是刻在木牍上的，而是直接文在了这贱人的身上，好像就在她背部。"

田逸大喜。此刻孙坚已将略为僵硬的北宫尸体翻过来，使其背部朝上。在祖茂掌着的油灯的指引下，田逸用匕首小心割开了北宫身上的衣物，须臾，带着胡女体香的布褛便片片散落。果如黄盖所言，北宫本该光洁如玉的背部，呈现出了一张精美的大汉朝军力布防图，涉及地域包括凉州、并州、司隶、豫州、兖州、青州与徐州各郡、国，让人叹为观止。孙坚问道："这么细致的文身，是谁画的？这么好的手艺我还是第一次见！"

程普回道："北宫贱人有个弟弟，叫北宫伯玉，就是那个帮此贱人驾车的羌族少年！"

孙坚听了，仍疑惑不解："北宫嫣脂高鼻深目，而那个北宫伯玉看起来却似羌人，他们怎么会是姐弟？"

黄盖回道："西北汉胡混杂，羌人与匈奴人杂婚已是常态。北宫姐弟的父亲是南匈奴人，母亲是羌人，又有月氏血统，所以北宫嫣脂长相似父，北宫伯玉长相似母。但不管他们是胡是羌，只要非我族类，其心必异。目下鲜卑人在凉、并二州不时叛乱,并招募匈奴人与羌族为其羽翼,北宫姐弟正是受其指使,才与张俭勾结,潜入我大汉图谋不轨的。"

祖茂插话:"弟弟给姐姐文身?我没有听错吧?难道弟弟可以看姐姐寸丝不挂的身体?"

黄盖道:"胡人不讲究这些,要不怎么说是戎狄呢!"

听罢,众皆默然,唯独田邈正用双手贪婪地抚摸着北宫的背部,嘴里念叨有词:"胡人女子的皮肤这么细腻的,还真是第一次摸到!只是画了这么多无聊的东西,糟践了啊!"说着说着,他突然注意到北宫的腹侧还有图样,似乎连着腹部,便好奇地要给她翻身。但北宫身材高大,田邈一个人翻不动,只好求孙坚帮忙。待身子翻过来后,众人先是惊讶其傲人的身材,随即又震惊于她腹部上所描绘的一幅京都附近的禁军布防详图——无论是"北军五校"之屯骑、越骑、步兵、长水、射声五营,还是"执金吾"所属部队绕行都城巡逻的时间间隔,都标注得一清二楚。祖茂挠了挠头:"这图确是不错,北宫肚脐下的那根黑线定是洛水,再下面就是太学了,但是不是漏了洛阳北面的邙山呢?"

田邈将双手按在北宫胸前的一对峰峦上,回道:"这里就是邙山!这里埋葬着光武帝陛下!这里飘荡着大汉先皇的帝魂!"

孙坚拍拍田邈的肩头:"老伯,她已经死了……"

田邈没理孙坚,而是用恳求的眼神看着赵县令:"此女既然已死,就让田家收殓了她吧……"

赵县令一皱眉,将孙坚叫过来小声商议。随后,孙坚回复田邈:"此女身上的地图乃是机密,不可给外人看。若老伯真要此女尸体,也要等将其皮剥去后才可领尸。不过,不知老伯到时是否还会对她有兴趣。再说了,会稽郡的王充先生一百多年前就说过了,黄土之下并无阴间,死人与朽木其实没有任何分别。老伯这么喜欢北宫,不妨找人照她的样子雕一个木人日后陪葬,或者石人也可以,还不会烂……"

田邈瞪大了眼睛,慢吞吞地说道:"还要剥皮?!谁……谁会剥人皮?"

孙坚想了想:"丁昊遗孀左氏似乎对剥离猪牛之皮非常在行,估计剥人皮的技艺也差不了。要不我立即就找人去寻左氏来帮忙?"

田邈从孙坚坚定的眼神中看出他不是在开玩笑。他转而哀求赵县令:"县令大人,县丞所言过于残忍,老夫不忍看,甚至不忍想!你看看,还有什么别的办法?"

赵衡沉默了一下,回道:"羌胡要剥我们大汉的皮,我们只好先剥掉他们的皮,别无他法!此外,若不先剥皮烘干之,而是将北宫的整具尸体作为证据呈交州郡,恐怕半路上尸首就会腐烂,到时候很可能会将整张人皮地图弄糊。请问老伯:你可有更好的办法?"

田邈无言以答,叹了口气,不说话了。

孙坚没空与之唠叨,再将目光转回程普、黄盖身上:"我还有一事不明。既然你们已麻翻了北宫,为何一定要杀她,而不是像对付张俭一样,将其绑缚了事?毕竟她若活着,我们还可以从其嘴里问出更多的事情。"

程普回道:"并非吾等嗜杀,而是北宫有逃脱绳索束缚的绝技,诸位在十日前估计也目睹过。一旦她醒来,恐怕吾等不是其对手,故而只好先下手为强。其次,如果我们不杀她,就无法以杀人案为由头牵涉田伯,并引来县令……"

此时,祖茂打断了他的话:"你就是将这二人活着押到县寺,我们自然也会审理……"

程普冷笑道:"两个外乡人抓了另外两个外乡人,跑到县寺说:瞧啊!这张烧煳的脸蛋可是被通缉多年的党人领袖张俭,你们会信吗?恐怕只会将我们乱棍打出。只有设局让本县首富牵涉上杀人命案,才能引得诸位移步客舍!"

孙坚点点头:"二位所言的确符合县廷理事之常情。好了,我们就暂时不纠结北宫之生死。不过,为了验证你们的话,我们还需提审张俭!"

黄盖、程普点头称是:"留其活口,便是此意!"

"好!"赵县令一拍大腿,"祖县尉,带张俭!"

第二十五回　党锢之根

当祖茂将张俭背进二楼的房间时，他竟然还在酣睡。双手还被反绑着的程普，示意祖茂解开自己腰间的一个小葫芦，里面装着解药，可以将其弄醒。趁着这工夫，孙坚出门叫丁塘骑快马去找左嫣速来客舍帮忙。他刚吩咐完，但见张俭叹了一口气，慢慢睁开了眼睛。他看了看眼前的孙、祖、赵、田四人，又看看被绑着的黄盖与程普，再看了看早已咽气的北宫，惊愕得说不出话来。

而张俭那张烧得分不清眉目的脸，吓得田邈倒退了好几步，窗棂外的那只鹞亦受了惊，扑打着翅膀飞走了。

孙坚盯着张俭："章班主，你看清目下的形势了吗？"

张俭看到黄盖与程普眼里喷出的怒火，回想起自己昏睡之前所喝的酒水，恰恰是这二人预备的。他大惑不解地问道："老夫待你二人不薄，为何害我？"

程普大骂："呸！老贼你伙同北宫嫣脂窃我大汉各地防

卫机密,图谋不轨,你可知罪?"

张俭不屑地回道:"太奇怪了,好像你们很在乎朝廷的安危似的。我就问你:你我过去可有私仇?"

黄盖瞪大双眼:"你可忘却了十年前你犯下的人命案?"

张俭哈哈大笑:"十年前,我屠的可都是阉党一族,为的是荡涤朝廷污垢,重整大汉乾坤!那可是我一生中最为快乐的一天。难不成你们两个也是阉党鼠从?"

程、黄再也控制不住激动的情绪,交相大骂:"我们的父亲就是当时为你所杀。你这恶徒,滥杀无辜,不得好死!"

孙、祖、赵三人听了,彼此点点头。看来张俭已承认了自己的身份,再让他们对质,已无意义。孙坚打开门,叫丁鄙押着程普、黄盖下楼看管,再搀扶田邈到另外一个别间休息,房内只留三个县廷中人细审张俭。

料定张俭没有什么武功,孙坚便在县令默许下解开了他身上的绳索,并为他倒了酒水。孙坚边倒边说:"今夜竟然在盐渎这个小客舍里见到了闻名天下的'八及'领袖,真是奇事。但本县丞不解,为何你刚才面对黄、程二人的指控,不努力抵赖自己的身份,而是如此爽快地招供了呢?"

张俭沉默片刻,然后回道:"北宫已死,你们已悉知军图之事,老夫便知抵赖已无用了。"

"你不怕我们将你交到郡署,然后让朝廷治你的罪吗?按你犯下的罪,很可能会判车裂呢!"孙坚继续追问,语气中带着威胁。

张俭摆摆手:"你们不会将我交给郡署的。"

祖茂瞪大眼睛："你这老匹夫，怎如此狂妄？你凭什么认为我们会包庇朝廷钦犯？难道你的项上人头，不正是助我等升职的绝佳之物吗？"

张俭轻笑一声，回道："即使老夫现在承认自己是张俭，即使你们也信了，但明日你们若将我送到郡署，还是没有人会信的；送到徐州刺史部，也是没有人会信的；再送到京都洛阳，更是没有人会信的。"

赵衡听出张俭话里有话，示意他继续说下去。张俭喝了一口酒，冷笑着解释道："我带猴骊班历经凉、并、司、兖、青、徐数州，甚至在京都最有权势的人面前都曾风光无限。现在若被你们几个盐渎的小吏发现我竟然就是当年的钦犯张俭，那么沿途各州郡长官的脸面该放在哪里？京都尚书台、三公的脸面该放在哪里？天子的脸面又该放在哪里呢？难道他们会凭借你们发现的所谓证据，去印证整个大汉官场的愚蠢吗？恐怕事情的结局是，将你们三个外调，甚至贬职，并严令你们从此三缄其口！"

"但是你的确杀了两百多人，对吗？此事可有夸大？"祖茂好奇地问道。

"两百人？"张俭想了想，"好吧，老实说，老夫已记不清那天杀了多少人了。即使有人说，当时我们杀了三百人，恐怕也不算夸大……"说这话时，张俭眼睛里没有一丝愧疚与不安。

"这我就更不解了，"孙坚问道，"你为何觉得本朝官员会仅仅为了面子而袒护你呢？难道满朝文武都会觉得自己的面子要比两三百条人命更重要吗？再说，遇害者中就有当时权倾朝野的侯览的母亲，朝中的其他宦官难道不会感到兔死狐悲，对吾等的忠心投桃报李吗？退一步说，就算朝廷会因维护脸面将吾等削职，但天下人可是明辨是非的啊！吾等难道不能因此积累人望，以图日后在官场东山再起吗？"

张俭狂笑起来，酒水喷洒至案几。他喘完气，慢慢说道："孙县丞，你说话真是幼稚！天下人明辨是非？你觉得谁是天下人？是你孙家的丫鬟，还是田家的盐奴？告诉你，天下人都是蠢货。是与非嘛，还是要我们这些读儒学的清流来定！别看党锢令下达已经十年，但漏网的党人依然遍布天下。我既然杀了侯览之母，我就是党人的英雄，我就该青史留名，而且，这还不是我一人的私见，而是天下清流的一致看法！否则，当我负罪逃难的时候，为何沿途清流纷纷襄助，甚至愿意承担被连累杀头的风险，也要包庇我呢？"

听到这里，赵县令冷冷道："是啊，听说当年你一路望门投止，狼狈不堪。逃到鲁地，你还曾借宿孔子后人孔褒之家。你是溜之大吉了，却害得孔褒与其弟孔融事后争相替你去死，最后郡里只好砍了孔褒的头向上边交差。但这除了证明你是个无耻的害友之徒，还能证明什么呢？"

"错！"张俭大声反驳，"连孔子后人都愿意为我而死，就足以证明我杀掉奸人家眷乃是承——接——天——意！"

"天意？！先皇孝桓帝曾下旨捉拿你，难道这圣旨不是承——接——天——意？"孙坚反驳道。

张俭继续狡辩："下旨追捕我的是先皇孝桓帝，你觉得当今天子会在意先皇下的追缉令吗？别忘了，当今天子并非先皇亲子，而是早就驾崩的孝章帝之玄孙。此外，先皇宠信的侯览，三年前因罪自杀，难道当今天子还会在意十年前是谁杀了这个罪人的亲娘吗？再说，即使追捕我的通缉令还有效，当年我难道不是照样在沿途州郡朋友的帮助下，逃到了渔阳，并安然出塞吗？这个结果，不正好说明老天是站在哪一边的吗？"

祖茂气呼呼地回应："当年所有曾帮助过你逃亡的家庭，都得出一人顶罪问斩。之后朝廷又下达党锢令，严禁列入党锢名单的清流为官。你觉得你的所作所为，真的符合《春秋》之义吗？你对那些为你而死的人，对那些因你而断送前途的人，难道就没有半点愧疚吗？"

"我心里也很痛！"张俭站了起来，"我张家老小一百多口都被杀了。但是，天下清流也因此看清了阉党的真面目，拧成了一根绳子！也就在我逃出中原不久后的建宁元年，陈蕃、窦武就集合义兵清君侧……"

"可陈蕃、窦武最终都被杀了！"孙坚打断了张俭。

"他们被杀是因为张奂、董卓率领的西凉军突然出现，猝不及防而兵败！"张俭恶狠狠地说道，"西北悍将，与朝内宦官沆瀣一气。陈蕃、窦武之败让我看清，只有先翦除西凉军的羽翼，才能屠尽京都阉党！

能够调到西凉效力，由此赚取军功，一直是孙坚的梦想。听到张俭如此菲薄前线将士，他忍不住反驳道："你说的张奂张然明，虽在建宁元年为阉党所利用，但作为凉州三明之一,战功卓著,卫国有功,怎容你一笔抹杀?还有那羽林郎董卓董仲颖,在永康元年大败羌人于三辅,名震京都,又将获得的九千匹缣的皇家赏赐分给兵卒。如此作为,难道不配称为大汉股肱之臣吗?"

"就是那董卓!"张俭那一对没有眉毛陪衬的眼袋里,鼓着两只带着血丝的眼睛,烧烂的双唇亦在一张一翕,"董卓军在三辅大捷后,纵兵大肆屠杀,北宫姐弟的父母就是在那时罹难的!我当时收留这对姐弟,就是想在塞外寻找复仇的种子,与中原的清流里应外合,一举推翻阉党的统治!"

"就算引狼入室也在所不惜?"祖茂追问。

"你能确定阉党比戎狄更容易对付吗?"张俭把自己那张恐怖的脸转向祖茂,"阉党得到天子信任,想除之,极难;而戎狄驽钝,空有武力,反而容易为我所制。"

"那你到盐渎来做甚?这里官军驻扎稀疏,且与胡地相隔千里,难道你要与东海里的龙王结盟不成?"孙坚冷嘲道。

张俭眼里流露出一丝得意:"我到广陵盐渎来,是给尔等送来升官的机会,莫要不识相!"

孙、赵、祖面面相觑——张俭这口气,好像受审的是他们。

张俭慢条斯理地解释道:"大汉疆域太广,光靠几个戎狄还无法弄出大风浪。去年我已与太平道教主张角接上线。明年是丙辰年,太平道将在京都起事,口号是'岁在丙辰,天下大吉',到时候天下必然大乱!那文在北宫嫣脂身上的地图,就是交给太平道的见面礼,而北宫本人也愿意将自己献给张角做妾！可惜，她人已经死了。不过，这也无大碍，趁着她身子没腐烂，尔等应当将其皮扒下来，照样可以送给黄巾道做见面礼！"

"你竟然要我们与你一起通贼！"祖茂揪住张俭的衣襟骂道。

"唯有黄巾道将动静闹大，你们才会有功名，而我张俭的人头对你们毫无用处。"张俭奋力甩开祖茂的手，解释道，"孙县丞、祖县尉，你们都出身庶族，天下不乱，何来功名？只要张角起事成势，朝廷兵力捉襟见肘，必然会开党锢，允许天下豪杰自行募兵讨贼。这难道不是尔等封侯拜将的大好机会吗？"

孙坚心中一怔，隐隐觉得张俭并非是在胡说，但他嘴上依然义正词严："你又怎知被你弄乱的局面，最终能被控制住呢？"

张俭重新坐下："黄巾道，乌合之众尔。今夏你孙文台略施小计，就让其在盐渎城外伏尸四百。但你也不想想，难道天下读过《孙子兵法》的，就仅有你孙文台吗？以戎狄、黄巾为饵，逼迫天子放开党锢，而后天下清流就有了兵权，再用这兵权除了匪贼，便有了再造大汉之功。有兵、有权、有功，屠灭阉党，岂不在一念之间？"

"你可知，在这过程中，会有多少无辜之人丧命？"赵县令实在听不下去了。

"这与我何干？这些人即使不死于战乱，也会死于阉党的暴政，或者是死于疠疾，或者是死于蝗灾，或者是死于地震，或者是死于洪水。能为屠灭阉党做牺牲，难道不正是实现了他们的价值吗？"张俭的语调依然平静。

此时孙坚将祖、赵拉到一边，嘀咕了几句。而后，孙坚又神秘兮兮地压低声音对张俭说："若我们今夜放你走，你带着北宫的人皮，又将在何时何地与太平道接头？"

张俭知道孙坚是在套他话，冷笑一声，回道："若你们真心放我走，我自会与太平道联络，你孙文台不必操心！"

孙坚叹了口气，默念：让你活下来的最后一个理由也没有了。他叫祖茂到楼下为程普、黄盖松绑，将其带至二楼。

见人已到齐，孙坚一拍桌案，说道："今受县令大人委托，我孙坚判十年前张俭杀人案如下：山阳高平人张俭张元节，于延熹八年[1]任山阳郡东部督邮。当年七月，张俭上书弹劾中常侍侯览，指控其夺民田三百顷、第舍十六区，建高楼豪庭，类于皇宫，大坏汉制。侯览阻拦上书，故天子不知情。张俭心中郁愤，伺机报复。当年八月初八，张俭带掾吏至平陵巡视，偶遇侯览之母。侯览之母凭借其子权势，不让官道，张俭怒而拔剑，将其当众斩首。后指使吏卒追杀侯览家人，前后死难约三百人。其间，至侯览府上卖货的行商多人亦遇害，其中就有零陵人黄邢与右北平人程廉，即黄盖、程普之父。朝廷旋即下旨缉拿杀人凶手，张俭随后奔走各州郡，连累众多亲朋。正如名士夏馥所云，'孽自己作，空污良善，一人逃死，祸及万家，何以生为'。张俭所为，人神

---

[1] 165年。

共愤。然张俭从渔阳逃至塞外后，依然不思悔改，以组织獩骊班为名，外勾戎狄，内结黄巾，试图覆我大汉，以谋私利。不杀不足以昭天理，不杀不足以息鬼神。然此案情过于重大，牵扯众多，不便于呈报州郡，也不能见诸文牍，故只好在这东莱客舍秘密判决。张俭，你临死之前，可还有话要说？"

张俭哈哈大笑："你们这些孬种，果然不敢将本案上报，只敢将老夫秘密处死！罢了，我确有一个要求，希望诸位成全！"

"但说无妨！"孙坚不耐烦地说道。

"老夫有一弟叫张骞，与前汉博望侯张骞同名。他虽与我并非孪生，但长相气质与我逼近，故此我经常在山阳郡托舍弟代我参加名士的聚会。我平时的一些好友，如刘表，也都分不清楚我二人。延熹八年，老夫杀掉侯览之母时，他并不在场，事后他也极不赞成我的作为。朝廷下了缉拿文告后，他便逃去了泰山，从此不知所终，估计目下正在某个山洞里生火取暖。未来若党锢开禁，舍弟可能会继续扮演老夫的角色，到时诸位可不要拆穿。"

祖茂没好气地说道："老贼你难道还想借你弟弟的肉身名垂青史不成？！"

张俭狂妄地叫嚣："不是我要名垂青史，是党人需要一个能够名垂青史的张俭！你们这些武夫只知刀剑威力，却不知历史是由我们读书人的笔写出来的。尔等若敢揭穿舍弟，那就必须承认今日私设公堂杀死真张俭之事！难道装作浑然不知，不是对尔等的前途更为有利吗？"

赵县令咳嗽了一声，示意祖茂不要再与之理论。随即他用平缓的口气说道："张元节自可安心上路。若未来令弟有福活到党锢解除之后，世上当再有一个张元节。我们也会选择忘却今日之事。"

张俭满意地笑了，转而对着程普与黄盖说道："杀死你们的父亲，纯属偶然，只怪他们命不好，偶涉险地。你们要为父报仇，我也非常赞赏，这符合《春秋公羊传》大复仇之说的真义。请速速取我性命！我即使变成厉鬼，也不会来纠缠二位，而只会去纠缠那些阉党！"

程普与黄盖用眼神取得孙坚与赵县令的默许后，立即抄起各自的环首刀，冲到张俭跟前。黄盖也不废话，就将锋利的刀身深深插入张俭的腹部。

还未断气的张俭嘴里淌着血，含糊不清地说道："当年……老夫……就是从这个位置……将刀插入侯览之母的腹部的……其实……老夫一出手……心中就悔了……但……一不做二不休……老夫还是顺势斩了她的头……"

张俭话没说完，程普就从后面挥刀砍下了他的首级。张俭的人头在屋中飞了一条弧线，重重落在北宫嫣脂的脚边。从其脖颈处喷出的血溅红了屋梁。他无头的身子颤了一下，就带着黄盖插入其体内的刀，倒地了。

屋内一片死寂，直到赵县令喊道："还愣着干吗？快清洗血迹，一会儿血凝了就不好办了！"

正在此时，屋外传来丁塘的声音："诸位大人，左氏带到！"

祖茂忙去开门。左嫣往门内一看，瞧见一具未着寸缕的胡人女尸，以及一具没有脑袋的男尸，差点惊叫起来。孙坚立即捂住她的嘴，说道："千万别叫！且听我慢慢细说！"

孙、赵、祖三人左一句右一句，这才让惊魂未定的左嫣大致明白了事情原委。她柳眉倒竖，瞪着孙坚："文台，今夜戌时一刻，我已给贵公子接生了，救了大人孩子两条命，算是对得起你们孙家了，回去还没睡觉，就被丁塘叫过来剥一个胡人女子的皮。孙文台，你怎么会觉得我一个弱女子竟会剥人皮？难道我以前剥过人皮吗？你把我当成什么人了？"

赵衡大惊："文台，公子今天出生了？竟然这么巧，也在戌时一刻！"

孙坚向县令拱拱手，示意这是无关紧要的私事。然后对着左嫣当众下拜："左姐姐，我未来的小舅妇，我孙坚给你下拜了！我当然不是说你以前剥过人皮，但你剥鸡皮猪皮狗皮牛皮的本事，整个盐渎县都是交口称赞的！按理说，会剥鸡皮猪皮牛皮的人也不是很难找，但此事过于机密，我们只好找值得信任的自己人。姐姐若不答应，我孙坚今夜就长跪不起！"

左嫣想了想，笑着点点头："罢了罢了，迟早要做一家人，就算为吴景做点事吧！"说到这里，她略有所思，转而问赵衡："县令大人，若民女在亡夫丧期未满的情况下就与功曹吴景婚配，县廷这边可有何想法？算不算有伤风化？"

赵衡立即摆手："没有任何想法！相反，县里还要褒举你做贞洁烈女！"

"丈夫才死半年不到就再嫁,这算什么贞洁烈女?"左嫣"噗嗤"一声笑了出来。

"谁是贞女,谁是淫娃,全凭县令大人一支笔!"祖茂忙不迭地安慰左嫣。

左嫣看到县内令、丞、尉竟相讨好自己,虚荣心得到极大满足,便安然领命。但她又抛出了一个问题:"小女子真的没有剥过人皮。人皮薄,容易碎,需要水银帮助分离皮肉。同时,要剥整张人皮,非常耗时,小女子恐怕还需要帮手!"

孙坚回道:"在东莱客舍入住的琅琊客商王佐,就在货栈里备了一些水银,是打算卖给田邈做家内的水银河道的。他入县时的货单明细,本县丞曾亲自看过。我这就叫丁鄙去取水银,明日双倍补偿给王佐费用即可。至于剥离整张人皮……不必如此麻烦,姐姐只要留心北宫绘有地图的腹部与背部即可。至于帮手嘛……"

黄盖、程普立即自告奋勇:"我二人也曾剥过狗皮马皮,虽然技术不精,但也可勉强打打下手!"

左嫣看了看二人,说道:"你们两个,就是演那个'东海黄公'的?"

黄、程点点头。左嫣不再追问,便与黄、程合力将北宫尸体抬走,抬入客舍的外厨剥皮。孙坚同时出门叫丁鄙去取水银。祖茂则叫来丁鄙的壮奴,仔细清理张俭的尸体留下的血迹。赵衡见左右没人,则上楼弄醒了赵宽与赵云父子,将其狠狠数落了一通。总之,人人都忙得不可开交。

天快亮了。气喘吁吁、满头大汗的黄盖与程普跑上来向孙坚与赵衡复命:"剥完了,但人皮的确难剥,有些地方还是碎了,不过事后略为修补就好!"

"辛苦了!"看着二人满身血迹,孙坚不太敢想象美丽的北宫被剥了皮后的样子,他追问道:"左氏呢?"

黄盖摇摇头:"她边剥边吐,剥完后就昏厥过去了,我们狠掐其人中才将其弄醒。现在正在回神,故而先遣我们两个来复命!"

孙坚叹了一口气,不再说什么。

赵衡一皱眉:"北宫与张俭的余尸该如何处理?"

祖茂想了想,说道:"立即叫丁鄢可以信赖的两个壮奴拉到县城外的乱坟岗埋掉便是。现在城门未开,我亲自去押运尸体。门吏若是县尉叫门,肯定会开城门。"

赵衡点点头:"甚好!"但他又想了想,觉得不对,问道:"两个东莱客舍的住客就这样消失了,县廷又该如何向百姓交代?獭駟班的余下人等又该如何处理呢?"

孙坚说道:"就说獭駟班的班主章简与台柱北宫嫣脂携金潜逃,不知所终。獭駟班其余人都住在县外的帐篷内,天明后就将此消息传给他们,让他们自行推选新班主,并责令他们立即离开盐渎。"

黄盖突然一拍脑门,大喊:"不好!"众人忙问何故。黄盖答道:"北宫嫣脂的弟弟北宫伯玉还在城外,若不见姐姐,必然会入城来理论。"

黄盖的提醒让大家惊出一身冷汗,因为就连黄、程都说不清獭駟班里除了北宫姐弟之外,到底还有谁是张俭同党。沉默许久的孙坚突然一咬牙，一拍大腿，喊道："干脆一不做二不休！"

从孙坚眼睛里喷射出的杀气中，大家猜到了他的意思。赵衡用有点儿颤巍巍的声音说道："文台，事情……不要做得太绝……否则……我们与那个滥杀无辜的张俭……又有何分别呢？"

孙坚冷笑一下："我并不是说将其全部杀光，只要黄盖、程普指认出北宫伯玉的帐篷，我带发弩士将其射死即可，余者只赶不杀！"

赵衡想了想，没再说什么，算是默许。

孙坚立即奔出门去牵马，并叫黄、程陪同。他们先去县城北面的发弩营点了六十名发弩士，带了强弓硬弩，悄悄扑向了城外的獂駒班。

与此同时，祖茂押着北宫嫣脂与张俭的尸体向另外一个城门驾车而去。因为担心城门吏不卖祖茂的面子，县令赵衡便跟随其一起押尸。

在去往城门的路上，赵衡试探着问祖茂："大荣，今天的事情，你怎么看？"

祖茂叹了一口气："今天发生的事情太多了，不知大人问的是哪一件？"

"我问的是张俭说的那些话。"赵衡想了想，补问道，"震动天下的党锢之祸，竟然是如此来的，以后在党人与宦官的斗争中，我们这些外朝小吏，又该如何自处呢？"

祖茂也叹了口气："过去在扬州时，属下消息闭塞，总觉得党人正义、阉党邪恶，这断然不会错。现在看来，党人未必那么正义，阉党也未必比党人更为邪恶。党锢之祸根，恐不在于正邪较量，而只是意气之争。"

"未来的路真是看不清楚啊！"赵衡叹了口气。此时，马车的轮子轧到了路上的一块石头，车身一震，北宫嫣脂的头部顺势露在了覆盖其身体的草席外。赵衡回头一看，瞅了瞅北宫依然美丽却毫无血色的脸庞，又叹了口气，轻声说道："美人啊，光看你这张让所有男人都会心动的脸，谁又会知道你脖子下面已体无完肤了呢？"

此时，两只乌鸦从东方已经微微发白的天际飞过，发出悲哀的鸣叫。

本回后记

孙坚带着黄盖、程普偷袭獥駉班，射死十余人。因帐篷失火，有七八个胡人被烧焦，北宫伯玉是否在其中，黄盖与程普也难以辨认确定。其余人等四散都逃亡。其中部分人冻饿而死，部分人流落各地沦为奴婢，部分人则加入了黄巾道。

孙坚通过臧旻的关系，举荐黄盖、程普分别做了零陵郡与右北平郡的郡吏。后二人又辞官到了京都，分别到袁绍、袁术手下当差，为孙坚搜集京都情报。九年后黄巾起义在全国爆发前，黄、程均来到彼时孙坚所在的下邳国，听命于孙坚，转战南北，成为日后东吴集团的第一代战将。

赵宽与赵云均不是很清楚那夜的东莱客舍的二楼到底发生了什么。赵衡用金子将二人打发回了常山国。少年赵云以好赌的父亲为耻，以冷漠的堂叔赵衡为恨，从此混迹江湖，以豪杰游侠为伴，武艺日益精进，后竟先后成为公孙瓒、刘备麾下之名将，人称"常山赵子龙"。

用北宫嫣脂的皮肤绘制的大汉军图，则被孙坚遣专人送到匈奴中郎将臧旻手中。这是他当时唯一信任的当朝大员。由于孙坚、黄盖、程普的合力破坏，黄巾道在丙辰年发动起义的计划，终于付诸东流。根据张角的计算，下一个适合发动起义的时间乃是甲子年。这样一来，黄巾起义的时间竟被整整往后拖了九年。

九年后，迫于黄巾道起义的压力，汉灵帝正式取消党锢。张骞离开泰山隐居处，开始继续扮演张俭。大将军何进曾试图征辟他为官，但张骞担心真面目被识破，故只要了赏赐，不敢为官。建安年间，张骞认为风头已过，正式出仕，但被机敏的曹操看出破绽，只好狼狈辞官。由于曹操年轻时也有党人背景，故不便点破其中缘由，"张俭"得以青史留名。日后刘宋时代范晔写的《后汉书》只字不提张俭杀死侯览母亲的暴行，而只提侯览的贪婪无度；东晋袁宏的《后汉纪》则是记录张俭丑行的唯一史料来源。

第二十六回　青州蟹胥

大汉熹平六年[1]夏,"八及"领袖张俭被黄盖、程普秘密处死后的一年半有余,广陵盐渎城南郊外。

> 女曰鸡鸣,士曰昧旦。子兴视夜,明星有烂。将翱将翔,弋凫与雁……

只有二十个月大的小孙策奶声奶气的声音,从一列车队中传来。原来,这天孙坚与祖茂相约,一起到孙家庄园南边的小型猎场进行"弋射"。这首《女曰鸡鸣》,便是昨日吴甄让小孙策强记下来的。骑在朱雀马上的孙坚听到儿子咬字不准的声音,笑眯眯地回头询问各自骑在一匹小马上的孙贲、孙辅:"阿策刚才所念之诗,究竟为何意呢?"

"我知道!""我知道!"孙贲与孙辅争先恐后地抢答。

---

[1] 177年。

孙坚示意孙辅先说。孙辅言道："有两口子，妻子一听到鸡叫就叫丈夫去射猎，结果丈夫在天还未明时就出发了，此时天上还挂着星星呢！"

"为何那丈夫要这么早出门去射猎呢？"孙坚追问。

孙辅陷入沉默。孙贲挠挠头，替弟弟回答："因为他们家太穷了呗。我想那丈夫大概连一个县里的散吏都没做到，所以家里没有足够的钱买肉，只好早点出门抓点野物充饥。"

孙坚哈哈大笑起来："《诗经》流传之时，天下还没有实行郡县制，故当时并无'县中散吏'一说。但阿贲有一点的确说对了，弋射对穷人而言是为了充饥，而对富人而言则是为了消遣……"

"那我们孙家为何要去弋射呢？我们现在已经不算穷了，但也不算太富……"孙辅再问。

孙坚望着天上滚动的白云，慢慢说道："我们毕竟是兵圣孙武的后代。叔父我即使现在身负文职，也不敢懈怠弓马。弋射便是为了练目力、练臂力、练耐心，这些本事总有一天会有用的。"

"可不是嘛，熹平元年夏的那些黄巾海贼，不就是被叔父安置的弩箭阵剿灭的！"孙贲附和着。

此时孙辅却没头没脑地插了一句："但我们就算天天练习骑射，恐怕本事也顶不上獥駉班的那个胡女北宫嫣脂啊！对了，叔父，怎么獥駉班后来就毫无音讯了呢？我好想再欣赏北宫姐姐的武艺啊！"

孙坚脸部的肌肉微微抽搐。孙策诞生那夜发生在东莱客舍的事情,他虽事后与吴甄、吴景、胡婵交代过大致经过,却根本不敢与孙贲、孙辅说。想到这里,他立即换了话题:"前汉的晁错曾说过,'下马地斗,剑戟相接,去就相薄,则匈奴之足弗能给也,此中国之长技也'。也就是说,只要战法得当,击败胡人并不难。小侄切不可太长胡人威风,而灭了汉家自身锐气。"

此时,孙坚与两位侄子的对话,突然被孙策的哭声打断了。原来吴甄、孙策所坐的马车车轮碰上了一块石头,车身一颠,吴甄手里的阿策差点脱了手。吴甄立即呵斥赶车的仆人,不料反而让毫无防备的小孙策受了惊。

孙坚看了一下妻子与嫡长子所乘之车,略叹了一口气。实际上,他担心的不是孙策是否受惊,而是吴甄对他的溺爱是否会磨掉孙家人血管里的杀气。与从小就在扬州富春过惯苦日子的孙贲、孙辅不同,孙策在广陵衣食不愁。孙坚只怕日子长了,自己的儿子或许都不会知道自己本是吴人了。

这时候,车队前面传来祖茂家的"辟车伍佰"祖迅的声音:"诸位主人,树桩已经备好了!"

孙坚带着两个侄子下马去查看。原来,所谓"弋射",就是用尾部拴着丝缕的箭去射飞鸟。但丝缕的另一头却必须拴在合适的木桩上,如此,无论射中猎物与否,箭本身都可以被轻易找回。不过,弋射的场所必须有开阔的视野,而林间有桩之处往往视野不佳,所以一到弋射之季,少有的林间空地就会成为各家争相抢夺之地。祖迅今日先到一步,就是来圈地的。

"祖茂叔叔呢？"孙辅一屁股坐在一个小树桩上，好奇地四下打量。也难怪他好奇，祖迅毕竟只是祖茂的下人，祖迅出现而祖茂不出场，多少有点儿让人意外。

此时祖迅却笑了起来："我家主人就在离你二十步之内，但他吩咐在下，要孙家几位小公子自己去寻觅他的位置，第一个找到的，有赏！"

"什么赏？"孙辅立即问。

"一坛上好的青州蟹胥之酱！"

孙辅一听就来了精神。蟹胥是用海蟹窖藏发酵后得到的珍馐，往往从北方的青州输入，也是孙辅最喜欢的佐餐食物。他立马跳下树桩，往眼前的几棵大树跑去，边跑边喊："祖茂叔叔，我看到你啦！你就躲在树后！给我蟹胥吃！"

可跑到了那几棵树后，他却什么也没有发现，红着脸又跑了回来。众人见状，哈哈大笑。

孙贲则将头转向了四周大树的树冠。他慢慢说道："若我没有猜错的话，祖茂叔叔或许身上缀着绿叶子，正躲在树冠里冲我们暗笑呢！"

"那怎么校验你的想法呢？"孙坚瞟了孙贲一眼。

"用……用弹弓！"孙贲有点儿犹豫地说道。

孙坚从怀里掏出一个弹弓交给孙贲。孙贲瞪大了眼睛："真用弹弓弹？若把祖叔叔弹伤了怎么办？"

"难道你祖茂叔叔的武功还躲不开一个孩子射来的石子吗？"孙坚轻蔑地回道。

孙贲咬咬牙，从地上找到一颗小石子，拉开了弹弓，朝着他认定的祖茂藏身之处射了出去。但除了射跑两三只在树上小憩的飞鸟外，孙贲毫无所获。他不服气，又朝另外三个树冠射了三弹，但依然不见祖茂踪影。

正当两个小孩垂头丧气之际，小孙策挣脱了吴甄的怀抱，走向众人。二十个月大的他不但已经会小跑了，而且也非常清楚"蟹胥"之所指。他既没有跑到树后，也没有仰望树冠，而只是指着靠他最近的一根树桩旁的一根小竹枝说道："这竹子插在地上，好生奇怪！"

"哪里奇怪？"孙坚抚摸着孙策的头追问道。

"竹子都有叶子，这竹子没叶子。而且桑（上）面的洞洞，好奇怪……"孙策的咬字不准，但意思还是清楚的。

"那你觉得这竹子为何那么奇怪呢？"孙坚问孙策。

"下面有人！这是通气的！"孙策突然说道。

孙坚惊问："如何校验你的想法？"

"什么是'校验'？"孙策挠挠头，他不懂这个词。

"如何……如何知道你说的是真的？"孙坚换了个说法。

"什么是'真'？"孙策再问。

看到孙坚被儿子的问题逼得没法子了，吴甄替他换了个新问法："孩儿，你有办法让下面的人自己出来吗？"

"很容易啊！"孙策也不征得别人同意，便蹲下抓起一把土，往竹竿顶端的孔里倾倒，一边倒一边说，"下面的人快出来吧！"

土下立即传来一阵剧烈的咳嗽声。一个大活人突然从土里钻了出来，扬起的尘土逼得众人掩住了口鼻。此人正是祖茂祖大荣。

孙坚一边用袖子挥土，一边说道："大荣，这么热的天，你这样作践自己，很好玩吗？"

祖茂一边抖着土，一边说道："我今日是在测试青州豪侠最擅长的土中遁形之术，弄不好哪天会派上用场。你的策儿真厉害，我这点伎俩，竟然被不到两岁的孩子一眼识破！"

"什么是青州好虾？比青州蟹胥更好吃吗？"孙策再问。原来，他将"豪侠"二字听成了"好虾"。

众人再次大笑。

二刻辰光之后，祖茂已在林后小溪里洗净了身子换了衣服，而小孙策也已开始蘸着青州蟹胥酱，喜滋滋地吃起了小饼。见到身边的孙辅与孙贲眼馋，孙策问祖茂："祖叔叔，我的蟹胥酱能给别人吗？"

"你的东西自然可以再随意给别人。"祖茂回道。

小孙策听了，立即开心地跳了起来："辅哥哥，贲哥哥，快点来和我一起吃青州蟹胥啊！"

早就流了不少口水的孙辅与孙贲立即冲了上去。

祖茂见状，轻声对孙坚说："策儿这么小就懂得收买人心了，长大后真是不得了。"

孙坚得意地说："所以我给他起的表字是'伯符'。"

"人家的表字都是在及冠之年再公布的，你们孙家在孩子二十个月的时候就有表字了！"祖茂努着嘴暗嘲道。

"二十年太久，只争朝夕！"孙坚一边说着，一边拉开了一张弓。

第二十七回　夜谈曹袁

一日狩猎后，孙、祖两家的战绩喜人：孙坚射中野鸭三只、雉鸡三只。祖茂射中野鸭两只、雉鸡一只。孙贲用一种叫"罕"的长柄小网活捉了三只小雀，自己留了一只，将另外两只留给孙辅与孙策玩。较为年幼的孙辅与孙策没有亲自参加狩猎，而是与仆人们一起去布置"削格"，也就是一种在林木间设置的装有机关的捕兽木笼。结果凭借此法，他们也捉到了野兔两只。祖迅则与其余家丁将一头已被孙坚射伤后腿的小鹿赶入包围圈，并最终用一人高的硬木制"毕棒"将其击杀。总之，此次捕猎收货虽丰，对林木之索取却节而有度，深得《礼记·月令》仁爱万物思想之精髓。

夜里，两家人在附近的一座西王母祠里露宿。西王母本是汉代民间信仰体系中的头号女神，祠堂遍布各郡国。孙坚做了盐渎县丞后，说服赵县令拆毁了县境内五成以上的西王母祠堂，以免被别有用心的反贼利用。考虑到前汉哀帝时

"西王母行诏筹"事件曾牵涉天下二十六郡国,一度成为社稷大患,赵县令与韩督邮便都默许了孙坚的行为。孙坚也不忘公事私办,他将自己庄园周围的一座西王母祠堂改造为自家狩猎用的露营地,并将祠堂内一些多余的建筑材料移到了自己的庭院。不过,在未彻底放弃西王母信仰的吴甄的坚持下,他并没有捣毁祠堂内西王母的壁画像,也没有驱赶偶尔跑来此处向女神祷告的小民。毕竟,小民向女神奉上的贡品,不久后就会成为已笃信王充学说的孙坚的囊中物,他再拿这些贡品去奖赏县廷里那些囊中羞涩的小吏,以收买人心。

趁着孩子们都围着祠堂外被烤得香喷喷的鹿肉流口水,孙坚向祖茂使了一个眼色,二人悄然进入祠堂的深处。孙坚先问:"大荣,叫你打听的事情有着落了吗?"

祖茂沉着脸摆摆手:"我只好如实相告了。这次你升迁县令的希望又没了。文台,你也知道,下邳国的盱眙县目下真缺一个县令。原来的县令,就是那个官场人称'刺鳊令'的耿渔,因为吃了太多刺鳊生鱼片,肚里长虫,审案时竟突然口吐白虫暴毙。你与韩福督邮关系不错,本来的确是可以通过韩大人这条线去说动郡里调你去盱眙做新县令的。但我昨天通过韩大人身边的掾吏得到的最新消息却是,耿家坚持要郡里将这个名额再让给耿家人,并暗地在徐州刺史部里散布了一些对你不利的流言,说你不宜为长吏,只能为副手!"

"什么流言?"孙坚瞪大了眼睛。

祖茂叹了一口气:"要么是捕风捉影,要么是小题大做。比如,有人说你出行的时候往往不按朝廷规矩设置车马仪仗，而是单人快马，毫无官威。还有人说，以前有一个叫谢夷吾的下邳令，就是因为仪仗不周，而从堂堂钜鹿太守被贬为县令，若新任盱眙令依然是一个不懂朝廷礼制的乡野之徒，岂不是丢尽了整个下邳国官场的颜面？还有人说，孙县丞的小舅子吴景竟然与前任县尉的妻子有染，前任县尉尸骨未寒就与之成婚，可见孙县丞一家的家风人品……"

"就这些破事？"孙坚瞪大了眼睛。

祖茂继续说道："不但说了这些，还有人说，你孙文台不仅官没官样，而且还老爱给下边的掾吏小恩小惠，颇有结党营私之嫌。"

听到"结党营私"这四个字，孙坚顿时起了一身鸡皮疙瘩。原来，在党锢案发生后，"结党"就成为东汉官场上一个能够致人死命的字眼，毕竟按照当时的汉字写法，"黨"字天然就带个"黑"字。也就在刚过去不久的熹平五年[1]，永昌太守曹鸾上书天子为党锢翻案，结果在当年闰月下狱被斩，朝廷由此也向天下昭示永不为党人翻案的决心。这时候，若有人在郡署或刺史部胡诌几句"孙坚有结党营私之嫌"，恐怕就足以阻断其在官场上晋升的通道。

看到孙坚面露不悦，祖茂安慰道："文台只要有报效朝廷的心，朝廷终有一日会看到的！毕竟有志者事竟成嘛！"

"有志者事竟成？"孙坚轻蔑地回道，"这话本是先帝光武陛下对'云台二十八将'之一耿弇说的，用以褒扬其讨

---

[1] 176年。

伐张步的战绩,而此后耿氏宗族也因此赞语过上了衣食不愁的日子。就拿那个吃鱼吃死的耿渔来说吧,据说连一千个字都识不全,却被保举为茂才,难道不就是因为沾了祖先的荣光吗?由此看来,'有志者事竟成'一语的真义,恐怕便是'祖先酬志,子孙享成'!"

祖茂拍了拍孙坚肩膀,提醒道:"现在风声这么紧,文台可不要再妄议先帝啊!说惯了,被人听到可就不好了。"

孙坚长叹一口气,没接祖茂的话茬,继续说道:"我到盐渎后,大破青州海贼,处死党酋张俭,但这些为朝廷立下的功劳,要么无法说,要么说了,上边也装作听不到。郡署里的功曹在每年的年功评定时,都偏向那些有强宗背景的官吏,而像你我这样的扬州外来官吏,每每遭受排挤。我是不是要像那个写《论衡》的会稽王充一样,以此等小吏身份终此一生呢?那王充毕竟还留下了一本《论衡》,而我孙坚又能为后世留下什么呢?再去写一本兵书吗?但谁又会去读一个没掌过大军虎符之人所写的兵书呢?"

祖茂皱着眉头听完孙坚的牢骚。他知道,一般的宽心话已经对孙坚无效了,与其如此,不妨干脆下点猛药,彻底改变孙坚一心想做官的思路。于是祖茂改了口吻,斩钉截铁地对孙坚说道:"文台,有一事你肯定比那王充强,那就是你的钱!据说王充晚年都没钱看病,只好自己研究养身之术;而你孙文台目下却已经有了一片小庄园,光在这盐渎的家中就有八十个奴婢,还不论你在老家扬州也日益增长的财产。有良田、娇妻与爱子,你还有什么不满意的呢?"

"可是……我宁可用钱来买官！"孙坚随手拿出了一吊子五铢钱，在手里不断捏弄，好像这样就能把这串钱捏压成一个二千石的官印似的。孙坚很清楚，这是一个权比钱大的世道，就凭他作为县丞的一点点权柄，就可以在北宫案上将家财万贯的田邈收拾得服服帖帖。这又怎能不叫他进一步艳羡二千石的权柄呢？

此时祖茂压低声音，顺着孙坚的话茬说道："还真别说，我在洛阳的一个朋友最近来信说，朝廷可能马上要推出卖官鬻爵的制度了！"

一听这话，孙坚的眼睛马上就亮了："这是好事啊，多少给我们这些没有强宗背景的人一个机会！"

"可你买不起！"祖茂泼了孙坚一头冷水。

"那到底要多少钱？"孙坚再问。

祖茂回想了一下："据说，按官秩换算，四百石官吏就卖四百万钱，二千石就卖二千万钱，以此类推……"

孙坚点点头："由此推算，运作到县令或者县长这一级别，那就是六百万钱。尽管我现在还没有这么多财产，但我可以继续攒钱，甚至可以把所有奴婢卖掉换钱。这次你没看到胡婵吧？她上个月就按我的嘱咐，回扬州曲阿买小奴婢了。我想找些扬州小奴，养上两年，再在徐州卖掉，转手也能赚不少，毕竟这里人力更贵……"

"但还不够！"祖茂摇摇头，"文台，我的意思不是说谁能拿出六百万钱，朝廷就给谁县令的印绶，而是说，如果朝廷觉得你是做县令的料的话，那么你还得额外再弄六百万钱孝敬天子。因此，在盱眙县县令的人选上，只有在耿家交不出六百万钱的前提下，朝廷才会考虑你。但文台你觉得，耿家难道连六百万钱也没有吗？"

听到这里，孙坚这才恍然大悟，想明白了为何耿渔暴毙后耿家丧事从简，原来就是为了省出修建豪华墓室的钱去打点各级官吏，以便耿家人可以继续占据县廷。他长叹一口气："阉货蒙骗天子，党人沽名钓誉，强宗尸位素餐，刁民蠢蠢欲动，可惜了光武帝陛下开创的大好江山啊！"

祖茂笑了起来："文台，真别灰心，你听说过曹操曹孟德吗？"

孙坚对于祖茂提到曹操虽然感到有些突然，但也点点头："在会稽剿贼救周泰明的时候，听他提到过此人。几年前，曹操在做洛阳北部尉时，用五色棒当街击毙触犯夜间宵禁令的大宦官蹇硕的亲叔父蹇图，名震天下，这才让我真正晓得了此公的厉害。但今日你提他做甚，我与他有关吗？"

祖茂继续说道："文台，你也不想想，一个洛阳北部尉竟能轻松杀死当红宦官的叔父而不受朝廷处罚，这难道不奇怪吗？按照常理推测，堂堂一个两千石永昌太守曹鸾就因替党人说了几句好话而丧命，而一个四百石级别的小官却敢挑战阉党的势力，事后还被升迁为顿丘县县令，这种反差该怎么解释？"

孙坚不耐烦地回道："大荣，关于京都官场的事情，你知道得比我多，别卖关子了，快快道来！"

祖茂笑答："答案其实很简单，就是因为曹操背后有比阉党更大的势力在支持，那就是袁家。"

"哦！"孙坚恍然大悟，"你说的是太尉袁逢？"

"不完全是。"祖茂补充说，"袁逢有两个儿子，嫡子袁术袁公路，小妾又给他生了一个儿子，叫袁绍袁本初。这袁本初虽不是嫡子，但相貌堂堂，通《孟氏易》[1]，在京都洛阳声望极高，风头压过袁公路。那曹操之父曹嵩本是宦官曹腾的养子，曹操也因此被世人视为阉党，但其在洛阳结交袁绍后，就立即以党人身份诛杀蹇硕叔父，引发天下一片叫好。一句话，有袁绍撑腰，曹孟德才能做到进退有据。"

孙坚摇摇头："这我就不懂了，党锢案祸起时怎么没有牵连到袁绍？"

祖茂回道："袁本初这人油滑似泥鳅。延熹九年[2]第一次党锢发生时，正好其母病故，洛阳有三万人为之送葬。为了守孝，他辞去濮阳县县令之职，结果一直等到建宁四年[3]才回到洛阳，躲过了陈蕃与窦武发动的辛亥[4]兵变。故朝廷并不视他为党人。但张俭逃亡时，他还未离开濮阳令职位，因此极有可能帮助过张俭从濮阳逃亡。总之，党人还是视他为自己人。如此一来，他才可以左右逢源，立于不败之地……"

孙坚听了，若有所思："按照大荣你的说法，我是不是得去学曹操，去找世代公卿的袁绍帮忙？但曹操本来就身处

---

[1] 孟氏易学派为西汉人孟喜所创立。
[2] 166年。
[3] 171年。
[4] 指168年九月辛亥日。

京都，有地利之便，那袁绍如何能够待见我一个在广陵盐渎做县丞的孙坚呢？"

祖茂笑着回道："但袁逢非常赏识臧旻大人，而臧旻大人又赏识你啊！你可以通过臧大人去托袁家的关系。"

孙坚想了想，苦笑道："我本以为臧大人做了匈奴中郎将后会保举我到前线效命，不料臧大人以仁义为先，不爱兵戈，靠三寸之舌就平定了南匈奴的叛乱。要是战争都能靠口舌赢得，天下还要兵家做甚！"但说着说着，孙坚眼睛一亮，击掌道："对了！我有机会了！"

"什么机会？"祖茂反问。

孙坚解释道："大荣你也知道，不久前朝廷遣鲜卑中郎将田晏、乌丸校尉夏育与匈奴中郎将臧旻各率兵卒万人攻击鲜卑，目前战况还不明了。想那夏育与田晏早年身为"凉州三明"段颎在护羌营的司马，战功卓著，而臧大人的部队又有南匈奴单于亲率的骑兵助阵，失败是万万不可能的。即使三路大军的衔接出现一些问题，最不济也能打成一个平局。我刚才想好了，如果我军大胜，臧大人肯定也会升官，我此时再向他讨官，成算就更大；若只是战平，那么也不怕，我可以自荐上战场协助臧大人扭转战局。总之，还是有升官的机会。总之，这次征讨鲜卑的战事，肯定是我孙家的福音！"

祖茂听罢，也击掌道："文台若出雁门，我祖茂定影从之！"

孙坚哈哈大笑："据说鲜卑人头领檀石槐颇会用兵，我一直想与他斗斗法！"

正在此时,在外边等得不耐烦的吴甄叫孙辅进祠堂呼唤叔父享用鹿肉。小嘴油光光的孙辅进了祠堂就大喊:"叔父,快来吃鹿肉吧,婶娘都等不及了啊!"

孙坚与祖茂刚要往祠堂外走,却发现孙辅正盯着西王母的壁画发呆。他喃喃自语道:"西王母的尾巴与东王公的尾巴交在一起,他们究竟在干什么呀?"

"他们在互相斗法!"孙坚随口说了一句,拉着孙辅大步往祠堂门外走去。

第二天清晨,踩灭篝火、离开祠堂的两家人打着哈欠,向县城行去。这一日已不是休沐日,孙坚与祖茂在县寺都有公事要办,而孙贲与孙辅也都要到县学读书。此时,晨雾还未散去的路上突然迎面跑来一匹快马,马上人大喊:"文台,不好了!"

孙坚一听就知道是吴景的声音。他这次没来参加狩猎,纯粹是因为左嫣要拉着他去监修新买的一处庭院,现在他心急火燎地跑来,所为何事?

"阿景,大清早的,咋呼什么?你下马慢慢说。"坐在车上的吴甄皱着眉头,责备弟弟。

吴景没理姐姐,骑马径直来到孙坚面前,说道:"第一波从边关传来的战报来了:云中郡与田晏大人的一万人失去了联系!高柳县与夏育大人的一万人失去了联系,而雁门郡也与臧旻大人的一万人失去了联系!总之,朝廷三路大军,皆不知所终!"

"你听谁说的?!"孙坚激动地抓住吴景的衣襟。

"这是我昨夜在驿站上私拆官邮看到的。现在北方各郡都在紧急备战，因为得胜的鲜卑人随时可能发动更大规模的攻击！"吴景用坚定的眼神告诉孙坚，消息千真万确。

私看朝廷在驿道上传递的军情文件可是大罪，但这世道只要有钱来开道，清苦的驿卒自然是不会在乎解开封装简牍的布囊的。更何况现在不是讨论这些细枝末节的时候，关键乃是吴景探来的这些消息的真正含义。孙坚颓然坐在马背上，一言不发，头脑里将吴景刚才说的话过了一遍又一遍。

但每过一遍，所得到的结论都是一样的：这三万人的后勤补给基地分别在云中、高柳与雁门，若三地派出的辎重队无法找到这三万人，那么这就只有一种解释——

全军覆没。

这可是孙坚昨夜斩钉截铁予以排除的那种可能！

整个车队都停下来了，没人说话。连小孙策都被这种恐怖的气氛感染到了，躲在吴甄的怀里咬着小嘴唇。他本想哭的，但坚持着没有哭出声来，只是让眼泪在眼眶里打转。

孙坚的热泪却淌了下来。他遥望北方，脑海里是一片尸山血海。

三万条人命，没了。

而孙坚通过臧家攀附袁家的梯子，也没了。

第二十八回　再登臧门

熹平六年十二月二十日，广陵盐渎县通向射阳县的马道上，阵阵北风摧折着枯枝，片片雪花融入黑泥，迅疾的马蹄又将新泥翻起。孙坚、祖茂、吴景三人快马加鞭，直奔臧旻府宅。

不久前孙坚得到通报，臧旻虽在与鲜卑的大战中全军覆没，朝廷却念其以往功劳，允其缴纳巨额议罪钱赎身。臧旻之子臧洪凭借其在京都的人缘，借了足足三千五百万钱才将父亲从狱中捞出。为了偿还此巨额债务，臧家只好变卖其在射阳老家的庄园。今日孙坚之所以如此急着赶往臧府，是因为再过几日，这片庄园就要交割给盐渎首富田邈了。

经过臧家庄园门口的第一道阙门时，三人停了下来。孙坚清楚地看到，田邈家的工匠正站在梯子上，小心凿去上面雕的"臧"字，再刻上"田"字。在阙门下围观的臧家奴婢，不时用长袖捂脸，小声哭泣。几个田家奴婢在一旁安慰道："我家主人待奴婢亦相当宽厚，不比臧大人逊色。诸位尽管宽心，日后诸事如常。"

吴景轻叹一口气："臧家为了凑钱，不但将田地与桑林都卖了，奴婢、车马大多也卖了，日后该如何振兴家业呢？"

祖茂插嘴道："这么大一片庄园，这么多奴婢，要田家一下子接手，田老爷子也犯难啊。他本想按照一个成年奴婢一万八千钱算的，文台和我与其商量半天，才将价格涨到二万一千……"

吴景又叹了口气："不让田家多让点利，臧家如何还债？我听说那臧洪为了救父，从袁绍手里借了两千万钱，从曹操手里借了五百万钱。此外，竟还厚着脸皮，从素昧平生的京兆尹司马防那里借到了五百万。要不是他登门那天司马府二公子司马懿恰好出生，司马防未必会如此慷慨呢……"

孙坚没有参与他们的谈话，只是呆呆地盯着那阙门左右的一对阙塔，仿佛时光倒流回了熹平元年的那个夏天。他仿佛重又看到，阙塔基座之后，突然闪出了太学新晋童子郎臧洪臧子源的翩翩身影。然后，臧洪笑着拉着孙坚的手，走在桑林投下的夏日树荫下，耳边则传来一片蝉鸣鸟叫，以及臧家奴婢采摘桑叶时吟唱的歌声：

桑之未落，其叶沃若；桑之落矣，其黄而陨……

"盐渎孙县丞到了！"注意到孙坚一行人的臧、田二家奴婢立即回头下拜。此时，孙坚也从回忆中抽回思绪，与祖茂、吴景一起下马搀扶众人。而后,三人便在臧家奴婢的引领下,去庄园中央的院落拜见臧旻。

臧家奴婢引领孙坚一行所到的那个书房,正是当年孙坚与诸葛珪畅谈光武故事、细解《论衡》义理之所在。但今日的书房已没有夏日里冰镇寒瓜所带来的清凉,而只有人去楼空前的凄凉。但见一脸颓唐的臧旻,正守着黄铜火炉,里面焚烧的,则是历年来的拜客所递交的木制名刺[1]。从残破的窗棂中吹入的北风,不时让他的身体微微发抖。他端着身边老奴递给他的一碗姜汤,盯着朱漆碗内微澜的死水发呆,竟然没有意识到孙坚一行已来到门外。

"广陵盐渎县丞孙坚、县尉祖茂、门下功曹吴景拜见原扬州刺史、原匈奴中郎将臧旻大人!"孙坚一行在门外下拜,大声通报。

臧旻缓慢地将目光从姜汤移向门口,对孙坚笑了一笑,什么也没说,继续低下头对着姜汤发呆。孙坚三人大为疑惑,面面相觑。此时,臧旻身边的老奴向孙坚使了一个眼色,叫三人少安毋躁。然后附在臧旻耳边轻语:"老爷,汤快凉了,快喝!"

臧旻点点头,将碗端起,做出要喝的样子,却没有真喝。他闭着眼睛,任凭自己乌银参半的美髯浸润在汤汁里,好像那汤水若温暖了自己的胡须,也就能温暖自己的灵魂一样。

孙坚有点儿忍不住了,大喊:"大人,我是孙坚啊!"

---

[1] 汉代的名片是用木板做的,叫"名刺"。

此时，臧旻突然睁开眼睛，缓缓开口，但他说话的时候，布满血丝的眼睛不是对着孙坚，而是对着姜汤："文台，你今日可是来嘲笑老夫的？"

孙坚立即道出早已想好的说辞："学生哪敢讥讽老师！老师落难，学生来看望，本是师生常情。而且射阳离盐渎这么近，学生不来才是天理不容。老师这次不幸兵败，罪在原乌桓校尉夏育与原鲜卑中郎将田晏。此二人不知轻重，催促朝廷仓促出兵，结果铸成大错，而非恩师指挥不力所致……"

臧旻终于放下姜汤，正脸转向孙坚，好奇地问道："文台，我怎么成了你的老师了？"

孙坚回道："在会稽剿贼时，您本只是我上司；但在斩杀贼酋后，您又教我《春秋》之义，让我知道'选人所长，弃其所短，录其小善，除其大过'的道理。所以您不仅是我的前上司，还是我孙坚的恩师。孙坚幼时失学，不谙名教，幸亏恩师提点，这才能在盐渎谋得微职，战战兢兢为朝廷效力数载。今日恰逢休沐，学生一是想来看望恩师，二是想来请教边关防务，以备未来不时之需……"

"败军之将的话你也想听？"臧旻眯起眼睛仔细打量着几年不见的孙坚下巴处长出的胡须。

孙坚再拜："匈奴骑兵之凶悍，我等三人在会稽剿贼时就已领教。但此次在匈奴人助战我军的前提下，我军竟然还是败于鲜卑人，令坚大惑不解，还望老师赐教。"

臧旻长叹一口气："文台你消息灵通啊！"然后招呼诸人进入书房一一坐下，并令老奴去为三人准备姜汤。他继续对孙坚说道:"今年春来鲜卑人犯我汉境三十余次,掠牛马人口无算,夏育与田晏便急着催促朝廷出兵,事先却不曾与老夫商量。夏、田二人只是爱夸海口,却不曾向朝廷明说鲜卑首领檀石槐目下的真正实力。文台你可知,鲜卑人目前已经南抄缘边、北拒丁零、东却夫余、西击乌孙,尽据匈奴故地,东西达一万四千余里,南北达七千余里,网罗山川水泽盐池。与之相较,我军边防不足,饷器皆乏。若遇鲜卑来犯,上策其实就是保塞守城,以逸待劳,而绝不能深入敌境,去做砧上鱼肉……"

"臧伯所言极是,敢问那夏育与田晏为何如此自信?"祖茂问道。

臧旻看了一眼祖茂的下巴,发现几年不见,他的胡子也像孙文台一样茂密了起来。他喝了一口姜汤,回道:"大荣可知夏育在熹平三年冬曾经打败过那檀石槐?他的自信就是从那场侥幸的胜仗中得来的。"

"那田晏呢?"祖茂再问。

"彼时田晏身上恰有刑案,朝廷正要定他的罪,他急于寻找立功机会,以便将功赎罪。为了能让天子信服他们的兵策,他们甚至还贿赂了天子身边的红人中常侍王甫,最后才拿到了调兵的兵符。"

"又是阉党!"听到王甫的名字,吴景本能地小声咒骂了一句,随即发现自己失言,乃用袖子掩嘴,低头不再言语。

孙坚没理吴景,继续问道:"老师身为匈奴中郎将,控制南匈奴所有精壮骑兵,为何不上书天子据理力争?"

臧旻摇摇头:"我驻守边关,若上书言和,会被中朝抨击为畏敌怕死。故此,只好遣人快马去求在京都的好友蔡邕蔡伯喈帮忙。伯喈有议郎的名头,在朝堂上说话更为方便。"

"那为何大才子蔡伯喈的话不管用呢?"祖茂再问。

"咳!"臧旻摇摇头,"我之所以托付伯喈,便是料想他平时做事圆滑世故,应当知道如何在天子面前拿捏词句。可没想到,这次在给天子的谏书里,他却丢了往日的机灵劲,偏偏表现出文士之风骨,还胡说什么'武帝情存远略,志辟四方,南诛百越,北讨强胡,西伐大宛,东并朝鲜。因文、景之蓄,借天下之饶,数十年间,官民俱匮……',甚至还引用了武帝大臣主父偃的话:'夫务战胜,穷武事,未有不悔者也'……"

"哦?"孙坚有点儿疑惑地问,"蔡邕拿前汉武帝的穷兵黩武劝诫今日的天子,有何不妥?当年恩师也曾用高祖宽恕季布的故事,来劝诫先帝宽恕畏罪潜逃的第五种大人啊!"

臧旻看了看自己碗中剩下的一半姜汤,说道:"文台,在老夫喝完这汤之前,你能否想出这个问题的答案呢?"

孙坚皱着眉头想了想,抬起头来:"当今天子恰有武帝拓土之志,所以蔡伯喈的话反而火上浇油,然否?"

臧旻微笑着点点头,将姜汤喝完,继续补充道:"当今天子的脾气秉性,与先帝孝桓帝大有不同。先帝善于平衡各方势力,而当今天子则血气方刚,做事不计成败,只图一时之快,时有荒唐之举。对了,文台可知京都驴贵之事?"

孙坚点点头:"好像是因为天子喜在宫中驾驴车,洛阳亲贵竞相模仿，目下司州驴价已经涨到一百万钱一匹了。"

臧旻摇摇头，伸出两根手指："最近涨到两百万钱了，也就是一个成年奴婢价格的一百倍！天下钱财如此挥霍，边关发弩士每人却仅配弩箭十支，如此轻重倒置，焉能不败？"

孙坚点点头，还是有些想不通，继续问道："汉军即使兵饷不足，器械不精，缺箭少盾，但毕竟有全天下十三州一百零五郡国作后盾。鲜卑人不服王化，茹毛饮血，却哪里来的锻铁作坊制造兵甲利器？"

臧旻捋了捋被姜汤弄湿的胡子，没有直接回答孙坚，只是两眼发愣，盯着空空的朱漆碗碗底的镶金云纹。孙坚正欲追问，却听得门外一声大喝：

"孙坚，此次大败，缘由在你！"

孙坚一听，不禁大惊失色。祖茂、吴景亦不知所措。

第二十九回　吕布张辽

孙坚等三人循声望去，却见门口站着一个二十多岁的高大男子，虎目圆睁，瞪着孙坚，身后还有一个满脸络腮胡的青年，以及一个八九岁的孩子。

臧旻一摔漆碗，对那说话的男子喝道："孤涂，休要放肆！好好与孙县丞说话！"

"孤涂？"孙坚心中默念，这人的名字怎么这么怪？不料那被唤作"孤涂"的男子竟没用汉话回应臧旻，而是唠唠叨叨说了一通孙坚完全听不懂的话，同时用轻蔑的眼神扫视着孙坚一行人。臧旻呵斥道："奉先，你说胡语做甚？文台又不是外人，快说汉话！"

"奉先？"孙坚意识到这才是此人的表字。此时，吴景将头凑过来，在孙坚耳边细语："'孤涂'在匈奴语里是'儿子'的意思，可见臧大人与此人关系似不一般……"

"哦！"孙坚点点头。早就听说臧旻因为要统辖南匈奴骑兵而精熟匈奴语，却未料到他与自己的汉人部将对话也多杂用胡语。不过，孙坚心中此时也升起了一股怒火。这个表字为"奉先"的壮汉与自己素昧平生，却一见面就将边军的惨败归咎于自己这个徐州小吏，这不是故意找碴吗？想到这里，孙坚站起身，双手抱拳，话中带刺地说道："这位英雄，看似浓眉大眼，英姿勃发，气度不凡，却出言不逊，错判因果。请问我孙坚远在盐渎，不握甲兵，不临战阵，怎么可能助成鲜卑之偶胜与我军之新败？还望兄台指教一二！"

"你真想知道？心可诚，意可真？"被唤作"奉先"的男子双手抱于胸前，用傲慢的眼神看着孙坚。此时，门口一阵疾风吹来，吹动了穿在他耳垂处的一对匈奴人常佩戴的缀珠黄金耳饰。孙坚胸中怒火愈炽："子曰：三人行，必有我师。民间也有俗语：师生常互换，学问无贵贱。兄台今日要赐教我孙坚，何必端着架子，难道还要我先拜师不成？"说话的时候，孙坚用眼角的余光扫了臧旻一眼，希望他能够说句公道话。但今天也真是邪门，平时名教不离口的臧旻，在申斥了"奉先"两句后，就不再开口。此刻，他两眼空空地看着面前这两个剑拔弩张的青年，沉默不语。

此时，"奉先"背后的那个络腮青年突然站了出来。此人一脸凶相，与傲慢中透着坚毅与英俊的"奉先"形成鲜明反差。不过，就衣饰而言，他与"奉先"一样，也是一身胡人打扮，只是耳垂处的缀珠耳饰是银质的。他指着孙坚喝道："既要向人求教，就要先求教别人的尊姓大名，难道孙县丞这点规矩都不懂吗？"

"无礼！"忍无可忍的祖茂咆哮着站起来，站到戴着银耳坠的男子面前，对他喷着唾沫星子，"明明是这厮不报姓名硬闯进来打断孙县丞与臧伯的对话，怎么莫名其妙要文台向他拜师了？对了，你是何人？"

"你又是谁啊？"这次说话的不是络腮青年，而是那个小娃。此娃年龄虽小，但目光如炬，左边脸颊上还带着一条不深不浅的刀痕，显露出与其年龄极不相配的沧桑。他也是一身胡人装扮，耳垂处的缀珠耳饰则是黄铜打造的。

祖茂看了看这孩子，气消了一半，心中暗想：我祖茂怎么可以和一个嘴上无毛的孩子一般见识？想到这里，他反问那孩子："这位小公子，你不妨先报上自己的名号来！"

那孩子自豪地拍了拍腰间一把明显超出其手臂长度的环首宝剑，大声回道："小爷行不更名坐不改姓，姓张名辽！前汉'马邑之谋'的主谋人豪商聂壹，便是我的先祖！"

"那你怎么不姓聂？"同样被这突然出现的三人弄得火起的吴景，此时插了一句。

张辽瞥了吴景一眼，冷笑着说道："这位大哥，应当知道'马邑之谋'最后功亏一篑的结果了吧。先祖本向武帝夸下海口，要通过此计击灭单于，却因运气不佳而未成功，先祖为保全宗族，只好隐姓潜逃，从此就改姓张了……"

祖茂快要笑出声来。真没见过这么不要脸给自己脸上贴金的小娃。但他并不在意这孩子的真实身份，转而指指络腮青年与"奉先"，问道："张辽小儿，这二位又是谁呢？"

"这位胡须茂密的大哥，便是名震雁门、无人不知的大力士华雄,字毋雌。"张辽答道。

听到这大汉的表字竟然是"毋雌",祖茂实在没有憋住,哈哈大笑起来。华雄大怒,瞪大眼睛对着祖茂吼道:"总有一天你会记住我的!"

"我今天已经记住你了!"祖茂用力憋住,不再笑了,但两个腮帮子还在一鼓一鼓。

孙坚开口了:"还望这位表字为'奉先'的兄台也报出名号。"

"奉先"冷冷抱拳答道:"我姓吕,名布,字奉先,五原郡五原县人。祖父吕浩、家父吕良多年驻守边关,报效朝廷,我自小也耳闻目染,以忠义为先,以家国为大。臧大人为天下名吏,从扬州刺史转任匈奴中郎将之后,我便听从家父之命前去投奔。蒙大人不弃,被委任为郡别部司马,教汉军士卒匈奴语,沟通汉、匈,驯马制械,多少也算有点儿苦劳。此次官军大败,我一路保护臧大人杀出鲜卑人的重围,后又护送其归乡射阳,以防一路匪盗。"

孙坚点点头:"那么华雄大哥与张辽小弟,又是如何与吕大哥认识的呢?"

此时华雄抢先答道:"我与张辽均为雁门人,遇吕将军招募新卒,便去应征。按理说,张辽还是孩童,不可能被征兵,但其当众接连驯服五匹小马,技惊四座,从此我二人就做了吕将军的扈从。此次官军大败,我们也随臧大人从前线一路回撤。"

孙坚看了看张辽,断定他是一个孤儿,所谓先祖是聂壹之说，十有八九是他为了维护自尊而胡诌出来的。但他把张、华、吕三人的话串联起来后，还是觉得蹊跷。他再问吕布："奉先，你既然是臧大人属下，就应当知道在扬州剿贼时，我也曾在臧大人麾下效力。既然我们同出一门，今日初次相见，为何出言不善，好似仇人？"

吕布情绪又激动了起来。他伸出三根手指，吼道："三万人，一场大仗就都没了！"

"是啊！这确是朝廷不幸，但兄台为何对我孙坚发火？"孙坚还是不解。

"这样吧，孙文台，我吕布来射阳的一路上，一直对你怨气不消，故此，实在不想就这么轻易地告诉你孙坚在此战中的责任。你我到书房外的庭院比武如何？我们边打边说！"说罢，吕布不理别人，径直往庭院走去。

孙坚不敢相信自己的耳朵。世上竟然有此种靠比武才能够将淤积的话逼出的奇人！此时，他向臧旻瞅了一眼。已经开始喝第二碗姜汤的臧旻终于开了口："文台啊，奉先就是这脾气，特别想说的话必须边打边说。老实说，这场大败，老夫心中淤积的恨也不少，正想看看二位比武，发泄发泄。不过你放心，只当是一场游戏吧，没人会受伤。"

"诺！"孙坚嘴里说着，心里却甚是奇怪。

"文台，别怕，将其放倒！当年你可是一人对战过上百海贼！"祖茂兴奋地在一边挥舞着拳头。张辽与华雄则在另一边为吕布鼓气。

吴景却皱起了眉头，他慢慢品出了臧旻刚才这番话的言外之意。或许吕布今日粗鲁的表现，乃是臧旻事先的授意，以便含蓄地表现出对文台的不满。但是，远在盐渎的文台究竟为何要对这场大败负责呢？

此时，张辽从袖子里拿出似乎早就备好的鼗鼓，边晃边喊："快来看啊，五原第一猛士吕奉先如何大败江东富春孙文台！快来看啊！"

孙坚皱着眉头，开始在院落的一角活动筋骨。而四下正忙着交割财物的臧、田二家奴婢，也在张辽的鼓噪下放下手中活计，边议论边朝这边聚拢。

雪下得更大了。而孙坚体内的血，也在加速流动。

第三十回　孙吕相搏

吕布一边用恶狠狠的眼神盯住孙坚，一边迅速剥去自己的上衣，露出一身健壮的肌肉。雪花飘到了吕奉先刺着飞虎文身的肌肤上，迅速被其体内冒散出来的阳刚之气消融。吕布抚摸着自己腹部鼓起的块块肌肉，冷笑着问孙坚："文台，这么热的天，你怎么还穿这么多？畏寒吗？"

孙坚的确有些畏寒，在来臧府的路上他还打了几个喷嚏。但面对吕布的挑衅，他感到自己的整张脸就像被放在炭上炙烤一般。他二话不说，立即宽衣，也袒露出自己的上身。

祖茂有点儿紧张地看着彼此怒目而视的吕、孙二人。平心而论，孙坚无论从身高还是从肌肉的健硕程度来看，都逊色吕布不少。加之孙坚做县丞日久，武艺多少有所荒疏，身上已添了些许赘肉。祖茂暗念：当年那个面对海贼时敏捷如猿猴的孙文台，今天还能战几个回合呢？

"奉先不是要比试兵器吗？兵器呢？"孙坚叉腰问吕布。

其实他在面对高过自己一头的吕布时，心中也有一点儿发虚，正琢磨着如何巧用兵器来以弱胜强。

"随你挑！"吕布吹了声口哨，华雄立即牵来一辆马车，车内各种缠了布的长短兵器一应俱全。吕布随手选了两把短戟，孙坚则选了一对短矛。为了防止误伤，这短戟与短矛的兵刃头部都装了硬木制作的护套，护套外又缠了一层麻布。看到如此周全的准备，孙坚清楚：今日吕布定是有备而来。

张辽则在臧家奴婢的帮助下，将一桶朱漆搬到了比武场地，吕、孙各自选中的兵器头部都被浸入漆桶。这样一来，蘸满朱漆的兵器一碰到人体后就会留下痕迹，裁判只要数数每人身上的朱漆数，即可裁定输赢。

双方准备已毕，张辽再摇起鼗鼓，大喊："比武开始！"

吕布的短戟也好，孙坚的一对短矛也罢，其各自的杆尾都拴着细细的铁链，以便将两件兵器连为一体。在正式发动攻击前，吕布便两手各自抓住一段铁链，以链为臂，以戟为拳，飞旋甩动着一对兵器。如此一来，戟头缠布内所渗的朱漆，则像血霰一般溅射于片片雪花之间。孙坚暗自赞叹吕布的身手。他心里清楚，要将沉重的短戟耍得如此娴熟，没有五六年的功夫是根本不可能的，看来今天与吕布正面对抗，必输无疑。他往四周一瞄，发现侧后七步有一猪圈。那时的猪圈往往砌有二层，以便养猪人站在二层从容喂料。而这第二层的小亭，恰好可作为比武时的掩护。[1]

---

[1]　参见图6。根据湖南省博物馆相关馆藏复原。

图 6 东汉猪圈复原图

孙坚刚默算好自己与身后那猪圈的距离,但听得一声风响,吕布的一个戟头正飞旋着朝自己的面门奔来。而吕奉先洪亮的声音也同时传到:"文台可记得北宫嫣脂?"

"啊?!"孙坚刚想好该如何返身跳到那猪圈的亭阁上,却被这个突如其来的问题给怔住了,迟缓的身子没能躲过吕布的戟。

"孙坚中一戟!"张辽兴奋地大喊,用蘸满了朱漆的毛笔在一块木板上画了一横。写完后他又咬着笔杆想了想,在这一横上加了一个"孙"字。他觉得不满意,又在"孙"后面加了一个"子"字。

"可恶!"在旁边看得恼火的祖茂刚想拔拳教训张辽,却被吴景拦住。吴景皱着眉头对祖茂小声说道:"吕布的话真是蹊跷啊!你且认真听下去,别理会那张辽小儿!"

同样的想法也在孙坚脑中盘旋。他顾不上留在他肩膀上的那道朱漆印，只是用一对短矛护住前身，好奇地反问吕布："当年我遣人将北宫的人皮地图送给臧大人，已尽大汉忠臣之责，为何兄台今日突然提起此女？"

话音刚落，孙坚也开始了反击。他没用以铁链甩短矛的战法，而是一手一矛，径直向吕布冲去。吕布甩链，抛出短戟来攻击孙坚，每次都被敏捷的孙坚用矛头挡回。须臾间，他已来到吕布跟前，用尽力气将短矛插向他的两肋。吕布则用双戟上的短枝抵住矛头，两人陷入了僵持。

手握矛杆、咬着牙关发力的孙坚，从齿缝中迸出问话："奉先好好说话！北宫与此次朝廷军败，到底有何关系？"

"你杀了姐姐，却为何留了弟弟？"吕布突然咆哮起来，使出蛮力，竟然将孙坚一把推开。

"弟弟？！"孙坚站稳马步，用短矛护住要害，脑海里立即浮现出"北宫伯玉"这四个字。他努力回忆着那晚的情形。他记得，那夜他带着发弩士突袭獂骊班在城外的露宿地，杀死了十几个胡人戏班成员，而将大多数人放生。因帐篷在突袭中失火，有七八具胡人尸体被烧焦，就连一直埋伏在獂骊班内部的黄盖与程普，都无法确定北宫伯玉是否在其中。难道他真的幸存了？

孙坚开始冒冷汗，但他还是觉得吕布在夸大其词。他定了定神，挥矛再攻吕布，口中大喊："伯玉小儿一枚，即使侥幸逃生，岂可动摇我大汉三军？"

吕布用双戟挡住孙坚，大声回道："嫣脂身上的图，本在伯玉脑中！他在太平道的协助下，北上边关勾结鲜卑人，使得汉军利弊皆在檀石槐的掌握之中！"

"啊！"孙坚突然被吕布点醒，呆在了那里。吕布趁机抽出右手，用短戟往孙坚肋下就是一捅。

"孙坚中二戟！"张辽乐呵呵地在"孙子"二字下又加了一横。

孙坚抽身往后退了几步，单手捂住肋下。虽然没有伤口，但包了布的铁器带来的突然钝击，也让他一阵生疼。自从做了县丞以来，孙坚已经很久没有这样被人打疼过了。

吕布轻蔑地看着皱着眉头、龇着牙的孙坚，问道："你就这么不经打？"接着转过身，向着人群得意地大喊，"江东人就这么不经打？扬州人就这么不经打？"

听到吕布对江东人的辱骂，孙坚突然忘记了疼痛，暴怒起来。趁着吕布合着双戟向人群作揖之时，从不用铁链的孙坚突然甩出铁链，用矛头向吕布发出远距离攻击。

吕布毕竟是经验丰富的猛将，听到耳后左边风声，立即侧身向右。但他没有料到，前一支短矛只是佯攻。孙坚的另一支短矛，正拖着铁链向着他脑袋的另一侧飞去。

吕布终究没躲过去。当他转回身的时候，他的半张脸都被染上了朱漆。假若今日孙坚扔出的是开了刃的兵器，吕布四分之一的脑袋恐怕已被削飞！

"吕布中一矛！"祖茂急忙冲到张辽旁边，夺过他的笔，飞似的写下一个"吕"字，然后在下面画了一道长横。然后，他眼珠一转，在"吕"字后面加了个"驴"字。

此时华雄不满了，喝道："张辽刚才写'孙子'是为了纪念孙县丞的祖上孙武，你祖大荣怎么可以以怨报德，骂吕奉先为驴？"

祖茂嘴上也不让分毫："天下皆知天子喜驴，臧伯刚才说司州驴价已涨到两百万钱。我是预祝奉先不日能够得到天子赏识，就像他所赏识的那些驴一样。你怎么连预祝的话都听不懂呢？难道你对当今天子所喜的圣兽有所不满吗？"

两人的对话引发众人一阵哄笑。与孙坚已经混熟的那些田家奴婢则开始拍手大喊起来："祖县尉回得好！"

不料吕布也哈哈大笑起来："我吕布倒是非常愿意做天子之驴！"然后，他用戟尖指着孙坚问道，"只是不知，文台可想做当今之孙子？"

孙坚微笑着回道："能成就祖上功业之十一，孙坚不枉此生！"

吕布突然收起笑容，换了一副狰狞表情，他对孙坚喊道："孙文台，你的祖上孙武，为了获得兵威，斩杀吴王爱妃，眼睛眨都不眨，可你连杀个胡人少年都下不了手，你配做孙家的后人吗？"喊罢，他挥动双戟，旋风般冲向孙坚。

孙坚用双矛挡住直冲向他脑门的双戟，此时他才真正感受到吕布威力爆发时的惊人膂力。孙坚的虎口渗出了红。那可不是朱漆，而是被吕布瞬间迸发的力量所震裂的虎口所渗出的真血。孙坚冒着冷汗，看着吕布的戟杆压着矛杆，将自己的身子越压越低。他的嘴却没闲着，继续回应吕布："即使北宫伯玉脑中有大汉州郡图，但之前的军情如今早已过时。他即使北上遇到檀石槐，又能起到多大作用？官军大败主要是因为起兵仓促，难道是伯玉一人北叛所致？"

吕布刚想回话，没料到此刻膂力亟须恢复的孙坚耍诈，突然躺地一滚，从吕布胯下钻了过去。张辽刚想大喊"孙坚受吕将军胯下之辱"，孙坚突然反身跳起，用双脚猛踢吕布后背。吕布因为孙坚突然撤力，身体已经前倾，这下后背又被猛然暴击，自然重心不稳，头朝下扑地。孙坚哪里会放过这大好机会，用短矛在吕布背上猛戳了七八下，朱漆印子弄花了吕布背上的蟠虎文身。祖茂看得乐不可支，立即在"吕"字下多画了好几道横杠，一边画，一边对张辽吐着舌头。

吕布气呼呼地站起来，摸了摸后背，说："不比了！"

"奉先刚才只是小挫，孙坚还未尽兴！"孙坚笑眯眯地看着吕布，用说话来掩饰自己已不那么均匀的呼吸。

吕布脸一红，解释道："我背上的文身，是花了六千钱文上的，现在被你弄糊了，得立即用热水洗去才有救！"说罢，他回头对华雄、张辽喊道："快准备热水去！"

华雄嘟囔着："本就不该花这冤枉钱，弄得像北宫嫣脂的背一样，夷夏不辨……"随后拉着张辽去找热水了。臧家的奴婢立即引路，带吕布一行去臧家的外厨，那里有现成的热水可用。围观的人群发现这场比武竟以如此平淡的方式结尾，都摇着脑袋散开，各自忙手头的活计了。

"且慢！"孙坚拦住吕布一行的去路。

"今天算你赢了！"吕布挥臂想将孙坚推到一边，不料却被孙坚抓住了手臂。

孙坚继续问道:"奉先请先把话说完,伯玉究竟帮檀石槐做了什么事情?"

"兵器!"吕布指着自己手里的短戟回道,"伯玉掌握了各州郡最有名的汉人铁匠的情报,檀石槐便在他的建议下,或用厚利诱惑,或以绑架挟持,掳掠无数工匠北上。檀石槐爱才,赐予每名汉人铁匠牛羊与胡人妻妾,使之死心塌地。总之,短短几年内檀石槐就掌握了卅炼宝刀的制法,甚至学会了制造弩机。鲜卑人作战,本有快马之利,现在又得大汉刀弩制法之精髓,朝廷何以破之?"

"南匈奴盟军也有快马之利,得大汉兵器,为何依然不敌鲜卑?"孙坚抓住吕布手臂不放。

"燕然勒功[1]后,南匈奴已逐步汉化。一匈奴兵之战力虽依然可抵汉军三人,却只可抵鲜卑半人。"吕布不耐烦地回道。

"那么,倘若当年在盐渎遇到北宫姐弟的是你而不是我,你会怎么做?"孙坚问出了最后一个问题。

吕布突然抓住孙坚的肩头,吼道:"我会调动全县兵民,将獥骊班成员全部杀光!因为我不知道谁是北宫伯玉,我不知道北宫伯玉还会有什么帮手,我甚至也不知道你所说的黄盖与程普到底是什么来头!我会将其全部杀光!就像你曾在盐渎城下一口气杀死几百海贼一样!"

---

[1] 永元元年(89),东汉将军窦宪率汉军和南匈奴、乌桓等部落联兵大破北匈奴,在燕然山刻石记功。

此时，皱着眉头的祖茂插了一句："獩骊班当时在县城很得人心，吾等做事不能不顾后路……"

"为了你们几个庸吏的后路，三万将士数日之内就被汉人自己创制的强弓硬弩杀光了，他们的后路，谁想过？他们的父母妻儿的后路，谁想过？"吕布再次咆哮起来。

孙坚沉默了，耳边似乎响起被踏尘而来的鲜卑骑流吞没的汉军官兵绝望的惨叫。

但同时进入他耳里的，竟然还有一曲悠扬的《越人歌》。众人回头一看，发现原本在屋内端坐着的臧旻，不知何时拿出了桐木制作的二十五弦五阶瑟，开始用他在做扬州刺史时学会的会稽方言，自弹自唱起来：

　　今夕何夕兮搴舟中流，今日何日兮得与王子同舟。蒙羞被好兮不訾诟耻……

喜欢音律的吴景，立即跟着哼唱了起来，不过他唱的是吴音，而非越音：

　　心几烦而不绝兮得知王子，山有木兮木有枝，心悦君兮君不知……

孙坚没有跟着唱，虽然这歌在吴地几乎人人会唱。他只是不明白，在今天这个场合，臧大人为何要突然唱起一个越人划船少女对一个楚国贵族的表白之歌？

臧旻唱毕，余音绕梁。他一边抚瑟，一边笑着对众人说道："刚才奉先与文台的对话，老夫都听得清楚。你二人就好比这《越人歌》里的越女与鄂君子晳，言语不通，这才需要美乐沟通彼此。尔等先去洗漱，而后再请赏脸参加寒舍的家宴，届时老夫还有话要说。"

"诺！"众人谢拜，一一退下。

第三十一回　火浣神布

孙坚与吕布各自沐浴更衣已毕,便在臧府奴婢的指引下来到了宴堂。此刻,奴婢们已将家宴的筷箸摆好。青铜大鼎里的汤水"咕噜咕噜"地冒着泡,里面翻滚着带有腥气的各种食材。这道菜名叫"牛濯脾含心肺",也就是"将牛的各种内脏涮了吃"的意思。孙坚看了一眼翻出汤面的那颗带着血丝的牛心,轻叹了口气,感慨臧家竟落魄至此。

落魄归落魄,吃饭前的礼节,臧家可一样不能少。按照《礼记》的规矩,吃饭前要"进盥",也就是奴婢要向主人呈上洗手用的器皿。而后"少者奉盘,长者奉水",其后少者还要向长者授巾,以方便其擦手。看到奴婢向臧旻呈上了洗手用的盥盆,吕布忙不迭地从席位上起身,抢过另一个奴婢手里的鸟形凤嘴盉[1],用其凤嘴对准臧旻的双手,小心

---

[1] "盉"读"何"。

地倒下温热的清水。他满脸赔笑地对臧旻说道:"义父,这水温可刚刚好?"

臧旻一边慢慢搓洗手指,一边淡淡回道:"奉先,我有时叫你'孤涂',只是图个好玩,你可别当真,真认老夫为'义父'了!老夫是有儿子的,他叫臧洪,字子源!"

"没有义父的提拔,我吕布哪里有今日!"吕布激动地提高了嗓门,眼里竟还含着泪花。臧旻则一脸麻木,没有回应。孙坚、祖茂、吴景见状,都觉得浑身发冷。一直看不惯吕布的祖茂,则干脆用筷箸敲打着自己面前的陶制三足酒杯,轻声唱起了屈原的《招魂》:

瑶浆蜜勺,实羽觞些。挫糟冻饮,酎清凉些。华酌既陈,有琼浆些……

这么冷的天,听到这样的歌词,孙坚更是浑身起了鸡皮疙瘩。他瞪了祖茂一眼,叫他闭嘴,却发现居于上座的臧旻竟然一边拍手,一边与他合唱了起来:

归来反故室,敬而无妨些。肴羞未通,女乐罗些。陈钟按鼓,造新歌些。《涉江》《采菱》,发《扬荷》些。美人既醉,朱颜酡些。娭光眇视,目曾波些……

吕布尴尬地笑笑,回到自己的席位上坐好。作为北人,他是不熟悉屈原的《楚辞》的,因此根本无力合唱。一边的华雄与张辽也面面相觑,不好插话。

臧、祖、孙、吴四人的合唱以"目极千里兮,伤春心;魂兮归来,哀江南"一句结束。唱罢,臧旻举起酒樽,大喊:"先敬为国捐躯的三万将士,愿他们能够魂归故里,长伴祖先!"言罢,便将热酒洒在地上。众人也依样为阵亡将士说出招魂辞,洒酒于地。而后,奴婢们从大鼎中取出熟透的牛内脏,分与众人。孙坚也不客气,用随身携带的一把小匕首切碎牛心,用刀尖戳了一块就往嘴里送,汤汁与血水从嘴角往下滴淌。对面的吕布也不甘示弱,捧起一个大牛胃就低头猛啃。其他人都开始打饱嗝了,孙坚与吕布却还在呼唤奴婢们不断往大鼎里扔下新的牛心、牛肺、牛胃与牛肠。

臧旻终于看不下去了,用筷箸敲了一下酒樽:"二位,臧府家贫,就买了这点牛下水请客,还请口下留情!"

听到臧旻的训斥,总算开始打嗝的孙坚与吕布双双红着脸,不再往嘴里送东西了。此时,孙坚发现吕布的胡子上竟挂着几片碎牛肉,在其打嗝时也跟着胡子一抖一抖,他忍不住哈哈大笑起来。而此刻吕布也发现孙坚的腮帮子上贴着几片唐梂芋[1],亦跟着大笑起来。欢笑化解了两人原本紧张的气氛。吴景见势,立即用眼神示意孙坚去给吕布敬酒。孙坚会意起身,端起牛形铜觥就给吕布的酒樽里倒酒。吕布则捧起酒樽一饮而尽,随即端起自己案头的铜觥给孙坚倒酒回礼。祖茂见状,也强装欢笑,硬着头皮给华雄倒酒。张辽年

---

[1] 荸荠之古称。

龄尚小，不便饮酒，吴景就分给了他几块居女筥[1]吃。见到原本剑拔弩张的两拨前下属现在其乐融融，居于主座的臧旻满意地捋起了山羊胡。

酒足饭饱之后，臧旻将众人召到跟前，开始了他作为前上司的最后的训话。他咳嗽了一下，小声说道："老夫现在已是一介布衣，无权无职，诸位以后的路还得靠自己走。好在老夫这张老脸还有几分薄面，你们有想要去的地方，有想要投靠的人，尽管开口，看看老夫的推荐信还是否有用。"

"义父！"吕布双膝跪地，往前几步，叩首而拜，"奉先愿终生追随义父！"

臧旻不耐烦地摆摆手："奉先，你是个武人，需要到有兵权的人那里去才能够为朝廷效力。说吧，你想去哪里？"

吕布涨红了脸，犹豫了半晌才开口："我老家并州五原郡有一个叫丁原的猛士，字建阳，善骑射，家财也颇丰。现在做到了县令，需要一个县尉。若义父肯给五原郡官署写信，举荐我去那里任职，布当感激不尽！"

臧旻皱了皱眉头，徐徐回道："老夫听闻过此人，据说此人器量不大，未必能成大事。奉先你可有进一步的打算？"

吕布再回复道："丁原毕竟是我的同乡。这年头，能够像义父这样不顾籍贯提拔贤才的好官，实在太少了。除了您之外，我也不认识什么朝中大员，依据目下的形势，也只好投奔同乡。此外，不久前我也得到消息，并州各郡县虽因鲜

---

[1] 汉代的一种蜜糖米糕。

卑的入侵而建制大乱,但丁建阳却能团结兵民击败劫掠者,表现可谓卓尔不群。布正是钦佩其武力,才愿意为其效力。"

臧旻略想了一下,勉强点了点头,随后补充道:"信我可以写,但是奉先你得留意,丁建阳以勇武见长,你奉先也是勇冠三军,双阳遭遇,未必和谐。文武之道,乃在于一张一弛。你若以后有机会,还需另择良木,辅佐通晓经典的名门之士。不过你说得也对,你目下受老夫的连累,官途受限,先做个县尉委屈几年,恐怕也是不得已的办法。"

吕布听罢,再次大声叩头拜谢。

臧旻转向华雄:"华毋雌,你的那位羌族夫人是否已教会了你说'烧当羌语'?"

华雄没有料到臧旻会突然问出这个问题,惊愕之余慢慢作答:"这……这……臧大人您知道的,贱内是'先零羌',她说的先零羌语可不是时下流行的烧当羌语。不过,即使是烧当羌语,贱内也是能说一些的……我会叫她再教我……如果教不会的话……"

"那你就再纳一个说烧当羌语的女子做妾!"臧旻打断了华雄。祖茂刚想笑出来,却看到臧旻与华雄严肃的表情,这才意识到臧旻并非在开玩笑。孙坚此时也暗暗揣度:臧旻是不是学胡语上了瘾,没事就要别人也跟着学呢?为何要在今日这种场合强调学习羌语的重要性呢?

臧旻慢慢解释道:"你的出路,我已经想过了。你可知,'凉州三明'张奂张然明有个部将叫董卓董仲颖?他是陇西临洮人,离开张奂后做过司徒袁隗的掾吏,目下在司州河东郡做郡守。听说董卓从小生长于汉羌交界处，喜羌女，会好几种羌语，也特别喜欢提拔会羌语的汉人将领，你不妨去找他碰碰运气。"

华雄听得目瞪口呆。臧旻竟将自己推荐给了一个二千石级别的郡守，而将与自己关系更亲密的吕布推荐给一个小小的六百石县令。吕布的脸色也变得红一阵紫一阵。

臧旻看出了两人表情的变化，捋着胡子哈哈大笑。他指着吕布说："奉先，你是否后悔没有讨个羌族女子啊？"

此时一直未说话的孙坚眼珠一转，安慰吕布道："奉先少安毋躁。董卓曾跟着张奂参与镇压窦武、陈蕃组织的辛亥兵谏，在清流之中名声不好，跟着他未必就比跟着丁原好。大家还是各安其命。现在是'潜龙勿用'之时，诸位不妨先安顿下来，日后自有'飞龙在天'之刻！"

臧旻把脸转向孙坚："文台，说别人容易，看清自己难。你叫奉先、毋雌各安其命，那你自己的命呢？"

孙坚的嘴角抽搐了一下，脑海中迅速闪现出了一枚亮灿灿的六百石县令鼻钮印[1]。但这枚鼻钮印，立即被北宫嫣脂那张没有血色的妖媚脸蛋覆盖了。然后，这张脸突然迅速腐烂掉，变成一个骷髅，留出两个深邃的黑洞通向未知的未来。

见眼神发愣的孙坚不说话，吕布趁机补了一句："文台，你现在好歹是个县丞，我吕布即使结交上了丁原，也至多做

---

[1] 汉代二百石到一千石级别官吏所使用的印章为鼻钮印（"钮"在这里指印的把手，内有孔，可以穿绶带）。更高级别官员则有资格使用各种材质的龟钮印。

图7 鼻钮印（左）与龟钮印（右）对比图

个县尉，与祖大荣平级。你该知足了。"

"呵呵。"孙坚尴尬地笑笑，没有答话。

不料，臧旻却摆摆手："文台，别听奉先的，你得调职，而且你现在还能调职，除非你不愿。"

"什么？"孙坚瞪大了眼睛，"调到哪里去？"

"徐州刺史部下邳国盱眙县。"臧旻一字一顿地说道。

孙坚苦笑道："恩师别开玩笑了。郡署的文书已经下了，新盱眙令人选已定。除非新县令像他族兄一样贪吃鱼片肚内长虫，否则……"

"哎！"臧旻又摆摆手，"文台你怎么这么死脑筋！县令的人选的确已定，但据我所知，县丞的人选，郡里还是要再行商定的。"

孙坚的脑袋嗡嗡作响。原来臧旻的意思，是让他从富庶的广陵盐渎调到陌生的下邳盱眙，而且还是平调！但这又是为何呢？在这几年中，孙坚在盐渎辛苦埋下的根系，难道都白费了吗？孙坚偷看了一眼身旁面露得意之色的吕布，心中顿时凉了半截。他嘴里嘟囔道："恩师，我在盐渎做官已经做顺了，真不想走！"

臧旻亲自给孙坚斟满了一杯酒，不紧不慢地问道："文台，下邳国是个什么地方，你知道吗？"

"淮、泗交汇之处，商旅汇集，多出精兵，民风彪悍……"孙坚随口说道。

"哦！我想起来了。西楚霸王项羽与淮阴侯韩信，按照本朝的区划，都算下邳国人！下邳国北面的彭城国，又是前汉高祖陛下的龙兴之地！下邳西边的沛国，还有韩信灭项羽的垓下，以及陈胜、吴广起事的大泽乡！"祖茂突然开了窍，在一边补充道。

吴景也突然想起了什么，说道："下邳国虽是下邳王刘意的封地，在行政上管事的却是京都派来监视王爷的下邳相，两方经常掣肘，县一级官吏往往自行其是。此外，据说这个新来的盱眙令虽不像其族兄那样贪吃，但对政务毫无兴趣，平时就喜欢与妇人厮混。文台表面上是去做县丞，实际上就是去做县令啊……"

听到这里，孙坚本来浑浊的眼神也变得清亮起来。他盯住臧旻问道："恩师，您对徐州各郡国的情况了如指掌。您且告诉我孙坚,盱眙可有田邈这样的豪族足以对抗县廷？"

臧旻笑着摇摇头："没有，这个真没有。盐渎田氏之力，乃是基于盐田之利。至于盱眙县，边上又没有海盐。水利之便倒是有的，但商旅竞争密集，很少有人能够独霸淮、泗。不过，富陵湖上倒是有些湖贼，但规模不大。你孙文台若能剿灭湖贼，施恩惠于往来商旅，自然能够收服人心，为日后发展聚积人脉……"

孙坚听到这里，开始心动。文书行政本不是他的专长，剿贼灭寇则如小菜一碟。但他仔细一想，又觉得不对。他慢慢说道："恩师，恕我驽钝，容我再问一事。现在天下又没出会稽许氏那样的反贼，我去下邳国结交江湖人士，又是为何？难道朝廷会根据我结交的豪杰的人数，为我核定升迁的品级吗？"

听到此处，臧旻长叹一声："天下大乱，就在五六年内！"

"多大规模的变乱？"孙坚问道。

"当年绿林、赤眉的规模！"臧旻回道。

臧旻一语惊四座。众人知道，所谓"绿林、赤眉的规模"，就是改朝换代的意思，正是当年绿林、赤眉起义的熊熊烈火，毁灭了王莽建立的"新朝"。吕布不解地问道："义父，您是不是稍微……稍微有点儿……言过其实了呢？"

臧旻严肃地回道："文台在盐渎城下曾射杀过几百太平道，应当是知道这些头戴黄巾的贼人的组织力的。目下张角兄弟正在全国各地招募弟子，其志远非当年陈胜、吴广可比。党锢之乱后，各地清流豪族对太平道的发展视而不见，暗中期盼天下大乱，借机反逼朝廷取消党锢。这就是绿林、赤眉之祸重启的征兆！"

"这……"孙坚还是没有被说服，"恩师，太平妖道攻击盐渎时，全县军民一体抗贼，即使妇孺与盐奴也争先恐后。可见，太平道尚未获取天下人心……"

"但他们马上会有人心的！"臧旻回道，"诸位想必也知道，朝廷即将推行卖官鬻爵的制度。如此一来，不仅是虚职，哪怕是像郡守、县令这样重要的实职，也将全部向天下人出售。目下老夫知道的朝廷出价是官俸的一万倍，也就是说，你要做个六百石的县令，你就要先准备六百万钱来买官。按照这个算法，一个太守的职位价值两千万钱！诸位想想，如果天下的官都是花费巨资而得的，他们又会怎么对待自己的子民呢？除了敲骨吸髓，他们又该如何偿还因买官欠下的巨债呢？要是时令不巧，再遇上几次大蝗灾、大疠疾，那百姓除了造反，还有别的活路吗？届时黄巾道若再来煽风点火，岂不是漫天烈焰？"

孙坚听完不语，随后满脸通红，兴奋地向臧旻叩头："谢谢恩师提点！恩师在这当口不劝我升迁，反而劝我平调，就是为我省下买官的钱，为未来的变乱做准备！"

"同时，也是为了不让你因买官而失去人心。记住，人心在，雄兵握！"臧旻重重地补充道。孙坚听罢，再次叩谢。此时，吕布与华雄也明白了臧旻对他们各自前途的嘱咐的深意，一起跪下叩谢。

谈话到此，一直不说话的小张辽突然噘起了嘴："臧伯伯，我的前途呢？"

臧旻哈哈大笑，将张辽揽在怀里，还捏了捏他的脸蛋："华雄与吕布要分开了，你想跟谁呢？"

张辽看看吕布，又看看华雄，转回头对臧旻说："吕大哥收养了我，我就得跟着他报恩！"

"那吕奉先的前途以后就是你的前途了，你还要向我要什么呢？难道要我给一个九岁的娃娃写推荐信吗？"臧旻边笑边说，顺手又去捏张辽另一边的脸蛋。

"我要您给我一个表字！我爹妈不在了，没法给我起字了。臧伯伯您是大儒，您就赐我一个表字吧。据说好听的表字，能给人带来一生好运！"

"好！"臧旻的声音有些颤抖，眼睛也有点儿湿润，脑中回想起了小张辽在乱军丛中挥刀护卫自己的英姿。他想了想，说道："张辽，字——文远！"

"张文远！"张辽兴奋地挣脱臧旻，跳了起来，"好神气的字！我太喜欢了！从此我就是张文远了！"

"那两个字是叫你多读书，沾点文气！"吕布瞪了小张辽一眼。

"奉先，你也得多读，别老打打杀杀，弄得有勇无谋似的！"臧旻指着吕布的鼻子教训道。

众人又是一阵大笑。须臾，臧旻率先止住了笑容。他定神先盯着吕布看，再盯着孙坚看，突然说道："无论是老夫当年在会稽第一次看到文台，还是在五原第一次见到奉先，都产生过同一种预感：你们迟早都会开创出一番伟业，其功绩或不在光武帝身边的冯异、岑彭之下。至于我臧旻，历史恐怕是不会记住一个败军之将的……"

"您还有公子臧子源，他一表人才，未来也必定会大放异彩！"孙坚慌忙提醒臧旻。

"洪儿嘛，"臧旻苦笑一下，"就是沾了老夫先前的风头，混上个童子郎而已。可最近几个月，犬子因为借钱赎我出狱，恐怕早就已在京都丢尽了人缘。现在外放做了个小县长，也不知道他未来的路会是平还是险……"

"以后我孙坚若是发迹，肯定会在官场上协助臧公子！"孙坚立即表态。吕布也如此说。臧旻一挥手："罢了，以后的事，以后说！老夫乏了，大家先各自回房去睡吧！"

次日清晨，孙、祖、吴与臧、吕、华、张一一道别，上马回盐渎。临走时，臧家老奴悄悄给了孙坚一个包袱，叫他进入盐渎县境后再打开。

一路上孙坚将昨日的经历又回想了一遍，忍不住问祖茂、吴景："难道吕布说的是对的吗？当年我若真将猱骊班的人马杀个精光，就不会有今年朝廷在边关的大败吗？"

祖茂"哼"了一声，翻了一下白眼，说道："区区一个北宫伯玉，就有如此大能耐？你没听吕布自己说，那些工匠到了鲜卑人那里，都吃香的喝辣的，还有美女分。鲜卑王檀石槐自己肯下本钱招人，即使没有北宫伯玉，汉地照样会有大量工匠叛逃。吕布提起猱骊班的事情，只是想找借口压压你文台的威风，为自己的无能推卸责任罢了……"

孙坚再看看吴景："奋起，你又如何看？"

吴景附和着祖茂的话："那吕布的话的确并不可信。他说自己祖上一直镇守边关，分明是撒谎，因为有军职的官员肯定会将儿子往洛阳太学里送，否则自己的后代在官场上就很难高升。可吕布连屈原的《招魂》半句都背不出，可见就是粗人一个，那家世也定然是编的。一个连家世都撒谎的人，又怎么可能平心静气地剖析自己战败的原因呢？"

孙坚觉得吴景说得有理,再问:"那夜我对猕猢班所做的,分寸果真刚刚好?"

"刚刚好!"吴景点点头,"文台那夜所为,事后我与贱内左氏也反复合计过,她也说你这事分寸拿捏得恰如其分。若文台真欲将猕猢班全部杀绝,你就要调动全县兵民。而猕猢班事先已通过自己的绝技赢得盐渎人心,你又如何说服众人依从于你?杀数人而驱余者,是当时唯一可行之策。至于伯玉逃遁,固然令人遗憾,但若苍天本助伯玉,我等又能奈之若何?"

孙坚听了小舅子的话,心里更觉得舒坦了。但他想了想,又觉得哪里不对。原来,他一直觉得吕布昨日比武时所说的话是臧旻的授意。如果说吕布器量狭小也就罢了,难道臧旻也是这样的人?

孙坚没有将这一层的疑惑说出来,只是闷头继续策马前行。

进了盐渎县境后,孙坚突然想起了臧家老奴给自己的包袱。他下马打开一看,却见里面是一块赤色厚布。打开布头一看,发现上面写了一行字:

> 布冤坚,旻知之。心胸宽,奈何之。火浣布,君收之。阅毕焚,真假知。布赠君,忠心持。

"火浣布!"众人都惊叫起来。这可是遥远的大秦国特有的名布,据说沾染污垢后可用火焚法去垢,布料本身却不会被伤及分毫。孙坚心中暗念：此布乃是西域天价之物，臧旻又是如何得到的呢？是从南匈奴的单于那里获得，还是购之于更西边的大月氏国？如此昂贵的神布，臧旻为何不变卖成现钱来还欠下京都友人的巨债，而要赠予区区一个县丞？

见孙坚发呆，祖茂立即抢了布，上了马。

孙坚大喊："大荣，你这是做甚？"

祖茂在马上回道："前面不远处有驿站，那里有火，我们可辨此布真假！"

不久后，三人便从驿站借来火种，在角落里烧起了这块赤布。在熊熊的火苗中，臧旻写下的字顿时消失得无影无踪，而布料本身则被烧得红似鲜血，如同刚刚被染色一样。

孙坚流着热泪对着火浣布再次拜谢，口中呢喃道："我要用这布做一顶新的赤罽帻，让孙家一代代传下去！"

本回后记

孙坚等人在盐渎很快接到了到盱眙的调令，举家迁徙。他在盐渎购买的田产，则转租给了田邈，按时收取租金。孙坚的佃户也大多跟着他来到了盱眙，在富陵湖边开垦新的荒地。果不出臧旻所料，盱眙县务几乎全被孙坚等江东人士一手把持，富陵湖上的湖贼亦被孙、祖、吴悉数剿灭。后来孙坚帮助下邳世子刘宜找到其失散的名犬，得到下邳王廷的赏识，他在盱眙任职仅仅一年半之后，便被调到了王廷所在的下邳县做县丞。在那里,孙坚即将迎来他的次子孙权的诞生。也是在那里,他将迎来黄巾军起义所掀起的惊天风浪。

吕布与张辽跟从丁原后,过得并不如意;后通过运作,加入了"长水校尉部",但又与新上司袁术产生了嫌隙,复又回到丁原身边。不料想丁原日后官运亨通,一路做到了执金吾与并州刺史,吕布则成了他的主簿。日后吕布杀丁原、投董卓的故事,则世人皆知。

华雄投靠董卓后,一直以偏将的身份混迹于将列。在孙坚发动伐董战争后,他在战场上戏剧性地遇到了戴着赤罽帻的孙坚,以及他的好友祖茂。以后发生在祖、孙、华三人之间的事情,堪称人间悲剧。

张辽长大后成了吕布的左膀右臂。吕布在下邳被曹操诛杀后,张辽旋即投曹,从此成为孙吴集团的一个噩梦。在建安二十年[1]的逍遥津之战中,他差一点儿就阵斩了孙权。不过,这是他与孙坚第一次见面快四十年后的事情了。

臧旻的运气,比他自己预估的要好一些。天子刘宏偶然间重读了臧旻过去写给他的赋,被其文采感动,心血来潮又将其召回朝廷,先后封其为中山太守与太原太守。最后,臧旻病死于太原太守任上。因为路途遥远及公务繁忙,孙坚没来得及前去奔丧。

第二卷完。

---

[1] 215年。

CUNEI
F●RM
铸刻文化

徐英瑾
—著

三国前传之
孙坚匡汉

广西师范大学出版社
·桂林·

第三卷

鱼杀

目录

第一回　胡玉归来　　　　　　　011

第二回　白马少僧　　　　　　　019

第三回　万象皆幻　　　　　　　026

第四回　名实相副　　　　　　　033

第五回　阙楼破谜　　　　　　　045

第六回　孤身涉险　　　　　　　059

第七回　子房楼内　　　　　　　072

第八回　文台屈贼　　　　　　　076

第九回　诸葛归来　　　　　　　094

第十回　应募抄经　　　　　　　103

第十一回　朱治献书　　　　　　109

第十二回　诸葛失算　　　　　　118

第十三回　孙贲救师　　　　　　127

第十四回　彭城子布　　　　　　133

第十五回	十日死期	144
第十六回	密室破局	159
第十七回	毒鱼之计	167
第十八回	血腥之夜	179
第十九回	中尉韦尚	198
第二十回	智取兵符	204
第二十一回	下邳世子	213
第二十二回	黄门侍郎	218
第二十三回	黛君引路	223
第二十四回	笮融蒙矢	233
第二十五回	王爷无恙	236
第二十六回	麟趾纯金	245
第二十七回	王驾醒来	255
第二十八回	北门之乱	266
第二十九回	杀韩分金	281
第三十回	痛陷囹圄	297
第三十一回	孙韦对质	308
第三十二回	耳后骨针	319

第三十三回	兵临城下	328
第三十四回	过门不入	336
第三十五回	城头密语	341
第三十六回	喜遇奉先	346
第三十七回	同归于尽	355
第三十八回	皇恩浩荡	361
第三十九回	孙门兴旺	369
第四十回	为何而战	380
第四十一回	蹴鞠大会	386

全书插图

图1	东汉王朝十三州	008
图2	下邳县所在的下邳国形势图	009
图3	鸠车复原图	042
图4	囷仓复原图	134
图5	东汉三联仓楼复原图	145
图6	汉代铜制奴形吊灯复原图	163
图7	弩机各金属部件相互关系图	358
图8	鞠城复原图	391

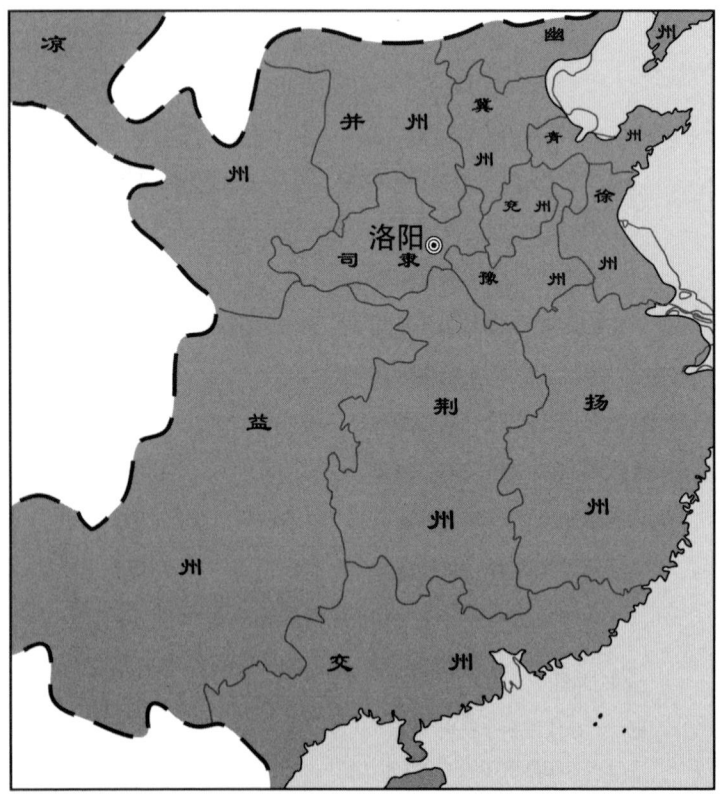

图 1 东汉王朝十三州

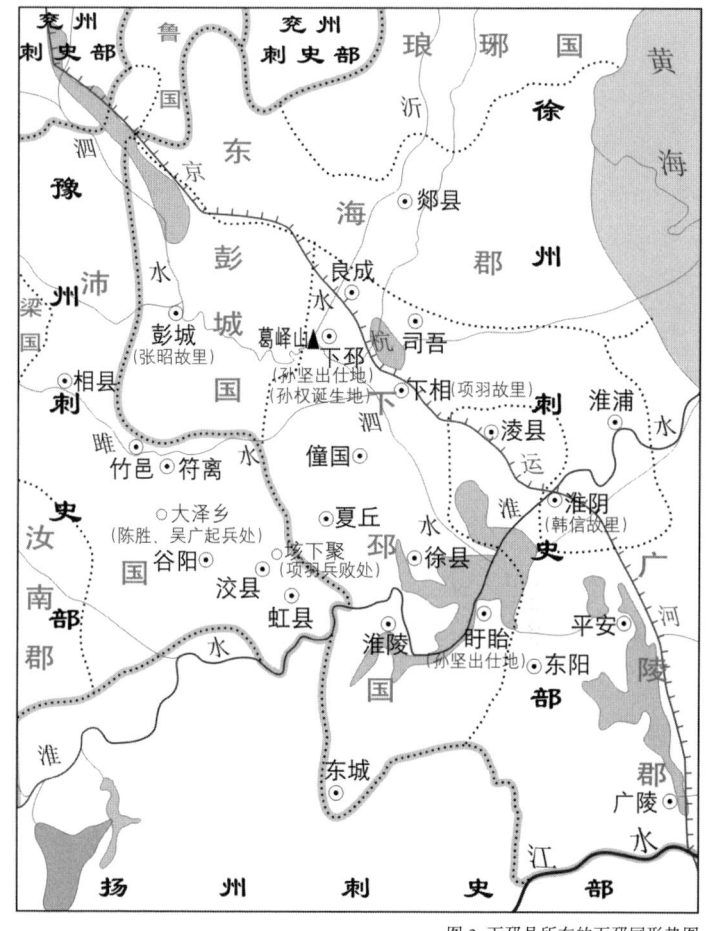

图 2 下邳县所在的下邳国形势图

第一回　胡玉归来

光阴如梭。司命之神揉了揉眼睛，伸了下懒腰，然后拾起时光之笔，哼着"广开兮天门，纷吾乘兮玄云"的楚地歌谣，顺手将吴人孙坚以及六千万大汉子民的人生线，延长到了光和七年[1]。这亦是汉灵帝刘宏登基后的第十六个年头，孙坚携家眷从盱眙县迁至下邳县[2]的第四个年头，孙坚的老上级臧旻病故后的第二个年头。也就在数月前，大汉全境丰收，各级府衙仓廪丰实。下邳县县廷上下各级掾吏都不由得对新年的运势充满憧憬。不过，却少有人关心光和六年蔓延于北方的疠疾，同年发生在五原郡的山体滑坡，光和三年鲜卑人对于幽、并二州的再次进犯，光和二年的另一场大疠疾，以及在光和四年被交州刺史朱儁镇压的乌浒蛮叛乱。这

---

[1]　184年。
[2]　汉下邳遗址在今江苏省徐州市睢宁县古邳镇。

些灾祸毕竟离和平安宁的下邳太远了。下邳官场众人议论更多的,乃是洛阳郊外母鸡变公鸡的奇谈、京郊某民妇生双头婴的异象,以及天子废宋后立何后的宫闱秘闻。光和四年朝廷设立的新职"騄骥厩丞"[1]的动向,亦是各级官吏关注的焦点。原来,征调给騄骥厩丞的不少马匹,都要经过沂水再转运到京都——而下邳国首县下邳县恰好处在沂、泗二水之交汇点,乃是整个淮泗水系之枢纽。守此财货流散之道,恐怕无人会不明白"雁过拔毛"之理,更何况这些"大雁"可是一到京都就会立即涨价数倍的宝马良驹。

话说光和七年二月十六日早上,初春的暖阳刺透稀薄的云,晒化了下邳城白门楼瓦片上覆盖的那层薄霜,并将楼影投射到了城墙外的泗水河上。泗水上帆影点点,则是来自各地赴此交易的商旅。正是他们贩运的货、奴,为下邳国带来了繁荣与生气。虽然在城门外就有县廷划定的市肆[2],但很多行商为了偷税,并没有将货搬进市垣[3],而是直接摆在岸上开卖。等待拍卖的奴婢们麻木地蹲在岸上,百无聊赖地打着哈欠。配着环首刀的小吏则穿梭在各个货箱之间到处翻看,寻找着敲诈勒索的机会。行商们对这群官人满脸赔笑,没人敢说一个不字,因为他们心里清楚,若不是下邳县丞孙

---

[1] 官名,掌饲养騄骥厩中的良马。騄骥厩亦称中厩,厩中马匹皆从各郡国征调而来,属皇帝私人所有。
[2] 汉代的"市"指政府指定的进行商品交易的场所,四面有围墙、固定的出入口,内部还有旗亭。"市"可以在城内,也可以在城外。
[3] 指"市"的围墙。

坚事先已默许这些在市外交易的商品逃避市租，他们所遭受的损失恐怕还要增加数倍。

不过，来自扬州丹阳郡的行商朱治朱君理，今天看起来还要蒙受新的损失。这个面相有二十七八岁的壮汉正坐在一个藤条箱上，手里举着一个琉璃[1]做的瓶子，一字一顿地对着面前一位三十多岁的美貌妇人说道："大姐，这可真是产自大秦国的琉璃器！在下本是丹阳郡的孝廉，与孙县丞同是扬州人。难道我堂堂孝廉，还会蒙骗江东老乡不成？"

与朱治对话的不是别人，正是孙坚的宠妾胡婵。身披裘衣的胡婵手里摆弄着金灿灿的紫铜制暖手炉，斜着青眼，对朱治冷冷说道："阁下的人品，我又不是没有领教过。远的不说，就说半年前你卖的那批'大秦火浣布'吧，无一尺是真货，被我家孙县丞抓了个正着，全部焚毁。那时你推说是被无良的交州商人骗了，又拿出孝廉的名头来诈唬，孙县丞这才给你一个改过自新的机会，保留你的市籍[2]。现在倒好，发现假火浣布容易被揭穿，你又改卖假的大秦琉璃器了！"

朱治面色一沉，满脸尴尬。他转而对河滩上来往的商贾与行人喊道："诸位乡党啊，大家快来评评理啊！这么绚美夺目的琉璃器，怎么可能是假的呢？"

胡婵将暖手炉转交给身边的奴婢，一把将朱治手里的琉璃器夺下，对着阳光，再次验看，嘴中喃喃自语："原产

---

[1] "琉璃"为玻璃在汉代的称呼。
[2] 即官方核定的商贾可以合法入市交易的凭证。

大秦的琉璃器，色分赤、白、黑、绿、黄、青、绀、缥、红、紫十种，透光若水，吹弹可破，面散金粉，斑驳绚烂。再看你这所谓的琉璃器，色浊纹乱，半不透光，分明是本土劣匠自行仿造的五色石器[1]。用本土劣器来冒充域外奇货，这难道就是孝廉所为？"说罢，胡婵手一松，那瓶子"啪"的一声掉在地上，碎成了几截。

围观人等听了胡婵的解说，纷纷点头称是。一个自以为懂行的荆州客商指着地上的碎瓶补充道："真大秦琉璃，即使是碎屑，亦会片片晶亮，而此物碎片之切口混沌若石，定是假货！"听罢此人所言，众人更是一片起哄。脸蛋红到耳朵根子的朱治压低声音对胡婵说道："大姐，别羞臊我了，借一步说话！"说着，他就去拉胡婵的衣袖。

"别拉拉扯扯，也不打听一下我家男人是谁！"胡婵对着朱治瞪大杏眼，但目光中又透出一丝妖媚。朱治的脸更红了。他定了定神，小声说道："大姐，我的好大姐……"

"我就讨厌你老叫我大姐！我有这么老吗？"胡婵轻蔑地笑道。

"不老，不老！您是西王母身边的仙女，永远不老！"语无伦次的朱孝廉简直不相信自己的嘴里竟然说出了如此轻薄的话。但话已出口，朱君理只好硬着头皮接着往下说："也不是我朱治脸皮厚自夸，胡姐姐这两年来从我这里进的粮食、铁器、马匹、绢布，除了火浣布那次外，哪次收到过次

---

[1] 汉代本土玻璃成分为铅钡，卖相不如罗马玻璃器。

货了？再说，即使这大秦琉璃器是仿货，那谁又有本事从万里之外的大秦进到真琉璃呢？当今天子喜胡器，任何器物带上'大秦'的名号，贩到京都价格就十倍百倍地猛涨，各地商家能不趋之若鹜吗？我看今天的事，咱们还是这样办吧：这些琉璃器既然被您看出是仿造的，那就折个半价，您就多少收一点儿吧，好歹别让我们这些弟兄白跑一趟！"

胡婵鼻翼一鼓，"哼"了一声，回道："你好大的胆子！上次孙县丞给你的书信说得清楚，要你置办的琉璃器是敬献给当今下邳王的。你也知道，下邳王在位已五十六年，快九十岁了。九十岁的老人，不是说升仙就升仙了吗？老实告诉你，王爷的大墓虽已大致完工，却唯独缺大秦上等琉璃来做陪葬。我家孙县丞曾在下邳相面前夸下海口，说能为王爷寻来大秦宝物，却不料你朱孝廉竟然以次充好，陷我孙家于不义！你说说，你今日所为，当治何罪？！"

朱治擦擦头上沁出的小汗珠，忧惧地看着四下的伙计。正当众人尴尬之时，却听得泗水河畔有一浑沉的中年男声响起："大家快来看啊！这里有货真价实的大秦琉璃器！"

众人循声望去，不远处有一满脸络腮胡的玄衣人站在船头，挥手对胡婵示意。胡婵则笑着挥手回礼，并命身边奴婢帮忙为其系缆靠岸。

朱治不傻，一眼看出胡婵与那玄衣人关系非同一般。他问身边的一个最壮实的伙计："韩当老弟，你来下邳的次数比我多，你可知那玄衣男子到底是何人？"

这个叫"韩当"的伙计字义公，是辽西令支[1]人，膂力过人，善骑射，为朱治四年前收来的贴身护卫。听得朱治发问，韩当低声回道："朱孝廉，这人您该认识啊！十年前您在丹阳郡当百夫长时，不是跟着太守陈夤去会稽郡打过许贼吗？那时有一个叫胡玉的海贼被吴郡别部司马孙文台招安，还立过战功。您问的这人，就是胡玉！"

朱治瞪大眼睛，将船头那壮汉又仔细打量了一番，然后点点头道："还记得句章城破后，陈太守要将阳明皇帝的三百伪妃全部斩首献功，幸亏孙文台据理力争，众美人才得以侥幸逃生。当时我在军中，注意力全被孙坚与美人吸引，并未特别留意海贼帮的相貌。经兄弟你提醒，我也觉得那就是胡玉……对了，他不是被扬州刺史部安置在东冶修船吗，怎么现在又出现在了下邳呢？"

韩当笑了起来："这几年全国物价飞涨，朝廷各级官职以超过俸禄一万倍的价格明码出售，上上下下想钱都想疯了。小弟我因鲜卑人毁家而远别故土，您因升迁无望而辞去官差，难道不都是为填饱肚子吗？想必胡玉也是在东冶那蛮荒之地无法生存，才跑出来换个活法吧？"

朱治摸着下巴的胡须说道："看来这胡玉现在做的还算是正经生意，不枉那孙文台调教之功。对了，看起来孙坚的宠妾胡婵似与那胡玉相熟，这又是怎么回事呢？"

韩当把声音压得更低："这事我也没有琢磨透，听说——

---

[1] 今河北省迁安、迁西和滦县北部地域。

我仅仅是听说——胡婵似乎以前也是海贼帮的,与胡玉本就相熟,后来被孙文台收服做了妾。不过……这只是坊间野闻罢了……"

朱治听了,悄悄回头瞄了胡婵一眼,轻声说道:"我倒不觉得这过于离奇。我虽与孙家打了多次交道,孙坚的正房吴夫人却一次也没有见到,经常替孙坚抛头露面的反倒是这个侧室。此妇人对江湖上的门道比我懂得还多,故而我一直对其身世颇为怀疑。刚才兄弟所言,或可略解我惑。"

"哦!"韩当若有所思地点点头,不再多言。

两人闲谈之际,胡玉的船已经靠岸。胡玉轻轻跳下船,向胡婵抱拳作揖:"妹妹,你可真是越长越漂亮了!真是时光流水不留纹,玉肤乌发赛阿娇!"

胡婵收起笑容,咳嗽了一声,用眼神示意胡玉注意自己身边的下人。胡玉不理,继续嬉皮笑脸,竟伸手去摸胡婵露在裘衣外的左手,不料被胡婵藏在裘衣宽袖内的右手飞手闪出的铜炉烫了一下,小声叫了一声。胡婵身边的众婢女见状,都忍不住捂嘴笑。

胡玉大惊:"妹妹现在出手好快……这身手是孙文台教你的吗?"

胡婵竖起了柳眉:"胡玉,说话放尊重一点儿!我现在不是你妹妹,你得叫我孙家二夫人!"

胡玉撇撇嘴:"我知道,我知道!不过你的确曾经……"

胡婵用一根手指封住自己的朱唇,示意胡玉闭嘴:"过去的事就不要提了,现在我们只谈生意。"

"好！生意！好大的生意！"胡玉一拍手，回头对着船上的伙计大喊，"让孙家二夫人看看什么才是真正的大秦琉璃器！"

"好嘞！"众船工大声应和。

第二回　白马少僧

胡玉一挥手，手下伙计立即从船舱里搬出数个玄色大藤箱，摆放在货栈上。胡玉打开其中一个箱子，众人一齐凑了上去。但见里面码放着整整齐齐六个黄色小藤箧[1]，诸箧之间均以碎布填塞以利减震。打开其中一个藤箱，里面套了一个彩漆箧。打开这最后一个漆箧，便看见一头用琉璃制成的六牙小象。胡玉小心地将小象捧起，端给胡婵校验。胡婵将其高高举起，眯着眼睛对着阳光，以勘察此琉璃器的透光性。冬日暖阳透过小象的背脊，先是折射出橘黄、绀青、暗紫等绚美之色，后又与小象身上的各个曲回相互碰撞，最终从六根象牙的尖端衍射出一道道更为丰富的光谱来。被七彩光谱迷了双眼的胡婵满意地笑了起来。围观的孙家奴婢与各地商旅也都在一旁啧啧称奇，小声议论："这才是货真价实

---

[1]　"箧"读"怯"。

的大秦琉璃器啊！"

人群后面的朱治踮起脚尖，也想看清胡玉献上的宝器。他虽为其绚美所折服，却又隐隐觉得哪里不对。他一拍脑袋，突然想到了此物的破绽，然后挤开众人来到胡玉面前，放肆地笑了起来。

胡玉双手叉在胸前，对着朱治撇了撇嘴："这位朱孝廉，是不是见了真的大秦宝器，自惭形秽，毒火攻心，犯了癫疯？"

朱治收起笑声，一手按住环首刀的刀环，一手指着胡玉的鼻子问道："敢问胡老板，你是从哪里进的大秦宝器？对了，你可知大秦国在何处吗？"

"这……"胡玉犹豫了一下，然后缓缓说道，"大秦国么……总之，在很远的地方，比安息国、月氏国都要往西走……是极西之国……"

没等胡玉说完，朱治立即侃侃而谈："所谓大秦国，一名'犁鞬'，远在海西，亦云'海西国'。地方数千里，有四百余城。小国役属者数十，繁荣或与大汉不相上下。延熹九年大秦王安敦[1]遣使来大汉交通。使者从大秦阿荔散[2]上船，历经重洋后在交州日南郡[3]登陆，然后辗转来到京都洛阳拜见先帝孝桓帝。不过，使者所献礼物仅象牙、犀角、玳瑁而已，并无坊间热议的火浣布与琉璃器。至于市面上所见

---

[1] 即罗马帝国的哲学家皇帝马可·奥勒留·安东尼。
[2] 即今天埃及的亚历山大。
[3] 今越南中部，当时为大汉领土。

的火浣布与琉璃器，或真是大秦原产，但也可能是由安息、贵霜奸商仿冒，孰人可辨真伪？"

"哼！"胡玉瞪了朱治一眼，"朱孝廉，别卖弄学问了。我是个粗人，没读过书，也不知道大秦国的来历，但这不等于我手里的琉璃象是假货；您的学问比我大，可您手里的五色石器却肯定不是大秦真品。"说罢，他扭头向胡婵求助。不料胡婵根本没理他，而是好奇地盯着朱治，等待他接下来的说辞。

朱治清了清喉咙，回道："此言差矣！朱某五色石器的确是中土仿制，但形制却肖似大秦原品，可谓仿品中的上品；至于胡老板的六牙象，虽制作工艺与用材来自大秦，但取材却是浮屠道[1]。浮屠道盛行于贵霜、天竺与康居，而非极西之大秦。所以，极有可能是掌握大秦琉璃器制作技法的巧匠，移居贵霜、天竺或康居后，改制浮屠道法器，这才有了此六牙之象。由此看来，胡老板此象，也定非大秦之物。"

胡婵听罢，回头问胡玉："朱孝廉刚才可有妄言？"

胡玉不服气，反驳朱治道："朱孝廉何以知道大秦不盛行浮屠道？如此遥远的国度所发生的事情，你确定听到的不是讹传？"

朱治摇摇头："其证如下：延熹九年大秦王安敦遣来的使团中，就有一对大秦奴，一全身玄黑，一黄毛碧眼，均体高肉壮。二人专长击剑赌命，以博主人之乐，即使相斗身

---

[1] 佛教古称。

死，在大秦亦不加罪于主人。先帝仁德，命此二奴用木剑相搏于千秋万岁殿之外，以全性命。大秦奴在宫中相搏之事，洛阳公卿悉知，断不是讹传。由此反推，可知大秦风俗嗜杀，而浮屠道戒杀生，故大秦百姓断不能信浮屠道。所以，此象绝非大秦之原产。"

朱治的推理让胡玉哑口无言。胡玉一拍脑袋，小声叫道："我本知下邳王既喜浮屠道，又喜大秦物，这才高价请来六牙圣象，却不知浮屠道并不盛行于大秦国。我是被那交州客商骗了！可恶！"

貌似扳回面子的朱治踱着步来到胡婵面前，小声说道："孙家二夫人，下邳王的见识肯定远远超过朱某，若被他老人家看出此象不是大秦所产，孙县丞的脸面往哪里摆啊？"

胡婵揉搓着热乎乎的铜手炉细细思索，并不急于应对朱治的话。站在一旁观察胡婵表情的朱治非常清楚，他刚才也仅仅是指出了胡玉带来的货的纰漏而已，却没有为自己的五色石器洗脱嫌疑，所以胡婵如何抉择，尚在两可之间。

片刻后，胡婵还是将头转向了朱治，说道："就按照朱孝廉说的，我们孙家可以按照半价进货……"

"还是六折吧！弟兄们来一次也不容易。"朱治强压住心中的狂喜，嘴上依然在还价。

胡婵轻蔑地对朱治一笑，做出要将头转向胡玉一侧的样子，吓得朱治立即摆手："孙家二夫人，刚才只是玩笑罢了，半价就半价！"他转身对韩当说道："韩公义，快将船上的货都卸下来！"

"且慢！"胡玉跳了过来，挡在胡婵与朱治之间，伸开双臂，大声说道，"孙家二夫人，除了六牙象之外，我还有别的东西要献给下邳王！"

"何物？"胡婵再问。

"这几个藤条箱里，还有鎏金的貔席镇、安息来的五色罽、康居人做的透雕金叶镶玉带，还有……还有一个比丘！"

"比丘？"胡婵好奇地瞪大了眼睛，"比丘是什么？是哪里来的宝器？"

"比丘不是宝器，是人！"朱治见机卖弄道，"比丘就是浮屠道的男性践道者，必须剃度出家，不问世事。"但话刚说出口，朱治又觉得不对劲。他指着胡玉问道："你刚才说什么？这藤条箱里竟然有比丘？里面竟然能藏人？你不怕憋死人啊？！"

"这有何不可？这藤条箱的缝隙处四处透气，断断不会憋死人的！"说罢，胡玉指着一个角落里的箱子，对着手下吩咐道，"开箱！"

河滩上围观的众人又开始议论纷纷。一个京都来的客商好像有点儿见识，对别人小声介绍道："京都西雍门外三里御道北，有白马寺，据说寺内比丘不但会说胡语，还会柔身屈腿，藏身于箱箧之内。今日所说的比丘，恐怕就有这屈身藏箧之功！"

胡婵听到这番议论，也颇为惊讶，定睛往那藤箱望去。胡玉手下利落地打开青铜制的箱锁，接着打开箱盖。但见里面方方正正地垒着两条人腿，腿之间夹着一个光头朝上的人头。这场面乍一瞧，活像是一个人被杀之后复被分尸装箱，惊得胆小的人都大叫起来。须臾之后，那人的小腿便动了起来，脚趾略抖。突然，箱中人双腿立起，伸出箱体，再慢慢落下，一双小腿搭在箱外，接触地面。双脚落稳后，原本被叠在箱内的身子便以双足为支点，慢慢立直。此时大家才看清此人面目。但见此比丘，二十岁上下，皮肤白皙，面目清秀，双唇厚实。头顶光亮，颅形饱满。他站直后，依然双手合十，双眸紧闭，似乎不想见，也不想听世间的任何喧嚣。

胡玉微笑着拍拍那比丘的双肩，轻声说道："小长老，开眼吧，到下邳了。"

那比丘慢慢开目，用清澈的眸子扫视着芸芸众生，然后目光落在胡婵身上，并对她微笑示意，轻声说道："阿弥陀佛，女施主一向可好？"

胡婵不知怎的，心中突然一震，甚感奇怪：自己与这比丘虽是初次见面，却似是故人重逢，但左思右想，实在想不起曾在哪里见过他。

一边观看的韩当见了胡婵异样的表情，在朱治耳边细语："这孙家二夫人实在是太风骚了，一见到美俊男子眼睛就直了，真不知道孙县丞怎么受得了这婆娘……"

朱治急忙将韩当的嘴捂上，耳语道："公义休要妄言！仔细看看这胡婵与那少年比丘的脸型与眉目，你不觉二人有点儿相似吗？"

韩当瞪大了眼睛，反复比照这两张脸，茫然点了点头。

胡玉来回扫视少年比丘与胡婵，脸上露出得意的奸笑。

正在此时,下邳县城城门处奔出两匹小马与一辆辎车。第一匹小马上端坐的不是别人,正是孙家大公子孙策,时年十岁;他身后背着的一个小簟笭里,装着的则是其二弟孙权,时年两岁。骑在第二匹小马上的,则是胡婵亲子孙朗。孙权的奶娘黄氏坐在辎车上尾随其后,车上装着给孩子们准备的衣服与饮食。那小孙策远远见到胡婵,就大喊道:"婵娘,可有大秦国来的宝物?"

与孙策素来亲密的胡婵,此时却陷入了沉思,没有回答他。胡玉趁机对着孙策大喊:"大公子,有京都洛阳白马寺来的宝物!"当他说这话时,正用手指着那少年比丘。

第三回　万象皆幻

小孙策并非今日首次见胡玉。去年秋天胡玉来下邳拜访孙坚时，两人在城头的白门楼上喝酒叙旧，彼时孙策便带着一群掾吏的孩子在城楼下踢蹴鞠助兴。孙坚当时虽命孙策唤胡玉为"伯父"，却对此人的身世三缄其口。孙策天生好奇，曾就此转问母亲吴甄与二娘胡婵，不料二人也语焉不详。后从自家几个奴婢嘴里打探，这才了解到胡玉原是父亲当年招安的海贼，更觉新奇。原来，在孙坚任盱眙县丞时，曾将斩获的三十颗湖贼的首级插在富陵湖边的尖木桩上震慑四里，此景曾吓得偶经湖边的孙策连做了几天噩梦。孙策好奇，如此恨贼的父亲又怎么能与前海贼胡玉把酒言欢呢？

看到胡玉今日竟带了这么多稀奇宝物来下邳，还携一光头俊男相随，孙策的好奇心再次被点燃。他扔下簦箅里的小孙权不管，先冲上去给胡婵行礼，再对胡玉行礼，然后直勾勾盯着那少年比丘，心里琢磨着该不该给他行礼。一旁的胡玉仔细观察着孙策那略透杀气的英俊面庞,若有所思。

孙策没有注意到胡玉对自己的观察。他只是盯着那位少年比丘:"这位大哥怎么称呼?你是胡伯伯的奴婢吗?"

那比丘摇摇头:"奴婢者,亦为主人之家人,而贫僧已出家,故无家。施主若问贫僧姓名,则只好答曰:姓'言',名'无名'。"

"言——无——名?"孙策默念,再问,"何谓'出家'?兄台既是凡胎肉身,就定有父母;若父母不幸已亡,则有宗族,怎可轻言无家?譬如我堂兄孙贲、孙辅,虽其亲父早亡,却一直伴我爹爹左右,与我亲密无间。宗亲之情,鸟兽亦有,我想兄台也不会例外吧。嗯……容我再想想……"

孙策装模作样地皱起了眉头,然后自己将话题岔开:"刚才听有人说,兄台在下船前,一直待在胡伯伯备下的藤箱里忍饥受渴,我想你定然是犯了错,被胡伯伯责罚。而胡伯伯既然有权罚你,他定是你的义父,对不对?"

言无名笑道:"小施主误会了,在藤箱内不饮不食,乃是我等比丘修行的一种方式,以便在黑暗中顿悟世界之真谛。"

"世界之真谛?"孙策瞪大了眼睛。他突然想起,很多年前还在盐渎时,他就问过孙坚"真""假"之义,却被孙坚搪塞过去,今日何不再问问这个光头大哥?想毕,孙策就乐呵呵地反问言无名:"无名大哥,什么叫'真谛'?什么又叫'真'呢?"

言无名微微一笑:"这就要看小施主说的是俗常之真,还是脱俗之真了。"

"先说俗常之真。"孙策回道。

"所谓俗常之真,"言无名说道,"相符而已。以那将校手里的虎符为例:只有那阴符与阳符相互契合了,兵卒才能被调动。可见,相符为真,不符为假。孔子所说的'名实相副',即为此意。"

"哦!"孙策若有所思地点点头,但还是觉得言无名的话哪里有些不对劲,便反驳道:"既然'相符'的意思也在圣人的'正名'论之中,无名兄又怎能说这是俗论呢?此言是不是对儒学有些不敬呢?"

言无名大笑起来,眼睛眯成了两条弯弯的线:"小施主好慧根!不过,还是希望小施主耐心听完我说的脱俗之真,也就是世界之真谛。"

"洗耳恭听!"孙策的眼睛瞪得更大了。

言无名闭起眼睛,双手合十,摆弄着念珠,喃喃慢语:"佛言:当念身中四大,各有自名,都无我者。我既都无,其如幻耳!"

孙策听得如堕五里雾中。他低头努力消化了一下,然后反问道:"难道……这话的意思是:这世界的真谛就是虚幻?难道连我们自己也都是虚幻的?"

言无名睁开眼睛,微笑着点点头。

这次轮到孙策哈哈大笑了:"以前我曾听舅舅和我说过庄子'天地一指,万物一马'的道理,已经觉得够滑稽了,原来还有比这更滑稽的邪说!"

言无名并没有被孙策对于佛理的攻击所激怒,只是微笑着反问:"这又滑稽在何处呢?"

孙策忍住笑,指着自己的小胸脯,一字一顿地说:"在下孙策虽无古时甘罗、项橐之能,但我定然是真实不虚的,而非镜中之月。"然后他又指着胡婵说,"这是我二娘,难道她也是虚幻的水中之花?"随后再指指泗水上的点点帆影,以及身后的下邳城的白门楼,复问言无名,"大汉江山近四百年,高祖斩白蛇而得,光武平天下再建,疆土绵延一百零五郡国,威服海内,加威四方,难道这都是虚幻?"

言无名摆摆手:"小施主误会了。在俗常意义上,这些自然都是真实的。说其虚幻,其真义,乃是说其无名。"

"怎么无名?我叫孙策啊!"孙策又指了指自己的鼻子。

"这里的'名',"言无名继续含笑解释道,"是名分的意思。儒家说'君君臣臣父父子子',看重的是君臣之名分。而在佛家看来,名分为人造作而制,百年之后皆化为尘土,有何恋哉?"

孙策听到这话,脸色一下子就沉了下去。父亲以二千石郡守为人生奋斗目标,作为其长子的孙策早就心知肚明。而这维系了孙家一门荣辱的郡守名分,竟然在这光头怪人的嘴里一文不值,这难道不是对整个孙门的侮辱吗?想到这里,一个时辰前刚因鞠友钟离超耍赖而输球的孙策,不知从哪里冒出了一股子邪火,心中暗骂:"那钟离超仗着他爹钟离越的名头肆意欺负小爷我也就罢了,今天就连你这没爹没娘的秃子也敢来嚣张!"他毫无征兆地猛跳起来,右掌做成刀尖状,劈开空气,径直向那言无名的面门扑去。在旁边一直没说话的胡婵不禁惊叫:"策儿,住手!"

孙策的确住手了,但不是听了胡婵的劝,而是因为他的右掌已被言无名的双掌紧紧夹住,就如同一条可怜的泥鳅被河蚌夹住。孙策左手刚想出拳反击,言无名便立即高高抬起笔直的右腿,将出自丹田的精气灌入那如同鹤喙般前啄的脚尖,由此防住了自己大半个身子。但见孙策尚且自由的左手反复试探,言无名那"鹤喙"则牵带着全腿,就像扇面一样机警地摆动,竟让跟着孙坚苦练了六年武功的孙策找不到一点儿破绽。与此同时,言无名的左腿则纹丝不动地立于地面,丝毫不受灵活摆动的右腿的影响。

孙策额头汗珠直冒。在后边奶娘黄氏怀里的孙权见亲哥哥吃了亏,开始大哭起来。至于胡婵的亲子孙朗,则躲在人后,用袖子掩住嘴,默默地冷笑。因为名分的问题,他在孙家的位置可有可无,甚至不受胡婵本人的重视——此刻目睹平时集万千宠爱的孙策当众出丑,他心中竟生出了一股淡淡的甜意。

孙策见无力挣脱言无名的铁掌,只好换了一副嬉皮笑脸的表情:"无名大哥,别误会,小弟我只是想与您切磋世界的真谛,不是故意冒犯!"

"这话从何说起?"但见言无名气不喘,脸不红,平静地问道。

孙策眼珠一转,自圆其说道:"刚才……刚才无名大哥说'无我无欲',小弟还是有点儿不解……若真无我无欲,世人为何还要习武防身?既然大哥说自己无我无欲,小弟就亲自来试探大哥：若大哥以身反抗，则说明大哥并不信自己之所说，为假比丘；若大哥不反抗，则说明大哥真信佛理，为真比丘！"

言无名点点头，暗赞孙策的机智。他解释道："出家人有等级，贫僧为普通沙门，属于末等，故而血气未消，我执依强。若继续修行，则会慢慢成道。"

"那……沙门以上还有什么等级？"孙策以气喘吁吁的发问为掩护，继续努力寻找言无名防守上的弱点。他就不信，言无名的右腿抬高了这么久，他就一点儿不感到酸。

言无名见孙策对佛僧等级有兴趣，便用《四十二章经》中的话慢慢解释道："辞亲出家，识心达本，解无为法，名曰沙门。常行二百五十戒，进止清净，为四真道行，成阿罗汉。阿罗汉者，能飞行变化，旷劫寿命，住动天地。次为阿那含。阿那含者，寿终灵神上十九天。证阿罗汉。次为……"

言无名因大段背诵经文分散了心智，所以右腿暂时停止了摆动。孙策的左手在此前也一直未动。但在言无名念到"阿罗汉"三字时，孙策突然用足内力，用左手大力击打言无名夹住自己右手的右手肘。别看孙策只有十岁，六年训练所爆发出的力量依然不可小觑。言无名感到一阵疼痛，手掌一松，孙策的右手则趁机逃脱。孙策顺势跳到了言无名双腿攻击范围之外，做了一个大鹏展翅，以示防御。言无名也不与他计较，冷笑一声，双足并立，双手合十，继续将那段经文背完："……次为斯陀含。斯陀含者，一上一还，即得阿罗汉。次为须陀洹。须陀洹者，七死七生，便证阿罗汉。爱欲断者，如四肢断，不复用之。"

在一旁冷静观察孙策与言无名这番较量的胡玉，伸手摸了摸自己的大胡楂子，思忖道：以前与这小孙策只有点头之交，今日再见，才发现其狡黠不亚其父，而好斗之心更胜一二，天下大乱后必是另一个枭雄。他再抽眼去看只有两岁的孙权，发现刚才还在为哥哥大呼小叫的他，竟然咬起了奶妈黄氏给他的粗籹饼[1]，乐哉悠哉，一副没心没肺的样子，真不知这是泰然自若的表现，还是平庸无能的征兆。而胡婵亲生的孙朗则躲在人后，看不清其面目，不过胡玉对他也毫不关心。胡玉再转头去看胡婵，但见她一直盯着言无名俊美的脸蛋，若有所思。她是不是已经猜到了些什么呢？何时是向她和盘托出的最佳时机呢？胡玉细细地盘算着。

---

[1] 古代一种环形的甜饼，类似今天的甜甜圈。

第四回　名实相副

孙策与言无名对峙许久，场面略显尴尬。孙策回头看向胡婵，从她对于言无名的眼神中，读出了她的怜意，便识相地收起装作鹏翅的双臂，向言无名作揖，对自己刚才的鲁莽行为表示歉意。言无名则微笑颔首，然后继续闭眼念经，不再理他。孙策觉着无聊，便唤来二弟孙权，一起验看、把玩胡玉与朱治分别带来的货物。躲在人群后的孙朗对这些货物也很好奇，却不敢上前与孙家的嫡子抢，只好向母亲投去可怜兮兮的目光。胡婵没好气地挥了挥手，孙朗这才敢走出人群，在孙策、孙权身后翻检他们把玩过的器物。

胡玉有些担心地盯着握在小孙权手里的琉璃器，内心仍在琢磨向胡婵和盘托出言无名身世的时机。正在此时，忽听得下邳城门口一阵喧嚣，又见从吊桥处驶出一辆开道的斧车与一辆装饰华丽的轺车。胡玉仔细观察了一下那轺车，觉得有些不太对劲，转头问胡婵："二夫人，那轺车左右以吉阳笷装饰，鸾雀立衡，头上还顶着羽盖，这分明是公侯的配置啊，怎么前面仅有一辆斧车开道？那车上究竟是何人？"

胡婵笑了："几日不见，胡玉大哥见识长进了。那车上坐的，乃是下邳王最信任的'下邳傅'钟离越。钟离大人在王国境内替王爷办事，为方便计，就蒙王恩借用了部分王爷的仪仗，只是斧车与随从从简，以示区别。反正这是下邳王的地盘，只要下邳相不向徐州刺史部抱怨，谁又能说个不字？"

"下邳傅？"胡玉眼珠乱转，心里又有了新的盘算。他知道，按照汉制，一个王国里辅佐王的最重要的大臣就三个：掌管王府事务的"傅"[1]、掌管地方政务的"相"[2]、掌管地方防务的"尉"[3]。下邳傅虽不管政务，不掌兵权，但地位极为关键：一方面，王侯及其家人的迎丧嫁娶，均由家丞掌管，下邳傅也由此获悉了王侯家中的很多机密；另一方面，此职位直接向天子负责，有权向其奏报封王异动，其地位明显高于只有四百石俸禄的孙坚。如此看来，这个叫钟离越的下邳傅，便是接近下邳国权力与财富中心的捷径。

胡玉正盘算着，只见胖乎乎的钟离越将笨重的身子挪下了车舆，在两个掾吏的伴随下，大摇大摆地走到诸人面前。胡婵带头肃拜，河滩上诸人亦都学样。只有身为孝廉的

---

[1] 约等于中央朝廷的"太傅"在地方王国中的对应者。
[2] 与郡太守平级。
[3] 王国的尉叫"中尉"，是县尉在郡国级别的对应者。

朱治在下拜时，用只有身边的韩当才能听见的低音抱怨道："傅毕竟不是王，竟然就用上了王的仪轨，真是扰乱名分！"

趴在地上的胡玉感到钟离越正在往自己这个方向踱着步子。他的视线慢慢往上挪，先是瞧见了钟离越腰间的玉佩与象牙鞘书刀，然后越过钟离越前凸的肚皮，最后停留在其肥嫩的双下巴上。此刻的钟离越却对胡玉视而不见。他捋了一捋下巴上悬着的几根稀疏的胡须，傲慢地对四下的人群说道："罢了，罢了，都起来吧，天冷着呢，地上多凉啊！"

正当众人纷纷起身之时，钟离越大喊一声："且慢！"此时，他正好看到了言无名。原来，在众人下拜之时，钟离越的视线被一个藤箱遮挡，并未看见言无名。而现在钟离越人已走近，便发现箱后竟有一人盘腿念经，并未拜官。

众人屏住了呼吸，只有言无名所念的晦涩经文在冬日的空气中震荡："如是我闻：一时佛住舍卫城东园，与众所知识大比丘僧俱，如尊者舍利弗、摩诃目犍连、摩诃迦叶、摩诃迦旃延、摩诃俱絺罗、摩诃劫宾那、摩诃纯陀、阿那律、离婆多及阿难……"

了解钟离越脾气的人都在小声议论，猜测着他爆发的时机。却不料钟离越今日并未发火，甚至还用手势制止了身边的小吏前去打扰言无名。他只是好奇地绕着这比丘走了一圈，然后问道："小师傅，法号为何？"

言无名睁开眼睛，停止念经，慢慢回道："言——无——名。"

"言无名？"钟离越抬头沉思了一下，再问，"小师傅与白马寺的安息国高僧安世高可有关系？"

言无名高兴地笑了起来："施主真是有知！是否听出了刚才小僧所念的是安世高师傅所译的《安般守意经》？"

钟离越点点头："小师傅啊，这段经文我耳朵都听出老茧了！你不知道，我家王爷在十六年前做了一个梦，梦境与孝明帝当年所梦见的可是一模一样：金人自西方来，头射白光，盘坐王廷。自此以后，王爷就日日吃斋念佛，以求超脱。他曾令我代奏天子，请安世高来下邳国讲道，不料鸿胪寺[1]方面却来书说，安世高师傅年老体迈，已无法承受车马劳顿。自此，王爷只好召下邳地方的僧人严佛调帮其解读《安般守意经》，却不想四年前严佛调突然不辞而别，还留下一封信，说自己去京都洛阳找一个叫'安玄'的安息国居士合译《法镜经》了。对了，你还没回答我，你与安世高师傅是什么关系？"

言无名回道："安世高师傅的确年事已高，甚至目下在白马寺也不太讲佛道了，整日闭门译经，偶尔指点众汉僧学习贵霜与天竺的文字。小僧十一岁进白马寺，那时安世高师傅精神尚好，不但给我讲过佛道，还顺便说过一些他在安息国做王子时的往事，不时嘲笑尘世之浮华。"

"哦？"钟离越看着言无名，"小师傅说自己是十一岁入白马寺，可有凭证？"

---

[1] 主掌外宾、朝会仪节之事的官方机构。因为当时僧人多番僧，故僧众的管理事项由鸿胪寺负责。

"施主要什么凭证呢？"言无名笑问。

"别急！"钟离越从袖子里拿出一个小布袋，从中取出一根竹简，上面写着几行一般人完全看不懂的文字。钟离越将其递给言无名，说道："这是天竺人用的梵文，很多佛经用的都是这种文字。对了，你可知梵文有几言[1]？"

言无名顺手将竹简横过来读，淡淡回道："天竺文字，梵天所制，原始垂则，四十七言。这在白马寺连做斋饭的都知道。"

"那你为何将竹简横过来读？"钟离越再问。

"梵文是从左到右横着看，而非汉文那样从上到下竖着看。这在白马寺连扫地的都知道。"言无名略带轻蔑地回道。

"那就请小师傅译出此段文字吧！"钟离越终于抛出了他真正的考题。

言无名不假思索地开口念道：

>……又复理家。开士以修治四法为自归于佛。何谓四？一曰道意者终而不离；二曰所受者终而不犯；三曰大悲哀者终而不断；四曰异道者终而不为也。是为四法。

钟离越赞赏地拍起手来："译得好！不瞒你说，这梵文竹简是半年前严佛调师傅从洛阳寄来的，同时还附上了汉

---

[1] "言"指字母。

译。他在信中告诉王爷，凡能据此梵文原文速译出汉文者，即使不出自白马寺，其学问也足够伴王讲道。看来小师傅真有本事！"

钟离越话音刚落，四下里便响起一片赞叹。大家交头接耳："这小师傅不但武功好，还能懂如此繁难的梵文，真是奇才！"还有一个幽州来的客商摇头苦笑说："可惜小师傅已经出家了，否则如此一表人才，真适合做我家女婿啊！"说罢，周围一片哄笑。而站在人群边上的孙策听了，心里却颇不是滋味。对于他来说，今日先是在蹴鞠场上被钟离越的儿子欺负，其后又在河滩被这少僧抢了风头，真是倒霉到家了。他转眼去看胡婵，发现二娘看言无名的眼神已经有些迷离了，本来一直揉搓着暖手铜炉的两只手也早已僵住。孙策心中暗自诧异。他转而想用腰间悬挂的玉璧去逗身旁的小孙权，却发现孙权竟也跟着众人一起拍手，嘴里还嘟嘟囔囔着："四法好，佛法好！"孙策轻叹了一口气，噘起小嘴，开始低头生闷气。

没想到钟离越此时却突然板起了面孔。他咳嗽了一声，对言无名问道："小师傅，勘验你身份的步骤还未完成。你刚才只是证明了你真懂佛经，却没有证明你的确来自白马寺。我在鸿胪寺那里打听过了，凡在白马寺为僧者，身上都有烙印，作为师承的证据。你的戒印又在何处呢？"

言无名笑道："在背上烙有我师父安世高的梵文名字，可资凭证。"说罢，他不顾天寒，当即宽衣，露出自己上半个胸、背。钟离越凑到言无名的背后，仔细验看，又从袖子里拿出另外一根写有梵文的竹简反复比对，最后点点头："本官虽不懂梵文，但这几个烙言，确实符合严师傅事先给出的梵文字迹！"

"名实相副，是真的！"小孙权突然站起身来，拍起了小手。众人也纷纷起身鼓掌。

孙策见人心已被这白马寺少僧所收，也只好违心地起立叫好。他再次看向二娘，惊讶地发现她的双眸竟有些发红。孙策不禁疑惑：二娘今日究竟是怎么了？

孙策之所以疑惑，是因为他并未见胡婵之所见。而此刻的胡婵已清楚地看到，就在言无名背上烙字的旁边，还有一个月牙形的胎记。

与此同时，胡玉贼溜溜的眼神则在胡婵与言无名之间来回乱窜。他从胡婵的表情中已经猜出，关于言无名的身世，她已心里有数。

此刻，貌似已对言无名消除戒心的钟离越牵起了他的手，关切地问："小师傅啊，方便问你是何方人士吗？听口音，你是青州人？"

言无名摇摇头："小僧本是扬州吴郡曲阿人，但从小父母双亡，被一来自青州的倡优班收养，所以有青州口音。不料倡优班到了会稽后，恰逢许氏父子举全郡民力反汉，被许贼胁迫为奴。幸前扬州刺史臧旻指挥有方，现下邳县丞孙坚孙文台戮力讨贼，终于攻下贼首盘踞的句章城。然小僧父母却无福消受天子恩德，在官军克难前就已被许贼折磨至死。后小僧被云游至此的白马寺番僧迦叶摩莎所救，带到洛阳白马寺剃度出家。至于拜安世高为师，则是三年前的事情，而这背上的烙印，便是当时留下的。"

"哦！"钟离越沉重地摇摇头，"小师傅命苦啊！"

"不苦！"言无名也摇摇头，"生老病死，人生无常，本是宇宙本相。参透世间虚妄之真谛，方可逃苦至乐。"

"嗯！"钟离越顺口又问，"那么，这次师傅为何来下邳呢？"

"受严佛调师傅差遣，来给下邳王讲道！"言无名回道。

"那为何严佛调事先不知会王爷或本官？"钟离越皱起了眉头。

"知会了啊！"言无名解释道，"严佛调师傅事先寄来《法镜经》的梵文原文与我师父安世高的梵文名字，就是暗示有新僧会来下邳！"

"那他为何不干脆明示你会来？"钟离越还是脸带迷惑。

"因为他不知道我与王爷是否有缘，所以才言辞暧昧，留有余地。"言无名回答得滴水不漏。

"那……"钟离越看了看一直在一旁不作声的胡玉，又与身边的掾吏轻声交谈了几句，复问，"听手下人说，你是与这个胡玉一起来的。胡玉的船是从会稽郡东冶出发的，而你应当从京都洛阳出发，这走的不是一路，你怎么会在他的船上？"

胡玉听罢，立即上前解释："大人有所不知，东冶是从沿交州海岸运来的很多西域宝器的中转地。而小师傅大半年前就从洛阳到了东冶，一来是为了在扬州传道，二来也是为了能在东冶帮助小人拣选佛器。然后,他再随小人一起到下邳看望王爷。这样一来,王爷就既有了佛器,又得了宝僧,岂不是皆大欢喜?对了,您再看这六牙琉璃宝象,就是小师傅在东冶帮助小人挑中的。他当时还用安息语帮着小人与一个叫什么什么'马斯库乌斯'的大秦客商砍价呢。小人可是一直尽心尽力为王爷搜罗天下宝物啊,这一点孙县丞也是知道的。"

"是!是!你的事情,孙文台和我已说过多次了,本官会关照的。我与文台也是好友,就连犬子也常与文台的虎子一起蹴鞠啊!哈哈哈哈!"钟离越甩动肥肉大笑时,还瞟了孙策一眼,孙策也只好强装欢笑表示迎合。

"欸?"此时钟离越看到胡婵正背着众人,身子一抖一抖,似在抽泣。他向着胡婵方向问道:"今天孙家二夫人怎么如此寡言少语?还当众哭了起来?你可别回家对文台说我钟离越欺负你啊,文台的拳头我可吃不起。哈哈哈哈!"

背对着钟离越的胡婵用手绢捂住眼鼻,努力克制住自己的情绪,然后强装欢颜,转过身来:"钟离大人见笑了。小女子只是想到自己也有一个堂姐,多年前丢了孩子,后亲自去会稽寻人,不料却被会稽许贼所辱杀,连尸首都找不到,实在凄惨。今日听了小师傅的身世,触景生情,这才流下了眼泪。"胡婵的话虽是临时编造,但因说得声情并茂,大多数人并未看出破绽。钟离越听罢,立刻上前安慰了一番,然后叫手下人引导手捧六牙琉璃象的言无名上车。临走前他转头招手命胡玉凑近,对他轻声说:"本官验看小师傅

图 3 鸠车复原图

后,王爷还要亲自考问其学问。不过只要王爷满意,你带来的货,王廷便会以优厚价格收购,绝不会让你吃亏。具体消息,我会托孙县丞或孙家二夫人转告于你。"说罢,钟离越便辞过胡婵,上车回下邳王宫了。

见钟离越车仗驶远,河滩上的众人都长舒了一口气,开始打理各自手头的活计,但仍然忍不住小声议论刚才言无名的风姿。孙策为纾解心中郁闷,开始大肆购物。他在胡玉的摊头买了一套给小孩子玩的镶嵌着琉璃石且带羽盖的铜车马,竟花了三千二百五十四钱。孙权在朱治的摊头买了一辆更小的铜鸠车[1],花了五百三十六钱。而孙朗只敢在一个兖州客商的摊头挑选了一个陶狗,花费区区八十六钱。

胡婵已毫无心情去关注孩子们在购买玩物上的花费,她太急于从胡玉口里探知言无名的详情了,于是向胡玉使了

---

[1] 参看图 3。此鸠车为宋代形制,但从汉到宋,鸠车的形状乃是大同小异的。

一个眼色，摆弄了一下插在自己发髻上的簪子，然后扭动簪柄，向外慢慢转了三圈。

胡玉知道，这是胡婵在利用当年海贼帮的暗号向他发信息，意思是要胡玉等一下跟着胡婵身边的某个奴婢走向某个秘密去处。胡玉不动声色，继续招呼手下将船上货物卸岸，然后目送胡婵招呼黄氏带着孙策、孙权与孙朗回府。而后，他发现胡婵并未跟着他们一起回府，而是独自一人，径直走上了白门楼，消失在城楼的女墙后。一个脸上有雀斑的孙家奴婢依然留在河滩上，装模作样地翻检一些布料。突然，她将自己的右手抬起，也往自己的发髻上摸了三下，然后放下布料，往城门洞走去。

胡玉看出来了，这又是暗号。他看看左右都在忙自己的事，就低头向手下嘱咐几句，远远地跟在那少女身后。

河滩上只有朱治注意到了胡婵与胡玉的古怪举动。他转头对韩当轻声说道："义公，我看孙家二夫人本来就认识胡玉。至于那言无名的身世，恐怕也要比他自己所说的更为复杂……"

"她当然认识胡玉，胡玉又不是第一次来下邳。至于僧人么，出家之前的俗事都是不便细问的。"韩当刚才正与一个本地客商聊天，并未细想朱治所言之深意。

"我是说，孙家二夫人与那胡玉或许已经认识很久了。"朱治补充道。

"我的朱孝廉啊！"韩当苦笑了一下，"他们就算认识十年二十年了，与我等何干！还是先来操心自己的事吧！您看，本来我们已与孙家二娘子商量好，以半价出手我们的次等琉璃器，没想到方才下邳傅当众认定胡玉的琉璃器才是正货，你叫孙家还怎敢收我们的货再转献给王廷？再不及时找个新下家将这批货脱手，您就没钱去继续寻访您的外甥了！"

韩当口中说的朱治的外甥，名叫施然，乃是朱治大姐朱芙与其夫施理之子，一年前不慎走丢，时年一岁。因为有目击者说孩子是被带淮泗口音的人抱走的，所以朱芙便嘱咐朱治行商时多在淮泗一带探访。而要继续扩大搜寻范围，自然也就需卖掉五色石器换钱，以便支付盘缠。既然目下孙府已经无法履约购入这些五色石器，那谁又会买它们呢？想到这里，朱治皱起了眉头。

韩当见状，立即安慰道："朱孝廉啊，刚才我听本地客商说，睢陵县有一个县丞得了怪病，估计快死了。他家里还有几个小钱，估计丧事一定会很隆重。现在有钱人都喜欢在办丧事时，在棺椁里衬上琉璃或五色石器镇邪，我们现在就不妨去睢陵碰碰运气，反正也不用出下邳国。"

"好！就依你言，去睢陵！"朱治拍了一下大腿。嘴上虽这么说，可他心里所记挂的，却依然是胡玉与胡婵的真实关系。

第五回　阙楼破谜

此刻，胡玉正小心翼翼跟着孙家的奴婢，经过吊桥进了城门，穿过人来人往的街巷，来到一座僻静的阙楼前。那奴婢却在阙楼旁突然消失了，让胡玉甚是疑惑。此时，阙楼基座处突然开启一扇向外伪装为阙墙的暗门，那奴婢从内伸出头来，挥手招呼胡玉。胡玉进门后，她就指引胡玉沿着木梯攀上二层，自己则反身将暗门锁死。上楼后，胡玉发现胡婵已坐在案几后等着自己了。胡玉心中念叨：此阙楼定是孙家与友人密会之所，所以胡婵才只敢暗中带他来此。

胡玉指指还在底楼望风的奴婢说："此小婢可靠否？我与你接下来要说的话，她会传出去吗？"

胡婵道："胡大哥放心，她是我五年前从庐江郡买来的一个聋奴，无论我们谈什么，她都听不到。"

"哦！"胡玉还是有些不放心，干脆收起了上楼用的木梯，将其摆立在二楼的侧墙上，这才坐下切入正题，"阿婵，这次我冒险来下邳，是来做大事的！"

"别和我扯你们男人的大事，"胡婵不耐烦地摆摆手，"你先来告诉我，那言无名师傅，是不是真的是……"不知怎的，话到嘴边，胡婵突然又说不出来了。

胡玉双手交叉抱于胸前，歪着脑袋看着胡婵："妹妹，怎么了？心里明明猜到的事情，嘴上却说不出来？好吧，还是让我来说吧——言无名确是妹妹你当年丢的儿子！"

胡婵低下头，哽咽了起来。但不久后，她又抬起头，看着胡玉："你本在东冶，而他在洛阳白马寺，天南地北，他又怎么与你混在一起了？"

胡玉笑道："你可记得在与会稽许氏父子作战时，我曾潜入句章作为官军内应？"

"我当然记得，这计谋就是我与文台一起出的。但这与我儿又有何关系？"胡婵再问。

胡玉端起案几上的一个陶酒杯，仰着脖子往嘴里倒了一点儿酒，抿抿嘴，继续说道："我在许韶、许昌身边打杂时，探听到了很多情资。对了，你可知许昌做了所谓'阳明皇帝'后，还给自己配了一名伪后？"

"我知道啊，她不是被文台当众斩了吗？"胡婵一边反问，一边给胡玉斟酒。

"说的就是她！文台斩她时，我就在旁边，看得很清楚，文台行刑前握斧的手一直在抖，好像那女子是他的熟人。"

"哦？"胡婵放下酒壶，若有所思，自语道，"当时我并不在场，文台事后也绝口不提斩越后的经过。倒是听在场的祖茂与我说过,越后在死前似乎与文台低声说了些什么。"

"这就对了!"胡玉点点头,"我若没猜错的话,她是希望文台帮她照看自己的义子!"

胡婵脸色瞬间凝重起来。她已大致明白胡玉的意思。原来越后的义子就是自己丢失的儿子,也就是今天的言无名。但这三个身份究竟是如何落在同一个人身上的呢?突然,胡婵脑中灵光一闪,问道:"那越后是青州人?"

"对!青州东莱郡人,姓柳……哎,这些你是怎么知道的?你又没见过她。"

胡婵叹了一口气:"我儿是在曲阿被人拐走的。当时新春刚至,河滩边有人做驱鬼傩戏,一片嘈杂,身边还有不少青州口音的外地人。我当时因经验不足,误食了一个看似面善的青州女子给我的黄粱糕,结果突感内急,只好将孩子暂时托付给奴婢。不料回来后,却发现我儿与那奴婢都不见了,顿感五内俱焚。一日后有人在曲阿的护城河里看到了那奴婢的尸体,但孩子依然没有找到。县廷的文书说,那奴婢是因为没有管好孩子,羞愧自责,投河而死的。不久后,我就被婆家赶出家门,沦落江湖……然后,就遇到了你……不管怎么说,我一直怀疑我儿就是那些青州人拐走的……"说着,她的眼睛又红了起来。

"哦!吃黄粱糕这个细节我倒是第一次听到!你当时也太嘴馋了吧,黄粱糕有什么好吃的,粘牙。"胡玉眯着眼睛讥讽道,随后又问,"那个给你吃糕的青州女子,是不是脸蛋有点儿长,有点儿消瘦?"

"对！就是这模样！她是否就是后来的越后？"胡婵瞪大了眼睛。

胡玉点点头，又喝了一杯酒，继续往下讲："那柳氏自己没有儿子，丈夫又早死，就设计拐走了你的孩儿。从此这孩子就一直跟着柳氏四处流浪卖艺。然后这帮青州倡优游荡到了会稽山阴，不料被当时的会稽太守尹端的家丁欺负，那柳氏的老父被当街打死。后来柳氏被一个叫许昌的百戏班班主搭救，后来就跟了他。那许昌本不是反贼，却不知怎的，被一个叫许韶的落魄书生蛊惑，创立桃花妖道招揽信众，终于酿成熹平元年震动吴、会的民变。关于柳氏的这些事情，都是我打入桃花道后她亲口告诉我的，千真万确。"

胡婵皱起了眉头："你当时打入桃花道的时间不长，怎有机会接近那柳氏？她又怎会告诉一个外人如此私密之事？"

胡玉猥亵地笑笑说："哥哥我有的是让女人心甘情愿向我倾吐衷肠的本事，妹妹你知道的只有三成。呵呵！"

胡婵摆摆手："那些龌龊事，你别对我说！我就问你：柳氏是不是亲口告诉你那孩子是在曲阿拐来的？再说一遍，我是问：她是否亲口告诉你了？！"

"是！当时她就趴在我肩上，流着眼泪，一字一字说的。时间地点都对得上。她还向我描述了孩子亲生母亲的面貌。我一听，就知道她说的是你！"胡玉说得斩钉截铁。

"那……我儿他自己又是何时知道他不是柳氏亲生的？他又是怎么从句章的乱军中逃出来的？"

胡玉想了想，说道："大约是在句章破城前几日，那妇人亲口告诉你儿，他是拐来的，她不是他亲娘。不过，这段经历，也是你儿在被张曼成派来东冶后，才告诉哥哥我的。"

"张曼成又是谁？"胡婵好奇地问。

胡玉解释道："他目下是黄巾道在南阳地区的'神上使'。十年前他之所以在句章，乃是奉了黄巾道'大贤良师'张角的密令，南下扬州，欲与二许协调行动。不料刚到句章，二许就败亡了。张曼成见你儿聪慧，似可一用，就在乱军中将其救走，一路逃至庐江郡。当时恰逢安息高僧安世高与迦叶摩莎在庐江郡传浮屠道，张曼成就故意将你儿打扮成少年居士的样子取悦二人，以便让你儿能够打入京都的白马寺，学习安息、贵霜与天竺的文字，成为真正的僧人。你也知道，自从楚王刘英信浮屠以后，下邳一带豪门信浮屠之风日盛。因此，我们在下邳安插眼线，也需要一个僧人做掩护。"

听到胡玉说"我们"，胡婵问道："你刚才说的'我们'究竟指的是谁？"

"妹妹你别明知故问了，当然就是指黄巾道。现在我的上线就是南阳神上使张曼成，至于你儿言无名师傅，也正是张上使本人在几年前亲自介绍给我的。"

"你……你……你明明已经被文台招安，也曾在句章为朝廷立过功，朝廷还分给了你地，怎么又突然反汉了？"胡婵站起来，用颤抖的手指指着胡玉。

"哈哈哈哈！"胡玉大笑着伸长双臂，仰头躺在席子上。笑罢，他冷眼看着刻在楼顶木梁上的"忠义"二字，撇了撇嘴，慢慢说道："别提朝廷的赏赐了。二许败亡后，朝廷在东冶赏赐给我和弟兄们的地，根本就没法种。只要出了东冶县城，到处都是疫瘴、蚊虫、毒蛇。那里的越人似乎是蛇与人交媾的后代，非常可怕。我带去的弟兄，第一年就在当地越人发起的偷袭中被杀了三分之一，其中还有我最宠的小十九。至于那些分给我们的女人，因为身体弱，大半也都病死了。种不了地，东冶的县令就叫我们去船厂修船，活儿儿苦又累，连饱腹都难。直到遇见张曼成，我们才有了转机。"

"那张曼成何时去东冶？他到底有什么本事？"胡婵问。

"大约四五年前吧，对，就是光和二年[1]夏的事。他带了一帮黄巾道的弟子坐船来东冶传黄巾道，给我们念咒，宣讲《太平经》，然后叫我们喝下符水。说来也怪，本来病恹恹的弟兄们，喝了那水以后都慢慢好了。大家为了报恩，也都加入了黄巾道。"

"他这样大肆宣教，东冶县令就不管？"胡婵再问。

"不管，而且还乐观其成。"胡玉解释道，"那县令的爱子与小妾的病，就是张大师治好的。县令为了答谢他，允许我的弟兄们与黄巾道的弟兄们做生意，这样我们的日子才好过了起来。"

"你们连自己都养不活，有什么可以与黄巾道交易的？"胡婵问。

胡玉一骨碌坐起来，兴致勃勃地解释道："你知道的，东冶是很多西来的商船北上的中转地。夷商为了通关，经常

---

[1] 179年。

需要贿赂当地的县寺。这些油水原来是没我们弟兄的份的，但张法师却劝导那县令，从夷商的货中扣除一部分不上缴朝廷，而是交给黄巾道的弟兄沿着大江与淮泗水系散货，这样就可以赚比走官道多十几倍的利。换言之，县廷提供方便，黄巾道提供货的出路，而我的海贼帮则提供运货的水手与押运的刀客，这样就可以三方分利了。其实这些事情，文台应当隐约知道一些，只是不想点破罢了，因为你们孙家从我这里转货，其实也赚了不少。"

听到这里，胡婵脸上本来阴郁的表情渐渐消散了："那么说来，黄巾道的宗旨，无非就是治病救人，促商逐利而已？若真如此，我也可以做黄巾道弟子啊？"但她想想又不对，自言自语道，"难道黄巾道与浮屠道是一个教吗？你们要我儿扮作僧人在下邳做眼线，到底图什么？"

胡玉窃笑着，抢过酒壶给自己倒酒："刚才不是和妹妹你说了吗？下邳一带，富豪多信浮屠，黄巾道要更上一层楼，还需要借助浮屠的名义！"

胡婵被胡玉说得更糊涂了，问道："浮屠道不是主张世间财富名利都是虚妄吗？这与黄巾道的牟利之举，不是互相矛盾？"

胡玉摆摆手："对黄巾道来说，牟利敛财只是为了招揽更多信徒，而非仅仅为了逐利。最后的目标还是建立天下太平之道，以土德代火德。这与那些比丘沙门说的西方极乐世界，是有异曲同工之妙的。"

听到"以土德代火德"一语，胡婵的脸色又变了。她虽读书不多，但也知道大汉以火为政德之代表，而胡玉说什么"以土德代火德"，也就是造反的意思了。她第二次站起来，指着胡玉说："归根结底，你还是反了！哥哥你也是聪明人，难道要重蹈会稽许氏父子的覆辙？大汉江山这么稳固，你们几个人如何反得了？"

胡玉把酒杯一摔，也站了起来，高声道："妹妹，你醒醒吧！北方大疫蔓延多年，就连在京都洛阳也有不少豪门子弟病死，暴汉根基早已撼动！光和二年，素有'杀神'之称的太尉段颎蒙冤入狱被杀——你看，就连大汉最善战的大将都已被朝廷害死了，这样的朝廷还有救吗？再看那昏君刘宏，自登基以来，卖官鬻爵，放纵阉宦，穷兵黩武，民不聊生，哪里有半点中兴之主的样子？老实说，我也不知道黄巾道最终会不会得天下，但我确信这天的颜色肯定会变了！我们不妨先离开大汉这条已经开始漏水的船，跳上黄巾道这条新船，等到哪天发现黄巾道这条船也开始漏水了，我们再择新主。妹妹，该到了做决断的时候了！"

胡婵的眉毛拧成一股结："呸！你休要胡言！自从我跟了文台到了徐州，从盐渎到盱眙再到现在的下邳，我只见徐州百姓康乐知足——大汉之船哪里有倾覆的迹象？"

胡玉听了，竟跳到案几之上。他双手叉腰，居高临下，对着胡婵激动地说道："妹妹，大汉朝有十三州一百零五个郡、国，合计一千多个县，你跟孙坚走了三个县，就敢说天下康乐知足？喜欢吃黄粱糕的孙二夫人啊，你肯定从来没有去过黄河北面吧，你肯定也没有亲眼见过那些对着滔滔河水哀号的灾民吧，而我胡玉却都见过！我曾亲眼看见，阉党就连赈灾的药材与粮食都敢贪墨；我也曾亲眼看见，多少人是喝了黄巾道调配的符水才保全了性命！你可知道这天下有多少百姓得过黄巾道的恩惠？你又知道有多少黄巾道弟子遍布天下各州郡？哥哥我来告诉你！司隶、青州、幽州、冀州、荆州、豫州、兖州、扬州，还有你自以为康乐太平的徐州，能够拿起刀剑的黄巾道子弟，至少就有三十六万人！我再来告诉你，大贤良师张角麾下，猛将如云，能抵三倍当年的凉州三明！除了神上使张曼成之外，还有张牛角、褚飞燕、黄龙、左校、于氐根、张白骑、刘石、左髭、李大目、白绕、眭固、苦蝤、波才、彭脱等多员大将，足以攻城略地，改天换日！此等实力，哪里是当年仅拥众万人的会稽许氏可比？妹妹你难道没听说过这句童谣吗？'苍天已死，黄天当立！岁在甲子，天下大吉！'而今年，就是甲——子——年！"

胡婵自从认识胡玉以来，从没听他如此滔滔不绝、慷慨陈词过。她瘫坐在席子上，两眼发愣，一言不发，慢慢消化着他刚才说的话。楼下的胡婵奴婢虽然耳聋，却也感受到了胡玉手舞足蹈时阙楼的震动，她一边警惕地往上看，一边将腰间的拍髀拔出刀鞘，喊道："主人，要我上来吗？"

"哎，你不是聋子吗？你刚才听到老子说了些什么吗？"胡玉暂且不理会胡婵，蹲在二楼放楼梯的缺口边往下探问。

"胡大哥你放心，她确是聋子，但不是哑巴与傻子。你刚才动静实在太大了，楼板都在震动。"胡婵在一边有气无力地解释道。

"呵呵！"胡玉摸了摸自己的胡子楂，笑道，"这是什么世道，就连一个聋女都敢向当年威震吴会的海贼大王胡玉拔刀！你这小女子，不想活了吗？"

"你何必——"胡婵刚想说"你何必与一个聋女一般见识"，却突听得楼下一声惨叫。胡婵往下探头一看，惊呆了。

原来，就在刚才说话的工夫，胡玉以迅雷不及掩耳之势，从袖中抛出一把匕首，径直插入那奴婢的咽喉！

"小翠！"胡婵想要拿梯子下楼探看，却被胡玉一手拦住。他随后顺势拦腰抱住胡婵，狞笑着说："我其实还是不太相信她是个聋子。她要是装聋呢？今天我与你说的话，绝不能让第三个人知道！"

胡婵挣脱胡玉的缠抱，咆哮道："小翠是我亲自从扬州买来的奴婢，她是不是装聋，我知道！你为何无故杀死我的爱婢！她爹妈早死，就认我一个亲人！你这畜生！"

胡玉不理胡婵，冷冷地向躺在地上的小翠瞥去。但见她两手紧紧卡住了自己喉咙以阻止失血，但已无济于事。她的指缝间喷出一股血泉，就像火苗那样跳跃着，向空气中发散着一个十五岁少女最后的精气。

"没爹没妈才好，我杀了她，以后都不会有人找老子寻仇了。"胡玉看着少女最后的挣扎，心中暗自为自己尚未退化的胡家刀法得意。

"我和你拼了！"胡婵像一头疯狂的母兽，向胡玉抛出袖子里的铜制暖手炉，然后一头向胡玉怀中撞去。胡玉一闪，先躲过暖手炉，再躲过胡婵的撞击，最后将她的双手反剪在背后。他狞笑道:"就这点本事,还想和我海贼大王斗!"

"你为何要杀她!你与我儿难道不是朋友吗?我儿信的浮屠道是不许杀生的!"胡婵无力地哭泣着。与此同时,被胡玉反锁的双手关节"嘎吱嘎吱"作响。

"妹妹,你别装了,好像你就没杀过人似的。你当年加入海贼帮后,用美人计骗杀的各地客商恐怕不止百人吧?哥哥我今天只是想帮妹妹再温习一下杀人的感觉而已,因为以后我们还要杀更多的人呢!哈哈哈哈!"胡玉狂笑。

"可你为何杀她……我已经把她养熟了……"胡婵泣不成声。

胡玉一边粗暴地撕扯开胡婵的衣服,一边回道:"你对她熟?说得你仿佛很仁义似的。我今天可亲眼看见了,你给你亲生儿子孙朗买的陶狗,才区区八十六钱。八十六钱!你这贱人生的狗崽子才值八十六钱!你对孙朗不是更熟吗?"

胡婵呜咽道:"我在孙家可的确不容易啊!大夫人吴甄肚子争气,先是生了孙策,后生了孙权,现在又怀了第三胎,郎中说或许还是个男孩。至于我唯一生下的朗儿,府内还有很多人暗自讥讽,说是祖茂的种,不配姓孙。我们娘俩只好时时小心,处处让着策儿与权儿。而我在众奴婢中唯一能够信任的小翠,刚才也被你杀了!"

"看来孙文台还不够疼你啊!"此时胡玉已将胡婵扒光,并开始趴在她光滑的脊背上狂热地亲吻。在喘息的间隙,胡玉断断续续地说道:"别担心……以后妹妹有贴己话就和哥哥我说……我比你的小翠……耳朵更好……比你的文台……

更知道疼你！"

胡婵咬着胡玉塞入自己嘴唇的手指，同时经历着快感与羞辱，并从齿间努力挤出回话："文台当年对你不薄，你可不要害他……"

"我怎么会害自家的好兄弟孙文台呢？……我还要与文台一起颠覆大汉，共享富贵呢！别看你现在是我的女人，以后……我看上的别的女人……他也尽可以享用！"说罢，胡玉像发情的鬣狗一般吼叫起来，开始最后的冲刺。

云收雨散之后，两个人都光着身子，平躺在席子上，不顾寒冷，也不顾楼下小翠尸体飘出的血腥味，愣愣地盯着楼梁上刻着的"忠义"二字。许久，胡婵才慢慢开口："文台在盐渎杀了几百黄巾道弟子，那张曼成难道就不恨他？一旦黄巾道起事，文台除了保大汉，难道还会有别的活路吗？"

胡玉一边怜爱地抚摸着胡婵散乱的发髻，一边回道："妹妹你多虑了。张曼成大师自是悉知文台在盐渎之所为的。可他不但不生气，还激赏其兵略。目下黄巾道弟子中虽不乏猛将，却独缺像文台这样的军师。下邳国控制淮泗水系，是当年张良刺秦不成后的藏身之处，淮阴侯韩信虎踞之地。若文台愿在下邳助黄巾一臂之力，淮泗豪杰必蜂起响应，改朝换代岂不是易如反掌？对了，文台念念不忘的二千石官阶，大汉朝不给，我们黄巾道肯定给！"

"那……"意志多少有些动摇的胡婵再问，"那你把我儿安排入下邳王宫，他又有何使命？他不会有危险吗？"

"妹妹，你尽管放心！"胡玉直起身子，开始穿衣，"你儿所做的事情，其实也没有多大风险。也就是在给下邳王讲浮屠道时，适时掺入《太平经》的内容，以动摇其心志罢了。妹子你要知道，光武中兴以来，刘姓地方藩王与洛阳朝廷之间的关系本来就有点儿微妙，我们要做的，就是抓住一切机会挑拨离间，从内部瓦解大汉！"

胡婵听到此处，若有所思。突然，她猛地坐起，连衣服也顾不上穿，便抓住胡玉的胳膊问道："你倒说说看，我儿为何不在白马寺烧香念经，而要帮黄巾道做事？"

"这说来话长。"胡玉帮胡婵披上衣服，继续说道，"其实，当年文台在句章斩杀越后柳氏时，你儿与张曼成师傅都在场，只是他们都静静趴在房顶上，未被官军发现罢了。据你儿后来对我说，当时他就感到天地幻灭。他日后之所以入了浮屠道，恐怕也是得缘于那日的经历。后来他又发现，儒道鼓吹的君臣名分等级，与浮屠道说的众生平等，可谓格格不入，而浮屠道却与太平道义理相通。你儿之所以愿意与我黄巾道联手，也是为了更好地播撒佛理，拯救黎民。"

胡婵惊叫道："原来我儿亲眼看到了文台斩杀他的义母！那他还不恨死了文台？这样文台还如何与黄巾道联手？"

"错！错！错！"胡玉摇动着手指，"你儿懂事，知道文台是为了救下阳明皇帝的那些妃子，才不得已杀死柳氏。另外，你儿尚在倡优班时，还在去钱唐的水路上亲眼见过文台。当时，全船人正是拜孙文台所救，才没有中我们海贼帮的埋伏。对了，你自己那天不也在场吗？你难道没有见到言无名？再仔细想想吧，那可是建宁四年七月初八的事情！"

胡婵听到这里,"哇"的一声哭了出来,好久才收住哭声,缓缓说道:"我当时躲在文台的船内,头上顶着毡布,悄悄往外看时,发现一个孩子光着身子,正在后面那条船的船尾大喊'孙文台威武'。我的确看到了他背上有月牙印!可是……可是……我当时不敢认他!"

"哦!"胡玉陷入了沉默。许久后,他拍拍胡婵还在抽泣的肩膀,轻声说道:"妹妹,别自责了,当时你能保命已然不易,怎么可能再给孙家添一个莫名其妙的累赘呢?"

胡婵没有直接回他的话。她一边整理着自己的衣服,一边站起身,慢慢走到窗棂边,用小棍支起窗户。

下邳国的夜幕已悄然降临。胡婵任凭夜晚的冷风吹拂自己的乱发,慢慢吹干脸颊上的泪痕。她突然开口问身后的胡玉:"我儿法号是'言无名',那俗名呢?"

"他在拐走前难道没有俗名?"胡玉反问。

"当然有!他本来叫冯玉,我一直管他叫阿玉。我现在问的是他跟了柳氏后的新名字。"胡婵解释道。

胡玉淡淡说道:"他被柳氏再取名为柳瑜。在被安世高收走前,柳氏也好,我也好,张曼成也好,都管他叫阿瑜。"

"阿——瑜!"胡婵抚摸着窗棂上冰冷的刻纹,脸上露出惨淡的笑意,"言无名师傅,原来你也是有名字的呀!"

窗棂上方的墙壁上,挂着孙坚在一个月前刚叫人装裱上的帛画《孝子图》。在画中,孔子的弟子曾参正背着柴火急忙往家里奔走,因为他已感受到噬咬着自己手指的母亲,正在家中呼唤自己。

第六回　孤身涉险

胡婵引胡玉进阙楼两个多时辰之后，孙家宅邸已乱成一团。大院内奴婢们各个手持火把，如临大敌。下邳县县丞孙坚孙文台，手里挥着鞭，眼里喷着火，怒视着被绑在一棵老桑树上的孙朗。而小孙朗早已哭成一个泪人儿，一边挣扎，一边委屈地大喊："爹爹，真不怪我啊！那几个贼人武功高强，即使是策兄[1]，亦非其对手啊！"

"你还好意思提你的哥哥！你倒说说，为何策儿与权儿都被绑走了，而那贼寇偏偏放了你！"孙坚一边说，一边抡起了马鞭。盘旋在空中的鞭子呼呼作响，还顺带抽灭了旁边一个奴婢手里点着的火把。

"爹，孩儿真的不知啊……"孙朗哭得鼻涕都流进了嘴

---

[1] 胡婵曾答应吴甄，待吴甄生下四个孩子之后，孙朗才能入孙家族谱，所以，庶出的孙朗一直将孙家诸嫡子呼为兄长。相关情节，请参看第二卷第十五回。

里。突然间他想起了什么，止住哭声，惊叫了起来："爹，您想，如果匪贼把所有人都绑走了，谁来给家里报信啊！贼寇肯定是要向爹爹传递什么消息，否则为何还留了策哥与权哥的性命？"

孙坚觉得孙朗的回应有理，但手里的鞭子已朝他飞去了，于是将手腕往上一提，结果鞭子没打着孙朗的身子，却将其发髻打散，弄得他一头散发。

"爹，孩儿错了！"披头散发的孙朗又开始号啕大哭。

一阵冷风吹来，孙坚冷静了下来，为刚才的暴怒追悔。他叹了口气，命奴婢们为孙朗松绑，并为其准备姜汤压惊。正在此时，满脸泪痕的吴甄也腆着大肚子，在奴婢的搀扶下从厢房走进了院子。她数落丈夫道："文台，事已经出了，你发什么邪火打孩子！难道你怀疑朗儿勾结外寇绑走策儿、权儿不成？"

孙朗本已端起碗准备喝姜汤，听到此言，吓得将手里的碗摔落在地。他立即下跪，面如土灰地给吴甄磕头："大娘，打死我也不敢有这念头啊！"

吴甄还未及回应，孙朗猛然站起，竖着眉毛，瞪着小眼，往身边一口水井扑去，口里高喊："这个家从来就是把我当外人，我孙朗今日不妨就死在这里算了！"

孙坚并没有及时阻止孙朗，因为他不相信才刚过十岁的孩子竟会决心赴死。等他反应过来，为时已晚。孙朗真的跳进了那口水井！

"啊！朗儿！"孙坚一拍脑袋，懊悔地朝那水井冲去。

周围的奴婢也急忙一齐跟上。

但孙朗真是幸运。原来,一个粗心的奴婢忘记收起取水的木桶,孙朗正好落在桶上,连人带桶掉到了水里,而横着下落的水桶卡在井壁中,则迟滞了孙朗下落的速度。孙坚抓紧时机飞快摇动悬在井口上的曲柄,带动缠着桶绳的辘轳,这才将湿漉漉的孙朗救起。

孙朗被孙坚放在地上,浑身发抖,一边咳嗽,一边往外吐着冰冷的井水。奴婢们急急忙忙给他披上裘衣御寒。吴甄吓得一头冷汗,意识到孙朗刚才的过激行为是缘于自己的失言,急忙上前安慰。孙坚则一边给孙朗捶背,一边用凶狠的眼神看着吴甄。

此时,院门外有人敲门并高喊:

"文台,是我祖茂!"

"叔父,是我们!"

原来是祖茂、孙贲、孙辅。身后还跟着祖、孙二家的十来个奴婢。

众人进门后,祖茂惊讶地看到孙朗正坐在地上瑟瑟发抖。孙朗拨开湿发,抬起头,看了祖茂一眼,又想哭出来。祖茂对他撇撇嘴,孙朗终于忍住了。

孙坚挥手叫奴婢们带孙朗下去沐浴更衣。待其走后,孙坚急问祖茂:"怎么,有线索了吗?"

祖茂叹了口气:"除了你们家的两个奴婢的尸体在案发现场外,要找的人还是没找到。阿策、阿权、阿权的奶妈黄氏,还有你家二夫人以及她的婢女小翠,皆不知所终。朱县令也知道这事了,说县里的吏员都任你调遣。不过现在太晚了,要立即找来太多人手去寻人,恐怕有点儿难。"

祖茂此时的身份乃是下邳尉,掌管全县的治安力量。孙贲这年已经二十岁了,身份为门下仓曹掾,负责全县的官粮储备。当年偷吃鸭子的孙辅此时也已经十五岁了,托着叔父的关系做上了仓曹史,即仓曹掾的副手。这几人为了寻找失踪的孙策等人,已在外面忙了一个多时辰。至于刚才祖茂提到的"朱县令",名朱酺,名义上是孙坚的上级,但实际上嗜酒如命,县里的大小事情其实都是听孙坚的。

一脸阴郁的祖茂努力装出轻松的表情,拍了拍孙坚的肩膀:"文台,既然贼人放了阿朗,说明他们并不想斩尽杀绝,很有可能会提出交换条件。两位公子与二夫人应当还没事。我们不妨再等等。"

"我得先猜出这是谁干的……"自言自语的孙坚没有搭理祖茂。他一边在院内踱步,一边在心里琢磨着一个个可能的仇家——是在盐渎被射死的青州黄巾道弟子的亲人与故友?还是北宫嫣脂那个逃脱的弟弟北宫伯玉?抑或是在富陵湖边那些人头落地的湖贼的余党?不,应当都不是。如果是他们,他们绝无理由留孙朗活路回家报信。那么,还有谁呢?

不知怎的,在山阴设计毒害孙坚的许桃花的娇容,以及在句章被孙坚亲手砍下蟓首的伪后柳氏的惨笑,突然浮现在孙坚眼前。柳氏死前要求孙坚发下的毒誓,此刻犹然在耳。是不是她的儿子来报仇了?

此时，孙坚眼睛恰好扫视到刚才孙朗出井后留在地上的水渍，不禁让他联想起了当年柳氏被斩后溅射在刑场上的血渍。

孙坚的心狂跳起来，喃喃道："如果那孩子还活着的话，应当快二十岁了吧……"

"哪个孩子？"祖茂小声问。

孙坚将祖茂拉到一旁，细语道："就是柳氏那个背上有月牙形胎记的孩子……"

祖茂故作轻松的表情重新化为凝重，轻声回道："想起来了……如果他还活着的话，应当快二十岁了……"

吴甄见丈夫与祖茂背着她说话，心中甚是气恼，但苦于身子笨重，无法立即上前。她举起手中助其行走的木杖，大力敲击地面："夫君，都到什么时候了，有什么话不能让妾听到？"

孙坚偷偷扯了扯祖茂的衣袖，转向妻子："夫人，我与祖兄弟谈的是一些涉密公事，或许与今日的绑架有关！"

"既然与策儿、权儿的失踪有关，那就不是公事，而是孙家的事！"吴甄再次用木杖敲地。

祖茂眼珠一转，立即顺着吴甄的意思往下接话："嫂子说得对，现在公私已然一体！"说完，看向孙贲，"伯阳贤侄，还是由你来梳理一下今天发生的这些事端吧！"

孙贲点点头，面向孙坚夫妇："根据侄儿从城内外商旅那里探听到的情况，约在未时一刻，二娘便带着两个奴婢出现在县城外的河滩上，开始拣选货物。好几个人都看到她与那个曾经卖过假火浣布的朱孝廉品评他带来的琉璃器。不久后,胡玉出现了,拿出了更好的琉璃器,由此证明这次朱孝廉又来卖假货了。"

"胡玉与朱治这次带来多少人,多少船?"孙坚一边插话,一边琢磨此二人与二子被绑是否有关。

孙贲回道:"具体多少人不知道。胡玉带来的船有三艘,似乎两条是三百石载量的,一条是四百石载量的。朱孝廉带来的两条船都是三百石载量的。"

孙坚点点头。二人带来的船只数量与载量都不算异常。孙贲继续说道:"大约在未时二刻,胡玉的船上搬下一个箱子,里面爬出来了一个比丘。据旁观者说,此人年近二十,模样俊美,能说会道,十分了得。而且,据说他还与策弟打了一架。"

"阿策是何时出现在河滩上的?"吴甄急问。

孙贲只能含糊答道:"河滩上没有日晷计时,大概是在未时二刻与三刻[1]之间。"

此时孙辅补充说:"未时初刻的时候,策弟在西城门外的蹴鞠场外踢球,在场的还有下邳傅钟离越的公子钟离超。当时我因有公事经过,正好亲眼看到钟离超与策弟在争执。"

孙坚瞪大了眼睛:"此二人争执什么?"

孙辅叹了口气:"钟离超这小儿,仗着父亲的权威,经常在蹴鞠场上耍赖。小侄亲眼看到,他当时横躺在鞠门前,

---

[1] 约在13:30至13:45之间。

用自己肥硕的身躯将鞠门堵了个严严实实，不让策弟入丸。策弟大怒，飞脚用实心鞠丸射中了其腹部，弄得钟离超大声哭闹。他没啥武功，就呼唤场外一帮钟离家的恶奴上来围殴策弟。策弟放倒了其中三个，但还是被一个大力士压在了身下，只好向钟离超认输……"

"你们两个见弟弟受欺负，竟然没有上去帮忙？！"吴甄用发抖的手指指着孙贲与孙辅。兄弟俩面面相觑，再看看孙坚，小声说道："叔父已经交代过，钟离家背景深厚，我们孙家……惹不起……"

孙坚向着妻子摆摆手："小孩子被揍，很正常，否则武艺无法精进。我在策儿这个年纪时，在富春老家可是天天被揍。只是这个钟离越平时我也没有少打点，没想到他儿子还是这么横……"此时孙坚又想起了什么，再问孙贲、孙辅，"当时朗儿与权儿都在场吗？"

孙贲点点头："朗弟其实想上去帮阿策，结果被钟离家奴一脚踢飞，就不敢动了。权弟才两岁啊，懂什么，只好躲在奶娘阿黄的怀里哭。其实我看到阿权哭泣时，实在忍不住想上场教训钟离家，但被阿辅劝住了。"

看到吴甄正用怨恨的眼神看着自己，孙辅马上开口为自己辩解："婶娘，您是知道的，贲哥目下的武功已经达到了叔父的四五成，一旦上场，或许会失手打死钟离超那厮，这样反而会给孙家惹祸……"

吴甄听孙辅辩得有理，便不再追究，随即转换了话题："别扯这些没用的，你们把要紧的事情再复盘一下。策儿与权儿最后出现在众人眼中,大约是何时?"

孙辅回道:"未时与申时交替之时[1]。那时有人看到钟离越带着那个比丘回了王宫,而阿策与阿权、阿朗也在不久后离开了河滩。也有人看到他们分别在胡玉与朱治的摊头买了玩具。"

"有人看到胡玉、朱治尾随策儿与权儿吗?"祖茂急问孙贲与孙辅。

二人摇摇头:"很多人都看到胡玉继续招呼手下在栈台卸货,没有尾随进城。但之后大家都开始各忙各的事情,胡玉究竟又做了什么,就没人知道了。至于那个朱孝廉,则带着他手下一个叫韩当的人,去邻县兜售他的假货了。"

"这就怪了,到底是谁下的手,又为何下手……"孙坚皱起了眉头。

"不过……"孙辅犹豫了一下,还是说出了口,"有很多人看见二娘独自登上了白门楼,身边没有带小翠。她们二人皆不知其踪影,连个回家报信的人都没有……"

吴甄咳嗽了一下,叫身边无关的奴婢暂且退下,然后轻声对孙坚说:"夫君,你莫要怪我心眼小。我知道你信赖阿婵,但她毕竟与胡玉有旧,此刻却不明不白失踪了,恐怕……"

孙坚脸色黑沉,一言不发。

正当众人尴尬沉默之际,突然院外又响起一阵车马喧

---

[1] 15:00 左右。

器之声。原来是吴景与其妻左嫣带着家丁，将遇难的四个奴婢的尸体运回了孙宅。孙坚拿过火把，掀开车板上的草席一看，这四人分别是车夫曹孝与其弟曹顺，丫鬟赵玉与其妹赵燕。他们的脖子都被弩矢射穿，且几乎都是一箭毙命，可见射手的准头。

看到奴婢们的尸体，吴甄的眼睛一下子就红了，四下围观的奴婢也开始抹眼泪。孙坚却从中窥出端倪，他安慰妻子道："夫人，你看，为何策儿、权儿与朗儿的奴婢都遇难了，唯独那黄氏却没有留下尸体？"

"为何？"吴甄也被这个问题难住了。她突然想起，黄氏除了会喂奶，几乎什么也不会，而另外四个奴婢则多少会点武功。

孙坚解释道："贼人是不想让我的权儿饿着，所以才留下了黄氏给其喂奶。这样看来，权儿现在还活着。如果他还活着，那么策儿也应当没事！"

但孙坚的话说到这一步，反而加重了众人的戒心。吴景皱眉道："姐夫，这贼人连谁给权儿喂奶都如此了解，这……这是不是……我们的熟人啊……"

吴甄咬着嘴唇，捏紧了拳头。她对胡婵的怀疑又加重了三分，只是碍于孙坚的面子，没有再说出口。

突然，院外的柳树枝一阵骚动，似有黑影飞过。祖茂大喊一声"有人！"同时刀已出鞘。众人携有武器的，也都纷纷亮出家伙。刀剑的寒光反射着火把，瞬时将院内照耀得如同白昼。

但柳树枝随即恢复了平静。众人仰头看天，努力搜索着哪怕一丁点的蛛丝马迹，却什么也看不到。而与此同时，怀抱玉兔的月神正坐在月牙上，拨动脚丫，扇起晚风，冷笑着面对脚下的那些渺小的生灵。

"啊！"吴景身后的一个奴婢突然大叫一声，瘫倒在地。胆子小的人立即大喊："有暗器！"余下人等也都纷纷找车马掩护。孙坚、孙贲、孙辅、吴景则一边用刀剑将吴甄保护起来，一边望向刚才发出喊声的地方。

但见那倒地的奴婢慢慢坐了起来，摸了一下周身，看来并没有负伤。此时众人才看清，原来此人刚才是被一个不知从何处扔来的包袱击中了。

孙坚冲上去打开包袱，内中一个藤箧，朝外直散发着腥气。打开藤箧，众人皆惊。吴甄干脆捂着腹部呕吐起来。

原来里面装的，正是胡婵的贴身丫鬟小翠的首级！

孙坚叹了一口气，将血淋淋的小翠首级慢慢拿出藤箧，突然发现下面还有一个暖手炉。

这是胡婵冬天最喜欢用的暖手炉，正如小翠乃是她最信任的奴婢。

吴甄哭了起来，为自己刚才对于胡婵的怀疑感到自责。她用哭腔对着孙坚说："文台，婵姐姐恐怕也遇难了！"

孙坚眼珠一转，脸上慢慢露出了诡异的笑容。他回头问孙贲："伯阳小侄，你且分析一下，二娘现在是死是活？"

孙贲知道叔父又来考察自己。他从惊恐中收敛了思路，脸上也慢慢浮现出了笑容："她还活着！"

"为何？"孙坚问。

孙贲回道："暖手炉与小翠的人头都是匪贼向我们传递的信息。暖手炉表示婵娘在他们手里,小翠首级是告诉我们,他们随时可以杀了她,尽管现在只是杀了她的婢女。"

"对！"孙坚拍拍孙贲的肩膀,"我也是这么想的,否则阿婵的人头就会在这藤箧里了。"

此时祖茂也凑了过来,将藤箧颠来倒去地看,嘟囔着："但他们做这些事,究竟是为了什么呢？里面肯定有木牍什么的,用来传递音信。"

果然,祖茂大力掰开藤箧,真的在其底部发现了一根竹签。孙坚抢过去仔细查看,孙贲则迅速递上火把。但见上面写了一行小字：

> 亥时初[1]前至白门楼外河滩,以六火把为号。只许一人。

"现在离亥时只有两刻的时间了！"祖茂在孙坚耳边提醒道。

"那好！我现在出发,到河滩,两刻肯定够了！"孙坚点点头。

"文台,你疯了吗？这签文上又没点你的名,为何你要去孤身涉险？"祖茂急切地问道。

---

[1] 21:00 左右。

"我没疯！"内心的不满淤积已久的孙坚此时突然发作起来，"今天我过得非常不顺！白天下邳相王岱送来的文书看得我眼冒金星，那个朱县令再次撂了挑子，什么都不管！什么破刺史、破相、破督邮，个个都把我当狗来使唤！太阳刚落山，我饭都没吃一口，就听说自己的两个儿子和妾都丢了，此外还折了至少五个好奴婢！这一切都是冲着我孙坚来的！贼人不管有什么话，肯定就是要向我说的！"

吴甄听了，又哭了起来："夫君，你不能去啊，要是有个三长两短，这家就真完了！"

孙坚平复了一下情绪，说道："夫人莫慌！他们真要杀我，又为何如此精心布局？分明是要和我谈条件，拿两个儿子与阿婵做诱饵罢了。见了他们，只要见机行事就好！"

"那……为何他们抓了策儿、权儿与阿婵？抓这么多人干吗？"一边的吴景问道。

孙坚想了想，回道："就是怕我不敢去应对，所以才多抓了几个人质。我若过了亥时不去，他们就会差人先送来阿婵的人头；若再过一个时辰不去，就再送来阿权的人头，直到我去为止。"

孙坚的话将众人都吓住了。没人再敢拦他。孙坚则趁机收拾了衣装，带上一对称手的短戟防身。吴甄示意吴景、祖茂、孙贲随行，孙坚摆摆手："贼人肯定设下了埋伏，多去几人也无用！再者，他们说了只许一人去，不好背言！"

此时孙贲眼睛一亮："我们不必直接随叔父去见贼，只要在门楼上遥观城下河滩即可。这样，有事既可以照应叔父,也可以迅速往家里报信!"

孙坚觉得侄子所说有理,便默许了。须臾,孙坚、吴景、祖茂、孙贲便领着十个身手不错的奴婢出府,直奔白门楼,孙辅与左嫣则领余下奴婢保护吴甄等人。回到房中的吴甄,咬住嘴唇,抚摸着腹中的胎儿,心脏狂跳。

已经换了一身新裘衣的孙朗,此时也推开了自己的房门。他目送着孙坚一行远去的背影,心里淌着血。原来,刚才他偷听到了孙坚的话,这才知道自己在贼人心目中,连做个人质的价值都没有;而自己人头的分量,竟然还不如那个耳聋的小翠。

突然,隔壁房间传来了一声青年男子的惨号。原来,一个叫王兴的厨子控制不住情绪,号哭起来,众人怎么劝也劝不住。吴甄听得头疼,问身边丫鬟阿莲怎么回事。不久后,阿莲便来回复:"回夫人,那王兴暗自喜欢小翠,但一直没机会对她说。今天他本来已经备了大雁,想找您来提亲……不料……却……迎来了她的人头。要不,我叫他别号了!"

吴甄叹了口气,摆摆手,说:"算了,都是苦命人,让他哭去吧!"

眼睛泛红的吴甄往窗外望去,却发现几缕乌云已遮住了明月。

第七回　子房楼内

亥时的钟声敲响前,孙坚一行已经来到白门楼上。为城防安全计,孙坚没有叫守城小卒开城门,而是自己从城头抛了一根绳子,沿绳降至城外。祖茂、吴景、孙贲则在城头向河滩处挥舞火炬。不久后,河滩上也亮起了六把火炬。孙坚回头朝城头的祖茂等人挥手告别后,便朝着河滩亮光处飞奔而去。

等到跑近了,孙坚这才看清,持六把火炬的乃是六个蒙面人,他们半个身子都隐藏在河滩上一条破损的载舟之内。领头的用火炬直指孙坚面门,喊道:"来者可是孙县丞?"

"你觉得我像是冒充的吗?"孙坚一边没好气地回复,一边则忍受着火炬的外焰带给他脸颊的灼痛感。

这六人交头接耳一番,估计是彼此验证了孙坚的相貌。带头的贼人开口道:"若想要二位公子与你的小妾平安无事,下面我们要你做什么,你就得做什么!"

孙坚点点头。

几个贼人立即用绳索捆住了孙坚的双手,卸下了他携带的短戟,再用黑布头套将其脑袋罩得严严实实。然后,他们牵着孙坚转了几个圈,等到他弄不清东南西北后,再将其带往贼窝处。孙坚则在一片黑暗中,根据触觉、听觉判断自己的方位。他分明听到诸贼人打开了隐蔽在河滩上的一扇暗门,而后,他就被这些贼人推搡着往门下挤。很明显,这是一条离地面有一人高的暗道。虽然不知道方位,但孙坚确信这暗道是穿过城墙通向城里的,因为走着走着,他便听到了头顶民居传来的隐约人声。孙坚不禁想起了当年胡玉领他走过的句章密道。想不到今天贼人竟在他眼皮底下修了一条暗道,可见其所下功夫之深。但这又是为何呢?难道他们所图谋的不仅是他孙坚,而是整个下邳城吗?

孙坚想到这里,心里开始紧张起来。他手上毕竟沾满了几百个青州黄巾道子弟的鲜血,保不齐今天黄巾道是以自己儿子与妾为饵,诱骗自己入瓮献首的。但他转念一想,又觉得未必如此悲观。显然,匪贼若真要杀他,在河滩边就可以设下重弩强弓要自己性命,又何必大费周章将其引入暗道?可见暗道另一端的贼酋确是有话要与自己叙说。

孙坚正想着,头突然撞到了什么硬物,一阵生疼,摸索一番才发现是一架木梯。在贼人推搡之下,孙坚登上了木梯,他判断自己已离开暗道,重新来到了地面。此时,一阵人血的腥气钻入他的鼻孔。

贼人终于解除了孙坚的头套,并松开其双手。孙坚睁开眼睛一看，大吃一惊。

这哪里是贼窝，分明就是他自己在城内建的两层小阙楼"子房楼"！

孙坚不禁浑身发冷。此楼本是他为了秘密会客而建，而"子房"二字则是为了纪念当年因刺秦不成逃亡下邳的张良张子房。殊不知自己与朋友密会谈心之时，楼下已有人秘密修了暗道，还一直通到城外！可见整个孙家的一举一动，早已被贼人全面监视了！

更让孙坚吃惊的，则是他眼前的这些所谓"贼人"。

原来，出现在阙楼底层的，不是别人，正是胡玉！他身边站着几个海贼帮的老将：山越人老九、红脸老四与侏儒老七。

孙坚面色阴郁。他并非不知胡玉有鬼，但他万万未料到胡玉目下已召集了海贼帮散落在扬州的几乎所有干将。与此同时，他也注意到了刚才闻到的血腥气的来源。一具覆盖着草席的尸体横在胡玉身后的角落里，还有一只手伸出了席外。

孙坚叹了口气。那肯定是已经丢了脑袋的小翠。

胡玉拍拍手，哈哈大笑："文台，受惊了！"

孙坚指着胡玉身后的小翠："你这是什么意思？"

胡玉回头看看，挠挠头："没啥，失手杀人呗。不就是个奴婢吗？文台不高兴的话，我可以赔钱！"

孙坚瞪着眼睛："那阿策、阿权与阿婵呢？"

胡玉向楼上指指："放心，都活蹦乱跳着呢！"

孙坚没有理胡玉，沿着木梯径直上到二楼。当他的头探出二楼地板时，又吃一惊。

让孙坚吃惊的，并不是被捆了四肢躲在角落里的胡婵与孙策，也不是躲在黄氏怀里打着呼噜的小孙权，而是那个在案几后端坐的人。

"怎么……怎么……怎么可能是……你？"孙坚揉了揉自己的眼睛，再次确认自己有没有看错。

"为何不能是我呢，文台？我是不是面相太善了呢？"那人的脸在舞动的灯火后狞笑着，扭曲着。

孙坚的脑子飞转着：目下孙家的敌人究竟是谁？胡玉？黄巾道？还是他？或者他们原本就是一伙的？可此人又怎么会与黄巾道是一伙的呢？

第八回　文台屈贼

原来，坐在案几后的，并非别人，正是在整个下邳国的官员排序中名列第三的下邳傅钟离越！

孙坚缓缓走上楼梯，坐到钟离越的对面。他双手压在自己膝盖上，警惕地盯着钟离越刚倒给他的一樽酒，没喝。

钟离越轻蔑地笑了一下，说道："文台，我们都认识这么久了，难道你还不把我当朋友吗？"说罢，他拿起孙坚面前的酒樽抿了一口，再将它推给孙坚，示意其中无毒。

孙坚没理会酒樽，转而指指被绑的胡婵与孙策，问道："你就是这样对待朋友的家人的？"

钟离越皱眉叹气道："哎，文台，出此下策，我也是没法子啊！但你要相信我，今天我所做的，都是为了孙家好！"说罢，他拍拍手，叫胡玉上楼，松开了胡婵与小孙策的绑绳，以及堵塞在他们口中的烂布。孙策一张口刚想喊"爹"，就被孙坚瞪眼吓了回去。小孙策低下眼睛，不再说话。

钟离越眯着眼睛看着孙家人的表演。他看得出，孙坚如此教训儿子，其实是在告诫自己：孙家人即使项上横剑，亦可声色不动，稳如泰山。

突然，孙坚抓起钟离越刚才倒满的酒一饮而尽，然后将酒樽往案几上一摔，对钟离越说道："还是让我先来猜猜，你与胡玉究竟为何联手设局害我吧。你们肯定不是为了求财。实际上，靠着倒卖胡人献给朝廷的物资，我们三个都发了不少财。你们没有理由去谋害生意上的伙伴。难道……你们绑架我的家人，是想胁迫我一起谋反不成？！"

已经坐到钟离越身边的胡玉对他笑了起来："我刚才说过吧，文台这人一点就通，七窍皆透！"

"不！不！不！"孙坚摆摆手，"我现在七窍就通了一窍，另外六窍还混沌着呢！"

"要不要我们两个帮你再疏导一下啊？"钟离越又给孙坚斟满了酒。

"孙某洗耳恭听！"他压住怒火，摆弄着酒樽旁边的青铜蟠虎耳，还是没有立即喝下。

钟离越向胡玉点点头，胡玉便先开口道："文台，不瞒你说，黄巾道已预谋好今年在全国起事，目下已聚合精壮三十六万，遍布各州，只待大贤良师张角一声令下，即可撼动天下。反观汉廷，这几年阉宦横行，民不聊生，忠良被害，将不识阵，官军若仓促应战，肯定不是已悄然布局十多年的大贤良师的对手。良禽择木而栖，我胡玉也必须弄点见面礼给黄巾道，这样日后才能飞黄腾达。比如这座物产丰沛的下邳城，就是份不错的见面礼。不过，我也只是一介商贩而已，身边就这么几个弟兄，难以攻城略地，所以才要找你文台兄做内应啊！"

孙坚双目圆睁："胡玉，当年我将你招安，你现在却反劝我从贼叛汉！你也不想想，自光武中兴以来，拉旗造反、窃号自娱者，有几个得了好下场？且不提当年会稽许贼，几年前在交州南海郡聚众数万的梁龙，甚至将南海太守孔芝拉下了水，最后不也还是被名将朱儁轻松剿灭了吗？你现在就拉我一个区区四百石县丞入伙，难道就能撼动大汉根基了？"

"爹爹说得好！"小孙策在一边听得兴起，拍起手来。

钟离越在一边微笑道："文台之论，有三处破绽！"

"请钟离兄指教！"孙坚终于喝了第二杯酒。

钟离越清了清嗓子，然后说道："其一，梁龙在南海郡能够调动的精壮只有三万，而黄巾道调用的人力接近四十万。若义军在十三州全面开花，朝廷肯定会顾此失彼。其二，朱儁灭梁龙，多调用其在家乡的部曲，其在交州的战绩，亦在其辖区内取得[1]。而今日之黄巾道乃是在全国起事，战场绵延之处难以预料，即使是名将，只要出了自己辖区，恐怕也会权责分离、捉襟见肘。其三，昏君刘宏忠奸不辨，即使勉强启用朱儁、皇甫嵩等名将，也会派出宦官做监军，无故削弱官军战力。由此三点，可见：所谓'苍天已死，黄天当立；岁在甲子，天下大吉'一语，并非只是虚张声势。

---

[1] 朱儁当时是交州刺史，南海郡当时在交州范围之内。

文台,你得想明白,你一个区区四百石的县丞,有必要给这样一个昏庸的朝廷殉葬吗?而一个如此腐朽的朝廷,难道是你一个区区四百石的小县丞所能够救得了的吗?"

孙坚眼里看着钟离越飞溅着唾沫星子的嘴,手里却在袖中默默拧着酒樽边的青铜蟠虎耳,就好像自己再用把力,就能将虎背拧断似的。等到钟离越闭了嘴,孙坚才开口:"钟离兄,朝廷与王爷都待你不薄,你为何要反?"

"哎!"钟离越长叹一声,"文台啊,谁不想过太平日子啊!但我还有别的选择吗?如果我不跟着造反,黄巾军进了下邳,若问民众下邳第一贪官是谁,他们会怎么说?我知道我钟离越在下邳的官声并不是太好,所以,黄巾军一进城,他们肯定就会借用我全家人的人头来收买人心。与其如此,我不如主动去做黄巾道的内应。这样一来,岂不是可以借此全身而退?"

"那么王爷该怎么办?你可是王爷身边最信任的人!"孙坚瞪大了眼睛。

钟离越捋了捋胡子,阴笑起来:"文台,你也是知道的,自光武中兴以来,朝廷对地方封王一直戒心深重,很多封国建而后撤。几年前,渤海王刘悝不但丢了封国,而且还丢了性命。下邳国之所以能幸免,便是因为九十岁高龄的下邳王深谙自保之道,没事靠读佛经来向朝廷示弱。你看,一个自己都朝不保夕的破王爷,我钟离越为何要关心他的下场?朝廷更希望出现的结局,恐怕就是他在兵乱中举家被杀,这样天子就有借口取缔整个下邳国,建立'下邳郡'吧,哈哈!"

"钟离大人,你刚才的话乃是自相矛盾!"一边的孙策突然发言。

"大人说话,小孩不要插嘴!"孙坚又瞪了孙策一眼。

钟离越对孙坚摆摆手:"童言无忌嘛!"他回过头,歪着脑袋看着孙策,"小娃,你倒说说,我哪里自相矛盾了?"

孙策攥紧拳头,满脸通红,辩白道:"你前面说黄巾道若攻下邳,朝廷官军必败,你是因为要保命才从贼。而刚才你又说,朝廷能够在下邳王被杀后趁机除其封国,再建新郡,这就说明朝廷还是能够击退黄巾贼的。钟离大人,你到底是赌哪边赢?"

钟离越伸手捏了捏孙策肥嘟嘟的耳垂,赞赏道:"阿策,你才十岁,就有此见识,比我那同样十岁的犬子强多了!"

"哪里!我孙策可不像您家公子,想不出用身子堵住鞠门防守的妙策!"孙策语带讥讽,不屑地看着钟离越。

钟离越没太明白孙策这话的意思,但目下他也没心情细究这些小孩子之间的恩怨了,只是接了孙策前面的话头,继续往下说:"老实说,我既相信黄巾必克下邳,也相信黄巾得不了天下,同时还相信大汉必亡!"

"黄巾既然会败,大汉怎么会亡?"孙策被弄糊涂了。

"很简单啊!"钟离越边说边为自己倒酒,"因为最终打败黄巾的,可不是汉廷!"

"你的意思是……"孙坚眯着眼睛,边想边说,"当下的天子,就好比是……当年的王莽;当下的黄巾道,就类似于……当时的绿林、赤眉……而最后收拾天下的,乃是一位新的光武刘秀？"

钟离越用粗粗的手指点点孙坚的鼻子，赞道："文台真是聪明！与你联手，真是找对人了！"

"那你说的那位新刘秀到底是谁呢？"孙坚试探道。

钟离越将酒水和着口水咽下，慢慢说道："《春秋谶》云：'汉家九百二十岁后，以蒙孙亡，授以承相。代汉者，当涂高也。'至于这'涂高'何解，历来众说纷纭。依据在下浅见，谁有实力，谁就能够代汉。至于如何解释那谶言，倒在其次。文台，你看看这世上，究竟谁有能力代汉？"

孙坚"哼"了一声："你前面不是说黄巾道拥众近四十万，弟子遍布天下吗？但据你刚才的说法，似乎就连黄巾道也只是一个青史上的过客而已。可是，除了反贼与朝廷之外，这世上哪里还有第三方势力？"

钟离越笑了起来："文台虽然聪明，但眼界与格局还是差了点。且看本朝历史，光武驾崩之后，朝廷便由外戚、宦官与清流轮流掌权，而谁上台后所做的第一件事情，不是先弄死自己的政敌？由此可见，所谓朝廷，就是权贵们彼此屠宰的战场，他们对所谓'自己人'所下的黑手，或许要比对黄巾道还要狠！文台，若我预估不错的话，黄巾乱起，朝廷必会撤销党锢，允许原先被压制的清流自行募兵，以填补既有兵力之不足。这样一来，各地诸侯亦将拥有自己的武力，谁还会在乎洛阳天子？而一旦清流手握兵权，灭阉党岂不在须臾之间？而阉党实为天子所唯一仰赖之家人，阉党一除，天下岂不会迅疾变色更旗？"

孙坚听罢，沉默不语。他想起了那个假扮猕猢班班主的清流领袖张俭。张俭当年杀死宦官侯览母亲后，竟然能在逃亡过程中得到孔子后人孔褒、孔融的庇护，后又在塞外勾结鲜卑人图谋不轨，可见被贬斥的清流所蕴藏的惊人政治力量。想到这里，孙坚手心不禁渗出了汗。原来，程普、黄盖杀死张俭之事虽知者甚少，但世上毕竟无不透风之墙。万一事泄，与程、黄合谋的孙家自将成为清流之公敌。此外，他本人在盐渎杀过几百黄巾道，道中人又岂能容他？在黄巾道与清流之间，孙家又将如何自保呢？

没有注意到父亲脸色变化的孙策再次开口问钟离越："钟离大人啊，你说的话又自相矛盾了。既然你预测被党锢之祸波及的清流未来会得势，那就该早点投奔他们啊？你去投黄巾做甚？"

钟离越喝了口酒，瞥瞥胡玉，示意他来回答。胡玉含笑回复孙策："公子啊，清流里派系太多，就连洛阳势力最强的袁家，都有袁绍与袁术两股势力，彼此较劲。你叫我们现在去投奔谁？不如先投黄巾，拿下下邳，这样我们自己手头也就有了粮草、军队、民众与土地，也算一方诸侯。等到黄巾主力与官军死拼时，我们便作壁上观，待价而沽，选择强者再投！"

孙坚还是沉默不言。小孙策还想反驳胡玉，却被孙坚瞪了一眼，不敢再说话了。突然，孙坚抬起头，用眼睛盯着胡婵，用眼神征询她的意见。一直没说话的胡婵眼里含着眼泪，向他略略点头。

孙坚冷笑着摇摇头，突然一拍桌子，对胡玉与钟离越喊道："今日我就是死硬不从，你们又能如何？大不了就杀了我吧！但你们别忘了，如果下邳丞死于非命或突然失踪，此事明天必然会撼动整个下邳官场,届时看你们如何收拾？"

钟离越笑道："文台，别激动！先看看这个！"说罢，从案几下面拿出一叠木牍来。

"这是什么？"孙坚问道。

"没什么，就是我钟离越在将你与你家人放生后，还能用以继续遥制你的一些小物件。"钟离越得意地摆弄着自己的胡子。

孙坚在油灯下凑近木牍，仔细阅读，面色渐渐凝重。

"文台，你读出声啊？你不是连死都不怕吗？还会怕上面几个字吗？"胡玉在一边嘿嘿坏笑。

孙坚眼神呆滞，手指间的木牍一块块滑落到了案几上。

"孙公子你来读！上面的字，《急就篇》里大都有，你十岁了，应该能够认出。"胡玉随便挑了块木牍，扔给孙策。

孙策紧张地读了起来："光和三年[1]七月初八，下邳县丞孙坚由扬州胡玉入玉衣用料，值钱六十三万，坚转卖下邳王，估钱一百二十三万，得倍利。"他犹豫了一下，继续往下读，"光和四年二月初六，下邳县丞孙坚由扬州胡玉入玉面罩用料，值钱二十八万，坚转卖下邳王，估钱八十四万，得二倍利。"孙策读不下去了，含着眼泪看着父亲，"爹，这

---

[1] 180年。

是真的吗？你真贪了这么多？"

在孙坚开口回复孙策之前，钟离越抢了他的话头："阿策，你说得对，你爹就是一个贪官，而且比我还要贪！让我来告诉你，他是怎么贪的——那个老不死的下邳王的墓葬开工后，明器的需求就很大，我因想少费点神，就找你父亲去代办。什么玉面罩、玉石、玉枕、玉璜所用的玉料，形为兵马与乐伎的九色陶俑，刻着月氏国文字的银耳杯，用前朝工艺精制的红漆盘，大秦来的琉璃象，豫章郡名家雕刻的木猿，吞烟喷香的铜雁炉，交州的孔雀尾大扇，青州的蛟龙皮软铠，他都能找到，而且质量还都是天下最好的。不过，哪一件进货，你父亲不是超过进价一倍两倍地从王爷的账目上偷钱？你看你们家的小阙楼，一幢一幢地起，那怎么可能是你父亲每年四百石的薪俸所能支应得起的呢？你可知目下物价涨得有多快吗？"

孙策咬住嘴唇，愤怒地反驳道："呸！你说我爹是贪官，但下邳百姓可都念着我爹的好呢！你没听童谣怎么唱吗？承乐世，孙文台有韬；泗水清，孙富春播德！"

"这也是我最佩服你爹的地方！"钟离越打断了孙策的话，"你爹不仅会贪，而且能装！每到洪涝与歉收的日子，他总是能拿出自己贪来的钱去收买小民人心。结果呢？事后没人觉得他是贪官，尽管人人都被他盘剥！"

"我爹什么时候盘剥小民了？！"孙策气得小胸脯一起一伏。

"靠贪王爷的钱啊！"钟离越回道。

"那是坑王爷,不是坑百姓!"孙策不服。

钟离越摇摇头:"但你想想看啊,下邳王本身又不劳不作,他哪里来的钱?你再想想看,你爹从王爷账上贪来的任何一枚五铢钱,哪一枚最终不是来自下邳百姓的口钱[1]、算赋[2]与算訾[3]?"看到孙策被说得哑口无言了,钟离越又将目光转向孙坚,"孙文台,我就不明白了,你这样处心积虑地收买人心,目的又是什么呢?这些愚蠢的草民,除了能够给你几句奉承之外,能够改变你卑微的出身吗?能够给你带来孝廉的名头吗?能够给你带来二千石的高位吗?我左思右想,你这样做唯一的目的,就是趁天下大乱之际能够征召起一支孙家军,称霸一方!如果这是你的真实想法的话,难道目下不是你飞龙在天、一展宏图的大好机会吗?"

孙坚抬起头,指指这些木牍,恨恨地对钟离越说道:"这些账目将我与你、胡玉三方合赚的钱,都算成是我孙家赚的,你要不要脸?你就不怕我到徐州刺史部再反咬你吗?"

钟离越抚摸着自己的大肚子,笑道:"我脸皮厚,不怕你出去乱咬我。徐州刺史部的人缘我比你熟络得多,到时他们肯定会信我不信你。至于胡玉么,官府就是抓到他,他也会在刺史大人面前一把鼻涕一把眼泪地哭诉你是如何欺侮大汉良民的。此时我再随便拿几枚麟趾金到刺史部运作一下,

---

[1] 汉代儿童(7—14岁)的人头税,税额相对固定,每人每年20钱左右。
[2] 汉代成年人(15—56岁)的人头税,税额相对固定,每人每年120钱左右。
[3] 汉代富人的财产税,税率较为灵活。"訾"读"资"。

我说的故事就会更加精彩了!"

孙坚瘫坐在草席上,一言不发。许久,他才慢慢开口:"说吧,你们要我怎么配合你们?"

孙策惊讶地站起来,喊道:"爹,你怎么能……"但他没有将话说完,嘴巴就被胡婵堵住了。

孙坚抱歉地对儿子笑笑:"人在矮檐下,不得不低头!"

"什么低头不低头的,识时务者为俊杰嘛,孙文台,你就是当世之俊杰!"钟离越放肆大笑,又给孙坚倒了一杯酒。

正在此时,一直在昏睡的孙权被钟离越的笑声吵醒了。他睁开迷离的眼睛,疑惑地问奶娘黄氏:"爹爹在做甚?"

"老爷……他在与好友们……切磋……兵法。"满头冷汗的黄氏小心翼翼地回道。胡玉回头对黄氏笑了一下,露出了熏黄的牙齿,轻声道:"那小翠如果像你这么聪明,也就不会死了。"

黄氏面带恐惧地点头应承着。

孙坚对黄氏点点头,叫她不要紧张。然后他又问钟离越:"既然我们又成一伙的了,你们行事的具体计划不妨透露给我吧!"

钟离越摆摆手:"不急!目下你只要按照我的指示去做事,等你做完了,自然有人会在适当的时机给你新指示!"

"好!只要你能够放过我家人,我会照做的。"孙坚不耐烦地将双手插入衣袖里。

"第一,"钟离越伸出了一根胖手指,"我将你家人放走后,你得想好怎么与县廷说清楚你今日家仆被杀的事情。我给你的建议是,你就说有城外的贼人抢走你的儿子想讹诈你。你则深夜追凶,将贼人斩杀,救回家人。"

孙坚听糊涂了,反问:"那贼人不就是你们吗?"

"非也!非也!"钟离越的胖脑袋摇得就像乐伎摇的鼗鼓,"我是堂堂下邳傅,这位胡玉是正经的行商,我们怎么会是贼人呢?贼人的尸体现在就在河滩上!都是你英武的孙县丞一人所杀哦!"

孙坚马上听懂了。肯定是胡玉的手下随便斩杀了城外几个无辜的乞丐,再用他们的人头来掩饰自己的真正绑架行为。孙坚叹了口气,再问钟离越:"好吧,你们想得周到。那第二条指示呢?"

钟离越举起两根手指:"第二呢,今夜发生的事情,你回去后,哪些人可以说,哪些人不可以说,你自己掂量。不过,只要我听到一些我不想听到的事情,你贪污的证据,马上就会被呈给徐州刺史部!"

孙坚点点头:"我有数!"他又指指黄氏,"我家奴婢里知道这事的,现在就只有她了。但我可以为她担保,她绝不是乱嚼舌根子的人!"

胡玉此时插话了:"比起她,我倒是更担心你的大公子。阿策好像比你更爱朝廷啊!你能保证他不会到县学乱说话?"

胡婵暗地里捏了一把孙策的大腿。孙策犹豫片刻,最后还是咬咬牙,决定跟从父亲,放弃抵抗。他恭敬地向钟离越下拜,嘴里嘟囔着:"刚才多有冒犯,请钟离大人与胡玉伯伯恕罪!今夜之事,出门后我绝不会与闲人多嘴!"

"你满意了吧!"孙坚看着钟离越。

"好!好!不过我还有第三条指示。"钟离越举起了三根手指,"要夺取下邳,我们肯定还会挖更多的地道,从城外通向城里。老实说,下邳临水,地基松,土不是太难挖。只是挖地道总是会有响声,难免走漏风声。希望你从十日后开始,叫祖茂多派人往王宫附近巡逻,用人声压住下面的挖土之声,具体行动路线我稍后会告知你!"

孙坚听明白了,黄巾道的最终目标是下邳王宫。他默然点点头,问道:"还有呢?"

"暂时没了,你们可以安然离开了!"钟离越一摊手。

"那我可以问你几个问题吗?"孙坚反问道。

"请便!"钟离越一边说,一边开始收拾那些随时可以要了孙坚小命的木牍。

"黄巾道可知我当年在盐渎杀害其弟子之事?"这个问题是孙坚一直关心的。

"你放心,他们不在乎这事了。而且,也正因为你用兵有谋,他们才特别希望你能入伙。"钟离越漫不经心地回道。

"那你自己是何时从了黄巾道的?"孙坚再问。

"光和二年!那时我去京都述职,在那里与黄巾道有了联系。"此刻钟离越已将木牍全都装进布囊,贴身收藏好了。

孙坚倒吸一口冷气。原来早在五年前,黄巾道出入京都,就已经如入无人之境了。他转向胡玉:"你是不是早就知道钟离越是黄巾道上的人了?"

胡玉摇摇头:"不是,我也是这几日刚知道。"见孙坚疑惑，胡玉进一步解释道，"我奉南阳上使张曼成之命来下邳，本来就是要找隐藏在下邳官府内的同道接头的。但我全然没想到与我接头的，就是钟离大人。你说奇不奇？"

孙坚突然想起他还未细问那个比丘言无名的底细。但胡玉一眼看穿了他的心思，抢白道："文台，今夜我真有点儿累了，关于那比丘的事情，你还是问胡婵吧。她会和你说得非常详细的。"说着说着，他又阴笑了起来。

孙坚无奈，只好住嘴。此时钟离越推给孙坚五枚麟趾金，算是对于他家损失的五名奴婢的赔偿。孙坚默默示意胡婵收下，随后领着胡婵、孙策、孙权、黄氏下楼。

一行人又钻进了地道。老九在前面掌灯开路，老四在背后抬着小翠的无头尸。侏儒老七在队伍的最后压阵。胡玉本人则跟在队伍二十步之后。

当众人重新来到河滩，却发现河滩上出现的并非几个乞丐的尸体，而是五个手脚被反绑、嘴里塞了碎布的精壮大汉。原本消失的六个蒙面人此时也突然从夜色中钻了出来，冲上去给胡婵等人加绑绳。

"这是做甚？我们不都是自己人吗？"胡婵挣扎起来。

老九在其耳旁低语："妹妹，没事，做戏而已，否则文台没法交差！"说这话时，孙坚已经从蒙面人那里重新得到了自己的那对短戟。

见孙坚手里有了武器，胡婵大为心安。待胡婵、孙策、抱着孙权的黄氏重新被上了绑之后，蒙面匪贼也给五个大汉松了绑。胡玉跑过去，拍拍其中一个长脸大汉的脸蛋，说道："刚才委屈弟兄们了。不过现在想参加黄巾道的人实在太多，我也不知道你们的真本事。现在就给你们出道题目吧。看到了吗？对面那个拿双戟的大汉，是背叛本道的叛徒，我现在给你们每人一件兵器，你们上去五打一，杀了他。而后呢，那边两个女人，两个小孩，都归你们发落，算是你们的奖品。"

长脸大汉大喜，立即从胡玉手里接过明晃晃的环首剑，余下四人也分别抄起了长戟、环首刀、短矛与钩镶。五人彼此商议了一下，突然散成一个圈，将孙坚包围在当中。

孙坚哪里会惧怕这几个毛贼。他见执长戟者趋前冒进，便用一对短戟夹住其戟头，往后猛拉，夺了其兵器。那人因惯性还往前趔趄着冲了几步，孙坚顺势就用戟杆之末的镈尖戳穿了他的颅顶。持刀者犹豫了一下，也冲了上来，孙坚则立即扔出手里的一把短戟，戟枝随即狠狠插入了来人的前额。持短矛者一看不好，向孙坚扔出手中的一对短矛，却被孙坚轻松躲过。趁着这工夫，孙坚撑着长戟跃起，俯瞰整个战场，并看准时机，将另一支短戟也抛了出去，穿透了抛短矛者之脖颈。此刻持钩镶者与持剑者亦鼓足了勇气，号叫着从左右朝着孙坚冲来。孙坚先用戟头扬起沙石，迷住左方执钩镶者之目，再顺势用戟头刺透其胸；然后，他便抽戟横扫右边，用戟之横枝划开已吓得发呆的持剑者的咽喉。

一盏茶的工夫，五条大汉便已殒命于此。

孙坚扔了兵器，过来给家人松绑。小孙权看到满脸是血的父亲，吓得大哭，而孙策则被父亲刚才的表现震惊得目瞠口呆:"爹,你原来这么厉害!"

"太勇武了!"与此同时,胡玉及其手下也都爆发出了欢呼。胡玉啧啧称奇:"当年文台一人大战我们上百兄弟,其容姿依然历历在目。不想为官多年后,武艺非但未退,下手却更为狠准,真乃江东猛虎也!"

孙坚没有理睬他的奉承,只是冷冷地说道:"这五个人到底是谁?"

胡玉笑道:"无名的蠢货而已,给你练手用的。不过我挑人的时候故意选了精壮的,否则你回头说几个乞丐就能绑了你的家人,谁信?"

孙坚正想与胡玉继续交谈下去,却听得河滩上搁浅的一条小船的船舱里传来了小儿的哭声。孙坚用短戟一指,问胡玉:"哪里来的孩子?"

"这与你无关!"胡玉背过了脸。

"胡玉,我是县丞!"孙坚用脚踢了一下胡玉的脚后跟。

胡玉回过头来:"哈哈,我忘记了,文台,你是县丞,有权过问境内所有治安事件。你既然那么好奇,那你就去亲眼看看吧!"

孙坚抹了一下脸上的血水,跑过去一看,果然发现船舱里有两个妇人,每人手里都抱着一个两岁大小的男孩。孙坚突然联想起这一两年内在徐、扬频繁出现的婴儿失窃案,心中大致有了答案。他转而怒斥胡玉:"你偷孩子做甚?这么小的孩子,对反叛有何作用?"

胡玉一脸无辜:"谁说不是呢?但南阳上使有令,我不好不听，且这些孩子他都是论价给钱的！谁能与钱作对呢？"

"黄巾道要这么小的孩子做甚？"孙坚追问。

"这个嘛……"胡玉挠挠头，"听说大贤良师在训练一批幼童，扮作倭国童子，专门服侍他，而且还挑选其中特别聪慧者为心腹，委派各地。"

"所以……"孙坚接着他的话茬，"孩子要从吃奶的时候就开始接受训练？"

"是！过了两岁就难了！"胡玉有些不耐烦了，开始拉着孙坚离开这小船，"文台，这事与你无关，你快点照顾你自己的家人去！"

"不！"孙坚甩开胡玉的手，"我要这两个孩子！我可以买！"

胡玉本以为孙坚是在开玩笑，但他坚定的眼神分明是在告诉自己：绝非戏言。

胡玉挠挠头。他觉得没有理由放弃这个捞钱的机会。他咬咬牙，伸出两根手指，说："你买可以，但就这个价，不许还价！"

"这是什么价？"孙坚反问。

"一个孩子要两枚麟趾金！"胡玉狮子大开口。

"刚才钟离越给我的五坨麟趾金都给你，这两个孩子我都要！"孙坚非但没有还价，反而还加价了。

胡玉瞪大了眼睛，简直不敢相信自己的耳朵。但他想了想，呵呵一笑，摆摆手："只能卖你一个！没法子，全卖给你了，我没法向上面交差啊！"说着，他就叫手下将两个孩子抱来，问孙坚："你相中哪一个了？"

孙坚将胡婵叫来，说："我不会挑孩子，你来吧！"

胡婵看着这两个胖嘟嘟的男孩子，突然想起自己儿子当年被拐走时也是这个岁数，顿时鼻子就酸了。她看到其中一个男孩笑起来的样子特别无邪，正如自己孩子当年的模样，便用颤抖的手指了指他。

"好，一手交金，一手交人！"胡玉一拍大腿。

此时，太阳已经在天际线下喷薄欲出。胡玉给左右使了一个眼色，便领着众人重新钻入地道，消失了。河滩上留下了孙坚及其家人，无头的小翠、无名的五具男尸，以及同样无名的那个两岁幼童。孙坚拾起胡玉留下的火炬，向下邳城头发出信号，等候已久的祖茂等人则从城头挥动火炬应和。

孙家人终于安全了。

孙策看着胡婵怀里的那无名幼童，问孙坚："父亲，这婴儿与我们非亲非故，为何救他？"

孙坚俯下身，摸着孙策的头："黄巾贼四处搜罗婴儿，目的相当可疑。爹爹目下虽无力探察其计划，但至少可以买走其中的一个婴儿，给其多少添点麻烦。再说，这婴孩虎头虎脑，面相可不一般，长大了或许可为我孙家所用。"

孙策听罢，确信父亲内心并未反叛，安心地点了点头。

此时，城郊的雄鸡开始打鸣。阳光扫过泗水河，照亮了下邳城雄伟的城墙，将白门楼巍峨的楼影投射到了城墙内的芸芸众生之上。

淮泗水畔的下邳国，迎来了崭新的一天。

第九回　诸葛归来

孙坚与钟离越、胡玉达成秘密协议后的第三天。晌午刚过，本来一直放晴的天突然乌云密布。须臾，今年的第一场暴雨突然降临整个淮泗地区。未带蓑衣的旅人在雨中一边飞奔，一边寻觅着可以用以躲雨的屋檐。此时，一辆双辕轺车飞驰而来，将泥浆高高溅起，引来未及躲避的路人的高声咒骂："老子的袍子是烧不坏的火浣布做的，你赔得起吗？"

"烧不坏？有种你就放火烧啊？若真烧不坏，这车白送给你！"那轺车停下了，一张妖艳的妇人脸蛋出现在帷幔后面，用不屑的眼神看着这个面带泥浆的中年男子。

"爹，别和下邳的乡下女人一般见识，我们还有正事要做！"中年男子身边的一个十岁男孩拉了拉他的衣袖，然后用同样不屑的眼神看着那女子。

"你这小娃竟敢说我是乡下女子？你知道我是谁吗？"

那女人瞪眼看着那男孩，突然扑哧笑了出来，"也怪了，你们这对父子的脸蛋怎么都这么长！活脱脱就是一对驴！"

为那妇人赶车的车夫是一个满脸横肉的胖子，听到主人的笑声，也放肆地大笑起来，边笑边说："脸像驴有什么用，还不如变成真驴，这样在京都还能卖出一百万钱！"

"阿福，你真会做生意！若大驴价一百万钱，那小驴就值五十万，哈哈哈哈！"那妇人笑道。

那孩童听罢此言，脸色骤变，却没有发作。他压着怒火，缓缓说道："这位大姐，我说您是乡下女人，乃是因为您的眉妆不对。见您眉尾上勾，眉形细而曲折，可是'愁眉啼妆'？但是您可知，早在光和五年[1]，名儒刘陶就曾上奏说，此眉形源于逆臣梁冀之妻孙氏，是亡国之妆。而后，天子马上命令后宫佳丽恢复了更古老的惊翠眉。因此，目下洛阳流行的，其实是惊翠眉！"

那妇人被那孩童的话给惊到了，上下打量了他好几眼，嘴上还不服输，鼻子里"哼"了一声，说道："小小年纪，怎么爱关心女子的眉型？看来长大了也定是一个登徒子！对了，你这做爹的是怎么教儿子的？圣人之道，就是关心女子的装扮吗？"

那中年男子一捋胡子，笑道："我的儿子怎么教，你管得着吗？有诗云，'莲渡江南手，衣渝京兆眉'[2]，就连当年

---

[1] 182年。
[2] 出自刘孝绰《钓竿篇》。

的京兆尹张敞都能在朝堂上公开说'夫妇之乐，无过于画眉者'，犬子诸葛瑾难道就不能观察妇人的眉型，并由此预知天下变乱的先兆吗？"

"诸——葛——瑾……"那妇人念叨着这孩子的名字，若有所思，慢慢说道，"本朝高官可没有诸葛一族。不过我曾听说，前汉元帝时有个司隶校尉叫诸葛丰，莫非你们是诸葛丰的后人？"

"正是！"那中年男子挺起了胸脯，往前站了一步，甚至忘记自己已离开屋檐的庇护而来到了雨中。他指指自己："在下不才，姓诸葛，名珪，字子贡，京都'鸿都门学'画师，这次是带犬子诸葛瑾来下邳国采风的！"

"原来是个画画的！我们家很多奴婢都会画画！"叫"阿福"的车夫忍不住，又开始大笑起来。

"住嘴！"那妇人立即喝止了自己的仆人。她虽然不知道这两年京都妇人眉妆的变化，却很清楚这"鸿都门学画师"六字的分量。原来，自光和元年[1]以来，天子刘宏就在京都洛阳设置了一个平行于太学的教学机构"鸿都门学"。与太学不同，这学校不教儒学，而专教学生辞赋与字画，学业优秀者甚至可以跳过各级州郡递送的孝廉名单，直接获得二千石的高位。她心中暗想：如果这诸葛珪真是京都来的画师，其背后的来头定然不小；不过，他既是京都来的大人物，怎么连车马仪仗都没有？莫非是假的？

---

[1] 178年。

诸葛珪看出了那妇人的疑惑,立即指了指自己的赤袍:"这是天子亲赐的火浣布,用来表彰我画美人秀眉之画技。你们这些下邳的乡下人大概没见过这种西域宝物吧?我现在就当众烧烧这袍子,勘验其真假。若是真火浣布,您是否能兑现前言,送我车马?"

周围的看客一下子就骚动起来。有人在一边耳语道:"孙县丞曾经当众揭露过一个叫朱治的丹阳人售卖假的火浣布,莫非这又是一个骗子?"另一个说:"这个诸葛珪是主动提出要烧自己的衣服的,恐怕不会是假的吧!"

屋檐内的客舍掌柜听到门外的骚动,打听清楚原委后,主动在门口支起了火盆。诸葛珪在众目睽睽之下,大大咧咧脱下袍子,往火堆里一扔,惹来众人一片惊呼。但见那袍子扔进火堆,火势竟然渐弱。掌柜小心翼翼用夹子重新将袍子夹起来,盆中火苗顿时蹿高,只见那袍子悬在半空中任由火苗炙烧,污渍与泥浆则都烤成了颗粒,滚落到盆中,袍子本身却丝毫未损。

"真是火浣布!"人群中爆发出一阵欢呼。

那妇人脸一沉,但转念一想,脸上还是努力挤出了笑容:"原来真是京都来的贵客!刚才多有得罪!小女乃是下邳傅的妾袁氏,算是汝南袁氏的旁亲。既然刚才已经立约,我们钟离家的人决不食言,一定会送先生车马。只是这雨水未停,我这妇道人家,若无车马则无法回府。要不,我就以金代车,以为赔礼,不知先生是否可笑纳?"

诸葛珪笑道:"甚好,只要金价能够抵上车马!"

双辕轺车里立即抛出一大串五铢钱。诸葛珪刚想开口骂袁氏吝啬，突然发现这五铢钱不是铜铸的，而是金铸的！任何一个识货的人都知道，金铸的五铢钱可不是用于民间的，而是王侯才能得到的皇家赏赐，一旦兑现，即可换来大批财富！诸葛珪迅速将金钱串子藏到了衣袖深处，然后眯着眼睛，向袁氏屈身拜谢。

"罢了，回府！"袁氏脸色木然地合上了帷帐。

袁氏车马走远时，雨水已经变得小多了。诸葛珪见人群已散，立即给了客舍内的掌柜几枚金币，订下了客房，又用其中一枚金币换了一大串铜钱，然后披上被火烘热的火浣布袍，外边再披上掌柜恭敬送上的蓑衣，随即拉着诸葛瑾的小手就往城外去，嘴里还嘟囔着："我们有钱了，可以住客舍了，接你娘去！"

诸葛瑾则一路闷闷不乐。他见身边的路人已经没有了刚才的看客，这才小心翼翼地问父亲："爹，我们刚才这样明目张胆地骗人，好吗？"

"那火浣布的确是真货，我哪里骗人了？"诸葛珪漫不经心地答道。

"爹！"诸葛瑾噘起小嘴，"火浣布的确是真的，但是出处却不真！听我娘说，这是当年你去拜访臧旻大人的府邸时，臧洪公子念及您是清官后人才送给您的，怎么到您嘴里就成了天子所赐呢？"

诸葛珪把儿子拉到一边，小声说道："小地方的人，见到京都来的一个六百石小官就会吓尿。你越自信，他们就越害怕。所以装，也要装成大人物！再说，这火浣布是多好的道具！"

"爹，您怎么就知道下邳人会无知到连火浣布也没见过……万一那袁氏多问一句，阁下从京都来到下邳的通关文牒在哪里，我们又如何应对？"诸葛瑾还是不服。

诸葛珪笑了起来，摸摸诸葛瑾的头："儿啊，你和我在京都待了三年，你可曾在洛阳的市面上见过哪怕一次真的火浣布？据说当年大秦王安敦派来的使者都没有带来火浣布，弄得朝廷一度怀疑他们整个使团是冒充的。连洛阳人都没见过的好东西，下邳人会有见识？"

"哦……"诸葛瑾突然又想起了什么，"那通关文牒……"

"我的确是没那文牒，但是那袁氏就一个下邳傅的宠妾，她又不是县丞，要验看这文牒，可谓名不正言不顺。退一步说，即使真是下邳县丞孙坚来了，我也不怕，我与孙坚可是老朋友哦！"说罢，诸葛珪又开始得意地笑了起来。

诸葛瑾摇摇头："听我娘说，您与孙县丞唯一的交情，就是在我两岁那年，曾与他讨论过一些很无聊的问题，比如世上是否有鬼。这算什么交情！"

诸葛珪解释道："孩儿你这就不懂了。我与孙坚虽只见过一面，就立即看出，我和他其实是一类人。"

"怎么说？"诸葛瑾瞪大了眼睛。

诸葛珪得意地解释道："孙文台虽自称是兵圣孙武后人，但无家谱为证，在重视门第的本朝可谓官场末流。我们家虽在前汉有人做到司隶校尉，家谱也全，但无人是后汉开国功臣。因此，论官场人脉，只是比那孙家略好一点点罢了。但那孙文台不畏艰难，从盐渎、盱眙一直到下邳，兢兢业业打理政务、剿贼安民，现在俨然已是下邳一小王。十年间虽然账面上的官俸一直没足四百石，但家资却暴涨百倍以上，淮泗民间豪杰影从，可见其定有封侯大志。也不怕我儿笑话，这样的志向爹爹也有，只是爹爹的运气的确比那孙坚稍差一点儿罢了。我当年苦读王充的《论衡》以求官位，一搏而成功，在臧家帮助下在青州谋到一个金曹史的小官位。却不料天下物价暴涨，全家入不敷出，爹爹只好辞官去京都的鸿都门学碰碰运气，看看能否凭借自己的画艺迅速弄个二千石当当……但是，我的运气还是比那孙坚差一点儿啊……"

诸葛瑾又噘起了嘴："爹，别怪别人，只怪您自己估错形势了！你本以为天子不喜欢刘陶，因此在刘陶建议天下废'愁眉啼妆'后，您立即献给天子的三幅美人图，用的都是'愁眉啼妆'！结果呢？这次天子竟真的采纳了刘陶的建议，从此冷落了您，再也不看您画的美人图了！"

诸葛珪长叹一声："其实描绘惊翠眉，更是你爹的专长啊！你看你娘不是一直描着惊翠眉？"

"爹，您糊涂了，前几天我娘改画远山眉了……两个妹妹也都改为蛾眉了……"诸葛瑾反驳道。

诸葛珪停下脚步，盯住诸葛瑾的眼睛："儿啊，你一个小男子汉，为何对女子眉毛观察得这样仔细？"

诸葛瑾莫名其妙地抓抓后脑勺："爹，您不是刚才对袁氏说，连京兆尹张敞都喜欢画眉毛，我们诸葛家为何不可？"

诸葛珪叹了口气:"琢磨眉毛是为了混个官做,而现在既然没得官做,你琢磨这些事情就是不务正业。明天继续读《孙子兵法》。这才是要务。"

"您确定不要读《公羊传》?"诸葛瑾对父亲的朝三暮四有些无所适从了。

"《公羊传》管用的话,你爹我早就去太学混了。太学几万学生,都熟悉儒家经典,可排队做官的队伍,已经排到三十年后了,你爹我等不起了!"诸葛珪无精打采地回道。但他转念一想,脸上又露出了笑容。他捏了捏儿子的脸蛋,赞许道:"今天你谈吐不错,的确把那袁氏给镇住了!"

诸葛瑾脸红起来:"爹,别提了,今天真是好险!为了等这袁氏,我们已经守株待兔十日,她若明日再不来,我们就要放弃了!对了,您怎么知道我们诳她的钱能成?还有,我们为何不直接找您的朋友孙坚要钱?"

诸葛珪严肃了起来:"爹爹我是来下邳找孙坚共谋反击黄巾贼的大计的,怎么可以因盘资这种小事坏了议论大事的心情呢?但那袁氏所在的钟离家就不同了。钟离家经手下邳王墓葬的建造事宜,根本不差钱。这种又贪又蠢的人,就是我们诳钱的绝佳对象。对了,直接找其本人诳还不行,弄不好会出官司的。要诳就诳其小妾,女人一般比其丈夫更蠢。"

"哦!爹爹,您刚才最后一句话,敢对着娘再说一遍吗?"诸葛瑾调皮地反问道。

"你敢对你两个妹妹说那句话,我就敢对你娘说!"诸葛珪一步不饶。

两人相视须臾，突然哈哈大笑。

天晴了。出了城的父子二人，疾步来到郊外的一处农舍，找到正在此借宿的诸葛瑾之母、诸葛珪之妻章氏。因为住宿费用不够，诸葛珪的两个女儿诸葛芳与诸葛珺正在帮房主的奴婢舂米，章氏本人则将双手伸进冰冷的水里洗着衣服，嘴里还对丈夫骂骂咧咧："老娘嫁给你这个没用的货，真是章家祖上缺德。"诸葛珪两岁的幼子暂且干不了活，正缩在屋檐下，抹着鼻涕，委屈地看着家人受苦。他的名字叫诸葛亮。

"有钱啦！我们这就搬进县城里住！"诸葛珪挥舞着手里的金币，飞奔向自己的妻子与儿女，兴奋得就像个孩子。

第十回　应募抄经

诸葛珪刚从钟离越小妾袁氏手里讹得金子，便急匆匆带着全家搬进了下邳县城最好的客舍"安乐苑"。几日后的一个早上，诸葛珪正在酣睡，却被门外的锣鼓喧嚣声吵醒，他一边穿衣，一边骂骂咧咧："竟然还是全下邳城最贵的客舍，连一间安静的房间都没有！"此时，隔壁的章氏抱着哭闹着的小诸葛亮也起了床，一边揉着眼睛一边说："夫君，我们还是搬到城外去住吧，城里哪儿都吵吵闹闹的！"

诸葛珪接过女儿诸葛芳端上的兑了温水的梅子酒，喝了一口，定了定神，说道："罢了，罢了，这里再吵吵，也没有京都洛阳吵！再说了，一个小小的下邳城，汇集县寺、相府，还有下邳王宫，能不热闹吗？别忘记我们大老远来下邳是干什么的！"

"干什么的？不就是来瞎折腾吗！"章氏没好气地回道，"那个朱儁又不是你的直属上司，他随口说一句话，你就屁颠屁颠地离开京都,还对我胡说什么天下将乱,要到淮泗地带联络四方豪杰勤王!你连妻儿都养不活,勤哪门子王?还是名门之后呢,连女人的眉毛都画不好,天子养着你都嫌糟践米粮!"

诸葛珪用双手把耳朵捂住,闭着眼睛,摇晃着脑袋,大叫:"妇道人家,鼠目寸光,井蛙陋见,诸葛珪不听!"章氏大怒,将诸葛亮交给诸葛芳去抱,然后拿起竹帚就去砸诸葛珪的脑袋。诸葛珪嘴里虽骂妻子愚笨,心中却畏之如虎,立即抱头往楼下窜去。小诸葛亮见了父亲的狼狈相,也不哭闹了,反而在姐姐的怀里哈哈大笑。

此时,正在下楼的诸葛珪刚好撞上了上楼的诸葛瑾与诸葛珺兄妹。二人忙向父母请安。诸葛珪趁机转移了话题,背对着妻子,挺起腰板问儿子:"瑾儿,这么早就出门了啊?对了,你手里拿的是什么书?"

诸葛瑾皱着眉头说:"回父亲,这是孩儿刚从市里的书肆购来的《孙膑兵法》。"

"哦?"诸葛珪激动地将书简拿来,"这是好书啊!你为何愁眉苦脸的?"

诸葛瑾说道:"爹爹您也知道,家里的那一套《孙子兵法》少了《火攻》《用间》两篇,而且既有的篇目也丢在了洛阳,孩儿现在无法复习。您昨日不是给孩儿一点儿零用钱了吗,我就带着妹妹一早去逛书肆,想买一套齐备的《孙子兵法》。没想到那姓朱的老板耍诈,给了我一套《孙膑兵法》,还胡说《孙膑兵法》就是《孙子兵法》的别名。因为周围的人都叫他孝廉，我想孝廉是断不会骗人的，就果断买下了。不想，我刚在路上边翻边看，发现书里的章节安排竟与《孙子兵法》毫无关联，这是一本伪书……刚回去与他理论过，结果被他身边一个姓韩的大汉狠狠羞辱了一通，还说我不识货！"

"我来看看！"诸葛珪的眼睛在书简上飞快地上下检索，然后开心地大笑起来。他摸摸诸葛瑾的头说：《孙膑兵法》与《孙子兵法》的确是两部不同的书，但前者更稀有。老实说吧，市面上流传的《孙膑兵法》章节往往不全，你搜到的这个版本竟然有三十一篇，还有我一直找不到的《五教法篇》，很不错了！这可比烂大街的《孙子兵法》值钱多了！对了，这书到底费了你多少钱？"

诸葛瑾见自己没有买到伪书，立即笑了起来："不贵，才五百三十钱！"

"什么？"诸葛珪的长脸立刻被拉得更长了，"儿子，你被骗了，这书不用这么贵！"

"啊？"诸葛瑾被父亲惊到了，目瞪口呆，不知如何作答。诸葛珺看不下去了，说道："爹爹，您刚才不是说这是好书吗？现在物价这么贵，五百三十钱换一本好书可不算离谱。我看本地书肆里同时出售的一套《吴越春秋》，售价要一千钱呢，但这套书在洛阳只要八百钱！"

还没等到诸葛珪回答女儿的疑问，他身后的章氏就拨开丈夫的身体，冲上去教训起自己的儿女："你们父亲没啥别的本事，算账还是有两手的，你们两个赔钱货怎么就这点家风都没继承？遇事要多动动脑子！那《孙膑兵法》虽是好书，但依然是残本，你们为何不以此为借口去与店主砍价？五百三十钱就买套残书？真是败家的货！"

章氏将诸葛珪心里想说的话一股脑地说了出来，反而让他一时无话可说。看着儿子发红的眼圈，诸葛珪心里一软，口气也变得柔和了起来："算了，算了。就当买个教训。这书给我，你俩现在就带我去书肆，看看爹爹如何砍价！"诸葛珪嘴上虽这么说，心里却盘算着怎么到书肆里再觅一些别的好书。

不久后，三人便进了阓门[1]。不料诸葛瑾记性不好，竟忘记了朱家书肆的位置，只好厚着脸皮去问正在旗亭下闲谈的市长与市啬夫[2]。那市啬夫刚要打发走诸葛珪，市长却从诸葛珪的口音里听出了东京洛阳的纯正音韵，微笑着朝东边一指。诸葛珪一行由此向东再走了一小会儿，便远远看到了朱家书肆。但见一个三十多岁的男子，正在书肆旁自搭的一个小木台上对着众人喊道："下邳父老乡党，吾乃扬州丹阳人朱治朱君理，经常来下邳做生意，想必不少乡党都见过朱某。目下朱某在下邳城新开的书肆，需招募擅抄写的书工三十名，长工包吃住，短工按抄书字数日算，只要考校合格，立即可以开工！"说罢，他身边的一个大汉也跟着大喊

---

[1] 指进入官定的商业交易区（市）的大门。"阓"读"会"。
[2] "旗亭"是交易用的官市内部的塔楼，有数层高，开市的信号就由此发出。"市长"指整个交易场所的监管官吏，非今日"市长"之意。"市啬夫"指计税员。

起来:"在县寺里做过掾吏的优先考虑!字迹必须端正!要会写蝇头小字!要会熟练使用书刀修正誊写错误!懂佛经者酬劳加倍!"

诸葛珪点点头,意识到那朱治便是将《孙膑兵法》卖给诸葛瑾的那位商贾。他转头问身边一位正在卖麻布的老大爷:"大爷,听说这个叫朱治的是个孝廉?他既有孝廉的名号,怎么不去做官,反而来卖书了呢?"

老大爷捋了捋胡须,呵呵一笑:"您或许知道,几年前朝廷开始卖官鬻爵之后,本来给孝廉之流准备的官位都转给愿意出钱的富人了。因为上升通路被堵死,这位扬州来的朱孝廉无事可做,只好组织宗族力量,利用淮泗水系,到处买卖值钱的货物来牟利。也就在几天前,他把一些琉璃器卖给了邻县一个县尉的遗孀,狠赚了一笔,现在就有了本钱在下邳城里开书肆!"

"哦!"诸葛珪点点头,再问,"开书肆难道很赚钱吗?洛阳的熹平石经修好后,四方人士都去京都摹写,我看京都儒经的书价一直在往下掉啊。"

老大爷解释道:"这位公子有所不知。儒经的确不赚钱,但浮屠道的书赚钱。下邳王好浮屠道,最近还对一个叫'言无名'的小沙门十分痴迷。据坊间说法,那沙门对老王爷说,下邳在历史上积累了太多的杀气,要多制浮屠经。最好下邳家家户户都供一部《四十二章经》,以便消业。此话传开后,市面上的浮屠经就供不应求了。这朱孝廉便抓紧机会开了这家书肆,从抄书、编简、出售,样样包揽。估计他又要大赚一笔了。"

诸葛珪听了,心中暗暗佩服,觉得这朱治既熟悉徐、扬二州的交通地理,又深知"君子豹变"的道理,值得一交。但如何能够让身为孝廉的朱治不轻看自己呢?诸葛珪眼珠一转,计上心来。他叫诸葛瑾与诸葛珺站在人群里不要动,自己则挤出人群对着台上的朱治大喊:"前汉名臣诸葛丰之后、琅琊诸葛珪愿应募抄经!"

第十一回　朱治献书

朱治循声望去，但见人群中有一与自己年纪相仿的男子，脸长如驴，双眼如缝，下颌处的山羊胡迎着微风摆动。天虽有些冷，他手里却有点儿滑稽地摇着鹅毛扇，与其披在身上的红色袍子形成了鲜明的反差。朱治转身去问身边的韩当："义公，这怪人你见过吗？"

韩当略略摇摇头，轻轻说道："人我可不认识，但听口音，似乎真是琅琊人，只是张口就说自己是前朝名臣的后人，的确有点儿不要脸。"

朱治想了想，纠正了韩当的话："据我所知，他说的那个诸葛丰因得罪同僚与皇帝而被撤职，最后老死在家里。这样的先祖，有什么好显摆的？若此人真心想攀附上什么亲贵，又何必提那个倒霉的诸葛丰？可见他八成没说瞎话。"

正当朱治与韩当交头接耳之际，下面的诸葛珪等得有些不耐烦了，再将自己的名字换了个名头，大声报了一遍：

"京都洛阳鸿都门学画师诸葛珪应募抄经!"

四下百姓听罢,议论纷纷:"据说现在鸿都门学的画师,要比太学生更受天子器重,这个诸葛珪怎么可能放着美差不干,离开京都来我们下邳?"

"是啊,蹊跷啊,莫非是个骗子?"

"定是个骗子!"

此时,人群中突然有人高声反驳道:"这人来历或许真不一般!前几日下大雨,我们哥几个曾亲眼见此人与钟离越大人的爱妾袁氏争执。为了显示自己身份,他竟然当众脱下自己火浣布做的袍子在火里烧验,当时真是惊得我们哑口无言。能带着如此稀奇宝贝的,肯定是京都来的大人物!"

"哦?火浣布!就是他现在身上穿的那件吗?"众人一片惊叹,纷纷踮起脚尖,脖子前冲,想将诸葛珪身上的袍子看得更清楚一些。一个自作聪明的小贩向周围人解释道:"尔等可知此人为何大冷天还摇着鹅毛扇吗?这是为了驱热。那火浣布能够保热,所以无论天多冷,穿上它的人都会出汗。听交州来的客商说过,大秦王安敦就是因为身上常年裹着火浣布,就连下雪天都敢露出一条胳膊去上朝……"

周围人听罢,一阵恭维:"小哥真有学问啊,连大秦王穿什么都知道……对了,你可知他有几个妃子?有大汉天子多吗?"人群后的诸葛珺听了这番添油加醋的描述,差点笑出声来,立马被哥哥诸葛瑾捂住了嘴。

台上的朱治听到了人群中传出的"火浣布"三字,脸色迅疾转黑。原来,数年前他曾因贩卖伪造的火浣布而被孙坚当众拆穿，并因此在下邳人面前丢尽颜面。从此，"火浣布"便成了他人生中最不愿意听到的三个字。尽管如此，从没见过真火浣布的朱治，也难以遏制对于诸葛珪衣着的好奇。他带着妒意的双眼紧紧盯住那袍子，就像丢了魂一样。

"咳！"诸葛珪看出了朱治眼神焦点之真正所向，长叹一声，竟将袍子解下，随手向台上扔去，朱治身边的韩当则顺势稳稳接住。诸葛珪用鹅毛扇指着朱治，高声说道："朱孝廉，今天你是来找人抄经的，不是来买布的。如果你对在下的衣着如此感兴趣，就估个价吧，只是怕你买不起！"

朱治脸一红，说道："哪里哪里，诸葛兄是前汉名臣之后，愿意来抄经，这可是浮屠道之幸，下邳之幸。这袍子定是极为贵重之物，朱某可买不起，兄台快快披上，不要着凉。"说罢，朱治从韩当手里抢过袍子，恭敬地走下台，向诸葛珪递上，并趁机用手感受了一下这袍子的质地。他心中默念：的确是真货，用料比我以前倒腾的假货厚实多了。

诸葛珪重新披上袍子，也不谦让，跳上土台，开始翻看摆放在案几上的《四十二章经》的样书。然后，他将书简推到一边，提起已预先备好的细管紫毫笔，蘸上墨汁，便开始在竹简上默写经文：

>……世尊成道已，作是思惟：离欲寂静，是最为胜。住大禅定，降诸魔道。于鹿野苑中，转四谛法轮，度憍陈如等五人，而证道果。

诸葛珪飞快地在两根竹简上写完这四十六个字，随即将竹简递给一边的韩当，韩当再将其递给朱治。朱治一看，这四十六字个个是"蚕头雁尾""一波三折"，每笔每画都透着京都太学的雅正之韵，字距匀称，似是事先已用网格勘定字界。朱治心头不禁一惊。其实，这种模仿熹平石经的典雅书风，他本人也不是不会写，只是他从未见人能将隶书写得这么快，又这么工整的。他很清楚，没有十年以上的刻苦文牍训练，根本不可能达到这个水准。朱治开始用敬佩的目光上下打量诸葛珪。至于诸葛珪，也用余光注意到了朱治态度的微妙变化。得意之余，他又从韩当手里抽过一根新的竹简，继续往下飞快地默写经文。

"朱孝廉，这人根本就没看原文，整部经似乎都已记在脑中了！"连不懂欣赏书法的韩当，都看出诸葛珪肚子里有货了。朱治微微点头，默默走到诸葛珪身边，提起袖子，亲自为他磨墨。诸葛珪瞥了一眼身边的雕龙太极砖砚——里面的那汪墨汁，正随着朱治的研磨动作而来回激荡。诸葛珪冷笑了一下，继续写字。

终于，诸葛珪写完了《四十二章经》的最后一句："视平等，如一真地。视兴化，如四时木。"随后，他将笔一扔，也不与朱治打招呼，径自走进他的书肆，开始翻看自己感兴趣的书籍。韩当则将布满诸葛珪字迹的最后一根竹简拿走，用嘴吹干上边的墨汁，交给手下编纂成册。当被韦编迅速串联起来的书册展现在众人面前时，众人齐齐鼓掌。不过，此时台下也响起了这样的嘀咕："写得这么快，这么好，吾等怎能胜任？朱家招人的门槛也太高了吧！"

"不不不！"韩当摆手道，"诸葛先生大才，十万人里都难以挑一。我们招募的抄工，只要抄速有诸葛先生十分之一，字迹大体端正，即可胜任。诸位乡党莫要担心。抄完一经三百八十钱，多抄多得。不限时日，随到随抄，抄完即付。"

"好啊，我来应募！""我也来！"下邳民众中并不乏识文断字者，对于他们来说，抽出点闲暇，抄点经赚点外快，似也是不错的选择。韩当立即安排应募者进行试抄。而已在书肆中的诸葛珪，则全神贯注地在书架上翻寻他心中的宝贝，全然不理身边的人与事。

"诸葛兄今天恐怕不是来应募抄经的吧！"朱治悄悄走到诸葛珪身边，一边整理刚才被他弄乱的书架，一边追问他今日真正的来意。

"《孙膑兵法》全书呢？"诸葛珪拉着脸气呼呼地问道。

"什么《孙膑兵法》？我们这里只有《孙子兵法》，但销量一直不好，我正准备将这一栏卖诸子学说的书架全部清空，改卖佛经。"朱治故意岔开话题。

诸葛珪将手里的书简往旁边一扔，目光犀利地盯着朱治："一个时辰之前，你卖给犬子诸葛瑾一部残缺的《孙膑兵法》。这样一部残书竟收了五百三十钱，你身为孝廉，做起生意来竟与奸商无异，这是何故？"

"残书？"朱治眼睛一亮，明知故问，"请教诸葛兄，我卖给令郎的《孙膑兵法》究竟缺了哪些章节？"

"哼！"诸葛珪急速挥动扇子，气呼呼地说道，"《月战》

《八阵》《地葆》《势备》《兵情》《行篡》《杀士》《延气》《官一》《强兵》，这些关键篇目全都不见了，更不用提那四卷兵图了。"

"这些篇章为何重要？读读《孙子兵法》，难道不够吗？"朱治继续探问。

"这何须多问？"诸葛珪用扇子指着书架上的一部《孙子兵法》，答道，"烂大街的《孙子兵法》，写的多是用兵之玄理，虽貌似有理，却难以迅速转为实战之策。要知如何在月夜行军，如何排兵布阵，如何据地利扎营，如何巧用骑兵，如何以步克骑，不读《孙膑兵法》可不行。然而，牵涉到这些关键问题的篇章，在你卖给犬子的残书中竟毫无踪影。我说你是奸商，冤枉你了吗？"

朱治听罢，非但没有生气，反而呵呵笑了起来。他反问诸葛珪："诸葛兄是从京都大地方来的，您在京都难道真见过《孙膑兵法》的全书吗？若诸葛兄在洛阳都没见过全书，又何必苛责朱某在小小的下邳城卖残书呢？老实说，您刚才提到的那些章节，的确已失传了，朱某也仅仅听说过篇名而已。若诸葛兄不满意，我们可以全额退货，您叫令郎将残书拿来就是！"

诸葛珪摇摇扇子："兄台休要卖关子！这书的不同残本，我在京都市面上都见过，但兄台卖给我儿的这个残本，偏偏遗漏与战阵调配直接相关的章节，明显是被人故意做了手脚。莫非……"说到这里，诸葛珪突然眯起了眼睛，嘴角露出了狡黠的微笑。

"莫非什么？"朱治也跟着微笑了起来。

"莫非这是朱兄设的一个局，专门来钓懂行的朋友，用残书来试探何人是当世孙膑？"

听到这里，朱治哈哈大笑。他将诸葛珪拉到一边，低声说道："兄台好眼力！不瞒你说，《孙膑兵法》全书八十九篇，朱某家传有七十三篇，论齐备程度，已属天下之冠。按照家父遗嘱，七十三篇的本子，只传真正懂兵的行家，不传腐儒，不传阉党，不传反贼，不传奸雄。你可知，一年前议郎曹操亦曾托人用重金来找朱某寻购此书，被我一口回绝，因为我实在难苟同其父曹嵩攀附阉党的丑行。而兄台你则不同，你身为名臣之后，又才华横溢，胸怀大志，的确配得此书。若不嫌弃，朱某人愿以书会友，赠送一套七十三篇《孙膑兵法》与兄台，也算聊表朱某以残书蒙骗令郎的歉意。"

诸葛珪虽然心中狂喜，但依然面带矜持："我诸葛珪可是有幸得到此书的第一个朱家外人？"

朱治迟疑了一下，虽有心撒谎，但看着诸葛珪犀利的双眼，还是忍不住说了实话："其实……这书……下邳县丞孙坚孙文台也有一套。"

诸葛珪呵呵一笑。他心里多少猜到了，朱家八九成是用稀有的兵书作为贿赂，买通了孙坚，这才能够得到孙氏的庇护，在下邳将生意做得风生水起。不过，话说到这一步，对于朱治这个人的真正底色，诸葛珪还是有些不太放心。他将话锋偏了一下，问道："我还有一事不明，想请教朱兄。朱兄既然是孝廉，当守儒道，读儒经，并明义利之辨。既如此，为何如今又到处雇人抄写浮屠经，以求蝇头小利，难道不怕背上叛道之骂名吗？"

诸葛珪自觉此问题非常具有挑衅性，因此满心期盼朱治会恼羞成怒。不料朱治轻松回道："传浮屠道，就是为了捍卫儒道，所以朱某问心无愧。"

诸葛珪瞪大了眼睛："浮屠道要求教徒辞亲出家，以绝生育，灭人伦；儒家则主张尊父教子，以子嗣不绝为要务。兄台以浮屠济我儒，岂不是以薪救火？"

朱治摇摇头："若论教理，二者的确水火不容；但论当下时势，浮屠道却非天下儒门的头等大患。头等大患者，黄巾道也；而与黄巾道比，浮屠道反而可略施缓冲。"

"这怎么讲？"诸葛珪眯着眼睛，捋起自己的胡子。

朱治解释道："黄巾道横跨宗族地域，以符水治病，内设各种头目，以领军方式管理教众，且广备兵器，迟早要反。一旦洪水出堤，必然纵横各州郡，如蝗虫一般抢夺各地豪族积累的粮秣。一旦黄巾道摧毁家乡风土，则家亡，儒亡。反观浮屠道，虽然教义非儒，但弃绝兵戈，不食荤腥，且信徒基本靠百姓施舍为生，可为儒门依傍。再者，若天下大乱，不动刀兵的浮屠道弟子可能会第一批做鬼。他们连自己的安全都保护不了，又如何可能威胁儒门？两害相权取其轻，与其让民众成为黄巾道，还不如让其成为浮屠道弟子。"

诸葛珪听了朱治的解释，点了点头，随后又摇摇头："兄台也不想想，百姓若都信浮屠而不识兵，岂不是方便黄巾道提刀来砍他们的脑袋？到时候你又找谁来募兵剿贼？"

朱治笑了起来："我们毕竟是在下邳啊！下邳受浮屠之风浸润的历史，可上溯到楚王刘英的时代。在这里非佛可不是明智之举，所以朱某干脆就来个顺水推舟，入乡随俗。但若放眼整个淮泗地区，民风彪悍不亚朱某之原籍丹阳，只要有钱粮，募兵成军还不易如反掌？朱某人通过做浮屠道的生意，积累下钱粮，用以保卫淮泗的民众，此举若不是以浮屠济我儒，又能是什么呢？"

诸葛珪迅疾抛出其最后一问："兄台刚才说自己是扬州丹阳人，既如此，你为何对保卫淮泗民众如此热心？阁下虽有孝廉的名头，却不是郡县的官吏，孔子所说的'不在其位，不谋其政'的道理，兄台难道不懂吗？"

朱治正色答道："徐、扬本就是唇亡齿寒，若徐州为黄巾道所占，贼兵必会渡江南下，祸害扬、交。与其坐等贼人来故土荼毒乡党，还不如在外就将其剿灭，反正兵火再旺，毁的也非自己家园。再说，朱某虽空顶孝廉头衔，却无尺寸功名，此次若能剿贼立功，也能光宗耀祖，以慰先父之灵，这难道不是皆大欢喜的事情吗？"

同样也想借剿贼之机谋官的诸葛珪听罢，拍掌叫好，心中默念：有孙文台之权谋，又有朱孝廉之胆色，还有我诸葛珪之筹划，下邳无忧矣！

见诸葛珪脸上疑云消散，朱治便拉着他的手，准备带他去地窖验看祖传《孙膑兵法》七十三篇。正在此时，却听得街道上一片喧嚣。有人大喊："快来看啊！白马寺高僧言无名师傅来讲道啦！"

第十二回　诸葛失算

诸葛珪放下《孙膑兵法》，与朱治一起回到街面上。但见熙熙攘攘的街市另一头，一群衣着褴褛的居士正结队前行。他们有的手捧陶钵，有的双手合十，口中皆念念有词。下邳百姓见到他们，纷纷主动为其避路，甚至还有些人虔诚下拜，叩头大呼："浮屠消灾！浮屠消灾！"在开路居士身后，四个大汉抬着一架步辇，上面端坐着一个俊美比丘，正微笑着面对信众。诸葛珪感到颇为惊讶，此人不顾天寒，半裸上身，却似乎未流露出半点寒意。一个雕成莲花状的巨型木钵置于其光秃的头顶，任凭身下步辇如何颠簸仍稳稳不动。诸葛珪悄悄对身边的朱治说："那比丘，恐怕就是最近在下邳声名鹊起的言无名师傅吧！看此人身上的筋肉，似乎有点儿武功底子。出家人按戒律可是不能杀生的，此人却似乎练过武，蹊跷啊！"

朱治点点头："前几日我亲眼见过此人与县丞孙坚的长

子孙策在河滩上比武,当时即颇为惊讶于此人的腿脚功夫;而对于此人的底细,坊间也多有议论。听说这几日下邳王非常宠信此僧,甚至把自己的步辇赏赐给他坐,于是无人再敢深究。"

诸葛珪眯起了眼睛:"据我所知,浮屠道博大精深,极难参透。这小毛孩子就算真在白马寺求过学,至多也只能懂点皮毛,却敢大胆来下邳弘法,难道他比那西域高僧安世高还要高明?下邳王好浮屠也不少年头了,怎么会如此不辨良莠,饥不择食?"

朱治笑道:"诸葛兄啊,你不但对中土兵书锱铢必较,对西域教理也是刨根问底。但别忘了,淮泗一带,虽从楚王英开始就崇浮屠道,但也就出了区区严佛调一个正式沙门,况且他目下还在白马寺译经,远水不解近渴啊。因此,除了这言无名,目下谁又能来下邳弘法呢?再说,一般人信浮屠道,不就图个吉利,保佑自己无病无灾吗?谁又在乎教理之深浅呢?"

好辩的诸葛珪还想再问,却见那步辇已经来到朱治的书肆之前。言无名叫人将步辇停住,对着朱治合掌行礼:"朱施主为弘法助力,贫僧感怀。不过,抄经毕竟功业有限,若要得到更大的福报,尚需兴建浮屠寺,大光佛法于天下!"说罢,他就用一只手指了指头顶上的那个空空的大木钵。

朱治刚才还松弛的脸一下子僵住了。今日言无名分明是以建寺为名来讹钱的。但他又不方便当面回绝,以免在好浮屠道的下邳百姓面前丢脸。无奈之下,朱治只好用尴尬的微笑掩饰心中的不快,脑中则飞速寻思着应对之辞。同样不想破财的诸葛珪则用鹅毛扇遮住脸,将身子往后挪了几步。

见到诸葛珪这个怂样,朱治开始有些后悔刚才答应送兵书与他,情急中竟踩了他一脚。诸葛珪毫无防备,脱口叫疼。这样一来,大家的注意力就自然转到了诸葛珪身上。

"请问这位施主……"言无名又笑眯眯地转向诸葛珪。

不待诸葛珪回答,四下百姓就开始起哄——

"他可是前汉名臣诸葛丰的后人诸葛珪!"

"诸葛先生佛经烂熟于胸,默写《四十二章经》一气呵成!"

"他身上的火浣袍可是西土大秦王上朝时穿过的,可换京都三座豪宅呢!"

听到"火浣布"三字,言无名眼睛一亮,在诸葛珪身上反复打量。诸葛珪警惕地裹紧身上的袍子,恨不得将其裹入自己的皮肤,使其成为自己血肉的一部分。他对自己默念道:诸葛珪啊诸葛珪,今日你切不可为了虚名,将你身上最珍贵的财产交给这个不知来历的沙门!

情急之中的诸葛珪迅速构想着崇儒非佛的说辞,以便为自己解困。与此同时,他的眼睛却也瞥到了四周百姓对于言无名的崇拜神情,意识到了在下邳非佛的风险。不经意间,他又看到街对面的诸葛瑾正拉着妹妹诸葛珥的小手,用期盼的眼神看着自己。这逼得作为父亲的他重新打起精神,对言无名作揖道:"本人正是琅琊诸葛珪,乃前朝名臣诸葛丰之后人。今日有缘得见大师,真乃三生有幸!"

"听说诸葛先生懂佛法?"言无名嘴里说着话,眼睛却还在诸葛珪的袍子上打转。

"略知一二而已。"诸葛珪敷衍道。

"那先生是否愿意襄助兴建浮屠寺?"言无名问道。

诸葛珪反问道:"敢问师傅,浮屠寺当修多大?"

言无名笑着叫手下居士拿出一个盖着赤布的大漆盘。赤布被撤去后,露出一套异常复杂并镶有铜制部件的彩陶寺庙模型。众人见状,一片惊叫。

原来这寺的模样,混合了天竺的浮屠寺与中土建筑的风格,当中有浮屠塔,四周以堂、阁、廊等围绕,成为方形庭院。这寺中之塔,上有金盘,下有重楼,塔为九层八角,每层皆有飞檐,每面镶有铜镜,塔顶亦有一面铜镜朝天。虽是模型,依然让人觉得气势恢宏。若这"九镜塔"真建成,真不知要花费多少钱财。

诸葛珪用扇子拍拍头,问道:"此塔建于何处?"

"在下邳城南。"言无名手指城南。

"城南?我听说那是本地土豪陈珪的地。陈珪可是太尉陈球的侄子,你们浮屠道又如何得其地?"一旁的朱治插嘴道。

不待言无名回答,他身边的诸居士中突然挤出了一个衣服特别破烂的精壮大汉,替他回道:"莫提那太尉陈球!朱孝廉您可别忘了,他已在去年因谋反被诛杀。朝廷不追究陈氏宗族的罪责,已属宽大。再者,征用陈家的土地,下邳王自然会酌情赔偿,因为建寺之事,本就是王爷首肯的。"

朱治本想回应这大汉的话,却突然发现他的声音非常熟悉。他再盯着这人的面庞仔细察看,突然大喊:"这……这不是笮融[1]兄弟吗?你来下邳了,怎么都不知会我一声?对了,你今日怎么穿得如此破烂?脸几天没洗了?"

那个叫"笮融"的居士摆摆手:"朱兄莫怪我淡薄同乡之情,我已和言无名师傅说了,下月我就去洛阳找安世高师傅受戒。从现在开始就要斩断人伦之情,忘却俗事烦恼,抛弃金银之念……"

"那你在丹阳的地产与奴婢呢?对了,你的妻妾呢?"朱治几乎惊叫起来。

"妻妾准备全部休掉,令其再嫁。至于地产奴婢,一半散给笮家穷困远亲,一半送予我们的老乡陶谦陶恭祖。朱兄你也知道,恭祖一向乐善好施,增其资产,亦是为了弘扬浮屠圣道。"笮融激动地回道,唾沫星子乱飞。但明眼人一听便知,他这话的真正用意,乃是利用朱治另一个同乡陶谦的盛名来给他制造更大的压力。

诸葛珪在旁听着,心中也是一惊。为了榨出朱家的老本,这言无名居然抛出了朱治的老乡,可见其用心之缜密。此时若不帮朱治,恐怕朱家的钱财就真要被浮屠道给骗走,而他诸葛珪也就无法利用朱家的力量去抵御黄巾了。想到这里,诸葛珪示意朱治退后,摇着鹅毛扇,笑着对笮融说道:"笮兄,你信浮屠道似乎比吾辈虔诚许多,为何不把那

---

[1] "笮"读"则"。

赠送给陶谦的钱财，直接挪来修这浮屠寺呢？至于那陶谦，虽是天下名吏，但我也未曾听说他是浮屠道中之人啊？"

笮融口才毕竟不如诸葛珪，被后者呛了这么一句，脸一下子就红了，支支吾吾道："我目下……还只是居士一枚……尘缘未了，所以，钱财还得分与好友……等到尘缘了断，定当一心侍奉浮屠……"

诸葛珪听罢，哈哈大笑。他用扇子先指着笮融，又指指朱治，最后指指自己，说道："笮兄啊，你毕竟已是居士，连你都尘缘难断，如何能够强求我诸葛珪与朱兄倾其所有支持浮屠道呢？我们毕竟只是与浮屠道略有缘分罢了。"

笮融被诸葛珪说得哑口无言，转而用求助的目光看向言无名。言无名笑道："诸葛先生真是好辩才！但别忘记了，这毕竟是在下邳修寺，福报是转给下邳百姓的！笮居士从丹阳刚来下邳不久，缘分牵挂还在扬州，所以他的捐助所带来的福报，暂时还难以转至下邳。再说，笮家与陶家有前世渊源，他若不先还清，浮屠之门也不会向其敞开……"

诸葛珪自以为抓到了言无名话中的把柄，抢白道："依据此理，朱孝廉也不是下邳人，他的捐助所带来的福报，也只会留在扬州丹阳，而不是徐州下邳，所以，他也得先还清他在扬州老家的那些旧人情债。"说罢，他转而问朱治，"朱孝廉，你在老家也有很多旧债要还，对吗？"

朱治大力点头。

"诸葛施主或许搞错了！"言无名反驳道，"诚然，朱施主与笮居士皆非下邳人，但笮居士只是刚来下邳而已。朱施主就不同了，他在下邳多有生意往来，又在此处开了书肆贩卖浮屠经，可见朱施主前世的缘分是在徐而不在扬。如若朱施主的捐助能够帮助贫僧在下邳弘法，也能顺便带旺他在整个淮泗地区的财运，这岂不是利人利己的好事？"

朱治一听这话，躲在袖子里的十指气得握成了拳头。一边的韩当亦瞪圆了眼睛。诸葛珪倒也不急，他将扇子再扇了几下，示意朱、韩二人冷静，然后对言无名说道："师傅您看，修如此宏伟的浮屠寺，恐怕会消耗掉整个下邳国的赋税，朱孝廉小小一个丹阳客商，怎么可能负担得起呢？不如这样：既然捐钱能够带来福报，我诸葛珪先捐给浮屠道金钱一枚，以示诚意，余下的获得福报的机会，也应当留给下邳的父老才对，是不是？"说罢，诸葛珪悄悄狠踩了朱治一脚，作为刚才朱治踩他脚的报复。朱治会意，也顺着诸葛珪的话茬说道："我家业比诸葛兄略大一点儿，就给金二两吧！"

不待言无名回话，一枚金币与一块金子就落在了言无名头顶的木钵。那钵晃了三晃，然后又稳稳地停在了言无名的头顶。

言无名当然不会满足于这点收获。他先是双手合十假意道谢，同时眼睛还是紧盯着诸葛珪的袍子，说道："诸葛施主身上的火浣布，似乎是浮屠释迦牟尼诞生时裹在身上的，若是能够捐出来，定可保未来诸葛一门富贵满堂！"

这次轮到诸葛珪发火了，手中扇动鹅毛扇的速度明显加快。但在他开口反击之前，人群中的诸葛瑾突然大声叫了起来："师傅休要妄言！这袍子就是大秦产物，辗转流转到匈奴单于手里，单于后送给时任匈奴中郎将的臧旻大人，臧家再转赠给家父。名臣相赠，其意深远，不敢轻易转手！"

众人将目光齐齐转向诸葛瑾，议论纷纷："这定是那诸葛珪的儿子……对啊，你看，两个人的脸都那么长……"

言无名上下打量着诸葛瑾，然后缓缓说道："小施主面相奇异，官运恒长，未来定是辅国栋梁，甚至可能做到大将军啊！"

言无名的这番客套话，虽然多少消了点诸葛珪的火气，但他依然词锋锐利："师傅别将话题岔开。你方才说这火浣布曾包裹过少浮屠释迦牟尼，可有根据？不是信口开河吧？"

"你这诸葛匹夫，怎敢对高僧出言不逊！"一边的笮融开始摩拳擦掌。朱治身边的韩当见状，也将双手抱于胸前，用大眼瞪着笮融。

言无名喝退笮融，转而对诸葛珪笑道："贫僧自有校验之法。不知诸葛施主可敢用袍与浮屠的舍利摩擦一二？"

"摩擦了又如何？"诸葛珪问道。

"施主看了便知！"言无名笑着伸出手来，分明是向诸葛珪讨要袍子。笮融见状，立即煽动周围的看客："若诸葛珪不敢脱袍，那袍子便是假的，经不得校验！"事先安排在人群中的几个托儿立即高呼："诸葛先生速速脱袍！"

诸葛珪自念火浣袍能浴火不坏，便坦然脱袍，扔到言无名怀里。言无名则小心捧下顶在头顶的木钵，将手指放在钵底扣动机关。但听得"吧嗒"一声，他不知从何处拿出一根人的指骨来。然后，他将指骨与火浣袍大力摩擦，那指骨竟突然烧了起来！

须臾，指骨在火焰中渐渐变得透明如琉璃，折射出七彩的光。言无名将指骨高高举过头顶，大喊："只有裹过浮屠真身的火浣布，才能将浮屠的舍利烧得通透。由此可见，此布本为浮屠道之物！"

"诸葛捐袍！诸葛捐袍！"在笮融带领之下，众人一起高叫。

诸葛珪脸色瞬间变得惨白。依他的江湖经验，他断定言无名是使用了某种西域幻术制造了指骨燃烧的景象，但即便如此，他在短时间内也无法破解此诈术的奥秘。面对狂信的百姓，诸葛珪与朱治一时间有些手足无措。

正当此刻，人群中有人朝诸葛珪大喊："诸葛先生莫急，弟子在此！"

诸葛珪循声望去，努力在人群中搜索喊话之人。

虽然事隔多年，但诸葛珪还是认出，来者不是旁人，正是他当年在盐渎所教的弟子——孙坚孙文台的长侄孙贲。

第十三回　孙贲救师

今日孙贲能与老师诸葛珪在街头相遇，纯属偶然。也不知何故，前几日下邳相王岱突发奇想，以防贼为由，要查验整个下邳国的库存粮食与金银布匹，而身为下邳县门下仓曹的孙贲，自然便成了上峰的重点考校对象。而此刻他正带着两个随行小吏穿城而过，以便在下邳相派人来验仓之前，预先检点城外太平仓的存货，以免给身为下邳县丞的叔叔孙坚留下隐患。好在人马刚出县寺不久，弟弟孙辅就托人捎话来，吴景与祖茂已连夜带人补齐了安乐仓的粮食，明日校粮应可过关。孙贲这才有闲情牵着马儿，穿市而过，顺便买些糕点。不料这一逛，正好看到言无名与自己当年的老师诸葛珪当街斗嘴。他躲在人群里观察了一会儿，惊讶地发现就连口齿伶俐的诸葛老师今日竟然也落于下风，心中一急，这才叫出声来。

众人皆将目光转向孙贲。言无名初来乍到，自然是不认识孙贲的,身边的笮融则附在他耳边轻声介绍道:"这是下邳县地头蛇孙坚的侄子孙贲。"

言无名点点头,轻声问道:"他的官职是?"

"门下仓曹。"笮融回道。

言无名脸上露出轻蔑的微笑。

与此同时,朱治与韩当也在一旁窃窃私语。此二人自然早就认识孙贲,但方才得知孙贲是诸葛珪的弟子,心中不禁暗暗叫奇。

诸葛珪内心也是有些忐忑。根据他模糊的记忆,孙贲这孩子脾气有点儿轴,执着有余,变通不足。他并不是很清楚今日孙贲当如何为自己解困。

再说孙贲,也顾不上与老师叙旧,直接转向言无名,质问道:"言无名师傅,依您刚才所说,诸葛先生身上的火浣布袍子,乃是当年浮屠诞生时裹在释迦牟尼的圣体之上的。但孙某听来,还是略感牵强!"

"如何牵强?"言无名眯起眼睛。

"请教师傅,浮屠诞生时,裹在他身上的火浣布有多大?"孙贲追问。

言无名没有想到孙贲突然问了这个问题,只好随口答道:"长八尺,宽八尺。"他之所以这么说,乃是因为裹婴儿的布不可能太大,若要说长二十尺,宽二十尺,显然有悖常理。

但言无名话一出口,心里就后悔了。

"好!"孙贲兴奋地拍手道,"出家人可不说妄语!师傅既然说浮屠身上的火浣布长八尺、宽八尺，那么请问：诸葛先生身上的火浣布袍子的尺寸是多少呢？"

言无名脸部肌肉略微一抽。已经领会孙贲意思的朱治，马上装模作样地对身边的韩当喊道："韩义公，你别闲着啊，快去量量诸葛先生的袍子的尺寸啊！"

韩当应了一声，立即叫手下人将诸葛珪的袍子拉紧，拿出一把骨尺与一把玉尺反复测量。然后，他大声向众人宣布："此袍长七尺五寸，宽四尺一寸！"

众人听罢，窃窃私语。孙贲大声宣布："这也就是说，倘若诸葛先生的袍子是从浮屠诞生时的裹身布上取材的，那么，世上残存的浮屠裹身布的长度就不会超过八尺，而宽度不会超过三尺九寸[1]！"

"这又如何？"笮融的脑子转得有点儿慢，瞪眼问道。

"这关系可大着呢！"孙贲乐呵呵地将套在身上的白色袍子解下，围观众人爆发出一片惊呼。

原来，孙贲在白袍下也裹着一身猩红色的大袍！看那颜色与式样，与诸葛珪的袍子几乎如出一辙！莫非这也是火浣布做的？

孙贲也不多言，立即叫手下寻来引火之物，当众焚烧袍子。赤袍在烈火中丝毫未损，由此可验证此物亦是真火浣布。见得此袍尺寸几乎与诸葛珪之袍一致，人群中便传来了窃窃之议：难道浮屠诞生时的裹身布，今天全部都汇聚到了

---

[1] 8尺×8尺的布，若从中截取7.5尺×4.1尺做一袍，余下布料的宽度至多3.9尺。

下邳？难道天竺人就不留一点儿布料给自己？看来诸葛珪的袍子与孙贲的袍子，不太可能均是真的浮屠道圣物。

听到众人怀疑的议论，言无名额头也渗出了冷汗。沉思片刻后，他平静地开口道："还是怪贫僧刚才话没有说清楚。的确，浮屠诞生时的裹身布长八尺宽八尺，这些布料本身是不太够做两件诸葛先生尺寸的袍子的。但是，浮屠诞生后用过的裹身布可不止一件啊！据贫僧所知，在浮屠两周岁之前，同样大小的布至少还用过八件，用以换洗。"说罢，言无名立即向笮融丢了一个眼色。

笮融心领神会，立即拍手叫好："哎呀呀！今日真是浮屠道的幸日啊！小小下邳城，竟然汇聚了两件取材于浮屠裹身布的火浣布袍，真是教门幸事！要不，孙仓曹，你的袍子，也与诸葛先生的袍子一起捐了，岂不美哉？"

孙贲没想到言无名竟会从这个方向圆谎，一时也懵了。这下倒好，非但没有救出老师的袍子，就连叔叔孙坚借给自己的袍子也要保不住了。孙贲满脸通红，不知如何是好。

一直在旁边思索对策的诸葛珪眼睛一亮。他对弟子孙贲挤挤眼睛，然后对言无名抱拳："好！既然师傅如此诚心求袍，我诸葛珪愿意捐袍！"

"嗯！好！那孙仓曹呢？"言无名觉得自己已稳操胜券，这又得陇望蜀，将目光投向孙贲。不待孙贲回答，诸葛珪抢着说道："孙仓曹以前在盐渎读书时，本人就是其师。一日为师，终身为父，所以今天我就代孙仓曹做决定了：孙家的袍子也捐了！"

"老师……"孙贲一时说不出话来，只是拉住了诸葛珪的袖子。诸葛珪用鹅毛扇将弟子的手轻轻挡开，继续对言无名说道："捐是可以捐，但是有个条件！"

"什么条件？"言无名微微一笑，自信地问道。

"条件只有一个：就是这两件袍子，要等到你说的浮屠塔建成后才能捐！"

"为何？"言无名眉头一皱。

"道理很简单啊。"诸葛珪笑了起来，"料想这圣袍大师你断断是不会卖掉的，否则就是亵渎佛屠。大师肯定是希望圣袍被安妥放置于宝塔之内，接受信徒的觐拜，而要如此，就得先有浮屠塔。所以，捐袍之事，不在今日，而在宝塔建成之时！"

笮融插嘴道："迟早要捐，早捐不是更见诚心吗？"

朱治马上跑过来打圆场："笮兄啊，既然这袍子不能用来换钱，那么是否将其立即送到大师手里，对造塔进度又有何影响呢？与其如此，还不如让其在诸葛先生与孙仓曹身上再多披几天，让全下邳百姓更多地领略圣物的光彩。这样，也有利于言无名师傅募集更多钱财造塔啊！"

孙贲听了，心中暗自叫妙。傻子也知道，这么恢宏的宝塔，依照下邳国的财力，十年都造不出来。因此，诸葛珪许诺塔成献袍，也就等于什么也没许诺。想到这里，他也从怀里摸出几吊铜钱，为诸葛珪与朱治助阵："言无名师傅啊，这是孙某随身带的一些零花钱，先捐给圣教来造塔。送袍可是大事，我看还是另选良辰吉日，设坛焚香，在建成的浮屠塔前，当着全下邳百姓的面，将圣袍敬献给圣教，这才显得郑重稳妥！"

言无名暗自叹了一口气。很显然，今天他诈取诸葛之袍的计划已经失败。

正在此时，城南方向奔来一匹快马，马上一少年对着孙贲大喊："哥哥，你还在这里磨蹭什么？祖大叔找你已经找了半天了！"

孙贲听出这是弟弟孙辅的声音，突然想起了自己验仓的职责，不由得心中一紧。那孙辅飞身下马，也无暇与众人打招呼，一把抓住哥哥胳膊，小声嘀咕："出事了！"

"昨日粮仓已经补齐粮草，会出什么事？再说，下邳相不是明天才派人来查仓吗？"孙贲满脸疑惑。

孙辅又与哥哥耳语了几句。听罢，孙贲脸色顿时煞白。

第十四回　彭城子布

孙辅与孙贲在下邳闹市中会面一个时辰之前,下邳县城城外的太平仓。

十几个来自下邳国相府的小吏,正在一个个写有"黍五百石""稻六百石"等字眼的有檐囷仓[1]周围紧张地忙碌着。地上则依次堆放着从每个囷仓中取出的样粮。一个富有经验的老掾吏,将样粮一把把抓起,又看、又嗅、又尝,仔细判断粮食出产的年份,然后对身边的助手耳语几句,后者则在简簿上勤恳地记录下相关信息。

此刻,诸囷仓深处隐隐飘来阵阵酒香。原来,下邳国北部督邮张昭张子布,正端坐在一凉亭中,与下邳当地土豪陈珪陈汉瑜一边喝酒,一边玩赏弹棋。张昭抿了一口酒,举起一个棋子端详了一番,又俯身赞叹眼前的棋盘道:"真可

---

[1]　参看图4。"囷"音"群"。

图 4 囷仓复原图

谓平如砥砺,滑若柔夷,真是绝美棋盘!好工!好料!"陈珪则在一边打着哈哈:"督邮大人若真是喜欢,这精工玉料的棋盘,陈某家里还有几件,大人随便挑!"

张昭一瞪眼:"汉瑜兄,你是在试图贿赂本督邮吗?你是把我当孙坚了吗?"

陈珪额头直冒冷汗:"督邮大人教训得是。那孙坚怎么能和您比!您少得孝廉,畅游京都,与琅琊名儒赵昱与东海名儒王朗交好,写的那篇《宜为旧君讳论》可谓名震海内!至于那孙坚,一介江东鼠辈罢了,明明家世衰微,却逢人就说自己是孙武后人,可谓恬不知耻。当年他还是靠匈奴中郎将臧旻抬举,才当上县丞的。但您看看,从广陵到下邳,他十年蹉跎,县丞始终,还是一事无成啊!"

张昭呵呵笑了起来:"一事无成倒也不至于吧!据说孙坚与你这个太尉之侄往来颇多,是不是已经攀上了你们陈家的高枝呢？"

陈珪眼珠一转，立即改口："子布兄，您确是有所不知！光和二年，我家叔父陈球在京都诛杀阉党不成反遭毒手，从此陈家只好暂时告别宦海，以免阉党延祸。我陈某也只好辞掉青州北海剧县县令一职，回淮浦老家暂避风头。不过，宦海失意，总还是得从商海里捞点回来啊！只是君子谈钱，毕竟有辱斯文。所以，有个像孙坚这样的人在县廷替我们跑跑腿也不错！一旦出了纰漏，拿他顶罪就是……"说罢，陈珪窃笑着给张昭斟满了酒。

张昭冷笑一声，没有动陈珪给自己倒的酒："汉瑜兄也是孝廉出身，家里良田千亩，又何必贪这点小钱？"

陈珪低声说道："用来保命啊！现在黄巾乱党肆虐，虽然未及下邳，但已遍布天下。一旦徐州有难，家里若没有钱粮，如何组织乡勇，保境安民？"

张昭听了这话，脸上这才轻松起来，将陈珪倒下的酒喝下："照你这么说，那孙坚也不是一介贪官，而是敛财有道，心存大志？"

陈珪拨弄着交趾郡出产的象牙做成的玲珑棋子，说道："那孙坚心里怎么想的，我不在乎，反正黄巾乱党扑灭后，重新控制朝政的各界贤达，也肯定不会看上他孙坚这路货色。到时他若表现得体，又侥幸没死，赏他一个郡丞做做也就罢了，像他这种出身的俗吏，还想做二千石不成？"

张昭又摇摇头："汉瑜兄莫小看那孙坚。现任下邳令朱酣的官位是买来的，还经常喝得烂醉，告病不来县寺。所以，孙坚名为县丞，实为县令，是个实权人物。此人是廉是贪倒是其次，关键是要辨其忠奸，方能为我所用。若不可用，则要借机除之，以免坏我大事！"

陈珪小声问道："如何才知此人是否可用？"

张昭叫陈珪过来，在其耳畔窃窃私语，陈珪连连点头。

正说话间，一个小吏跑来向张昭报告："督邮大人，下邳县县丞孙坚已经到了太平仓的阙门处，是否立即叫他上来回话？"

张昭一惊，问那小吏："我没有传他啊！"

小吏也一脸困惑："小人不知……反正孙坚他就是来了……还带着县尉祖茂与县尉史孙辅……"

张昭想了想，转头对陈珪说道："汉瑜兄，我们还是继续下棋，让孙坚等人在外边先等一会儿。"

陈珪点点头，开始挥动葛巾击棋子。陈珪一方的黑子迅疾打飞了张昭一方的一个白子，陈珪暂时领先。他脸一红，一边说着"承让，承让"，一边再给张昭倒了一杯酒。张昭也来了兴致，开始挥动自己的葛巾击发黑子。

此刻，等在阙门处的孙坚与祖茂正在窃窃私语。孙坚对祖茂说道："幸好一个时辰前你家祖迅及时告知相府要提前验仓，否则今天就麻烦了。对了，祖迅所见的，确是新来的北部督邮张昭的车仗？"

祖茂点头："千真万确，而且还看到了淮浦陈珪的车仗！"

孙坚气得咬牙："平时我为那陈珪跑断腿，现在相府派人突击验仓，他却不提前知会我，这是何故？"

祖茂劝解道："既然陈汉瑜也在场，今日他当然会为你说话的，毕竟我们做的很多事情，都有他的份。另外，听说陈家与张家的关系也不错，张昭今日未必会为难文台。"

孙坚想了想说："那个张昭到底是个怎么样的人？我只知道他和赵昱、王朗等名士交好，还写过一篇叫什么《宜为旧君讳论》的文章，却不知这文章有什么好，几百个破字竟然博得天下虚名。对了，他不是在京都待得好好的吗？怎么上个月突然就来下邳国做督邮了呢？"

祖茂笑了起来："张昭本是不想做官的，就想在京都交友喝酒。但写了《宜为旧君讳论》一文后，得罪了汝南主簿应劭，在司隶、豫州都混不下去了，这才回到徐州彭城老家。他之所以愿意接受下邳国相府的辟召来做督邮，恐怕也是因为下邳、彭城两国连土，方便他随时回家照看吧！"

孙坚好奇地问："他写的那篇文章怎么就得罪应劭了？"

祖茂抓抓脑袋，凭着记忆回道："张昭之文，所应对的似乎是应劭的文章《旧君讳议》。应劭说，全天下通行文字，都要为光武以来这么多位帝王、诸侯王及其亲属避讳。张昭则在自己的文章里取笑他说，若真要这么做，恐怕天下人就没法写字说话了。他还说，亲亲之义、尊尊之情，四世则穷，五世则降，六世则竭，即使追远送终，多少也当有个节制。"

孙坚笑了起来："这不是常识吗，靠写这个也能博得天下名士的青睐？我看这帮儒生都是蠢透了，黄巾乱党火烧屁股了还浑然不知！"

祖茂轻声回道:"既然哥哥提到了黄巾乱党,小弟还是要多嘴一句。那钟离越与胡玉设计逼哥哥随那些贼人造反,小弟至今都不知哥哥有何对策。"

孙坚叹道:"谋反自然是万万不能的。我好不容易做了十年县吏,怎能忍心前功尽弃?吾妻愿跟我,也是看重朝廷给的这份安稳差事,若我再去从贼,家人如何安顿?只是胡贼逼迫,钟离狰狞,只好虚与委蛇,见机行事。不过你放心,孙某我一定会顺势而为,循道而动!"

话正说着,张昭身边的小吏跑来,对孙坚说道:"孙县丞久等了,我这就带您去见督邮!"

孙、祖起身刚要去,那小吏挡住了祖茂,示意让孙坚一个人进去。孙坚无奈,只好让祖茂在外边看好车马。祖茂心中忐忑,便对孙辅耳语几句,叫他快马回城里去找孙贲。

孙坚来到凉亭时,张、陈二人的棋局已撤。陈珪躲在一个粮囤后偷听,自己没有出面。张昭安坐案几后,用威严的目光看着孙坚:"孙坚,你可知罪?"

孙坚伏在地上,揣测着自己在何处露出了破绽,小心翼翼地回道:"属下驽钝,不知犯下何罪,还望督邮大人赐教!"

张昭指着那些谷堆问道:"太平仓诸囤,粮草可有亏欠?"

孙坚说道:"这是仓曹掾孙贲的职责,大人可以去问孙贲。本人是下邳县丞,并不直接负责粮仓安全。"

张昭问道:"今日本官来太平仓检视,仓曹掾与仓曹史为何都不在?"

孙坚不紧不慢地回道:"相府来的文牒说得清楚,明日派人来检视,所以今日仓曹掾孙贲与仓曹史孙辅均不在仓。"

"仓曹掾、史不在仓,算不算失职?"张昭眯起眼睛。

"回大人,仓曹掾、史未必时时在仓。春耕之前,他们要到全县各乡、亭去了解各地种子的需求,然后再从种囷中调拨适量的种子。"

"这种事情,各亭长发个公文到县廷就好了,还需仓曹到下面再走一趟?"张昭继续挑刺。

孙坚抬起头来,面带微笑:"县廷必须监察各地亭长,这就如同刺史必须监察各郡、国之守、相,亦如同督邮必须监察郡、国内各县之令、长。督邮大人您今天不也亲自来太平仓验粮了吗?"

"回得好!"张昭点点头,"不过,虽然孙县丞并非仓曹,但仓曹掾孙贲与仓曹史孙辅既是你属下,又是你的侄子,他们若出了纰漏,本督邮对你可有监察、检举之责呢?"

孙坚点头:"自然是有,但不知有何纰漏?"

张昭一捋胡子:"从表面上看,太平仓管理似乎井井有条。脱壳的粮食储于囷,未脱壳的谷穗储于囤,囷瓦严整,囷足坚实,排水透气。囷、囤之夹席泥壁经过多次维护,可见用心。各囷、囤所藏粮草也算齐备。然而——"张昭故意拖长了语气。

孙坚知道,他下面所要说的,才是重点。

"然而,很多癸亥年,也就是去年就该入仓的粮食,经我们检验,品相都应当是壬戌年的,也就是前年的。甚至一部分写着'癸亥'字样的囷,里面的粮食被查出竟然是辛酉年的，也就是大前年的。好吧，向你交个底吧，我们没有查出一粒粮食是真正在去年秋天入库的。孙坚，你可知道新粮都去哪里了吗？我倒是知道去年下邳收成不错啊！"说到这里，张昭猛拍了一下案几，向孙坚施压。

"请问督邮大人，可查出粮食变质发霉？"孙坚回道。

"这倒没有，"张昭摇摇头，但又正色道，"但谁都知道新粮贵，陈粮贱。孙坚，你也好，那孙贲也罢，是不是早就将新粮倒卖，腾换旧粮，以赚取差价，中饱私囊了呢？"

孙坚直起身子："大人，这几年物价飞涨，县廷开支日紧，就连椽吏办公用的笔刀与毛笔的报销，都得由县廷自己想办法。敢问督邮，差额由谁来补？向相府索要，无果；向下任意加税，则于心不忍。所以我才与朱县令商议，将下邳的新鲜官粮卖至南方套利，但盈余都入县库，以安县政。督邮若不信，请查银饼。"说罢，孙坚从怀里拿出一块银饼来。

东汉最流行的钱币自然是铜铸五铢钱，银饼相对罕见。张昭知道，孙坚能够拿出银饼，就说明他的粮食交易已经到达了产银的荆州桂阳郡，可见其商路之广。他手里掂量着银饼，再问："那入库的陈粮是哪里来的？"

"从本地豪族平价购买。"孙坚回道。

"比如谁？"张昭问道。

"比如前太尉陈球之侄陈珪。"孙坚知道陈珪也在场，只是未露面。他这么快将陈珪的名字供出来，也是愤恨于陈珪没有及时将张昭突击验仓之事知会自己。

"嗯！"张昭向隐蔽了陈珪身躯的圆囷扫了一眼，嘴角微微一扬。他再问孙坚:"交易的账簿,以及入库的银饼的清单,可在县寺?"

"都在!账目清楚,督邮大人可随时查验!"孙坚再拜。

"那运粮的船工何来?雇金是谁出的?"张昭继续细问。

孙坚回道:"丹阳客商朱治,有孝廉名,多行商于徐、荆、交各州。县寺运粮,多找朱治,雇费则事后从盈利中扣除,相关明细也都有账可查。朱治目前在县城内开了一家书肆,估计目下人也还在县内。大人若不信,遣人去问就是。"

"不不不!"张昭摆手道,"我问的不是朱治。我听说你还与一个叫胡玉的人交往过密,他的商路甚至可以延展到交趾郡。你能和我说说这个胡玉的底细吗?"

孙坚一听,便知张昭已经查过胡玉了,这才问得如此有的放矢。他不由得对张昭今日来粮仓的真实意图产生了怀疑,头皮一阵发麻。尽管如此,孙坚还是故作镇静,侃侃而谈:"胡玉本是扬州海贼,当年被下官招安后,在剿会稽反贼时立下战功,后经当时的扬州刺史臧旻特批,移籍会稽郡东冶县为民。后因生活窘迫,这才转为商旅,而下官也念及他从前的战功,常托他到南方购买一些稀奇物品。"

"哼,本官刚才问你,你为何只说朱治,不提胡玉,是否心里有鬼?"张昭眯起了眼睛。

"回禀督邮大人,"孙坚顿了顿,再回道,"刚才大人问的是运粮的事,此类事情胡玉都未参与,所以下官才没说。"

"那他又帮你运了什么?"张昭逼问。

"一些交趾郡的特产,如明玑、翠羽、犀齿、象牙、玳珺、异香、美木之属。"孙坚回道。

"县廷需要这些东西做甚？"张昭问。

"不是为县廷办事，而是为下邳王办事，帮他搜罗建下邳王墓所需材料。"孙坚觉得是时候用王爷的名号来压一压张昭的气焰了。

"呵呵，你一个地方官员，与王爷纠合在一起做甚，难道不需要避嫌吗？"张昭自以为又抓到了新的把柄。原来，光武中兴以来，东汉朝廷一直提防封王与地方官走得太近，若无事相聚，恐怕会引来杀身大祸。

没想到孙坚也早想好了说辞："监视地方王侯，本就是王廷所在的县廷的职责，下官是以帮王廷办事为名，同时履行监视之责。其间我亦通过钟离大人，向国相汇报下邳王所需明器清单。您刚来下邳为官不久，可能不知其中底细。"

张昭的确不知道孙坚说的这些事情，一时竟然有点儿语塞。他转念一想，还是将话题转回到粮食上："尽管你孙坚换粮情有可原，但以旧充新，多少还是有指鹿为马之嫌。你说，今日本官是要罚你，还是不罚你？"

孙坚心中窃喜。其实，孙坚的命门，乃在于通过胡玉贪墨了下邳王的钱财，运粮之事他反倒是一点儿都没贪，经得起查。今日张昭抓小放大，可见其的确并不知下邳官场水深水浅。想到这里，他立即叩头："自然认罚！"

"那就罚你……"张昭正思量着，突然有小吏跑过来通报，"下邳县仓曹孙贲到！"

"叫他上来！"张昭一挥手。

不多时，孙贲气喘吁吁地跑到凉亭前，给张昭下拜。张昭看着孙贲的狼狈相，反而笑了起来："不急，喝口茶吧！"

"谢大人！"孙贲一边喝茶，一边看着地上的粮堆，大致估摸出了张昭今天发现了什么问题。孙坚向他略略点头，暗示他今天这关似乎不难过。

"太平仓以旧充新之事，孙贲身为仓曹，难辞其咎。罚孙贲一年俸禄，罚县丞孙坚两个月俸禄，以观后效！"张昭突然下了裁决。

孙坚、孙贲相视一笑。此等处罚，近乎挠痒。二人立即下拜称谢。

但孙坚的笑容随即凝固了，他感受到了张昭眼神里的寒意。

他突然明白了，今日张昭张子布根本就不是为粮仓之事而来的。

第十五回　十日死期

张昭眼中的寒意一闪而过，随后他用和缓的语气对孙坚说道："前面验仓的事情，暂且就不提了。今日本督邮与孙县丞初次见面，关于下邳县县政，还有几句闲话要问。"他转而看看孙贲，问道，"孙仓曹是否能退到阙门外稍候，大约二刻之后再来接孙县丞？"

"诺！"孙贲心中忐忑，只好起身退去。孙坚回头朝他眨眨眼，叫侄子不要担心。

张昭向孙坚招招手，然后指着身后仓楼的三层楼台，示意孙坚和他一起上楼。躲在暗处的陈珪，也踮起脚尖，偷偷跟着上了楼。

所谓仓楼[1]，即制成楼宇状的粮仓，楼上的栏台可用来瞭望整个仓区。张昭带着孙坚上了栏台。张昭也不看孙坚，

---

[1]　参看图5。根据2005年在河南省焦作市建设银行工地出土的陶制模型复原。

图 5 东汉三联仓楼复原图

只是盯着楼下的那一片沐浴在夕阳金晖中的囷仓仓顶,嘴角挂笑,却一言不发。孙坚只得在一边默不作声。半晌过后,张昭突然开口道:"孙县丞,你在盐渎为官时,可曾办过什么离奇怪案?"

"盐渎?!"孙坚一惊。他已在下邳为官多年,张昭为何突然提起过往旧事?

"回督邮大人,怪案很多,譬如,熹平三年仲夏,据盐渎升仙亭亭长的呈报,张奋家的狗吃了李小目家的鸡,李家却误杀了赵屠的狗报复,最后竟发现:其实赵家的奴婢的确曾偷吃过李家的鸡,还不止一只……"孙坚故意扯些无关紧要的事情搪塞张昭,心里却在偷偷打鼓。他在盐渎为官时遭遇的第一奇案,当然就是张俭、北宫一案,但由于案情过于敏感，他与盐渎令赵衡一直隐瞒未报郡守，难道张昭今日是为此事而来？

"不，我问的案子牵涉的是人命，狗命暂且不论。我且问你：在你治下，盐渎可有命案未破？"张昭突然转过头，盯住孙坚，刚才已收敛的目内寒光，像剑一样重新刺来。

孙坚咬咬牙，还击道："督邮大人，恕下官冒犯。本县丞之所以现在是督邮大人的下属，只是因为下邳县归属下邳国。而盐渎县则属广陵郡，却不属下邳国。因此，下官在盐渎之所为，无论涉及狗命还是人命，均与大人目下的监察职责无关。孔子所说的'不在其位，不谋其政'的道理，大人不会不懂吧？"

张昭的鼻翼鼓了一下，轻轻"哼"了一声，说道："孙县丞，广陵郡不属下邳国不假，但二者都属徐州刺史部的监察范围。你难道就不怕有人给刺史部写封匿名信，谈谈你在盐渎草菅人命的过往吗？"

孙坚此时还不是很确定张昭所指的是否真的是张俭、北宫一案，便继续再拿别的事情来搪塞："回大人：青州的黄巾乱党来盐渎滋事时，属下的确带着乡勇，用弩矢射杀了其中的几百人，但这也算草菅人命？保境安民，乃是县丞本职，若有人因此就去告发下官，难道他就不怕被指认为黄巾同谋？"

张昭不想再绕圈子，直接挑明："孙县丞，还是让我帮你回忆一下往事吧。你可记得一个叫'猴骊班'的百戏班，曾出没于盐渎一带？班主章简，据说脸上常戴面具；班子的台柱胡女北宫嫣脂，据说色艺俱佳。有人举报说，二人在你的长公子孙策诞生的那晚就失踪了，猕骊班的余下成员亦被县廷所驱离。这难道不算奇案吗？"

孙坚头上冒出了冷汗。他隐隐觉得张昭真是张俭的什么人。今天他莫非是来为张俭报仇的？尽管心里这么想，孙坚依然没有放弃抵抗。他回道："百戏班成员，户籍成分混杂，多流民，混有贼寇，其中的胡人甚至有可能是外敌奸细。此番人等流窜至盐渎，实为地方治安隐患，下官当时也是酌情处理，并无不妥。"

"将胡女北宫嫣脂的皮整张扒下，也算是酌情处理吗？胡人也是人，你行事如此残忍，难道不怕天谴吗？"张昭厉声问道。

孙坚大惊。他知道，今日再做任何掩饰，都已毫无意义。张昭既然知道北宫被扒皮的细节，显然事先已经了解北宫、张俭被杀的八成真相。这张昭究竟是谁？

不管他是谁，孙坚现在已毫无选择。他只有将当年案发现场的所有细节向张昭和盘托出。在叙述过程中，孙坚特别强调了这样几件事：第一，杀北宫嫣脂的不是他，而是黄盖与程普，而后二人嫁祸给盐渎首富田邈，以便引出孙坚与县令赵衡；第二，黄盖与程普与北宫无仇，杀死她仅仅是为了方便杀死章简；第三，章简真名为张俭，即当年桓帝在位时引发党锢大案的那位名士，而在盐渎时他已毁容，故无人认识；第四，张俭于延熹八年屠戮阉党侯览亲属时，曾误杀黄盖、程普长辈，故而黄、程二人来找张俭寻仇，符合《春秋公羊传》提出的"复仇大义"论;第五,北宫本是胡人奸细,身上绘有京都布防图,扒其皮,是为取图为据,以提醒朝廷注意;第六,此前张俭已叛国,在塞外与胡人勾结,即使按国法算,亦是死有余辜。总之,说一千道一万,孙坚没有杀人,至多只是扒了已死之人的皮,而且还是出于公心。

孙坚一边为自己辩解,一边观察张昭,却见张昭脸色一直没有变化。待孙坚说完,他只淡淡问了一句:"若孙县丞行事真如此磊落,为何事后不将详情上报?"

孙坚脸色一沉,不知该说什么了。他本想说:"张俭当年望门投止,天下儒生都为掩护他竞相赴死,若他们知晓我孙坚包庇了杀死张俭的黄、程二人,岂能容我?"但转念一想,这话又怎么能与张昭说,张昭恐怕就是他们的同党吧?

见孙坚不说话,张昭就换了一个问法:"孙县丞,你应当知道孝桓帝时,朝廷曾下过针对张俭的全国通缉令,此令至今有效。你若当时就向朝廷献上张俭的首级,难道现在仅仅是一个小小的县丞吗?"

对此问题,孙坚倒是想出了一个不至于得罪天下党人的应对之辞。他回道:"也怪下官没这官运。当时张俭已被毁容,即使首级被献上,朝廷也无法确认此人就是真张俭。假若能将其活捉,让其与当年的熟人对质,或许还能辨其身份。可惜当时黄盖、程普动手太快,下官一不留神,张俭就已人头落地了。"

"哦!"张昭点点头,随即又问道,"孙县丞刚才所言,虽貌似合情合理,但就是缺乏证据。对了,张俭与北宫的尸体，你可亲自参与埋葬？"

孙坚回道："是赵县令与祖茂二人埋葬的，当时我带着手下去驱赶猕猴班的余党了。"

"你可知埋尸之地？"张昭再问。

孙坚心里奇怪，张昭怎么对这些细节那么感兴趣，但也只好据实回答："我次日晚上去埋尸地点勘验过，就在城郊乱坟岗，有一棵老槐树为记。二人事先都被分尸，抛撒于他人坟冢中。但二人首级均被割下，放入一个香樟木做的盒内，就埋在老槐树下。"

"为何要将二人首级一起埋放？"张昭再问。

孙坚回道："这是赵县令的主意，理由有二。第一，张俭与北宫虽死有余辜，但毕竟生前是相好，人头埋在一起，也算阴间有伴；第二，人头事后都会腐烂，北宫是胡女，头骨形状与汉人有异，日后有她的颅骨做旁证，即可以反推旁边的人头是张俭的。"

张昭笑了起来："难道赵县令还想让这事大白于天下不成？若他真这么想，为何当年不将实情立即上报？"

孙坚回道："我与赵县令毕竟都只是边陲小吏，对京都政局似懂非懂，当时我们也无法预估日后是否还会有人对此事真相产生兴趣。因此，我们才留下了探察真相之线索，以备不时之需。"

孙坚这番话让张昭略略吃了一惊。他再将孙坚上下打量一番，突然哈哈大笑起来："文台，说得好！"

这是张昭第一次呼唤孙坚的表字，显然是表示他愿意视孙坚为朋友，而不仅仅是下属了。

孙坚抬起头，发现张昭眼中的寒光已经退去。此刻，张昭突然拍拍手，向孙坚背后说道："汉瑜兄，出来吧！"

一直躲在仓楼拐角处的陈珪陈汉瑜，笑嘻嘻地走了过来，手里还捧着一个香樟木做的古旧盒子。

孙坚当然认得那个盒子，惊得目瞪口呆。

"文台，你敢打开吗？"陈珪问孙坚。

孙坚点点头，慢慢走近盒子，心狂跳起来。

开盒后，两个被黄绸包裹的球状物映入孙坚眼帘。他挑开锁住黄绸的绳结，黄绸便轻盈地落下，露出藏在里面的两颗骷髅。

所有人，无论是天子还是平民，无论是无盐还是西施，一旦腐烂后，都是白骨一堆。空空的眼洞、参差的牙齿、光光的圆颅，消弭了一切人间富贵的差别。尽管如此，孙坚还是在右边的那颗骷髅上找到了一些附着在颅顶的栗色毛发，以及其明显有别于汉人面部特征的宽大眉骨与深邃眼窝。这显然就是北宫嫣脂的首级。与此同时，孙坚脑海里则浮现出北宫生前纵横于马戏场的曼妙身姿，以及她那一对清澈透亮的碧眼。

陈珪故意的咳嗽，将略有失神的孙坚拉回了现实。孙坚将心中复杂的情绪压抑下去，转问张昭："敢问督邮大人——"

"叫我子布吧。"张昭笑道。

孙坚改口道："好吧，请问子布兄，这张俭与北宫的人头，你们是如何寻得的？"

陈珪笑着替张昭回答："文台啊，当年埋尸的，不是还有赵县令吗？"

孙坚瞪大眼睛："赵县令因病辞官，到常山国老家养身子，三年前就过世了，你们怎么可能从他嘴里问出实情？"

陈珪回道："你不是说当年的目击证人，还有赵县令的亲戚赵宽与赵云吗？"

孙坚摇摇头："赵宽与赵云虽然就在案发现场附近，但他们既没有目击谁杀了北宫，也没看到谁杀了张俭。埋尸的事情，他们都未参与。"

陈珪解释道："文台有所不知。我们的人去了常山国真定县，从赵县令遗孀嘴里探知，他在临死前曾与赵云秘语，似有所托付。我们的人找到赵云，这才获知埋尸地点，之后按图索骥，果然取出了两颗人头。顺便说一句，赵云所说，与文台兄刚才所言全部吻合，两颗人头的确都放在同一个香樟木的盒子里，埋在老槐树下。"

孙坚听罢，这才发现，刚才张昭对自己的问话，仅仅是在与自己对证。他不禁倒吸一口凉气——若他刚才在任何一个细节上撒了个小谎，张昭都不会放松对他的戒心。但关于张昭的底细，孙坚还是觉得迷雾重重。他看看二人，缓缓说道："刚才子布兄问了我孙坚那么多问题，我孙坚是否可以请教二位几个问题？"

张昭、陈珪相视一笑，齐声说："但问无妨！"

孙坚清了清嗓子："第一，子布兄，当年盐渎的事情，与你有关吗?你与张俭同姓,彼此是亲戚吗?你为何对此事如此上心?"

张昭回道:"我是徐州彭城人,而张俭是山阳高平[1]人,虽都姓张,但两家历来并无走动。不过,张俭曾是党人领袖,我在党人中也有不少朋友,也算是有这么一点儿拐弯抹角的瓜葛吧。"

孙坚咬咬嘴唇:"那么,党人领袖张俭之死,既然与我孙坚有关,你们难道不恨我?"

陈珪笑了起来:"大家非但不恨你,而且还很赞赏你!"

见孙坚还是一脸疑惑,张昭解释道:"张俭当年逃避朝廷追捕,凡向其伸过援手的儒士均惨遭屠戮,其中包括孔子的后人孔褒。因此,即便在党人中,也有人认为张俭本就该主动自首,以免祸及亲友,白白折损党人实力。但作为'八及'之首,张俭之名望,吾等又要维护。恰好他有一孪生兄弟,叫张骞,与前汉通西域的博望侯同名,隐居于泰山,或可扮演张俭之角色。我们已与张骞说好,若时机成熟,就请他出山,就说张俭从塞外回乡,欲清除阉党,匡扶汉室!"

"所以……"孙坚眯起眼睛,"世上就只能有一个张俭,否则这戏就演不下去了!"

陈珪拍手道:"文台真是一点就通!所以我们要确信那个真张俭已经死了,否则,他私通鲜卑的叛国大罪若大白于天下,将对在野的党人极为不利!"

---

[1] 今山东邹城。

"而杀死真张俭,为我们消除这个隐患的,就是你孙文台啊!"陈珪笑眯眯地看着孙坚。

"再说一遍,杀死张俭的,是黄盖与程普,不是我。"孙坚纠正道。

"你当年包庇杀人犯,你就是同犯,所以,今天我们才有朋友做!否则,真张俭不死,天下不宁,不知多少人又要枉死!"张昭一边笑着,一边将装有张俭与北宫首级的盒子重新盖上。

孙坚嘴角也抽动了一下,似笑非笑,脑筋却依然在飞转。根据自己的江湖经验,他可推知,张昭今日反复试探自己,定是有要事托付,而且此事恐怕还非常难做。但究竟是何事呢?

孙坚觉得与其被动等待张昭继续在心智上折磨自己,还不如主动出击。他问道:"还有一事,孙坚要请教二位。"

张昭笑道:"请说!"

"刚才二位所说的'我们',究竟是谁?是党人吗?而党人又究竟是谁?是'八顾''八及''八俊',还是'八厨'?党人既然受到朝廷如此弹压,却又为何能如此手眼通天,到处安有眼线?"

张昭脸色沉了下来,反问:"文台,你这问题,问得有点儿轻狂吧,怎么听上去,你就像是阉党一路的人!"

孙坚摇摇头:"子布兄,我刚才说了,我一直是边陲小吏,对京都政局似懂非懂。我只知道,我只有兢兢业业为县令当差,为督邮当差,为二千石当差,为刺史部当差,才有升迁的机会。至于自己的上司上的是哪条船，我就是想搞懂，也无人指路。子布兄，你如果把我孙坚当朋友，就向我透个底，告诉我你背后的人究竟是谁，这样我日后为你办事，至少也可以做到心里有数。"

张昭点点头，表示赞同孙坚所言。他低下头，从腰间解下一枚美玉雕刻而成的弹棋棋子，递给孙坚。孙坚接过来，但见棋子的正面刻了一个篆字——"袁"。

孙坚猜测性地问了一句："是汝南袁氏？"

张昭点点头。孙坚再想细问，突然看到陈珪在一边向他轻轻摇头，只好作罢。

"好吧，子布，既然话说到这一步，你们对我的考校也该结束了。现在可以告诉我，你们要我做什么了吧？"孙坚已略感不耐烦了。

"谁说对你的考校结束了？"张昭瞥了孙坚一眼，"我们现在对你至多只有八成信任。这剩下的二成么，大致与你的伙伴胡玉有关。"

孙坚心里一紧。

"这胡玉，底细太复杂，我们怀疑他和黄巾乱党有瓜葛。对此，文台你可听说过什么吗？"陈珪在一旁敲着边鼓。

"我……就是和他有生意往来……他怎么会和黄巾乱党有瓜葛呢？我从未听说过。"孙坚头上又开始冒汗。

看出孙坚心虚的张昭立即乘势追击："我们的眼线汇报说，十日前你的长子孙策与次子孙权都被人绑架，事后却安然无恙，这究竟是谁做的呢？难道在下邳地面，还有人敢动你孙文台的家人？对了，胡玉与你相熟，知道你家的底细，你就没怀疑过他？"

孙坚道："怀疑过……但……没证据……"

"那就杀了他。就算杀错了，也无所谓，他反正就是一个海贼，今日不反，明日也会反。"陈珪云淡风轻地说道。

孙坚微微摇头："县丞捕人，需要证据，否则公文上不好写。可胡玉目下确无犯罪事实……"

"孙文台，你要看清形势！"张昭突然将脸拉直，"当年你纵容黄盖、程普杀人，公文上不也什么都没写吗？今天怎么又提公文的事了！老实说，我后面的人一直怀疑你私通海贼，图谋不轨，而在他们面前为你说好话的，就是我张昭！我说你孙坚可能是当世豪杰，只是需要一个机会证明自己的忠诚。文台，你若是在此关键时刻逡巡畏缩，恐怕也会害了我张昭啊！"

"文台，这事其实也没你想的那么难！"陈珪笑着在一边打着圆场。他指着装着张俭与北宫人头的木盒，说道："看到那个木盒子吗？它还有点儿空余，而你要做的，就是拿胡玉的人头将其塞满！对你孙文台来说，想必不难！"

"汉瑜兄说笑了。胡玉身边打手众多，本人亦狡诈无比，很难轻易得手。"孙坚继续推脱。

"当年你孙文台带着几个弟兄，就敢潜入句章城，救出被许贼绑架的周泰明，难道今日之孙文台，胆色反而不如从前了吗？"张昭一步不退。

陈珪则继续开导孙坚："呵呵，文台，你得这么想：胡玉虽然狡诈，但是对你的戒心也可能最小。你若觉得难，别人就更难了。"

"但是朝廷自己遣兵来抓胡玉就是了，为何要我孙坚来做？"孙坚依然不服气。

"且不提朝廷现在是否有闲兵，即使有，大军压境之刻，作为胡玉好友的孙文台，你难道不应率先献上其首级以求自保吗？"张昭在孙坚耳边厉声提醒他。

"现在不是还没有大军压境吗？不能到时候再说吗？"孙坚反问。

"哎，时间不多了，估计也就十天吧。"张昭叹了口气。

"什么？十天？十天是什么意思？"孙坚大惊。

张昭轻声在孙坚耳边说道："下面你要听到的，乃是朝廷头号机密，不得外传。黄巾道匪首张角的弟子马元义，在三辅地区已广播信徒，三十日内即将谋反。到时他们会大闹京都，犯上弑君，以推翻大汉皇统。幸好我方遣入黄巾道的细作唐周，已经破获贼人所有计划，估计此刻天子已经知情。按照常理推断，天子肯定会捕杀马元义，全城戒严，并遣大军封锁函谷、大谷、广城、伊阙、轘辕、旋门、孟津、小平津八关要隘，并迅速调遣大军进攻冀州与豫州的黄巾主力，逼迫其在准备不足时与官军决战。下邳虽不是主战场，但若要为前线供应钱粮，也要保证没有黄巾乱党在卧榻之侧掣肘。若我所料不虚，从洛阳朝廷发出的快马，十日内可到此处，而快马送来的，则肯定是要求下邳肃清一切黄巾匪贼的文书。整个下邳，最像黄巾贼的，莫过于胡玉，与他走得最近的官吏，莫过于你孙文台。所以，你只有十日的时间取胡玉人头以求自保！"

此时孙坚额头已经渗满汗珠，但嘴上还是不服气："那个下邳傅钟离越，与胡玉也走得很近，你们为何不怀疑他？"

张昭摇摇头，回答得斩钉截铁："钟离越是我们的人！"

孙坚顿感错愕：钟离越前几日在子房楼内要挟自己反汉的嘴脸，依然历历在目，可这张昭怎么说他与胡玉不是一党？莫非——

孙坚隐隐觉得，貌似洞悉一切的张昭，也并不是全都知道。想到这里，他心里反而略感坦然。他思索再三，决定先不告诉张昭钟离越与胡玉的真实关系。

陈珪见孙坚沉默不语，又看到夕阳渐去，说道："文台，天色不早了，你也该回去了。代我向嫂夫人问好，希望她产子平安，孙家一切安好。"

孙坚听出了这番问候背后威胁的意味。他强装欢笑，指着那装人头的盒子说："汉瑜兄，你放心，胡玉的人头，十日内一定放入此盒。"

陈、张满意地点点头，送别孙坚。

回家路上，孙坚将刚才发生的事情，与祖茂和孙贲大致做了交代，二人听罢都眉头紧锁，默默沉思。很显然，要在十日内杀死胡玉，无疑是一件难事，更何况还有胡玉与钟离越之间的复杂牵扯。

祖茂突然打破沉默，问道："黄盖、程普这两人目下何在？张昭是否已经控制了此二人？"

"不好说！"孙坚摇摇头,"按理说,张昭连那个赵云都能找到,难道不会找黄、程二人核对当年案发的细节？毕竟他们二人才是真正的杀人犯。但奇怪的是,刚才张昭并未强调那二人。"

祖茂想了想,说道:"一年前黄、程二人曾来信说,他们在当差之余兼做卖驴的买卖,赚了不少钱,以后一定会来报恩。不过,此后二人就没了音信,不免让人生疑。"

孙坚此时脑袋嗡嗡作响。这么多人,这么多事,他已经想不动了。好在家宅已近,他决定先好好吃一顿,补充一下体力,然后躺在床榻上,将今日发生之事再好好梳理一番。

不过,远远望去,今日的孙宅却是灯火辉煌,隐隐还能听到一片欢笑。这又是怎么回事？有贵客上门了吗？

第十六回　密室破局

孙坚带着一行人来到院门,发现竟是吴甄挺着大肚子亲自来迎。孙坚看着妻子红润的脸色,不由得一惊。原来,前几日孙坚假意从贼之后,吴甄一直闷闷不乐,数日不与丈夫言语。今日她突然变得红光满面,怎不叫孙坚狐疑。孙坚侧耳倾听院内的喧嚣,大约猜到妻子心情的转变或与今日的来客相关,便问:"家中有何贵客?"

没想到吴甄也同时开口:"张督邮没有为难夫君吧?"

孙坚笑道:"张督邮对我们取陈粮充仓之事虽略有不满,但听了我的解释后,也就没再细究了。对了,这屋内为何如此喧嚣?我怎么还隐隐听到婴儿的哭声?"

吴甄回道:"是夫君前几日在河滩边捡回的那个孩子在哭。今日孩子的亲人来寻亲了。我们孙家真是积德了!"

孙坚、孙贲与祖茂面面相觑,更感莫名其妙。此刻,一个高大的身影从客厅走入庭院,对着院门大喊:"文台,来寻亲的正是在下啊!"

孙坚瞪大了眼睛,原来说话的是老熟人朱治朱君理。

"朱孝廉何出此言?"孙坚仍旧如堕雾中。

朱治刚要回答,其随从韩当便抱着婴儿,也笑呵呵地走进了院子。不过,韩当毕竟粗手粗脚,惹得婴儿哭声不断。胡婵紧跟韩当的脚步追来,一边数落他,一边试图将孩子抢回来:"孩子不是这么抱的,小心被你抱坏了!"

朱治回头对胡婵笑言:"不怕被夹坏,否则他就不是我姐生的!"

孙坚看看这孩子,再细品朱治刚才所言,一拍脑袋,恍然大悟:"朱孝廉,你来下邳后,一直说要为你姐姐寻找那被拐的孩子,莫非……这孩子就是……?"

"就是我的小外甥!"朱治乐呵呵地将孩子从韩当手里接了过来,在他小脸蛋上亲了一下。不料他的胡子楂扎疼了孩子,惹得其大哭起来,又引发胡婵对朱治的一阵数落。

孙坚一皱眉:"这孩子……的确是我前几日在河滩上捡来的。当时觉得他面相不错,寻思着与其让他跟着胡玉做贼,不如由我们孙家先养着,长大也可以做个心腹家奴。朱孝廉,你今日跑到我家来说这孩子是你姐姐的,可有证据?"

朱治肯定地点点头:"刚才你不在的时候大家都看到了,这孩子左右臀部各自有一片羽形胎记,这就是证据!"

孙坚摇摇头:"不会吧,朱孝廉,你以前来县廷报案的时候,似乎说孩子的背上有羽形胎记,怎么这胎记今日又转到臀上去了?你确定这孩子真是你们家的?"

朱治听了，一下子激动起来："文台，我是朝廷核定的孝廉，说话可从不扯谎！我哪里说过那胎记是孩子背上的？我一直说是臀上的！"

"罢了罢了！"孙坚摆摆手，"朱孝廉，你从来不撒谎，是我孙坚记错了，好不好？你若觉得这孩子像是你们家的，那就是你们家的，只是以后不要再看到别的孩子背上的什么标记，又后悔今日认错了人。"

朱治呵呵一笑，不再理孙坚，低头摆弄着孩子的小手，一边轻声嘀咕道："我才不还给我姐姐呢，姐夫姓施，我要让这孩子姓朱！"

吴甄听到朱治嘀咕，插嘴道："这就是朱孝廉的不是了，这孩子既然跟了你姐夫的姓，就不是朱家的人了。"

孙坚给吴甄使了一个眼色。在孙坚看来，朱治是否要将姐夫的儿子纳入朱门，这是朱、施两家的事情，与孙家无涉。更何况，目下孙家自己的麻烦已够多了。

吴甄识相地闭了嘴，笑呵呵地将众人往里屋引。孙坚看着妻子的笑颜，心中还是疑惑，因为朱治之喜毕竟无助于纾解目下孙家自己的困局。于是他轻声问道："到底是谁来了？"

吴甄还未回答，又一个熟悉的身影出现在孙坚眼前。来人摇着鹅毛扇，捋着胡子，慢悠悠说道："文台，当年臧府一别，多年未见，别来无恙乎？"

孙坚认出来人是诸葛珪，心中愕然。诸葛珪身后的妻子章氏也屈身对着孙坚行礼。孙坚僵笑着勉强回应，转眼朝里屋望去，发现自己的长子孙策正在与一个陌生的少年玩着弹棋，旁边还跪坐着两个不认识的小姑娘，正齐声拍手叫好。两岁的小孙权则与另一个小娃滚在一起，抢一辆小巧的铜鸠车，亦甚是欢乐。一旁的孙辅见孙坚面露疑惑，马上凑近耳语道："诸葛先生乃叔父您的故交，前几日从京都来下邳办事。今日在市面上结交了朱孝廉，又智斗妖僧言无名，被我与贲哥看到。贲哥被唤去粮仓应对上头查粮，我则带着朱孝廉与诸葛先生，以及诸葛先生的儿女诸葛瑾与诸葛珺来家里小聚。后诸葛先生又差人去客舍，接来了其夫人与另一双儿女诸葛芳与诸葛亮，大家凑在一起，就是图个热闹罢了。"

孙坚心中暗骂孙辅：我与诸葛珪过去只有一面之缘，你又何必自作主张，把他们全家都往家里引？瞧这一大家子，难道想赖在我们孙家吃白饭不成？

此时又听得孙辅说道："他有火浣袍！"

孙坚突然瞪大了眼睛。此刻他也看到了诸葛珪身后的墙上，挂着一面红艳艳的火浣袍，其形制与自己家里的那套一模一样。此时孙贲亦凑在孙坚耳边轻声补充："这火浣袍，臧旻大人当年也送了诸葛先生一套。"

孙坚原本以为当年在射阳臧旻是将唯一的一套火浣袍留给了自己，此时才知诸葛珪也得了一套。略带嫉妒的孙坚看看诸葛珪，沉默须臾，突然意识到此袍可能是臧门弟子聚会的信号，心中又莫名一喜：莫非这诸葛珪，就是上天派来救助孙家于危难的福星？

诸葛珪笑眯眯地关注着孙坚脸色的微妙转变，突然伸出一只手来握住孙坚的手，郑重地说道："文台有难，诸葛

图 6 汉代铜制奴形吊灯复原图

来救。闲言少叙,我们里屋谈话。"

孙坚点点头,立即引诸葛珪进了密室。随后进入密室的,还有孙坚最信赖的祖茂,以及孙坚此刻不得不依靠的朱治。奴婢人等全部回避,胡婵与孙贲则站在门口负责把风,并往里面递送茶水。吴甄因身体不便,便在奴婢搀扶下回屋休息了。因为天色已晚,诸葛珪的家眷也都在孙家借宿。

孙坚将悬在头顶的铜奴形吊灯点亮,昏暗的光影便开始在密室里摇晃。东海蛟鲸油滋润的火苗欢乐地蹦跳着,将铜奴扭曲的影子投射在屋内每个人的脸上,忽而阴面转阳,忽而阳面转阴。诸葛珪缓缓扇动着鹅毛扇,扇影间歇地淹没了他的五官,让孙坚难以猜到他的下一个表情。

"关于孙某目下处境,贱内刚才都与诸葛先生交代了吗?"孙坚率先打破沉默。他强压住心中对诸葛珪的不爽,努力做出一副虚心求教的模样。

诸葛珪点点头:"弟妹都与我说了。钟离为虎,胡玉作伥,黄巾妖道,下邳扬汤。如果我没猜错的话,刚才张昭见兄台,或许亦是为了试探兄之虚实,以估量兄在未来的变局中将如何站队!"

孙坚与祖茂交换了一下眼神。诸葛珪果然厉害,一语中的。孙坚追问道:"那先生不妨猜猜,张督邮到底给孙某指派了什么差事,以测孙某将如何站队呢?"

"杀了胡玉以证清白呗!"诸葛珪云淡风轻地说道。

"先生如何猜到的?"祖茂惊得闭不上嘴。

"很简单!"诸葛珪说道,"胡玉在下邳党羽众多,以文台目前手段,杀他不易。张昭指派此事给文台,便可以测出文台的本事,看看以后能否利用文台为党人再做大事……"

"哼……"孙坚有些不屑地插嘴道,"诸葛先生只知其一,不知其二。杀钟离越其实更难,张昭为何不派我去杀他?据孙某观察,张昭根本就不知道钟离越已经从贼。所谓党人,看来也并未操控一切……"

诸葛珪笑了起来:"文台虽是当世英雄,但毕竟偏居下邳,对京都政局一知半解。老实说,张昭当然不会让你去杀钟离越。因为——钟离越其实也是党人!"

孙坚惊得站了起来:"诸葛君贡,君子得慎言!贱内难道没有告诉过你,钟离越如何在子房楼内逼我一同谋反吗?"

诸葛珪用扇尖对着孙坚:"文台,少安毋躁,坐下说话。钟离越叫你参加谋反,但并不意味着他定然不是党人。"

孙坚没有坐下，继续追问："请诸葛先生说个明白！"

诸葛珪点点头："党锢之乱后，党人与朝廷已经势同水火。但阉党暂控权柄，潜伏于朝堂与乡间的党人也都只能蛰伏。黄巾之乱无疑给了党人崛起以良机，他们完全可以以剿贼为名聚集兵力，对抗朝廷……"

孙坚摆摆手："这些我都知道。但黄巾贼若势不可控，党人也会受到株连，所以，即使党人养寇自重，最后还是会出手拱卫朝廷。若钟离越真是党人，他又怎会逼我从贼？"

此时，扇影暂时遮住了诸葛珪的脸，使得孙坚无法看清他的表情。但听得他在一片昏暗中娓娓道来："钟离越实际上是汝南袁氏在下邳安的一枚棋子，其目的是控制下邳王刘意的资产。文台，这几年你似乎也帮着他转手了不少宝物发了私财，但你得想清楚，这只是他最后嫁祸于你金蝉脱壳的手段罢了。党人的计划如下：第一，与已入黄巾道的胡玉勾结，拉你入伙，以便控制下邳县廷的力量；第二，以言无名为饵，劝说下邳王将宫中宝藏集中于一处，以便事后劫掠；第三，在下邳不设防的前提下，引贼入城，于乱中趁机掠去下邳王宫所有宝藏；第四，等朝廷来追查的时候，将所有罪责推到你头上，再用你全家的人头换取他们的安全撤退。最后，他们用夺来的下邳王宝藏扩充私军，向黄巾贼反戈一击，以便换取剿贼的功劳，最终寻找时机一举肃清阉党。"

孙坚听罢，慢慢坐下，额头冷汗直冒。一直沉默的祖茂问道："诸葛先生，但……张昭也是党人，他为何又要催促文台杀死胡玉？这难道不是在破坏钟离越的计划吗？"

诸葛珪点点头："大荣，你问得好。张昭是袁术的人，而钟离越是袁绍的人，二人并不通气。张昭或许已经探知袁绍的计划，他利用文台去破坏，恰恰就是为了在袁家内部给袁绍制造障碍，以便让袁术有机会控制大局……"

朱治在一边皱着眉说道："君贡，你说得太乱了！现在谁是敌人，谁是朋友，我都搞不清了。这二袁同出一门，为何又处处彼此为难呢？"

诸葛珪笑道："且听我慢慢道来。"

第十七回　毒鱼之计

诸葛珪举起扇子，用扇尖将一直来回摇摆的铜制奴形灯给定住。此时，油灯射来的光恰好照亮了他高高的脑门。他慢慢说道："这二袁其实是同父异母的兄弟，其父亲是司空大人袁逢。只是袁术袁公路是嫡次子，而袁绍袁本初则是庶出。不料，袁绍出世那年，其叔父袁成突然暴毙，且膝下无子。于是，袁逢便让出袁绍，使其成为袁成宗法意义上的继承人。此后的袁绍一直顺风顺水。他二十岁就做到了濮阳县长，后见党锢祸乱，政局不明，便以服母丧为名，蛰居家中，与张邈、何颙、许攸等党人过从甚密，同时又将具有阉宦背景的曹操收为扈从。袁绍坐拥袁成的遗产，仗义疏财以收买人心，故其势力日益壮大，甚至可以说，天下豪杰莫不争赴其庭——如此盛景，又怎能不叫母系高贵却又无法掌握父产的袁术心生妒意呢？所以，要谈汝南袁氏，抛开袁逢、袁隗这一代不谈，若论年轻一代，我们就必须将袁术与袁绍分而视之。具体到下邳、彭城：钟离府属于袁绍势力，小妾袁氏是袁绍的远亲与眼线，用以控制钟离越；而张昭则是袁术的外线，他当年写的《宜为旧君讳论》，表面上挤对的是应劭，实际上打压的是应劭背后的袁绍……"

关于袁家的那些底细，过去孙坚虽听祖茂讲过，但还是没太弄清里面的细节。今天听诸葛珪再说一遍，依然觉得一片混沌。他拍拍桌几，提醒诸葛珪："君贡兄，别扯太远，你就干脆明示于我，我是否可以信任张昭？我又该如何对付钟离越？"

诸葛珪笑问："张昭是不是要你杀了胡玉以示清白？"

孙坚点点头："是！且是十日之内。时间已然不多。"

诸葛珪正色道："其实，那张子布的确是在帮你。胡玉底细太污，无论是袁绍的势力还是袁术的势力，都不会将其放在眼里。而你一个堂堂县丞，竟然一直与这样一个贼商厮混，以后又怎么能再步步高升？"

说完，诸葛珪转向朱治，露出笑容："同样是行商，朱君理这样有孝廉名头的人，才是京都的权贵所能入眼的。君理兄，这次你一定要帮文台啊，其实也是在帮你自己。"

朱治的商船队在淮泗一带与胡玉素有竞争关系，自然对打击胡玉非常上心。他攥紧了拳头，对孙坚表态："无论文台兄与君贡兄要我做何事，治必从命！"

诸葛珪点点头，脸上露出一阵冷笑："既然如此，我们就不妨将胡玉一党与钟离越一起除掉！"

众人听了，都惊得说不出话来。

祖茂试探地问道:"诸葛先生,虽然钟离越这人的确可恶,但他若真是属于袁绍势力的话,我们杀他岂不会惹下大祸?你刚才不是说,袁绍的势力要强于袁术吗?"

诸葛珪解释道:"钟离越知道太多文台的底细了!诸位想想,若文台只杀胡玉,难道就能抹掉钟离越心中关于胡玉与文台二人关系的所有记忆?这些事情以后可是随时会要文台的命的!对了,文台,那个钟离越是不是还掌握了你贪污王陵修建费用的证据?那他就更不能活了。不过请放心,他只是袁绍麾下的小角色,只要你以后站对人马,袁绍未必会拿你如何。此外,将钟离越的死随便栽赃在某个黄巾贼身上,这难道很难吗?"

诸葛珪的话听起来颇有道理,孙坚仔细想了想,复又皱起眉头,喃喃自语道:"杀一个胡玉就够难了,再杀掉钟离越,岂不是难上加难?杀掉其中一个,另一个被打草惊蛇,又该如何是好?"

诸葛珪笑道:"文台问得好!除非……"说到这里,他突然收住话锋,对孙坚暗示:"对了,文台今日劳累,似乎还没有吃飧食吧?可惜你错过了刚才的宴饮,酒菜可丰盛着呢!"

孙坚立即反问:"君贡兄……是不是要我设下鸿门宴,做当年项羽想对高祖做而未做成之事?"

诸葛珪点点头。

孙坚道:"但胡玉与钟离越都是老奸巨猾之人,如何令其上钩呢?"

诸葛珪笑道："文台勿要多虑！算你运气好，在你与张昭周旋之时，又有两位贵客造访贵府，白白送给你一个做局的借口！"

"谁？"孙坚一惊。听诸葛珪这话，难道家里还来了别的客人？既然是客人，怎么刚才自己没看到？

诸葛珪神秘地笑笑，突然起身，来到密室的门口，对着门口的胡婵与孙贲说道："文台饿了，快上点酒菜。"那轻松自若的样子，仿佛他才是孙家的男主人，孙坚反而是客人。

祖茂将反锁的密室打开，胡婵笑眯眯地给孙坚端上了一碗"弱似春绵，白若秋练"的汤饼，及几串被烤熟的炙肉。忙碌了一日的孙坚的确是饿了，端起陶碗就开始往干瘪的胃里灌热汤。而当孙文台香喷喷地咀嚼着用小豚里脊肉烤炙成的肉串时，两个既陌生又熟悉的身影出现在密室门口。

隔着汤水的热气，孙坚打量着这两个隐蔽在斗笠下的面孔："来者莫不是黄盖、程普兄弟？"

两人脱下斗笠，露出真容，齐齐稽首下拜："恩公在上，正是黄盖、程普，千里来投！"

孙坚看看二人脸上的尘土，再看看诸葛珪与朱治一脸轻松的表情，心中隐隐不快：黄、程本早与自己相识，现在诸葛珪却喧宾夺主，将其匿于自己家宅，也不知吴甄为何会配合他一起捉弄自己。但不快归不快，目下问清黄、程之来意显然更为打紧。他刚想开口询问，黄盖抬头抢话："恩公，恕黄盖无礼，现在你必须在四日内诛杀胡玉与钟离越，否则，孙家将大难临头！"

孙坚惊问:"公覆、德谋,且慢慢说,你们这是从哪里来?又要往哪里去?胡玉与钟离越在下邳的事,你们又是如何知道的?"

诸葛珪扇着扇子走上前解释:"时间紧迫,还是我来代劳吧!黄、程是一年前与我在洛阳结识的,其中黄公覆在袁绍的门下听差,而程德谋是在袁术的门下听差,二人现在结伴来下邳,便是分别向钟离越与张昭传递关于京都政局的最新消息。现在与你短暂谋面后,他们还要去钟家与张家递交急信呢!"

孙坚颇感吃惊:"二位贤弟发疯了吗?你们杀了党人领袖张俭,却跑到庇护党人的二袁家里去做门客,难道不怕露出破绽掉了脑袋?对了,你们不是已经拿了臧大人的推荐信,分别做了零陵郡与右北平郡的郡吏了吗?多好的差事啊,为何还要去京都涉险?"

程普笑了起来:"恩公,我与公覆商量过,零陵郡与右北平都离京都太远,无法获取朝廷一手的情资以襄助恩公。于是我们便先在此二地官署混了一点儿做官差的履历,洗了一下身份,然后相约辞官,去投奔庇护党人的二袁,玩一个灯下黑。我们蒙骗二袁,说自己家人被当年权势极盛的阉党侯览之家奴所杀,赢得二袁同情,这才成为其门客,待遇相当于百石掾吏。我们早就合计好了,一旦在京都听闻对恩公有用的重大信息,就火速赶来知会恩公。说来也巧,一年前我们在京都分别遇到了诸葛先生,这才知道诸葛先生与文台兄一样,都蒙受过前匈奴中郎将臧旻大人的恩惠。臧大人还有一个旧部,即当年在会稽郡当过差的朱儁朱公伟,因为破交州贼有功,如今已被封为亭侯,人就在京都。诸葛先生正是受到朱大人的委托,以鸿都门学画师的身份为掩护,网罗臧门旧部,准备在天下大乱时匡扶正义,救朝廷于危难,救百姓于水火……"

孙坚摆摆手打断程普的话,问道:"你们刚才说我四日之内必须杀死钟离越与胡玉,这又是何故?"

黄盖接过话头:"下面说的才是大事!我们刚从洛阳离开时,负责在京畿一带谋反的黄巾贼渠帅[1]马元义,已经被朝廷车裂。现在洛阳到处都在捕杀其余党,洛水边每天斩首几百,全城人人自危。事态发展之快,已让人目不暇接。恩公啊!马元义虽已被五马分尸,但其在荆、徐二州招来的逆贼数万人,已满腔怒火地聚集于邺城,随时会反。我二人快马来下邳的路上,亦看到大量朝廷驿差与头裹黄巾的贼人,飞马于各地驿道小路。一遇彼此,就互投短戟,谩骂厮杀,势同水火。可见官军贼军,都在争取时间调兵遣将,以备决战。恩公,这可是光武中兴以来大汉朝从未见过的全天下战事,徐州虽未必是主战场,但下邳、彭城地利之便,淮泗水运之畅,徐州物产之丰,贼人恐已觊觎许久。若恩公不能在朝廷讨贼文书下达前独控下邳要津,恐怕未来必定会为人所制,甚至还会被扣上通贼的污名!"

孙坚听罢黄盖所言,又与张昭之前所说两相比对,终

---

[1] 黄巾军地方宗教—军事组织的魁首。

于想明白了黄、程为何说他只有四天时间去杀死胡玉与钟离越。根据张昭的情报，马元义只是将被告发，所以从其被告发到朝廷文书至下邳，大约需要十日；而根据黄、程的呈报，马元义不但已被告发，而且已被处决，因此，朝廷文书到下邳的时间或许要被折半。诚如黄盖所言，这局势发展得实在是太快了！

想到这里，孙坚一手抓住黄盖，一手抓住程普，郑重地说道："二位贤弟，恐怕过一会儿你们就要分别去张昭与钟离越处转报此军情吧。我恰好可以凭借此由头，叫胡玉与钟离越一起来赴宴，商量下一步的举措，然后在宴会上一并除之……"

诸葛珪听罢，在一边扇着扇子，笑而不语。

朱治则皱着眉头说道："文台，你得细想，胡玉与钟离越如此狡猾，如何可能轻易来你孙家赴宴？要是去商谈，肯定是去钟离府或是胡玉的某个据点，到时候彼众我寡，我们非但难以将其一网打尽，相反恐难全身而退！"

"这……"孙坚叹了口气，又陷入沉思。他抬头看看诸葛珪，发现他依然在一旁，边扇着扇子边笑眯眯地看看自己，那眼神，就像是一个和蔼的老师看着一个正在成长的弟子。

孙坚气呼呼地说道："诸葛君贡，你肯定是有计策了，都什么时候了，还卖关子！"

诸葛珪摆摆手："文台，快吃汤饼，你看，都凉了！"

孙坚见诸葛珪岔开了话题，真生气了，将箸筷往桌几上重重一摔。

诸葛珪笑道:"是不是嫌配菜不好吃?要不要吃河豚?"说罢,他不等孙坚回答,便对门口喊道,"上河豚汤!"

在胡婵的引领下,孙家的小奴王兴战战兢兢地端上了一碗河豚汤。王兴是孙家众奴婢中唯一会做河豚汤的——不过,因为为河豚祛毒需要很多工序,除非重大节日,孙坚与吴甄一般也不会吩咐他去做此汤。而今日王兴竟然在深夜端上了河豚汤,这又是听何人吩咐,基于什么缘由呢?

孙坚盯着摆在他面前的河豚肥滚滚的腹部——与此同时,死鱼的眼睛也正死死地盯着他。他习惯性地问道:"王兴,这鱼肉祛毒了吗?"

"祛毒了。"王兴弱弱地回道,额头渗出了冷汗。这让孙坚顿起狐疑,刚伸出的箸筷停在了半空。

"文台,你连自家奴婢做的河豚都不敢吃吗?我诸葛君贡先吃给你看!"诸葛珪冷不防抢过孙坚的箸筷,夹起一块鱼肉,大口咀嚼了起来,一边吃,一边赞叹:"真不愧是享有'西施乳'盛名的天下美食啊!"

"我还没吃饱呢!"孙坚急忙将自己的箸筷抢回,也开始吃起河豚来。吃到一半,他突然发现孙朗养的一条三岁黄狗"穷奇"不知何时也跑了过来,乖乖趴下,伸长舌头,用贪婪的眼神盯着河豚肉。看到这条狗,孙坚想起今天还没看到孙朗,同时也想起了平时对他的种种疏忽与冤枉。他心里一疼,便将一块鱼肉扔给了穷奇。

穷奇开心地吠了一声,开始吞咽鱼肉。随后,它知趣地转过身,晃着尾巴,欢快地跑出门去。它知道,与主人一样,能在孙家吃到一口新鲜的菜肴,已属不易。

但三岁的穷奇终究未能跑出这间密室。它在门口突然抽搐了一下,口吐白沫,倒地痉挛。

"这河豚有毒!"祖茂站起来大喊。他抓住文台的胳膊,大喊,"快吐出来!"

孙坚皱着眉头,盯着王兴,大骂:"逆奴,你想谋害主人吗?"

王兴立即哭着拜倒:"主人休要怪我!这河豚的确有毒!不过,您先前喝的面饼汤里已有解药,所以吃了没事。只是那畜生倒霉,没吃解药,所以才死了。"

孙坚冷静下来,想了想,又摸摸周身,的确没发现有任何异样感觉。他又看了看同样吃了鱼肉,却也若无其事的诸葛珪,问道:"君贡,你刚才莫非也喝过这解毒汤了?"

诸葛珪笑道:"我并未吃解毒汤,但调配解毒汤的解毒丸,我身上要多少有多少。这是一个叫华佗的朋友为我调制的。对了,听华佗说,他好像以前也给你们孙家看过病?"说罢,诸葛珪用异样的眼神瞟了瞟胡婵。

胡婵脸一红。的确,当年她在扬州时,就是吃了云游到此的华佗的方子,才怀上孙朗的。

孙坚已无精力回想华佗到底是个什么样的人了。他看看诸葛珪,再看看王兴,突然灵机一动。他抓起王兴的双手,问道:"若几日后,我们去赴鸿门宴,你可愿意同去,给钟离家或者胡玉的手下帮厨?"

王兴眼里含着泪花,拼命点头。他说道:"小人做的鱼,在下邳略有薄名,而且主人与钟离越、胡玉过往聚会时,小人也不止一次向此二贼献过厨艺。到时只要主人预先吃下解药,小人即可用毒鱼鸩杀逆贼!"

朱治一拍手:"好计!"但他又想了想,问王兴,"看你的身板,似乎除了做鱼也没别的本事。用毒药毕竟不可能毒倒所有贼人,到时候动起刀枪来,你可能会小命不保!你想清楚了吗?"

王兴猛然站起来,咬牙切齿地发誓道:"只要能够杀了胡玉,给小翠报仇,我愿意搭上自己这条命!"说完突然跪下来,抱住孙坚大腿,哭道:"主人,你是知道的,二夫人早就许诺将小翠许配给我,不料却莫名其妙为胡贼所杀,此恨我怎能消除?此次我若无法生还,恳请主人将我与小翠合葬一处。我与她均是孤儿,不知父母,主人就是我们的父亲。我死后的衣物,分给别的奴婢就是了。只是小人以后再也无法给主人做汤烧鱼了。主人多保重!多保重啊!"

王兴这一哭,屋内的诸人眼睛都红了。小翠的主人胡婵更是在一旁小声抽泣。

诸葛珪咳嗽了一下,示意大家现在并非感情用事之际。诸人擦干眼角的泪水,定神推敲灭贼的细节。商议完毕,黄盖、程普告退,重新戴上斗笠,从暗道潜出孙府,分别去往钟离越与张昭的府邸。王兴抱起穷奇的尸体,去后院埋狗。朱治、祖茂也都累了,在胡婵引领下,去了各自的客房歇息。除了孙坚之外,最后一个出门的是诸葛珪。孙坚将其叫住:"君贡兄,我还有一事不明,请赐教!"

诸葛珪回头笑道:"请讲!"

"今日大计,牵涉孙坚全家性命,而出谋者,便是你诸葛兄。请诸葛兄站在我孙坚的立场上想一想:我与你交情并不深厚,我孙坚为何要对你言听计从?"

诸葛珪想了想,回道:"就刚才我为你出的谋略而言,是不是你孙文台目下唯一可选择的路?"

孙坚点点头,但又说:"你是朱儁的人,我若听了你的计策,以后也就是朱儁的人了。但老实说,我与那朱儁也不是很熟,只是在会稽剿贼时见过一两面。你再替我想想,我为何要相信朱儁?"

诸葛珪回道:"文台,你需要军功才能晋升,否则一辈子就会在县丞这个级别耗死。而黄巾乱党起事后,朝廷能用的大将,无非皇甫嵩、朱儁与卢植等寥寥几人。你孙文台即使与朱儁不那么熟,但至少还见过一两面,难道你去了更面生的皇甫嵩与卢植那里,还会得到更好的待遇不成?别忘了,朱儁和你毕竟都是扬州人啊!"

孙坚复问:"既然你我以前也并不那么熟络,你为何千里迢迢来下邳帮我,还处处为我着想?你到底图什么?"

诸葛珪哈哈大笑:"文台,这才是你真正想问的吧!老实说,你需要军功升迁,难道我就不需要功劳了?我毕竟是前汉名臣诸葛丰的后人!我从洛阳离开时就已与朱儁大人商议好了,只要我能够保证下邳的粮草军资为朝廷所用,以后他定会保举我做到郡丞一级。文台啊,你是我唯一一想到能够帮助我稳定下邳局势的人，我难道还会害你不成？害你，就是害我自己啊！"

孙坚点点头，向诸葛珪作揖道："那就有劳兄台费心了！"

孙坚离开密室，来到庭院中，对着黑夜中稀疏的星子打了一个哈欠。他回头时，发现胡婵已悄然来到他身后。孙坚轻声问："今日怎么没看到朗儿？"

胡婵苦笑一下："朗儿长得比策儿大一点儿，大夫人怕客人误会他是孙家的嫡长子，就打发他先去睡了。"

孙坚的心似是被锥了一下。他想起来，这两三年，孙朗得抱着小狗穷奇才能睡得香，可刚才竟不小心毒死了他最爱的穷奇，再联想到刚才诸葛珪讲的二袁不和的故事，脑海中孙朗、孙策、孙权的脸蛋不由得来回旋转。他慌忙从身上找到一枚银饼，塞到胡婵手里说："朗儿的狗死了，你用这银子再给他买一条做补偿吧！"

胡婵收起银饼，冷笑道："文台，安慰朗儿的事情，你就不必操心了。目下最关键的是刚才商议的大事，你若有一步差池，我们全家就是想做狗也不得了！"

孙坚点点头，哈出一口热气，再次举头，望着正钻入阴云的月钩。

第十八回　血腥之夜

孙坚、诸葛珪与朱治密会后的第三天，钟离越府密室内，晚上酉时与戌时交接之刻[1]。昏暗的灯光下，钟离越坐在主座喝着闷酒，两侧各自坐着陪酒的孙坚与胡玉，钟离越的小妾袁氏则游走在几个男人之间为众人斟酒。因为诸人所议之事机密，孙坚与胡玉便各自叫随自己而来的祖茂、韩当、厨子王兴、红脸老四与山越人老九等人在门外等候。

酒过三巡，钟离越有点儿上头了，面色通红。他肥肥的眼袋里射出依然不失犀利的目光，盯住孙坚说："文台，事到临头，你怎么又退缩了？你就不担心留在我手心里的那些把柄吗？"

孙坚将三足陶酒杯重重一放，大声叫屈："钟离兄，这事可不能怪我啊！这几日小弟我一直在联络负责守备下邳王

---

[1] 约19:00。

廷的卫士，光鎏金铜蚕我就送出了一百多条。但谋反之事太大，我都不敢对他们明说其中究竟，只怕他们泄密。钟离兄你也是知道的，大权在握的下邳相王岱与中尉韦尚都不是我们的人，你即使通过言无名迷惑了王爷的心智，也未必能攻下这两道难关。所以，如何在这些人中再部署我们的眼线，必须从长计议！可今日你倒好，匆忙将我与胡玉叫来，告诉我们区区两日内必须起事，这叫我如何是好？我看这事风险太大，还是算了吧！"

胡玉在一旁劝说孙坚："文台，世事难料，谁知那个马元义做事如此不小心，会被朝廷捕杀呢？我们也是昨日才得密报，说三四日之内朝廷下达的剿黄巾的文书就会到下邳。若在此之前我们无法控制全城，恐怕就会很被动了。你也不要泄气，我们只要掠走王廷金银粮草，离开下邳即可，不必与朝廷官军恋战。到时候我们占山为王，坐山观虎斗，即使黄巾主力遇挫，我们也可以顺势接受招安，岂不两全其美？"

孙坚故作懵懂状，继续推诿道："黄巾起事之成败，关键在于能否俘获洛阳天子，挫伤汉家锐气。既然京畿起义已经事败，可见天道尚不想灭汉。为何我们不干脆顺应天意偃旗息鼓，装作什么事情也没有发生呢？"

钟离越摆摆手："文台不必过于悲观。黄巾三十六方，豪杰遍布各地，若同时起事，汉廷便极难应付。自光武中兴以来，边陲虽常备有重兵对付羌胡，内地则往往守备空虚，正好为我所用。朝廷若调来西凉董卓等悍将平叛，西疆则会空虚，弄不好西京长安也会丢。总之，这次朝廷横竖都会死，我等若不抓住这改朝换代的良机往高处走一步，恐怕将来悔之晚矣！"

孙坚将袁氏刚倒给自己的酒一口喝尽，说道："别说那么远，且说当下我们该如何对付负责王廷护卫的五百甲士吧！平时带他们吃喝嫖赌，他们自然愿与你称兄道弟，但若真要劝说其参与谋反，他们中又会有几人敢拿自己的脑袋开玩笑？对此，我心里没底，除非钟离兄愿意帮个小忙。"

"你要我……呃……怎么帮？"嘴里嚼着炙羊肉的钟离越打了一个饱嗝。

孙坚压低了声音："今天我到贵府来，身边就带了一个奴婢王兴，二位以前都吃过他做的河豚吧，味道是否鲜美异常？"

贪吃的钟离越点点头，但不明白孙坚这时候为何要提这事。胡玉想了想，说道："做河豚的祛毒工序只要有半点差池，就会致人死命。文台是不是想让王兴去给甲士们做菜，趁机将他们毒杀？"

孙坚摆摆手："擒贼先擒王，只要毒杀中尉韦尚就够了，何必兴师动众。"然后转向钟离越，"明天，最迟后天，兄台是否可以请韦尚吃顿便饭，方便我等下手？"

钟离越想了想，摇摇头："仓促请宴，却没由头，恐会引其疑心。"

孙坚笑了起来："由头我想好了。"

钟离越与胡玉都瞪大眼睛看着孙坚。

孙坚慢慢说道："由头非常简单！钟离兄不是得到了马

元义被车裂的密报了吗？不妨就把此密报转给韦尚，引诱他来你府上共同密谋，以便商讨如何抢在朝廷剿贼文书下达之前消灭下邳黄巾乱党，以此向朝廷邀功！"

钟离越与胡玉面面相觑。胡玉额头渗汗，急着抢白道："文台，难道你要在韦尚面前指认出某个黄巾乱党不成？"言下之意是：你不会指认出我吧？

孙坚笑了起来："看把你吓得。不过，做戏就是要做足啊！到时候恐怕还是得委屈胡玉大哥一下。我们会找根绳子将你五花大绑，往韦中尉面前一扔，就说你是黄巾乱党。韦尚一看心防放松，我们趁机用毒鱼喂之，岂不就可速战速决？胡大哥行走江湖多年，连这些委屈都不能承受吗？"

钟离越想了想，说道："这也不失为一个办法。就是用毒鱼杀人这手段，实在过于老套。河豚有毒乃是常识，那韦中尉也不是蠢货，见此怪鱼上桌，岂不会起戒心？"

孙坚道："有二法可以消疑。其一是做点别的鱼，比如鲫鱼，里面再掺杂有毒的河豚的鱼肉，让人看不出破绽。若此法还不能消除韦中尉疑心，那我们也都品尝一下那鱼，只要我们没事，韦尚也自不会多想。"

胡玉锁眉反问："文台，若鱼真有毒，怎么可能我们吃了没事，那韦尚吃了就会死？据我所知，河豚毒性剧烈，就算你将其包裹在鲫鱼腔内，其毒性也会弥漫四处，恐怕一沾嘴唇就会要人命吧？"

孙坚摇摇头："这些细节我都思虑过了。我们几个事先都服下解药'祛毒散'，这解药一个时辰内有效，然后我们再骗没吃解药的韦尚吃鱼,他焉有不中计之理?"

钟离越问:"这解药谁配的?有效吗?"

孙坚从怀中掏出一个葫芦,边掏边解释:"我有一个叫华佗的朋友,医术不俗。这些解药是我几年前从他那里求来的,专门给爱吃河豚的饕餮之徒准备的,没想到今日在这种场合派上了用场。"说罢,他打开葫芦塞子,从里面倒出一堆褐色的小药丸,然后随手拿了一颗往嘴里一扔,吞了下去。他转而对钟离越与胡玉说:"请二位也吃一颗,看看药效!"

钟离越瞪了胡玉一眼,胡玉只好硬着头皮也吃了一颗。随后孙坚与胡玉同时用眼睛死死盯住钟离越。钟离越踌躇了一下,然后在这堆药丸里东拣西拣,最后找了一个特别大的药丸吃了下去。见服药后无甚感觉,钟离越戒心稍稍放松,于是叫自己的小妾袁氏也取了一颗服下。

孙坚哈哈大笑:"我这就叫门外的奴婢王兴去做鱼,到时候可能要借钟离兄的厨房一用。"

"我家可没备河豚的食材。"钟离越冷冷回道。

"王兴自己带了。"孙坚回道。

钟离越一听,心中戒意又起:孙坚的厨子竟然已备好了河豚?这又意欲何为?

见钟离越又生狐疑之色,孙坚解释:"老实说,用毒药对付韦中尉之事,我盘算已久,只是找不到由头请他赴宴。今天我受邀来贵府密谈,就料定天下局势已生巨变。我猜想,不管这变化为何,定能让韦尚产生兴趣。所以,请其赴宴之事，已有由头。如此，我才自作主张，出发前带上自己的厨子，以便向二位细说毒杀韦氏之法。"

钟离越听了，还是将信将疑。胡玉则在一边打圆场："文台的本领我胡玉是知道的，在会稽剿贼的时候，那心思之细密，简直让我五体投地。大人莫疑，莫疑……"孙坚见状，也从袁氏手里抢过酒樽，给钟离倒酒压惊。袁氏见自己的活计被孙坚抢了，便请示钟离越是否可以为宾客弹唱一曲，以纾解众人心情。钟离越允了。趁着袁氏准备箜篌的空当，孙坚便向门外的王兴递信，令其烹鱼。

此时，袁氏已经调好了箜篌的弦，开始低吟《越人歌》：

今夕何夕兮，搴舟中流，
今日何日兮，得与王子同舟。
蒙羞被好兮，不訾诟耻。
心几烦而不绝兮，得知王子。
山有木兮木有枝，
心悦君兮君不知。

离乡为官已十年的孙坚听着这熟悉的江东曲调，双目渐渐有些发湿。他眼前隐隐浮现起了也曾弹奏此曲为其送别的恩师臧旻，以及那些留在富春的家人的面庞。离家十年了，也不知父亲孙钟最近身体如何，小弟孙静新娶的媳妇是否孝顺公公？小妹孙雯之子徐琨的蹴鞠之艺与策儿比又当如何呢？富春老宅翻新后，院后小河边的那片竹林还在吗？对了，故乡金秋的螃蟹，是不是依然膏肥肉满，而在河水中流浪的菱角，是不是还未被吴女的素手所采摘？江东的乡党啊，你们是否还记得那个孤胆斗海贼的少年孙坚呢？

钟离越看到孙坚失神的脸色，误以为他是垂涎袁氏的美色，反而略感安心。对钟离越来说，但凡有欲者，定会有把柄被别人所拿捏。想到这里，他向袁氏略施眼色，暗示她不妨体态更妖媚一些。

须臾，有人敲响了密室的门，原来是王兴端着热腾腾的鱼上菜来了。

钟离越盯着鱼唇上朱红色的点子，喃喃道："这是我第一次吃到鱼唇上有朱点的鲥鱼。"王兴在一旁解释道："先帝光武陛下的旧友严光严子陵，就因喜食此鱼而隐居富春。传说他最大的爱好就是在钓到的鲥鱼唇上点朱砂，然后再放生。现在大人吃到的这条，弄不好就是当年严子陵亲点的朱色！"

钟离越一阵冷笑："狗奴才，别扯那些没用的，我且问你，那河豚肉究竟藏在何处？"

王兴恭敬地回道："小人已经用河豚的毒汁淋过鲥鱼的肉了。"

钟离越点点头，将袁氏唤来，与其耳语几句，随后袁氏便从门外抱来一条老狗。钟离越抛给那老狗一块鱼肉，老狗吞下后，四腿抽搐，顷刻毙命。

钟离越指着王兴问："你吃过解药吗？"

王兴点点头，也不等钟离越发话，用筷子夹起一块鱼肉,大口咀嚼起来,脸上还露出陶醉的笑容。他轻语道:"没想到浇上河豚汁后,鲥鱼肉真的变得如此鲜美……"

钟离越再指指孙坚:"轮到你了!"

孙坚也笑着吃了一大口,然后对王兴赞扬道:"你手艺长进了啊!这次鱼肉做得不紧不松,不老不嫩,火候刚好!"

钟离越指指胡玉:"还有你!"

胡玉摇摇头:"你也小心过头了吧,都是自己人!"说罢,他也夹了一口鱼肉咀嚼了起来。突然,胡玉将眼睛瞪得溜溜圆,突然站了起来。

钟离越大惊,叫道:"胡兄?!"

胡玉重新坐下来,将鱼肉吞下,大笑:"我吓唬你的,没事!只是这美味,的确是世间罕有!"

"哦!"钟离越擦擦冷汗,然后再看看小妾袁氏,"你也得吃一口。"

"诺!"袁氏浅笑着,优雅地夹了一口鱼肉,用长袖遮着嘴,慢慢咀嚼。咽下鱼肉后,脸上红晕焕发,看来也是对王兴的厨艺极为满意。

"那好,看来华佗先生的解毒药的确有效。王兴,你的厨艺不错。现在你就将这鱼端下去吧。"钟离越这才放了心。

"别啊,我还没吃够啊!胡兄,你吃够了吗?"孙坚将王兴拦下。

"一颗药丸就只够祛掉一块鱼肉的毒吧,多吃你不怕死吗?"钟离越反而担心起孙坚的安全了。

"怕什么?华佗先生说过,一颗药丸可以解两条河豚的毒。"说罢，孙坚也不顾礼仪，兀自夹起一块鱼肉吃了起来。吃到一半，他看着钟离越，问道："钟离兄，你不吃一口？也太不给我面子了吧！对了，你现在不吃，在韦中尉面前难道也不吃吗？你这样扭捏作态，难道不怕他生疑吗？"

怕死的钟离越犹豫了一下，然后又盯住了装了药丸的葫芦。

孙坚看出了钟离越眼神之所向，对王兴使了个眼色。王兴借机说道："小人厨艺虽劣，但还是请大人赏脸。大人若担心，可以再吃一颗药丸，然后再尝鱼肉，定然无恙！"

钟离越想了想，点点头。

孙坚拿起葫芦，刚要倒药丸，王兴就过来帮忙，嘟囔着："这种事情怎么好让主人费心。"他接过葫芦，晃了三晃，倒出一个略大的药丸。钟离越吞下后，缓缓举起箸筷，找了一块较小的鱼肉，慢慢送到嘴里，再细细咀嚼起来。孙坚、王兴、胡玉与袁氏，则在一旁笑眯眯地看着他。

钟离越闭上了眼睛。甘美的味道在他味蕾上蔓延开来，就像是在他的嘴里盛开了万朵鲜花。他好似看到了千千万万条鲫鱼在他眼前欢快地游动，漾出圈圈涟漪，激起阵阵水花。

突然，他看到一条狰狞的河豚，挺着巨硕的鱼腹，向他游来。所有的鲫鱼瞬间隐没，只剩下河豚那张大嘴，好似要将自己的肥躯整个儿吞下。

"怎么回事！"钟离越睁开眼睛，却发现眼前所有人的五官都模糊了，所有人的身影都在摇晃。他隐隐听到袁氏与胡玉在喊："大人，你怎么了？"

"中计了!"这是闪过钟离越脑海的最后一丝意识。他用尽最后力气,指向孙坚。不料孙坚用膝盖顶了一下他的肥臀,钟离越的身体就地旋转,原本指着孙坚的手指便指向了胡玉。就这样,钟离越眼睛瞪着胡玉,手指也指着他,身体一动不动,七窍却流出血来。钟离越就这样死了,时年三十九岁。

密室陷入死寂。须臾,这死寂被袁氏的尖叫打破:"杀人啦!"

密室外守候的钟离府家丁立即抄起兵刃冲了进来。目睹屋内惨状,所有人都目瞪口呆。胡玉突然意识到钟离越死前手指正指向自己,立即站起来辩解:"不是我,不是我,杀人的是孙坚!不,是孙坚和王兴一起害死了你们的主人!"他转向袁氏,哀求道:"袁夫人,你说句公道话啊!刚才发生的事情,你也都看到了!"

不料,孙坚立即抢白道:"解药大家都吃了,为何偏偏钟离大人出了事情?"

胡玉指着孙坚喝道:"这得问你啊!解药是你带来的,这厨子也是你带来的,你问我做甚?!"

"狗奴才!"孙坚转而抓起王兴的衣领,问道,"说,是不是你做了手脚,要谋害大人?"

王兴一听,当即跪下痛哭:"主人饶命啊!的确是前几日胡玉遣人给小人重金,要小人设计谋害钟离大人,然后嫁祸给你,事后保举我做黄巾军的一个小头目,享受荣华富贵!……"

"一派胡言！"胡玉气得冲上去一把掐住王兴的脖子。他边掐边骂："我为何要无故谋害钟离大人？另外，为何你做的鱼肉，大家吃了都没事，偏偏钟离大人吃了就死了？你这狗奴才，快招啊！"

王兴被胡玉掐得喘不过气，叫道："你松松手，我这才好说。"

胡玉一松手，王兴就气喘吁吁地解释道："钟离大人吃的那药丸本身就有毒！"

"胡扯！"袁氏在一边听了，惊翠眉倒竖，"药丸若有毒，为何我既吃了药丸，又吃了那鱼肉，却没事？"

王兴叹了口气说："这药丸本身吃一颗没事，但在一个时辰内若吃两颗，就会急火攻心，由解药变成毒药。刚才怂恿大人吃两颗药的，正是小人，小人是受胡玉利诱，才去谋害大人的……"

袁氏回想了一下，刚才怂恿钟离越吃两颗药丸的，的确是王兴。她警惕地盯着胡玉。

胡玉指着孙坚喊道："袁夫人，你看着我干吗？这药是孙坚带来的！难道他的嫌疑不是最大的吗？"

孙坚故作紧张态，抓住王兴的衣襟问道："这药是华佗先生亲自为我配的，倘若吃两颗真会要人性命，为何华佗先生当时不告知于我？这到底是怎么回事？"

王兴哭道："这葫芦在来的路上已被小人调包了！华佗先生配的'祛毒散'的确可以多粒连续服用，但是刚才诸位吃的可是胡玉偷偷给我的'定毒丸'，只能吃一粒。我是在昨日深夜偷偷潜入主人房内调包的,当时主人还在熟睡……"

"胡扯!"胡玉再次扼住王兴的喉咙。

袁氏一拍桌子,吼道:"你想干吗?杀人灭口吗?!"

胡玉放开王兴,转而对孙坚冷笑:"孙坚,孙文台!这都是你的诡计,离间我与钟离越,你好渔翁得利,是不是?"

孙坚继续装作懵懂状,大惊道:"我们都是吴人,难道吴人有害吴人之理?"他随即转向袁氏,慢慢说道,"容我想想,容我再想想。今天给我们倒酒的,就是钟离夫人您啊。钟离大人之死,未必与药丸有关,因为毒酒也可以杀人。刚才屋内灯光昏暗,谁知道钟离夫人在暗处对酒樽做了什么手脚呢?"

袁氏暴怒道:"孙坚,你血口喷人!我为何要毒杀亲夫?!"

孙坚也回击道:"钟离夫人自己所做的事情,恐怕自己最清楚!诸位可知为何钟离大人与中尉韦尚关系不好吗?就是因为整个下邳都疯传你与韦尚私通!那韦尚挺拔英俊,不像钟离大人那般肥硕臃肿,你见异思迁、不守妇道恐怕也不是一日两日了吧?今天就怕是你毒杀了亲夫,又栽赃给我的好兄弟胡玉,再将剿贼的功劳让给那韦尚,最后成全你们这对野鸳鸯,你说是不是?"

袁氏被孙坚这无端的侮辱惊呆了,随即放声痛哭,边哭边骂:"孙坚,平时你来我家,我都好酒好菜招待,你也是嫂子长、嫂子短,今日才知道你是这么个狼心狗肺的东西!气煞我也!"

女人的哭闹将胡玉的思路彻底搞乱了。他盯着王兴，看看孙坚，又瞅瞅袁氏，最后还是将王兴拉了过来，将他的脑袋拧到孙坚的方向，指指孙坚，然后又将他的脑袋拧到袁氏的方向，指指袁氏，最后问道："是他指使你做的，还是她？只要你说实话，我不杀你！"

王兴此刻已经哭得涕泗横流，仓皇说道："其实……都不是……指使小人做这些事情的，另有其人……"

"何人？！"胡玉抓住他的肩膀疯狂地摇晃着。

"我不敢说啊！"王兴又哭了起来，同时用恐惧的眼神看着袁氏。

"狗奴才，你看着我干吗！"袁氏指着王兴的鼻尖骂道。

胡玉放缓了语气，轻轻地对王兴说："王兴兄弟，你就在我耳边说，轻轻说，就让我一个人听到，好不好？"

王兴擦擦鼻涕，点点头，然后附在胡玉耳畔，轻轻地，却又一字一顿地说道："让——我——下——毒——的，不——是——别——人，就——是——小——爷——王——兴——我——自——己！"

胡玉一听这话，觉得口风不对，刚想将王兴推开，但觉得耳根处一冷。他伸手一摸，原来一根骨针已经插入他耳后的皮肤。

"啊！"胡玉自知不妙，立即将针拔出。他本能地从怀里掏出手戟，朝王兴掷去，骂道："狗奴才，你敢害我！"

手戟击中了王兴的胸膛，他捂住伤口惨叫着倒地。这时候，密室门口传来一片嘈杂声。原来，在外厅等候的海贼帮老四与老九听到了动静，便提刀往密室闯，祖茂与韩当亦紧随其后。钟离家家丁有心抵挡，但被老四撂倒一人后，就没人敢动了。老四一进门，看到胡玉已进入弥留状态，大哭道："哥哥，是谁害你啊？弟兄们给你报仇啊！"

被预先浸透了鸩酒[1]的骨针毒得三魂出窍的胡玉，死盯着孙坚，嘴里念念有词，但谁也听不清。孙坚跑过去，眼里含着泪水，捧起胡玉的头，说道："好兄弟，我知道你还是相信我孙某人的，是谁害的你，你说啊！对兄弟我说啊！"

胡玉脸上露出了奇异的微笑，说出了三个轻到只有孙坚才能听清的字："你——赢——了。"然后，他将头一歪，死了。时年四十九岁。

"什么？胡大哥！你再说一遍！是——袁——对吗？"孙坚摇晃着胡玉的肩膀，大喊道。

"孙坚，你血口喷人，胡玉何时说过'袁'字！"一边的袁氏大叫道。

此时，还未死透的王兴用尽力气对老四与老九喊道："胡玉生前无故杀死我的挚爱小翠，袁氏获知我报仇心切，便利用我杀钟离越，又杀胡玉，以便事后能与中尉韦尚成其风流好事！我王兴……"

王兴还没来得及说完人生最后一句话，暴怒中的袁氏便一把冲上去，拔出插在王兴胸膛的手戟，再将其深深插入他的脑门。血从王兴的额头流了下来。他白眼一翻，死了。

---

[1] 鸩酒无解药。

时年二十一岁。

"袁氏杀人灭口啦!"祖茂、韩当在人群中大声鼓动。只见老九与老四,头皮一热,也各自掏出手戟,骂骂咧咧地朝袁氏扔去。两把手戟,一把击中了袁氏的腹部,一把击中了她的喉咙。那袁氏一只手卡着喉咙,嘴里喷血,却说不出话来,靠着墙慢慢瘫了下去,另一只手则在落下时,恰好拨弄了几下倒在地上的箜篌的琴弦,算是在自己二十七岁生命的终点,对着这荒谬的世界发出最后的抗议。

看到女主人被杀,钟离家的家丁这才反应过来,叫嚷着要将胡玉手下缉拿法办。但他们哪里是老四与老九的对手,没有一个能够活过三个回合。至于祖茂与韩当,二人虽没有直接参与对于钟离家家丁的杀戮,但是也都各持环首刀,每每将落败的钟离府家丁重新逼回老四与老九刀剑所及的范围,让其一个个成为刀下之鬼。孙坚则专心致志地在钟离越与袁氏的身体上翻寻着什么,并趁人不注意,将两包药粉分别藏在了袁氏与王兴的身上。

不久后,屋内横七竖八地就堆积了十三具尸体。除了钟离越、袁氏、王兴与胡玉之外,另外九具都来自钟离家最能打的家丁。密室外,那些不能打的钟离家奴婢早已乱成一团。老四与老九也顾不了那么多,围在胡玉身边痛哭。祖茂拍拍老九的肩膀,给他看刚从袁氏与王兴身上搜出的药粉,老九一闻就知道是毒药。他发疯似的冲过去,砍下了袁氏与王兴的头颅,放在脚下猛踩。孙坚跑过去抱起袁氏的头颅,说不能踩烂,还留有后用,老九便只好去猛踩王兴的首级。

老九每踩一下王兴的头颅，孙坚心里都感到生疼。但是他嘴里却哭喊着"胡玉大哥死得好惨啊"，成功地掩饰了自己对于毅然赴死的仆人的愧疚。

此时，一个肥墩墩的孩童出现在了密室门口，瞪大了眼睛看着屋内的惨景。这便是钟离越的儿子钟离超。他看到父母都已被杀，吓得大哭起来。

老四与老九此时稍微冷静了一些。他们根据刚才听到的只言片语，断定今天惨案的始作俑者是袁氏，而钟离越恰恰是受害者。按此推断，还没成年的钟离超也应当与此事无关。但既然已经杀了钟离超的父母，将其放生，岂不是为自己留下后患？

老四与老九将目光投向孙坚。孙坚看着钟离超胖胖的小脸蛋，亦是犹豫了片刻。此刻祖茂对其耳语："文台，你可记得当年你我在盐渎漏杀的北宫伯玉吗？"孙坚听罢，心头一惊，随即对着老四与老九说道："这小子就连玩蹴鞠都不忘作弊，长大后亦非善类！"

老九点点头："那就别让他长大！"随即抛出一把手戟。钟离超惨叫殒命，时年十岁。

"那……杀完以后……这事该如何交代？"看着满屋尸体，老四突然感到事情的严重性了。

孙坚定定神，说道："很简单，县廷方面的说辞就是，黄巾乱党袭击了钟离府，钟离府主奴全部罹难，而我孙坚带胡玉等豪杰去剿贼，胡玉亦受伤不治。尔等都是剿贼有功之臣，我可向朝廷据实奏报……"

"可是……"老四反驳道,"我们自己就是黄巾党啊……"

"现在不是了!"孙坚冲过去,抓住他的手臂,大喊道,"与朝廷作对,只有死路一条!你们知道吗?黄巾党的马元义已经在洛阳被车裂了!几日之内,剿贼文书就会送到下邳。这时候跟着叛贼钟离家走,大家就都只有死路一条!"

"那……我们海贼帮的弟兄现在该怎么办?"老九插话问道。

孙坚指着门外的纷乱场面说道:"先去杀光钟离全家,不要让一个知情者活着出家门;然后,集结海贼帮其余弟兄,和我一起去找韦中尉,与其一起保卫王廷。目下那个妖僧言无名还在王爷身边,王爷还非常危险!"

"钟离全家上下都要杀吗?"老四再问。

孙坚与祖茂又对了一次眼神,咬了咬牙,说道:"若尔等现在对钟离家手软,日后又有何面目在九泉之下再见惨死的胡玉大哥?!"

老四与老九听了孙坚的话,热血往脑门一涌,提刀就往门外冲去,开始屠杀钟离越的妻妾与奴婢。这些倒霉的人惨叫着往院门外逃,却发现门已从外面锁上。硬是要爬墙逃生的,则被院墙外的弓弩齐齐射倒。原来,朱治、诸葛珪、黄盖、程普,早已经领着朱家与孙家的家丁,将钟离越的府邸团团包围。

孙坚则与祖茂、韩当一起处置屋内的现场。孙坚到处翻寻密室的机关,终于在地板下发现了一个木盒,里面装有他贪墨王廷建墓经费的证据。他将木盒交给祖茂负责销毁。

韩当则在钟离家家丁的头上绑上事先备好的黄巾，将其伪装成黄巾党人。三人还未彻底将现场伪装完毕，满身是血的老四与老九便提刀冲了进来，喊道："文台，该杀的都杀光了，现在该怎么办？！"

孙坚也不搭话，将袁氏的首级挂在腰间，领着大家就往院门走。老四与老九则做了一个担架，抬着胡玉的尸体，走在众人的末尾。孙坚对院外大喊："大事已成！"随后，院门被"吱呀呀"地打开了。但见诸葛珪正摇着扇子，带领众人在门口等着自己呢。

"文台辛苦了！"诸葛珪笑道。

"九死一生罢了！"孙坚面色严峻。

诸葛珪凑近孙坚，小声问道："那葫芦塞子没出事吧？"

孙坚点点头，表示没事。

诸葛珪也满意地点点头。原来，孙坚用来装药丸的葫芦塞子，实由诸葛珪连夜赶制，内藏极为精密的机关。只要将葫芦摇晃三下，藏在塞子里的毒药丸就会从葫芦口滚出；若不摇晃，葫芦口倒出的则是正常的解毒丸。钟离越既非死于河豚汁，亦非死于他吃的第一粒药丸，而是死于专门为其准备的藏于葫芦塞中的药丸。

此时，诸葛珪的眼神转移到了挂在孙坚腰间的袁氏首级。袁氏虽已殒命，但鼻眼间的风情依然让人怜爱。诸葛珪发现她的眉毛已修成惊翠眉的模样，眉间还有螺黛点缀。他想起第一次偶遇袁氏之时，长子诸葛瑾就曾当街嘲笑过她的愁眉，不想袁氏回家真的立即就将眉型修过了。更让人唏嘘的是，她修了眉型没几日，便丢了性命，真是世事无常。

孙坚看出诸葛珪眼神中的一些自责，也想到了自己当年在句章将伪后柳氏斩首后的种种不忍。他同情地拍拍诸葛珪的肩膀，说道："钟离家谋反，将来肯定也是满门抄斩，现在这个死法，县廷反倒有机会将其掩饰为被黄巾乱党所杀。这样一来，他们的事迹定会被后代传为忠烈之举。钟离越也算与我同僚一场，我这样做，或许也算对得起他了吧！"

"当然！当然！区区一女子，哪里有天下苍生重要！"诸葛珪嘴上这么说，却在挥手之间不慎碰响了悬在腰间的金币串。

诸葛珪低头一看，原来是袁氏生前被他讹取的那串金币。他转过身去，装作打了一个喷嚏，用以掩饰眼角流出的泪水。

第十九回　中尉韦尚

下邳城不大，钟离府传来的嘈杂声，立马惊动了小半个县城，不少百姓都偷偷开门往外窥探，有些胆大的人甚至不顾宵禁，跑到了街面上。但不久后，街巷间就传来了军队行进的步伐声，以及兵卒们对于探头探脑的百姓的严厉呵斥。原来，钟离府离下邳王廷不远，守卫王廷的羽林军听得此处有异动，便立即列队荷戟来此处勘探。

孙坚看着不远处出现的羽林军点着的火把，立即向左右施以眼色，要大家见机行事。对官场规矩一知半解的老四问孙坚："文台，看那远处的火把，也就来了一百多人，为何大家如此紧张？"

孙坚轻声回道："羽林军一般只负责保卫京都天子。而下邳的羽林军，来自朝廷特批从汉阳、陇西、安定、北地、上郡、西河六郡良家中调拨的可靠子弟，专门保护下邳王的安全，平时很少出王宫。今天能够来一百人，已经是很大的阵仗了!"搪塞完老四,孙坚又走到诸葛珪身边,轻声道:"下邳羽林军基本都是样子货,身体都被女人掏空了,唯器利甲厚而已。如若今夜吾辈可获取其甲兵,将战力大增,下邳亦将落入你我掌心!只不知那中尉韦尚是否会轻易就范?"

诸葛珪没有直接回答,只是用鹅毛扇点了点还悬在孙坚腰间的袁氏首级,咳嗽了一下。孙坚立即叫祖茂将这首级包好,藏于暗处。

须臾之间,羽林军已来到了孙坚等人跟前。带队的军官不是别人,正是负责下邳王廷防务的中尉韦尚。区区一百人的队伍,竟然由堂堂中尉带队,让在场不少人感到错愕,唯独孙坚与诸葛珪相视而笑。

但见那韦尚,四十多岁的年纪,方面大眼,美髯飘飘,英俊威武。头戴七十二块铁片包缀的重胄,胄顶插着来回飘动的五彩鸟羽。身上,斑斓虎皮裹着玄铁重甲,露出的每一甲片上,又都用上好的金银丝带编缀出了一只只猛虎的剪影。左右腰间各自插着一把黄金刀柄的环首刀,背后又插着银虎爬杆的双短戟,可谓八面威风。孙坚用嫉妒的眼神扫视了一下他身上的甲胄,然后下拜问候:"下邳傅钟离越府上刚出大事,下邳丞孙坚虽来迟,但已击杀大部匪贼,请中尉大人入内勘验现场!"

韦尚脸色铁青,咬着嘴唇问道:"钟离府上真死人了吗?死了多少?"

孙坚压低声音,慢慢地,却依然异常清晰地说道:"经县廷勘验，钟离越大人以下，府上全家罹难，其妻一人，妾四人，子三人，女一人，奴婢家丁一十九人，无人生还。初步判断是黄巾贼干的！现场留下的黄巾贼尸体则有十三具，均因拒捕而被击杀。"

听罢，韦尚呆立在那里，眼睛发红，似乎强忍住了泪水。片刻之后，他回过神来，满脸通红，青筋暴起，如恶魔附体。他抽出百炼宝刀，冲入庭院内勘察，一边翻看横卧四处的尸体，一边大喊："钟离大人遗骸何在？"

"第一现场在里面密室！"孙坚在前面一边引路，一边回头仔细观察韦尚的举止。很明显，他在翻看尸体的时候，特别注意女尸的面貌，而对男尸不屑一顾。这分明就不是真正关心钟离越死活的样子。

来到密室，韦尚见到钟离越与袁氏横死的现场，竟然扔刀跪在地上，号啕大哭："钟离大人，你死得好惨啊！"

跟在韦尚身后的几个羽林看到上峰如此失态，也顿时惊呆了。为同僚惨死痛哭，本是仁义之体现，但下邳官场素知钟离越生前与韦尚不和，韦尚今天的戏似乎做得有点儿过了。孙坚则敏锐地注意到，韦尚哭的时候，眼神真正的指向乃是已经没了头的袁氏的尸体。孙坚深感欣慰。他知道，自己的宝押对了，此前听闻的风言风语确有根据，袁氏生前定与韦尚有染。

见韦尚哭得太过伤心，孙坚也装模作样跪下磕头，大喊："属下武艺稀松，才让钟离府上遭此大难，真是罪过啊！"

韦尚突然停止哭泣，抓住孙坚的衣领，问道："你怎么会这么快就到了现场？既然门外这么多人都是你的人，你为何没有及时阻止贼人犯案？难道你事先就知道今晚有人要作案吗？到底谁是贼人？他们怎么可能在这么短时间内杀这么多人？"

孙坚一听，反倒站立起来，正色道："韦中尉，虽然你官阶远高于孙某，但说话也得有凭有据。既然韦中尉能够这么快来到现场，我孙坚身负下邳治安之责，为何就不能迅疾赶到现场？大人看清楚了，孙某身上毫无甲胄，带了刀剑就能上街执法，而中尉大人浑身铠甲，穿戴齐备大约要花费一刻辰光，大人为何今日穿甲如此之快？难道是大人预知今晚有人要作案吗？"

"你！……"韦尚气得一时气喘，"你这区区四百石小吏，竟然敢在上峰面前信口雌黄！今日辰时本将军接到密报，说有人会在下邳王廷附近闹事，我从那时起就穿甲待命，哪里是刚才听到动静之后再穿甲的？！"

孙坚回道："既如此，大人更应当守住王廷机要，不能妄动。那钟离越全家的生死，难道有下邳王一根汗毛的安危来得重要吗？目下还请韦大人速速回宫护卫王驾，而为钟离全家讨回公道之事，则是下邳县廷的责任。若中尉大人硬是要仗着官大越权，我孙某人也可以到徐州刺史部去陈说事情原委，且看刺史部如何评说？"

韦尚一时找不到合理的言辞反驳孙坚，只好发飙，对着身边的羽林怒吼："快将这胡搅蛮缠的孙坚拿下！我看此人就非常可疑！"不料身边几个兵士都犹豫不决，缓缓说道："将军，羽林军的责任的确是护卫王驾，现在我们已离开王宫，若此时王驾有失，我们都是要掉脑袋的啊！"

韦尚的头盔都气歪了，晃着一头的鸟羽对部下咒骂道："莫非是尔等平素里拿了孙坚什么好处，关键时候都为他说话了！"

几个心虚的兵士低下了头。孙坚见状，立即反驳韦尚："莫非是中尉大人平时与钟离家的什么人有什么瓜葛，所以一看到他们家里出事，就立即放弃护王的职责来一探究竟？"

"孙坚，我要杀了你！"被彻底激怒的韦尚抄起宝刀就朝孙坚面门砍去。孙坚将刀躲过，跳至远处，说道："中尉大人，请注意自己的身份，不要逼下官自卫！"

"住手！都是朝廷命官，竟然刀剑相向，成何体统！"密室门外突然有人大喊。

韦尚立即住手了。他听出这是他的上级下邳相王岱的声音。

门口的羽林军将路闪开，将王岱引入屋内。王岱身后，则跟着督邮张昭和当地土豪陈珪。

韦尚见王岱来了，立即收起刀剑，敛起怒容，作揖道："恕属下甲胄在身，无法行全礼！"孙坚官阶更低，又没穿甲胄，自然是忙不迭地向王岱下拜问安。原来，下邳国虽是朝廷留给下邳王的封地，但最高行政长官依然是下邳相，而非王爷。因此，负责王国武备的中尉自然也要听命于相，而只有四百石级别的孙坚更是如此。想这王岱，字秀山，祖籍颍川，乃是东汉开国"云台二十八将"之一淮陵侯王霸的后人，只因先祖得到光武帝"疾风知劲草"的评价，才顺顺当当地在官场左右逢源，做到一国之相。但此人能力貌似平庸，从未被孙坚真正放在眼里。

王岱捋着胡子，和身边的张昭低声嘀咕了一下，再气呼呼地问韦尚："韦中尉，你若实在关心钟离府的安危，带十来人来勘探就是了，何必带来百名甲士，无故造成王廷防务空缺？！"然后他又对孙坚说道："孙县丞，你也得说清楚今日到底发生了什么事，你为何能这么快来到现场？韦中尉的防区毕竟离钟离府不远，而县廷也好，你的家宅也罢，均离钟离府甚远。你即使无穿甲之累，又如何能赶在韦中尉之前来到现场呢？"

韦尚用蔑视的眼神看着孙坚。很显然，王岱对孙坚提出的问题，要比他对自己提出的问题，更难回答。

不料孙坚毫不紧张，娓娓道来："下官之所以这么快到了现场，乃因为下官本来就在现场。"

一语既出，四下皆惊。韦尚则手握黄金刀柄，对孙坚咬碎钢牙。

第二十回　智取兵符

面对王岱等高官，孙坚定了定神，解释道："诸位大人恐怕皆知，钟离大人生前与在下关系的确甚密，我到他府上喝酒谈事，也不是第一回了。不料今夜钟离大人却借着酒劲开始骂人，我怎么劝都劝不住……"

"难道借着酒劲骂人，就能出这么多人命？他到底骂了谁！"下邳相王岱睁大了眼睛。

孙坚瞥了一眼中尉韦尚："骂的正是中尉大人。其实也是我不好，因为由头毕竟是我起的。我就随口说了一句，说什么中尉大人护卫下邳王辛苦，乃是我等学习的楷模，结果就被钟离大人劈头盖脸骂了一通。他说那中尉……"说到这里，孙坚又看了一眼韦尚，压低了声音，继续说道，"那中尉与其小妾袁氏有染，真是禽兽不如，他迟早要到徐州刺史部去告他一个'禽兽行'的罪名……"

"你一派胡言！"韦尚听了大怒，差点就想抄起背后的手戟朝孙坚扔去。

王岱见状,怒喝道:"放肆!就算冤枉你,也要让孙县丞将话说完!"

"诺!"孙坚继续说道,"此刻,在一边的袁氏听了这话,也开始哭哭啼啼,埋怨钟离大人冤枉自己,钟离大人则失态怒喝。那场面是相当之混乱。我当时坐在一边,亦是非常之尴尬。不料这时候钟离大人突然拔剑要砍袁氏,被我拦腰抱住。袁氏也吓得不轻,立即下跪求饶。钟离大人这才慢慢消了气,又继续喝酒。而后,袁氏亲自端上一道鲫鱼菜,结果钟离大人吃了一口,立即就咽气了……"

"哈哈……"韦尚大笑起来,"按孙县丞的说法,是袁氏担心丈夫日后杀了自己,所以就先下手为强,毒杀亲夫?"

孙坚点头道:"貌似如此。"

韦尚激动地反驳道:"那她何必当着你孙坚这个外人的面杀人呢?难道她不怕你这个证人日后去告发她吗?"

孙坚此时也激动起来:"这正是此妇狠毒之处!不瞒诸位,她端上来的鲫鱼,并非钟离家奴所做,而是我带来的奴婢王兴做的。王兴做鱼有一手绝活,我带他来钟离府帮厨也不是第一回了。大家想想:今夜那钟离越既然是吃了王兴做的鱼而死,那么世人究竟是会怀疑端鱼的袁氏,还是会怀疑做鱼的王兴,抑或是怀疑王兴的主人,即在下孙坚呢?总之,定是那袁氏给我下套,要将谋杀亲夫的责任推卸给我!"

韦尚追问:"所以你孙坚就杀了袁氏以灭口?"

孙坚摇了摇头:"袁氏是被胡玉杀死的,不是我!"

众人又惊。王岱想了想，问："这胡玉就是我刚才在院门口看见的那具尸体吗？"

孙坚点点头，解释道："胡玉在交州交友甚广，可以从海外购得徐州罕见的大秦琉璃器，以充实下邳王陵的陪葬品，因此，此人早就为钟离大人所用了。今夜此人来钟离府，也是为了获得钟离大人的许诺，要将采办木材的生意也下放给他。钟离大人本已答应，但那袁氏却在一边插嘴，说胡玉的要价太高，要将生意转给别的商贾。为此，胡玉一直在旁闷闷不乐。当然，袁氏说这话时，钟离大人还没有开始喝酒，也没有开始提韦中尉的事情……"

"难道胡玉就为了这点事情当众杀了袁氏？"王岱身边的督邮张昭第一次开口。

孙坚回道："那倒不仅仅是如此。关键是袁氏当众说胡玉是黄巾贼，从交州带来的货品质虽然好，来路却不明！诸位大人或许知道，胡玉是我在会稽剿许贼时亲自招安的海贼，平时与下官走动较多，我对他的人品大致也算了解。他虽然暴躁无礼，但脱了反心乃是千真万确之事。只是其人确有不甚光彩的过去，自然就非常敏感于别人说他是贼。今夜袁氏竟然张口说他是黄巾贼，那胡玉哪里忍得住？"

张昭此时再问："孙县丞，照你刚才的说法，袁氏是在钟离越喝酒骂人之前说胡玉是黄巾贼的，而胡玉杀袁氏，则在袁氏说你是杀害钟离越的凶手之后。其间相隔多少时间？"

孙坚想了想，回道："约半个时辰。"

张昭再问："按照常理，一个暴躁之人被侮辱后，会立即发作报复，而这胡玉竟然忍了半个时辰，在冷眼旁观了钟离家的内斗后再去杀死侮辱者，这是不是有点儿蹊跷呢？或是你孙坚刚才的证词不实？"

孙坚回道："张大人问得好！容我将话说完。钟离大人遭毒杀后，袁氏要嫁祸于我，我立即去庖厨找王兴质问，因为毕竟鱼是他做的。不料袁氏手快，不等王兴开口，就将其杀死，明显是为了灭口。老实说，王兴做的鱼，胡玉也非常喜欢吃，过去亦曾多次以重金央我将该奴卖给他，我一直没答应。过一段时间后胡玉也进了庖厨探虚实，才知他早就看上的王兴已死于袁氏之手。他终于没有忍住，出手杀死了她！"

"那胡玉本人又是怎么死的？"张昭再问。

"被黄巾贼杀的！"孙坚回道。

众人又沉默了一会儿。张昭皱着眉问道："你刚才说的黄巾贼究竟是怎么回事？哪里又冒出了黄巾贼？"

孙坚回道："正当袁氏倒地之刻，有大批黄巾贼从院外攻入，见人就杀。胡玉带他商帮的弟兄出去御敌，我也带祖茂、韩当等人出去与贼人缠斗。不料此时，钟离府上一部分家丁突然头上也戴起了黄巾，反向朝我们杀来，形势非常危急，胡玉也是在此时不幸被害的。幸好我的亲随祖茂、韩当，以及胡玉的亲随老四与老九均武艺高超，这才杀退匪贼。但钟离全家却在混战中蒙难，我们五人虽有心救助，无奈实在是抽不出人手，只怪属下无能！至于门外的朱治等人，亦是在事发后才赶到现场的。"

王岱瞪大了眼睛："照你这么说，今夜的黄巾贼有两拨：

一拨是钟离家里面的人,一拨是钟离家外面的人。他们怎么这么巧,正好在钟离家内乱的时候来杀人?黄巾贼又为何要来杀钟离全家?"

孙坚回道:"正如大人所言,此事太过蹊跷,下官也是刚刚才想明白其中缘由:钟离家内部的黄巾贼,定与外部的黄巾贼有所勾连,前者以钟离家奴身份潜伏日久,坐等机会,很多事情可能就是这些潜伏的内鬼捣的鬼。就拿中尉韦大人与袁氏的绯闻来说,虽然此事在下邳百姓口耳之间传播日久,但钟离大人今夜突然仅仅因为在下提到了中尉的名字就发怒,也保不齐是因为事先有哪个该死的家奴在钟离大人耳边说了些不该说的话。至于那鱼毒,虽然七成可能是袁氏做的手脚,但也保不齐是潜伏在钟离府中的黄巾贼顺势而为之,以便引发钟离家内斗,他们则好鹬蚌相争,渔翁得利。待我们彼此消耗力量之时,再与埋伏在钟离府门外的黄巾乱党里应外合,试图将我们一网打尽!"

张昭点点头,为孙坚编造的伪证之严密暗自喝彩,但在场面上,还是要做出一副公事公办的样子。他问道:"孙县丞,我还有三事不明。第一,钟离越在下邳官位并非最高,为何黄巾贼要大费周章去害他?第二,照你刚才说法,黄巾贼既在钟离家有内鬼,自然知道你孙县丞与胡玉今夜也在场,难道他们不担心你们会妨害其行动吗?第三,刚才我注意到,袁氏的首级不见了。就算胡玉武功了得,可以一刀切下其首级,那首级也应在其尸体附近。请问,她的首级呢?"

孙坚回道:"张大人,容我先回答第二个问题。也不是下官吹嘘,下邳的防务,我作为下邳县丞,身负重责,黄巾贼若能将我拿下,对控制下邳,将大有帮助。而我府上人人习武,若我留在家中,匪贼反而未必能够得逞。反之,若贼人获得情资,知道我来了钟离家,他们或许会认为这是除掉我的大好机会。至于钟离全家,若能趁机除掉,自然也是美事一桩。"

"那为何他们不去攻击更重要的目标呢?"张昭再问。

孙坚回道:"他们很可能还有另一拨人,去攻击更重要的目标。若我推测没错,钟离大人毕竟在下邳官位排第三,若知其家中大难,下邳相大人定会前来查看,这样,贼人就顺势转移了全下邳官员的注意力,以便实现更大的阴谋!"

听到这里,下邳相王岱脑门上渗出了冷汗。显然,如果贼人今夜的确试图以钟离越之死为诱饵,引下邳相出洞的话,那么,他们的真正目标便很可能会是下邳王。想到这里,他的目光转到了中尉韦尚身上,骂道:"该死,你怎么还在这里!破案有我们,你作为一国之中尉,职责难道不是保卫下邳王吗?难道你真与那袁氏有染,不舍得离开她吗?"

"下官绝对没有与那袁氏有染啊!"韦尚冤屈地大喊。

"中尉大人,你看,这是谁?"孙坚冷不丁对韦尚大喊一声。

韦尚回头一看,先是一惊,随即呆若木鸡,他眼眶里的泪水,克制不住地流了出来。

原来,不知何时,孙坚已取出了事先藏好的袁氏首级,将其高高举起。但见失了血的袁氏面庞依然美艳,紧锁的惊翠眉下双眸睁开,无神地透露出对世界的绝望。紫色的嘴唇紧紧相咬,似乎想要守住某些秘密,但也似是因为无法发声而感到憋屈。

此刻,就连王岱都看出了其中的蹊跷。显然,如果韦尚与袁氏不熟,他见其首级只会感到惊讶,而不会伤心流泪。可见,韦尚非但认识她,而且还对她用情颇深。想到这里,王岱转头,怒对韦尚。

张昭的嘴角则露出了微微的笑意。他问孙坚:"看来,那袁氏的首级,就是你事先切下,以便试探韦中尉的?"

孙坚点头道:"随意切割死者尸体,本是大不敬,但今夜事态紧急,下官只好从权,请大人原谅。正如张督邮刚才所言,对于袁氏与中尉大人的关系,下官本来也只是将信将疑,不得已出此下策,以测坊间谣言之真假。下官还有一个猜测:黄巾贼可能知道中尉与袁氏的关系,借杀袁氏,引来羽林军,由此导致下邳王宫空虚。可见,今夜贼人的计划若成功,可谓一石五鸟:杀钟离,杀袁氏,杀孙坚,引中尉,谋王爷!"

听到这里,王岱实在控制不住了,来到韦尚面前,给了他一个实实在在的掌掴。王岱骂道:"你这渎职的莽夫,竟然为了一女子擅离职守!若王爷出事,多少同僚陪你掉脑袋,还不马上滚回岗位!"

韦尚红着眼睛,不敢回嘴,只是恋恋不舍地看了袁氏首级一眼,便带着手下的羽林军灰溜溜地要走。但还没走几步,门外突然有另外一个背上插着白羽的羽林飞奔进来报信:"大事不好！王爷失踪了！我得到世子[1]急令,要下邳相立即开始全城搜查！"

众皆诧异,面面相觑。王岱急问报信的羽林:"你休要戏言！王爷怎么就找不到了呢？他都九十岁了,又有眼疾,怎么可能在晚上走失呢？"

那羽林抬起头:"据探,那个叫言无名的比丘也不见了！"

"都怪你！"意识到问题严重性的王岱用脚猛踢韦尚。韦尚则瘫坐在地,一言不发。

张昭眼珠一转,立即向王岱建言:"韦中尉擅离职守,酿成大祸,请下邳相立即下令,夺其兵权,立刻查办！"

王岱点点头:"这是自然,但其兵权转交何人为妥？"

张昭看了看孙坚:"孙县丞虽官阶不高,但熟悉下邳防务,有会稽剿贼的经验。急事从权,下官建议,在下官监督下,由孙县丞暂控羽林军兵符,直至找到王爷,再将兵符上交。"

"就按照你张子布说的办！"已经六神无主的王岱对张昭言听计从。

四下的羽林军得了令,立即剥除韦尚身上那件华丽的铠甲,拿走了他调兵用的兵符,转交给张昭。孙坚顺势收了韦尚的金柄双刀与银杆手戟,美滋滋地跟着张昭走出了院门。门外的羽林军得令后,亦影随其后。在路过诸葛珪的时候,孙坚得意地朝他眨了眨眼。诸葛珪则用鹅毛扇掩住面

---

[1] 指封王之王位继承人。

门,暗示孙文台不要得意忘形。此时,一直没说话的下邳当地土豪陈珪,突然拉住了孙坚的衣角。孙坚回眸一看,发现陈珪偷偷给他竖起了一个大拇指。孙坚更觉心花怒放。

不料,走到坊巷拐角处,张昭却命令队伍稍做休整,他将孙坚拉到僻静处询问:"文台,不是就叫你杀胡玉吗?怎么连钟离全家也都死了?"

孙坚挠挠头:"当时形势很微妙,我必须借力打力,很难做到不伤及无辜……"

张昭再问:"王爷失踪之事,你可事先知晓?"

孙坚严肃地回道:"我孙坚指天发誓,王爷失踪之事,我也是刚刚才知晓!"

张昭点点头,又叹了口气:"现在事情越发复杂了。倘若贼人以王爷的性命为要挟,向朝廷索要巨额赎金,朝廷可是要严惩我们这些下邳官吏的!"

孙坚摆弄着手里的金柄环首刀,漫不经心地回道:"今夜,全下邳精锐兵力皆在你我掌控之中,这才是头等大事!至于那老王爷,只要不让他活着被贼人擒走,用以要挟朝廷,我们就没大错。就算他在下邳薨殒了,不是还有下邳世子继承王位吗?"

说到这里,孙坚微微拉开刀鞘,只见一阵寒光射出,正好映照出他那未被火炬照亮的半张阴暗的脸。

张昭见状,倒吸一口凉气。他这才清楚地意识到,孙坚绝不是一条易被驯服的狗,相反,他是一头随时准备撕咬一切猎物的江东猛虎。

第二十一回　下邳世子

张昭看着孙坚摆弄金柄刀时的得意模样，心中暗骂"小人得志"，嘴上却以朋友的口吻规劝道："文台，你也别大意，找王爷这么要紧的事情，下邳相竟然委派于你，你也不想想这是为何？"

孙坚把玩刀的手放了下来，琢磨着张昭此问之深意。显然，万一王爷没活着回来，对下邳世子可不是麻烦，因为他就能够名正言顺地继任为新的下邳王；对洛阳的天子也不是麻烦，因为朝廷大可借此省却了巨额的赎金——但是，王爷薨亡的责任，毕竟是需要有人去顶缸的。而找一个没有家世背景的孙坚去顶缸，难道不是下邳相王岱最好的选择吗？想到这里，他有点儿埋怨地反问张昭："张督邮，刚才向王大人推荐我来做这差事的，难道不正是你吗？你怎么把我往火坑里推呢？"

张昭苦笑着摇摇头："富贵从来都是险中求的。如果今朝你孙文台真能救回王爷，那就是奇功一件了！对了，据目下情资，王爷似是被那个妖僧言无名劫持的。若我张昭所知不妄，前几日那言无名似乎与你的爱妾胡婵在城外河滩上有过交谈，还有不少人目击令郎孙策曾与他当众比过武。就连你的朋友朱治与诸葛珪，也曾在街面上与那妖僧斗过嘴。至于将此人带到下邳的海贼胡玉，今夜已被你一脚踢给了西王母。可见，对付言无名，你们孙家人有的是手段！只要你能灭了那妖僧，救出王爷难道不是易如反掌吗？"

孙坚听罢，点点头，正准备收刀赶路，却突然听得队伍后方传来一阵喧嚣。原来，此刻朱治、诸葛珪、韩当、祖茂、老四、老九正带领朱家的家丁往前面赶路，却与羽林军发生了冲撞，双方起了口角。孙坚命羽林军闪开道，并脱下铠甲，扔下兵器给自己兄弟，却引发了骄横的羽林军一阵抗议："你不就是一个破县丞吗？凭什么叫爷爷们卸甲？你知道我们这些羽林是什么家世吗？"

孙坚也不回话，只是向祖茂使了一个眼色。祖茂会意，立即拉弓搭箭，向刚才叫得最凶的那个羽林的头顶射去。但听得一阵疾风掠过，那羽林的盔羽瞬时被射飞，被箭镞深深钉入了他身后的坊壁上。众人停止了喧闹。张昭借机拿出从中尉韦尚身上搜出的兵符，对着火炬高高举起，大喊："兵符在此，不从军令者，立斩！"

众羽林无语，只得垂头丧气地卸甲。因为穿全甲太费时，孙坚只是叫手下戴上头盔，换了兵刃，穿上保护心、背的胸甲与背甲，却没有穿上保护肩臂的披膊与保护腰胯的垂缘。趁着手下换甲的间隙,诸葛珪、朱治等人亦奔到队伍的前头向张昭匆匆施礼。孙坚担心老四与老九在此添乱,请示张昭后,便命祖茂带二人立即赶往太平仓与孙贲、孙辅会合,以防粮仓有变。被卸了甲胄并换上劣等兵刃的羽林军亦奉命随行。等全员都换甲完毕后,众人便齐声敲盾怒吼,跑步奔向王廷。

不久后,巍峨的王城轮廓就浮现在诸人面前。此王城乃是下邳城之内城,城墙高五丈,戒备还算严密。此刻守城的羽林军见得城下拿兵符叫门的竟然不是中尉韦尚,颇为惊异。城下的张昭则大喊:"原中尉韦尚擅离职守,酿成大祸,已被下邳相查办!现在下邳王城军务,皆由我张昭与县丞孙坚负责!见兵符者,如见下邳相!违令者斩!"

城头守卒交头接耳一番后,放下吊桥,放入孙坚一行。原来,依汉制,羽林军虽以保护下邳王安全为要务,但依然须见兵符行事。狐假虎威的孙坚当然亦知此理。吊桥一落地,他就抢在队伍的前头,大摇大摆地往里冲。不料没冲几步,一个抱着金毛长嘴猃犬[1]的白袍老者就站在去路上,大喊:"孙坚,你不要太放肆!"

孙坚定睛一看,大惊,立即跪下大喊:"世子殿下在上,孙坚有眼无珠,死罪死罪!"

孙坚身后人听了,亦纷纷下拜。

原来,在此候着的并非别人,正是下邳国世子刘宜。

---

[1] "猃"读"险"。

想这下邳国，建国于东汉永平十五年[1]，至今已过百年。当今国王刘意乃是第三任国王，享国已有五十六年，今年已超过九十岁，可谓当时罕见的高寿。下邳世子刘宜今年也已七十六岁，做了几十年老世子，一直没机会继位，郁郁寡欢之际只好靠相狗耍犬打发时间。想这世子，多少还与孙坚有点儿交情。数年前，孙坚做盱眙县丞时，刘宜正好带随从到县境内狩猎，不慎丢失了一条名贵的五色尨犬[2]。孙坚发动全县人力，在三天内寻得该犬，其办事能力深得刘宜赏识。不久后，孙坚就从同属下邳国的盱眙县调到了王廷所在的下邳县。虽名为平调，但下邳县油水之丰盛，乃是盱眙十倍，孙坚家资亦因此暴增。今日世子怒斥孙坚，貌似是对其轻浮举动不满，其实是在向旁人暗示他与孙坚的熟络。这不，正当世子怒目冷对孙坚的时候，他怀里的狯犬却偷偷挣脱主人的怀抱，一路跑到孙坚的跟前，趴在地上对他吐出长舌。

孙坚努努嘴支开小狗，双手贴地，眼对地面，对世子高声回话："世子殿下，属下轻浮狂躁，死罪死罪！"

刘宜咳嗽了一下，朝孙坚身后同样跪拜在地的张昭看了一眼，并将目光聚焦在张昭故意摆放于地的兵符上。他叹了口气，慢慢说道："那个韦尚，做事一向心不在焉，今夜收了他的兵符，也是理所当然。只是尔等要是得了兵符却无法将事办妥，也是死罪一条！"

---

[1] 72年。
[2] "尨"读"芒"。

众人听了，齐声称"诺"。

世子的嘴角微微上扬，不再说什么，随后突然转过身，抱着狗转到阙楼之后，不见了。众人均错愕不已。正在此时，阙楼后又闪出一人，一甩拂尘，用尖细的声音说道："世子的话大家都听清了吗？若得了兵符还是无法将事办妥，也是死罪一条！"

孙坚抬眼一看，说话的原来是郎中令张芳，其职责是统领王府内部的各种事务。孙坚心中不禁疑窦丛生。今夜王爷失踪，相伴王驾的张芳显然罪责重大，世子非但不将其拿办，甚至还让他代替自己发号施令，这又是为何？

一个恐怖的念头开始在孙坚脑中旋转：世子可能并不真的希望自己将王爷活着带回来。

第二十二回　黄门侍郎

张芳看着孙坚复杂的表情，冷漠地撇撇嘴，然后一甩拂尘，径直向王宫深处走去，头也不回地说道："请孙县丞随我来。"走了几步，他突然回过头，对孙坚身后诸人说道："你们就在外边候着吧！"督邮张昭刚想张口，看到张芳对其眨眨眼，立即转身命令众人不得随孙坚入深宫。

孙坚见状，随即明白了张芳之意，也知晓张昭为何此时不出手相助。救王爷之事，风险太大，让孙坚一人冒险——若成，张昭可事后揽功；若不成，他则可轻易推卸责任给孙坚，说其妄动。孙坚也顾不得计较这些了，向门外众人作别后，一路小跑到张芳身后，小声问道："张大人请指教，王宫戒备森严，王爷是怎么丢的？"

张芳摇摇头，就说了两个字："地道。"

孙坚心头一惊。原来，那钟离越生前曾向孙坚下过指示，要求他贿赂羽林军众兵卒，令其疏于防备，并提点孙坚在王宫附近的街面上带人多多走动，制造噪音，以便掩盖王宫地下的地道作业。孙坚知道下邳王安危关系重大，所以只是表面应承钟离越，暗地里却派祖茂与吴景在王宫附近探察动静，却一直没能发现端倪。现在张芳说王爷是从地道被劫走的，难道贼人早在钟离越与自己联系之前就已挖好了地道？

孙坚心里正琢磨着，人已被张芳引到了王宫深处的一个密室。那密室周围都是密密麻麻的佛龛，每一龛位内都放置着一个大秦琉璃做的浮屠像，在烛光照耀下反射出炫目的光芒。摆放得歪斜的案几上则放着散乱的竹简，似乎是《四十二章经》。张芳指了一下案几："王爷就是在此消失的。"

"当时王爷身边是不是只有言无名在场？"孙坚问道。当他看到这些佛简时，料到当时言无名必定在场。

张芳点点头。孙坚不等他的指示，便将案几掀开，发现下面有一隔板。再将隔板掀开，发现下面还有一间密室。借着火烛往下探查，可见其内部的陈设与上面一模一样，就是尺寸略小一点儿。

"这是怎么回事？"孙坚指着下面的密室问道。

张芳解释道："这是倒浮屠塔，从地面往下倒着挖，做出浮屠塔的样子，一共有七层。当年楚王英在彭城王邸就曾造过一座，我们王爷也是依样做的，完工大约已有五六年了。只是这属于王邸机密，若不是今日需要孙县丞来办案，你这个官位的小吏本是不该看到这些的。"

孙坚听了此言，压住心中不悦，再问："刚才张大人说的地道，是通往这里的第七层吗？"

张芳点点头,又摇摇头,带着点犹豫,慢慢回道:"孙县丞,下面的事情,最好不要让太多人知道,否则对你也不利!"

孙坚立即表态:"孙某只关心王爷安危,其余无关之事,事情办妥后立即从心中抹去!"

见孙坚点头答应,张芳继续说道:"其实倒浮屠塔第六层与第七层都有地道,最终通向城外的秘密避难所。如此安排,在设计之初也是为了应对种种可能的不测,就连下邳相也不知道这些机关。"

孙坚再问:"既然这些地道的通向你们是知道的,那王爷又怎么可能丢呢?"

张芳叹了口气:"且听我解释。今夜刚到戌时[1],王爷按惯常开始听言无名师傅讲经。讲至戌时三刻时,言无名开始将王爷领入倒浮屠的第二层,说什么某些更精致的佛理,必须要深入到地下才能说透。而到了亥时[2],我们在地面上已经听不到言无名讲经的声音了。亥时过一刻的时候,我速将此情况报与世子。世子便遣了几个小黄门下去查看,发现到了倒浮屠塔的第六层与第七层,都有王爷身上散落的玉佩。这两层通向地道的秘门都已经打开,但是我们无法确定他们到底钻了哪一条地道……"

孙坚一皱眉,打断道:"既然你们已知晓地道通往的隐蔽所在哪里,去那里守株待兔便可,这有何难?"

---

[1] 约19:00。

[2] 约21:00。

张芳摇摇头："这还用你说？世子早就遣四拨小黄门去寻找了。有两拨人从地面上分别去了两处隐蔽所，最后回报都说没见到王爷；后两拨人分别钻了两个地道，竟都离奇失踪，无人回来复命。世子觉得事情瞒不住了，这才遣羽林军去下邳相府邸找相爷，却不料那时相爷已经到了钟离府上查案。于是羽林军又辗转至钟离府上，这才遇到了孙县丞。"

孙坚点点头："若孙某没猜错的话，地道不止两条，有人还偷偷在两条地道之外挖了旁道，而言无名就是从旁道将王爷劫持走的。我还估测，你们派去钻地道的小黄门，恐怕已经被埋伏在旁道的贼人暗算了。"

"那……该如何是好？"张芳面色铁青。

孙坚恨恨地朝门外看了一眼。此时，他其实非常需要诸葛珪的主意，但可恶的张芳竟然将他们全部关在门外。情急之下，他突然想起世子那条金毛长嘴猃犬。他问张芳："孙某一直听闻猃犬嗅觉极灵，是否可借世子的猃犬一用？孙某的意思是，不妨让那畜生先闻闻王爷留下的衣物的味道，然后用沾满磷粉的绳子系在其腰上，让该犬从地道爬下去。只要跟着王爷气味的方向往地道深处爬，听得狗吠，我们就能跟着磷粉留下的痕迹，寻得旁道的正确方向了！"

张芳想了一下，问道："若孙县丞所言不虚，凶贼本就在旁道埋伏，那么，他们若对这灵犬下手，又该如何是好？"

孙坚回道："我本人就跟在离狗不远之处，只要贼人出手，我就能立即出手制服之！"

张芳听罢，良久不语。孙坚刚要张口询问，便听张芳叹道："这可真委屈了黄门侍郎大人了！"

孙坚听罢，大感不解。"黄门侍郎"是汉代六百石级别的官员，专门负责为天子处理文书。在下邳国的官员编制里，可是没有这官职的，张芳说的到底是谁？

看见孙坚疑惑的脸色，张芳正色道："刚才孙县丞口口声声'畜生'长'畜生'短的，说的就是那位黄门侍郎大人。以后孙县丞留点口德！"

孙坚听罢，气得青筋暴起。原来一条狗的官俸，也比他一个县丞高二百石，与堂堂县令平级。但努力压住怒火后，他还是脸上堆出虚假的微笑，对张芳说道："那还是得麻烦张大人去请'黄门侍郎大人'出山啊！"

张芳一甩拂尘，有气无力地说道："罢了罢了，我这就去，只不过这得请示世子殿下。若世子不放黄门侍郎大人，我也没办法啊！"说罢，他就朝世子的寝宫碎步走去。

看着张芳的背影，孙坚咬牙切齿，在心里骂道："什么破世子，狗命比爹命看得还重！"

第二十三回　黛君引路

不久后，一个小黄门便抱来"黄门侍郎"，让其在王爷留下的衣物中仔细嗅闻。此刻孙坚也开始为进入地道做准备。他卸去了刚从中尉韦尚那里夺来的铠甲与冠帽，在腰上系上绳子，并在几个侍女的帮助下，在自己的发髻上绑上了用鲸鱼油供养着的小油灯。韦尚的双刀因为太长，孙坚只能留在地面，只是随身带了两把短戟。几个留守在宫内的羽林，则给他递送了一把配备了数支弩矢的小型擘张弩，以防不测。待一切准备就绪，孙坚便抱着同样在腰身系了绳子的小狗，先下到第一层倒浮屠塔内。张芳胆小，只敢带着一个随从留在第一层倒浮屠塔内等待孙坚。等孙坚进入第二层浮屠塔之后，他就不肯再迈进一步了。孙坚对着他喊道："张大人，等一会儿我要下到六、七层那么深，好歹给我配一个传话的啊！"

张芳看看左右："有人自愿下去吗？"不料左右都默默

无语。前几拨小黄门有去无回，想必这些内侍也都心知肚明。孙坚见状，补充道："我就要一个送消息的，他只需离我十步远，有事可立即逃走！"

"我来吧！"响起的竟然是一个少女的声音。孙坚转头看去，发现一个十五六岁的青衣侍女出列，指着自己的鼻子说道："孙县丞也许不认识小女。小女叫臧黛君，广陵射阳人。以前孙县丞在盐渎当差时，小女才六岁。"

孙坚心头微惊。她怎么也姓臧？而且与恩师臧旻一样，也是射阳人？但转念一想，这些问题不宜在此时询问，毕竟探察王爷下落要紧。于是他挥挥手，叫臧黛君跟在他身后，并且腰上也系上绳子。

探险终于开始了。为了给小狗壮胆，同时也是为了向地面上的张芳等人报平安，孙坚每下一层，便会命臧黛君立即点亮这一层塔内佛龛中的小油灯。这样，从张芳的视角去看，孙坚每下一层，地下的王国就会多升起一层由灯光所支撑的灵气。

等到了地下第六层，孙坚见与地面距离已经遥远，便小声问臧黛君："你与臧旻大人有何关系？"

臧黛君轻声回道："我本就是臧家奴婢，本姓张。熹平六年，臧大人在雁门关外被鲜卑人击败后被朝廷治罪，臧家为凑钱赎人，只好变卖奴婢给田家，我们全家都被卖给了盐渎土豪田邈，后又被田家转卖给下邳王廷做官奴。为了卖出好价钱，田邈串通县廷改了我们的户籍简册，以便将我们全家伪装成臧家远亲，这样我们在王廷的待遇也会好很多。"

孙坚一皱眉："改户籍的事情，没有县丞的配合是做不成的，可我当时就是盐渎县丞啊，我怎么不记得？"

臧黛君笑道："彼时您刚调离盐渎去盱眙县了，当然不知其中变故。"

"哦！"孙坚虽然点点头，但心中还是隐隐觉得哪里不对。他当年从盐渎平调到盱眙，只能算是大汉官场上一个极为平淡的动作，她一个小女子为何搞得如此清楚？想到这里，他借着灯光又仔细打量了一番臧黛君。但见她鹅蛋形脸蛋上镶着一对丹凤眼，虽未施粉黛，依然流露出一丝风情。孙坚心中更是生疑，觉得其谈吐与气质并不像是一个奴婢。

孙坚想再细问，不料臧黛君先岔开了话题："县丞大人，你看，我们已经到了贼人可能掠走王爷的第一个地道暗口了！"孙坚往前看去，的确看到了一个黑洞洞的地道口，而地道的暗门早就被人用利器劈开了。孙坚摸了摸怀里小狗的脑袋，说道："黄门侍郎大人，事到临头，还得看你的本领啊！"没想到渐渐进入黑暗的小狗竟然胆怯了起来，蜷缩在孙坚怀里发抖。孙坚一皱眉，用力揪了一下小狗的尾巴。从未被如此对待的"黄门侍郎大人"突然被激怒了，张口就要咬孙坚的手臂。孙坚哪里会给它机会，顺势把手中短戟冷冰冰的戟杆横着支入了狗嘴。没占到便宜的"黄门侍郎大人"的牙齿被狠狠磕了一下，随即举起前肢呜咽了起来。

"要善待黄门侍郎大人啊！"臧黛君在一边提醒孙坚。

孙坚没理她，继续教训着"黄门侍郎"："狗东西，王爷平时好吃好喝地养着汝，现在老王爷生死未卜，叫汝探个道，汝却逡巡不前、瞻前顾后，还真不如把汝皮扒了，肉丢给羽林军煮汤喝！"

那小狗被孙坚的气场给征服了，四肢贴地，双耳耷拉，眼神低垂。孙坚见好就收，马上换了口气说道："黄门侍郎大人，您官位比我孙坚还高二百石，救王灭贼的大功劳，我区区一个县丞怎么敢和您争抢呢？还是您先走一步吧！"

小狗似乎听懂了孙坚的话，一个激灵站了起来，抖抖毛，开始慢慢地向前走。刚走几步时，它还回头看孙坚几眼，发现孙坚就在不远处保护自己，它的胆子也便大了起来，越走越远。孙坚紧跟其后，用油灯发出的光为其照明。同时，他也从脖子上悄然取下弩机，上了第一支弩矢，指向那未知的黑暗。

但不久后，地道越来越窄，逼得高大的孙坚只能手脚并用，像狗一样往前爬。这样一来，他也就没有多余的手去拿弩了，只好卸了弩矢，将弩机背在身后，以免不小心触发机关伤人。臧黛君也趴在地上，跟在孙坚十步之后，慢慢往前挪动身体。孙坚继续往前爬了大约三十丈远，此时走在前面的小狗开始扒拉地面，同时狂吠起来！

孙坚呼吸着浑浊的空气，迅速爬到小狗扒拉的地方，借着油灯的光仔细勘察。但见地面上的确有几块衣角碎料，且是上等的蜀锦，想必是从王爷身上掉下来的。孙坚兴奋起来，准备继续往前爬去。不过，他又想了想，回过头对臧黛君说道："现在没你的事了，你带着黄门侍郎大人立即回去，叫张芳大人转命我的朋友朱治带人到地道那一端守候，然后再派点羽林下地道来接应我！"

不料臧黛君竟反驳说："现在离地道端口看起来还有很长一段距离呢，若真如孙县丞所言，地道旁边还发现有贼人挖的支线，却没了黄门侍郎大人与贱婢在身边，恐怕县丞大人届时再要递送消息，就找不到人了！"

孙坚听了，觉得有理，二人遂继续往前爬行，一边爬，一边寻找地道四壁是否有别的暗道，却毫无所获。孙坚暗想：那前几拨小黄门怎么活不见人，死不见尸呢？

正寻思着，地道口的光亮已经出现在眼前了。孙坚不由得一惊。他心中暗念：现在乃是半夜，地道外怎会有亮光？难道有人守株待兔，就待我孙坚上钩吗？

想到这里，孙坚再也不敢前进了。他立即转头对臧黛君说道："你快带着狗回去报信，多要点援兵，我就在这里等你！"

不料臧黛君再次反驳道："听说县丞大人当年在会稽剿贼时，深入虎穴，威风得不得了。现在离洞口尚且有四五十步，难道大人就怕了？莫非是县丞做久了，失了虎威？"

孙坚被她一激，改口道："那就爬到离洞口十步远处，探探虚实，到时候你再回去报信，如何？"

臧黛君点点头，于是二人继续往前攀爬。

二人终于爬到了离地道口十步远的地方。孙坚此时终于看清楚了，洞口外的光的确是来自火烛的。看来外面果然有人。此时孙坚又狐疑起来：若是伏兵，为何要在洞外点火烛呢？这些伏兵难道不怕打草惊蛇吗？

想到这里,孙坚回头催促臧黛君迅速回去复命。臧黛君刚说一声"诺",突然就听得"轰隆"一声!原来,孙、臧身后的地道此刻竟然无缘无故塌方了,将二人回去的路堵塞得严严实实。

孙坚见势不妙,将臧黛君压在身下,为她挡住因为塌方而四溅的沙石。过了许久,二人才从废墟中爬了出来,大口咳嗽与喘气。孙坚突然想起了那条狗。他开始在碎石中寻找"黄门侍郎大人",却发现了一条伸出废墟的狗腿,毛发上还渗着热血。显然"黄门侍郎"已英勇殉国矣。

孙坚正思索下一步该如何做,一脸尘土的臧黛君抓住孙坚的手,轻声却坚定地说道:"多谢大人刚才的救命之恩!这样吧,我先出地道口看看虚实,若有不测,大人千万别出地道口,在里面死守就是。对了,贱婢腰上的绳子大人要抓牢了,贱婢如果死了,大人就将绳子往回拉,用贱婢的尸体堵住洞口。"

孙坚苦笑一下。两人认识不过半个时辰,却怎么有了相依为命的感觉。他抹了一把脸上的尘土,对臧黛君点了点头。后者也报以微笑,然后转过头,开始小心翼翼地往外爬。借着这工夫,孙坚迅速修复了刚才被飞石压断弦的弩机。臧黛君将头探出洞口,又贴地探看了一番,才爬出地道。须臾,一脸轻松的臧黛君的脸出现在洞口:"县丞大人,火光来自农田周围的稻草人,是农夫故意在其身上绑了火炬,用来吓走野兽的!"

听罢此言,孙坚端着刚刚换了新弦的弩机,也慢慢爬出了地道口。此时,下邳国早春寒冷的夜风迎面扑来,钻进孙坚的鼻腔,清洗着他浑浊的肺。他忍住没有咳嗽,慢慢站起身,往四下打量。果然,六个稻草人顶着繁星闪耀的夜空,手举火炬,头戴傩戏专用的面具,正对着孙坚做鬼脸。

孙坚长舒一口气,放下弩机,对身后的臧黛君慢慢说道:"地道塌了,看来我们要从地面上跑回去向世子汇报了。"正在此时,他突然觉得耳后一阵冷风。孙坚出于本能朝一边闪躲,随即发现躲过的乃是一把匕首!

孙坚心知不妙。那匕首显然是从臧黛君所站的方向投来的。为了防止对方扔出第二把匕首,孙坚迅速扑倒在地,然后将弩机反搭在肩头,朝匕首射来的方向射出了弩矢。只听得身后臧黛君一声惨叫,以及匕首掉地的声音。

孙坚一个鲤鱼打挺起身,来到臧黛君身边,发现弩矢正好射中她锁骨的位置。因为刚才的弩弦没时间上紧,射力不足的矢镞进入她的身体只有大半寸,并未致命。孙坚从背后抽出短戟,指着臧黛君的鼻尖,喝道:"本县丞刚刚才救了你,你却为何害我?你究竟是何人?"

臧黛君双手捂住伤口,忍住疼痛,哈哈大笑:"十年前,孙县丞在盐渎所做之事,你都忘记了吗?"

"什么事?"孙坚心中一惊:莫非此女也与当年的北宫案有关?

臧黛君恨恨说道:"当时兄长与道中诸人,到盐渎借粮,并无歹意,你却设下毒计,用弓弩射杀几百人,后还以烈火焚尸,可谓狠毒无比!今天我是来给兄长报仇的!"

孙坚明白了，原来她说自己是臧家家奴只是扯谎，真实身份乃是黄巾道中人，而且与多年前的青州海贼袭击盐渎一事有关。孙坚再问："你家兄长是谁？"

臧黛君眼含泪水说道："就是被你们官府开膛破肚的那个倭国童子！"

此时的孙坚，依然搞不清楚倭国究竟在哪里。他也不知道臧黛君为何会对十年前的事情记得如此清楚，她那时大约只有六岁，不太可能参加对于盐渎的袭击。难道她那时人在贼船上，而未登陆，只是目睹了那场血腥的战斗？对于这些细节，孙坚一时间难以理清，但他已非常清楚：目下的下邳王宫，早已被反贼渗透了。

孙坚俯下身子，换了一种语气对臧黛君说道："这样，姑娘，只要你供出同伙，说出王爷下落，我孙坚非但可以饶你不死，还可以将你放走。这是你最后的活命机会了！"

"呸！"臧黛君向孙坚脸上啐了一口带着血的唾沫，"孙坚，你在会稽杀人如麻，在盐渎杀人如麻，在盱眙杀人如麻，你杀的都是走投无路的穷人，而汉朝给你的官位却一直没有超过四百石。现在王爷丢了，你却显得比王爷的狗还忠诚，真不知道这世上有哪个比你更蠢的蠢货！老实告诉你，虽然你蠢，我们的渠帅却非常看重你的兵谋，只要你跟着义军反汉，以后给你的官职肯定至少一千石！这也是你最后活命的机会！"

孙坚苦笑了一下。他知道，他在杀贼匡汉的人生道路上已经走得太远了。他回不去了，就像臧黛君也回不去了一样。想罢,孙坚叹了口气,一拳将臧黛君击晕,然后背起她就往下邳王宫方向走去。他还是希望能够留住她的命,以便慢慢盘问。

不料,孙坚没走几步,那六个稻草人突然动了起来,向其猛冲过来!

这六个稻草人原来是埋伏已久的六个杀手!孙坚迅速扔下臧黛君,抽出短戟与众贼人对战。其中四人围住了孙坚,另二人则奔向臧黛君。孙坚毕竟只有两只手,难以两顾。在他将面前的第四个贼人的咽喉刺穿之时,第五个贼人已经用刀扎透了臧黛君的胸膛,第六个贼人则狠心砍下了臧黛君的首级。二人对着孙坚大喊:"你不会得到任何一个活口的!你永远找不到王爷!"说罢,二人狂笑起来,挥刀互砍而死。

孙坚瘫坐在地上,大口喘着气,脑子里一片混乱。他许久才站起来,将这六个贼人脸上用以伪装的面罩一一去掉,发现他们都二十多岁,且都没有胡须。他又在这六人下身摸了一下,发现他们果然都是阉人。联想到张芳提到几个找王爷的小黄门都有去无回,孙坚恍然大悟:这些小黄门就是潜伏在王爷身边的贼人!

漫天星光下,孙坚望着他四周六男一女七具年轻的尸体,想到他们刚才的无畏与勇敢,揣测着支持他们坚决赴死的信仰,再联想到世子与张芳的自私与怯懦,不禁被一阵深深的恐惧所包裹。孙坚开始怀疑了:他站错队了吗?光武帝开创的这个曾经辉煌的王朝,现在真的已失去人心了吗?

这个问题太大了,孙坚决定不再往下想。他下意识地再将眼前尸体的数目又数了一遍。七具,没错,六男一女。

"七!"这个数字突然在孙坚的脑海里亮了起来。同时浮现在其脑际的,乃是张芳在他未下地道时对他所说的话:王爷疑似失踪的地道,一处是位于倒浮屠塔的第六层,一处是第七层。

孙坚一拍脑门,大喊:"中计了!"他突然想起,今夜他一直没有检查第七层地道的虚实,而是沿着第六层地道一直往下走。而臧黛君也一直怂恿自己往第六层地道的地道口走,数次阻止自己给张芳送信,直到地道神秘塌方,二人根本无法折返为止。她这又是什么居心呢?分明是想让孙坚彻底忘记第七层地道这回事!

"王爷就在第七层地道尽头!天下愚人,莫过于孙坚!"孙坚对着星空大喊,带着无限的悔恨与自责。

第二十四回　笮融蒙矢

正当孙坚叹气之际，忽听得附近草丛里又是一阵窸窣之声。他飞快地给手中的弩机上了弩矢，平端着对着草丛，大喊："无耻贼人，有种莫躲在暗处！"

"孙县丞休要放弩！我是你扬州老乡！"一个衣衫褴褛的男子从草丛中连滚带爬地跑了出来。他在弩矢的威胁下，高举双手，显示并无兵器。孙坚借着星光定睛一看，原来是丹阳人笮融。这几日笮融跟着言无名在下邳四处化缘，已为下邳百姓所熟，就连孙坚也曾在街面上见过他几回。目下见了笮融，孙坚猜测言无名就在附近，不禁精神大振。因为他知道，只有抓住了言无名，才能问出王爷的下落。

孙坚一把抓住笮融的衣襟，一边用弩矢对着他的要害之处，一边搜了搜他的身。发现并无异样后，孙坚怒喝道："像你这样的小角色，不配与我说话！叫那言无名出来！"

笮融哈哈大笑："言大师已经与王爷上了船离开下邳县

啦！我是言师傅留下来劝孙县丞弃暗投明的。"

孙坚看看地上躺着的无头的臧黛君的尸体，慢慢说道："劝我叛汉的人，今晚已死了好几个。钟离越全家，胡玉，还有刚才这个臧黛君。你如果也想长眠于此的话，我手里的小弩，可以给你来个痛快！"

笮融摇摇头，笑道："孙县丞才舍不得杀我呢！刚才我在草丛里看得清楚，那七个年轻人全部殒命后，孙县丞对着他们的尸体还发了半天呆！今夜你一个活口都没抓到，是不是感到很挫败？所以你当然不会杀了我这第八个活口的。趁着这当口，不如先听听我笮某人代我家主人开出的条件吧！"

孙坚看出笮融是在拖延时间，根本就不给他机会，对着他的脚丫就射出一支弩矢。因为二人距离很近，弩矢径直穿透了笮融的脚背，扎入大地。笮融惨叫着蹲下来，抬起怒眼，死死盯住孙坚，大喊道："你为何不干脆杀了我？！"

孙坚飞快地又上了一支弩矢，用其顶住笮融的肩窝子，冷笑道："你刚才说得对，我若杀了你，便算是今夜第八个活口也没保住！不过，我也可以一点一点废掉你的四肢，让你生不如死，然后扒开你的眼睛，在你面前杀光全下邳所有的浮屠道徒，捣毁我能看到的任何一座浮屠祠！或者，你也可以选择告诉我言无名在哪里，王爷在哪里，我就此放过你，从此你不认识我，我也不认识你！"

笮融定了定神，竟然不再理睬孙坚，闭上双目，双手合十，开始默念《阿含经》：

> 何由无四大,地水火风灭。
> 何由无粗细,及长短好丑。
> 何由无名色,永灭无有余。
> 应答识无形,无量自有光……

"可恶!"孙坚抓起笮融的左手手掌,半举在空中,用第二支弩矢将其射穿,然后在笮融耳边咆哮道:"我看你日后如何双手合十!"

眼泪直流的笮融强忍疼痛,继续念《阿含经》:

> 毗婆尸时人,寿八万四千。
> 尸弃佛时人,寿命七万岁。
> 毗舍婆时人,寿命六万岁。
> 拘楼孙时人,寿命四万岁……

"你也不问问自己能活几岁?"孙坚一脚将笮融踢倒,踩着他的腰,开始冷酷地上第三支弩矢。笮融找准机会准备反抗,用插了弩矢的左手朝孙坚腹部插去。孙坚哪里会给他机会。他扔掉弩机,用双手将笮融手掌的弩矢连根拔出。笮融手掌创口洞开,鲜血朝外喷溅,疼得他在地上直打滚。孙坚重新捡起弩机,用其对准笮融的脚踝,喃喃自语:"从此要让你没法走路……"

"孙施主,适可而止吧!"一个年轻人脆亮的声音,从草丛的另一端响起。

第二十五回　王爷无恙

孙坚听到草丛里还有人，便本能地又往那里射出了一支弩矢。但见星光之下，披着冻霜的草丛里跑出了一只受惊的野兔，而后它又竖着长耳朵仓皇窜入了另一边的草丛，不见了。被孙坚踩在脚下的笮融忍住伤痛，对着兔子跑出的位置大喊："大师，你没事吧？"孙坚意识到危险还在，右手立即伸到背后去摸下一支弩矢，这才发现矢已耗尽。他急忙扔了已无用的弩机，飞身来到臧黛君的尸体边，用脚挑起她身边的环首刀，执于手中，然后对着草丛大喊："贼人，要有胆量，就休要在暗处说话，我们一对一，比试比试！"

甲子年初春料峭的夜风，将县丞孙文台的声音播向四方。他本人的鼻翼则一鼓一鼓，呼吸着手中环首刀传来的血腥之气。那上面还淌着臧黛君的血。

正在此时，倒在地上忍痛念经的笮融突然狂笑起来，对着草丛喊道:"安为清,般为净,守为无,意名为[1],是清静无为也!言无名师傅,你该出来了!"

笮融话音未落,蔓蔓草丛之中,枯萎老桑之前,又发出窸窣之声。但见一俊美僧人披着星光站起,双手合十,掌心则紧紧夹住刚才射出的那支弩矢,而那尖锐的矢镞,正好对准了他的鼻子。孙坚见状,不禁大惊,心中默念:这么快的弩矢,常人怎么可能接得住?

笮融见状,立即哭号着用肘撑地,向言无名爬去。他对着星空,高高举起被弩矢射穿的手掌,拖着鼻涕泣道:"师傅,你要为我做主啊!"

言无名扯下衣服上的布条,草草为笮融做了包扎,然后用怨恨的眼神看孙坚:"孙施主,你也是扬州人,为何对同为扬州人的笮施主下手如此之重呢?"

这是孙坚第一次与言无名四目相对。几天来,他已从四方获知了关于言无名的种种传言:儿子孙策在河滩所受的委屈,朱治、诸葛珪在街头与言无名的论战,以及言无名奇迹般得到下邳王宠幸的种种宫内传说。但是,第一次看到言无名时,孙坚依然被他的年轻与俊美镇住了。孙坚默念:难道这一切的幕后主使,就是自己眼前的这个年轻人?这又如何可能呢?

孙坚心里虽这么想,嘴上依然强硬:"妖僧休要妄言!这个姓笮的刚才不如实招供,这才吃了点皮肉之苦!方才本

---

[1] 这是安世高翻译的《安般守意经》中的经文。

县丞在王宫已获证言，众人都说王爷失踪之前是与你在一起的。现尔等已经现身，还不速速交代王爷的下落！"

言无名对着草丛深处瞥了一眼："出家人不妄言！诚如孙施主所言，你要的王爷就在贫僧身后。"

孙坚打了一个激灵。他怕草丛里还有更深的埋伏，用环首刀指着言无名喝道："你让王爷站起来，让孙某在这里就能看到其大驾！"

"这可不行。王爷已睡去。你不忍去打搅一位九十多岁的老人吧。"言无名拒绝了孙坚的要求。

孙坚听罢，不禁大疑。刚才这里打得天昏地暗，还闹出了七条人命，谁又能在附近沉沉酣睡而不被惊醒呢？他想了想，立即俯身，在地面找到刚从竿融手掌里拔出的带血的弩矢，将其重新装入弩机。同时，他又偷偷拾了几枚石子，藏于掌心。然后，他用左手端着弩机，右手则将环首刀尖直指前方，如饿虎一般向言无名扑去。在离言无名十步的地方，孙坚又突然止步，向言无名头顶射出一弩，逼得他低头躲避。趁言无名的视线无法追踪自己之际，孙坚扔下弩机，转而向言无名旁侧狂奔，同时向言无名身后的那棵半死的桑树树冠掷出几枚石子。孙坚非常清楚，若言无名还有帮手的话，这棵树可是附近最好的制高点。

但那几枚石子除了打落几根小树杈之外，并未引发更多的动静。孙坚心中略略安稳，随即猛踩树旁一块青石，如蛤蟆一般跃入半空之中，稳稳停在桑树之上，借着星光向下查看。这一看，不由得让孙坚大为震惊。

原来，就在桑木与言无名之间，一个九十多岁的老人，被裘衣包裹着，呈一个"大"字平躺在深深的草丛里，双目紧闭，嘴唇紧咬。他身下垫着一块大大的虎皮，上面错落排列着一个又一个"王"字纹。

孙坚的心狂跳着。没错，他就是下邳王刘意！以孙坚的品级，虽然不可能经常见到下邳王，但是他额头左侧的那一簇列成三角形的老人斑，却是万万做不得假的。孙坚用刀指着树下的言无名，大声喊道："你这妖僧，是否已害死了王爷！若真如此，我孙坚今夜定将你碎尸万段！"

言无名哈哈大笑："出家人扫地都不伤蝼蚁性命，又如何可能去杀人呢？！你孙县丞曾破杀人案无算，难道死人与活人都分不清吗？"

孙坚听罢，轻声落地，一手用刀防住言无名，一手伸到王爷的鼻下探其生死。言无名所言果然不虚，王爷呼吸均匀，脸色红润，生命无虞。孙坚顿感心中石头落地，瘫坐在王爷身边，大口喘气。此时，言无名也起身微笑着来到孙坚身边，双手奉上了两支弩矢。

原来孙坚刚才一先一后朝言无名射出的两支弩矢，他竟然都接住了！

孙坚看着手头的环首刀。他知道，这根长长的铁片根本吓唬不了言无名，于是干脆扔了它。然后，他指指还在酣睡的王爷，问言无名："小师傅，你是给王爷下了什么药吧，这老东西怎么睡得这么死？对了，你肯定有解药吧！"

言无名笑起来："孙施主，为何突然对王驾出言不逊？"

孙坚苦笑着摆摆手："对江湖上的朋友，我孙坚说话一向不装。这老王爷除了会吃就只会睡，不过是一坨老肉罢了。要不是救他能为孙家换来功名，我孙坚都不会正眼瞧他一下。小师傅你就不同了。你刚才身手之敏捷，足以对付十个一流高手，孙某实在是佩服之至。不像那个长得壮实，却连箭都不会躲的废物。"说罢，孙坚向一边还在呻吟的笮融努努嘴。

"哦？"言无名眼睛一亮，"照孙施主现在的说法，你已经把我当朋友了？"

孙坚点点头："至少算半个朋友吧。小师傅，今夜你若真心想杀我，明明可以在这草丛里布置二三十个弓弩手，一声号令，就可夺我孙某性命。但你今天布置的这些帮手，简直是对自己武功的侮辱。那个匕首都丢不准的臧黛君，那六个只会杀女人的阉人，还有你身边那个中看不中用的大个子笮融，个个都是废物！可见你今夜只想惊吓孙某，而不想害我。此外，你辛苦诓出了王爷，这老东西却毫发无损，这就说明小师傅你只想以他为筹码，与孙某谈条件罢了。小师傅，你说孙某说得对不对？"

言无名想了想，微笑着摇了摇头，回道："以王爷为筹码，诱人来与我谈判，的确是贫僧所念，但贫僧本以为追踪至此的会是负责王爷安危的中尉韦尚，却不料竟是你孙文台。不过也罢，胆敢一人至此的，都是豪杰。与孙施主谈判，亦无妨。至于那地上的七具尸体，生前也并非贫僧弟子，他们都是黄巾道的。"

孙坚轻蔑地笑道："我孙某不与你装，你却和我装！你不就是胡玉带到下邳的吗？你难道不是黄巾贼的同党吗？若非其同党，你好端端绑架王爷做甚？"

言无名摇摇头："黄巾道旨在甲子起事，推翻大汉，建立人间天国。但在浮屠道看来，兵戈四起，生灵涂炭，只会加深杀人者的罪孽，死后魂灵更是难以超度。故而，吾之道与黄巾道，虽均恨世间不平，但彼道靠杀富，吾道靠均富，实貌合而神离也。"

孙坚哼了一声："所谓君君臣臣父父子子。贫富之分虽非定数，但总得遵守朝廷法度。豪强虽拥沃野千里，但一寸一厘都有地契担保；贫者虽无立锥之地，但也可卖身为奴得两餐温饱。小师傅你却胡说什么要'均富'，请问，若不像黄巾贼那样先去杀富，又如何能均富呢？所以，彼之道，与黄巾之道，又相差几希？"

"均富何以一定要杀人？"言无名又摇摇头，并指了指酣睡中的下邳王，"诚如孙施主所言，这下邳王刘意，饱食终日，无所用心，貌似无益于天下，然人人皆有佛性，只需有人提点一二，就能渐渐开蒙，下邳王亦然。他从八十岁开始就得眼疾，不辨美色，不好珠玉，开始找人讲读《四十二章经》，以求解脱。但因佛缘未至，一直读经不甚得法。去年夏，我师父安世高云游至交州，听说徐州下邳王需有人解经，就遣我来此地传道。进了王宫后，除了讲解《四十二章经》之外，我还用二日之功，向王爷讲解了师父刚译出的《安般守意经》，悉解'数''随''止''观''还''净'六种法门，让王爷茅塞顿开，这才获其青睐。贫僧借此向王爷提议，将其在王墓中准备的珠宝，匀出一半献给浮屠道。贫僧除用以传道之外，还会酌情分于贫苦信众。孙施主你看，贫僧这种均富之法，何曾带有半点血腥之气？"

孙坚冷笑道："原来小师傅的师父，就是天下第一名僧安世高！不过，小师傅的功夫，难道也是跟安世高学的吗？天下第一名僧还会武功？"

言无名回道："我师父本是西域安息国太子，其为人也，博学多识，贯综神摸，七正盈缩，风气吉凶，山崩地动，针脉诸术，睹色知病，鸟兽鸣啼，无音不照。彼为王侯时，早已弓马纯熟，习得百步穿杨之本领；遁入空门后，又对经思人，练就透析人世虚妄之真睛。贫僧本事，只有我师父之万一。对此，孙施主可有疑乎？"

孙坚敷衍地点点头，又问道："即使小师傅的功夫真是传自前安息王侯，小师傅从交州来到下邳，难道不正是坐了反贼胡玉的船吗？你还说自己与反贼没有瓜葛？"

言无名瞪大了眼睛："胡玉难道不是孙施主多年的朋友？你说他是反贼，难道不等于说你自己就是反贼的朋友吗？"

孙坚被怼得狠狠踢了身边的青石一脚，回道："我孙某的确一直拿他当朋友，他却与钟离越勾结，绑架我妾我子，逼我做黄巾内应反汉，难道你对此毫不知情吗？"

"什么？"言无名听罢此言，突然脸色大变，他一把抓住孙坚的手，"贫僧入宫后的确听说你们家莫名其妙死了几个奴婢，原来竟连孙施主的小妾与儿子都被绑架了？他们最后都脱险了吗？我与贵公子孙策切磋过武功，凭借其腿脚，他理应不会在贼人面前轻易就范啊！"

孙坚惊讶地盯着言无名紧紧抓住自己的手，再抬头盯着言无名诚挚清澈的双眼，从中竟然看不出一丁点狡诈之气。孙坚心中暗问：他为何听到我的小妾与儿子有了危险，就那么激动？他难道认识他们？想到这里，孙坚眼珠一转，决定将计就计，先试上言无名一试。他故意半真半假地说道："哎！说来话长！你提到的小儿孙策其实未被绑架，被贼人绑架的乃是吾二子孙权，以及我的宠妾胡婵。经我解救，阿权无恙，但阿婵……为了保护阿权，在混战中受了刀伤，三天前在府内离世，实在是让孙某伤心。只是为了麻痹贼人，我们全府这才暂时秘不发丧而已，待灭贼之后，定为其风光大葬！"孙坚一边说着，一边用双眼紧紧盯住言无名脸上表情的任何一丝变化。他敏锐地捕捉到，当他说到胡婵的死讯时，言无名鼻翼鼓动，眼睛泛红。这让孙坚心中疑窦丛生。他脑子里立即浮现出中尉韦尚在得知情人袁氏的噩耗后那种痛不欲生的表情。莫非这二人之间也……孙坚转念一想，又觉得不可能。言无名模样讨妇人喜欢不假，但来下邳时日毕竟很短，又时常陪伴王驾，怎会有机会与胡婵深交？

言无名此刻也注意到了孙坚注视自己的表情有些异样。他马上为自己辩白道："孙施主见笑了。只是刚才听到孙施主说尊二夫人为救二公子蒙难，贫僧一下子就联想到幼年时亲睹家母为了掩护贫僧而死于兵乱，实在是悲从中来。人世间生老病死，无不是一个苦字，也正是因为尝苦太多，贫僧才遁入空门,想探究终极解脱之法……"

孙坚心中又是一惊。刚才言无名称呼胡婵时用的是"尊二夫人"一辞,这就说明言无名非常清楚胡婵在孙家的排位。但刚才孙坚只是向其提及自己的小妾死了,并未说清她在妻妾中的排序。可见,言无名已偷偷调查过孙府的事情……

言无名看到孙坚疑云未消,随即补充道:"在来下邳的路上,胡玉就曾告诉贫僧,孙府策、权二虎子,虽非二夫人亲生,二夫人却视如己出。贫僧本不信,今天才真信。若孙施主不见笑,尊二夫人出殡之日,贫僧愿来唱经超度!"

孙坚点了点头,转眼看看躺在地上的王爷,想起正事还未办妥。他指着微微打鼾的王爷,问言无名:"贱内之事,以后再说。先来谈谈你我之间的条件吧。王爷我肯定是要救走的,但小师傅你又要从我这里拿走什么好处?"

"阿弥陀佛!"言无名听罢此言,重又双手合十,开始盘坐念经。正待孙坚不耐烦再要问他之际,言无名突然睁开眼睛,对孙坚说道:"孙施主,我将你引至此处,是有一大笔钱财,要与你分!"

孙坚听了,呆若木鸡。此时,还在一旁哼哼的笮融插嘴道:"大师啊,我们怎么能与这个心狠手辣的孙坚分钱啊?我们本来想的是与那韦中尉分的啊!"

言无名转头怒斥道:"住口!今天能活着来到这老桑树之下的,才是与我道有缘之人。忘了韦中尉吧,目下贫僧眼里只有孙文台!"

第二十六回　麟趾纯金

"小师傅，我与你素昧平生，分钱这种好事，为何会落到我的头上？"孙坚问道。

言无名摆摆手："孙施主此言差矣！其一，施主与贫僧保不齐前生有缘，未必素昧平生；第二，分钱既是幸事，亦是累赘，因为运钱藏钱，需要的可是大把的人力。贫僧目下最贴心的弟子，便是身边的这位笔施主，可他手掌已被孙施主射伤，估计也帮不上忙了……孙施主在下邳人脉甚广，是否可助一臂之力呢？"

孙坚瞪大眼睛："听小师傅的口气，你到底有多少财宝要分？"

言无名站起身，来到身后的桑树边，指着树边的青石问："孙施主可知这石头的奥妙？"

孙坚绕着这青石转了三圈，猛然踢了一脚，觉得石根有些松动。他再找了一根结实的树干，垫上另一块石头，反复撬动树干，终于将石撬开，发现石下所压的都是新土。翻开新土，复又发现下面还有一扇用青铜铸成的暗门，门上则有一把铸了蟠龙的黄铜三簧锁。孙坚正发愁无法开锁，言无名便扔过来一把镀金的钥匙。开锁启门，但见下面一片漆黑。孙坚回身在地上找到一把火星未熄的火炬，小心护壮火苗，然后举着火炬探看，火光照耀之下，但见窟内一片金光闪耀。孙坚揉了揉眼睛，再看，那的确是一堆堆摆放得错落有致的麟趾金，即纯金打造的天马之蹄——诸侯王墓葬才能用到的高级随葬品。别看孙坚这几年来一直为下邳王打理墓葬随葬品事宜，但从洛阳专人运至下邳的麟趾金却一直没机会沾边。今日这些财富就近在咫尺，怎不教孙坚热血沸腾？

孙坚仔细一想，又觉得这不义之财蹊跷太多。他站起身来，转向言无名："小师傅，我记得你刚才说王爷愿意分一半财富给浮屠道，是否就是指眼前这些麟趾金？"

言无名点点头。孙坚再问："此藏宝窟并非王宫内大库，这些金子怎么跑到这里来的呢？"

言无名回道："孙施主怎么就知道这不是王宫大库？老实说，我早就从王爷口中打探出王宫大库分明、暗两库。明库的确在王宫内，暗库就在宫门外的老桑树下，还有地道与尚未完工的墓穴相连。二库各藏一半宝藏，以防单库失窃，宝藏全丢。明库的两把钥匙由世子保管，至于打开这暗库的两把钥匙，则由王爷随身携带，贫僧刚才给施主的便是其中的一把。今夜贫僧诓王爷走下倒浮屠塔之后，先用迷药将其迷倒，然后将其小心沿着地道拖拽至此，并搜出他身上的钥匙，这才确定暗库中真有金子。"

孙坚不解地问道："王爷不是已经答应将金子捐给你了吗？你又何必如此急不可待？"

一边的笮融插话道："王爷只是答应在浮屠诞日交接金子，而黄巾起事已迫在眉睫，我们是不得不急啊！"

孙坚更不解了："黄巾贼又没钥匙，甚至不知暗库的存在，他们又如何寻得到这宝藏？"

言无名回道："黄巾道固然找不到这些金子，但一旦他们引发大乱，朝廷重兵又远在边疆，朝廷必然会下旨调用这些金子来招兵买马，对抗黄巾，届时王爷承诺给浮屠道的供奉必然会被征走。故而，贫僧必须抢先得金！"

孙坚再问："那小师傅为何不干脆偷了钥匙来此处取宝，何必大费周章将王爷也拖至此处呢？你不嫌累吗？"

言无名回道："理由有三。第一，正如刚才贫僧所言，要转运这些金子，贫僧没有能力，需要的是帮手。贫僧本来看上了掌握羽林军的中尉韦尚。此人容易冲动，易于控制。他只要知道王爷失踪，肯定会沿着地道来寻，我就可以等在此处与他谈转运金子的条件。试想，若不以王爷为饵，我又如何钓得到这条大鱼？只不想造化弄人，今天我这个姜太公，钓来的竟然是你孙文台！"

孙坚点点头："那挟持王爷的第二个理由呢？"

言无名回道："当然是为了欺骗黄巾道。胡玉在来下邳的路上就曾与贫僧谋划，希望我出面绑架王爷，向朝廷勒索巨额赎金，事后我还可与海贼帮、黄巾道三方平分赎金。本来贫僧也想按照此计行事，但入宫后，却发现王爷与世子父子不和。也就是说，即使我与黄巾道成功绑架了王爷，世子也会立即向外宣布王爷薨亡，由此黄巾道索要赎金之事亦会落空。但为了欺骗黄巾道，我只好装作继续按照原来的谋划行事，这样才能顺利调用黄巾道隐藏在王府的内鬼，譬如臧黛君，以及你刚才见到的那六个阉人。否则，没有这些人拖住追兵，我又如何有空闲将王爷慢慢拖至此处呢？"

孙坚再问："那臧黛君与那六个阉人，明明知道你与笮融就埋伏在草丛中，为何刚才又相互攻击，竞相赴死，而不向你们求援呢？"

言无名叹了口气："这是因为他们看到的是你，而不是计划中的中尉韦尚。你过去在会稽与盐渎杀人如麻，那些黄巾贼既恨你又怕你，根本想不到你竟然也是可以被利用的。既然打不过你，又没听到其首领允其撤退的令号，他们只好互相自残而死，以免留下活口。"

孙坚惊问："什么？附近还有黄巾道的贼酋？"

"瞧把你吓得！"笮融此时爬了过来，"他们的贼酋就是我！"

"你不是言师傅的弟子吗？"孙坚糊涂了。

笮融解释道："刚才孙县丞也说过了，黄巾贼不可能完全相信师父，所以他们必须在师父身边安排一个自己人。我就是这么一个双面人。我的妹妹笮飞燕落在黄巾贼手里做人质，为了保她的性命，我必须假装向黄巾道汇报师父的一举一动。同时，我又利用这一层关系，按照师父的指示，不断向贼人放出假消息。"

孙坚转头看着言无名，再问："那小师傅你又如何知道笮融最终是忠于你的？"

言无名笑道："笮施主已经向浮屠道捐了一半的家产了。若他的本心是向着黄巾道的，这本亏得也太大了一些！"

孙坚看着笮融手掌处渗出布带的血迹，叹了一口气，问道："笮兄弟下的本，恐怕还不止那些家产吧！本县丞刚才弄伤笮兄弟掌心，言师傅竟然不救，恐怕也是为了以后做戏给黄巾贼看吧！"

笮融点点头："王爷肯定是会让孙县丞带走的，因为这就是我们浮屠道送给县丞大人的礼物。而且师父也会适时撤走，不留半点踪迹。待我与贼人交代时，就会向他们展示县丞留给我的伤，以表示我是力战不敌，才让王爷被劫走的。想必贼人定会谅解我的苦衷，放了我妹妹。"

孙坚苦笑道："你若弄丢了王爷，回去再见贼人，弄不好他们会把你与你妹妹一起下油锅的！"

言无名摇摇头："贫僧倒不这么看，因为除了王爷，我们还给了黄巾道一点儿别的甜头。"

"哦？"孙坚盯着言无名，"愿闻其详！"

言无名回道："这就牵涉到我掠走王爷的第三条理由。贫僧之举动，势必会让全下邳官场的注意力全都集中在王爷之生死上，无暇顾及太平仓。而黄巾贼要起事，军粮是最为紧要的。他们原本的计划是：趁着官军搜找王爷之际，偷袭太平仓，能抢则抢，不能抢则烧之。"

孙坚听罢，默默无语。突然，他抬起头问道："在王宫里的倒浮屠塔，共有七层。其中第六层是通向此处的，而那第七层，难道是通向……"

言无名笑道："正是通向那太平仓！"

孙坚再问："那小师傅在第六层的地道里故意撒下王爷身上的锦帛片屑，是不是为了诱导追兵不去注意那通向太平仓的第七层地道呢？"

言无名回道："老实说，追兵走哪一路，贫僧心中本也没谱，只是估摸着性急的韦中尉更可能先去探那第六层地道罢了。其实，贫僧也在第七层地道上撒下了王爷身上的锦帛片屑，以便提示久等韦中尉而不得的第二路追兵。若第二路追兵运气好，他们也许还来得及在太平仓那里抢下一点儿粮食，甚至有机会救下笮融的妹妹。"

孙坚叹了口气："小师傅心中原本所想的第二轮救兵，大概就是我孙坚吧！"

言无名也叹了口气："可惜你现在反而成了第一轮救兵，这样一来，原来的第二路救兵也就没着落了。太平仓恐怕是完了，这是天意。"

二人话说至此，但见天边火光四起，杀声震天，而这声音正是来自太平仓。孙坚兴奋地挥舞了一下拳头，喊道："还有第三轮救兵！听那喊杀之声，肯定是张昭、诸葛珪、朱治等人已经顺着第七层地道摸到了太平仓，与抢粮的贼人缠斗到了一起！"

"我妹妹不会有事吧？我现在都不知道她在何处！"笮

融紧张得牙齿颤抖。

孙坚拍了拍他:"那就看她的造化了。"

听到孙坚刚才提到朱治,言无名突然笑了起来。他问笮融:"刚才孙施主所说的朱治,是否为你扬州丹阳同乡?"

见笮融点头,言无名继续说道:"据贫僧所知,朱治船队的规模,远在胡玉之上,联通徐、扬、交三州,易如反掌。你现在的家丁都留在扬州,没法过来帮忙,若是能与朱孝廉的人马合力转运金子,就能将其安妥运至丹阳。到时候我们再分朱家一点儿金子就是了。其实孙施主手里的人脉,比那韦尚对我们更有利。"说罢,他又补问孙坚,"朱孝廉的为人,孙施主是否可完全信赖?"

孙县丞点点头:"他卖的假布,成色堪比真品,的确是信义之人。"但孙坚想了想,又道,"不过,对于小师傅你自己的信义,孙某人还是有点儿将信将疑。"

言无名笑道:"我们合作的可是大事,彼此不能有半点生疑,请孙施主有疑就问!"

"那我就直说了。小师傅你刚才说,不想看到黄金落入朝廷之手,但你现在分金于我,又怎么知道我孙坚不会拿着金子去招募兵勇,报效朝廷呢?"

言无名回道:"话虽如此,但贫僧还是愿意与你合作。其一,与你分金,我至少能得一半,若被朝廷征用,我则两手空空。其二,孙县丞虽定会去募兵勤王,但你至少心里知道,这金子是靠浮屠道的指点才到手的。日后县丞封侯拜将,也能记住本道的好处。其三,麟趾金在市面上并不流通，你我都得先将其熔铸为小金块，才能与五铢钱互兑。而要熔铸这么多金子，仓促之间难以成事，所以，我想孙县丞也会利用朱孝廉的船队，将这金子中的大部分运至扬州吴郡老家藏匿。就孙施主而言，用于剿黄巾道之金，恐怕不会超过你所得总量的五分之一。而贫僧如此谋划，也算对黄巾道问心无愧了。"

孙坚听罢，觉得言无名所言头头是道，但他还是不甘心，补问道："那你自己要这么多金子做甚？出家人不娶妻，不生子，没牵挂，金子对尔等又有何意义？"

"施主此言差矣！若贫僧估量不错，此次变乱规模，将为绿林、赤眉以来天下所罕见，此后是否会疠疾横行、饿殍遍地，也未可知。浮屠慈悲，救万民于水火。但欲救人，既需悲悯心，亦需粮与金。目测战区会在大江之北展开，丹阳郡则暂时安全。所以我先将金子暂存于笮施主丹阳的庄园，待战乱过去，便是我浮屠道在大汉十三州大展宏图之际！"

孙坚笑了起来："小师傅的志向，果然比我孙坚还大。不像那个胡玉，临死想的还都是钱。"

言无名一愣："孙施主刚才所言何意？胡玉……死了？"

孙坚突然意识到，言无名还不知胡玉已死。但他眼珠一转，回想起言无名似乎很在乎胡婵，便重新措辞，以免言无名讨嫌自己，坏了分金大事："那胡玉几日前害死了我的爱妾，今夜孙某人就设计将其鸩杀了，也算为爱妾报仇了。"

"那胡玉死于何处？"

"死在下邳王家臣钟离越家宅。"孙坚回道。

"你在钟离越家,又如何杀得了胡玉,并全身而退呢?那钟离越是如何应对你的?"言无名再问。

"我略施小计,钟离越全家现在也都见了西王母!"孙坚有点儿得意地回道。

"全家?全家!"言无名站起来,指着孙坚,"包括他的小妾袁氏?"

孙坚惊讶地盯着言无名。他不清楚,为何这个年轻的沙门总对别人家的小妾那么感兴趣。但话既然说到这一步,掩饰也没意义了。孙坚喃喃回道:"是,她也死了!"

"那你可知袁氏与中尉韦尚有染吗?"言无名的情绪激动起来。

"知道啊!所以韦尚见了袁氏尸体,大为失态,才被下邳相夺了兵权。"孙坚被言无名的激动情绪吓得一愣。

"哎!"言无名叹了口气,瘫坐在地上,慢慢说道,"这就解释了为何来救王爷的不是那韦尚,而是你孙坚。但是……孙县丞你可知道,那死去的袁氏,本是汝南袁绍袁本初安插在下邳的眼线,她之所以色诱韦中尉,便是为了控制羽林军,以此挟制钟离越。你杀了钟离越也就罢了,怎么还误伤了袁氏!你可知道得罪袁绍势力的下场吗?"

其实,言无名所说之事,孙坚已从诸葛珪那里大概获知。但这些话从一个沙门口中说出,还是令孙坚感到诧异。他反问道:"这么些乌七八糟的事情,你一个比丘如何知道?"

"西域传来的浮屠道,若无王公贵族的帮衬,如何在华夏生根?实不相瞒,我师父安世高在京都就与袁家多有交往。

准备巡游徐、扬之前，袁绍曾给师父一秘密名单，告知袁家在各州郡的眼线。我去下邳之前，师父曾告诉我，若有麻烦，可以找钟离越小妾袁氏帮忙。不料，我还未与她接上线，她就被你害死了！孙坚，你如此嗜杀，就不怕有报应吗？"

孙坚听罢，叹道："反正现在说什么都晚了。好在我已做了局，让下邳相坚信钟离全家是死于黄巾贼之手。至于真相如何，除了几个密友，无人知晓！还望二位看在我不知袁氏底细的分上，不要将事情说出去！"

"也罢！"言无名点点头，"人做之事，苍天尽录，孙施主以后一定要慎杀戒屠，念经消业！"

孙坚刚想回应，突然听到远处传来阵阵脚步声，听声音来者似有二十余人。朱治的声音亦随风飘来："文台可在？文台何在？"

言无名听到朱治的声音，立即从藏宝窟中取出一枚麟趾金丢给孙坚，然后关门上锁，再与笮融、孙坚轻声交代几句，二人频频点头。说话间，言无名亦将他从王爷那里所得的一对钥匙中的一把交予孙坚。而后，他又俯下身，用随身携带的葫芦往老王爷的嘴里倒了几滴解药，然后对其轻轻念了几句孙坚听不懂的经文，再用杂草将其身体大部盖住。随后，言无名跃上桑树，又跳入草丛，不见了。

孙坚远望着他的背影，瞬间呆住了。原来，言无名转身上树的时候，颈部衣襟下落，孙坚看清了他背上的月牙胎记。不知怎的，孙坚觉得自己的心脏被狠狠地抓了一把。

"他到底是谁？"孙坚喃喃自语。

第二十七回　王驾醒来

飞奔赶到的朱治，将失神的孙坚拉回了现实。他身边跟着的，乃是其随从韩当、气喘吁吁的诸葛珪，以及朱治手下那一众已换上羽林铠的家丁。众人见孙坚无恙，顿感安心，便齐齐坐在地上，喝水解渴。跑得一头热汗的诸葛珪一边用鹅毛扇给自己扇风，一边扫视四周。当他看到身首异处的臧黛君、六具伪装成稻草人的尸体，以及躲在一边重新给自己包扎伤口的笮融，诸葛珪一皱眉，问孙坚："文台，这些死人是怎么回事？妖僧找到了吗？王爷找到了吗？"

孙坚一脸轻松，慢慢回道："这些死人都是被我杀死的黄巾道，他们与妖僧合谋劫持王爷，妄图勒索朝廷赎金。坐在一边的丹阳人笮融，朱孝廉想必早就认识。他本应在此接应妖僧，却在关键时刻良心发现，反戈一击，手被妖僧用弩矢射伤。我力战妖僧三十回合，将其逼退，只因顾及王爷，故而未能追击穷寇。"

"那王爷呢?"众人齐声问道。孙坚向身后的草堆指了指。诸葛珪第一个冲过去,拂去杂草,看到了下邳王刘意的真容。他用哆嗦的双指往其鼻下探了探,又找到其手腕摸了摸脉象,然后像孩子一样一蹦而起,大笑道:"王爷脉象安稳,须臾可醒!孙文台今夜为朝廷立大功啦!"

"孙县丞威武!"众人听罢,全都兴奋地站起来,用刀剑敲盾,大声呼喊。

孙坚却无心庆祝。他清楚,黑夜还未过去,事情也尚未办妥。他问诸葛珪:"君贡兄,你是如何找到此地的?"

朱治抢先回道:"文台你进了王廷之后,我们在外面足足待了半个时辰,都未等到音讯。我等不及了,督促张昭以虎符为要挟,世子这才勉强允我们入宫。入宫后,我们发现你已经从倒浮屠塔的第六层地道追寻妖僧而去。我与张昭逼世子在下邳全图上点出了这层地道的出口所在。经此提点,朱某与诸葛君贡才能一路从地面追赶而来。世子吝啬,竟然不教王仆[1]分我们车马,害得我们一路小跑⋯⋯"

"那太平仓如何?我怎么看那火光还没熄灭?"孙坚抬手,指着太平仓的方向问道。

诸葛珪笑道:"想必已被贼人劫了!其实在宫门外等你时,我就遣人去了太平仓,告诉先去那里的祖茂、孙贲与孙辅,若遇贼人劫粮,只需稍作抵抗,让其劫走粮草便是!"

"君贡,你疯了!"孙坚一把抓住诸葛珪的衣襟,"你

---

[1] 在王宫里管车马的官吏。

这不是资敌吗！"

"你可别误会诸葛先生！"朱治将孙坚拉开，在其耳边轻声说道，"这种局面，还不是你那宝贝侄子孙辅害的！"

"这与阿辅又有何干系？"孙坚大惑。

朱治压低声音说道："孙辅身为仓曹史，伙同奸商，背着仓曹掾孙贲，将太平仓里的千石新粮偷换为糠秕，而不是文台你惯用的陈米。这等纰漏若在大战之际被查出来，那可是要满门抄斩的。前几日张昭张督邮来查仓，只是侥幸没有抽查到那几个粮仓罢了，你与孙贲这才勉强过关。昨日孙辅心里恐惧，将真相告诉了孙贲。孙贲便来求诸葛先生帮忙，诸葛先生才定下了这将计就计之策。"

"可恶！"孙坚用拳头狠狠砸了一下地面，"都怪贱内平时太骄纵这恶侄，才让他小小年龄就心生邪念！"但他转念一想，又看了看诸葛珪，问道，"诸葛先生的意思是，利用黄巾贼打劫的机会，将损失的粮食都算在他们的头上，以应对朝廷事后的核查？"

诸葛珪笑道："不止于此！文台你想，贼人抢了粮食，又不能久留，是不是肯定得出城门呢？给他们的粮食，便成了拖累其撤退速度的累赘。不过，我们暂不知哪座城门的守卫已经被贼买通，会为其打开方便之门。因此，我已命孙辅、孙贲将功赎罪，在张昭、陈珪、祖茂监督下尾随贼人，待城内贼与城外贼交接之时，再痛击之！"

孙坚赞同地点点头，补充道："目下我们所在之处，不仅在下邳王宫外，而且还在下邳城外。若能从外部反击去接应城内之贼的敌寇，定能事半功倍。但麻烦的是，我们的确不知应往哪座城门驰援！"

孙坚话音未落，一旁的笮融抬手说道："北门！我用性命担保，敌人就在北门！"

朱治走过去，一把抓住笮融的手臂，喝道："你这厮！前几天我还在街面上看到你对那妖僧唯马首是瞻，刚才却又听文台说，你已弃暗投明。你教我朱某如何信你？"

笮融大声叫疼："都是丹阳老乡，你为何下如此重手？"

待朱治放手后，他才调整了一下呼吸，慢慢说道："本来，在下投靠言师傅，只是想学点浮屠教理，消业保平安罢了，哪里想过造反？今夜言师傅叫我守在这里，还派了这地上的六个来历不明的人给我做帮手，说是有一笔财宝要一起偷偷运走，并未提及旁事。不想他最后竟然诓来了当今下邳王！当时我就吓傻了。再后来，孙县丞与那女子从地道口尾随而出，不料那女子也是反贼，突袭了孙县丞，为其反杀。言师傅教我去杀孙县丞，小人不从，他才用弩矢射我的！"

朱治再问："那你如何又知道敌在北门？"

笮融回道："那女子死前，曾教其中一同伙砍下其首级，去北门见其头领，似是告知事已败露。我由此料定北门有敌！"说罢，他盯着孙坚，问道，"孙县丞，那女子死前的话，你难道没听到吗？"

孙坚被笮融编的瞎话弄糊涂了。但是看到笮融坚定的眼神，他又直觉到所谓"北门有敌"之说，似是有根据的。他敷衍着点点头，附和道："这话我也听到了。这样吧，我们就赌敌在北门。城北有一片林地，适合藏人，贼寇援军若埋伏在那里，也颇合兵法。笮兄弟你在队伍前面探路。对了，你脚上有伤，行走不便，我叫韩当兄弟背你。若在北门遇敌，你便教韩兄弟将你往回背，我等就在你身后接应！"

朱治点点头，觉得孙坚的安排颇为妥当。他凑近到韩当身旁，轻语："若笮融有诈，斩之！"韩当微微点头。

与此同时，孙坚也凑近笮融，轻声问道："为何你说敌在北门？"

笮融轻轻回道："按黄巾道与言师傅本来的约定，双方在北门交接王爷，然后我才能赎回小妹，两不相欠。"

孙坚拍拍他的肩膀："我信你。"

正当韩当走过去尝试背起笮融时，诸葛珪盯着还未苏醒的王爷，犯了难。他喃喃说道："照理说，我们应当立即将王爷带回王廷，但目下人手实在有限，无法分兵……"

心中有底的孙坚回道："就带着王爷一起走！"

诸葛珪看着孙坚，惊讶地摇摇头："文台，你还说我疯，你才是疯了呢！前方敌寇多少，凶险多少，你我皆不知，若王爷在乱军中有任何闪失，可如何是好！"

孙坚轻声回道："其实，王爷在我们这里反而更安全。你不觉得王廷里的世子，并不那么希望王爷活着回去吗？更何况王爷过一会儿就会醒来，他是否愿意回去落到世子手里，难道我们不应先去问问他老人家吗？"

孙坚还未说完，但见还躺在虎皮上的下邳王贵躯一动，口中发出咳嗽之声，震得他下巴处的银髯一颤一抖。守在他身边的几个朱家家丁兴奋地大喊:"王爷醒了!"

孙坚点点头,看来言无名的解药总算起效了。他把笮融叫来,两人跪拜在王爷左右,大气也不敢出。

年迈的王爷睁开了浑浊的双眼,只看到了几把模糊的火炬,以及几张更模糊的人脸。他满是皱纹的双手在身边摸索着,希望抓到那双他已无法离开的青春的十指,最后却抓到了孙坚布满老茧的左手。他惊恐地问道:"这,这是谁的手?怎么这么粗?言无名师傅呢?"

"臣下邳县县丞孙坚救王驾来迟,死罪死罪!"孙坚将手抽回,伏地大喊。他希望王爷一醒来,首先听到的,乃是自己的名号。

"言无名师傅呢?"不料下邳王根本不理孙坚,他心中只有言无名。

孙坚脑子飞快地转动着。他知道,若此时将真相向这心智脆弱的老人和盘托出,可能会适得其反。他与笮融交换了一下眼神,然后慢慢回复下邳王:"王爷在上,容小臣细禀。下邳王廷已渗入黄巾妖道信徒无算。就在今夜,贼人图谋绑架王爷,勒索朝廷赎金。言无名师傅为救王驾,以讲经之名,从地道将王爷带至此处,以避开宫中贼人眼线。在下,以及在下带来的这些兵马,均是在此处接应王爷与言无名师傅的。现在王爷已经安全,勿惊!"

"那言无名师傅呢?孤要他来回话!"下邳王第三次问道,并激动地用苍老的拳头捶着地面。

笮融见状,立即补充道:"王爷且息龙虎之怒。言师傅刚刚走脱，他说他已得到安世高师傅的密信，说朝廷来支援下邳的兵马正在路上，他不久后就会带救兵回来勤王！"

"说话的是言师傅身边的笮融吗？"刘意用胳膊撑地，半坐起来，凑近笮融仔细看了一下，点点头，"笮融，你说的话，孤是信的！"然后对孙坚摆摆手，"孙坚，孤与汝不熟，汝所言，孤不信！"

孙坚听了一脸尴尬，不便再说话。笮融见状，马上来打圆场："王爷在上，刚才孙县丞所言，的确句句为真！小人可作证！"

刘意回头看着孙坚，还是一脸狐疑。随后，他叫孙坚抬起头，凑近自己，轻声问道："你不就是个小县丞吗？保证孤之安全的中尉韦尚，与孤最信任的下邳傅钟离越呢？"

孙坚佯装悲痛，回道："今夜，就在今夜，钟离大人家宅遭遇黄巾贼偷袭，已经全家罹难！至于那中尉韦尚，因为擅离职守，没有保护好王爷，已被下邳相革职！现在小臣已得下邳相委托，代为掌管全县兵马。王爷您看，兵符已经交至小臣手里。"说罢，他马上向朱治眨了眨眼。

"啊？！"被惊到的刘意一时说不出话来。此时，朱治又给他递上了表示兵权的半爿兵符，刘意仔细摸了摸，认出这是真货。过了半晌，他用微弱的目力，努力打量着孙坚，问道："于是下邳相就把救孤的事交付于汝了？但孤怎么记得汝是世子的人呢？"

孙坚吓得马上再次跪拜在地："当年小臣在盱眙为县丞时，的确为世子找过一条名犬，但小臣与世子的关系，也仅此而已!在当时的小臣看来,为世子效力就是为王爷您效力,我自己都恨不得变成一条狗,为王爷鞍前马后,终其一生,只为逗王爷一乐!哪料想来下邳后,才知道王爷与世子不和,这也让小臣一直左右为难。但小臣以人头担保,入下邳后,小臣就没再为世子做过一件事!在孙坚心中,没有世子,只有王爷,只有朝廷!"

"哈哈哈哈!"王爷听罢大笑起来,"孤虽眼浊,心却不盲。孙坚,像尔等庶民出身的小吏,孤见得多了,无非是想抓住任何巴结权贵的机会往上爬罢了。以前巴结世子,现在巴结孤。不过,孤不怪你。孙坚,心中有欲望,就说出来,孤会论功行赏,只是别再说那些骗人骗己的场面话了!"

自尊被狠狠践踏的孙坚,忍住怒火,挤出笑脸,看着刘意的眼睛,回道:"那小臣就不客气了。小臣的胃口不大,小臣要的只是这个!"说罢,他从怀中取出那块麟趾金来。金光瞬间照亮了王爷与四下众人的脸。朱治与诸葛珪也看呆了。

"这!……"王爷惊得目瞪口呆,喃喃说道,"孤的确曾答应把这金子分给浮屠道,但……你又如何得到这金子的?"

孙坚笑了起来:"言无名愿意将他得的一份与我平分,助我平黄巾贼!"

"啊?"刘意心知不妙,开始上下摸索随身携带的藏宝窟的钥匙,却怎么也找不到。他瞪大了眼睛看着孙坚,问道:"钥匙被汝窃走了?"

孙坚摆摆手:"非也!钥匙是被言无名师傅带走了。临走前他留给我这一锭金子,作为定金。王爷,别不舍了,您就当这金子已经捐了,反正也是您答应过的!"

不料,王爷却哭了起来:"孙坚,汝狡诈啊!明明拿走了钥匙,却胡说孤将金子赏赐于你,天下哪有盗贼叫主人反过来赏赐盗贼的道理!没有天理啊!欺负老人家啊!"

孙坚笑道:"所谓'名不正则言不顺'。这笔金子的去向,事后朝廷定会追查,如果到时候王爷能够与孙坚口径一致,说是被黄巾贼所夺,那么王爷对小臣的赏赐,小臣也能花得心安理得!"

"若孤不配合呢?"王爷愤怒地瞪大了双眼,好像他的目力已经恢复了一样。

孙坚冷笑道:"那孙坚,以及站在此处的诸位,或许可能会考虑去投靠世子了。"

"乱臣贼子!"刘意抓起一块石头朝孙坚扔去,却因为视力太差,扔到了朱治的身上。朱治立即借机凑近刘意,趴在其跟前,大喊:"王爷息怒!请听丹阳朱治一言!"

"汝又是谁?什么官阶?"刘意将头转向了朱治。

朱治回道:"在下虽是白丁,却与孙坚不同,乃是朝廷核准的孝廉!王爷恐已知,这几年朝廷实行卖官鬻爵之制,贤良无法入仕,民间暗流汹涌,疠疾肆虐于野,阉党横行于朝,大汉江山早已是危在旦夕!而今日吾辈从王爷这里借来的金子,便是用来招兵买马保卫刘姓江山的!而王爷岂能贪恋财富浮云,置祖宗基业于不顾呢?"

不料,刘意听罢,哈哈一笑:"又是个说大话的!稍懂大汉政局的人都知道,党锢之后,朝廷宦官与地方清流早已势同水火，只是清流手中有财无兵，暂时无法剿除京都阉党罢了。若天下真有民变，像朱治你这样的因阉党排挤做不到官的地方孝廉，难道不会趁机拥兵自重，独霸一方？到时候，这天下到底姓刘，还是姓孙姓朱，又有谁说得清？"

"自高祖陛下斩白蛇起事以来，这天下一直是姓刘的啊！"一旁的诸葛珪听不下去了，打断了刘意。刘意再将头转向了他："汝又是何人？"

诸葛珪回道："在下诸葛珪，琅琊国人，前汉名相诸葛丰之后，本朝名吏臧旻弟子，孙坚与朱治的好友。"

刘意冷笑道："这又如何？"

诸葛珪回道："王爷刚才说豪杰或许会灭汉祚，但请问，能有实力割地自保的，哪个不是光武云台将之后，或是三公六卿之家？至于小人，乃落魄官吏后代，别说割地，就是去肉肆割块猪肉，都要盘算半天。朱治虽是孝廉，但毕竟是扬州人，亦为北人鄙视。更别提孙文台了，卖瓜农的后代罢了，在宦海辛苦十年，都做不到区区一个县令。请问，我们这些边缘人等，除了保卫大汉，望朝廷直接提携，难道还有别的飞黄腾达之路吗？我们现在要的只是一点儿金子，而带给大汉的却是黄金一般的未来！望王爷明鉴！"说罢，诸葛珪如小鸡啄米一般，对刘意连连磕头。

刘意没有再反驳，只是低头沉思了片刻，然后抬起头，对孙坚道："金子之事，孤可选择忘记。目下尔等要孤做甚？"

孙坚暗喜，知道王爷已被说服。他马上回话："贼人目前聚集在北门，讨贼兵马也正往北门聚集。我们希望王爷能够亲临战阵，为将士们鼓气！"

王爷听到自己要临战阵，又犹豫了。诸葛珪见状，马上在刘意耳边轻语道："在下身上流的，乃是先祖诸葛丰的血；而王爷身上流的，可是光武大帝的血。王爷难道不想在全下邳军民面前，让众人看清，谁才是下邳真正的主人吗？"

刘意被诸葛珪的话一激，咬咬牙，喊道："也罢！孤为王五十六年，岁岁太平，未经任何战阵，也算是人生憾事！今日，孤定要弥补此憾，不愧先祖光武单骑破昆阳之武德！来，快扶本王起驾！"

"下邳王威武！大汉永昌！"众人敲打盾牌，士气大振。

刘意虽然口头豪迈，但毕竟岁月不饶人，走了几步就要人搀扶，别人搀扶了几步，又闹着要去林边小解。朱治无奈，只好找人砍伐四周林木，做了一个简陋的步辇，让四个壮汉抬着他往前走。趁着壮汉们试抬王爷的间隙，诸葛珪凑近孙坚，用鹅毛扇掩面，轻声问道："文台，那金子到底是怎么回事？钥匙又是怎么回事？言无名人呢？"

孙坚对他狡黠地笑笑，没有直接回答，只是望着天边露出的鱼肚色，说道："君贡啊，我用这块金子打赌，现在是卯时二刻[1]！"

诸葛珪识相，不再细问，便接了孙坚的话茬往下说："不会吧，我看已到卯时三刻了！"

"快天亮了，抓紧赶路啊！"朱治在队伍的前列高喊。

---

[1] 约5:30。

第二十八回　北门之乱

当孙坚的队伍接近北门时，喊杀之声已清晰可闻。此时，蓬勃而出的朝日，从东方的地平线上扶摇而上，弹指间就用金光驱逐了蒙在下邳国土地上的黑幕。孙坚爬上一棵柳树，借着晨光往城门处眺望。果如笮融所言，城门吊桥处，头戴黄巾的太平道徒，与挥舞赤旗的官军，早已厮杀在一处。放下的吊桥上，不时有太平道徒推着堆着粮草的鹿车鱼贯而出，城外的黄巾军则晃着刀剑前来接应。至于城头的旗帜，则已玄黄飘飘矣。看来战况对官军不利。

孙坚回头看了看身边这二十几人，知道若仓促投入战场，无异于飞蛾扑火。他对走在队伍最前面的笮融喊道："笮兄弟，回来一下！"

韩当听了，立即将笮融往回背。

孙坚问笮融："你与贼人接头，可有何暗号？"

笮融回道："按约定，此刻他们应当早已拿下北门。届时我将在北门处吹三声螺号,展黄旗,自会有人与我接应,我会用王爷换回我小妹。但目下北门战事胶着,似乎无法换人,我也不知该如何是好了。"

孙坚再问:"你可知与你对接的贼酋是何人?"

笮融回道:"据说是荆州太平道'神上使'张曼成的亲随韩义。袭掠下邳粮草,绑架下邳王,以支应荆、兖之贼,乃是张曼成谋划,由韩义执行。"

孙坚眼睛一亮:"也就是说,我们可以在换人时趁机杀死韩义,再立大功?"

孙坚话还没说完,后脑被人用木棍轻轻打了一下。回头一看,竟是下邳王刘意,正对着他怒目而视。刘意挥舞手中木棍,骂道:"竖子!汝不是来救驾的吗?怎么还想将孤再交给贼寇?是那个笮融的妹妹性命重要,还是孤的命重要?我身上流的可是皇家的血,哪里是你们这些贱民可比!"

孙坚马上跪拜:"王爷息怒!小臣就是把自己的头献出去,也不会献出王爷的一根毛发!小臣……小臣我就是……"

"就是什么?"刘意踢了一下孙坚的背,怒意依然未消,"汝还啰唆什么?驾也救了,孤亦安好,汝等为何还不速将孤送入城内?督战的事情,孤看也就罢了,贼寇无非想夺点粮草就走,何必苦苦相逼?孤可不想为尔等功名,拿自己性命冒险!"

孙坚直起身来:"小臣已说过了,不会将王爷交出去的。但的确需要王爷在城头露面,以安人心。"

"然后呢?"刘意再问。

"然后嘛……"孙坚的脑子飞转着。突然他想到当年在会稽用过的用假周昕蒙骗贼寇的计策,不禁眼睛一亮。他抬起头,望着刘意,问道:"王爷,您会装死吗?"

刘意听了一愣。孙坚站起来,在其耳畔低语。听罢,刘意摇头大呼:"太险!太险!"

孙坚压住怒火,正色道:"刚才王爷说贼寇只想夺点粮草就走,小臣可不敢苟同。若这次给贼人吃了甜头,他们下次还会来袭扰下邳。如此,下邳百姓也好,王廷也罢,都将永无宁日!朝廷若怪罪下来,弄不好会趁机削除整个封国。反之,若能伺机斩杀敌酋,即使粮草不能尽数追回,也能震慑敌胆,保下邳日后安宁。恳请王爷三思!"

刘意听了"削除封国"四字,吓得浑身哆嗦了一下。他很清楚,自光武中兴以来,朝廷以琐碎借口削除封国的事情,已不止一次了。想罢,他叹了口气道:"从惠王到贞王再到孤,下邳国已传了三代,绝不能断送在孤的手上!"

孙坚拜谢王爷后,复与诸葛珪、朱治一起讨论了行事细节。然后,朱治叫韩当放下笮融,在他耳边又嘀咕了几句。随后,韩当点了三个亲随,往反方向跑去了。

接下来,众人便往离北门最近、尚无战事的西北小门跑去。守门军卒见城下叫关的,竟是下邳王与县丞孙坚,大惊,立即开门。孙坚叫兵卒不要声张,带着众人从城内穿街走巷,往北门方向跑去。不久后,他们就来到了正在北城门内侧陷入苦战的官军身后。但见喧杂的人流之中,督邮张昭冠冕歪戴,站在高处,满脸油汗,晃着环首剑,大叫逡巡不前的官兵与朱家家丁向前。不料，这些羽林久疏战阵，个个怕死，朱家家丁又不服外人管教，出工不出力。反倒是老四、老九带领的原海贼帮人马，为了向官府显示忠心，冲在最前面，与防卫粮车的黄巾军陷入混战。县尉祖茂为提升士气，在张昭身侧用弓箭一顿猛射，引来羽林军的阵阵喝彩，但喝彩本身似已透支了其所有的血勇。披着火浣布袍的孙贲则晃着环首刀，训斥着躲在人后、瘫坐在地、痛哭流涕的孙辅："阿辅，你是个男人，把剑拾起来！大家都看着你呢！"

"贲哥，我怕！我不想死！"孙辅用沾满鲜血的双手抱住自己的双耳，将自己的头埋在双膝之间。而在他脚边，则滚动着一颗刚被砍下的黄巾徒首级，正龇牙咧嘴盯着他。

"站起来！"暴怒的孙坚穿过人流，径直来到孙辅跟前，如拎小鸡一般将其提起，在其耳边狂吼，"你就不配做兵圣孙武的后代！"随后，他看看孙辅脚下的黄巾徒首级，再将其提起，直往孙辅脸上蹭，边蹭边吼："你不是怕人血吗？今天我就要让你用人血洗面！"

情绪崩溃的孙辅哭得几要窒息。祖茂在高处见状大喊："文台，阿辅还是个孩子，别为难他！"但祖茂这一分神，没注意敌阵射来的一箭。他只是感到前面有风，将脖子一扭，那箭便贴着他的脸飞了过去，在他面孔上划出一道口子。

祖茂被这一箭射懵了，竟呆立在那里。孙坚眯眼看去，发现对面射箭的乃是北门城头的一个二十多岁的红衣女将，而且她正搭上新的一箭。事不宜迟，孙坚扔下孙辅，抢过身边兵卒的一把强弓，拉满弓弦，向那女将一箭射去。但听对面城头一声惨叫，那女将便连人带弓坠下城楼。同时，从敌阵传来了一声撕心裂肺的少女惨呼："阿姐！"

"孙县丞威武！"旁边的陈珪晃着不沾血的钢刀开始喝彩，压过了对面的惨呼。

孙辅停止了哭泣。他瞪大了眼睛，对孙坚说道："叔父，您刚才好像杀了个女人！"

孙坚回手就给了孙辅一个嘴巴："战场上只分敌我，不分男女！她刚才差点杀了你祖茂叔父！"

回过神的祖茂立即重新搭箭，一箭射倒了对面城头另一个正在搭箭的紫衣女将。祖茂对着身后的孙坚大喊："文台，多谢今日救命之恩！"

孙坚大吼："你我兄弟，还谈这些做甚！你且撤走，让哥哥我替你，诸葛先生会吩咐你去做别的事！"

祖茂大喊"得令"，便撤出战阵。孙坚则占据其位，对着张昭大喊："督邮大人，王爷已安妥！"

"啊？！"张昭简直不敢相信自己的耳朵。他转头一看，果然看到在盾阵的保护下，下邳王刘意探出白发苍苍的脑袋，用迷离的眼神观察着混乱的四周。张昭兴奋地对孙坚大喊："文台，没想到你真救驾成功了！"

"穷寇勿追，请督邮大人鸣金收兵！"孙坚大喊。

张昭点点头，命兵卒摇响钲铃，摇动旌幡。早已打得疲惫不堪的官军听到号令，自然内心欣喜，缓步后撤。黄巾徒趁机将更多的鹿车推出城门。

两军脱离接触之后，气喘吁吁的官军开始踏上城头清扫战场，老王爷也乘着步辇登上城头鼓舞士气。手脚受伤的笮融，在朱治的搀扶下，亦蹒跚跟随。见到王爷苍老的面容出现在城头后，官军全都惊呆了。谁都知道，下邳国真正管事的乃是下邳相王岱，而非下邳王。然而，也正因为王爷临军的场面实在罕见，一种豪迈的感动突然齐齐涌上所有人的心头。众人高高举起刀剑，大喊："大汉永昌！大汉永昌！"在军民的欢呼声中，刘意也得意地抚弄着自己的银髯，就好像这黄巾军真是他打退似的。

孙坚则在一旁紧张地盘算，自己应何时出手，与笮融、王爷联合上演一出好戏。正在此时，他突然发现有一只手紧紧抓住了自己的脚踝。他低头一看，原来是祖茂射倒在城头的那第二个黄巾军紫衣女将，正用凶狠的目光看着自己，尽管她抓握孙坚脚踝的力量正越变越弱。但见她嘴里直喷血沫子，说话含糊不清。孙坚低头凑近她的耳边，对她轻声道："妹子，你到底想说什么？"

那少女冷笑着说道："你们……不会赢的……我们的人……遍布十三州……"

"你长得这么俊俏，为何不嫁人，为何要反？"孙坚打断了她。

"太平道徒……宁可战死……不愿……为奴……"说罢，她嘴里喷出的血愈来愈多，甚至淹没了她后面的话。

孙坚叹了口气，用双手抱住那少女的头，狠心一拧，拧断了她的脖子，帮其解脱了痛苦。不过，直到孙坚松开手，他才注意到这少女的脖子是如此修长美丽，一如他当年在会稽亲手砍断的越后的脖子。也正在此时，不知怎的，言无名的声音在他脑海中响起："人做之事，苍天尽录，孙施主以后一定要慎杀戒屠，念经消业！"

见孙坚失神，一边的笮融急了，小声说道："大人这点慈悲心还是留给我小妹吧！她还在做人质！"

"哦！"回过神的孙坚站了起来，慢慢走到王爷背后，悄声说道："王爷，您准备好了吗？"

"孙坚，你可不能失手啊！"刘意一脸苦相。

孙坚点点头，突然拔出匕首，对准刘意的脖颈，对四下大喊："谁都不许动！谁敢上前，我就叫奸王刘意血溅三尺！"

张昭、陈珪、孙贲等人见孙坚突然对王爷拔刀相向，目瞪口呆。张昭气得手指发抖："文台，你……你……疯了？"

孙坚没理他，对着笮融大喊："你还在等什么？"

笮融点点头，立即拿出螺号，吹响三声。张昭挥剑刚要砍他，孙坚立即喝止："谁敢动笮融，我立即杀了王爷！"张昭吓得立马收了剑。趁着这工夫，笮融也拾起了刚被官军放倒的玄黄大旗，左右晃动，对城外发着信号。

不久后，城下正在撤退的黄巾军队列中分出四人五马，其中一匹马似乎鞍上无人。这四人五马一字排开，与撤退队伍的方向相反，向城门处踏地而来。

孙坚点点头，笮融所言果然不虚。他转头对张昭道："张督邮，诚如你所见，我早就是黄巾道中人了。今日渠帅给我的任务，就是劫持王爷，以谋朝廷赎金。我劝你放聪明一点儿，不要逼我在此杀了王爷，到头来天子怪罪下来，张家可是要满门抄斩的!"

张昭吓得面如土色:"文台,好商量!千万别伤了王爷!"

孙坚笑了起来:"给我三匹好马,打开城门,放下吊桥,让我与笮融安全带王爷出城!你听着,我孙某人会一直背对城外接应的弟兄,仔细盯着你们的!若看到任何人——任何人——对我们举起弓弩,我就会立即杀了王爷!"

满头冷汗的张昭连连点头:"照办!照办!"说完怒视着身边的孙贲:"你叔父到底什么时候投贼了?你做侄子的难道不知道吗?"

孙贲瞪大满是泪水的双眼,对着孙坚大喊:"叔父,平时你教我们的忠义呢?!"他话还没说完,衣角就被身旁满脸血渍的孙辅拉了一下。孙辅轻声说道:"贲哥,别吼了,叔父何时教过我们忠义了?"

孙坚押着刘意,经过一脸颓丧的孙贲与表情愕然的孙辅,未与两位侄子做任何眼神交流。待孙、刘、笮三人安全下了城楼之后,孙坚将刘意搀扶上马,自己与刘意同坐一马,以便用匕首控制其行动。笮融则上了另外一匹马,手里还牵着一匹。为孙坚备马的老四趁机轻声问他:"文台,连我都看糊涂了,你到底是站哪一边的?若你真心投黄巾,带上我们海贼帮啊!"

孙坚轻声回道:"等一会儿放下吊桥后,你就带弟兄们守在吊桥口,无论何人跑来,立即接应!"

"但你得先说清楚你是站在哪一边的!"一边的老九也急了。

孙坚道："你们的大哥胡玉是被钟离越的小妾袁氏毒死的，而钟离越又是太平道的内应，胡玉大哥生前与我的关系又那么好，你说我是哪一边的？"

"哦！"老四与老九互相交换了眼神，点点头，似乎心里有数了。

不久后，孙、刘、笮三人四马已出现在城外，与黄巾军队伍里分出的四人五马两相对峙。孙坚从刘意的背后探头望去，发现对面中央白马上端坐着一个满脸络腮胡的中年，头裹黄巾，身披虎皮袍，马鞍上横着长矛，背插双戟，真是不怒自威。估计此人就是笮融所说的敌酋韩义。左右两个黄巾徒，则獐头鼠目，估计都是不值一提的小人物。他们旁侧的一匹小马上，坐着一个豆蔻少女，脸圆滚滚的，煞是可爱，估计就是笮融的小妹笮飞燕。至于那匹鞍上无人的马，则明显是留给刘意的。

敌酋韩义看到了刘意，大喜，对笮融喊道："笮兄弟，真是不辱使命，还真诓来了这老东西！对了！你手上的伤是怎么回事？"

笮融大喊："一言难尽！你当护卫王爷的羽林军那么好对付吗？"

韩义点点头："真委屈你了！对了，你的师父言无名呢？不是说好与他接头的吗？"

笮融大喊："言师傅有事，叫徒儿我代为转交下邳王。请韩将军立即放了舍妹！"

韩义仰头大笑："说笑了，怎么能先放令妹呢？为公平起见，当然是在笪老弟放王爷的同时，我韩某人亦放令妹。对了，王爷背后的那位好汉是谁？还有，好汉你为何一直捂住王爷的耳朵？"

孙坚大喊："我们之间的一些机密，最好还是不要让王爷听到！至于鄙人，便是下邳县丞孙坚！请问韩将军可知胡玉与钟离越？我就是被他们拉上船的！"

"哦！"韩义点点头，"我曾得到钟离越密信，说下邳的头号英雄孙坚愿意加盟我太平道！今日一看，果不其然！对了，那钟离越与胡玉为何没来？"

孙坚长叹一口气："二位大哥都已不在人世了！"

"啊？！"韩义大惊。

孙坚立马解释道："钟离越的小妾袁氏乃朝廷奸细，竟探知了我们起事之机密，用毒酒杀害了钟离大人与胡玉大哥！小弟我一怒之下，斩了此女，又按照钟离大人生前的指示，到城外与言无名师傅会合，得了他掠来的王爷。言师傅走后，我与笪融又假意将王爷献给官军，刚才又趁机将其劫持出城。"

孙坚语速很快，韩义一时听得似懂非懂。但他更关心的是下邳王的真假。他示意孙坚将捂住刘意双耳的手松开，然后问道："老东西，你真是下邳王？不是随便哪里找来的田舍翁？"

刘意听罢，勃然大怒，喝道："乱臣贼子！目睹大汉侯王真容，竟敢不下马跪拜！"

韩义笑得几乎直不起腰："这老东西，竟然现在还在这里摆谱！对了，老东西，你说你自己是下邳王，可有证据？只要证据确实，爷爷我就给你磕头，叫你爷爷！"

"汝到底要什么证据？"刘意反问。

韩义挠挠头，想了想，说道："我记得言无名师傅曾经对我说，有几句经文，天下没几个人背得出。对了，我背上句，你背下句，若背出来，就说明你真是那个吃斋念经的下邳王！"

下邳王点点头："那就请汝起头！"

"好！"韩义抓耳挠腮想了想，结结巴巴地背道，"安为身……般……般为息，守意……守意为道……"

刘意大怒："这是安世高师傅翻译的《安般守意经》，怎么被汝背诵得如此结巴，弄得语脉皆断？汝且听好：安为身，般为息，守意为道。守者为禁，亦谓不犯戒，禁者，亦为护；护者，遍护一切无所犯。意者，息意，亦为道也……"背到此处，刘意竟然意兴大发，语速加快，其吐词之清晰伶俐，绝不像是九十多岁的老人，"安为生，般为灭，意为因缘，守者为道也。安为数，般为相随，守意为止也。安为念道，般为解结，守意为不堕罪也……"

"好好好！我信！"韩义立即带众人下马，对刘意跪拜，"下邳王在上，草民韩义给您磕头了！"

自尊心得到满足的刘意仰头哈哈大笑："看来，就是反贼，也是要跪拜本王的！"但他仔细想一想，又觉得不对劲，低头问韩义，"汝既认我是真王，为何还要反汉？"

韩义听了，站起来哈哈一笑，指着刘意的鼻子，骂道：

"老东西！刚才那一拜，是敬你这么大年纪了，脑子还能记住那么费解的经文，别给脸不要脸！在本将军眼里，你就是一堆用来与洛阳皇帝老儿做交易的金子罢了！"

刘意听罢，叹了口气，说道："孤不与尔等一般见识！不过，要孤做贼人人质，还不如让孤去死！"

他身后的孙坚怒吼："老东西，这事可由不得你！"说罢，他立即下马，牵着辔头就往韩义方向拉去。刘意则努力把马缰绳往回拉。二人僵持之际，笮融偷偷给小妹使了一个眼色。笮飞燕会意，两腿一夹马肚，狠狠一拍马屁股，胯下小马一声嘶吼，朝笮融的方向飞奔而去！

"快回来！"韩义心道不妙，立即命令手下去追笮飞燕，一时没盯住刘意。刘意趁机从袖子里拿出一把匕首，对着洛阳的方向大喊："天子啊，本王就是死，也不做贼人人质！"说罢，他拿着匕首，直直往自己腹部捅去！

"不要啊！"韩义大叫。

但为时已晚，刹那之间，匕首只剩下金色的刀柄还留在刘意体外。刘意咬咬牙，又勇敢地将刀子在自己的腹部横拉了一道，将粉色的肠子都拉出了体外。如此血腥的场面，让孙坚也吓得松了辔头。刘意趁机调转马头，往下邳城北门方向跑去，嘴里嚷着："孤……死……也要死在下邳城……"

笮融此时也和小妹策马往城内跑去，他回头大喊："韩将军，事办砸了，笮某人再也无脸见你，就此别过！"

"怎么都跑了？"觉得自己被耍弄的韩义绝望地大喊，刚要策马去追王爷，突然马失前蹄，从坐骑上跌落下来。

原来，就在他的目光紧盯刘意坐骑的时候，孙坚突然抽出藏在马鞍侧面的环首刀，冲了过去，一刀砍断了韩义坐骑的马腿！

摔了个狗啃泥的韩义站起来，端起长矛，对着孙坚大喊："孙坚，你难道是诈降？"

孙坚大喊："韩将军冤枉孙某人了！我哪里诈降了？刚才王爷自裁，纯属意外！若我现在耍诈，又能得何好处？刚才你看清楚了，王爷肯定是伤重不治，我若再回下邳，也是死路一条！"

韩义觉得有理，但又觉得哪里不对："那你刚才为何砍我马腿？"

孙坚指着身后的城头，吼道："兄弟我是在救你！你可知道这城垛后有多少弓弩手吗？将军再往前一步，就会进入布置在城头的强弩射程，现在王爷已重伤不治，难道那些弓弩手还会投鼠忌器吗？"

韩义又问："那笮融怎么跑了，而你却不跑？"

孙坚扔了手里的兵器，捶着自己的胸膛，吼道："笮融帮你就是为了救他妹妹，他妹妹既然逃脱，他为何要再为你卖命？而我不一样，胡玉是我多年过命的兄弟，他死于朝廷鹰犬之手，我就是变成厉鬼，也要与朝廷为敌！韩将军若不信我，就一矛将我捅死在此！人固有一死，宁可死于道上的兄弟，也绝不能死于朝廷的法场！"

韩义听罢，无言以答，竟然挂着长矛，像孩子一样哭泣起来："孙坚兄弟，现在就算捅死了你，我回去也是死罪啊！既然没绑到王爷，就算任务失败，我可是在'神上使'张曼成将军面前立下过军令状的啊！"

孙坚吼道："你这娘娘腔，豪气还不如刘意那个老东西！大不了我陪你一起去见'神上使'，要死一起死！或么，凭我对徐州地面的熟悉，我们再到附近的彭城国劫掠一番，找点金银，将功赎罪。总之，我就是见不得韩将军你哭！"

韩义听了，觉得有理，立即擦干眼泪带上孙坚，撤离下邳城，去追赶前面的押粮队伍去了。

此时，下邳城北门城门洞里，海贼帮的人马已将刘意从马上搀下，平躺于地。脸色吓得发白的张昭，跪在刘意身边，看着他腹部流出的肠子，露出身子的刀柄，以及他已被血迹染红的下半身，嘴里喃喃自语："这可如何是好啊？"

此时，他身边的陈珪则眉头一皱，说道："奇怪，王爷脉象正常啊！"原来，他在众人慌乱之际，给刘意搭了搭脉。然后他又掀开王爷的外衣，突然哈哈大笑起来。

原来，那把匕首插在了一个绑缚于刘意腹部的牛皮囊上，里面灌满了事先预备好的猪肠与猪血。牛皮囊下面还有一层软铠做的内垫，以防止王爷用力过猛，真伤了自己。因为王爷衣服宽大，这些机巧在外人看来，可谓天衣无缝。

张昭长舒了一口气，凑在紧闭双目的刘意耳边，轻轻说道："王爷，请开金目，对臣下说几句话！孙坚今日让王爷受此大辱，小臣必重办之！"

不料，听到张昭要重办孙坚，刘意立即睁开双眼，挣扎着坐了起来，喊道："孙坚无罪！刚才之事，皆是本王应允的。孤今日涉险,纯然是为了下邳长治久安。再说,孤做王五十六年,没有哪一天,比今天更刺激更快活!今日孤实在太快活了!"

看着眼前的这一幕,一边的孙贲瞠目结舌。孙辅则抚摸着孙坚留给自己的掌印,若有所思。

第二十九回　杀韩分金

孙坚骗取韩义的信任后，便跟着黄巾军的队伍，一边徐徐往北面彭城国的方向撤退，一边思量着下一步的对策。原来，他刚才说要去彭城国，本是急不择言，其本意还是要劝韩义回下邳的。正当他琢磨如何劝说韩义调转马头时，不料韩义突然又痛哭起来。

"韩将军，又有何伤心事？"孙坚问道。

"今日之憾，不仅在于没有抓到下邳王的活口，还在于……更在于……折了我的两位夫人[1]！"韩义一边说着，一边抹眼泪。

"请问二位尊夫人是……"孙坚再问。

韩义回道："就是素有'荆州双莺'之称的赵氏姐妹，

---

[1] 太平道按照《太平经》的要求,鼓励教徒实行"二妻制"（二位妻子不分主次）,以图与儒家的一夫一妻多妾制对抗。

二人不但貌美，而且都是神射手。但据出城的兄弟们说，她们……都……都在北门……被害了……狗日的官军，连女人都杀……"韩义说着说着，又哭了起来。

孙坚心中一惊。半个时辰前，他与祖茂先后射杀的那对少女，竟是贼酋心爱的二位夫人。尽管心中忐忑，孙坚仍装出一副与韩义感同身受的样子："尊夫人就义之时，十分英勇，没有给咱们太平道丢脸！"

韩义听罢，突然觉得哪里不对劲，止住哭声，拉住马辔头，盯着孙坚问道："孙兄弟，你方才说我夫人就义的时候十分英勇，指的是我的大夫人，还是二夫人？"

孙坚的心怦怦跳着，回道："我说的是年纪更小的那位，至于年龄稍长的那位，直接掉下了城楼，最后的遗容我没见到。"

"那你看到的是小莺，掉下去的……就是大莺……"一脸痛苦的韩义盯着孙坚，陷入了短暂的沉默。突然，他像狮子一样爆发了，怒吼道："孙坚！你当时不就在城内吗？为何不去救她们？！"

韩义的暴怒将所有人都吓坏了，整支队伍都停了下来。孙坚见势不妙，立即从马鞍上滚落，边下拜边解释："韩大哥啊，我不知道那就是你的二位夫人啊！再说，当时我若出手相救，又如何能够骗得官军信任，劫持王爷呢？"

韩义转过马头，来到孙坚眼前，健硕的马蹄几乎快要踢到孙坚的额头。韩义将长矛指着孙坚的面颊，喝道："抬起头来！"

孙坚感到下巴处一阵冰冷。那是韩义的矛头。为了防止矛头刺到自己的喉咙，他只好双肘撑地，将头仰起，与韩义四目相对。韩义冷笑道："孙坚，你敢发誓说，我的二位夫人不是你射杀的吗？"

孙坚伸出一臂，指向青天："我孙坚对天发誓，若二位夫人的殒亡是我孙坚所为，我日后必死于乱箭之下！"

"那她们到底是被谁害死的？"韩义再次进逼，矛头抵着孙坚正在吞咽口水的咽喉。

孙坚大喊："是……是张昭！是督邮张昭亲自射杀的。"

韩义听了，将信将疑："督邮是个文官，他的箭法竟然那么好？"

孙坚抓住矛头，使其与自己喉咙保持一定距离，然后开始信口胡编："那个张昭可不一般，我们徐州人都叫他'彭城子布'，不但文章好，而且弓马娴熟，平时就拿桑葚放在奴婢头上当箭靶子练，练就了一手神箭法。今日二位尊夫人实在是运气不好，遇到高手了。"

韩义被孙坚诚挚的胡扯唬住了，慢慢收回长矛。孙坚顺势起身，对韩义说："大哥，我们要报仇啊！"

"报仇？对，我们要报仇！"两眼喷火的韩义转将矛头指向彭城的方向，说道，"孙坚，你不是说那张昭叫'彭城子布'吗？想必他老家就在不远处的彭城国！你且带路，等到了他老宅，就杀他个鸡犬不留，让那狗贼张昭也尝尝家破人亡的滋味！"

"此非报仇之上策！"孙坚立即摆手，解释道，"据我所知，张昭的妻妾现在都已被接到下邳城内，去彭城恐怕是报不了仇的！"

"那你说怎么办！难道我们再去攻打下邳城不成？我们已打草惊蛇，现在如何又能得手？"这下轮到韩义糊涂了。

孙坚知道时机已到。他将藏在身上的麟趾金取出，在韩义面前晃了一晃，神秘兮兮地说道："要让张昭家破人亡，奥妙就在于此！"韩义的双眼被金光一照，一下子就直了，大喊："麟趾金！"

孙坚赞叹一声："没想到韩将军一眼就能识出宝物。你可知此物来历？"

韩义点点头："据说前汉武帝时，祭拜天地，曾见天马。武帝为谢天，制麟趾金以分诸侯。光武登基后，此物已不多见，但当今皇帝刘宏奢靡，又重制前朝麟趾金，以显残汉余威。坊间早就谣传下邳国亦从洛阳朝廷分得麟趾金两千多枚，用于下邳王墓，然据我们埋伏在王墓工地之眼线所言，尚无人见过此物。怎么，兄弟竟然有此宝物？想必你也知晓余下麟趾金的下落了？"

孙坚惊讶地打量了一番韩义："韩将军，孙某不得不对你刮目相看！你是从哪里得知这些的？"

韩义点点头："别看我是个粗人，但对随葬物品之品类，还是略懂一二的。我爹，我爷爷，我太爷爷，世代盗墓。不瞒你说，我爷爷就曾在建康元年[1]趁着京都地震的机会，潜

---

[1] 144年。

入被震坏的宪陵，去窃那狗皇帝刘保的随葬品，狠狠发了一笔横财。这麟趾金，我很小时就见过一枚，个头比你手里的这枚还大，只是后来被大人熔铸成小金件卖了，以免被人告发。'神上使'之所以信赖我，也是因为看重我识宝的本领。对了，孙兄弟，你还没说，这金子你到底是如何得到的？"

孙坚笑道："正如哥哥所言，此金乃是下邳王墓葬所用，小弟我亲眼看到的，就有一千多枚！而向我指点迷津的，则是言无名师傅！"

听罢孙坚所言，整个队伍的黄巾军都放下鹿车，聚拢过来，大喊："也望孙大哥向我等指明富贵之路啊！"

孙坚站在高处，转身指向下邳城的方向，说道："诸位且看！下邳城西北门外半里老桑树下，就有下邳王廷暗库，库外没有任何兵卒守卫，库内藏有麟趾金一千多枚！我孙坚这次没劫来下邳王，也正好用这批财宝将功赎罪，反正即使王爷被劫来，最后也是用来换赎金的呀！"

众人听罢，不待韩义发令，纷纷调转鹿车，转向下邳方向。有些心急的黄巾徒，甚至议论说要卸下鹿车上的粮草，以便腾出空间给金子。韩义见状，急了，挥动长矛，喊道："都别动！本将军还没发令呢！"随即转头问孙坚："孙兄弟，你说的话，我如何信你？万一那库旁真有官兵呢？"

孙坚摆摆手："官兵现在吓得城门四闭，哪里管得到城墙半里地之外的事情呢？大哥的爷爷不是连皇陵都敢劫吗？你现在怎么连王陵都不敢劫了？"

韩义再想想，说道："我是怕这里丢了粮草，万一那一头也扑空，岂不是两头不讨好？"

孙坚笑道："哥哥若是怕这怕那的，就不妨兵分二处。三分之二的鹿车依然运粮前行，三分之一的鹿车空车去运金子，万一金子有失，也能留下大半粮草！"

韩义点点头，觉得有理，但又突然想起了什么，问道："孙兄弟，你说这盗金的事情，又如何能够伤得了那张昭，为我那二位夫人报仇？"

孙坚哈哈大笑："易如反掌！我们运走金子之后，只要在旁边的树干上刻下一行字，写上一句什么'太平道神上使谢彭城子布献金'，就足以栽赃张昭，让他满门抄斩了！"

韩义瞪大了眼睛，问道："如此明显的反间计，下邳相难道看不出来？"

孙坚笑道："哥哥信我，我做县丞十年，官场那套，比你熟。下邳相当然看得出这是反间计，但他既然无力追金，就需要有人来背责，否则掉脑袋的就是他。这时候，我们只要不写出下邳相王岱的名字，写谁都能置其于死地啊！"

韩义哈哈大笑："孙兄弟，你好毒！好毒！好，哥哥我就依你计！"然后，他对手下一挥手："分二百人卸下粮草，空车跟着我与孙兄弟走，余下四百人，则将刚卸下的粮草往车上堆一些，然后继续往前走！"

"得令！"太平道徒很快分为两部，彼此别过。孙坚看在眼里，喜在心头。

大半个时辰后，孙坚已经带韩义来到了老桑树下。他仔细看了看四周，臧黛君等人的尸体早已被朱治的手下打扫干净，就连血迹也用新土盖过。他指指老桑树下面的青石，说道："叫几个兄弟挪开青石，下面就有暗门！"

不待韩义发令，几个黄巾徒就一拥而上，撬开青石。而后，众人就看到了上了锁的暗门。有人拿着刀就要撬锁。

韩义见状，喝道："蠢货！你们这样会将锁具弄坏的！"他转向孙坚，"来，兄弟，给我钥匙！"

孙坚本想拿出言无名给他的那把钥匙，但仔细一想，又改了主意。他想借机校验一下韩义这个盗墓贼的本领。于是，他佯装找不到钥匙，一脸苦相。

韩义看着一脸紧张的孙坚，反而主动宽慰起来："钥匙弄丢了？不要紧，兄弟别忘了，我韩某人是世代盗墓的！"

孙坚点点头，说道："真是忙中出错。我也刚想起这钥匙已被言无名师傅拿走了。对了，这里面也有浮屠道的一半金子。他这么做，也是怕我独吞。"

韩义拿出一小段弯曲的铁丝，冷笑道："有了这个，浮屠道的那一半金子，我们也代为笑纳了！"

只见韩义将铁丝慢慢探入锁眼，又掏又扯，忙活了整整一刻的辰光，其间不断咒骂制作这锁具的匠人。孙坚心中暗笑，却听得"吧嗒"一声，锁具终于被打开了。随之被打开的，乃是一扇用青铜铸成的暗门。灿烂的阳光透过桑树残余的枝桠，射入了藏宝窟，离洞口不远处的第一排麟趾金则将这光芒反射回众人的眼目。

陷入狂喜的黄巾徒一片惊呼。有个年龄尚小的太平道徒竟拿出了鼗鼓，一边晃着，一边大声唱起了歌谣："青青园中葵，朝露待日晞；阳春布德泽，万物生光辉！"

"莫叫！附近可能有官军！"韩义立即指示众人闭嘴，并迅疾组织人马将金子装车。然而，众贼装车进度还不到三分之一，就听得远处有人踩着碎步而来，听声音似乎有五六十人。所有人立即停下手里的活计，警惕地拿起了刀剑。韩义盯着孙坚，问道："你不是说这里没有官军吗？"

孙坚将手张在耳边，仔细听了一下，笑了起来："只是些路过的乞丐罢了，哥哥不用担心。"韩义也仔细聆听，人群中飘来的，果然是一位少年凄惨的乞食歌：

两走马，亦诚难，顾见追吏心中恻；
心中恻，血出漉，归告我家卖黄犊！

韩义叹了口气："都是被这狗世道逼得走投无路的穷人！"他指示手下一边用毡布遮掩金子，一边拿出一些随身带的干粮，准备接济这些乞丐。

不久后，乞丐帮裹挟着身上的恶臭，进入了众人的视野。孙坚手搭凉棚一看，领头的正是满脸涂上污垢的韩当，他身边则是衣衫褴褛的祖茂。此二人之后还有一个晃着鹅毛扇的老爷爷，步履蹒跚。过了一小会儿，孙坚才看出这是化了装的诸葛珪。而跟在他们身后的，乃是同样化过装的朱治、老四、老九，以及他们的随从。为了更有迷惑性，诸葛珪的妻子章氏竟扮成老妪，坐在鹿车上，抱着两岁的幼子诸葛亮，大叫："孙儿啊，这苦日子我们该怎么过啊！"在后面奋力推着鹿车的则是诸葛瑾、诸葛芳与诸葛珺三兄妹。那诸葛瑾推累了，便停下脚步，再伴着小弟诸葛亮的啼哭，又唱了一句乞食歌：

> 出东门，不顾归。来入门，怅欲悲。盎中无斗米储，还视架上无悬衣！

孙坚佯装不识他们，在离他们约五十步的地方停住，捏住鼻子，对众人大喊："汝等何人？从何处来？又往何方去？"

领头的祖茂也佯装不识孙坚，喊道："回这位好汉，我们都是扬州饥民，经徐州下邳国地界，往西走，去投黄巾！因为身边干粮已尽，现困顿于此！好汉若有干粮救济，吾等往生将做牛马报答！"说罢，周围人等一片凄惨附和，就连小诸葛亮也识相地增大了啼哭的音量。

韩义听罢点点头，自言自语道："果然是扬州口音。"他走到孙坚身边，对着"乞丐"喊道："世道不易，乡党们受苦啦！诸位是否看到我们车马旁边的那些干粮？都归你们啦！"

韩当带头大呼："恩人呐！"就要冲过去抢吃，却被孙坚横刀示意止住。

孙坚大喊："诸位少安毋躁！且等片刻！"然后回头小跑至韩义处，对他轻声说："不妥！"

韩义皱眉，反问："有何不妥？"

"这些干粮离我们车马太近，我怕这些乞丐看出车上所装之物，节外生枝。这样吧，我独自一人将干粮运到他们那里，然后让他们立即绕路离开，岂不更为稳妥？"

韩义点头称是，赞道："到底是在县寺当过十年差的，部署滴水不漏，以后兄弟你就做我军师吧！"孙坚微笑作答。须臾，孙坚便在众人的帮助下，将一辆空空的鹿车堆满了干粮。然后独自一人，慢慢往祖茂方向推去。他一边推车，一边喊："各位乡党，相濡以沫，不如相忘于江湖！诸位拿走干粮，从此各走天涯，不再相认！"

"四十步！三十步！二十五步！二十步！……"晃着鹅毛扇的诸葛珪紧张地计算着孙坚与自己的距离。等到孙坚与众人只有五步距离的时候，他突然直起腰，晃了晃扇子，喊道："这些粮食还不够！"

此时，只见孙坚手中鹿车一歪，翻倒在地，而他人也扑倒在地，顺势一滚，滚到祖茂的脚边。而祖茂、韩当、朱治、老四、老九等人，齐齐亮出隐藏的弩机，向黄巾徒射去！

五十步，已是弩矢能轻易将人杀死的距离。

韩义一看，大叫："不好！"立即抄起长矛，上下挥舞，打飞了射向自己的弩矢。据其经验，弩机射击一次后，得重新拉弦装填，而这装填的间隙，足够自己的人冲上前去，与其近搏。

然而，今日所见之弩机却非常奇特，背上有一机匣，射手只要往后拉动机匣，就能立即复射一矢，又是一矢。大多数太平道徒在离弩机阵三十步处即被射倒。而三十步，是足以让矢镞透骨的距离。

发疯的韩义带着武功比较扎实的二十名亲随，终于冲到了离弩阵二十步的距离。此时，他惊喜地发现祖茂等人经过五轮射击，弩矢已尽，正向后排人等递送空空的弩机。

"冲啊！"自以为找到机会的韩义挥着长矛向前冲去，却不料对面又是一片密密的弩矢朝他们射来。

原来，祖茂等人已从诸葛瑾等人手里得到了一把把上满弩矢的新弩机。二者切换，只在弹指之间，还不够跑得最快的勇士前进五步！

"完了！"面对死神的召唤，韩义闭上了眼睛，然后感觉到全身上下被矢镞叮咬的那种痒痛。随后，痒痛转为刺痛，让他觉得难以呼吸。

须臾，孙坚提着环首刀，走到浑身插满弩矢、平躺在地、双腿抽搐的韩义身边，对其低语："实在抱歉，我们各为其主，我保大汉，你卫黄巾，孙某只能出此下策！"

肺部中矢，嘴里满是血沫子的韩义，脸上带着怪异的笑容，冷冷看着孙坚，嘴里嘟嘟囔囔："你们……不会……赢……的……我们的人……遍布十三州……"

孙坚点点头："尊二夫人临死时，说的话与阁下一模一样。我孙坚敬你们都是英雄！"

意识到是孙坚杀了自己两位心上人的韩义，痛苦地闭上了眼睛，眼角流出平生最后一滴眼泪，嘴里发出谁都听不懂的哀号。孙坚抄起环首刀，对准韩义的脖颈，数次想砍下去，临到头又都犹豫了。突然，韩义停止了哀号，同时没了呼吸，嘴角重又浮现出怪异的笑容，像是抵达了梦中太平安乐之国度，与自己的两位妻子团聚了。

孙坚将刀往地上一扔，望着满地的尸体，长舒一口气。终于，一切都结束了。

孙坚的伙伴们，也陷入了长久的沉默。他们都意识到，刚才他们之所以能如此快速地歼敌，恰恰是利用了敌人的善良。就连朱孝廉也是眼眶红润，自言自语道："兵之道，儒之道，可两全乎？"

第一个打破沉默的是诸葛珪。他努力挤出微笑，开始收起众人手里的弩机，说道："诸位手里的诸葛连弩，是在下费多年心力制成，今日只是借给诸位使用罢了，以后一定要严守秘密，不能泄于外人哦！"然后，他冷漠地看看地上的韩义，又看看在一边发呆的孙坚，讥讽道，"文台的先祖，当真是那个连斩吴王二美妃，眉头都不皱一下的兵圣孙武吗？此乃兵事，死人再寻常不过。"

孙坚回过头，冷眼看着诸葛珪："君贡先生，你只是在一边策划杀人罢了，你自己可曾放下过鹅毛扇，亲手用刀杀过人？你可知将冷冰冰的刀，插入一个刚才还与你谈笑风生的人的身体，有多难吗？"

诸葛珪哈哈大笑："真乃妇人之言！难道是因为孙文台你自己也是出身贫寒，所以就对这些泥腿子动了恻隐之心了？可他们不仅是穷人！他们手里都握有兵器！他们更是贼！是匪！是盗！是恶！他们是疠疾！是蝗虫！是洪水！他们攻掠官寺、屠戮你孙坚同僚的时候，难道你孙文台也会这样首鼠两端吗？！"

"我不是这意思……"孙坚想要辩白，却被诸葛珪打断：

"你且听我说完！太平妖道，无父无君，鼓吹人人平等，貌似诱人，实则大谬。仁爱有差等，恩惠有亲疏，此乃天地运行之常理。如今天下之所以大乱，并不是因为圣人教导有谬，而是因为阉党横行，清流受锢，圣人教化不彰！若让张角之流趁虚做大，则人世间无非多一个以平等为名、行桀纣之实的暴君，对天下黔首又有何益？若让其攻破一郡，则一郡良民成流民，一郡良田成蝗食耳！若放任不管，天下一百零五郡、国，又能留下几顷良田？孙文台，你若对天下百姓真有一点儿怜悯之心，不如打起精神，速速平定此大乱，顺势也为孙家光宗耀祖！"

孙坚哀叹一声，不再与诸葛珪辩驳。此时，忽听人群背后一声"善哉！善哉！"众人回首一看，原来是一直躲在后面的笮融，一瘸一拐地走上前来。他对诸葛珪双手合十，说道："先生说得精彩，只是稍有遗漏。我浮屠道既主张众生平等，又不认同黄巾以武叛汉，这种更为精妙的立场，诸葛先生之论，并未顾及啊！"

诸葛珪不耐烦地回道："正因为你们不叛汉，所以目下我们还有朋友可做。"

笮融点点头："既然是朋友，就要按照事先约定好的条件分钱。那些金子，按事先约定，我们浮屠道得分一半！"

孙坚惊讶地看着笮融："你把我与言师傅的约定，都说与众人听了？"

诸葛珪抢先回道："对，你出城那辰光，笮融将交易的细节都与我们说了，他怕你事后反悔，想多找几个证人。"

孙坚满脸通红："其实，我也想事后与诸位细说的……"

朱治摆摆手："文台今日经历之事过多，忘交代几句，也属常理，不必挂怀！我刚才与笮融商量了几条运金的详则。这些鹿车都是现成的，朱某我会组织手下将金子装车，运到白门楼下河滩边的朱家船队去，再由笮融与我的心腹韩当押运，离开下邳去丹阳。到了丹阳后，笮融将浮屠道的金子提走，余下的金子呢，我朱家也代文台保管一半，余下的四分之一再启运到文台在吴郡的老家，文台你看可好？"

孙坚想了想，点点头。他知道，既然迟早要让朱治的船队出力，朱家要分四分之一的金子，其实也不算太贪。此时诸葛珪看到很多并非朱家嫡系的人脸上露出不满之色，咳嗽一声，问笮融："笮兄弟，这库里的麟趾金一共有多少枚？你可有准数？"

笮融点点头："除了孙文台已经取走的一枚，一共是一千零七十枚，一枚不多，一枚不少！"

诸葛珪点点头，再问身边的韩当："韩兄弟，你看看这里我们一共有多少人？"

韩当数了两遍，非常确定地说："把妇孺都算在内的话，一共六十八人。"

诸葛珪笑了起来："妙哉！现场任何人，无论老幼男女，每人都能拿一枚金子，这叫'见者有份'。文台今天特别辛苦，笮兄弟又受了伤，多拿一枚。余下一千枚，一百枚拿出来换铁器打造兵刃，浮屠道得四百五十，孙家得四百五十，其中再分二百二十五枚由朱家代管，大家可觉得公平？"

听到就连妇人与孩子都可以参与分金，人群中爆发出阵阵欢呼。诸葛珪之妻章氏暗自盘算，发现今天诸葛家全员出动，一共可得金六枚，兴奋地捏了怀中的诸葛亮一下，惹得他又大哭起来。诸葛珪对妻子咳嗽了一声，示意她矜持一点儿。然后又突然想起了什么，转问孙坚："文台，方才在城头上看时，明明见贼军有六百人左右，为何目下仅见遗尸二百具？"

孙坚回道："我已略施小计，将贼寇大部兵马分走！"然后他吩咐祖茂，"大荣兄弟，你且用贼人留下的几匹马，去追正往彭城国方向的敌贼四百人，将其轰走，留下粮食！待贼人散后，你先守住这些粮草，我再遣更多人马将粮食运回太平仓！"

祖茂想了想，问道："我就带几人几骑，如何轰赶四百贼人？"

诸葛珪转头看了看躺在地上的韩义，眼睛一亮。他走过去仔细搜检韩义尸体，先是在其怀里发现了'神上使'张曼成遣发的'如见神上使'龟钮印，又发现他右手拇指上嵌套的一大一小两个玉鞢——这是战士在控弦时用来保护手指的配件。他再仔细看看这两个玉鞢，发现上面都刻着一个隶体的"莺"字。诸葛珪抬头问孙坚："文台，你可知上面为何刻了'莺'字？"

孙坚俯身看了看，点点头，说道："估计是他的两位夫人留给他的！"

一旁的祖茂冷笑道："这两个贼婆娘看来要守寡了！"

"不！"孙坚打断了祖茂，"她们都已被你我兄弟所杀！"

说罢，他举起环首刀，将韩义戴着玉鞢的整只手剁下，丢给一脸茫然的祖茂，吩咐道："将这手绑在韩义的长矛上给贼人看，他们肯定就会作鸟兽散了！"

诸葛珪见孙坚又恢复了杀气，脸上露出了欣慰的笑容。他对孙坚说道："文台，快割下韩义首级，带上表示他身份的龟钮印，与我速回下邳见张昭与下邳王，将今日的功劳做实。至于分金运金的事情，朱治与笮融会做好，你且放心！"

孙坚点点头，依言而行。诸葛珪也匆匆换了身干净的衣服，与孙坚分别骑上黄巾徒留下的坐骑，携着韩义的人头与印鉴，回城而去。笮融则一瘸一拐地来到韩义的残尸面前，盘腿坐下，听着凄惨的乌啼，心中想着携手伴飞的韩义夫妻三人的魂灵，双手合十，开始念念有词：

> 佛言：人怀爱欲不见道者，譬如澄水致手搅之，众人共临无有睹其影者；人以爱欲交错，心中浊兴，故不见道。汝等沙门，当舍爱欲，爱欲垢尽，道可见矣……[1]

---

[1] 出自《四十二章经》。

第三十回　痛陷囹圄

一身疲惫的孙坚东歪西倒地骑在马上，即使是前面诸葛珪身上散发出来的恶臭，也没有影响他在晃动的马鞍上打起呼噜。半梦半醒之间，孙坚的脑海里闪过赵小莺临死前凝视自己的双眸，越后被斩时露出的顾长的脖子，以及言无名背脊上的月牙形胎记。突然，他又看到那被斩断的韩义的右手，伸开五指，向自己扑来，刹那间黑乎乎一片，遮住了天地。

"啊！"孙坚大喊一声，差点从马背跌落。诸葛珪回头，关切地问道："文台，没事吧？"

孙坚揉揉双眼，笑道："无妨，就是困了，做了几个乱梦罢了！"

诸葛珪同情地点点头："从昨夜钟离府到现在，文台所做之事，别人要做一年！进城交割韩义首级之后，你且好好歇息！"

二人交谈之际，已来到北门。但奇怪的是，站在城头的竟然不是督邮张昭，而是下邳相王岱。诸葛珪与孙坚对视了一下，都面露不悦。其实，从昨夜勘察钟离府、韦尚兵权被夺开始，下邳相就一直没露面，将全城防务一股脑地丢给了张昭与孙坚。此时贼兵已退，他却登上城头，耀武扬威地来摘桃子了。

孙坚叹了口气，调整了一下情绪，将悬着韩义首级与其龟钮印的竹竿高高挑起，对城上的王岱高喊："下邳相在上，下官孙坚已斩杀这次袭击下邳的敌酋韩义！目前祖茂正在追击敌寇余部，估计两个时辰内，就能运回被贼人抢走的粮草。不知王爷目下何处？"

下邳相哈哈一笑，喊道："目下老王爷已移驾王廷，得到了世子严密的保护。文台啊，今日你可是建奇功了！"

孙坚听罢，违心地大喊："全凭下邳相调度有方，属下只是尽分内之责罢了！"

下邳相摆摆手："文台谬赞了！此次救驾，督邮张昭与你功劳都很大。不过既然事已平息，虎符本相就暂先收回，而后就叫直符史[1]入库了！"说罢，他将手头的两爿虎符向孙坚晃了一下。

孙坚想了想，心头一紧，这下邳相怎么这样快就收回了兵符。不过仔细回忆一下，倒也能想通。原来，这两爿兵符本是由张昭与朱治各保管一爿的，朱治手里的那爿还交给

---

[1] 保管符印的秘书官。

下邳王亲手验过。张、朱在城头合兵时，两只虎符合体，由此方能证明二者所带兵马均属一体。如若敌退之际，王岱迅疾赶到北门，自然也就能顺势收回这两只兵符。

孙坚正想着，下邳相已命人放下吊桥。孙坚刚想策马上桥，却被诸葛珪劝住。诸葛珪轻语："文台，这下邳相收兵符太快，城头又不见张子布，我感觉很不好。你找个借口，先别进城！"

孙坚摆手道："先生多虑了！现在我已获下邳王信任，还怕他一个下邳相不成？再说，我家眷还在城内，怎能不顾？"

诸葛珪摇头道："文台，别太儿女情长。想想那韩义！"

孙坚心生不满，对诸葛珪说道："先生，你的家眷现在都在朱治家丁的保护下，自然能说这风凉话！若他们也在城内，你也能如此轻松？"说罢，他也不听诸葛珪劝说，径直策马上了吊桥。

诸葛珪知道劝不动孙坚，摇摇头，想回马去找朱治，却被城头的王岱喊住："诸葛先生，为何不与孙县丞一起入城？据说这次救驾灭贼，先生出谋划策，也有很大功劳啊！何不与孙县丞一起去寒舍，让本相亲自为二位功臣接风洗尘呢？"

诸葛珪尴尬地摆摆手："小民身上污秽不堪，怕熏坏了大人的鼻子！要不稍候片刻，小民再来拜访？此外，小民家眷还在后面，小民想先去看看他们是否安好。"

王岱哈哈大笑："难道在寒舍，先生就不能沐浴更衣了？再说，先生之家小，本相也可以遣人去照顾啊！别推辞了，再推辞本相就不高兴了!"

诸葛珪实在找不到话推脱了,只好硬着头皮跟着孙坚上了吊桥。两扇沉重的城门,在二人面前缓缓打开,映入眼帘的是异常冷清的主街。孙坚抬头望着城墙内侧箭垛子后迎风飘动的旌旗,渐渐感到了一阵诡异的肃杀之气。他心中默念:莫非诸葛先生刚才的感觉是对的?他刚想将马头勒住,却发现胯下的坐骑已不知不觉地走出了好远。他回头再看诸葛珪的坐骑,发现他的坐骑磨磨蹭蹭的,刚刚才进城门洞——他似乎还来得及逃。孙坚也不顾与王岱说话了,对诸葛珪大喊:"哎呀,诸葛先生,好像我们忘记带来敌酋副手的首级了,你快回去取啊!"

诸葛珪心中暗骂:孙文台,刚才在城门外你为何不喊?但他刚转过马头,却听得"吱呀吱呀"的绳索搅动之声——原来,长长的吊桥已被快速拉起,堵住了自己出城的路!

还没等诸葛珪与孙坚反应过来,突然城头金鼓齐鸣,埋伏在箭垛子后的二百弓弩手齐齐探出身子,将二百支尖锐的矢镞对准了二人。王岱也收起笑容,拔出环首剑,对着二人吼道:"孙坚、诸葛珪,还不快快下马受降!"

孙坚对着王岱喊道:"相爷不是刚才还说我救驾有功吗?为何我一进城,就刀剑相向?"

王岱哈哈大笑:"孙坚,你可听清!本相现在要缉拿你,并非否认你救驾有功,而是因为你涉嫌昨日杀害钟离越一家!汝是否可功过相抵,本相目下也不能确定,准备先将尔等拘捕,细审详问,再将尔等押解徐州刺史部,由上峰定夺。

本相看在刚被救下的王爷的面子上，一定不会为难二位。若二位持械拒捕，本相就只好狠狠心，教尔等片刻归西！"

孙坚对王岱的指控毫无防备，一下子就懵了。身边的诸葛珪急着大喊："孙坚涉嫌杀人，与我何干？"

王岱用剑头指着诸葛珪说："因为本相怀疑你就是孙坚的从犯！"

孙坚大喊："张督邮现在何处？我的事，他最清楚！"

王岱回道："有人密报，说你与张督邮在太平仓似有交易，虽不知真假，但为了避嫌，我已经叫张督邮暂且回家歇息，不再插手此案！"

孙坚再喊："那我要唤下邳第一富豪陈珪出来说话，他也可证明我的清白！"

王岱回道："可惜，陈珪也回家歇息了！"

孙坚大喊："那……那我的侄儿孙贲、孙辅目下何处？"

王岱冷笑道："孙宅上下都已被羽林军围得水泄不通！你的两个侄子，以及你的妻小，都不能出孙宅半步！不过孙坚你放心，只要你配合本相查案，我断不会伤他们一根毫毛！"

孙坚看着王岱手里的虎符，想到忠于自己的朱治与海贼帮的人马都尚在城外，知道抵抗已无意义。他叹了口气，将佩刀与悬着韩义首级的竹竿往地上一扔，下马伏地，大喊："孙坚无辜，但为避免误伤，愿先由相府羁押，请相爷细审！"

诸葛珪见状，也唉声叹气地下马乞降。王岱一挥手，两边的羽林军一拥而上，将二人的头蒙上玄色布头套，双手塞入木㭻[1]，加上铜锁，又将他们的双足扣上了铁脚链。一个是堂堂县丞，一个是名吏之后，瞬间变成了两个手脚受拘的囚犯。随后，王岱手下再将二人塞上了早就备好的马车，驰骋而去。

等到了目的地，两边的看守便立即撤去了孙坚与诸葛珪的头套。跳下马车的孙坚探头一看，发现他们来到的并非王岱的相邸，而是作为杀人现场的钟离府！

在刀剑相逼之下，二人戴着木㭻，拖着脚链，慢慢走过钟离府的庭院。此时他们发现，昨夜遇难者的尸体，已经被蒙了白布，整整齐齐地排在院门两侧，而每具尸体的旁侧都挂着一块木牍，上面写着尸体主人的名字与标号，以及大致的体貌特征。在院落的其余各处，到处是用白垩粉画出的人形图案，标示着所有遇难者被发现时最早的位置，而每处人形图案内又画有标号，与木牍上的标号相互对应。在院落的另一角落，还有几个掾吏正在用鸟兽纹铜尺仔细测量余下几具尸体的身高。孙坚一看，主刑罚的贼曹掾陈匡、掌决狱的决曹掾公仇称、缉拿逃犯的贼捕掾马芳竟然都在，算是凑齐了下邳所有的刑侦干吏。他们见到下邳相入院，立即放下手头的活计，赶来下拜。下邳相挥挥手，叫他们继续干活，不要分心。

"大人！"孙坚瞪着双眼，喊住了走在前面的王岱，"昨夜到今日，孙某为救王爷，舍生忘死，难道此间大人就一直

---

[1] "㭻"读"拱"。为拘束手的刑具，作用类似手铐。

在此处查此小案，不顾王爷的死活吗？"

王岱转回身，冷笑道："孙坚，你好歹也是一个县丞，说话为何如此孟浪？你昨夜救王爷，是谁给你的权力，谁给你的兵符？是我！是我——下邳相王岱！瞧，你今日果真救回了王爷，这只能证明本相用人得当，你现在又有何理由指责本相？"

孙坚被王岱的无耻惊住了，气得咬碎钢牙，过了好一会儿才迸出一句话来："那下邳相至少也应当在城北激战之时出来督战吧！"

不料，王岱听后却哈哈大笑："孙坚，你觉得你这话，像是兵圣孙武的后代说的吗？若是黄巾贼以袭击太平仓为诱饵，调本相出击，再在半途伏击本相，又该如何是好呢？你们死了都无所谓，你们的官阶小，朝廷不会在意。但若像我这样的二千石高官有失，那就会震动天下，反而壮贼声势，鼓励更多的泥腿子去造反！所以，即使是为了大汉社稷，本相也必须惜身如玉啊！"

一旁的诸葛珪冷笑着插话道："下邳相化怯为勇的辩才，小民真是无比佩服。更令小民感佩的是，没想到下邳相勘验杀人现场的本领，也堪比大汉一等决曹掾了。"

王岱当然听得出诸葛珪这话是在嘲笑自己越俎代庖，做了本该由区区决曹掾所做之事。不过他并未被激怒，只是淡淡说道："诸葛先生误会了。连救王爷这样的大事，本相都会委派下属，查案就更不会亲力亲为了。本相不妨直言：在此查案的，除了你们刚才看到的那些掾吏外，本相还另派了得力干将,本相只是在此督查罢了。"

孙坚此时插话:"下邳相既然如此重视此案,恐怕就是不信孙某昨夜所呈报的案情了?"

王岱击掌道:"文台,你这个问题,才算是问到点子上了!昨夜本相在此听说下邳王失踪后,本是想着去相府运筹帷幄的。但临走时本相突然想到,贼人既然袭击了钟离府,又袭扰了王廷,恐怕相府也不太安全。而既然钟离府已被袭击过一次了,贼人应当不会再来。于是,本相就决意留在钟离府,坐观局势变化。但不料等待多时,却未听到贼人袭击相府的任何报告。本相立即生疑,为何贼人对下邳傅的兴趣,要高于对于下邳相的兴趣呢?莫非其中有诈?这期间,本相不经意发现,遗留在现场的黄巾贼尸个个身体健硕,更像是富豪人家的家奴,而不像那些走投无路的泥腿子。结合这种种蹊跷,本相就决定重查此案!"

孙坚额头开始冒出冷汗。在下邳为官这几年来,他一直觉得王岱是一个凡事糊涂的昏官,没想到他却在关键时刻爆发出了如此锐利的推断力。真是低估他了!

见孙坚发呆,王岱幸灾乐祸地拍手问道:"孙文台,你难道不想知道本相究竟是委托何人重查此案吗?"

孙坚摇摇头:"孙坚驽钝,不知!"

"我就知道你猜不到!"王岱对着内院大喊,"审案人,请移步院内!"

王岱话音未落,让人听了直起鸡皮疙瘩的铁镣声,便从里屋慢慢传来,越来越近。孙坚与诸葛珪心中一惊,默默自问：难道这个所谓的审案人，竟然是与自己一样的囚犯？待此人进入视野，二人更是目瞪口呆。来者不是旁人，正是昨夜被夺职的前中尉韦尚！

看到孙坚与诸葛珪诧异的表情，王岱得意地笑道："不瞒二位，今日……今日本相……一直就在等待二位这个表情！实在是……太……太有趣了！哈哈哈哈！"

孙坚瞪着王岱说："大人，这样的恶作剧，符合您二千石高官的身份吗？"

王岱收起笑容，重新板起面孔，说道："谁说这是恶作剧？这都是为了查案需要。"说罢，他再转向韦尚，问道，"韦尚，你自己来说说，为何本相委托你来查案？"

韦尚对着孙坚"哼"了一声，然后抬头对天，答道："本人犯下的只是通奸之罪，按汉律，即使比照对'禽兽行'的处罚，最多也就是革职。而孙坚涉嫌的可是杀——人——大——罪！被害者被全家灭门，现场极为凄惨。按汉律，若孙坚罪行坐实，当——满——门——抄——斩！下邳相让我这个轻罪犯去审重罪犯，在下认为非常稳妥。"

韦尚说话的时候，王岱背着手在庭院内踱着碎步。见韦尚说完了，王岱也停下了脚步，再问："你再说说，下邳牢房里轻罪犯那么多，为何本相偏偏找了你韦尚？"

韦尚点点头："理由有三。其一，昨夜我带着羽林军赶到杀人现场时，惨案已发生，所以杀人时我不可能在场；其二，我本就是一国中尉，对刑名并不算生疏；还有……其三……其三……"韦尚有点儿脸红，吞吞吐吐说不下去了。

王岱见状，笑了起来，说道："这第三条还是由我来代说吧！既然罹难者里有你韦尚相好的袁氏，而你昨日对她的真情，我等又历历在目，所以本相寻思，你恐怕是这天下最想知道杀害袁氏之真凶的人。叫那些掾吏查案，他们只是为了俸禄，而叫你去查案，你却是为了真情！"说罢，王岱又将脸转向孙坚："文台，你看本相是不是知人善任啊？"

听罢王岱所言，再无顾忌的韦尚也豁出去了，大喊："我就是喜欢袁氏！至少我敢承认！而杀害她的人，至今却躲在暗处！我今日就要指出真凶，为我的心上人报仇！"

说罢，他像一头愤怒的猛虎，挥舞着手里的木橼，直直向孙坚扑来。但他未前进几步，就摔倒在地。原来，几个看押韦尚的羽林慌忙拉动他的脚链，将其绊倒了。倒地的韦尚依然举起木橼，十根手指全部指向孙坚，高喊："孙坚，昨日我苦想一夜，发现所有疑点都指向你！都指向你！"

看着地上的韦尚，孙坚的意识变得恍惚。他仿佛看到，向他号叫的不是韦尚，而是为双莺香消玉殒而痛苦的韩义。

突然，王岱大喊一声："好臭！"打破了韦、孙之间的紧张对峙。他对着一边的诸葛珪骂道："你这诸葛匹夫，本相忍你身上的臭味已经很久了！今天你怎么这么臭？"

诸葛珪苦笑道："相爷嫌小民臭？要不现在就放诸葛珪回家去沐浴，待小民洗干净了再回来？"

王岱瞪大了眼睛："诸葛珪，你想什么呢？因为嫌你臭，就放你走？你要沐浴，可以。但就在这钟离府，一步也别想踏出去！我给你半个时辰，够了吧？"随后又对孙坚说道,"在这半个时辰里,你也可以沐浴更衣,还可以吃顿饱饭,算是对你今日救驾的奖励,只是身上枷锁不能去除。"而后,王岱又踢了地上的韦尚一脚,冷冷说道:"你方才这么激动,如何审案?在这半个时辰里,我赏你点茶喝,先去冷静冷静。"

说罢,王岱背着手,径直进了钟离府的内庭,去吃随从带来的点心了。

第三十一回　孙韦对质

半个时辰后，孙坚与诸葛珪均已沐浴更衣、酒足饭饱，进了内厅。不料走在前面的韦尚转头向孙坚与诸葛珪招招手，说："此非第一杀人现场。"三人身后的王岱接着补充道："韦尚的意思是让二位移步钟离府之密室。钟离夫妇，以及胡玉的尸体，均是在密室中被发现的。"

孙坚心情忐忑地踏入密室。但见室内，遇害者的尸体早已被清空，但画有尸体位置的白垩粉印记却很醒目。袁氏临死前弹奏的箜篌，也被小心摆放在她倒地的位置旁边。她遇害后留在墙上的血迹，已经变成了枯褐色。一脸冷漠的王岱指着房内的主案问道："昨夜钟离越是否就端坐于此？"

孙坚点点头，表示默认。王岱说道："那好，本相现在就坐于此。"他又看看韦尚，说道，"你现在就坐在胡玉的位置。"然后又转向孙坚："昨夜你孙文台坐于何处，现在就依然坐于何处。"

诸葛珪急了:"相爷,这里有小民何事?你看这房间也容不得太多人,要不,小民先回避一下,把刚才尚未喝完的鸡瓠菜白羹喝完?"

王岱摆摆手:"诸葛先生,先别急嘛!你可知昨夜有一个貌似不起眼的小人物,在此案中发挥了极大的作用?那就是孙府的厨子王兴啊!他做的鱼,可比鸡瓠菜白羹更好吃哦!你且等在密室门口,门扉就开着,人不要跪远,等一会儿本相还要叫你扮王兴,复演案情呢!至于羹汤么,我叫下人给大家每人再添一碗就是!"

诸葛珪叹了口气,只好跪在门口。这时候他发现门外不知何时又进来了两个书吏,已准备好竹简与笔墨,随时记录孙坚的口供。王岱则懒洋洋地从冠冕上拿下一把错金书刀,一边用其修着自己的指甲,一边慢慢说道:"韦尚,孙坚,本相现在想与二位玩个游戏。你们二位都是玩家,本相则是评判。游戏其实很简单。韦尚你方才不是说孙坚身上都是疑点吗?现在就不妨将这些疑点罗列出来,孙坚你则一一驳斥。只要有一项与本案有关的关键疑点,孙坚无法自辩,本相就判孙坚输,否则,便是韦尚输!"

"赢又如何?输又如何?"韦尚问道。

王岱放下错金书刀,笑道:"谁赢了,本相就为谁恢复名誉,官复原职!输者,按其罪名法办!"

孙坚抬起头,笑道:"相爷刚才已经在众人面前将我拿下了,若本人恢复官职,相爷的面子又摆在何处?"

王岱"哼"了一声,一边拿着书刀继续打理指甲,一边说道:"文台,听你的口气,你觉得你肯定能赢?好吧,就算你能赢,你也不要太小看本官的雅量。你别忘了,其实昨夜本相也曾当着众人的面将韦尚拿下,若你输他赢,本相再履约给他恢复官职,难道就无损于本相的官威吗?"

韦尚不解地问道:"那大人,若我赢了,我与袁氏的事情,又当如何论处?"

王岱笑道:"那事我自然会压下。目下黄巾贼还有可能再来袭扰下邳国,我身边尚缺懂兵略的武将。你那些儿女之间的丑事也好,本官的官威也罢,与下邳防务相比,当然都算是小事。"说罢,他瞥了孙坚一眼,讥讽道,"孙坚,本相突然想起来,已故的前匈奴中郎将臧旻大人是不是你的老上司?他好像有句名言,说什么'《春秋》之义,选人所长,弃其所短,录其小善,除其大过'。这样说来,本相若重新启用韦中尉,也是依据臧大人解经之义,你说是不是啊?"

孙坚苦笑一下,不再说什么。修好指甲的王岱收起书刀,重新将其插在冠冕上,转向韦尚:"你来主审。现在可以开始了!"

韦尚转向孙坚,先抛出了第一个问题:"孙坚,再将你昨日所呈报的案情,重复一遍!"

孙坚用眼角的余光看到了正握着毛笔准备笔录的书吏,心跳加速,嘴里回道:"昨夜已说过之事,何必再谈!"

韦尚将双目一瞪:"当然要再谈!孙坚,你若没撒谎,供词说一千次都不会彼此抵触;你若撒谎,多重复几次供词,破绽自会露出。你现在不敢说,岂非心虚?"

孙坚低头抿了一口刚刚送来的鸡瓠菜白羹，为自己争取一点儿思考时间，同时，双目飞快地扫视屋内各种物件，试图以此为线索，重新搭建出一个与昨日呈报最接近的新故事。老实说，从昨夜至今，关于钟离家所发生的惨案，孙坚已经对太多人说过太多不同版本的故事，以至于他现在都记不清对王岱最早说的那个故事是什么样子的了。

"快说！"韦尚愤怒地用拘束着双手的木拳，狠狠敲击了一下自己面前的案几。

孙坚点点头，开始了陈词："昨夜……大约是酉时与戌时交接之刻，我与胡玉应邀到钟离府赴宴。袁氏亦在场。酒过三巡之后，那钟离越便开始借酒浇愁，破口大骂袁氏，说她与韦尚有染。骂着骂着，钟离大人突然拔剑要砍袁氏，被我拦腰抱住。袁氏也吓得不轻，立即下跪求饶。待钟离大人气消后，一脸怒气的袁氏便找身边的胡玉发泄，指责他为下邳王墓提供的陪葬品价高质次。胡玉听了一脸不悦，与之理论，我则在一边劝慰众人，大家才重新坐下喝酒。为了缓和气氛，我叫自己带来的帮厨王兴立即去做鲫鱼汤羹。那王兴烹制的鲫鱼，乃下邳一绝，胡玉亦曾多次要用重金买我这奴婢，我一直没舍得。但鱼烹毕后，上菜的却是袁氏，而不是王兴。不料钟离大人吃了一口后，立即就咽气了。我当时看了不由得大惊，毕竟钟离大人吃的鱼是王兴做的，而王兴是我的奴婢。为了洗清自己，我立即找来王兴，与之对质。不料王兴还没说上一句话，就突然被袁氏杀死。胡玉本来就对袁氏不满，又见自己喜欢的小奴被其所杀，便一时冲动，杀了袁氏。因为事发突然，胡玉出手非常之快，我未来得及阻拦。此时密室外又是一片混乱，大批黄巾贼突然闯入钟离府，我与胡玉及其手下一起出门抗敌，杀死了大多数贼人。但因为敌寇人众，我方实在没有人手保卫钟离家小。胡玉亦死于混战之中。"

韦尚冷笑道："现在就都凭你一张嘴胡说！钟离全家死了，王兴死了，胡玉也死了，我如何信你？"

孙坚："谁说全死了？昨夜，胡玉的手下老四与老九，以及下邳尉祖茂与韩当全部在场，为何不传他们来此问话？"

韦尚："他们目下何处？"

孙坚："在城外追击黄巾余部！"

王岱插话："孙坚，你是想诱本相放你兄弟进城救你？韦尚，你且不要中计，再问别的！"

韦尚："孙坚，你与胡玉昨夜为何去钟离府？"

孙坚："这一点不妨直说。众所周知，下邳王墓的营建是由钟离大人一手负责的，但其中用到的一些奇异物产，如玳瑁与琉璃器之类，却要从交州输入，而胡玉恰好在交州有门路，能进到这些货。我因为是胡玉的旧相识，便在钟离越与胡玉之间牵线搭桥。昨夜是因为要商议一批货物的品类，所以我们三人才凑到了一起。"

韦尚："那么，老四、老九、祖茂与韩当又为何在外厅等着？"

孙坚："很多进货的具体事宜，是老四、老九经办的，而代表孙某交接的事宜则由祖茂、韩当经手。昨夜他们四人之所以也到钟离府，只是方便钟离大人随时问询罢了。"

韦尚："呵呵！孙坚，你也承认，钟离越、你与胡玉之间财物来往复杂，而且你自己也提到，袁氏曾因货物进价之事与胡玉发生争执。而且更蹊跷的是，昨日胡玉与你各自的随从也到了钟离府。好吧，韦某现在就大胆推测：昨日你与胡玉因分赃不均，各自带了随从来找钟离越理论，其间一言不合，你就斗杀胡玉、钟离越，然后干脆杀光一切知情者，再栽赃给死人！"

孙坚："韦尚，你编瞎话也得动动心思！我若去斗杀胡玉，他的随从老四、老九岂可容我？从昨夜到今日，此二人一直助我营救下邳王，这一点又该如何解释？"

韦尚："那是因为你孙坚策划巧妙罢了。但你还是留下了破绽！比如你的小奴王兴。按你供词，王兴为袁氏所杀。但韦某却要请教：袁氏为何要杀他？"

孙坚："我已说过，杀死钟离越之毒鱼，乃王兴所烹，由袁氏端上案几，故而，二人之中，必有一下毒者，而另一人，则很可能就是下毒者的栽赃对象。但真正的下毒者往往更心虚，生怕自己的栽赃对象会反戈一击。所以孙某猜测：袁氏是不是自己在下毒时被王兴窥见了，才杀人灭口呢？"

韦尚："好吧，就算下毒的是袁氏，而非王兴。但是她为何要毒杀亲夫呢？"

孙坚："这我也说过了，韦氏与你有奸情，而那钟离越因为嫉妒，对她已生杀意，所以她便想借我孙家小奴之手毒杀亲夫，以图自保！"

韦尚:"这话好不荒唐!从钟离越拔剑要斩杀袁氏,到钟离越本人被毒杀,其间相隔多少辰光?"

孙坚:"好像……半个多时辰。"

韦尚:"这就奇怪了,袁氏仅仅在半个时辰之前才意识到丈夫要斩杀自己,其间她又不能离开密室太远,匆促之间,又是从何处寻得毒药呢?除非……"

孙坚意识到韦尚要说"除非她是被人陷害的",立即抢白:"除非她早就开始谋划杀死亲夫了!"见众人惊愕,孙坚补充道,"现场已从袁氏身上起获了还没用尽的毒药,可为证据!"

韦尚再次用木棤猛击案几,怒吼:"谁能保证那毒药不是你事后栽赃的呢?再者,刚才你不是说,袁氏见她与我之间私情败露,而临时起意的?如何又成了蓄意已久呢?"

孙坚冷笑道:"我刚才说她临时起意,只是基于猜测。我又不是杀人凶手,又如何确切知晓凶手之所思?不过方才经过你的提醒,现在我突然明白袁氏更像是蓄意杀人了!"

韦尚:"那她又是出于何故?"

孙坚:"譬如……她是黄巾贼啊!"

韦尚站起来,几乎要跳上案几:"孙坚,你污蔑死者,多少也有个限度吧!"

孙坚笑道:"这也只是孙某的猜测罢了,不过,这猜测似乎更有道理。譬如,只要假设她是黄巾贼,就既可以解释她为何杀钟离越,又可解释她为何杀王兴,甚至还可以解释她为何去勾引你韦尚!具体而言,杀钟离越,是为了卸掉下邳王的左膀右臂，以便策应王廷内部的贼人！杀王兴，是为了方便栽赃给我孙某人，一箭双雕！而去勾引你韦尚，则是图谋你的兵权，以便懈怠整个下邳的防务！"

韦尚发现孙坚突然把矛头转向自己，开始紧张起来，结结巴巴问道："你……何以知道是她去勾引我的？"

孙坚笑道："男女相合之事，总有风起池皱之分。难不成是你韦中尉主动勾引那袁氏的？韦中尉，你为人真有那么龌龊吗？"

韦尚满脸通红，半晌不语。突然，他眼睛一亮，抬头说道："孙坚，为何你的小奴王兴就不能是黄巾贼呢？此外，说他趁乱投毒，且受你指使，难道说不通吗？"

孙坚摇摇头："怎么说得通呢？我若指使他投毒，那我孙某也是黄巾贼了，但这样一来，又如何解释今日我舍生忘死救出王爷，斩杀敌酋韩义呢？"

韦尚一时语塞，但想了想，又说道："若你不是黄巾贼，那王兴就是潜入你孙府的黄巾贼！你至少有失察之罪！"

孙坚笑道："说这话，你可有真凭实据？"

韦尚怒吼："你说袁氏是黄巾内鬼，又可曾有半点真凭实据？"

孙坚呵呵一笑，不再理睬韦尚，开始低头喝略微变凉的羹汤。韦尚刚想继续骂他，却被观辩的王岱挥手制止。就此，屋内陷入了沉默，只剩书吏整理竹简的声音偶然响起。

这次打破沉默的，竟然是庭院里传来的狂风呼啸之声。不久后，水滴砸地的雨音亦传入众人双耳，而且愈来愈大。

庭院内掾吏们的呼叫声也随之飘来:"快给尸体盖上草席!搭起竹棚!"

诸葛珪打了一个饱嗝,用筷子敲击着空空的羹汤碗,对着门外的风雨,吟唱道:

> 风雨凄凄,鸡鸣喈喈。既见君子,云胡不夷。风雨潇潇,鸡鸣胶胶。既见君子,云胡不瘳……[1]

"诸葛匹夫,谁叫你唱歌了!"韦尚用木拳第三次拍击案几。

诸葛珪探出头,笑道:"是那风,是那雨,引我诸葛珪低声吟唱的啊!我诸葛珪冤枉,就连苍天也不忍往下看啊!"

"你又冤枉什么?"韦尚瞪着诸葛珪再问。

诸葛珪也将双目反瞪韦尚:"这屋内所坐的戴拳之人,最为无辜者,难道不正是我诸葛珪吗?你韦尚虽非杀人凶手,但堂堂一国中尉,竟与同僚小妾通奸,礼义廉耻何在?"说罢,他又转向孙坚:"文台,今日你虽建下奇功,但昨夜遇贼时,你竟然没保全钟离府上任何一人作为人证,这也难怪别人对你生疑啊!"说罢,手戴木拳的诸葛珪费力地将手指反勾自己说道,"不像我诸葛珪,既未与任何人有不伦之情,昨夜又是惨案发生后才到的现场,这才叫玉质冰洁啊!我就不懂了,今日我怎么就手戴枷锁,被诬成杀人从犯了

---

[1] 歌出《诗经·郑风·风雨》。

呢？主犯之罪尚在两可，这从犯之罪又是从何说起呢？"

王岱瞥了他一眼，说："既然主犯之罪尚在两可，所以才说孙坚尚未脱罪！而你作为孙坚好友，本在京都鸿都门学做画师，却在不久前偷偷潜入下邳，目的非常可疑。本相将你先行拘押细审，有何不妥？"

诸葛珪叹了口气："既然将我押来，为何刚才韦尚又不容我说话呢？"

韦尚："你方才分明是在唱歌啊！"

诸葛珪："我现在唱累了，能说话了吗？"不待王、韦同意，他就起身走进密室，夺过书吏的毛笔，蘸了一点儿墨水，在孙、韦两人案几之上写下"甲""乙""丙""丁"四字。

韦尚："这是何意？"

诸葛珪将笔一丢，说道："方才孙县丞说袁氏是黄巾贼，而韦中尉说王兴才是黄巾贼，二人莫衷一是，相持不下。但在诸葛珪看来，真相不外乎这'甲''乙''丙''丁'四种可能，只要仔细甄别，不难去伪存真。先来看'甲'，即袁、王皆是黄巾贼。但'甲'显然说不通，若二者皆为黄巾贼，为何袁氏要杀同伙？再来看'乙'，即袁、王皆非黄巾贼，而钟离大人为袁氏所害。这种可能性勉强可以说通，因为分赃不均，或夫妻龃龉，或许都会促使袁氏去谋杀钟离越。至于袁氏去杀王兴，肯定是为了掩饰什么——譬如，正如文台所言，是为了让那王兴不去告发自己投毒之事。但毫无疑问的是，在此情况下，王兴断非毒杀钟离大人的真凶，否则袁氏为何要杀死谋杀自己丈夫的真凶，让别人反而觉得自己心虚呢？再来看'丙'，即袁氏是黄巾贼，而王兴不是。这也说得通，因为正如文台所言，她若是黄巾贼，杀人动机充分，可以一除钟离、二害文台，策应其同党在王廷的行动。再来看'丁'，即袁氏不是黄巾贼，而王兴是，且钟离大人乃是王兴杀的。不过，这一条明显说不通，因为既然袁氏无辜，她急着去杀死王兴做甚？综上，删去'甲''丁'，留下'乙''丙'，在这二局中，袁氏都有嫌疑，而王兴始终无辜。不知诸位对诸葛珪的推理，是否赞同？"

韦尚盯着案几上的"甲""乙""丙""丁"四字，竟一时语塞。王岱见状，气得一拍桌子，喝道："昨夜你想了一夜，难道就想出这点名堂？诸葛珪几个字就把你打发了？"

见韦尚继续支支吾吾，王岱叹了口气，说道："只好本相亲自审问了！"

此时，庭院处传来的雨声更大了。

第三十二回　耳后骨针

王岱转向孙坚："现在本相亲自来审你。本相当然不信你是黄巾贼，但并不等于你不会去杀钟离越。你杀钟离越，其实另有动机！"

孙坚："有何动机？"

王岱指指自己的膝盖前面，对旁边的书吏说道："这里有一暗门，速速打开！"

书吏依言打开小暗门，但见里面空空如也。

王岱捋了捋胡须，笑道："此暗门下的小空间，一般会用来存放一些保存机密的小匣子，内或有金银，或有账目，不少人家里的密室都有这样的机关。但钟离府的这道暗门下，内藏机密显然已被人窃走。孙文台，莫非窃贼就是你？"

孙坚回道："孙坚不知。而且孙坚不明白，此中所藏之物，为何不能是黄巾贼窃走的呢？他们来攻，难道不是顺便为了夺宝吗？"

王岱:"好!就算是黄巾贼。但你说的黄巾贼,到底是何时攻入钟离府的?"

孙坚:"胡玉怒杀袁氏时。"

王岱:"这也太巧了吧!胡玉刚杀了袁氏,偏偏这时候黄巾贼就闯入钟离府,还杀了胡玉?对了,孙坚,我已经派人验过了,庭院里很多具头戴黄巾的尸体,其实是钟离家的家奴,其相貌、体格,均与官署名册上的记录一致。对此,你又如何解释?"

孙坚:"这不奇怪!一些黄巾贼就隐藏在钟离府内,伪装成家奴。就连下邳王府里,都混入了黄巾贼呢,昨夜还被我斩杀了七个。我甚至怀疑,他们其中有人在昨日宴席之前,故意对钟离大人吹风,说袁氏与韦尚有染,由此挑动我们三方内斗,他们坐收渔翁之利。他们之所以来得这么巧,恰恰就是因为他们本来就谋划得这么妙。至于大人所说的那个匣子,孙坚根本就不知情,当时我与众兄弟冲到庭院外,留胡玉在室内,并不知密室里发生了什么。"

王岱:"好!你方才提到了胡玉!我且问你,胡玉是怎么死的?!"

孙坚:"被黄巾贼斗杀!"

王岱:"我是问你,他在何处被斗杀?如何被斗杀?"

孙坚:"他就死于此室内。当时杀声均在庭院外,密室门口的几个扮作钟离家奴的黄巾贼已被诛杀。胡玉胆小,料想室内暂时安全,便在此暂避,我则率领众人去庭院厮杀。不料回到密室后,发现胡玉已死。其实我与众人也曾匆匆勘验过其尸，发现胡玉耳根后有针眼，定是贼人用毒针所致！"

王岱："那毒针是飞针，还是扎针？"

孙坚："可飞，可扎。"

王岱："胡玉武功如何？"

孙坚："仅仅略逊于我。"

王岱："若胡玉有备，贼人是否能够接近他，以针扎其耳后而害之？"

孙坚："这……怕是……很难……"

王岱："若那贼人用的是飞针。江湖上能够将飞针扔得如此狠准之人，是否很多？"

孙坚："不多。"

王岱："那在贼人眼里，胡玉与你，哪个更值一杀？"

孙坚心中暗叫不好，没有立即作答。

王岱一拍案几："回话！"

孙坚："这……其实很难说。我是县丞，当然……貌似比胡玉更重要……但胡玉在外做生意的时候，曾得罪过什么江湖朋友，孙坚并不知道……"

王岱冷笑道："为何他得罪的人不会是你呢？"

孙坚瞪大了眼睛："我与他相识多年，怎忍心加害？"

王岱继续冷笑："本相昨夜查了记录你履历的文牍，说你少年时在吴郡钱塘附近智退海贼，杀的就是胡玉的手下。在会稽剿灭许贼时，胡玉被你招安，而后扬州刺史部又安排这些原海贼去了荒蛮的东冶修海船，胡玉等这才有机会接触到从扬州到交州的海运路线。在本相看来,你与胡玉之间,更像是相互利用罢了,随时可能会因为利益纠纷互相斗杀。如果真按你所说的,即使是作为夫妻的钟离越与袁氏,也可以互不信任,以刀剑与毒药相向,我又如何信你孙坚会与一个前海贼结成生死兄弟呢?"

孙坚摇摇头:"相爷所言,依然是猜测,并无证据!"

王岱再拍案几:"孙坚,今日你是不见棺材不掉泪!"然后对着门外喊道:"决曹掾公仇称何在?抬上胡玉与王兴尸体!"

门外公仇称应允一声,便与几个帮手抬上两具盖了草席与白布的尸体。王岱指着公仇称说:"决曹掾,你且说说验尸的结果!"

公仇称点点头,说道:"这左边的尸体是胡玉。胡玉,将近五十岁,扬州吴郡人。死于昨夜酉时与亥时之间。死因是耳后被毒针扎入,瞬间毒气攻心而亡。浑身发黑,头肿如瓜。这右边的尸体是王兴。王兴,约二十岁挂零,扬州庐江郡人,四年前被孙家买为家奴。亦死于昨夜酉时与亥时之间。被发现时,人头已被斩落,颈部断口干净平整。其人头虽已被人踩烂,但额头上还是能清楚看到手戟深深刺入的伤痕。其死因是利刃插颅入脑而死,而凶手斩首与踩首之行径,均发生在其死后。此外,王兴掌心有一针刺之伤痕,手掌发黑。"

王岱一边听,一边用手指随意拨弄着身边袁氏留下的箜篌,伴和着外面迅疾的雨声。等公仇称说完,他站起来,抬脚将诸葛珪先前在案几上写的"甲""丙""丁"三字全部踩糊,只留下"乙"字。他慢慢说道:"诸葛珪刚才说的可能性'乙',其实含义颇为混沌。若袁氏、王兴皆非黄巾贼,而王兴又为袁氏所杀,这也推不出这王兴手上并没有别人的性命。就拿这王兴的尸体来说吧,几乎浑身都是疑点。公仇称已说,他是前额中手戟穿颅而死。若孙坚所言不虚,那么杀人者就是袁氏。但袁氏为何还要将其人头斩落呢?这不是画蛇添足吗?再说,要将人头干净斩下而不带皮肉,既需长刃,亦需技巧,这岂是一妇人拿把短短的手戟就能做到的?而将斩下的人头再踩烂,又是为何呢?这恐怕说明杀人者对王兴极端愤恨,而且他也应有充足的时间做这些事。但若孙坚所言不虚,钟离、袁氏、胡玉、王兴相互残杀之后,黄巾贼立即攻来,谁又会有时间做这事呢?"

见孙坚沉默不语,王岱嘴角露笑,继续说道:"毫无疑问,黄巾贼不会做这事!他们为何对一个陌生小奴的尸体如此泄愤?那些泥腿子恨的是我们这些达官贵人!那么,可能对王兴残尸泄愤的,只有在王兴死后,且黄巾贼袭来之前,当时尚在屋内的数人。这些人包括:老四、老九、祖茂、韩当,还有你,孙——文——台!"

孙坚反问:"我为何作践自己奴婢的尸体?"

王岱笑道:"你紧张什么?本相又没说一定是你。本相是说,凶手就在你们这几人之间罢了。至于究竟是谁呢?……呵呵,我看老四与老九嫌疑最大!我们都知道,他们的大哥胡玉死了,他们需要报仇啊。虽然本相颇为怀疑你与那胡玉的情谊,但既然老四与老九一直是胡玉海贼帮的旧部,他们看到胡玉惨死,怎么可能会无动于衷呢?"

孙坚听出王岱在暗示是王兴杀了胡玉,再喊:"大人,您记错了,胡玉是被冲入密室的黄巾贼杀害的。这事情发生在王兴被杀之后啊。王兴既然已经死了,怎么能杀死那个死在他后面的胡玉呢?"

王岱摆摆手:"这只是你的一面之词罢了!你这么说,当然就是为了洗清王兴杀胡玉的嫌疑。但王兴的人头被人砍下并被踩烂乃是事实,这事情到底是谁做的呢?若按你所说,王兴先被袁氏所杀,但人头未落,只是额头中戟,倒在地上罢了。而不久后黄巾贼就冲进来,用飞针杀了胡玉,又突然对这小奴的尸体有了兴趣,斩其首级并辱之?孙坚,你不觉得这个故事听上去非常牵强吗?"

孙坚沉默片刻,眼睛一亮,抬头道:"或许是胡玉与贼人缠斗时,以王兴尸体为掩盾,而王兴之头颅,就是于此时被贼人砍下,在混乱打斗中又被踩踏至烂……"

孙坚还未说完,王岱便哈哈大笑:"孙文台,本相非常钦佩你在山穷水尽之时,还能凛然扯谎的胆色!"

孙坚嘴唇虽有些颤抖,但依然不愿放弃:"孙坚刚才所言,虽为猜测,不过大人又有何实据驳之呢?"

王岱没有直接回答他的问题,而是将头转向公仇称,正色道:"上骨针!"

公仇称立即招呼手下又端上了一个木匣。打开一看,里面放着一枚骨针。王岱对公仇称说道:"决曹掾,你说说看，这骨针有何奥妙？"

公仇称回道："禀大人，这枚骨针是我们在密室地上发现的，一开始误以为是粗大的鱼刺，但仔细勘察后，确认这枚骨针与胡玉之死大有关系。我们做过比对，骨针与胡玉耳后的伤口大小吻合。而在王兴的掌心，我们也发现一个针刺伤痕。可以推测，王兴将此骨针的针尖刺入胡玉耳后时，用力甚猛，连针头都压入了王兴手掌，留下伤痕。"

孙坚瞪大了眼睛："那王兴哪有本事用骨针刺死胡玉？"

公仇称再道："据查，这骨针上带有剧毒，据我判断，应为鸩毒。所以被害者胡玉会浑身发黑。而王兴的手掌也以此伤口为中心变黑，性状与胡玉类似，可见也是骨针之毒所致。王兴手臂未黑，可见其中骨针之毒后，立刻被手戟所杀，故手掌之毒尚未及传遍全身。"

此时韦尚跳了起来，兴奋地大喊："如果王兴杀死了胡玉，那么胡玉在黄巾贼来袭之前，应当就已死了！这样一来，若王兴真是袁氏所杀的话，袁氏杀王兴，也定是在胡玉死后、黄巾贼来袭之前！孙坚之供词将几个人的遇害次序全部搞乱，必有阴谋！"韦尚随即对王岱下拜，"既然孙坚证词漏洞百出，请下邳相履约，立即将其下狱，将我官复原职！"

王岱讥笑道："韦尚，你怎能如此无耻？我们的约定说得清楚，你若破案，我就让你官复原职，可今日之案，是你破的吗？不，是本相，还有心细如发的公仇称破的。你的通奸之罪，亦难免除。我会将你与孙坚一起下狱，并将案情上报给徐州刺史部！"

说到此处，外面的天空舞过几道银蛇，又是数声惊雷，似乎要将下邳国的土地炸裂。孙坚与韦尚，各自颓然坐在地上，听着门外的风雨，目光呆滞地想着心事。诸葛珪则在一旁叹道："文台，你为了大汉江山，辛苦救驾，舍命剿贼，却不料落得这样的下场！老天不公啊！"

王岱背着手，走到密室门口，听着门外的风雨，缓缓说道："撒谎本身并不可怕。我先祖王霸之所以得到光武陛下'疾风知劲草'的评价，恰恰就是因为他在做斥候的时候蒙骗陛下说，阻挡我军前进的滹沱河已经结冰了。全军士气因此一振，等冲到河边时，河水竟然真冻结了，陛下亦踏冰而摆脱追兵。不过，我的先祖只是撒了一个谎罢了。有人若是要连着撒上七八个谎，那么，他迟早会踩破滹沱河的冰面，一下子沉下去。"说到这里，他转头对孙坚说道，"孙文台，你是个撒谎的天才，但你走的，可是一条如履薄冰的危路！"

孙坚低头拨弄着脚上的铁链，就好像没有听到王岱的话似的。

正在此时，钟离府外突然又是一阵骚动，原来有人要进府门，却被守卫的羽林喝住："区区一个亭长，也想见下邳相吗？"

王岱喊道："门外何人喧哗？"

但听来人高喊："城外雨轩亭亭长糜苍求见！有紧急军报要告知下邳相！"

王岱一愣，喊道："何事？"

"下邳危矣！贼兵来犯！足有两千！一个时辰内就会兵

临城下！"糜苍在府门外声嘶力竭地喊道。

王岱大惊："不是方才刚退贼六百吗？怎么又来了两千之多？"

诸葛珪听罢，立即收起愁容，用脚尖碰了孙坚一下，对他露出了狡黠的微笑，轻声说道："文台，真是天无绝人之路啊！"

第三十三回　兵临城下

雨轩亭亭长糜苍拴好自己的马，踉踉跄跄地冲进庭院，大喊："相爷可在此处？下官有火急军情禀告！"此时，下邳相王岱也已匆匆走出密室，来到了外厅。诸葛珪向孙坚使了一个眼色，二人便都来到密室门口，认真听着门外的对话。浑身湿漉漉的糜苍跪在王岱面前，大呼："下官糜苍越级上报下邳相，死罪死罪！"

王岱不耐烦地指着糜苍问道："糜苍，说要点！刚才你说黄巾贼又来了两千人？你可亲眼所见？"

糜苍抬起被雨水浇得有点儿模糊的脸，如鸡啄米一般点头道："大人啊！两千盔明甲锐的黄巾贼，正穿过北面彭城国的地界往下邳城的方向来了。"

王岱还是将信将疑："这么大的雨，如此差的视线，你是如何得知贼人有两千的？"

糜苍回道："数旗可知！众所周知，大汉军制，每一百人一屯,每五百人一曲,每一千人一部。小人一共数得贼军有屯旗二十面、曲旗四面、部旗两面,怎么算都是两千人啊!"

"什么?"孙坚听罢此言,也不顾身旁书吏的阻拦,径直跑到外厅,对着糜苍大喊,"糜亭长,贼军编制如此严明,竟与大汉官军毫无二致?"

糜苍看到身戴枷锁的下邳县丞孙坚,一愣。他当然是认识孙坚的。去年春孙坚还曾到雨轩亭助他平息了亭内两聚落之间因耕牛归属而发生的一场械斗。糜苍惊讶地指着孙坚的手梏,问道:"孙县丞,您的手……怎么了?"

孙坚避而不答,继续问:"贼人果真有盔甲?"

糜苍回道:"小人看得清楚,贼军一般兵卒,都用黄巾裹头,但人人皆配有胸甲与背甲。凡百夫长以上,皆有盔,盔上再缠黄带。就兵刃而言,刀、剑、盾、戟、矛、弓、弩,一应俱全……"

孙坚大惊:"连弩机都有?"

王岱见孙坚抢话,满脸不悦,立即站到孙坚与糜苍之间,问道:"这些兵器,你果然认清了?"

糜苍伸出右手,让众人看他只有三根手指的右手掌,回道:"大人!小人对弩矢非常熟悉。小人的这两根手指,就是在建宁元年[1]的灵武谷,被友军的弩机误伤的。"

王岱听了,上下打量了一下糜苍:"你参加过建宁元年

---

[1] 168年。

的灵武谷大捷？"

糜苍点点头："当时小人作为募兵，在名将段颎手下做一名伍长，所以对军中的兵器与旗帜，都颇为熟悉。这些事情，小人履历上都有啊！"

决曹掾公仇称在王岱耳边嘀咕了几句，验证了糜苍的话。王岱脸色大变，暗自嘀咕："整个下邳国才四千多兵，且散落各县，目下能够在下邳县调集的才不过八九百，这可如何是好？"

一旁的孙坚冷笑道："一般所见的黄巾贼，泥腿子罢了。而糜亭长所说的贼军，有重甲、弩机，且编制严整，就连我孙坚都闻所未闻，怕是贼人抢了哪里的工官[1]，或干脆策反了哪里的官军。贼军又趁雨日急速进军，以雨声覆盖脚步声，可见敌酋颇懂兵法。我看下邳城是守不住了。相爷，你快带上家眷，弃城而逃吧！"

王岱故作镇静，说道："我是一国之相，守土有责，哪里有弃城逃跑之理？再说，下邳尚有城墙护卫，若本相出逃，又逃往何处呢？"

孙坚笑道："还是走为上策！刚才孙某隐约听到马蹄声，可见糜苍是骑马从雨轩亭赶来。从彼亭至城门，骑快马约二刻，步卒快步约一个半时辰。相爷目下在钟离府，糜苍肯定是反复打听才得知，如此周转，又浪费了至少二刻。这样算来，一个时辰内，贼军就会攻击北门。对了，下邳相安排在

---

[1] 地方的军械所。

北门，用以拘捕孙某与诸葛珪的弓弩手，现在还在吗？若他们还在，尚可抵挡一阵……"

王岱脸色苍白，嘴唇颤动："本相……已……命……城北发弩士……回营去了。"

"哈哈哈哈！"孙坚仰天大笑，"国相妙算捕孙坚，不留兵卒守北门！大人啊！现在就是立即下令去北门整兵，也来不及了。下邳完了！"

韦尚在一边站起来，大吼："下邳相莫怕！还有我韦尚在！请立即恢复我军职，给我兵符，就算大人要从南门的白门楼撤走，我韦尚也可为你殿后啊！"

孙坚哼了一声："韦尚，没用的。白门楼处的唯一退路是水路，现在要备船也来不及了。到时候韦将军莫非真要学当年韩信，背水一战？但你可有韩信才能之万一？"

"船？你朋友朱治不是有船吗？为何不能征用之？"王岱盯着孙坚问道。

孙坚笑道："大人请先搞清楚我孙坚目下的身份。我是钟离全家灭门大案的重要疑犯，而我的好友诸葛珪则有从犯之疑。那么，我的好友朱治，难道就没有从犯嫌疑吗？大人想坐有从犯嫌疑之人的船吗？"

王岱听出孙坚是在借机和他讨价还价。他一言不语地在游廊里来回踱步，也不管被风吹来的雨水打湿了他的胡须。突然，他停止了踱步，走回孙坚身旁，说道："文台，本相知你心中已有破敌之策。只要能破敌，昨夜钟离灭门之案的案牍，就……就按照你昨夜的证词来写。"

孙坚略微一笑，站起身，不紧不慢地说道："相爷，孙某还能多提几个条件吗？"

王岱叹了口气，微微点头。

孙坚先是故意晃了晃了自己的木拲，说道："其一，撤刑具，恢复我下邳丞的权力，同时撤去诸葛先生的刑具！"

王岱点头示意公仇称为孙坚与诸葛珪撤去身上枷锁。

孙坚一边活络着自己十指的筋骨，一边说道："其二，我要立即回一次家宅，先是确认家小安好，其次也是为了携孙家子弟充实北门防务！"

这次王岱却摇摇头："文台，你不是说时间紧迫吗？你且立即去北门，你要府上何人来助战，给我名单，我叫人去唤便是！"

孙坚摆摆手，转向韦尚："北门之事，韦将军去做就好！这也是我的第三个条件：请下邳相不再纠结韦将军与那袁氏的风流事，还他兵权，让他立即去北门布防！"

韦尚瞪大眼睛："孙坚，你果真……不再忌恨于我？"

孙坚笑道："大敌当前，我们不能忙于内斗。破敌后，你我再算私账，这叫先公后私！"

王岱点点头，示意公仇称也给韦尚去掉刑具。韦尚站起，对孙坚一抱拳："文台，你我之间私怨虽未了，但凭你刚才那句话，你我日后再论昨夜之事，我韦尚愿先让你一分！我先去北门了！"

"且慢！"孙坚先将他喝住，"韦中尉，你可知去北门做甚？"

"去布防啊！"韦尚被问得莫名其妙。

孙坚笑道："孙某刚才说了，布防实际上已来不及了。"

韦尚大惊："那我去北门做甚？"

孙坚回道："去制造下邳已被黄巾贼占领的假象，由此麻痹新来的敌人！"

见众人迷惑，孙坚解释道："当年韩信率汉军在井陉背水一战，除了能将汉军置之死地而后生之外，还在于他又遣奇兵暗袭赵军大营，挥舞赤旗，泄敌士气。今日孙某对淮阴侯当年之计策，则是反其道而用之！下邳明明尚在我军手里，韦将军却不妨撤赤旗，挥黄旗以惑贼，将贼酋骗入城门，再击杀之。唯有如此，才能以弱胜强，溃敌于城下！"

韦尚有些犹豫："文台，你不是说此次贼酋甚懂兵法吗？你如何保证你的计策不会被敌酋看穿？"

孙坚笑道："贼寇韩义的龟钮印，已被我军缴获，到时只要委屈韦将军出城去假扮韩义，就能欺骗贼酋，将其诱入城门！"

韦尚大惊："为何要我扮演韩义？我都没见过这个人！"

孙坚笑道："斩杀韩义者，我孙坚也！所以，我见过他。他的相貌与阁下略有几分相似，阁下若巧心打扮、移花接木，估计就能骗过贼寇。"

韦尚大惑："若来犯的贼人中有人认识韩义，看出我是假的，这可如何是好？"

孙坚回道："孙坚已退之贼，草寇耳。来犯之贼，却似是虎狼之师，不可小觑。我料两股贼人并无关联，所以韦中尉大可一试！"

此时，王岱眼珠一转，插话道："文台，既然来贼都没见过韩义，你又何必坚持叫韦将军去扮他呢？我看文台你剿贼经验丰富，又见过韩义，若出马去扮那韩义，难道不比韦将军更合适吗？"

孙坚想了想，点点头："那就恭敬不如从命了！还望韦将军在城门内选一精锐发弩士，若见我捏鼻为号，就射死我身边的敌酋！"

韦尚点点头："不用选！到时候我亲自发弩，定保文台无恙！"

孙坚想了想，觉得事情已经全部交代完毕，便与众人告别，和诸葛珪骑了快马，冒雨赶回孙府。草草披挂好的韦尚刚想上马去召集发弩士，却被王岱拉住："韦中尉，你知道过一会儿该如何行事吗？"

韦尚一脸疑惑："刚才不是与孙坚全部说好了吗？"

王岱一阵阴笑："孙坚这人，撒谎如呼吸般自然，心肠如虎狼般狠毒。若留下此人，必是你我之大患，中尉当伺机除之！"

韦尚犹豫起来："但毕竟目下是大敌当前……此事不能从长计议吗？"

王岱压低了声音："虽然钟离家灭门惨案真相如何，我们还未知详情，但孙坚证词为伪，已属确凿。若真是他策划的这场惨案，而你我已掌握其证据，照他的狠毒手段，他迟早会对我们动手。之前，他揭发你与袁氏之私情，夺你兵权，抢你营救王爷之功，退走黄巾贼，斩杀韩义，若此番计谋又能成功，以这样显赫的功劳，在下邳城，连我想动他恐怕都不容易了。韦中尉可不要被他几句话又给骗了啊！"

韦尚脸色凝重地点点头。王岱见他还是有几分勉强，又对其小声说道："孙坚为富春瓜农后代，你我则都是功勋之后。你瞧这几日，这一介江东小吏凭借一点点小小的手腕，就竟敢玩弄我等于股掌之上，本相忍此人，已到忍无可忍的地步。别的不说，下邳人人皆知钟离之妾有袁家的背景，他就竟敢当众砍下死者首级，可见此人心中毫无敬上之心。一旦日后他有了更大的军功，岂不还会变本加厉？届时大汉的权柄若落入这等货色手里，与落入张角之手，又有何分别？今日杀孙坚，是为了保明日之大汉！"

韦尚听罢，血气上涌。这昨夜以来所受的怨气，仿佛一下化作了一股豪迈之气。

王岱又道："方才本相看到糜苍被友军误伤的手指，突获启发。既然他能被友军误伤，为何孙坚就不能呢？如果孙坚与贼酋一起入城，不妨将他们齐齐射死。就让孙坚以自己的性命殉了自己的计策吧……"

韦尚听罢，大力点头。

韦尚走后，王岱又转头看到离己十步远的糜苍正对自己憨笑。他指着糜苍喊道："糜亭长，你既然在凉州立过战功，今日也得为朝廷效力啊！"

"诺！"感到被上峰器重的糜苍，抹了一把脸上的雨水，幸福地大声应和。

第三十四回　过门不入

孙坚回到府邸时，先行赶到的掾吏已经传令撤去了围困孙府的羽林。胡婵带着孙贲在门口焦急等待，见孙坚无恙，这才略感安心。孙坚急着要去见吴甄，却被胡婵拦住说："文台，你且办大事去，家里事有妾身来支应！"

孙坚一听，就知道家里出事了，马上问道："夫人究竟如何？"

胡婵犹豫了一下，回道："今日夫人被封门的羽林惊吓，突然腹痛，可能要生了。不过文台勿惊，左嫣正伴夫人左右，应当无大恙。"

孙坚侧耳辨音，果然在密集的雨声中听到了妻子从内室发出的惨叫声，顿觉自己手指发麻。他拍了一下脑门，喃喃自语："今日真是祸不单行！要是夫人再难产，又该如何是好？"

胡婵宽慰道："文台言重了！前番听阿贲说，你救下了王爷，已立下奇功，那下邳相又能将你怎样？至于夫人，第一次生阿策时确有些波折，但两年前她生下阿权，不是一帆风顺吗？想必今日也是有惊无险。"

孙贲也在一旁说："前几日诸葛先生已给未出世的小弟取名为'翊'，我查了许慎的《说文》，'翊'就是立翅欲飞的样子啊！如此吉利的名字，怎么会有恙呢？"

孙坚瞪了诸葛珪一眼："当时我选了'匡'字，最后贱内还是选了'翊'字，难道'匡'字不好吗？"

诸葛珪用鹅毛扇拍了拍孙坚的肩，不耐烦地说道："文台，'匡'字还是留给你的第四个儿子吧！现在快清点人马去城北布防！"

孙坚抹了一把诸葛珪的扇子溅在他脸上的雨水，转头对孙贲喊道："你且点家丁二十，牵马五匹，携弓十张、短戟十一、长戟十一，再取来我的火浣布袍，速速跟我去城北。对了，把阿辅也叫上！"

孙贲为难地说道："辅弟今日被叔父当众训斥，现在神志依然恍惚，恐怕……"

孙坚一脸不屑："正因为他如此怯懦，我才要反复磨砺他，否则以后怎么做大事？"

正说话间，突然庭内有童声大喊："爹爹为何不磨砺我？难道我不是孙家长子吗？"

孙坚循声望去，但见孙策穿了一套为孩童量身定做的皮甲，手里挥舞着短戟，就像个小魔王一般杀气腾腾。孙坚朝他瞪了一眼，斥道："你现在连成童[1]都不算，上什么战场？待到你长到与你贲哥一般高时，再去杀贼也不迟！"

"爹爹！"孙策瞪圆眼睛，吼道，"等我成为成童时，天下之贼都已被爹爹屠尽了！你留什么战功给我？再说……"孙策犹豫了一下，继续说下去，"我听有些奴婢说，爹爹你老是使唤贲哥与辅哥，却从不用我，就是因为我是你嫡长子，你有私心，担心我出事！"

孙坚没料到十岁的长子竟然冒出这么一句话，气得不知如何作答。孙贲听了，内心也突然遭受暴击。原来，孙贲、孙辅的父亲孙羌早逝后，二人便一直紧随叔叔孙坚辗转徐州官场，为其鞍前马后，任劳任怨。但吴甄接连生下孙策、孙权后，二人也都隐隐觉得孙家未来的家业是属于孙策与孙权的，不禁对自己未来在孙家的地位产生了担忧。只是孙贲性格隐忍，从不将这层忧虑表露给孙坚罢了。今日孙策童言无忌，点破了这层要害，怎不让孙贲感到扎心？

回过神的孙坚恼羞成怒，拿起马鞭就要抽孙策，胡婵想要阻拦，却被他大力推至一边。要不是诸葛珪去搀扶，胡婵差一点儿就摔倒在泥地上。但见马鞭的末梢在晶莹密集的雨滴中斩出一条轨迹，拖着小小的水花，朝孙策的面门飞去，孙策却瞪大了充满泪水的双眼，明明来得及闪躲，却毫不躲避。孙坚一惊，想要抽回自己的鞭子，但已经来不及。千钧一发之刻，孙策的身旁突然伸出一杆长戟，缠住了鞭子

---

[1] 十五岁以上的青少年的汉代叫法。

那逶迤摆动的蛇身。孙坚一看,原来伸出长戟救孙策的,乃是刚才躲在一边的孙辅。

孙辅用长戟拉着鞭子,对孙坚喊道:"叔父,这是你的嫡子,你怎么忍心下手?要抽,就抽我们两个没爹的侄子吧!"

孙坚愣住了。今天他够累了,已经没脑力来面对孙府内部隐藏的种种矛盾。他摆手示意孙辅放下长戟,语气略转和缓:"阿辅,叔父今日对你的训斥,的确过于严厉。如果你现在太过劳累,不妨在家中保卫你叔母,不必去城北了!"

孙辅一边解开缠绕在自己戟杆上的鞭子,一边冷笑道:"叔父教训侄子,天经地义,怎么能说过于严厉了呢?侄子我这就跟着叔父去城北!"说到这里,他又蹲下来摸了摸孙策的头,笑着说:"等你到了十五岁,有的是杀贼的机会!且再等几年!"

"贼人都被你们杀光了,那时候还有什么贼留给我杀啊!"孙策瘫坐在地上,哭了起来。

孙辅捏了捏孙策的脸蛋,用眼角的余光瞥了孙坚一眼,说道:"像叔父这种杀法,恐怕未来贼人会越杀越多,我怕阿策长大后还杀不过来呢!"

孙坚把脸一黑:"阿辅,你话太多了,快走!"

孙辅冷笑一声,扛起长戟,吊儿郎当地来到了院门外,对着阴霾的天学着鸟叫。胡婵则立即牵走孙策,临走前关爱地亲了孙坚一下,还在他耳畔轻语:"文台,今天你受委屈了。"突然感到家的温暖的孙坚鼻子发酸,但他努力克制住了眼角的泪水,以微笑作答胡婵。

须臾，孙贲点齐家丁，骑马者居先，跑步者随后，踏着雨水，一起往北门去了。孙坚系好火浣袍，在马背上回望一眼来不及踏入的家门，自语道："今日我做的这一切，难道不都是为了你们吗？"

孙坚一行的背影渐渐模糊后，孙宅的院门慢慢开了一道小缝，孙朗一边小心对外窥探，一边抚摸着十来日前孙坚在他身上留下的鞭伤。他回头对着他身后的胡婵说道："娘，为何之前爹爹抽我鞭子时，没人为我挡一下？"

胡婵跑过去，将儿子搂在怀里，说道："孙家让你吃饱穿暖，你就该知足了，不要多想！"

孙朗在母亲的怀里冷笑道："是啊，我听奴婢说，娘亲以前还有个儿子，被人拐走了，至今生死不明。我总比那个倒霉的哥哥强吧！如今天下大乱，他应当早饿死了吧？"

胡婵心乱如麻，抱着孙朗泣道："朗儿，你就是娘亲我唯一的儿子！我不会再生了！你一辈子都会饱食暖衣的！"

此时雨势突然又大了，噼啪之声伴着风吼，压过了胡婵小声的抽泣。

第三十五回　城头密语

孙坚赶往北门的同时，下邳相王岱与中尉韦尚已赶到北门布防。王岱担心兵力不够，便在路上临时起意，叫人去唤当地土豪陈珪带家丁前来助战。他站在城楼里对着豪雨发呆，突然想到张昭亦可一用，但考虑到张昭与孙坚之间的关系，话到嘴边又咽了回去。

韦尚则在城门内侧左边的箭垛子后调试着弓弩，默默盘算着等一会儿射杀孙坚的时机。他身边的糜苍飞快地给韦尚上弩矢，其动作之熟练，丝毫看不出是一个残疾之人。韦尚有点儿惊讶地看着糜苍缺了三根手指的手掌，问道："糜亭长如此熟悉弓弩，当年怎么会在战场上被友军误伤呢？"

糜苍看看左右，发现兵卒们都忙着在城墙上竖起太平道的黄色反旗，无人注意自己，便压低声音回道："回中尉大人，小人的手是被人蓄意射伤的。"

"怎么回事？"韦尚问道。

糜苍叹了口气,说道:"在灵武之役前夕,我发现屯长吃下属空饷,他为灭口,便在战场上用弩暗射小人。幸而我恰好回头,用手一挡,弩矢打偏,这才侥幸活命……"

韦尚惊讶道:"事后你没上报此事吗?羌人缺弩机,你的伤口若是己方弩矢所伤,其创形必异于敌矢之骨镞所伤,这就是证据啊!"

糜苍又叹一口气:"算了,那个屯长在抢夺羌人妻女时,被不从的羌人女子所杀,也算是为大汉捐躯了吧。我若去告发他,一是死无对证,二来也会坏了人家孤儿寡母的抚恤金,缺德啊。再说,我自己也因为斩得敌首一颗,得到表彰,回乡做了个亭长,也不算亏啊!"

韦尚听了很惊讶:"一颗敌首那么值钱?"

糜苍道:"我其实就是把杀了屯长的那个婆娘给杀了!后来才知道她是先零羌一个头人的妻子,其首级可以折算二十颗普通羌人的首级,值钱着呢!"

韦尚拍了糜苍一下,勉励道:"屯长害你,你却主动为屯长报仇,像你这样以德报怨、品质高洁的君子,怎么能委屈自己,做个小小的亭长呢?想不想高升一步,再做个县尉呢?若你有此念,我可以去帮你运作!"

糜苍疑惑地抬起头,问道:"大人,不是玩笑吧!现在的县尉不是祖茂吗?再说,到了这一级别的官位,都需要重金赎买,下官没钱啊!大人需要下官为你做点什么吗?"

韦尚点点头:"买官的钱我会借你,我允你还期拖至十年,免息。至于祖茂的位置嘛,你别担心,我们会将其调走。至于要你做之事，也不复杂。等一会儿，战况估计会很激烈，你我必须快速上弩矢才能压住敌寇。我这里就三把弩机，即使全部上满了弩矢，射了三次后，依然会留给贼人喘息之机。所以，你必须一刻不停地给我递与你的空弩机上弩矢，在我递给你空弩与收到满弩之间，用时不能超过一弹指。如果我射一百矢你都不出差错，我就让你做县尉！"

糜苍兴奋得摩拳擦掌："此事包在下官身上！"

韦尚点点头，进一步指示道："你给弩上弦的时候，弩矢别对着我，防止误伤。干脆你就背对着我，上完弦的弩机反手递给我，这样稳妥。"

糜苍有些疑惑："若下官背对着大人，就没法看清下面的战况了，还是让我斜对着大人，让下官能够往下探视吧！这样，若见战况危急，下官也可以射上一矢！"

韦尚敷衍道："你斜着的话就碍到旁边的发弩士了，我希望这里的发弩士排得越密越好！"

糜苍听罢，将信将疑，因为这一段城墙一共就安排了十个发弩士，彼此之间并无太大妨碍。但见韦尚坚持，他也不敢多嘴，只好背对着他，又试着给一把弩机上了矢，反手递给韦尚。韦尚迅速接过，再放下，快速打了一个响指，糜苍手里的第二把上了矢的弩机也已递给了他。

"真是快手！"韦尚得意地笑了起来。

正在此时，孙坚已带家丁赶到城门。守门的兵卒给他们带来了黄巾军前番留在城门口的旗帜与一堆裹头用的黄布。公仇称则给孙坚带来了韩义留下的龟钮印。孙坚一边翻弄这铜印，一边思索着等一会儿遇到贼人后的说辞，却突然发现从天落地的雨水竟然带着血水。他抬头一看，发现粗心的兵卒竟然忘了撤下原本插在城头的韩义与赵氏姐妹的人头，而那血水，便是从那三颗首级的断颈处滴下来的。孙坚对着城头的兵卒怒骂："你们这群蠢货！把贼酋首级高悬于此，等一会儿叫我孙坚如何诱贼？"

"文台勿怒！"王岱从城头伸出脑袋，解释道，"你不是说新来的贼寇不认识韩义吗？他们想必也不认识本相。你等一会儿就干脆将这韩义的人头，说成是我王岱的人头。至于旁边两颗女贼的首级，你就说是王岱的妻妾的。"

孙坚大喊："相爷，这么咒你，下官开不了口啊！不吉啊！"

王岱大笑："本相就是一个大活人，难道会被你说死不成？再说，我们这不都是为了朝廷吗？"

孙坚见王岱不在意，也哈哈大笑起来。此时，躲在箭垛子后面的韦尚，则用弩机暗暗瞄准了孙坚。他的手指扣在冰冷的悬刀上，想了想，又松开了，嘴里喃喃自语："时机未到。"

"大人说的是。敌寇还未叩关，时机的确未到。"背对着韦尚的糜苍在一边轻声应和着。

此时，骑在马上的陈珪，也带着一百五十名跑得气喘吁吁的家丁赶到北门。孙坚刚想问他张昭现在何处，突然听得城头兵卒的急切鼓声与呼喊："贼人来了！"

正在城头的王岱隔着雨帘望去。但见城北，隐约有两千兵马踏雨而来,刀林戟海,旌旗猎猎。领军两面大黄旗,左边书写"苍天已死",右边书写"黄天当立",旗下一片黄头攒动,顺风传来令人胆寒的怒喊:"岁在甲子——!"

"终于来了……"王岱的心狂跳起来。他向一边的公仇称挥了挥手,公仇称则号令兵卒一起在城头挥动黄旗,大喊:"天下大吉——!"同时,他也对城门内的孙坚大喊:"孙县丞,城门一开,你就出门去诱敌!"

下邳城的城门缓缓打开,吊桥"吱呀呀"地放下。桥还未放平,孙坚便手执黄旗,飞马踏上桥面,箭一般冲入隐蔽在密密雨幕后的那片混沌中。第二个跟着他冲出城外的乃是孙贲。诸葛珪犹豫了一下,也带着孙辅策马出城,去追赶孙坚的火浣袍在雨帘中拖出的那道焰迹。

"文台,你又不是下邳人,为何事事这么拼命呢?"陈珪在城门洞里目睹这一切,在马背上轻轻自语。

第三十六回　喜遇奉先

孙坚冲进雨幕，挥舞着黄旗，高喊："我是神上使张曼成在徐州的特使韩义！下邳已夺！下邳已夺！"同时，他仔细辨析着视野中越来越清晰的敌军阵容。糜苍所言果然不假，此番遇到的黄巾军不但人数众多，而且盔明甲锐，编制严整，的确算是劲旅。领头的一员大将，身披蓑衣，内衬玄甲，胯下赤马，手中长戟，甚是威风。此人隐隐让孙坚感到有些眼熟，只是因为相隔太远，实在看不清是谁。他身边还有一白袍小将，手持长矛，看上去比较眼生。孙坚在敌军阵前一百八十步处停马，正好避开了军中强弩所能达到的最大射程。然后，他对敌阵大喊："请贵方派一二信使来答话！"

须臾，敌阵中也冲出两匹战马，马上骑手手执黄旗，朝孙坚两边包抄而来。孙坚看了，不禁眉头一皱。这两位骑手，虽然身披蓑衣，头戴斗笠，让人看不清面目，但举手投足也让孙坚感到眼熟。他们到底是谁呢？

在两位骑手离孙坚六十步距离时，他们突然扔了斗笠，大喊道："恩公，是我们啊！"

孙坚一看，不由得惊呆了！原来这二人正是前几日来府上报信的程普程德谋与黄盖黄公覆！

孙坚的脑子顿时凌乱了。他锁眉细想，这才想起此二人昨夜还在下邳王宫宫门之外等候自己，之后就悄然隐身，不知所终。从昨夜到今日，发生之事实在太多，孙坚实在顾不上打探此二人的下落。此刻孙坚心中不禁暗念：几个时辰不见，此二人怎么投贼了？但他看到程、黄一脸坦荡的表情，瞅瞅他们身后严整的军容，再想到他们来下邳的使命，突然一拍脑门，看明白了里面的玄机。他指着"敌军"阵前的"苍天已死"大旗，用暗语问道："莫非蛟游玄黄，赤心不改乎？"

"赤心不改啊！"程普与黄盖回喊。程普追问："恩公，下邳现在究竟在何人手里？"

孙坚哈哈大笑，在雨中伸出五指，又紧紧抓成一个拳头，画了一个大圈，喊道："下邳势，运掌中！"

"下邳王王驾可安好？"黄盖补问。

"毫发无伤，早已回宫！"孙坚自豪地回道。

程普听罢，哈哈大笑，立即回马，对着本阵大喊："下邳在汉！王驾无恙！"

后面的队伍听罢，立即爆发出一阵如雷的欢呼。而后，短箫铙歌之乐从阵中响起，还伴随着两千名精壮男子的低沉合唱：

候骑出甘泉，奔命入居延。
旗作浮云影，阵如明月弦……

雨声伴随着歌声慢慢减弱，罩在"敌军"之前的水帘也随之消散。孙坚看得清楚，眼前一面面黄旗瞬间撤去，取而代之的一面面赤旗，则在未尽的细雨与刺脸的强风中猎猎飘动。原来这真是扮作黄巾的官军！

孙坚的眼睛湿润了。如此整齐的歌声，如此坚定的军心，又怎么可能是仓促成军的黄巾贼呢？定是洛阳朝廷派来的王师！被巨大的幸福感包围着的他，也扔掉了自己手中的黄旗，用走调的声音，跟着众人的合唱，大吼起来：

云台将星烁，疾风知劲草。
班超入虎穴，单于勿敢傲！

看明白形势的诸葛珪、孙贲也哈哈大笑起来，加入了合唱。孙贲对孙辅喊道："快回去知会下邳相，这是王师！是王师啊！"

孙辅立即回马冲向城门，大喊："王师已至！下邳无忧！"

城头的下邳相王岱擦了擦头上的雨水，自言自语道："真是惊魂一日！"然后对城下的孙辅喊道："快让对方领军大将报上名号，呈上朝廷允诺调兵的虎符，待勘验无误后，本相立即开城！"

"诺!"孙辅立即回马,重新回到阵前,大喊,"下邳相有令,请贵部领军者立即报上名号官阶,勘验虎符!"

孙辅话音未落,对面持长戟者大叫一声:"文台,你怎么连我都不认识了啊?"说罢,他抖落身上蓑衣,露出下面一件猩红的火浣袍,再次大喊:"文台,我身上的袍子,与你身上的袍子,不都是臧旻大人所赐的吗?"

"啊!"孙坚再次拍了一下脑门,"莫非……莫非对面是吕布吕奉先吗?"

吕布哈哈大笑:"臧府一别,多年不见,我在边塞风吹日晒,也变得愈加伟岸俊拔,文台一时未能认出,情有可原呐!"

孙坚没心情理会吕布的自恋,指着吕布身边的那员白袍小将问道:"那奉先身边的这位,莫非就是……"

那小将横矛抱拳:"正是张辽张文远!小将的字还是臧大人起的,孙县丞是否记得?"

孙坚点点头。他心中默算:与吕布、张辽在广陵射阳的臧府见面,乃是大约七年之前的事了,张辽也早就过了成童的年龄了。

孙坚再指着程普、黄盖问道:"莫非奉先兄事先就认识程德谋与黄公覆?"

吕布点点头:"我们在京都时认识的。"

孙坚再问:"那贵部为何一直扮作贼军?"

吕布笑道:"我本是奉朝廷之命,并受朱儁大人的委托,带军来下邳征兵,顺便希望请你文台老弟出山为剿贼效力。

路上偶遇德谋与公覆，说昨夜下邳王失踪，你孤身救王，生死未卜。又听说韩义领黄巾贼袭击下邳，战况未明。我与使持节宋大人商议，先以贼旗开路，故布疑兵。若城池仍在官军手中，我们可立即换旗。若黄巾贼占了下邳，我们则可诱开城门。对了，我这就派人给下邳相送去兵符勘验！"

"吕奉先，我本以为你是有勇无谋之辈，没想到也会用计。"孙坚身后的诸葛珪用扇子掩面讥笑。

吕布见到诸葛珪，佯怒道："诸葛匹夫，原来你也在此？上次你在洛阳与我对赌，设计骗走我的三万三千四百二十六钱，何时归还？"说罢，他策马冲上去，就要用鞭子抽打诸葛珪，吓得诸葛珪躲在孙坚背后，大喊："奉先莫怪！现在物价飞涨，我又有一堆子女要养，三万多钱可真是不经花啊！再说，我在赌场上略施小计，也是为了教你兵法啊！"

孙坚看出二人彼此咒骂后的那层深深默契，惊讶地回望诸葛珪，问道："你与奉先相熟，此事为何一直瞒着我？"

诸葛珪满不在乎地说道："我在京都熟友多了，有必要都告诉你孙文台吗？"

孙坚不满地用手中的矛杆轻轻敲歪了诸葛珪的帽冠，引发众人哈哈大笑。此时孙贲在一边插话："吕将军在路上可见到被杀散的黄巾贼，以及前去追贼的祖茂叔叔？"

吕布摇摇头："未曾看到。"

孙坚突然想到朱治等人正运着下邳王的金子，往城南而去。他心中暗念：还好朱治走的路线与吕军所来路线彼此错开，否则运金之机密就会泄露于他了！

孙坚与吕布攀谈之际，吕布手下的兵卒也已将兵符置入从城头放下的吊篮。吊篮收起，公仇称再将兵符交给王岱勘验。王岱左看右看，没发现破绽。他又仔细看了看吕布本人的名刺，但见上写"长水校营丞吕布问起居"，便知道眼前的军队来自长水校尉府——这可是大汉"五校"之一，下邳地方军根本无法匹敌的朝廷精锐。至于另一块上写有"使持节宋嘉"字样的铜质名刺，更让王岱胆战心惊。因为他知道，宋嘉乃是天子眼前最红的"十常侍"之一。他能够持节到此，就说明吕布此次来下邳，主要是为了护送圣旨。他再看着城下孙坚与吕布亲密攀谈的样子，已知今日是杀不了孙坚了。但想到野心叵测的孙坚目下又得到如此强大的外援，王岱还是感到如坐针毡。左思右想之后，他叫公仇称出城向吕布传话，说下邳城小，无法容纳两千兵马，请吕将军在城外扎营，下邳军民自会出城犒赏，并请吕将军护送宋使节带随从一百人入城安顿。

吕布听罢公仇称传话，怒道："想那下邳相王岱也是名臣王霸之后，做事为何如此小气？我军官兵个个淋雨受寒，难道不能入城睡个安稳觉？"

孙坚当然听出了下邳相命令的言外之意。他在吕布耳边轻语道："以将军孔武之力，带一百随从就足以控扼下邳，又何必兴师动众呢？再说，下邳目下的确没有空房容纳如此多的官兵，也望奉先海涵！"

"也罢！"吕布点点头，对着公仇称喊道，"叫那下邳相速速沐浴更衣，两刻之后本将军就要护送宋大人入城！

届时要宣圣旨！"说罢，他指着身后的一辆精美的轩车，以及竖立在车头的八尺铜质旄羽长节，说道："圣旨就在车内，使持节宋大人在车内休憩，尔等定要慎重！"

"诺！"公仇称听罢一脸紧张，立即下马对象征天子的节仗下拜，然后上马，速速回城禀告。孙坚等人也突然想起了刚才忘记向节仗下拜，立即下马补拜。

吕布的手下开始在城外扎营。虽然徐州初春雨后的天气还很冷，但一些兵卒却已经脱了上衣，在刚刚升起的篝火边烤衣晾甲。外围的兵卒则依然荷戟警卫，不敢马虎。此时，雄壮的军歌声再次从城外响起：

燕然房血尽，勒石记殊功。
春秋名分定，海内大一统！
大一统，天——地——通——！

在城头内侧的箭垛子后听着歌声的韦尚，心中忐忑不安。他探头去看对面城楼上的王岱。王岱此时亦转过身来。但见王岱略略点头，并在捋胡子的时候用二指做出了斩杀的动作，似乎在示意韦尚不要放弃谋杀孙坚的计划。韦尚先是困惑，但随即明白了王岱的真正用意。是的，现在他们已经错过了刺杀孙坚的最好时机，因为预想中的与黄巾军混战的场面根本没出现。但是，如果现在再不动手，得到吕布之奥援的孙坚或许就会借口"相、尉护驾不利"而对自己与王岱发难，以掩饰其在钟离府之所为。虽然二人手头确有对孙坚不利的骨针之证，但手握重兵的吕布到底是认理还是认友，谁又说得清呢？趁着孙、吕刚见面的当口灭了孙坚的口，难道不是目下最好的选择吗？

但如何能在众目睽睽之下杀孙坚而又全身而退呢？此时，韦尚的目光转到了正要随着别的兵卒离开城墙的糜苍身上。他对后者吩咐道："你别走！"

糜苍问道："大人还有何吩咐？"

"别急着走啊！"韦尚指指地上已经上了弦的弩机说，"既然这些弩机是你上弦的，你也得负责下弦，防止伤人。"

"诺！"糜苍坐下给弩机下弦。背对着他的韦尚问道："糜苍，你刚才说，你之所以得到亭长的位置，乃是因为在战场上讨得了先零羌一个头人妻子的首级。她长得美吗？"

糜苍的手慢了下来，说道："这……不瞒大人，那婆娘的确很美。羌人婆娘的风情，汉家女子比不了。我当时差点没下得了手。"

"那你最后怎么还是下手了呢？"韦尚冷冷问道。

糜苍犹豫了一下，回道："我是段颎的兵。段大人早有命令，妇孺的人头，也算军功，非如此不能震慑羌人！我们已经杀惯了，多杀几次，心也就硬了！"

韦尚冷笑道："你知道我韦尚平时最恨什么人吗？"

"什么人？"糜苍疑惑地放下了手里的活计，他刚想回头看韦尚，突然觉得一根细细的弩弦，狠狠勒进了自己的脖子。他满脸通红，眼球凸出，张开残缺的手掌在半空中挥舞，拼命要转过身与韦尚搏斗。不料，韦尚双手抓住弩弦的两头，肘部向心合力，狠命往膝盖顶，不将一点儿空隙留给糜苍那已经被压扁的气管。韦尚一边用力，一边咬牙切齿地将自己刚才没说完的话说完："我最恨滥杀美人的莽夫！"

糜苍双手落下，不再挣扎。韦尚转身将他放倒，发现他白眼上翻，舌头外吐，已经死透了。韦尚弹了弹他的额头，在其耳边轻轻说道："那孙坚杀了我心爱的女人，所以，他今天也必须死！"

正在此时，正在城门洞里指挥家丁协助官兵收拾刀戟的陈珪，不经意间看到了伸出箭垛子的韦尚的脑袋。他仰头大喊："韦大人，看到雨轩亭的糜亭长了吗？他上次托我给他妻子买治咳嗽的草药，我正好给他！"

韦尚慌忙用旁边的旗布盖住尸体，对城下喊："糜亭长方才内急，如厕去了！"

陈珪向韦尚行了个礼，带着家丁忙自己的事去了，嘴里嘟囔着："糜亭长这人啥都不错，就是如厕辰光太长了……"

见城头兵卒都已撤下，韦尚立即将糜苍拆下的弩矢重新上弦，并将其中一把空弩机塞到糜苍手里。他小心地摆弄着糜苍的尸体，将其还没有僵硬的手指扣到了悬刀之上，好像他正趴在城垛子后准备射弩。再在其身旁放上一把上弦的弩机，以显示糜苍准备之充分。随后，他用旗布再次将糜苍的尸体盖好。准备停当后，韦尚手持一把上弦的弩机，躲藏在另一个箭垛子背后，等待时机。

正在此时，城内城外鼓乐齐鸣。原来，吕布要护送使持节宋嘉入城了。

第三十七回　同归于尽

韦尚躲在箭垛子后，仔细观察着偷袭孙坚的时机。他知道，如果在吕布护送宋嘉之时下手，肯定会惊了朝廷的使持节，这可是大罪，要灭门的。最好的下手时机，便是孙坚独自入城，但使持节尚未入城的那个当口。但如果孙坚始终伴随吕布左右，这又该如何是好呢？

想到这里，韦尚不禁有些害怕了。他回想起王岱对他说的那番话，又觉得其中有些不解之处，但他从昨夜就昏乱至今的头脑已经无法再理清这堆乱麻。之前在体内升起的豪迈之气也正渐渐耗散，取而代之的，则是阵阵寒意。他不知道自己目下为何会陷入这样的绝境。此刻，袁氏凄美的声音在他脑海中突然回响起来——"韦郎啊，要为我报仇！我冤啊！"韦尚眼角一润，心中暗骂：孙坚啊，富春竖子！一切皆由你而起！若不是你，今日救王驾、退贼兵、迎王师、建奇功的，难道不正该是本中尉吗？难道我现在要眼睁睁看着你这个江东匹夫,夺走本该属于我的一切吗?

但韦尚转念一想,又清醒了一些:失去的已经失去了,没有必要为了泄愤而冒更大的风险;就算自己与袁氏的奸情暴露,最多也就是丢了官职……但若执意杀孙坚而失手的话,那麻烦可就真的大了……

此刻,他忽然听到有人在耳边呼他:"大人还有何吩咐?"这是糜苍的声音。韦尚好像听见自己说:"再给我上一把弩机。"——不对,怎是糜苍?糜苍不是死了吗?韦尚吓了一跳。他扭头一瞥,不远处糜苍的尸体还待在旗布之下。这下韦尚彻底清醒了。糜苍已死,自己的后路已断!糜苍这个亭长的位置,并非微不足道,而刚才很多人也都看到,糜苍一直是跟在自己左右。若其尸体曝露,众人自然会怀疑到自己头上。所以,若不抓紧时间将糜苍栽赃为谋刺孙坚的凶手,自己就脱不了干系。

韦尚正在犹豫之际,却从箭垛子的射口看见孙坚牵着战马,信步踱进了城门。而且,他身边没有吕布!

韦尚的心跳加快了。他迅速端起了弩机,仔细通过望山[1]上的刻度估算着自己与孙坚之间的距离,一次次微调着弩机的角度。他很清楚,自己只有一次机会。

正当韦尚找准时机,立即要扣动悬刀的那一刹那,突然陈珪出现在了射界之中,遮住了孙坚的大半个身子。陈珪对孙坚笑道:"文台,叫朝廷使持节再等一刻就好,迎圣旨

---

[1] 弩机上的瞄准设施。

的香案还需要略做布置。这边的奏乐只是试奏,听听音准罢了。"孙坚也含笑与陈珪耳语。

韦尚放松手指,焦急地等待陈珪走开。而在这二人攀谈之际,又有一员白袍小将也牵马入了城门。他虽然年龄不大,警觉性却很高,手不离矛,一进城门洞,就开始用双目搜索四下可疑之处。看到此人目光正往自己这边扫,韦尚立即低头躲避。须臾,但听得那白袍小将大喊:"孙县丞,那可是真韩义的首级?那旁边两个女子,又是何人?"

韦尚再次抬头往下探视,发现城下诸人的注意力都转到了城门头悬挂的韩义夫妻三人的首级上,竟然都齐齐将背影留给了自己。这可真是千载难逢的机会!

韦尚再次端起弩机,咬着牙,暗自骂道:"孙坚,今天我就用其人之道还治其人之身!"随后,他屏住呼吸,扣动了悬刀。

后拉的悬刀带动了弩牛,弩牛的运作又拉平了弩牙,将绷在弩牙上的弩弦从紧张的姿态中释放了出来。弩弦在空气中欢快地跳跃着,向弩弓方向伸开了自己拥抱自由的双臂,顺便带动弩矢劈开了那依然带着血腥味的空气,飞向了自己命定的目标[1]。韦尚知道他已经做了自己所能做的,便将手中空弩机扔到了城墙另一侧去,然后拔出环首刀,匍匐着爬离了自己的射位,等待下面的反应。

"有刺客!抓刺客啊!"但听得城下一片大乱。

---

[1] 参看图7。

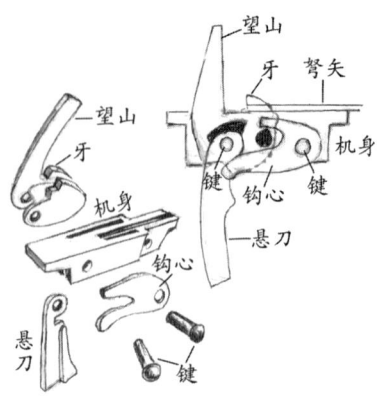

图 7 弩机各金属部件相互关系图

韦尚的心怦怦跳着。他不确定自己刚才是否已经射中了孙坚。但他已经听到有人正踏着阶梯跑上城楼,朝自己这边而来。随之而来的是陈珪的声音:"六个人跟着我,五个人去那边搜!快,别磨蹭!"

韦尚立即爬起来,向着脑袋刚探出墙头的陈珪大喊:"陈汉瑜,刺客我找到了,就在那里!"说罢,他一个箭步冲到糜苍尸体所在的城垛,揭开旗布,不由分说,往下就是一刀,溅起一片殷红——这一刀也完美毁灭了他刚才留在糜苍脖子上的勒痕。然后,他提起糜苍首级,对着城下大喊:"刺客首级在此!"

此时,韦尚终于有机会看清楚下面的形势了。但让他绝望的是,孙坚并没有被射中!相反,他看着自己手中提着的首级,大喊:"韦尚,你怎么斩了糜苍?"

韦尚一时语塞:"他……他是……潜伏的黄巾贼!刚才

就是他要刺杀你啊！"

孙坚吼道："一派胡言！今天冒雨来向下邳相报信的就是糜苍！而且我孙坚与他一向交好，他为何射我？"

此时，孙坚身边的白袍小将张辽也高喊起来："你别掩饰了，刚才小爷我已经看到你躲在箭垛子后图谋不轨了！刚才我们故意转身背向你，就是为了引蛇出洞！还不快快交代，到底是何人叫你谋害孙县丞？"

此时，下邳相王岱带着公仇称和一众兵卒也重新回到城头。王岱一挥手，发弩士齐齐将弩机对准了韦尚。

韦尚用绝望的眼神望着王岱，哈哈大笑几声，随即喊道："下邳相啊，下邳相，此刻，你说现在我该怎么办呢？"看着王岱身旁严阵以待的发弩士，韦尚明白了，无论杀不杀得了孙坚，这就是王岱给自己安排的结局。

王岱怕韦尚咬出自己，立即拿过身边发弩士手里的弩机，怒喝道："你这谋逆的反贼！"同时扣动悬刀，向韦尚射去。

韦尚没有躲。他知道，已经没有必要躲避死神了。王岱的弩矢直直插入了韦尚的喉咙，让他再也说不出一句话来。

王岱复又怒喝道："你这寡廉鲜耻的东西！再给本相一把弩机！"

王岱对着韦尚又射出一矢。这一回却只是射中了韦尚的大腿。

王岱拿过第三把弩矢，瞄准韦尚。韦尚因为大腿中箭，弯下了身子。等他再站起来时，手中已多了一把弩机。那是他早就放在糜苍身后的一把擘张弩。

"你这忘恩负义的懦夫!"随着王岱的怒吼,他射出的弩矢已飞到韦尚面门。与此同时,韦尚也扣动了悬刀。

"嗖!"看到弩矢直直飞向自己,王岱慌忙拉过公仇称,想用下属的身体替自己挡矢。公仇称出于本能地一歪头,韦尚的弩矢便穿过了他的帽冠,射入了王岱的左眼,贯穿了他的头颅,并将他死死地钉在了城楼的柱子上。

"中的!"韦尚心中默念,嘴角露出微笑,两眼一翻,倒了下去。

城内陷入一片沉默。所有的兵卒都瞪大了眼睛。下邳国位阶最高的文武长官,竟然就在互射中了结了彼此,真是旷古未闻的奇事!

第一个打破沉默的是陈珪。他慢慢走到韦尚的尸体旁边,不屑地踢了他一脚,然后小心捡起糜苍的首级,将其放置在箭垛子上,向其拜了一拜。随后他拿出怀里的一包草药,对手下说道:"找一副好的棺木,装殓糜亭长,带上这包草药,去城外找他妻子。告诉她,她还年轻,若改嫁,县里不会有人议论。棺木钱我们陈家出!"

吩咐已毕,陈珪对城下的孙坚大喊:"孙文台,现在这下邳城内,人人都是你的朋友,你已经没有敌人了!"

"那刚刚殉职的下邳相,生前也是我孙坚的好友啊!"孙坚伏地,佯装大哭,心中却是一片灿烂。

此刻,最在意钟离府灭门案真相的两个人,都已不在人世了。

第三十八回　皇恩浩荡

见城内无主，张辽不敢怠慢，立即飞马出城，将王岱、韦尚之死告知吕布。孙坚伏在地上干号了几声，可就是哭不出眼泪，于是不再勉强自己，也出城去找吕布。吕布一听王岱、韦尚互射而死，惊得合不上嘴。诸葛珪则以鹅毛扇掩嘴，偷笑不止。吕布喃喃道："使持节宋大人的第一道圣旨，就是颁给下邳相王岱的，王岱一死，这圣旨又该颁给谁呢？"

诸葛珪摇摇鹅毛扇，笑道："想必使持节大人也带来了天子剑，有代表朝廷就地任命代相的权力。找一个代相，将圣旨颁给他就是了！"

吕布眼睛一亮："代相可有合适人选？最好是宋大人知道的人，我才可向他举荐。"

诸葛珪盯着孙坚看了看，叹了口气："文台，你官太小，一下子跳到代相的位置，恐怕不妥……"

吕布点点头，补充道："不过无论代相是谁，他也至少不应是文台之敌！"

诸葛珪想了想，说："那就张昭张子布吧！他的官大一点儿，在京都也略有一点儿虚名！"

吕布点头称是："朱儁大人在我离京之时，也曾说张子布熟悉彭城、下邳，是我征兵时可倚重之贤达。那我就去向宋大人推荐张昭了！"

此时孙坚突然想起，张昭还被王岱的人软禁在家中，便向吕布讨了三十个精锐军士，叫孙贲领着去城内找张昭。趁着这当口，吕布来到宋嘉所乘的轩车前，跪下禀告城内的巨变。孙坚看着远处吕布的背影，小声问诸葛珪："君贡，这宋嘉也真是有趣，一直不下车，架子好大啊！"

诸葛珪解释道："他代表天子，当然不能随意出面，若要下车，我们都得跪拜磕头。我反倒希望他在车内多待一会儿。"

孙坚再问："君贡兄，你对京都的形势了然于胸，不妨和我说说宋嘉这人如何。我只知道他哥哥宋典也是'十常侍'之一，在民间名声不好。这个宋嘉会不会借着传圣旨的机会，来我们下邳搜刮地皮呢？"

诸葛珪笑道："地皮肯定是要刮一点儿的，但好在宋典、宋嘉位列'十常侍'末尾，名声要比张让、赵忠、夏恽、郭胜、孙璋、毕岚、栗嵩、段珪之流稍好。怎么说呢，宋氏兄弟算是贪官中的清流吧，虽然也拿黑钱，但还有点儿真本事。这对兄弟为天子修缮的南宫玉堂殿甚是宏伟，绝非偷工减料之作。他们还铸天禄虾蟆，吐水于平门外桥东，转水入宫，天子与嫔妃只要拧开天禄虾蟆的机关，清水就能自行流出，你说奇不奇？他们又与毕岚合制翻车渴乌[1]，旋于桥西，洒水于南北郊路，以省百姓洒道之费。朱儁大人在京城有点儿交情的宦官，也就是他们兄弟，而你又是朱大人点名要用之人，想必宋大人对你是心里有数的。所以，等一会儿他下车，只要你文台兄小心应对，必无大忧！"

诸葛珪不经意间描述的洛阳奇景，听得孙坚目瞪口呆，想到自己长这么大还没有亲眼见识过京都的辉煌，心中略感落寞。此时，远处的吕布已向宋嘉汇报完毕，一脸兴奋地疾步走回。诸葛珪与孙坚一看其表情，即知宋嘉已答应任命张昭为代相。正当众人等待陈珪收拾城内残局、孙贲带回张昭之刻，突然又有几个军士扭着一个被五花大绑的大汉向吕布走来，大喊："吕将军，抓到一个黄巾贼的奸细！"

孙坚与诸葛珪循声望去，忙向军士解释："弟兄们，抓错人了，这是祖茂祖大荣，自己人啊！"

吕布转头看到祖茂，也大呼："是大荣啊！多年不见，别来无恙？"

军士见吕布认得祖茂，便立即松绑，向其谢罪。吕布忙问手下："你们哪只眼睛看出我的朋友是黄巾贼？"

一个什长红着脸说道："我早就注意到有人一直远远跟着我们的队伍，形迹可疑，便派十几个弟兄快马去追，将其捕获。没想到抓来的是将军故人，死罪死罪！"

---

[1] 指中国古代吸水用的曲管，是利用虹吸管原理制作的水利装置。

祖茂哈哈大笑："不知者不为罪！不过贵部方才打着贼军的旗号，我还以为贵部才是贼呢！"

孙坚解释道："祖兄弟前番带人去追击昨夜今朝偷袭下邳的贼人，可能与贵部发生了误会。不过既然误会已除，只要一找到代相张昭，我们就立即护送宋大人入城宣旨吧！"

祖茂听得一头雾水，轻语道："什么代相？下邳相难道不是王岱吗？为何还要找个代相？"诸葛珪立即在其耳边轻语，将城内发生的变故择要告知于他。祖茂听罢，则是先惊后喜。

须臾，孙贲回报，张昭已经找到，但找不到二千石品级的干净官服，询问是否延后宣旨？吕布摆摆手，说道："只要一找到王岱的印绶就好，时间紧迫，不能再等了！"

孙贲立即回城向张昭复命，半刻后送来了王岱的印绶。不久，城内鼓乐大起，吕布带着军士纷纷上马，准备入城。入城仪仗亦立即整队，护送轩车驶向护城河上的吊桥。孙坚等人因属于受旨的张昭一方，则速速退往城门口处，下马跪成两列，以示对于屹立在车头的八尺铜质旄羽长节的尊重。刚刚整理好衣冠的张昭，气喘吁吁跑出城，跪在众人之首，正好就挨着孙坚。看到孙坚，他小声问道："王岱、韦尚之死，可在文台谋划之内？"

孙坚摇头苦笑道："连我都颇感意外！"

双手拜地的张昭转过头，盯着孙坚的脸仔细看了一会儿，喃喃道："从昨夜到目下，你可知自己孤胆入虎穴，已成就了多少大事？别看我今日莫名拿到相印，文台，你命中所得的，必将是王侯之福啊！以后我张家自会助你孙家高升！"

孙坚以微笑作答。

此时，轩车在张昭面前停下了。车帘掀起，使持节宋嘉缓缓下车。但见宋嘉，身材略胖，小眼无须，头戴中宫谒者专用的高山冠，一手持金柄天子剑，另一手握八尺铜节，倒也有几分威风。他的目光扫视着众人，先看看张昭，再看看孙坚。他先用细细的声线对张昭说道："张昭，我听说你在京都时，曾写过《宜为旧君讳论》一文，主张不必避君王名讳，并因此开罪于儒礼大师应劭。现在我若任你为代相，再被京都的有些闲人说成是任用无礼之徒，该如何是好呢？"

张昭起身抗辩："宋大人有所不知，下官并未主张不避君王名讳，而是主张不必过于追远。亲亲有衰，尊尊有杀，故《礼》服上不尽高祖，下不尽玄孙。今应劭虽上尊旧君之名，而下无所断齐，怕是追远无穷，日后民间将无余字可用。目下天下形势危急，朝廷正当删减繁文缛节，文书只求达意，用人只求良才，运兵只施要害，而不要陷入无谓的文辞之争。若京都还有人说大人是在用无礼之人，那就敬请大人请示天子，将此类人等尽数发往军中，以《周礼》教化贼寇，或天下于月旬可安矣！"

宋嘉听罢，哈哈大笑："好口才！不过，在我传你印绶之前，还有问题要问你。原下邳相王岱与原中尉韦尚互射而死一案，你如何判案，并将如何处置？"

张昭思忖片刻，回道："原中尉韦尚是隐藏已久的黄巾乱党，他在谋刺县丞孙坚时，被原下邳相王岱发现，便转而去刺杀下邳相，下邳相则在殉职之前射杀了韦贼。"

宋嘉"哼"了一声，说道："张昭，你刚才所言，你自己信吗？若韦尚真是贼人，他难道不应该首先来刺杀本官吗？他为何先去刺杀一个小小的县丞呢？"说到这里，宋嘉将头转向孙坚："孙县丞，莫非你与那韦尚有何私怨？"

孙坚抬起头来，回道："回大人，韦尚为何要杀我，并不重要，重要的是他当众刺杀下邳相，我等亲眼所见！而且，他与前下邳相都已亡故，而下官与张昭还都活着。张子布刚才说得好，目下是朝廷存亡之刻，文书当只求达意，用人当只求良才，运兵当只施要害，而所谓良才，首先必须是活人。还望大人能够人尽其才，让下邳得一贤相！"

"哦？"宋嘉又转向张昭，问道，"孙坚方才说你是贤相，但本官还未最后确定。我且问你，韦尚当众杀死上司，你当如何处置其家人？"

张昭想了想，答道："按律当灭族。但目下战事紧急，多杀人无益。下官的建议是，遣散其家中奴婢，全部分于下邳各豪族，不再追究。韦尚有妻妾四人，子女二人，其中貌美者充入军营，以鼓士气。其余没为官奴。家中资产，一半充公，用作军资，一半赔偿给王岱遗孀。"

宋嘉点点头，连声说："好！好！"但想了想，又补充道，"赔偿给王岱遗孀的那一半，你也代为捐献给朝廷吧。就连当今天子，都将御马赐给了前线将士，我想王岱作为名臣之后，若泉下有知，也不会在意这点赔偿吧！"

张昭大声称"诺"。孙坚在一旁听了，心中暗笑：果然是来刮地皮的!

宋嘉叫手下取来王岱的相印,交付给张昭。张昭小心接过印章,装于腰间的鞶囊[1]中。然后又郑重戴上了相应的绶带,并将其垂于外边,绶带一端打双结,一端垂于身后。公仇称则端上了汇聚了下邳土地、人口统计材料的簿册。张昭接过后,算是完成了相权交接的仪式。之后,张昭向着洛阳方向拜谢皇恩,便引宋嘉入城。在陈珪带人摆好的香案前,众人在代相张昭的率领下再次跪拜,宋嘉则在香案后展开帛书,开始大声宣读圣旨:

> 诏曰:皇天上帝,后土神祇,眷顾降命,敢用玄牡。然今疫蔓贼起,黄巾遍野,荼毒官民,朕心不安。诏公卿出马、弩,举荐列将子孙及吏民有明战阵之略者,诣公车。大赦党人,还诸徙者,唯贼首张角不赦。特命河南尹何进为大将军,将兵屯都亭。置八关都尉官。遣北中郎将卢植讨张角,左中郎将皇甫嵩、右中郎将朱儁讨颍川黄巾。下邳扼淮、泗,地沃运利。各方军辎,下邳相当运筹帷幄,毋让王师困顿。调富春孙坚为佐军司马,即归朱部。祚于汉家,永绥四海。卿共用命,太平永承。钦此。

圣旨的内容,让正在跪听的所有人都惊呆了。天子的

---

[1] 革制的囊。"鞶"读"盘"。

圣旨，竟然在卢植、皇甫嵩、朱儁这些大人物之外，还提到了小小的县丞孙坚的名字！孙坚更是诧异地抬起头，看看宋嘉，那疑惑的眼神似乎是在问他："大人您是不是在圣旨上妄加了一句话？"

宋嘉看出了众人的疑惑，立即将圣旨反过来示于众人。篆体的"富春孙坚"四字就像皇帝的玺印一样，在帛书上不容置疑地在炫耀着自己的存在。张昭、孙坚立即伏地，大喊："臣等接旨！万岁！万万岁！"孙坚更是狠命磕头，热泪盈眶。宋嘉则顺势扶起二人，并特意对孙坚说道："朱儁大人在天子面前特别提起了你孙将军的名号，所以天子才会留意于你。可不要让朝廷失望哦！"孙坚听罢，再次激动下拜，大喊："蒙天子不弃，知我区区小吏！坚当肝脑涂地，以报皇恩！"

人群后排的诸葛珪对祖茂轻声说道："文台或许有点儿自作多情了。皇帝诏书的撰写与用印，其实都控制在'十常侍'手里。这些宦官这么写，显然是想收买文台！"

祖茂轻声回道："但朱儁大人知道文台，这总是真的吧。我们以后不管朝中是非，就跟定朱大人了！"

诸葛珪笑而不语。

第三十九回　孙门兴旺

宋嘉带给下邳的圣旨其实有两份。一份是给下邳相的，一份是给下邳王的。宣完给下邳相的圣旨之后，宋嘉立即上车休憩，等人通报下邳王宫准备接旨。吕布隔着车帘问道："宋大人，是不是要下邳王本人亲自出宫门来接旨呢？"

宋嘉一边就着梅子酒吃着粗粱，一边隔着车帘说道："老王爷都九十多岁了，不折腾他了吧。等一会儿轩车就直入宫门，我亲自走进王廷宣旨。反正只要找到金子，我们的事也就办妥了！"

吕布一皱眉："传闻老王爷好浮屠道，这些金子又都是天子赐给他的，他若已经将其全花在了浮屠道之上，我们又该如何交差？"

宋嘉咀嚼粗粱的牙齿停了下来。过了许久，他才回话："昨夜老王爷失踪，就是那孙坚救出的。不妨去找孙坚问问金子的事，这样你我进宫之前，心里也好有个底。"

吕布找到孙坚后，将其拉至僻静之处，轻语道："文台，你可知天子赐给了下邳王两千枚麟趾金？目前战局危急，朝廷要收回所赐，用于军资！据你文台所知，这笔金子，老王爷用掉了吗？"

孙坚刚刚松弛的心，一下子又紧张起来。他支吾道："这下邳王宫的事情，我……我一个小小县丞，怎会知道？"

吕布笑了起来："文台，你我算是朋友，你不必与我撒谎。昨夜是谁劫持了王爷？你如何仅凭一人之力将其救出？你与王爷独处那么长时间，他与你说了什么？你又看到了什么？这些细节，恐怕只有你心里清楚。你就别拿自己的官阶推脱了，你可是名字上了圣旨的天下第一县丞啊！"

孙坚飞快地思考着应对之辞。他当然记得，这两千枚麟趾金中的一半，已经被笮融、朱治与自己分掉。而朝廷能够追回的，只有剩下的一千枚，到时候账目肯定对不上。何况目下朱治可能已经在城南将金子装船，想追回那一千枚或许已来不及了。想到这里，孙坚咬咬牙，又编了一个瞎话："城外有一隐蔽处，藏有王爷的一半金子，也就是一千枚麟趾金。贼人劫持王爷，本就是为了套取朝廷赎金，所以王爷本人就在昨夜提议，干脆就以这一千枚麟趾金为代价，换取自己的安全。既然这是王命，孙坚也只有遵从了，便眼睁睁看着贼人运走金子。孙坚死罪！孙坚死罪！"

"哦？"吕布有点儿怀疑地看着孙坚，问道，"那我们这次就只能拿回另外的一千枚麟趾金了？"

孙坚默默点头。

见孙坚有些紧张，吕布用拳头捶了他一下，说道："文台，几年不见，你的豪气怎么收敛了不少？少了一千枚就少了一千枚么，担心什么？账目是否对得上，不就是宋大人的一句话吗？只要你懂得做人，所有的账，最后都会对得上！"

在官场历练多年的孙坚，当然听得出这是宋嘉委托吕布在向自己索贿。对此他也早有准备，立即回问吕布："弟兄们从洛阳来一趟下邳的确不容易，不知孙坚当如何犒劳诸位呢？"说罢，他抓住吕布的手，在其掌心中伸出了五根手指，继续问道："这个数？"

吕布将孙坚的五根手指中的一根折回，小声道："别人的确是这个数，但你我是兄弟，我替你和宋大人说点好话，可以打八折。"

看来，诸葛珪所言不虚，宋嘉虽然也贪，但毕竟贪而有道，并不竭泽而渔。所谓四根手指，其实也就是价值四十根鎏金铜蚕的钱财，比起自己分得的几百枚麟趾金来说，这只是一个小数。

见孙坚脸上露出笑容，吕布也拍了拍孙坚的肩膀，说道："文台果然天生就是做官的人啊！"忽然，他想起来什么，收了笑容，问道，"还有一件事要请教你文台。我方才听说，昨夜下邳傅钟离越似乎被灭门了。而且当时似乎你也在场。此事不虚吧？"

孙坚一愣，没想到吕布竟然会对这事感兴趣。他只好慢慢点头："对，我当时的确在场。不过，奉先，你听我解释，那钟离越实为反贼啊！"

吕布摆摆手："不用解释！我就问一个人。他的小妾袁氏，就是颇有姿色的那个，是不是也死了？"

孙坚又是一愣，心想：为何这吕布与韦尚一样，都对袁氏特别感兴趣？他只好老实作答："袁氏也不幸罹难！"

吕布皱皱眉，想了想，压低声音说道："那袁氏，本是朝中大司徒袁隗袁大人的侄子袁绍袁本初放在下邳的暗哨，用来控制钟离家族的。她死了，的确有点儿不好办。不过，反正我们长水校尉府是袁术大人的地盘，袁绍暂时也招呼不到我们头上。袁氏之死，就姑且栽给黄巾贼吧！不过，她的尸体你定要好生装殓，由我们长水校尉府转交给袁绍，希望能够搪塞过去。只是你以后得多留神啊！"

孙坚听了，既懊悔，又委屈。懊悔的是，他昨夜的确应当留袁氏一命；委屈的是，杀死她的实际上是急于为胡玉报仇的海贼帮。而当时那种形势，他又如何拦得住他们？想到木已成舟，孙坚也只能暗自叹息。他对吕布说："运送袁氏棺木，实在是有劳贵部了。几个时辰前，祖茂夺回了一批被贼人从太平仓抢走的粮草，约两千六百石，目下还藏在城外隐蔽处。等一会儿我叫祖茂给你们领路，这批粮草就转交给贵部了，只是请事后到仓曹孙贲处补个文书。"

吕布拍了孙坚一下，笑道："你我兄弟，好说！"

正在此时，突然有一探马慌忙来报："吕将军、孙县丞，城南白门楼河滩处，发现又有黄巾贼驾船来犯！"

吕布大惊："怎么还敢有贼人来犯？活腻了吗！"

孙坚听罢，心中一沉。城南白门楼的河滩，正是朱治等人装船之处，吕布手下是不是将其误判为贼人了呢？想罢，他立即问那探马："你怎知那是贼人？"

探马回道："他们都在船上插黄色贼旗，用黄巾裹头，必是贼寇。目下他们在离城门二里处停船，不进不退，似在探看虚实！"

听罢此言，孙坚也是诧异，不知来人究竟是谁。

吕布知道，在解决这股贼寇之前，尚不能护送宋嘉见下邳王。他立即向宋嘉请示，得其允诺，留下张辽，自点三百精骑，直奔白门楼而去，孙坚、孙贲、孙辅、祖茂、诸葛珪、程普、黄盖则飞马在前带路。此刻，张昭与陈珪已先行进入王宫，向王爷汇报宫外发生之事去了。

众人来到河滩，发现河上的来船都是三百石载量以上的货船，而非河贼惯用的小艇。由此推测，在船上的或许是打着黄巾旗号来避灾的普通商旅。吕布命手下在河滩边上对着船队晃动大汉赤旗，孙坚则对着船队大喊："下邳在汉不在贼！若是良民，可放心靠岸！"他喊完，吕布则转头对手下笑道："若真是以商旅为掩护的贼人，我们也不怕。我们这三百精骑，可在其靠岸时击之，灭之如扫落叶！"

正在此时，朱弦瑟瑟的琴声从河上的货船飘来。孙坚侧耳一听，演奏的是《广陵止息曲》的"小序"部分。《广陵止息曲》本是"纷披灿烂，戈矛纵横"之曲，而其"小序"部分则相对和缓，并不经常被人弹奏。听到此段旋律，孙坚不禁哈哈大笑："吴景吴奋起回来了！"

吕布问道："莫非文台所说的，是你的妻弟吴景？"

孙坚点点头："确是！三月之前，贱内遣奋起回吴郡老家看望父老，本说好一月内返回下邳，但他却一直没有音讯，让人焦急。临走时，我与他约定：若家乡安好，他就在船头演奏《广陵止息曲》中的'小序'；若家乡有变，就演奏其中最激烈的那节……对了，那节叫什么来着？"

"是'正声'中的'冲冠第九'，叔父。"在旁边的孙辅冷冷地插嘴道。

孙坚瞪了他一眼："对于练武，你也能够像听曲那么上心就好了！"

"那叔父还要不要我学杜鹃叫呼应舅父呢？"孙辅将头偏向一边，对孙坚依然冷漠。

孙贲急了，用马鞭轻轻抽了孙辅一下："辅弟，用鸟叫回应舅父，本就是事先委你之职啊！这事还要讨价还价吗？"

孙辅叹了一口气："我孙辅有助于孙家的，也就只剩下这些鸡鸣狗盗的本事了。但爹爹临死前给我起的表字，可是'国仪'啊！"

见孙坚脸上已经露出不耐烦的神色，孙辅苦笑一下，不再多言，立即清了清嗓子，学起了杜鹃叫。一边的吕布听了，击掌道："文台，你这小侄的嗓子，可比前汉的李延年啊！听这杜鹃的鸣叫，竟然在曲调上有点儿像先帝孝明帝最喜欢的《鹿鸣》，着实好听！"

祖茂听罢，在一边偷笑："当年在臧府见奉先时，奉先可是连《楚辞》都不熟的，不想六七年不见，奉先也好音律了啊？"

吕布红着脸，摆摆手："大荣说笑了！当年你们离开臧府后，臧大人就把我、张辽与华雄三人数落了一通，说我们过于粗鄙，难堪大任。三年前，我便花了重金买了几个通音律的奴婢，天天听一个半个时辰的，现在就连我也学会几首琴曲了！"

孙坚听了吕布此言，突然想到今日未见到当年也在臧府出现的华雄。刚想询问，但见对面船夫伙计听了孙辅模拟的鸟叫，纷纷往水里扔了黄旗，欢呼雀跃起来。原本静止的船桨，亦纷纷恢复了生命，欢快地拍打水面，激起白色的浪花。等船再近一点儿，但见船头一风姿男子，头戴鹖冠，身着白袍，正抱琴对岸上诸人挥手。孙贲见状，大喊："正是舅父！"诸葛珪则用扇子指着船只的侧舷说道："看那吃水，定是载了粮草！"

船靠上了栈台，吴景抱琴轻松上岸，还未站稳，孙坚立即就给他来了一拳："不是说好一个月就回的吗？怎么去这么久？知道最近家里发生多少大事吗？你不在，都没法叫你帮忙！"

吴景睁大眼睛："我一路上算着日子呢，这几天姐姐也该临盆了。但这种事情，我们男人也插不上手，不是还有贱内左嫣与你的爱妾胡婵帮忙吗？对了，我姐姐生了吗？顺利吗？不会又难产吧？"

孙坚回道："应当在今明临盆。我猜应当不会再难产吧。上次生权儿既然顺产，她以后应当不会再难产了。"

"哦！"吴景点点头，又看到了吕布与他身后的三百精锐骑兵，大惊，"这……这穿着，莫非是……朝廷最精锐的长水校尉府的兵马？下邳出何大事了？"

孙坚将其拉到一边，说道："这几日发生的事情太多，等一会儿与你慢慢细说。且说这船上的粮草哪里来的？"

吴景指着船篷说："还是让孙幼台告诉你吧！"

"啊！"孙坚一惊。"幼台"是孙坚留在富春老家的弟弟孙静的表字，吴景此言，当然是指孙静已随船由扬来徐。再看船篷前的草帘掀起，下船的果然是孙静。孙坚兴奋地冲上栈台，与其抱到了一起，大喊："小弟，想死哥哥我了！你的胡子都这么长了，让哥哥拉拉！"

孙静在孙坚怀里说道："哥哥，你心好狠，自从来下邳后，一次家乡都没回，你还当自己是扬州人吗？老父没事就念叨你，说现在日子虽然有钱了，但长子早逝，二子远游，寂寞啊！"

孙坚擦擦被泪水润湿的眼睛，问孙静："老父身子还好吗？是你没照顾好爹爹，才让他老人家生气的吧。对了，小妹嫁人之后，难道不经常回家省亲吗？"

"哥哥不要乱说！谁说我嫁人了以后不回家来着？徐宝瑜，你不是经常和我一起回家看望父亲大人吗？"船舱中传来一个少妇的声音——原来是小妹孙雯！孙坚击掌大喊："小妹、宝瑜，你们也来了！"

徐真笑呵呵牵着妻子的手，也踏上了栈台。此时孙坚才发现孙雯手里还牵着一个小娃，大约十岁模样。看到孙坚就双手作揖，用稚嫩的童音喊道："拜见舅父！"

孙坚见状，立即蹲下抱着这小娃，对着徐真笑道："这就是你在信里提到的我的小外甥徐琨吧？长得真像你！"

"哥哥，你偏心，难道不像我？"孙雯噘起了嘴，引发众人一阵大笑。人群中的祖茂则表情略有尴尬，不敢与孙雯对视。当年他本是喜欢孙雯，后经孙坚劝说，才将她让给徐真。而且，他与徐真的亲戚徐嫱结婚后，虽然感情尚可，但一直没有子嗣，现在看到徐琨的可爱样，心中也有些落寞。

此时吕布清了清嗓子，朗声说道："在下是长水校尉下属的府丞吕布吕奉先，也是孙文台的朋友。诸位要叙旧，以后有的是时间。现在还望吴兄告知：这批粮草是否是从扬州调集，来帮助孙文台灭贼的？"

吴景看了看徐真，笑道："宝瑜，你来说！"

徐真对吕布行礼，然后回道："数月前，奋起回吴郡探视父老，本该早回下邳。但我夜观天穹，发现有不吉之星象，怕天下快有变乱。我担心文台远在下邳做官，没家乡人支应，怕是在变乱中无法自处。故此，我与奋起商议，从孙家调粮三千三百石，从吴家长老吴彪处调粮五千五百石，从会稽土豪周昕周泰明那里调粮八千石，支援孙文台。现在运到的是第一批，约五千石。交割后，我就得回到九江郡寿春县，去押运在彼处暂存的第二批粮草。"

众人听罢，窃窃私语："竟然有这么多粮食！"

孙坚则抓住徐真的手："就连会稽周家也愿意援我孙坚？难道他们不记得我当年在会稽剿贼时是如何设计戏弄他们的？"

徐真笑道："正是因为周泰明记得，所以在交割粮草的时候特意嘱咐说，这次周家算是为朝廷效力了，叫你孙文台以后不要再去找周家麻烦。"

"不找，不找了！"孙坚听罢，哈哈大笑。吕布也在旁边对孙坚轻语："朝廷封你的'佐军司马'，其实就是个名头，军饷粮草都要靠你自己筹措，兵马也要你自己招募。有粮就能招兵，有兵说话才能硬气。孙文台，我真羡慕你有这些好乡党啊！"

孙坚微笑道："奉先，这些粮草，你们长水校尉府不会打主意吧？"

吕布脸一红，摇头道："这是你从私人渠道所得的粮草，我怎么再好意思多要？文台且放宽心，我只要你刚才答应我的两千六百石粮食，以及那四根手指，不再多要！"

孙坚这才想起祖茂的手下留在城外的粮食还未运到城内，立即叫祖茂来，让他带军士去运粮。此时诸葛珪凑近孙坚，对其轻语："朱治、韩当、笮融、老四、老九等人，以及我的家小，都沿着吴景来的水道离去了，难道他们没有撞上吴景？"

孙坚一拍脑门，发现的确疏忽了此事，立即追问吴景。徐真抢先回道："你是说朱孝廉啊！他行船到吴郡做生意时，我早就认识他了。刚才他的船的确与我们的船擦肩而过，我还在船头与他打过招呼呢。他说他就是送朋友走几里水路，过一会儿就折回下邳。"

徐真话音未落，就听孙贲大喊："朱孝廉的船回来了！"

朱治船队中有形似军船的高大楼船,所以孙贲在栈台上远远就能看到。孙坚眯眼望去,发现朱治在船楼上正对自己挥手呢。诸葛珪视力不好,看不清自己妻小是否在船上,便朝着船楼扯开嗓子喊道:"婆娘,孩子们没事吧?"

章氏的尖利之声立刻沿着水面传了回来:"好个屁!你儿子诸葛亮又尿了老娘一身!"众人听罢,哈哈大笑。

孙坚长长地舒了一口气。所有的麻烦,似乎都解决了,看来笮融与韩当也已经运着金子离开了下邳。唯一的担心,就是妻子吴甄今日的生产了。

此刻,吕布正与众人告辞,准备回去保卫宋嘉入王宫。就在他刚刚调转马头之际,突然有一个少妇从城内快马而来,大喊:"文台,我找你找得好苦!怎么跑这里来了?"

众人一看,原来是鬓角散乱、面色绯红的胡婵。胡婵见到孙坚,立即大喊:"恭喜孙大人三子孙翊顺利出世!母子平安!"

孙坚还没反应过来,便立即被兴奋的人群抛向空中。由徐真起头,震天的欢呼声在白门楼下响起:"孙门兴旺,虎跃蛟腾!"

第四十回 为何而战

宋嘉向下邳官民下达圣旨后的第三日,下邳城城南白门楼前的河滩上,绣有"孙"字的赤旗猎猎飘动。旗下,急得满头大汗的吴景手里拿着一堆木牌,扯开嗓子大喊:"排队!排队!别挤!拿到木牌者,再到青旗下排队,去测试!"原来,听说朝廷新封的佐军司马孙坚孙文台正在募兵,淮、泗一带的青壮纷纷来投,排队应募者逶迤绕城,时有彼此倾轧。队伍中,应募者某甲问某乙:"仁兄,听说投孙部一日可吃三餐?每五日还有肉干吃?不会是骗人吧?"某乙回道:"我也不知真假。但你看今日这么多人排队,没点好处,谁来啊?"正说话间,但见一大汉头上顶着盾牌,上面再盛着一袋米与一束脩[1],兴奋地逆着人流而来,嘴里嘟囔着:"这么好的肉,得回家先给老娘吃!"众人立即拦住他,问:

---

[1] 十条一捆的肉干。"脩"读"休"。

"好汉,过了测试就能先领米肉?"那大汉点点头。众人再问:"如何测试?"大汉笑道:"很简单,能拉开一石弓,蹴鞠颠球六十次不坠,然后还能拉开一石弓,就算体力合格;能通读三条简牍,不错字,就算文墨合格,真心不难!若能够再骑着无鞍的马跑三圈不掉下来,额外再加一束脩!"

"啊!"人群中发出一阵惊叹。一些自度体力无法通过测试的人,偷偷打了退堂鼓,溜出人群。那大汉正乐呵呵地往回走,突然被一怒气冲冲的老妪挡住了去路。那大汉一愣,忙问:"娘,你怎么来了?"那老妪不由分说就给他来了一个掌掴:"不孝子,竟然背着娘来投军!娘就这么稀罕你的这束肉干?要是上了战场,有个三长两短,谁来给娘养老啊?"

那大汉一愣:"那……家里不是还有二弟与三妹吗?"

那老妪说道:"你糊涂啊!你二弟残疾,你三妹迟早要嫁人,你爹五年前又被老虎吃了,你再走,这家可就塌了啊!这叫我怎么活啊?"说罢,那老妪瘫坐在地,号啕大哭。

那大汉急忙安慰道:"娘,别哭啊,我又不是去遥远的凉州去打羌人,这次是跟着孙坚、朱儁大人去打颍川黄巾贼罢了。这黄巾贼可好打着呢!三日前,孙大人一个人就从几百黄巾贼手里救出了下邳王,那朱儁又是天下名将,我跟着他们,又有何可怕的?"

那老妪突然紧张地抓住了那大汉的衣袖,瞪大眼睛,一字一顿地说道:"一将功成万骨枯!他成了名将,你却成了枯骨,难道这就是为娘想要看到的吗?别忘了,你在会稽的三叔就是在当年跟着朱儁讨伐交州梁龙之时，因染热疾而死的，连尸首也没运回家乡啊！算了，孩子，听娘话，快把这米肉退回去，跟我回家！"

"大胆刁民，竟敢在此非议右中郎将朱儁大人，扰乱朝廷募兵，该当何罪？"正在募兵现场巡视的孙贲听到老妇所言，立即怒目向前，拔刀威胁。众人见状，立即下拜。那老妇抱着孙贲的腿哭喊道："军爷，行行好吧，老妇家里，就这一个男丁中用了！"

孙贲本就心软，立刻有些犹豫了。他突然想起，小时候爷爷孙钟在吴县卖瓜时，瓜摊亦被陆家的家丁一脚踢翻。那时候，孙钟也曾这样抱着陆家恶奴的腿号哭过。被突然袭来的罪恶感折磨的孙贲，立即收刀，扶老妪起身，嘴里满是歉意："老人家请起！方才是晚辈唐突了，只是刚才令郎已经通过了测试，并与朝廷签了字据，不好反悔啊！"那老妪听了，还是不起，继续号哭。

正在双方僵持之际，佐军司马孙坚带孙辅巡视至此。此刻的孙坚，玄甲着身，红袍拖地，可谓威风八面。众人见了孙坚，又是下拜。孙坚刚才已听到了老妪的对话，立即对身边的孙辅喊道："侄儿，立即带此壮士与其母去见诸葛先生，在名录上删除其名，就说是我的意思！"

老妪大惊："孙将军可是戏言？"

孙坚大笑："我堂堂朝廷佐军司马，如何能有戏言？"

老妪立即抢过儿子手里的盾牌，连着上面的米肉，还给孙坚："无功不受禄，这些都还给朝廷！"

不料孙坚只是收了盾牌，却留下了米肉："老人家，这些吃的，就算我们孙家给你们的，不记在朝廷的账上！"

那大汉睁大了眼睛："这……我七尺男儿，怎么好白要将军的东西？"

孙坚微笑："谁说是白送你的？兵役可免，劳役不可免！"见对方疑惑，他继续解释道，"三军未动，粮草先行。因朝廷财政吃紧，此次剿贼，均是各地豪杰自筹粮草，自行转运。我孙坚的目标是募兵一千人，但负责转运粮草的，也需要至少两千五百人。既然这位老人家担心儿子出事，我就将其安排在九江寿春与下邳之间运粮，此处远离烽火，当性命无虞，亦可每隔一月回家一次，只是多点劳苦罢了！老人家，你看这样的安排可好？"

老妪听罢，立即下拜大呼："孙将军仁义，民妇刚才不识大体，还望将军海涵！"众人听罢，也纷纷下拜大喊："将军仁义！"

孙坚揣摩着，目下可能是给这些下邳百姓讲透天下大势的最好时机了。他站到旁边的一根树桩上，对着众人说出了肺腑之言："乡党们，请容我孙坚说几句话。谁无父母，谁无姐妹，谁无宗祠以傍，谁无乡土可依？圣人说，'父母在，不远游'，而我富春孙坚离开家乡、离开老父，已在徐州为官十年，整整十年啊！我难道不想尽孝吗？我难道不想回到富春的老家，亲手抚触江东的一草一木吗？但黄巾暴起，蛾飞各州，这天下快要亡了啊！"

说到这里，人群中突然有个胆大者插话："请问孙将军，黄巾贼都是穷人，我们也不富，我们为何还要去拼上自己的性命，帮着朝廷去打别的穷人呢？天下即使将亡，与我等何干？"

孙坚循声望去，发现发问的乃是一个路过的老者，而非今日应募的青壮。他压住心中的不快，向问者作揖，回道："所谓天下者，不仅仅是京都的公卿贵族掌管的内朝、外朝，它也是我们这些区区县丞、县尉、亭长、乡长、里长掌管的每一个县、每一方驿站、每一个聚落、每一口充盈甘露的水井、每一亩浸润汗水的良田，以及每一头努力向前的耕牛。要吃饭，就要耕作，这才是亘古不变之理！而那些黄巾贼却不事耕作，不纳皇粮，如蝗虫般横行州郡，抢夺粮草，裹挟良民，煮杀耕牛，最后只能坐吃山空！若不能及时扑灭之，大汉朝六千万子民，人相食之日将不远矣！……"

不料那老者又道："但那些贼人本来也是良民啊！是疠疾、洪水、地震与贪官，将他们一个个逼上了绝路呀！"

孙坚一皱眉，立即打断他，说道："有疠疾、洪水、地震与贪官不假，但天下也并非处处都是天灾人祸！譬如，前几年的疠疾，就基本没有蔓延到徐、扬、交三州，我们下邳国也一直是风调雨顺。难道我们下邳子民，要眼睁睁地看到城门着火，才能有池鱼之忧吗？"

说到这里，孙坚瞥了一眼最靠近他的几个纤夫腰间盘着的纤绳，眼睛一亮，继续发挥道："这里不少乡党的生计，恐怕都有赖于淮、泗便利的水运。但若这天下乱了，没有货运，没有船拉，这下邳的繁华，又将如何长存？乡党们，与我富春孙坚离乡背井,去讨颍川黄巾,与其说是为了洛阳的那些公卿,还不如说是为了保卫下邳、保卫我们自己的家乡啊!若天下豪杰皆能放远目光,以他乡为家乡,黄巾何愁不灭,天下何愁不定?我孙某人不才,愿携众英雄共赴战场,拒贼于家门之外,旺族达百年之长!"

孙坚言毕,众人立即发出雷鸣般的欢呼:"紧随将军,灭贼旺族!"孙坚得意地从树桩上走下来,却发现那个刚才向他问话的老者好像要溜走。他示意孙贲去抓捕此人,看他是不是黄巾贼派来惑乱人心的奸细。见那老者已经被孙贲的手下带走,孙坚这才放下心来。他刚想转身离开,突然发现身后有一个戴着斗笠、披着黑袍的胖子,正对着自己微笑。孙坚一看,立即惊呆了,轻语道:"宋……宋大人!您怎么来……微服私访了?"

宋嘉将斗笠压低,轻声道:"别声张,我有话要对你说。我很欣赏文台刚才这番陈词。你竟然没提到天下变乱的原因之一,就是我们宦者横行。我很感谢你的口德。"

孙坚一时尴尬,不知如何回应宋嘉这话。

第四十一回　蹴鞠大会

宋嘉向白门楼一指，暗示孙坚与他上楼。孙坚点点头，与身边孙辅嘀咕了几句，借故离开。不久后，宋、孙在白门楼的内室再见。宋嘉叫孙坚坐下，笑道："孙司马，你知陛下的圣旨为何会提到你的名字吗？"

孙坚想了想，回道："或许是因为朱儁大人在天子面前提到了我？"

宋嘉摇摇头："朱儁大人本就闲居京都，虽领着'谏议大夫'的官衔，享着'都亭侯'的爵位，却无兵权。没有太尉杨赐大人的担保，他这次本是做不到右中郎将的。要在天子面前提到你的名字，他尚不够格。"

孙坚再问："那是何人提到孙某？"

宋嘉笑着指指自己的鼻子。孙坚复问："宋大人高居庙堂，又是如何知道我这区区县丞的？"

宋嘉转动着自己胖胖的手指："其实孙司马不经意间，

已经为我们这些被士大夫看不起的宦官，做成了一件事。既然你已经投了桃，我们又怎么能不报李呢？"

孙坚小心地问道："大人莫说笑，以您的人脉，我孙坚求您办事才对，我又怎么可能帮到您呢？"

宋嘉严肃地说道："那我就说说。熹平年间你在会稽剿贼时，伪越王许昌之子许韶，是否为你所斩杀？"

孙坚点点头。

宋嘉继续往下说："想那许韶，本是太学生，逆贼陈蕃之爪牙。建宁元年太学生领袖陈蕃与外戚窦武在京都联合兵变，试图谋害我们这些宦官，还好张奂与董卓的西凉军及时赶来勤王，屠灭了这些乱党。事后我们查找涉事太学生名录，才发现会稽人许韶逃亡本郡，不知所终。不料许贼竟潜入山中，挑动山越人谋反，一度攻占郡署，在句章立许昌为伪帝，震动洛阳。王师历经苦战后，是你孙文台最后斩下太学生余党许韶首级，算是为我等出了一口恶气。你说，我们是不是要感谢你呀？"

孙坚作揖道："岂敢，岂敢！这本是下官的分内职责。"

宋嘉笑了笑，又道："在圣旨上加个名字嘛，对于我们来说不过是多费点笔墨的小事。不知孙司马还愿不愿意再为我们做一件事呢？"

孙坚抬起头，小心回道："这事难办吗？需要杀人吗？"

宋嘉哈哈大笑："我是堂堂中常侍，朝廷二千石的高官，怎会叫另一个朝廷命官去杀人？我们大汉朝可是有法度的！"

孙坚点点头，再问："既然不用杀人，那么大人是要我孙坚帮您老人家去探听什么事喽？"

宋嘉笑道："就快猜到了，只差这么一点儿。老实告诉你吧，我需要你探听的不是一件事，而是要你探查一个人！"

"谁？"孙坚再问。他心想，是不是还有哪个潜逃的党人领袖，让宦官们挂怀呢？不会是张俭吧！

宋嘉凑近孙坚，轻声道："这人你虽然不认识，却应当听说过——曹操曹孟德！"

孙坚心中疑惑。曹操的名字他当然听说过，当年会稽名士周昕就曾向他炫耀过曹操赠送的信物。仅仅在一个时辰前，诸葛珪还告诉孙坚说，本来只有六百石俸禄的议郎曹操，已在前太尉乔玄的举荐下，做到了二千石级别的骑都尉，与皇甫嵩一起出征讨黄巾了，这让仅仅混到佐军司马头衔的孙坚颇为嫉妒。不过，孙坚早先还听祖茂说过，曹操的父亲曹嵩曾认曹腾为义父，而曹腾则是服侍过四代天子的大宦官。如此算来，曹操也应当是宦官集团的人了，宋嘉为何还对他不放心呢？

见孙坚疑惑，宋嘉解释道："那曹操虽然是曹腾的义孙，但他到底心向何方，我们却不太清楚。当年司马防让他做洛阳北部尉的时候，他仅仅因为没有得到理想中的洛阳令之职，便当众借故打死了我们的同僚蹇硕的叔父蹇图，以博清名。后任议郎时，又大胆上书天子，要求大赦辛亥变乱中的党人，简直是无法无天。而且，他似乎经常接受司徒袁隗的侄子袁绍的财物，并与刘表、张邈、许攸、荀彧、荀爽、王允、逢纪等清流交往密切，让人很不放心。然而，曹操的父亲曹嵩却又经常向我们打招呼说，其子故作姿态，仅仅是为了蒙蔽那些清流。因此，曹孟德其实还是我们的人。曹嵩之言是否可信，我们并不清楚，因此，我就希望你孙文台能够接近曹操，探其虚实，日后再向我汇报！"

孙坚微微摇头："并非我孙坚不愿意为您效力，不过孙坚乃朱儁大人的扈从，曹操则归皇甫嵩调遣，朱部与皇甫部互不统属，我哪里有机会接近曹操？再说，就算我能够见到他，二人官阶相差甚远，他若轻慢于我，我又如何有机会探测其内心？"

宋嘉笑道："朱部与皇甫部虽然互不统属，但目标都是剿灭颍川黄巾。按照朝廷定下的分兵合击的兵略，两军总要会师，以聚歼反贼主力。所以，除非此兵略失败，否则，你迟早会见到曹操。至于品级这事，你别担心。你孙文台此次以一人之力救出了下邳王，威名不久后就会被那曹操听闻。曹操好结交天下豪杰，断不会轻慢于你。到时候，你只要与他交上朋友，就能有机会知道他心中所想。"

孙坚再问："敢问大人，您为何选我孙坚办这差事？毕竟你我相识也不久啊！"

宋嘉哈哈大笑："你我刚相识，这就是你被选中的理由！若我们选一个与我们渊源很深的人，曹操肯定会有戒心，你又如何获得他的信任？你看那吕布，就不太合适做这事，因为他是我们的同僚吕强的远亲，容易被判识为我们的人！"

孙坚想了想，小心回道："孙坚斗胆问大人，大人难道就不怕我与曹操做了朋友之后，最终站到清流一边去吗？"

宋嘉严肃地摆摆手："孙文台，你是明白人，应当知道，你头上没有孝廉或者茂才的名头，就算是跪在那些清流面前，舔着他们的脚背，他们也不会赏你一块骨头！毕竟他们自己的人，也已多得安排不过来了。你若想高升一步，只有靠我们这些天子身边的人，在天子耳边说你的好话！以后的路，该怎么走，你自己选。若你的志向就是在这些清流后面做条应声虫，被青史所遗忘，那你就跟着他们走；若你有拜万户侯之志，以重现你祖上孙武的圣名，那就跟着我们走！"

孙坚听罢，立即下拜："孙坚唯宋大人马首是瞻！"

二人交谈完毕，孙坚先行告退，却发现吕布也站在白门楼上，不知是否在偷听屋内对话。孙坚好奇地问："刚才听宋大人说你是宦官吕强的远亲，这事我怎么第一次听说？"

吕布脸一红，说道："其实是非常远的远亲。当年离开臧大人后，我本是去投老乡丁原的，但嫌他给我的俸禄太少，养不了我的妻妾。后经亲戚指点，我去京都拜见了吕强大人，他就安排我去长水校尉府听差了。"

孙坚瞪大了眼睛："奉先，既然丁原给你的俸禄少，那你又是用什么东西去孝敬吕强，以打通关节的？"

吕布回道："也真是奇了，那吕强不贪财，就是看上了我的武艺，以及会说匈奴胡语的才能。事后宋大人对我说，用人不能只用会孝敬上级的小人，也得用几个真能打的猛士，否则，自己最后连怎么死的都不知道！"

孙坚点点头。这时候，他突然想起，长水校尉府是袁术的势力范围，而袁家应当是属于清流一党的。而吕布又是

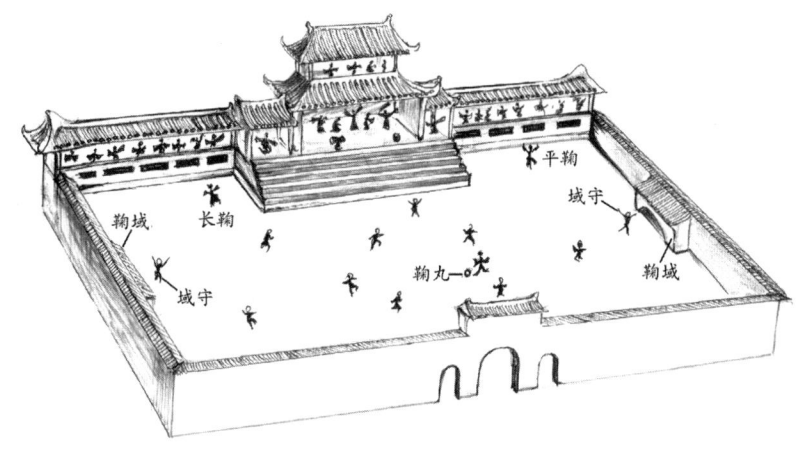

图 8 鞠城复原图

受到宦官吕强的提拔才进入长水校尉府的,他自己又是属于哪一边的呢?他刚想问,又觉得不妥,因为这世上有些问题的答案,本是应该自己琢磨,而不能轻易问人的。他转而又想到,当年自己在臧府认识吕布与张辽的时候,也认识了另一员猛将华雄。他补问道:"奉先,华雄兄弟现在何处?"

吕布回道:"他真去西凉投董卓了,而且正在其帐下效力。此次朝廷剿黄巾,没敢动用西凉军,否则羌人可能会复叛,使得朝廷内外交困。你短期内可能见不到华雄了。"

二人说话之际,张辽气喘吁吁地跑来,大喊:"找二位已经很久了!蹴鞠快要开始了,大家正等你们呢!"

经张辽提醒,孙坚想起今日在鞠城[1]还有一场蹴鞠大

---

[1] 足球场古称,因四周有墙而得名。

会，以吸引更多的淮泗豪杰来应募。孙坚与吕布匆匆走下白门楼，上马赶往下邳最大的鞠城"法月城"。

法月城的位置靠近太平仓。前几日黄巾军到太平仓夺粮并与官军巷战时，法月城亦在战火中被部分损毁，现在还需要略作修补。孙、吕赶到时，张昭与陈珪正远远端坐在法月城后面的鞠楼内用茶，看着徐真与祖茂带领众人修葺那段被损坏的鞠城围墙。两个富春人说说笑笑，看来早就把当年因争夺孙雯而引发的不快抛到了九霄云外。鞠楼前，祖茂的妻子徐嫱正一边准备着留给贵客们的茶酒与点心，一边向身边孙雯打听老家最近的情况。吴景的妻子左嫣则在一旁一边敲建鼓，一边琢磨着节奏。诸葛珪与朱治倒是清闲，在鞠城左边的厢亭内闲聊。而在鞠楼右边的厢亭内，胡婵则小心地服侍着刚生完孙翊三天的吴甄。厢亭边的小空地上，孙辅、孙策、徐琨与诸葛瑾正在欢天喜地抢夺一个小号的鞠丸。孙朗负责捡丸，孙静则在一边给孩子们做评判。两岁的孙权与同岁的诸葛亮也没闲着，在诸葛珺与诸葛芳的保护下，跌跌撞撞地争夺着一个特小号的鞠丸。而在鞠城内，老四与老九在一群长水校尉府的胡兵面前炫耀用头顶鞠丸的技巧，引发了后者零星的叫好。但当有百戏班底子的程普与黄盖表演口喷烈火、头顶鞠丸的技艺时，这些胡兵都惊得瞠目结舌。吴景亦有事可忙。他与孙贲刚从募兵场赶来，此刻正带着家丁维持着涌上鞠墙的乡党的秩序，以免人流压塌本就不坚固的鞠墙。

孙坚刚想去劝慰身体虚弱的妻子回家休养，却被吕布拉住。他用手指着老四与老九，在孙坚耳边轻语道："你果真要带海贼帮的人上战场？他们原来的头领胡玉好像就死在了钟离府，而当时你就在场。他们能与你一条心？"

孙坚点点头："奉先勿忧。老四与老九都认为胡玉是为钟离的小妾袁氏所杀，不会忌恨我的。再说，海贼帮的人武功都不错，不用可惜。"

吕布摇摇头："若他们管不住自己的嘴，到处说袁氏杀了他们的头领，那么世人就会以为是报仇心切的海贼帮杀了她。而你仍在用海贼帮的人，以后在袁家面前如何解释？要知道，在公文上，袁氏与钟离越的死可是栽在黄巾贼身上的。"

孙坚听罢，沉默半响，回道："我会管住他们的嘴的。"

吕布笑道："更好的办法，是在战场上慢慢消耗掉他们。反正他们本来就是贼，黄巾贼也是贼，你不妨以贼制贼。"

孙坚正琢磨着如何回答吕布，突然听得吴景对着自己这边大喊："文台，我们还缺一个长鞠正！"

所谓"长鞠正"，便是蹴鞠比赛的正裁判，而副裁判则叫"平鞠正"。孙坚点点头，看向拥挤的人群。他本想在诸葛珪与朱治之间找一个裁判，但发现两人说笑太投入了，不忍打断。此时，孙坚的视线，锁住了正低头拎着两只鸡穿过人流的公仇称。他大喊："公仇先生，来这里一下！"

公仇称本想装作没听到孙坚的声音，但架不住孙坚连喊两次，只好硬着头皮，拎着鸡，来到孙坚面前。

孙坚盯着他手里的鸡，笑道："大战在即，公仇先生难道还有心情去斗鸡？"

公仇称苦笑道:"孙司马说笑了。大战在即,物价还会涨,我估计将来吃肉就难了。所以刚才在下就买了一只公鸡与一只母鸡,希望以后它们能多生几只小鸡……"

孙坚打断了他:"你去养鸡了,如何再为前线效力?难道不想与我出征讨贼吗?"

公仇称愣住了。他反问孙坚:"孙司马是指为你效力吗?"

孙坚点点头:"你做决曹掾已经有四年了吧,就不想和孙某人去赚点军功,以后再高升一步?"

公仇称睁大眼睛:"前几日……前几日在钟离府,下官曾经用一根骨针的证据,差点将孙司马逼上死路,孙司马难道不忌恨于我?"

孙坚笑道:"你是决曹掾,在断案时不放过一切可疑的迹象,乃是你本分。"

公仇称:"但我一直伴随王岱左右,而王岱则欲除孙司马而后快……难道孙司马不记挂此事吗?"

孙坚摆摆手:"要杀我的是王岱与韦尚,又不是你。我还听说,王、韦互射时,王岱还拿你做人盾……"

公仇称叹了口气,说道:"何为是,何为非,我现在也糊涂了。昨夜诸葛珪先生找我,说钟离府的事情,实缘起于钟离谋反,孙司马当时也是不得已为之。我听后一夜未眠。"

孙坚笑道:"一夜未眠?公仇兄还有什么想不通吗?"

公仇称反问:"既然孙司马杀钟离是出于大义,那为何不如实禀告王岱?"

孙坚叹了口气:"你看,王岱是一个值得和他说实话的人吗?"

公仇称脸一红,低头看看手里的鸡,也叹了一口气,然后借故要走。孙坚将他拉住:"目下我们缺一个长鞠正,我看就你了。对了,三天内大军就要开拔,输粮官一职,我也交给你了。还有,我的小侄孙辅虽作风顽劣,但数术却不错,你也代我管教他几日。只是他手脚可能不干净,你可替我紧紧盯住他!同时,我的弟弟孙静与老乡徐真亦归你调遣。"

公仇称愣住了,手一松,竟然放脱了那两只鸡。吕布在一旁大喊:"快去抓鸡啊!"

孙坚哈哈大笑:"鸡丢了可以再抓,而像你公仇先生这样品质高洁、心细如发的人才,若我孙坚没有抓住,又到哪里去找呢?来,这是我的佩刀,你且拿着,兄做督粮官时,若遇任何人贪污军粮,可代我立斩之,不必预先请示!"

公仇称含泪接下这把金柄环首刀。这刀本是孙坚从韦尚那里夺的。孙坚随即对着吴景大喊:"长鞠正找到了!公仇先生可担此大任!那平鞠正又是谁呢?"

吴景笑着指指自己的鼻子。

远处抱着鞠丸的诸葛瑾看到这一幕,对着身边的孙策说道:"阿策,令尊大人的举止,真是有王侯气派!"孙策笑道:"我们孙家以后若出了王侯,瑾兄一定要到我幕府效力啊!"说罢,二人说笑着,又开始了抢鞠丸。

须臾,代相张昭起身,向左嫣下令:"可以开始了!"

左嫣得令,大力击鼓,四下顿时安静。张昭用洪亮的声音,大声宣告:"蹴鞠者,缘于黄帝之时。黄帝斩蚩尤后,充其胃以鞠，使人执之，多中者赏。大儒刘向曰：'蹴鞠，兵势也，所以练武士知有材也。'目下大战在即，于此刻蹴鞠，非嬉戏也，练士是也，壮势是也，选材是也。望诸位乡党以鞠练巧，以鞠促武，以武卫家，兴家卫国。再击鼓！"

在众人的欢呼声中，左嫣挥动长袖，边舞蹈边击鼓，鼓声由轻到重，由慢到快。由祖茂带队的甲队六人从鞠城门进入了鞠城，另外五名队员则是黄盖、程普、徐真、老四与老九，其中黄盖为"域守"，负责守"鞠域"[1]。两通鼓声之后，由张辽带队的长水校尉府的六人也入了场。除了张辽之外，另外五人则是来自吕部的五名低级胡人军吏：娄邱雁门、丘林虎、湻毒福、义渠杰与挛鞮安，其中义渠杰为域守。这五人古怪的复姓，向人们暗示了他们"归义胡"的身世。公仇称则挥动令旗，用洪亮的声音宣布比赛规则：

　　圆鞠方墙，仿象阴阳。

　　法月衡对，二六相当。

　　建长立平，其例有常。

　　不以亲疏，不有阿私。

　　端心平意，莫怨其非。

　　鞠政犹然，况乎执机！

三通鼓之后，比赛正式开始。经抓阄，张辽第一个开

---

[1] 类似今日球门的小木房，但只有正面有半月形球洞。

球,射向对方的鞠域,但祖茂拼命跳起,用头一顶,将鞠丸截住,传给徐真。然而徐真接丸的角度不对,撞到了鼻子,疼得哇哇乱叫,挛鞮安则趁机截丸,传了了淳毒福。淳毒福刚想再将鞠丸传给最接近对方鞠域的娄邱雁门,不料黄盖大喊一声,冲过去抱住了淳毒福,搂住了他的脖子,要将其摔倒。淳毒福大喊:"僻脱不法!"示意裁判公仇称来干预。公仇与吴景耳语几句,大喊:"僻脱承便!"示意黄盖的截丸动作不犯规[1]。正当二人胶着之际,鞠丸却滚到了老四的脚下,他立即飞脚将其射到半空中,老九趁机飞身跳起,将球斜着顶向了对方的球域。义渠杰防守不及,丸入鞠域!

"甲队入一丸!"公仇称大喊。吴景立即在甲队那一方插起了一面小红旗。吕布一看大怒,立即脱去铠甲,嘴里骂骂咧咧:"真给长水校尉府丢脸!"然后他对公仇称大喊:"我要换下淳毒福!"

"换人!辰光十鼓!"吴景得到公仇首肯,挥动休憩旗,左嫣亦开始敲鼓。刚上场的吕布将五个队员呼在身边,耳语道:"我去截老四,张辽去截老九,挛鞮安与丘林虎一定要控住鞠丸,给娄邱雁门制造机会。不用担心徐真,他是对方最弱的!"众人大喊一声"长水长运",彼此击拳,回到本阵。

接下来的几个回合,吕布一方明显占了优势。吕布六次截丸,将老四狠狠摔在地上,而张辽也将老九截断了四次。娄邱雁门射了五次鞠,两次被黄盖接住,三次则准确

---

[1] 汉代蹴鞠规则允许选手用手阻拦对方选手身体。

命中，其中最后一次是先射中徐真肚子，再弹入鞠域的。

击中徐真的是桄鞠丸，为皮革实心鞠，杀伤力要远大于小儿所用的"毛丸"。徐真当即躺在地上起不来了。围观的孙雯在人群中大喊："救我夫君！"祖茂也惊得一头冷汗，对公仇大喊："换人！"然后，他将求助的目光转向了孙坚。

孙坚知道该他上场了。他一边更衣，一边安慰刚被抬下来的徐真。略懂医术的陈珪给徐真号了一下脉，笑道："无妨，休憩一天即好。"徐真哭丧着脸："给富春人丢脸了！"

"看我把江东人的面子争回来！"孙坚一个虎跃，直接掠过鞠墙，飞入了鞠城。观众一片叫好。

孙坚与吕布对视着，彼此脸上都露出了不服输的微笑。孙坚轻语道："当年在臧府比武时，你我不分伯仲，今日是否还要再比？"

吕布也笑道："文台，今日非你我单挑。我身边的这些兄弟，与我玩耍蹴鞠日久，配合默契，不像贵方，仓促成队，焉有不败之理？"

孙坚大笑："只要盯住你奉先就行！"说罢，他召集队员私语："孙子云，'其势险，其节短。势如扩弩，节如发机'[1]。控人，本就是为了控势。等一会儿祖茂、老四、老九三人去控吕布，以破其势，给我制造机会！"

左嫣擂鼓，比赛重新开始。孙坚向身后的黄盖比了一个手势，黄盖随即大力开球，鞠丸飞向对方本阵，被拏鞮安

---

[1] 出自《孙子兵法·兵势篇》。

截住，孙坚则去盯住娄邱雁门、张辽与丘林虎，因为他断定挛鞮安显然会将丸传给此三人中的一个。吕布见孙坚并没有理会自己，立即去截孙坚，不料自己突然被程普、老四、老九三人围住，动弹不得。得到挛鞮安传丸的是丘林虎。孙坚一个猛冲，撞倒刚得丸的丘林虎，控丸射域。义渠杰挺身挡丸，鞠丸打到他肚子上又向孙坚反弹过来。张辽想去截丸，不料孙坚将鞠丸踢向头顶，并利用鞠丸从空中下落的工夫推开张辽。张辽刚要反击，却被祖茂抱住了腰。鞠丸尚未落地时，孙坚用头接丸，再熟稔地传至膝盖，二次射域，中的！

在观众的欢呼声中，被孙坚撞倒的丘林虎与被丸射中腹部的义渠杰也被抬下了场，与徐真摆在了一起。徐真用手肘撑起半身，转头对二人哈哈而笑。吕布要求暂停补缺，又换上了刚才被换下的滹毒福，并另外补上了屯长尤英，以替换域守义渠杰。吕布这时候大约也看明白了孙坚是在玩弄"田忌赛马"的策略。换言之，孙坚是派出三匹"中马"来盯住吕布这匹"上马"，然后在祖茂的策应下，以一己之力突破吕布一方的鞠域。吕布决定以其人之道还治其人之身。他命挛鞮安、滹毒福与娄邱雁门去盯住孙坚，自己则在张辽的策应下专事进攻。鼓响再战时，两队便立即缠斗在一起，吕布被程普、老四、老九三人防住，动弹不得，而孙坚也被挛鞮安、滹毒福与娄邱雁门三人堵截无法施展。蹴鞠大赛，戏剧性地成为各自无人盯守的祖茂与张辽之间的对决。二人技艺不分伯仲，比赛终于以八比八的比数终结。

赛后，鞠城立即转为宴场。众人看鞠时，孙朗默默找到了公仇称丢的两只鸡。孙坚命人当场宰杀，以飨将士，并在事后以三倍价格向公仇称赔付。宴会上，世子刘宜代表下邳王刘意宣读祝辞，张昭代表相府向吕布敬酒，宋嘉亦代表天子祝孙部旗开得胜。席间数人大醉，舞剑高歌，其乐融融。

再过三日，吕军护送宋嘉开拔，按军令向皇甫嵩部靠拢，孙坚则领军离开下邳，向朱儁部主力靠拢。吕军离开时，吕、孙与诸葛珪各自披上了臧旻所赐的火浣布袍，共叙旧情，互相勉励。临走前，吕布又将西域宝马"蒲梢骢"赠予孙坚，令孙坚甚为感动。由此，孙文台终于离开了他为之挥洒十年汗水的徐州各郡、国，走向了一片更为宽广的天地。而他自己的人生之旅，也将随之开启为后人所铭记的最后八年。一千八百多年后，著《坚》者有诗赞曰：

> 下邳春色早，鞠城抢头筹。
> 英豪嬉戏处，枭雄已露头。
> 奸佞长戚戚，登高坠亭楼。
> 仁义播亲朋，比翼逐白鸥。
> 十年徐扬汗，八载天下谋。
> 王侯命不归，文台死不休。

本回后记

徐真与孙静终究还是拒绝了孙坚的邀请，并未与其共赴前线。黄巾起义爆发后，他们带着孙坚与诸葛珪的家小，后撤到了九江寿春躲避战火，为两个将会改变华夏历史进程的家族保留了各自最珍贵的骨血。日后徐真的儿子徐琨跟从孙坚、孙策与孙权三代主公征战，成为东吴早期的重要将领之一。孙静则在孙策攻伐江东的过程中出了大力。

诸葛珪在黄巾起义被镇压后，得到了泰山郡丞的职位，秩六百石，一家人终于暂时过上了安康的日子。但诸葛珪在任上得病而死，又逢汉末再次大乱，举家复又颠沛流离。后诸葛瑾投奔江东孙权，诸葛亮投奔刘备，兄弟二人经由"孙刘联盟"的机缘，在赤壁大战前夕重逢。不过，妇孺皆知的赤壁大战，乃是下邳蹴鞠大会二十四年后的事情了。彼时孙坚本人也已殒命十六年。

张昭的代相印绶，在黄巾起义被镇压后立即被朝廷收回。从此他就在彭城老家隐居，研读《左传》。此后徐州牧[1]陶谦要收其为幕僚，也为其所拒。在汉末的天下兵乱之中，张昭举家迁往江东避难，凭借他与孙坚的老关系，先后辅佐孙坚长子孙策与次子孙权，终成东吴股肱之臣。

---

[1] 黄巾起义被镇压后，原来作为一州最高监察官员的"刺史"被汉廷升级为"牧"，开始具有直接调兵与使用地方财政的实权。"州"也从监察辖区升级为统辖数郡、国的巨型行政区。这种行政体制的变化，为地方军阀的出现提供了极大的便利。

除了早殇的祖茂之外，朱治、吴景、韩当、程普、黄盖都活到了孙权掌权的时代。但他们之中没有一人有幸活到孙权称帝的那一天——那是下邳蹴鞠盛会四十五年之后的事情了。

吕布没在长水校尉府待多久。黄巾起义被镇压后，他因与宦官吕强的关系，又受到了袁术的嫌弃，只好再回头去投靠老乡丁原的并州军。在汉末的动乱中，他像走马灯一样更换投靠的势力，最终也熬成了一方诸侯。吕布一度占据了徐州，最后在下邳的白门楼，被其政敌曹操活活勒死。张辽没有随他同死，而是投了曹操，后成为东吴之劲敌。吕布死于下邳，乃是他与孙坚在下邳蹴鞠嬉戏十五年后的事情了，彼时孙坚本人也已亡故七年。

黄巾起义失败后，陈珪依然老老实实地做着一个下邳的土豪，直至汉末重新大乱。吕布占据徐州后，陈珪表面上辅佐吕布，暗地里却与其子陈登联手，暗通曹操，后擒拿吕布于下邳，献给曹军。为曹操所控制的汉献帝赏给了他中二千石的俸禄，使其官至沛相。

因为孙坚的施救，下邳王刘意侥幸未落入黄巾军之手。然而，处在冀州的甘陵国[1]国王刘忠与安平国[2]国王刘续就没那么幸运了。黄巾军将二位王爷绑架，并在朝廷缴纳了巨额赎金后才放人。刘续因为在被俘时有通敌嫌疑，后被

---

[1] 今山东省临清市周边。
[2] 今河北省衡水市周边。

天子处死。年迈的下邳王刘意因为刘续的死而深受惊吓，于中平二年[1]薨亡了，谥号"湣王"。同年，做了几十年世子的刘宣总算顺利继位，成为东汉王朝第四世，也是最后一世下邳王。建安十一年[2]，下邳国被改为下邳郡，由此终结了其在东汉作为半独立王国的历史。

在下邳国的倒数几任国相的名单中，竟然还有言无名的徒弟笮融的名字。汉末再次大乱后，笮融投靠徐州牧陶谦，成为下邳国相，利用搜集下邳、彭城、广陵三地粮草的机会，聚敛财富，大修佛寺。言无名在下邳建造"九镜塔"的理想，终由笮融实现。曹操攻徐州时，笮融带军民万人离开下邳，攻掠广陵，引发众怒，终于在扬州为山越人所杀，首级被献给扬州牧刘繇。这是他与孙坚在下邳分金十一年后的事了。

在钟离府的毒鱼宴中立下最大功劳的孙坚小厨王兴，被孙家厚葬，与其情人小翠合葬。建安三年[3]，曹操围攻时为吕布所占据的下邳，随军"摸金校尉"试图挖掘下邳王陵以充军资，却只挖到了王兴与小翠的合葬墓。曹军掠取了其中的鎏金铜蚕、琉璃片等珍贵随葬品后，却将这对苦命情人的骨骸扔得满地都是。历史之流滔滔向前，终于抹掉了这些在旋涡里挣扎的小人物存在过的任何证据。

---

[1] 185年。
[2] 206年。
[3] 198年。

甚至下邳城本身，也在历史之流中被摧毁了。汉末笮融与曹操在此引发的兵乱，毁灭了下邳人尚算安乐的生活，战火进而延及作为孙坚县丞生涯起点的广陵郡。超过百万计的徐州百姓拖儿带女渡过长江，投奔孙权控制的江东，仅仅是为了能活下去。而在大汉灭亡之后，定期暴发的洪水，也定期毁灭着处在古黄淮地区的下邳。今日位于江苏省睢宁县古邳镇境内的下邳古城遗址，由浅至深，层层叠加了明清、宋代与魏晋的下邳古城城址——而孙坚时代的东汉下邳古城遗址，则被压到了地层的最下方，深睡在一片沉沉的黑暗之中。

第三卷完。

CUNEI
F●RM
铸 刻 文 化

徐英瑾 著

三国前传之
孙坚匡汉

广西师范大学出版社
·桂林·

第四卷

疫战

目录

第一回	梦回西华	011
第二回	兕甲汗津	018
第三回	孙曹密议	022
第四回	火龙围城	027
第五回	朱儁问策	032
第六回	夜审姜朗	037
第七回	人去帐空	045
第八回	文台染疾	048
第九回	焚营射书	056
第十回	刀下留人	067
第十一回	文台献策	073
第十二回	病邸鉴友	082
第十三回	军师步幸	085
第十四回	小试牛刀	091

第十五回　渠帅韩忠	102
第十六回　真相大白	109
第十七回　母子相认	116
第十八回　反叛之种	129
第十九回　围军拔营	137
第二十回　假戏真做	144
第二十回　箭在弦上	151
第二十一回　诈而有方	159
第二十二回　军令如山	171
第二十三回　圣僧殉道	176
尾声　孙刘初遇	193

全书插图

图 1	东汉王朝十三州	008
图 2	与孙坚相关的汉军与黄巾军之间的军事斗争示意图	009
图 3	陶制西王母七灯盏复原图	099

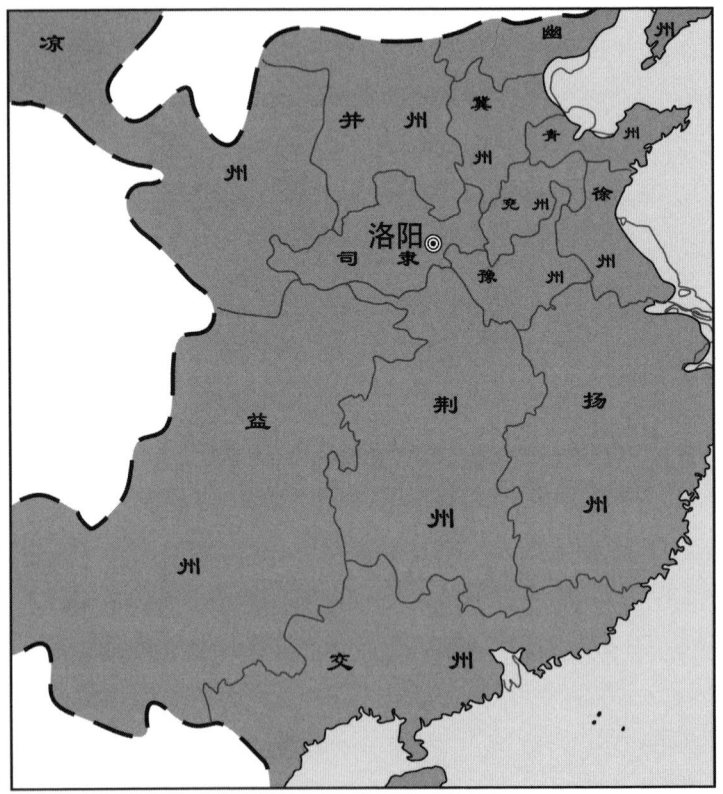

图 1 东汉王朝十三州

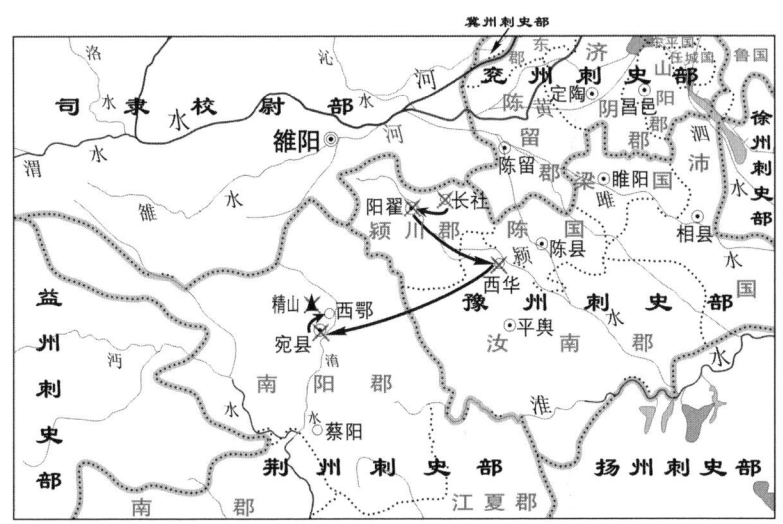

图 2 与孙坚相关的汉军与黄巾军之间的军事斗争示意图

第一回　梦回西华

黑暗，寂静无声的黑暗。

慢慢地，沉沉的黑暗中开始渗出血色。然后便是迅速吞噬黑色的殷红，四周则传来隐隐的惨叫。而后，殷红中开始透出一点点亮光，越来越亮。

舌头，温润的舌头，舔着孙坚的脸。是谁？孙坚在半梦半醒之中，猜不出。吴甄很少用舌头舔自己的脸。胡婵的舌头则没有这么粗暴。而且，她的舌面也没有这么宽大……

那不知是何人的舌头扫过孙坚的额头，滑过他的鼻梁，堵住了他的鼻孔。从舌面润出的口水则顺势从孙坚的鼻孔灌入了他的气道，让他剧烈地咳嗽起来。孙坚睁大眼睛，发现那根本不是人的舌头，而是马舌。

对，没错，这是吕布送给自己的宝马"蒲梢骢"的舌头。这匹毛色呈现灰、青、白三色的十二岁强壮公马，此刻正向主人表达自己的温柔。孙坚看着那对在睫毛下闪烁的清澈的马眼，慢慢伸出手，触摸它毛茸茸的唇，蒲梢骢则立即乖巧地用舌头舔舐孙坚那因不断拉弓而感到麻木的手指。它发现主人还活着，兴奋地仰天长啸，在他身边来回踱步。

孙坚平躺在杂草中，看着青天上飘动着的白云，脑中一片空白。这是何处？自己为何在此？别的人呢？

孙坚将头转向侧面，却发现一颗人头正在草丛里对着自己咧嘴笑。没错，这正是老四的首级。他那无头之身，在更远处四脚朝天地躺着。他的血已经干枯，将四周的杂草染成了褐色。他的肚子上则插着一把长矛。

"是谁杀了老四？"孙坚喃喃自语，视线向四周搜索，发现老四周围躺着不下七具黄巾军的尸体。十几只乌鸦已经开始啄食尸体里流出的内脏。要不是慑于蒲梢骢的护卫，它们随时会飞过来将孙坚撕成碎肉。

孙坚想起来了，这是在豫州汝南郡西华县[1]，颍川黄巾集结地之一。对阵的敌军主帅乃是彭脱，一个比韩义还要狡猾十倍的贼酋。因为敌情估计有误，孙坚率领的三百先遣队被三千黄巾军包围，目前手下已基本折损了。

"还有活人吗？"孙坚一边用微弱的声音喊着，一边摸索着全身寻找伤口。他隐隐觉得自己肋骨断了两根，右脚也崴了，腹部及手臂都有刀伤，但似乎都不深。只是两手的手指，一直不由自主地痉挛。此时，他突然觉得额头留下的血有点儿迷眼，便摸了摸头，但发现那里并没有伤口。看来，那肯定是别人的血。那顶赤罽帻也还在。孙坚心中默默感谢

---

[1] 今河南省周口市西华县南。

着这顶赤帻——它让躺在草丛中的他看上去更像是一名百夫长,而不是一位统帅千人的佐军司马;否则,恐怕早就被贼军割下首级了。

孙坚费力找到那把弓弦已断的二石弓,将自己的上半身支起。举目四望,满眼是残破的军旗、支离破碎的尸体。

"文台……"微弱的声音从几个黄巾军尸体的下方传来。

孙坚循声爬了过去,蒲梢骢则慢慢跟在主人身侧。他扒开三具尸体,这才找到在下面发声的老九。老九的腹部已经被敌人的刀刃拉开了,肠子流了出来,热血还在汩汩地往外涌。孙坚慌忙想用碎布条给他止血,但老九惨笑着,摇摇头:"文台,我没救了,就是想在死前听你说句实话。"

"老九,你说!"孙坚抓住他的手,尽管自己的手指依然还在不由自主地痉挛。

"胡玉是你杀的吗?"老九努力睁大眼睛,盯着孙坚。

孙坚的手抖动得更厉害了。

"我都快死了,你说句实话,就……那么……那么……难吗?"老九大口喘着气。

孙坚默默点头:"胡玉之死,的确是我谋划,但确实是他勾结贼人、威胁我家小在先……"

"别说了!"老九脸上露出如释重负的表情,仰头看着天上的云。许久,他才缓缓说道:"胡玉大哥就喜欢做梦。在东冶的时候,他就经常吹牛说,要做一笔大生意,从你孙文台那里赎回胡婵,然后带着整个海贼帮,登上交州来的大船,去遥远的大秦。据说那里的国君是百姓公推出来的,人人安居乐业……"

孙坚瞪大了眼睛："听说很多弟兄在东冶都死于瘴气，胡玉竟然还有闲情想这些事情？"

老九惨笑道："对，瘴气……瘴气……我是山越人，所以能适应那里的瘴气。但看似强壮的黑老三，却在头一年就死了。对了，文台，你还记得当年我们海贼帮与你比武时，黑老三拿的是什么兵器吗？"

孙坚想了想，回道："是矛，我拿的是钺戟，一种很少有人用的兵器。对了，我还想起，当时你拿的是卅炼刀……"

"哈哈哈哈……文台，你还记得！"老九大笑了起来。

孙坚隐隐觉得不对劲。老九的伤这么重，而他的笑声却这么爽朗，根本就不像是个将死之人。他再仔细查看其腹部的伤口，却发现那里的血竟然已经不往外流了！

孙坚欣喜地轻拍了一下老九的肩头，庆幸当年的海贼帮总算还留下了一个活口。但这一拍却坏了事——老九被震得身子一抖，头一歪，整个人头掉了下来！

孙坚看着老九断颈处渗出的血，吓得双手立即缩了回来。他终于意识到，老九早就死了。既然他早就死了，那刚才自己又是在和谁说话呢？

此时，蒲梢骢开始焦急地用马蹄踢地，提醒孙坚。孙坚用耳贴着地面，隐隐听到远处传来的脚步声。很显然，那是第二波来袭的黄巾军！自己必须马上撤离此处！

孙坚用哆哆嗦嗦的手将老四、老九的人头挂在腰间，颤颤巍巍地上了马背。他已经没有力气分辨方位了。但他相信，胯下的蒲梢骢定能记得汉军大营的方向。

马背上的颠簸让孙坚的视野又变得颤抖杂乱起来。他努力控制住身子，才没有从马背上掉下来。此时，一声问候又从孙坚的腰间传来："文台！"

孙坚低头一看，大惊。居然是老四的人头正在对他说话。

"你……你怎么还能说话？"孙坚瞪大了眼睛。

老四笑道："我就是想替海贼帮的弟兄们问你：今日出征，你为何不带祖茂、朱治等亲信，而尽点海贼帮的旧部？难道你就这么想借黄巾之手除掉我们吗？"

孙坚委屈地大喊："难道今日带队的不正是我自己吗？我若要害弟兄们，为何要将自己也赔进去呢？"

老四笑道："但你现在不是还活着吗？可是我们已经全都死了……"

"你既然死了，为何还会说话？！"孙坚抱着老四的人头，咆哮道。

老四哈哈大笑："文台，还记得当年你与我比武时，我用的是什么兵器吗？"

"是长镰！"孙坚用尽力气吼道，身子却失去了平衡，从马背上滚了下来。

"文台，你又做噩梦了！"孙坚终于被摇醒了。

他慢慢睁开眼睛。两排睫毛之间的模糊世界里，他看见的不再是蒲梢骢，而是眼眶含泪的胡婵。他略略歪过头，发现一个短须的中年男子正在用秤仔细地称量着一些草药。那男子用眼角的余光瞥了一眼孙坚，说道："文台，这几天你老做噩梦，满口胡言。要不我再开一个温和一点儿的麻沸散的方子，为你助眠？"

孙坚喃喃道："这是何处？我为何在此？"

胡婵抓住孙坚的手，轻语："文台，你糊涂了啊！这是宛城[1]外的汉军大营啊！"

孙坚大惑："宛城？那西华的黄巾贼彭脱部呢？"

那中年医者丢下手里的秤，快步走了过来，盯着孙坚："文台，你头脑无恙吧？还是让我来帮你回忆一下吧！今年六月，皇甫嵩与曹操在长社[2]用火攻大破波才部，你跟着朱儁将军一路追击敌军残部到阳翟[3]，后又追到西华，这才中了敌将彭脱的埋伏，受了一身的伤。至于彭脱部，已在投奔南阳黄巾军的路上被官军聚歼了。"

"原来我是六月受的伤……那么现在是何时？"依然迷迷糊糊的孙坚摸着自己胀痛的脑袋。

"现在已是八月了。对了，正如二夫人方才说的，我们现在就在宛城城外，包围的是黄巾军韩忠部！只要打完这仗，至少南阳郡就没有战事了！"那人答道。

孙坚点点头："好像是这样。我想起来了，韩忠的前任赵弘，就是我亲手射杀的。对了，你是医工长[4]华佗先生吗？"

---

[1] 在今日河南省南阳市。需要注意的是，宛城在东汉属于南阳郡，南阳郡又属于荆州，而不是豫州，尽管南阳市今日所在的河南省的简称是"豫"。
[2] 今河南省长葛市东北。
[3] 今河南省禹州市。"翟"读"迪"。当时为豫州刺史部颍川郡首县。
[4] 负责治疗病患的小吏。此官职本是从属于郡国的，现在临时编制到军中。

华佗苦笑着，叹了一口气："我若不是华佗华元化，又会是谁呢？你的儿子孙朗是怎么来的，难道你忘记了吗？当年正是我给胡婵开的方子。"

孙坚抱歉地笑了笑："先生，我真糊涂了，连你都没想起来。莫要见怪！"

"医者怎么能怪患者呢？"华佗淡淡回道，他摆弄着手里的秤，嘴里念叨，"这秤不准，怎么会差了半两的分量……"

"华佗先生，人的头掉了，还能说话吗？"孙坚嘴里突然蹦出这么一句话。

华佗冷笑道："我不想回答孙司马如此幼稚的问题。若孙司马想猜谜，恕华佗无闲心奉陪！"

正在此时，一直在帐篷外守候的孙贲孙伯阳小心翼翼地进入帐内，轻语道："叔父，外面有贵客求见。目下您身子是否方便？"

"何人？"孙坚问。

"骑都尉曹操大人。"

"曹孟德！阿贲，且叫曹将军稍候片刻，我要略作梳洗！"孙坚慌忙直起身来。

华佗此时插话："文台，你得先醒醒脑，等一会儿在曹孟德面前再梦呓，可就不好了。"

"梦呓又如何？庄周能梦蝶，文台兄弟就不能梦我曹操吗？"帐外突然传来了男子的笑声，那爽朗的劲头，宛若孙坚梦中头断能言的老九。

第二回　兕甲汗津

来者非旁人，正是朝廷新加封的骑都尉曹操曹孟德。甲子年的八月虽然像夏天一样闷热，但今夜曹操仍穿了一件稀有的兕皮[1]软铠，头戴兕皮头盔。曹操的防护虽可谓严密，但额头之汗也表明了其燥热之身的抗议。孙坚见了，不由得笑了起来："孟德，你是不是还担心黄巾贼偷营啊？上次贼酋赵弘偷营，已被我一弩射穿头颅，我料贼人再也不敢出城来战了。"

曹操瞥了一眼摆放在孙坚床榻边三把已经上了弦的擘张弩，赞许地点点头。但随后他又一摆手："文台，我已探察过了，新贼酋韩忠，就是你在下邳所斩杀的那个韩义的哥哥。我若去别人营寨，防备倒未必需要如此严密；但兄弟你这里就不同了，韩贼或许早就有所图谋了呢！"

---

[1] 犀牛皮，"兕"读"四"。

孙坚笑道:"孙某的营寨,三日前刚刚换至此处。目下敌寇被困在城内,四野又有我军土城遮掩,那韩忠如何可能知道我孙坚现在就在这里呢?孟德多虑啦!"说罢,孙坚就要起身向曹操行礼。

"使不得!"曹操把孙坚按在床头,"听说兄台这几日在西华受的旧伤复发,身体不适。我就与文台闲聊几句,你随意就好,不要在乎那些俗礼。"

孙坚笑着对身边的胡婵说道:"快给曹大人扇扇风!你看把他热得……"

"请稍候片刻,孙二夫人还在与华某说话。"华佗冷冷地打断了孙坚。原来,他正在向胡婵轻声指点给孙坚熬制助眠汤的细节。在华佗身边的胡婵,则抬头对曹操露出了抱歉的微笑。

曹操惊讶地将头转向华佗:"元化,你区区一名医工长,也敢打断我与孙司马之间的对话?"

华佗一边收拾医囊,一边面无表情地回道:"我是一名医者,不是你曹家的奴婢。对了,曹将军,服了我上次给你开的定神汤,你头还疼吗?"

曹操点点头:"华先生脾气虽然大,但医术确实高明。我现在只是在半夜时头隐隐有点儿疼,但症状已然缓解多了。不过,这几日好像汗出得有点儿多。"

华佗听罢,放下医囊,伸手就去给曹操搭脉。片刻之后,他便起身将医囊收拾好,背起就走,抛下一句:"华某告辞!还要去南阳太守秦颉大人营寨探视病人。"

"别走啊！"曹操对着华佗的背影喊道，"华先生还未告诉我，为何流汗不止？"

"以后少穿点。"华佗头也不回，消失在了营帐外。随后传来了他与一队巡逻士兵之间的简短对话：

"华先生，口令！"

"汝既识我，问之何故？"

"对，这就是今晚口令，放行！"

孙坚没忍住，哈哈大笑起来。曹操、胡婵也跟着大笑。

曹操看着孙坚身边衣衫单薄、身姿摇曳的胡婵，嫉妒地说道："文台好福气啊，竟然在军营里还玩金屋藏娇的把戏！"

胡婵脸一红："曹将军，你与文台同岁，而我比二位都大，早已人老珠黄，'娇'字真不敢当。此次来军营，也纯然是受了远在寿春的大夫人的委托，来照料文台因西华之战落下的伤病，这也得到了朱儁大人的特许。对了，曹将军既然不愿意卸甲，还是让我来给你扇扇风吧！"

曹操没有拒绝。须臾，随着竹扇的挥动，一阵阵带着胡婵隐隐体香的凉风，开始吹拂着曹操汗涔涔的面庞。曹操盘腿而坐，微闭双目，听着外面的蝉鸣，甚为自得。

孙坚咳嗽一声："孟德，你是来看我伤病的，还是来找我的小妾扇风的，或是来谈军务的？"

曹操睁开眼睛，笑道："自然是为了谈军务。"

"那我一个女人在这里不方便，先行告退了。"胡婵刚要起身，没想到曹操突然伸出手，抓住了她的手腕，说道："且慢！"

胡婵与孙坚的眼神，瞬间聚焦于曹操抓住胡婵手腕的那只手上。曹操突然意识到胡婵不是自己的妾，立即将手缩回，尴尬地说道："好像二夫人也没有独立的营帐，这么晚了，你出帐是不是更不方便啊？"

胡婵笑道："你不怕我听到军情，再泄露出去？"

曹操笑道："怎么可能？我经常就在贱妾卞氏面前聊军国大事，从不避讳。有时候我相信女人，超过相信男人。"

孙坚听了一惊，曹操这话分明暗示他自己常将胡婵与自己的小妾对比。同样听出这层意思的胡婵眼睛里也闪过一阵惊讶，但她突然爽朗地笑了出来："那小女子也就继续在此，为两位将军扇风。曹将军请放心，我要是泄露出去半点军情，你可随时将我斩杀！"说罢，她用手指在自己的脖子处，优雅地画了一道横线。

曹操一惊："莫要说这么可怕的话。我如何舍得……不，文台如何舍得！"

孙坚看着面红耳赤的曹操，冷笑一声："莫说是我的妾，就是我孙坚，日后若是做出背叛朝廷的事情，孟德兄也可随时斩下我的首级，当鞠丸踢。"

曹操尴尬道："这……又从何说起？"

"现在我们可以聊军务了吧！"孙坚正色道。

第三回　孙曹密议

"文台，你对目下形势怎么看？"曹操问道。

孙坚皱起眉头："孟德，你也是知道的，我们目下所围困的宛城，本是荆州南阳郡治所，且在全郡之心腹地带。南阳领县三十七，战乱前人口二百三四十万，南与南郡[1]隔汉水相望，东面是豫州刺史部，西面就是京都所在的司隶校尉部。可见，定宛城而定南阳，定南阳而慑天下——此理不仅你我皆深知，贼人亦然。也就在今年三月，我率众刚从下邳出发时，就听说贼首'神上使'张曼成已攻占宛城，原南阳太守褚贡不幸阵亡，彼时贼势可谓汹汹。但因颍川、汝南、陈国等地战事亦紧，朝廷一直没有余力增援此处。直到六月，现任太守秦颉大人才获得小胜，斩杀张曼成。不料贼寇百足不僵，又立赵弘为帅、步幸为军师，重新控制了宛城，

---

[1]　治所在江陵县（今湖北荆州）。

以宛城所囤粮草为诱惑，四处搜罗流民，贼势最强时兵力竟过十万。皇甫嵩大人与朱儁大人剿灭颍川贼后，二军才与荆州刺史徐璆大人合兵，赶来南阳增援秦颉大人。你我兄弟也正是在那时候率部来宛城的。但即使如此，官军目下围城力量，也不过一万八千，而被围之敌，竟然有五万。兵法云，'十而围之，五而攻之'，而目下的敌我兵力对比，并不合兵法。也正因如此，敌酋赵弘偷营被我孙坚侥幸射杀后，我军不得不连日苦干，在大量民夫的协助下筑成绵延的土山围城，以弥补兵力之不足。然而，目下除了继续围困以消耗贼人粮草之外，似乎也暂时没有别的破敌之策……"

曹操听罢，也叹了口气："围困兵力之所以不足，乃是因为皇甫大人主力没来宛城，而是北上冀州去打张角。这事说来就一肚子气。本来北中郎将卢植大人在冀州打得好好的，根本无需皇甫大人增援。但朝廷却派了一个叫'左丰'的小黄门去督战，害得卢植大人竟莫名入狱，令众将士寒心。新来的东中郎将董卓则因镇压过太学生，在儒生中名声极差，根本无法得到地方豪族的配合。现在冀州黄巾趁机卷土重来，皇甫大人也只是勉力应付罢了。短期之内，我们就不要指望他增援南阳了。说实话，我曹某人从原皇甫部带给朱儁大人的这些兵马，恐怕就是南阳官军所能得到的最后援军。然而，若宛城还是久攻不克，只怕朝中阉党又要作妖了。"

胡婵放下竹扇，给曹操端上了一碗凉茶，轻声说道："曹将军莫忧！那卢植本是儒学领袖，宦官不容他也是预料之中的。但朱儁大人与宋嘉大人交好，想必宦官们不会对朱大人下手。再假以时日，等贼寇粮尽，宛城自然就能克复。"

曹操盯着胡婵："你确定？你不在京都，不知彼处政局之复杂。宋嘉在'十常侍'里其实只是边缘人物，张让、赵忠之流才能真正左右天子。目下推举朱大人的太尉杨赐已被罢免了，据说就是张让捣的鬼。朝廷这样做，分明是在提醒朱儁大人，若不能在短期内克复宛城，杨赐就是前车之鉴。"

孙坚听罢，咬了咬嘴唇："那你说怎么办？据我对贼情的评判，其粮草还能坚持到年末。朝廷还有这个耐心吗？"

曹操夺过胡婵的竹扇，自己扇起风来："朝廷哪里会给你我这么多时间。听说司空张温曾密信朱大人，朝廷的底线是在秋收前克复南阳。在朝廷看来，张角、张梁、张宝等黄巾首恶既然都远在冀州，南阳战事竟还如此胶着，实在是不可理喻。"

孙坚听罢，喃喃自语："这只能逼我们出奇兵了……干脆就放开一条生路，让贼人逃走吧！"

曹操瞪大眼睛："这又算什么战法？"

孙坚回道："围城留缺，乃是兵法。贼人虽粮草暂时无虞，但坐吃山空，心中定然惶恐难安。目下宛城外城已被我军攻克，外城之外又有我军土城围困，只要我们故意开一缺口，贼人定会按照我们指定的方向涌出城外。一旦进入野战，这些草寇定然不是官军对手，我军便能聚而歼之。"

曹操想了想，摇头道："贼人不善野战虽不假，但文台之策还是有两点破绽。其一，现在外城与土山已将全城围得水泄不通，若开一缺口，必然会打草惊蛇。贼人若看出破绽，鱼不上钩，我军又当如何？其二，文台你别忘记了，我军之所以能够拿下宛城之外城，就是因为朱儁大人在半个月前声东击西，攻破了贼人的第一道防线。目下内城已是贼人最后一道防线，他们岂会这么不长记性，再次中计？"

孙坚不耐烦地说道："听孟德的口气，似乎已有更高妙之策。别卖关子了，孙坚洗耳恭听！"

曹操故作神秘，凑近孙坚，再转眼看看胡婵："二夫人还是回避一下吧！"

胡婵识相地默默离开，到军帐的另一角察看为孙坚熬制的草药。

此时，曹操向孙坚耳语了几句，孙坚脸色骤变，大力摇头："使不得！使不得！万一传及无辜百姓与我军将士，将会成为蔓延天下的疠疾！"

听到"疠疾"二字，胡婵柳眉一皱，正在拿着小扇子扇动炉火的手也停了下来。

曹操紧张地瞥了一眼胡婵，然后继续小声劝慰孙坚："不是疠疾。疠疾会传人，这我怎么会不懂？此病只会造成腹泻，万一传及我军，也不会死人。但只要能削弱敌军战力，就胜过我方三万援军。文台，你再想想？"

孙坚将信将疑地回道："我不懂医，但吃错东西会拉稀，这是小儿尽知的常识。除非你能给城内贼人所吃的粮食里都下毒，否则仅仅一人腹泻，是无法传别人的。你现在说一人腹泻就会传给全军，这难道不算疠疾的一种？除非华佗先生同意你的计谋，否则，我孙坚是不会同意的！"

曹操一听就急了:"华佗是个医痴,连被马蹄踩扁的青蛙都想救,怎么会同意我们去投毒杀人呢?文台啊,朝廷施加的压力可是一日胜过一日,我们必须速战速决啊!"

孙坚再次摆手道:"孟德兄,你说的事情,要比宦官的专权更加可怕。我再问你一次:若用你计,将如何保证我军将士不染疫?"

曹操笑道:"桑葚可治腹泻,我已偷偷备好大量桑葚。万一我方将士不幸染病,可速救之!"

一旁的胡婵忍不住了:"桑葚只能用来治疗普通腹泻,而不是那种会传人的腹泻。"

曹操急得一摆手:"不是叫二夫人不要在旁偷听的吗!"

胡婵冷笑道:"曹将军若是怕我走漏风声,不妨现在就杀了我!"

曹操尴尬地看了看孙坚,发现孙坚已拒绝与他进行眼神交流,只是抬头望着军帐顶上的一个小破洞。曹操眼珠一转,一拍大腿,哈哈大笑起来:"文台勿忧!方才兵略,只是探讨,若有破绽,我们回头再议便是。"

他刚要悻悻离开,却听得帐外有士兵来报:"右中郎将朱儁大人请曹都尉与孙司马速至中军大帐议事!"

"都子时[1]了,还议事?看来是大事!"曹操不由得精神一振。胡婵则对着快熬好的助眠汤叹了口气:"这大半夜的还要军议,看来这助眠的汤药算是白熬了。"

---

[1] 23:00 到 1:00。

第四回　火龙围城

孙坚听到军令，立刻在胡婵服侍下更衣出帐。他拍了拍门口正在打哈欠的孙贲的肩头，说道："伯阳，不必等我了，天亮之前军议不会结束。你暂且就在我的床榻上睡个踏实觉，若睡不着，就喝了那碗助眠汤吧。"

此时帐内传来胡婵的埋怨声："曹大人，你怎么就……"

曹操此刻也出了帐，一嘴药味儿。他有点儿不好意思地对孙坚说："文台，刚才我想，反正那碗药你也不喝了，倒掉可惜，我就喝啦！"

孙坚苦笑着摇摇头："孟德兄，军议在即，你却去喝助眠汤，是想在朱儁大人面前打瞌睡吗？"

曹操抹了抹嘴："华佗先生治我头疼的药方，与给兄台的药方好像差不多。刚才兄台否了我的兵策，害我头疼发作，眼睛就一直盯着那碗药。兄台莫要见怪啊！"

孙坚瞪大了双眼："两个药方差不多，不等于就是一个药方啊！医者是看人下药的。孟德啊，你就是太不把医工的学问当回事了。"

"没事！没事！你看，我现在头真的不疼了。"说罢，曹操哈哈大笑，大摇大摆地在前面带路，径直往中军大帐走去。孙坚叹了一口气，紧随其后而去。

从孙坚的营帐走到朱儁的营帐，要经过四座汉军垒起的土山：凤鸣山、伏虎山、斩蛟山与擒贼山。孙、曹沿着其中最高的斩蛟山的山坡往上走，视野正好可以看见整座被围困的宛城内城。从高处望去，内城中升起的堆堆黄巾军营火，宛若一大簇聚集在地上的萤火虫，虽貌似可以一掌扑灭，但又显得那么遥不可及。而土山上每隔一百步筑起的木箭楼，也都闪烁着兵卒的灯火，灯火彼此连缀，构成了一条围在宛城脖项之上的火龙。已被官军占领的外城城墙上的灯火，则构成了另一条紧贴敌阵的火索，而且不时在向城内喷吐火星——那是为了干扰敌军睡眠而向敌营发射的火箭。

曹操故意停下了脚步，站在箭楼之前的一块石头上，以掩饰自己尴尬的身高。他紧了紧腰带的玉带钩，指着敌阵，对孙坚说道："文台你看，这内城其实本是南阳郡郡署及其家属的住所，面积并不是很大，现在却密密麻麻塞入了五万蛾贼[1]。这就使得城墙的每一小段上都留有足够的防守兵力。你我皆知，官军只要离开外城的掩护，进入离内城城墙一百二十步的距离，就会被如雨水一般倾泻的敌箭

---

[1] 官军对黄巾军的蔑称。

给射倒。我身后的这些箭楼虽能不断对城内放冷箭，但目前贼人就是解手也背着门板，很难被我军真正射死。这样一来，我们射他们，反倒像是给他们送箭，他们隔一个时辰就会再射回来……"

"那你说该怎么办？"孙坚问道。

曹操阴笑道："蛾贼之优势在于人众，而其命门也在于人太多太密。一旦发生疫情，蛾贼势必大乱……"

孙坚不耐烦地打断曹操："孟德，我刚才不是说过了吗，你的计策不可行。蛾贼若因大疫而出城，必然会给我军带来隐忧。"

曹操沉默了片刻，此时他身后的箭楼上突然传来了"吱呀"之声。原来，箭楼里的发弩士已经得到号令，准备向内城发射蹶张弩的弩矢。听到"一、二、三——发！"的号令后，一只带火的重弩越过了曹操的头顶，在空中划出一道优美的曲线，然后越过外城的城墙，落到了内城的城墙后。须臾，隐隐听得驻守在外城城墙上的官军将士高喊："正中一帐！汉军威武！"

曹操突然又有了信心。他回头对着箭楼上的伍长大喊："射得好！"然后回头对孙坚说道，"文台你再想想，若我们在未来十日之内，将此类箭楼的数量增加三倍，那么贼人即使要出城，也会被乱箭射倒在山坡之下的壕沟里。届时只要及时撤出外城兵力，放火烧尸，然后封土埋之，则即使贼身带疫，也定不会殃及我军。"

孙坚摇摇头："贼尸若遍布宛城四处，你又要到处烧尸，这岂不是要毁了宛城？南阳太守秦颉绝不会答应的。孟德，别再说了，快一起去朱大人营帐。他还在等我们呢！"

曹操却固执地不肯挪步。他瞪着孙坚说道："文台，你我相识仅仅一个月，却颇为投缘。无论是蹴鞠、下棋还是斗鸡，都玩得甚为快活。你送我的《孙膑兵法》，我也十分喜欢。可为何偏偏今夜，你却一直否我的兵策呢？"

孙坚淡淡一笑："孟德若是觉得自己是对的，文台无话可说。但你为何一定要说服我呢？我只是一个小小的佐军司马，而你则是堂堂骑都尉，你为何不干脆直接去说服朱儁大人呢？"

曹操听罢，抓住孙坚的手，说道："文台，说服人这事，不一定官大就能办到。你难道不知道周围人没事暗地里就说我是'阉类遗丑'吗？即使我当年做洛阳北部尉的时候，当街打死了阉党蹇硕的叔父，他们依然会用那种眼光看我。你孙文台就不同了。你出身吴郡，与朝内党争没有瓜葛。你军功卓著，又与朱儁大人同在臧旻大人麾下效过力，你若开口支持我的兵略，众人必定不会有异议。"

孙坚轻轻地将曹操的手挪开，回道："孟德，我再说最后一次：除非你能说服华佗先生，否则，你说不动我！"

曹操失望地收回了手，但他还是没有挪动脚步，呆呆地望着山下那一簇簇萤火虫。此时，他身后的箭楼上的第二支重弩也划过了头顶，若流星一般飞向内城，播撒着不期而至的死亡。

孙坚觉得刚才所言太重，便调整了一下语气，问道：

"孟德，城内之敌已是瓮中之鳖，晚几个月灭之，又有何关系呢？朝廷即使怪罪，也不会怪罪作为客军的贵部。"

曹操缓缓说道："五月长社之战，皇甫大人用火攻之计，灭贼寇波才部数万，威震天下。操虽率精骑从城外策应皇甫大人，但我毕竟仅是策应，朝廷是不会计我的头功的。老实说，这次离开皇甫部来南阳助朱儁大人，正中我下怀，因为皇甫大人简直是当世韩信，跟着他打，所有头功都是他的。但朱儁大人就不一样了。与黄巾贼交战，朱部胜败各占一半，你老兄跟着朱儁，不也在西华追击战中差点丢命吗？所以，朱儁目下的确需要一个能够减少伤亡的兵策。这宛城之役，就是我曹操能够证明自己的最后机会。打完这仗，整个南阳郡可就无贼可打了。"

听到"西华"二字，孙坚默默摸了一下被华佗重新接上的肋骨，头脑中又掠过老四那颗会说话的人头。但他还是挤出笑意："孟德，你说这话的口气，还真有点儿像我的长子孙策。他在下邳与我分别时，也老念叨：'爹爹，你杀光了贼，以后留什么功劳给我？'"

曹操回头大笑："文台，你好阴险，方才你这话，分明是在占我曹操的便宜。"

孙坚听罢，也哈哈大笑起来。

"来人可是曹都尉、孙司马？请速速报上今夜口令！"一队执着火炬的巡逻兵挡住了二人的去路。

"汝既识我，问之何故？"曹操粗暴地用未出鞘的佩剑拨开巡逻兵的身体，大步而去。

第五回　朱儁问策

孙坚与曹操赶到朱儁的中军大营时，军议其实已经开始了。众人用嫌弃的眼神瞥了一眼迟到的孙、曹，弄得二人满脸通红。居中主持会议的朱儁倒不在意，因为这是临时召集的小规模会议，迟到也不算违反军法。他手捋长髯，用竹扇示意二人快点入座。此刻正在发言的，是荆州刺史徐璆。但听他用洪亮的声音说道："……兵有形同而势异者。昔秦项之际，民无定主，故赏附以劝来耳。今海内一统，唯黄巾造寇，纳降无以劝善，讨之足以惩恶。今若受之，更开逆意。贼利，则进战；贼钝，则乞降。纵敌长寇，非良计也。故依徐璆计，不准贼降！"

孙坚、曹操听罢，面面相觑。听徐璆这话意，莫非宛城内的黄巾军已提出投降条件了？二人不明就里，只好继续往下听。

此时，南阳太守秦颉则站起来反驳徐璆："徐公所言差矣!良民所以附逆,无非疫蔓粮尽,生计断绝。贼十之六,皆流民耳,只要另见生路,必乞尾以降。今贼酋韩忠信使已到,满目惧意,其魂已散。想必城内早已感受天威,惶惶不可终日。若能遂其意而放其生,冀州蛾贼必亦心生降意。不日之后,就会有人为朝廷献上张角、张梁、张宝首级,天下传檄可定。故依秦颉言,可纳降!"

朱儁眯着丹凤眼,缓慢地扇着竹扇,一言不发。此时,曹操突然哈哈大笑起来,众人都吃了一惊。

秦颉气呼呼地坐了下来。按理说,秦颉与徐璆皆是本地官员,曹操属于客军,客军将领随意打断本地官员的发言,属于官场的大忌。但秦颉知道曹操背后有曹嵩与皇甫嵩撑腰,只好忍住,喝了一口凉茶强压怒火。

朱儁看看曹操,笑道:"孟德,你来得晚,可能不知刚才发生了什么。一个时辰之前,贼军突然放出一名信使,说愿意在三日之内全部出城投降,只是希望我军保全其性命。你看,我方到底该如何回应呢?"

曹操笑道:"当然是不允!"

"理由呢?"朱儁好奇地看着曹操。

曹操伸出三根手指:"理由有三。其一,贼粮草未尽,尚可一战。敌酋韩忠虽是个草包,但军师步幸狡诈,故不能不防其诈降。其二,即使贼人真有降意,但我军不足二万,贼军却有五万,试问我们到底该如何妥善安顿五万之流寇?若放虎归山,则后患无穷;若学秦之白起坑杀之,则背负杀降之名,反而有辱天子圣名。反正迟早要杀,为何纳降后再杀，惹人非议？其三，即使我军可勉强安顿降贼，朱大人也得考虑自身安危。想那孝桓帝时，兖州刺史第五种仅仅因为招安了太山贼叔孙无忌，就被阉党陷害，震动天下。目下若朱大人仓促纳降，又遭朝中奸佞陷害，是否会步第五种的后尘呢？还望将军三思！"

曹操发言中的"阉党"二字，引来秦颉嘴角轻蔑的一笑，因为谁都知道，曹操的父亲曹嵩就是阉党曹腾的养子。曹操如此直斥阉党，显然是在自我洗脱。至于朱儁，则在仔细品味曹操给出的第三条理由。实际上，保举朱儁出征的原太尉杨赐被撤职的消息，已经让他郁闷多日了，而曹操对于朝中复杂政局的提醒，也让他不禁担心起自己未来的处境。正当他仔细盘算之际，荆州刺史徐璆却对曹操所言击掌叫好："孟德所言极是！请朱大人依曹都尉之言，斩杀贼使，以示战意！"

曹操眼睛一亮："那贼使目下何处？"

徐璆道："已经收押。"

曹操嘴角一扬，立即再面向朱儁献策："虽我军不会纳降，但那贼使却不可杀。得让他活着回去带个口信，也让那韩忠死个明白。"

朱儁点点头，说道："那就依曹都尉言，拒其意，放其使，天明后继续攻城。现在已经很晚了，诸位回去，还能再睡一个时辰。天亮后，秦颉部先行进攻敌贼北门！"

秦颉只得领下将命，黑着脸离开，走出营帐时还瞪了曹操一眼。孙坚也想起身，却被曹操拉住，叫他一起在帐内等待。等到帐内只剩下朱、曹、孙三人时，曹操对朱儁轻语："朱将军，操还有言，是否可叨扰将军？"

朱儁早就看出曹操还有话说，但他不明白曹操为何还要拉上孙坚。他点点头，示意曹操可以开口了。

曹操凑近朱儁，再次压低声音："我与孙司马方才商议，不妨将计就计，让那贼使染疾，然后放其回城。不日后，疫蔓贼营，我军将不战而胜！"

孙坚惊讶地瞪着曹操。他没想到曹操竟然如此无耻，把方才明明被自己否定的兵略，说成是自己同意的。与此同时，朱儁脸上也掠过一丝惊讶。他正色道："孟德，疠疾可不是弩箭。弩箭杀人分敌我，可疠疾不分。朝廷给我的一万八千兵马，事后我还得还给朝廷呢，而且他们的父母妻子，也在等着他们回家。"

"大人不知，这种疠疾就算染上，桑葚就能解，毒性非常之弱，却又足以削弱贼寇战力……"曹操依然喋喋不休。

朱儁脸一黑，转向孙坚，对其眨眨眼，仿佛在问：文台，你怎么可能同意如此荒谬的兵略？

孙坚气得满脸通红。他看看一脸困惑的朱儁，再看看一脸期待的曹操，思考片刻，慢慢说道："其实……方才我与曹都尉商量的'将计就计'之策，共有两套兵略。投毒只是其一，其二则是反间之计。具体该如何决策，还请大人定夺！"

朱儁再问："文台，你快说说这反间之计！"

孙坚回道："据我猜测，敌酋韩忠与其军师步幸并不投合。我虽不知那步幸底细，但至少知道他是冀州张角的心腹。南阳黄巾贼之所以屡剿不灭，步贼的诡诈可谓首因。但这次贼使似乎是韩忠派来的，可见吓破胆的乃是韩忠，而非步幸。不如就此告诉那贼使，三日内交出步贼首级，让我们相信韩忠诚意。我料以韩忠的头脑，要杀死那步贼并不容易，届时城内肯定发生内乱。无论谁占上风，我军只要趁乱攻城，宛城迅疾可夺！那时候，对城内黄巾贼是屠是留，则可见机行事。"

朱儁边听边点头。曹操见朱儁对自己的计策毫无兴趣，立即抢过话头："这反间计虽然也是我与文台共同商议的，但我发现其中有一个破绽，望大人明察！"

朱儁有点儿不耐烦地说道："快说！"

曹操咽了咽口水，说道："正如文台所言，没人见过那步幸的真实模样，甚至不知其是男是女。若那韩忠受步贼指使，随便交一颗人头来欺瞒我军，我军又如何能识破？"

朱儁觉得曹操此问有理，再看看孙坚。孙坚低头沉思，片刻后回道："请大人给我一天时间，让我仔细审问那贼使，探探虚实，这样或许能问出步幸的底细。"

朱儁点点头："就给你一天时间！我会命秦颉在天明时暂停攻击敌城，以便让韩忠知晓他派出的使者还活着。"

曹操忙又插话："我愿意去与孙司马共审贼使！"

朱儁点点头："孟德想去就去吧。门外兵卒会给你们带路。对了，我忘记告诉二位了，那贼使是个女子。"

"女子？！"孙、曹面面相觑。

第六回　夜审姜朗

孙坚与曹操在朱儁亲兵的引领下，来到了离中军大营三百步距离的一处牢房。所谓牢房，无非就是在地上挖了一个坑，然后用木栅栏封住顶面。孙坚顺着栅栏的缝隙往下看去，发现的确有一个二十多岁的女子，嘴里塞了麻布，眼睛蒙了玄色布条，被五花大绑丢在这里。孙坚立即叫看守的兵卒打开栅门的铜锁，入坑给那女子松绑。他又叫兵卒腾空了附近的一座军帐，以作为审问之所。

"水！"那女子一坐下，就用哀求的眼神看着孙坚。孙坚点点头，扔给她一个牛皮水囊。那女子打开塞子，咕嘟咕嘟地喝着，同时却用警惕的眼睛盯着曹操。曹操心中略感惆怅。孙坚的确长着一张容易让女人产生好感的脸——方正的脸型，炯炯的眼神，修得整整齐齐的胡须。曹操却长着凸出的额骨，深深的眼窝，大得不协调的鼻翼，个头也比孙坚矮上一个半脑袋。为了安抚那女子的情绪，曹操尴尬地笑了起来：“姑娘你别怕，我是大汉骑都尉曹操，这位是佐军司马孙坚。这次受右中郎将朱儁大人委派，来向你问话，你只要据实回答，我们断不会为难你的。”

那女子放下水囊，惊恐地盯着二人："你们问完话，会将我斩首吗？"

孙坚摆摆手："两军交战，不斩来使。我们还要你向那韩忠带话，为何要斩你？"

那女子眼睛一亮："这么说，贵军接受我部的投降了？"

孙坚笑道："其实朱大人还没打定主意，因为他不知道你们是诈降还是真降。所以，朱大人派我们来探你的虚实。"

那女子马上急切地回道："真降！真降！……"

"你们粮草能够支撑到几月？现在乞降，难道是因为粮尽了吗？"曹操立即打断了她。

那女子回道："粮食倒是能支撑到来年。朝廷在外城留下的粮仓里的粮食，贼军事先都运入内城了。"

那女子方才说到"贼军"二字，让孙、曹都吃了一惊，因为真正的黄巾军是不会自称"贼"的。孙坚马上问道："姑娘，你究竟是何底细？怎么做了韩忠的信使？他又为何要派你一女子与我军交涉？"

那女子回道："小女子名叫姜朗，本是南阳郡郡官署的一个小掾吏的妻子。贼酋张曼成来袭宛城时，我家男人……"说到这里，那女子呜呜哭了起来。

原来来者是朝廷官吏家属！孙坚马上追问："你丈夫生前究竟是何官职？叫什么名字？"

姜朗克制了一下情绪，抬起头，一字一句地说道："我家男人叫张仁，南阳郡郡丞史，今年三月二十四死于兵乱，留下我与一个六岁的儿子。"说到这里，她怕孙、曹不信，还从怀里掏出一块丈夫的名刺，交给孙坚。

孙坚摆弄着这块名刺，欲判断其真伪。此时曹操突然抓住姜朗的手，拉到烛火下仔细察看，然后点点头："手指果然白皙，不像是贼人。那么，你为何现在又成了贼人的信使了呢？"

姜朗红着脸，缩回手，低头说道："说来话长。贼首张曼成因贪恋小女子姿色，收我为妾，并以我的儿子相要挟。我不得不从贼。张曼成被官军斩杀后，我本以为可以解脱，不料贼军又推出赵弘为帅，我又只好跟了赵贼。后赵贼偷营被官军射杀，贼营又推出韩忠为帅，我于是又成了韩忠的妾。短短几个月，我一良家女子，被贼人反复玩弄，只是为了能保住亡夫的骨血，就是想自杀也不得啊……"说着，她又哭了起来。

孙坚听着她的哭诉，不禁心头一软。他扔给了姜朗一块手巾，问道："所以今夜他们叫你来做信使，同样是拿你的儿子做要挟的？"

姜朗一边用手巾擦泪，一边点头，然后补充道："他们之所以选中了小女子，也是因为他们认为小女子本是官吏家属，小女子说的话，官军会信。"

曹操对姜朗的身世倒不是那么感兴趣。他追问道："你还是得告诉我，韩忠为何突然有了降意？前天我军攻城，还是损失惨重,看来城内贼势犹盛啊!"

姜朗脸上流露出一阵淡淡的微笑:"韩贼三天前就被官军的弩矢射中了脊背,因为少药,伤口已经化脓了。他目下就躺在病榻上,已失斗志。"

曹操听罢,兴奋地挥了一下拳头。孙坚追问:"韩忠能控制城内的局势吗?那个军师步幸会不会趁机夺他权?"

姜朗沉默了一会儿,回道:"这不太好说。我在服侍韩贼时,的确听到他与步幸吵架,但……说来好笑,那韩贼实在是太好色了,竟然要纳步幸为妾!他难道不知道她是'大贤良师'张角的女人吗?"

孙、曹听罢,都惊呆了。曹操问道:"那步幸是女的?那个在张曼成死后帮助赵弘重占宛城的步幸,竟是女流?"

此时轮到姜朗瞪大了疑惑的眼睛:"二位大人,官军与贼军缠斗数月,难道你们还不知道那步幸是女的?"

孙、曹彼此尴尬对视,没有回答,算是默认。孙坚皱着眉头问道:"一介女流,为何如此懂兵法?"

姜朗回道:"兵谋是那步幸与另外几个贼酋一起商量出来的,小女子也不知道到底谁的兵谋厉害。不过,这妖妇还有一个本领,就是熟背《太平经》,还能煮符水给人治病。其实,谁不知道城里的病患都是那个小比丘治好的。"

"怎么又冒出一个小比丘?"孙坚又是一惊。

姜朗皱眉想了想,回道:"那比丘,好像叫——对了,我想起来了,叫'言无名'。长得很俊美,很有点儿手段,很多伤者都是他救活的。我儿子的烧伤,也是他治的。他可是好人啊！"

听到"言无名"三字，孙坚的脸一下子就僵住了。曹操疑惑地盯着孙坚，问道："文台，你听说过这个名字吗？"

孙坚立即掩饰道："不，哪里，我是对步幸的女流身份仍觉得不可思议。"

曹操点点头，转问姜朗："我若放你回城，你是否可以给那韩忠带个话？"

姜朗点点头。

曹操继续说道："你就告诉韩忠，三日之内献上那步幸，并附上张角给她的印信，以示诚意。然后，我方才能纳降。"

姜朗有点儿疑惑："那妖妇就那么重要？"

孙坚笑道："那妖妇是冀州张角在南阳的代表，若韩忠愿意献出她，则意味着他与张角一刀两断，这样我们才能对他放心。"

"那你们要活人还是死人？"姜朗再问。

曹操想了想，回道："要活人！就怕韩忠随便砍一颗人头来诓骗我们。若是活人，我们还能通过审问来判其真伪。"

姜朗点点头："我会回去劝说韩忠的。对了，临走前韩忠要我带话，他希望朝廷日后能够封他一个二千石，或随便一个什么杂号将军。"

孙坚摇摇头："凡事不要得寸进尺。我孙坚在打完这仗之后，都不可能得到二千石的封赏呢！这乱世，能够活命就不错了。"

此时，姜朗抓住孙坚的手："那我能给自己提个要求吗？"

孙坚点点头："说吧，只要不太过分。"

姜朗眼中含泪，缓缓说道："小女子已经失节，对不起亡夫。苟活至今，唯念亡夫遗子。若宛城克复，小女子会在亡夫灵位前自裁，以血洗清白。届时希望孙大人或曹大人将犬子带到长沙郡我阿姐的住所，让她将孩子抚养成人。实在是有劳二位了！"说罢，姜朗就要给孙、曹磕头。

孙坚立即将她扶起，说道："这事我可不能允！你要去投长沙的亲戚，没盘缠，我可以出，甚至可以派家丁护送你。但你自己得活下去！一介弱女子，在乱世中，身不由己，在所难免，你先夫在泉下应能体谅。再说你儿子若无亲娘照拂，寄人篱下，难道就能快乐吗？"

姜朗听罢，又呜呜哭了，不再坚持前面的要求。孙坚则在她哭的时候，偷偷察看曹操的反应。孙坚其实想趁曹操不在的时候，向姜朗详细打听言无名的情况，但曹操就是不肯离开，让孙坚甚是烦恼。正在此时，曹操的眼皮开始耷拉了下来，嘴里喃喃道："文台，我方才的确不该喝你的助眠汤，这下真犯困了……"

不一会儿，曹操就瘫坐在地，打起了呼噜。孙坚轻声问姜朗："你方才说的那个比丘，是何时到宛城的？"

姜朗回道："他好像最早是跟着张曼成来的。但他并非黄巾贼，是浮屠道徒，见人就救，不论敌我，不分兵民。"

孙坚再问："那他为何不去治韩忠的箭伤？"

姜朗回道："韩忠的伤有点儿重，目下他也是束手无策。不过韩忠应当还能撑几天，暂时死不了。他希望早点投降，这样朝廷就能给他治伤。"

"那么……"孙坚还想再问，突然身边的曹操一下子睁开了眼睛，大喊："啊！文台，我刚才做了一个噩梦。我被贼人杀了，我的小妾卞氏被贼人掠去了，她还给贼人生了一堆孩子！"

孙坚被曹操一惊，不好继续问姜朗，只好对她说道："你趁早回去向韩忠复命吧，别忘记叫他活捉那步幸。对了，为了显示我方诚意，我允你在临走前带一点儿治伤的草药，门外的兵卒会帮你准备的。"

曹操揉揉眼睛，说道："文台，朱大人给我们一天的时间审问，何必这么急呢？草药可以让发弩士绑在弩矢上射入城内，不必派人亲自去送。今日无战事，我觉得你我不妨回去先睡上三个时辰，醒来以后再想想，还需要姜氏详细说明哪些敌情。"说罢，他又转向姜朗，"你也累了，暂且在此歇息，我们会给你安排饮食，三个时辰后我们会再来找你。"

孙坚与曹操离开审问姜朗的营帐时，朝日已渐渐揭开了笼罩在宛城之上的黑幕，围绕宛城的那两条火龙也慢慢熄灭了。打着哈欠的发弩士此刻正懒懒散散地爬下箭楼，与前来换岗的兵卒打着招呼。一个累坏的伍长一下箭楼，就干脆背靠着一大捆还来不及发射的弩矢，打起了呼噜——而他上了一夜弩弦的手指，则在睡梦中依然不停地抽搐。今日无战事，戎士可安眠。

孙坚与曹操也对着脚下的宛城，各自伸了个懒腰。还未散的烟，伴随着刚刚聚起的晨雾，让这座汇集了五万敌军的要塞，在二人的视野内若隐若现。曹操呆呆地听着晨雾中传来的清脆的鸟鸣，不知在想些什么。突然，他嘴角露出微笑，与孙坚告别，消失在一群来换岗的兵卒的身后。孙坚则迎面遇上正带兵来换岗的祖茂与朱治。孙坚将二人唤到身边，轻语道："我们在下邳遇到的言无名，现就在城内。"

祖茂与朱治一惊，但看看身后的兵卒，立即闭上了嘴。

此刻，一群乌鸦"嘎嘎"飞来，盘旋空中，贪婪地注视着遍布内城与外城之间的官军尸体。孙坚皱起眉，问朱治："那些尸体，就一直没人去收殓吗？"

朱治叹道："谁又敢去呢？一接近内城城墙，就会被乱箭射死。"

"至少得要有个比丘，给他们念念经啊！"祖茂在一旁喃喃道。

"现在是盛夏，尸体很快就会腐烂。我更担心的是疠疾。"孙坚再次皱起了眉头。

第七回　人去帐空

刚到午时[1]，休息已毕的孙坚匆匆赶到关押姜朗的营帐，想继续提审她，却不料早已人去帐空。孙坚马上追问守营的兵卒，兵卒则说那女子早就被曹操提走了。孙坚暗叫不好，觉得自己恐已中了曹操的调虎离山之计。再想到曹操从昨夜开始就反复念叨着投毒之策，孙坚不由得觉得毛骨悚然。

正在此时，孙坚看到一个矮矮的身影出现在了营帐附近的一座箭楼后。看那桀骜不驯的步调，显然就是曹操。孙坚几个箭步冲上去，喝道："孟德，那姜朗呢？"

曹操笑道："我已把她送回去了！"

孙坚瞪直了眼睛："不是说好你我共同再审此女的吗！你怎么就私自放人了？"

曹操拍拍孙坚的肩头："文台，少安毋躁！是那姜氏自

---

[1] 11:00 到 13:00。

己坚持要回去的,她说怕时间拖久了,那韩贼会起疑心,拿她儿子开刀。你说,人非草木,我们怎能没有恻隐之心呢?"

孙坚将曹操的手从自己的肩头挪开,正色道:"你没在她身上动什么手脚吧?"

曹操笑道:"文台,你说什么呢?我曹操有这么饥不择食吗?"

孙坚说道:"你知道我在说什么!我是说:你没在她身上投毒吧?"

曹操摇摇头:"怎么会?你问问守营的兵卒,那女子离开时是不是活蹦乱跳的?"

孙坚刚想再问,突听得山上山下战鼓咚咚,杀声震天,好像官军又要攻城了。

孙坚又是一惊,问曹操:"不是说好停止攻城,以示我军和谈诚意的吗?"

曹操摆摆手:"文台,你误会了,那就是擂鼓吓唬人而已,兵马未真动。临走前,那姜氏说,若要麻痹那步骘,最好官军也做点佯攻,以免其起疑心。我觉得有理。这不,刚才我已从朱儁大人那里请了将令,命吹鼓手弄些动静出来。文台,今天已经没事了,你若没睡够,可以回去再睡。"

孙坚听罢,心中空落落的。他非常后悔自己刚才贪睡,没看好曹操,以致自己根本不知曹操到底对那姜朗做了什么。但因为没有证据,他也无法指摘曹操。正在此时,他突然看见山下有一熟悉的身影向山上走来。那人正是自己的妻弟吴景。吴景远远看到孙坚,大喊道:"文台,二刻之前,我看到贼军信使已在我军护送下入了内城，既然已在和谈，为何还要擂攻城鼓？"

孙坚没理睬吴景的问题，直接问道："那信使什么模样，你见到了吗？"

吴景回道："说来也奇怪，竟然是个女子，穿黄衣，约二十五六岁，模样也挺周正。"

孙坚长舒一口气。看来曹操没骗自己。曹操则在一边冷笑："文台还是不信我啊！"

孙坚转回头："本来我是信你的，但谁叫你从昨夜到今天，一直都在说些可怖之语？也罢，既然那姜氏已入城，我们也只好静观其变了。"

孙坚离开曹操，走回自己的营帐。入帐时，他本想与胡婵商讨一下刚才发生之事，却发现胡婵也不见了。守帐的孙贲告诉他说，一个下邳来的什长在三刻之前被一座突然倒塌的箭楼压伤了腿，华佗先生正在诊治，需要帮手，就把胡婵也叫去了。

孙坚听罢，点点头，说道："阿婵这几天跟华佗先生学了不少救人的本领，希望她回家后也能教给所有的孙氏子弟。阿贲，你也要学几手。危急时刻，求人不如求己！"

孙贲点头称是。孙坚突觉倦意来袭，就倒在床榻上，昏昏睡去了。

孙坚哪里想到，他这一觉睡去，却将在未来的十日之内，无法再下床一步！

第八回　文台染疾

孙坚好久没睡得这么沉了。今天,老四、老九、胡玉、袁氏、韩义、赵氏姐妹、臧黛君、张俭、北宫嫣脂、许桃花、许韶与伪越后柳氏的魂魄,竟然都没来叨扰他。在其脑海中翻滚的,乃是各种简牍、名刺、印章、弩机的各个部件,以及表示军旅番号的各种旗帜。这些梦中的碎片,彼此毫无关联地在脑海里滚动着,如同一股裹挟着猪牛与婴儿的洪水,浩浩荡荡地冲向一座没有防备的城池。孙坚突然意识到,自己也躺在这股洪水的水面上,随着水浪的涌动,而在屋梁、箱柜与竹笥之间富有节律地沉浮。他早就放弃了挣扎——相反,他面带笑意,怀抱鞠丸,静静地面对着在阴霾中聒噪的群鸦,事不关己地设想着它们首先会叨啄自己身体的哪一部位。然而,一头鸟首虺尾的巨硕旋龟[1],却突然从洪水下面

---

[1] 《山海经》中的怪兽。

露出了自己硕大无边的脊背，将孙坚顶上了天。孙坚无助地看着抱着木板的百姓，号哭着从旋龟陡峭且光滑的脊背上往两边滑，重新落入水中，溅起朵朵水花，最后被不知从何而来的蛟龙缠住身体，咬掉头颅。孙坚自己的身体则被越顶越高，直到群鸦从身边飞过，乌云在指尖穿行。他扔了鞠丸，紧紧抱住旋龟的脖子，探头往下看去，发现下面早已是一片血红，无数人头在水面攒动，如同富春老家的瓜田。

正在此时，孙坚发现自己所抱的龟脖，又突然化成了一束银蛇，上下游走，而胯下的怪兽，也开始慢慢分崩离析。龟甲迸裂时所溅出的污血，喷满了孙坚全身，那股子无法描述的恶臭，让他忍不住想呕吐。

吐意袭来，孙坚觉得是有人抓住了自己的胃，要将其从喉咙向外拉扯。他张开嘴，一股新的洪水从其嘴中喷涌而出，里面同样裹挟着猪牛与婴儿、房梁与木盆。而后他惊讶地发现，在这小小的洪流之中，竟然还有一个小小的人儿，躺在箱柜与竹笥之间沉浮，仰面看着自己微笑。孙坚捏住鼻子，凑近一看，惊讶地发现，那小人儿竟是——他自己！

"啊！"孙坚终于从睡梦中惊醒，来不及看清四周的景物，立即侧头狂吐。

"文台这样已经多久了？"耳边传来华佗的声音。

孙贲紧张地回道："叔父是今日午时三刻到营帐的，之后就睡去了。酉时[1]刚过，我想去叫醒他，却根本叫不醒，

---

[1]　17:00 到 19:00。

发现他额头发烫，皮下发红，情况非常不妙。他在亥时[1]刚到的时候醒过一次，也是这么狂吐，然后立即睡去，什么话也没说。现在快到丑时[2]了，这是他第二次吐。对了，平时叔父即使喝了助眠汤，睡梦中也会满嘴梦话，而今天他却什么梦话也没说。我这都急死了！"

满头冷汗的胡婵也在一边对华佗补充道："我是亥时刚过时离开先生回到营帐的，正遇到文台狂吐。当时他神志模糊，甚至不认得我。于是我马上去找了先生你。不料一时半会儿没找到，还在半路上险些被巡逻的兵卒当作了奸细。"

胡婵身后的诸葛珪则在华佗耳边轻轻问道："不会是疫病吧？"

"哇！——"诸葛珪刚说着，孙坚又开始狂吐。胡婵刚要上去收拾，却被华佗拦住，对她喝道："小心他传你！"

这时候朱治大呼："这怎么可能？朱儁治军严整，三日就全营灭鼠、虫一次，怎么会有疫病流行！而像孙文台这种级别的武将，吃的喝的都是上等之品，即使要得病，也轮不到他啊！"

华佗冷笑一声："比孙文台级别更高的都得病了，而且还更重！"

"谁？"诸葛珪警惕地竖起了耳朵。

华佗犹豫了一下，说道："我方才是从骑都尉曹操的营

---

[1] 21:00 到 23:00。

[2] 1:00 到 3:00。

帐赶来的，路上恰好遇到到处瞎撞的二夫人，这才知道文台也病了。"

诸葛珪不敢相信自己的耳朵。他看着华佗，一字一顿地问道："华先生，你刚才的意思是不是说，骑都尉曹操曹孟德，也得这疫病了？"

华佗点点头："听曹将军的亲兵说，他大约也是在午时后昏迷的，而且似乎一直没醒。"

众人随即陷入了恐怖的沉默。胡婵捂住口鼻，掩饰着自己的呜咽。诸葛珪拉着华佗来到营帐外，问道："现在就发现这两人得病？"

华佗摇摇头："我尚不知是不是有更多的人。"

诸葛珪再问："这病你能治吗？"

华佗无力地回道："疫病的种类很多，我也只是略知一二。我的专长是看妇科病、肠胃病、刀箭伤，在治疫病这方面，我的功力远远不及张仲景先生。"

朱治在一旁听到后，眼睛一亮："那张仲景先生我知道，去年还因为乐善好施，被举为南阳郡的孝廉。对，他人就在南阳郡，好像就住在涅阳县，我们可以请他来帮忙！"

华佗叹了口气："张先生早就在一个月之前被朝廷征调到皇甫嵩大人的营帐中了。现在，他可能已到了冀州，远水解不了近渴。现在只能靠我们自己了！"

孙贲轻声问道："华先生，目下情况到底有多糟？"

华佗回道："若不做任何事，我们这一万八千人会全军覆没。更有甚者，疫病会从南阳蔓延开来，威胁到司隶校尉部，然后蔓延到京都洛阳！"

众人听罢，又是一片沉默。突如其来的危机，让所有人都不知所措。

率先打破沉默的还是华佗。他定了定神，说道："如果诸位还信任华某人，请立即按照我说的去做。第一，文台目下不能视事，而在下邳募军里，除了文台，官最大的要算朱孝廉。请朱孝廉与诸葛先生立刻面见朱儁大人，告诉他军中已有疫情，须马上停止一切操练与军务，兵卒原地待在营帐，得病者立即迁出。第二，营帐外有不少逃难百姓空置的宅邸，届时可资利用，安置病患。第三，万一有人不幸染病亡故，尸体必须立即焚烧。第四，尚且安康的众人，由三日灭鼠一次，改为每日一次。全军焚烧既有军衣，提前穿上备用的秋服。第五，军中饭食要严加看管，用饭不聚人，便溺必错开，军中相谈必相隔至少五步。第六，焚烧内城与外城之间的我军所有遗尸。虽然这些尸体离军帐尚远，但乌鸦啄食，到处乱飞，也会传疫。第七，用弩箭带书信，将我军疫情告知黄巾军，让其注意防疫，这期间两军停止一切交战。"

诸葛珪想了一下，摇摇头："华先生，你是名医工，不懂兵略。你说的这七条里，第六、第七条特别难办到。你想想，我军要去贼人眼皮底下焚尸，他们怎么可能不放冷箭？再说，疫情蔓延，我们要救的是自己人，哪里可以主动告知贼人我军已染疫情，让其有可乘之机？我看，朱儁大人是不会允这两条的。"

华佗冷笑道："诸葛先生，平时看你聪明，如今怎么这么糊涂？疫疠之害，哪分敌我？即使我军控制住了疫情，若城内又爆发出来，我军近在咫尺，又岂能自安？"

朱治在旁插话道："但贼毕竟是贼，我们就算是要通知他们防范疫情，也得拖几天，让我们先控住此处的疫情再说。"

不料朱治这话把华佗给激怒了。他转身对朱治正色道："朱孝廉，我已经受够了你们满口的'贼贼贼'！黄巾军也是人，不是'贼'！若不是朝廷横征暴敛，这些老实巴交的农人如何会反？"

诸葛珪插嘴道："导致他们造反的，难道不是熹平二年[1]、光和二年[2]与光和五年的大疫吗？据我所知，疠疾之所以爆发，乃因阴阳失位、寒暑错时，此非人力可为也……"

"怎么不是人为？"华佗辩驳道，"先看那京都洛阳，竞起第宅，楼观壮丽，穷极伎巧，殚极土木，最后毁的是秀林，怒的是苍天，如此才有你诸葛珪所说的'阴阳失位，寒暑错时'！再看那朝廷党争，败者三族往往被处以弃市，无人收殓，终成疫疠之源！再看各地郡、县、乡、亭，豪强墓穴占地千亩，贫者无立锥之地，光在我的故乡沛国，每月客死无家者及棺椁朽败者，不下数百，这难道不是人祸所导致的疫源？反观那黄巾军，分粮米、施医药、扶老幼、行天道，给流民以活路，克疫疾于端倪，难道他们反倒成了'贼'？"

---

[1] 173 年。
[2] 179 年。

华佗大胆的言论，听得众人面面相觑，但又不知如何辩驳。诸葛珪咳嗽了一声，说道："然张角之流，行妖术惑众，命信徒喝符水疗疾，这些把戏，先生你竟然也能信？"

华佗冷笑道："这我自然不信。但黄巾军似乎总能免除疫疠之困扰，这一点，我作为医者，也一直颇为好奇。若不是因为战事，我倒是很想去会会城内敌军的首领，以求解惑！"

"你……应该去……找那曹操解惑！"此时帐内突然传来了孙坚的声音，然后他的话又被自己的干呕所打断。胡婵刚想进去给孙坚倒水，却被华佗挡住了。华佗给了胡婵一块手巾，让其捂住口鼻，然后递给她一根长杆，说道："以后向病患递送饮食，都要尽量远离其口鼻。"

胡婵再问："但文台吐得到处都是，甚是污秽，我隔着这么远，如何打扫？"

华佗回道："不必打扫了。等一下马上送文台去营帐外的空邸，这空帐不必入内，立即焚烧，烧成灰烬后再深埋之。对了，曹操的病更重，我还得去安排曹操去空邸。"

此时，帐内再次传来孙坚断断续续之声，还伴随着剧烈的咳嗽："这……这疫情，是因……曹操而起……他……他想利用敌军信使姜朗……将疫毒……带到城内……不料不知何处出错……他自己……先染病了……今日午时……我与他见面时攀谈几句……想必……我就是在彼时得病的……快……快去问曹操，问他是如何投毒的……"

华佗一愣，然后隔着营帐对孙坚大喊："文台，你是在何处与曹操交谈的?"

孙坚又咳嗽了一会儿,才回道:"擒贼山,癸字二十四号箭楼附近,离中军大帐三百步。"

华佗一听,不由大骇。他向着帐内大喊:"不知那曹操在发病之前,是否到过那中军大帐走动?若如此,朱儁大人有危!"

华佗言罢,众皆惊怖。

"曹阿瞒[1],我……定要……斩了你!"孙坚一边大吼,一边在帐内狂咳。

---

[1] 曹操的小名。

第九回　焚营射书

因为事态过于紧急,诸葛珪等人只能兵分三路行事。孙贲、胡婵带亲兵十人,将孙坚抬上车,送营外安置。朱治与诸葛珪去朱儁大营示警。朱治又叫人去唤醒韩当,找人去替正在值守箭楼的祖茂与吴景,让他们速速带兵去协助华佗搜查曹操营帐。等华佗一行赶到曹营附近时,守营的兵卒手执刀戟,拦住了去路。领头的兵卒晃着火炬,对华佗大喊:"华先生,你既是来给我家将军看病的,为何带那么多人来,后面还拉着车呢?难道他们也是医工吗?"

华佗一拱手:"几位弟兄,曹将军得的是疫病,马上就会蔓延。我多带点人手车马,就是为了能将曹将军速速转至营外安妥处避人。这也是为了诸位兄弟好啊!"

曹营兵卒一听,纷纷惊骇,很多人都表示不信。一边的祖茂急了,也晃着火炬,对着曹兵大喊:"你家将军是不是从午时开始就昏迷不醒,皮肤发黑?这病很重,你们若离他太近，恐怕也会疫气攻心。瞧，这是我们孙部带给你们的巾帕，一定要像我这样戴着，掩住口鼻，方能避疫。"说罢，祖茂带头戴起了巾帕，华佗一行人也纷纷戴起。

曹营兵卒开始交头接耳，一些在两年前的大疫中死过亲人的兵卒开始动摇，撤去了刀剑，来领巾帕。几个人带头之后，曹兵自散，为华佗一行闪开一条道。华佗二话不说，冲进曹操营帐，并叫诸人在外守候。

华佗进了营帐，但见曹操脸色发黑，平躺在床榻上，一动不动。华佗屏住呼吸，给曹操号脉，发现曹操脉象混乱微弱，可见病重。等自己气息快要耗尽之际，华佗立即冲出帐外，在树下大口呼吸，并叫祖茂打开水囊，用拌了碱土的洗米水冲洗刚才为曹操号脉的双手。然后他又从医囊里取出几根银针，几根压舌木，再深呼吸一口气，冲进营帐。须臾，但听得营内传来一阵咳嗽之声——原来，曹操已被华佗用针扎醒了。

第二次冲出帐外的华佗，一边喘气，一边洗手，然后隔帐对曹操说话："曹将军，我是医工长华佗。从午时开始，你已昏迷多时。我刚才看你舌头布满白苔，触之似粉，定然已染疫。请你一五一十回答我之所问，让我知晓你如何患病，这样我才好救你性命。"

曹操用非常微弱的声音说道："定是那黄巾贼的信使姜朗，趁我不备，对我投毒，我曹某才中疫的……"

华佗冷笑道："那妇人做信使时，既然已为我军所控，又是如何投毒的？请曹将军说详细一点儿！"

曹操在帐内沉默不语。华佗顺势问道："孙司马有证言说，你几次三番提议对那姜氏投毒，让其带疫入宛城，可有此事？"

此时，帐内传来曹操剧烈的咳嗽声。但他还是没有回答华佗的问题。

华佗知道曹操心虚，立即对着四下里的曹兵喊道："弟兄们，从昨夜到今日午时之前，是何人为那姜氏提供饭食的？"

众兵卒木然地看着华佗，没人回答。谁都知道，华佗仅仅是一名医工长，无权对曹部发号施令。

"说话啊，弟兄们！老实说，给姜氏提供饭食的那兄弟，现在危在旦夕！如果不能及时指认出他，你们也都会很危险。"吴景站在一块青石上，对着兵卒们恳切地喊道。

吴景话音未落，突然一圆脸兵卒开始咳嗽起来，而且咳声越来越大，让周围兵卒不由得纷纷闪避。突然，那圆脸兵卒吐出一口鲜血，众人见了，一阵惊呼。很多人都捂住口鼻，不敢呼吸。

"别聚堆！"韩当晃着火炬，将众人驱散。华佗指着这名倒地继续呕吐的兵卒，问众人："这位兄弟叫什么名字？"

一个长脸兵卒捂住口鼻回道："这是我们的伙夫，叫晁盾，厨艺不错，专门负责给曹将军准备饮食。对了，我今天看到他曾给那个黄巾婆送去米肉与汤水。"

华佗用一根长竹竿拨弄倒在地上的晁盾，说道："晁兄弟，你现在的病很重，你必须说实话，我才能救你。"

"先生救我！"晁盾在一片污秽中呻吟着。

华佗点点头："我是医者，救人是我本分，但你也不要推卸自己的责任。你在给黄巾信使的饭菜里下毒了吗？"

"先生救我！"晁盾还是不回答问题，继续呻吟。

华佗看出晁盾心中有惧意，立即对四周人喊道："所有人，离开此处三十步！"待众人走远后，他再小声对晁盾说："晁盾兄弟，你先得告诉我你下的是什么毒，否则，我真没法救你。"

晁盾点点头，哆哆嗦嗦地从怀里拿出一个小陶瓶。

华佗问："这里面是什么？"

晁盾回道："里面是……是腐败的鼠内脏……混同鼠尿……就滴一滴，落入给姜氏的汤水中……"

华佗小心地收起瓶子，再问："你本人与曹将军都没喝这汤，又是如何得疫的？"

晁盾定定神，回道："刚才细想，或许是在给那婆娘端鸡汤的时候，我不小心将汤水溅在了食案上……后来，这食案好像与给曹大人备菜的那个食案摆在了一起……我再给曹大人端菜时，或许拿错了食案……曹大人用膳的时候，他的汤勺不小心掉到了食案上，便将勺子放进汤里搅了搅，再放到嘴里嘬……好像是这样的……细节我记不清了……"

华佗再问："今日你与曹大人相处了多长时间呢？"

晁盾边咳嗽边说："我想想……从他今日午时发病起……我就一直陪着他……大概两个时辰……后来我有点儿害怕……这才退出帐外……"

华佗沉思片刻，对晁盾说道："看来这病首先是由误入鼠毒引发，患者再产生疫气，经过呼吸，最后传给身边的人。我大致知道该开什么方子救你了。你还年轻，吃了我的药，八九成能活！不要担心！"

此时，晁盾不知怎的，突然哭了起来："就是救活了我……曹大人还是会杀了我的……"

华佗叹了口气，说道："你虽是帮凶，但也是可怜。要不这样吧，你病好后，我叫孙司马去疏通一下，把你调到孙部去吧！"

"华先生大善人啊！"晁盾呜呜哭了起来。

华佗挥手，叫祖茂等人立即带兵卒将晁盾盖上草席，然后抬上车，往营外拉。

"投毒的是……那……姜氏！"营帐内又传来曹操伴着咳嗽的呼叫。

华佗强压怒火，隔着营帐对曹操喊道："曹将军，到底是谁投的毒，神鬼在看，人心自知！你现在病重，我们必须将你移至营外，方可保全军安妥。请相信华某，我定会救下曹将军的。"

"你不用救曹阿瞒，让这厮自生自灭！"一个洪亮的声音从不远处传来。华佗回头一看，立即下拜。原来，来的不是旁人，正是南阳官军最高统领、右中郎将、都亭侯朱儁朱公伟。他身后跟着朱治与诸葛珪，以及三十名朱儁麾下精兵。也就在方才，朱治与诸葛已向朱儁汇报了军中疫情蔓延之事。朱儁因为事前已听过曹操所献的"传疫于敌"的计策，再听诸葛珪与朱治所言，大致就明白发生了什么，便立即带亲兵来曹营拿曹操是问。

"华佗先生，救我啊，我是乔玄大人亲自举荐的朝廷命官，若曹某能渡过此劫，事后曹府定会重谢先生！"曹操听到朱儁要不管自己，吓得在营帐内对华佗讨饶。

"我是医者，所有患者，我都会尽力救治！"华佗对曹操的营帐大喊，然后转头对朱儁大人求情，"朱将军，投毒是非暂且不议，军中有疫，已是事实。目下有疫者，我们尚且仅知曹都尉、孙司马与伙夫晁盾三人。华某初步诊断，三人均染鼠疫。然而华某特长非治疫，所开方子是否有效，只有八成把握。所以，这三人的命，都要留下来试药。"

朱儁点点头。其实，他深知曹操背景之深厚，刚才说不去管他，也仅仅是一种敲打。朱儁再问华佗："先生想开什么方子救人？"

华佗回道："目下所有患者，均疫毒闭肺，气营两燔，中焦不治；上焦不行，下脘不通，胃气热，热气熏胸中。故此，当务之急是以清热解肌，清降阳明。三人都要用白虎汤与竹叶石膏汤。晁盾四肢略有抽搐，舌绛唇焦，脉沉数，若前方不奏效，再可换用竹叶石膏汤、黄芩汤、桔梗甘草汤、泻心汤之混汤。所需备料，有竹叶、生石膏、生地、水牛角、赤芍、玄参、牡丹皮、黄连、生栀子、黄芩、连翘、桔梗等。据华某所知，这些药材，军中皆有备，但不知能应对几人得疫。"

朱儁点点头："目下军中药材，全凭先生一人调配。若发现有何药材尚缺，可令南阳郡署火速配齐；若还不行，整个荆州与豫州的药材，都可以调来！"

华佗说道："这还不是最要紧的，朱大人是否愿意答应那七件事？"

朱儁看看身边的诸葛珪与朱治，转而对华佗说道："我刚才听诸葛先生与朱孝廉详说了这七件事，我都一一记得：第一，停止操练；第二，隔离病患；第三，焚烧病尸；第四，灭鼠除旧；第五，禁止聚集；第六，清扫战场；第七，知会蛾贼。"

华佗再问："小人再斗胆问一句，大人说的'一一记得'，究竟何意？大人您是允，还是不允？"

朱儁犹豫了一下，说道："华先生你说的这七条防疫策略，要本将军条条都允，的确有点儿强人所难。"

华佗抬起了头："哪里难了？"

朱儁回道："病患自要隔离，病尸自要焚烧，灭鼠除旧、禁止聚集亦是常理——先生说的这几条，符合'皇甫治疫规'[1]，但余下几条就难办了。目下战事尚未停止，清扫战场，根本无从谈起。若再停止操练，则会被蛾贼看出破绽，对我军不利……"

"所以才要知会黄巾军，让他们知道疫情已经蔓延啊！"华佗大胆打断了朱儁的话。

朱儁摆摆手："这最不可行的，便是这第七条！自古用

---

[1] 延熹五年（162）皇甫规在陇右剿羌，军中大疫，三成将士病故。故从此官军才有"皇甫治疫规"。

兵，哪有自泄军机暴露短处的？"见华佗还要与自己辩论，朱儁脸色一沉，说道，"华先生，敌前防疫，要点在于内紧外松。你是医者，自然知道'紧'的道理，但是'松'的火候，则需要本将军来拿捏。大家各司其职，才能事半功倍。若是有人越俎代庖，则难免黄钟毁弃。你就不必多言了！"

说罢，朱儁立下军令："本将军军令如下：第一，军中防疫事务，由华佗先生负责，所需物资，辎重官必须立办；第二，明日继续用弩箭攻贼，以探虚实，但步卒不必接近敌城；第三，军中操练可减半，但多舞旌旗，以示军威；第四，有人胆敢泄密疫情于贼者，斩！"

华佗涨红了脸，还想辩驳，立刻被身边的吴景与祖茂狂拉衣袖。华佗只好违心地点点头："诺！"

朱儁用略带威胁的眼神看了华佗一眼，转身回营去了。他带来的亲兵则与孙部兵卒一起，开始清扫曹营，转移病患。生了重病的曹操被人从头到脚盖上四重草席，然后连人带草席扔上了担架。他在草席中蠕动着身体，叫唤道："华佗的方子不对！这病吃桑葚就好！我营内尚有一筐桑葚！"华佗则对这堆乱动的"草席"说道："曹将军，不要给自己乱开药方。桑葚的确能生津止渴、补肝益肾，但曹将军现在要的是保命，不是壮阳。"

听罢此言，众人纷纷大笑。然而，一个曹操的亲随，在听了曹操所言之后，还是入帐找到了那筐桑葚干，挑了一些，倒入随身携带的布囊，然后趁人不备，将布囊塞到了草席下面。曹操手里抓到了布囊，摸出其中装的确实是桑葚干，便不再叫唤了。

曹操休息办公的营帐，则立即被韩当付之一炬。听着火苗的噼啪之声，曹操在草席里重又呜呜叫唤起来："帐内还有我批注的《毛诗》，还有孙文台送我的《孙膑兵法》！"朱治冷冷地对着"草席"说道："像你这样不敬天的小人，是不配读《孙膑兵法》的！"华佗则心事沉重地跟着载着病患的车队来到营外的空邸，发现孙坚已经在稍早时被安顿好了。华佗开始指导胡婵给众人煎药，不料曹操死活不肯服药，非要吃自己带的桑葚。然后祖茂、韩当、吴景三人合力，才将药给他灌下，但他们事后也不得不就地烧水沐浴，以除疫气。趁着这当口，华佗找了块破布，在上面迅速写了一行字，然后偷偷塞入衣袖。忙到快天明时，华佗借故离开，回营探察是否有新的病患。

华佗走到凤鸣山时，沉重的军鼓已经响起，换岗的发弩士正在朝阳的沐浴下，列队赶往各自的箭楼。华佗在人群中突然认出了熟人，大喊："这是呼延峰吗？上次我给你治的箭伤，目下恢复得如何了？"

那个复姓"呼延"的南匈奴族什长晃动着自己的手臂，兴奋地大喊："华佗先生真是神医！现在这手臂运作自如了，还真不知如何报恩呢！"

华佗笑道："现在你就能报恩。"

呼延峰瞪大眼睛："如何报恩？"

华佗回道："每日看你们射弩，我心里痒痒，能不能允我登上箭楼，也射上一矢？"

呼延峰哈哈大笑："小事一桩！"

一刻后，箭楼内，华佗已在呼延的指导下，吃力地用双脚给蹶张弩上了满弦。然后他又将这沉重的弩机架到了箭楼内部的一个略略上扬的"王"字木架上。呼延峰在旁边解释道："这木架上扬的角度，已经被仔细调过了，以保证弩矢能够越过前方外城友军的头顶，落入内城。先生千万别乱动！"

华佗笑道："我懂！我懂！对了，现在我只要扣动一下悬刀，然后就万事大吉了？"

呼延峰点点头。

华佗突然正色道："我是名医者，今天却要发射这杀人的弩机，心中有些不忍。听说念一些浮屠道的经文，可以消业。我想念完再射。对了，你天天杀人，也跟着我念吧，总没坏处。"

呼延峰脸一红："先生，我是个汉话都说不利索的归义胡，不会念。"

华佗笑道："我念的时候，你闭着眼睛听就好了！"

呼延峰点点头。

于是，华佗开始念他会的唯一一段《四十二章经》中的经文："沙门问佛：何者为善？何者最大？佛言：行道守真者善；志与道合者大……"与此同时，华佗的手也没闲着。趁着呼延峰双眼紧闭的机会，他飞快地取出袖中早就备好的那块破布，绑在了矢杆上。而在呼延峰睁眼的一瞬间，华佗已经扣动了悬刀。

"啾！"弩矢脱离弩机，飞向空中。

睁开眼睛的呼延峰，立即用自己鹰一般犀利的眼神捕捉到了那矢杆上的破布。他发疯似的抓住华佗的衣襟："先生，你在那布条上写了什么？"

华佗如释重负地坐在弩机边，微微笑着，不再理会呼延峰的问题。

"没有朱儁大人的军令，私自向敌营送信，是要斩首的！"呼延峰摇晃着华佗的肩膀，咆哮道。

华佗笑道："把所有责任推我身上。要斩，就斩我！"

须臾，被黄巾军占领的宛城内城，一名黄巾军的小头目从城楼的木柱上拔下了华佗射出的弩矢，展开了那缠在弩杆上的破布。但见上面写了歪歪斜斜的十个字：

汉军染疫，贵部自重。华佗。

第十回　刀下留人

华佗向黄巾军送信约三个半时辰后，朱儁中军大营前的空地上，刀斧手綦毋明正在仔细地打磨着自己的百炼钢刀。他眯眼看着折射出七彩阳光的锋利刀锋，再转头看看一边被五花大绑的华佗，叹了口气，说道："先生，你做鬼后，莫要纠缠我綦毋明。我就是一个刽子手，凡事必须得听将令。朱儁大人命我斩谁，我就得斩谁。等一下肯定给先生来个痛快，让你都来不及感到疼。"

华佗笑道："对人体的构造，我比你清楚。换成我来斩你，活儿肯定比你利落。"

听到此言，綦毋明眼睛突然湿润了起来："小人深知先生的本领。我弟弟綦毋聪的腿，就是华先生保住的。华先生这一走，我们受了伤，谁来管？"

华佗摇摇头："人总是会死的，我也就是比我原先预料的寿命，少活几十年罢了。在阴间，我们必将再会！"

綦毋明激动地问华佗："那先生为何要选择早死几十年？你为何好好的医者不当，去给黄巾贼送什么信？你晚死几十年，又能多救多少人？"

华佗笑道："如果黄巾军的疫情爆发，传至我军，你们不久后就都会死。用我一条命，换几万人的命，真是死得其所！死得其所！哈哈哈！"

离华佗五十步外，朱儁帐内。朱儁捋着美髯，心情矛盾地看着在烈日下暴晒的华佗，以及他身边已经挨了三十军棍，正在血泊中呻吟的呼延峰。朱儁身边的荆州刺史徐璆小声问道："朱大人，快到午时三刻[1]了，行刑吧！"

"不是还没到午时三刻吗？"朱儁忍受着耳边让人心烦的蝉鸣，冷冷地回道。

南阳太守秦颉此时也凑了过来："目下疫势汹汹，军中又无比华佗更有才能的医者，是否能让其戴罪立功，先记下他一过？"

朱儁转向秦颉，叹了口气："秦太守，我朱儁又何尝不知道华佗的才能？只是此人恃才傲物，实在不把本将放在眼里。昨日我三令五申，说不能泄露疫情给贼军，这华佗却顶风犯案，我若不斩他，将来如何治军？"

此时，监斩官在朱儁耳边轻语："午时三刻已至！"

朱儁复叹一口气，点点头："行刑！"

"行——刑——！"得到将令的监斩官向刽子手綦毋明

---

[1] 约12:45。

高喊。与此同时，三声追魂号响起，满含泪水的綦毋明咬紧牙关，举起了屠刀。呼延峰则在一边呜呜地哭。

正在此时，山下突然有马蹄声响起，有一妇人的声音远远传来："刀——下——留——人——！"

綦毋明眼睛一亮，刚要落下的屠刀立即悬在了半空中。行刑官刚要催促他下刀，却留意到朱儁本人也站了起来，手搭凉棚往山下看去。行刑官立即会意，闭住了嘴。

本来已经闭上眼睛的华佗，心中不由得一惊。他当然听得出那是胡婵的声音。他也往山下望去，但见胡婵骑着孙坚的坐骑蒲梢骢，身披火浣布袍，宛若一片红霞，拖着一股烟尘，飘上了擒贼山。蒲梢骢在中军大帐前急停四蹄，晃鬃嘶鸣，胡婵则飞身下马，直奔军帐，大喊："朱大人，华先生还不能死！"

"哪里来的妇人，竟敢硬闯军帐，还不拿下！"徐璆立即站起，用手指着胡婵。作为孙坚的扬州老乡，朱儁本就认得胡婵，立即挥手叫徐璆坐下，不要阻止她。但碍于自己统帅的身份，他嘴上的言辞依然犀利："咆哮刑场，乃是重罪。胡氏，你得说出本将军饶过华佗的理由，若不能说服本将军，连你一并斩了！"

胡婵喘着粗气，丰满的胸脯一起一伏，她对朱儁说道："民女冒犯右中郎将大人、刺史大人与郡守大人，真是死罪死罪！但华佗真不能死！他若死了，谁来给犯疫的将士开药方？"

徐璆"哼"了一声，说道："治病的药方昨日华佗已经开了，今天就算他死了，方子不还在吗？"

胡婵立即转向徐璆："刺史大人啊，华佗昨日的方子开得不对！"

胡婵这一席话，把大家都惊到了。刑场上的华佗在胡婵背后大喊："此话怎讲？服了我的药之后，三位病人目下如何？"

胡婵回头喊道："曹都尉没有好转，孙司马略有恶化，而那伙夫晁盾，半个时辰前突然憋气而死！华先生，你的方子，不对！"

朱儁意识到了问题的严重性，走出军帐，经过胡婵，径直来到华佗跟前，问道："昨日你开的，是治鼠疫的寻常方子吗？配药、熬药之时，你可盯紧？可发现药材有纰漏？"

满头冷汗的华佗回道："朱大人，药方是寻常方子，我想张仲景先生若在营中，他也会这么开方。药材我均一一验过，皆为上品。配药、熬药，昨夜我都是亲力亲为，不应有差错。究竟是何处出了错，目下小人也是一头雾水。我现在就要回去看尸体，看病人！"

朱儁点点头："那定然是你的方子错了！不过，现在我若斩了你，你就无法弥补过错了。好，今天你这颗首级先记在本将军账上，以后我再来取！"说罢，他挥挥手，叫綦毋明砍断绑缚华佗的绳索。华佗与胡婵拜谢朱儁，一前一后上了蒲梢骢，就要往山下而去。

正在此时，山下突然传来厮杀之声，远远望去，又有浓烟升起。华佗立即停马，问胡婵："怎么打起来了？"

胡婵摇摇头："不知！我听说先生你向城内传信之后，两军暂时已停止交战。不知目下何故又厮杀了起来？"

面对此景，朱儁也是一愣，因为今日他并未发出攻城命令。他正想派人前去打探，却远远看见一斥候飞马上山，口中大喊："军报！紧急军报！"但见那斥候沿着蜿蜒的山道，直奔山顶的中军大帐，一路扬起滚滚尘土，遮掩住了华佗与胡婵二人身影。见到朱儁，他立即滚落战马，对其急报："报右中郎将大人！就在方才，蛾贼约一千人突然从西门杀出，焚烧我军外城西门！因事发突然，我军疏于防备，已有三个什长、五个伍长阵亡，兵卒折损约三百人！"

朱儁听罢，不由得目瞪口呆。他刚想发令命部下还击，却见又有一匹战马载着斥候飞奔上山。那第二名斥候甚至不及下马，在马背上就给出军报："报——！出城偷袭的贼军已撤入内城，紧闭城门！我军反击，遭遇贼军箭雨，又损失百人，目前只能再撤回外城！"

朱儁额头上冒出了冷汗。他将徐璆与秦颉召到一处，小声商议："我军与贼缠斗多日，这是第一次遇到他们在正午出城反击，简直是嚣张至极！二位有何高见？"

徐璆怒目道："定是那华佗泄露我军疫情，壮了贼势，他们才敢这样嚣张！"

秦颉摇摇头："有点儿不对劲。如果贼人的信使姜氏已带疫入城，城内如此拥挤，应当早已爆发疫情。但方才贼军竟然如此生龙活虎，完全不像是军中染疫的样子。今天的事情，怎么想都蹊跷。"

朱儁低头沉思片刻，抬头见那华佗与胡婵还没走远，立即对其大喊："华佗！你且等本将军片刻！本将军也要随你去探视病人！"

徐璆拉住朱儁衣袖："中郎将大人，这可使不得！您可是三军统帅，不能轻易涉险！"

朱儁笑道："二位不知，我与其说是去探视病人，还不如说是去向那孙坚讨计。孙坚当年在我家乡会稽剿贼，兵谋多而不伤仁义，事后臧旻大人对他多有夸赞。如今我军窘迫，皆由曹阿瞒阴谋而起，当由文台阳谋而终。你们二位且守住军帐，勿动我将旗，有事多派斥候联络！"

徐璆与秦颉皆知朱儁对孙坚的信任，嫉妒之余，也不能多说什么。朱儁按华佗建议多备了点手巾与熏香后，点了三十精骑，带着华佗、胡婵下山而去。但见一缕烟尘，绕山而下，直奔营外病邸。

第十一回　文台献策

朱儁、华佗一行赶到病邸时，几个留守的兵卒正在孙贲的带领下要焚烧晁盾的尸体。华佗立即将其拦住。但见华佗叫众人后退，先喝了一大口酒，但没立即吞下去，而是含在嘴里，反复漱口，再慢慢往下咽。他一边咽，一边从医囊中取出一个特制的头套，只露出双眼，又用细绳扎紧了头套与脖子的缝隙，再用羊肠手套保护住自己的双手。紧接着，他又从医囊里取出一个牛皮的医具囊，点了点里面用精钢打制的长柄勺、小锯子与小长刀，再将医具囊封好，拆开附在上面的细绳，挂在脖子上。而后，他手拿酒葫芦，慢慢靠近晁盾的尸体，走一步，喝一口酒，又晃着脑袋向四周喷一口，随后再进一步。朱儁在他背后问道："华先生，那伙夫已死，你这是做甚？"华佗没有理他，继续边喷酒，边接近尸体。当他到了离尸体十步处时，便用地上的长杆挑开了盖在晁盾身上的草席，用目光速速扫了扫尸体。而后他才大声回答朱儁："回中郎将大人，看那病患，手扼喉咙而死，可见死前痛苦，定是亡于窒息。但为何鼠疫会引发窒息，我暂且不知，所以不得不剖开病患身体，以探究竟。"

华佗刚要动手，孙贲却开始了嘀咕："身体发肤，受之父母，这样不妥吧……"

孙贲话音未落，他右边的一个营帐里便传来了咳嗽之声，原来是孙坚的声音。他艰难地说道："腐儒之言……不足训……若是我死……华先生……也可随意剖看……"

孙坚话音未落，胡婵便呜呜哭了起来。

此时，隔着孙坚营帐三十步的另一个营帐内，也传出了咳嗽之声，那是曹操的声音。但听得曹操大喊："华先生……不用费事……这病……吃桑葚……自己就能扛过去……你昨日的方子……错了！"

朱儁摆摆手："别理会那曹阿瞒，华先生，你想做什么就去做！"

华佗点点头，示意胡婵、孙贲在一边烧热水，然后一个人支起了围在尸体周围的帐幕。他向众人做了个揖，转身走进帐幕。不久后，但听到幕后有锯骨之声，乌黑的血则喷溅到了帐幕之上，随后慢慢淌下，宛若被打翻的砚台将墨汁四溢于壁。二刻之后，华佗在幕后大喊："沐浴之汤是否备好？"胡婵言"是"。但见华佗竟然赤身裸体奔出帐幕，直奔浴盆而去，全然不顾现场有妇人睹身。朱儁也是大为诧异，问道："这华佗怎么如此无礼？在本将的会稽老家，只有山越人作风才如此野蛮！"

胡婵则在一边红着脸解释道:"华先生身上的衣物均被疫气所染,所以要留在帐内,不能带出。他自己的身子也必须立即清洗,以免疫气攻心。还望朱将军见谅!"

此时华佗在木盆里拍着水花,喊道:"还愣着干吗?烧!连尸体带衣物,帐幕里的所有东西,都烧了!"

孙贲问道:"先生你带进去的那些医具,要先取出吗?"

华佗又拍了一下水花:"蠢!你进去取,不就染疫气了吗?那些器具都是精钢打造,不怕烧!"

华佗洗完身子,一边穿上换洗的衣服,一边招呼孙贲不要将洗澡水倒掉,更不要让其流入河川,而要加柴火,直接烧干。朱儁耐住性子想向华佗问话,不料华佗摆摆手,拿起一个大葫芦,打开塞子,就往嘴里灌清水。等到他喝完水后,朱儁实在等不及了,便问:"华先生,现在能告诉本将军那病患为何死了吗?你又有何法可治?"

华佗叹了口气,说道:"病患肺中多痰,我本是开了祛痰的药,但他反而被自己肺里的痰给活活呛死了,着实奇怪。方才我在沐浴之时左思右想,才有了一点儿眉目。此疫病脾气怪异,似乎越服祛痰之药,痰就越多,还不如不服!"

"所以说,只服桑葚就好!"隔壁营帐里又传来了曹操的声音。

朱儁气得颔下美髯抖动,鼻前巾帕乱飘:"华佗,你大费周章,就得出这么一个模棱两可的结论?真不如刚才就将你斩了!"

华佗盯着那正在火堆中慢慢爆裂的晃盾的尸体,淡淡回道："希望中郎将在斩我之前，容我想明白这病的轻重与摄入毒量之间究竟是何关系。按理说，第一个病患应当是那姜氏，然后曹都尉误食了沾染疫毒的汤，成了第二个病患。这晁盾，是因为吸进曹都尉嘴里呼出的疫气，才成为第三个病患的，而孙司马，则因为吸进了曹都尉嘴里呼出的疫气，成了第四个病患。就摄入的毒量而言，姜氏应当是第一，曹都尉是第二，结果恰恰是那晁盾先死了，而曹都尉与孙司马目下还活着。更离奇的是，姜氏回城后若疫病发作，城内肯定也会忙着防疫，但黄巾军竟然在两个时辰之前还能出城反击，且军势极猛，好像什么事情也没发生……我由此大胆推断，那姜氏可能根本就没发病！"

此时曹操喊道："那是……自然！……姜氏……就是投毒的……她怎么会……自己不小心……染毒？"

华佗冷笑道："晁盾生前已经招供，那姜氏恰恰是被投毒的。事情都已到这步田地，曹都尉就不要再贼喊捉贼了！"

此时，朱儁问华佗："好吧，就按华先生你说的，曹阿瞒对姜氏投了毒。既然如此，为何目下并无内城爆发疫情的迹象？是不是那姜氏根本就没碰过曹阿瞒叫晁盾配的汤汁呢？"

孙贲此时在一旁插话："中郎将大人说的这种可能性，我也想到过。在晁盾还能说话时，我就反复问过他三次，让他详细说明姜氏用饭的情况。他每次都说，收拾姜氏碗筷食案的时候，发现那碗鸡汤已经空了！"

"那鸡骨头呢？留在食案上了吗？"华佗敏锐地竖起了耳朵。

孙贲回道:"那种贱妇,怎么配吃鸡肉!晁盾说,就在里面扔了一颗鸡心、一小块鸡肝,因此不会留下骨头的。"

华佗点点头:"你问得细,做得好。不过,这样我就更疑惑了,为何城内好像什么事也没发生?"

此时,孙坚的营帐里突然发出喊声:"他们……定有解药!"

华佗愣了一会儿,先点点头,再摇摇头。他回道:"我也曾猜测过他们有解药。但仔细一想,又觉得不对。任何解药都要对症下药,但城内黄巾军如何预先判知曹都尉下的毒的类型?除非城内有一个本领比张仲景先生还大的治疫高手,能治各种疫病。但这可能吗?"

孙坚开始剧烈咳嗽。喝了一口水后,他缓缓说道:"他们有高人。姜朗说……城内……有一个比丘……叫言无名……在下邳时……我知道他的手段……下邳王就是他拐走的……"

朱儁脸色一沉。下邳王被拐走的事情,他也有所耳闻,但他并不知言无名的存在。孙坚现在突然说出这个神秘的比丘,说明孙坚并没有将他在下邳的所有作为向自己汇报,这让朱儁感到自己的权威受到了威胁。

与此同时,胡婵的脸色也是一变。这是她第一次听说,言无名在离开下邳后,竟然就到了眼皮子底下的宛城。她也不知当喜当忧。

朱儁压住火气,再问孙坚:"一个比丘,怎么会治病?比丘不应只会念经吗?"

孙坚咽了一口口水,压住自己的咳嗽,回道:"那……

言无名……是西域名僧……安世高……的弟子……那安世高……出家前……本是安息王储……天文地理……无所不通……"

此时，曹操突然在帐内大呼："……曹某见过那安世高！……坊间传言……他用西域医法……给天子看过病……据说……医术……大大超过我大汉御医！……想必……他的弟子……也不会太差！"

朱儁在脑子里迅速梳理着孙坚与曹操方才的证词：那个给天子看过病的安世高，竟然有一个劫过下邳王并襄助黄巾贼的徒弟，而自己的老乡孙坚还与此人打过交道！若是朝内阉党拿此事做点文章，陷害自己，又该如何是好？想到这里，朱儁便知，能脱此窘境的唯一办法，就是设法将大军从即将爆发的大疫中解救出来，这样他才能在公文上装作什么事情也没有发生过。他急问孙坚："你确信那个言无名真有本事制解药？"

孙坚回道："八九……不离十！"

朱儁试探着问道："文台，你既然在下邳就与他打过交道，你说，究竟该如何向他要出解药？"

孙坚又是一阵剧烈的咳嗽，然后是一阵让人毛骨悚然的干呕。喝了一口水后，孙坚缓缓说道："我有一策……那言无名……应当不善于治刀箭伤……否则……贼酋韩忠……不会因不堪伤痛……产生降意……所以……我们可以派……华佗……入城……用他的医术……去换……言无名的医术！"

朱儁问："若贼人不守信用，得了华佗医术，又不给我军解药，或给我们假解药，当如何？"

孙坚答道："言无名……非……黄巾贼……他皈依的是浮屠道……他去城内……纯然是为了给人治伤……因为在浮屠道看来……贼军、官军……皆是……人命……他不会……不给解药的……我与他打过交道……他的确言而有信！"

朱儁冷笑道："文台，你此言可有偏私？本将军麾下一万八千大军的性命，可不能有半点差池！"

孙坚在帐内努力直起身子，说道："华佗也是名医……入城后只要与那言无名打上交道……定能……旁敲侧击，问出解药之配方……除非孙某方才的猜想错了……言无名……并没有我设想中的高超医术……但真若如此……如何解释……城内目下……依然未乱？"

朱儁转向华佗："文台要你亲涉险地，你真敢去？"

华佗点点头："义不容辞！"

朱儁冷笑道："你是可以不怕死，反正你的人头本就记在本将军的账上。但即使你不怕死，也假设你得了解药配方，你又该如何将消息递送出来？难道去偷贼人的弩机送信吗？贼人可没有射得这么远的蹶张弩！"

华佗想了想，回道："我可以向言无名先要解药，并派遣一个随身信使，让其出城，将配方告知城外之官军。"

朱儁一皱眉："你当韩忠、步幸是傻子吗？他们为何要事事听你，任信使回营？"

华佗道："因为医术在我啊！如果我得了解药，却不给韩忠疗伤，他固然可以杀了我——但我若死了，就没人给他疗伤，他也会跟着死。同理，若韩忠不先让言无名给我解药，并让信使回营，那我就不给他疗伤，这样他还是得死。因此，他若想活，只有按我的想法行事。"

朱儁点点头："你说的信使，究竟派何人去为好？要不要派一名精壮兵卒呢？"

华佗摆摆手："再精壮又有何用？城内有五万黄巾军呢！倘若是老弱，反而能让韩忠放松戒备，这就叫'以柔弱胜刚强'！不过，此事的确有些凶险。我是不怕死，但别人怕不怕死，我就不知了。不知有何人自愿同往？"

华佗话音未落，孙贲就冲上前来，示意想与华佗同去。华佗摆手道："你非老弱，是精壮！"孙贲黯然退下。华佗的眼神扫视众人，最后落到了胡婵身上。但见胡婵含笑点头，欣然应允。

朱儁点点头："胡氏愿意与华佗同往，往小里说是舍命救夫，往大里说是忠烈为国，真乃我大汉女子之楷模！事不宜迟，请二位速速准备入城。我会命人用强弩，将我的亲笔书信带给城内黄巾贼，与其商定何时送二位入城。"

此时，营帐内的曹操突然大喊："朱将军……不可……若你的书信落入阉党之手……这就是你……通贼的证据！"

朱儁听罢，先是一愣，然后眼珠一转，哈哈大笑："还是孟德挂念本将军安危！既如此，那书信就以大汉骑都尉曹操的名义去写！"

"大人，莫开玩笑啊！……"曹操在帐内惊呼，随即又狂咳起来。

孙坚则在帐内大笑:"曹阿瞒,这就叫……自作自受!"

孙贲也跟着叔父大笑起来。不料,笑着笑着,孙贲突觉眼前发黑,喉部发痒,呼吸急促,身子开始摇摆起来。随后,他感到天旋地转,一头栽倒在地,开始狂呕。

"退后!孙贲已为疫气所染!"华佗小心上前察看,随即下令,"所有在病邸人员,不得回营!若有染病,立即与人隔绝!"

朱儁下意识地往后退了好几步,脸色凝重。他对华佗说道:"我半个时辰内就能遣人向城内送信。我希望你们今夜就能入城!"

"诺!"华佗与胡婵几乎异口同声。

第十二回　病邸鉴友

趁着朱儁回营准备向黄巾军送信的当口，华佗与胡婵叫兵卒唤来诸葛珪，向他交代了照料病人的所有细节。就这样，在病邸照料病患的责任，就暂时被转交给了略通医道的诸葛珪。夕阳西下，诸葛珪背对着斜阳，脸上遮盖着方巾，手里晃着鹅毛扇，对着眼前的三座营帐想着心事。为了隔疫，他已按华佗要求，带领兵卒于每座营帐之外围了一圈篝火，而目下他的任务，就是既不能让火熄灭，又不能让火失控，烧了里面的病患。但听得噼啪的火声里，曹操的咳嗽声似乎少了很多，而孙贲则仿佛吐出了他这一辈子吃过的所有食物。孙坚的病情介于两者之间，不过好像也未见好转。

孙贲又吐了。他蹒跚地爬下床榻，努力将装满自己呕吐物的木盆推出自己的营帐，而诸葛珪立即与一名兵卒合力，用一根极长的竹竿，将那木盆拨入了旁边的篝火中。仅仅在孙贲一人帐外，这样的木盆，就已烧了三个。孙贲刚吐完，孙坚又突然喊要喝水，诸葛珪则忙不迭地再用竹竿将装满水的葫芦送入他的营帐。如此反复几次，诸葛珪也累得气喘吁吁，大口往嘴里灌着兑了清水的酒。孙坚在营帐里喊道："诸葛君贡……若这样……长久下去……你的身子……也会垮的。你得找人……来替你。"

诸葛珪摇摇头："我本想叫祖茂、朱治、韩当等人每隔六个时辰来彼此替换，但华佗先生说了，凡是来了病邸逗留超过三个时辰的人，均在十日内不能再回军营！若他们都来，下邳军在几日内就无人能统领了。文台啊，你从下邳带出来的这一千人里——不，现在就剩下七百人了——最不能打的就是我诸葛珪，多少算懂点医道的还是我诸葛珪。如今你文台有难，舍我其谁？"

孙坚听罢此言，眼泪禁不住往眼眶外涌。但他努力用嘴咬住草席，没哭出声。

此时，隔壁的营帐里却突然发出痛哭之声："文台啊，为何你有这么多过命的好友，而我曹操却一个也没有呢？"

熟悉洛阳文人圈的诸葛珪冷笑道："孟德兄自谦了！何颙、荀爽、荀彧、王允、郑泰、刘表、张邈、许攸、逢纪、伍琼、周毖等名士，还有那当朝太尉袁隗的侄子袁绍，难道不都是你的朋友吗？"

没想到，曹操的哭声更甚："他们就是在玩飞鹰走狗、蹴鞠斗鸡时还算是朋友！如今我落难了，谁当我是朋友？目下他们又在何处？就连我在老家沛国谯县的同乡华佗，也不把我当真心朋友啊！"

此时，华佗正在向兵卒们分发用酒蒸干的换用面巾，听到曹操所言，立即回道："曹都尉，我华佗虽真心不想做你这样的人的朋友，但作为医者，我还是会真心救你的。你且少安毋躁，少说话！"

曹操咳出一口痰，说道："先生若真心想救我……请……再弄些桑葚来……分与众人……我已……把带来的桑葚……吃完了！"

华佗刚想反驳曹操，身边的胡婵轻语道："曹操现在是三人里病症最轻的，是不是真与吃桑葚有关呢？"

华佗一皱眉："我已说过了，虽然桑葚确可滋阴补血、明目生津、润肠促便，但没听说过能用来治这么重的病的。不过给病人吃，也没坏处！但到底从何处取桑葚呢？"

此时，曹操就像能够听到华佗与胡婵的轻语似的，大喊："我族弟曹仁……尚有几筐桑葚……他现在凤鸣山上驻扎。去找……曹仁曹子孝！"

华佗点点头，立即叫人去办。此时有一斥候飞马而来，大呼："华佗先生！贼军已回应我军了，你可进城了！"

华佗望着已经悄悄爬上天穹的弯月，与胡婵对视了一下，彼此坚定地点点头。

第十三回　军师步幸

华佗与胡婵骑着马，趁着刚刚降临的夜色，经过官军把守的宛城外城，慢慢接近内城。华佗在前，胡婵背着装满草药的药篓，骑着蒲梢骢跟在后面。两匹马小心地绕过遍布在内城与外城之间的官军尸堆，踢散正在面前啄食一个伍长骷髅的数只乌鸦，闪避着那些插在地上随时会划伤自己的乱箭。四周尸体所发出的腐臭之气，令二人眉头紧锁，心情也愈加沉重。

不知不觉间，宛城内城已近。华佗下马，按照事先约定的信号，向城头挥舞火炬，利落地挥出了一个方形的轨迹。忽然，原先看似无人防守的箭垛子后闪出一排火炬，约三十个黄巾军拉满弓弦，对准下面的华佗与胡婵。领头的独眼黄巾军头目大喊："就你们二人吗？"

华佗大喊："二人二马，绝无埋伏！"

那独眼龙探着脑袋仔细探查了一下，发现华佗所言不虚，便下令从城头扔下一个大筐,叫华佗与胡婵先后坐进去,城上的黄巾军再合力往上拉。与此同时,内城城门依然紧闭,以防官军偷袭。蒲梢聪看到二人已走,颇有灵性地发出一声嘶鸣,像是充满深情的道别,然后领着华佗的坐骑,慢跑回营,以复使命。

待华、胡二人被吊上城楼后,城头几乎所有人的眼睛都盯住了正在弯腰卸下药篓子的胡婵那花摇叶颤的身段。独眼龙不怀好意地笑道:"二位在给我家渠帅治伤之前,我们将不得不给二位搜身,以防万一!"说罢,他便以迅雷不及掩耳之势,抱住了胡婵的腰肢,双手在她身上粗暴地乱摸。胡婵刚想挣扎,一把冰冷的钢刀就架在了她颀长的脖子上。独眼龙贪婪地抚摸着胡婵脖项处白皙的皮肤,闻着她身上的香气,慢慢说道:"姐姐显然不是一个普通的奴婢,而像是某个大官的侍妾,皮肤竟然保养得这么好……"

"你放开她!"暴怒的华佗冲过去就要救胡婵,却被独眼龙飞脚踢中腹部,在地上疼得打滚。胡婵含着眼泪喊道:"先生,他就是想摸摸我,不会伤我。为了我,你犯不着!"说完她闭起泪目,一动不动,任凭独眼龙侮辱。四周则响起了一片猥亵之语,夹杂着好事者长长的口哨声。

独眼龙吞咽着口水,正准备进一步肆意妄为,却突然觉得自己的脖项上也是一冷。原来,一把钢刀在不知不觉之间架到了他的脖子上。与此同时,四周的喧嚣立刻停止了。

"你若真有色胆,就放开这位姐妹,来摸老娘啊?"一个中年妇人威严而熟悉的声音,传入了独眼龙的耳膜。他耳郭一抖，正伸向胡婵胸脯的手立即僵住。随后他突然转过身，猛然跪下，开始猛扇自己耳光："军师，我错了！"

华佗捂住还在隐隐作痛的肚子，抬头望去，但见炬光之下，那被唤为"军师"的，乃是一位四十岁不到的女将，方面浓眉，大眼厚唇，不着脂粉，身材魁梧。她虽算不上是什么媚娥娇娘，浑身却也透出一股健康之美。再看她头上所裹黄巾，镶有如意金丝，手中所执环首刀，刀柄围绕蟠龙，可见其身份不低。再听刚才独眼龙唤她"军师"，华佗大致猜测，面前的这位非旁人，正是南阳黄巾军的二号人物、"大贤良师"张角之心腹、女军师步幸。

几个识趣的黄巾军立即将倒在地上的华佗搀扶了起来，又有几人去收拾已被打翻在地的药篓子。步幸含笑对华佗作揖，说道："本将乃是南阳黄巾军军师步幸。本将治军不严，惊扰二位了！要不，本将就立即切下此人一耳，以为赔罪？"

华佗摆手："此人已无一目，再切下一耳，就更难辨识方向。救治渠帅要紧！"独眼龙听罢，立即对华佗磕头拜谢。步幸则拎其一耳，大骂："想我黄巾起事，本就是为了搅动苍天，还世太平，你这样凌辱良家姐妹，又与暴汉何异？"

此时，胡婵也一边整理衣衫，一边转到华佗背后，在其耳边轻语："先生，这些贼人阳气旺盛，见色若狂，全无染疫之迹象！"

华佗点点头，心中对于疫情之真相，更是疑惑重重。

步幸又盯住胡婵，笑道："这位妹妹刚才受惊了！不过，贵军书信里，只提到天下名医华佗会进城，并未提到先生还有一位助手……"

"我既是天下名医，身边有一助手，很奇怪吗？"华佗问道。

"不奇怪！"步幸笑道，但脸色突变，"这妹妹模样俊俏，显然并非来自寻常人家。若真是华佗先生助手，难免风餐露宿，皮裂肤褶，但这位妹妹的肌肤吹弹欲破，未经风霜。二位入营，事关渠帅安危，故此，步幸不得不问清这位妹妹的底细。"

胡婵笑道："我非旁人，乃大汉右中郎将朱儁麾下佐军司马孙坚孙文台的侍妾胡婵。我家丈夫身体有恙，我是代表他前来看望韩渠帅的。"

步幸一愣，然后又仔细打量了一番胡婵，再问："胡婵妹妹，你可知我家渠帅的弟弟韩义，以及韩义最宠爱的赵氏姐妹，均在下邳死于孙坚之手？"

胡婵点点头："我知！"

步幸再问："那你还敢来？"

胡婵笑道："两军对阵，死伤难免。孙文台虽伤贵军数员猛将，却一直对贵军凛然斗志赞不绝口。想必渠帅与军师均非器量狭小之人，知道善待信使之理。前不久贵军信使姜氏，不也安然回城了吗？"说罢，她紧紧盯住步幸的眼睛，意欲探知她对"姜氏"二字的反应。

不料，步幸的眼神未流露出任何异样，脸上重又浮现微笑："说得好！贵军既然放了姜氏，只要二位能治好我家渠帅，你们也能安然回营！"然后她又想了想，问道，"方才官军射向我军弩箭所附书信，落款既非你家丈夫孙坚，亦非你方主帅朱儁，而是骑都尉曹操，这又是何故？"

胡婵回道："目下朝廷昏庸，良将备受阉党掣肘。朱将军为避嫌，故委托与阉党关系尚可的曹孟德给贵军写信，也实在是无奈之举。还望步军师勿疑，曹孟德所言，即朱公伟之意！"

步幸听罢，哈哈大笑："你既代表孙文台而来，却也亲口承认朝廷昏庸，可见苍天已死、汉祚已尽！若妹妹真这么想，我劝二位为渠帅疗完伤后，就干脆留在我军营中，一起灭汉救民，如何？"

胡婵笑道："我就是一个妇道人家，对军国大事似懂非懂，更不知口口声声'万民均富'的贵军，真若大权在握，会不会比那大汉更加暴虐？若真是换汤不换药，改朝换代，又是何苦？只是目下汉军有疫，贵军渠帅有伤，我们的确相互需要。各取所需后，再将战场之事付诸天意，如何？至于挽留之意，胡婵更难从命。文台有疾，我入贵营，首先就是为了救夫，又焉有弃夫之理？"

步幸点点头，然后转向华佗："华先生，胡婵妹妹事后回营侍夫，符合天理人情。但汉营中可有你挂念之人？若无，事后你可愿留在我营？"

华佗回道："除了渠帅之外，贵军可有伤员需要诊治？"

步幸点头："经月鏖战，自有不少伤患。"

华佗亦点头："我为医者，治疗伤患，乃是本分。只要贵部告知治疫之法，让胡婵带出城去，事后我华佗愿为贵军效力！"

步幸大惊："华佗先生方才可是玩笑之语？"

华佗笑道："我来贵部，求治疫之方，乃是第一要务！圣人云，'朝闻道，夕死可矣'，至于死于此营彼营，又有何分别？死前救的是黄巾还是官军，又有何分别？"

步幸点头道："医者仁心，步幸感佩！请二位速去看我家渠帅！"

第十四回　小试牛刀

华佗与胡婵在步幸的带领下，下了城楼，走入城内。华佗与胡婵一边走，一边好奇地打量着四周的景与人，这毕竟是他们平生第一次进入黄巾军的大本营。但见拥挤的街巷上，两长列黄巾军露天而睡，有人倚靠街墙，有人头枕袍泽，横七竖八的手脚之间，步幸一行人竟难以找到下足之处。步幸回头对华佗抱歉地笑笑，然后在火炬的指引下，踮起脚尖，慢慢摸索前行，生怕惊扰了任何一个小卒的酣梦。华佗轻声问道："弟兄们就这样天天睡外面？"

步幸点点头："城内有五万人，哪里有空邸让人人待在屋檐之下？不过幸好目下天热，只要不下雨，在外面睡也无大碍。"

华佗再问："那入冬呢？"

此时步幸的笑容消失了，嘴角抽搐了一下，随即恢复了笑容。她轻声答道："入冬之前，战局该定了吧。"

华佗还想再问，胡婵拉了拉他衣袖，示意其闭嘴。以女人的敏感，胡婵已感觉到了步幸话中所带的恐惧，哪怕只有一丝丝。

明眼人都知，孤城无援，乃是死局。

三人蹑手蹑脚地穿过手与脚的海洋，在呼噜与梦呓的伴随下，各自想着心事。不知不觉间，三人脚下的道路越走越宽，原来他们已经来到宛城内城的主干道上，而渠帅府邸已在眼前。但见在向前呈"八"字凸出的府门两侧，安置有一对门塾[1]，门口有八个门卒在来回巡逻。他们见到步幸，立即肃立，步幸则上前与他们低语，介绍华佗与胡婵的来历。借此机会，尚离府门二十步远的华佗小声对身边的胡婵说："这步军师倒是敞快，一路走来，也未蒙上你我之眼，任凭我们左顾右看……"

胡婵冷笑道："这或许说明，步幸本就没打算让我们活着回去！"

华佗先是一惊，但又焦躁了起来："那……治疫的方子，怎么送出去？"

胡婵想了想，说道："先生莫急。看刚才黄巾军密排熟睡的样子，可见城内的确毫无疫情，只要先生仔细探查，定能问出其中玄机。反正那渠帅的命也在你手里，到时候相机行事便好。"

说话间，府门大开，步幸在门口笑着向二人招手。门

---

[1] 门卫所用的岗亭。

卒刀戟抬高一尺，华佗与胡婵猫腰而过，迎面便看到一面巨型罘罳[1]，上面还盖了黄布，上写"苍天已死"四字。二人刚想转过罘罳步入庭院，但听得其后传来一片呻吟，听那架势，似有数十人。

华佗一皱眉："怎么回事？"

步幸叹气道："是伤兵！"

华佗再问："为何安置于此？"

步幸答道："这渠帅府，本就是原南阳太守褚贡的郡署改建的，前有正堂，后有府舍，又附有大量曹掾办公之所，冬暖夏凉，本就是城内最适合做庵庐[2]之地。"

华佗再问："那么韩渠帅目下在何处？"

步幸答道："在正堂之后的府舍里。请随我来！"她刚要领头往里走，却迎面遇到从罘罳后转出的两个兵卒，手里还抬着一具担架，上面盖了一张草席，草席外伸出一只无力、下垂的手。两个兵卒见冲撞了步幸，立即低头致歉，步幸摆手，叫他们无须多礼。她掀开草席一角，但见一张少年的脸，大约只有十五六岁，圆睁着迷茫的眼睛，似乎还留恋着这个充满灾难的尘世。步幸一皱眉，闭起眼睛，摸着那死者的额头，念念有词："努力为善，无入禁中，可得生活竟年之寿；不欲为善，自索不寿，自欲为鬼……"

华佗没耐心听步幸念《太平经》，直接问抬尸人："这

---

[1] 读"浮思"，即门屏。
[2] 野战医院的古称。

孩子怎么死的？"

领头的抬尸人看看步幸，然后回复华佗："这位小兄弟信神人不诚，故被索命……"

华佗冷冷再问："那真实死因呢？"

步幸努力挤出笑容，插话道："方才这位弟兄说了，死者信神人不诚，这就是真实死因。"

华佗没理她，立即将草席全然掀开，在炬光下仔细察看，然后喃喃自语："腹部受刀伤，肠漏于外。可惜，本该治好的。那刀伤并未伤及要害，本该用桑白皮做羊肠线，以缝补之。但现在没缝好，又溃烂了……"

步幸盯着华佗："何处去觅桑白皮做的羊肠线？"

华佗拍拍医囊："我本都备了。可惜这小兄弟了，我早来两日，他便能活。"

步幸道："那我方才并未说错，的确是小兄弟信神人不诚，所以没有感动天地，早两日引来先生救命。"

华佗苦笑一声："您是大军师，说话总是有理！"

正说话间，抬尸人将尸体上的草席重新盖好，将担架抬出府门。步幸正要领众人转过罘罳，罘罳后又传来一阵轻轻的咳嗽，一位俊美比丘便出现在华佗与胡婵面前。但见他面色苍白，脸露疲惫，面对华佗，双手合十："二位施主，辛苦了！贫僧无能，医术庸驽，虽知羊肠线可缝创，但不知何处可觅。华施主是天下名医，望在城内小住时，能不吝赐教！"

华佗仔细打量了一下来人，大呼："莫非你就是西域高僧安世高的弟子言无名师傅？"

那年轻沙门苦笑着点点头："贫僧才智平庸，愧为安世高师傅的弟子！"然后他又将目光转到了胡婵的脸上，笑容变得更加温润，"女施主，别来无恙？自上次在下邳城白门楼下一晤，我们又见面了。贫僧还曾误信传言，说女施主在下邳内乱中蒙难，过了一个月才知女施主还健在，白白给女施主念了一个月的超度经。"

胡婵的心狂跳起来，面色发红，欲言又止。步幸惊讶地看着彼此对视的言无名与胡婵，这才突然明白胡婵随华佗入城的真正缘由。看来，胡婵既知道城内有言无名，也想与他再见。但他们二人之间究竟是何关系呢？

一心只想着药方的华佗，可没兴趣打探胡婵的隐私。他只是惊喜地对言无名说道："原来小师傅本就认识孙家二夫人。有了这层因缘，看在二夫人的面子上，你也要将解疫之法告知于我啊！要知道孙司马现在正病重着呢！"

不料言无名听罢，竟面露难色。他刚想回复华佗，却被步幸拦住："华先生，我们的约定是，你先给我家渠帅治伤，我们再告诉你治疫之法。目下还是不要为难言无名师傅了。"说罢，她向言无名使了一个眼色。言无名皱着眉头，刚想反驳，忽闻后面有人哭叫："师傅快来看啊，我哥哥又抽搐了，他怕是挺不过去了！"言无名听罢，立即返身，急匆匆转入罘罳背后。步幸、华佗与胡婵亦随之走进庭院。

华、胡二人四下探看，不禁倒吸一口冷气。但见渠帅府的庭院内，伤患遍地，哀号不断，血水四溢，宛若地狱。方才哭叫者看到言无名，立即挥手高喊："小师傅，我哥哥在此处！"

言无名、华佗、胡婵与步幸立即拨开其他病患，来到目下危急的病人面前。但见病人二十四五岁，两眼翻白，口吐白沫，四肢乱颤。华佗迅速跑过去摸其头，视其瞳孔，再号其脉，然后说道："病者身热足寒，颈项强直，恶寒时头热面赤，独头摇，卒口噤，背反张者，痉病也。"

"为何有痉病？"病人家属急问。

华佗瞥了一眼病患渗着血的腿部绷带："肯定是那箭伤所致。那铜镞还断在骨肉里吧？"

听到这里，病患家属盯着言无名，眼含埋怨地说道："言师傅，不是说半夏加白蔹，内服数日后，断镞可自出吗？可我哥哥的病怎么越来越重了呢？"

言无名脸色沉重，一脸尴尬，双手合十，低语道："贫僧无能！"

与此同时，华佗已经拆开绷带，一边端详伤口，一边皱着眉说道："半夏加白蔹的方子是无效的，我以前试过。若镞入肉不深，正确的做法是用碾碎蜣螂与土狗子后产生的粉末，涂抹在伤患处，待伤处发痒时再手挤出镞。不过，这兄弟腿上的镞入肉比较深，只有用'割肉求镞术'，方能治疗。对了，我需要几个人帮忙，将他抬到正堂里，方便我施术！"

步幸听了，立即摆手："华先生，你也看到了，在这渠帅府里，这样的伤患可是有成百上千，你治得过来吗？我们请你来，首先就是为了给渠帅疗伤。快随我去看渠帅！"

不料华佗根本没理会步幸，立即打开药袋里的牛皮医具囊，仔细清点医具，嘴里对胡婵发出指令："施术之前，这些医具都要蘸酒再烧一遍……"

"先生！"步幸不耐烦地抓住了华佗的手，"渠帅还在等你呢！"

华佗淡淡一笑，将步幸的手轻轻挪开，盯着她睫毛下闪动的眸子，问道："步军师，我且问你一个问题：你怎么知道我就是华佗？"

步幸一愣："先生何出此言？"

华佗解释道："今夜步军师恐怕是平生第一次与我华佗见面，你怎么知道我就是真华佗，而非冒充者呢？若我是冒充者，你难道就不怕我会对渠帅不利吗？"

步幸瞬间被华佗这问题给问懵了，支支吾吾地回道："怎么会？……若你是假的华佗……又趁机想行刺我家渠帅……你难道不想活着回去了吗？"

华佗冷笑道："若是汉军以千金买得我的性命，以抚恤我的家人，让我义无反顾，冒充华佗，图谋行刺，贵军又该如何？"

步幸惊问："那你真是来行刺渠帅的？"

华佗摆摆手："我才不会！因为我的确是真华佗！真华佗对宛城鹿死谁手毫无兴趣，只想救人。若在治疗病患的同时又图谋害之，那岂不是坏了医者的名节？"

步幸有点儿被搞糊涂了："那我如何知晓你是真华佗？"

华佗捋须笑道："所以我就要在军师面前，先救活一个伤患，让你知道我的医术，这样军师你再让我去救你家渠帅，岂不更加妥当？"

步幸皱眉低头想了想，随即豁然开朗，抬头笑道："好吧，先生为了多救一命，真是煞费苦心。但我最多只能给你半个时辰！"

华佗自信地笑道："不用半个时辰，二刻足矣！"

此时，胡婵在华佗身边小声提醒道："先生，这点时间还不够煎麻沸散。若伤患不服麻沸散入眠，其腿部就会一直乱颤，你又如何施术？"

华佗对其耳语："我已备好麻沸散的粉末，用沸水冲泡即可让伤患服下，药力是煎药的七成，勉强可用。"

胡婵立即照办，言无名则马上招呼手下去烧水。病患的弟弟则与另一个兵卒抬起担架往正堂里去，嘴里不停地喊："借过！各位兄弟，借过！"

所谓正堂，又叫"黄堂"，本是南阳太守升堂办公之所，现在也已被辟作庵庐。有资格进正堂的，都是黄巾军中较大的头目，而且正堂中的空间也相对较为宽敞。华佗进堂后，双手叉腰，环顾四下，而在堂内的伤患也纷纷起身，用怀疑与警惕的目光注视着他。同样注视着华佗的，还有挂在四壁的历任南阳郡守的遗像，尽管这些端庄的遗像上已布满了黄巾军留下的各种涂鸦。在堂内来回踱了三圈后，华佗终于确定这里没有任何设施可充为施术台，随即叫人从隔壁的"便坐"[1]里搬出几座榆木床榻，累而成台。上面再铺上三层

---

[1] 正堂边供太守休憩用的厢房。

图 3 陶制西王母七灯盏复原图

草席,最后才将病患放置其上。此时,麻沸散已用沸水冲泡好,胡婵扶起病患将药喂入。不久后,病患昏睡,身体也不再颤抖。华佗最后一次检查胡婵递给自己的钢制施术刀时,突然发现施术台附近火烛昏暗,不便施术,便环顾四周,寻找更明亮的光源。他发现厅中有一盏褐彩釉的陶质西王母灯[1],颇为合适。但见那拱手跽坐的西王母头顶一灯,手托二灯,身边二兽头各顶一灯,膝边两小童子又各自顶一灯,七灯同耀,互相消影。华佗向言无名眨眼示意,言无名立即推灯近台,瞬间将病患伤口照得通亮。

所谓"割肉求镞术",本身并不复杂。华佗先用酒水清

---

[1] 根据徐州圣旨博物馆相关馆藏复原。

洗伤口，再用被火烧热的施术刀切开伤口上的腐肉，那脓汁便立即涌了出来。旁边的胡婵见状，立即用装了草木灰的纱布团吸脓，用完一个再换一个新的。华佗则顺势切除腐肉，扔到旁边的小铜盘中。二人配合默契，反复推进，直到铜镞暴露于灯光之下。华佗再取出一特制的小钳子，小心地夹住镞尾，屏住呼吸，慢慢地往外拉。但听得"当"的一声，那带着血污的铜镞落入了铜盘之中。趁着华佗用药酒仔细清洗伤口的时候，胡婵已经为他备好了穿了羊肠线的虎骨针。华佗拿起虎骨针，飞针走线，麻利地缝好了伤口，然后再敷上草药，重新上了新的绷带。接着，他又号了一下病患的脉搏，颇为自信地说道："脉象平稳，术毕！"此时，步幸瞥了一眼旁边的黄铜水漏，算了一下时间。原来，华佗准备施术用了一刻半，施术本身竟然只用了半刻，合在一起，不多不少，刚好二刻。

"神医啊！扁鹊再世啊！"病患的弟弟立即跪下，拜谢华佗。华佗将他扶起，低语道："方才为了保险，割取你兄长腐肉甚多，伤愈后难免影响腿脚灵便。譬如，他以后恐怕就不能再用力蹬蹶张弩了。还望见谅！"

"我们若有蹶张弩这样的利器，可能早就打到洛阳了吧！"步幸在一边苦笑道。

华佗拍了一下脑门，笑道："哎呀，见谅！我还以为自己是在汉军阵营。汉军每座箭楼上都配有蹶张弩，我都看烦了……"

胡婵拉了一下华佗的衣袖，叫他注意措辞。华佗刚才那句不经意的话，在黄巾军听来，无疑是在炫耀武力。华佗也突然意识到，一阵冷冰冰的沉默正从四面八方朝自己袭来，他尴尬地笑笑："这……我多嘴了！"

此时，步幸也笑了起来："华先生虽然有些话不太中听，医术却是天下无双！本军师现在相信你就是真华佗了。若华先生现在还不算劳累，就请移步堂后，为渠帅诊治吧！"

华佗点点头，刚想走，又瞥到了正盯着病患伤口处发呆的言无名。他凑到言无名耳边说道："小师傅，想要麻沸散的配方吗？用你治疫的方子来换！"

言无名苦笑一声，看看步幸，没有回答华佗，开始闭目念经。胡婵则仔细端详着言无名的后背，有点儿出神。

"孙二夫人，该走了！"这回轮到华佗拉胡婵的衣袖了。

第十五回　渠帅韩忠

步幸带着华佗与胡婵从正堂旁边的小门出去，径直走向府舍，也就是原南阳太守的专用宿舍。进了府舍之后，但见昏暗的灯光下，一张铺了草席的榆木床榻之上，一个胡子拉楂的中年男子正背朝上趴着，对着一个木盆呕吐，而他身边一位白衣女子正在小心服侍着他。一个六七岁的小男孩，则在那女子的脚下，满头大汗地用抹布擦拭着被外溢的呕吐物弄脏的地面。在那男子身后一幅绘有列女图的屏风之上，则披着一张虎皮，而屏风一角挂着的蟠龙鞘的环首剑，又暗示着床榻上主人的身份。

华佗向步幸投送了一个询问的眼神，步幸点点头，轻语道："这就是我家渠帅。"

胡婵又问："那女子呢？"

步幸犹豫了一下，回道："那是姜朗。那孩子是她的儿子。"

"这就是你们派往汉军大营，被曹操审问过的信使姜朗？"华佗大惊，立即跑上前去抓住姜朗的手，给她号脉，弄得姜朗莫名诧异。

姜朗红着脸问道："这位医工，你是哪位啊？"

"嘘！"华佗用另一只手的手指封住自己的嘴唇，示意姜朗闭嘴。姜朗转头去看步幸，但见步幸一脸微笑，示意姜朗少安毋躁。

"奇怪！"华佗号完脉，呆坐在那里，喃喃自语，"姜氏的脉象为何如此平稳？竟完全不像有病的样子？"

"你我素昧平生，为何咒我生病？"姜朗不解地看着华佗。

"这位小妹，你误会了！"华佗激动地抓住姜朗的手，"我是汉军医工长华佗，自然望你安康。只是你那天从汉军大营回来后，身体难道就没有感到任何不适吗？"

姜朗疑惑地说道："汉军大营给我饮食，也未虐待我，我为何会有不适？对了，先生就是名医华佗吗？你也是从汉军大营来的吗？既然来了，快给我儿号号脉吧，他这几天一直睡不好。"

"好！"华佗立即拉过姜氏儿子的手，给他号脉。然后点点头，回道："这小娃也没病，就是累着了，饮食也有点儿不周……"

华佗话还没说完，就被床上韩忠的声音所打断。韩忠睁开眼睛，慢慢说道："华佗先生，你到此处是给本帅疗伤的，别主次不分！"

华佗点点头，立即给韩忠号脉，一边问道："渠帅，姜氏回营之后，是否一直服侍在渠帅床榻左右呢？"

韩忠无力地点点头，然后说道："华佗先生，别问姜氏的事了，既然来了，你还不快看看我背上的伤？"

华佗摆摆手："不急！从渠帅的脉象便知，您背上的伤还没那么紧急。而且你的伤，也尚未引发痉病。华佗现在更想知道的是，为何姜氏还未染疫？"

韩忠听罢，脸上露出了狡黠的笑容，反问道："目下汉军疫情如何？"

华佗坦然回道："我不想欺瞒渠帅。骑都尉曹操与佐军司马孙坚都已得了疫病，而且曹都尉的一个亲兵也染病死了。我军已在营外隔绝病患，以防蔓延。"

韩忠听了，突然将头埋于草席之中，狂笑起来，笑声转瞬又转为呻吟，原来是扯动了背上的伤口。华佗问道："渠帅何以幸灾乐祸？两军近在咫尺，汉军有疫，难道对贵军就毫无威胁吗？"

韩忠将一张布满刀疤的脸转向华佗，一字一顿地说道："没想到贵军现在也有要害握在我们的手上。想知道姜氏为何安然无恙吗？"

华佗速速点头："愿洗耳恭听！"

韩忠指指自己的脊背："你先给本帅治伤，治好就告诉你，决不食言！"

华佗与胡婵对视了一下，回道："汉军疫情比渠帅的伤势更为紧急。要不，渠帅现在就告知我华佗，姜氏是如何免疫的，让我身边的孙二夫人立即回去复命，然后华佗再给渠帅疗伤。反正我华佗是不会离开贵营的，若治伤效果不佳，华佗情愿献上自己的首级赔罪。"

韩忠笑道："华佗，我很欣赏你的勇敢，最早警告我军有疫情的弩矢，恐怕也是你冒险射的吧？但姜氏免疫的真相，关系实在过于重大，现在还不能告知，还望见谅！至于方才你以仅仅二刻辰光给伤者取镞的事，本帅也已听说了。那么给本帅所施之术，恐怕至多也就需半个时辰吧？半个时辰之后定让先生知晓真相，难道先生就等不及了吗？"

华佗也是不依不饶："让我早知半个时辰，对渠帅又有何损失呢？"说话间，他看了一眼姜朗。姜朗将儿子搂在怀里，眼里含着泪，似是想对华佗讲些什么。步幸对兵卒们使了个眼色，姜氏母子立即就被架了出去。

华佗有些着急了，想起身去追姜氏，却被胡婵拉住。胡婵轻语道："先生，现在人为刀俎，我为鱼肉，只能顺势而为。"华佗叹了口气，只好坐下。

此刻，韩忠将头搁在床榻上，色眯眯地盯着胡婵，问道："你就是孙家二夫人胡婵？"

胡婵垂下眼帘，敷衍地点点头，努力避免与韩忠目光接触。韩忠再问："你可知道你的丈夫孙坚，在下邳杀了我的弟弟韩义，以及我的两个如花似玉的弟妹？"

胡婵默默点点头。

"那你还敢进宛城，来见本帅？"韩忠阴着脸，咬着牙，冷冷问道。

胡婵抬起头，不卑不亢回道："渠帅若真想给弟弟报仇，那就请在华佗先生为你治完伤后，告诉他姜氏免疫的奥妙，再放他回去。至于我胡婵，则任杀任剐，悉听尊便！"

"好！"韩忠竖起一个大拇指，说道，"孙二夫人，你虽是女流，胆子看似比华佗还大！你不怕死，我偏不杀你！这样吧，华先生治完伤后，他留下来给弟兄们疗伤，至于你，就留下来服侍本帅吧！"

胡婵道："我已是孙文台之妾……"

韩忠笑道："孙坚杀了我的亲人，你作为孙坚的妾，难道不应以身赎罪吗？"

"那谁回去告诉汉军姜氏免灾之秘诀呢？"胡婵再问。

韩忠笑道："难道还有比姜氏本人更合适的人选吗？对了，要是我对华先生的医术满意，姜氏的那儿子，我也可以一并放了。"

胡婵紧咬嘴唇，叹了口气，不知如何回应。华佗在旁冷笑道："渠帅这伤，在术后百日内是禁忌房事的，否则会伤裂而死，渠帅难道不知吗？"

韩忠一愣，问道："竟有此事？"

听罢华佗所言，步幸走过去狠狠拧了一下韩忠的耳朵，在其耳边轻语道："目下形势危如累卵，大帅还有闲心贪恋女色？"韩忠被步幸教训后，立即收敛色心，转过头，尴尬地对胡婵笑道："孙二夫人，你也看到了，在这宛城之内，唯一能号令我的，就是这位步军师。她叫我好好养伤，我就只能好好养伤。不过，我还是不舍得你走。你且留在此处，做华佗先生的帮手,有空和我说说孙坚的事!"

胡婵突生一条脱身之计,随即说道:"对了,我既是陪华佗先生来为渠帅疗伤的,自然又兼做信使,而且小女子我做信使,定要比那姜氏更合适,因为我才是官军可以完全信任之人。渠帅不妨对我明说,关于招安之事,你还有什么想法?"

韩忠苦笑着摆摆手:"没啥想法。前番派姜氏出城,已经转达了本人希望朝廷招安之意。不料她却带话回来,要我斩杀我的军师步幸,以示诚意。开什么玩笑!你是我杀弟仇人的妾,我都舍不得杀,我怎么会去杀步军师?赵弘被害后,我的渠帅位置都是她推举的!看来,官军根本就无诚意招安南阳黄巾,而我与步军师也已做好准备,定要战至最后一兵一卒!"

胡婵听罢,脸色凝重。她看了一眼华佗,华佗却泰然自若。步幸在一旁宽慰道:"你们二位且留在渠帅府里安心治疗伤患,我会让人在渠帅府门口写上'华佗在此'四字,一旦城破,想必官军也不会误伤二位。"

胡婵抬起头:"那你们自己呢?"

韩忠与步幸异口同声:"听天由命!"然后相视而笑。

胡婵叹道:"你们这又是何苦呢?为何一开始就要反?"

步幸冷笑道:"到底是官宦家的女人,说话完全不知民间疾苦。城内的这些弟兄若不是早早打下宛城,抢了官府的粮仓,估计早几个月前就已饿死了吧。现在就是战死,也能做个饱死鬼,没什么亏的。"

此时,韩忠不耐烦地拍着床榻,喊道:"够了!够了!华佗先生,你要等多久才能给本帅施术?"

华佗点点头:"就是当下。"

第十六回　真相大白

正如华佗所预料的，韩忠的伤势并不是很重，二刻之内，华佗就为他取出了背上的铜镞。他麻利地缝好伤口，号了号脉，看了看还在麻沸散的作用下熟睡的韩忠，轻语道："术毕。"此时，在取镞术进行当中跑来观摩的言无名，凑近细察华佗缝好的伤口，再拿出一块木牍，一笔一画地绘下了华佗所使用的绳结的形状。

华佗一边洗手一边不耐烦地说道："言无名师傅，别管这绳结了，现在你不妨告诉我，那姜朗入城后，你是用何方子救她的？"

言无名一皱眉，放下笔，双手合十，叹道："善哉善哉！"然后又道，"出家人不打诳语，贫僧不能撒谎！"

华佗皱了皱眉，觉得他话里有话，抬头看着言无名："小师傅，没人叫你撒谎。你就照实将方子告诉我即可。"

言无名看了看身边的步幸，苦笑了一下，自己慢慢退开，让步幸回答华佗的问题。华佗瞪着步幸问道："难道你们想毁约不成？我已经救了渠帅，你们却不想告诉我姜氏无恙的真相？"

步幸冷笑道："华先生，我何时曾告诉你我们会毁约？我只是怕这真相告诉你，会扫了你天下名医的兴！"

华佗被她说糊涂了，答道："无论如何古怪的方子，只要能救人，我都愿学，有什么好扫兴的？"

步幸手指华佗，说道："华先生，知道这真相之后，你与孙二夫人可不要后悔进这宛城！"

华佗正色道："只要是真相，朝闻道，夕死可矣！"

步幸得意地笑了笑，拍拍手，对周围的兵卒下令："将那姜氏带上来！"

须臾，一脸惊慌的姜朗抱着儿子，被带到了华佗和胡婵面前。步幸和颜悦色对她说道："姜妹妹，别怕，你只要一五一十地告诉华先生，为何你至今未得疠疾，事后我们就能放你们出城。"

姜朗点点头，对华佗说道："那日我作为信使去到汉军军营，见过右中郎将朱儁大人后，便被汉军关入地牢。不久后，骑都尉曹操与佐军司马孙坚将我放出，引入军帐内，进行审问。次日孙司马不见人影，我只见到曹都尉与他的伙夫。我吃完他的伙夫给我的晡食后，曹都尉与我闲聊了几句，就将我放了。"

华佗瞪大眼问道："那你还记得你当时吃了些什么吗？"

姜朗想了想，回道："脱粟饭、酱菜，还有鸡汤。好像没别的了。"

华佗急着追问道："那鸡汤你喝了多少？"

姜朗摇摇头："一口没喝。里面的鸡心、鸡肝也没吃。"

华佗再问："那伙夫说收拾食案的时候，汤瓮里已经没有东西了，现在你再仔细想想，这汤瓮里的东西，你到底是吃了还是没吃？"

姜朗回道："的确没吃。其实本想吃的，但一想到我儿一个月没吃荤腥了，就拿了装水用的牛皮水囊，将鸡汤连着里面的心啊肝啊，都倒了进去，一滴不剩。"

华佗再看看姜朗的儿子："孩子，你告诉我，你吃了那鸡汤了吗？"

姜朗将儿子搂在怀里，代他回答："汉军押运我的马车，在回宛城的时候轧到了内城城墙外的尸体，突然侧翻了。我从车上滚落下来，那牛皮水囊打翻在地，鸡汤都流淌到满地的腐尸上去了，我哪里再敢让孩子喝。之后我进城复命，根本就没听说什么疫病的事情，直到听说汉军阵营有人射弩，告知汉军军营里有疫情……"

步幸此时接上姜朗的话头："本军师看到那弩矢送来的信之后，甚是狐疑。汉军为何要告知我方自己得疫之事，在敌人面前自曝其短呢？直到今日下午又收到贵军新的信函，信中说你们愿意用治箭伤的医术换治疫的医术，我才恍然大悟。原来，你们认定我们能对付疠疾，而你们不能。然而，你们又为何会有这种奇怪的想法呢？……"

华佗颓然自语："因为姜氏回宛城后，贵部竟然在白天出城反击，斩杀我军三百人，这绝非得疫之军所能为也。"

"还不仅如此！"步幸继续说道，"更是因为，你们本以为我们是该染疫的，却目睹我军战力未损，这才产生了疑惑。但这里的蹊跷在于，贵军应当知道，黄巾军之所以能军势壮大，不就是因为大贤良师善于用符水治疫吗？所以，你们又凭什么认为我军本该得疫疾，而且似乎是一种无法用符水治好的疫疾呢？进而言之，你们又为何恰恰在姜氏回城之后，才突然送来书信，以表露贵军对于我军未得疫病的疑惑呢？"说罢，步幸微笑着抚摸姜朗的斜肩，说道，"本军师反复琢磨，答案似乎只有一个：你们在姜妹妹身上种了疫毒，而且是一种很毒的疫毒，希望通过她害死城里所有人。但是你们千算万算，却没有算到她在进城时，洒了种下疫毒的鸡汤，让你们空欢喜一场！"

华佗狠狠捶了一下自己的脑袋，痛苦地说道："这么说来，无论是你步幸，还是言无名师傅，其实都不知道如何治目下汉军军营里的疫病？为何你们不早说！"

言无名在一边红着脸说道："贫僧本想早说的……"

"我若没拦住言无名师傅，让他早说了，你又如何会去救我家渠帅？"步幸双手叉腰，笑对华佗。

胡婵气得指着步幸喝道："你们竟然……一进城就欺瞒我们！"

步幸一甩双手："孙二夫人，说话可不能血口喷人。我们说好的条件是：华佗先生救我家渠帅后，我们就告知为何姜氏未染疫。请问，难道我们没有告诉你们其中的真相吗？

为何你们得知真相之后,反而不满意呢?华佗先生,你方才不是说'朝闻道,夕死可矣'吗?"

胡婵气得脸一阵红一阵白,但又不知如何反驳步幸,只好憋屈地哭了起来,嘴里喃喃道:"那谁去救文台呢?谁去救文台呢?"一边的言无名看着胡婵,想说些话安慰她,却又找不出话来。

华佗一拍大腿:"靠人不如靠己!现在我就要回汉营,去救孙司马!"

此时,刚还在昏迷中的韩忠慢慢睁开了眼睛,问道:"谁说要回去?"步幸则凑在他耳边,将方才发生之事简述了一遍。韩忠听罢,笑道:"华先生,你为何觉得你回去就能救孙坚呢?"

华佗怒目道:"你们既然没方子给我,难道就不能容我回去自己琢磨方子吗?"

韩忠摇摇头:"先生,这方子你在这里琢磨不出来,回去就能琢磨出来?"

华佗想了想,回道:"那我就去问曹操!这毒是他投的,他肯定知道这毒的来历!"

韩忠瞪大了眼睛:"原来投毒的是曹操!听说曹操也染疫了?怎么投毒者也染疫了呢?"

华佗回道:"据他的伙夫说,是他将泼洒了姜氏倒出的鸡汤的食案,与曹操本人的食案混用了,而曹操用膳时,他的汤勺又碰到了那有疫毒的食案,所以他才染病的……"

"哈哈哈哈!"韩忠重新将头埋入草席之间,开心地用拳头直击床榻，直到背部的伤口再次被扯痛。步幸瞪了他一眼，数落道："你堂堂渠帅，矜持一点儿，小心伤口的缝线被笑崩！"韩忠努力忍住笑，抬起头，看着言无名，说道："言无名师傅，你几日前所说的'报应'二字，我韩忠懂了！"

华佗飞快地收拾好医囊，对韩忠说道："渠帅笑够了吗？如果笑够了，请放我出城，让我与那曹操对质！"

"等一下！"韩忠向华佗招招手，"你回去了也没用。"

"何以见得？"华佗皱起眉头。

韩忠问道："我且问你：你入宛城之前，是不是已知是曹操投毒的？"

华佗点点头。

韩忠再问："那你为何不在入城之前，就向他问清楚他的毒是从何处而来的呢？"

华佗犹豫了一下，回道："他是二千石骑都尉，我就是一个小小的医工长，根本无权审他。"

韩忠复问："那你们的统帅朱儁，知不知是曹操投毒？他能审曹操吗？"

华佗想了想，回道："朱儁忌惮曹家在京都的势力，估计也不敢对曹操怎么样……"

韩忠再问："那现在我就是放你回去，曹操的权势难道不还是远远压过你？你在入城之前做不成的事情，难道在你出城后，就能做了吗？"

华佗默默无语，瘫坐在地，医囊也倒在了一边。

韩忠反手摸了摸自己背上的纱布，笑着说："既来之，则安之，我还希望华佗先生过几天亲自为我换药呢，我信你的医术。此外，正堂里一大堆弟兄也等着你疗伤呢！医者之责，难道不就是多救病患吗？救汉军是救，救我们黄巾军难道就不算救了吗？"

华佗叹了口气，看看胡婵，说道："但孙二夫人可不是医者，她入城就是为了寻救夫之方的。你现在叫她该如何是好？"

"我看孙二夫人即使找不到救夫的方子，或许还能找到点别的什么吧！"步幸笑着插话，眼神在胡婵与言无名之间来回打转。但见此刻胡婵正盯着韩忠身后的"列女图"屏风发呆，而言无名则手里拨弄着佛珠，若有所思。

此时，姜朗突然开口了："但……至少……现在……我与我的儿子可以回汉营了吧？我也可以借机向汉军带话，说华佗先生与孙二夫人或许要过几天再回去？"她用充满恳求之意的眼神望着韩忠。

"你不能回去！"华佗说道。

"为何？"姜朗转过头。她没想到否了自己请求的，竟然是华佗。

华佗苦笑道："那曹操已经咬定，他染疫是你来汉营投毒所致。你若回去，肯定会被他的族弟曹仁抓住，将你屈打成招。到时候，可没人能够保护你。我看你和你儿子还是暂时留在此处比较安全。"

"哈哈哈哈！"听罢华佗的解释，韩忠又将自己的头埋在草席之间，狂笑起来，"你说这样颠倒黑白的朝廷，能不亡吗？"

第十七回　母子相认

华佗为韩忠施术后七天，傍晚酉时三刻[1]，渠帅府正堂。

步幸沐着夕阳，手按佩剑，站在正堂口，满意地看着眼前的庵庐。仅仅七天，在华佗的安排下，黄巾军的庵庐就已被治理得井井有条。庭院内每位伤患头顶都搭架了简易茅棚以避光雨，每座茅棚上都挂了一块木牍，上面写着病患的编号与伤情概要。能进正堂者的资格，已非依据其在黄巾军中的地位，而是纯然依据其伤情轻重。凡伤重者，华佗均会命胡婵在其床头缠一红布，以为警示，而且都能得到帷帐的庇护，以免蚊虫滋扰。而随着韩忠伤势的好转，华佗也有了借口将姜朗母子借至庵庐，以为帮手。言无名亦忙前忙后，在华佗施术时打打下手，并不时在他自己搜集的木牍与竹片上记些什么。

---

[1]　约17:45。

又过了漫长而紧张的三个时辰。步幸早就回去与韩忠商议军情了，而在为今日第三十个伤患完成施术之后，华佗竟然瘫在施术台旁睡着了，但手还在梦中不停地做着缝线的动作。姜朗则抱着儿子，瘫睡在正堂右侧，方便随时被唤醒，以照顾新来的病患。言无名揉揉眼睛，强打精神，将刚才施术的要点草草记在一块木牍之上，随后也靠着正堂内的一根柱子睡着了。轮值的胡婵刚睡醒。为节省灯油，她将西王母七灯盏中的四灯吹灭，并在余灯下准备明日用的药材。她一边念着华佗草草写下的方子，一边称量："桂枝三两、芍药三两、甘草二两、生姜三两、大枣十二枚、清水一龠……不对，这一龠水应当只有四撮多，少了好几圭[1]……又得重新量……华佗先生说得对，这铁累[2]似乎不准，还不如用累黍法[3]……"

忙了一个时辰之后，胡婵长舒一口气，伸了一个懒腰，洗洗手，打开一个装着清水的葫芦，大口喝水解渴，双眼则盯着幽暗灯光之下小声打着呼噜的言无名。她放下葫芦，蹑手蹑脚地凑近他，但听得他嘴里还不时蹦出一些与医术相关的梦话："……烧伤者……取臭酱约四十铢[4]，取白酒八十铢……将酒顿温……不可过热……调酱其中……令伤者浸酒中……可不死……坠马内伤者……生地黄为主药……骨折

---

[1] 依汉制，一龠合十毫升，一撮合二毫升，一圭合半毫升。
[2] 带纽的半球型铁质砝码。
[3] 用标准黍米粒做简易砝码的计量法。
[4] 依汉制，一铢为一两之二十四分之一。

者……地黄裹伤处……竹片夹之……血出如箭者……血出如箭者……内服黄芪、当归、川芎、白芷、续断、干姜……不对……不对……为何血还在流……此方无效……无效……无效……"

胡婵看到言无名身上的海青方袍已落，露出了右肩。她担心他着凉，便上前去帮他盖袍。恰在此刻，言无名正好翻身，将脊背留给胡婵，胡婵亦恰好看到他脊背上那个表示他师承关系的梵文烙印，以及烙印边那个月牙形的胎记。胡婵的手哆嗦着，开始用指尖轻轻抚触他身上的那个胎记。不料，此时言无名又重新翻身，胡婵缩手不及，手正好被紧紧夹在言无名的背与柱子之间。

"娘！此方无效！"言无名大叫一声，从睡梦中惊醒，惊恐地注视着四周。胡婵也是一惊，以为言无名叫的是自己，立即将他抱在怀里，轻喊："我儿别怕，娘在此！"

言无名借着微弱的灯光，发现抱住自己的是胡婵，立即将她推开，轻语道："女施主，请自重！"

胡婵忍着泪水，咬着嘴唇，将手放开，低头轻语："小师傅，方才我孟浪了，请见谅！"

言无名喘了一口气，双手合十，念叨着："阿弥陀佛，罪过罪过！"

胡婵努力收回泪水，冷笑道："小师傅说的，可是我的罪过？"

言无名摇摇头："凡人，都有罪。"此时他突然转头看着胡婵，重又露出笑容，"女施主，现在我们二人都闲来无事，是否可以攀谈片刻？"

胡婵点点头。

为了不打扰伤患，二人离开正堂，逐级踏上正堂右侧的一座阙楼。从阙楼的窗棂向外望去，但见新月摇摇欲坠地挂在苍穹之上，而苍穹之中的群星，又映衬着南阳大地上的这座被围得水泄不通的宛城，以及城外两条由官军的封锁线所构成的火龙。整整七夜了，汉军大营方向，没有向城内射出一箭一矢，而仅仅是向城内撒播着一种隐约透着杀意的静谧。此刻，一阵裹挟着清脆蝉鸣的凉爽晚风吹进窗棂，吹拂着胡婵两鬓的乱发。她转过头，看着身边的言无名，却发现言无名正含着眼泪，双手合十，远望着宛城西北处的西鄂精山[1]。胡婵刚想问他为何伤心，言无名却率先开了口：

"方才……贫僧做了一个梦，梦见母亲被人斩杀，人头滚落在地。血水如箭，从其颈部射出，头滚了一丈远。我把她的头捡回来，重新安在她的脖子上，然后往她的嘴里灌用黄芪、当归、川芎、白芷、续断与干姜煎成的药汁。但只要我一松手，她的头就又掉了下来，血直往外喷，溅了我一身。华佗先生的方子没用……根本没用……完全没用……"说着说着，言无名突然将头埋在自己双掌之中，开始号哭起来，"我完全就是个无用之人……"

胡婵的心怦怦跳着，泪水充满眼眶，问道："小师傅……

---

[1] 今塔子山（位于河南省南阳市卧龙区谢庄镇），是一座以花岗岩主体、海拔227米的矮山。

那是何时的事？"

言无名克制了一下情绪，抬头回道："十年前的熹平元年七月二十九日，扬州会稽郡的句章城，越国灭亡时，就在越王殿外，我母亲的头被孙坚一刀斩下，滚了一丈远。汉军将其人头涂漆后，送到京都洛阳向朝廷表功。我当时就躲在宫墙背后的一棵树上，目睹了全过程……"

胡婵紧张地问道："那……那……你恨孙坚吗？你来南阳，就是来报仇的吗？"

言无名冷笑一声："我若要向孙坚报仇，在下邳就有机会杀了他，何必拖到现在？老实说，这十年来，我心中的确一直充满着恨意，但我唯独不恨孙坚！我当时已懂事了，知道是丹阳太守陈夤逼孙坚杀我母，若我母不死，死的就是那几百名越妃。但我也不恨陈夤，因为我知道，他只是在做扬州刺史臧旻想做而不便做的事情。我甚至也不恨臧旻，因为他在灭越时手上所沾的血，已远少于任何一个汉廷大员。但十年来，我心中依然是恨意难消……"

"那你恨的是这个世道？……"胡婵轻声问道，心中依然惴惴不安。

"我恨的是你！"言无名突然伸手抓住胡婵的一只胳膊，让她瞬时感到他指尖的愤怒。言无名小声吼道："你为何不来找我？你为何让我在外颠沛流离快二十年？我虽不是那柳氏的亲生骨肉，但她至少养育了我八年多！你为我做过什么？你如果早点把我救走，我就不会认识柳氏，我也就不会因为目睹她的死而夜夜做噩梦！"

胡婵想努力挣脱言无名，但试了两下就放弃了。她刚刚勉强收住的泪水重新涌了出来，哀哭道："孩儿啊，我是找不到你啊！你不到两岁的时候，就在曲阿被人拐走了，随后为娘也被婆家赶了出来，我到何处去找你？"

"那你真找过我吗？"言无名大力晃着胡婵的手臂，指尖递送的力量更大了，"建宁四年七月初八，吴郡钱唐附近的鲍里，你亲眼见到过我，是不是？那时我不到十岁，但身上的胎记还在，你也看到了，你当时为何装作不认识我？"

胡婵拼命摇头："不对！不可能！当时我就在孙坚的船上，用布盖着头，你在我后面的船上，不可能看到我的！"

"那你到底还是承认了，是不是？你承认当时看到了我，是不是？"言无名晃动胡婵胳膊的幅度更大了。

胡婵瘫了下来，整个人都给言无名跪下了："我真是没办法啊。我那时就是一个女贼，因为运气不佳，劫货失风，为孙坚所俘。若不是因有点儿姿色，孙坚与祖茂或许当时就会斩了我去报官。整整三年，我轮流做孙坚与祖茂这二人的玩物，毫无名分，费了好大周章才正式进了孙家，成了孙坚的妾。现在就连我与孙坚所生的儿子孙朗，都在孙家备受白眼，我又怎么可能再向孙坚提出要去找你？你知道在乱世做一个女人，有多难吗？"说着，胡婵就呜呜抽泣起来。

言无名晃动着胡婵的肩，喊道："难道世道艰辛，你就可以与海贼胡玉沆瀣一气，色诱商旅，干那种杀人越货的勾当吗？你数数，你在做海贼的那段日子里，害死过多少人？十个，二十，三十？……你别哭啊……你说个数啊？……"

胡婵止住哭声，正色道："自我跟了孙坚以后，就彻底与海贼脱了关系，以后就再也没干过坏事，一件都没干过！我对天发誓！"

"一件也没干过？那不也是在干了很多坏事之后吗？"言无名冷笑着将胡婵推开，突然瘫坐在窗棂下，慢慢说道，"但是，我的母亲柳氏，她真的是一件坏事都没做过！唱百戏的日子，风餐露宿，受尽白眼，她何曾骗过人，害过人？她仅仅就是为了能让我过上几天有肉吃的日子，就跟了那许昌，后被许韶诓骗，做了所谓的越后，最后被当成反贼砍了头；而你的手上还沾着那么多无辜商旅的血，却能跟着孙坚锦衣玉食、奴婢成群——这究竟是为什么？！"

"不对！不对！"胡婵掰开言无名的双手，喊道，"我的儿，你错了！那柳氏并非无辜之人！你想想，你究竟是被谁拐走的？难道不是她吗？退一万步讲，即使拐走你的不是她，她难道不还是一直向你隐瞒着你的身世吗？你的不幸，以及我的不幸，难道她就没有半点责任吗？——对了，孩子，现在你就好好想想，你到底是何时知晓自己并非柳氏骨肉的？恐怕是你在被拐之后很久，她才敢告诉你的吧？"

言无名用手抹了一把被泪水润湿的脸，红着眼睛，深深吸了一口气，然后再呼了出来，慢慢说道："十二年前的熹平元年九月二十八日夜，句章越王殿内，人心惶惶。那时已有风声，说汉军可能快要破城了。我娘将十一岁的我叫到一座无人的阙台上——那座阙台与目下我所在的这座颇有点儿像——不过，那夜的星星却都被乌云遮住了，像是快要下雨的样子。她抓住我的手,告诉我说,我不是她亲生的,而是当年从一个人贩子手里买下的。为了买下我,她花了三千三百二十一钱……我当时问她,为何要告诉我这些……她说,她可能没法活着看到明天的夕阳了……她希望我忘了她,她希望我能找到自己的生母,活下去……"

胡婵盯着言无名,问道:"生母?她给了你找到我的线索吗?"

言无名点点头:"她说,她记得你的脸,说你有一张像西施一样的脸;她说,你比她美得多。她说,那人贩子从你手里拐走我的时候,她就在一边做帮手,脸上戴着面具,唱着傩戏,吸引挤在人群中的你的注意力……她还说,她一辈子都不会忘记,当你发现我丢了之后,在人群里坐地号哭的样子。她说,她当时就后悔了,但是她更害怕。当时吴郡太守正在全郡严捕人贩——她知道,她若承认与人贩勾结,就会被官府捕杀。"

红着眼睛的胡婵点点头,再问:"就凭借这一线索,孩子你又如何找得到我呢?毕竟你被拐的时候太小,是记不住我的脸的,而柳氏又死了十年,无法在你身边指认出我……"

言无名继续说道:"不止那条线索。时间再退回到建宁四年七月初八,当时我十岁。我、我的母亲柳氏,以及我的外祖父柳老三,沿浙江去钱唐卖艺,与当时还在卖瓜的孙坚同船。在靠近鲍里时,遇到胡玉手下的海贼——而当时你也就在这些贼人中吧!在孙坚与祖茂击杀海贼大部之后,我们的客船曾与孙坚的船打了一个头尾相续的照面。我母亲柳氏眼尖，曾看到你在船舱里短暂露了一个头。她说，当时我正光着上身，在船上大呼"孙文台威武"，因此，你当时应当能看到我身上的胎记。我自己知道，我背上的胎记形状很独特，很少有人会有。但是，当时你却什么也没做……"

胡婵咬紧惨白的嘴唇，轻道："我……我说过了……当时……我是……自身难保……"

言无名苦笑一声："但也正是因为你当时退缩了，我的母亲柳氏才能暂时从拐人亲子的罪恶中解脱出来，直到句章被攻破前的那一夜。那一夜她才突然明白，她到底还是害了我，因为是她亲手将我变成了反贼的儿子，而当年与我擦肩而过的孙文台，却即将成为剿灭反贼的朝廷功臣。她还告诉我，我的亲生母亲极有可能会成为孙坚的奴婢或者妾，因此，以后我若要去找生母，就要去紧紧盯住孙家……"

胡婵又哭了起来："但是你第一次来找我，竟然是在今年初春的下邳！那时你可知道我是你的生母了吗？"

言无名点点头："我看到你第一眼时，心里就明白了。"

"那你为何当时不认我？"胡婵撕扯着言无名的方袍。

"我当时身有大任……我要设法得到下邳王的财富……不能分心！"言无名轻轻咬着牙。

胡婵放开了言无名，稍微整理了一下乱发，语气转向平缓："你养母被杀后的这些年，你是怎么过的？"

言无名平躺在地上，慢慢说道："说来话长，其中甘苦，恐怕没时间与你细说了。总之，在句章的乱军中救我的，就是几个月前被官军斩杀的南阳黄巾军'神上使'张曼成。那时，世上尚无黄巾军，张曼成也只是对朝廷不满的一介草莽罢了。句章城破时，他就躲在树冠里，揪着我的头发，让小小年纪的我目睹母亲被斩杀，想在我心中注入反汉的热血。但他最终还是没有遂愿。仅仅几个月后，带着我四处流浪的张曼成，沦落到了要将我卖掉才能吃上饭的境地。最后是云游到会稽的西域高僧安世高与迦叶摩莎救了我，并用两万钱答谢了张曼成。从此，我遁入空门。虽然心中依然恨意难消，但受佛门戒律之约束，我深知：我一辈子都不能杀生，更不能杀朝廷的人……"

"那你来南阳又是做甚？你这不还是走上了柳氏的老路吗？你就跟着你师傅老老实实待在洛阳白马寺念经，不好吗？"胡婵突然又哭喊起来。

"不！"言无名摆摆手，"我不是来参加黄巾道的。在下邳，我与孙文台私分了下邳王的金子，其中一部分留给了丹阳人笮融以做后用，一部分我直接用来采买各种药材送往宛城。我当时已料到，宛城将会是两军厮杀的战场，伤患所需药材甚多，所以必须预做准备……"

胡婵瞪大眼睛："你这还不算是从贼？即便宛城是两军厮杀的战场，即便伤患所需药材甚多，你又为何要将药材输送给黄巾军，而不是官军？"

言无名淡淡地回道："理由有三。第一，张曼成当年救过我的命，我欠他的。他后来既然做了黄巾军的头领，那我也就算是欠了黄巾军的人情。第二，官军不缺药材，而黄巾军缺。大家都是人，而浮屠道弟子只会优先帮助弱者。第三,孤城里的人,最容易绝望,他们需要的是抚慰,需要的是希望。他们终会发现,《太平经》粗陋,而《四十二章经》深邃,要让众生脱离苦海,靠的不是对敌人的杀戮,而是比敌人更大的慈悲。浮屠慈悲,我生渺小,我愿奉献我生,以全佛意……"

"你是不是傻啊?"胡婵没控制住自己,含着泪水,狠狠打了言无名一巴掌,"你还那么年轻,为何自选绝地!"

言无名抚摸着自己火辣辣的脸庞,突然用一种柔和的眼神盯着胡婵,说道:"这个问题,其实是孩儿要问母亲你的。母亲,你非医者,却为何要与华佗一起深入敌营,自选绝地呢?"

胡婵愣住了,眼中迸出惊喜的泪:"孩儿,你方才叫我什么?"

言无名的嘴唇颤抖着,说道:"母——亲!"

"你认我了?"胡婵激动地站了起来。

言无名含着泪笑道:"孩儿将母亲大人叫至阙楼之上,本就是为了认母。方才用话激母亲,也仅仅是为了探知,如今母亲的心是否还记挂着孩儿。经过方才母这一掌,孩儿心中疑虑已失,脸畔如滴甘露。请受孩儿一拜!"说罢,言无名立即下拜,大喊,"孩儿二十一年来未报养育之恩,有亏孝道,望母亲大人见谅!"说完他狠狠地在楼板上向胡婵磕了三个响头。

胡婵激动地用一只手捂住自己快要惊叫出来的嘴,并用另一只手去搀扶言无名。不料,言无名却突然自己站了起来,双手合十,像换了一个人一样,淡淡说道:"女施主,已经很晚了,你该去休息了!"

胡婵大惊:"孩儿,你……怎么……说变就变?"

言无名冷笑道:"贫僧不是你的孩儿。"

胡婵更是诧异:"你方才明明……"

言无名解释道:"刚才向你磕头的,乃是贫僧的俗身,名叫冯玉,扬州吴郡曲阿人。幼时被人拐卖,改俗名为柳瑜。而贫僧法号'言无名',已了断所有尘缘,不识父,不认母。在此能与女施主相遇,乃是有缘。善哉善哉!"

"你这个混账!"胡婵咬碎银牙,伸手又要去打言无名,手腕却被言无名紧紧抓住。他轻轻用力,就将胡婵的手压了下来,冷静地说道:"女施主,请自重!"

胡婵无可奈何地笑道:"我很自重!"然后,她甩开言无名的手,重新来到窗棂前,呆呆地眺望着阙楼外的夜景,任凭晚风吹乱刚草草整理过的头发。

突然,胡婵的眼睛一亮,发现从汉军内城的封锁线上,升起了一排火蛇,在墨黑的天穹中划过弧线,恶狠狠地向着城内扑来——然后是第二排火蛇——还有第三排!

胡婵还没反应过来,她的身子就被言无名拽倒,言无名压在她身上保护着她,大喊:"汉军来袭!"

原来,成千上万只镞头绑了杂草、抹了硫黄的弩箭,正带着火球划破天际,落向宛城!

须臾,四五支火箭便呼啸着从窗口射了进来,将楼板点燃。言无名抱着胡婵打滚,躲过了三支箭,然后抱着她就冲下了阙楼。他们一下楼,便听得正堂前的庭院内一片鬼哭狼嚎。原来庭院中那些疏于防备的轻伤者,大多已被突如其来的火箭给射中了。刚被惊醒的华佗则站在正堂口,对着在火中哀号的伤者大喊:"大家都别慌,都撤到正堂来!就是爬,也要爬进来!"

此时,乃是丑时三刻[1]。新的一天刚刚开始。

---

[1] 约1:45。

第十八回　反叛之种

汉军以火箭突袭黄巾军大营之前二刻，丑时一刻[1]刚过，渠帅府正堂后的府舍内。微弱的灯火下，韩忠的帷帐剧烈地摇晃着——帷帐内，韩忠正与步幸像蛇一样彼此缠绕，按照《太平经》的教导行阴阳交合之礼。正所谓"牝牡之属，相嬉相乐；然后合心，共生成，共为理；传天地之统，御无极之术"。待洪泄水漫之后，两人都平躺在床榻上，大口喘着粗气。步幸起身喝了口水，韩忠则顺势用粗粝的手掌，怜爱地抚摸着她光滑的脊背。步幸反手狠狠打了一下韩忠的手背，娇嗔着埋怨道："华佗先生说得清楚，你百日之内不能行房，怎么只过了七天，就急不可耐了？"

韩忠抹了把脸上的汗水，笑道："我前天才想明白，华佗这话是编出来诓我的，为的是不让我对胡婵下手。不过，

---

[1] 约1:15。

今夜我实在忍不住了。你我都是朝不保夕的人，今天的快乐不抓住，明天可能就会后悔。对了，步军师，你刚才不是也很快乐吗？"

步幸转身，一手托着韩忠胡子拉楂的下巴，一手拎着他的耳朵："《太平经》上说，'乐乃可和合阴阳'，今天我若不是也有点儿兴致，才懒得搭理你。不过记住了：我是你的军师，不是你的女人，下不为例！"

韩忠将步幸拎着自己耳朵的手挪开，像孩子一样将头枕在步幸的胸脯上，一边还用手抚摸着她平坦的腹部，轻轻说道："不知道过了今夜，步军师是否能怀上我老韩的种？"

步幸听罢，哈哈大笑，忍不住用手指戳了一下韩忠的额头："韩帅糊涂了？你欲在我腹中播种，也得看看我的年岁！《太平经》说得好，'施不以其时，比若十月种物于地也，十十尽死，固无生者'。我都是四十岁的女人了，你还期盼我做甚？"

韩忠不急于与步幸搭话，而是突然用嘴将步幸的嘴封住，与她强吻，然后喘着气说道："军师方才的活力，至少可少有十五岁！我看今晚，军师容光焕发，必是播种吉日！"

步幸突然浓眉一皱，像想到了什么心事，慢慢推开韩忠，说道："我早知渠帅与我有承欢之意，但你可知为何之前我屡次拒绝你？"

"步军师看不上我老韩呗！"韩忠憨笑着抓抓自己的头。

步幸摇头："赵弘阵亡后，我能推你为帅，难道不是因为看上你的英雄气概吗？只是你我之间若过于亲密，战场上怕是因牵扯私情,不能临机决断,贻误战机……"

"哦!"韩忠点点头,"那今日为何军师又肯开恩宽衣了呢?"

步幸叹了口气:"也许真如渠帅所说,我们都快要死了……要及时行乐……"

"不!"韩忠一把抓住步幸的手,"军师,是我不好!刚才是我说错话了,就是我韩忠死了,我也不能让你死。你想想看,张曼成被朝廷杀害之后,我们南阳黄巾的渠帅从他换到赵弘,再从赵弘换到我韩忠,哪件事不是军师你一手谋划的?我若死了,你还可以去辅佐……那个……对了,那个尖嘴猴腮的孙夏,那小子挺机灵的……但若连你都死了,南阳黄巾的种子可就没了!为了太平道复兴的大业,你得活下去啊。你得带着我老韩的种,活下去啊!"说罢,韩忠突然将头贴到步幸的腹部,仔细聆听,就好像她已怀上了一样。

步幸抚摸着韩忠的脑袋,叹气道:"现在我们困守孤城,与冀州的大贤良师已完全断了联系,又当如何突围求生?你若觉得自己都难以生还,我一介女流又怎能独活!"说到这里,步幸眼中突然迸出泪水,将韩忠的手抓在自己的掌心:"若真到了那最后一步,求韩帅看在方才你我鱼水之欢的分上,快刀将我斩了,不要让我落到汉军手里再受侮辱!"

韩忠摆摆手:"军师,不必如此悲观,你且来看!"说罢,他从草席下取出一幅已被标注得密密麻麻的宛城布防图,指着地图说道:"你我皆知,汉军在我宛城之外,有两道封锁线。第一道就是原来的宛城外城,第二道则是他们垒的四座土山，以及连缀这些土山的土墙。这些土山有高有低，西北方向似有缺口，那里的箭楼也似乎最为稀少。我是这么想的：若我们就从西北突围，成算是最大的……"

步幸苦笑道："那里箭楼虽少，但弄不好就是一个圈套，骗你我去钻……"

韩忠摇摇头："官军就一万八千人，我们有五万人，他们要布置两道封锁线，肯定已消耗了大量兵力。若再要在营外布置一个埋伏，兵力怎敷使用？我们人多，硬冲也能冲过去！"说罢，他指着地图上宛城北门方向，说道："这座土山，好像叫什么'擒贼山'，朱儁的中军大营就在这里。突围时，我率死忠之士一万，突击汉军大帐，吸引他们的弓弩，你与孙夏则趁乱带着余部从西北方向突围出去。对了，想起来了，好像目前汉军的疫情依然未消，这正是我们突围的好时机。我看，三天之内，我们就要有所行动！"

步幸仔细看着地图，默然不语。突然，她脸上浮出微笑，向韩忠点点头："韩帅，我步幸很感激你刚才对我说的话。不过，你之兵谋，就不必再议了。"说罢，她就收起了地图。韩忠大惊，抓住步幸的手腕，问道："军师，你不必挂念我的安危，为你去死，我死而无憾！我们两个之中，总得有一个要活下去！"

步幸摆摆手："我不是说谁死谁活。我是说，你怎么就知道汉军目下大疫？"

韩忠想了想说："华佗说有疫啊……难道他会骗我？再说，这七天汉军的确已停止向我们射箭了，这难道不正好印证了华佗所言？"

步幸一阵冷笑："华佗确实说曹操与孙坚都病了，但你可亲眼验证过？他若说连朱儁都病了，你也信？此外，他还说曹操曾给那姜氏投毒，物证呢？你别忘了，姜氏又说有毒的鸡汤都在城外洒了，这就等于免了提供物证的麻烦啊！韩帅啊，华佗与曹操是沛国谯县同乡，姜氏的丈夫又死于张曼成之手，他们都有动机对我们撒谎，你可不能偏听偏信啊！"

"但他们为何撒谎？"韩忠有点儿摸不着头脑了。

"还不是为了故意示弱，让我们误以为有机可乘，以便引诱我军出城，诱我们在城外去打并不擅长的野战？"步幸一边说，一边顺手打死了一只在帷帐外嗡嗡乱叫的蚊子。

"那么，胡婵哭着喊着要找方子回去救夫，这话恐怕也不能当真了？毕竟她是孙坚的女人，而孙坚是我们黄巾军的死敌！"韩忠此时也开始顺着步幸的思路往下想。

步幸用旁边铜盆里的水，洗了洗被蚊血弄脏的手，然后用巾帕擦了擦手，慢慢说道："胡婵的哭喊是真的，我是女人，看得出。不过，这也未必意味着她没撒谎。那孙坚很可能真是得了别的什么重病，她也的确因此而伤心，却故意对我们说孙坚是染了疠疾，以迷惑我。你要知道，掺了真情的谎言，才是最迷惑人的！"

韩忠瞪大了眼睛："这么说来……那在正堂里给伤患治病的诸人之中，只有言无名才是我们真正可以信任的？"

步幸叹了口气："不管怎么说，言无名是张曼成救活的孤儿，曾目睹母亲被汉军所杀，我们不该连他都怀疑。但是我这几日却发现，胡婵看他的眼神非常不对劲，此二人之间，似乎有很深的瓜葛……"

韩忠惊讶地再问："难道……他们……有奸情？"

"想什么呢！"步幸举起拳头，砸了一下韩忠，"你算算他们的年龄，大约差十六七岁，都不是一代人！"

"那……他们是……"韩忠更糊涂了。

"我怎么隐隐觉得，言无名是胡婵的儿子？"步幸对着在晚风中舞蹈的灯火，突然冒出了这么一句话。

"啊！"韩忠张大了嘴。

步幸没回头看背后的韩忠，继续盯着灯火，慢慢说道："我比那胡婵大约大上四五岁，以前也有过婚姻。我的丈夫就是个农夫，一个非常老实、普通的农夫。延熹五年十月，车骑将军冯绲率兵十余万进讨武陵蛮，经过我们的聚落，仅仅因为我们曾给叛军提供过粮草，官军便烧杀抢掠，鸡犬不留。我上山打柴，逃过一劫。我的丈夫正在田间耕作，头被官军的骑兵砍下来，被拿去报功。我两岁的儿子也不见了，活不见人，死不见尸。我那时就十八岁，一夜之间便失去了丈夫、孩子、土地与希望。我至今都不知道我的儿子是否还活着。之后的二十多年里，我颠沛流离，每每看到与我儿子年龄相仿的人，就会多看几眼。你知道吗？就是胡婵看言无名的那种眼神。韩帅，你若是女人，做过母亲，便懂……"

韩忠听着步幸那不幸的经历，不由得想到了自己在熹平二年的大疬疾中死去的妻子与女儿，以及几个月前死在下邳的弟弟韩义，呜呜哭了出来。他料想背对自己的步幸也在哭泣，便哆嗦着手向她递去了一块新的巾帕。不料接了巾帕的步幸却转过身来，看着韩忠。她脸上非但没有泪痕，甚至还略带着笑意："你是南阳黄巾军的堂堂渠帅，怎么能随便落泪呢？来，做点快乐之事吧！"

"你刚才说了这么多伤心的事，本帅如何再能快乐？"韩忠哭得更伤心了。

步幸用胳膊缠绕着韩忠的脖子，舌尖舔着他的脸颊，一边柔声说道："'夫阳极能生阴，阴极能生阳。此两者相传，比若寒尽反热，热尽反寒，自然之术也。'现在还是让你我去循道自然吧！"

韩忠泣道："军师你好生奇怪……方才你还说与我下不为例，现在却又主动求欢……而我老韩呢……方才尚有心情，现在却没了……现在……我心中除了哀……就只剩下……"

步幸此时已转到韩忠面前，开始亲吻他密布胸毛的前胸，轻声说道："方才我是怕你太留恋于我，无法在战场上决断……现在我已知，你我都已不计生死，所以正好做点向死而生之事。反正你我现在都无后嗣了，不妨就如你所愿，播点新种吧……正如《太平经》所言，'阴阳雌雄守道而行，故能世相传'……"

韩忠被步幸的攻势重又弄得意乱情迷，但嘴里还是说道："你方才不是说播种不得时，也不会有收获吗？"

步幸笑道："方才我虽那么说过，但转念一想，觉得多播几次，也总不会颗粒无收。反正也是我人生最后一搏了。对了，韩帅，你不行了吗？"说罢，步幸一丝不挂地平躺在床榻上，闭上了眼睛。

韩忠摸了摸背上隐隐作痛的伤口，仰头喝光了放在案头酒樽里的黍米酒，顿觉雄风再起，英豪万丈。他如老牛一般扑在步幸身上嗷嗷地吼着，步幸则伴随着犁铧于泥土里的每一次深耕，爆发出一次又一次幸福的尖叫。过了一会儿，二人换了一个姿势，步幸骑在韩忠身上颠簸，如老将驾驭良驹，驰骋于茫茫草原。她双手抚着自己的乱发，对着窗棂外的星空发出母虎一般的怒吼："暴汉虐帝，余汝偕亡！"

突然，步幸的眼帘里，出现了一排火龙，然后是第二排，第三排……

步幸没有立即喝止身下的韩忠，而是狞笑着看着几支火箭在眼帘里越变越大；与此同时，她身下跨骑的动作，也越来越激烈。当第一支火箭落入窗棂时，步幸依然不舍与韩忠分离，二人双双从床榻滚落到地板上，一边躲避飞箭，一边完成交合之礼的最后冲刺。韩忠亦意识到敌矢来袭，他熟练地举起一块早就备好的巨盾，在巨盾的掩护下仍与步幸狂热地舌吻。与此同时，破窗而入的箭镞开始狠狠敲打着巨盾的外壳，试图窥探盾后的奥秘。终于，韩忠第二次爆发了，他隔着巨盾对窗外大喊："纵然你暴汉有千箭万矢，也坏不了今夜我韩忠与步幸的美事！"

此时，正是丑时三刻。汉军突袭的火箭，已将毫无防备的庵庐的庭院烧成了一片地狱。

第十九回　围军拔营

匆匆穿戴完毕的步幸与韩忠，各取兵刃，冲进了正堂。但见胡婵与姜朗正合力用篷布去扑灭几个伤员身上未燃尽的火苗，华佗则满头大汗地在施术台前抢救伤患。一个面目烧得有点儿模糊的伤患，跪在华佗的膝下，拼命磕头："神医啊，救救我哥哥吧！七天前你用割肉求镞术救了我哥哥，现在你就行行好，再救他一次吧！"

不料，华佗理都没理他，只是对身边打下手的言无名喊道："冷水！冷水！要冷！为何这盆里的水都这么温！难道连井水都被汉军的火箭烧沸了吗？"

步幸见华佗见死不救，甚是好奇，立即走过去探查，却见那伤患的哥哥的胸腔中了一支大号的弩矢，整个身体都被洞穿了。步幸探手一摸，他的鼻下也早已没了呼吸。步幸的视线又移到了死者腿上的绷带。没错，他正是华佗在七天前进宛城时所救的第一个病患。

步幸叹了口气，立即叫身边的兵卒将干扰华佗行医的伤患架走，然后自己也拿了块篷布，去帮助胡婵扑灭庭院内的伤患身上的余火。

而此时，庭院的一半，已堆满死尸。空气中弥漫着一股皮肉的焦味。

脑子凌乱的韩忠突然想到，全宛城几万兵卒露宿街头，在刚才的突袭中必然损失惨重，便急着要出府门去探察。不料他刚走到庭院当中，便听得四周众人齐喊："避——箭！"

果然，天穹中又一次出现了千万道流星，迅速爬高，而后悬在宛城上空，宛若灿烂盛开的万朵桃花。随后，这些桃花又裹着杀意，拖着焰尾，在韩忠的视野中越变越大。

有了被偷袭的教训后，所有人寻找掩护的动作都迅捷了很多。箭雨过后，躲在门檐下的韩忠，微微抬起巨盾，再次向庭院内窥探，但见刚才已被扑灭火焰的尸堆，重新燃烧了起来。几个来不及爬到庭院里的伤患，还在火堆中打滚呻吟。但是，没人敢出来救他们——因为谁都知道，汉军每次箭袭，至少都会放三轮箭，方才只是第一轮。

三轮箭终于都射完了。掩蔽在各处的黄巾军喘着粗气，开始试探性地放下盾牌，抢救尚有活气者。韩忠挥舞着环首刀，大喊："大家动作要快！今夜，汉军很可能每隔一刻就要射三轮！每过一刻，弟兄们都要紧盯住天空！"

韩忠的直觉没错。从丑时三刻开始，每过一刻，汉军阵营就会向宛城内城倾泻三轮火箭，休息一刻，然后再射——直到卯时三刻[1]射出最后一轮箭为止。而当那最后一轮箭阵从四面八方升起时，圆滚滚的太阳也恰好从东方喷薄而出，照亮了今天第一片粉色的朝霞。朝霞的光彩掩蔽了火箭的亮光，却暴露了拖在它们后面的那万道黑烟，如同一个淘气的孩子，用黑炭在美丽的壁画上留下了无数道涂鸦。

待到辰时[2]，黄巾军确信汉军已不再射箭，便开始仔细清点各营在夜袭中所损失的人数。而更多的伤者，也源源不断地从宛城各个角落抬来，将渠帅府门口堵得水泄不通。言无名与华佗绕过罘罳，来到门前，面对眼前的人山人海，不禁倒吸一口冷气。言无名轻声对华佗说道："华施主，贫僧放眼望去，这门外需要救治的伤患至少有两千人。贫僧预先备的药，肯定不够了。"

华佗点点头，头脑里则做了一个简单的计算。很显然，被火箭击中的伤患，会同时受到箭伤与烧伤，因此，常规的'割肉求镞术'是免不了要做的。按照做一例最快需要一刻计算，自己就是不眠不休忙上整整一个昼夜，也只能处理不超过一百个病例，这还未算上处理烧伤所要额外花费的时间。而目前需要治疗的伤患则是两千人！换言之，渠帅府现在需要的是二十个华佗，但从何处再去寻找另外十九个华佗呢？

言无名看着华佗为难的脸色，建议道："等一会儿缝线

---

[1] 约5:45。

[2] 7:00到9:00。

的活儿，就交给贫僧，这样或许能省下一半的时间……"

华佗苦笑了一下："这样还是远远来不及！"

此时华佗感觉到自己的肩膀被轻拍了一下，回头一看，原来是满脸烟尘的步幸。她面无表情地说道："华先生，你只要尽量去救治就好了，外面的这些人当中，哪些将得到救治，就不劳烦您费心了！"说罢，她一挥手，派出两列兵卒绕过罘罳，去维护门外的秩序，开始按照步幸的标准去区分"可救的"与"不可救的"。

华佗与言无名无可奈何地向正堂折返，开始为下一例施术做准备。正在此时，突然又有斥候在门外的人潮中高喊："避路！避路！紧急军情！"

步幸在门口按住剑柄，高喊："何事？就在此处说！"

那斥候隔着人潮喊道："报军师！各个城门的弟兄们都看到了，汉军军营竖起一片白幡，似有哀乐与哭声。"

正在庭院内鼓励伤患的韩忠也听到了门外斥候的军报，立即赶到门口问道："汉军城墙上的兵卒人数有变化吗？"

斥候大喊："在二刻之前，敌营似乎已开始减兵！目下还在减！"

韩忠点点头，想侧耳听清楚城外的哀乐，却只听到四周伤患的哀鸣。他立即敲响摆在罘罳之后的一面鼖鼓，然后大喊："三通鼓后，再发杂音者，斩！"

三通鼓之后，渠帅府前变得如死一般的寂静。疼得无法忍受的伤患，都纷纷咬住自己的衣襟或者胳膊，防止出声。

韩忠与步幸都侧耳倾听。果然，从城外传来了由鼓、

箫、钲、竽、瑟合奏的"德乐",也就是儒家礼法所认可的哀恸之乐。而参差不齐的歌声,也随着乐音传来:

……痛乎我君,仁如不寿,爵不副德,位不称功。咸怀伤怆,远近哀同!哀呼,都亭侯!

韩忠瞪大了眼睛,再仔细聆听,然后问:"有几个人听到了'哀呼,都亭侯!'这五个字?听到的举手!"

众人继续沉默,都等着城外的汉军将歌词再唱一遍。须臾,不少人都举起了手。韩忠身边的步幸也举起了手。

谁都知道,"都亭侯"是汉军主帅、右中郎将朱儁朱公伟的爵号。故此,城外汉军唱的歌词,似乎表示朱儁已死!

"但这怎么可能呢?"步幸低着头,皱着眉,喃喃自语。

此刻,门外又有一个斥候飞马跑来,见众人阻挡府门,便在马上高喊:"报渠帅!敌'擒贼山'上的朱儁大营,已撤去大部旌旗,敌军似在拔营后撤!"

韩忠点点头,在庭院内来回踱步,反复思虑。突然间,他停住脚步,眼睛一亮,抓住步幸的手说:"军师,昨夜汉军射的火箭,似乎是汉军因其主帅朱儁暴死而在泄愤。目下他们可能真的在拔营后撤!"

步幸摆摆手:"这是官军诱你我出城之策。朱儁好端端的,怎么会暴死呢?"

韩忠想了想,说道:"弄不好朱儁就是感染了曹操所传的疫病而死的?你想想看,既然孙坚能被曹操传染,为何朱俦不能？"

步幸继续摇头："若连朱俦都得病了，那普通兵卒又如何能幸免？如此一来，汉军战力必会折损——但昨夜的箭雨之密，又哪里像是战力受损的样子？"

韩忠再想了一下，回道："汉军兵力虽不如我军，但弩机数量却仿佛不可尽数。军师你看，过去七天内，他们一直都未放箭，是不是就是在休养生息，多备弩机呢？若汉军发弩士每人备多弩，在昨夜全部射完弩矢，难道就不能向你我制造军力未受损的假象吗？由此一来，便可震慑我军，使得我们不敢出城追击之！"

步幸还是将信将疑："渠帅，你方才所论，都只是假设汉军有疫情罢了。但我已与你说过，现在除了华佗与胡婵，并没有别的人证可以证明汉军有疫。你真能相信此二人吗？"

韩忠沉默半晌，再回头看看正在正堂内抢救伤患的华佗，说道："至少我信华佗。我不相信他在骗人。他若是真心要害我们，在取我背上箭镞的时候，稍微动些手脚，就能要我老韩的命。或者，他也可以在我们的水井里投毒，让城内大乱。他放着这么大的机会不去抓住，却仅仅在曹操、孙坚得疫这一件事情上撒谎，我觉得不太合理。"说罢，韩忠又开始在庭院内踱步，反复琢磨自己刚才所言。确定自己推理无误后，他停住脚步，抓住步幸的手，坚定地说道："军师啊，我们被困孤城，迟早是死路一条，趁着现在汉军军心不稳，应尽早突围。若敌军又获增援，战机流逝，你我将悔之晚矣！"

步幸沉默了一会儿，微微点头："也罢，我们就赌一把！但为稳妥计，可令三千先头部队出城，直取中军大营，以探虚实。若敌果然无诈，我军再大部出城！"

韩忠点点头："孙夏的弟弟孙冬，可带前哨出城！"

二人商议已毕，立即命门外斥候入府门，向其下达军令。斥候得令，又出门上马赶往孙冬驻营去了。

与此同时，正堂内，华佗依然在全神贯注地为伤患疗伤，完全不顾迷住自己双眼的汗水。一边的胡婵见了，立即用巾帕给他擦汗。华佗此时瞥了一眼正在另一张施术台上给伤患缝线的言无名，示意胡婵也给他擦汗。胡婵想着是不是要给他换一块巾帕，不料言无名竟抢先抱怨了起来："女施主，贫僧等你的巾帕已经很久了！"

胡婵点点头，拧干了手里已浸透华佗汗水的巾帕，再拿它仔细擦拭言无名那光溜溜的脑袋。

第二十回　假戏真做

卯时二刻[1]，汉军大鸣哀乐约半个多时辰之前，擒贼山。东方的地平线已微微露白。

汉军骑都尉曹操曹孟德，双手叉腰，威风凛凛地注视着山下那在烈火中呻吟着的宛城。他转头对身边的佐军司马孙坚说道："文台，我们七天不射箭，今夜突然开始猛射，你说，这一下子能够射死多少没有防备的贼人啊？"

孙坚冷笑一声："孟德，你可想过，胡婵与华佗还在城内！你这乱射一气，伤了他们又当如何？"

曹操笑道："文台勿忧！我知道你那妾的底细，海贼出身，一肚子诡诈，见惯了风浪，知道如何在乱世中求生。至于华佗，我看他也只是浪得虚名罢了，死不足惜。我在庵庐已反复说过，他开的方子不对，这疫病只要吃点桑葚就能自

---

[1] 约 5:30。

己扛过去，你们偏是不信。现在，文台，你看，到底是我曹操对，还是他华佗对？你不也是吃了我族弟曹仁给的桑葚才好的吗？只是可惜了我的厨子，他本不该乱吃华佗的药的……"

孙坚听了曹操所言，气得咬碎钢牙，几乎都快向他挥舞起了拳头："曹阿瞒，做人得讲点良心，我的病还不是你害的？诸葛君贡告诉我，没有任何药理能够证明桑葚能治疫病！也就是你我都练过武，身体底子好，自己扛过来了。你也不想想，若不是你不听我与朱儁大人的反复劝阻，执意要给那姜朗投毒，又怎会惹出这么多麻烦呢？"

曹操一听，哈哈大笑："文台，现在我们到底又有什么麻烦呢？死的那个厨子是我们曹部的，又不是你孙部的，你心疼什么？现在你没死，我也没死，你的那个侄子孙贲不也恢复得差不多了吗？但华佗那傻子却偏偏要一惊一乍的，不但胡说我全军将有大疫，还竟然将他的妄想设法告知了城内的贼人——殊不知，他刚走几天，我们就全都自愈了，简直是笑死人了！"笑罢，曹操又得意地捋了一把自己的胡子："也就是我曹操知道将计就计，利用华佗向贼人传播的假疫情，顺势制造我军得疫的假象，由此诱骗贼人出城，与我主力野战，再寻机全歼之！"

孙坚摇摇头："孟德，别贪天功为己有，故意示弱，骗敌出城，本是我的计策！"

"不！"曹操瞪大了眼睛，看着孙坚，"文台，那是我的计策！你不觉得你原本的计策有大的漏洞吗？若按你的兵略，我军故意撤去围兵一角，肯定会显得过于做作，贼寇又怎会轻易上钩？现在好了，有华佗这大舌头在城内散布疫情的消息，又有你爱妾在贼人面前哭哭啼啼——'给我解药，救我家文台'——我们再奏点哀乐，挥舞白幡，四面撤退，贼人又怎能不信？这就叫'假戏真做'！"

孙坚皱皱眉："但这戏耗费也太大了吧！那些白幡倒也罢了，这一夜的箭矢，已消耗了我军八成的库存，真有必要如此奢侈吗？"

曹操摆摆手，笑道："莫怪愚兄我笑话你，你毕竟是县丞出身，在徐州收了十年算赋[1]与口钱，所以善于算小账，不会算大账。骗敌出城，乃是我曹操谋略之核心，所以一定要让贼人觉得我军已生绝望之意，戏才能演得真。你再想想看，绝望中的人会怎么做呢？两年前京都大疫，有一富户妻儿皆病故，此人竟因绝望，火烧家中楼阁自焚，连天子在皇宫里都看到了高高的烟柱。由此想来，假若我军也发生大疫，折了主将，难道不会因此失去理智，自暴自弃，泻完余箭，不顾续战吗？"

孙坚不服，说道："但你只要装作我军不顾续战的样子就好了，这倒好，这通猛射，我军每名发弩士就只剩下二三矢了，这仗以后还怎么打？"

曹操信心满满地应答道："贼人出城后，兵力散开，我军弓矢就难以大量杀敌，还不如就趁着他们猬集在城内熟睡

---

[1] 汉代对成年人所征的人头税。

的机会，多多杀敌。另外，在城外野战，骑兵乃是关键。我军一万八千人中，骑兵有五千，且多良驹，而贼人五万人中，骑兵不过五百，且多为劣马。只要我军骑兵能咬住贼人大部，等步卒上来支援，灭贼也就易如反掌。还有，文台，其实射入敌营的箭，约有一半是可收回再用的。你那么吝财，等一下在城内回收的遗箭，就全部归你孙部了！"

孙坚想不出话反驳曹操，只是提醒他："待你我入城后，定要约束部下，不得伤了胡婵与华佗！"

曹操笑道："文台请放宽心！我刚才已经派人去告诉弟兄们了：救出华佗先生者，赏十万钱；救出孙家二夫人者，赏四十万钱。赏金我曹家出！有误伤此二人者，立斩！"

"华佗先生就值十万钱吗？"突然，一沉稳的中年男子的声音从曹操背后响起，同时，曹操立即感到有一根马鞭正在自己的肩膀之上来回摩挲。曹操大惊，转身下拜："不知右中郎将大人在此，曹某有失远迎！"

但见南阳汉军主帅、右中郎将朱儁朱公伟，一身素衣，内衬铠甲，正骑在他的骝騧宝马[1]上，以一副冷漠的表情俯视着个头本就不高的曹操。他用马鞭指着曹操的额头，训斥道："曹阿瞒，就凭你擅作主张对敌投毒这一事，我朱儁就可立即将你斩首！留你狗头在此，完全是顾及你的保举人乔玄大人的面子！至于你的'将计就计'之策，就算成功，也只能抵消前罪，你现在又有何好嚣张跋扈的？"

---

[1] 尾毛黑的紫红色马。

曹操脸一红，刚要辩白，又被气呼呼的朱儁打断："你可知你的兵谋会让我军冒多大风险？本将军至今都没有想通，你既然向那姜朗投毒，她也安然回到城内，贼营为何至今也未有得疫之迹象？若是贼人也来个'将计就计'，又该如何是好？若不是昨日我又收到司空张温密报，说我军若在一月内还不能取胜，阉党就要在朝中作乱，我又怎能临时决断，采用你这乱谋？曹操，你且抬头看看本将军身上的素衣！为了执行你这乱谋，本将军现在是在给自己披麻戴孝啊！真是晦气！"

曹操好不容易找到机会开口插话："小将本是想去向贼人散布自己的死讯的，但一想到朱将军虎威远甚我曹操万倍，只好出此下策，借将军名号一用！曹操死罪！死罪！"

朱儁没再理睬曹操，只是将目光转向孙坚，语气和缓了很多："文台，身体算是康复了吧？！"

孙坚回道："前天就康复八成了，昨日又睡了半天，今日元气满溢！"

朱儁点点头："待贼寇主力被诓骗出城后，我与荆州刺史徐璆以及南阳太守秦颉，将亲自带主力在野外与敌决战，你与曹操领二千步卒趁机入城清扫余敌。贼人在城中留下的伤患想必不少，按华佗先生的秉性，他是绝不会放弃的。由此推测，只要你能找到贼人的庵庐，就能找到华佗先生，只要找到他，你也会找到你的二夫人的。"

孙坚感激地回应："诺！"

朱儁刚想转过马头，突然又想起了什么，嘱咐孙坚：

"那个姜朗,如果还活着,带她来我这里问话!"

"诺!"孙坚抱拳回应。

朱儁飞马下山之时,军吏们已经腾空了他军帐中的文书与床具,留下一座空营。留守的鼓吹乐手,也已开始调试钟、鼓、铙、磬、埙、瑟、琴、箫等乐器,弄得四周一片嘈杂。发弩士呼延峰则一瘸一拐地给留守的兵卒最后一次分发绑了易燃物的弩矢,嘴里念叨着:"这是最后一次射矢了,弟兄们要善始善终。你们多射死一个贼人,城外的弟兄们就少一分危险!"

不知不觉间,卯时三刻[1]已到。

初升的太阳与地平线缠斗了几下,终于带着胜利者的喜悦顶破黑幕,探出红艳艳的身子,向人世间炫耀着自己光与热的伟力;而天穹中的那片深蓝,也迅速被粉色与紫色的朝霞所渗透,宛若在海滩边匆匆退去的潮水。与此同时,最后一轮箭阵,终于在发弩士们的怒吼声中,从城外拔营而起,拖着万道黑烟,如同千万条耕牛在绚烂的天幕中所留下的犁痕。它们一边爬升着,飞翔着,一边发出令人恐怖的啸叫——那是矢杆下的竹哨在强暴空气时所发出的狞笑。最后,箭阵终于义无反顾地扎向宛城的每一块砖与每一片瓦,正如每一片落叶,最终都将飘向土与泥。

"美哉!壮哉!"曹操贪婪地呼吸着战争的气味,拔出佩剑,伸开双臂,在晨风中边舞边唱:

---

[1] 约5:45。

六月栖栖,戎车既饬。
四牡骙骙,载是常服。
玁狁孔炽,我是用急。
王于出征,以匡王国![1]

---

[1] 出自《诗经·六月》。这是讴歌周宣王北伐猃狁(读"显允",北方少数民族)胜利的颂乐。

第二十回　箭在弦上

巳时三刻[1]，宛城渠帅府。

华佗以最快的速度，接连施术十三例，手已累得抽筋。他哆嗦着放下刀具，一边叹气，一边用力甩着右手。刚被处理好的一例伤患，咬着木棍，浑身疼得发抖——若不是被麻绳紧紧绑着身子，他早就挣扎着滚下施术台了。华佗没给他服用麻沸散，因为业已耗尽。胡婵在这伤患耳旁小声鼓励，同时帮他擦拭冷汗——趁着这工夫，华佗终于有机会喝下今晨以来的第一口水。直到此时，华佗才注意到正堂外的嘈杂少了很多。环顾四周，他发现韩忠与步幸早已不见踪影。他转头问言无名是怎么回事。言无名小声回道："华施主，现在的宛城，除了庵庐里的五百人，以及渠帅府外的一千八百人，已是一座空城了。黄巾军的主力约五万人，在一个时辰

---

[1]　约9:45。

之前就已出城!"

还沉浸在自己天地中的华佗,突然意识到了外部世界的巨变。他一脸疑惑地问言无名:"他们出城做甚?"

胡婵插话道:"日出时,汉军大营响起哀乐,似在哀叹主帅朱儁之死。随后即有斥候来报,说围军已慢慢撤去。趁着围军撤去的机会,黄巾军主力自然就出城逃命去了。"

华佗大惊:"朱儁死了?"

胡婵没有正面回答,嘴角却荡漾出笑意。

华佗甚是不解,追问道:"孙二夫人,朱儁是你夫君的上司,你怎对他的死如此冷漠?"

胡婵看看左右,将华佗拉到一边,轻声问道:"华先生,您在七天前最后一次见朱儁将军时,觉得其气色如何?"

华佗想了想,回道:"如常!"

胡婵笑道:"既如此,朱儁怎么会不明不白地死了呢?难道你真相信军中疫情会如此凶猛,最终害死主帅?倘若军中真有大疫,昨夜汉军箭雨如此之猛,又当作何解释?"

华佗皱眉道:"你是说……这是汉军的诈计?"

"嗯!"胡婵自信地点点头,"文台未染疫之前,就不止一次与我嘀咕,说什么'围师遗阙,穷寇勿迫,此用兵之法也'[1]。我看目下汉军所用的兵略,就是文台所献。决战之刻恐怕已至!"

华佗依然紧锁眉头:"那么……这就说明城外的疫情已

---

[1] 出自《孙子兵法·军争篇》。

被控制住了？"

胡婵点点头："非但如此，料想我家文台十有八九也已康复，否则，朱儁大人又怎么会用他的兵谋呢？"

"那文台的病……难道自愈了？他又是如何自愈的呢？"华佗喃喃自语，陷入沉思。

正在此时，隐隐约约的喊杀之声从府门外传来。渠帅府内所有尚能勉强一战的伤患，都本能地屏住了呼吸，拿起了四周能碰到的兵器。不久后，大家从喊杀声中辨出了短箫铙歌之声，以及由远而近的雄壮军歌《上之回》：

上之回，所中益，
夏将至，行将北，
以承甘泉宫。
寒暑德，游石关，望诸国，
月支臣，匈奴服。
令从百官疾驱驰，千秋万岁乐无极……

胡婵的心一下子狂跳起来。看来，汉军不仅已经入城，而且快要逼近渠帅府。辨出这军乐的姜朗也激动地抱起了自己的儿子，在其耳边轻语："孩儿，再忍忍！王师马上就会来救我们了！"

见大势已去，一些黄巾军伤患开始小声抽泣。一个不服输的小个子黄巾军，高举一把环首刀，吼叫着冲出府门："小爷和你们拼了！"那小黄巾军叫李丸，正是华佗进城后救治的第一个伤患的弟弟。然而，不过片刻，但听门外汉军一片欢呼："都尉大人好刀技！"——李丸那颗已被昨夜的火攻烧得面目模糊的人头，一路蹦蹦跳跳，喷溅着鲜血，重又滚进了府门。而他的身子，则留在了门外。

李丸人头刚进门，满身是血的大汉骑都尉曹操，便站到了府门口，他身后则是汉军的剑林戟海。他没有急着进门，而是双手叉腰，盯着门内罘罳上所盖的黄布，呵呵笑道："苍天已死？"然后，他示意左右用两杆长戟高高挑起黄布，然后自己一跃而起，用佩剑将其凌空劈成两片：一片留着"苍天"二字，一片留着"已死"二字。此刻，恰好有一阵斜风吹过，写着"苍天"二字的那片黄布竟借着风势，越飘越高，轻轻掠过滚着白云的天空，飘出城外，失去了踪影。

一阵鼙鼓响起，两列汉军踩着鼓点，从左右两边绕过罘罳，进入庭院。发弩士端着弩箭，执戟士平放戟头，立即震慑住了庵庐里所有的黄巾军。曹操威严地环视四周，得意地看着那一张张充满恐惧的脸。随后，他的眉头又皱了一下，因为他在几个伤患的眼睛里看出了不臣的敌意。他冷笑一声，突然将脚边李丸的人头高高踢起，随即抢过身边兵卒的弩机，扣动悬刀，射出弩矢——那弩矢穿透了半空下落中的李丸首级，将其死死钉在正堂的门楣之上。

曹操的一踢一射，几乎吓散了所有人的魂魄。须臾的宁静之后，一片哀号便从庭院内响起："饶命，饶命啊！"

曹操听罢，哈哈大笑，随后一挥手："交出华佗、胡婵与姜氏母子者，可免死！"

话音未落,华佗、胡婵与姜朗母子便在众人簇拥之下,来到曹操面前。曹操大喜:"该找到的人都安然无恙,这下朱儁将军与孙文台都无话可说了!"胡婵刚想问曹操孙坚目前是否康复,便见曹操微笑着向她眨了眨眼,示意孙坚一切安好。曹操再向左右使了一个眼色,兵卒们立即会意,将华、胡、姜等人与黄巾军分开。此时,华佗却抵抗着兵卒的推搡,大喊道:"送我回正堂!我还要去施术!"

曹操拍拍华佗的肩头:"元化啊,瞧瞧你自己,眼布血丝,一脸憔悴,我曹操看着心疼啊!你真这么喜欢施术,我这就将你送城外去,想必那里待你解救的汉军伤患已有不少。但你在这里算什么?救治贼军吗?难道你不怕被安上'通贼'的罪名吗?"说罢,曹操将头转向胡婵,"孙二夫人啊,你还愣着干吗?且帮我劝劝他。"

胡婵刚想说话,华佗便用手势示意她闭嘴。然后,他盯着曹操看了许久,突然伸手去摸曹操的脉象。曹操倒也配合,伸出手腕,让华佗仔细诊断。他还故意吐出舌头,指指自己的舌苔,示意华佗看得更仔细一点儿。检查完毕,曹操笑着问华佗:"元化,你看我的疫病好了吗?"

华佗好奇地问:"孟德,你是如何自愈的?"

曹操不知何时从手心中变出一小把桑葚干,放在嘴里,津津有味地咀嚼了起来,边嚼边说:"元化,我早就说过了,这病吃点桑葚就能自愈。"然后看看胡婵,继续说道,"其实你家文台也是吃了我曹家的桑葚才康复的,你说你们孙家是不是得谢谢我们曹家啊?"

"文台为何没来？"胡婵总算抓住机会问了一句。

曹操回道："他目下在宛城县寺[1]呢。其实在进城之前，我与文台都不知道你们究竟是在县寺，还是在这郡守府，所以就兵分两路去找。瞧，还是我曹操运气好，抢在文台之前找到了你们啊！"

此时，曹操的目光落在了人群中的言无名身上。

胡婵见曹操眼神有异，便说道："这就是西域高僧安世高的弟子言无名，几个月前云游至此，被贼人俘虏，孟德也顺便救了他吧。"

"哦？"曹操好奇地睁大了眼睛，"这就是言无名？他是如何被俘虏的？我怎么听说，他曾绑架过下邳王，行迹非常可疑呢？对了，孙二夫人，当时你就在下邳，关于这事的底细，你知道得比我多吧？"

胡婵脸色一沉，不知如何回答。曹操见状，哈哈一笑："无妨！无妨！不管可疑不可疑，先救出再说。你孙二夫人的面子，就是孙文台的面子。"随后便向言无名招招手，"小师傅，来这里吧！"

不料言无名双手合十，一动不动。他只是问曹操："曹都尉，这些伤患你当如何处理？"

曹操眯起眼睛，说道："等一会儿我会将此处交给孙司马接管，你去问他便是。我得到的军令仅仅是救出该救之

---

[1] 宛城同时是南阳郡的郡治所在与宛城县的治所所在，所以同时有郡守府邸（即黄巾军的渠帅府）与县寺。

人，余事不管。"

"曹都尉，你确定不会杀俘吧？"言无名怀疑地看着曹操，依然一动不动。

曹操将佩剑收回剑鞘，笑道："小师傅，我真不想重复刚才说的话。如何处置俘虏，是孙文台的事情，我把你们救走，立即就会带兵离开此地。"

此时，胡婵有点儿按捺不住了，对言无名喊道："孙司马为人仁义，断然不会杀俘，小师傅快随我们来！"

言无名犹豫了一下，开始慢慢往府门走去。几个伤患见势不妙，立即爬过去抱住他的腿，喊道："小师傅，别走啊，你走了，我们心不安啊！"

曹操向左右兵卒使了一个眼色，随后，一个大布囊被扔到了庭院内。布囊口慵懒地敞开，从中滚出了几块胡饼。庭院内的伤患见到有吃的，立即放开言无名的腿，去抢胡饼。胡婵借机冲过去，一把就把言无名拉到门外。

曹操点点头，叫所有兵卒也跟着出府门，再用一把自己带来的新锁具将府门给反锁上了。曹操拉过身旁的一个百夫长，小声嘱咐道："府门外的这些伤患，大都已受重伤，毫无战力。等一下，让那些刚补充来的新兵去了结这些贼人，也让新兵练练胆。府内的伤患，就留给你们这些老兵了。趁着他们吃胡饼没防备，先用弩箭射上几轮，然后再进门补刀！"

百夫长点点头。曹操再问："弩矢够吗？"

百夫长轻声回道："都尉妙算，进城时我们每人都为自己补充了弩矢。昨夜射得城内满地都是。"

曹操满意地点点头,然后环顾四周,突然大喊:"军乐怎么停了?奏乐!"

鼓手得令,立即又开始敲起鼓,铙手也开始击打起铜铙。但吹箫手却一时手足无措,因为他们尚不知曹操要奏哪个曲子。刚想问曹操,曹操却已扯着不太动听的嗓子,带头唱了起来:"春——华——竞——芳——"

吹箫手立即会意,原来这是前汉蜀中大才女卓文君的《诀别书》,曹操最喜爱的乐曲。于是众人立即奏鸣合唱:

> 五色凌素,琴尚在御,而新声代故!锦水有鸳,汉宫有木——

唱到"彼物而新,嗟世之人兮"一语时,府门外的二十名弓弩手举起了弓箭,对准青天。与此同时,所有弓弩手都用眼角的余光,看着曹操紧按剑柄的右手,就等他拔剑发令的那一刻。只要一声令下,那些箭矢就会在天空中画出高高的弧线,落入庭院之内!

> 朱弦断,明镜缺,朝露晞,芳时歇,白头吟,伤离别!

当曹操唱出"别"字时,他手指微动,剑已出鞘一寸,露出夺目寒光!众人皆知,箭在弦上,不得不发了。

第二十一回　诈而有方

曹操的剑，终究还是没能完全拔出剑鞘。当剑刚出鞘三寸之时，他猛然感到颈侧的一股寒意。那是尖锐的铁镞带来的寒意。而在铁镞后抓住这半截子矢杆的，则是言无名的手。他出手如此之快，就连曹操都不知道他是何时绕到自己身后，并用一支断箭顶住了自己的要害。

所有的弓弩手都被眼前的场面吓呆了。百夫长一挥手，所有的弩箭都转而对准了言无名——与此同时，言无名手里的箭镞也多插入了曹操肌肤一分。站在一旁的胡婵发出一声惊叫，随即注意到左右兵卒朝她投来怀疑的目光，便用手捂住了自己的嘴。曹操先是一阵紧张，但眼珠一转，脸上还是挤出了极不自然的笑容。他挥手叫手下放下弓弩，然后对着身后的言无名说道："小师傅，少安毋躁！想必你我之间，定有什么误会。这贼窝里可有你的朋友？你且说出名来，我曹操可保其不死。要不你先把箭镞挪开，我们好好谈谈？"

言无名笑道:"这庵庐里的,都是我的朋友!曹都尉皆可保全吗?"

曹操强忍着箭镞压迫皮肤带来的刺痛,勉强笑道:"皆可保全!言无名师傅面子大,你说他们是你朋友,就都是你朋友。"

言无名冷笑道:"那我为何要相信你呢?方才说将这里的伤患留给孙文台去处理的,难道不是你曹孟德吗?而在弹指之间下令射杀伤患的,难道不还是你曹都尉吗?"

曹操的脸不自觉地抽搐了一下,回道:"兵不厌诈的道理,想必小师傅不会不懂吧?我与那些贼寇又有什么信义可谈呢?"

"贼人也是人!是人,就配得上信义!曹阿瞒,你自己是人吗?"华佗这时候突然站了出来,怒指曹操。

曹操哈哈一笑,说道:"元化,那你自己可是信义之人?请问,让这些贼寇陷入险境的罪魁祸首,难道不正是你华元化吗?"

华佗一愣:"此话怎讲?"

曹操笑道:"且问,贼军今日为何会乖乖地被我军诓骗出城,进入朱儁大人设置的埋伏?那是因为他们相信我军有了大疫,相信我军已失战心。而他们为何会相信我军得疫病了呢?这可全拜你元化兄所赐啊!若不是你偷弩递信,又夜闯敌营,不眠不休地给贼人看病,他们又怎会被你的诚意所感动,进而真的相信我军有疫呢?由此看来,利用'信义'二字做文章,以全兵谋者,难道不正是你华佗吗?"

华佗一听，结结巴巴地说道："真是……一派胡言，我是真心相信汉军会有大疫，我从未有意欺瞒黄巾军……"

曹操摇摇头，回道："真心与假意，二者有分别？兵事，只论后果，不看心意。所以，从结果论，华佗，是你，欺骗了黄巾军整整五万人；是你，让其一步步走向了坟场；可方才又是你，来指责我一个仅仅想杀掉余贼以绝后患的骑都尉没有信义。你难道不觉得，你自己恰恰就是这世上最没脸指摘我曹操的人吗？"

华佗一时语塞，不再说话。胡婵接过话头："孟德，至少这些人应留给孙司马处理吧？刚才你不是答应得好好的？"

曹操瞪大眼睛，看着胡婵，叫道："孙二夫人，我本以为你是一个聪慧女子，今日却为何说出如此愚蠢的话来？你难道没有看出，我是在帮你家文台解决麻烦吗？杀俘这种事情，传出去多少有损名声，我曹操恰恰就是因为爱护你们孙家的羽毛，才帮你们去做这脏事的啊！反正我在皇甫嵩大人麾下剿贼的时候，也和他一起杀过几万贼人，无所谓了。孙二夫人，不要不知好歹啊！"

胡婵仔细想想，觉得曹操所言并非毫无道理，也默默闭上了嘴。而对黄巾军本来就怀有恨意的姜朗则在胡婵身边大喊："曹都尉说得对！言无名师傅，快放了曹都尉，黄巾贼才是我们真正的敌人！"

不料言无名却哈哈大笑起来："姜施主，你可别忘了，恰恰是这个曹都尉，于八天之前，曾在你的饭菜里下毒，并准备以你为媒，将疫毒传给城内黄巾军。你的敌人究竟是谁，你可想仔细了？"

姜朗将头一低，不再言语。

曹操冷笑一声，对着身后的言无名轻语道："小师傅，好口才！"

言无名笑道："刚才曹都尉对华先生的一番说辞，也甚是犀利！"

曹操回道："可别忘了，曹某在披上战袍之前，本就是朝廷的议郎。要不，你先放下箭镞，你我找个清净的所在，好好辩辩浮屠教理？"

言无名回道："你先放俘，我再放你；先做人事，后论天理。"说罢，他将箭镞再抵进了曹操肌肤一分。

曹操忍住疼痛，问道："小师傅，你且告诉我，你与那些贼人非亲非故，为何对他们的死活如此执着？难道祛除执念，不正是浮屠道之所图吗？"

言无名怒目回道："类似的问题，贫僧也想问曹都尉，你与这些所谓的'贼人'并无私仇，为何一定要将他们斩尽杀绝？难道无尽的屠杀不会引发无尽的报复吗？"

曹操应道："小师傅，曹某是军中人，必奉帐中命。尽量多砍贼人首级，本就是朱儁大人在昨夜军帐中所发的军令，请小师傅见谅。此外，小师傅是浮屠道人，按照教规，只是自己不能杀生而已，而对于别人杀生，难道不能睁一眼闭一眼吗？"

曹操一边满嘴编着瞎话，一边仔细观察胡婵的紧张表情。他很清楚地看到了她紧咬的嘴唇与慌张的眼神。直觉告诉曹操，胡婵与言无名的关系非同一般。他立即向身边的百夫长使了一个眼色。那百夫长不解其意，逼得曹操只能用唇语对其下令：

"抓——胡——婵——"

百夫长突然开窍，将自己的弩机转而对准了胡婵！

"你们要干什么？"华佗一看不好，立即冲上去护住胡婵。言无名也是一惊，那箭镞又进了曹操肌肤一分，终于将其皮下的小血管切断，让曹操见了血。曹操虽感疼痛，心中却是窃喜，因为他关于言无名与胡婵关系的猜测，现在似乎已得到验证。他立即大声喝令："所有弓弩手，将弩箭对准胡婵！别管华佗死活！也别管我！再说一遍，别管我！"

刹那间，胡婵与华佗二人已被弩箭包围，只待曹操一声令下，二人即会被乱矢穿身！

"放了他们！"言无名一边吼叫，一边控制着自己的情绪，不让箭镞真正刺进曹操颈侧的要害。觉得已掌控局面的曹操，忍着疼痛，轻松说道："小师傅，我没猜错吧？孙二夫人，恐怕真是你什么人吧？"

"她不是我什么人！"言无名嘴里虽然这么说着，那双看着胡婵的眼睛却已湿润了。

曹操笑道："不必掩饰啦！我又不是三岁的孩子。这样吧，我们来做一笔买卖如何？你放了我，我就放了孙二夫人，我们两不相欠。我会把你捆起来交给孙文台，但是事后绝不会追究你今日对我的不敬。"

言无名摇摇头："不行，你得先放过庵庐里的人！"

曹操笑了起来："小师傅，你还没看清楚形势。这府门后的人，已经是死人了。唯一的区别，便是是否要额外再死几个人。你们浮屠道不是讲慈悲吗？你为何偏偏要选那条注定会多害死几条人命的路，而不能顺势而为呢？现在我就来告诉你：我的命，胡婵的命，华佗的命，还有你自己的命，都在你手里了！你选吧，我曹操不怕与你同归于尽。但我事先要警告小师傅：我死后，我在城外的族弟曹仁，不但会杀光宛城内所有的战俘复仇，而且还会杀光方圆一百里内的所有百姓！你选吧，言无名师傅！"

言无名的手颤抖了。胡婵按捺不住，喊道："小师傅，你已经尽力了！浮屠也会原谅你的！别再坚持了！"

千钧一发之际，突然听得远处一阵喧嚣，以及人马踏步而来的声音。又听得有人高喊："城外战局有变！黄巾贼开始反攻！曹都尉快快回防！"

曹部兵卒一听，面色大骇，众人的眼睛盯着曹操。胡婵踮起脚尖，循声望去，但见宛城正街拐角飞出一匹蒲梢骢，马上一员骁将，头戴赤鷩帻，身披火浣布袍，挥舞长戟，正冲向此处。此人不是旁人，正是孙坚孙文台。随后，第二匹、第三匹……直至第八匹马，依次出现，马上之人分别为祖茂、朱治、诸葛珪、韩当、吴景、程普与黄盖。紧随其后，则是跑步跟进的淮泗精兵，足足有七百多步卒。

不待曹部反应过来，孙部已将曹部呈半月形包围，一百支弩箭在外边对准了在内圈包围胡婵与华佗的二十名弓弩手。孙坚在马上对曹部大喊："瞎了你们狗眼！敢用弩箭对准我们孙家的人！"曹部兵卒见状，吓得纷纷放下弩机。祖茂与吴景立即出列，用战马挡住胡婵与华佗，护卫他们进入孙部兵阵。姜朗判断了一下形势，也拉着儿子跟着胡婵进入了孙部的保护圈。在经过孙坚的时候，胡婵抬头对他喊道："文台，快救言无名！"

孙坚点点头，指着还在言无名的箭镞威胁下的曹操，问道："孟德，你我进城分开后没多久，你怎么就弄出了这么大动静？方才竟用弩箭对准我家人，这该作何解释？"

曹操一看形势有变，马上换了哭腔回道："文台啊，你总算来了！你看看这言无名，竟然用箭镞对准我的脖颈，要害我性命。我手下也是救主心切，一时糊涂，竟然转而用弩箭去对准你家二夫人，我拦也拦不住啊！我冤啊，文台！"

孙坚压住内心怒火，强作欢笑："原来用箭对准我家人，不是孟德兄的本意啊！但我孙坚就不懂了，你背后的那个比丘，本是连蝼蚁的性命都不会害的，他为何现在要取你的性命呢？难道他如此作为，也是你的属下逼的吗？"

此时，言无名抢先回道："孙施主，出家人的确不该害人性命，但贫僧也是出于无奈。曹都尉要将庵庐内几百人都杀死，贫僧为了保全他们的性命，只好出此下策！"

孙坚点点头，转向曹操："孟德兄，这就是你的不对了！昨夜在军帐，朱儁大人说得很清楚，对于黄巾贼的俘虏，愿降者，可用者，皆可不杀！在豫州，我们与豫州刺史王允大人一起剿贼时，不是也放过了大批战俘的性命吗？为何现在你却带头违抗军令？"

曹操继续装糊涂："朱儁大人昨夜真这么说过吗？我怎么没听到？"

孙坚不再理他，用马鞭指着言无名："小师傅，你我的信用，在下邳已经彼此见识过。我们不妨再做一笔交易。我先将这庵庐内的人放了，你再放了曹操，如何？"

言无名点点头："孙施主，你的话，贫僧信！"

孙坚跳下马，手执长戟，经过曹操与言无名，来到原黄巾军渠帅府前，用洪亮的声音喊道："庵庐内的弟兄们听好了，我是都亭侯朱儁麾下的佐军司马孙坚！方才我得到军报，城外贵军的主力已被我军击溃，贵军主帅韩忠已被斩杀！南阳黄巾，大势已去！你们要活，只有降！"

"但你们会杀俘！我等该如何信你？"早就听明白外边动静的黄巾军伤患，在门后大声嚷嚷。曹部兵卒则在窃窃私语："刚才孙坚不是说黄巾军在城外反攻了吗？怎么现在又说韩忠已死？莫非方才孙坚是在诈我们？"

孙坚没心思向曹部解释，继续对着府门后的众人喊道："诸位不用担心孙部会杀俘！等一下我开门入府，你们可以以我为人质，与我一起出府门，这样你们总该放心了吧？"

胡婵一听，急道："文台，你何必涉险？"

孙坚转身对她一笑："当年会稽句章，许贼也曾以三百伪妃性命为注，逼我孙坚一人进去与之对质。最后我还不是将人救出来了吗？"

胡婵大喊："此一时彼一时，那时你还未婚配，现在你已是一家之主，不可轻易冒险！"

孙坚摆摆手："今日又有何险？我就不信，黄巾军那么蠢，摆着可以活命的路不走，偏偏去选死路！"随后，他来到府门前，摇摇锁具，回头喊道："钥匙何在？"

曹操对百夫长使了一个眼色，后者将钥匙扔给孙坚。孙坚打开府门，独身执戟而入。片刻，但听罘罳后孙坚大喊："先出去五个弟兄，不必扔掉兵器，但要扯掉头上黄布，在'孙'字旗下聚集，每人可取一块胡饼。先出去者，向府内报平安，然后再出去五个、十个，我最后一个出去。若府外有诈，你们可以砍了我！"

府门外的人都屏住了呼吸。须臾，但见五个伤患彼此搀扶，一瘸一拐地出了府门，惶恐地看着外边的官军。他们很快辨识出了"孙"字旗，匆匆赶过去，领取祖茂给他们的胡饼。吴景还给他们递来了装着清水的葫芦，叫他们别噎着。

得到庇护的五个黄巾军立即对着府内大喊："孙坚无欺！我们都好好的！真有吃喝！李巨眼，快出来啊！陈丘四，你也快出来啊！还有你，任岱涌！"

府门内瞬间一片沸腾。不久后，余下的黄巾军伤患纷纷相互搀扶，走出府门。被遗弃在府门口的黄布，也渐渐堆到了脚踝的高度。

孙坚扛着长戟，最后一个踏出府门。他一吹口哨，程普与黄盖立即扛着象征着大汉的赤旗，冲进了渠帅府。他们身后，跟着一百名孙坚的亲兵。逆人流执戟而立的孙坚大喊："大汉荆州刺史部南阳郡郡府，已被克复！此刻，当有军乐《皇甫嵩歌》!"曹操手下的鼓吹手听罢,竟然忘记了自己不归孙部指挥,纷纷开始合奏。兵卒们也跟着唱起了这首上个月才在军中传唱的新歌:

> 天下大乱兮市为墟。
> 母不保子兮妻失夫。
> 赖得皇甫兮复安居!

曹操不蠢,当然明白孙坚叫曹部演奏《皇甫嵩歌》的用意,便是警示曹操方才所为,违背了他前上级皇甫嵩仁义的本心。但想到自己的性命还在言无名手里,曹操也只好暂时忍耐。他刚想叫孙坚让言无名放了自己,却发现颈侧的压迫感已经消失。回头一看,发现言无名已盘腿坐在地上,正闭目念经。曹操摸着颈侧的伤痕,长舒了一口气。此刻曹部兵卒又纷纷用弓弩对准了言无名。曹操摆摆手,叫他们不要过于紧张。

曹操咳嗽了一声,转到还在带头唱着《皇甫嵩歌》的孙坚背后,轻声说道:"文台,这些俘虏,你真不杀?"

孙坚停止歌唱,轻声回道:"我目测了一下,刚才的降军,约一半人可用,经调教后,可以补充我们孙部。粮草我自己解决,不用你与朱儁大人费心。另一半不堪用的,我则转交给南阳太守秦颉处理,让他将其遣送回原籍继续种田。"

曹操轻蔑地笑道:"就这些歪瓜裂枣,你也看得上?"

孙坚冷笑道:"谁叫我做了十年徐州小县丞,只会算小账呢？哪里比得上你曹孟德，第一个官职就是天子脚下的洛阳北部尉？"

曹操望向沿着主街躺卧的奄奄一息的重伤员，努努嘴："府门外的这些伤患，肯定救不活了，可否让我手下的新兵去练练手？"

孙坚摇摇头："你在这些新投降的黄巾贼面前杀死他们的袍泽，难道不怕他们心寒吗？当然，这些重伤患肯定是救不活了，但我会留给他们匕首，让其中不想再遭罪的自行了断。掩埋尸体的事情，还是丢给南阳郡署吧，我们毕竟都是客军。"

曹操上下打量了孙坚一番，伸出一个大拇指："文台，你厉害！同样是杀人，我曹操会落得骂名，你孙文台却能博得美名。你比我还要奸诈！"

孙坚叹了口气，回道："孟德，你说错了。这不是奸诈，这叫分寸！"

曹操笑道："你这还不是奸诈？你方才连谎报军情的事情都做了，还不奸诈？算了，还是让我来换一个名目吧——你这就叫：诈而有方！"

孙坚苦笑了一下："我也是不得不'有方'啊！当时若不转移贵部的注意力，我担心胡婵有失。"

曹操用拳头砸了一下孙坚的胸膛，笑道："看来文台与我一样，爱妾胜于爱妻！这我懂，哈哈，我懂！"

此时，孙、曹二人突然又听得远远有人骑马来报："军令！朱儁大人军令！"

转过街角的斥候手执幢旗[1]，表明自己确是代表朱儁本人。

所有人都陷入了沉寂。

---

[1] 一种形状似小型伞盖的旗。"幢"读"床"。

第二十二回　军令如山

那斥候飞身下马，立即向曹操、孙坚下拜："报曹都尉、孙司马，朱儁将军军令如下：其一，目下城外贼军已被歼过半，余贼已溃。急令：曹都尉、孙司马搜集宛城城内贼军尸体至少千具，出西北门，与主力汇合，在城外筑京观，以震慑余贼。其二，急令：验明城内降贼人数，不得杀俘，以示朝廷仁德，待南阳郡署做后续处置。其三，特急令：在城内搜捕妖僧言无名，火速送至朱儁将军处；若妖僧已死，则呈其首。"

孙坚听罢，脸色大变，上前欲向那斥候询问这第三道命令的详情。不料斥候却向其摆摆手，示意不要靠近自己。然后他在曹操耳边低语："朱将军有些话，托小人直接带给曹都尉！"

曹操回头看看孙坚，问那斥候："孙司马难道不能听？"

斥候点点头："朱将军特别言明，孙司马与那妖僧似有瓜葛，因此点名要曹都尉来办这事。对了，朱儁将军还特别嘱咐，言无名作为浮屠道弟子，协助黄巾贼已有数月，背景极为可疑。司空张温来信说，朝廷可能要顺着他的这条线，去查他的师傅安世高，由此评估是否要在全天下禁浮屠道。兹事体大，还望曹都尉三思。"

曹操眯起眼睛，回道："知道了。"转身直奔言无名而去，脸部的肌肉则立即熟练地挤出了笑意："小师傅，你刚才听到了，这下为难你的可不是我，而是朱儁大人。要不就委屈你去见见我们将军？"

依然盘腿而坐的言无名睁开眼睛，笑着回道："那军令说得清楚，若言无名已死，则呈其首。请曹都尉砍下小僧首级，带给朱儁将军！"

曹操大惊："小师傅，你神志可还清爽？你现在难道不是活人吗？朱儁大人的军令，可根本没有斩杀你的意思！"

一脸紧张的胡婵在旁帮腔："曹将军所说极是，这小师傅的神志真是不清爽了——对了，孟德，别理他，我们就将其直接扭送到朱儁大人那里去吧！"

言无名转而对胡婵笑道："胡施主，你确信这不是送羊入虎口吗？"

胡婵还想再说什么，没想到被华佗抢了话头："小师傅，别的事情我不懂，但你跟我七天，医术进展神速，你确实是学医的料啊！别自寻死路，枉费了自己的才能！"

言无名转身对华佗笑道："治身病易，治世间病难。治身病，得靠神医，而治世间病，得靠殉道。我不入地狱，谁入地狱？"

孙坚此时冲过来，摇晃着言无名的肩膀，喊道："言无名，好好的，扯什么地狱啊！这事没那么严重，我看其中必有误会。我与那朱大人多少有点儿私交，我会在他面前为你说情的。只要人活着，总有希望！"

言无名突然压低声音："我死了，难道不是对你更好吗？下邳的事，你不也有份吗？"

孙坚一听，脸色骤变，晃动言无名肩膀的手也松了下来。

曹操敏锐地捕捉到了孙坚表情的变化。他顺势将孙坚拉到一边，说道："文台，这事还是让我曹操来办吧！你在下邳与这小僧之间的事情，江湖上多有传闻，现在你若再包庇他，怕是以后会有人说你闲话。"

孙坚叹了口气，对曹操轻声说道："言无名武艺高强，智慧过人，现在却突然求死，此中必有隐情。也恰恰是因为我与他曾打过交道，多少知道其秉性，所以，让我去问出他求死之因，才显得比较稳妥。"

曹操摇摇头："军令的意思是，言无名这人，朱大人活要见人，死要见尸，却并没有说若言无名想寻死，我们就得顺势弄清楚他为何想死，你别画蛇添足了！"

孙坚低声再道："有些私事，我必须要与言无名当面说清楚，旁人又不方便听，孟德能帮我这个小忙吗？"

曹操笑道："我为何要帮你这个忙？刚才那斥候告诉我，朱儁大人因为怕你与言无名有瓜葛，特别嘱咐我，不能让你插手。"

孙坚狠狠用拳头打了曹操一下:"你必须帮我,因为你还欠我的!"

曹操摇摇头:"我哪里欠你了?我欠你什么了?"

孙坚回道:"你害我得疫病!这就是人情债!"

曹操笑道:"但我用桑葚救了你啊,债已经还了。"

孙坚咬着牙:"这也算还?你害我几天躺在床上生不如死,这怎么算!还有我侄子孙贲,身子现在还没好透,这怎么算!"

曹操想想,笑道:"好吧,看在令侄还未痊愈的分上,我今天帮你,但事后我们就真算两清了!还有,我得说清楚了,我只能给你半个时辰,事后无论言无名是死是活,你都得将其交还给我。你若协助他逃跑,可别怪我不客气!"

孙坚拍拍曹操的肩膀:"孟德,多谢了!"然后他指着身后的阙楼,说道,"看到南阳郡守府里的那座阙楼吗?我与言无名就上那阙楼交谈,你带你的人在楼下,将下楼的所有通道都封得死死的,我与他自然就插翅难逃了。这样安排,孟德还有什么不放心的吗?"

曹操点点头:"好!我知文台信义!不过,就给你半个时辰!"

此时,孙坚来到言无名身边,小声说道:"小师傅,不管你现在是要寻死还是觅活,你我是否可先攀谈几句?"

言无名颔首。但他突然又抬起头,看了看胡婵,对孙坚说道:"可否请胡施主一起?"

言无名的声音虽然很轻,但胡婵从其口型就看出了他的话意，立即跑过来抓住言无名的手，说道："当然！"

言无名笑着点点头，再看向人群里的祖茂，问孙坚："能请祖施主也一道来吗？"

孙坚一愣。先一步猜出其中玄机的胡婵，立即向祖茂招手："大荣，你也来一下！"

祖茂惊讶地用手指指着自己，那意思是：真是叫我吗？

胡婵再次向他招招手。

就在这一刹那，孙坚也明白言无名为何要叫上祖茂了。他对祖茂大喊："大荣，怎么磨磨蹭蹭的？快来！"

祖茂挠挠头，怀着疑惑走向孙坚。祖茂身边的朱治此刻也糊涂了，他不知胡婵、孙坚为何偏偏叫上祖茂，而忽略了自己——其实在下邳的书肆前，他也与言无名打过交道。他刚想开口问，却被诸葛珪拉住了。诸葛珪在其耳畔轻语："君理兄，祖茂是文台在富春的老乡，现在叫他一起去见言无名，这就说明他们之间的渊源至少要上溯到文台在富春的岁月。君理兄啊，你认识文台，比我都晚，现在就不要去凑热闹了。"

朱治点点头，转头去看同样早在富春时就认识孙坚的吴景。但见吴景正皱着眉头，想着诸葛珪方才对朱治所说的话。他掐指一算，发现孙坚在富春时，言无名应当还是个孩子。一个孩童如何会与彼时的孙坚扯上关系呢？吴景刚想问孙坚，但嘴一张开，却又觉得不妥，便闭上了。

第二十三回　圣僧殉道

众人随着言无名上了阙楼，胡婵示意祖茂关好门。言无名回头对孙坚笑道："孙司马，那些金子你可藏好了吧？"

孙坚摆摆手："目下这形势，小师傅就别操心金子的事了，多想想你自己的命。"

言无名笑道："金子未必就不如人命重要……"

孙坚反问："何以见得？"

言无名回道："众生身朽后，前生所造之诸业，百劫而不毁；因缘聚合时，其果定成熟。譬如，数月前小僧与你分金，便是造业；虽然言无名今日就会死，但分金之业却依然会蔓延至未来……"

孙坚听得似懂非懂，反问道："留金存人，难道不是更好吗？"

言无名回道："现在人定是留不住了。目下贫僧已是浮屠道在华夏生存的阻碍，必须杀身保道。"

胡婵实在按捺不住，冲过去抓住言无名的手说："孩儿，天无绝人之路，肯定有让你活下去的办法，肯定有的！"

胡婵说的"孩儿"二字，孙坚与祖茂都听得真切。孙坚先是愣在那里，然后微微点头，心中关于言无名身份的所有猜测都有了答案。他抓住胡婵的手，指着言无名，问道："这果真就是你当年在曲阿丢的孩子？"

胡婵默默点头。

"你何时确认的？"孙坚再问。

胡婵轻声回道："这事……胡玉生前就曾告诉过我……不过，我是在昨夜才与孩儿当面相认的。"

"那在下邳的时候，你为何不告诉我？"孙坚捏疼了胡婵的胳膊。

胡婵哭诉道："我那时告诉你又如何？我生的阿朗在家里就已受尽白眼，难道还要再多带一个孩子回去受更多的白眼吗？"

言无名在一边插话道："胡施主说岔了，贫僧已出家多年，又能回何人的家？"

孙坚将头转向言无名："小师傅，我虽然对你的身世有所猜测，但你为何不在下邳就将内情和盘托出，这样，或许我还能帮你更多？"

言无名摇摇头："孙司马，你在下邳已经帮小僧够多了。再说，当时你若真知小僧所有底细，恐怕就会为了践行誓言，而忘了大汉下邳县丞的本分，这反而对孙家不利。"

孙坚又听糊涂了，反问："什么誓言？我又与何人立下过誓言？"

言无名笑道："十二年前的熹平元年七月二十九日，伪越后柳氏被你斩杀之前，孙施主不是在她面前立下过什么毒誓吗？"

孙坚脸部的肌肉不自然地抽搐起来。他当然记得柳氏临终前对自己的嘱托，以及自己对她的承诺。祖茂一拍脑袋，恍然大悟叫了起来："小师傅，我想明白了，你本是胡婵的亲子，然后又成了伪越后柳氏的养子，她死后你又从了浮屠道？"说到这里，祖茂转而抓住了孙坚的手，问道，"那么……文台你在柳氏临终前向她发的毒誓，就是关于言无名的？"

孙坚点点头："我向她发誓：若能找到其养子，必保其安康一世；若食言，最后必死于乱箭之下！"

祖茂又转向言无名："当时我的确看到柳氏在死前曾对文台耳语，但你当时又不在场，如何知道她要文台所立之誓的详情？"

言无名回道："句章城破前一夜，我养母通过占卜，已预知她翌日会死于曾搭救过她的一位故人之手，只是她也不知那人究竟是谁。她当时就对我说，无论那人是谁，都会逼其发下毒誓，保我平安！"

孙坚听了一惊，再问："她为何预判得如此之准？"

言无名笑道："此乃天机……现在想来，定是孙施主在前生与养母有孽缘，必须此生再来了断……"

祖茂皱着眉头，喃喃自语："柳氏……曾被文台搭救……

言无名为柳氏养子……怪不得连我也觉得小师傅有点儿眼熟,现在总算想起来了……对了,我第一次见小师傅与柳氏在一起,是在建宁四年!"

言无名接过话茬,说道:"祖施主好记性!建宁四年七月初八,从富春去钱唐的水路上,我与养母搭船,遇到了同船的孙施主、劫船的海贼,还遇到了拔刀相助的祖施主。那时贫僧还只是一介幼童!那日真是缘分齐聚!"

祖茂点点头:"对!当时你的歌声,我隔着很远都能听到。我还记得你唱的是卓文君写的《白头吟》——竹竿何袅袅,鱼尾何簁簁!"

言无名笑道:"祖施主着实好记性,当时我只是随口唱的。现在想来,卓文君所写的,其实也是竹竿与游鱼之间的生死之缘……"

"这样的话……"祖茂的视线扫过了胡婵,突然又想起了什么,转而问,"小师傅的歌声,当时你肯定也听到了,难道你作为生母,竟辨听不出?对了,我想起来,在二船首尾相续时,我发现你曾偷偷抬头看了一眼后船,你当时可看见小师傅了?"

胡婵被点到伤心处,不敢回应,捂住脸哭泣了起来。

祖茂已从胡婵的反应中知道了答案。他抓住胡婵的手,责备道:"你当时就该认他!我们祖家不缺这点钱,将其当作小奴婢买入就好。现在你看你的儿子,莫名其妙进了贼窝,满腹塞的都是些不知所云的教义,竟放着活路不走,一心求死!"

祖茂还没责备完,就被言无名打断:"祖施主,同样的话,昨夜我已经问过胡施主了。不过现在想来,当时母子未认,只是缘分未到,此事还真不能强求。再说,比起做祖家的奴婢来说,贫僧后来能去白马寺接受安世高师傅的提点,领悟世界之真谛,难道不恰恰是人生之幸事吗?"

孙坚摇摇头:"小师傅既已得名师提点,就应在白马寺安心译经,侍奉浮屠,来下邳与南阳来掺和什么俗事!"

言无名笑道:"践行浮屠之道,译经、诵经只是其一,普度众生才是终极目的。在我教看来,众生平等,无论官民,不分阵营,皆可救,皆值得救。而目下天下兵乱,黎民困顿,恰是我教大展宏图之机……"

"小师傅说的到底是什么机会?是代汉的时机吗?"孙坚警觉地皱起了眉头。

言无名哈哈大笑:"汉祚是否绵延,乃看大汉自身的寿缘,我教毫无兴趣。我教更想追问的是:为何如此多的人对改朝换代如此执着?"

"这个问题,难道不该去问黄巾道吗?"祖茂在一边插嘴道。

"难道事情的根由,不更应去问大汉天子刘宏吗?"言无名反击道。

孙坚揣测言无名接下来就会枚举天子的种种荒唐,便抢过话头:"自光武中兴以来,汉祚绵延十一帝,总不能指望人人皆贤明如尧舜吧?"

言无名笑道:"孙司马误会了。依俗人观点,当今天子确实远谈不上贤明；然按我道观点，当今天子才是天下最苦之人！"

"此话怎讲？"孙坚眯起眼睛。

言无名回道："天子食尽珍馐，阅遍美色，看似不苦；却也恰恰因此，他早已成为物欲、色欲与权欲之奴，所以才会以有涯之人生，不断沉浮于无涯之欲海。卖官鬻爵、擅废贤后[1]、压制党人，皆因天子有欲壑难填之苦，并因此导致天下人人皆苦。由是观之，浮屠道的真正敌人实非天子，而是天子心中的苦，也就是人人心中都有的对欲念的执着⋯⋯"

胡婵插话道："孩儿说得对，所以你更应当回白马寺，那里离天子更近，更方便开导他⋯⋯"

言无名摆手道："难道天子的执念消了，世人就不再愚蠢吗？"然后他又转头看着孙坚，"孙司马，难道你心中就没有那种执着吗？你扪心自问，你自己的志向，仅仅是二千石吗？难道你就没有周公辅成王之志吗？想那当今天子，其欲海无论多么广袤，毕竟其生来就带着皇家血脉，也有做迷梦的本钱；而你一介瓜农出身，却想位列三公，难道你敢说你自己对于权力的执着，比那天子更少吗？"

"我不想做三公，我的志向，仅仅是二千石而已⋯⋯"孙坚阴着脸回道。

言无名笑道："鸿鹄之志，岂可以燕雀之姿遮掩？远的不说，你在下邳为揽大权，先后设计除掉傅、尉、相三个顶头

---

[1] 这指的是汉灵帝废宋后，立何后之事。

上司，如此谋略、手段，可是心中无大执念之人所能有的？"

孙坚立即摆手："此言不确！是他们先算计我，将我逼上死路的……再说，我一直兢兢业业为朝廷办差，我若真有野心，为何不早就从贼，做了渠帅，还用在这里做一个区区佐军司马？"

言无名笑道："你不投黄巾道，是你估算出黄巾道此次不能成事，而非你的野心在张角之下。汉廷对你而言，不过就是实现你企图的器具罢了。贫僧真不知，若干年后，你若真得了二千石的俸禄，会不会再生得陇望蜀之念，掀起比黄巾道更大的风浪。"

胡婵插话道："那也是很多年之后的事了。不过，孩儿既知文台未来前途不可限量，何不今日就保存性命，等文台日后发达，再襄助浮屠教徒，扶助你去做大教主？"

言无名摆摆手："孙司马未来发达后能襄助我教，小僧自然是求之不得，但若小僧辛苦传道，仅仅是为了将自己变成教主，这难道不正说明小僧心中也有对权力的执着吗？"

"那你如何证明心中无此执着呢？而且，如果连这点执着也没有，人活着又是为何呢？"祖茂皱起了眉头。

言无名双手合十，笑道："贫僧确无此执着，其证据便是，今日我愿意以身殉道！"

"仅仅为了证明自己无执，就要殉道？"胡婵的声音在颤抖。

言无名笑道："当然不仅仅是为此。诸位已经听到了，朝内有人在查小僧与我师父安世高的关系，为做切割，为护恩师，小僧今日必须赴死……"

"难道小师傅就不能先留下性命，让朱儁先押你去朝廷交差？等我们花钱到洛阳的各个关节疏通，再帮你活命，难道不成吗？"祖茂在一边插话。

"万万不可！"言无名突然愤怒地打断了他，"我道进入中土，肇始于孝明帝时期，至今二百年都不到。不少人至今都分不清我教与黄老之术之间的区别。若被天下苍生看到我堂堂安世高的弟子，竟然上了刑车，一路被押解到京城，又会对我教产生多少误解？就算承蒙诸位好意，用重金使我免死，我脸上若被打上囚徒的烙印，又怎有颜面以浮屠道弟子的名义苟活于世？所以，我今日赴死，无论对我教，还是对我自己，都是最好的选择！"

"那么，我再问那个老问题：早知今日，你在下邳分了金子，自行回洛阳便是，又为何来宛城？"孙坚再问。

言无名笑道："就是为了传道。这几个月来，贫僧拿下邳之金购入大量草药，以行医为名，向宛城的黄巾道的弟兄们讲道，成效真不知比在洛阳传经好上几倍、几十倍！即使贫僧已看出黄巾道此次会事败，但至少浮屠道的种子已在一两万农人心中种下，终有一日会抽枝发芽。果真如此，便是贫僧在宛城完成的大功德，死而无憾……"

"但若你在这些黄巾战俘面前殒命，难道他们不会对贵道失望吗？"祖茂瞥了一眼在一旁抽泣的胡婵，还是没有放弃劝说言无名的最后机会。

言无名笑着摇摇头："我道并未许诺信道者可不死，故此，我道信徒当然不会对贫僧的死感到失望。相反，若他们发现我道中人有殉道之勇气，反而会更加笃信我道……对了，等一会儿，能麻烦祖施主送贫僧上路吗？"

"啊？"祖茂惊得合不上嘴，"你是要我动手杀你吗？为何是我？"

言无名笑道："我道不许自杀，贫僧不能破戒。胡施主十月怀胎生下贫僧之俗体，贫僧当然不忍心叫她动手。孙施主与我养母有誓言，要保我安康，自然也不方便叫他动手。祖施主与我养母无约，所以只好麻烦祖施主了。"

祖茂瞬间呆住了，许久才问道："在胡婵与文台之外，这阙楼下的军士何止千百，为何找我？"

言无名笑道："贫僧不想死在生人手里。祖施主既然在去钱唐的水道上见过小僧，便是与小僧有缘。因此，由祖施主来了结小僧性命，是小僧所有死法里最为圆满的。"

祖茂犹豫了一下，看看孙坚。孙坚默默点头，算是应允。此时，言无名已经盘腿坐好，手转佛珠，念念有词，伸长脖项，闭目等死。

祖茂咬咬牙，开始去解自己的佩刀。不料，他的手刚按到刀柄上，胡婵就发疯似的扑上来按住祖茂的手，不让祖茂的刀出鞘。祖茂的杀意本不坚决，被胡婵这一哭闹，立即没了主意，只好回头望向孙坚，但见孙坚竟背过身去。

所有的男人都停止了言语，只剩下女人的号哭。

"你们几个还有完没完？"紧闭的房门突然被踢开。出现在门口的，乃是杀气腾腾的曹操。言无名睁开眼睛，对曹操笑道："曹施主来得正好！祖施主实在太优柔寡断了，曹施主是否可来帮我了结此生，助我快快进入轮回？"

曹操舞起了不知从何处找来的斧子，呼呼生风，大笑道："诸位刚才的对话，我曹操隔着门，大致听了个八九不离十，所以我就是来助各位放弃执着各安其位的。小师傅，你且闭眼，我下手会很快！"说罢，曹操冲到言无名面前，抡起了巨斧。

"曹阿瞒，你敢动我儿一下，我便与你拼了！"胡婵挣脱祖茂的阻拦，直奔曹操而去。曹操的五六名亲随立即冲了上去，隔开胡婵，然后直接将其架起，送下阙楼。只听得胡婵的哭号之声越来越远。与此同时，曹操的利斧已经举起。言无名闭上双眼，等待解脱。孙坚与祖茂都转过身去，闭上眼目。

"咔嚓！"斧落之时，楼板上木屑横飞，却未伤及言无名分毫。言无名睁开双目，略带讥诮地说道："曹都尉，你就这点斧功，也配做武将？"

曹操在其耳畔轻声问道："小师傅，杀比丘，果然不会有报应？"

言无名苦笑一下："是小僧求你杀我的。再说，小僧刚才用箭镞逼你，你难道不想杀小僧解恨吗？"

曹操笑道："好歹你也给我一个遗愿，让我去做，这样事后我也可心安一点儿。"

言无名点点头："也好。看到你身后的一个布囊吗？这是我留给华佗先生的，你转交给他就好。此外，你日后要善待华佗先生，让他多给穷人看病。"

曹操点点头："就这些？"

"就这些。"

言无名重新闭上了眼睛，脸朝地趴在楼板上，方便曹操下斧。与此同时，他的一只手飞快地拨转佛珠，轻轻诵出人生中最后一段经文：

> 生死亦微妙，生死极末也。微明之谛达于末也……[1]

随着曹操的利斧挥下，言无名的首级便被四射的血箭推动着，从楼板处跃起，稳稳落入曹操身边随从早就张开的布囊。但他断颈处的鲜血依然在往外喷射，染红了四周的楼板。曹部兵卒冲上前去，用早就准备好的清水开始冲洗楼板。清澈的井水浇在言无名的背上，冲开了他的袍子，露出了他背上的月牙形胎记。曹操蹲下来仔细验看了一番，又仔细看了看那胎记上方用烙铁烙出的安世高的梵文名字。他随手拾起滚落在一边的言无名的佛串，交给了在一旁发呆的孙坚，说道："文台，留个纪念吧！另外，劝劝你家阿婵，叫她不要太伤心。"

言无名的无头尸身被抬下阙楼时，方才因言无名的勇敢才得以活命的黄巾战俘早已跪拜一片，纷纷号哭。华佗抱

---

[1] 语出安世高翻译的《人本欲生经》。

着兵卒们的腿,不让其将言无名的尸体装车。曹操拍拍华佗的肩膀,将言无名临终前要求自己转交给华佗的布囊递给了他。华佗哆嗦着手打开布囊,但见里面只是零散的竹简与木牍,上面均是言无名这几日与华佗行医时所手写的各种施术的要点,以及他所描绘的缝伤口所用绳结的图样。华佗怀抱着这一堆简牍,对着苍天大喊:"言无名,你若能活下去,便是第二个扁鹊啊!"

两个时辰之后,城外的战场,朝廷的南阳讨贼军与南阳黄巾主力之间的决战早已结束。成堆的黄巾军尸体与薪木重叠,被垒成了六座尸山,每座约两千具尸体。满身血污、步履踟蹰的战俘,在汉军的呵斥下,列队绕过层层叠叠的死人的手脚,丢下兵器,解下头上的黄巾。骑着骝骃马巡视战场的朱儁则皱着眉头,经过了这一张张或仓皇、或哀求、或乞怜、或痛苦、或不屈、或麻木、或失神、或痴笑的脸。他转头问身边骑马伴行的南阳太守秦颉:"果真没有找到步幸的尸体?"

秦颉摇摇头:"激战时,卑职曾与步贼打了个照面,刚要去擒拿她,却被敌酋韩忠横戟挡下。卑职与他缠斗甚久,才斩下其首级,但步贼却就此逃脱。卑职刚才又找人问了一遍,很多人都说看到步贼逃向北方了。是不是去冀州投奔张角了呢?"

朱儁叹了口气:"幸好她只是一介女流,方便你我在公文里将其说得无足轻重——否则,朝中阉党又要胡说我们剿贼不利，放走贼酋了。"

秦颉点点头，不再说些什么。此时，荆州刺史徐璆的坐骑也追了上来，在朱儁耳边轻语："朱大人，方才曹操已经遣人送来了暗通黄巾道的妖僧言无名的首级……"

朱儁一皱眉："首级？为何不将其生擒？我并未说要将那比丘斩杀！"

徐璆回复："据说是他自己求死的，曹都尉亲自动的手……"

朱儁一捋胡子："自己求死？曹操动的手？当时孙坚在做什么？"

徐璆回复："据说孙坚就在一边看着，什么也没做……"

朱儁低头沉思片刻，然后抬头对徐璆说道："孙、曹因投毒之事已生嫌隙，却对杀言无名一事达成一致，可见，此人确是死了才好。也罢，你我就在公文里对朝廷说，言无名被黄巾贼劫持，死于乱军，其余旁枝末节，牵涉越少越好。"

"诺！"徐璆作揖领命。但他想了想，又加了一个问题，"都亭侯，这次能侥幸骗得贼军出城与我军野战，全靠华佗深入敌营，散布关于我军疫情的假消息。我们是否要上书朝廷，为华佗记功？"

"万万不可！"朱儁摆了摆手里的小麾旗，轻声嘱咐道，"'疫情'二字，无论真假，绝不能出现在公文里！华佗与胡氏深入敌营的事，也绝不能提，防止有人居心叵测，就此来做文章！"

徐璆听罢，点点头，顺着朱儁的思路说道："甚是！毕竟疫源涉及曹都尉，颇为麻烦，最好不提。"

"只是军中防疫之事，犹须外松内紧；用贼尸筑京观，更要焚后再筑，以免形成新疫源！若真有了新病患，必须立即隔离！"朱儁不放心，还是多嘱咐了一句。徐璆点头称是。

此刻，黄巾军尸体所垒成的那六座骨肉之山，已被汉军兵卒点燃。不久后，南阳的大地上便升起了六股高高的烟柱，逆着圆日西落的方向，将自己修长的影子投向东方，并借着晚风，将皮焦肉烂之味，飘向四下。

本回后记

南阳黄巾军主力被歼灭后，残部在孙夏带领下继续与朱儁部作战，但已无法扭转颓势。到了同年初冬，南阳黄巾基本被肃清，朱儁部大功告成。与此同时，皇甫嵩率领的冀州剿贼军也是凯歌频传。冀州黄巾军领袖张角在秋天病死后，部下由其弟张梁、张宝接管。张梁部在十月的广宗[1]战役中被皇甫部歼灭，三万人被官军斩首，五万人在逃命时溺水而死，张梁亦死。皇甫部掘张角墓，开棺戮尸，传首京师。次月，在下曲阳[2]，张宝部也被歼灭，张宝死，

---

[1]　今河北威县东。
[2]　今河北晋州市鼓城村附近。

皇甫嵩得俘虏十万。至此，几乎蔓延全汉境的黄巾大起义，基本被镇压下去了。汉廷为庆贺胜利，在是年年底改元"中平"。

虽然很多人都传说步幸从宛城逃脱后投了冀州黄巾，但皇甫嵩部在冀州历次大捷后，都未俘虏步幸，或是找到她的尸体。更没有人知道她是否已经怀上了韩忠的骨肉，遑论知晓她是否生下了他的孩子。但可以确定的是，黄巾军的余火，并未被汉廷真正扑灭。张燕、白波、黄龙、左校、青牛角、五鹿、羝根、左髭丈八、苦蝤、刘石、平汉、大洪、白绕、司隶、缘城、于毒等黄巾余党，依然在继续积蓄力量，随时准备东山再起。其中张燕之部，竟在全盛时号称拥有百万之众。但这已是后话了。

曹操在黄巾起义被镇压后，被朝廷派往济南国[1]，任济南相，到任后就裁撤了八成不合格的属吏，震动官场。不过，与其在战时担任的"骑都尉"相比，曹操的官秩依然还是二千石。孙坚在宛城利用黄巾战俘补充己部的做法，对曹操启发很大。黄巾余部再起后，他于初平三年[2]收编青壮黄巾俘虏数万，训成"青州军"，后成为曹氏争夺天下的重要武力支柱。而曹操在宛城抗疫的经历，也使得他对于桑葚的功效产生了迷信。建安元年[3]他迎接汉献帝刘

---

[1] 约当今山东省省会济南市及章丘、济阳、邹平等地区。
[2] 192年。
[3] 196年。

协时，又运来大量桑葚以供养朝廷。是岁，天下早已大乱，粮食每斛暴涨到几十万钱，人相食之事已不绝于耳。但这也已是后话了。

华佗之后的日子过得并不舒心。医术在当时属于"方技"，类巫，虽然能救民于水火，却不登大雅之堂。华佗因此时常借故脱离军营，云游四方给穷人看病，惹怒了已重兵在握的曹操。曹操遣人将其下狱，并拷打致死。不过，这乃是华佗在宛城深入敌营二十四年后的事情了。

宛城大捷后，孙坚因累积的战功被朝廷擢升为"别部司马"[1]，秩比千石，折合每月发放八十斛[2]的谷物。孙坚就此向着二千石的人生目标，又前进了一大步。诸葛珪则得到了兖州泰山郡丞的官职，秩六百石，就此与孙坚别过，去兖州上任去了。孙贲、孙辅、祖茂、吴景、朱治、韩当、祖茂、黄盖、程普等人，则继续跟随孙坚征战西北，以应对大汉帝国所遭遇的最新生存危机。

至于宛城的疠疾，因为根本没有大规模爆发，故几乎不为后人所知。但在此后，瘟神依然迟迟徘徊在汉境之内，不肯散去。黄巾起义刚被勉强镇压的中平二年[3]正月，天下又爆发大疫。此后，瘟神每隔几年就会卷土重来，直至

---

[1] 这不是孙坚当年在会稽剿"阳明皇帝"时隶属于郡的"别部司马"，而是隶属于朝廷的"别部司马"。
[2] 约折合160公升。
[3] 185年。

建安二十二年[1]达到高峰。是岁,"家家有僵尸之痛,室室有号泣之哀。或阖门而殪,或覆族而丧"[2]。名噪文坛的"建安七子",于同年竟殒落五人(陈琳、徐幹、王粲、应场、刘桢)。不过,这已是宛城战役三十三年之后的事情了。

言无名为之奉献生命的浮屠道,则无疑比任何一个汉末枭雄都活得更长。他圆寂后,胡婵性情大变,开始吃斋念佛,并由此影响了年幼的孙权。孙权称帝后,礼遇支谦、康僧会等名僧,并建立江东第一佛寺:建初寺[3]。江南佛事之兴,乃始自孙吴。

---

[1] 217年。
[2] 出自曹植《说疫气》。
[3] 位于南京秦淮区,后历经毁灭、改名,成为今日的报恩寺遗址景区的一部分。目前正在重建中。

尾声　孙刘初遇

中平二年正月十五日，上元节[1]，京师洛阳。按自孝明帝时代形成的惯例，这一日宫中会亮起千盏明灯，以敬浮屠。为方便百姓观灯，全城的宵禁也会被暂时取消，甚至各市的商业交易也能暂时免税。加之这是黄巾势消、改元"中平"后的第一个上元节，全城吏民更是喜气洋洋，大半年前执金吾[2]在全城搜捕黄巾党徒时所带来的那些惊悸与恐怖，似乎已是非常遥远的事了。

戌时[3]的鼓声敲响之时，几日前伴朱儁进京谢恩的孙坚，便已换上了黑色官服，在通向复道的南宫城墙边的台阶上等待。只要沿着这台阶，就能踏上那悬空的复道。所谓"复道"，实为连接洛京南北两宫的三道并列天桥，中间为天子

---

[1] 今元宵节雏形。
[2] 京城卫戍部队的司令。
[3] 19:00 到 21:00。

专用的御道，两侧是臣僚、侍者所走之道。每条道上都覆有屋顶，以避日晒雨淋。今日是上元节，天子已从南宫移驾北宫，故此朝廷特批四百石以上官员都可以在三条复道中的外侧两条穿行，以便就近观赏北门外朱雀门阙之雄姿。有孝廉、茂才名号者，亦可上复道。至于复道下，则是一般路人所行之道。也因今日是上元节，此处亦是人潮熙攘。

正排队等着上台阶的孙坚转头问朱治："朱孝廉，你说这路上行人手里提的灯，灯架外边糊的，难道都是纸吗？"

被人群推搡着的朱治点点头，回道："真是纸！有些似乎还是上等的左伯纸[1]。"

"在京师，纸竟然便宜到用来糊灯！"孙坚几乎要惊叫起来。他清楚记得，即使在相对富裕的下邳，县廷的公文有八成都是写在简牍上的，在那里，纸张的珍贵程度仅次于绢帛。

孙坚的评论引来了两边行人的偷笑。路人甲问路人乙："说这话的这位，看那绶带的颜色，貌似有比千石的官秩了，怎么连灯笼纸都没见过？"路人乙笑道："听口音，似是吴人……"甲回道："怪不得，穷乡僻壤来的，没见过世面。""可不是，哈哈哈哈！"

孙坚听到这些讥讽之辞，心中甚是不满，刚想呵斥，却发现其早已消失在人群之中。他叹了口气，不敢再向朱治多问，以免再闹出笑话。

---

[1] 左伯，东汉书法家。字子邑，东莱（今山东烟台、威海一带）人。善写八分书，有名于时。又改进造纸术，所造纸张品质优良精美，人称"左伯纸"。

说话间，二人来到台阶处的小隘，但见一守隘亭长正与一个三十多岁的青年官吏发生争执。看那青年官吏，身长约七尺五寸、双耳垂肩、面长稀须、双手过膝，面相甚为奇特。他身边还放着一篝箩的"不借"[1]，似乎正急着卖出。只听那青年官吏对着横戟拦人的亭长怒斥道："我是朝廷刚封的安喜尉[2]，为何要我走复道下的布衣之道？"

那亭长笑道："今日上元节特例，复道放行四百石以上级别官吏。你小小一个破县尉，才比四百石，还是给我乖乖滚一边去！"

"比四百石与四百石，不就差这么一点点吗？今天过节，这点都不能通融？"那自称"安喜尉"的官吏放缓语气，希望对方能网开一面。

那亭长用戟头指指那堆"不借"，说道："非是我不愿通融，你闷声不响地混入复道也就罢了，非要带着这堆贱民穿的鞋子，实在是有辱大汉官威！看看这是哪里？这是帝都，天子脚下！"

安喜尉脸一红，说道："还请这位兄弟通融一下吧。这些不借，本尉本想在白天闹市中卖掉，补贴一些家用，不料只卖掉一小半，无奈只好带着来看灯。但御道下的布衣之道的确过于拥挤，我怕这些不借被挤丢了……"

---

[1] 即草鞋。因为草鞋非常便宜，不用借钱就能买下，所以当时叫"不借"。但也有认为是从"薄借"这词转音来的。
[2] 安喜县在今天河北定州境内。当时属于中山国。

那亭长一晃铁戟，喝道："士农工商，商为末等，安喜尉既然自贱为商，就更没资格走御道！你给我滚一边去！"

亭长的话刺痛了身为孝廉却不得不经商的朱治。他不等与孙坚打招呼，就径直走了上去，拍了拍安喜尉的肩膀："这位朋友，你且将这些不借卖给我，多少钱，你开价。然后，你便独自一人进御道吧！"

安喜尉红着脸，喃喃道："你我素昧平生，怎么好意思……"

朱治笑道："兄台也是刚剿完黄巾来京谢恩的吧！"

安喜尉一抬头："你如何知道？"

朱治回道："安喜县远在中山国，你若是安喜尉，这官职十有八九就是朝廷刚封的。朝廷最近封的都是剿黄巾的功臣，由此我推知兄台刚打过黄巾。"

安喜尉一听，立即作揖道："这位兄台，推理严密！在下便是曾在卢植、皇甫嵩麾下效过力的刘备，字玄德，因在广宗之战中有尺寸之功，故被封为安喜尉。"然后，他转向那亭长，正色道："吾为皇姓，涿郡人，前汉中山郡王之后，就凭这一点，吾就走得这御道！"

听到"刘备"二字，远处的孙坚也跑了过来，作揖道："莫非这就是在冀州剿贼中名声大震的刘备刘玄德？"

刘备上下打量孙坚，点头道："这位兄台气宇轩昂，请问尊姓大名？"

孙坚笑道："在下不才，富春孙坚，字文台，兵圣孙武后人，曾在都亭侯朱儁帐下听令。"然后又一指身边的朱治，

"这是我的好友朱治朱君理,孝廉出身,有的是钱!兄台这些不借,都卖给他好了。"

"哎呀呀!"刘备拍手笑道,"真是奇了!昨日我还与我的三弟张翼德说,这次在京都能够见到在宛城立下大功的孙文台就好了,没想到今日就如愿了!"

"得了得了,要叙情到一边去,别挡着道!"那个亭长又不耐烦了。

"这位兄弟!"孙坚来到那亭长面前,握住他的手,塞了小半块银饼给他,轻声说道,"大过节的,行个方便,你自己也买点好吃的给家人!"那亭长掂量了一下银饼的分量,咳嗽了一声,然后背过身去,示意刘、孙、朱三人快点上阶。刘备眼尖,看到了银饼放出的光亮,暗自惊叹孙、朱的富裕。

三人大大方方地经过路障,一步步踏上华丽的复道。复道扶栏处,每隔十步悬一花灯,飞鸟鱼虫,走兽仙神,不一而足。再从复道的扶栏上往下看桥下提灯的百姓,宛若地上银河,流泻不止。孙坚边赏灯边问刘备:"兄台既然来京谢恩,何必再来卖鞋?这些不借,款式过于朴实,在汇聚天下珍奇的京都,的确很难卖出去……"

刘备笑道:"黄巾暴起前,在下就是卖鞋的,偶尔也卖过狗,以及百戏班用的乐器。在冀州剿贼时,我给部下穿的不借,就都是自家打的。别看这些不借样子朴实,但确实耐穿,比一般的不借穿的辰光要长两倍呢!"

朱治在一边笑道:"这样做生意,你会亏的!人家买了你的不借,一直穿不坏,就不会再来买新的了。"

刘备苦笑道:"也正因为如此,我将定价也定为了普通不借的两倍多——但这样一来,就更没人来买了。"

孙坚一听,来了兴趣,立即当街脱下自己的官靴,换上刘备的草制不借,走了几步,又跳了几下,笑道:"鞋底果然比一般不借厚实多了,非常适合大批供给兵卒。"

"但世人买东西只看卖相,不问质地……"刘备在旁边有些颓唐地回应道。

"他们对人也是一样……"孙坚叹了口气,附和道。

"但孙文台你是识货的!"刘备此时突然抓住孙坚的手,在其耳边说道,"同样质地的不借,我还有三千双需要出手,兄台若全部要去,我愿贱卖二成价!"

"三千双?"孙坚瞪大了眼睛,"非是我嫌贵,玄德兄,我要那么多不借干吗?我家也没那么多奴婢啊!"

"文台刚才不是说了吗,给前线兵卒穿啊!"刘备笑道。

"什么前线?黄巾不是已平了吗?"孙坚被问糊涂了。

刘备摇摇头:"文台,莫装,你难道不知道边章、韩遂已反?"

孙坚点了点头。其实,前日他向中常侍宋嘉秘密汇报曹操在南阳之行止时,宋嘉就与他略略提过目前西北的局势。孙坚根据回忆,回复刘备:"据我所知,边章、韩遂均为凉州军边将,对宦官专权一向不满,在去年冬趁着黄巾叛乱的工夫,他们便策动谋反。但从我所读到的战情简牍来看,这场叛乱并不严重,似乎还轮不到我去前线报效朝廷……"

刘备摆摆手:"未必!我前日与一个羌族客商闲聊,他说这次羌人竟然与一直与之为敌的凉州军联手，其势不可小觑！羌人还出了一个很厉害的首领，叫'北宫伯玉'，到处在羌人中说，他的亲姐姐被朝廷酷吏给剥了皮，他这次就是来为姐姐复仇的。依我看，若是这北宫真能策动羌人各部落协助反军，必会酿成一场巨大战祸，或许不下于黄巾之乱！"

"北宫伯玉……"孙坚倒吸一口冷气，眼前浮现出北宫嫣脂那美丽的脸庞，以及她的骷髅。见孙坚失神，刘备好奇地问："文台，你难道听过'北宫伯玉'这个名字？"

"哪里哪里！"孙坚掩饰着自己的紧张，反问刘备，"既然边章、韩遂之乱不容小觑，为何兄台你不想再次报效军中，而要去中山国做一个什么县尉呢？"

刘备叹气道："朝廷已封我做了县尉，若要再将我调至西北前线，公文上会非常麻烦。你孙文台就不同了，你是别部司马，本就可以随时根据调令奔赴前线。再说，朱儁、曹操等高官对你印象深刻，也方便向上面推荐你。依我看，还是你再上前线的机会比较大。对了，到了前线，朝廷发的那些鞋子根本就不顶事，我劝你还是为部下预先备些好的不借吧。兄台是不是嫌贱卖二成还是太贵了？那贱卖三成如何？"

孙坚笑道："就占兄台二成利吧，兄台赚点薄利，也不容易。你的库存，我全要了。明日能提货吗？"

"兄台说好时间、地点，明日我会携我的结拜兄弟关羽与张飞一起去送货！"刘备紧紧握住孙坚的手。

此时，巍峨的皇城北宫，已经映入诸人眼帘。高大的朱雀门门阙直顶天际，千百盏灯装点的阙顶，向微微飘着雪

花的夜空放射着七彩的光。与孙坚一样,第一次看到皇城在上元节之容姿的朱治,仰着头,激动地背起了张衡在《东京赋》中的名句:

> 睿哲玄览,都兹洛宫。日止日时,昭明有融。既光厥武,仁洽道丰。登岱勒封,与黄比崇……

孙坚在一旁听着,两眼渐渐模糊。这十多年来,自己在富春、会稽、盐渎、盱眙、下邳、西华、宛城诸地所见之人、所做之事,在脑海中一一浮现而过。他暗暗点头,喃喃自语:"汉祚不衰,可至远久;文台匡汉,不死不休!"

后世著《坚》者有诗叹曰:

> 新莽祸神州,建武振中土。
> 党锢裂朝堂,江东隐卧虎。
> 桓灵苛政猛,兴亡百姓苦。
> 疠鬼行州郡,荒野抛白骨。
> 富春孙氏起,广陵宦海浮。
> 下邳扫奸佞,宛城保俘颅。
> 漫漫封侯路,时疾时踟躇。
> 文台匡汉时,焉知魏蜀吴?

第四卷完。

CUNEI
F●RM
铸 刻 文 化

徐英瑾 —著

三国前传之
孙坚匡汉

广西师范大学出版社
·桂林·

第五卷

封侯

目录

第一回	陶谦问坚	**011**
第二回	鼻钮龟钮	**021**
第三回	等待仲颖	**027**
第四回	文台斥董	**038**
第五回	文台受命	**049**
第六回	秋风麦浪	**058**
第七回	屯长岑冬	**071**
第八回	二岑何归	**077**
第九回	阵前诉敌	**085**
第十回	箭风矢雨	**094**
第十一回	林中密谈	**101**
第十二回	焰噬穗浪	**106**
第十三回	北宫问坚	**111**
第十四回	文台失印	**116**
第十五回	华雄说孙	**122**
第十六回	流星如昼	**128**

第十七回	兵临榆中	136
第十八回	决堰逃生	144
第十九回	文台上洛	158
第二十回	驴比人贵	167
第二十一回	阙台论政	171
第二十二回	大汉天子	182
第二十三回	龙濯西园	193
第二十四回	八女上山	204
第二十五回	子龙引路	217
第二十六回	秦女朱诺	234
第二十七回	牧之歌赋	254
第二十八回	掌痈心疾	261
第二十九回	驿路艰辛	271
第三十回	孙华叙旧	285
第三十一回	华佗诊痈	291
第三十二回	旧友新逢	299
第三十三回	孙袁彻谈	305
第三十四回	真乎假乎	316

第三十五回	老账新账	324
第三十六回	县堂考校	329
第三十七回	池底玄奥	345
第三十八回	欲爱何分	360
第三十九回	乾坤倒转	377
第四十回	宝刹问计	395
第四十一回	君臣之谊	408

全书插图

图1	东汉王朝十三州	008
图2	与孙坚在西北战场有关的军事活动形势图	009
图3	当卢与马首的关系	039
图4	榆中攻防形势图	142
图5	望垣汉军造堰突围图	151
图6	东汉洛阳简图	159
图7	汉代嵌贝铜龟镇	317
图8	东汉白马寺山门重构图	396

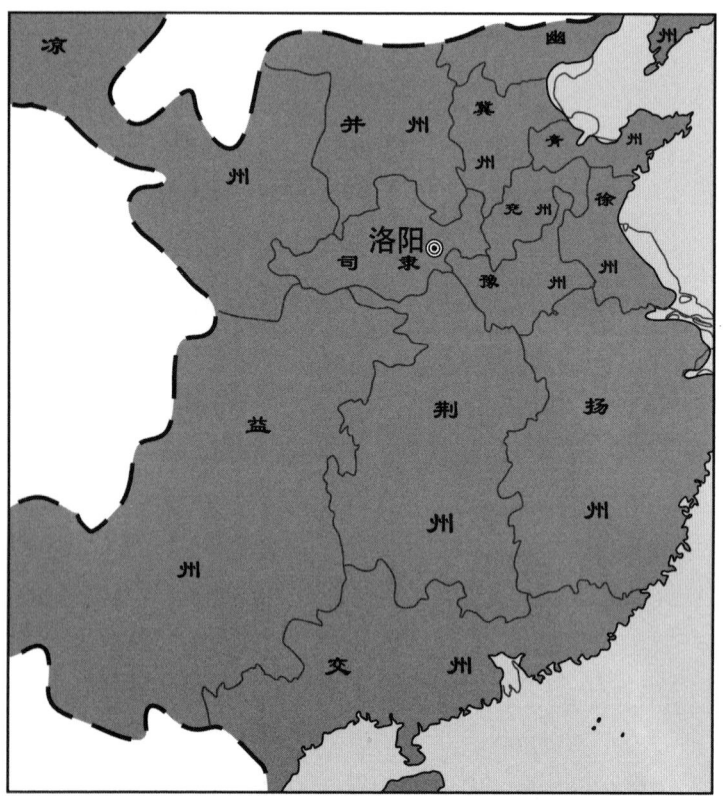

图 1 东汉王朝十三州

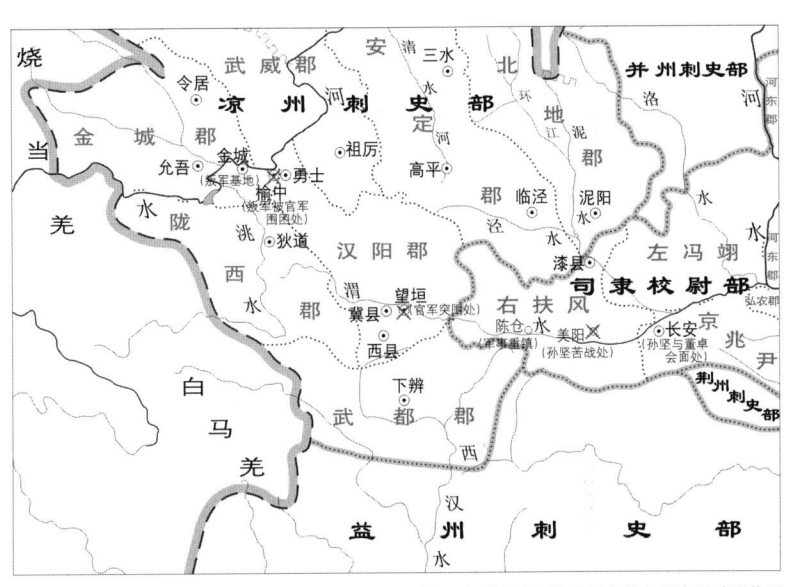

图 2 与孙坚在西北战场有关的军事活动形势图

第一回　陶谦问坚

　　大汉中平二年[1]八月十五日戌时正刻[2]，西京长安城外[3]。沐浴在月光中的汉军营帐，星星点点地闪着篝火。悠扬的竹篪之音从军帐中飘出，应和着将死的老蝉飘荡在夜空中的那一阵阵有气无力的微鸣。不远处，长安巍峨的城墙如巨龙般默默盘卧，仿佛在听这篪音，又好似在听那蝉鸣。渭水则在月光下自顾自地流着，偶尔拍打几下北岸的咸阳塬，问候着兀立在塬上的九位前汉帝王的皇陵。

　　"'激叫入青云，慷慨切穷士，度曲羊肠坂，揆殃振奔逸。'[4]——吴奋起的吹篪之技真是愈发出神入化了！"正伴着

---

[1]　185年。
[2]　约20:00。
[3]　长安在西汉时虽是京师，但东汉时因地位下降而成为陪都，被称为"西京"，有别于"东京"——东汉的正式首都洛阳。但因为西汉皇陵还在长安，故而长安在东汉的政治生活中依然保持着重要地位。
[4]　语出宋玉《笛赋》。

孙坚夜巡的祖茂,听到军帐中传出的籁音,不禁赞叹起来。

骑在蒲梢骢上的孙坚冷笑一声,反手扔给祖茂一个槟榔。祖茂咀嚼了两下,那苦辛的味道,仿佛是来自吴郡老家的问候,瞬间便在唇齿之间弥漫开来。他问孙坚:"文台,味道这么正的槟榔,你是如何得来的?我在东京集市上买的都没这么好吃!"

孙坚笑道:"你就晓得吃!还不是那个叫刘备的,听我随口抱怨了一句洛阳的槟榔不正宗,就变戏法似的变出了三簝筥槟榔。说来也怪,那个刘备不是涿郡[1]人吗,他怎么会进到如此正宗的南方货……"

祖茂有些吃惊:"你刚才说啥?那刘备竟然卖了你三簝筥的槟榔?你怎么不早说?现在你身上还有多少?"他伸手去摸孙坚马鞍边的布囊。不料,孙坚胯下的蒲梢骢警惕地与祖茂的坐骑闪开了一段距离,让祖茂伸长的手扑了个空。失去重心的祖茂差点从马背上滚落,惹得孙坚哈哈大笑。

"文台好兴致啊,大战在即,竟然还笑得出来!"迎面一人骑马而来,与孙坚、祖茂打着招呼。

孙坚借着月光望去,来者非旁人,正是丹阳人陶谦陶恭祖,早早就得过"茂才"头衔,担任过两县县令的政坛明星。此刻,孙坚与陶谦同为参军[2],驻扎西京长安,协助车骑将军张温,以十万之众对抗已在西北造反数月的边章、韩

---

[1] 在今北京、河北一带。
[2] 参谋。

遂与北宫伯玉。因当时张温麾下千石级别以上诸将官中，唯孙坚与陶谦同为扬州人，所以二人平日里走动也便多了一些。

孙坚对陶谦作揖道："恭祖兄，说笑了，哪里有什么战事！我到三辅[1]多日，日日听我家妻弟吴景吹篪消遣，车骑将军的出兵之令却一直没有等到！那反贼也真是滑稽，兵锋止于美阳，也不主动出击，究竟有何企图？"

陶谦摆摆手："文台勿怪！张将军迟迟不发兵讨贼，乃是在等破虏将军董卓董仲颖的大军前来会师，二军合兵，方有胜算！"

祖茂听罢，吐出嘴里的槟榔核，不屑地大笑起来："恭祖兄言过其实了吧！我们为何要等那董卓？那董卓很厉害吗？去年打黄巾贼那阵，董卓取代卢植做东中郎将，围攻张宝据守的下曲阳，竟历二月不克，最后好像是靠贿赂阉党才脱的罪。如此庸将，我们等他做甚？"

陶谦摆摆手："大荣有所不知，此一时彼一时么！那董卓可是凉州陇西郡临洮[2]人，会羌语，其家世根基都在关西，熟悉凉州事务。至于去岁他之所以在下曲阳出了丑，一是因为他远离故土，身边没有自己用惯的羌骑精锐，二来也是因为关东豪杰不齿于当年他在辛亥事变中屠杀太学生的劣迹[3]，不愿为董部提供辎重粮草。但目下董卓既未离故土，

---

[1] 指京兆尹、左冯翊、右扶风，长安附近的三个郡级行政单位。
[2] 今甘肃岷县。
[3] 指168年9月7日（辛亥日）太学生联合外戚窦武试图诛杀宦官集团的政变。后因宦官集团调来张奂、董卓率领的西凉兵团入洛阳，政变以失败告终。

辎重也无忧,蛟龙已入海,大荣切莫轻慢之!"

孙坚点点头,说道:"恭祖兄所言甚是。想那董卓,在追随匈奴中郎将张奂做军司马时,便曾转战幽、并、凉三州,战绩辉煌,绝非庸碌之辈。加之我军目前骑兵奇缺,董部的羌骑若能及时奥援,日后剿贼,便能事半功倍。"孙坚一边迎合着陶谦往下说,一边借着明亮的月光仔细观察他的表情。他知道,目下自己虽与陶谦同为参军,但陶谦毕竟做过县令、议郎与"扬武都尉",其政治资历远比自己丰富,顺着他的意思说话,总不会错。

不料,陶谦听了孙坚的话,竟面无表情,任凭轻盈的晚风调皮地抚弄着自己颌下的胡须。孙坚正想着如何继续发挥一番,陶谦却突然开口问道:"文台,你惧那董卓吗?"

孙坚心中一凛,回道:"恭祖兄何出此言?董部乃是友军,我惧友军做甚?"

陶谦眯起眼睛,淡淡说道:"那反贼边章、韩遂也曾是友军,而且他们也是西凉人。你对董卓与这些反贼之间的真实关系,难道就未曾有过一丝一毫的怀疑吗?"

孙坚听了一怔,与祖茂面面相觑。二人都没想到,朗朗月光之下,堂堂参军陶谦,竟敢如此妄议边军大将对朝廷的忠诚,他葫芦里到底卖的是什么药?孙坚整理了一下思路,压低声音,回道:"看那军报,孙坚知那边章原名边允,韩遂原名韩约,二人都是被羌人胁迫,不得已跟着反了朝廷;反了以后又没脸面对祖宗,这才改的名。由此推知,西凉诸将只要不是迫不得已,是断断不会反的。那董卓大权在握，又无人胁迫他，他为何要反？"

陶谦冷笑道："叫那董卓来长安会师的军令早已下达，他却迟迟未到，文台你不觉得有些蹊跷吗？"

孙坚想了想，回道："依汉律，将得军令逾期不至，当治罪。但若事出有因，则可豁免。董军迟迟未到，究竟事出何故，总得查清后才能断言吧？"

"查清？"陶谦用比月光还冷的目光扫视着孙坚，问道，"到时候谁来查？文台，你敢查吗？"

"这……"孙坚面露难色，他深知自己与董卓品级相差甚远，在车骑将军张温帐中，比自己更有资格质问董卓者，有的是。

"那你还是怕那董卓了？"陶谦步步紧逼。

"哪里……这不是怕不怕的问题。"孙坚摇着头，寻思着陶谦挑动自己的真正动机。

"那就是你自己怕被查？"陶谦突然又迸出了一句。

祖茂此时听不下去了，反驳道："恭祖兄，我敬你是茂才，又同在车骑将军帐下效力，有些话本不想说。但你方才说要查文台，究竟是何意？去岁，文台随朱儁大人打黄巾贼，出生入死，几次差点丢了性命，他对朝廷的忠诚难道还要被怀疑吗？"

陶谦转头看着祖茂，冷笑道："祖大荣，你休要为你的富春同乡开脱。老实说，我还想去查查你的底细！"

祖茂一脸委屈与惊讶，指着自己的鼻子问道："我祖茂又做过什么亏心事？"

陶谦侧过脸，避开祖茂的目光，抬头望着天上的圆月。此刻，一阵清风裹着乌云，遮住了月神长满雀斑的半张脸。夜空中传来了鸱鸮[1]凄惨的叫声，却不见其影踪。待那鸟鸣渐远，陶谦才缓缓开口："想你孙、祖二人将北宫嫣脂剥皮的那夜，空中也曾飞过鸱鸮吧？"

孙坚听罢，浑身不由得打了个激灵。陶谦转过头，盯着孙坚的眼睛，问道："你可知今日反贼首领之一的北宫伯玉，就是北宫嫣脂的弟弟吗？"

孙坚点点头，随即又摇摇头，问道："当年发生在盐渎的事情，恭祖兄究竟是如何得知的？"

陶谦冷笑一声："你且先不管我如何知道的，我就问你，为何当时你杀其姐而放其弟，给朝廷留下了如此大的隐患？今日黄巾刚平，朝廷又不得不出兵十万，以图荡平羌乱。如此大费周折，不都怪你当年的妇人之仁吗？你去岁的那些点滴战功，难道能抵消你的弥天大罪？"

孙坚的脸涨得通红，手指略感发麻。他未直接回应陶谦，而是迅速地思考着陶谦是如何得知北宫嫣脂一事的。孙坚还记得，自己为下邳丞时，督邮张昭也曾拿此事拷问过他。可见天下知此事底细者，恐怕已非一二人。孙坚又想，这陶谦与那张昭都有在洛阳太学求学的背景，张昭是否已私信陶谦，将盐渎命案之实情泄露于他了呢？

未待孙坚的思绪收拢，像是看透了他的心思的陶谦，

---

[1] 即猫头鹰。古时为不祥之鸟。

便主动解开了他心中的疑惑。陶谦说道:"孙文台,你别好奇我是怎么知道你底细的。不瞒你说,是那贼酋北宫伯玉自己说的。你且自己看!"说罢,他扔给孙坚一个布囊。

孙坚打开布囊,发现其中有一硬木削成的六面柱,上书密密麻麻的隶体檄文,着实难以看清。身边的祖茂则将檄文柱接过,示意孙坚拔出佩剑,用剑身反射月光,照亮文字。祖茂则借着这光,一边慢慢旋转这六面柱,一边轻声朗读:

> 大汉讨贼忠义军左将军边章、右将军韩遂、明威将军北宫伯玉,告车骑将军张温、破虏将军董卓所部诸将校部曲:
>
> 西羌之本,出自三苗,姜姓之别也。羌汉同源,轩辕可鉴也。然边吏无端挑拨汉羌,强推编户齐民,每每妄生兵戈。邓骘、任尚、马贤、皇甫规、张奂[1]之徒,争设雄规,更奉讨伐之命,征兵会众,以图其隙;驰骋东西,奔救首尾,摇动数州之境,日耗千金之资,用兵绵延百岁,使天下疲惫。然平羌患之本,不在戎狄,而在华夏;不在发兵甲,而在播仁德;不在征凉、并,而在肃京畿——而京畿可肃之奸佞,又何止中常侍张让一人乎?去岁蛾贼[2]方平,张让无尺

---

[1] 这里提到的都是东汉王朝历代参与汉羌战争的著名指挥官。
[2] 东汉统治者对黄巾军的蔑称。

寸之功，竟封十二列侯之首；今朝重税又起，官爵标价，黔首困顿于道路，阉宦满金于私库。奸贼欺君，天子受蒙，朝纲不振，慢侮天地，亟待豪雨灌田，冲涤污秽。今吾等发义兵于凉州，叩关于三辅，兵谏于天子，虽冒死罪冲撞龙威，然忠义匡汉之心，日月可鉴。今诸君受伪诏来西京，又何尝忍心施箭弩于袍泽，伤鹬蚌而利渔翁？何不合兵趋洛，清君侧、诛奸佞、辅天子而利黎民，留英名而耀宗门？

孙坚一边听，一边摇头，轻轻说道："这里说的事情，与我当年做盐渎丞时发生的那起命案，又有何关联？"

陶谦凑过脑袋一看，笑着将祖茂手里的檄文木转过一面，说道："大荣，你漏读了这一面！"

祖茂的目光顺着孙坚的佩剑反射过来的光斑的移动，检索着柱面上新的信息：

> 左将军边章、右将军韩遂、明威将军北宫伯玉、奋勇将军李文侯，心志磊落，求公义而不忘亲仇。贵军参军孙坚，为盐渎丞时无端荼害北宫之姐，剥皮斩头，匿尸于树下。此恨此仇，常人不可忍，丈夫却可消。只要贵军斩坚首赴我营求恕，伯玉从此忘仇。否则，踏平西京诸帝陵寝之铁骑，须臾可至。

孙坚脸上的肌肉不自觉地抽动着。听得出，这一面檄文上的口吻，乃出自北宫伯玉本人。虽貌似言及"忘仇"，却字字充满恨意。而檄文直指孙坚本人，更是让他感到后背发凉。

陶谦冷笑道："文台，你看，你当年做的好事，现在报应来了！朝中要是有人以此为证，说本次边患皆由你而起，你又如何自辩？"

"张温大人知道这檄文了吗？"孙坚迅速收起檄文柱，装回布囊里。

陶谦摇摇头："送这檄文的贼军，已被我属下射杀，这布囊就是从其身上缴获的。我问遍各路斥候，一模一样的檄文，我就找到了三份，目下皆由我保管，尚未递交车骑将军。至于董卓部是否也收到了此类檄文，我就不得而知了。"

孙坚抬起头，看着陶谦，问道："照这么说，我孙坚目下是欠下恭祖兄一个人情喽？"

陶谦笑道："文台聪慧。你我皆是扬州人，朱儁大人在京时，也曾与我打过招呼，要我在军中照应贤弟，我又怎会将这置贤弟于险境的文书交给张温大人呢？"说到这里，陶谦突然叹了口气，"但世上总是隔墙有耳，这檄文我也不知那贼寇发了几份，万一有哪份被别的同僚截取，怕到时候我也帮不了你啊！"

已颇有官场经验的孙坚，听出了陶谦是拿檄文的事情要挟他去做旁的事。他盯着陶谦的眼睛，正色道："恭祖兄此番大恩，坚没齿难忘。若有何事需坚之绵力，坚当从命！"

陶谦点点头："那就去做一件让洛阳公卿都拍手称快的

事情!"

"何事?"孙坚瞪大了眼睛。

陶谦压低声音,用手指在颈部一划,只说了三个字:

"杀——董——卓!"

孙、祖听罢,皆大骇。

第二回　鼻钮龟钮

听到陶谦说要杀董卓，孙坚先是一愣，随即哈哈大笑起来。他一边收起方才为助祖茂读檄文取光而拔出的佩剑，一边摇头说道："我就知道，你们这些党人还在嫉恨当年董卓入京屠戮太学生之旧事。恕坚直言，当年董卓只是在张奂帐下听令罢了。张奂入京，他焉能不从？彼时阉党又窃了天子的印、玺、符、节，可以轻松地矫诏传旨，边地大将又如何能知其真伪？再说，去年蛾贼暴起，朝廷已松了党锢，当年之旧事，恐怕也早该一笔勾销了吧？"

不料，陶谦却一把抓住了孙坚的手，令他慢慢重新拔出了雪亮的剑。陶谦用指尖弹了一下剑身，震得长铗铮铮作响。陶谦冷笑道："文台你也不想想，你这三尺长铗还要斩落多少反贼的人头，才能换来一个二千石郡守的前途？现在分明就是一个往上爬的机会，你为何不抓住？"

一旁的祖茂摇头道："陶恭祖，文台要是就这样冲上去把董卓给砍了，恐怕等来的不是官位，而是满门抄斩吧！"

陶谦转头看向祖茂："大荣，要杀人，何必用刀剑，口舌亦能杀人！"随后，他转向孙坚，"文台，方才我与你说过，董卓早已得军令，命其率军来长安与我部会师。目下他已逾期七日有余，这岂不是白送给我们一个按律斩他的绝好机会？"

孙坚避开陶谦弹拨自己剑身的手，飞一般地将剑插回鞘，然后笑道："这是车骑将军张温所要思虑之事，坚人微言轻，恐怕……"

"恐怕你说最合适！"陶谦再次抓住了孙坚的手。

"此话怎讲？"孙坚警惕地盯着陶谦，他有一种正在被人利用的不祥之感。

陶谦看出了孙坚的警觉，立即换了笑脸，捶了一下孙坚的肩头："文台，莫要怀疑愚兄的诚意！难道我会设计陷害扬州老乡不成？你想想看，杀董卓的话，张温将军怎么好开口？再说张伯慎[1]这人，做事谨慎，这么大的事情，他肯定会犹豫的，所以就必须有人替他开口！"

祖茂此时插话道："张将军麾下还有副将袁滂、荡寇将军周慎，当然还有你陶恭祖，你们怎么就不能开口为张将军分忧呢？"

陶谦笑道："我们这些人，党人背景过于明显，一旦出手，就怕朝内阉党有话要说……"

---

[1] 伯慎为张温表字。

孙坚苦笑道:"难道我就不怕朝内阉党之陷害了?"

陶谦摆摆手:"文台你倒不用担心。首先,你非党人,与当年辛亥事变毫无利害牵扯,你来斥董,内廷未必认为你是出于党同伐异;其次,你在下邳时就与位列'十常侍'之末的宋嘉有交,一旦有失,还能进退有据;再者,恰恰因为你与十常侍稍有瓜葛,所以更要在袁滂、周慎面前好好表现。一旦你敢出头斥董,名声必然传至京师,愚兄我也好与朋友一起运作,将你的官职升至议郎。这位置,难道不正是你孙文台一直所盼望的吗?"

孙坚不禁心中一动。所谓"议郎",隶属于"光禄勋",官俸虽只有六百石,却有向天子提出动议之权,而且素来被视为通向二千石高位之跳板。孙坚没有"孝廉""茂才"之类的头衔,因此,"议郎"便是他二千石之路上的必经关隘。但兹事体大,孙坚也不敢轻易吞饵。他反问陶谦:"就算我愿出头斥董,又有几成胜算劝动车骑将军将其当场正法?"

陶谦微笑着伸出一根手指:"约一成。"

祖茂听罢,不屑地瞥了陶谦一眼,说道:"恭祖,就连你也知道光凭刀笔吏的功夫,是杀不动树大根深的董卓的,你为何还要我哥哥去白白得罪于他,多一个官场上的敌人?"

陶谦正色道:"目的有二。其一,为私,我想为文台创造一个向清流表忠心的机会,以后洛阳官场上再多你这么一个扬州的老乡,我们兄弟之间也好彼此照应;其二,为公,我也想借此敲打董卓,逼其在日后的战事中谨遵军令,为朝廷效力。至于大荣所说的得罪董卓之忧,则大可不必。

此人在凉州是龙，进洛阳则为虫。在洛阳为文台你安排一个议郎的职位，愚兄我还是能做到的。而那董卓，又能给你什么呢？"

"只是我与那董卓素无冤仇……"孙坚还是有些犹豫。

陶谦一阵冷笑，附在孙坚耳边轻语："那北宫伯玉的姐姐也与你素无冤仇，你为何要将其剥皮分尸呢？"

孙坚刚想争辩说北宫根本不是他所杀，陶谦却用手指封住了他的嘴唇，然后指指那放着檄文柱的布囊，提醒他留神自己的把柄。随后陶谦哈哈一笑，举手作揖："今日与文台只是在月下偶遇，闲聊几句罢了，若有妄言，兄弟睡过忘了便是。这会儿愚兄也乏了，就此别过！"说罢，陶谦调转马头，策驹而去。

见陶谦背影已远，孙坚急问祖茂："大荣，你说陶谦方才所言，我当听还是不当听？"

祖茂摇头："勿要听！他分明是要大哥为其火中取栗。若哥哥杀得动董卓，他定会在京师那帮朋友面前贪功为己有；若杀不动，他也可顺势推责给哥哥。此等鬼魅伎俩，真小人做派！"

听罢祖茂所言，孙坚面无表情。半晌，他才慢慢开口："陶恭祖有一点讲得很对，'议郎'这名号，清流可以给我，但董卓不能。如果只能选一边得罪的话，哥哥我宁可去得罪董卓。"

"他若骗你呢？"祖茂见孙坚甘心被人利用，着急地睁大了眼睛。

孙坚想了想，回道："在京都时，朱儁大人曾亲口对我说，陶谦这人可信。朱大人你是晓得的，他不会乱讲……"

祖茂苦笑着摇摇头："自己的命，还得自己来把握……"

"自己的命？"孙坚冷笑着拉了一下辔绳，仰头看着天上的明月，说道，"命难道不是靠自己赌出来的吗？在宛城时，那曹操赌桑葚可以治疗疾，他竟赌赢了；他还赌蛾贼会听信朱大人暴毙之妄言，出城而逃，结果他又赌赢了，一举定南阳；甚至在城内寻找言无名时，他亦赌人在郡府，比我早一步赶到！今朝曹操已是济南相[1]了，而我目下只是在军中担任一个前途未卜的参军……我为何不能也赌一把呢？"

还想劝孙坚的祖茂本想再说一句"诸葛先生若在此，也会劝你三思的"，但话到喉咙，突然又咽了下去。祖茂想起，诸葛珪不久前刚刚升任泰山郡丞，地位也远比孙坚当下职位来得稳固——此时若提起他，恐怕会让孙坚更加急躁。他只好说道："现在天色已晚，此事当如何应对，我们还是从长计议吧！"

孙坚点点头，这才想起今日二人出帐的职责乃是巡营检查防务。二人装模作样地巡视一番后，便各自回帐去了。

孙坚进了大帐，发现随军服侍他的胡婵，早已给他烧好了洗澡水。在朦朦胧胧的水汽中，坐于浴盆内的孙坚闭目养神，慢慢咀嚼着刘备卖给他的槟榔，一言不发。胡婵见其有心事，便小声询问，孙坚却不作答，只是命她取来自己的

---

[1] 济南国（汉代封国）的最高实权长官，二千石，位同郡守。

鼻钮印,置于木案上,使其浮于浴盆内。孙坚微微睁眼,曲起下肢,用膝盖将这木案顶近,拿起印章反复把玩,然后叹了一口气,将印章重置于木案之上,将其推远,嘴里喃喃道:"龟,何时归?"

聪慧的胡婵立即听出了孙坚的心思。大汉朝一千石以上的官员才能用龟钮印,否则只能用鼻钮印,而时下的孙坚正好卡在从"鼻"至"龟"的门槛上。她不再与孙坚说话,只是默默地添着浴盆下的柴火。望着那"噗哧噗哧"的火苗,听着帐外吴景吹奏的篪音,她渐渐失神,突然又想起了在宛城殉难的言无名,两行泪水不知不觉间流下了面颊。而言无名那俊美的幻影,隐隐浮现在身姿摇曳的火苗之中。但见他双手合十,轻诵着《四十二章经》:

> 佛言:人随情欲求于声名,声名显著,身已故矣!贪世常名而不学道,枉功劳形!譬如烧香,虽人闻香,香之烬矣,危身之火而在其后……

第三回　等待仲颖

孙坚、祖茂与陶谦密谈后的第三日，辰时[1]，车骑将军张温营帐之外。

刚巡完营的孙坚手压剑柄，盯着营帐前刚被熄灭的篝火，默默发呆。待薄薄的晨雾在军号声中渐渐散去，兵卒们开始手忙脚乱地展开步障[2]，任凭晨光将他们斜长的人影投于帐幕之上，犹如魑魅鬼影。手里揉搓着一枚槟榔的祖茂，在孙坚耳边轻语："文台，你果真不怕那董卓，要向其当众发难？"

孙坚没有回答祖茂，只是抢过那槟榔，扔进嘴里，大力咀嚼。突然"嘎嘣"一声，他竟然就这样咬碎了坚硬的果核，随即将细碎的果肉带着碎核，一起吐到了脚边。

"这好像是刘备卖给我们的最后一枚槟榔了吧，文台，

---

[1] 7:00 到 9:00。
[2] 一种将外人隔离开来的简易室外帷帐。

你怎么就这样糟践了？"祖茂低头去看那槟榔的碎粒，叹了口气。

孙坚啐了口唾沫，用脚将那些碎粒踩入泥里，冷笑道："正因为是最后一枚，所以才要让我的牙试试它到底有多硬！"他转头面向祖茂，"闻报董卓的大军昨日清晨已经到了长安郊外。按理，他本该早就来拜见车骑将军，可竟然又借故拖延了一日！如此罔顾军法，难道我们车骑将军的斧钺，就不该试试其脖项之软硬吗？"

祖茂轻声回道："文台，兄弟我劝你再想想：倘若你最后既杀不动董卓，又得不到陶谦所许诺的官位，岂不会进退失据，两手空空？"

孙坚眉头紧锁，慢慢说道："此事我也反复琢磨过，但昨夜我与吴奋起、朱孝廉闲聊，才知董卓是当朝董太后远亲。而董太后与何皇后因为董侯[1]的事情势同水火，世人皆知。换言之，如果我能在众人面前与董家人为敌，以后在何家人面前就能挺直腰杆了。别忘了，何皇后之兄，可是如今总领天下兵马的大将军何进！"

祖茂瞪大了眼睛："虽然董卓与当今太后同姓，但前者是临洮[2]人，后者是河间[3]人，二者果然是亲戚？"

---

[1] 即后来的汉献帝刘协，汉灵帝刘宏与王美人之子，何皇后所生的刘宏长子刘辨之外大汉朝最有力的皇位竞争者。王美人为嫉妒心深重的何皇后毒杀，刘协则在董太后的庇护下保留了性命，何家人难以再对其下手。
[2] 在今陕西。
[3] 在今河北。

孙坚摆摆手:"宁可信其有!去岁董卓率军讨黄巾时遭遇大败,竟迅速恢复兵权,若不是董太后在背后运作,又该如何解释?"

祖茂嘟囔了一句:"既然你知道董家人势力那么大,那你还去得罪董卓做甚?"

孙坚笑道:"但何家人势力更大啊!董太后所珍视的董侯,毕竟是天子次子,未来继承大宝的,难道还不是何皇后诞下的皇长子?你叫我朝哪边下注?"

祖茂不服气地轻语:"何皇后的兄长何进,本来也就是一个杀猪的屠户,只因妹妹貌美才一步登天……我看根基浅薄的何家人,最终是难以收服天下人心的……"

孙坚脸一黑,回敬道:"大荣,你是不是想说,我孙坚的出身也只不过是个种瓜的农户?"

祖茂见孙坚脸色已变,便不再说话。

此刻,步障已经搭好,又有兵卒搬来食案,按各位高官的座次依序摆放,俨然要举办一次飨宴。听着步障外正被屠宰的公鸡的惨叫,祖茂又忍不住开口:"文台,车骑将军似乎非但不在意董卓迟到一事,而且还要请他吃鸡呢!"

孙坚笑道:"当年项羽请高祖赴鸿门宴之前,不也为他准备了鸡和鱼吗?"

祖茂揣度孙坚心意已决,便不再相劝,借故去找吴景与朱治攀谈了,只留孙坚一人在步障外。孙坚在步障周围一边踱步,一边琢磨刚才祖茂对他的劝诫,又隐隐觉得他的话并非全无道理,顿时思绪万千。

一个半时辰后，日已高悬，四下鼓乐突然大作，车骑将军张温携众将骑马来到了步障附近。孙坚慌忙闪到一边，给各位上司让路。首先经过他的自然是全军主帅张温的坐骑。张温好奇地扫视了孙坚一眼，像是在怀疑他先于同僚早早就赶到步障的动机。但他什么也没问孙坚，转过头叫身后的副将袁滂策马趋前，与其并列耳语。孙坚知道，有"执金吾"[1]头衔的袁滂乃袁绍族兄，是袁家人安插在西凉讨伐军中的眼线。但袁滂这人淡泊名利，不爱牵扯人际纠葛，也不知此刻他与张温在商言何事。在张、袁二人之后经过孙坚的，则是讨伐军中的第三号人物——"荡寇将军"周慎。他是一个胆小怕事、不谙兵事的书生，就连上马都需要三人协助才能落鞍。周慎自知孙坚平素看不起自己，在经过时故意瞪了他一眼，暗示孙坚不要忘记自己卑微的品级，手心里则依然紧抓着马的缰绳。孙坚则故意不与他的目光接触，转头去迎周慎身后的另一位上级——"右扶风"[2]鲍鸿。孙坚与其关系倒是不错。原来鲍鸿贪财，看在孙坚送给他的几枚麟趾金的面子上，曾为孙部的辎重补给行了不少方便。不料今日鲍鸿却装作与孙坚不熟，目不斜视，策马上前，轻盈地超过了在马鞍上如履薄冰的周慎，来到张温、袁滂一列，与二人交谈。谈着谈着，三人说话的音量突然放大，好像生怕一

---

[1] 京都的警备部队司令。
[2] 右扶风既是"三辅"之一（辖境约当今陕西秦岭以北，鄠县、咸阳及旬邑以西之地），又是统辖此地的官职名。位同郡太守或王国相。

边的孙坚听不到似的:"美阳这出戏,唱主角的自然还是董仲颖[1],我方骑兵太少,实难破美阳之贼……大人所言极是啊……"

孙坚心中一惊:难道这三位上司已未卜先知,预估到今天自己要当众对董卓发难,说这话是在告诫自己不要轻举妄动?但他们又是如何知道的?

孙坚转过头,盯住队伍最末的陶谦,暗想:难道陶谦已事先将此计划泄露给众人了?

孙坚张开嘴,通过无声的唇形向陶谦提出了自己的质疑:"杀董否?"

陶谦向孙坚眨眨眼,然后用手在脖子上做了一个杀头的姿势,似乎是暗示孙坚,一切照计划行事。

满心疑惑的孙坚跟在队伍后面,也步入了步障所搭建出来的简易会场。他是今日有资格进入此步障的最低级别的军官。此时,他看了一眼在不远处的山坡上为会场警戒的祖茂、吴景、朱治、孙贲众人,又环视了一下兀立在步障四角的四座木质望楼,心中略觉坦然。他知道,今日之形势,张温为主,董卓为客,本该就应让董卓怕张温,而断无让张温怕董卓之理。

孙坚进入步障,在靠近帐口的末位入座,位子毗邻比陶谦。他好几次想扭头与陶谦说话,不料陶谦的脑袋一直对着其左侧的鲍鸿,与其说说笑笑,完全没有搭理孙坚的意

---

[1] 董卓字仲颖。

思。孙坚甚感无趣，只好将头转向右侧，看着绘有蟠虎图案的帷布发呆。正在此时，一阵疾风吹过，将那雪白的帷布吹得一鼓一鼓；跟着风的节奏波动着的黑色的蟠虎纹，则像是要从布面上跳跃而出，肆意撕咬投射在自己身上的帐口执戟郎的长影。随后，一片马蹄踏地的声音传入了孙坚的耳朵——那蹄音由远及近，直到将他面前小陶杯内的酒面震出了小小的晕圈。须臾，一名背上插着白羽的斥候飞奔入步障，直拜于张温跟前，大声通报："禀车骑将军大人，破虏将军董卓已携精骑一千，来到营门外，距此半里。是否移开路障，允其入营？"未等张温回话，众人便是一片小声议论。直到此时，陶谦才突然将头转向孙坚，低语道："文台，董贼有备而来，竟想携千骑入营！今日你可要小心从事啊！"

总算找到机会与陶谦说话的孙坚，立即抓住他的手，急切地问道："那今日是否是杀董之良机？"

陶谦笑道："不是说好了吗？我们并非真心杀董，就是吓他一吓，灭灭他的锐气罢了！你难道连这都不敢吗？我军副帅袁滂从东京带来的缇骑[1]千人，以及数万步卒，难道还不够为你壮胆吗？"

孙坚皱着眉道："非坚怯懦，只是我毕竟人微言轻，不知有何时机开口？"

陶谦指着自己的鼻子回道："文台勿忧，等一下我陶谦

---

[1] 红衣骑兵。

先开口，如何？"

此时，端坐在方形小帅帐下的张温，大力拍了一下面前的案几，示意众人安静。然后低头问那斥候："董将军是否愿意将兵马停留在辕门外，仅携亲随入营？"

那斥候犹豫了片刻，回道："守门牙将已将类似的话说与董部，但董部回话说，其部皆羌骑，野蛮无教，只认董将军一人，不认旁人……所以，不愿离董将军半步。如若……如若车骑将军实在不方便放这千骑入营，那么就请……"说到这里，那斥候实在说不下去了。

"说下去！"张温再次拍了一下案几。

斥候鼓足勇气，抬头疾速回道："那就请车骑将军移步辕门口与董将军商议公事！"

那斥候话音刚落，步障内已是一片喧嚣。就连马都骑不稳的周慎，也气得大拍案几，骂道："西凉莽夫，无视天子威仪，是可忍，孰不可忍！"

孙坚见机会到了，也想起身附和周慎，却被一旁的陶谦抓住了衣袖。陶谦低语道："得先稳住董卓，放他进来，这样才能让其领教朝廷威仪！"

"陶谦、孙坚，你们又在嘀咕什么？身为参军，有话不能当众说吗？"张温举起象征主帅权威的将麾[1]，指着陶、孙的方向。

陶谦起身回道："禀车骑将军，董卓要求带兵入营，虽

---

[1] 一种形似小型幢盖的小旗。

然无礼，但我方也不妨允诺，以求权变。"

"为何权变？"张温用将麾的麾杆轻轻拍打着自己左手的手心。

陶谦笑道："其一，董卓所言并非完全虚妄，其手下羌骑，乃是唯一一支效忠朝廷的羌兵，所以目下还是安抚为先，不能拒其于门外，寒其军心。其二，为应对西北边事，朝廷已从乌丸[1]征募骑兵三千，由涿县县令公孙瓒带队来西京报到，但目下仍未至。故此时我军骑兵缺口依然极大，更要安抚董部，勿生嫌隙。其三，民间对羌胡之兵的军纪多有微言，今日放其入营，正好方便我等观察其军纪，以定日后运兵之策。其四，步障周围，我军早有周密布置，谅董部也不敢造次。其五，我方以德报怨，以退为进，若董卓还是傲慢无礼、桀骜不驯，再行责罚也不迟，这样也能让全军心服。还望将军三思。"

张温听罢，点点头，表示同意。然后他周视四下，问道："对陶参军所言，可有异议？"众人交头接耳，皆点头赞许。见状，张温立即下令："请破虏将军董卓入帐！"

趁着董卓还未进帐的工夫，孙坚又在陶谦耳边轻语："杀董的理由被你说得头头是道，纵董的理由你也是信手拈来，你到底要我信你哪一句？"

陶谦笑道："方才前四条是说给车骑将军听的，最后一条才是说给你听的。我敢打赌，董卓过一会儿还会有犯上之

---

[1] 又名"乌桓"，古代北方民族之一。

举，届时你我再相机行事。"

正说话间，只听得远远一声高喊："开辕门！"而后，急促的马蹄声便冲入了步障内众人的耳膜，令人心惊。虽然一人高的步障阻挡了正跽坐在案几前的孙坚的视线，但是他还是探头看到了外面浮动的一面面旌旗。步障周围木楼上的发弩士，都紧张地转动着弩机，警惕地盯着董部的羌骑。

"离步障外三十步处，必须全员下马！"步障门口的执戟郎平端着长戟，声嘶力竭地大喊。话音虽落，董军仍是步步紧逼，只是全军骑兵行进的步伐都改成了小碎步。步障内的众高官开始大骇，纷纷拔剑。袁滂起身离座，附在张温耳边说道："是否要发信号，令四下埋伏的兵士迅速聚拢于此？"张温皱着眉头，评估目下的形势，右手不断用将麾之麾杆拍打左手手心。他咬咬牙，站起身，刚要举旗发令，突然见陶谦离座并大喊："且慢！这可能是误会。可能是因为羌人不懂汉话，所以才不愿遵令。"然后他环顾四周，大喊："谁会羌语？"

"我会！"孙坚也不请示张温，飞身跳到步障外，抢过执戟郎的武器，将其扔到地上，然后对着对面踏泥进逼的骑兵阵列，大喊："额勒呐伊！额勒呐伊！嘘基咕呐呀！呐基啊路！"

孙坚喊的，乃是几日前他从当地一个会羌语的汉人客商那里现学的羌语，意即"诸君可安好？吉祥如意！"

听到孙坚的羌语问候，对面的骑兵阵列好奇地停了下来。孙坚也借此时机扫视了一下西凉军的军容。但就是这粗略的一扫，让他倒吸了一口冷气。原来，让他吃惊的，并不是其从短戟到长矛的齐全装备，亦不是当时还非常罕见的重骑专用马甲，甚至不是那些健美的西凉宝马高大威猛的身形，而是羌兵的脸——那是一张张被风削出来的、如磐石一般坚定的脸，布满刀痕与忧伤，眼神沉静又充满杀欲。他有些紧张地说出了他会的最后一句羌语："嘎孙坚日嘛（我是孙坚）……"

"嘎华雄日嘛！"对面军列中突然传来略有点儿耳熟的声音。孙坚定睛一看，闪现在眼前的乃是一员红袍将领，铁盆领[1]内转动着一颗满脸络腮胡子的头颅，头上则套着镶了银边的铁皮兜鍪。此人虽然开口说的是羌语，但浓眉大眼，腮肉饱满，倒也算是汉人长相。孙坚突然想起来，此人正是曾在恩师臧旻麾下效力的华雄华勿雌。孙坚当然还记得，在臧旻因战败被夺职后，华雄便去投了董卓的西凉军，没想到今日二人竟在西京郊外相见。

但孙坚与华雄不算熟络，与之并无叙旧之心。他竖眉对其喊道："华雄，你明明懂汉话，为何不按军令节制下属！"

华雄笑道："这是我与破虏将军打的一个赌！我对破虏将军说，今日西凉军若入辕门后全速冲帐，车骑将军麾下敢出来阻拦的，肯定就是富春孙坚！可破虏将军偏不信，说吴人怎敢拦我西凉铁骑？现在看来，我赌赢了！文台，你真没让我失望啊，哈哈哈！"

---

[1] 汉代全套铠甲中保护脖子的倒漏斗状防护装备。

孙坚指着华雄，喝道："贵部与我部本互为友军，你却拿这无聊的赌博为由头，拿两军将士的性命开玩笑，万一产生误伤，又是何人之责？"

华雄收起笑容，正色道："正是因为你我互为友军，所以今日我军才要以袭营之姿，让贵部领略一下西凉军的霹雳战法！别忘记了，过几日贵部所要接战的边、韩反贼，本就是西凉军一部，大汉最能打的军队！如果你们连我部都怕，如何能应对边、韩，为天子分忧？"

孙坚听罢，暗觉不妙。原来听华雄话音，这次反贼军力甚至在董军之上，绝非黄巾草寇可比；而目下讨伐军的作战经验，却多来自去岁的平黄巾之战，似乎并不适合目下兵势。不过，孙坚嘴上却依然强硬，厉声喝道："既然误会已除，还不下马！"

华雄笑道："好，给老朋友一个面子！"随后对左右大喊，"还不下马！"

左右皆应："诺！"纷纷下马。

孙坚的脸色不由得变得铁青，他刚才还在担心自己说的羌语不够地道，现在看来，却是自己被耍了，这些羌兵分明听得懂汉话。

华雄也不理孙坚尴尬的表情，对着队列后面大喊："破虏将军，末将已为全军勘明地势！请您移步阵前，与车骑将军会面！"

孙坚抬头探看。他知道，董卓要出场了。

第四回　文台斥董

但见华雄身后，羌骑两列分开，让出一条通路。两面大旗竖起，旒带[1]与燕尾[2]齐舞，虹蜺[3]绕重牙[4]共飞。右旗上书"破虏将军"四个大字，左旗上则绣了一个更大的金边"董"字。旗下乃是一顶华丽的幢盖，一匹健硕的宝马"騢钓星"[5]在盖下傲慢地踩着泥地，突然仰头发出恐怖的嘶鸣。在騢钓星金灿灿的当卢[6]与飞舞的鬃毛后，一张满布横肉的脸露出了真容。原本立在他肩上的一只凉州鹴鸠[7]，顺势展翅冲出了幢盖，飞上青天。孙坚见状，暗自点点头。没错！

---

[1] 古代旌旗下边或边缘上悬垂的长飘带。旒读"流"。
[2] 旗帜四周的锯齿状边饰。
[3] 长条旌旗的别称。
[4] 燕尾之别称。
[5] 赤白相间，额头有白斑的宝马。騢读"霞"。
[6] 马首的镂金饰物。因饰于马额中央，故称。见图3。
[7] 鹰之古称。鹴读"霜"。

图 3 当卢与马首的关系

茂盛如林的双眉，深邃而凶狠的眼神，微微鼓动的鼻翼，右脸上的刀痕，如云絮般飘起的腮胡，以及比常人宽上两个巴掌的肩膀，与传说中董卓的模样毫无二致。董卓也远远看见了孙坚，挥鞭大喊："莫非是去岁在宛城破蛾贼时立下大功的富春孙坚，代表车骑将军来迎老夫了？"

孙坚强装笑容，回喊："车骑将军张温麾下参军孙坚参见破虏将军！天子节杖就在步障之后，还望将军立即下马，以尊朝廷威仪！"

董卓哈哈大笑："孙坚，你贵庚啊？"

孙坚不知董卓所问何故，只好据实回答："末将三十有一！"

董卓大笑道："就你也配教训老夫何为朝廷威仪？要不是老夫在你十三岁时就奉诏去东京剿灭乱党，这目下的朝廷还能姓刘吗？"

孙坚当然听得出，董卓这是在卖弄他在辛亥事变中镇压太学生、拥立当今天子刘宏的旧功。但孙坚也知道，那步障后至少一半的上司都是当年太学生遭遇的同情者，董卓今日所言，其实是给孙坚目下的政治表演提供了一个极好的机会。他昂起头，不卑不亢地大声答道："虽然将军当年有拥立当今天子之功，但下诏命将军与车骑将军会师于西京的，依然还是当今天子。车骑将军仰仗天威，召董将军来西京议事，岂有谬乎？"

"无谬哉！所以老夫正是奉诏来此处啊！"董卓冷眼看着孙坚。

"好！"孙坚咽了一口唾沫，鼓起勇气，伸直了腰板，解下了没有出鞘的佩剑，举过头顶，在手里晃了晃，大喊，"董卓，你既过辕门半里，又知障内有天子节杖，为何还不速速下马？！"

孙坚挑衅的动作，引发了羌兵的警觉。方才已下马的诸羌兵，又纷纷跳上马鞍，将孙坚左右包夹。虽然羌兵中尚且没人拔出刀剑，但孙坚的脸，却已分明感受到了他们胯下坐骑的鼻孔所喷出的阵阵怒浪。

董卓策马向前跑了几步，呵呵一笑："老夫这就下马！"话虽如此，他胯下的騕袅星却并未停蹄，直奔孙坚而来，甚至还越跑越快。孙坚咬咬牙，站到了通路正中，挥动佩剑，调动丹田之气，再次大喊："下——马——！"

"吁——"在离孙坚只有一步之遥时，騕袅星猛然止住，急促地踩地，溅起的泥土弄污了孙坚新换的翘头履。孙坚却纹丝不动，依然高举佩剑。此刻，身材肥硕的董卓竟如飞燕一般轻盈地跳下了马鞍，双脚稳稳落地。他拍了拍孙坚的肩头，赞许地说了一句："有种！"然后正冠，抖袍，大步走向步障入口，朗声大笑："张伯慎，别来无恙乎？老夫在凉州很想你啊！"

孙坚擦擦头上冷汗，也随着董卓的亲随们进入步障，回到自己的座位上。一边的陶谦给他斟满了一杯酒压惊，满脸笑意。孙坚边喝酒边观察四周上司充满感佩之情的眼神，心中颇为得意。正在此时，已经向天子节杖行完礼的董卓，也来到了自己的座位上。他居于处在上座的张温左列，与处在张温右列的讨伐军副帅袁滂正好面对面。董卓所带来的那些西凉军文武官员，在其左侧一一坐下，与周慎、鲍鸿、陶谦等人面对面。对孙坚来说，除了华雄之外，其他西凉文武，他都很面生，尽管事先他已打听到了其中不少人的名字与履历。他转头去向陶谦求教。陶谦不方便当众与孙坚咬耳朵，便用手指在自己案几靠近孙坚一侧飞快写下了十一个汉字：

卓、辅、越、煨、傕[1]、汜、轸[2]、荣、儒、诩、雄。

---

[1] 读音"决"。
[2] 读音"枕"。

孙坚瞟了一眼，再根据字的次序与对面人脸一一对应，微微点头。"卓""雄"自然是董卓与华雄。"辅"则是姑臧[1]人牛辅，董卓的乘龙快婿，目下为比二千石官秩的中郎将。"越"指的是姑臧人董越，董卓远亲，亦为中郎将。"煨"指姑臧人段煨，前太尉段颎同族兄弟，亦为中郎将。牛、董、段三人，合称"西凉三中郎将"。接下来的"傕"字则是指泥阳[2]人李傕，"汜"则是张掖[3]人郭汜，此二人均是牛辅手下的校尉，官秩千石。"轸"为姑臧人胡轸，视其服饰，亦是校尉，但孙坚尚不清楚他归属于哪位中郎将。"荣"指"徐荣"，西凉军团里唯一的辽东玄菟[4]籍将领，亦为校尉，但孙坚也不知他的归属。"儒"指郃阳[5]人李儒，曾为博士[6]，是凉州军团的笔杆子。"诩"为姑臧人贾诩，在董卓跟从张奂时，就已是董卓的谋士了。

孙坚一边审视对面那一张张充满沧桑的脸，再看看己方阵营各位上司滑嫩的皮肤，暗自叹了一口气。他轻声对身边的陶谦说道："刚才戏已经演过了，要不今天就点到为止？"陶谦摆摆手，示意孙坚注意董卓方向。

孙坚一看，大吃一惊。原来，董卓身后又来了几个亲

---

[1] 汉代的武威郡姑臧县即今日的甘肃武威市。
[2] 汉代的北地郡泥阳县，即今陕西省铜川市耀州区。
[3] 今甘肃张掖。
[4] "菟"读音为"图"。玄菟郡，汉武帝置，辖境相当我国辽宁东部及朝鲜咸镜道一带。
[5] 汉代的司隶校尉部左冯翊郃阳县，即今陕西省渭南市合阳县。
[6] 汉代"博士"为通晓特定儒家经典的高级官方顾问，并非今天意义上的学位。

兵，将刚才的那顶幢盖立于其头顶，并向他递来一把将麾，其形制与张温手中的将麾几乎一般无二。换言之，董卓除了未居主座外，其所沿用的仪轨已与主帅无异！孙坚再将视线转向张温方向，但见其脸色愠黑，一言不发。

首先打破沉默的，倒是董卓。他端起酒杯，对着张温，起身笑道："伯慎老弟，西凉兵马奉诏后日夜兼程，但路途上不断遭遇贼寇袭扰，这才晚来数日，老弟可不要见怪啊！要不，我先自罚一杯？"说罢，也不等张温开口，董卓就一饮而尽。

那张温本想斥责董卓迟到，但见其主动道歉，反而觉得难以开口。他沉默半晌，慢慢回道："天子诏命，你我本该拼死尊奉，仲颖兄行动迟缓，实属不妥。但既然事出有因，下不为例便是了。以后，你我二部应精诚团结，以求早日破贼，以安圣心！"

董卓听罢，哈哈大笑："痛快！那这事就翻篇了吧！现在是否可以商议军事了？"

张温压住怒火，勉强笑道："愿闻仲颖兄高见！"

董卓放下酒杯，腆起肚子，一手叉腰，一手挥动将麾，说道："既然刚才车骑将军你也说了，你我二部从此要精诚团结，贵部防务上的一些纰漏，老夫也不得不指点一二了！"

"请赐教！"张温紧紧抓住手中的麾杆，手指的关节发出轻微的响声。

董卓继续说道："刚才进入贵部营区，发现拒马、哨楼之设置都过于明显，有经验之敌皆可从容避之。执戟士执兵器的姿势，显然无法应对重骑。贵军所有盾牌，形制都过小，无法应对箭雨。此外，贵军骑兵过于稀少，难以追逐敌骑……"

张温用将麾拍打着案面，不耐烦地打断了董卓的话："正因为我部少精骑，所以才需要贵部驰援。难道这还有何疑问吗？"

董卓瞪着眼睛，眉末的长毛上下跳跃，大声回道："当然有疑！既然贵部骑兵稀缺，为何不能委屈贵部，听从我西凉军的军谋，以免错配军力，增加不必要的伤亡呢？"说罢，他得意地挥起了将麾，向自己的部下扫视了一眼。于是，牛辅打头，董越、段煨、李傕、郭汜、胡轸、徐荣、李儒、贾诩、华雄等九人齐齐拍着案几，轻喊："交兵权！交兵权！交兵权！"

张温瞬时懵了，他素知董卓飞扬跋扈不假，却不料他今日竟当着众人面，提出如此非分的要求。他忍住屈辱，从牙缝里迸出自己的抗议："董卓，你我之间的统属关系，乃是朝廷定下的，你敢对着天子节杖，再说出'讨兵权'三字吗？"

"谁说老夫要讨贵军的兵权了？"董卓貌似无辜地看着张温，辩解道，"别听我手下牛辅那些人胡咧咧，老夫是希望贵部能听从我部的兵谋罢了！毋宁说，这是我部甘愿接下苦差，将贵部参军的活儿也做了！平贼之后，这功劳，难道还不是你车骑将军的吗？"

张温冷笑道："既然贵部只想出兵谋，且又愿继续遵我将令，那么本将也就有权驳掉贵部之所谋喽？"

董卓先是点点头，后又大力摇了摇头，眉末的长毛数次扫过了睫毛，他回道："车骑将军当然有驳谋之权，但老夫还是希望贵部不要这么做！"

"为何？"张温厉色道。

董卓用将麾在空中舞过一条优美的弧线，边划边说："当年吴王夫差也驳了伍子胥的兵谋，霸王项羽也驳了范增的兵谋，但他们最后……呵呵……都死得很惨。"说罢，董卓快速扇动将麾，哈哈大笑起来，引发西凉军团诸文武一阵伴笑。

张温阵营听罢此等侮辱之言，再也坐不住了，众人纷纷对着对面的西凉将官指指点点。张温一拍桌子，喝住双方，然后压住火气，转问董卓："董将军为何对我军战力如此没有信心？"

董卓指着对面的孙坚说道："老夫早已看过贵部诸将的履历。此次朝廷派来的诸将，战绩最丰者，就数刚才拦我坐骑的富春孙坚。但即使是孙坚，过去打的也尽是些不入流的草寇。试问，孙坚之外，在座诸位，历经战阵五次以上的，有吗？"

袁滂以下，诸人面面相觑，一言不发。董卓顺势转到牛辅身边，问道："你打过几仗？"牛辅想了想，回道："四五十仗吧！"然后董卓又问董越："董将军，你呢？"董越点头："六十多仗。"董卓依次问去，得到了各式各样的答案——"七十多仗！""八十！""六十三！"……

董卓问完一圈后，拍着自己的胸膛，骄傲地说道："卓自从军以来,曾先在名将张奂、段颎手下效力,击匈奴、讨羌胡、剿乱党、战黄巾,经历大小战阵一百二十三次!若有人不信,老夫可当众脱衣,出示伤痕。张温将军,试问你背上有几道刀疤?你的胳膊上又有几处箭痕?"

宦海沉浮多年的张温自知军功是自己的软肋,一时间被董卓问得哑口无言。整个会场陷入一阵令人不安的静谧。陶谦看看四周,对孙坚点了点头。

孙坚屏住呼吸,突然站起,踢翻了面前的案几,打破了会场的寂静。他疾步走到张温面前,先是一拜,然后起身大喊:"参军孙坚,请车骑将军立即诛杀董卓,以正军法!"

张温吃惊地看着孙坚,问道:"以何理由?"

孙坚的喉结上下伸缩,咽下一口唾沫,定了定神,将准备已久的一番陈词大声诵出:"明公亲率王师,威震天下,何赖于卓?观卓方才所言,不假明公,轻上无礼,此一罪也。章、遂反贼跋扈经年,兵指三辅,吾辈当奋力进讨,朝夕必争;然卓云未可,沮军疑众,此二罪也。卓受任无功,应召稽留,贻误战机,而轩昂自高,此三罪也。面临三罪,却又以彼时之功来掩今日之过,混淆视听,扰法违礼,此四罪也。古之名将,仗钺临众,未有不断斩乱贼而可服众者也,是以穰苴斩庄贾[1],魏绛戮杨干[2]。今明公垂意于卓,不即加诛,恐亏损威刑,军心撼矣!"

---

[1] 春秋时齐国司马穰苴斩杀齐景公的宠臣庄贾以正军纪。
[2] 春秋时晋国司马魏绛斩杀晋悼公之弟杨干的仆从以正军纪。

孙坚说罢，环视四下。殊不料，除了陶谦在一旁微笑抿酒外，己方阵营竟无一人附和，个个呆若木鸡。孙坚心中一凉。原来，张温所部虽对董部的跋扈咬牙切齿，但皆慑于西凉军的兵威，无人敢真正出头说出"杀董"二字。孙坚方才的表述，虽然听来令人解气，但其实已越界了。

张温感激地看了一眼孙坚，刚想说一句缓和气氛的话，却不料董卓自己带头击掌叫好："孙参军，说得好，说得好！军中害群之马，确实不得不斩。你祖上孙武不正是因为斩了吴王阖闾的美妃才练就了精兵吗？"他又指了指自己的脖颈，接着说道，"孙参军，老夫脖子也就比一般人粗上一圈罢了，你是不是很想砍啊？"说罢，董卓突然拔出自己的佩剑，扔到孙坚面前，大喊，"孙坚，你有种就来砍老夫！"

孙坚被董卓的反应给惊到了，一时不知如何是好。他犹豫了一下，咬咬牙，拾起了那把宝剑。董卓女婿牛辅一看不好，拔出自己的佩刀，大喊："孙坚，你敢动我父一下，试试？"

眼看事态就要失控，张温站起来大喝："文台，你先放下剑！"

"且慢！"董卓大声打断了张温，转脸怒斥牛辅，"谁叫你拔刀的？你瞎啦？刚才孙文台的剑，是老夫亲自给他的，可老夫叫你拔刀了吗？"董卓随即转向孙坚，"你手里的剑先拿着。要砍老夫可以，只要你先允老夫一个条件。"

"什么条件？"孙坚虽然直觉到董卓所言有诈，但事已至此，自己也只能奋勇前冲。

董卓笑道:"方才文台老弟口口声声说老夫'受任无功,应召稽留,贻误战机'——我都不知道这么文绉绉的词,是谁事先教你的!你且听好,老夫率部来西京,延迟时日不假,但的确事出有因,只是方才念及你孙文台的面子,未将实情禀告车骑将军罢了!你如此苦苦相逼,老夫也只能知无不言!若老夫言毕,你孙坚还觉得老夫可杀,请君任取老夫首级;若你孙坚还有半点良心,觉得这事是因你而起,就请用这把剑自刎谢罪!"

孙坚大惊:"你部延误,与我何干?"

董卓冷笑,扫了华雄一眼:"将那面人皮鼓,端给孙坚看看!"

"人皮鼓?"张温阵营听罢,瞬间陷入一阵骚动。就连刚才故作镇静的陶谦,也将酒洒了一身。

孙坚的心脏开始狂跳起来。一种不祥的预感,正从四面袭来。

第五回　文台受命

听到"人皮鼓"三个字,张温右列诸将不由得议论纷纷,眼睛都盯住了华雄。华雄则不紧不慢地解下所背的一个布囊,从中取出一个用黑绸包裹的木匣,而后又从匣中取出一个大号的鼗鼓,摇动鼓柄,甩动木丸,敲击鼓面,发出"波啷啷"的清脆响声。

"呈上来!"张温速令华雄呈上鼗鼓。他将鼗鼓放在手里仔细端详了一番。虽见得鼓面上似乎描绘了地图的残样,但无法断定鼓面是否取材于人皮。他低头问华雄:"说这是人皮地图,根据何在?此外,此事与孙参军又有何关?"

华雄笑道:"自然还有别的证据。"说罢,他又从身边的贾诩处取来一个六面檄文柱,递给张温,并示意张温注意其中最要害的一面。张温瞪大眼睛,喃喃轻念。孙坚闭上了眼睛,那段话他已听祖茂念过一遍了。

张温看了看檄文,又看了看这所谓的"人皮鼓",然后好奇地问孙坚："北宫伯玉还曾有个姐姐？她的皮被你剥了？当年你为何那么做？她的皮又怎么到了反贼的手里，被做成了皮鼓？"说毕又转向华雄，"这鼓又怎么到了贵部手中？"

孙坚沉思片刻，回复张温："禀明公，当年卑职在广陵盐渎为丞时，今日反贼首领之一的北宫伯玉与其姐北宫嫣脂，确在卑职辖地之内。二人乔装入百戏班，游走州、郡，打探大汉军情，秘制机要地图，绘于嫣脂肤上，欲图谋不轨，终为卑职所破。卑职斩杀嫣脂后，令人取其皮图，献于匈奴中郎将臧旻，以示警于庙堂。彼时斩嫣脂事成，捕伯玉却偶失，不料今日伯玉竟成巨寇，令人扼腕。然若欲将今日中平羌乱归罪于坚当年之疏，则大不妥！"

"有何不妥？当年放虎归山的，难道不是你孙坚？"李傕拨弄着高扬的八字胡，在旁插话道。

孙坚边想边说："即使我当年放虎归山，也罪不在坚，理由有四。其一，今日反贼主将，在北宫伯玉、李文侯之上，还有边章、韩遂。可见，即使当年孙某果真讨得伯玉首级，也无法预防边、韩、李今日之谋逆；其二，再说当年，孙某仅一小小县丞，权柄有限，又如何能扑杀全境暗贼？既已诛杀贼首嫣脂，便已破坏羌贼与黄巾乱党联动之谋，推迟天下大乱数载之久。坚寸功未评，怎又能因小过而被诿罪？其三，孙某即使与北宫家有私仇，然此次反贼，聚众已达十万，难道这十万人仅仅会因为仇视我区区一参军，而与整个朝廷为敌？而在讨伐大军之中，名号比孙坚大的，何其众也！其四，退一万步说，即使反贼真对嫣脂之死有切肤之痛,那他们为何不尽早向朝廷索要坚首复仇?请问诸位,这一讨要孙某首级的檄文,大家在上月是否见过?再上月呢?边、韩之乱已过半载,为何直到孙某随大军来到西京,北宫伯玉这才想起杀姐之仇?可见,反贼只是偶然探知孙坚已到营中,这才临时起意,以一女之死掩饰谋逆大恶——诸位又岂可倒果为因,将此大乱之源归咎于孙某?"

张温听罢,点点头,刚想下评判,却被李儒抢去话头:"孙参军此言差矣!李某依然认为,孙参军与此次大乱难逃干系!"

张温刚想找个话头将李儒的嘴堵上,却不料此人自说自话地从座位上起身,侃侃而谈:"就算方才孙参军所言不虚,贼军只是以宣扬私仇来掩饰其不臣之心,但其中玄奥,那些胡人怎能看透?汉羌争端百年,互信极为脆弱,又怎么经得起如此恶意的挑拨?不瞒诸位,目下这人皮鼗鼓,已大量散发至湟中义从胡[1]各部落。散发者又到处宣扬孙参军的残暴,不仅令羌人恐惧,而且也让本该为我军做向导的九千义从胡投敌。就算孙参军能让车骑将军相信你是被冤枉的,难道孙参军还有本事让那些不服王化的胡人也能接受你的辩解吗?你若不能,贼寇十万大军将始终威胁三辅,狼顾帝陵——孙参军还敢说,此事依然与你毫无关系吗?我就这么说吧:就算世上没有北宫嫣脂这人,且北宫伯玉所做的所谓

---

[1] 分布在湟中、令居、张掖的月氏人后裔,又与羌族多有通婚。"义从胡"指归附汉朝的胡人。

人皮鼗鼓全然是其伪造，但只要众羌胡相信伯玉对你的指控为真，那么，假的，也就会变成真的……"

"假的就是假的，怎么就成了真的？"孙坚怒目。

李儒笑道："因为那些羌胡会想，孙坚只是讨伐军中的一个小角色，北宫伯玉为何要费心去诬陷一个小参军呢？有这工夫，为何不去诬陷堂堂车骑将军呢？所以，他们所理解的真相就只有一个：北宫的姐姐真是你杀的……"

孙坚咬咬牙，冷笑一声："好好好，就算真假不辨、雌雄莫分，但方才孙某也已说过，北宫伯玉之上不是还有李文侯与边章、韩遂吗？！难道边、韩造反，也是为了给北宫伯玉的姐姐报仇？"

李傕身边的郭汜将话头接过，哈哈大笑："亏你还是堂堂车骑将军的参军，竟然对敌情懵懂无知！贼军以边、韩为正、副帅不假，但你可知此二人只是傀儡而已？边章原名边允，韩遂原名韩约，此二人原为凉州督军从事，去岁岁末被北宫伯玉与李文侯劫持，失去自由。此二人可能原先只是俘虏，但在反贼斩杀金城太守陈懿后，转而以为贼势不可挡，对朝廷失去信心，便正式入伙。然军政大权，依然为北宫等人所操控。所以，只要北宫本人想为姐姐报仇，边、韩还能说什么呢？"

孙坚摇摇头："但既然去岁年末时，北宫已反，为何直到现在他才在檄文里提到我孙坚的名字？在此之前，他又是如何煽动羌胡，与我大汉为敌的？"

牛辅瞪大了眼睛，插话道："孙参军，孙文台！去岁宛城大战的大英雄啊,你怎么能问出如此愚蠢的问题!北宫煽动羌胡,靠的就是那人皮鼗鼓啊?!——对了,你或许会问:为何这么晚才会出现这鼗鼓?——我来告诉你:人皮鼓早就出现了,你之所以才知道,是因为你刚来三辅不久!"

说罢,牛辅对贾诩、华雄使了一个眼色,二人又纷纷像变戏法似的拿出了两个小号的鼗鼓,呈给张温。华雄则在一边向张温解释:"这面小鼓是今年二月为我军斥候发现的,做得还不那么精致……这面是五月发现的,在鼓面选的这块皮上,还有人的肚脐的痕迹……对了,还有这块……"

张温借着光仔细观察着鼓面,轻语道:"五月的这鼓鼓面上的肚脐,好像真是人的肚脐;至于二月的这面鼓的鼓皮,我觉得更像是猪皮——你们看,这分明是猪毛嘛……"然后,他放下这几面鼓,问西凉诸将:"本将这就想不通了,就算北宫嫣脂当年为孙参军所杀,但事发之地毕竟远在盐渍,北宫伯玉是怎么得到其姐姐的皮图的?就算得到其皮图,他又为何做成鼗鼓,这难道不是对其亡姐不敬吗?好吧,就算上面所说的这些事情都是北宫伪造的,但如此多的破绽,那些羌胡难道就看不出吗?"

华雄笑道:"这些所谓的'破绽'其实都说得通。孙参军方才有一句话说得倒是不假,他取皮图后就遣人呈给了当时的匈奴中郎将臧旻大人。后臧大人密信朝廷,要求更改京畿防务布置,但图一直留在他那里,直到熹平六年[1]臧部大

---

[1] 177年。

败于鲜卑人为止。因为大军营帐与辎重均为敌缴获，那皮图也便丢了，经过数年辗转，是否最终落入北宫伯玉之手，也未可知。对了，末将当年在给臧大人当差时，也曾见过这皮图。所以，伯玉所得之皮图，恐怕并非空穴来风。至于取皮做鼓，本就是羌胡习俗，并不存在不敬之意，因为据说击鼓之声所代表的，恰恰就是亲人亡灵之问候。还望明公明察。"

此时，已惊出满头冷汗的孙坚也冲到张温案前，拿起这几面鼓仔细比对，喃喃道："难道今年初春，这些人皮鼓就开始流传了吗？"突然，他眼睛一亮，转而又抓起那块六面檄文柱，大喊："那为何这提到我孙坚名字的檄文柱最近才出现，而不是与鼛鼓一起出现？"

李儒笑道："鼛鼓是给羌胡们看的，而檄文则是写给我军将帅部曲的。给羌胡看的东西，只要能激起他们的仇恨就行，他们连盐渎在哪里都不知，又哪里会管你盐渎丞孙坚是谁？但写给我军看的檄文就不同了，若你孙坚没到三辅效力，他们专提你的名字，岂不是无的放矢，贻笑三军？而你人到三辅，不正是最近的事情吗？所以，只有你人的确到了这里，贼人提到你的名字才是有的放矢啊！此外，人皮鼓刚开始流传时，孙坚你好像还在南阳给朱儁大人当差吧，彼时的贼人又如何能预知你会被调到西京呢？"

孙坚颓然呆立，一言不发。他转头看看丢在地上的董卓的宝剑，喃喃道："莫非真要献我首级给贼寇不成？"

不料孙坚话音刚落，在旁边长久不吭声的董卓突然哈哈大笑起来。他走到孙坚身边，一脚踢起孙坚丢在地上的自己的佩剑，一手稳稳接住，将其插入剑鞘，然后连剑带鞘一起递给孙坚。未等孙坚反应过来，董卓便开了口："孙参军，你是国之栋梁，老夫怎忍心看你被斩？且我们又都不蠢，贼寇就算是得了你的首级，难道他们就会乖乖放下兵戈，接受招安？老夫的意思是，你且收下我的佩剑，带领所部，在战场上利用贼人对你的仇恨，引诱他们冲入我军埋伏，为友军歼敌提供机会。不知孙君是否有这个胆量？"

孙坚惨笑道："董公只是换个法子让孙坚送人头罢了。我孙坚属下几乎没有骑兵，若遇敌骑包夹，如何能从容撤走？"说话间，他并未接下董卓送出的佩剑。

董卓笑道："孙君太悲观了！老夫看过你的履历，你在山阴、句章、下邳、西华、宛城等地屡建奇功，哪一次不是化险为夷？再说，这次只是让你做诱饵，一旦鱼儿上钩，你难道不信我西凉铁骑会及时出头救你不成？"

孙坚苦笑道："多日前，车骑将军只是让贵部按时到西京与我部会师，就连这点小事，贵部都逡巡不前、磨磨蹭蹭，我孙坚又如何信你们会在战场上及时救援我部？"

董卓笑道："刚才李儒不是说过了吗，以前做我军眼线的湟中义从胡，现在全反了！我军兵卒亦多羌人，其中有多少反贼的同情者，老夫也没数。目下唯一的法子，就是让不同部落彼此监督，譬如让'烧当羌'去监督'先零羌'，再让'研种羌'去监督'烧当羌'。这样一来，行军如何能迅疾？现在好了，我部既已与贵部会合，我们也可联手打一场大仗！孙参军，你且做个先锋，让贼人感受感受我汉军之威吧！"

孙坚犹豫了一下，接过了董卓的佩剑。董卓大喜，与西凉诸将纷纷击掌叫好。孙坚当然还记得张温才是全军主帅，转而讨要张温的将令。张温明知董卓这是在设计陷害自己麾下虎将，但又一时想不出应对之策，就这样陷入了沉默。正在此时，突然又有斥候飞奔进入步障，大喊："禀车骑将军，都督行事公孙瓒率三千乌丸骑兵，距此只有十五里，今日就能与我部会师！"

张温右列诸将听罢，纷纷击掌叫好。朝廷用重金雇来的乌丸骑兵，现在总算到了，算上袁滂从东京带来的一千缇骑，张温所直接掌控的精骑，人数已至四千。这样看来，即使孙坚陷入危局而董卓不救，张温手头的兵力也能有所作为。想到这里，张温起身，挥动将麾，大声发令："今日与公孙部会合后，全军修整三日，然后立即开拔，与敌决战于美阳！孙坚所部为全军先锋，辎重器械优先供应孙部！至于如何在美阳附近设置埋伏，奥援孙部，今夜戌时[1]再议！现在诸将先用飧食，然后速回各营修整至戌时！"

散会时，孙坚拉住陶谦的衣袖，对他抱怨道："陶恭祖，我今日是听了你的主意，当众提出杀董，这才落入他的圈套，成为全军诱饵的！"

陶谦自知理亏，红着脸说道："文台兄若能渡过此关，升迁议郎的事情肯定会有人给你运作。"

孙坚苦笑道："且不提以后的升迁了，先考虑如何自保

---

[1] 19:00 到 21:00。

吧！老实说，我的命，其实是攥在负责奥援的诸公手里。若你们不及时来救，我部如何逃出生天？"

陶谦急忙说道："陶某绝不会让这样的事情发生！"

此时，半空中发出了田鼠凄厉的惨叫。原来，董卓之前放飞的那只凉州鹩鸠，正得意地抓着猎物，掠过树梢，飞进了近旁的茂林。

第六回　秋风麦浪

董卓与张温会面后十日，大汉司隶校尉部右扶风美阳县，美阳亭，又是一个丰收的年景。在秋风的撩拨下，一片片金灿灿的穗浪，在麦的海洋中欢悦地相互摩擦，同时又激起了一片窸窣之音，不由得让埋伏在麦田里的孙坚想起了家乡富春的竹林。他嘴里咀嚼着一根麦秆，对着阳光，举起了一杆刚被磨光的铍，一边检查铍锋的锐度，一边聆听四周扮作农夫的军卒的歌声：

> 诞后稷之穑，有相之道。茀厥丰草，种之黄茂。实方实苞，实种实褎[1]。实发实秀，实坚实好。实颖实栗，即有邰家室……[2]

---

[1] 读"秀"，指禾苗渐长的样子。
[2] 《诗经·大雅·生民》。

孙坚皱眉对祖茂抱怨道:"这唱的是《诗经》吗?"

祖茂点点头,说道:"定是那吴景教兵卒唱的。"

孙坚摇摇头:"那个吴奋起就是爱卖弄!这么古奥的歌词,是农夫唱的吗?若是贼军斥候听了生疑,又当如何是好?"说罢,他将戴着赤幩帻的脑袋探出麦浪,对着四下大喊:"现在改个歌,听我唱!"然后,他用五音不全的嗓音领唱了起来:

> 高田种小麦,
> 终久不成穗。
> 男儿在他乡,
> 焉得不憔悴! [1]

祖茂听了,笑道:"'男儿在他乡'这句不对,似在暗示我们远道而来。贼军若是听了,岂不是也会生疑?"

孙坚唱得正欢,没空搭理祖茂。正扛着用麦秆伪装的箭矢经过孙、祖二人的孙贲替叔父回答道:"祖叔,这歌大江南北都是这么唱的,谁会画蛇添足因地改词呢?若真要改词,头一句唱的'高田种小麦'也要改了,因为这里分明是平地啊!"

孙贲话音刚落,孙坚也正好将歌唱完了。他顺着孙贲的话头往下说:"歌词不必改,但地形却的确要留心。对了,

---

[1] 汉代流行的《古歌》,作者无名氏。

平地上抗骑兵，胜算很小，贤侄可有所惧？"

孙贲笑道："不是有公孙瓒大人与袁滂大人的精骑在两翼埋伏，伺机驰援吗？此处麦田之内，我军已密布克骑机关，难道我们连两刻的辰光都撑不住吗？"

"万一他们不来救呢？"正帮着兵卒搬运蹶张弩的孙辅恰好经过，插了一嘴。

孙坚瞪了孙辅一眼。孙辅的担忧，他心中虽然也有，但大战在即，这样当着兵卒的面说出此不祥之语，总有动摇军心之嫌。他顺势拉过孙辅，小声骂道："管住你的嘴！"

孙辅也压低声音，回呛孙坚："叔父，若不是当年您在盐渎时没管住黄盖与程普乱杀人，我们叔侄今天哪里会有这么大的麻烦？"

孙坚心中一怔。其实孙辅所言也并非毫无道理，但此话却又不宜言明。他正琢磨着教训孙辅的说辞，却看到黄盖、程普二人正拨开麦浪，来此处会合。孙辅朝二人吐了吐舌头，也不理睬孙坚，抬着弩机，钻入了另一边的麦帐。

黄、程看到孙辅的脸色，猜到他还在为孙坚当年包庇他们而置气，便识相地给孙辅让路。孙坚强装欢笑，将这二人唤来，问道："公覆、德谋，两翼的陷阱可都布置好了？"

黄盖点点头："恩公，都布置好了。"他目送孙辅在麦帐后若隐若现的背影，舔舔嘴唇继续说道，"恩公目下碰到的诸多麻烦，皆是由我二人而起……等一会儿诱敌的事情，就交给我们去做吧……"

孙坚打断他："过去之事，休要再提！贼人的檄文说得清楚，他们要的是我孙坚的人头，你们二位在贼人那里尚且碌碌无名，如何能引得鱼儿上钩？"

程普回道："恩公别忘了，虽然檄文里貌似只提到了你，但我与公覆当年都曾在猴骊班与北宫姐弟共过事，北宫伯玉当然还记得我们！只是估计他还不知道杀死他姐姐的是我们，所以，如果让我们假装讨了恩公的首级，以此为饵，诱敌入瓮，成算是不是大一点儿呢？"

孙坚还未回答，尚未走远的孙辅便折返回来，拨开麦帐，抢过话头："算你们两个还有点儿良心！对了，这假的首级怎么弄？"

孙坚又瞪了孙辅一眼："你说怎么弄？难道我们堂堂王师，还能随便去砍一个无辜之人的首级不成？"

孙辅笑道："叔父大人，说得好像您过去就未曾杀过无辜之人似的。要不这人头的事情，就交由小侄去办？"

孙坚大怒道："逆侄，四下不是友军就是良民，你难道要滥杀无辜不成？"

孙辅没回答孙坚，只是突然吹了一声口哨。一匹潜卧已久的桃花䭴[1]从麦浪中猛然站起，孙辅飞身上马，大喊："我去去就来！"

"你给我盯着他！"孙坚狠命推了孙贲一把。孙贲也唤来自己的乌脊骊[2]，追赶孙辅而去。

---

[1] 毛色黄白相杂的马。"䭴"读"丕"。
[2] 背上为黑色的马。"骊"读"沾"。

在等孙辅、孙贲的当口，孙坚又问黄盖、程普："二位贤弟，既然你们与北宫伯玉算是旧识，你们能否告诉我，他究竟是怎样的一个人？老实说，在看猣驱班表演时，我就记得他是给他姐姐驾车的。对了，他们姐弟俩到底是什么族的？羌人？匈奴人？月氏人？"

程普回道："是湟中义从胡。湟中义从胡本来就是各族杂居混血而成。北宫姐弟的父母，一方为匈奴人，一方为羌人，而羌人一方似又混有月氏人的血统。这对姐弟，同时会说汉、匈、羌三种语言，面目上又同时有各族的特征。北宫嫣脂天生丽质，缘由恐怕也就在于此。恩公刚才所提的伯玉，平时的确寡言少语，不为人所注意，也不似他锋芒毕露的姐姐，极少卖弄功夫。但他驾车的本领，着实令人惊叹，能够飞车于崎岖之地，同时能头顶酒杯而不洒。老实说，当年没特别提醒恩公重点捕杀伯玉，乃是我二人的疏忽，至今追悔莫及！"

孙坚问道："照德谋所言，伯玉的武功或不在嫣脂之下？"

程、黄皆点头称是。

孙坚笑道："那就不是二位兄弟的责任了，我孙坚心里有数，那嫣脂的手段，顶得上我三个孙坚，若不是二位用计事先将其毒倒，这里又有谁能杀得了她？那伯玉的武艺不在其姐之下，且彼时人在城外，天又黑，即使二位当时提醒我特别留意伯玉，盐渎县廷又如何能将其顺利捕杀？可见，伯玉不死，乃是天意，目下我们只能顺天而为！"

程、黄听得出，这是孙坚在宽慰二人，不禁感动得泪溢眼角。孙坚捶了二人各一拳，笑道："哭什么哭！你们不也为各自的父亲报了仇吗？但无论如何，杀女人总是不好的，即使是像北宫嫣脂那样极度危险的女人。下不为例就是了！"

不知怎的，此刻孙坚头脑中迅速闪过被他斩杀的柳氏与被他设计害死的袁氏的面庞，心中猛然一沉。他迅速扯下一把麦穗，大力咀嚼带着壳的麦粒，借由穗尖刺激舌尖的微痛，将这些令人心焦的鬼影统统打发掉。

正在此时，但听马蹄声传来，由远至近。众人迅速卧倒。祖茂抬头一看，笑道："莫惊！是阿贲与阿辅回来了！"

孙坚手搭凉棚望去，果然是孙辅、孙贲。孙辅的马尾后还拖着一个银发老者。那个被细绳捆住双手的老者，一边惨叫讨饶，一边用尽力气狂奔，其飞扬的银髯与马尾在秋阳下共舞。

孙坚长舒了一口气。孙辅刚才虽扬言要去随便砍一颗人头，但事到临头，下手还算有分寸，至少带回来的这个人还是活的。而且，既然这是一位与自己面目相异的老者，他的脑袋也就无法让黄、程去李代桃僵了。他叫左右停住二位侄子的马，并将那老者的双手解开，为其递上装着清水的葫芦。趁着老者大口喝水的当口，孙坚瞪着孙辅，斥责道："不是叫你不要骚扰良民吗？这位老伯又是怎么回事？"

孙辅冷笑道："叔父，你哪里看出这老东西是良民了？难道坏人不会老吗？难道坏人老了就不再坏了吗？"

听罢此言，那老者扔了葫芦，给孙坚下拜："这位军爷，冤枉啊！老朽真是良民啊！"

孙坚上下打量着这位老者。但见他虽然已年过六十，但面色红润，腰间佩玉，看来出自殷实之家。孙坚用一根麦穗指着他，问道："老伯，你姓字名谁，为何在此？速速说来！你若真是良民，王师自不会为难于你！"

那老者擦擦汗，回道："老朽叫岑良，'良心'的'良'，字林秀，'木秀于林'的'林'和'秀'。我就是美阳县人氏，在县城里有宅子，诸位军爷现在所在的这片田，就是我岑家的田产！因大军压境，我家的奴婢与短工都吓跑了，我的妻妾也逃到东边的长安去避难了，但老朽却放心不下这三十亩新麦田啊！今日老朽就是来看看我的这些麦子还是不是好好的！"说罢，他突然抓起被兵卒们踩烂在地上的几股麦穗，痛哭起来："庄稼人起早摸黑一年的辛苦，眼看就要秋收了，却来了兵灾！去年兵灾未起时，却来了蝗灾！草民苦啊！命如草芥啊！"

孙坚一皱眉，对祖茂轻语道："几个时辰前，我军在此开始设伏时，我似乎看到有一块田间的石头界标，上面确实刻了个'岑'字。大荣你可有印象？"

祖茂点点头："对，我也看到了，那确是个'岑'字。"

孙坚又瞪了孙辅一眼："我们踩坏了人家的田，已经理亏了，你怎么还将田主给绑来了？"

孙辅未直接回答孙坚，而是俯下身子，在岑良的耳畔说道："老东西，能不能别装了？我不管这田是谁的，你是贼军的奸细，这难道还有假吗？"

岑良听了，更是哭得不可收拾："贼军长什么样，老朽都不知道，真冤死老朽了啊！"

此时，起先一直沉默的孙贲突然开了口："老伯，你在贼军中的两个儿子岑冬与岑夏的模样，你还记得吗？"说罢，他突然拿出一片穿了绳子的木牍，用手指捏住绳头，在岑良面前晃了几晃。

老者突然止住了哭声。孙辅指着这木牍信问岑良："老东西，你敢说这东西不是我们方才从你身上搜出来的吗？"

岑良眼神中透露出的那丝丝惧意，让孙坚判定两个侄子并没有栽赃。他抢过木牍，轻声念道：

不孝儿冬、夏叩拜父亲大人言：边、韩治军宽厚，毋缺衣食。不日入美阳，与父团聚。父畏风，多着衣。叩头，叩头，重叩头。

孙坚看罢，也拿这木牍信在岑良眼前晃了晃，问道："你的两个儿子果真在边章、韩遂的反军中效力？"

岑良吓得面如土色，抱住孙坚的腿，喊道："老朽不撒谎，我的两个逆子的确在贼军中。但这事发生在去岁年末，老朽根本不知情，老朽远在美阳，根本无法干预边军的事情。老朽真不是奸细啊！"

孙坚点点头，又仔细看了一遍信的内容，说道："从此信内容判断，只能说明你的两个儿子确在贼军。然而，信中确实只有通常问候之语，说老伯是贼寇奸细，恐证据不足！"

"军爷明察啊！"岑良听罢，放开孙坚的腿，在他面前连连磕头。

"不过，"孙坚清了清嗓子，继续说道，"蹊跷的是，目前战事正酣，各地驿站废弛、邮路断绝，你儿子的信是怎么到你手里的？"

岑良瞪大了眼睛："军爷，谁告诉你目下各地驿站废弛了？军爷若从美阳向金城郡[1]各县送封信，其实都是能送到的，就是要比平时多走一倍的时光！"

众人听罢，皆面面相觑。孙辅抓起不衣领，怒斥道："老东西，胡说什么？美阳尚且在官军手里，而整个金城郡都已陷入敌手，怎么可能彼此通邮？"

岑良抓住孙辅的双手，解释道："这位小军爷，听你口音，是吴人吧。你们吴人离西北太远，不知此地形势之复杂！老实说，我的两个逆子本来都在湟中做官军，还都是管着百八十号义从胡的屯长呢，官秩比二百石。但从去年夏开始，整个西北的官军的军粮运转都出了纰漏，除了董卓所部有门路勉强能吃饱饭之外，别路官军都开始喝西北风了。据说是因为朝廷要打关内的黄巾贼，用度调配困难，这才苦了暂时没有战事的边军。那时，我两儿的生活，都是我打发家奴送粮送衣去接济的。"

"这与通邮又有何关系？"孙辅不耐烦地打断了岑良。

岑良往下说道："回军爷，有关系。去岁年末，北宫伯玉与李文侯这两个胡人造反时，之所以各地汉军纷纷附逆，

---

[1] 汉代郡名，辖今甘肃兰州以西和青海的一部分。

就是因为粮饷不继,全军对朝廷积怨已久。因为事出有因,尚且未反的董卓所部兵卒也对叛逆暗生同情,这才使得董卓不敢全力清剿,以免他手下的羌胡也发生兵变。所以,所谓的边、韩之乱虽已拖了多月,敌我之间界限依然暧昧,以至于两军辖地之间,邮路还时断时续。"

孙坚点点头。他总算明白了董卓得到张温将令后,行动如此迟缓的真正原因了。不料,身边的孙辅还是不服气,继续盘问岑良:"老东西,你说话怎么出尔反尔?你前面刚说,你的奴婢与妻妾都去躲避兵灾了,现在你却说,边、韩之乱虽已拖了大半年,但其实并没有真正的战争。你说的哪句话是真的?"

岑良急得连忙摆手:"小军爷,你误会啦!老朽的意思是说,本来是没有啥大的战事,但贵军来了,就有战事了。"

"你这是何意?"前面一直没来得及说话的祖茂,此刻也忍不住问了一句。

岑良鼓足勇气,回道:"诸位军爷恐怕都受制于车骑将军张温张大人吧!张大人麾下尽是朝廷新调来的客军,与反军素无牵扯,所以不会对反军手下留情,亦会驱赶董卓部努力剿贼。加之那个连女人的皮都会扒下来的富春孙坚,似乎也在张帅手下效命,吾等小民更有理由相信,真正的战争快要开始了!"

孙坚听罢,大惊,俯下身问岑良:"富春孙坚扒了谁的皮?你看到了?"

岑良不知对面就是孙坚,答道:"他扒的是北宫伯玉姐姐的皮。现在到处都盛传，他姐姐当年在广陵郡卖艺时，因貌美，被时任盐渎县丞的色鬼孙坚看上了。孙坚见她不从，竟活生生剥下了她的皮，每日垫于床榻之上。后伯玉潜入孙宅，取走姐皮，从此浪迹天涯，直至回到家乡湟中，截皮制鼓，到处宣扬姐姐的冤屈。此事真假老朽无从考察，但羌胡几乎人人都信。此番我们打听到朝廷派'孙扒皮'到了前线，就知道这阵仗肯定小不了。"

孙坚听罢此言，但觉眼前发黑，火气攻心。一边的黄盖、程普听罢，冲上前来揪起岑良，骂道："老东西，道听途说，妖言惑众，当心老子现在就扒了你的皮！"

岑良吓得直摆手："前面所说，都是老朽听来的，老朽可没说自己相信啊！但是各位军爷，羌汉征战百年，积怨已久，孙富春扒皮之事，老朽听着虽不着调，却颇能入那些羌胡之耳。对了，你们若是遇到那位孙坚，一定要警告他，现在想扒他皮的反贼，已不计其数，叫他一定要小心啊！"

孙坚听罢，哈哈大笑："我一定会叫孙坚小心的！"他的笑声也感染了众人，大家一起哄笑起来。岑良先是疑惑，但渐渐从眼前诸人的眼神交流中看出了端倪。他指着孙坚问道："莫非你就是……"

孙坚指着自己的鼻子，微笑道："我就是……"

"老朽有眼不识泰山！"岑良重新下拜，反复叩头，"孙将军在上，孙将军威名，老朽早就如雷贯耳！扒皮之事定是贼人妄说，但孙将军在下邳孤胆救王爷，在宛城力破黄巾，定然是真的啊！老朽刚才失言！死罪，死罪！"

孙坚将岑良扶起，收起笑容，阴着脸说道："下邳救王爷的事是真的，在宛城破黄巾的事也是真的，至于北宫伯玉姐姐的皮，虽然不是我亲手剥的，但也是我遣人剥的。然而她的死，有诸多隐情，在此不方便告诉老伯。不过，至少我的良心对得起朝廷。你可信我？"

岑良瞪大了眼睛："老朽自然是信将军的！"他想了想，又补充道，"既然将军如此孔武，能否答应老朽一件小事？"

"说说看？"孙坚淡淡地回道。

岑良壮起胆子，说道："我的两个儿，本来都是好孩子，只是误上贼船。将军若在战场上遇到他们，能否手下留情？"

岑良话音落下，却没有得到任何回应，只是遇到了从四周射来的冰冷目光。岑良复又下拜，抱住孙坚的腿，哭道："至少给我留一个儿啊！我岑家要传香火啊！若将军不知我儿长相，请给老朽一支笔，老朽现在就给你们画啊！"

忍无可忍的孙坚将岑良揪起，大声回道："老伯，你的儿子有爹，我孙坚就没爹吗？我来告诉你，我父亲叫孙钟，一辈子在富春老家种瓜。我孙坚为了给朝廷当差，十年没见过父亲了。你不是说现在邮路还没断吗？那就麻烦你老写封信告诉你的两个儿子，在战场上不要伤了我孙坚，这样，我们富春孙家才不会断香火。对了，你不是会画画吗？那就把我孙坚的模样画给你的儿子啊！"说罢，他对左右喊道，"谁带笔了？"

岑良听罢孙坚所言，绝望地瘫坐在地上，不再哭闹，任凭几支不知何人掷来的毛笔在其衣袖的皱褶里翻滚。正在此时，突然有人在麦田前高喊："祖迅回来了！"

众人向西眺望，但见一背插白羽的官军斥候骑马踏草而来。此人非旁人，正是祖茂的家奴，"辟车伍佰"祖迅。祖迅朝着东边麦田的方向大喊："贼军前锋距此六里！有八千羌胡骑兵！全是骑兵！"喊罢，他立即回马再探。

众人紧张起来，马上开始检查已设好的各种机关埋伏。在众人忙碌之际，孙坚突然叫住孙辅，问道："麦田靠东位置的那几个暗坑，准备好了吗？"

孙辅点点头："准备好了，但那些坑究竟有何用？"

孙坚朝着瘫在地上的岑良努努嘴："将这老伯置于一相对安全的坑中，你则守在他身边，既别让他逃脱了，也别让他死了。"

孙辅看了一眼一边往自己头上插着麦穗花、一边傻笑的岑良，笑道："叔父，你就是寻个借口不让侄儿参战罢了！你就这么轻视侄儿的武功吗？"

孙坚狠狠拧了他胳膊一把："国仪，你真想让我们孙门在美阳断绝香火吗？"

孙辅低头不语。正在此时，祖迅又出现在众人视线之中，大喊："贼军距此五里！我方才又看到了新的旌旗，贼军恐在万人以上！"

孙坚的嘴角露出了凄惨的笑意。

在这片麦田里，他只埋伏了一千步兵。

而在这片麦田之后，则是一万各怀鬼胎的友军。

第七回　屯长岑冬

见敌军前锋已近，孙坚叫祖迅不要再探，立即进入麦浪隐蔽。他自己则伏在地面，仔细谛听土地传来的蹄音。与此同时，祖茂则飞快地给身边的几把弩机上了弩矢。

正在此时，那个岑良又疯疯癫癫地跑过来，在孙坚身后跪下，一直向他叩头，嘴里大喊："孙将军啊，给老朽一个机会啊！"

孙坚一把堵住他的嘴："老伯你别出声，若泄露我军踪迹，现在就杀了你！"然后他瞪着跟着岑良跑来的孙辅，轻声斥责道："不是叫你妥善安置老伯，教他不要再乱跑吗？"

孙辅轻声回道："叔父，你且听这老东西说几句，我刚才听了，觉得未必没有道理！"

孙坚松开捂住岑良嘴巴的手，轻语道："你要的是什么机会，且在我耳畔轻声说！"

岑良附在孙坚耳畔，说道："等一会儿贼军来犯，不妨让老朽亲自出麦田，以麦粮为饵，引他们绕走，以全麦田。贼军也缺粮，十有八九会中计。这样一来，他们也就会糊里糊涂地将自己的后背暴露给贵部。若此刻贵部突然从其身后射出弩矢，则可陷敌于大乱。"

孙坚警惕地看着岑良："你为何要冒险这么做？一旦你脱离我军保护，很有可能会死于乱军之中，你可知否？"

岑良抓住孙坚的手："孙将军，老朽就是不想看到两军在我的麦田里打，糟践了我的粮食啊！这可是美阳亭最肥的一片田。只要田还在，跑散的奴婢在战后都会聚拢过来，以振家业。我就算死了，我的两个儿子也会来继承家业的！"

孙坚冷笑道："我怎么知道你冲出去后不会告诉贼军，此处有伏兵呢？"

"孙将军啊！"岑良哭求道，"且不说老朽绝对不会泄露贵部行踪，就算是泄露了，敌军也不知麦浪中埋伏的兵力，不敢轻进。这样，敌军是不是还会绕开麦田走呢？"

"若贼人放火烧麦田呢？"一边的祖茂轻声反问。

岑良摆摆手，说道："不会的！"为怕众人不信，他抓过几把麦穗花，迎风吹起。

孙坚看着穗花从东向西飘扬，立即就明白了。目下敌在西，孙部在东，敌若放火烧田，火苗将顺着麦田外的草浪烧到自己。他再看看四周诸将，众人也都没有反对岑良策略的意思。他向岑良作了一个揖："老伯忠义果敢，刚才孙某得罪了。孙坚在此发誓，若我能生还于此役，定会令兵卒替老伯收割麦田，且只取其中三分之一作为报酬！"

岑良苦笑道："就收五分之一，成不成啊？三分之一，这税也太重了！"

祖茂焦急地插嘴："那就四分之一！别再讨价还价，贼军已经很近了！"

与此同时，岑家麦田以东三里处，叛军的前锋已经踏过美阳的县界。全军暂时休憩，等着斥候送来前方最新的情报。一片黑压压的骑兵迎着秋风，停驻在金色的草浪中，宛若压住了半边阳光的乌云。

在那片乌云中，突然溢出了一滴微不足道的墨汁。原来，是北宫伯玉麾下的屯长岑冬胯下的枣骝马，闻出了家乡土地的气息，兴奋地小跑出了队列。然而，在岑冬布满刀疤的脸上，却没有一丝丝的笑容。他木然地望着从东边美阳亭方向飘来的朵朵麦穗花发呆。此时，他突然想起了什么，转手摸摸背上的布囊，略略点点头，然后又长叹了一口气。这布囊里装的并非旁物，而是他亲弟弟岑夏涂了漆的首级。原来，兄弟二人在给父亲岑良发信的第二日，岑夏便在沿路分发讨伐官军的檄文时，被陶谦手下的哨骑所杀。无力带弟弟全尸回乡安葬的岑冬，只能带回他的头颅，还指望着能找到个木匠，给死者做个假身子，一起下葬。

"岑冬，北宫将军唤你去问话！"北宫伯玉的一个亲兵飞马而来，用生硬的汉言对岑冬下着命令。岑东点点头，转过马头，就往队伍后面跑去。

穿过一片戟林矛海之后，岑冬立即看到了插在一小片高地上的一面大大的赤色纛旗[1]，上绣"北宫"二字。纛旗之上端，一只亮灿灿的金吾鸟[2]正踩着用黑色牦牛尾做成的纛旓[3]，傲慢地俯瞰着自己。纛旗之旁则立着一面竖垂的白色幡旗，上面用黑线画了一个绝美的羌胡妇人的面庞，画旁则书写"亡姐嫣脂"四字。在听到岑冬坐骑的马蹄声之后，纛旗下的一匹鳞斑驒[4]则转过了点缀着金色当卢的马脸，对着岑冬喘着粗气。黄白相间的鬃毛后，一张一半被青铜面具遮住的脸慢慢转了过来，咧开了布满烧痕的嘴唇，露出了几颗玄色的牙齿："岑冬兄弟，美阳是你的家乡，你是否愿意率先进入前面那片麦田，为全军搜集情资呢？"

岑冬在马上作揖："北宫将军，实不相瞒，那片麦田就是我岑家的田产。全军没有比我岑某更适合前行探敌的了。"

北宫点点头，又指指岑冬背后的布囊，说道："甚好！不过，令弟的事情，本将也殊为难过。打下美阳后，我免你三日军务，以便下葬令弟，安顿家人！"

"谢将军！"岑冬得了军令，心中却略生疑惑。为何北宫伯玉要大费周章将自己叫到跟前下达军令，而不是由亲兵带传呢？他握着马缰绳，盯着北宫，默默等待他的新令。不料北宫却摆摆手，示意岑冬快走，不要再行耽搁。可当岑冬真调转马头要走了，北宫却突然在他背后大喊："岑冬，令

---

[1] 全军旗帜中最重要的帅旗。"纛"读"到"。
[2] 旗顶的鸟形装饰。
[3] 旗杆顶部的装饰球。"旓"读"烧"。
[4] 毛色为鳞斑状的马。"驒"读"驼"。

尊岑良就在美阳吧？他究竟是站在哪一边的？"

岑冬吓得一哆嗦，调回马头，大声回复："我父岑良既然愿留在美阳等待王师，他当然是站在将军您这一边的！"

"是吗？"北宫伯玉用人皮鼗鼓拨开了一条正在轻抚自己面颊的旒带，用犀利的目光盯住一脸忐忑的岑冬，厉声问道，"那令尊为何还要遣散奴婢，并将女眷迁至长安？"

岑冬当然知道北宫此问的分量。他立即从马鞍上滚落，在北宫面前下跪，哭诉道："将军明察！我岑家已经为将军大业献出一条人命了。张温要是知晓此事，是断不会留我岑家后路的。我老父确实是糊涂啊！然而，我岑冬对将军绝对忠心不二！"

北宫伯玉没有回答岑冬，只是将鼗鼓的鼓柄晃了几下，发出"咣当咣当"的响声，将岑冬的心跳催得越来越快。须臾，他才慢慢开口："去岁我军起事以来，一直未有大战，故而，像你这样两边下注的汉人武吏，尚且可以得过且过。现在却不同了，富春'孙扒皮'来了，决断的时刻终于到了！岑冬，你知道今天该怎么做吗？"

"卑职知道！卑职知道！"岑冬对北宫连叩了两个头，随即上马，回道，"卑职立即去前面将事办妥！"

"我会在后面一直看着你！我姐姐也在看着你！"北宫对着岑冬的背影高喊，同时把手里的鼗鼓摇得更紧。岑冬吓得加鞭快跑，直到北宫的狞笑声越来越远。然而，不久后他又听到，身后有约二十匹快马的声音越来越近。岑冬回头一看，心中不禁一凉。这是北宫麾下二十名精锐的羌族骑士，正携弓弩而来。很显然，他们是北宫派来监视岑冬的。

岑冬重新回到队列的最前面。他让胯下的枣骝马放慢脚步，眼前的那片丰收的金色令其暂时忘却了恐惧与伤痛。他对着背上的弟弟轻声说道："小弟，你看，前面就是我们家的麦田，哥哥带你回家了。多好的收成啊！"

此刻，更多的麦穗花，正随风飘来。

第八回　二岑何归

"前有敌军斥候！领头一骑，其身后约四十步，还有二十骑！"孙贲从麦浪里探出脑袋，小声向身后人通报敌情。

孙坚听了，略觉狐疑。斥候侦察，阵型当求彼此应援，现在却让孤骑前出这么远，又是何故？他拍拍岑良的肩膀，说道："老伯，现在就劳烦你上前与贼军搭话。千万要稳住前面第一个贼军，设法让其招呼其身后贼人，齐齐进入我弓弩射程。若遇危险，你就立即伏倒，我军利弩可立杀之！"

岑良点点头，默念了几句"西王母保佑"，便鼓足勇气从麦浪中站起身子，朝着岑冬的方向走去。孙坚又向四下使了一个眼色。十来个扮演农夫的兵卒开始唱起歌谣，在麦田间佯装劳作。

岑冬远远就看见了父亲在秋阳下略微佝偻的身影。他胯下的枣骝马脚步开始加快，自己嘴里则大喊："父亲，是我啊，是我阿冬啊！"

岑良揉了揉眼睛，确定看到的是自己的儿子时，惊喜地捂住了嘴："冬儿啊，真是你吗？"

岑冬大力地点了点头。然后，他手指老父身后的麦田，大声问道："父亲大人，这田里唱着歌谣的，可是我们家新雇的短工？我怎么觉得那歌声，不像是三辅地带的口音？"

岑良的心狂跳着。他回头看看那些头戴斗笠乔装农夫的官军，再看看眼前的儿子，笨拙地撒谎道："可……可不是吗？他们确不是三辅人……这些割麦的麦客嘛，他们是……对了……是从弘农郡[1]……来的……割完麦子……我就会将其遣走……"

岑冬警惕地看着父亲身后那些可疑的身影，又仔细听了听他们的歌谣，突然大喊："这定是徐州人的口音！"然后又指着父亲问道，"父亲，我们三辅人怎么可能会雇遥远的徐州人做麦客？徐州人种的可是稻，而不是麦！"

岑良知道戏演砸了，慌张地朝儿子摆摆手："冬儿啊，别叫你的人再放马过来踩我们家的麦田了啊，那些徐州兵已经糟践不少了啊！"

岑冬立即明白了，他家的麦田早已成了来自徐州的官军的埋伏地。他对身后的二十名骑兵吹了声口哨，然后用羌语大喊："泽嘎芬恼悟（敌在前）！"

须臾间，二十匹西凉快马，载着二十位强壮的羌族武士，逆着向西吹的风，冲向东边的麦田。

---

[1] 与三辅同在司隶校尉部，位于今日河南省西部。

也就在这二十名骑兵几乎与岑氏父子只有一步之遥的时候，那些刚才还唱着歌的"麦客"，突然齐齐伏倒。与此同时，麦田里突然站起四十名蓄势待发的发弩士，每个人的手指都紧紧扣住了弩机的悬刀。

"快趴下！"岑良用尽了平生的力气，猛然扑向岑冬的坐骑枣骝马，竟就这样连人带马将其撞倒。他紧紧抱着头冲向儿子，还来不及解释一句，便听得头顶的四十支弩矢已然撕裂空气，凶残地扑向了各自的目标。

二十名羌族骑士，须臾间就已被射倒十六人。余下四人刚要回马逃跑，方才明明消失在麦田里的十来名"麦客"，又突然探出身子，放开了被拉得紧紧的弓弦。这四名羌兵，每人身中两至三箭，惨叫着从坐骑上跌落，只留下失去主人的马儿惊慌地朝着叛军的方向狂奔。

"爹，你怎么帮着官军杀我的弟兄！"愤怒的岑冬奋力挣脱压在他身上的父亲，晃着他的肩膀吼叫着。

岑良哭着说："爹没的选啊！那些徐州兵答应帮我们割麦子，而你们的骑兵，则肯定会毁了这麦田的！我看你也快点降了吧！"

岑冬大叫："爹，你糊涂啊！你忘记夏弟了？！"

"啊！"岑良一拍脑门，大喊，"对啊，你若不归，还在叛军中的阿夏怎么办！"

岑冬惨笑一声，指指散落在身边的布囊，说道："阿夏不在军中，而在这里！"

岑良大惊，哆哆嗦嗦地打开布囊，再开木匣，然后战战兢兢地往里一瞅，随即号啕大哭起来。

没错，那的确是岑夏的人头，他额头上的胎记可做不得假。

"这是谁干的啊！"岑良抱着岑夏的人头，绝望地长啸，"他才二十三岁啊！"

"是富春孙坚的好友，丹阳人陶谦的哨骑杀的！当时弟弟只是在给他们发檄文罢了，并无战意，却被他们突然放弩杀害，就像方才那样！"岑冬恨恨地说道。

"啊！"发疯了一般的岑良突然站了起来。他转过身，高举着岑夏的人头，对着麦浪高喊："孙坚，你的朋友杀了我的儿子，我的儿子！我和你拼了！"

"文台，怎么办？"麦浪后，目睹眼前巨变的祖茂急切地问孙坚。

孙坚皱着眉，回道："等那老伯冲入麦田，就将其打昏，捆起来！"

"那他身后的岑冬呢？"祖茂再问。

孙坚略想一下，回复："抓个活口，然后从他嘴里尽量多套点敌情！"

祖茂点点头，刚想布置人手去活捉岑冬，眼前的局势却又发生了巨变！

原来，岑冬已经一把将父亲抱起，扶他上了自己的坐骑。随后，二人共骑一马，往贼军阵营跑去！

"不好！"孙坚一拍大腿，"岑良已看清我军布置，切不能留活口！"

此时,孙坚身边的孙辅突然从麦浪中跃起身。他也没打招呼,直接顺走了孙坚的长铍,跨上自己的桃花駇,只在马背上留了一句:"这老东西既是我绑来的,也得由我孙国仪去了结他!"孙坚未加阻拦,只是叫孙贲、黄盖与程普也跟上去保护他。

只载一人的孙辅坐骑,很快就追上了岑氏父子。孙辅挥动长铍,在二人身后高喊:"老东西,快回马投降,我们保证不杀你们父子!"

岑良呜咽着:"我不信!……你们已经杀了我夏儿……"

岑冬在前面轻声附和道:"对,爹,不能信他们!再说,若你方才说的军情无误,他们麦田里的千人,怎么顶得上我军上万铁骑?只有往东边跑,你我才有活路!"

"快停马,小爷要射箭了!"横铍搭弓的孙辅发出了最后一次警告。其实,说这话时,二马之间的间距只有区区二十步了。孙辅自信他根本不会失手。

然而,也就在孙辅下定决心放开弓弦的那一刻,他胯下的桃花駇却不慎踩上一块碎石,差一点儿就被绊倒!孙辅一时间没稳住弓,那箭矢就歪歪地射上了青天!

"且吃我一箭!"抓住机会的岑冬回身对着孙辅就射出一箭!

但凑巧的是,即使是骑射功夫更为过硬的岑冬,今天也失了准。原来,就在他的手指放开弓弦的那一刹那,其视野中也出现了三枚从孙辅后方射来的箭镞,且越变越大。岑冬想着该如何避箭,手却抖了一下,自己的箭竟也射偏了。

然而,久在胡羌之间历练的岑冬,毕竟技高一筹。即使是他那支射偏的箭,也干脆利落地将孙辅的弓弦射断,让其手里的弓瞬时成了废物!

刚用飞旋的西凉圆盾挡住那三箭的岑冬,此刻对着孙辅哈哈大笑,然后转身继续逃命。岑良则费力调整身姿,倒骑在马鞍后座上,接住儿子刚抛向空中的圆盾,用其护住自己的胸腹,然后大声向岑冬报告他所看到的敌情:"孙坚的那个小侄子没弓了,他后面的那三人还在重新搭箭!"

"爹,您可坐稳了!"为了给孙贲、黄盖、程普三人的射击造成干扰,岑冬操控辔头,身体偏侧,让胯下的枣骝马在草浪中以"之"字形线路奔驰。孙贲、黄盖、程普的下一轮箭纷纷呼啸而至,却全然射偏。

孙辅举起长铍,向后面的援军晃了一晃,示意他们不要再射,抢了自己的功劳。孙贲急得在后面大喊:"阿辅,你没弓了,快回来!敌阵又放出十骑来接应那二人了!"

孙辅回喊:"我绝不会再让叔父看不起我的!"说罢,他狠狠地用长铍的铜镈[1]戳了一下桃花驼的屁股,对着马头大喊:"你这畜生,就这点本事吗?!"

疼得发狂的桃花驼飞蹄怒奔,迅速拉近了孙辅与岑氏父子的距离。孙辅点点头,觉得这点距离已经足够了,便朝他们扔出了一把手戟!

"卜"字形的铁手戟在半空中"呼呼"飞旋,拖着后面

---

[1] 古代长兵器持杆末端的铜制尖锐部件,可以方便兵卒将兵器插入地面。

翻飞的红绸，宛若王侯家宴上美丽的舞女所挥起的水袖。岑良紧张地端着盾，对着背面的岑冬大喊："手戟在天！"

岑冬胯下的枣骝马就像是听得懂人话似的，提前转弯，进入了下一个"之"字形线路，让孙辅的手戟只是无奈地插入了自己留下的蹄印中。正在此时，孙辅又扔出了他的第二把，也是最后一把手戟。因为孙辅这次扔的方向过于平直，岑良竟然自己端起圆盾，就将其轻松弹开了。

岑良心中略略平缓，抱着圆盾喘着粗气。孙辅手头似乎没有第三把手戟了。

然而，岑良突然失控地大叫起来："夏儿！"

没错，这次孙辅扔出的并非手戟，而是刚才岑氏父子因慌乱而遗落的岑夏的人头！

"夏儿啊，爹对不住你啊！"岑良扔了盾，伸开双臂，试图接住岑夏的人头。而岑夏被涂了漆的青铜一般的面庞，亦在他视野中变得越来越大！

"啊！——"只顾着接岑夏人头的岑良，却没有注意到此刻的孙辅已经用尽臂力，向其抛出了自己最后的兵器——长铍！那尖锐的长铍划出弧线，紧跟着岑夏的人头，呼啸着飞向岑良，好似司命之神从云端抛向他们父子的一管判笔。

失去了盾的保护，用百炼剑改制的铍头轻松地贯穿了岑良的腹腔，并靠着巨大的惯性，透过他的长子岑冬的背甲，插入了他的后腰。就这样，一件仅在三天前被临时改制出来的兵器，在须臾间便重创了岑家两代人身体的要害。

孙辅兴奋地挥拳："成了！"他飞马追上岑氏父子，试图将那杆铍插得更深,却不料此刻七八支箭正从敌阵方向飞来,他只好速速躲到岑氏父子身后避箭。当他确定刚才射来的敌箭确有几支误中了岑氏父子后,这才满意地调转马头赶回本阵。

并未受伤的枣骝马意识到了主人的弥留,眼睛里竟然渗出了泪水,向着本阵的方向狂奔。在一片颠簸中,嘴角淌着血的岑冬,似乎闻到了母亲赵氏所做的香甜胡饼[1],似乎看到了在岑夏头顶欢快跳动的鞠丸。他只是奇怪,为何弟弟的模样一直停留在了八九岁?为何父母的模样,则一直停留在了三十多岁?此刻,岑冬的思绪又突然飞到了他在湟中安的另一个家。在那里,他好像看到了七岁的女儿岑芳,正骑在好友马腾之子马超的背上,用稚气的声音学着自己指挥兵卒;同时,自己美丽丰满的羌族妻子碧铜钳则在一边用羌语大声斥责着不肯下奶的母马"阿枯打"。

"阿枯打就是下不了奶么,你骂个畜生做甚?傻婆姨!"岑冬微笑着发出一声咒骂,慢慢闭上了眼睛,不情愿地堕入了一片无边的黑暗。

---

[1] 一种类似于现在新疆地区的"馕"的烤制面食。

第九回　阵前诉敌

北宫伯玉惊讶地看着刚跑回本阵停下马蹄的枣骝马。马背上的岑冬夽拉着脑袋，闭着眼睛，嘴角挂着一阵诡异的微笑，似乎对肋下所中的两箭漠不关心。他的父亲岑良则背靠着他，脖颈中了一箭，仰着头，怒目圆睁，如同木雕。岑良手里还死死抱着岑夏的人头。而一把长兵器的后半截，则从岑良的腹部伸出淌着血的镡头，同时将其前半截隐藏在了岑冬的体内。

北宫阴沉着脸，轻声自语："这究竟是何兵器？竟可以轻松洞穿两身？"

"定是铍！"旁边一位长须的将领大声回道。

北宫一回头，点点头："文约兄，你总算带着本部兵马赶上来了？"

那被唤为"文约"的，非是旁人，正是反军汉人领袖之一，金城人韩遂韩文约，北宫伯玉名义上的上级。韩遂心中虽对北宫当众叫自己的表字大为不满[1]，但也忍住怒火，策马上前，故作镇静地指着二岑的尸体："北宫将军你看，能如此轻松贯穿二身的，唯有百炼长剑。但既然此兵器还有长杆，便说明这是百炼剑合杆所成的铍！"

北宫皱了皱眉。百炼长剑与铍他当然都见过，但铍毕竟是步卒的武器，铍头的取材一般是次钢乃至青铜，谁会用上宝贵的百炼钢做铍呢？想到这里，他命令手下："快将这二人分开！"

三个羌兵合力将岑良的身体用力扯离岑冬。但见血淋淋的铍头慢慢从岑良的后背露了出来。一个羌兵将整杆铍从其身体中拔出，并小心地避开从死者伤口处喷出的血柱。

北宫伯玉刚想仔细探查手下递给他的这杆铍，却不料韩遂飞手就将兵器夺过，也不理北宫脸上的愠色。韩遂高举起铍，对着阳光仔细检查，然后突然左右一挥，那铍头血槽里淤积的人血如一片赤雾，洒向四方。满脸红点子的韩遂兴奋地大喊："你看，血不留槽，铍面如镜，这便是百炼钢的证据！"

"这事很重要吗？"北宫在旁边不耐烦地问道。

"这事难道不重要吗？你派出的斥候已经不能说话了，除了敌人留下的兵器，难道我们还有别的揣测敌方主将的线索吗？"韩遂一边用亲兵递来的帕巾擦脸，一边回呛道。北宫刚想还嘴，韩遂眼睛一亮，又突然大喊："陇西仲颖！这

---

[1] 古代表字只能在私下场合用于平辈人，在公共场合称呼上级的表字，乃是不敬。

铍原来是用董卓董仲颖的剑改制的！"

北宫大惊，上前探看，果见雪亮的铍茎[1]正中，的确刻了"陇西仲颖"四个鎏金篆字。

"原来前面设伏的是董卓部？"北宫有点儿紧张地往东方的麦田望去。

"可能不是……"韩遂又仔细观察了手中这把铍与柲杆的连接处，继续分析，"制铍的人显然是将原先那把百炼剑的环首柄破坏了，以便将铍茎插入铜銎[2]。若真是董卓的部下，谁敢如此糟践上司的佩剑？"

"那谁会这么做呢？"北宫急切地问道。

韩遂鄙视地看着北宫那张被面具覆盖了一半的脸，回道："北宫将军，作为本将军的下属，你难道不应率先替我想出此问题的答案吗？"

北宫凑近韩遂，恨恨地轻语："你与边章能有今天的位置，是靠谁的辅佐，不要忘记了！"

韩遂冷笑道："靠谁的辅佐？自然是本将自己啊！北宫兄弟，你若有本领辅佐我，那就请告诉我，对面麦浪里的主将是谁？就算猜猜也行！"

北宫紧咬着牙，没有回应韩遂。

韩遂用马鞭指着北宫伯玉身后北宫嫣脂的画像，笑道："伯玉老弟，你口口声声说要为姐姐报仇，为何仇敌就在麦

---

[1] 铍上略相当于剑身正中的那部分。
[2] 读"穷"。古代长柄武器的杆子与杀伤部分之间的连接部件。

田中，却浑然不知？"

北宫伯玉大惊："你怎知道孙坚就在麦田里？这铍难道不是董卓的剑改制的吗？难道孙坚不是张温的手下，而是董卓的手下？"

韩遂笑道："前几日张温与董卓会师，参军孙坚曾当众斥责过董卓。后来双方似乎和解了，董卓还送给孙坚一把佩剑。若此情资属实，那么全天下能够得到董卓佩剑，且胆敢将其改为铍的，除了孙坚，难道还有第二人吗？"

北宫瞪眼看着韩遂："韩将军，前几日敌军军营内的事情，你如何得知？"

韩遂轻蔑地努努嘴："我如果不知道得比你多一点儿，又怎能号令你呢？"

北宫咬着牙说道："以上只是将军的猜测罢了。对面到底是不是孙坚，当派斥候再探！"

"伯玉老弟！"韩遂突然用长铍挑起了北宫伯玉后面那面绘着嫣脂形象的幡旗，顶着它在空中飞舞，"你天天向人哭诉说，你姐姐的皮被孙坚扒了，难道今日就没有兴趣亲自去看看，埋伏在那片麦田里的，究竟是不是孙坚？"

北宫伯玉被韩遂这一激，不由得一阵血气上涌。但此时却有人抢先他一步，大喊："岑兄弟啊，我要给你报仇！"

韩遂扭头一看，原来是自己的爱将马腾。他皱起眉头，横铍拦住他，话里有话地说道："马兄弟，你的好友岑冬只是被贼人捅死了，而人家的姐姐可是被剥了皮啊！这报仇的机会，难道不应留给别人吗？"

马腾看出了韩遂眼神中的深意,勒住马头,不再冒进。

但韩遂向马腾递送的眼神,也被北宫捕捉到了。他判断了一下形势,再仔细看了看对面的地形,转而对韩遂换上一副笑脸:"韩将军明察,对面麦田里所埋伏的,或许就是在下的大仇人孙坚!"

"那你还不快冲上去?"韩遂不耐烦地催促道。

北宫伯玉手指前方,笑道:"为亡姐报仇的事情,也不争这一时半刻。将军你且看,对面这片麦田,也就二三十来亩,其中埋伏的就算是孙坚,也极有可能并非敌军主力,而是他从徐州招募来的千人而已。麦田左右均为蒿草,但都不高,亦无法埋伏大队人马。麦田之后的密林,则暗藏玄机,可能会藏有大队伏兵。既然孙坚手里有董卓佩剑,董部是否埋伏在林中,也未可知。所以,依伯玉判断,敌军是以孙部为饵,引我军尽出,与孙部缠斗,然后敌之主力再从两翼包抄我军,以求聚歼。"

韩遂捋着长须仔细聆听北宫的分析,微微点头,然后问道:"既如此,当如何破之?"

北宫笑道:"我军不妨就出动部分兵马,其数量既足以吃掉孙部,又不足以调动敌军之主力,让他们吃个哑巴亏!"

韩遂点点头,随后又问道:"你怎知敌军中没有孙坚的故交,不会在孙部受困时出兵援助?"

北宫答道:"敌军中能战者,除人数少得可怜的孙部外,唯董部耳。但刚才将军不是有情资说,孙、董之间已生罅隙吗?尽管董已送孙佩剑,孙坚却将其制成一铍,随意投掷。

可见，二部之间隔阂未消。所以，伯玉研判：若孙坚受困，董部定会作壁上观；而若董部不出，张温麾下的那些中原弱兵，又能奈我何哉？"

韩遂哈哈大笑："伯玉老弟，所言极是！依兄弟看，出动多少兵力可吃掉孙部？"

北宫略想了一下，再看看身边的马腾，回道："既然马腾兄弟这么急着给岑家父子报仇，不妨就让他带三千骑攻击孙部，用我军新创的轮射圆阵，慢慢耗其兵力。另外，请将军速令后面李文侯将军与边章将军率领的后队与前队会合，就在此处以雁行之阵排开，让敌军能看清我军实力，知晓出阵围猎孙坚的，只是我军十中一指，谅其不敢贸然救之！"

韩遂点点头，不无遗憾地问道："北宫老弟，你确定不想亲自去杀那孙坚？"

北宫笑道："若马腾兄弟弱敌之效已显，我自会出阵，为姐姐报仇！"

韩遂找不出北宫兵策的毛病，只好纳计。马腾部出阵之前，北宫牵着载着岑氏父子尸体的枣骊马，扛着那杆画着嫣脂面庞的幡旗，头盔左右各插一面小鼗鼓，来给诸将士打气。面对骏马上的各族将士，北宫用标准的汉话大喊：

"诸位兄弟！今日，是我们与狗朝廷新派来的张温大军的第一次对阵！虽然对面麦田里的敌军只有一千，然兵事凶危，我伯玉也并不能保证诸位人人均能安然身回。所以，我伯玉希望大家在上阵之前，先想清楚自己究竟是谁，究竟为何在此，究竟为谁而战！那么，我们究竟是谁？那帮狗官在文书中污蔑我们，说我们都是些不服王化的羌胡！但这里的马腾兄弟，难道不是汉人吗？躺在这马上惨死的岑氏父子，难道不是汉人吗？我们的边章、韩遂将军，难道不都是汉人吗？汉人、羌人、匈奴人、月氏人、氐人，难道在湟中没有和睦地相处吗？难道我们没有自由地通婚，为凉州生下更多的男娃与女娃吗？我只知道，我北宫伯玉是凉州人，正如我们大家也都是凉州人一样！确实，去岁起事以来，我们的确杀了一些汉人。但我们枉杀过好人吗？马背上的汉人兄弟们，我们一起杀死的护羌校尉泠征，难道还不够暴虐吗？我们一起杀死的金城太守陈懿，难道还不够贪婪吗？他们虽身在凉州，但他们爱凉州人吗？"

北宫扫视了一下面色凝重的兵卒，知道自己的鼓动已经起了效果。他吞了口唾沫，润了润喉咙，继续喊道：

"朝廷的文书还说我们凉州人是反贼。然而，难道他们说谁是反贼，谁就是反贼吗？远在建宁元年，太学生领袖陈蕃与外戚窦武就被他们说成是反贼，但为何汉人中的清流们至今还在纪念他们呢？近在去岁，那些为了抢一口粮而去攻打郡仓的中原饥民们，也被他们说成是反贼，但为何朝廷口中的'反贼'不是那些逼民造反、见疫不救的十常侍呢？今天，他们又说我们是反贼，但他们为何不想想，为什么会有那么多曾经镇压过西羌的边军，会与那些曾被他们镇压过的羌民，一起造反呢？到底是我们错了，还是他们错了？"

"既然我们不是反贼，那目下我们为何离开凉州老家，进入司州呢？"一个大胆的兵卒在军列中提出了自己的质疑。

北宫笑道："这位兄弟问得好！目下我们兵入司州之三辅确是不假，但我军仁义，并无侵扰前汉诸帝陵寝之心，而只是想给洛京的那些狗官一个反省的机会！但是他们反省了吗？他们送来了拖欠的军饷吗？没有。他们宁可搜刮更多的百姓血汗，纠集更多的官军，以求将我们这些在大汉的麦田里捉害虫的雀儿全部杀光！这样，从此以后，那些害虫们就可以放心大胆把大汉朝的十三州、一百零五个郡国全部吃空、吃倒！"

"是啊！朝廷若真是如数送来军饷，我们早就回家了！"

"不让他们领教一下我们西凉军的厉害，他们是不会送钱来的！"

军阵中传来了一片附和的议论之声，听得北宫频频点头。此时，军阵中突然又有人轻声提醒北宫："北宫将军，你看后面！"北宫回头一瞅，才发现自己所牵的枣骝马的马背上，岑冬的尸体已经歪斜，岑良手里抱着的岑夏的人头也已掉到了地上。北宫随即下马，一脸郑重，亲自将岑氏父子的尸体扶正，并将岑夏的人头重新塞入岑良的手中，然后一个箭步跳上他的坐骑，继续鼓动：

"也就是在刚才，那些害虫已经咬死了我们二十多个好兄弟，其中就有这岑氏父子，一家三口啊！这里恐怕有很多人都认识其中的岑冬兄弟！马腾兄弟，你的儿子马超，不是与岑冬的女儿岑芳已结下了竹马之情了吗？若今天岑冬没被孙坚杀死，数年后，他可能就成了你的亲家！今天，我们就是为倒在马背上的岑冬兄弟而战，因为岑冬就是我们，我们就是千千万万个岑冬！今天，我们也是为岑冬兄弟冤屈的老父而战，因为正是千千万万对岑冬的父母，含辛茹苦地养大了我们！而那个杀死我们兄弟与父母的凶手，就是富春孙坚！就是那个多年前曾剥下我姐姐人皮的富春孙坚！大汉朝的害虫何其多啊，就让我们先去捉净那一片麦田中的麦蚜与蝼蛄吧！"

被北宫煽动得热血沸腾的西凉军，在马背上挥动着刀剑，敲打着盾牌，发出令人恐怖的啸叫。北宫突然扯掉了遮盖住自己半张脸的面具，指着被多年前的那场烈火烧得疤痕累累的半张脸，策马绕着马腾部的队列飞奔，对着疯狂的人群大喊："这也是当年孙坚在盐渎时造下的孽！他无故放火烧我们这些百戏艺人，毁了我半张脸！你们看看，弟兄们！你们看看啊！"

在马背上冷眼旁观北宫表演的韩遂，轻轻自语："原来他一直藏着那半张烂脸不给人看……是要到关键时候才用啊……"然后他对着远处的麦田，冷笑一声，"富春孙坚，今天算你倒霉！"

第十回　箭风矢雨

"敌军三千骑来袭！"孙贲略带紧张的声音从麦田的前沿传来。

孙坚向前冲去，扒开麦秆，但见一股烟尘正压着地平线滚滚而来，宛若天神鼓腮吹起了大地累积千年的尘埃。滚滚尘土中，依稀可辨对面旌旗上的"马"字。

"马腾！"一个名字闪过孙坚的脑际。他事前了解过马腾的履历，知道他是后汉开国功臣马援的后代，极擅骑战，心中不禁一惊。与刚才孙辅所杀的岑冬这样的小角色相比，这才是今日敌阵派出的第一匹优马。

"马字旗后可有别的贼将旗帜跟随？"孙坚高声问左右。

"无！"

孙坚的心一沉。最令人担心的局面出现了：敌军虽派出了一匹优马来对付自己这匹中马，却将别的优马暂时摁住不动，这样，自己背后的张温也就没有理由派出己方阵营的优马——公孙瓒的乌丸骑兵。若此局面没有变化，孙坚的下场只有一个：生生被马腾吃掉，却无法唤来任何援兵。

"不行！定要让马腾觉得我们人多！"想到这里，孙坚立即拿出小赤旗，对麦田中央的吴景晃了晃。

吴景在随风摇曳的麦穗中看到了赤旗，随即擂起了早就架好的建鼓："咚！咚！咚！"他身边的朱治与韩当招呼兵卒升起一面大大的营旗，以及整整五面部旗，佯装麦田里有五千人的样子。[1] 为了做足声势，兵卒纷纷竖起早就备好的用麦秆与杂草做成的假人，并在假人之间举着明晃晃的兵刃穿插奔跑，造成虚实相映之相。

孙部的惑敌之举，确似产生了一定的效果。那股压地滚来的烟尘慢慢消散了下去，像是天神正在积蓄肺力。终于，马腾部的骑兵在离麦田三百步处停了下来，而被紧急勒住缰绳的战马纷纷对天嘶鸣。他们是在犹豫、侦看，还是在盘算什么新的兵策？这让人难以琢磨。须臾，喧嚣再起，羌语与汉言的号令沿着空气的振动传向四方。天神吹起了一股新的战霾。

"有谁能看得懂西凉军的旗语？他们喊的'呗嘶'是什么意思？"孙坚环顾左右，大喊，但无人应答。

孙坚叹了口气。他身边尽是徐、扬之人，他们又怎么可能懂羌语呢？

"敌骑正从左翼包抄麦田！"麦田左边传来孙辅的喊声。

---

[1] 东汉一个营有五千人。但实际上当时孙坚手头只有一部兵卒，合计一千人。

"敌骑出现在右翼！"麦田右边又传来祖茂的喊声。

孙坚嘴角微微上扬。他猜到，"呗嘶"在羌语里应当是"包抄""迂回"的意思。他转头对孙贲一笑："伯阳，若贼从左右攻击我军，则正好陷入我们为其准备好的陷阱！"然后，他又向身后的吴景再次挥动了赤旗，只是这次方向是向左、右各挥动一次。吴景则立即向全军发出信号，命令左右两翼的发弩士与长戟手准备接战。

但孙贲还未回答，孙辅的叫声又从左侧响起："贼军又停住了！"然后，便是孙贲的喊声——"贼军开始从两翼向中间靠拢！……贼军似乎要从中央冲阵了！"

"不好！"孙坚一拍脑门，这才发现自己所处的中央位置兵力根本不够。若要守住，就必须调动已部署到左右的伏兵。然而，三十亩的麦地，虽说不大，但要兵卒们扛着大戟在充满阻碍的麦浪中快跑，也着实不易。况且，对面的骑兵显然跑得更快。

"到底要不要从两翼调兵？"孙贲紧张得在孙坚耳边大喊。与此同时，正在冲阵的马腾部重骑，在孙部的视野中变得越来越清晰。但见敌骑兜鍪上的一片五彩雉羽，如若千万只招魂之手，在颠簸的马背上左右摇晃。秋阳则经由西凉军马铠铁片的反射，将一道道光剑刺入孙部将士的眼睑，生怕有人胆敢藐视自己的淫威。

"敌骑第一列已经放平矛、戟！"孙贲晃着孙坚的胳膊，"叔父，再不调兵就来不及了！"

"闭嘴！"孙坚狠狠瞪了孙贲一眼，"我若刚下令调兵，贼军又'呗嘶'了，奈之如何？"

"'呗嘶'是什么意思？"孙贲瞪大眼睛。

"蠢货！"孙坚大力将孙贲的手甩开，"谁都不许动！死都要死在自己的战位上！"

但孙坚话音未落，身后一片嘈杂之声传来。孙坚扭头一看，大惊。原来，在他尚未发令的情况下，左右两翼的执戟兵已经开始向中央靠拢了！

"谁下的令？！"孙坚暴跳如雷。原来，快两人高的戟，若平放埋伏在麦浪中，的确是无影无踪；但若要让兵卒们扛起来走，则就成了一片麦穗根本无法遮掩的移动戟林。由此，孙坚的五百执戟兵，目下已经全部暴露。

"可恶！"孙坚回头看到了吴景打出的两翼回撤的旗语，猜出这是他担心自己的安全而擅下的军令。他刚想用旗语命令吴景撤回命令，不料又听得孙贲大喊："敌骑又停止了，他们又开始往两边跑了！"

孙坚随后听到的，却是一片箭镞在空中畅游时发出的啸叫。原来，也就在方才，敌军重骑刚一跑向两边，原先得其掩护的轻骑兵就立即前出，朝孙部方才所暴露的戟林射出了第一轮飞矢。

"小爷中箭啦！"正带着兵卒们往麦田前沿赶的孙辅人生第一次挂彩了。他盯住自己左肩流出的血叫唤着，手里的长戟差点落地。他身后则倒下了十几个弟兄，有些人倒下时撒手的长戟还误伤了前面的袍泽。

"还击！"祖茂声嘶力竭地号叫着，带头扣动了蹶张弩的悬刀。一片弩矢从麦田中飞出，每一枚镞头都带着深深的恨意。

但马腾的马实在太快了，孙部六成的飞矢最终只是插在了草地上，似只是完成了一次笨拙的插秧。而孙部刚才的发射，又等于暴露了弓弩手的位置，须臾，马腾部的回敬便带走了三十名孙部弓弩手的生命。

"叔父，他们为何不冲上来，就只用骑射？我们的陷阱算是白挖了！"用盾牌顶着头的孙贲在伤兵的惨号中大声叫道。

孙坚强压住内心的恐惧，哈哈大笑："马腾果然会用兵！用骑射，既能损我实力，亦能远离我布置的陷阱！"说罢，他眼睛一转，自言自语，"既然他们想躲着陷阱，那就逼他们进陷阱！"

"怎么做？"孙贲瞪大了眼睛。

孙坚没理侄子，只是挥动赤旗，朝身后的吴景发出新的指令。吴景犹豫了一下，重击铜钲，复又敲鼓，向全军发令。

所有人都听到了钲声与鼓声。钲声表示撤退，而鼓声表示前进，二者复用，则表示撤退到金鼓所在之处，却不能再退。换言之，孙坚要部下放弃这三十亩麦田的外围防御区，将所有兵力集中到麦田中央！

就算是脑子有点儿慢的孙贲，也明白了孙坚的用意。目下麦田中央尚在敌箭射程之外，若全军猬集于此，则会引诱敌骑前出射箭，由此敌骑正好进入陷阱！

于是，顶着盾牌，拉着受伤战友的孙部兵卒们，喘着粗气，忍着伤痛，开始向麦田中央移动。漫天的箭开始稀疏起来，围着麦田的马腾部骑兵也开始了新的观望。

"敌人有约五百骑下马！在右翼！"孙贲大叫。

孙坚又是一惊。敌人为何放弃骑兵的优势，下马作战？他对祖茂大喊："若敌入射程，立杀之！"

但对面已然下马的西凉兵卒，纷纷举起了尺寸比汉军大上一圈的盾牌，左右掩护，构成严密如鱼鳞的阵型。孙部的飞矢虽然偶尔能射死几个倒霉的敌贼，却不能阻止盾阵的步步进逼。在接近麦田后，这片盾阵又伸出根根长须——那是一杆杆试探地上埋伏的长戟——一连在地面上嗅到了好几个陷阱，并利落地拱断了好几处被杂草掩蔽的拒马。在摸索出安全的通路后，铁蜈蚣一般的盾阵便开始冒着孙部射来的矢雨，钻入麦田，并慢慢向麦田中央游动！

"射死他们！"祖茂调动所有弓弩，对着盾阵猛射。重矢怒敲敌盾的声音，已能清晰入耳。一个被重矢震得盾牌松手的故军，被从另一个方向飞来的箭镞射穿了脑门，一声不响地倒地了。铁蜈蚣的阵型，也开始出现了轻微的混乱。

"呵呵，这就是传说中的西凉鱼鳞阵吗？据说还是从大秦[1]传来的？也不过如此嘛……"祖茂一边帮着兵卒给蹶张弩重新上弓弦，一边咧嘴笑道。

但他的笑容旋即凝固了。他突然想起，马腾部还有那留在马背上的二千五百名骑兵，他们目下又在何处？

---

[1] 汉代人对罗马的称呼。

但听三声牛角号响起,解开了祖茂的疑惑。只见马腾亲自执矛,沿着前方盾阵开出的安全通路,带领主力重骑,杀入麦田!

金色的麦浪,随即被打入了一个巨大的黑铁色楔子,而且越打越深。而在楔子与那片金色接触的边缘处,则涌起了阵阵红色的浪花。

那不是浪花,而是孙部兵卒在被敌军重骑的铍与矛穿透后所喷出的鲜血。

"咚!咚!咚!"满头大汗的吴景拼命捶打建鼓,徒劳地试图让鼓声压过袍泽们惊恐的惨号,以及敌军箭雨的啸叫。他对身边的朱治大声喊道:"朱孝廉,援兵来了吗?"

朱治一边在韩当举起的盾牌的掩护下给孙辅包扎伤口,一边大声回应:"没有!敌军主力尚未上钩!该死……"

"又有敌骑出阵!"正在此时,在盾牌的缝隙里向外张望的孙贲突然兴奋地大叫。然后韩当也激动地大喊:"那旗子上写的是……'北宫'!"

"终于钓来了北宫伯玉!"祖茂的劲头也鼓了起来,冲过去抢了吴景的槌头,大力敲击鼓面。

"咚!咚!咚!"沉重的鼓声如土地神强劲的心跳,掠过麦田,逆着秋风,播向东方,震动着在密林里埋伏的一万汉军的耳膜。

第十一回　林中密谈

　　北宫伯玉出阵冲击孙部的一刻之前，在孙部朝东半里地外的密林里，汉军本阵。张温麾下的一万五千大军，正口衔木棍、头戴树枝，埋伏于此。听着西边传来的阵阵喊杀之声，不少初上战场的兵卒都紧张得牙齿哆嗦。背上飘逸着飞羽的斥候则在林间纵马飞奔，递送着最新的军情。马蹄扬起的一片片金灿灿的落叶，徒劳地在半空中扑腾，宛若在将亡之刻急于寻找配偶的雄蛾。

　　"张大人！军情紧急，还望速遣乌丸骑兵前去解救孙部！"参军陶谦仰着头，盯着一棵老槐树的树顶，高声喊叫。

　　"陶参军，这是你第三次建言了！参军阵前建言同一内容，不能超过三次，否则按扰乱军心论处，汝难道不知？"老槐树的树冠里，探出了讨伐军副帅袁滂的脑袋。

　　"但是孙坚已经引来了敌军精锐马腾部……"陶谦还想辩驳。

袁滂叹了口气，示意陶谦上树再说。

槐树的树冠上立即抛下一副软梯。陶谦踩着软梯，慢慢爬上了隐蔽在树冠里的一座望楼之内。他刚想对正扶着楼栏远眺战场的主帅张温行礼，不料张温率先开口："陶参军，你如此挂念孙部安危，是不是因为孙坚是你扬州同乡？"

陶谦摇摇头："张大人，孙坚是吴郡人，我是丹阳人，两地方言都不一样，我和他算什么同乡！我要张大人出兵救孙部，为的是要确立您的军威啊！"

张温冷笑一声："陶恭祖，我知道你下面要说什么。你肯定会说：孙坚前几日在帐前为了维护本将军军威，不惜与董卓翻脸。若本将目下不救孙部，日后就不会再有人敢为我出头说话了——是不是这些？"

陶谦头冒冷汗，点点头。

"然而——"张温继续往下说，"陶参军你也看到了，区区马腾部，算不上什么大鱼，逆贼主帅至今一个都没有出场。若现在就叫公孙瓒的乌丸骑兵出阵，最多只能杀死马腾。至于敌军，则会派出更多骑兵与我军硬耗，十有八九会两败俱伤。这笔买卖不合算啊……"

"况且——"袁滂在一边补充道，"公孙瓒的乌丸骑兵是朝廷用重金招募来的，说好上战场至多冲阵八次。超过八次以上，酬金得另算。将其仅仅用于解救小小的参军孙坚，是不是有点儿浪费呢？"

陶谦咬着牙，回敬道："袁大人手下的缇骑，也能出阵相救啊！难道堂堂执金吾出阵，也需要按次论价吗？"

袁滂冷笑一声，拉着陶谦，来到楼栏前，指着淹没在烟尘中的战场说道："如此多的烟尘，定是因为贼军用了骑射之法，绕射孙部。我属下缇骑，执矛冲阵的本领虽还算马虎，但是论骑射之术，定在常于马背上操习的西凉贼军之下。除了公孙瓒部，张帅目下无兵可派。"

"但……"陶谦不甘心地舔了舔嘴唇，"挑动孙坚去挑衅董卓的乃是我陶谦，而孙坚也正是因此才被董贼陷害，陷入了重重敌阵。若孙坚今日不测，恐怕日后天下人都会讥讽我陶谦卖友……"

"那你就不怕朝廷追究你私藏黄金的事情吗？"袁滂突然在旁边插了一句话。

"黄金？"陶谦不明就里地瞪大了眼睛，"袁大人，何出此言？"

"说得确切一点儿，是下邳王宫丢失的麟趾金！"袁滂的眼睛里发出宛若金泽一般的犀利目光。

"什么……什么麟趾金……我不知道！"陶谦的心脏狂跳着，脑子里飞快地思索着应对之辞。

"我来提醒你一下。你在丹阳有个信浮屠道的老友笮融，他在孙坚做下邳丞时去过一次下邳。后来，不知怎的，下邳王宫所藏的麟趾金就神秘地失踪了。再后来，有人看到笮融突然出现在你丹阳的庄园里，据说还带了不少黄金……"

"笮融的确来过寒舍，但就是借宿几日而已，之后便匆匆离去了。他所带行李之中有没有朝廷违禁之品，卑职着实不知……"陶谦迅速撇清自己与笮融的关系。

"哦？"袁滂点点头，继续说道，"就算你不知情，但是，又有人看到笮融到丹阳时，身边有孙坚的心腹韩当护送。你说这金子的事情，孙坚知不知情呢？"

陶谦惶恐道："我……不知……他……可能知情吧！"

"那好啊！"袁滂冷笑道，"现在我就让公孙瓒部暂时交由你陶谦指挥，让你出阵救回孙坚。我们今夜一起问问他那金子的事情，你看可好？"

陶谦低下头，默默不语。袁滂来到他身后，拍了拍他肩膀，在其耳畔轻语道："恭祖老弟，孙坚身上的麻烦，还不止麟趾金一事。下邳傅钟离越全家被杀，孙坚在场，事后却推说是黄巾乱党所为，你说这蹊跷不蹊跷？我再告诉你：钟离爱妾袁氏正是我袁滂亲戚，她也在此事变中罹难。你说，我们袁家能够放心孙坚这个人吗？"

"孙坚……的确……有点儿嫌疑……"陶谦见势不妙，只好改了口风。

此时张温接过了话茬："不过，孙坚前几日为本将军出头，本将军还是很感激的。他在去岁打黄巾时积攒的功劳，本将军也是清楚的。若今日我军能抢回他的尸体，全军必素缟麻衣，以示敬意。"

听到此言，陶谦明白孙坚今日必死，虽然嘴上不敢再反驳，但眼角实在忍不住，竟渗出了泪水。袁滂看在眼里，在一旁宽慰道："打仗嘛，总是会死人的。孙坚虽然英勇，但毕竟是个草莽。你陶恭祖就不同了：少年就得了茂才的名号，做过两县县令。前不久，你还在皇甫嵩将军麾下做着堂堂的扬武校尉，只是因皇甫将军被革职而受牵连，才委屈你做了参军，与那孙坚暂时平级。以后你的路，还得靠我们提携，就别太计较眼前这些小节了。"

"袁将军说的是……"陶谦擦干眼泪，向二位上司告退，准备下楼。

正当他踩着软梯慢慢下行之时，突然有斥候来报，对着望楼大喊："敌将北宫伯玉出阵！"

心中希望之火尚存的陶谦，手抓软梯，对着楼内的上司大喊："二位大人！贼首已经上钩！是否下令公孙瓒部出阵？"

袁滂的头伸出望楼楼栏外，用鄙视的眼神看着陶谦："恭祖老弟，看来你还是没想明白啊！北宫伯玉在檄文上说得清楚，他杀孙坚是出于私仇，他并不反朝廷。今天就不妨给那北宫一个面子，让他替其姐报了仇，以后他要再继续挑衅王师，不就失去大义名分了？"

陶谦见上司弃孙之心已决，只好叹了口气，默默下梯。

正在此时，忽然又有一斥候飞马而来，大喊："报车骑将军！董卓部有人擅自出兵三千骑，驰援孙部！"

"什么？"袁滂手抓楼栏，大喊，"出阵将领何人？"

"华雄！"那斥候大声回道。

还在软梯上的陶谦睁大了眼睛，露出了微笑。

"华雄部兵至战场边缘，现又偃旗息鼓，驻足观望！"斥候再报。

陶谦刚刚上扬的嘴角，重又耷拉了下来，心中暗骂：都是孬种！

第十二回　焰噬穗浪

再说孙坚部所坚守的麦田里,马腾的重骑已经劈开了孙部的防线,留下了两边一片殷红。孙坚号叫着挥舞长戟,将一个冲到自己面前的西凉骑兵连人带马击倒,然后又发疯一般冲向身边另一敌骑。此刻,他显然没有注意到从他侧面飞来的几支弩矢——见状不妙的祖茂慌忙举盾将孙坚护住,却不料自己的脚踝亦扎扎实实中了一箭。已无法快跑的祖茂屈膝大喊:"文台,你且快上马,我祖茂舍命为你殿后!"

孙坚笑道:"当年你我兄弟在富春合力杀海贼时,我孙坚可曾有半点畏死趋生之态?"说罢,他狠命快挥长戟,宛若一面风墙,将一众敌骑逼退。此刻他用眼角的余光扫视了一下战场,心中不禁一凉。目测下来,自己从徐州带来的一千兵勇,此刻尚能站立者不足二成。手下部将吴景、孙贲、孙辅、朱治、韩当、程普、黄盖等诸人,也齐齐挂彩,边喘边战。看来,全军覆没,便在两刻之内。

孙坚用端着戟杆的右手手肘,下意识地碰了碰用长长的绶带斜挎在胸口前的鞶囊[1]。里面包裹的可是他用战黄巾的军功换来的代表比千石秩位的鼻钮印。他脑海里瞬时闪过自己十几载来从富春至此一路之艰险,心中不禁一阵凄苦。他又抬眼看看天际浮动的一片阴云——那云的形状像极了代表千石秩位的龟钮印。它好像离自己这么近,但又那么远。

"反贼,有种的就来杀我啊!"突然发作的孙坚青筋暴起,脱离祖茂在侧翼的保护,端着长戟就往前猛冲。他晃动的戟尖在麦浪中播撒着红雾,人血与马血的腥味压过了麦香,飘向四方。

孙坚的气势将试图包围他的十余骑齐齐逼退,在不远处观战的马腾亦顺势吹起了一声口哨。得令的骑兵往后退却,留给孙部略略喘息的机会。一个刚刚撤回的百夫长在马腾身边高喊:"大人,何不一鼓作气?"

马腾没有直接回答他,而是向空中抛洒了一股麦穗。穗花的飞絮在空中轻盈飞舞,轨迹则从西向东。

所有人都明白了:风向已变,此刻孙部正处于下风处!

马腾笑道:"何苦再浪费我军战力,速速火攻!"

须臾,几百支火箭带着哨音,飞向那片金灿灿的麦田。

火势在金秋干燥的空气中蔓延开来。孙部兵卒在正变成火海的麦浪中打滚惨号,升腾的热浪则扭曲了众人眼前的一切景物。突然,火海中走出一个被烧得神志模糊的发弩

---

[1] 革制的囊。"鞶"读"盘"。

士，披头散发，一脸漆黑，背上还燃着一股火苗。他好像没有看到对面杀气腾腾的西凉反军，只是傻傻地望着天，喃喃自语："我叫彭三，家住徐州下邳国凤飞亭仙人里良人聚，家有三岁稚儿，我只想回家抱儿……回家……抱儿……"

彭三没有继续说下去。一支火箭锁住了他的喉咙，将血汁压出了他的嘴。两眼木然的彭三"扑通"一声双膝落地——与此同时，另外七八支火箭则射中了他的胸膛，将他烧成了火人。他呆呆跪着，再也没有发出任何声响。

面对眼前的惨状，马腾军竟停止了弩箭的发射，全军若有所思。所有人都清楚，他们的敌人只是那欠其兵饷的朝廷，而不是这些普通的兵卒。

马腾叹了口气。不知怎的，爱子马超稚气的面容此刻突然在其脑海闪现。他咽了下口水，压制住自己的思家之情，对着四周大喊："为何停矢？再射！为岑冬、岑夏报仇！"

"且慢！"突然有人高声喝止了马腾的命令。马腾回头一看，发令的正是在后面督战的北宫伯玉。北宫扬鞭喊道："寿成[1]兄，把人都烧焦了，我就没法辨认谁是孙贼了！"

马腾转身作揖："请北宫将军下新令！"

北宫的嘴角刚刚咧开，却又闭上了。他用舌头舔了一下嘴唇，感受到了突然从天而降的水滴带来的凉意。他抬起头，伸出手指，让自己的手掌接受更多雨滴的亲吻。

"竟然下雨了！"北宫眉头一皱，但很快舒展开来，下

---

[1] 马腾表字。

令,"半刻后,待火势减小,一半人下马,进麦田步战!记住,本将要的可是孙坚可辨认的首级!"

突如其来的雨虽然并不大,但足以遏住麦田里的火势。半刻后,排列成严密龟甲阵型的西凉反军开始慢慢进入麦田。北宫与马腾亦下马,挥着环首刀在军阵中指挥。阵中的军鼓手发出一步一鼓的号令,调节着全军的步速。

北宫的视线在烧焦的孙部尸体之间移动,他身边的兵卒则用矛戟戳死了那些半死的孙部兵卒,以减少他们的痛苦。就这样,伴着军鼓声与心跳声,龟甲阵从西向东慢慢吞噬着还在大地上呻吟着的生命,直至麦田的东缘。

"孙贼究竟在何处?"北宫问道,周围却无人回答。

突然,一阵沉重的军鼓声从麦田东北方向传来,参差不齐的大汉军歌声冲击着北宫的耳膜:

寒暑德,游石关,望诸国,月支臣,匈奴服……

北宫冷笑了一下,示意全军慢慢转向东北。不久后,拨开尚未被烧净的麦浪,北宫终于看到了他多年追索的仇敌,以及他的那些最亲密的袍泽。

但见孙部尚存的六十余人,正用盾紧紧护住自己,如一堆被丢弃的瓦砾,彼此叠垒在麦田的一角。吴景正用左手无力地捶打军鼓,已经中箭的右手则耷拉着。朱治抱着最后一面没倒的军旗,韩当则护着他的腰为其提供支撑。孙贲已被烟火熏得陷入了半昏迷状态,孙辅一边哭一边给他喂水。

至于伤势相对较轻的程普与黄盖，正在用哆嗦的双手给弩机上新矢。程、黄二人的背后，便是祖茂用其身子紧紧护着的全军之主孙坚。但见头裹赤帻帻的孙文台，微笑着面对从四周拢上来的敌军，一手紧紧护住怀里的印绶，一手握着血淋淋的长戟。

第十三回　北宫问坚

北宫伯玉拨开身边的兵卒，径直来到孙坚面前。马腾向左右使了个眼色，二十名发弩士随即将北宫之两翼严密地保护了起来。北宫冷笑着指着自己半张被烧坏的脸颊，对孙坚说道："孙贼，你还认识本将军吗？"

孙坚用舌头舔了舔嘴唇，笑道："说真的，你长得还真不像你姐姐，她比你白多了。对了，你怎么证明你就是北宫伯玉？"

北宫忍住怒火，笑了起来："也罢，多年不见，你见我生疑，亦属常情。今日，本将军就要让你在死前确信，自己确是死于伯玉之手！"说罢，他对左右喊道，"给本将军取那七铁丸来！"

听到"七铁丸"三字，孙坚立即想起当年北宫嫣脂在盐渎父老之前稳稳接住七丸三剑的潇洒英姿。孙坚正想着，伯玉便已卸下重甲，开始抛掷铁丸。须臾，那七丸就像被突然注入灵魂的七个小精灵，欢快地在他胸前蹦跃，争先恐后地完成一个又一个从上到下的轮回。在周遭兵卒们的欢呼声中，北宫开始玩弄起新的花样，他抬起左腿，让七个小精灵画过的弧线围绕着自己的左膝舞蹈。而后，他突然下身金鸡独立，上身平躺，让七精灵中的三个在自己的胸前来回平滚。在众人看得眼花缭乱之际，他又对马腾大喊："寿成，扔剑来！"

马腾犹豫了一下，扔出了一把明晃晃的环首剑。北宫瞬间将七丸狠命抛向高空，然后飞身取剑，让竖着剑身的环首剑在左右两手之间来回游移。此刻，从高空刚遨游一番的七个小精灵又呼啸着向下冲来，北宫则抽空一一接住，让其重新在自己胸前开始半弧式的舞蹈——与此同时，环首剑左右游移的节奏，也丝毫未被打乱。

见孙部官兵看得目瞪口呆，得意扬扬的北宫又对马腾大喊："寿成，扔第二剑！"

孙坚担心北宫接下来的表演会摧毁属下军心，便立即喝止道："罢了！这戏码你姐姐确实演过，我今日信你是北宫嫣脂之弟了！"

北宫伯玉点点头，手中七个铁精灵亦突然罢舞，挟着狰狞的风，向孙部官兵齐齐砸去。孙部人马吓得纷纷拿起盾牌防护，不料这七球只是在接近众人处砸出一行整齐的深坑而已。正在众人惊骇之刻，北宫手中的环首剑也跟着飞了过来，直直插入其中一坑，将其中铁丸弹起，后者则又朝向孙坚面门飞去！祖茂举盾去挡，但听得"噌"的一声，铁球又弹起来，落下时砸中了孙贲的肩膀。神志迷离的孙贲竟就这样被砸醒了，大声叫疼。

北宫伯玉双臂交叉于胸前，高傲地看着孙坚，笑道："孙贼，现在汝已知本将军是何人了，还不安心伏诛？"

孙坚冷笑道："尔等精骑千余，杀我等六十三人，实易如反掌。汝刚才如此卖力表演，又是何苦？莫非是天生骨贱，不耍点雕虫小技，便日日皮痒？"

北宫摇摇头："那样杀你，尚不解气。你得先对我的本领心服口服，再在我姐亡灵之前磕十个响头，最后乖乖就戮，这才能告慰亡姐之灵！"说罢，北宫又将那人皮鼗鼓"咕隆咕隆"地摇动起来。

孙坚哈哈大笑："孙某不磕头也是死，磕了还是死，那我为何还要死前折腰，辱没官军颜面？"

北宫笑道："你若愿磕头，我可将尔等余部中大多数人放生。否则，本将会将尔等屠尽，一个不留！"

孙坚反问："你刚才说'将余部中大多数人放生'，是何意思？若孙某愿磕头，何不放生余下所有将士？"

北宫眼中放出寒光："彼时我姐罹难时，除了你孙坚，黄盖、程普、祖茂等人亦是帮凶。吴景虽不在场，但其妻左氏却奉尔等之命将我姐剥皮。今日既然左氏不在，那吴景便要代其妻受死。所以，除了你孙坚之外，我还多要尔等四颗人头祭奠亡灵。余下五十八人，则可不问！"

北宫话音刚落，程普、黄盖双双站起："你姐当时是我等设计诛杀，孙将军到客舍时，她早已断气。余下诸人，本不知内情，都是受到我二人的连累。我们二人的人头，你要拿便拿，请放过余下诸人！"

北宫连正眼都没看程、黄二人，只是冷冷说道："你们二人还有脸说话！尔等可记得，在獤骊班时，我姐经常给尔等做饭，待尔等如亲弟，尔等竟忍心下此毒手！对于孙坚，我只是让其死个痛快；而对尔等，我还要慢慢收拾！"

"我二人自愿接受任何发落，但既然将军已知人不是孙参军所杀，又何必苦苦相逼？"程、黄二人急了，举起双臂，拦在北宫与孙坚之间。

北宫从马腾手里接过长矛，将程、黄的身体拨开，明晃晃的矛尖直指孙坚的鼻尖："我姐死了两次，第一次是被程、黄杀死的，第二次是被你孙坚杀死的，所以，你们都得死！"

孙坚眯起眼睛："此话怎讲？人只能死一次，又如何能被杀两次？"

北宫冷笑道："程、黄所杀，乃吾姐之身；而孙坚你所杀的，乃吾姐之名。你彼时身为县丞，本有缉盗追凶之责，却与赵县令串谋，毁尸灭迹，包庇元凶，甚至还带人对我獤骊班无辜兄弟大开杀戒，使得我姐之冤情永不得昭雪。你且摸着自己良心问问：这岂不是比杀人更为可恶？"

孙坚摆摆手："你姐死得并不冤，她身带大汉机要军图，图谋不轨，这本已犯下灭门之罪。至于为何当时将案情按下不报，也是由于此案牵涉朝廷通缉的党人张俭。若将文章做大，弄不好会激发内朝与外朝之新斗，对社稷不利。所以，孙某当时所为，并无不妥。"

北宫咬着牙齿恨恨道:"这么说,你还是不愿老实磕头?"

孙坚笑道:"若是为了敬你姐生前的容姿与武艺,我可以勉强磕两个,十个则太多了,她还不配!"

"可恶!"北宫将矛尖又逼近孙坚一分,祖茂、吴景、孙贲、孙辅等人的环首刀亦纷纷将孙坚护住,将北宫的矛杆架高。

不料,北宫此刻却突然哈哈大笑起来:"孙坚,实在是好胆略!好!既然你也是英雄,本将就将条件改一下!你我不妨单挑比武,你若赢,则可选择自裁,死前亦不必对我姐亡灵磕头,以全颜面。余下诸人,我只要程、黄之命,余下皆可放生。你若输,则必须先向我姐磕头,你的下属亦无人可活。你看如何?"

孙坚笑道:"有意思,无论输赢,我都会死!那我为何还要拼死而战?"

北宫笑道:"你若赢了,你的随从就会将你死前的英勇事迹一代代传下去,让你在青史中重生;你若输了,就没有一个活口能在日后向洛阳的朝廷陈说今日之事。这就等于杀了你两次。孙坚,你是想死而复生呢,还是想连死两次?"

孙坚听罢,再问:"输赢标准为何?以性命为赌注吗?"

北宫摆手:"你若在对决中丧命,如何再向我姐磕头?"

说罢,他指指孙坚怀里的印绶:"若在一刻后,这印绶到了本将手里,就算你输!"

孙坚摸了一把胸口的印绶,想了想,沉重地点了点头。

第十四回　文台失印

既已决意对决，西凉军兵卒立即在麦浪中踏出一片空地。孙坚握住戟杆，摇摇晃晃地站了起来。他肩部已有三处刀伤，很难再利用肩胛发力；右腿肚子上也被砍了一刀，无法再用右腿蹬地。加之苦战多时，此刻孙坚的战力只剩下平时的三成。

北宫伯玉皱了皱眉，觉得就这样轻松打败孙坚，的确有些胜之不武。于是，他扔了手里的长矛，换了一把短矛与一把钩镶。这样，孙坚就能发挥自己长兵器的长处，以弥补其体力不支之短。至于孙坚，他看到北宫手里的钩镶，立即明白了其用意：钩镶有钩子，既可以轻易钩取他怀里的印绶，也可以用来克制自己的长戟。想到这里，他叫祖茂帮忙将那印绶的绶带扎紧，再添了两根绳子加固。

马腾亲自擂鼓，为北宫助阵。在隆隆鼓声中，孙辅给孙坚递来一个酒葫芦。孙坚打开塞子，仰脖喝下，溢出的酒水沾湿了他高翘的胡须。他微闭双眼,让这被唤为"九酝甘醴"的佳酿在其齿舌间摇动片刻,好似他人生最后的畅饮。在眨眼的瞬间,孙坚隐约看到了那面绘着北宫嫣脂形象的幡旗在风雨中摇曳——那西域美人的脸扭曲在旗布的褶皱中,似笑似泣。

对决正式开始。北宫手执兵器,先对孙坚作揖行礼,然后用左右手分别旋转着短矛与钩镶。孙坚则双手端着十字戟的戟杆,颤动戟头,北宫左趋戟头便向左,北宫跃起戟头便上扬——一时间,竟让北宫无法找到任何空隙能接近到他七步之内。突然,北宫不再避让戟头,试图用钩镶上的钩子钩住戟头上的横枝,以便顺势将戟杆推开,而后再用短矛攻击孙坚要害。孙坚知其意图,便狠命甩动硬木所制的戟杆,让戟头顺着杆心上下飞快地晃动。北宫的钩镶数次被快速移动的戟枝弹开,根本找不到钩住对手兵器的机会。北宫眼珠一转,又生一计。他突然将短矛朝孙坚胸口狠命抛去。在他看来,孙坚若想护住自己的胸,只有将戟杆横端,以抵挡短矛,这样一来,他就可以欺身而上,与之近搏。

但北宫还是失算了。身受多处战伤的孙坚,依然身体灵活。他双手平举,竟然以他没有受伤的左腿为支点,迅速将身体侧过,让北宫抛出的短矛贴着自己胸前装着印绶的鞶囊,呼啸而过。与此同时,孙坚仅用一臂一手,紧紧保持住长戟趋前的方向,使得北宫依然无法欺近他七步之内!

额头略略渗出冷汗的北宫用眼角的余光看了一眼已端起弩机的马腾,向他摇摇头。他知道,凭着人多,他本可轻易杀死孙坚，但既已在全军面前提出与之单挑，若再下黑手，日后恐难令三军信服。他咬咬牙，准备用蛮力与孙坚硬拼。他就不信，历战多时的孙坚，竟还留有足够的体力。

想罢，他不再躲避孙坚的长戟，而是瞅准机会，甩起胳膊，抡起钩镶，心中暗念"阿姐助我"，然后狠狠向戟杆砸去！

"噌！"钩镶的铁杆与戟杆激烈碰撞，竟将孙坚震得往后直退了几步。孙坚刚想发力反击，却突然感到肩胛处一阵疼痛，似又渗出新的血水来。他无法用下盘发力，只能勉强稳住身体，颤颤巍巍地将长戟再度端平。

此刻，北宫已经取回掉在地上的短矛。重拾信心的北宫，轮流用短矛与钩镶猛击孙坚的兵器，如同一个酒醉迷狂、疯狂捶鼓的百戏乐伎。孙坚也只能选择硬碰硬，因为他的长戟如若选择躲开北宫发起的挑战，那么，代替其兵器去承接这恐怖力量的，便将是他自己的肉体。

"噌！"——"噌！"——"噌！"——"噌！"——"噌！"

在经受连续五次暴击后，孙坚接连后退五步，肩胛处的血不断从背甲鳞片的缝隙中流了出来。失血过多的他，眼前一片模糊，隐约间仿佛看到了北宫嫣脂的旷世美颜，随即又换成其骇人的骷髅。北宫伯玉见孙坚力气已快耗尽，便一鼓作气，弹跳而起，集中全部力量向孙坚压去。孙坚虽有心躲闪，但腿肚子处的伤口又在缠斗中被撕扯拉大，稍一动弹便引来钻心疼痛。他终于没能躲过伯玉的双脚施加在他戟杆上的重压，整个人都被压倒在地。北宫伯玉随即再次起跳，在半空中翻了一个筋斗，将双靴重重踩在孙坚的前胸。孙坚眼前一黑，一口鲜血喷了出来！

从四周袭来的疼痛让孙坚慢慢松开了紧握戟杆的手。在半昏迷中，他隐隐感到北宫伯玉正在用匕首割断他胸前的绶带。他好像也看到，脚踩自己胸膛的北宫已从鞶囊中取出他心爱的鼻纽印，对着从云缝中射出的光剑，发疯一般地狂笑。与此同时，马腾带着几个西凉反军将瘫软的孙坚架起，强迫其跪在绘有北宫嫣脂遗像的幡旗之前，命其向嫣脂亡灵磕头。孙坚不从，马腾飞脚猛踢其后背，孙坚的身子则随之前屈，头颅重重地撞上了铺满麦秆的大地。此刻北宫也赶过来，抓起孙坚的头，看着他布满血污、麦粒与穗花的脸，喝道："孙贼，你要自己磕，还是让我帮忙？"

"呸，反贼！"孙坚向北宫那半张已经被烧烂的脸，吐了一口混有血污的唾沫。

"到现在还嘴硬！"北宫咆哮着将孙坚的头不断往地上猛撞。待北宫将孙坚再次揪起时，但见孙坚已经满脸鲜血，与其头上所裹的赤帻帻浑然一色，可他仍用气若游丝的声音骂道："反贼……终是贼……"

怒不可遏的北宫刚想拔刀杀掉孙坚，马腾在旁边插话道："将军，且慢！按照约定，你已得印，比武已胜。既已胜，孙部所有人都无法幸免。在下提议，暂且先不杀孙坚，让他眼睁睁看着亲侄故友在自己眼前——就戮，再让他最后一个为我军祭旗，这样方能消你我心头之恨！"

北宫听罢，点头道："此法甚好！"然后对着孙部众人喊道："谁愿意先走一步？"

程普、黄盖相视而笑，几乎同时站起身来："你姐之所以亡故，我们二人本是元凶，今日若不先杀我们，反倒没了天理！"

北宫点点头："此前，本将一直寻思着，要将你俩这忘恩负义的叛徒剥皮抽筋，但见你二人也算是汉子，愿意给你们一个痛快！还不快跪下！"

程、黄二人笑着跪下，伸长了脖子。两个西凉兵卒高高举起环首刀，等待北宫发令。不料，就在北宫刚要下令之时，不知从何处飞来两把短戟，稳稳插入两个兵卒的后颈！

"弟兄们，反正都是死，多拉几个垫背的！"刚抛出短戟的祖茂起身大喊。程普、黄盖也突然醒悟，抄起掉在地上的环首刀，向身旁的西凉兵冲去。余下孙部将士，亦如法炮制，开始了最后的抵抗。北宫见状大怒，用手扼住孙坚的喉咙，大喊道："事已至此，那我先送你一程吧！"

有气无力的孙坚抬眼望了一下阴沉的天，惨笑了一下。

就在此刻，孙坚的视野中突然出现了一只凶悍的凉州鹈鸠！没错，它飞得很低，越来越低，直冲北宫伯玉而来！

刹那之间，也就在北宫冰冷的匕首触到孙坚喉结处的皮肤的那一刻，鹈鸠的利爪抓住了北宫的右耳。北宫刚要伸手去抓那大鸟，那鹈鸠双翅一振，直冲青天。

"我的耳朵！"北宫扔下匕首，捂住失去右耳的一边脸颊，惨号道。与此同时，程普、黄盖、祖茂三人趁机冲到孙坚跟前,将其死死护住。

一边的马腾听着鹞鸠利爪上绑缚的竹哨发出的哨音,脸色大变,高喊道:"是董卓!董卓来了!"

马腾话音未落,有人高喊:"不好!有埋伏!"

马腾手搭凉棚望去,但见不远处一股烟尘滚滚而来,一面"华"字军旗依稀可辨。观望多时的华雄部终于出手了。西凉军见势不妙,纷纷跃上战马。

"恩公,我们得救了!定是董卓派遣华雄将军来救我们了!"程普激动地晃动着孙坚的肩膀,大喊。

"我的印绶……那是朝廷封赏的印绶……那是我用命换来的……"孙坚似乎没听到程普所言,只是痴痴地看着北宫伯玉仓皇上马遁去的背影,然后头一歪,昏了过去。

第十五回　华雄说孙

孙坚在美阳亭大败后三个月，美阳亭以东二十里，扶风县扶风亭，汉军大营。戌时，月朗星稀。

孙坚刚才做了一个梦。梦里，他如当年淮阴侯韩信一般荣归故里。在富春一片绿油油的瓜田边，他高傲地赦免了当年曾将孙家瓜摊砸烂的陆家恶奴。江东名门大姓见到孙坚，无不巴结逢迎。自己所到之处，处处花径引路，鹦鹉欢鸣。突然，鼓乐队中闪出会稽豪门周昕周泰明的身影。周昕笑着作揖："文台兄，多日不见，别来无恙？听说你战黄巾时得了比千石的绶印，今日能否示于乡党，让吾等也沾沾喜气？"孙坚笑着解下绶带，打开鞶囊，却发现里面装的竟是一块玄色顽石。孙坚大惊而醒，嘴里还喊着："谁窃了我的印？"

胡婵看着满头大汗的孙坚，立即取来比千石的绶印放在他怀里，安慰道："文台，你看，朝廷早就给你发了新印，并未追究你失印之责，此事你就放下吧！"

孙坚将冷冰冰的印绶抱在怀里，如同抱着温润的婴儿。将印焐热后，他突然又悲从中来，含泪自语："去岁，我在淮泗募精兵千人，现只存三十九人……这叫我如何面对徐州吏民？"

"哈哈哈哈！这有何难？以后别回徐州就是了！"帐外突然传来一阵爽朗的笑声。

孙、胡抬头一看，发现站在帐门口的并非旁人，正是董卓帐下骁将华雄。

孙坚忙叫胡婵帮忙穿鞋，想下床相迎，不料华雄主动入帐，将孙坚止住："文台，你伤还未好透，不必拘礼！"

孙坚苦笑道："华兄是我孙某救命恩人，怎可怠慢？"

华雄摆摆手："文台，大恩不言谢，你既知我救了你的命，不妨今夜就允了我和你说的事，这样我也好回去向董将军交差啊！"

不料，孙坚竟不接华雄话茬，只是低头沉思。等了半晌，华雄失去耐心，打破了沉默："文台，这是我第三次来求你了。事不过三啊！你直到现在还虚与委蛇，到底是几个意思？"

孙坚微笑道："谢谢董公好意，更感谢三个月前华兄在美阳亭出手相救。此大恩大德，孙某没齿不忘。然而，让孙某转投董部之事，孙某还需再加斟酌。"

华雄摇摇头："文台，你还知道欠我家董将军人情啊！不过你别忘了，你欠的可不止这一次。彼时在长安城外，是谁在张温帐下第一个跳出来，说要斩我家董将军的？难道不是你孙文台吗？那次董将军随便就能找个借口将你拿下，但是他怎么做的？以德报怨啊！我家董将军不计前嫌，在你被贼军围困时还遣我出手相助，这样潇洒豪迈的明主，你难道不想追随终生吗？"

孙坚缓缓回道："既然话说到这份上，我也不妨向兄开诚布公。其实孙某有一事一直不明：在长安城外，我明明得罪了董公，为何董公不追究，反而愿意在孙某危难之刻出手相助呢？这多少有点儿不合常情啊！"

华雄笑道："你当我们在张温帐下就无眼线吗？彼时兄对董将军不敬，难道不是受到陶谦的蛊惑？他是不是许了你在京都做官的好处，利用你来诋毁董将军，他则坐收渔翁之利？所以，董将军并不恨你，他恨的是陶谦。另外，孙将军辕门拦马的英姿，董将军的确颇为欣赏。事后，他一直对我们说，孙文台的英雄气概一点儿不输当年的西楚霸王啊！"

孙坚仍低头不语，却将手中的印绶抓得更紧了。

华雄瞟了一眼那印绶，笑道："文台啊，印绶是虚的，手里的兵才是实的。听说你从淮泗带来精兵千人，其中的两百海贼帮在西华之役全灭。后在宛城，你又折损了二百。只是从黄巾贼中得了一些降卒，这才勉强补满了千人。三个月前，其中大多数又折损在美阳。文台啊，你要这空印有何用？没兵啊！怎么样？现在转投我董部，印绶还是这印绶，但是你麾下就会多出二千精骑。文台啊！那可都是骑兵啊！"

孙坚笑道："我本是张温将军帐下之人，怎能随意改投新的幕府[1]？"

华雄大笑："只要文台兄愿意改投，文书我们来写，关节我们来打通，这事不用你操心！再说，那张温对你如何，你难道心里没数吗？你为了他当众与我家董将军翻脸，他却在你危难之时按兵不动。这样的人，你跟着他做甚？"

孙坚叹了口气："但在名分上，张温'车骑将军'的名头，还是压着董公的'破虏将军'的。更何况张将军还有天子节杖加持……"

"这也都是虚的。"华雄打断了孙坚，"西北军事，非本土人士不知其中深浅。董将军深耕陇西，人脉广大，战历丰富，岂是仓促调来的书生张温可比？文台兄若要建立霍去病、赵充国那样的功业，怎能不与明帅携手，而屈尊于庸将帐下？"

孙坚笑道："董公深耕陇西不假，但孙某是吴郡富春人，并不熟悉此地风土。吴人带羌骑，岂非笑谈？余事且不论，孙某连羌语都不会说。"

"这有何难？"华雄又哈哈大笑起来，"华某本也不会羌语，但纳了两个羌族婆姨做妾，那胡语可真是日益精进啊！再说，羌女之妙处，文台兄，你不亲自体尝，真是不知其乐啊！哈哈哈哈……"

越笑越猥琐的华雄，突然接触到了正在给他奉茶的胡

---

[1] 古代将军出征在外，办公的府署便设在帐幕，因而称为"幕府"。亦可用以指代将军的幕僚的办公地点。后此词传入日本，故古代日本也有"幕府将军"一说。

婵那轻蔑清冷的目光。他脸一红,改口道:"当然……当然……与孙家二夫人相比……她们都是些……野花荒草……不值一提……"

"喝茶粥!"胡婵将茶碗往华雄面前重重一放,便退回一边,不再说话。

华雄尴尬地端起茶碗,刚想喝茶,孙坚却突然开了口:"孙某与远在九江寿春的我家大夫人曾有约定,除了胡婵,不会再纳妾。所以,纳羌女为妾之事,不妥。但真要学羌语,何必一定要纳羌女为妾?贵部会汉羌双语之兵卒多不胜数,孙某难道不会自找言师?"

华雄听出孙坚话意,兴奋地放下茶碗,大喊:"文台,你的意思是,愿意改投董部?"

孙坚笑道:"不妨先试试!"

"好啊!"华雄站起,猛拍孙坚肩膀,"以后我们就是在一个灶台吃饭的自家兄弟了。"

孙坚忍住因华雄的猛拍而引发的肩胛之痛,笑道:"只是说试试。若不合适,孙某可能还会另投别处。"

"有兄弟你这句话就成!"华雄兴奋地站起身,也不与孙、胡二人招呼,立即冲出帐外,上马就走。但听得他在马背上大喊:"文台,有你这句话就成!"

"文台,你真要去董卓那里?"听得华雄蹄声渐远,胡婵上前,关切地问道。

孙坚颓然拨弄着手中的印绶,苦笑道:"我还能去哪里?前日参加军议,我提的三条建议,张温理都不理,我还听到袁滂在一边低语，说什么'丧师之将，有何颜面献策？'华雄说得对，手里没兵，脸上无光。"

胡婵叹了口气："文台，你目下的兵虽少，但毕竟都是你一个个挑出来的，都能信得过。人家给你的两千人也好，三千人也罢，你可知道根底？到头来还不是受制于人，成为别人的枪戟？"

"走一步看一步吧！再说，那华雄也是半路投董卓的，现在不也混得风生水起？他能，我为何不能？"孙坚反驳道。

胡婵隐隐觉得哪里不对，但又说不出来，只好沉默。

孙坚倦了，刚想再睡，不料帐外又有人高喊："文台，勿让董卓误了你的前途！"

孙坚当然能听出，那是陶谦的声音。

第十六回　流星如昼

见是陶谦来访，孙坚非但没有起身相迎，反而干脆倒在床上假寐起来。胡婵会意，将陶谦拦在帐口，笑道："我家将军已经入眠，陶将军若有事，天亮后再说吧！"

陶谦也不理胡婵，对着孙坚的床帷大喊："文台，别装了！那华雄又没走多久，你怎么可能会如此快入眠？快起身，我要与你说大事。"

孙坚没好气地直起上身，说道："罢了罢了，不睡了。陶恭祖，你是不是刚才偷听了我与华雄的对话？"

陶谦笑道："墙根听音，岂是君子所为？只是那华雄在马背上大喊'文台，有你这句话就成！'我就算捂住双耳，也能听得真切啊！"

孙坚苦笑道："他这话的意思也很含糊啊！你究竟听出什么了？"

"肯定是你答应投董卓了呗！"陶谦笑道，也不等孙坚招呼，便在床前屈身跽坐。

"何以见得？"孙坚反问。

"这是自明之事。"陶谦拿起刚才华雄留下的茶碗，喝了一口，吐出一块未被捣碎的橘皮，然后补充道，"我早就听说华雄来贵帐拜访多次，他若不是为董卓做说客，让你去投董，还能有何别的事？"

"那你说孙某是去，还是不去？"孙坚反问。

"怎么能去？"陶谦喝完掺着橘皮的茶粥，将茶碗倒扣在案几上，说道，"文台，目下你就好比这盏碗。倒扣的时候，里面是金是银，不妨任由人猜；你若将碗正放，让人看清了碗里的底细，以后就不会有人在你身上下注了。"

孙坚皱眉道："你的意思是，我若投董，就算将自己的碗正放，让人看清了底细？此话又是何义？"

陶谦笑道："很简单，你若跟着董卓走，朝中所有人自然都会认为你是董卓一党。董卓在辛亥事变中，曾与张奂一起在京都屠戮太学生，乃是外朝清流永远的死敌。你若以后跟着他走，怕是人人都会在你背后指指点点，谁还会帮你进入洛京政圈再谋高就呢？"

孙坚回道："我与位列'十常侍'之尾的宋嘉也有些交往，怎么就没人说闲话？跟了董卓，就成了外朝之敌？"

陶谦解释道："宋嘉与辛亥事变无涉，董卓却是手上沾血啊！你与宋亲近，尚且有人帮你回护；你若跟了董，日后怕是将彻底无法自清了！"

孙坚再问："辛亥事变之惨祸，距今已十七载，且董卓当时也是被骗入京，亦有无奈之处。此外，目下他还是大汉破虏将军，平灭边乱之事，中枢是不得不倚重董部的。跟着董部，我获得军功的机会也多，积少成多，不照样能步步高升吗？"

陶谦苦笑道："没那么简单！你或许能从他那得到几千羌骑撑撑门面，但你的上升之路也就到此为止了。你想想看，就算董部日后壮大，难道他会将更好的机会留给你吗？想那董卓帐下，李儒为其文胆，贾诩为其主脑，牛辅是他女婿，李傕、郭汜则为牛辅心腹，段煨为前太尉段颎同族兄弟，这些人的资历都远在你孙坚之上。你就算在其帐下积攒了军功，与你资历相等的胡轸、徐荣、华雄等人，难道不会与你抢功劳？"

孙坚想了想，反驳道："若论资历，我在京都争官，便更无胜算，毕竟我一非孝廉，二非茂才，三非功臣之后……"

陶谦听罢，哈哈大笑："可这正是兄台你的优势啊！"

看着孙坚疑惑的表情，陶谦又拿眼前的茶碗继续做起了文章："你若真是有啥孝廉的名头，阉党就会认为你定是清流的人；反之，你若真傻乎乎地去跟了那董卓，又会被满朝清流认为是他们的敌人。至于目下呢，两边都想将你往怀里拉——所以，你就像这倒扣的空碗，内部虽是空的，外边的人却可以浮想联翩。这也正是对你孙文台最有利的局面！"

孙坚苦笑道："我目下兵卒不足四十，空守印绶，有何利哉？"

陶谦笑道："印绶是实的东西，兵才是虚的啊！大汉兵员有多少，货真价实的印绶又有几何？若真要求兵多，不如去做黄巾反贼罢了，学那张角之徒，但就算曾拥兵三十六万，到头来还不是身死名裂？圣人说'名不正，言不顺'，而能为你孙文台在大汉朝的地位正名的，难道不正是这天子颁发的印绶吗？有了印绶，以后就有再募兵的借口，而且募集的可都是你自己亲手挑选的孙家军，这难道不比寄人篱下来得更好吗？孙文台，你若能想明白这一层，你就不妨再想想：你现在怀里的这印绶，究竟是谁帮你保住的？"

孙坚听罢，不语。他当然记得，三个月前他在美阳亭失印后，到处奔走为其免去失印之罪并为其求得新印的，正是眼前的陶谦。陶谦看出他已击中孙坚的心事，便将口气放缓，继续说道："文台，你对我有怨言，这一点我是知道的。数月前在长安城外，教你放言杀董的，确是我陶某，而害你在董卓面前下不来台的，还是我陶某。我曾答应你在美阳亭诱敌后发兵来救，但最后食言的，依然还是我陶某。也许在你心里，我陶某早已是一个毫无信义的小人。而那个董卓在你心中，或许才是一个捐弃前嫌、爱才惜才的豪杰吧！"

孙坚抬起眼，看了陶谦一眼，淡淡说道："难道你不是小人吗？"

陶谦摇摇头："我当然不是！天地良心，三个月前兄台在美阳亭陷入危难时，我曾在张温、袁滂跟前苦苦哀求两位上峰发兵救你。当时不少人在场，可为人证。只是陶某千算万算，没算到张温竟如此不顾及你曾维护其颜面的恩情，一直按兵不动。不过啊，文台，话说回来，你的这段劫难，从长远来看，对你未必是坏事啊！"

"怎么说？"孙坚反问。

陶谦笑道："此事是非过于明了，军中也一直议论纷纷，为你暗自叫屈者颇众。你丢了印绶，之所以未被朝廷问罪，也是因为事后张温良心发现，采纳了我起草的回护你的奏文。尤其是你在长安城外骂董之事，已在遥远的济南国为人知晓，更别提消息灵通的京都了。孙文台啊，目下你虽貌似损兵折将，名望却在日益增长。此刻你且不要犯糊涂，因贪小利而辜负这盛名啊！"

孙坚眼睛一亮："我斥董一事，已传至济南？可有证据？"

陶谦一拍脑门："你看我这记性。你说到证据，我这才想起今日要给你读的信了。"

说罢，他从怀里掏出一个两片用红绳捆绑的木质封检，封检上写着"车骑将军幕府参军陶公亲启"。他仔细解开绳子，然后从中展开一张当时还非常珍贵的纸来。他将信纸往孙坚面前一展，说道："文台，这是我挚友给我的信，你不妨也读读吧！"

借着烛光，孙坚慢慢读道：

> 操再拜问陶恭祖足下，兄得毋恙乎？济南无事，唯破淫祀、敦化风气耳。突闻美阳败绩，如心绞焉。文台毋恙乎？去岁宛城，文台与操深知彼此，文台之事即操之事，兄必记之。文台于西京斥董，东京尽知，名播九州。文台名句"古之名将，仗钺临众，

未有不断斩以示威者也",亦为济南小儿郎所念。然文台麾下淮泗精兵,似已折尽,恐为车骑将军所轻。兄不妨劝其转投荡寇将军,操亦会去信说明。冬寒,毋忘添衣。再拜。

孙坚将信读了三遍,深吸了一口气。他毕竟与曹操共事过一段时间,认得其字迹,亦认得其私印的形制。可见刚才陶谦所言不虚,他斥董之事已使他获得了洛阳清流的关注——若此刻再去投董,的确会前功尽弃。心中狂跳的孙坚将这信又读了一遍,指着"荡寇将军"四字问陶谦:"这可说的是周慎?"

陶谦笑着点点头:"是周慎,他与你在会稽郡认识的周泰明也算亲戚。曹操与他交好,你去投周将军,他定会照顾你的。而且周慎属于真正的清流党,早早就有孝廉的名头,你去找他,京师断不会有人说闲话的。那张温因为愧疚,也已很难与你相处了。"

听到此处,孙坚脸上终于露出久违的笑容:"如此甚好!"

见孙坚已被说动,陶谦也是一脸轻松:"文台啊,你这伤还没好透,到了周将军幕府,就在营中出出主意吧,上阵冲锋的事,就不要再做了!"

见事已说妥,陶谦便收起曹操的信,与孙坚告别。孙坚坚持下床相送,目送其背影渐渐远去。胡婵在一旁轻声问道:"文台,你怎么看了那曹操的信,主意就变了?曹操是个怎样的人,你在宛城难道没有见识过吗?"

孙坚知道胡婵还在因曹操亲手斩杀言无名而嫉恨此人。他笼住她的肩膀，安慰道："言师傅的事，总得有人动手，孟德当时也是不得已。人总得向前看。"

胡婵冷笑一声，没有回应孙坚的话，而此刻她映照着群星的双眸却已微微发润。许久，她突然指着天上的银河，强装欢笑："文台，你看，那颗星星怎么那么亮？你说，这是不是言师傅在天上保佑我们呢？"

孙坚刚想安慰胡婵，叫她不要再想言无名之事，却也注意到了那颗星星。孙坚不由得惊讶地睁大了眼睛——因为仅仅在须臾之间，那星星的亮度似乎增加了五六倍，而且越变越大。

"这是——"孙坚觉得有些不妙。

此时，在营帐之间夜巡的兵卒也纷纷发现了这天上的异象。有个上了年纪的百夫长大喊："不好了，流星要坠地了！"

一时间锣鼓大作，将睡梦中的大汉全军惊醒。众人揉着惺忪的睡眼，紧张地观察着流星下坠的方向。依据当时人的一般看法，流星坠落之处，便是霉运登门之所。此刻汉军在东，叛军在西，汉军自然希望流星西坠。

不负众望的流星果然露出了向西的势头。巨大的火球拖着长焰从汉军大营上空划过，瞬时将所有人上仰的脸照得雪亮。而后，那火球在一片"向西！向西！"的狂呼中告别汉营，飞向了西方那片稀疏的树林。不久后，一股亮光在那树林中亮起，随后又传来了一阵沉闷的响声，宛若天神的双脚重重地踩上了三辅大地。不久之后，树林中响起了人号马嘶之声，整片树林燃起了漫天的大火。

"流星正中贼营大帐！"那是爬上槐树顶的孙辅的声音。整个汉军陷入了一片狂喜之中，全军欢歌，直至天明。

孙坚紧紧搂着胡婵，静静地看着欢腾的军营，眼中慢慢渗出泪水。在那片漫天的大火中，他终于看到了人生的希望。

本回后记

中平二年[1]十一月十三日，陇西前线，夜有流星如火，光长十余丈，照章、遂营中，驴马尽鸣。叛军以为不祥，欲归金城。董卓闻之喜，与右扶风鲍鸿等并军俱攻，斩首数千级，获得汉军在美阳惨败后的首场大捷。张温则准备趁热打铁，在与荡寇将军周慎商议后，将全军分为三路。张温本人在关中坐镇大局；周慎则负责西路军，直取叛军据点金城；董卓军得令北上，负责解除先零羌对长安的威胁。孙坚则依陶谦之言，去了周慎幕府当差，就此暂别张、董。

---

[1] 185年。

第十七回　兵临榆中

大汉中平二年十二月十日，榆中城[1]外，汉军营帐。

呼啸的北风径直往孙坚狐皮做的护耳里钻，让身为吴人的他冷得微微哆嗦。这是他生平第一次在离家乡那么远的北方过冬。身旁的祖茂也冻得直跺脚，对着长了冻疮的手掌心直吹热气。在孙、祖的右侧，一对发弩士正喘着粗气，一步步踩着紧实的雪地，将一捆捆弩矢送上箭楼。

而在汉军垒砌的一座座箭楼对面，乃是如铜墙铁壁一般的榆中城墙。冰雪覆盖的城墙上，还冻着整整一面汉军的尸体，层层累积，从结冰的护城河面一直向上蔓延到城头的女墙。人血结成了冰，将整面墙染成了粉红色——这便是整整三日以来汉军强行攻城失败后所遗留的惨景。

孙坚对着那面垒满尸体的城墙，长叹了一声。祖茂用

---

[1] 在今甘肃兰州市城关区东岗镇一带。

胳膊肘碰了他一下，问道："文台，今天还要强攻吗？"

孙坚摇摇头："应该不会了。昨日我与周将军据理力争，让他不要再白耗兵力，应寻敌薄弱处再下手。他好像听进去了，今晨他已下令全军先休整一天。"

"但他还是不愿分兵去截敌之粮道？"祖茂再问。

"嗯。"孙坚木然答道。

"哎！"祖茂长叹一声，"你我在周慎军中人微言轻。腹中明明有比他高明得多的军策，却不能借此救将士于水火，实在是可恶！"

孙坚一边冷笑着，一边多少有些违心地说："反正这些兵也不是我孙坚募来的，就让荡寇将军随意去挥霍吧！"

正说话间，军中鼓号声突然大作，营中将士纷纷列队出阵，旌旗漫卷，云梯林立。孙坚一皱眉，自语道："怎么，又要攻城了？"

祖茂亦一脸不解："不是说今日休整吗？"

孙坚狠狠地互击双拳，骂道："堂堂主帅，出尔反尔，如何取信三军？"他看着中军大帐，犹豫了一下，还是快步走去。

"文台，周慎乃愚蠢之人，你多说无益！"祖茂在其身后大喊。

"听不听是他主帅之事，说不说则是我参军之责！今日算我最后一次献策，他若再不听，我便不复多言！"孙坚大声应答，说完继续走向中军大帐。

已向诸将布置完攻城事宜的荡寇将军周慎，正在空荡荡的军帐中守着一个小火炉暖手。他用眼角的余光瞥见了进入帐门的孙坚,冷漠地问道:"孙坚,你今日还要说什么?"

孙坚一字一顿地说道:"三军统帅,语出即令,不能朝三暮四。将军明明答应坚今日休整,为何下令再战,不顾将士疲苦?"

周慎依然没有正眼看孙坚,只是将双手进一步伸近了那铜炉中舞蹈的火苗:"非是本将军出尔反尔,只是今晨突然接到车骑将军军令,三日之内必须拿下榆中,否则,战事不断延期,朝廷恐无余粮再接济前线。你若有不满,可以去与车骑将军说,去与朝廷说!"

孙坚大步向前,献策道:"朝廷所担心的粮草之事,吾军可自筹!"

"怎么筹?"周慎冷笑一声。

孙坚答道:"兵法云,'故智将务食于敌,食敌一钟,当吾二十钟;萁秆一石,当吾二十石'[1]。换言之,我们可以就地截取敌军粮草,以补我军不足,并令城中之敌困顿。这才是事半功倍之兵策!"

周慎听罢,冷笑一声,将那张肥硕白皙的脸慢慢转向孙坚:"不要以为你姓孙,天下就只有你读过孙子的书!截敌粮道的道理,本将军会不懂吗?"

"那将军为何不纳坚策?"孙坚反问。

周慎挺着大肚子,来到营帐中央的沙盘前,用佩剑指

---

[1] 出自《孙子兵法·作战篇》。

着榆中城的模型,再指指其西边的金城,说道:"敌之粮草,乃由金城运来,沿湟水谷地,一路向东,抵达榆中。我军若派遣小股部队绕过榆中,去切断湟水谷地,那么,无论是金城之敌,还是榆中之敌,均可分兵陷我断粮之军于险地。所以,断粮道之事,说易行难!"

孙坚反驳道:"要截断敌军粮道,并非定要截断湟水谷地!我们不妨再大胆用兵,直接将金城拿下,榆中之敌自不可久持!"

周慎轻蔑地看着孙坚:"孙参军,你别忘了,我们之所以要打榆中,乃因其为金城之门户。三万人打这门户尚且这么难,你又要催讨多少兵马去打那城更高、墙更厚的金城?"

孙坚伸出一根手指:"一万!只要分我孙坚一万人,让我去打金城,将军则留两万人牵制榆中之敌,让其无法支援金城。只要金城破,失去后方粮草的榆中城定将成为将军掌中玩物!"

周慎哈哈大笑:"本将如何信你能够用这万人建此奇功?孙参军,今秋的美阳亭惨败,你手下千人一下子只剩四十多人,你忘了吗?难道你想将本将麾下的万人变成四百多人不成?"

孙坚额头青筋抽搐了一下。他咽了一下口水,压制了一下自己的情绪,回复道:"美阳亭之挫,实为友军驰援太迟,并非坚统兵不当。再说,万人与千人不同。兵满千,变化十种;兵过万,变幻百端。若将军愿授坚兵符,坚定变出百种花样,不辱使命!"

"就算你有万人,就算你有百端变幻,你又怎么可能仅凭全军三分之一的兵力,去拿下比榆中更坚固的金城呢?"周慎用剑尖将沙盘上代表金城的模型重重敲击了一下。

孙坚回道:"据坚浅见,金城虽貌似更坚固,但实比榆中脆弱。城中之敌,得分出至少四分之一维护粮道,亦要分出一些民夫去湟中各地集粮。因为粮草进出频繁,城防必有疏漏。我部不妨假扮从金城返回的运粮贼军,混入城内,便可一举夺城!"

周慎听了孙坚所言,若有所思,缓缓说道:"族弟周昕曾书信于我,说你孙文台当年在句章剿贼时,就曾遣人混入城内,里应外合,一举灭贼。不过,此一时,彼一时。彼时你在扬州作战,人熟地熟;此刻你在凉州作战,人生地生。西凉反军,羌汉杂半,风俗迥异于关东。若尔等露出丝毫破绽,守金城之贼军便可立刻陷你于绝境。故此,孙参军,你刚才所献,依然是一险计。本将不纳!"

听到帐外已经响起的喊杀声,孙坚激动地大喊:"用兵总得涉险,风俗不通,多找当地向导便是。人走棋活,总比让全军将士无谓强攻来得好啊,将军!我军已攻城三日,尸垒成堆,毫无建树,如此反复,空耗性命,何日是头?"

周慎摇摇头,再用剑尖指指榆中城模型:"孙参军不知,本将连续三日攻击榆中东门,便是给敌酋制造错觉,让其以为本将愚钝不堪,只会在一个地方反复强攻。今日我命人继续在东门之前擂鼓鸣号,主力却去攻打北门,必杀贼军一个措手不及。若不出我所料,半个时辰之内,敌军北门必失!"

孙坚刚想插话，突然帐门外斥候下马速报："恭贺荡寇将军！榆中城北门已破！"

"你看如何，孙参军？"周慎得意扬扬地看着孙坚。

孙坚不理周慎，再问斥候："你说的北门，是外城之门，还是内城之门？"

斥候答道："是外城之门！内城之门，依然在敌手！"

孙坚转身面向周慎："将军，内城远比外城坚固，去岁我军攻破宛城外城后，蛾贼依然在内城坚守累月，还是应先去断敌粮道为上！"

"够了！"失去耐心的周慎将佩剑往地上重重一掷，插入地面的剑身微微颤动。他手指孙坚骂道："富春孙坚，你不要仗着有济南相曹操给你美言，你就无休无止地挑衅本将权威。平心而论，你带来的这四十个兄弟，饮食冷暖，本将可有半点亏待？我不纳汝策，既是担心你因急于洗刷美阳之辱而再次丧师，也是希望你不要再亲陷险地，害了自家性命不说，还让我无法向故友曹孟德交代。你怎如此不知好歹！"

孙坚咬咬嘴唇，试图做最后一搏。他冲到沙盘前，指着榆中城北的葵园狭[1]说道："即使将军不去断敌粮道，也要防止敌贼断我粮道。我军军粮尽从葵园狭运来，此处山岭连绵，敌军极易埋伏。坚自请带兵五千驻守葵园狭，以安我军后方！"

周慎暴怒道："你有完没完？你明知本将攻城兵力不足，

---

[1] 今兰州城东的桑园峡。

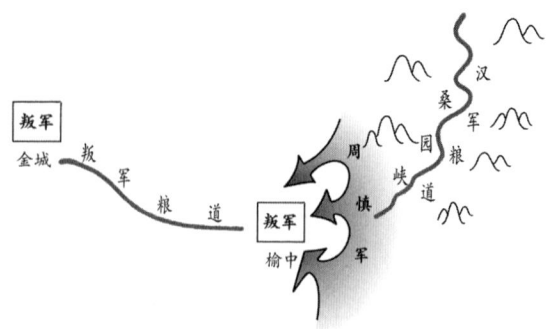

图 4 榆中攻防形势图

还要分走六分之一的兵力,以验证你那毫无根据的臆测?你快给我滚出大帐,本将不想再与你说话!"

孙坚听罢此言,自知再劝无益,只好假装输诚,作揖告退。周慎亦不再理他,继续回到火炉前暖手。不料,孙坚仅仅离开中军大帐十步,忽见另一斥候慌慌张张连滚带爬冲入大帐,大喊:"将军,大事不好!"

"何事慌张?慢慢说来!"周慎转过头,用嫌弃的眼神看着这斥候。

"将军啊!"那斥候带着哭腔说道,"我军经由葵园狭的粮道,已被贼军断了!"

"啊?!"周慎听罢,呆若木鸡,甚至火苗烧到了手指,亦不自知。

本回后记

中平二年年末，荡寇将军周慎率汉军连攻叛军占据的榆中城未果。参军孙坚建议周慎分兵断叛军粮道，被周慎拒绝。不料叛军首领北宫伯玉率先用上截粮之计，在葵园狭截断了从关中通向前线的粮道。汉军军中粮草只够五日之用。周慎大惧，举全军离开榆中，北上葵园狭试图夺回粮道。然而葵园狭地形易守难攻，汉军猛攻三日，毫无进展。第四日后，汉军粮尽，全军动摇。此刻，陷入绝望的周慎终于第一次采纳了孙坚的建议：全军放弃辎重，向东撤退，以免在葵园狭全军覆没。就这样，几日前还趾高气扬的三万西路讨伐军，一路丢盔弃甲、啃草嚼泥，向关中方向狂奔。

而得知西路军惨败的董卓部，亦迅速脱离与先零羌的战线，从北线南下接应友军。两军各自派出斥候彼此联络，将汇合点定在汉阳郡望垣县[1]境内——此处乃是连接金城郡和关中地区的交通要道，也是汉军保卫富饶的关中平原的最后据点。此处若失，长安不保。

身处洛阳的天子刘宏得知前线败报，三日不寝。大汉王朝，已经面临自黄巾起义被扑灭以来最大的生存危机。

---

[1] 治所在今甘肃天水市西北渭河南岸的新阳镇附近。

第十八回　决堰逃生

大汉中平三年春，汉阳郡望垣县北面，汉军大营。戌时，多云，无月无星。

中军帐外篝火呲响，帐内却鸦雀无声。破虏将军董卓脸色严峻，一言不发。其麾下诸将佐，亦面色沉重。董卓转而看向在其一旁陪坐的荡寇将军周慎。但见他两眼呆滞，不停地抚摸着腰间的印绶，好似那是长在其腰间的肉瘤。

董卓有些不耐烦了，用麾杆敲打案几，第一个发言："诸公，葵园狭之挫后，两军汇聚于此，目下粮草只能支撑三日。在此营外，七万追军已将我军团团围困。试问：何人有脱困良策？"

见无人应答，董卓不得不用麾旗捅了身边的周慎一下，轻声问道："周老弟，老夫是为了救你才和你一起陷入这泥潭的，你难道就没有什么想和老夫说的吗？"

周慎苦笑道："破虏将军休要再取笑周某了。周某无能，也无策,悔不该当初不听孙文台之言——若早早分兵给他,让他去驻守粮道,也不会有后续之败。"

董卓忙问:"那孙坚目下何处?为何今夜你未带他入帐议事?"

周慎回道:"本想叫他一起来的,没料想他借口去摸鱼,推脱不来。"

"摸鱼?"董卓瞪大了眼睛。

周慎苦笑道:"军中缺粮,但营前陇水[1]里却有鱼虾。整整一日,孙坚都带祖茂、孙贲等随从在水中摸鱼,以补军粮之不足。但他也不想想,营中有四万将士,怎能靠点小鱼小虾果腹?"

董卓笑着摇摇头:"你又小看那富春孙氏了!依老夫看,孙坚摸鱼是假,校验突围之策是真!"

董卓话音未落,门口执戟郎来报:"参军孙坚求见!"

董卓点点头,挥麈叫人带孙坚入内。

孙坚还未入帐,一阵烤鱼之香便飘了进来。但见孙坚肩挑长戟,戟杆上则密密麻麻地挂着近百条已经烤好的河鱼,还晃荡着一个写了"酢"[2]字的葫芦。孙坚笑道:"董将军召集诸公挑灯军议,议的可是破敌之大事,但人不能一日无食,吃饭也是大事。诸位不妨先尝尝这河鲜,再议军事,亦不为迟!"

---

[1] 系渭河水系葫芦河支流,今称"金牛河"。
[2] 醋之古称。

早已腹中空空的诸将，看着这些被烤得金灿灿的河鱼，自是唾津盈腮、急不可耐。董卓看出属下心意，哈哈大笑："文台来得正好！其实老夫也饿了，吃饱了再议军事！"

众人闻言大喜，也开始放松下来。不久后，帐内每人都分到了四五条河鱼，个个吃得狼吞虎咽，还不时有人因鱼骨呛喉而大声咳嗽。孙坚见状，从葫芦倒出酢汁来，叫呛喉者含酢化骨。至于董卓，一边在啃鱼头，一边亦瞥见门口的执戟郎也在探头探脑往里看，立即叫自己的女婿牛辅速速分一点儿鱼肉给外边饥饿的兵卒吃。

两刻过后，孙坚带来的烤鱼已被分食一空，帐中偶闻饱嗝之声。董卓见华雄还在拼命吸吮一条大鱼的骨髓，不由得拍了一下麈杆，叫他注意吃相。与此同时，诸将亦注意到董卓自己飞翘的胡须上粘连的小鱼骨，不禁哄堂大笑。

牛辅强忍着笑，帮着自己丈人整理好胡须，然后转问孙坚："文台，谢谢你方才的鱼，烤得火候正好。不过董将军有言，你今夜不仅仅是送鱼来了，还定有破敌之策，就请不要再卖关子了！"

孙坚笑道："这破敌之法，便是我孙某在摸鱼时想到的。"

见众人疑惑，孙坚进一步启发道："诸位看这眼前的鱼骨，可知这是何鱼？"

华雄先晃着自己吃剩下的鱼骨发言道："这定是鲶鱼！鲶鱼刺少，吞咽方便！"

徐荣则补充道："我方才吃到的是鲫鱼。鲫鱼鱼骨细，我刚才还因此呛了喉！"

贾诩问孙坚："是鲶鱼如何？是鲫鱼又如何？这与兵谋何干？"

孙坚笑道："鲶鱼栖处，一般水流较缓，而鲫鱼栖处，一般水流较急。而吾等却能在同一条河中捕到两种鱼，其中蹊跷，诸位想过吗？"

董卓想了想，眼睛一亮，插话道："你可是要做这水的文章？"

孙坚点头："董公睿智！诸位请看，我们眼前的这条陇水，弯弯曲曲，水流自然有缓有急。急水中有鲫鱼，缓水中有鲶鱼，可谓鱼随水势。但我们绝非敌军砧案上的鱼肉，我们可是活人——既然是活人，就不能仅随水势而为，而是要造势自救！"

"你是要改变水流方向，阻拦敌军？"董卓问道。

孙坚点点头。

此时李儒插话："陇水最急处，其实也不过一人深度，敌骑依然可以仗着马高涉水而渡。无论如何造势，此总非大江天险，很难阻敌。"

孙坚反驳道："所以才要筑堰储水，等水满后突然放水，才能积势冲敌！"

郭汜再问："我军目下是四面被围，而陇水大致是南北走向。如何筑堰，才能淹没四面敌军，又不至于阻断我军突围之路？"

孙坚竖起大拇指："郭将军一语中的！"然后对董卓作揖道，"请董将军允许属下携沙盘入帐演示！"

董卓微微颔首。孙坚退到帐口，击掌三次。须臾，祖茂、朱治、程普、黄盖四人便抬着一个安放在步辇上的战场沙盘，慢慢走进帐内。待沙盘放下，孙坚便接过祖茂递给他的马鞭，指着盘中景物，向众人讲解："诸位请看！诚如郭将军所言，我军目下确然是四面被围。西边是韩遂、边章的两万人，北面是北宫伯玉的两万人，南边是马腾的一万五千人，东边是李文侯的一万五千人，合计七万。至于被围困在当中的我军，包括董部三万与周部一万，合计四万。再看陇水：此水虽大致南北走向，却在此处突然绕西兜了一个圈子，构成了一个河套——而我军正好处在这套子的中央。因此，我军在北、西、南三个方向，均受到陇水之护卫，并与三面之敌隔水相望。唯一不受陇水拱卫的东面，则由贼军中战力最弱的李文侯部封锁。由此，若我军能设法让陇水向北决堤水淹北宫，向西决堤水淹边、韩，向南决堤水淹马腾，便能减四敌为一。此刻我军若再全力向东打垮李部，便能突出重围！"

段煨插话道："你又不是水中的龙王，怎么能够让陇水按照你的心愿随意流动？"

孙坚笑道："很简单，这堰坝与水的关系，宛若方樽与酒。你在何处将樽壁凿穿，何处酒水就会外泄。再看这陇水：其河床较低，两岸较高，已经天然多了两道樽壁。然后，我军不妨将这河水用四道堰坝截为三段，每道堰坝便又是一道樽壁。由此，我们就能从北至南做出三盏巨型方樽：北樽针对北宫，西樽针对边、韩，南樽针对马腾。每道堰坝都有闸门，方便蓄水。若要水淹北宫，只要在陇水北岸再暗暗凿出河道，内设闸门。平时下闸拦水，战时开闸放水便是。同理，若要水淹边、韩，则在陇水西岸开启暗闸；若要水淹马腾，则在陇水南岸开启暗闸。"

一边说着，孙坚一边叫祖茂向众人展示这套堰坝体系的模型。但见祖茂先在表示陇水的微型河床里注入少量清水，然后又在河床向西的河套处，依次插入四个设有机关的木块，做出三个小小的堰塞湖。此刻黄盖又慢慢在这小河的上游注入新的清水——与此同时，祖茂亦依次从北向南打开三面"樽壁"的内设闸门，将三个堰塞湖的水全部充满。然后，他突然关上所有闸门，将"樽"内的水保住。操作完毕，他抬头问孙坚："文台，现在可水淹贼军否？"

孙坚笑着点点头。

得令的祖茂拔出匕首，将代表"北樽"北岸、"西樽"西岸与"南樽"南岸的三道泥坝各自划出一道口子。于是，那三"樽"中的水立即流出，将代表北、西、南三方的敌军军营模型全部淹没。

此刻李傕站起身来，围绕孙坚做的模型转了三圈，想了想，问道："如此复杂的堰坝，谁会筑？几日内可完工？"

孙坚笑道："其实并不复杂，此类小堰，在江东水田比比皆是。只要许我自由调用七千人力，在我等吴人指导下，三日内便可完成！"

胡轸插话道："你若筑堰，贼军亦可猜知我军意图。我军又该如何在敌人眼皮子底下掩饰我军所图呢？"

孙坚笑道:"让贼人相信我军筑堰是为了捕鱼就是了!"

胡轸再问:"如何让其相信?"

孙坚指着眼前的沙盘模型说道:"这套堰坝其实也可用来捕鱼,只要蓄水后不在敌岸泄水,而在下游泄水,两'樽壁'之间的水便会立即流尽。而后,我军尽可踏上干涸的河床抓鱼。再从上游引水,以便再次蓄水引鱼。如此反复三日,既能补充我军军粮,亦可麻痹贼军,不知我真正意图。到了第四日夜,我军便可在敌睡熟时突然放水,则大事可成。待北、西、南三路敌军大乱,我军则立即向东突围!"

董卓麾下诸将听罢,皆点头称是。董卓亦击掌喊道:"好计!"

此刻,突然有斥候来报:"报!方才参军陶谦带五百乌丸骑兵已从东面突破敌营,现就在中军大帐外五百步!"

董卓听罢,大喜:"定是车骑将军从长安遣他来的!快引陶参军进帐!"

半刻后,但听闻帐外烈马嘶鸣之声已近。身披重甲、脸上还带有血迹的陶谦风尘仆仆地冲入营帐,向董卓行礼:"董公,我奉车骑将军之命,令贵部在十日之内向东突围,东至陈仓,彼处有友军接应!"

董卓立即站起迎接:"此等传令之事,何烦陶参军冒险亲自跑一趟?"

陶谦一抖披风,有点儿得意地说道:"属下好说歹说,才说服公孙瓒从其麾下分我五百乌丸骑兵来襄助董公,自然要亲自带队。属下带他们横穿李文侯万人大营,如入无人之

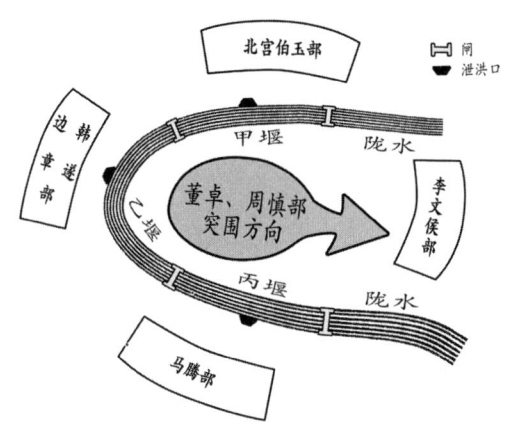

图 5 望垣汉军造堰突围图

境,方才点校,竟未失一人一马!"

孙坚听罢大喜:"真如我所料,东面的李文侯乃是诸敌中最弱者!"

陶谦刚想和孙坚打招呼,却一眼瞥见了营帐中央的沙盘。他只是略看一二,便猜出了端倪,喃喃自语:"以水为兵……妙哉!"

见诸事已定,董卓立即发出将令,命李儒、贾诩负责征调人力,供孙坚筑堰之用。众人得令,纷纷散去。至于孙坚所制沙盘,为防泄密,则被他就地捣毁。

砸毁沙盘后,孙坚本想随众人离帐,却被董卓叫住谈话。此刻,帐内只留下董、孙二人。

董卓笑道:"文台老弟,若此次董部能依君之计脱困,也算我董卓欠你的一个人情。你要什么好处,随便说!"

孙坚低头回道："董公在美阳亭对坚有救命之恩，今夜献策，便是为了报恩。若坚计成功，也算还恩了！"

董卓从孙坚不卑不亢的回答中听出了距离感，便脸色一沉。但想了一想，还是立马堆笑，说道："文台，此前老夫曾叫华雄多次劝你改投我部，你均未应允。是否嫌老夫给你的官位还不够大？"

孙坚笑道："董公说笑了，你我的印绶都是天子给的，怎可私相授受？此外，孙坚乃吴人，若为凉州之将，恐水土不服！"

董卓指着刚被捣毁的沙盘残骸，反驳道："恰恰是你这吴人的妙策，或许在数日后就会救我们这些凉州人于水火。文台，不要再拿籍贯说事！君之先祖孙武本是齐人，却在南方助吴败楚。你是吴人，又为何不能在凉州建功立业呢？像你这样的旷世将才，何处不能熠熠生辉？阻君仕途者，实非风土之异，而乃清流之庸。你看那张温、周慎之流，空读《诗》《书》，却不懂知人善任，从善如流。若西北军政大权均归老夫，汉军又岂会有今日之窘境？文台若不弃，不妨以后就跟着老夫共图伟业、匡复汉室，如何？"

孙坚被董卓的恭维弄得多少有些飘飘然了，但他依然觉得董卓所言拉拢之意过于明显，隐隐生出戒心。他作揖答道："董公美意，文台感怀。不过，兹事体大，容坚三思后再复明公。此外，目下筑堰之事还未办妥，坚还要彻夜监工，不容他想。还望董公体谅！"

董卓听罢，叹了口气，慢慢说道："也好，此事可从长计议。不过，文台，你记住，西凉军里，永远有你的位置。你何时想来，就能来！"

孙坚再次拜谢，告辞出帐，心如乱麻。不料，还未走出百步，他就发现手执火炬的陶谦竟已在路上等着他了。

陶谦笑道："文台，刚才董卓与你密谈，是否还是劝你去投西凉军？"

孙坚点点头："恭祖是不是要再次劝我不要投董？"

"那是自然！"陶谦笑道。

孙坚叹了口气："但孙某在陇西做参军，能在军略上对我言听计从的，唯有董公。他说张温、周慎为庸才，亦无不当之处。"

陶谦轻蔑地"哼"了一声，说道："董卓能纳你策，又如何？张、周庸碌，又如何？文台啊，你得看到事情的关键。你得入京为官，不能老在边地打转——而要是跟着董卓，你就是一辈子凉州人了啊！"

"京官只会空耗笔墨，哪里会擐戟卫国？"孙坚反驳道。

陶谦笑道："但西凉军的粮饷，不都是靠京官的笔墨来调拨转运的吗？没了粮草，何来百万执戟控弓之士？"

孙坚笑道："这道理我也懂。可我又不是京官……"

"但你马上就是了啊！"陶谦狠狠捶了一下孙坚的肩膀。

孙坚瞪大眼睛："恭祖何意？"

陶谦在孙坚耳畔小声说道："我已经帮你在京师打通关节，只要你这次能随大军顺利撤至陈仓，再转至长安，朝廷就会立即封你做议郎。文台，你这个富春瓜农的儿子，马上就能去洛阳做京官啦！这可是我早就答应给你的官位！你看，我陶恭祖信义如何？"

孙坚颇感惊愕，但看着陶谦的表情，又觉得他不像是在撒谎。随后他喃喃自语道："但做议郎就一定比在边地做大将好吗？我孙坚本是武人，文墨非我所长，又怎能在东京诸议郎中脱颖而出呢？"

陶谦笑道："文台多虑了！现在可不是太平盛世，而是多事之秋。不但陇西有难，关东也是盗贼四起，烽火连绵。你到了中枢，自然可以迅速了解各州、郡之贼情，把握机会向天子请缨出战，弄不好马上就能拿到二千石郡守的实缺。等你自己做了郡守，自己带兵就是，张温、周慎之庸碌，又与你何干？另外，你可别忘了，那曹孟德也是先做了议郎，才有机会做上骑都尉，而后又在济南为相的。你难道不想亦步亦趋吗？"

孙坚点点头，再问："但这西北战事……即使此次我军能够突围，敌军主力尚在，何时才能肃清边、章反贼呢？"

陶谦哈哈大笑："这是董卓要操心的事，你操什么心？他生是西凉人，自然要让他去克西凉贼；而你是兵圣孙武的后人，当四海为家。再说，在西北多日，你且说说，这西凉反贼战力，与黄巾贼相比如何？"

孙坚回道："一千西凉反贼，顶上一万黄巾贼！"

陶谦顺势说道："这就对了嘛！君之将才若用来剿灭关东匪贼，岂不事半功倍？反正朝廷论军功，只看斩首数字，从不看斩敌之难度。文台啊，我给你指的，可是速速封侯之路！或许几年后，你就能成为与董卓并列的一方诸侯了！"

孙坚狐疑地看着陶谦："恭祖既知何处是封侯之路，为何不亲往之？"

陶谦笑道："因为我没有君之将才啊！"

孙坚再问："那恭祖为何帮我？"

陶谦将火炬换了一只手擎着，继续说道："朝中清流，多不识兵，所以我代表他们拉你入伙，只希望君日后能为吾党所用。"

孙坚用怀疑的目光看着陶谦："你们到底要我做什么？"

陶谦沉吟半晌，才缓缓说道："到文台该知道的时候，自然就会知道了。目下你要做的事，就是准备入京，先学会做一个议郎。老实说，这并不会比你当年做县丞更难。"

二人说话间，孙贲、孙辅二人正扛着大块的木料走来。孙贲大喊："叔父，那做堰闸的部件已经拿来了，是否今夜就开工？"

孙坚大声回道："兵贵神速，我们今夜就开工，明日就能捕到更多的鱼虾了！"

陶谦见贲、辅二人走近，便不再多言，拍了拍孙坚的肩膀，转身去招呼他带来的乌丸骑兵了。孙坚看着他远去的背影，刚想叫住他再问些什么，但不知怎的，自己的喉咙像是被鲫鱼的刺卡住了，什么声音也发不出来。

本回后记

中平三年[1]春,董卓、周慎部四万人于望垣硖北,为叛军七万人所围,粮草乏绝。董卓纳孙坚计,在陇水中筑堰,伪做捕鱼状,使水淳满数十里。后汉军突然在深夜决堰,水淹北、西、南三路围军。全军随即向东突围,成功撤至陈仓。至此,朝廷遣出的几路讨伐大军,唯董卓部人马保全。朝廷论罪罚功劳,周慎因丧师下狱,后用八千万钱才赎其死罪。董卓被封为前将军,得"鳌乡侯"之爵位。张温沾了董卓的光,在长安被拜为太尉。孙坚的事迹亦为朝廷所知,迁为议郎,赴京上任。至于陶谦,蛰伏几年后也谋得了一个徐州刺史的差事,从此独占徐州各郡国达六年之久,亦在汉末的军阀混战中维持了此地数载的相对和平。

孙坚赴洛后,西北战事依然焦灼。数年后,叛军因分赃不均发生内讧,一代豪杰北宫伯玉竟被韩遂所杀,一同罹难的还有边章与李文侯。这些人的兵马皆被韩遂笼于其名下。此刻,马腾的地位骤然上升,其权势一度可与韩遂并提。董卓一直无力剿灭这股势力,而韩遂亦称霸陇西三十余载,成为汉末枭雄之一。马腾虽与韩遂携手多年,但后来二人又生隙反目,彼此攻伐,直至均接受了曹操所控制的朝廷的招安为止。而后,马腾又被曹操设计诛杀。

---

[1] 186年。

其子马超则与韩遂联手反曹失败，韩遂亡故，马超只好改投蜀汉，成为孔明麾下"五虎上将"之一。不过，这都是孙坚离世多年之后的事了。

第十九回　文台上洛

大汉中平三年四月初三巳时[1]，日烈天朗，万里无云。这是个温暖得出奇的早春。此刻，孙坚一行人早已离开张温在长安的大营，正进入洛阳境内。但见端坐在蒲梢骢之上的孙坚，胸前挂着他在长安获得的六百石议郎印绶，背上挂着长弓，踌躇满志，意气勃发。他手搭凉棚向前望去，但见那高耸入云的洛阳北宫前的一对朱雀门阙，已迫不及待地跳入自己的眼帘，炫耀着帝都的繁华与富庶。一旁的朱治赞叹道："虽然在去岁上元节时，我与文台早已领略过这巨阙之雄伟，但不曾想到，现在远隔四十里观之，依然能感觉到其贯通天地之气势。"

孙坚看了一眼身旁的朱治："君理兄，你既知帝都之繁华，为何不与我一起在此为天子效命，而要匆忙回乡？"

朱治叹了口气道："吾随文台征战多时，家中老少都无

---

[1] 9:00到11:00。

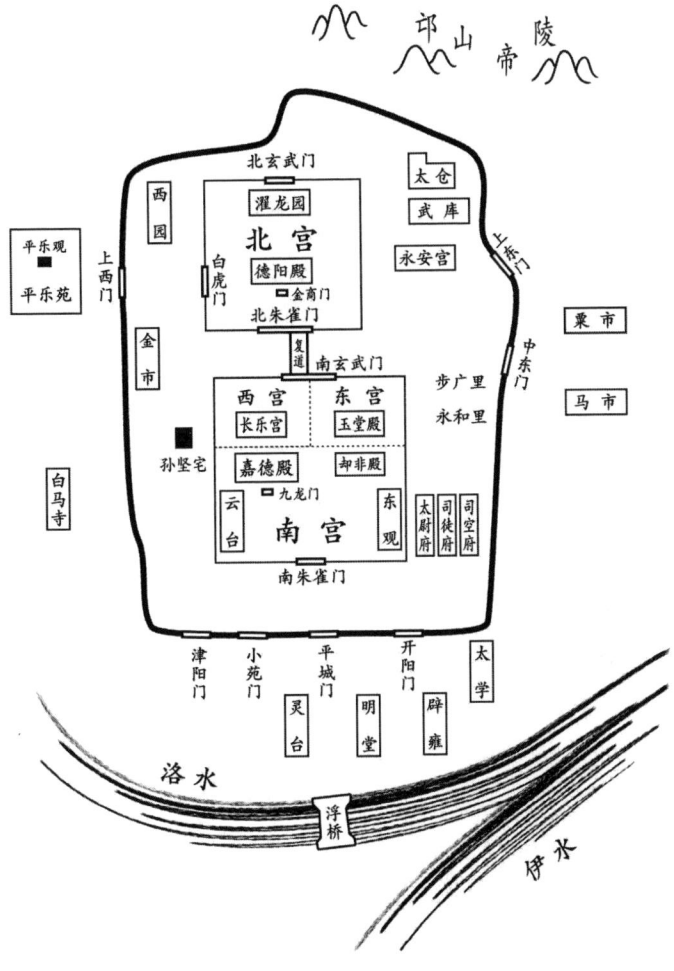

图 6 东汉洛阳简图

法照顾，自感有亏孝道。再说目下文台已在京师安顿，做的也是像议郎这样的闲差，此处有我不多，无我不少。不过文台你放心，只要朝廷封你做地方郡守，我朱君理定当立马来投！"说罢，他身旁的韩当也频频点头。

孙坚还未来得及反驳朱治，又见程普、黄盖二人亦策马趋前，附和道："我等若在京外，其实对恩公更为有利。恩公在京，京都政局的动向自然能日夜执掌；但对京外动向，或许会有些后知后觉。因此，恩公得在内、外都布上自己的眼线，才能了然全局。吾等愿意继续做恩公在京外的眼线，还望成全！"

孙坚点点头，然后转向吴景、孙贲与孙辅三人，说道："这里最亏孝道的，自然是我孙坚了。富春老家都不知多少年未回了，亦不知老父现在身体是否安康？我看不妨这样：你们在洛阳玩耍几日后，就一起去九江寿春吧，帮我看看家里是否安好。若还有空，一定要回富春老家去看看老父。"

吴景皱着眉，想了想，反问道："文台，你为何不叫阿姐一行人直接从寿春搬至洛阳，与你相聚呢？"

孙坚沉默片刻，回道："这一大家子人，要从遥远的寿春搬到拥挤的京师，动静太大，花费也不少。如若刚搬过来，我又拿到天子的敕令，做了地方的郡守，那还得再搬一次家。不如就等到我做实了地方的郡守后，再将其直接接到我的治所去好了，这样岂不是省却了不少麻烦？"

吴景听罢，有些急了，问道："文台，你还要我阿姐独守空房多久？你在外征战，身边至少还有阿婵陪着，但你可想过我姐姐的苦？她一个人在人生地不熟的寿春，要拉扯阿策、阿权与阿翊三个孩子，还有那么多奴婢需要调教，你觉得她容易吗？作为丈夫，难道你不觉得亏欠她太多了吗？"

孙坚的脸瞬间红了，结结巴巴地辩解道："阿景……是这样的……你说的固然都对……但你还得算算……"然后他转向孙辅，"阿辅啊，你数术好，还是你来算吧。现在你婶子带一家老小，若从寿春出发，抵达京师，是不是至少需要两个月？这七十多口人，一路舟车，得花费几何？如果仅仅在京城待上四个月，我又上哪儿去找愿意赁四个月的房子？不就是让他们再等上半年吗？熬熬也就过去了……"

不料，孙辅却不接孙坚的茬，笑道："叔父，谁告诉你婶娘只要再忍半年就行了？难道您这么有把握，半年内就能得到二千石的新官职？叔父，这可是从六百石一下子跳到二千石啊！"

孙坚笑道："陶谦已经答应帮我运作了……"

一旁的祖茂插话道："但那陶恭祖已经辞官回老家处理田产了，他又怎么帮你在京运作呢？"

孙坚被问得哑口无言，只能心虚地嗫嚅道："他……或是托了别人了吧……"

祖茂笑道："也罢，文台你信他就好。不过，文台，不管你家夫人是否能忍得住，我祖茂是万万不能忍了。你瞧，我身上的战伤这几日还隐隐作痛呢！正好趁这个机会回富春老家休养一段时日，也好与妻子团聚。"

"应该的，应该的！"孙坚点头道。但他环顾四下，突生一阵淡淡的悲凉。他小声自语:"明明千辛万苦来到了京城的边上,现如今难道要我孙坚独自入京为官不成?"

"文台,我是不会走的,因为我也无处可去。"在马背上的胡婵淡淡地说道,脸上毫无表情。

一行人无语,继续前进。

不久后,一行人便牵马上了洛水上的浮桥——过了这桥,他们就能直抵洛阳南面城墙正中的"平城门"。却不料,在桥的那一头,出现了一个熟悉的身影。

孙坚定睛一看:来的不是旁人,正是本在下邳国做掾吏的公仇称。原来,自从孙坚于下邳起兵匡汉以来,公仇称一直在后方筹措粮草,一直到黄巾覆灭。孙部转战陇西后,粮草筹措之事交由朝廷统一调度,公仇称便转而负责为下邳阵亡将士的遗属处理善后事宜。此刻他等在城外,显然是得到通报,知道了孙坚入城的大致日子。

孙坚在马上作揖道:"公仇先生,一向可好?"

公仇称牵着马绳,将孙坚引至岸上,笑道:"在下好着呢!本算着孙大人会在今日午后才到,没想到你们还早到了两个时辰。对了,饿了吧?"

孙坚摆摆手:"路上吃过了。"然后低头问在前面引路的公仇称,"下邳阵亡将士遗属的抚恤之资,先生可是一家一家亲自发放的?"

公仇称叹了口气:"这是自然,我办事,大人尽可放心。不过那一千兵勇,最后活着回乡的才三十六人,真是凄惨。"

"那么,"孙坚想了想再问,"下邳百姓可有忌恨我孙坚之语？"

公仇称回道："那自然是有一些，但也并不多，毕竟孙家给的抚恤钱，是朝廷定额的四倍。"

孙坚点点头，也就不再多问抚恤之事。不过，他突然觉得有些不太对劲，问公仇称："公仇先生，若要向我汇报抚恤金发放之事，发来书信即可，何苦大老远跑至京师与我相会？"

公仇称回道："是大夫人叫我来的。我去过一次寿春，她向我转交了一些家信，并且叮嘱，要我亲耳听听你是怎么想的，然后让我回寿春给她回话。"

"家信何处？在你背上吗？"孙坚听罢，立即从马鞍上跳下来，去取公仇称身上的布囊。

公仇称摆摆手："孙大人，你急什么？现在我们还没进城门呢！等进了城，到了官舍，你再读也不迟。"

不料，孙坚根本不理他，将其布囊解下，从中翻出一堆已上了封泥的木质书检，坐在路边的一块青石上，拆开书检，展开信板，一封封读了起来。

第一块木牍上显然是吴甄的字。但见其上写道：

妻甄拜夫君：

夫君武德盈盈，转战南北，官拜议郎，善无恙！妻远遁寿春而不侍夫，失妻道而长愧。策、权、翊三儿无恙，夫毋忧。然诸子不得父教已久，恐难承夫君将风。何不阖家聚首东京，以利夫君身教垂范小辈？

赐复。长相思,勿相忘。

　　妻甄再拜

孙坚点点头。吴甄的意思很清楚,她已迫不及待想将全家搬来京师了。然后孙坚又端起了第二块木牍。上面有点儿歪斜的字迹显然是孙策的:

　　儿策伏地叩头白记父亲大人坐前万年:
　　父亲大人宛城破贼、陇西建功、入洛拜郎、增光富春,荣甚!幸甚!儿居寿春,起居毋它。读《春秋》而习剑戟,知《诗》《书》而晓礼仪,孝母慈弟,其乐融融。然离父日久,日夜盼父。幸遇偶访寿春之前太尉周景从孙周瑜,日习弓马,夜谈兵法,聊以解忧。不知何日能携瑜亲临洛京,一睹长水、射声[1]之容姿,朱雀、玄武之盛景?
　　儿策再叩头

孙坚读着读着,笑了起来,心想:也不知策儿何时学会攀附高门子弟了?虽然信中提到的"周瑜"这个名字孙坚听着耳生,但其从祖父周景的大名他当然听过。想那周景,其父为尚书郎,其祖父为山阳太守,本就是官宦世家;自己则从尚书令、司空一路做到太尉,亦在拥戴当今天子刘宏为帝

---

[1] 指作为朝廷精锐的长水校尉与射声校尉部的官兵。

的过程中立下过不世之功。孙策竟然与这位高官的从孙成了挚友，可见此子从小就目光长远、心思缜密！

接下来打开的是孙权的书信。四岁的孙权还不会写字，便以画代信。但见他在木牍上歪歪扭扭地画了一个妇人样，那显然就是吴甄。她手里抱着一个婴儿，那显然是孙翊。一旁的少年肯定是孙策：他正举着头顶的孙权，而小孙权本人则正拉开弓，瞄准了身旁一棵大树上的某种动物。

孙坚一时间没看出这动物到底是什么，略略皱眉。一旁的祖茂却笑了起来："那定是猿猴！权公子既然举弓向猴，自然就有王侯之志！"

孙坚听罢，立即开怀大笑，众人亦是对孙权之画一片称赞。

胡婵没发声。她眼睁睁地看着孙坚将这信囊倒空，却依然没有等到儿子孙朗的只言片语。此外，吴甄、孙策之信，竟也对他只字未提。

孙辅也没发声。他发现，自己虽跟叔父出生入死多时，但在叔父眼中，自己还不如四岁的孙权画的一只猴子。

至于孙坚，则忙着细瞅孙权所画的"射猴（侯）图"的细节，根本没顾得上去关心胡婵与孙辅的表情。他越看，越觉得孙权画的那团乱墨像是只猴子，自己思妻儿之心亦愈加迫切。他对站在一旁的公仇称说道："等一下进城，先生你就去打听何处有供一大家子住的空房，我则在客舍给夫人回信。等诸事安妥后，还要劳烦先生明日回寿春接人！"

"诺！"公仇称笑着作揖。

孙坚将信重新塞入书检,再装入布囊。他正想起身进城,却看到从城门中突然走出几个兵卒,对这里指指点点。不久后,一伍长来到孙坚面前行礼:"若在下没看错,这位是不是朝廷新拜的议郎孙坚大人?"

孙坚点点头,并向对方展示了他在长安获得的印绶。

那名伍长立即带手下跪拜,起身后在孙坚耳边轻语:"中常侍宋嘉大人在南宫朱雀掖门等候孙大人多时,请速速随我前去!"

孙坚不明就里,只好跟着众兵卒而去,并令余下人等先行入城,在客舍安顿。

第二十回　驴比人贵

孙坚跟着兵卒到了平城门，发现一大群胡人正排队接受守门卒的核验。引领孙坚的伍长回头笑着解释道："请大人稍等片刻。这都是康居、大月氏、天竺诸国来的商贾，来京贩卖奴、驴、金、银、香、罽之属。这也怪了，本以为陇西战事断了商路，也不知道他们怎么来京的……"

孙坚根本没理那伍长，因为他恰知这些胡人是怎么来的，而此等事又不能对这些低级武吏透露。原来，官军与叛军虽在陇西对抗多日，但彼此已达成默契，不去骚扰从西域来京的商贾，以便双方都能从中抽税自利。同时，这些商贾中也藏有一些双面间谍，以便两面传话。若无他们居间调停，怕是目下战局都难以稳定下来。

趁着排队的工夫，孙坚开始仔细观察这些商贾的相貌，揣摩他们的语言，打量他们带来的货物。不料，此刻孙坚身后的队伍传来一阵骚动——原来，一个西域商贾带来的驴队忽然失控，冲撞了前面的队伍，引发了不少商贾用不同语言发出的叫骂。

那伍长见了，也是啧啧称奇："这么多驴！本月洛阳的驴价是二百四十八万钱一头，这些驴至少值五千多万钱呢！唉，大汉朝的钱，都给这些胡人赚去了！"

孙坚见状，不禁眉头一皱。现在烽烟四起，前线正是用马之际，朝廷却耗费巨资购买毛驴，真是本末倒置。

不过，孙坚也不敢就此发表半点评论。因为天下人皆知洛京驴贵，与其说是因为胡人贪利，还不如说是天子好驴。想到这里，孙坚只是将头转向牵着的蒲梢骢，对其调侃道："瞧！你要是头驴多好？你若是驴，我现在就把你卖了，这样就有钱在京都给家眷租赁客舍了。"

蒲梢骢似是听懂了人言，鼓起鼻翼，不高兴地喷了孙坚一手鼻水。

正当伍长用自己的布帕给孙坚擦手之刻，孙坚听到了一声年轻女性的惨叫。孙坚循声望去，见那驴队的末尾，还拴着一个胡人女奴，正在被主人抽打。其主人虽然也是胡人，但在抽打她时说的却是汉言，似是生怕周围的人听不懂："你这贱人，老子花了半头驴的钱买了你，天天给你吃比驴食还贵的饭菜，你却还要逃！"

孙坚刚要出手叫那胡人住手，那伍长见状，立即劝道："京都的规矩是，胡人之间打闹，只要不涉及汉人，我们就都不管。天子只对他们带来的人与货感兴趣。"

孙坚咬咬嘴唇，终于压住了他十年县丞生涯养成的多疑好问之习，未管眼前之事。正在此时，又听得前方有一个什长穿戴的武吏高喊："所有人都给驴队让路，所有人！马上！我刚验过通关文书，这是给天子特供之宝驴，连复道都可走！"

孙坚听罢一惊。复道乃是联结洛京南、北二宫的皇家专用御道，也就是在上元节等特殊节日才能开放左右侧道给低级官吏穿行。怎么，如此尊贵的复道，这驴竟然走得？

孙坚正惊讶间，毛驴们则发出"啊呃——啊——啊呃——"的叫声，大摇大摆地从其身边走过。其中，有一头公驴竟然还边走边甩尾撒尿，甚是嚣张。

伍长见孙坚捂住鼻子，笑道："这尿骚味其实是给母驴闻的，这些畜生目下正在发情呢！对了，要是生下崽子，养大了又是二百多万钱啊！"

孙坚虽被逗笑了，不过同时亦瞟见了拴在驴队末尾的那个女奴。她转回头，也正用求助的目光看了孙坚一眼。

孙坚心头不由得一紧。但见那胡人女奴，二十多岁，身材高挑，栗发粉肌，高鼻深目，褐瞳长睫。她的双手被长绳牢牢绑缚——而长绳的一头，则捏在骑在队列末尾的一头壮驴背上的一金发胡人指间。那金发胡人见胡女回头看孙坚，对其后背又是一鞭，引发胡女又一声惨叫。

孙坚与此胡女四目相对的时刻，虽仅仅只有一瞬间，但她那种在淤泥中渴望自由的清澈眼神，让孙坚不禁想起了一位故人——北宫嫣脂。

见孙坚看得失神，那伍长提醒道："孙大人，该去见中常侍大人了！"然后，他又忍不住在孙坚耳边笑语，"东京美艳胡女有的是，孙大人以后便见怪也不怪了！嘻嘻！大人，入京后您可要悠着点哦！"

孙坚脸一红，咳嗽一声，也不接那伍长的话茬，牵着坐骑，大步流星穿过城门洞。

穿过平城门，便能看到那巍峨的南宫。想这京师洛阳，其核心地带便是南、北二宫，亦算洛阳的两座内城，余下的城内面积才分配给官员的衙署、平民的居所与交易用的市场。至于南宫，秦时已建有雏形，前汉高祖刘邦登基后复建。后汉开国皇帝光武帝刘秀正式定都洛阳后，南宫再次得到修缮扩建。南宫朝南的宫墙共有三道门，从西到东依次是公车门、朱雀门与南屯门。居中的朱雀门亦叫"南朱雀门"，以便与北宫朝南的"北朱雀门"相区分。南朱雀门之前则立着左右一对"三出阙"，此即"南朱雀门阙"。看那阙楼，直插云端，要站在阙底看到阙顶的台，行人之胡须十有八九也会笔直朝天。孙坚边看边心中叫奇，真不知当年造这阙花费了多少人力和钱财——更不用提比这南朱雀门阙还要高上三分之一的北朱雀门阙了。

那伍长眯起眼睛，指着已经遮掩在耀眼的日光中的阙台，笑道："请孙大人扶摇直上，移步阙台！"

第二十一回　阙台论政

不知爬了多少层楼阶，那伍长早已累得气喘吁吁，孙坚却依然气定神闲。伍长指着头顶的主阙阙台，一字一喘地说："呵……孙大人……您自己上去吧……宋大人在……上面……已等候多时了！……在下……实在是……不行了！"

孙坚皱眉道："就你这体力，如何守卫京畿要害？"

伍长摆摆手："那么高的城墙……谁爬得上来？大人您放心……这东京城……永不会陷！"

孙坚不再理他，转身抬头大声对着头顶阙台内的人通报："新晋议郎孙坚求见中常侍宋大人！"

"文台，上来吧！"台内传来了宋嘉柔和的声音。

孙坚上楼，在门槛处脱了鞋，换上木屐。但见宋嘉肥硕的背影正对着他，一个人看着窗棂外城南之景。

孙坚立即下拜："让宋大人久候于此，坚死罪死罪！"

宋嘉晃了晃手里的拂尘，说道："今日我不用在宫内当差,也没别的事,就坐到这阙台上看看风景,打发时间罢了。只是偶然听说,今日你会从平城门入京,这才遣人叫你在去官舍前先到此处一坐。"

孙坚再拜:"定是宋大人要教诲下官,这才拨冗候坚,坚不胜感激!"

宋嘉回头看了看孙坚,笑道:"我都说了,今日不是专门为你而来。对了,文台,多日不见,你好像变老了!"

孙坚整整衣冠,回道:"戎马生涯,难免容颜易老。但为天子效力,且不说青春,就是性命,也是能献给朝廷的!"

"但文武之道,毕竟在于一张一弛。以后为朝廷报效的机会,可多的是。来吧!坐到我这边上!"宋嘉笑着拍了拍铺在身边地板上绘有朱雀之状的竹席。

孙坚小步驱前,来到宋嘉身边坐下。宋嘉用拂尘指了指这窗下的景色,说道:"文台,今日我邀你上高台,就是要你好好看看这洛京的美景。"

孙坚不知宋嘉到底要和他说什么,只好顺着其拂尘的方向,向下望去。但见阙楼外行走的芸芸众生,宛若虫爬,而夹在南宫城墙与外城城墙之间的那些民居,亦不过茶碗大小。宋嘉笑道:"你看,有了权位之后,视草民,是不是宛若视蝼蚁?"

孙坚想了想,回道:"为官一任,当造福一方,毕竟《书》有云,天视自我民视,天听自我民听!"

宋嘉冷笑一声:"这都是腐儒之言,文台你真信?对了,你现在议郎的印绶,难道不是拿你在下邳募来的千名兵勇的命换来的吗？他们对你来说，难道不是一些可以随意践踏的蝼蚁吗？"

孙坚的嘴角抽搐了一下，没有回答。

宋嘉拍了拍他的肩膀："人生走到高处，就莫要看你在低处踩过的花草，而要往更高处去看。"说罢，他站起来，一转身，引领孙坚来到对面朝北的窗棂。他指着窗外说："这就是你要看的高处！"

孙坚向窗外望去，视线正好从南朱雀门阙出发，居高临下地看到了整个南宫内部的布置。但见宫城内宫室光明，阙庭神丽，楼宇上白鹤飞过，宛若仙境。宋嘉用拂尘一指那堆宫殿中最大的一座，问孙坚："文台，你知道那是什么殿吗？"

孙坚想了想，回道："想必那就是'却非殿'了，光武陛下就在那儿登基开国的。"

宋嘉笑道："错了！'却非殿'是旁边更小的那座。这座最显赫的乃是'嘉德殿'。你可记住了，'嘉德殿'在'九龙门'内，是南宫最大的宫殿，到时候你可别跑错殿了！"

孙坚脸一红："属下驽钝！属下记住了！"

宋嘉摆摆手："你这不是刚做议郎吗？不用担心，半月之后你就熟悉了。对了，你猜猜天子住哪里？"

孙坚摇摇头："这属下哪敢妄猜？对了，那么多宫殿，天子是不是每日换一处就寝？"

宋嘉听罢，大笑不止："这就是你这种富春小地方出身的边吏的妄想。天子也是人，一个地方睡习惯了，为何要夜夜换？其实天子就曾经住在这南宫的玉堂殿……"

"曾经？"孙坚瞪大眼睛，"那现在呢？"

宋嘉叹了口气："去年，也就是你还在前线效力的时候，南宫发生了火灾，玉堂殿被损毁，天子只好移驾尚且安好的嘉德殿……"

"火灾？"孙坚瞪大眼睛，仔细看了看，问道，"为何从外边看，这玉堂殿还完好如初呢？"

宋嘉道："咳！其实里面都被烧坏了，不能住人了。那夜火很大，连云台都被烧了！"

"啊？"孙坚大惊，"那藏有开国功臣'云台二十八将'之图的'云台'也被烧了？那些图呢？"

宋嘉笑道："别急，那些图都被救出来了，只是云台本身的修缮，还需要一些时日。"

"那我要观摩那些图，应当去哪里？"孙坚问。

宋嘉想了想，说道："应当是暂时存放到了东观。不过，你别老是想着那将图，东观还藏有更重要的本朝历史典籍，皇子的教育也在彼处进行。对了，大才子蔡邕以前曾在那里修《东观汉记》，彼时天子也经常临幸东观，以了解撰写进度——不过，他本人因乱议朝政，早就被轰出京师了。他当时的头衔和你现在一样，也是议郎。你得引以为戒啊！"

"哦！"孙坚似懂非懂地点点头。他突然眼睛一亮，问道："还请宋大人和属下说说，这'议郎'究竟是做什么的吧！我就听说议郎秩位虽只有六百石，但只要在京都做上几个月，就能转到地方郡、国做二千石。这是真的吗？"

"那是陶谦和你说的吧！"宋嘉冷笑一声，看着孙坚。

见孙坚默认，他继续问道："据说陶谦在长安以议郎为饵鼓动你去与董卓作对，然后你孙文台竟然就真上当了？"

孙坚大惊："什么……上当了？但……我真得了议郎啊，可见那陶恭祖并未骗我……"

宋嘉大笑："你还真以为，你得了议郎是因为你骂了董卓，而感动了那些清流？你真是太天真了！那只是陶谦利用你反对董氏罢了！你可别忘了，朝廷任命官员的文书都是我们这些中常侍起草的——比如，拜你为议郎的文书就是我宋嘉亲自起草的。"

孙坚再问："那……敢问大人……那……我到底为何被拜上了议郎？"

"那是因为董卓亲自写信给董太后，让她向天子说情。对了，你不会连董卓是太后的亲戚都不知道吧？"

孙坚诧异地反问道："我骂了董卓，他还托太后为我说情？这又是为何？"

宋嘉回道："具体我也不知，或许是感激你献出围堰突围之计吧。对了，也恰恰是因为天子既知道你骂过董卓，又知晓董卓还反过来说你的好话，这才判定你定是可用之才，立即将你列入今年所拜的议郎名单。"

孙坚听罢，又是一惊："那……我……我岂不是要去董太后那里谢恩？"

"千万别去！"宋嘉指着紧贴着嘉德殿的一座建筑说道，"瞧，那叫'长乐宫'。太后就住在那里。你去见天子时，千万要绕着长乐宫走，以回避太后……"

"这又是为何？"孙坚更疑惑了。

宋嘉在其耳边低语："此乃宫内秘辛，万勿外传！董太后与何皇后不和。你若与太后亲近，就会得罪何皇后；而何皇后的哥哥何进掌握天下兵马，你一个小小议郎可得罪不起！"

"哦！"孙坚大力点头，然后再问，"多谢宋大人点拨！不过，属下还是不明白，这议郎究竟该如何做？"

宋嘉喝了一口下人早就为其煮好的茶粥，又喝了一口温水，清了清嗓子，解释道："本朝征辟议郎，主要有五大途径：其一为'明经'，也就是通《尚书》《毛诗》《左氏》《穀梁春秋》四部经典中的任何一部，即可被拜为议郎；其二为'对策'，一般举贤良方正、直言等科者入选，其职责是在天子问事时能有应对，而所涉及的，多是陈灾异、甄吉凶之事；其三为'升迁'，一般由地方州郡掾、公府掾、三署郎、上计掾等职位左迁而来；其四为'特征'，即天子特诏征聘德才兼备者为郎；其五是'军功'。这最后一条，就不用我解释了吧！"

孙坚笑道："那因功拜郎者的职责，与前四种有何不同？是不是再升迁的机会也更大一些？"

宋嘉笑道："因功拜郎者，的确最易被升迁到地方为二千石，但机会多，并不等于一定马上有机会。所以在天子身边，你一定要学会察言观色，把握好机会。"

孙坚想了一下，慢慢问道："那……是否敢问……宋大人……当今天子的脾气如何？"

宋嘉向孙坚一瞪眼："我做奴才的，怎敢妄议当今天子之脾性？"

孙坚吓得连连叩头道："孙坚失言，死罪！死罪！"

"不过……"宋嘉将话锋一转，"人之性、天之性，却可议。"他指着阙下渺小的行人，再指着天上耀眼的灼日，缓缓说道，"人之性，无非善恶；天之性，无非阴晴。天子者，无非打通天、地、人。此话何义，文台你自己好好琢磨吧！"

孙坚听罢，还是不甘心，换个角度再问："孙坚世间一凡人耳，哪敢指天望地。还望宋大人再教我，朝中势力庞杂，孙某在京缺乏根基，仕途若要做得平稳，哪些人可交，哪些人不可交？"

宋嘉笑道："这些事情，我倒敢议一议。你我同为天子之臣，交友非为私利，而为天下。故此，鉴友之前，还得先通天下大势！"

"还望大人赐教！"孙坚再拜。

宋嘉喝了一口茶："你在地方为官时，或许听说过这样的话：大汉朝阉宦当朝，外戚乱政，国将不国。不过，好在你孙坚算是未受此类腐儒之言的影响，愿听我这半废之人所言。关于此事，我得先反问你孙坚：依你之见，若真随了那些腐儒的心愿，全天下统统让他们掌管，这天下又会如何？"

孙坚想了想，回道："以坚亲身经历而言，腐儒在军中不识战，在县、亭不识耕，空谈《诗》《书》而不知米肉价，让他们掌管天下，外不能御敌，内不能剿贼，太平时不能安农商，天下或危矣！"

宋嘉再问："那若世上没了我等这半废之人，天下又会如何？"

孙坚瞥了一眼这阙下的南宫，回道："坚虽初来乍到，但既见皇宫巍峨，自然猜知：在各宫、殿、台、观之间递送文书，定然需要大量人手。换言之，若无内官辛苦奔走，天子嫔妃饮食起居无人照料不说，大汉中枢也会因缺乏情资而日渐失灵。对了，这就像在下富春老家的水车，若无激流推动，便成摆设。"

宋嘉听罢，哈哈大笑："文台可教！"笑罢，他又将即将喝光的茶碗端了起来，看着茶碗底的白虎纹路，说道："不过，目下清流与我等中臣势同水火，亦是不争的事实。文台，在此微妙局势中，你得学着去做这茶碗。你看，这茶碗貌似是空的，但也会让别人产生错觉，让人人都觉得他们都有机会往你肚子里倒他们所煮之茶粥。对了，关于如何做茶碗，你在陇西就做得很好嘛！虽然你当众斥董乃是险棋，但你事后又大力助董脱困，这才给天子留下了你一心为公、不党不私的好印象。文台以后还要继续如此行事啊！以后在京做事，你只要记住三点就是了：第一，不要在太后与皇后之间明显站队；第二，在诸清流之中，袁绍最危险，因为他是天下朋党的领袖，野心不小，但与别的清流有些场面上的交往，亦无妨；第三，设法让天子记住你，想着你——他叫你为马，你就好好学马嘶；他叫你为驴，你就好好学驴鸣，不许有丝毫质疑！"说罢，宋嘉将茶碗里剩下的最后一点儿茶粥一饮而尽。

孙坚一听，又是一惊。原来这宋嘉所用茶碗之喻，与陶谦所用之喻大同小异，莫非二人事先有通气？抑或这只是巧合？孙坚再三思量，觉得这或许只是巧合罢了，否则他难以解释宋嘉在前面对话中对陶谦的揶揄。想到这里，他决定再试探一下宋嘉，以便了解他如此提携自己所要得到的回报："听宋大人之教，坚如醍醐灌顶，真不知日后何以为报？"

不料宋嘉一听，脸色倒阴沉了下来。沉默许久，他才低头说道："报偿暂且不提，我倒想先说一下吾等之远忧。目下与我们这些中臣贴心的武将，满朝皆无。也不知哪天朝内若生出什么变乱来，我们去拿什么保卫天子？"

"当年在辛亥事变中诛杀党人的董卓，难道不算可用的武将？"孙坚反问。

"他不算！"宋嘉摆摆手，'董仲颖虽然与我等中臣关系不错，但他在边地日久，手下皆来自蛮荒地带的羌、胡之兵，若再有事诏其入朝，其下属突见京都繁华，未必不会心生歹念。到时候，可能董将军本人也控制不住！"说到此处，宋嘉抬起头，笑着看着孙坚，"像文台你这样的悍将，没有派系色彩，却又历练丰富、忠于职守，在这大汉朝全境，还真是不太好找。我等扶你去做二千石，非是要你回报我们几个半废之人，而是希望你能在未来有用之时做匡汉名臣，永续汉祚！"

"坚当誓死报效天子！"孙坚听罢，再次激动地叩头鸣谢。此时，他又突然想起了什么，再问宋嘉："宋大人，坚目下还有一件很小的私事，大人是否可以指点一二？"他一边问，一边端起镳斗，给宋嘉又倒满了一碗茶粥。

"说吧!"

"这东京城里,哪里能赁到可住七十口人的空宅?"孙坚问道。

宋嘉看看孙坚:"你这是要做甚?想把在寿春的家眷奴婢都带来?"

孙坚点点头。

宋嘉摆摆手:"这又是何苦?一年之内,你就会到新地履职,何苦叫家人反复舟车劳顿?"

孙坚笑道:"念妻心切罢了……"

宋嘉"哼"了一声,说道:"文台,这事我就得再教教你了。这京都不比那下邳国,这里寸土寸金,你小小一个议郎,就想住上那么大的宅子?且不说没这么大宅子,就算真让你住上了,这也是违制!你让四周臣工如何看你?"

孙坚眉头一皱:"那……那么……我就去找只能住十人的小宅……"

宋嘉再摆摆手:"现在满朝文武都料定你会在不久后升迁,但若你再不辞辛苦将家眷迁来,自然就会有人说:瞧那富春孙坚,已无左迁之雄心,只想在京都的安乐窝里了却此生罢了。这话要是传到天子耳中,可是对你不利的。"

孙坚想了想,叹了口气,不再说什么。宋嘉见状,笑道:"文台,叹什么气呢?京都好吃好玩的多着呢,若无家眷羁绊,弄不好还能玩得更尽兴呢!不过,别忘了,在明日上朝之前,你还得先去光禄勋[1]报到,手续上的事情还是不能马虎的。"

"明日就上朝?"孙坚瞪大了眼睛,"就在南宫嘉德殿吗?"

宋嘉摇摇头:"不,天子明日改在北宫德阳殿上朝。别问为什么!对了,明朝你跟着别的议郎走就是,断不会走错。"

见孙坚不知何处是德阳殿,宋嘉再次起身为他指引。

但见南宫之北,高耸于云的北朱雀门阙后,一座大殿跳入眼帘,这真是:朱阙岩岩,嵯峨概云;青琐禁门,廊庑翼翼;葱葱与林汇,郁郁与天连。

孙坚双眼略润,隐隐觉得自己好似身处梦境。

---

[1] 职掌宫殿门户宿卫,兼侍从皇帝左右。

第二十二回　大汉天子

次日凌晨卯时[1]，天蒙蒙亮，新晋议郎孙坚便头顶大汉文官专用的进贤冠，手持象牙笏板，跟着蜿蜒曲行的同僚队伍，走过了连通南、北二宫的悬空复道。一行人在两边虎贲卫士的火炬的护卫下，穿过北宫皇城的朱雀门，然后再穿过端门与金商门，便看到了前方的德阳大殿。所有人都低头视地前行，孙坚也只能亦步亦趋，不敢左顾右盼，所以亦未看清宫内的风景。过了金商门，但听得殿前一小黄门清了清嗓子，开始大声吟唱：

……逮至显宗，六合殷昌。乃新崇德，遂作德阳。启南端之特闱，立应门之将将。昭仁惠于崇贤，抗义声于金商。飞云龙于春路，屯神虎于秋方。建象魏之

---

[1] 5:00到7:00。

两观，旌六典之旧章……

孙坚听到四周同僚轻声议论——

"这不是张衡的《东京赋》吗？以前到德阳殿前，可没人吟诵《东京赋》啊！"

"天子今日如此安排，必有深意！"

"是啊，有深意啊！"

孙坚也不敢插话，只是借着众人等着进一步上殿指示的空当，瞅了一下两边的十二匹铜铸高马。他在为县丞时便知，这些高马乃是开国功臣马援为庆贺在交趾破敌而铸，献给朝廷后，已屹立于此约一百四十年之久。但百闻不如一见，亲眼目睹这些铜马或嘶鸣或扬蹄的逼真神态，还是让孙坚感叹文辞之苍白，实景之动魄。

也就在此刻，朝阳已升，薄薄的金光喷洒在这些铜马之上，散发出迷人的光晕。眯着眼睛的孙坚再转头往前看去，但见高高的台阶上，在左右两根金色巨楹的支撑下，宏伟的德阳殿正傲慢地注视着殿下的群臣与铜马，好似这眼前的人与景，已代表了整个天下。

"哎，孙议郎！"孙坚突然听到背后有人叫他，便回头望去，原来说话的乃是同为议郎的刘昱。其实，孙坚是在昨日报到时才认识刘昱的，与他并不相熟。他仅仅知道刘昱是因为被泽了其父刘陶的余荫，才被拜为郎的。

"何事，刘议郎？"孙坚尽量压低了声音。

"你昨日说，陇西驴的进价才三千钱一头，可有虚言？"

刘昱也尽量压低了声音。

"当然是真的。我与将士们还分食过驴肉呢!"孙坚被问得莫名其妙。

"你可敢发誓?"刘昱再问。

"这有何不敢?"孙坚嘴上虽这么说,但心里更狐疑了。

"好,我信你!"刘昱神秘地笑笑,不再多言。

孙坚转回头,心中还在思考刘议郎为何在这当口要问他这等杂事,但看得殿前小黄门手舞拂尘,再次高喊:"众臣上殿!"

此时,殿内鼓乐大起,众臣依照其秩位,依次踏上那殿前的台阶。孙坚官阶小,自然排在队列后面。他从台阶底部仰望着那些密密麻麻排在前列的同僚与上司,不禁轻声叹了一口气。

不久后,孙坚已跟众人入殿,齐齐下拜,然后山呼万岁。而后,臣工各列两厢。入列后,孙坚还略倾上身、踮起脚尖朝那殿上望去,想一睹天子真容——无奈德阳殿实在太大,他只是远远看到一个端坐在御座上的人影,以及端坐在御座右边的另外一个人影。

而且,因为殿堂实在太大,天子在御座处说话,站在此处的孙坚很难听清,必须由每隔八十步站立的一个小黄门传话,才能了解圣意。

须臾,此起彼伏的传话声便在大殿内激起了阵阵回声:"陛下问:今日殿前念《东京赋》,诸臣工可解何意?——何意?——何意?"

众臣面面相觑，大多数人都紧盯笏板，不愿说话。但孙坚一看左右几位议郎，个个跃跃欲试。按照汉制，议郎本就有谏议之责，说话的自由度比秩位更高的官员反而更大。碰到天子问策，万一说中了天子的心思，弄不好就会平步青云；若未说中，甚至批了逆鳞，一般也不会有太严重的后果。

终于，孙坚身边因通《穀梁春秋》而被拜为议郎的琅琊人赵匡按捺不住，手持笏板出列，大喊："臣议郎赵匡诚惶诚恐，死罪死罪，妄测圣意，有一言进！"

身材矮小的赵匡发出的洪亮之声，着实把孙坚吓了一跳。孙坚暗想：原来，做好议郎的第一个诀窍，便是嗓门要大。

片刻后，在赵匡跟前的小黄门将拂尘一晃："赵议郎，天子叫你上前说话！"

"遵旨！"赵匡小步向前，走了约六十步，找到了一个合适的位置停下，以便让自己说话时，话音既能让天子听清，也能让臣工听清。随后，他清了清嗓子，大声说道：

"启奏天子：当年张衡作《二京赋》，实乃模拟班固《两都赋》。表面上看，张衡所写，无非洛京之繁华，但其中也有一些词句，明显是讽谏权贵日用之奢靡。陛下仁德，叫人于殿前诵读《二京赋》，其实是想提醒臣工必须克勤克俭，以节约钱资，奥援西北之战事。"

赵匡言毕，德阳殿那边的御座却没传来任何声音。许久后，孙坚旁边的另一个议郎嘴里开始轻声嘟囔："看来赵议郎押错宝了。"但见他咬了咬牙，似是下定了决心，手持笏板出列，大喊："臣议郎王昆诚惶诚恐，死罪死罪，妄测圣意，有一言进！"

孙坚看了一眼微胖的王昆。他隐约记得，这王昆本是江陵令，因为据传有向火磕头而求雨止旱的怪异本领，才被拜为议郎。但听王昆清了清嗓子，大声说道：

"启奏天子：微臣以为，天子叫人读《东京赋》，其意并不在于让臣工想起张衡作赋之缘由，而是要让臣工细想：为何今日天子要移驾北宫德阳殿，而不是在南宫嘉德殿上朝？那是因为北宫巍峨，南宫则略为破败，尤其是其中玉堂、和欢两殿，去岁多处遭遇火灾，过火处目前还未修葺完毕。天子是希望我等在目睹德阳之盛时，勿忘南宫之败，然后再寻税源，早日让南、北两宫同辉。由此，天子亦能让太后颐养天年，以此为天下孝子之表率！"

王昆说完，紧张地盯着前方的御座，大气都不敢出。不久后，御座那里总算传来回音："好！"

"好！！！"小黄门大声地传达着天子的御音，并向王昆笑眯眯地挤挤眼。

一旁听着的孙坚苦笑着摇摇头。

不料此时，孙坚身边的刘昱突然出列，连"诚惶诚恐，死罪死罪"之类的套话也不说，直接冲到大殿中央，喊道："启奏天子！王昆是奸臣！臣刘昱请天子诛王昆！"

众人听罢，皆惊。大殿里变得死一般寂静。

许久，御座那里传来了一声沉闷的编钟声。孙坚隐约看到那就是御座上的人影亲自敲的。

站在刘昱身边的小黄门紧张地踢了他一脚，小声道："还不闭上你的嘴，天子怒了！"

不料，御座上却传来了笑声。孙坚隐约听到天子说道："让刘昱把话说完！"

刘昱挺直腰杆，说道："前年黄巾暴乱刚平，天下甫定，人心思宁。不料边、韩祸起，侵扰三辅，兵指西京。为臣子者，当集思广益，商讨如何安定民心以利农耕，如何筹措军费以助战资——而那奸臣王昆，却口口声声要征缴民税、修葺南宫，以让天子行孝为名，陷天子于不义！这难道不是奸臣之言吗？"

王昆听罢大惊，大声斥问："刘昱，南宫失火，太后无居，天子行孝，如何不义？"

刘昱冷笑道："南宫虽失火，但未殃及太后所驻之长乐宫，如何说太后无居？再说，天子行孝，并不是孝顺太后一人。西京有九位先帝陵寝，若失西京于贼，难道不是大不孝？孰轻孰重，难道天子不会圣断吗？"

王昆见话势对其不妙，眼珠一转，计上心来："刘议郎此言差矣！我建言天子修葺南宫，也是望朝廷量力而行，并非一定要今年修好，分三四年修完也是可以的，如何就一定会影响西北战事？我反倒是要问刘议郎了：那车骑将军从西京发来的奏章，讨要军费每每以亿计，你可知晓？你口口声声说要筹措军费，以助战资——试问，是要补上修葺南宫所需的财缺容易，还是补上奥援西京所需的财缺更容易呢？"

刘昱笑道："这有何难！"他转而再转向御座，"天下皆知洛阳驴贵,现时价为二百三十万钱一头。据微臣调查,在凉州,驴价才三千钱一头,价格落差约七百六十六倍。如此算来,每月洛京都有大量财富落入贩驴商贾之手。只要天子禁止驴只买卖,省下资费,足以奥援前线!"

大殿里又是一片死寂。谁都知道,洛京驴贵,皆因天子本人好驴。

许久,御座那里又隐隐传来了声音:"刘卿说凉州驴贱,可有证据?"

刘昱大声道:"有!"说罢,他突然将手指指向了身处诸议郎之中的孙坚,"新晋议郎孙坚本就在凉州为参军,可为人证!"

孙坚气得颔下胡须微颤,心想:这刘、王互斗,为何要牵涉自己?但既已被点名,他也只好持笏出列。身边的小黄门一脸冷漠地对孙坚说道:"对天子说话,可不能有半字虚言啊!"

孙坚一边连连点头,一边瞪了刘昱一眼。刘昱得意地朝他笑笑,问道:"孙议郎,你可愿意在天子面前,将你方才说的话再说一遍?凉州驴价目下是多少钱?"

孙坚又瞪了刘昱一眼,然后转向御座方向,低头看笏板,口中大喊:"臣议郎孙坚诚惶诚恐,死罪死罪,呈报天子凉州驴价。若是大公驴,确是三千钱一头!若是怀崽之母驴,则是五千钱一头!但这都是微臣在凉州为参军时的价格,目下凉州物价不稳,估计这几日也已经涨价了!"

孙坚说罢,殿内群臣发出一阵轻声的哄笑。御座那边的人影略微晃动了一下，但因为孙坚眼盯笏板，没太看清天子的动作所指。许久，小黄门再到孙坚面前传话："陛下问你，刘昱之言可纳乎？王昆之言又如何？"

孙坚瞥了一眼这两位新认识的同僚，思考了一下天子可能的喜好，以及光禄勋诸下属之间复杂的人事关系，大声回话："王议郎为太后安居思虑，孝心可嘉。诚如其所言，南宫修葺，当量力而行，不妨先修最紧要处，余下留待日后再补。至于刘议郎为陇西前线谏言，更显忠心耿耿。微臣本就从前线调京不久，深知将士之苦与战事之艰。然依臣浅见，刘议郎所言废驴交易之事，实为不妥！"

不久后，御座那里传来了两声清凉的编钟之音。孙坚身旁的小黄门朝他眨了眨眼："陛下让你把其中的道理给说清楚了！"

孙坚心中狂跳，边想边说："启奏天子：若仅从表面上看来，凉州驴价一进京就暴涨七百多倍，可谓暴利，且获利者多胡人商贾，似是让我大汉吃了亏。但若深想一层，却未必如此。试想：难道胡人仅仅是来贩驴的吗？难道他们没有顺便带来大汉朝也需要的金、银、香、羼之属吗？再说，也正因为胡人得了大便宜，他们才甘心为大汉所遣。且不说别的，微臣在前线效命时，就从贩驴的胡商那里得到了不少贼军情资，这难道不正是托了天子驴政之福吗？这驴政如国政，不能仅算小账，还得算大账！"

刘昱听罢，冷笑一声："巧言令色！那些胡人只是图一时之利，暂时为你所遣耳，哪里有我等之忠心不二？再说，目下前线军费亏空，孙议郎还是没有拿出填缺的方法啊！"

孙坚笑道："我早有办法。"然后，他再面对御座，继续说道，"我们可以向胡人重课绢、帛、丝、锦之税，以补军政之不足。"

此时，轮到旁边的小黄门糊涂了："孙议郎，正说着驴呢，为何又扯到了丝？这你可得和天子说清楚！"

孙坚面对御座，大声回道："启奏天子！胡人贩驴所得之本朝五铢钱，并不能在其本国通用，而只能换成丝帛之品。丝帛之品价高而易携，且由此一路向西至大秦国，均可轻易换成沿途各国货币——这才是胡人源源不绝来汉之真正所图。故此，朝廷不妨在边关将丝帛出口之税金上涨到丝品原价之半——而这一举措，也就等于在驴价上抽成一半，且可抽得不显山露水。即使胡人最终能参透其中奥妙，微臣担保他们依然会乐于咬饵，因为他们最终可以通过提高丝品在大秦的售价而弥补损失。王师军费欠资，亦可由此而得。其中不妨匀出四分之一，贴补南宫修葺之需，以尽天子孝母之意。除此之外，不需再向百姓添一钱赋税，以彰朝廷仁德！"

孙坚言罢，殿堂中便是一片交头接耳，不少人轻语——

"这不是最终让西域各国为我大汉出力吗？"

"是啊，谁叫他们不知桑蚕之理呢？也是他们该！"

"好计啊！"

"对了，这孙坚是谁？孝廉的名录里没他啊？"

"他好像是董太后那条线上的人……"

"不，应当不是，他在西京还骂过太后的亲戚董卓呢……"

孙坚的耳朵已经来不及听清那么多议论了。他只是紧紧盯着笏板，紧张地等待着御座的回复。

不久后，御座那里传来了几声清脆的乐音。几经传话后，离孙坚最近的小黄门激动地大喊："圣谕：议郎孙坚之议，可！"

殿内更是一阵骚动。天子登基以来，还未有新晋议郎上朝的头一天就纳其建言的先例。

此时，孙坚身边的小黄门又传来新的圣谕："陛下要你近御座五十步说话！"

此刻，只有六百秩禄位的孙坚已心跳至喉。他小步前趋，一路经过同在光禄勋就职的各位同僚与上司，包括已有比二千石禄位的虎贲中郎将、羽林中郎将、五官中郎将、左中郎将、右中郎将等高官。等走到小黄门所指定的位置时，他再次下拜，大喊："议郎孙坚，得近天颜，幸甚！"

"孙坚，抬起头来。"这是御座上的天子传来的声音——那声音竟然是意料之外的亲切。

孙坚缓缓抬起头，但见御座上天子身穿纁下玄上的冕服，服绣日、月、星辰十二章，头戴皇冕，冕悬由白玉珠串成的十二旒。微微颤动的旒后，乃是一张保养得相当白润的三十多岁男子的脸。孙坚从其注视自己的眼神中，读出了好奇、欣赏与稍许怀疑。同时，孙坚也看到了天子身后对着他微笑的中常侍宋嘉，以及宋嘉身边的那套青铜编钟。

孙坚不敢再直视天子，伏地大喊："议郎孙坚得见天颜，幸甚！"

此时，一个小黄门凑近孙坚，轻声说道："孙议郎，退朝后你且别走，随我来！"

孙坚十指颤抖、紧握笏板，轻声言"诺"，忽觉胸中万花齐放。

此时，孙坚听到了一声轻轻的咳嗽。他用眼角的余光瞥去，发现咳嗽者，乃是端坐在天子右边的大将军何进。他是全大殿除了天子，唯一有座者。孙坚出于本能地朝何进的方向，也拜了一拜。但是当他抬起眼睛时，却发现满腮鬈髯的何进只是若有所思地盯着右侧缠绕青龙的殿柱，根本没有正眼瞧他。

第二十三回　龙濯西园

待各位臣工散去，那小黄门便领着孙坚从侧面出殿。孙坚踏下殿阶，却见得那小黄门牵来一头壮驴，笑眯眯地对孙坚说道："孙议郎，请上驴！"

孙坚惊讶地盯着这头额贴金当卢、头顶进贤冠的公驴，问道："这驴也有爵禄？"

"可不是嘛，比六百石，比您的禄位低一点点，所以，请您上驴鞍，不算名分错乱。"小黄门恭敬地请孙坚上驴。孙坚虽心中暗笑，也只能照办。上鞍后，他问道："请问这位……对了，怎么称呼？"

那小黄门笑道："我叫蹇硕。"

孙坚继续问道："敢问蹇大人，我们这是去哪里？为何要我上驴？"

蹇硕笑道："去西园。不是很近，所以望您上驴后能行快一点儿。"

孙坚皱眉道:"西园? 蹇大人,实不相瞒,孙某不认路……"

蹇硕笑道:"我引路啊!"

孙坚反问:"并未见蹇大人坐骑,你如何能为孙某引路?"

蹇硕拍拍胸脯:"我在前面跑,您在后面跟着。放心,我跑得很快。"

孙坚大惊:"这……这怎使得?"

蹇硕摆摆手:"蹇某只是遵旨行事罢了。天子亲自对我下令,每日得跑上至少三十里,以健体魄。今日我的路程还没跑完呢!"说罢,他就一转身,口中大喊:"孙议郎,你且跟上!"随后就飞奔起来。

孙坚虽然从未去过西园,但顾名思义,也大约能猜到这园子在德阳殿的西边——但蹇硕奔跑的方向却明明是从德阳殿一路朝北。孙坚本想询问一二,但在不知不觉之间已随着驴儿撒欢扬尘的四蹄进入了一处新的园子。他扫了一下阙门上写的"濯龙"二字,便知道这就是汉明帝永平年间所建的濯龙园。由此看来,蹇硕是故意引自己先来濯龙园转转,熟悉一下宫内的环境,而后再去西园。

在略有颠簸的驴背上,孙坚眼前一一掠过濯龙园内的景致:威严气派的华光殿、小巧精致的濯龙宫、供奉着巨型老聃像的老子祠、机杼之声盈耳的织染室。宫室之间,松、柏、槐、柳、梧、椿、栝、柏、柜、枫、杨、橘等树木交错林立,将园子染成一片片浓淡不一的翡翠色。须臾,孙坚本人也随着驴儿融入了这片翡翠色,任凭结队的黄雀在耳边欢叫,尚且青涩的林檎[1]在枝头摇曳。他瞥见一棵梧桐下的石碑上刻着"兰林"二字,便知这就是素有"九谷八溪"之称的兰林。兰林里的地势高低起伏,错落有致,间或有野兔与梅花鹿在林木之间跳跃,并将自己掠动草木的窸窣之声,织入溪水与瀑布发出的潺潺脆音中。再穿过一大片正与清风耳语的苍翠竹海,一大汪碧水便冲入孙坚眼帘。这便是濯龙园正当中的濯龙池——但见池上荷叶如盆、鹅鹄[2]激浪、蛙鸣鱼嬉、螓[3]蝶斗艳。此刻,由于池边林立的怪石的阻遏,蹇硕的脚步也渐渐放缓下来。他对正赶上来的孙坚介绍道:"这濯龙池里的水,是朝廷当年动用一万民夫凿通了千金渠,从城外的谷水里引来的,而此水亦与西园之水相通。孙议郎沿此池向西,顺水流经芳林苑,不久后就能抵达西园。"

孙坚心中暗惊:这濯龙园之秀美已是他平生所未见,而那西园又将是何等之光景呢?

孙坚正凝思间,胯下之驴已穿过了戒备森严的北宫白虎门,将其带至刻有"西园"的阙门。蹇硕指指园内铺着青苔的台阶,暗示驴儿无法爬阶。孙坚见状,立即下驴,驴儿则由守候在此的另一小黄门牵走。跟在蹇硕后面的孙坚,看着他矫健的步履,恭维道:"蹇大人跑了两刻辰光都能身轻如燕,真令孙某感佩!"

---

[1] 即苹果。
[2] 天鹅古称。
[3] 蜻蜓古称。

蹇硕则轻松回道："你我都是要为天子做大事的人，怎敢身羸体弱？"

说话间，五六只受惊的小麂突然从他眼前跳过。孙坚起身一跃，便攀上了路边的一根歪松，以便为众麂让路。也正因为如此，攀上更高处的他便一下子看到了这台阶下的又一美池。但见那池内，芙蓉缀碧，秋兰被涯；荷叶如床，堪比艇舸；春音缭绕，妙姑泛舟；玉人逐浪，藕臂拍波；青丝甩水，素手撑篙；篙搅清浪，鱼嬉弄涛——真是佳人衬绝景，美园衬佳人。

"那荷叶为何如此之大？"孙坚指着下面的池子问道。其实，他本想问为何那池子里有那么多宫女在游泳，但话到舌边，却又变成了另一个问题。

蹇硕笑道："那叫'夜舒荷'，南国所献，其叶夜舒昼卷。若是孙议郎晚上再来看，那荷叶便能展至丈余！"

"对了，我怎么还闻到了一种奇异的香味？"

"这是'茵墀香'的味道。此香来自西域，供宫女洗浴之用，用后则倒入渠水，汇入池中。故此，那池也叫'流香池'。"

"哦！"将信将疑的孙坚还舍不得跳下松树，双眼还贪婪地欣赏着在山下池子中畅游的宫女。听闻蹇硕咳嗽一声，他才红着脸从树上跳下，指着脚下的假山，问道："那这山也有名目？"

"有！"蹇硕点头，"这叫'少华山'，乃模拟华县之小华山堆积石土而造。瞧见前面那片竹林吗？竹林后有天子亭,天子便在那里等你!"

孙坚点点头,拾级而上。随着地势的增高,他亦看到了同在西园中的万金堂、千间园与鸡鸣堂,并向塞硕一一请教,以解其惑。但他识相地没有问及其中最为金碧辉煌的万金堂的来历——因为早在赴洛的路上,他便听祖茂说过:朝廷通过卖官鬻爵而得来的钱财,就藏在那万金堂。

不久后,孙坚便已近山顶,抬头反复眺望。然而,其视线却被另一片竹林遮挡,并未见什么亭子。他刚想张口问塞硕,不料后者已转身去拨动路边的一根树桩。但听得其脚下响起一阵"咯吱咯吱"之声,两片竹幕徐徐向左右拉开,一座八角巨亭随之呈现在孙坚眼前。孙坚抬眼望去,但见亭内十几个"胡人"正坐在胡床[1]上放松地说笑。被众人簇拥的一个高大"胡人",则紫袍裹身,头戴翠叶环冠,裸露一臂,正拨弄一具镶了金的胡箜篌。

孙坚一眼认出那中间的"胡人"便是穿着胡装的天子,立即下拜,刚想高喊,嘴却被塞硕堵住了。塞硕轻语道:"天子要展玉音了,千万别在这时候搅了雅兴!"

孙坚将话咽了下去,抬头好奇地盯着这位喜好奇装异服的天子。

天子已然看到了孙坚,只是朝他笑笑,没说什么,转头瞥了一眼在山脚流香池中畅游的美人,随即拨动琴弦,开始了他的低吟浅唱:

---

[1] 即今日的椅子。

凉风起兮日照渠，青荷昼偃叶夜舒，惟日不足乐有余。清丝流管歌玉凫，千年万岁嘉难逾！

唱罢，众人齐齐叫好，孙坚也随之附和。

天子放下箜篌，笑着看向孙坚："孙卿，这园内景致如何？"

孙坚叩头道："微臣孙坚诚惶诚恐，死罪死罪，今日乱入皇家禁地，逾越礼制，请陛下降罪！"

天子大笑，摆摆手："孙卿，这是'西园'，并非朝堂，不要没事就'诚惶诚恐，死罪死罪'的，一切礼仪从简。再说，是朕叫你来的，你慌什么？"

孙坚还是有些紧张："这……微臣区区议郎，秩位卑微，受不得这进西园的皇恩……"

说罢，就连一边的蹇硕也笑了起来："孙议郎，你可能是第一天做议郎，不知相关的典章制度。其实，这'议郎'在前汉就有执戟护驾之责，所以天子若在西园，你亦在西园护驾，有何不妥？"

"但……微臣……今日没带戟……"孙坚开始上下翻弄其朝服，最后只找出了一块笏板。

天子看罢，又欢快地拨弄了一番箜篌，笑唱："壁冷兮挂吴戟，心暖兮念皇安。"唱罢，他对孙坚说道："心中有戟就行了。先不说这个了，孙卿，你可知朕所着是何国之衣？"

孙坚想了想，摇摇头："臣不敢妄猜。"

天子转而看蹇硕。蹇硕介绍道:"此乃西域大秦天子之衣冠。对了,孙议郎,你可知那大秦的来历?"

孙坚自然知晓遥远的大秦的存在——他还记得,胡玉生前曾半开玩笑地对他说,要用重金向孙坚赎买胡婵,然后带着她去犁靬[1]。于是,他的头脑开始迅速拼接起从胡玉那里得到的关于大秦的点滴信息,向天子奏报:

"启禀天子:据微臣所知,大秦国,一名犁鞬,以在海西,亦云海西国。地方数千里,有四百余城。土多金银奇宝,有夜光璧、明月珠、骇鸡犀、珊瑚、虎魄、琉璃、琅玕、朱丹、青碧。刺金缕绣,织成金缕罽、杂色绫。亦作黄金涂、火浣布……"

"那么据你看,他们的富庶,与大汉比如何?"天子再问。

孙坚笑道:"定然不如我们大汉啊,否则他们为何还会用重金来求我们的丝帛呢?"

"但他们却有我们不曾有的琉璃器!"说到这里,天子突然从案几上拿起一个一指高的大秦琉璃瓶——但见此瓶壁分五色,玲珑有致,静则折光,旋则散辉,芒耀皇亭。

孙坚心中一惊。在下邳做县丞时,他亦曾见过不少流通此地的大秦琉璃仿品,而如此品相的上等货却真是第一次见。天子看到孙坚震惊的眼神,笑着问道:"孙卿,你猜猜这琉璃瓶,是何等人所用呢?"

---

[1] 此为汉代人对罗马帝国埃及行省之亚历山大里亚的称呼。不过,汉代人有时候也将"犁靬"与罗马帝国本身混为一谈。

孙坚想了想，说道："这……定是大秦天子用的……或，至少是王侯家的器物……"

天子摇摇头："非也。听胡商说，这样的瓶子，大秦中产之家就有……你说，我大汉相比之下，是不是略逊一筹？"

孙坚眼珠一转，回道："听说我大汉工匠之所以难以仿制同样品质的琉璃器，仅仅是因为我们缺乏用来制琉璃的泥土，而非大汉贫穷。再说，大秦国也没有我国的丝绸啊！请天子勿忧！"

天子苦笑道："大汉固然有丝绸，但大汉之布衣是否穿得起丝绸呢？"

孙坚听罢，无语。正当他低头琢磨天子问询胡器来历的真正用意之刻，天子率先开口："大秦国之所以富庶，或许与其王制有关。帝贤则国兴，天下共通之理。听说，在大秦，立太子之惯法乃是立贤不立长，甚至天子还能将自己看中的贤能之士立为养子，备作皇储，无论血缘亲疏。孙卿，你是议郎，你且议一议，这大秦之制如何？"

孙坚看看天子所穿的大秦天子朝服，再联系他刚才所问，立即顿悟其真正用意。他奏对道："启禀天子：皇子贤愚，天子尽晓，外人焉知？择贤立之，既是天子之权，亦是臣民之福。臣当唯天子马首是瞻。"

天子点点头，便又换了一个问题："那朕若要孙卿像他们那样穿胡服呢？"天子又指向同在亭内的诸胡衣侍从。

孙坚早就注意到宋嘉也坐在这些侍从中，且与周围人等座次平等，便猜出他们就是天下闻名的"十常侍"。既然十常侍都穿上了胡服,可见天子在西园推行胡服的决心。他奏对道:"当年赵武灵王之所以能兵灭中山、救燕慑齐,靠的就是胡服骑射、移风易俗。赵王能为者,当今天子为何不能?"

天子笑道:"不过,一些儒生或许会说:朕乱了《周礼》定下的舆服祖制,是大逆不道,就像他们或许会指责朕择贤而立一样……对了,今日朝堂上那在孙卿之前发言的刘昱,若看见朕如此装扮,定是会这么说的!他爹刘陶若还活着,也肯定会这么说!"

孙坚回道:"刘昱不懂兵马。其实,胡人将领、袖扎起,的确便于骑射。刘昱之言,不听也罢!"

天子摆摆手:"那刘昱的面子,还是得给一点儿的。他之所以今日敢在朝堂之上放肆,也是仗着他死去的父亲的名头。不得不承认,其父刘陶在黄巾大乱之前曾向朝廷预警,朕当时也的确错怪他了——正是为了弥补过失,朕才将其子拜为议郎。你以后还是要与刘昱好好相处!"

孙坚点头称"诺",心中却不知天子既要倡扬胡风,又要对儒生示好的真正用意。此时,天子又一指他身后的那些侍从,问道:"不过论贴心,儒生当然比不上朕的自己人。孙卿,这些人你可认得?他们可都是与朕最贴心的人!"

孙坚回道:"这是不是十位中常侍大人?"

天子笑着点头,然后转头对宋嘉说道:"宋卿,你既与孙卿认识,余下的人就由你来介绍吧!"

头戴康居国人特有的红毡帽的宋嘉站起身介绍:"孙议郎你且来看:这是张让大人,有列侯爵位,先帝孝桓帝时就入宫了。这是赵忠大人,也是桓帝时代的老人,在做中常侍之前还做过'大长秋',也就是皇后官属之长。'十常侍'中,以这二位资历最老。至于这位,是夏恽大人——这是郭胜大人——这是孙璋大人——这是毕岚大人——这是栗嵩大人——这是段珪大人——这是高望大人——这是张恭大人——这是韩悝大人——这是宋典大人。他也是我哥哥,目前负责南宫的修葺工程。鄙人则忝列诸位常侍之末。"

孙坚在向诸中常侍行礼时,亦暗自扳指一数,发现所谓"十常侍"竟然有十三人,面露疑惑之色。宋嘉笑道:"'十常侍'之十只是一个虚数,只要天子愿意,可以随意增减。"

说到这里,已经满脸皱纹的张让指着旁边一具空着的胡床说道:"孙议郎,这里尚有空位,你可愿意上来一坐,与我等一起品尝一下这蕴火棚[1]里种出的蒲陶[2]啊?"

孙坚看着那琉璃盆中晶莹剔透的蒲陶,自然是眼馋,但口中依然推辞:"各位大人都有二千石的秩位,孙某才六百石……"

没想到这时候天子竟然亲自将孙坚往亭中一推,说道:"叫你吃就吃,不要再装了。"然后,他又突然大笑,弹起箜篌,高歌起来。

当孙坚慢慢咀嚼着甜美的蒲陶的时候,双眼略略湿润了。他还曾记得,当年胡婵在富春时曾对他说过,他总有一

---

[1] 即今日的暖棚。汉代暖棚必须通过蕴火保持室温。
[2] 即今日的葡萄。

天会赴洛京与头等豪族同席分食寒瓜。当时孙坚只是认为那不过是笑谈罢了——但何曾料想,今日的自己,竟然还能更上一层楼,一边吃着大汉天子赏赐给他的西域蒲陶,一边亲耳聆听天子的吟唱!

然而,吃完三颗蒲陶后,孙坚环顾四周,心中又生出一种隐隐的愁苦,暗想:假若今日在家的阿婵能随他一起进宫,亲眼看到当下的场面,她该多么高兴啊!

宋嘉看着孙坚感动的表情,满意地点点头。他与天子交换一下眼神,对孙坚说道:"孙议郎,这天子赏赐的蒲陶可不是白吃的,下面就是我们对你的校验。"

"校验?"孙坚一紧张,将第四颗蒲陶连皮带核一起吞了下去。

第二十四回　八女上山

听到"校验"二字，再联系到前面蹇硕并提"你我"的说法，孙坚顿时明白了今日天子召自己来西园的真正目的：看看自己是否能够为诸中常侍所用，以便制衡朝中某股为天子所不喜的势力。但这股势力究竟是谁呢？貌似不是外朝清流，因为方才天子分明提醒自己不要与诸儒生交恶——那么，庙堂之上剩下的唯一值得一提的政敌，恐怕就是以大将军何进为代表的外戚势力了。想到这里，孙坚突然悟到，天子方才褒奖大秦"择贤者为君"的制度，分明就是在暗示他不喜欢自己的长子，而全天下都知道，生下皇长子刘辩的，正是何进之妹何皇后。由是观之，要废掉刘辩的太子位，必然会危及何进的权势。因此，天子与何进反目，亦是迟早的事情。

想到这里，孙坚眼前不由得又浮现起何进在朝堂上那副傲慢的表情，心中马上有数了。他作揖道："只要在下所会之事，请诸位大人随意校验！"

张让笑道："孙议郎本是武将，又据说是孙武之后，因此，我们很想校验一下你临机应变、调配人力的本领，这对我们日后或许有用。"随后他转向宋嘉，"宋大人，请出题！"

宋嘉指着那通向天子亭的小径说道："你现在若沿着这小径重新下山，便会发现山底下放着三十二个藤箧，里面所装的，都是从灉龙园冰窖取出的去岁的林檎。现在你要遣人将这三十二个藤箧的林檎全部从山底运到这亭内。你能调动的人力，只有山下流香池中游水的宫女，但至多只能选八人。从下山选人，带领她们背箧上山，再到这藤箧入亭，你只有两刻辰光。这期间你不许自己动手碰箧，只能在一旁指挥。你亦无权体罚这些宫女。你若办成，则算通过校验。蹇硕亦会在一旁监督你是否违规。"

孙坚想了想，提了一个要求："那些宫女衣着甚少，孙坚自当非礼勿视。是否允许调拨八件胡衣供其蔽体，亦方便在下调度？"

宋嘉笑道："她们在船上已自备胡衣，你现在下山便是。"

孙坚看了看天子亭边上的日晷，发现目下是巳时四刻[1]。这也就是说，他必须在巳时六刻[2]前带着宫女与林檎回到天子亭。时不我待，孙坚立即领命飞奔下山。蹇硕紧随其后。

为了节省时间，孙坚下山时几乎是隔着五个台阶就往下纵身一跳——但与此同时，他也在心中牢牢记住自己跳跃

---

[1] 约10:00。
[2] 约10:30。一个时辰由八刻构成。

的步数，以便最后计算台阶的总数。不过，由于台阶上被覆青苔，有好几跳孙坚都差点滑跤——这也使他不得不担心不久后宫女踩阶滑倒的风险。

待重新回到山底，孙坚瞅了一眼山地门阙边的日晷，发现自己下山用了约八分之一刻。由此算来，时间貌似绰绰有余。他亦心算出上山所需要爬的台阶数：约九百级。

但当望及门阙边堆放的三十二个藤篋时，孙坚心中不禁一凉。原来，除了这些藤篋，并无扁担与绳索相配，如何将其携带上山？他转而去问身后的蹇硕，蹇硕笑道："就只有这些，至于绳索之事，孙议郎自己想办法。"

孙坚停下脚步，静心思考片刻。他意识到，如果自己最多只能找八个宫女的话，那么每人就要分摊到四个藤篋。人只有两手，没了绳索与扁担，一个人恐怕是很难带着四个藤篋爬山的。他环顾四下，寻找担与绳的替代者。他先看到了竹林，便想到了切竹为担的办法，但仔细一想，他手头并无砍削粗竹的工具，只好作罢。他又想以池中的莲花根茎为绳索，但转念一想，却觉得此类根茎的强度颇为可疑。正犯愁之间，却看到身边青石上一背负小蛙的大蛙正从眼前纵身一跃。孙坚不由得眼睛一亮。他尝试着学这青蛙的样子，趴在台阶上往上跳跃，然后转头问蹇硕："蹇大人，你现在就趴在我背上，让我负你上阶如何？"蹇硕看出孙坚是在检测新的负篋之法，有点儿犹豫。孙坚有些不耐烦了："按照规矩，蹇大人只是不能借我绳索罢了，但并没说你不能陪我嬉戏。这就算嬉戏！"

蹇硕想了想，笑了笑，便应允了。

其实蹇硕之体重并不亚于孙坚，故此，孙坚负他上行之时还是略为吃力的。但在孙坚看来，他也正好由此感受体力更弱的宫女负篋上阶之体感，以便找到最好的负篋之法。

不久后，孙坚发现：自己负重时，必须如虵蝎一般四脚并用，触地而攀，而根本无力上跳。而当他上攀时，亦发现以肘、膝触阶较为省力，且包裹肘、膝的朝服与青苔摩擦时，也相对不易打滑。但他低头看着蹇硕交叉在自己胸前的双手，却略皱眉头。很显然，那些藤篋是不会自己张开双臂，将那些宫女紧紧抱住的。这又该如何是好？

此时，孙坚突然看见了自己袖口的一处破口。很显然，这破口是自己刚才从山顶下跳时，被路边的小树枝给刮破的。孙坚微笑着点了点头。

"孙议郎，快去找宫女，没时间了！"在孙坚背上的蹇硕有些不耐烦了。

孙坚将蹇硕放下，笑着说："这就去！"

但在接近流香池之时，孙坚又在一排牡丹后突然伏地，并顺手将蹇硕也摁倒。

"这是何故？来不及了！"蹇硕真着急了。

孙坚笑道："此处正好便于我们遴选宫女。若打草惊蛇，她们反而会掩藏自己的真正能力，因为没人会自领苦差。"说罢，他睁大眼睛，仔细观察着池中各女子的表现，然后轻声对蹇硕指指点点："那在四条小舟上撑篙的，我只要前面三条上的三个。第四条舟上的那个不要——你看，她明显没力气，驭舟打转非常吃力。水里游的，那个憋气许久才露头的我要了，其肺力不亚于男子。现在还差四个……对了，那三个在巨莲边玩水的我都要了。她们将盆中水互泼的时候毫不费力，可见其臂力不错。现在还差一个……那个在小舟上放声高歌的我要了，她嗓音嘹亮，由此可窥见其体力。事不宜迟，立即叫这八个宫女穿上胡衣，速速到此处列队！对了，这传话的事还得请蹇大人代劳！毕竟她们目下衣着甚少，孙某不好意思上前说话！"

"孙议郎在此不是什么都看到了吗？"蹇硕冷笑。

孙坚摆摆手："但她们毕竟不知。"

蹇硕刚要起身，孙坚又抓住他的肩，补充道："命她们穿外衣时，不要穿心衣[1]，但要将心衣也带上，原来的襦裙也要带上！"

蹇硕不知其中缘由，只好照办。

不久后，八位妙龄宫女便站在孙坚面前，好奇地盯着眼前这位满身杂草与青苔的青年官吏。所有的少女都有点儿痴迷地盯着孙坚下颌处的胡须，彼此红脸对笑——这是她们最近第一次在宫中见到下颌有须的真男人——当然，天子除外。至于孙坚，看着这八具被湿身胡服包裹得玲珑有致的年轻肉体，亦有点儿脸红。他特别注意到有一圆脸宫女笑时露出的两个酒窝，更显俏皮可爱。他咽下一口口水，笑道："各位小妹，余下之事，跟孙某做就是。"然后他指着山下的堆

---

[1] 汉代女性上身的内衣。

篚之处,说道:"立即跑至彼处,快!"

说罢,孙坚领头跑向山下,众少女亦欢笑着随之而去,一边跑一边窃窃私语——"今天来参加校验的这个孙坚真好看!"

"嘻嘻,比那个又矮又黑的曹操好看多了!"

等到了堆篚之处,孙坚下令:"大家用带来的襦裙做兜,将两个篚子兜住,然后将襦衣的两个袖子在胸前打结……对,就是这样!大家快一点儿,彼此都搭把手!对了,就这样,把这两个篚上下叠起来负在背上……对了,这每个篚内有十六个林檎,篚扣一定要弄紧,别让果子掉出来!另外,篚间要塞杂草,然后再包进襦衣!对,这位小妹做得特别好!大家就学她!"孙坚说的这位小妹,就是方才那位圆脸宫女。

等到众人忙好,目光又齐齐落在剩下的十六个篚盒上。这又该怎么往身上带呢?孙坚从身边一个宫女手里扯过一条红彤彤的心衣,"咔嚓、咔嚓"数声撕成四片,说道:"就这样,每人立即撕出四条巾帕,然后选其中两条拧成长条,穿过篚环,然后绑在每人的肘部。对,左右各一个。由此你们每个人肘部都能绑上一个篚盒。注意,是绑在手肘这,而非臂弯处,别弄反了!"

"那剩下两条巾帕呢?"那圆脸宫女问道。

"各自绑缚在膝盖上。"孙坚笑着答道。

不久后,八位宫女每人都肘绑二篚,背负二篚。那圆脸宫女第一个尝试上山阶,不料脚底刚踩上青苔就开始打滑,差一点儿就摔倒,引发众人哄笑。

"这样爬！学虺蜴！"孙坚冲上台阶，笔直伏地，肘、膝并用往上攀爬，以为示范。众女边笑边学样。因为众女的肘部已绑缚了藤箧，其肘部着阶之前自然先是由箧底着阶——而充满凹凸的藤箧底部亦增大了整个藤箧与青苔的摩擦，使得众女每上一阶都能稳稳当当。而众女膝盖处绑缚的巾帕，亦增加了她们的下肢与台阶的摩擦，使得她们下盘更稳。

此刻孙坚瞟了一眼山下的日晷：离巳时六刻还有一刻半。他还记得上这山需要爬九百级台阶。换言之，这些女子必须在一个响指之间爬上一个台阶，否则就不能按时将藤箧送至山顶。孙坚开始带头高唱当时流行的歌谣《弹歌》[1]——"断竹！续竹！飞土！逐宍！"每唱两个字就往上攀一个台阶，以此引导整个队伍上山的节奏。不久后，由孙坚领头，蹇硕断后，八女分左右两列负箧上攀，宛若八虺爬梯，蔚为壮观。少女们的歌声亦在林间飘荡，娇柔中带着一股英气。

当孙坚估摸着离巳时六刻只有四分之一刻的时候，天子亭也已映入眼帘。听着众女沉重的喘息声，他刚想喊出最后的鼓励之声，却听得后面有人大喊："不好！"原来，从队伍右边的林中，突然钻出三只小麂，蹦蹦跳跳，竟要横穿负箧队伍而过。众女吓得不知所以，有人则开始慌得哇哇大叫。

"谁敢动天子之檎？"孙坚双手撑地，腾空而起，反向

---

[1]　古代关于制作与使用弹弓的歌谣。

在半空中翻了一个筋斗,将手中三个石子稳稳丢向那三只麂。那三麂痛苦地哀号了一下,在台阶边停住,转身就要逃。

此刻的孙坚却暗叫不好——原来他正迅速下坠,而下脚之处恰好是那圆脸宫女的脊背,可此刻的孙坚已来不及调整身姿了。

不料此刻,那圆脸宫女则迅速将一只手臂带篚扬起,并将整个身子侧躺,由此正好给孙坚留出下脚的空当。只是孙坚自己不争气,双靴落地时不慎被青苔滑倒,重重侧摔在地上。而摔地时,孙坚正好与那圆脸少女四目相对。那宫女见到孙坚的狼狈相,爽朗地大笑起来:"孙议郎,你为了能升上二千石,真的是很辛苦啊!"随后又调皮地朝他的胡须吹了一口气。

孙坚脸一红,不敢再理她,重新跃起,攀上路边一棵柏树,大喊:"天子在亭上已久等这些林檎,诸位再加把劲啊!"

巳时六刻到之前,最后一篚已被置于亭前。天子满意地看着八个拜伏在地不断喘气的宫女,叫手下赏其茶水。不料,那圆脸宫女却大胆上前,提出了更多的要求:"陛下,姐妹们都累坏了,能不能多赏一点儿?"

天子笑道:"阿蓁,你还要多少赏赐?上次给你的金如意还不满意?"

那被唤为"阿蓁"的宫女直起腰来,犹豫了一下,红着脸说:"陛下今夜……"

张让瞪了她一眼:"胡闹!天子的身子要紧……"

不料天子却笑着摆摆手:"好,你们今日携林檎上山辛苦，朕今晚也辛苦一下，以为犒劳！"

众宫女听罢，齐齐欢叫，天子亦哈哈大笑。而作为此处除了天子之外唯一的男人，孙坚在一旁听着却既心痒又尴尬。

"你们看孙卿的脸，像不像一个赤林檎啊？"天子一边啃着林檎，一边指着孙坚。孙坚刚想开口应对，阿蓁却抢先往其嘴里塞了一个林檎，众人再度大笑起来。

一刻后，天子屏退左右，唯留孙坚在亭内。他一边摆弄着手里的林檎核，一边对孙坚慢慢说道："孙卿，我看了太后转给我的董卓的信，信里说，你如何在望垣县以水为兵，使大军最终能化险为夷。朕本将信将疑，今日见你的手段，这才信服。为将者，孤勇不足道，知晓如何调用人、物、财，才能百战不殆。今日这考题，考的便是孙卿的此类本领。你既知如何在两刻内让八个女流将五百一十二个林檎运上山，就应当能知道如何在三日之内凑齐一万兵卒所需的粮秣。老实说，在这少华山受过此题考验的，至今已有八人，而其中通过者，除了你，唯有一人。你知道他是谁吗？"

孙坚摇摇头。

天子笑道："那人孙卿你是认识的，曹操曹孟德。现在他是济南相，但不久前在南阳打黄巾的时候，他还是骑都尉。至于在此之前，他和你一样，也是六百石的议郎。"

孙坚惊讶地抬起头："陛下是不是因为他通过了这校验，才让他做二千石的？"

天子笑道："对！当时他通过校验后，朕就让他做上了二千石的骑都尉！"

孙坚若有所思地点点头，再问："敢问陛下，当年曹相让众宫女携槛上山之法，可与微臣之法相同？"

天子点点头："大同小异，他也是让众宫女学虺蜴攀爬之状，但他是将前面两个篋绑在宫女手上——而不像你那样，将其绑在肘下。这样一来，宫女攀爬的时候，向下弯曲的肘部就会直接接触台阶，不少人肘皮亦因此都磨破了。另外，他也没像你那样，精心为众女准备护膝。若论做事之细，你要超过曹孟德。"

孙坚回道："这些宫女都是天子所珍爱的，微臣自然要小心呵护！"

天子笑道："能当你麾下的兵卒，真是福分啊！"说到这里，他的脸色突然沉重起来，"如果周慎那头蠢猪能在榆中城外听孙卿之良言，要么去断贼军粮道，要么至少保住自己粮道，那两万将士岂会丧命？"

孙坚听罢，沉默不语，心中却得意扬扬。天子分明是在暗示：自己至少能带兵二万。

"不过……"天子突然将口气转了过来，"今日孙卿虽通过了校验，但是朕还是不能立即封你二千石的官做。实不相瞒，当时曹操之所以能迅速升至骑都尉，也是因为当时黄巾暴起，朝廷的确需要用将；而目下呢，黄巾已平，各地二千石的实缺也已经满了。至于凉州前线，我看你也别回去了，你毕竟是吴人，那里的人事你理不清。朕看不妨先这样，今天你让朕很高兴，朕就先赏你一千万钱，三日内自会有人送至你府上，你也可以由此赁上一座大宅。余下的钱，供你在洛京好好玩玩，也算对前几年你为朝廷辛苦当差的补偿。至于升迁之事么……你且别急，一旦有了二千石的缺，朕首先会想到你！"

孙坚听罢，虽未能立即获得升迁，略感失望，但想到天子对自己的器重以及那巨额的赏金，还是大声下拜谢恩。

君臣寒暄几句后，孙坚看出天子略有倦意，便识趣地拜别了。蹇硕则将孙坚引出西园，并一路将其引出宫。

离开西园半个时辰后，孙坚终于回到了官舍。等在门口的胡婵刚想抱怨孙坚归家之晚，却被孙坚一把抱起，直往里屋走去。胡婵从孙坚的亲吻中挣脱出来，抱怨道："瞧你这胡子拉碴的，扎到我了……"不料，孙坚大笑道："有人还喜欢我这胡子呢，还老盯着看……"

"说，那是谁？！"

"不说！"

"快说！"

"就不说！"

"哎，文台，你怎么满嘴蒲陶味……"

……

与此同时，刚在亭内打了一个小盹的天子突然被噩梦惊醒了。在一边服侍的宋嘉看着天子眼角的泪水，小心地问道："陛下，是不是又梦到王美人了？人死不能复生，陛下不能太伤神啊！"

天子红着眼睛，叹了口气："你说，那皇后为何如此歹毒？趁朕去上林苑猎鹿的当口，就在宫中将王美人鸩杀了！

幸好太后将协儿给保住了，否则，朕将来在九泉之下，又有何面目去见王美人啊？"

宋嘉还想再劝，不料天子站起来暴怒地喊道："我当年立她为后，也仅是恋其貌美，却不料其心肠竟如此歹毒！除了她自己，任何嫔妃怀上朕的龙种，均会遭其毒手！辩儿作风亦像其母，轻慢无礼，日后怎为人君？要不是看在她哥哥掌握天下兵马的分上……哎！真是可恶！"

宋嘉听罢，抓紧机会说道："所以微臣才会为陛下找来像孙坚那样的帮手……"

听到"孙坚"的名字，天子遏制住了怒火，坐下慢慢说道：此人可用，似乎比那曹操更可靠一些。可惜，他家世太弱，朕很难一下子就拔擢他，否则那些清流又有话说了。对了，他似乎还有贪墨下邳王金子之嫌。这事你查过吗？"

宋嘉点点头："好像是贪了一点儿——不过嘛，他将贪来的钱全部用来征募兵勇、保卫朝廷，也没给自己留点儿。"

天子点点头："这就不算贪了，算忠臣了。对了，以后有什么二千石的空缺，你也帮孙坚留意一下。还有，赏给孙坚的那一千万钱，既不能从朕的私稸[1]里出，也不能从国库里出。你明日就带人去周慎家抄家，让他出！谁叫他不听孙坚兵策的？"

宋嘉点头："诺！"但他又抬起头，欲言又止。

天子看着他，不耐烦地说道："有事就说，不要支支吾

---

[1] 古同"蓄"，积蓄之义。

吾！"

"是这样的！"宋嘉轻语道，"阿蓁的底细，老奴我已经打听清楚了。她其实不姓王，而姓何，与何皇后一样，都是南阳宛城人，而且就是何皇后的堂妹。另外，我手下已经三次看到她在濯龙园与何皇后的亲信密语。陛下，这事您得做决断啊，否则我们这西园里的秘密就藏不住了！"

天子脸部的肌肉抽搐了一下，没有说话。

"陛下，您还是舍不得？"宋嘉小心翼翼地问道。

"我六天前还临幸过她……"天子喃喃自语。

宋嘉皱眉道："六天前？那夜陛下是不是说过什么梦话？"

天子听罢，如梦方醒，拍了一下脑门："那夜朕的确喝多了，还真不知说了什么梦话！"

宋嘉紧张地问道："老奴记得，六日前下午，张让大人刚向陛下奏报过万金堂之事。那夜陛下不会在梦里顺口说出来了吧？当时阿蓁可在旁边？"

天子听罢，额头渗出冷汗，默默不语。

宋嘉轻声说道："依老奴之见，那阿蓁不能留了……否则……王美人的仇，恐怕陛下永远都报不了！"

天子点点头，随即又摇摇头："不能马上做，朕答应今夜临幸她，绝不能食言。我想让她最后一次吹吹朕的胡须。对了，到时你将无关的宫女先领出去，朕要亲自送她见西王母。"

宋嘉刚想再劝天子，不料天子突然用双手掩面，断断续续地说道："你且退下……朕要一个人……待一会儿……"

第二十五回　子龙引路

孙坚在西园受天子召见的第三日，洛阳城中东门外，城外马市，未时[1]，骄阳似火。

今日是孙坚得了天子赏赐后第二次出门找宅子。其实，在获赐天子赏钱的那一刻，孙坚就下了决心：既然暂时做不了二千石，不妨就将妻儿都带到帝都来开开眼界，反正赁宅的钱目下已不缺了。

但要在帝都找到一座合适的大宅，又谈何容易！帝都城墙内一半其实都是皇家用地，余下的又要分给太尉府、司空府与司徒府等高官宅邸。至于供其余各级高官所住的广步里与永和里，也早已没有余房。也正因如此，昨日胡婵提议，干脆就去城墙外的太学附近转转，因为她在入城时，就注意到城南还有大量供太学生住宿用的空房。昨日二人到城

---

[1] 13:00 到 15:00。

南仔细探访一圈后,却又失望了——猬集城南的太学生已有三万之巨。故此,这一带的宿舍空间非常逼仄,根本就不够孙坚一大家子住。

不过,昨日二人在太学附近瞎逛时,亦非毫无所获。一位手执《毛诗》的太学生向他们指路,说他们需要的那种宅子得去城东的马市附近找。孙坚便是听其指点,今日来到城东,胡婵却没陪他一起来——因为昨日她向那个太学生打听到了白马寺的位置,今日便带着一个奴婢去城西的白马寺上香了。孙坚自然知道,她是想去看一看言无名生前所住的寺院,也便由她去了。

"日头还那么大,怎么就下雨了呢?"正在周视大道两边宅邸的孙坚,突然感到水滴落额的凉意。他抬头一看,却见一个如鹤喙般的巨型竹筒正在向路面洒水。孙坚的目光好奇地顺着竹筒的走向上下游走,发现那条由竹筒彼此嵌套而成的管道竟一直连到了地上,且像地龙一般在草丛中漫游。孙坚胯下的蒲梢骢似乎也对这奇怪的器物产生了兴趣,撒开蹄子一直往前小跑了半里地,直到看到了这竹龙离岸入水之处。有意思的是,在竹龙入水之处不远,又有一截竹筒露出水面,而几个小吏正在一个亭长装扮的年轻人的指挥下,在竹筒的出口端用松桦枝叶与干草点火。在点火处不远,又有一个小吏在岸边奋力踩着一具翻车[1],搅起了白白的激浪。孙坚好奇地问那亭长:"这位老弟,为何要引火?那边的兄

---

[1] 汉代的水车。

弟又为何要踩翻车？"

那亭长正忙着干活，没工夫搭理孙坚。但听到有人竟然敢叫他堂堂亭长为"老弟"，刚想抬起头来骂人，却发现发问者的绶带是六百石秩位的，便立即换了笑脸，回道："回这位大人，这是'渴乌'。渴乌汲水，需要翻车协助；水入乌管，则需要烧气推水。这样气胀水动，水才能在半里之外从渴乌的另一端喷涌而出，以润泽路面。这渴乌，乃是中常侍宋嘉大人与毕岚大人合力设计的，全天下，只有京都有！对了，这位大人可是新到京都履职，第一次见这物件？"

孙坚有些尴尬地点点头。但是他又瞅了这亭长几眼，发现他双目炯炯，眉间透着英气，似乎不像一个庸常小吏。其举手投足，让孙坚觉得曾在哪里见过，一时却又想不起来。更奇怪的是，这位亭长也紧盯自己，反复打量。还没等孙坚开口，他反倒先问了起来："敢问这位是不是光禄勋门下新晋的议郎孙坚孙大人？"

孙坚惊讶地回道："是我。你如何认得我？"

亭长笑道："孙大人难道没认出在下吗？我们见过面的。"

孙坚再努力想了一下，还是摇了摇头。

亭长回道："当年，在下家叔赵衡曾为盐渎令，孙大人就是盐渎丞啊。而在下，就是其侄赵云，当时您还教训过我呢！"

孙坚心一惊，紧紧抓住赵云的手，左看右看，终于将其与自己记忆中的那个孩童对上了号，点点头道："终于认出来了！阿云啊……"

"叫我子龙，我有表字了。"赵云笑道。

孙坚哈哈大笑："子龙啊，成大人了啊，都有自己表字了！我在盐渎刚见你时，你才这么高！"

赵云脸一红，看看左右。孙坚顿解其意，转问道："子龙贤侄，你不是常山国人吗？怎么到京都做亭长了呢？"

赵云笑道："黄巾暴起时，我也投了军，曾与现任安喜尉[1]的刘备大哥一起杀贼。不过，后来刘大哥带着关羽、张飞去了安喜县赴任，我没跟着去……"

孙坚问道："你为何不跟他去呢？安喜县也在常山国啊，难道不离你家更近吗？再说那刘备我也认识啊，他挺会做生意的，和他一起混，也不吃亏啊……"

赵云摇摇头："离家近才不好呢，我好不容易到了京都，就要见见世面。就算做个小小的亭长，也能学到不少东西。孙议郎您看，我当差十个月以来，辖区里的这具渴乌，便是全洛阳目前还在正常运作的两座渴乌中的一座。了解了其中的奥妙，以后弄不好行军打仗时还能用上……"

"维护这渴乌的运作很难吗？"赵云的话引发了孙坚的好奇。

"可不是！"赵云指着那些竹筒之间的连接处说道，"这些竹筒雄雌相接，若要避免漏泄，要以麻漆封裹，并时刻检查。可费心力了……只是最近上面调拨的麻漆数量不够，最近涂上的这些都是我自己出钱买的……"

---

[1] 指安喜县的县尉。东汉的安喜县在今河北省定州市区东。

孙坚惊讶地看着赵云："你一个小亭长才多少俸禄，还自己贴补？天下哪里有你这样做橼吏的？"

赵云不好意思地低下头，轻声说道："我这不是在马市旁边当差吗？靠山吃山，靠马吃马嘛……"

孙坚点点头，默念这是向其探听此处房价的好机会，嘴上便说道："我身为朝廷议郎，本就有探访民情以奏天子之责。今日我就算到你亭视察，你且就将这一带的风物仔细说与我听。"

赵云一听，兴致大起，便引导孙坚登上一边的二层亭楼。他清了清嗓子，介绍道："想这东京洛阳，城墙内有二十四条大街，每街一亭，十二城门，每门一亭。而此亭乃在东城外，因辖区内有渴乌，所以叫'渴乌亭'。其实这名字也是新起的，因附近有马市，过去也叫'马亭'。孙议郎，您先从这亭栏朝西看，渴乌所润泽的这条以榆槐为荫的大道，便是'中东门外道'。此道向西直通中东门，由此可见门前那对高高的门阙——过了城门再向西就是皇城北宫。您再往北看，那排槐树后便是全天下最大的粟市，在那里定期交易粟、稻、麦、粱、稷、菽之属。往南再看，这便是天下最大的马市，里面什么马都有，如黑毛白股的骦、鳞斑的驈、黄脊黑毛的騽、额白的駒、白膝的驈、后左脚白的騽、后右蹄白的驤、四蹄全白的騈、尾根白的騾、青色的驰、棋盘纹的骐、黑嘴的䯄、全身浅黑的魏、全身纯黑的骊、赤色的骅、赤白相间的騢，不一而足。老实说……"此时，赵云突然压低了声音，"我到此毗邻马市的渴乌亭当差，也正是刘备大哥的意思。他每隔两个月,便会遣张飞哥哥从涿郡及常山国贩来二十匹好马。我既然是这里的亭长,便可与此处的马市市侩夫[1]打招呼,找个机会给张大哥的马免税,由此多赚的差价,大家都有分成。钱不多,但足够补贴维护渴乌的费用。此非赵云贪财也,我这也是取之于公,用之于公嘛……"

孙坚笑道:"甚好……都是为了朝廷嘛……不过,如若我以后还要添置马匹……"

赵云笑道:"好说!您要什么样的马,多少匹,全部告诉我,我这就书信给张飞哥哥,让其置办……这样吧,不管什么马,只要您来买,只要付市价的七折,小弟我与张飞一钱不赚,您看如何?"

孙坚摆摆手:"只要马好,你们的辛苦钱还是不能少的!"随后,他将话锋一转,"不过,不瞒你说,我现在还有比马更棘手的事情……"

赵云疑惑地看看孙坚,慢慢说道:"京都的物价是比较贵……莫非孙议郎有点儿缺钱?"

孙坚笑道:"钱倒是不缺,最近还发了一点儿小财。"

赵云听罢,一脸松弛:"钱既然不缺,那就没什么大事了。对了,莫非孙议郎初来乍到,没找到合适的宅子?"

孙坚笑道:"子龙真聪慧!你也知道,朝廷给议郎的官舍,只够住四五人。我现在就带了一个妾与两个奴婢来京,

---

[1] 官方计税员。

别的人都住不下了。余下的一大家子人现在还留在寿春呢!如若他们也搬来京城,至少需要一座可供五十人……不,三十人吧……三十人居住的宅子。"

赵云点点头:"敢问孙议郎,你准备了多少钱呢?"

孙坚原本想说自己已备了一千万钱,但觉得不妥,便说:"不多,五百万钱!"

赵云一皱眉:"这钱若是在常山国,买个大宅都足够了,但在京都……"

孙坚瞪大了眼睛:"我并不想买,只是想赁。"

赵云笑着解释道:"能赁出的宅子都很小,如城南给太学生准备的那些。反正太学生有的是,宅主不怕没人来赁。但比较大的能住三四十口的宅子,还自带花园,一般都是卖的,因为需要安置这么多妻妾奴婢的买家,一般也不会差这点钱……"

孙坚咬了咬牙:"那这附近可有此类宅子出售?需要多少钱?"

赵云想了想,回道:"现成的宅子倒是有一座……不过需要八百万钱。"

孙坚见没超过一千万钱,便勉强点了点头:"我可以想办法凑齐这个数。"

赵云见孙坚答应得如此快,便笑道:"若孙议郎有空闲,现在我就带你去看看这宅子,如何?"

孙坚反问道:"这宅主是谁?与你如何相识?怎么你就能直接将看房者领进门?"

赵云笑道:"这宅主的名字,孙议郎或许听过,那便是前敦煌太守赵岐。"

孙坚点点头:"我见过他一两面,但不熟。想我在陇西作战时,赵岐便是车骑将军张温的长史,但他屯驻在安定郡,未随我部行动。后来听说朝廷遣他到偏远的敦煌做太守,大家还曾猜测是不是朝中有什么势力想借贼手害其性命。不料他命大,竟然从贼酋边章、北宫伯玉的手中逃脱,最后安全回到长安。对了,你说的宅子可是他的?"

赵云点点头:"是啊!目下赵大人其实人在长安,由于名义上还承担着丢失敦煌的罪责,暂时还不敢回洛阳。朝内阉党放出话说,只要缴足赎罪钱,他就可免罪。所以,他在京都的儿子赵戬便忙着帮他筹措金银。这不,他家的宅子正好在我亭的辖区内。赵戬前日就曾托付我留心来往商贾,看看谁有意买下此大宅。我其实最早想到的可能买主,是那些来京的胡商,不料今日孙议郎捷足先登了!"

孙坚听罢,心中暗笑:若这笔买卖成了,那么,就等于天子赏给他的钱,转了个圈又回到了天子那儿——反正天子是不亏的。但孙坚在面上却装得一脸严肃:"子龙啊,现在你在京都当差,说话一定要留心,别老是'阉党''阉党'的,小心祸从口出!"

赵云捂住嘴:"在下失言了!"然后说道,"事不宜迟,我现在就带孙议郎去看宅如何?"

孙坚点点头。二人下了亭楼,各自上了坐骑,沿着林荫道又往城东方向走了二里地。不久后,但见道边有一座四面围墙的精致院落，门前还有一对单出阙。赵云笑着解释道："虽然赵大人做敦煌太守时，他家门前的阙就可以升格为二出阙了，但其家人还没来得及动手修阙，敦煌就丢了，赵大人两千石的官位也丢了。不过这阙不修也好，方便您入住不是？"

孙坚听了，叹了口气："子龙的意思，我就升不上两千石喽？"[1]

赵云摆摆手："哪里！哪里！孙议郎是因军功拜为郎的，升上两千石是迟早的事。只是这门口的阙，从单出改成双出，乃是节节高升的意思。若从双出再往单里改，就有点儿不太吉利了。赵云自是希望孙议郎能节节高升，早日修阙。"

孙坚听罢，哈哈大笑。

此刻赵云叩门道："渴乌亭长赵云带贵客来拜见！"须臾，一赵家老奴笑着开门。孙坚顺手向那老奴递交了自己的名刺。那老奴见了，瞪大眼睛看看孙坚，恭敬地叫二人站在罘罳口稍候，自己一阵小跑，往正堂去了。孙坚盯着罘罳上所刻的"穷则独善其身，达则兼善天下"十二个字，若有所思。也就半盏茶的工夫，一个头戴青色介帻[2]的中年人便出现在二人面前。还没等他说话，孙坚便先作揖行礼："莫非这位就是赵戬先生？议郎孙坚不请自来，在此赔罪了！"

赵戬笑道："孙议郎言重了！不知孙议郎大驾前来，有

---

[1] 二出阙是二千石秩位以上官员才能享受的家宅规格。
[2] 文官戴进贤冠，帻耳较长，冠梁和巾相叠呈"介"字状，所以称为"介帻"。

失远迎！前几日，你在天子面前奏对自如，你所献上的以丝帛之税抵扣买驴之亏的主张，赵某也是深感佩服啊！"

赵戬瞪大了眼睛看着孙坚："孙议郎，您刚来京都才几天啊，就在天子面前出了大风头？"

孙坚有些得意地捋了捋胡子："孙坚侥幸猜中圣心，侥幸而已！"

赵戬也不客气了，直接抓住孙坚的双手，激动地说道："这份侥幸，家父就没有啊！家父在敦煌时，若能有幸得到像孙议郎这样的能人襄助，又怎会丢土丧师？"

孙坚摇摇头："赵君言重了！令尊大人以偏师守孤城，即使孙武、吴起在世，也难成功，我孙坚当时若真在敦煌，又能有何作为？不过令尊大人能虎口脱险，日后必有大福！"

赵戬叹了口气："别说日后的福报了，先谈谈如何渡过今日的难关吧！为了给家父赎罪，我向司马防借了六百万钱，向袁绍借了六百万，向袁术借了二百万，连远在济南的曹操我都厚着脸皮去借了——他给了我一百五十万。但这免罪钱还缺不少啊，所以我只能将家父的这宅子卖了……"

"这宅子若卖了，你住何处呢？"孙坚关切地问道。

赵戬叹了口气："只好去长安与家父一起住了。好在我们在那里还有一座宅子。此后，我也不问朝中事了，一心帮助家父完成《孟子章句》。"

孙坚突然想起，门口罘罳上的字句好像就出自《孟子》。虽然他书读得少，但也知道《孟子》并非当时太学官学所定的经典。赵家喜欢研究此类"旁门左道"，可见其眼光独到，不为俗世之见所左右。这既使得孙坚对赵氏父子隐隐产生了一些敬意，更确定了其帮赵家渡过难关的念头。

想到这里，他便对赵戬说道："既然孙某有意买下贵宅，是否能劳烦赵君引路，让孙某看看这院落里的设置？"

赵戬笑道："这是自然！孙君这边走！"

孙坚笑道："叫我文台就好！"

赵戬顺势回道："那文台兄，也称呼我叔茂吧！"

于是，文台、叔茂在前，子龙在后，来到了庭院中间。赵戬边走边说："本宅与别宅一样，阙门、高墙、正堂、住居、庖厨、溷轩[1]一应俱全，能够住下约四十口人。比较值得一说的，乃是这正堂后的小园，家父命名为'恒爱园'，化自孟子所言：'爱人者，人恒爱之；敬人者，人恒敬之。'文台可见这园内小小池沼？此乃'恒爱池'。诸位请看这园子，真可谓：长杨映沼，芳枳树篱，游鳞瀺灂，菡萏敷披，竹木蓊蔼，灵果参差。再看这园内所种的果品，也可谓林林总总，有张公大谷之梨、梁侯乌椑之柿、周文弱枝之枣、房陵朱仲之李，不一而足。园内还有山、樱、胡三桃，丹、白二色之柰，石榴、蒲陶磊落蔓延乎其侧。菜则有葱韭蒜芋、青笋紫姜、堇荠甘旨、蓼荽芬芳，襄荷依阴、时藿向阳、绿葵含露、白薤负霜。若文台坐拥此邸，则无论是凛秋暑退还是熙春寒往，无论是微雨新晴还是六合清朗，均可怡然自得。从此处，远览可眺王畿，近观可赏鱼戏，真是养浩然

---

[1] 即厕所。

气、修君子身之佳所也。"

孙坚点点头:"真不错。我孙某也是爽快人,请叔茂兄开个价。"

赵戬笑着向孙坚摊开十根手指。然后想了一下,将其中一根手指折弯,说道:"一口价,九百万钱!"

孙坚有点儿惊讶地转头看向赵云,言下之意是:你不是说好只要八百万吗?弄得赵云不敢直视孙坚,而是转眼去看赵戬。

赵戬打圆场道:"文台啊,我的确与子龙说过,这宅子卖八百万,但这九百万则是包含了这恒爱园内所有花鸟鱼虫的全价。怎么,你就忍心将这果树全部移走,鱼儿全部捕杀?"

孙坚一皱眉,心中自知上了圈套。但看那园子,也的确玲珑可爱,而且手头也确实宽裕,便决心不再全力杀价。他想了想,回道:"这样吧,叔茂兄,家家都有难处。我若将全家从寿春迁来,花销自然也是不少。而且我区区六百石的议郎,秩禄也不高。就八百五十万钱吧,你看可否?"

赵戬有些激动地抓住孙坚的手,说道:"可!不知文台可一次付清吗?"

孙坚笑道:"可一次付清。不过,孙某也没随身携带那么多钱。这样吧,今日先付定金,二十四个时辰内我再将余钱付清,如何?"

赵戬笑道:"那自然是好!敢问文台何以为定?"

孙坚从怀中掏出四锭金块,说道:"就先将这些金块留在此处吧！"

赵戬掂量了一下这沉甸甸的金块，反复打量了一下，发现其背面刻着一个"周"字。他问道："方便告诉在下这金子的来历吗？"

孙坚回道："来历自然是清白的。我前几日在天子面前奏对得法，天子赏赐的。至于上面的'周'字，指的是前荡寇将军周慎。他在陇西作战丧师二万，天子遣人抄了他家，并将部分金银赐给了孙某。"

赵戬点点头，瞬时明白了为何一个区区议郎出手能如此阔绰。他收了金子，并叫手下的奴婢立即准备文牍笔墨，准备撰写券书，以定契约。

正当赵家奴婢磨墨之际，门奴来报："少爷，门外来了新的买家。"

赵戬皱了皱眉，说道："我已与孙议郎定约了，就请他回吧！"

那老奴轻声说道："是逢纪先生，袁绍大人派来的。总得给袁家一个面子，不能让他吃闭门羹吧！"

赵戬掂量了一下袁家的分量，转而抱歉地对孙坚说道："文台，这逢纪先生既然来了，我还是需要寒暄几句的，你可别在意啊！这约是先与你定的，此事我绝不反悔！"

不料，赵戬话音未落，那逢纪便大摇大摆走了进来。孙坚虽并不认识逢纪，但也知道他是袁绍所养的贴心谋士。心中虽不快，亦只好起身作揖。

逢纪拍拍略略鼓起的肚皮，眯着小眼睛向孙坚摆摆手：

"孙议郎，刚得了天子钱，也不能这么花，是不是？你想帮赵家，其心可嘉，但也要量力而行，不是吗？"然后他转向赵戬，"一个时辰之前，袁公子听说你要卖宅救父，当时就哭了，说不能让赵家蒙难。所以遣我代表他来买宅子。这样吧，我们出一千万钱！"

听到"一千万"三字，赵戬身体一震。但他想了想，回道："我已借了袁家六百万了，怎么好意思再叫贵府破费？再说，方才我已答应将宅子卖给孙议郎了，买卖总得有个先来后到吧！"

逢纪笑道："先来后到的道理，我们当然懂！"随后转向孙坚，"孙议郎，你果真能在二十四个时辰内付清余钱？"

孙坚点点头："君子一言，驷马难追！"

逢纪竖起大拇指："好！真英雄也！"然后他转向赵戬，"若二十四个时辰后，孙议郎没有付清余钱，我们袁家再来叨扰，算不算横刀夺爱？"

赵戬摇摇头："这自然不算。但我觉得孙议郎既然敢答应这价，自然有这财力。"

逢纪"哼"了一声，说道："有些话，还是不能说得太早。好了，二十四个时辰后，逢某还会再来，就此别过！"说完，逢纪一甩袖子，昂着头，兀自走了。

见逢纪走远，赵戬笑着赔罪："那逢先生说话太冲了，文台别在意啊！"

孙坚一边拿出随身携带的私印，准备在券书上用印，一边回道："他其实也没说错，如果到时候孙某无法履约，袁家自然就有机会了。"

赵戬一边仔细地检查孙坚的签字与印章，一边回道："文台是信义之人，我赵某自然是信你的。既然你信义，我也信义。要不，今日就别回府邸了，就在寒舍住一夜，晚上还能在园中赏月，你看如何？"

孙坚摆摆手："这可使不得，这宅子还不是我的。再说，贱妾还在议郎官舍等我。我若不回，她会着急的。"

赵云在旁插话道："孙议郎，我只听过这世上的男人有怕妻的，却从未听过有惧妾的。也罢，随便叫叔茂大哥派个家奴，骑上我的快马，到你府邸禀告一声就是！她还能将你如何？"

"孙某明日一早还要上朝……"孙坚继续推脱道。

"明日是休沐日，上什么朝？"赵云提醒道。

"哦！"孙坚这才想起明日的确可以晚起。

赵云在孙坚耳边低语："孙大人啊，你且安心住一晚，看看这房子有啥毛病，若发现了，我还能与叔茂大哥说说。另外，此处余房多，我也沾您的光，在这里蹭一晚，好好享受一下。要是您不留，我又如何好意思？"

孙坚听罢，笑着应允了。

见赵戬引领奴婢去准备饭菜了，孙坚又从怀里掏出一块银饼，递给赵云。赵云一惊，慌忙推脱："我这穿针引线的，一般只能从上家那里拿点好处，下家的钱是不能收的。孙大人莫要再破费了！"

孙坚与赵云耳语道："这答谢之钱，非是答谢今日之事，而是答谢你当年之事！"

赵云睁大眼睛，反问："何事？"

孙坚再次压低声音："光和七年[1]初春，也就是黄巾大乱之前，是不是有人从下邳专程跑到常山真定，问你当年在盐渎之所见？"

赵云点点头："我就是根据家叔临终的嘱托，据实说罢了！"

孙坚抓住赵云的手："幸好你的说辞与我的说辞全部对上了，否则当时我就麻烦了！这钱你一定要收！"

赵云犹豫了一下，收了银饼，但心里还在琢磨孙坚刚才的话。此时，赵戬又摘了几颗早熟的桃子来给二人尝鲜，他问道："文台，明日既然是休沐日，你有何打算？"

孙坚摇摇头："没什么打算！"

赵云插话道："明日马市会有百戏表演，文台哥哥不妨去开开眼！"

听到"百戏"二字，孙坚心头一沉。被他斩杀的柳氏与被他遣人剥皮的北宫嫣脂的面容，不由得又一一浮现在他脑海。他嘴里推脱道："这百戏我也不是没看过……明日一早我还要回去找贱妾商议一些家事……"

赵云哈哈大笑："据说孙大人在长安连董卓都敢骂，可到了家，竟然还怕妾？"

孙坚尴尬地跟着笑了起来。

---

[1] 184年。

一边的赵戬将摆着尚嫌青涩的桃子的食案推到孙坚面前，说道："文台啊，这京都的百戏是天下最好看的，明日不去看，真是可惜了。家里的事情，遣人再传个信就是了！"

"那叔茂兄明日去不去？"

赵戬摇摇头："我还真有要事。我不是借了京兆尹司马防大人几百万钱吗？明日他要设宴，庆贺他五岁的二公子司马懿大病初愈，我总得去司马府露个面回回礼吧！"

听到"司马懿"这个名字，孙坚突然想到五年前自己的恩师臧旻在前线大败后，其子臧洪也曾到司马防家借钱以赎其父——而当时司马防也正是因为司马懿刚诞生，心情舒畅，这才借钱给臧家的。没想到五年后，类似的故事竟然在京都再次上演。

孙坚抬头看看已经下坠的夕阳，心中暗想：如若日中有神，他是不是也早已看厌了人世间的兴衰荣枯呢？

第二十六回　秦女朱诺

次日，孙坚在赵宅进了饔餐[1]，在阙门拜别上车赶往司马府的赵戬，便与赵云一起骑马去了马市。在市亭[2]上瞭望的市长[3]见是赵云来了，急忙下了亭楼，在前引路，并问赵云："子龙，身边的这位是……"

"宪和啊，这位是新晋的议郎孙坚孙大人。家叔当年做盐渎令时，孙议郎曾为其丞佐，与我赵家的交情可不是一天两天了。"赵云笑着介绍道，然后向那市长眨了眨眼，用唇语告诉他，"自己人！"

市长随即对孙坚作揖道："在下本马市市长简雍，表字宪和，涿郡人氏，与皇亲刘备一起剿过黄巾，因寸功而得以

---

[1] 即早饭。
[2] 汉代市场上设置的木制亭楼。
[3] 市场的管理官员，非今日"市长"之意。

在此为朝廷当差，在京也不过十月有余。不知孙议郎今日来我市察访，有失远迎，失敬失敬！"

孙坚晃了晃裹着赤罽帻的脑袋，笑道："免礼免礼！对了，今日本议郎不是来看马的。坚本武吏，自熟良驹。只是听赵亭长说，今日马市会有角抵百戏，才顺道来看看。不过，到了此处，并未见有百戏，这是何故？"

简雍笑道："您少安毋躁，角抵百戏在两刻后才开始。您看，那些胡人正在搭台子呢！"

孙坚想趁机考校一下这简雍的能力，便问道："我看这些胡人面貌与穿着各异，简市长可说得清他们各自的来历？"

简雍便对着这些胡人指指点点："孙议郎且看，这个头上缚花巾的，乃是西夜国人。此国离洛阳一万四千四百里，地生白草，有毒，国人煎以为药，敷箭镞，所中即死。以后需要天下最毒之药，可找西夜国人交易——不过这是朝廷管制之品，不能放在明面上。那个头上插着一堆孔雀毛且脸皮黝黑的弄蛇者，乃是条支国人。条支国城在山上，周回四十余里。临西海，海水曲环其南及东北，三面路绝，唯西北隅通陆道。土地暑湿，出狮子、犀牛、封牛、孔雀、大雀。其大雀卵大如瓮，据说很美味。对了，那位身材窈窕的胡女，来自康居国。康居离长安两万里，出美女，多会胡旋之舞，能自旋千圈而不累。但孙大人您可留心了，康居出的铠甲也是天下上乘，只是此类物件亦不能在明面上交易。至于那个手执经文的瘦弱比丘，貌似在打瞌睡，其实是在传道。据说你只要和他一起瞌睡，就能领略浮屠道之真谛。他来自安息国。彼国去洛阳二万五千里，北与康居接，南与乌弋山离接，本有城池千座，也算一强国。但与更强的大秦国交战后，国破家亡，很多人都流落华夏了，甚是可怜。对了，白马寺的高僧安世高好像本就是安息国王子……"

"你刚来洛阳十个月，这些胡人的底细就摸得如此清楚？"孙坚好奇地问道。

简雍笑道："作为市长，本就要处理各色人等，不长心眼可不行。再说这些胡人，本是因利而聚，但也易生是非，所以各亭长、市长上任前都要学会辨认各国胡人相貌来历，以备不时之需。这在京都掾吏之中，根本算不上啥本事。"

"对了，你刚才说安息因大秦攻伐而灭，这里可有大秦人？"孙坚补问。

简雍摇摇头："其实朝廷一直希望我们能从这些胡人之中找到真正的大秦人，以便找到直接交易大秦火浣布的商道——但目前那些来自报家门的所谓'大秦人'，好像都是别处胡人假冒的。不过这也难怪，大秦国的确太远了。据说，要去大秦，你得先到安息故地，自安息西行三千四百里至阿蛮国，然后从阿蛮西行三千六百里至斯宾国，再从斯宾南行渡河，又西南至于罗国九百六十里，自此南向下海坐船，乃通大秦。当年遍走西域诸国的班超、甘英都未曾抵达大秦，可见路途之艰险。"

"哦？"孙坚有些好奇地再问，"那么，若哪日真有大秦人来访，你又如何知其真假？"

简雍竖起了大拇指："在下早知孙议郎为佐军司马时的

军功，今日亲见，果然不同凡响！几句问下来，就问中了要害！"

随后，他从包裹内抽出了一块木牍，递给孙坚看。孙坚见那上面写满自己不识的蝌蚪文，自是一脸迷茫。简雍在旁解释道："孙议郎，您好像将这木牍的方向拿反了——这大秦文字与中土文字不同，乃是从左到右写，然后写完一行，再从上到下来写第二行。"孙坚脸一红，再将木牍方向转向，反复端详，还是一字不识。他抬头问道："你莫非想以这大秦文为饵，钓出大秦人？但你自己都不识大秦文，又怎可判旁人真伪？"

简雍笑道："我自不识大秦文，但知其音韵。您看这简牍背面，就是用汉字记下的大秦文音韵……"

孙坚翻过来，一字字读了出来："伽利阿艾石特奥秘尼思敌维卅因帕特色特雷思……"[1]孙坚实在读不下去了，抬头再问，"这音韵如何而来？"

简雍回道："说来话长。当年孝桓帝陛下在位时，大秦王安敦曾派使团来京，因其未带火浣布上贡，其真伪颇为难辨。但他们确实带来了一些大秦经书，说的是大秦先王开疆拓土之事，并当庭诵读，先帝便遣人记下音韵。六个月前，当今天子命人重新传抄相关记录，发给洛京各门亭守吏。后有别国胡人来京，让他们读这经文，音韵亦相差无几，由此

---

[1] 拉丁文原文：Gallia est omnis divisa in partes tres。意思是：高卢全境一分为三。此为恺撒《高卢战记》第一句。

或可反推出当年的使团真是大秦来的……"

孙坚反问："既然别国胡人也能识得大秦文，你又怎知其中何人为真大秦人？"

简雍回道："只有真大秦人才能在几个响指之间，将这简牍上的文字一口气读完，别人都读得磕磕巴巴。且大秦人发'热'音，舌喉飞颤，其音极难模拟。自从在下当差以来，那些自称大秦人者，从未有人通过这几片简牍的校验。"

孙坚看着这记得密密麻麻的音韵标记，心中暗念：这大秦人的唇舌得何等伶俐，才能在几个响指之间读完这整片简牍？而这简牍所记，又究竟是何义？太学空养士人三万，人人只懂《诗》《书》《春秋》，又有几人能口言胡语、手制胡器，真正知晓天下之广袤？

孙坚低头凝思之刻，突闻市楼鼓声大起，原来那些胡人已扎好竹台，准备表演。既然这角抵百戏是在马市表演，其间自少不了炫耀胡人马上功夫的节目。但见台下，百马同辔，骈足并驰，烟尘滚滚，马背上则灵童逞材，上下翩翻。忽有一辆驷马戏车驶来，其拉马全部扮作猛兽，宛若豹戏罴舞，龙虎争雄。车上所载康居国女娥，一人坐而长歌，声清畅而蜿蛇；一人立而自旋，若翻车飞转。再看那台上，则有乌获人扛鼎拖石，都卢人顶橦叠碗，月氏人甩丸抛剑，条支人飞走钢索。更奇的是，还有一安息小比丘，竟盘坐六丈高的钢索上，纹丝不动，自念《四十二章经》，好似肉身并不在这纷乱的尘世。

不知怎的，一听到亭楼上的擂鼓声，孙坚的灵魂似也被带离了这尘世。目下的他仿佛并非身处繁华洛京之东郊外，而是身处一年前的美阳亭，那片血雨腥风的战场。在咚咚的心跳声中，他好像又一次拨开了沉沉的麦穗，眼睁睁看着马腾率领的西凉铁骑踏面而来。他耳边似乎也听不到周围观众的喝彩，而只能听到兵戈的碰撞与袍泽的惨叫。而眼前康居美女飞旋的赤色裙摆，亦像是下邳壮勇脖颈被西凉快刀斩断后喷出的血柱——不，那更像是从言无名的脖颈处喷出的血柱，而从那血柱中飞溅起来的每一颗硕大的血滴，似乎又都映照着曹操的狞笑与胡婵的哭号。

"孙大人，你怎么了？"赵云见孙坚失神，好奇地问道。

"没什么，甚是精彩！"孙坚言不由衷地说道。

赵云看出孙坚并无看戏的兴致，便在其耳边轻语："孙大人若心念家中之事，现在离去也无妨……"

孙坚刚想转身，突然听得台上传来一片争执之声，但闻一个胡人在台上大骂："不要以为你是大秦血统的奴婢，我就不敢抽你！"然后便是一个胡女的哭号声："我的主人，你行行好吧，这真要钻过去，是会死人的！"

"大秦血统的奴婢！"孙坚一下子来了精神，循声望去。但见高台角落处，一个凶神恶煞的中年金发胡人正踩在一个胡女的背上，狠狠用马鞭抽她。被抽打的胡女则云鬟散乱，泪痕满面，高声大叫："救命啊！救人啊！"

孙坚一下子愣住了，认出了那胡女——栗发粉肌、高鼻深目、褐瞳长睫——对，就是她，那个数日前在平城门门口被抽打的胡女！

见那金发胡人还不停手,孙坚怒不可遏,刚想出手相救,却被赵云劝住:"孙议郎,上峰曾有训令,胡人之间纠纷,我等不便插手……"

孙坚"哼"了一声:"胡人怎么了?胡、汉若不遵同一法度,日后必成祸端!我是议郎,以后定会请奏天子改变治胡之策!"说话间,孙坚已从人群中一跃而起,准备上台救胡女。只是那台离此处甚远,台下亦有群马飞奔,孙坚稍有不慎,便可能会在落地时被群马所踏。孙坚屏住呼吸,落地时看准机会,先是踩中台下飞奔的一匹青骊的马臀,然后跃到一匹黑骊的马臀上,如此左跃右跳,前后踏过七匹骏马的身背,终于稳稳落在台上。在此期间,他甚至还帮一个在马背上甩丸的莎车小童接住了几个丸。

孙坚矫健的身手引发了四下观众的一片欢呼,很多不明就里的人还以为这是今日新增的角抵百戏的节目。

那金发胡人也被孙坚的身手给惊住了,那高举的鞭子悬在空中,一动不动。孙坚则忍住怒火,向其作揖,说道:"这位大哥,虽然胡人之间的纠纷与我们汉人无涉,但这毕竟是在天子脚下。你看,这四下看客中还有不少稚童,他们看了之后或许会认为胡人本是可以被随便打骂的,这对你们胡人的形象恐怕颇为不利!看这位姑娘可怜,就算了吧!"

那金发胡人看了看孙坚,问道:"你是何人,为何来此多管闲事?"

孙坚拿出了自己的名刺。那胡人见了,轻声念道:"议郎富春孙坚问起居……"

孙坚点点头："你识汉字？"

那金发胡人回道："这几个字简单，我恰好都认得。"

孙坚点点头："好，你知道议郎是干什么的吗？我可是有直奏天子之权的！今天就给我一个面子，放过这姑娘吧。"

那金发胡人想了想，放下鞭子，向孙坚解释道："这位大人有所不知，她是我花了一百万钱买来的奴婢，脸蛋身材都是一流的。按理说，我不舍得打才对。但你知道我为何要花那么多钱买她吗？是因为那上家对我说，此女会'冲狭燕濯'之术。其实在交易时，她就曾当面向我表演过此术。我是亲眼见了，信了，这才付了钱。但到了我手里，她却推脱说不再演了，你说气人不气人？若她不会此术，光凭其长相，最多值三十万钱。这样算下来，我可是白白损失了七十万钱啊！"

孙坚一边听他抱怨，一边审视台上的布置。但见台中央竖着一铁架，上面有一大圆箍，套着一卷草席。孙坚站在那卷口朝那草席中央望去，但见一圈矛头尖刃朝内，甚是瘆人。孙坚自然知道这就是表演"冲狭燕濯"的道具——表演者要像燕子掠水一样飞穿此席，且不能被这些矛头所伤。由于此类表演过于危险，所以在江湖上敢于尝试者实在寥寥。

孙坚转头问那胡女："你本是会冲狭的，今日却不会，又是何故？"

那胡女哭道："施此冲狭之术，需要冲狭者精气旺盛，全神贯注，可今日小女身体的确不便，真的不敢冒险啊！"

孙坚转向那金发胡人："女子嘛，一月之中总有几天不便。你若是勉强，她弄不好今日就会殒命于此，届时你岂非要人财两空？今日的角抵戏也已颇为精彩，不差这一出！"

金发胡人听罢，用手摆弄着上翘的八字胡，冷笑起来："孙大人果真是怜香惜玉啊！要不干脆这样吧，既然你真在意这贱奴，我今日就将其转手给你如何？若能一次付清，我还能打折！"

孙坚一愣。此时，那胡女突然抱住孙坚的小腿，大喊："大人，你行行好，就买下奴婢吧！叫我做什么都行！"

孙坚没有吭声，心中迅速计算着他余下的财力。他清楚地记得，天子赏给他的一千万，已经花了八百五十万买了宅子。若要再救下此女子，那么，按照这胡人说的原价，就得又扣除一百万。这样，他在京都的零用花销就只剩下五十万了，多少有些局促。于是，孙坚下定决心要好好压压这胡人的开价，以便为全家多留一些零花钱。想到这里，他再问那金发胡人："你方才说愿意将此婢折价卖我，且就说说看，你开价多少？"

那胡人笑眯眯地伸出了八根手指。

孙坚轻声说道："哦，八十万钱。"他心中又默念：至少得压到六十万钱。

不料，那胡人听到了孙坚的轻语，惊讶地瞪大了眼睛："想什么呢，孙议郎？才八十万？这是八百万钱的意思！"

"什么！"孙坚简直不敢相信自己的耳朵，直到那胡人又一字一顿地将"八百万钱"四字再念了一遍。

孙坚从那胡人碧蓝色的眼珠里读出了一阵寒意，不禁心中一紧。他用手按住佩剑的剑柄，冷冷地警告道："你若是敢在此讹诈大汉朝廷命官，我就有理由将尔等押送到京兆尹大人那里去评评理！"

不料，那胡人听到"京兆尹"三个字时，突然放声狂笑起来："哈哈哈哈……你是说马防大人吗？我告诉你，他家二公子司马懿的病，就是吃了我们胡医开的药才痊愈的。你以为司马大人是会帮你，还是会帮我！再说——"说到此处，那胡人突然重新挥动长鞭，猛地套住那胡女的脖项，高声叫道，"再说，我也没强迫你买下此女啊！你要是觉得贵，走开就是，不送！"

"你这是干什么？你将鞭套松开，会勒死她的！"孙坚怒吼。

那胡人狞笑道："她是我买下的一个物件，我要如何处置就如何处置，你管得着吗？"说罢，他两手抓住鞭子的两头，用力将那已套住胡女脖项的鞭子往后猛拽。那胡女则被绳索压迫得满脸通红，白眼乱翻，两手在空中胡乱挥舞，张圆了嘴，却不能发一言。

孙坚见此女已命悬一线，立即拔剑架住那胡人的脖项："马上松手，否则叫你血溅三尺！"

那胡人却毫不惊慌："要么你给我八百万钱，要么，你就只能看着她死！孙坚，我看你还是给钱吧——我看出来了，你是真喜欢她！"

"八百万钱太贵啦！"孙坚在那胡人耳边吼道。

"弟兄们，你们说，八百万钱贵不贵呢？"胡人转而问四下别的胡人，手里的鞭套也略略放松了一些。

"便宜得很呢！我看一千万钱也不多！"四下的胡人应和着，纷纷放下手里摆弄的乐器，抄起兵器，团团围了上来。

"不好！"台下的赵云一看局面业已失控，便向亭楼上的小卒吹起了口哨。亭楼上的小卒马上向他扔来一杆长枪，并向一边的简雍扔来了刀、盾，随之开始大力敲鼓，试图唤来在附近巡逻的北军缇骑。赵、简二人接过兵器，一起跳上孙坚留下的蒲梢骢，直冲竹台。在前的赵云将手中银枪挥舞得上下翻飞，大喊："常山赵子龙在此，莫怪刀枪无眼！"将胡马齐齐逼退。等蒲梢骢稍近竹台，赵、简双双跳马上台，冲开包围孙坚的胡人，与孙坚合兵。

赵云轻声对与他背靠背的孙坚说道："孙大人啊，我不是叫你不要多管闲事的吗？这可如何收场啊？"

一旁的简雍亦轻声说："等一会儿还是由我来出面说话，等双方放下刀剑，你我立即离开这是非之地！"

"那胡女怎么办？"孙坚盯着她那对充满哀怨与渴望的眸子。

"那胡人不会真杀她的，你看，那勒住她脖子的鞭套已经略为放松了……"赵云在一边安慰道。

"但是……"孙坚慢慢说道，"若孙某不将人救走便悻悻离去，这围观的数千人就会将本议郎在今日的狼狈相传遍京都……这叫我孙坚日后如何做人？"

"是啊，你孙文台以后如何做人呢？"那耳尖的金发胡人接过了孙坚的话茬，"孙议郎要保住面子，非常简单，拿钱来，我就让你做上当众救美的大英雄！"

此时简雍插话了："我说苏蓙啊，你们康居人平时也不太惹事，今日为何如此不安分？就拿卖奴这事来说，你自己都承认，你是花一百万钱的价格将此女买入的，且此女在你眼中也只值三十万钱，你又如何有脸皮转眼间就将价格哄抬到原价的八倍？"

苏蓙冷笑道："简市长是想与我苏蓙讲理吗？但我家乡柘折城[1]有句俗语：刀剑之下无真理。你现在手执刀盾，想与我讲理，这又是何意？"

赵云插话道："那好，叫你的人放下刀剑，你也将那勒你奴婢的鞭子放开，只要做到这两点，我们立即放下刀剑！"

苏蓙点点头，叫左右放下武器，自己亦松开了手里的鞭套。孙、赵、简三人见状，也放下了武器。趁着胡女伏地大声咳嗽的间歇，苏蓙一边来回走动，一边摆弄着手里的鞭子，慢慢说道："我家乡柘折城还有句俗语：口舌比刀剑更锐利！关于我为何要将此女价格抬高到原来的八倍，孙议郎可愿与我一辩？若你辩赢，我无话可说；若你辩输，你就得乖乖付钱！"

见孙坚默许，苏蓙随即展开了他的辩词："凡天下之物，其贵贱轻重，都会因时、因势、因人而变。譬如，贵国丝绸卖到了大秦就价升千倍，这便是因为大秦人不懂桑蚕之术；反之，大秦琉璃器输入贵国，也能增值百倍，这

---

[1] 大约在今天的塔什干。

便是因为贵国之琉璃器品质不如大秦所产。你看，只要将货物从此国挪到彼国，货品的价值就会发生如此大的变化，而在这变化之中，就有我等康居商贾之财机。我刚才所言，可有半点虚妄？"

孙坚冷笑道："大秦与大汉关山远隔，而你我目下仅隔咫尺。丝绸输至大秦，获利千倍，自是当然，但你将此女转我，却要多收七百万钱，这又是何理？"

苏薤摆摆手："你还是没听懂我的意思！相隔远近只是导致物价分殊的一因，不同买家之处境不同，则又是一因。就拿此女来说，她对我来说就值三十万钱，但对孙议郎来说，她还真值八百万钱。"

"何以见得？"孙坚再问。

苏薤竖起三根手指："理由有三。其一，此女有大秦血统，会大秦语。我知贵国天子正在悬赏寻觅真大秦人，孙议郎若能将此女献给天子，必得升迁。但我等要去大秦，自有机密商道可达，因此，对于真大秦人，我等反而无甚兴趣。其二，孙议郎前几日在朝堂上胡言乱语，已为自己引来了江湖仇家。花重金买下此女，或可免灾。而我等又没在朝堂上胡说，自是不用担心孙议郎所要担心之事。其三，这笔钱你即使今日不花在这里，也会花在别处，比如买下某间宅子。但如果孙议郎看中的宅子也是袁家所看中的，是不是以后在朝堂上又多了一个敌人呢？还望三思。"

孙坚听罢，倒吸一口冷气。很显然，苏薤显然对自己在洛阳这几日的行止已有周密调查，甚至知晓昨日他与袁家抢宅之事。孙坚突然想起，将自己引向赵戬家的正是赵云。他用怀疑的口气轻声问赵云："赵亭长，这究竟是怎么回事？"

赵云急得满头大汗："我……我也不知道……但我与这苏薤确然没有什么瓜葛……大人要信我！"

苏薤在一边观察着赵云与孙坚的表情，哈哈大笑起来："孙议郎，你莫要怪赵亭长！你在朝堂胡言之后，你在京都的一举一动就在我等的监视之下，将你引至此处，也出于我等之谋划，而你在途中遇到赵亭长，亦纯属偶然。若你不遇到赵云，我们自有另外八种办法将你引来。对了，别以为你是汉人我是胡人，就以为你脚下踩的土地是你的。我苏薤在洛京深耕十年，任何人在朝堂上说的任何一句对我们胡人不利的话，我们都能在两个时辰内掌握。孙议郎，你来洛京才几日？你说的洛语，是不是还带着吴音呢？"

孙坚定住神，回复苏薤："孙某前几日的确在朝堂上说过，胡商贩来的驴太贵，不妨在他们带出的丝帛上加税——但你们也可以将此负担转嫁给下家，又何必迁怒于我？"

苏薤"哼"了一声，说道："孙议郎说得轻松！这丝绸是沿着多条线路往西方售卖的，经手的除了我们康居人之外，还有月氏人、车师人、鄯善人、疏勒人、焉耆人等。大家多年彼此交往，早已形成默契。若一方陡然加价，必引发彼此猜忌，甚至会有械斗。孙议郎，为了你多说的一句话，你可知我们在大漠里押运丝绸时又要添加多少人手？这损失何人来偿？"

苏薤见孙坚无言以答，紧绷的脸稍微放松了下来。他走到那胡女面前，用套着象牙的鞭柄抬起了她尖尖的下颌，一边欣赏她的美颜，一边对身后的孙坚缓声说道："孙议郎初来乍到，说话没分寸，这一点我们也能谅解。今日设套叫你破费，就算是给你一个教训。对了，我们可不是乱开价的。我们打听清楚了，天子将从周慎家里抄来的一千万钱赏赐给了你。故此，即使你在这个胡女身上花了八百万钱，还有二百万钱零花，加上你本就有的俸禄，你在洛京的日子还是能过得挺滋润的。话又说回来，这女子不是很漂亮吗？孙议郎在这繁华的东京有如此美艳胡女做伴，又有何遗憾呢？"

"你说她是大秦之女，如何校验？大秦离东京万里之遥，她又是如何来的？"孙坚问道。

苏薤抚摸着那胡女的鬟丝，向着她长长的睫毛吹了一口气，轻轻说道："朱诺，你未来的主人正在问你话呢。你自己来说吧！"

那被唤为"朱诺"的胡女立即向孙坚下拜，用标准的洛音说道："贱奴朱诺本就在洛京出生。十八年前，家父马库思随大秦王安敦遣来的使团上洛，行船在海上遭遇风暴，带来的琉璃器与火浣布尽失，仅留部分黄金。一行人等在交趾郡上岸，家父提议用黄金购买当地物产上贡，不料整个使团却因此被当时朝中大臣认为是假冒的。家父因此蒙羞，欲投洛水自裁，被家母所救。家母名韦苏提婆，月氏人，靠在洛京为别的胡人洗衣做饭为生。家母与家父情投意合，诞下贱奴。为让贱奴不忘自己是大秦人，家父一直教我识大秦文字,在家中也多讲大秦语。故此,贱奴为大秦人后裔无疑。"

"你父母本非奴,你为何成了奴?"孙坚问道。

朱诺哭诉道:"我家本住在城南太学附近。一年前家中失火,家父为救深陷火海的家母,一起罹难。在贱奴走投无路之际,一些康居人又拿家父生前留下的赌债证据,要我代父还债……我哪里有钱,只能以身为偿,结果在几个主人之间反复转手……呜呜……"

"令尊生前好赌?"孙坚再问。

朱诺擦了一把泪水,哽咽着说道:"从四五年前开始,家父便一直念叨着说想大秦老家,梦里都说要找路费回大秦……说他想念那里的面食,那里的美酒,那里的浴场,那里的车马,那里的一切……但家父在洛京靠雕刻木像为生,仅够温饱,这天价的路费,哪里去赚?于是……于是……他就去赌……呜呜……"

孙坚不忍心再听下去,便换了一个问题:"你说你识大秦语,可愿接受校验?"

朱诺止住哽咽,大力点头。

孙坚向身边的简雍使了一个眼色。简雍便将那木牍递给朱诺。

朱诺整理了一下情绪,清了清嗓子,将那木牍横放,从左到右读到:

"伽利阿艾石特奥秘尼思敌维丗因帕特色特雷思。夸容乌囊因阔陇特贝尔伽,阿里盇阿奎它尼,特提盇珪伊普索陇林瓜凯尔它，诺思特拉伽利阿佩郎土……"[1]

正午的阳光下，朱诺用柔美的女声向众人念着这种为孙坚生平所未闻的文字，宛若落盘珠玉、空谷百灵。而且，她在仅仅几个弹指间就将满牍之蚯蚓文一气读完，一目十行，气定神闲，其中还多夹杂孙坚完全不会发的舌颤之音。

孙坚与简雍再次交换了一下眼神。简雍便问朱诺："试问这是何义？"

朱诺想了想，回道："贱奴只能勉强试译：高卢全境，一分为三。一部，居高卢人；一部，居贝尔盖人；一部，居阿奎塔尼人。吾大秦人将其统称为'高卢人'，然此胡类皆自称为'凯尔特人'。"

"胡类？"孙坚反问道，"你们大秦人自己不是胡类？"

朱诺回道："家父生前对贱奴说过，大秦方圆万里，兵甲称雄天下，且有大汉未有之艨艟巨舰。凡不服大秦法度者，皆为胡类。高卢不服秦法，太祖皇帝恺撒征伐胡虏，斩首百万，威加海内。刚才贱奴所念，便是太祖皇帝之战时起居注，此为首三句。"

朱诺言罢，直起身子，目光炯炯，英气逼人，那容姿绝非一般奴婢所能有。孙坚记得，当他第一次将胡婵带入孙家并让其回应吴甄问话时，胡婵的神色也是这般柔中带刚。他低声和简雍交换了一下意见，二人都认为朱诺八成真是大

---

[1] 拉丁文原文：Gallia est omnis divisa in partes tres, quarum unam incolunt Belgae, aliam Aquitani, tertiam qui ipsorum lingua Celtae, nostra Galli appellantur.

秦人后裔。

下定决心后，孙坚走到苏薤面前，郑重下诺："此女我要了，价也就按你说的！但是我身上既无八百万钱，亦无定金。要不，就以我的佩剑为凭证，十二时辰后在城内我官舍附近再行交割如何？"

苏薤接过孙坚手里的百炼宝剑，一边端详一边说道："我信孙议郎定会恪守承诺。你放心，你既已下诺，十二时辰内我自会照料好朱诺，不会再打骂她。但只有十二个时辰，你且记住了！"

孙坚点头。但刚要转身走，他又突然转回身，问朱诺："在大秦语中，'朱诺'这名字何义？"

"西王母。"朱诺淡淡地笑道。[1]

孙、赵、简三人三马经过市亭时，刚才市鼓唤来的北军缇骑才姗姗来迟。这些缇骑见此处麻烦已经解决，便骂了几句"没事别乱敲鼓"，呼啸着引辔而去。孙坚也没有心情搭理他们，只是在略略颠簸的马背上想着心事。想着想着，他突然问身边的赵云："那苏薤知我在朝堂上所言并不奇怪，毕竟当时有许多人听到。但他又怎知我会来城东，并在城东设局？"

赵云反问："我也想问大人，你为何不去城北寻宅？那里的宅子其实更便宜一些……"

---

[1] 朱诺是罗马神话里的天后，婚姻和母性之神，罗马十二主神之一。朱庇特之妻，集美貌、温柔、慈爱于一身。

"城北的宅子更便宜，你为何不早说？"孙坚一下子勒住了马头。

"我怎知大人没去过城北？我还以为你是遍访四处，没相中满意的宅子，最后才找到城东的。"赵云一脸冤枉。

"那到底是谁引孙大人来城东的？"简雍插话道。

孙坚想了想："对，想起来了，城南太学附近，一个儒生手里拿着《毛诗》——是他竭力建议我们去城东找宅的！"

"那儒生相貌可有特征？"赵云急问。

"很一般的儒生，没什么特征……"孙坚紧皱眉头，反复回忆。

"我叔父在世时，常说孙大人对县内嫌犯能做到过目不忘……你再想想？"赵云再问。

"嗯！"孙坚眼睛一亮，"人略胖，二十多岁，胡子稀疏，下巴处有痣！"

赵云点点头："应该是逢律，就是昨日代袁绍来抢房子的那个逢纪的弟弟。我见过他，大致就这模样。他恰好也在太学读书，专攻《毛诗》。"

孙坚听罢，脸色铁青，因为他猜到这位叫"苏蕻"的康居人可能只是袁家的一根手指。

三人又在马背上沉默了半晌。简雍安慰孙坚道："人生在世，难免福祸相倚。孙大人入京后仅仅几日便得天子宠幸，这本是好事，但或许因此招来什么有权有势的人的嫉恨，也在所难免。若孙大人日后能吸取教训，说话做事更加谨慎，今日丢宅之事，未必就是坏事。"

孙坚苦笑一声："宅子没了事小，但我家小妾若是知晓我花了八百万钱巨资买了一个胡女，不知会如何吵闹？"

赵云叹道："大人你还是怕妾啊！"说罢，与简雍一起哈哈大笑起来。

第二十七回　牧之歌赋

孙坚与苏薤定约后的次日，午后申时[1]，在通往光禄勋属下诸议郎官舍的路上，骑在马背上的苏薤正与坐在车上的朱诺用康居语轻声交谈。

苏薤："独及忑涩，忒因奇页思阿内卢？"（你知道自己要做什么吗？）

朱诺点点头："叶思几腾。"（我知道。）

苏薤："德策布让纳奇么德策科陇呃……"（你有把柄在我们手里。）

朱诺："叶思几腾。"

两人不再交谈，直至官舍门前的小门阙出现在他们的眼帘。

门阙下，等候已久的孙坚与胡婵看到了苏薤一行人的

---

[1] 15:00 到 17:00。

车马。胡婵板着脸，冷冷地问孙坚："文台，这八百万钱就被你这样挥霍了，你叫我如何向大夫人交代？难道要我写信告诉她，您和诸公子暂不要来京，因为文台已将购宅的钱买了一个来历不明的胡女？"

"这是胡人故意设下的圈套……躲不掉的……"孙坚支支吾吾地回道。

"文台啊，胡人是摸透了你好出风头的毛病，才故意设套的……对了，你才来京都多久，第一天上朝就敢在天子面前乱说胡人的事情，你探过此事的深浅吗？"胡婵还是没停止埋怨。

"那也是议郎刘昱设套逼我说的……"孙坚继续辩解。

"那刘昱也曾逼你说给胡商加丝税的事？我就不信！"胡婵轻轻摇头。

孙坚被弄得不耐烦了，说道："好，好，我就是喜欢出风头，但若非如此，当年我又如何将你从海贼帮里救出来？"

"文台，你是不是日子过糊涂了？我本来就是海贼，不需要你救……"胡婵气呼呼地转过身。此时，她正好看到祖迅从庭院内挑着两个沉重的竹筒朝门阙这边走。祖迅是祖茂回乡前留给孙坚使唤的。除了他以及孙坚刚买的奴婢阿黄之外，孙府目前尚没别的家奴可供差遣。

"快了，二夫人，这是最后几竹筒的钱了！"满头大汗的祖迅笑道。

"你这奴才，还笑得出来！"胡婵用手指狠狠地戳了一下祖迅的额头，"要不是你家主人脑子发昏，这些钱里有多少可以分给你们这些下人购置新衣！"

祖迅慌忙为孙坚打圆场："听说这八百万钱买来的可是大秦女子啊！转手献给天子，若龙颜大悦，得到的赏赐难道还抵不上这八百万钱？"

"哼，大秦女子！那个死人鬼胡玉活着的时候，就老说要去大秦养老，我当时只当他是在说疯话罢了，你们还真信在洛京能觅到万里之遥的大秦人？胡人百千族，随便拿一种你我不懂的胡语就能诳骗说是大秦语，你又如何校验？"

孙坚此刻插话道："此事那简雍校验过……"

没想到孙坚说到那简雍，胡婵更是火冒三丈："文台，且休提那简雍，也别提他的朋友赵云！你也说过，此二人皆是刘备的人，但那刘玄德是什么人，你难道不清楚吗？天下姓刘的不可胜数，就他没事张口闭口说'吾乃前汉中山靖王之后'，要脸不要脸？据说，他到朝廷来谢恩时，还不忘在宫前卖鞋，丢人不丢人？刘备手下的话，你也能信？对了，这么大的事情，你竟不和我商量，任凭几个外人做主，你还把这家当回事吗？"

孙坚不再听胡婵絮叨，转头问祖迅："这些竹筒里的钱，都点清楚了吗？"

祖迅点点头："这竹筒里的钱财，三分之一是五铢钱，三分之一是金银，三分之一是丝帛，每个竹筒里都附有小人昨夜写的明细，没错的。"

孙坚点点头，但看着这一堆累成小山的竹筒，心中还是隐隐作痛。

说话间，苏薤一行人已到跟前。苏薤看着门阙边堆着的竹筒，笑了起来："孙议郎果然信义！"

孙坚叹了口气："这钱在我手里还没焐热呢……别的什么也不说了，点钱吧！"

苏薤哈哈大笑："钱没焐热不要紧，至于这美人么，你想焐多热就有多热！"

听到苏薤此言，胡婵好奇地向车上的朱诺望去。但见那朱诺，栗发披肩，长睫低垂，高鼻朱唇，静若处子。外着白色绣袍，两襟相对，各镶金边，远观宛如玉人。也不知怎的，胡婵仅看了朱诺一面，火气就消了大半。她用肘轻推孙坚："文台，你眼光不错！"

"你不嫉妒？"孙坚好奇地看着胡婵。

"嫉妒么……呵呵……总是有的……"胡婵小嘴微微噘起，但又将话锋一转，"但她又不能做你的妾，我嫉妒什么？文台，你可得守约，过几日就将她献给天子！"

"你不再怀疑她是大秦人了？"孙坚再问。

胡婵笑着摇摇头："这怀疑自然还是有的，但她确有一般胡女未有之高贵容姿，天子见了肯定喜欢。到时候她到底是不是真大秦人，谁又会在乎呢？"

见胡婵不再生气，孙坚长舒了一口气。

不久后，苏薤的手下已将孙家的钱财点验装车。苏薤则留下了朱诺、转让奴婢的券书，以及昨日孙坚留给他的佩剑，再留下一句"后会有期"，便扬长而去。

朱诺下车，转头瞅瞅苏薤的车马扬起的烟尘，慢慢回过头，有点儿胆怯地看着与自己同样美艳的胡婵。想了想后，朱诺给胡婵下拜道："奴婢朱诺见过孙家夫人！"

不料，胡婵一把搀扶住了朱诺："哎呀，朱诺妹妹，这可使不得！其一，我非孙议郎正妻，只是他的妾；其二，我们孙家可不是把你当奴婢买来的，转手还要将你献给天子，你早晚是天子的人！"

朱诺有些紧张地起身，不知说什么好。眼尖的胡婵看见她圆形衣领下露出的伤痕，关切地问道："妹妹，这伤痕是那苏薤用鞭子打的吗？"

朱诺点点头。

胡婵瞪了孙坚一眼："文台，她背上还有鞭伤，怎么能立即献给天子？就凭这一条，你就得向苏薤再还价二百万钱！对了，以后你要买任何价值十万钱以上的物件，都要带上我！"

孙坚只能以苦笑作答。此时，胡婵看见朱诺尴尬的表情，捂住自己的嘴："瞧，姐姐我失言了！朱诺妹妹可不是什么物件，多少钱都买不来的！只是我们孙家也不是什么豪门，凡事总得量入为出，这一点妹妹能否体谅？"

听到此言，朱诺再次下拜："不管孙家日后如何处置奴家，奴家目下就是孙家的一个物件。既然孙议郎如此破费将奴家买下，奴家此后只有尽力服侍两位主人，绝无怨言！"

胡婵将朱诺搀起，好生安慰。然后，她清清嗓子，对祖迅与刚出门帮忙收拾的阿黄下了规矩："尔等且听好：第一，朱诺非奴婢，从此与我姐妹相称，你们切不可怠慢。"

然后，她转向孙坚，"她也不是你的妾，文台若欲欣赏其容姿，看看就行，别碰她……对了，你们两个以后就以兄妹相称。"她再转向朱诺，"妹妹，也正是巧了，这朝廷分给议郎的官舍虽小，但也正好留出一间空房还没用上。你平时且就在那里歇息，不要嫌小。看妹妹这十指纤纤如青葱，定是弹箜篌的好手，有空一定要教姐姐几首胡曲！"

朱诺刚说出"奴婢定遵行主人之命"，却被胡婵逼着改了口，只好再说："妹妹听姐姐吩咐就是了。"

于是，胡婵便牵着朱诺的手，笑着就将她往阙门里领。一边的阿黄看着祖迅盯着朱诺身姿的发愣眼神，气呼呼地拧了一下他的耳朵。孙坚看着好笑，但也没再说什么。

因为今日祖迅与阿黄忙着点钱，故飧食准备得比较仓促，一家人只是吃了点汤饼对付了一下。尽管如此，胡婵还是热情地在朱诺面前多放了一个鸡腿。朱诺在胡婵的催促下夹起了鸡腿，两眼发红。

餐毕，朱诺主动提议要给孙、胡奏演箜篌谢恩。胡婵点点头，说道："也好！就用我的箜篌奏曲！不过，妹妹，你既是大秦人，可会奏唱大秦曲？"

朱诺回道："家父在世时，曾教我唱大秦头号大儒维吉利乌[1]所作的《牧之赋》。他还在家母协助下，将其中一段译为汉言。下面我就弹唱此段，再用大秦音韵吟唱一遍。"

说罢，她便将阿黄递过的箜篌竖起，试拨几弦，略调

---

[1] 即罗马大诗人维吉尔。

音色后，开始吟唱：

> 柯瑞思阿荔，情绵绵；
> 主奴名分清，缘浅浅；
> 榉林望明月，相思苦；
> 风携心中曲，肺腑言。
> ——呜呼！
> 君铁石心肠乎？
> 君勿喜吾歌乎？
> 君勿怜吾身乎？
> 君欲妾赴死乎？

唱罢，朱诺又熟练地用箜篌弹起了间奏，任凭那宛若凤鸣兰笑的旋律从自己指间流淌出来。她接着便用大秦语将刚才的歌复唱一遍：

> 佛魔诵帕思托考里灯阿德巴特阿荔辛，德利恰思多米尼，内可奎德思颇拉睿特哈比巴特……

胡婵看着沉浸在音乐中的朱诺，若有所思。她好像从朱诺身上看到了当年的自己：刚入孙门的胡婵，正在孙家女主人吴甄的面前，忐忑地用箜篌弹奏蔡邕的《饮马长城窟行》。

孙坚则在一旁看着盯着朱诺的胡婵，揣摩着她的所思。也正因此，他恰好避开了朱诺投向他的炽烈的目光。

第二十八回　掌痈心疾

朱诺入孙门一个半月后，已习惯了穿汉服，也熟悉了在汉人家庭的新生活。虽然胡婵与她始终以姐妹相称，但目下孙府的奴婢太少，她便会抽空帮着阿黄与祖迅做饭或是喂马。胡婵本想拦着她，但发现她烤的胡馕的确美味，便也不再多说什么。朱诺比胡婵更熟悉洛阳，故此，胡婵有时就干脆带着她一起去白马寺上香，或是利用她会胡语的优势，带着她去胡人的集市讨价还价。至于孙坚，因为每日早早就要出门上朝，午后又经常被同僚叫去应酬，所以与朱诺在一起的时间远远比不上胡婵。只是在飧食后，他才有空一边小酌，一边听朱诺拨弦凤鸣。有一次他听着听着，竟然瘫在座上呼呼睡着了，满脸还带着笑意。

孙坚终于不那么忌恨苏薤了。有一次在街上与他偶遇，二人竟然还相视而笑，如同熟识多年的朋友。他开始觉得自己这八百万钱花得很值。自从朱诺到孙家后，孙坚的梦里便不再出现战争与鲜血了，而只有山水与音乐。

朱诺身上的鞭痕越来越淡，这也意味着将她送入皇宫的日子越来越近。不知怎的，眼瞧着那原本期盼的日子一天天临近，孙坚心中却反而空落落的。

中平三年五月底的一个凌晨，孙坚在床榻上换了一个姿势，又进入了另一个梦境。在梦中，朱诺正牵着他的手在家乡的瓜田中飞奔，任凭风儿吹散她栗色的长发，扫过孙坚的额头，带来丝丝的痒感。朱诺银铃般的笑声则在富春迤逦的山水间荡漾，四五羽蝴蝶正追逐着她的体香飞舞。她回头对着孙坚兴奋地用胡语大喊着什么，孙坚却一脸迷茫，只好对她大喊："朱诺，别说胡语，我听不懂！"

"别说胡语！"孙坚的大喊终于将自己从梦中叫醒。他揉揉眼睛，发现窗棂外的天际已经泛白。他再瞄了一眼身边的黄铜漏刻，暗叫："不好！"原来，他今日本要早早赶到北宫，陪伴天子去平乐苑狩猎游玩的——不料，最后还是晚起了两刻。他匆忙叫醒身边还在酣睡的胡婵，叫她帮自己穿戴戎装。胡婵一看刻漏，也开始担心孙坚会迟到，便叫醒了隔壁房间的朱诺一道起来帮忙。

奇怪的是，朱诺今日在给孙坚穿衣时显得笨手笨脚，一直将一只手缩在袖子里不肯拿出来。孙坚本未注意到这一异常，只是在给蒲梢骢上鞍时，他注意到朱诺始终未用自己的右手。孙坚一皱眉，问道："妹妹，你右手怎么了？"

朱诺抱歉地摇摇头："不碍事的，孙大哥不要在意，快去北宫。"

胡婵在一边催促道："快将右手伸出来！"

朱诺想了想，终于将右手伸出长袖。

在祖迅手中火把的照耀下，孙坚看得真切：朱诺的右手掌心，有一个鸡蛋大的脓包。

"什么时候长出来的？疼吗？"胡婵关切地问道。

"其实三天前就有了，当时这包很小，我没留心……不知怎的，昨夜一夜就变这么大了……不过若不碰它，它是不疼的……"

"这包……用针挑破，弄出脓汁就好了吧？"祖迅在一边插话。

"不行！"胡婵摇摇头，"我似乎听华佗先生说过，这种病叫疮痈。若是疮团尚小时挑破之，八九是没事的，但若长大了，就有点儿麻烦了……"

"长大了会怎么样？"孙坚再问。

胡婵在孙坚耳边轻语："包这么大，说明毒侵已久，即使挤出脓汁，也会复发，弄不好手就废了。得寻毒源对症下药才行……"

"这……好好的，怎么就中毒了呢？孙家上上下下吃的喝的都一样，别人怎么就没事？"孙坚紧锁眉头。

胡婵摇摇头："毒气弥漫天地，自会寻机侵体。每人体质皆不同，妹妹只是不幸中毒罢了。"

孙坚再问朱诺："三四天前，你都吃过什么，做过什么，记得吗？"

朱诺想了想说："四天前，我好像帮阿黄杀过一条鱼，被鱼鳍刺破了手指……但当时并没在意……"

"这个阿黄……"孙坚恨恨地咬着嘴唇。

"别怪她……是我自己要去杀鱼的……"朱诺忙为阿黄辩解。

"不管了,治手要紧……"孙坚再看看胡婵,"你不是说华佗知道怎么治疮痈吗?找他不就成了吗?"

胡婵摇摇头:"文台,华佗这人你是知道的,他四海为家,八方行医,谁知道他目下在哪个州郡?"

孙坚想了想,安慰说:"别担心,我们毕竟在洛京,找个会治疮痈的医工还不容易?那个糜医工你知道吧?与我们光禄勋诸僚属都很熟,等一下叫祖迅唤他来就是了。"

此时,朱诺开始催促孙坚:"孙大哥,快上马吧,真快迟到了!"

孙坚突然想起,那糜医工的医术似乎很一般,同僚刘昱害了腹泻病,吃了他开的三副方子都没好透,恐怕他也未必有给朱诺治病的本事。见时间紧迫,孙坚向胡婵匆匆抛下一句"都交给你了",然后飞身上马,直奔北宫而去。

巳时一刻,洛京西郊平乐苑,军鼓隆隆,錞铙齐鸣,旌旗招展,旆旐翻飞。在秀美的林间,惊慌的兔子在虎贲卫士的哄赶下正在草丛中乱跑,而已被逼入死角的豨猪则张开獠牙,试图与步步进逼的士兵做最后一搏。至于那些已被射中的鹿,则倒在地上徒劳地踢着蹄子,惊恐地看着兵卒们手中的匕首发出的寒光。对于天子带来的狩猎队伍来说,这可是个颇有收获的上午。但对于孙坚来说,却是个两手空空的上午。

今日孙坚魂不守舍,在虎贲军面前竟连射三箭而未中一鹿,算是丢了一个大脸。可他似乎并不在意。此刻的他正呆呆地盯着南边家宅的方向,心中则想着朱诺的掌痈。

"文台,今日你是怎么回事?刚才天子还特别问起你的斩获,我都没法和他直说。"宋嘉策马来到孙坚身边,小声问道。

"我家里有事……"孙坚淡淡地回道。

"果然有事!能和我说说吗?"宋嘉关切地问道。

孙坚看看宋嘉,不知究竟从何处说起。不料,宋嘉率先开了口:"我听说孙府最近多了一个美艳的胡人奴婢,这可是真的?"

孙坚点点头。他知道,那日他在马市与苏薤的交易,实在有太多的目击者了。此事传到宋嘉的耳中,并不奇怪。

"听说她是大秦人后裔?"宋嘉再问。

孙坚回道:"这事属下只能确定八九成。毕竟在此之前属下从未见过真的大秦人,难以比对。"

宋嘉笑道:"你也知道天子在重金求访真大秦人,你若藏匿大秦人而不献,可是欺君啊!"

孙坚点点头:"属下自然知道。所以,属下必须得彻底确定她是大秦人,才敢献给天子,否则也是欺君。"

宋嘉问道:"你只管献上就是了,献的时候就说其疑似大秦人,不就免责了吗?只要那胡女姿色不错,天子自会龙颜大悦……对了,你是不是已经和她……"

孙坚急忙摆手:"哪里哪里!既然属下有将其献给天子之心,给我吃了虎胆也不敢碰她一下的!"

宋嘉再问:"那为何还不献给天子?"

孙坚想了想,只好说实话:"宋大人,属下本想这几天就将她送到宫里,不料今早发现她手里长了一个鸡卵[1]大的掌痈,好像还不太好治。就这样献给天子,似乎不恭……"

不料,宋嘉听罢,脸色变为铁青。他严肃地问道:"痈在左手右手?究竟在手掌的何处?那痈是何颜色?病患疼不疼?"

孙坚没想到宋嘉对那些细节如此感兴趣,便拿自己的右手做比画,说道:"大人您瞧,痈就大致在这位置,当中白色,边缘略泛红,若不碰好像是不疼的……"

宋嘉点点头:"与我去年所患一样……"

孙坚瞪大了眼睛:"宋大人去年也得了掌痈?"

宋嘉点点头,伸出左手给孙坚看:"去岁不知怎的,我左手掌心突然长了痈,也是鸡卵大小。当时本不以为是大事,就自己用针挑了脓,不想立即发烧病倒,御医都束手无策。正好你的老上司朱儁向我介绍了当时尚未离京的名医华佗,他对症施药,小心施术,才将我这手救了回来。你再瞧瞧,这便是他在帮我仔细刮脓后所缝的伤口,不仔细看,这愈合的伤口已然和掌纹分不清了……"

---

[1] 汉代鸡蛋一般叫"鸡卵"。

"这伤如果治不好会如何?"孙坚急问。

"轻则手废,重则臂废。"宋嘉严肃地回道。

"那需要在几日内施术才能救回?"孙坚再问。

宋嘉回道:"据华佗的说法,痈若长这么大,三日内不施术就晚了,这手以后肯定就干不了巧活了!"

孙坚皱眉问道:"那这东京城内,还有人会施此术吗?"

宋嘉摇摇头:"宫内几个御医都看了华佗先生给我施术,但他们说,若让他们来做,也绝无把握在给我刮脓的时候不伤我一点儿筋肉……"

"坏了!"孙坚焦急地将两个拳头狠狠互碰,"那胡女的手未来是要给天子弹奏箜篌的,其筋肉怎能有半点闪失?若是除了华佗外无人能救她的手,这可如何是好?"

宋嘉见孙坚焦急的模样,反倒笑了起来:"文台,你也不用这么着急,那华佗不是还活着吗?"

"但他目下在何处呢?"孙坚不耐烦地说道。

"说远不远,但说近也不近,他目下在荥阳行医。"宋嘉回道。

"宋大人又如何知晓的?"孙坚再问。

"也是凑巧了,十日前他来信问我手掌的伤势恢复如何,并顺便告诉我,他在本月底之前都会在荥阳。对了!华佗就在县寺给荥阳令黄匡治病,你去找到黄县令就能找到他!"

"荥阳?月底?"孙坚瞪大了眼睛,"再过二十四个时辰,本月不就结束了吗?我是不是要在二十四时辰之内带那胡女去荥阳?"

宋嘉点点头："确是如此！"

孙坚真着急了："从洛京向西去荥阳，一路上要穿过偃师、巩、成皋三县，当中还要过一次洛水上的浮桥。若是单人快马去，这二十四个时辰大概还是来得及的，但要在车上载一个病人去，那肯定来不及啊！"

宋嘉笑道："文台，你这么聪明的人，今日想事怎么如此糊涂？你不妨利用你议郎的职权，派驿使骑快马给荥阳令下令，叫他务必多留华佗五日。你随后再带病人前往，这不就两全了吗？"

孙坚拍了一下自己脑门："是啊！多谢宋大人提点！"但他仔细一想，又觉得此策有纰漏。他喃喃自语道："我昨日还听同僚刘昱说，因边、韩之乱未平，天下良马目下十之八九都被调集到了陇西前线。现在，就是在天子脚下的河南尹，各地驿站所用驿马质量都大不如前了，所以……所以目下朝廷文书的递送速度，只有过去的三分之一……再说，我这事多少算是公器私用，这是很难说服驿站用上仅有的良马去递送文书的……"

宋嘉也皱起了眉："文台所虑甚是……至于快马么，天子马厩也有……但要调拨天子之马，甚是麻烦……"

"不用那么麻烦，属下胯下的蒲梢骢，正是当年吕布在下邳赠我的宝马良驹——它若载单人，可日行三百里；若载两人，至少也能日行一百五十里，大致来得及赶到荥阳。我这就回家宅去带那胡女出发，不劳烦别人了！"说罢，孙坚掉过马头就要回家。

"孙坚，你疯了！现在你正在天子面前当值，你如何能走得？"宋嘉大声呵斥孙坚。

孙坚这才想起他今日的职责尚未完成，而天子脾气游移不定，看这四周风景秀美，今日说不准就不回皇城了——这样的话，孙坚今日或许就走不脱了。

见孙坚急如热锅上的乱蚁，宋嘉不禁对他与那胡女的真实关系产生了怀疑。他再问孙坚："文台，有两件事你可发誓？"

"大人请说！"

宋嘉伸出两根手指："第一，关于她是否为大秦后裔，你是否至少有八成把握？第二，她是否还是处子？"

其实，关于这第二问，孙坚也并不十分确定。但他实在救人心切，便对宋嘉点头称是。

宋嘉看着孙坚真挚的眼神，想了想，说道："这几日天子老是问我寻觅大秦人一事之进展，我一直无以为答。文台若真能献上一大秦美女，也算帮了我的大忙。也罢，现在我就打赌你是对的。至于如何让你快速归宅，我自有计策。你且附耳过来！"

两刻之后，战鼓再次响起，孙坚在虎贲军的嘲笑声中再次上马射鹿。不料，这次孙坚宛若神助，三射三中，三头公鹿接连惨叫着倒地。孙坚则策马狂奔，直往远处寻找新的猎物。

"文台真虎将也！"在高高的平乐台上观猎的天子在华盖下高兴地击掌。

但不久后,远方却隐隐传来兵卒的呼喊:

"不好了!孙议郎从马上坠落了!"

"孙议郎好像昏过去了!"

天子听罢,皱起了眉。不久后,宋嘉气喘吁吁地上台奏报:"议郎孙坚旧伤复发坠马,求天子恩准其暂回家宅休养!"

天子往嘴里丢了一个蒲陶,边嚼边说:"准!"

第二十九回　驿路艰辛

孙坚依宋嘉之计，终于从平乐苑的差事中脱身。见天子仪仗已远，他立即恢复了生龙活虎的身姿，策马扬鞭，直奔家宅。进了屋，但见祖迅请来的糜医工正对着朱诺的掌痈叹气。孙坚一看，便知他无力诊此病症。事不宜迟，他吩咐众人给蒲梢骢喂饱草料，然后令糜医工仔细给朱诺包扎手掌，防止掌痈在路上被挤破。趁着胡婵给朱诺穿衣的当口，孙坚来到马厩，一边喝着阿黄新烧的汤饼汁水，一边轻声吩咐正在咀嚼上等刍蒿的蒲梢骢："你且好好吃！等一下你就要载上两人，不眠不休地跑上五个时辰，真要辛苦你了！"

"主人，为何不用车载朱诺去荥阳呢？"一边在给蒲梢骢刷鬃毛的祖迅问道。

孙坚摇摇头："蒲梢骢是战马，不习惯拉车，而且它即使载两人，速度也能赶得上驷马之车。你说，目下是弄到驷马之车更容易呢，还是用自己的坐骑更方便？"

胡婵此时也搀扶着朱诺走了过来。为了让朱诺在马上行动方便，胡婵特意为她换上了紧袖对襟的胡服。孙坚看了看朱诺，脸色似乎还算正常，心中略安。他问朱诺："等一下你要在后鞍上坐上好几个时辰，没问题吧？"

朱诺点点头："没事，妹妹也从小熟马。只是太辛苦哥哥了！"

胡婵在一旁嘱咐道："文台，这蒲梢骢虽是救过你命的宝马良驹，但毕竟还是血肉之躯，跑一阵还是得歇一阵，你可别忘了。好在从洛京一路向西，只要你走的是官家驿道，五里一邮、十里一亭、三十里一置，总有喘息喝水的地方。对了，到时你可得好好利用你朝廷命官的身份，不要让那些小吏怠慢于你！"

孙坚被胡婵一提醒，猛拍自己脑门："瞧，我连印绶都忘带了！祖迅，快去取我的印绶与进贤冠来，否则那些小吏必不知我秩位！"

"你真不带别人去？要不让我跟你一起去吧！朱诺毕竟是女流，路上真有点儿什么事情，你作为男人家，也不是那么方便！"胡婵还是不放心。

孙坚摇摇头："你跟我去，那坐骑呢？现在我到何处再去找一匹与蒲梢骢脚力相当的良驹？就是去简雍的马市现买也来不及了，马市明日才开市呢！"

"姐姐放心，我就一手不便而已，能够照顾好自己。"朱诺已急不可待地准备上马了。

胡婵有些警惕地看着朱诺与孙坚。她很清楚，若让孙坚一人带朱诺走，就等于给了他们很好的独处机会，这期间到底会发生些什么，她心里没底。但她又仔细想了想，说道："文台，早去早回！若妹妹的病需要几天调养，你就让华佗在荥阳照顾她，你且先回京，我们再回头去接她！"

孙坚一边戴进贤冠，一边点头。

二人准备妥当，孙坚轻挥马鞭，蒲梢骢仰脖长嘶一声，抖抖鬃毛，开始一路小跑。蒲梢骢载着二人，从位于洛京金市边的议郎官舍出发，沿着横穿整座洛阳城的中东大街一路向东而去。因为城内人多，它不敢用全速飞奔，只是在或稠或稀的人流中机敏地穿行。直到出了中东门，蒲梢骢才敢撒欢扬蹄，尽情展现其西域良马的实力。

不知不觉间，天渐渐黑了下来。孙坚拿出早就准备好的火把，用燧石点燃。但一手持火一手驭驹，毕竟有所不便。朱诺见状，便在其耳畔低语一番，孙坚连连点头。但见孙坚抄起长戟，嘴里衔着绳子，将火把紧紧绑缚在戟头下。随后，他又用右手将戟杆平放前伸。这样一来，戟头处的火把正好就照亮了蒲梢骢的前行之路。为了再腾出右手，他又抬起右腿，将戟杆紧紧压在自己的大腿与鞍褥之间，以便保持戟头的方向。此刻，朱诺又用左手给他递来另两根红绳，孙坚用这两根红绳将右腿下的戟杆套在了马鞍的前后两个扣环上。这样一来，即便他松了腿，那戟杆也不至于坠地。

借着戟头处的火光，孙坚警惕地注视着眼前的一切景物，并用缰绳控制着蒲梢骢的步速。嗖嗖的晚风在他耳边吹过，带来了初夏的蝉鸣，以及偃师县与巩县泥土的芬芳。不知多少时间逝去了，双手紧抱着孙坚腰际的朱诺，竟然不顾马鞍上的颠簸，伏在孙坚背上打起了小鼾。少女温润的身体将孙坚的背压出了汗水，但孙坚一直不敢吵醒她。他只是静静地感受着朱诺以及蒲梢骢的心跳，好像二者的合奏构成了这世上最美的韵律。

不知不觉之间，天亮了。必须让蒲梢骢喘口气了。孙坚将缰绳勒紧，止住马蹄，然后轻柔地拍了拍蒲梢骢的脖项。此时，朱诺也揉揉眼，醒了。她看着四周沐浴在朝阳中的郁林与群山，问孙坚："孙大哥，我们到哪里了？"

孙坚笑道："昨夜我们已经穿过偃师县与巩县，现在到了成皋县境内。妹妹你看，前面就是旋门关，关前则有旋门置。这可是来往驿路上的一个大置所。时间还算充裕，我们不妨先在树下略略休憩，让蒲梢骢也歇歇，再到旋门置安心吃顿饱饭，然后一鼓作气到荥阳，让华佗先生给你治病。"

朱诺点点头："哦，旋门关！它是不是又叫'虎牢关'？"

孙坚点点头："对！民间一般叫它'虎牢关'，但文书里一般不这么提。那可是拱卫京都的八大关之一，有精兵守卫。不过你放心，我带了印绶，那些邮卒绝不敢怠慢朝廷议郎！"

二人交谈之际，蒲梢骢在道边的小溪喝水啃草。孙坚心疼它，便从怀里扔出一个红彤彤的林檎，丢给它吃。然后他从怀里拿出一个更大的林檎，用袖子擦干净，递给了朱诺。

朱诺一边吃林檎，一边闪动着睫毛，轻声问孙坚："孙大哥，你如此不辞劳苦地将我送到荥阳去看病，仅仅是因为……因为……因为你想将我献给天子，换更大的官做吗？"

孙坚尴尬地笑笑:"怎么,你不想去宫里?去宫里难道不更好吗?那里吃的用的,哪一样不比我孙家好?"

朱诺摇摇头:"那孙大哥,你把我送走了,你会后悔吗?你还会想朱诺吗?"

孙坚的心像被锥了一下,他咬了咬牙,言不由衷地回道:"妹妹,你别忘了,你是我花了八百万钱买来的……我总得回本啊……"

朱诺没接孙坚的话,只是举起自己被包扎得严严实实的右手,问道:"如果我的手治不好,我是不是就能一直留在孙家了?"

孙坚站起身来,说道:"别多想了!天下没有华佗治不好的病。走吧,先去旋门置吃点东西。"

二人正准备上马,突然驿路上驶来一辆慢腾腾的牛车,赶牛的是一个白发苍苍的老年驿使。朱诺好奇地问孙坚:"孙大哥,这牛车也能走驿路?"

孙坚点点头,解释道:"邮信分'以次行''以亭行''以邮行''轻足行''官马驰行'等不同等级,若是县内递送不那么紧急的公文,一般驿使都会坐牛车……"

"但这牛车也太破了,牛也太老了……"朱诺笑道,"那车上一坛坛装的是什么?是酒吗?怎么与公文混装?"

朱诺的笑声引来了那老年驿使的目光。他好奇地看着这位美丽的西域少女,以及她身边一身官衣的孙坚。当他认出孙坚的官阶后,立即在牛车上作揖行礼。

须臾,孙坚便策马赶上那老者,与其搭讪:"这位老伯,为何这么大年纪了还在做驿使？"

"回这位大人，此乃朝廷的恩赏。去岁两位犬子在陇西阵亡，老朽老无所依，县廷就给我安排了一个送信的闲差，让老朽混口饭吃……"

"去岁？陇西？"孙坚竖起了耳朵。

老者叹了口气，缓缓说道："据活着回来的伤兵说，他们本不该死的，只是那主帅周慎不懂用兵，未听参军孙坚之言，结果在葵园狭被敌军断了粮道。我的两个儿，就是在攻打居高临下的截粮贼军时……被贼敌用滚木砸下山谷的……可他们还都没婚配呢……我家断种了啊……唔唔唔……"

见老者哭了起来，朱诺鼻子一酸，递给他一块巾帕。老者用这巾帕擦了把鼻涕，突然看到这巾帕上镶嵌的金边，吓得不轻："这么好的巾帕……这怎么使得？"

孙坚挥挥手："送你了。这点小东西算什么？老实说，听闻老伯的两位令郎在葵园狭阵亡，我着实内疚。等一下你且留下住址，我会遣人给老伯送点财物，略表心意。"

那老者瞪大了眼睛："大人，您内疚什么？"

孙坚苦笑道："我就是那个劝说周慎保卫粮道而不成的参军孙坚……"

老者将孙坚上下打量了一番，惊讶得半晌说不出话来。

孙坚将目光转向远方的群山："如果当时统兵的是我而非周慎，不但葵园狭不会丢，我军还能通过偷袭金城而断掉榆中城之贼的粮道。若果真如此，整个凉州早就传檄而定了。可惜啊……还是怪我官升得太慢……"

"所以，你才要用妹妹去换取更高的官位，去救下更多的将士？"朱诺微咬嘴唇，轻轻问道，同时将孙坚的腰抱得更紧了。

那老者诧异地看着这对奇怪的"兄妹"，揣摩着他们真实的关系，不知不觉间都忘记了挥牛鞭——而此刻那老牛竟偷起懒来，停在路上不动了。

恰在此时，一阵急促的马蹄声突然从众人耳后传来。孙坚回头一看，大叫一声："不好！"原来，在弯曲驿道的远处，正有一股烟尘贴地滚来，看那风驰电掣的架势，准是一辆驷马高车。

"快闪开！给后车让道！"孙坚给老驿使下令。

"快走啊，你这老畜生！"发现自己正挡在路中间的老驿使挥鞭狂抽那老牛。不料，那老牛非但未走半步，却突然抬头哞哞地惨哼几声，口吐白沫，一下子栽倒了。

朱诺小声问孙坚："孙大哥，莫非……这牛……就这样老死了？"

孙坚看着身后越来越近的烟尘，对老驿使喝道："别管牛了，你且带着车上的公文下车到路边躲避，我去后面拦住那车！"

"别管公文，这酒要紧！这是置啬夫[1]大人要的名酒'菊花酒'，要是洒了，我这差事也丢了！"那老者慌忙从车上抱下一坛酒，搁在路边。而在那车上，尚未搬走的酒还有九坛。

---

[1] 汉代驿路上置所的主官。

孙坚见状，立刻调转马头迎向来车。他非常清楚，若后面的那辆马车再不减速，就会迎面撞上路上的这头老牛，弄不好会车毁人亡。他高举长戟，大喊："停车！快停车！"

但那马车非但没有停下，反倒越驶越快！

"真是个不要命的！"孙坚心中暗骂，驱马进入了那一片烟尘。等趋近一看，才发现驭车者正手忙脚乱地拉着马车的辔绳，嘴里大喊："吁！吁！吁！"

孙坚瞬时明白，不是那驭车者不知要停车，而是这四匹马不知何故都被惊了，已完全不听指挥。

孙坚调转马头，与那飞奔的马车同向而行。他对着那驭车者大喊："你且闪开，让我跳上车来驭车！"

那人抬眼一看，愣住了："孙坚，你怎么在这里？"

几乎同时，孙坚也认出了驭车者。此非旁人，而是他的顶头上司，折冲校尉袁术袁公路！

"袁大人，您目下不应在平乐苑护驾吗？"孙坚问道。

"孙坚，你不也应在平乐苑护驾吗？"袁术也大声反问孙坚。

孙坚没有回答袁术的问题，只是看了一眼他车上所载的一个平躺的年轻妇人，问道："是袁大人的家人病了吗？"

袁术点点头："我的爱妾冯氏得了怪疾，必须速到荥阳找华佗治病。我找了辆驷马高车，本想驶快些，不料刚才鞭子抽得太狠，马却惊了！"

"袁大人，别担心，你让我上车试试！"孙坚在马上再次向袁术提议。

"开什么玩笑！我是比二千石的折冲校尉，还要你一个六百石来教我驭车？"袁术依然紧握手中辔绳。

"六百石难道不正应为比二千石驭车吗？"孙坚真有些着急了。此刻，在正前方，那横卧路中的牛车已越变越大。

"那……还是你来吧！"眼望着那牛车，袁术也慌了。

孙坚调整好蒲梢骢的步速，让其与袁术的马车正好并驾齐驱。他先把自己沉重的长戟扔给车上的袁术，随后屏住呼吸，两膝慢慢挪至鞍上，猛然一跳，稳稳站到颠簸的马背上，再瞅准机会，从蒲梢骢的背上径直跃至袁术的车舆之上。

袁术已将身子挪到一旁，孙坚站在驭者的位置上，紧紧抓住四根辔绳。他盯着眼前若烈焰一般跳动的鬃毛，将身体后倾，大力后拉辔绳，试图制动群马。见连拉两次都不奏效，他便将四根辔绳中的两根分给袁术，两人合力，终于减缓了四匹烈马的前冲之势。

孙坚略松了口气。看这架势，在撞到牛车之前，这马车就能停下来。

而目下让他担心的，则是这辆马车略有松动的车靷。他知道，一旦车靷松脱，那马与车也就彼此分离了。孙坚对身边的袁术喊道："袁大人，这车靷恐怕得修！"

袁术点点头。

在马车离牛车还有五十步距离的时候，孙坚发现那老驿使竟然还在搬酒坛。他忙对前方大喊："快闪开，危险！"朱诺听到后，立即把老者拉入路边的草丛。

须臾，一路小跑的四匹骏马，已在孙坚的一阵阵"吁"

声中渐渐停下了脚步。那老驿使见状,重又冲上牛车去抢救那最后一坛酒。

就在此时,奇事出现了!

那已倒地的"死"牛,此刻突然竖起牛耳,"哞哞"叫唤了两声,猛地站了起来,拖着后面的牛车走了几步。正准备下车的老驿使一个趔趄摔倒在车上,手中的酒坛也"呼"的一声飞了出去。

见那坛酒正朝马车飞来,孙坚暗叫不好,但转辔躲避已然来不及了。还是袁术眼疾手快,挥动刚才孙坚扔给他的长戟,戟头则稳稳击中那飞来的酒坛!

然而,袁术还没来得及为自己的利落身手叫好,他手中的长戟戟头却突然莫名其妙地变成了一团火球。袁术大惊,挥动戟头,试图以风灭火,但飞迸四散的火星却落到了那四匹马的鬃毛之上。

就这样,情绪刚刚稳定的四匹惊马突然又狂躁起来,重新拉动马车向前狂奔。居前的那匹白马竟然径直撞到牛车之上,惨叫一声,倒地不起。余下的三匹马见状,更加惊恐,开始向不同方向狂奔。但听得"咔嚓"一声,车鞅终于被拉断了,三匹失去羁绊的惊马发疯似的抛弃了它们的职责,消失在驿路两边的树林中。

"阿芬,你没事吧?"袁术在失去拉马的车舆安抚着受惊的病人。那被唤为"阿芬"的年轻女子则用微若游丝的声音回道:"大人,您为贱妾费心了……贱妾无碍……"

直到此时,孙坚才有机会看清袁术爱妾的面目。但见她面色苍白，唇若垩描，看来的确病得不轻。尽管如此，依然可以从其端正的五官中想象出她健康时的美姿。孙坚暗想：这莫非就是司隶校尉冯芳之女冯芬？若真如此，她便代表了袁门与控制京畿的司隶校尉部的纽带。怪不得她生病了，堂堂折冲校尉袁术要亲自为她驭车求医……

但孙坚的思绪随即被袁术的怒吼给打断了："孙坚，这是怎么回事？你的戟为何会喷火？"

孙坚想了想，回道："昨夜属下曾用这长戟绑缚火炬，天亮后炬内火星恐未灭尽，后突遇烈酒，才导致星火复燃的。属下无能，让大人受惊了！"

袁术气呼呼地站起来，吼道："现在好了，马惊了，跑了，车也毁了，我怎么带爱妾赶往荥阳？她若有什么闪失，我不怪罪你，司隶校尉也会怪罪于你！到时候你一个小小议郎，担待得起吗？"

"属下死罪，属下死罪！"孙坚急忙赔罪，心中也确定了那女子的身份。正在此时，原本跟在马车后的蒲梢骢也跟了上来。袁术抬头一看，眼睛一亮："这好像是匹宝马！"

"袁大人慧眼如炬！"孙坚嘴里虽恭维着袁术，心中却暗自叫苦。

袁术看出孙坚不舍得的表情，哈哈大笑："孙坚，本将又不是要夺你的马，只是借你的马一用。怎么，还借不得了？"

孙坚没有立马回答，只是朝旁边的朱诺瞥了一眼。袁术看看朱诺，再看看孙坚，笑道："我知道了，现在你也需要这匹快马，载着你的爱妾去某地，对不对？对了，你该不会也是去荥阳找华佗的吧？"

孙坚微微点头。

袁术摆摆手："这又怎么样？你这马必须借给我！第一，我是你上司，借你的马是给你面子；第二，我的妾的病分明比你的妾的病来得重——你看，你的女人还能走路；第三，我的妾是司隶校尉的女儿，而你的妾是个胡人，哪个更金贵，一目了然；第四，这马车之毁损，你多少有点儿责任，因此你需要补偿我；第五，在今日之前，你本就欠我人情，现在难道不应当还人情吗？！"

"请问，什么人情？"孙坚疑惑地抬起头。

袁术在孙坚耳边轻语："光和七年初春，下邳傅钟离越的爱妻袁氏死得不明不白，据说案发时，你就在钟离府。我族兄袁绍一直想将此事查个水落石出，却每次都被我劝住了。你心里难道就没数吗？"

见孙坚脸色骤变，袁术轻轻拍了拍他肩膀："放心，直到现在为止，关于此事，公文上采用的都是张昭的证词。张昭是你的朋友，也是我的朋友……因此，我们也算是朋友……除非你孙文台哪天不想和我袁公路做朋友了……"

孙坚听罢，用口哨唤来蒲梢骢，将缰绳递给袁术："袁大人，别的什么也别说了，快上马！属下心里有数！"

袁术冷笑一声："算你识相！"然后飞身上马。孙坚与那老驿使又合力将冯氏扶上马。因冯氏过于虚弱，无法抱住袁术的腰，所以孙坚不得不用绳子将二人的身体绑在一起。

望着袁术胯下的蒲梢骢扬起的烟尘，孙坚长叹了一口气。一旁的老驿使问道:"老朽这辈子第一次见这么大的官自己载着妾去看病,他为何不叫人把华佗请到东京去呢?"

孙坚说道:"若派人去请华佗,要比他亲自去多了一倍的时间,恐怕袁大人爱妾的病的确有些危急啊!"

老驿使点点头,但他看到朱诺右手的包扎物,又担心了起来:"大人您也是堂堂六百石的京官,既然也要亲自骑马载着妾去荥阳,恐怕这病也等不起吧!可现在您没马了,这可怎么办?"

孙坚没直接回答那老驿使的问题,而是远望前方的旋门置,问道:"老伯,你可是归那旋门置管辖的?置内可有余下车马可供调用?"

老驿使点点头:"老朽的确是受那旋门置所管。可置所内良马不多,中马不少。车舆嘛,好像有不少在修……对了,不管怎么说,你们得先赶到置所,才能在那里寻车马。不过,要徒步到置所,大致还要半个时辰呢。我看你们还是坐上我的牛车吧……不过这牛确实太老了,载不动太多人,我就不上去了。你们不妨就先坐着去,我在这里守着酒坛子等下一班驿车,没事的!不就是县令大人次子百岁宴的备酒吗?大人见了置啬夫,帮我解释一下就是了……"

孙坚点点头,将朱诺抱上车。没想到,他刚刚轻轻抽了一鞭,那老牛又白眼一翻,倒了下去。

老驿使匆忙上去探了一下它的鼻息,皱眉说道:"大人啊,它这次好像是真死了。不过也好,今天我们置所的兄弟们可以吃上牛肉了!"

"可恶!"孙坚气愤将牛鞭扔到路旁草丛中。

恰在此刻,远处又传来一阵急切的马蹄声。他循声望去,一个驿使飞马而来。孙坚大喜,随即横戟路中,大喊:"停马!"

来人在离孙坚十步处终于将马勒住。他刚想骂人,却立即认出了孙坚印绶的品级,急忙问道:"敢问大人何事?"

"少废话,我是议郎孙坚,有急事要借你的马!"

那驿使一脸为难:"小人现在携带紧急公文,必须立即送到旋门置,否则要被问罪的!"

"我也去旋门置,这公文我替你送不就成了吗?"孙坚不耐烦地上去抢那驿使的缰绳。

"那小人我怎么去旋门置?"

"你没腿吗?自己跑过去!"孙坚粗鲁地将那驿使拉下马,抢过他背上那个用来装公文的布囊,然后飞身上马。他转头对身边的朱诺大喊:"你还愣着干吗?上马!"

须臾,孙、朱二人重新驰骋在通向旋门置的驿道上。朱诺紧紧抱住孙坚的腰,鼓足了勇气,在他耳边低语:"刚才大家都说朱诺是大人的妾,大人是怎么想的?"

"我没工夫向他们解释。你是天子的!"孙坚淡淡回道。

"那如果朱诺以后再得什么怪病,天子会亲自驭车带我去找华佗吗?"朱诺的头枕着孙坚厚实的背,凄苦地笑道。

不久后,不远处楼关上"旋门置"三个字跳入孙坚眼帘。他对着前方大喊:"朝廷加急文书到了!置内人等准备换人换马再送!"

第三十回　孙华叙旧

孙坚来到旋门置置门前之刻，下一站接力的驿使已在马上蓄势待发。那驿使见前来送信的竟是一位六百石的高官，马上竟还载着一位胡女，惊得目瞪口呆。孙坚也不理他，用长戟的戟头挑着信囊往他面前一扔，便策马进入置所正中的大坞院，口中大喊："置啬夫何在？"

"谁在嚷嚷，还让不让人睡觉了？"一个歪戴着官帽的中年小吏腆着肚子、晃着竹扇，边打哈欠边从坞院一侧的厢房里走了出来。等他揉揉眼睛，看清问话者的秩位后，立即下拜："不知大人来置，置啬夫孙康死罪死罪！"

孙坚笑了起来："原来你也信孙啊！我们是本家！"说罢，他便在孙康面前晃了晃自己的名刺。孙康见了，明白这次来的乃是六百石的朝廷议郎，更是吓得拼命磕头赔罪。朱诺见状，不由得扑哧笑了出来，轻声对孙坚说道："朱诺终于知道哥哥为何那么喜欢做官了，真是官大一级压死人啊！"

孙康抬起头，好奇地揣测孙坚与朱诺之间的关系，但嘴上哪里敢多问。他殷勤地搀扶孙坚与朱诺下马，然后再次作揖："孙议郎可是来视察本置的？"

孙坚没有立即回答孙康的问题。他突然想起来，自己在徐州做县丞时，县境内所有驿站置所用车马都必须有文牍记录，自己也曾因某个置啬夫公车私用而责罚过他。现在倒好，他顶着朝廷议郎的名头，却要来到下级置所借调公车以供私用，这事当如何开口呢？

孙康看看孙坚微妙的表情，再看看朱诺包扎起来的右手，再瞅瞅孙坚刚才所骑的驿马，有点儿领悟了孙坚此行的真正意图。他小心翼翼地问道："大人，是不是您的车马在路上坏了，需要在这里借调车马？"

孙坚点点头。这事最好让对方先开口。

不料，孙康也陷入了沉默。他知道，孙坚胯下的驿马是不能再让他骑的，因为现在置所里只剩下五匹快马——而根据朝廷规定，每一置所得始终备好至少六匹快马，否则，延误了紧急公文的递送，他自己可是要掉脑袋的。至于一般的中马么，置所里虽然有十几匹，但没有借调车马的公文，他也不敢擅自出借。不过，若因严守朝廷法规而得罪了朝廷的议郎，他自己也知道后果。

孙坚看出了孙康的为难，心里也琢磨着借车马的恰当说辞。此时，眼尖的朱诺突然看到院子里堆积的一些邮囊上写着"荥阳"二字。她问孙康："这些邮囊是要去荥阳吗？"

孙康点点头，心中又暗自狐疑这胡女为何能说出一口标准的洛音。

在朱诺提醒下，孙坚眼睛一亮，想出了对策。他对孙康说道："我确有公事要去荥阳，但车马在路上坏了，只好在贵置借调车马。但事出突然，也没有带借调车马的公文。要不这样，这些去荥阳的邮囊，我且亲自替你送去，如何？"

没想到那孙康还是一脸的为难神色。他想了半晌，回道："大人，不是属下不愿意通融，而是这些邮囊必须一次送到，若有些早到，有些晚到，督邮大人会起疑心的……"

孙坚皱眉道："这有何难？你且备好一辆驷马之车，不仅能将这些邮囊全部装上，还能多装一个人。"说到"一个人"的时候，孙坚往身边的朱诺瞥了一眼。

孙康叹了口气："但……本置……唯一一辆驷马之车……还在修……最快也要半天才能修好……您能等半天吗？"

孙坚一听，不禁火冒三丈："按照朝廷法度，每一置所应当时刻备好至少三辆驷马快车，你们现在怎么连一辆车都没有？对了，我在路上还遇到一辆牛车，那也是你们置所的吧——这么老的牛，为何还不裁汰？还有那牛车上的酒，又是怎么回事？难道邮车上也能载酒？"

孙康听罢，立即下拜："大人息怒，下官死罪死罪！"然后他抬起头，用央求的神态说道，"议郎大人啊，其实要求置换新牛与新车的文书早就递上去了，但陇西前线吃紧，朝廷一直不拨给我们购置新车马的钱财，属下也是没办法啊！这不，县令大人为了维持县务开支，便从邻县低价进了一批好酒，以便在其子的百岁宴上高价推销给县内的大户，赚来差价以贴补置所，这也是没有办法的办法啊！还望大人笔下留情，不要向司隶校尉汇报此事！"

孙坚不耐烦地摆了摆手："罢了罢了，别再说了！我就是从陇西前线调回京的，那里有多吃紧，我比你清楚！"

此时，一个修车的工匠正从后院赶来，像有什么事情要向孙康汇报。他同时也看到了孙坚的官帽，吓得先给孙坚下拜。孙坚看着他肩上搭着的辔绳，眼睛一亮。他也不理孙康，直接问这工匠："这位师傅，你是不是在修车？"

那工匠点点头："回大人，小人确是在修一辆驷马之车！"

"那车哪里坏了？多长时间能修好？"

那工匠叹了口气："刚才小人仔细检查那车的时候，发现那车做毂杆的木头全烂了，得换掉整根毂杆……还有，套着车轴的车軎也少了一个……这个东西是青铜做的，还真不好找替用的……老实说，那车就车辕、车横不需要修，别的地方都要修……今日肯定是修不好了……"

孙坚瞪大了眼睛："那车靷与车䩺可是好的？"

那工匠点点头："这些倒有不少备用的。"

孙坚听罢，大喜，转而面对孙康："在我来此置所的路上，曾遇到一辆坏车横在路上，主人径自走了。其实那车也就车靷断了，马跑了，别处也没什么大碍。你且借我四匹中马，带着这位工匠和车靷、车䩺，以及备用的车辕与车横，跟着我赶去修好那辆车。我再驭彼车至此，载上邮囊去荥阳，你看是不是能事半功倍呢？到时你还能多赚一辆车！"

孙康琢磨片刻，翘起大拇指："议郎大人真是高明啊，属下佩服！"

孙坚指指身边的朱诺："这是我找来的胡医，有中土医工所不会的手法。因荥阳有要人害病，我急着载她去荥阳救人。我带人修车这当口，你且招待她吃点东西，但饭食不要走公账，我来出钱！"说罢，孙坚扔给孙康一块小银饼。

"大人啊，不需这么多，我可没余钱找您啊！"孙康拿着沉甸甸的银饼，激动地喊道。

"不用找了，余下的算是我赔你们的酒钱。对了，那牛车上的酒，已洒了一坛。"孙坚说罢，拉着那工匠去后院寻找合适的马车配件。与此同时，孙康则殷勤地招待朱诺去置内的客舍休息，并大声招呼庖厨准备饮食，而朱诺却因孙坚方才说自己为胡医而一脸不悦。

两刻之后，孙坚笑眯眯地驾着驷马高车二入旋门置——而那车舆内还载着那位工匠、老驿者以及那九坛酒。孙康看着此车华丽的装饰，惊问道："这是哪位大人的高车？若他回过头来讨要，这可如何是好？"

孙坚笑着指着车上镀金的銮铃以及车舆四周绚美的花纹，说道："等一下把这些花里胡哨的东西都拆了、涂了，再抹上一点儿土，原来的车主自然就认不出了。"然后，他又指着身边那位老驿使，对孙康说："这位老伯年纪太大了，干脆将他裁汰吧，换个年轻的。以后我会定期遣人送财物给他，为他养老。"

那老驿使听了，竟在车舆里哭了起来。

半刻之后，意气风发的孙坚瞥了一眼车舆内所载的邮囊，抓紧辔绳，重新上路了。而同在车舆内的朱诺则紧皱柳眉，一言不发。她用左手抚摸着这些邮囊，一边揣测着这囊布下简牍的形状，一边估量着自己与那些邮囊在孙坚心中各自的分量。

第三十一回　华佗诊痈

孙坚驾着驷马高车，载着朱诺与邮囊，出了旋门置，穿过旋门关，直奔荥阳地界而去。一路上朱诺无话。终于到了荥阳县城之前的荥阳置，孙坚叫置内杂役搬下邮囊，然后驾车入了县城，直奔县寺而去。路上见到一个掾吏模样的人，孙坚急忙询问："请问这位兄弟，名医华佗是否还在城内？"

那人回道："这也巧了，华先生本说好今日就离开荥阳南下荆州的，但在半个多时辰前，京都有个大官来找华先生。目下他正在县寺呢，大人可以去县寺找他。"

孙坚长吁了一口气——幸好袁术早到半个多时辰，将华佗给留住了！

不久后，孙坚驾车来到县寺门口，向站在桓表[1]边的小吏递上名刺。须臾，一名青年官吏快步出门，向孙坚作揖：

---

[1] 即后世所说的"华表"，立于官衙门口的精美高柱。

"荥阳丞许汤不知议郎大人驾临,有失远迎,死罪死罪!"

孙坚摆摆手:"免礼!荥阳令呢?"

许汤回道:"县令黄大人身体还没好透,所以遣下官代为向议郎大人问安!"

孙坚低声问道:"折冲校尉袁大人目下是否就在寺内?"

许汤点点头:"袁大人确实就在后堂。他正在与华佗先生讨论治疗病患之法。"

孙坚心中之石总算完全落腹。他将朱诺搀下车舆,向许汤解释道:"我也是慕华佗先生大名而来的。你瞧,我家眷也病了……"

听到孙坚改口称自己是其"家眷",朱诺的眼睛又放出了光。

许汤看看美丽的朱诺,心中羡慕着孙坚的艳福,嘴上却说:"您真算是赶上了,这天下真没华佗看不好的病。本来我家县令一直昏迷不醒,家人连棺材都打好了,可服下华佗先生的几副药后,人也醒了,嘴也会说话了!您家人的病,肯定也能药到病除!对了,她哪里病了?"

孙坚指指朱诺那被包扎得严严实实的右手。许汤会意,不再多问。此时孙坚突然想起了什么,指着身边的驷马高车,吩咐许汤:"现在你立即遣一人,驾此车去荥阳置,载上一些要向西递送的公文,然后一直驶到旋门置,将这车马还给旋门置的置啬夫。"

"这车是给置所配的?"许汤看着这车上华丽的装饰,心中生出狐疑。

"你就别问了，快办就是！"孙坚催促道。其实，他亦担心袁术突然走出寺门，发现其私车已被挪为公用。

趁着许汤遣人将马车拉走的当口，朱诺轻声问孙坚："哥哥为何一会儿说朱诺是你的家人，一会儿又说我是你找来的胡医？"

孙坚笑道："见风使舵罢了！"

朱诺若有所思地点点头："你们汉人是不是官做得越大，说话就越随心所欲？"

孙坚皱眉道："什么叫'你们汉人'？你们胡人的为官之道难道不也是这样吗？"

朱诺摇摇头："听家父说，在我的家乡大秦国，人人均守法度，即使皇帝违法，元老亦可将其罢黜……"

孙坚听罢，哈哈大笑："这是你爹编出来骗你的，如果皇帝连元老都怕，那谁还愿意做皇帝呢？"

朱诺不服气地噘起了嘴："据说大汉天子既怕太后，又怕皇后与国舅。"

"嘘！嘘！嘘！"孙坚竖起手指封住她的嘴唇，轻声说道，"这话只能在家里悄悄说，怎么能在县寺门口说？"

"那哥哥真把我朱诺当家人吗？"朱诺拉着孙坚的衣袖，轻声问道。

孙坚指着重新出门的许汤，咳嗽一声，朱诺随即将抓住孙坚衣袖的左手放开。

许汤装作没看见二人刚才暧昧的表现，再次作揖："大人，快随我来，华佗先生已经准备备好为病人诊疗了。"

孙坚与朱诺跟着许汤进了县寺大院，直奔后堂而去。须臾，孙坚就远远看见正在一棵树下与袁术交谈的华佗，而孙坚的蒲梢骢被拴在了树干上。另外，在华佗与袁术身边，还站着两个年轻人，看其穿戴，一个像是华佗的助手，一个像是县寺内的小掾吏。许汤刚想跑过去代为通报，却被孙坚拦住。他向袁术的方向努努嘴："且等袁大人说完话，你再去通报！"

许汤点点头，在一旁候着。耳尖的孙坚听得华佗对袁术说道："尊夫人的病，并不是因为腹部有瘤，而主要是因为饮食不周，幸好您没听东京那些庸医的胡说，给她乱吃药。对了，她平时特别爱吃什么？"

袁术回道："脍鲤[1]。"

华佗一皱眉："爱吃脍鲤？为何不爱吃炮鳖炙熊蹯？食材弄熟了吃不更好吗？"

袁术摇摇头："其实京都人都爱吃脍鲤，我也爱吃，但贱内吃得实在是太多了。我也有点儿担心，那些洛水里的鱼……就那样生切为脍吃下，恐怕……"

华佗再问："她平时吃生鱼的时候就蘸虾酱？蒜齑、大酢之类呢？"

袁术想了想，回道："好像她不爱蒜齑、大酢的味道，平时吃得很少。"

华佗点点头："这就全对上了！好了，现在我就来开药

---

[1] 即鲤鱼肉刺身。汉代人喜欢生吃生鱼片。

方。袁将军,麻烦您这就遣人去买来混杂了蒜齑的大酢三升,不兑水,让尊夫人一口气喝下!"

袁术简直不敢相信自己的耳朵:"什么?华先生说的可是一般庖厨里都有的蒜齑大酢?"

华佗点点头。

袁术脸上显出不悦:"我从东京一口气跑到荥阳,就是为了求您这个方子?难道东京没有蒜齑大酢吗?"

华佗笑道:"但东京目下确实没有人能想到去用蒜齑大酢来治尊夫人的病!"

袁术犹豫了一下,点点头:"好,我且信你!"说罢,便令身边小吏去买蒜齑大酢。那小吏回道:"这些佐料,县寺的庖厨就常备,小人我这就去准备!"

袁术点点头。正在这当口,他看见了在远处看着他们的孙坚、朱诺与许汤。袁术咳嗽一声,向孙坚作揖:"文台,你的马不错,很快,很稳!多谢!"

孙坚一边走,一边回礼:"袁将军能够骑上我小小议郎的坐骑,乃是我孙某的福气!"

此时华佗瞥了孙坚一眼,刚想与老友打个招呼,但一看朱诺的右手,旋即皱起了眉头。他转身问孙坚:"文台,她就是病人吗?你是如何带她来荥阳的?"

孙坚被问得莫名其妙:"先是马,后是车,还能怎么来?飞过来吗?"

袁术看见华佗紧张的表情,也是一脸疑惑,问道:"先生,贱内自己都不能走路了,您却一脸轻松;而这孙坚的妾还能走路,这又能有何大事呢?"

华佗摇了摇头:"你看她手掌处的包扎法,肯定是用来包掌痈的。得了这病,最好不要大动,以防止掌痈之毒浑身周转。但文台却带她一路舟车劳顿,这下可真有点儿麻烦了。对了,我看这位姑娘的脸色已有些发黑了。"

"有吗?"袁术看了看朱诺的脸色,问道,"她好像比我还白啊?"

"她是胡人,本来就比你白!"华佗没心思搭理袁术。此时,袁术救妾心切,也不再管朱诺的事,离开庭院,转头去里屋看冯氏。华佗则一路小跑来到朱诺面前,让她在一铺了鹿皮垫子的青石上坐下,然后亲自动手,一层层解开包扎掌痈的布条,仔细查看,还凑近闻了一下,又为朱诺号了号脉,看了看她的舌苔,神色才稍微安定下来,喃喃自语道:"幸好来得还不算太晚,否则这手臂都保不住了……"

现在轮到朱诺害怕了,她带着哭腔问华佗:"先生,真有那么严重吗?"

华佗没直接回她,只是对自己的助手高喊:"阿岚,快去煮麻沸散,我要施切痈术!对了,再叫几个人来,叫这姑娘别走路了,等一下抬到施术台上!"

孙坚也急了,追上正在准备施术刀具的华佗,问道:"元化兄,你能保住她的手吗?她的手可是用来奏箜篌的!"

华佗一皱眉:"做粗活,应当没问题,但奏箜篌嘛……祛痈毒的时候,很难不伤到筋肉……好吧,我知道了,我尽力吧……"

"什么叫'尽力'？你到底行不行啊？"孙坚激动地抓住华佗的手，"这奴婢，可是我花了八百万钱买来的，八百万钱啊！"

华佗甩开孙坚的手，冷笑道："这又如何？就算这是天子的手，我也只能说'尽力'罢了！这治病，六分靠诊，二分靠治，一分靠养，一分靠命——前八分看医者，后二分看家人与天意，我又能如之奈何？当年我在宛城救下的那些病患，明明都是可以康复的，却在官军的箭雨下丧生，这难道不就是医者不能违抗的天命吗？"

孙坚叹了口气："宛城那些日子，真委屈先生了。好吧，我也不再多说什么了……先生有几分功力，就施展几分吧！"

"这还用你说！"华佗已经开始用火为施术刀具消毒。此时，其助手叫来的帮手也已将朱诺抬上了施术台。

孙坚再问华佗："华先生……敢问……她为何掌中生痈？我家也没人爱吃诸如脍鲤䲙胎虾之类的怪异食物啊？"

华佗想了想，缓缓说道："关于这病的起因，我曾与张仲景先生探讨过。他的观点是：热之可过，血为之凝滞，故蓄结痈脓……故此，他主张让病患喝下'苇茎汤合排脓汤'祛痈。华某则认为，痈可能是外物之毒侵入肌体所致，而不能笼统归结为冷热之变。小痈勉强可依张法治疗，但痈养大了必须施术祛之，再辅以张先生所开的药剂。但张先生有孝廉的名头，华某却无，所以天下医者多信张说。"

同样也没有孝廉名头的孙坚紧紧抓住了华佗的手："我孙坚就信元化你说的，不信那张仲景！"

"别抓我的手！我刚洗过，现在好了，我还得再洗一遍！"华佗狠狠瞪了孙坚一眼。

此时，阿岚突然连滚带爬地跑过来，大喊："先生，出大事啦！太吓人了啊！"

华佗转头看看阿岚，问道："别慌，慢慢说！难道是袁将军的夫人喝下蒜齑大酢，最后还是没吐？"

"吐了！吐了！还吐出一条长虫，吓死人了，这么长啊！太吓人了！"阿岚用手比画着那长虫的长度。

华佗冷笑一声："少见多怪！"转而对孙坚说道，"袁家夫人的病已经好了八分，余下的事情，无非就是调养了。至于这位胡女……你且在这里等上一个时辰，我会尽力而为！"

孙坚瞪大了眼睛："华先生在军中施术可是以迅疾著称的，今日施术却要那么长时间？"

华佗摆摆手："文台有所不知，军中施术就是为了保命，但为此女施术却是为了保手，彼此难度不可相提并论。不过你且安心，我做不成的事，别人更做不成——因此，至少你来找我这一步棋肯定是算走对了。"

说罢，华佗用手巾擦干双手，提着装着施术用具的牛皮囊，大步流星离开了庭院，走进里屋。此刻，县丞许汤又叫手下给孙坚送来了茶水果品，孙坚却只是低头看着地上的青苔发呆，全然忘了饥渴。一旁的蒲梢骢则俯下头，用其面颊蹭着孙坚的背，抚慰着主人焦躁的情绪。

第三十二回　旧友新逢

一个多时辰后，华佗回到庭院。孙坚冲上去询问朱诺术后的情况。华佗并未回答，只是端起本为孙坚准备的酒碗，"咕咚咕咚"地喝了起来。喝完之后，他擦了擦嘴，这才长舒了一口气："这梅子酒不错！"

孙坚从他放松的表情中猜出施术还算顺利，也跟着松了一口气。他问华佗："她右手奏琴功力还能留下几成？"

华佗伸出右手的五根手指。见孙坚脸色骤变，他又忙不迭地加上左手的四根手指，然后哈哈大笑。

孙坚见到九根手指，这才彻底放心。他一下瘫在草地上，伸了一个懒腰："终于没有枉费我这一路上的辛苦啊！"

华佗也半蹲下来，拍了一下孙坚的肩膀："哎，文台，她的病还没好透呢。虽然我小心刮去了痈毒之大部，但是余毒还在，所以她现在的手指还是略有肿胀。所以，术后依然需要定期服用草药，慢慢祛毒消肿。只是这毒的种类千奇百怪，我也无法确定真正的毒源，所以就给你开了甲、乙、丙、丁四种方子。你得让病患按照次序慢慢试药，若上一种药服用六剂后指肿未消，则换下一种，直到指肿彻底消失为止。在此期间，病患宜静养，饮食宜清淡。我刚才也与许县丞商量了，她最近十日不妨就在县寺休养，县寺会有专人照看的。反正袁术的妾也会在县寺静养几天，两位病患他们可以一起照顾。另外，我也担心她若术后立即回京，会在颠簸的车马上再将余毒颠散。这样，我方才这术就白施了！"

孙坚点点头："还是元化兄想得周到！"

"华某的诊术周到自是不假，但你的诊费呢？"华佗笑嘻嘻地向孙坚又伸出了五指。

孙坚看着华佗的手指，又看看他的笑脸，惊讶道："这不像你啊，元化，我还一直以为你给人看病不要钱的！"

华佗大笑："那是对穷人不收钱，但官宦家的诊费，我收得可欢了。对了，文台，你最近不是发达了吗？竟然买一个奴婢就花费了八百万钱，真是豪横啊！"

孙坚摆摆手："莫提那事！"

华佗再笑："怎能不提？我就是按此计价的。你想啊，那奴婢既然能值八百万，肯定是因为她心灵手巧、腿脚灵便。人有两足、两手，我治好她一手，应当收费二百万。但考虑到此手功力可能已废一成，我再打个折，收你一百八十万钱。你看，我华佗是不是开价公道，童叟无欺呢？"

孙坚气得从地上一跃而起："元化，几日不见，你怎么变得如此贪财了！"

华佗也站起身来，哈哈大笑："几日不见，文台兄怎么连玩笑都开不得了呢？"

见华佗是开玩笑，孙坚放松了下来，问道："那你到底要收多少？"

华佗笑道："你摸着自己良心给就成！"

孙坚从怀里掏出三块银饼递给华佗："这够了吧？"

华佗掂量了一下这银饼的分量，笑道："够了，够了！有了这点钱，我可以再雇一个帮手……"

"那个阿岚不行吗？"孙坚插话道。

"不行啊！"华佗叹了口气，不由得脱口而出，"比起那个言无名，他不知差多少里地呢！"

不料，华佗一说出"言无名"三字，庭院内的空气一下子凝固起来，两人都陷入了沉默。

良久之后，还是孙坚率先打破沉默："元化，那些事，该忘的，还是忘了吧，人还得向前看……"

华佗铁青着脸，摇了摇头："忘不了啊……我心痛啊……言无名这孩子，是多好的学医的料啊……"

孙坚试探着问道："元化，你是不是还在怪我当时没劝住曹操，害得言无名丢了命？"

华佗摇了摇头："我又不傻，我当然知道是言无名自己求死的，那曹阿瞒只是送他上路罢了。"

孙坚点点头："元化兄想通了就好，莫要再为此事生我气了……还是那句话，人还得向前看啊……"

华佗用轻蔑的目光看着孙坚："本来我确是不想再为过

去的事情生气了,但刚才听你说什么'人还得向前看',我却忍不住又生气了……"

孙坚再问:"此话怎讲?"

华佗踱了几步,然后回道:"你是真不懂还是假不懂?对言无名之死,最伤心的是谁?不是我华佗啊,是你家阿婵啊!有几个母亲能够忍心看到亲生儿子在自己面前被砍头?上次你我在宛城离别之前我对你说的话,你还记得吗?你以后得对她好一点儿!"

"我哪里对她不好了?"孙坚反驳道。

华佗愤然道:"别的不说,你孙文台才发达几天,就花八百万钱买来一个来历不明的年轻胡女做妾,还为她放下京都的公事不管,飞马带她来荥阳找我。你让阿婵怎么看这事?你到底是嫌弃她老了呢,还是嫌弃她长得没胡人白?这就是你说的'人还得向前看'吗——在新人的温柔乡里,忘却旧人的哭泣?"

孙坚也被华佗的话激怒了:"元化,看来你比我还要惦记我家阿婵啊!那我也奇怪了,你人都已经到荥阳了,为何不直接到京都去看她呢?反正我上朝后,几个时辰都不在家的,我家的门可一直开着呢!"

华佗被孙坚气得胡子乱颤,指着孙坚说"不可理喻",甩袖就要离开。不料,此刻却从里屋传出一阵爽朗的笑声。二人循声望去,发现笑者并非旁人,而是袁术。

袁术走到院子里,一手笼住孙坚的肩膀,一手笼住华佗的肩膀,笑道:"你们二位,一位借我宝马,一位赐我诊术，若无你们二位襄助，贱内的病是不会好的。所以，你们都是我袁公路的朋友！既然都是朋友，又何必因为一点儿陈年往事弄得彼此不睦呢？"

见两人还是气呼呼的，袁术先是瞪了孙坚一眼："文台，我要先说你的不是！华佗先生什么人品，你还不知道？你就是出去十天半月，他天天住你家，他也不会与你的妻妾发生什么。他可是医痴啊，只对病人感兴趣，对女人却没什么兴趣，哈哈，除非她也是病人！"然后他将头转向华佗，"元化，刚才你的话也说得不妥。你真以为文台花大价钱买那个胡女，是因为他贪色吗？不是！这事我多少知道点底细。那胡女文台本不想买，只是因为文台向天子献策征收胡商重税，胡商为了报复，这才在东京马市做局，逼他高价买下这胡女。此外，这胡女或许有大秦血统，文台给她治痛，也是为了将其献给天子，并不是因为他见异思迁。瞧你想哪儿去了？"

华佗听了袁术的解释，疑惑地看着孙坚："文台，袁大人说的可都是真的？"

孙坚点头道："堂堂折冲校尉，难道还会诓骗你不成？"

华佗想了想，低头苦笑了一下，然后抬头看着孙坚："文台，见谅啊，刚才我失言了！"

孙坚摆摆手："哪里话，你我认识这么长时间了，我还会挂怀这些小事吗？"孙坚随即转向袁术，"我与华先生不但在宛城共事过——其实，我们早在扬州就相识啦！多年前，他还曾在吴郡给我家贱妾治过不孕病呢！"

"华先生，原来您连不孕病也会治！"袁术激动地抓住华佗的手,"也不怕您笑话,我那小妾一直没怀上……反正她来也来了,您就把这个病也顺带治了吧!"

恰在此时,阿岚的喊声传入了众人之耳:"华先生,荆州刺史部的人来催您了,您该出发了!"

"荆州刺史部?"孙坚与袁术面面相觑。华佗解释道:"荆州刺史王叡病了,要不是袁大人与你文台带病人来找我,我早就该南下荆州了!"

袁术点点头:"想那王叡,今年二月刚平定江夏郡的兵乱,这仗打得着实不易,估计人已积劳成疾了。好吧,只有辛苦你老兄先南下荆州给他看病了。对了,荆州的事情了结后,你可一定要去京都,给我的小妾治病啊!"

华佗笑着应允,向二人辞别。待华佗走后,袁术拍了拍孙坚的肩膀:"文台,我也得赶回京都了。我毕竟是折冲校尉,手下管着七百多名虎贲战士,离京时间太长了可不好。你倒不妨再多留一两日,反正'议郎'也是个闲职……"说罢,袁术的眼睛又瞥了一眼蒲梢骢。

孙坚会意,作揖回道:"袁将军公务要紧,若不嫌弃,可以坐属下坐骑先行回京。到时将马还给属下便是!"

袁术满意地笑笑:"感谢文台好意!不过,这马要喂草料,人也要吃饭。这一路颠簸,我目下腹内空空,想吃顿饱饭再走。文台,你若还没吃过的话,我们一起进食如何?"

"诺!"孙坚嘴里说着,心中却有些忐忑。他当然知道,一起吃饭,只是上司欲与下属密谈时惯用的一个借口。那么,袁术接下来究竟要与自己谈些什么呢?

第三十三回　孙袁彻谈

袁术将孙坚引至许汤早已为二人备好的一间僻静厢房，但见两张食案上已各自摆放了一只被炮烙得通红的小豚。孙坚一看，心中略感惊讶，因为按官场惯例，在同一场宴席上，若上司吃的是炮豚，下属就只能吃炮鸡或炖鸭。由此看来，今日县廷给孙坚准备的饮食显然已经越礼了。

袁术看到孙坚的表情，笑道："文台，我早知荥阳县寺的庖厨善于炮制豚肉，便委托汤县丞叫他们多做了一只，给你尝尝！"

孙坚推辞道："袁大人，在下实在不敢当……"

袁术摆摆手："一头小猪而已，有什么好推辞的。对了，这又不是在办公事，你就叫我'公路'吧！"

孙坚一脸惶恐："那在下就更不敢了！"

袁术脸一沉："难道要本将下令于你，命你叫我表字吗？"

孙坚立即行礼："公路兄，请先入席！"

袁术也还礼："文台兄，你也请！"

两人入席，孙坚给袁术斟酒，随后袁术也给孙坚斟酒。各饮三杯后，袁术边用匕首割取豚肉，边问孙坚："文台，听说你的家人还在寿春，你不准备接他们来洛京？"

孙坚回道："也不是没这想法……但我家人口多，要在洛京安顿他们，着实不易……"

袁术咽下一口豚肉，喝了一口酒，说道："的确是不易啊……对了，听说你本看上了赵岐先生在京都东郊的宅子，结果被我袁家给抢了，事后你心里会不会有什么不快啊？"

孙坚给袁术斟满酒："公路兄哪里话，是我本人到期未履约向赵家人付钱，你们袁家人才去购宅的。因此，袁家终得美宅，乃是天经地义啊！"

"这就好！"袁术笑眯眯地指着孙坚案上的小豚，"文台，别光顾着给我斟酒，你自己的豚肉也要趁热吃啊！"

孙坚拿起匕首，开始割取那小豚的耳朵——这是他多年形成的习惯：吃猪头先割猪耳吃。

看着孙坚咀嚼着蘸满菽酱的猪耳的陶醉表情，袁术慢条斯理地说道："这小豚也真是有幸啊，被割了耳朵，就再也听不到那猪圈里的喧嚣了，而我们这些活人就不一样了——既然长着耳朵，就难免会听到一些风言风语……"

孙坚咀嚼的动作慢了下来，耳朵也竖了起来，努力捕捉着袁术接下来所要透露的资讯。

但听袁术继续说道："比如，现在朝中有些人，鼓噪着要去彻查光和七年春发生在下邳的钟离越灭门案，说此案疑点太多……还说此事与议郎孙坚关系甚大……你说,这事都已经过去两年了,现在重提,不是没事找碴儿吗?"

孙坚记得,这已不是袁术第一次和自己提起此事了。既然袁术再次主动谈起,显然表明他已经知晓自己做下邳丞时的软肋,此刻自己若再做任何遮掩,也都将是徒劳的。想到这里,孙坚仰脖喝完一樽酒,顺势将那已经被嚼碎的猪耳肉咽入肚中,然后正襟危坐,对袁术说道:"公路兄明鉴!案发时,我确实是在钟离府,钟离一家被灭门,也并非黄巾贼所为,而是孙某挑拨钟离与海贼胡玉互相残杀所致。但钟离、胡玉勾结反贼、陷害孙某在先,孙某反制在后,孙某当时也是别无他策啊!"

袁术点点头:"钟离与反贼勾结的证据,其实我们袁家也掌握了……对了,你知道是谁将这资讯送到京都的吗?"

孙坚想了想,回道:"应当是张昭吧……"

袁术摇摇头:"不是他,而是那晚被海贼帮误杀的钟离越的爱妾袁氏!"

孙坚听罢,顿时全身僵住。

此时,袁术又主动给孙坚斟满了一樽酒:"那袁氏本是我族兄袁绍派过去的,以便监视钟离府与王府的一举一动。不过,我本人也是在她死后才知道她是我们袁家在下邳设下的暗桩。故此,文台当时不知,也并不奇怪。"

半晌后,孙坚才问道:"她既知钟离谋反,为何不举报?"

袁术回道:"我当时并不在下邳,她也不是我本人派去的,其中缘由,我也不太清楚。只是有一次听我族兄袁绍说过，他曾密令她拉拢掌握下邳兵权的中尉韦尚，一旦下邳政局有变，可以让韦尚控制局面……"

孙坚一惊，拿着切肉用的匕首的手都开始发抖了。

袁术看着孙坚的表情，笑了起来："文台，别紧张，那韦尚不已死了吗？反正死无对证了，你怕什么？"说到这里，他给自己倒了杯酒，继续说道，"不过那韦尚死得也颇为蹊跷，据说他是与下邳相王岱互射弩矢而亡……文台，韦尚之死，是不是也是你设的反间计？"袁术抬起头，紧紧盯住孙坚的眼睛。

孙坚立即摆手："当时我看到二人互射而死，也是惊讶万分。此事绝非我孙某的设计！"

"罢了罢了！"袁术摆摆手，"死人是无法为自己说话的，反正你文台活了下来，而且你日后的作为也证明，你是忠于朝廷的——有这两点就足够了！来，继续吃肉！"

可孙坚现在哪里还有心情大快朵颐，他一边慢慢用匕首割取那小豚的另一只耳朵，一边慢慢品味袁术刚才所言之含义。为何袁术既告诉他那柱死的袁氏乃是袁门暗桩，但随后又告诉自己，他本人乃是在袁氏死后才知晓此事的呢？答案只有一个：袁术是想借此告诉他，安插袁氏的袁绍其实并不真正信任袁术。但袁术为何要向自己暗示这一点呢？

"光和七年春，袁绍与袁术各自在做什么呢？"孙坚在心里发问。他隐约想起，袁绍由于要为双亲服丧，曾长期在洛阳隐居，黄巾大乱之后，他才应了何进的征辟而重新出山做官。因此，在光和七年春，袁绍正要结束自己的隐居生活而重返庙堂。至于袁术,他当时做的是长水校尉,吕布给孙坚带来的那些匈奴骑兵,就是袁术的部下……这一点足以说明,至少在光和七年春,袁术的所作所为都是有公文记录的,而袁绍则躲在一片神秘的阴影之中……

孙坚的思绪被袁术接下来的话给打断了,或者毋宁说,被他的话给贯通了。但听袁术说道:"文台啊,也不怕你笑话,我与族兄的行事风格确实有些不同。他总喜欢躲在暗处,用些看不懂的招数,这里放个暗桩,那里安排个心腹……我呢,只喜欢带兵往前冲,做事光明磊落。当年吕布带人去下邳时,我曾清楚地告诉他:是反贼,就诛;是忠臣,就助——总之,杀伐决断都要放到台面上,这样大家才能心服口服……"

听到袁术抱怨自己的族兄,孙坚心里大致有数了。他听祖茂与诸葛珪说过,袁门虽有四世三公的深厚背景,但同父异母的袁绍与袁术兄弟彼此却有着竞争关系。由此看来,今日袁术故意在孙坚面前贬损兄长,或许有拉拢自己扩充羽翼之意!

那么,要不要与袁术结盟呢?孙坚一边慢慢咀嚼着松脆的烤豚皮,一边仔细琢磨相关的利弊。袁家的家世自然是孙坚所艳羡的,但问题是,如若自己与袁术走得太近,并因此得罪了袁绍,这又该如何是好?……

袁术看着默默切肉、蘸酱、咀嚼的孙坚,问道:"文台,怎么不说话了?"

孙坚回道:"公路兄的家事,孙某不敢多嘴……"

袁术笑道:"也好!不说我的家事,那就说说你的事吧!

不瞒你说，你在下邳做的那些事情，就是因为我袁公路一直为你遮掩，你才能安然无恙。但你可知我为何要这么做？"

孙坚摇摇头。

袁术回道："我袁公路非常欣赏你的老上司臧旻的一句话，'《春秋》之义，选人所长，弃其所短，录其小善，除其大过'。孙坚你做的某些事情，虽有小瑕，但不丢忠臣的本分。想你孙坚，自少年时起，便在会稽剿灭许贼，后在徐州为官，劳苦十年。后随朱儁转战南北，克灭黄巾，前不久又在陇西屡建奇功，实为天下难得的干吏与虎将。而我的兄长呢，却对庶族出身的武吏锱铢必较，总爱与有孝廉、茂才之空名的士人为友。此番他遣人秘密调查你在下邳的种种不是，也是为了找到你的毛病，阻断你从议郎升迁为二千石的通道，以便为自己的人在荆州腾出位置。我是因为爱才，不忍看到朝廷失去一个好的郡守，才在此给你指点迷津啊！"

"荆州？"孙坚迅速捕捉到了袁术方才话语中的这两个字。他抬起头问袁术："公路兄，你方才的意思是不是说，荆州有空缺的二千石的位置？"

袁术看着孙坚眼中放出的亮光，就好像一个老辣的渔夫看到了被鱼儿拉直的鱼线。他笑道："文台莫急，我且和你说说这荆州的形势。"说罢，他以指蘸酒，在食案上画出了一个荆州简图，然后说道，"文台未来若真想做个郡守，去荆州最好。你看，荆州北接司隶与豫州，西边是益州，东边是你老家扬州，南边是交州，可谓'天下之腹'。大江从荆襄沃地流过，带来了益州的蜀锦，也带来了丰厚的财税。

也正因为此处离司隶不远，朝中有事，你不至于后知后觉。不过，此处毕竟在司隶之外，朝中的有些是非，你也可以装作不闻。由此，文台兄若在荆州，便能做到进退有据，始终立于不败之地……"

孙坚激动地点点头："公路兄所言极是！只是荆州有南阳、南郡、江夏、武陵、零陵、桂阳、长沙七郡，究竟何处目前有所空缺呢？"

袁术反问道："你自己最想去哪里？"

孙坚说道："我自然最想去南阳，毕竟我在南阳战过黄巾，对那里的风土相对熟悉。此外，南阳离司隶也最近，方便我与朝中联络。"

袁术点点头，然后又摇摇头："文台的算计是对的，只是可惜啊，你暂时去不了南阳。"

"这是为何？"孙坚问道。

袁术解释道："目前南阳郡的郡守羊续，官声清廉，甚至将别人送给他的鱼悬在厅堂上以谢绝行贿者，故被称为'悬鱼太守'。而且他又与荆州刺史王叡一起刚刚剿灭了乱兵之首赵慈在江夏郡发动的叛乱，因此他的官位目下是稳稳的，除非他的身子骨出了大毛病。"

"那余下六郡呢？"孙坚再问。

袁术回道："至于余下数郡——江夏叛乱刚平，朝廷也派了新的郡守，人事不可能立即发生变动；南郡相对无事，短时间内郡守也不会更换；武陵郡的郡守曹寅是我袁术的朋友，他是你未来在荆州的盟友，我自然不会希望他离开荆州。故而文台未来的二千石仕途，不会出于长沙、零陵与桂阳三郡。这三郡中，长沙最为富庶，我个人更希望你去长沙。"

"那我被派去这三郡的契机又是什么？"孙坚再问。

袁术笑道："文台，别急！我已得到曹寅密报，此三郡都有发生新乱的迹象。有一个叫区星的妖人尤其活跃，据说手下信徒已聚集近万人。曹寅认为，此人年内定会在长沙起事，希望朝廷早作应对。若曹言不虚，只要这些乱贼攻破地方郡府，我就有机会上奏天子，建议你去长沙平叛。这样一来，你不就成了名副其实的长沙太守了吗？"

孙坚听了袁术的话，猛地撕下一大块豚肉，大口咀嚼起来。但嚼到一半，他又突然觉得哪里不对劲，随即问道："那曹寅既是武陵太守，为何他对贼情的通报，不首先递交给荆州刺史王叡呢？据我所知，荆州刺史部的治所不就在武陵郡的汉寿县吗？"

袁术笑道："文台问得好！愚兄来告诉你此中奥秘：王叡刚与羊续合力扑灭赵慈的叛乱，还得了'安次侯'的爵位，曹寅若此刻告诉王叡，还有余贼正在长沙虎视眈眈，这不是在打他的脸吗？所以，这些贴己话，他也只有对我说说。当年我与曹寅一起在太学读书，可算是有着多年的交情。"

孙坚仔细品味着袁术方才所言，试探着问道："公路兄，你是不是想说，即使我以后去了荆州，也得小心荆州刺史王叡？"

袁术点点头："他是家兄袁绍的人，与曹寅素来不睦。

如果你是我举荐去的,他也不会给你好脸色看……"

孙坚再问:"到时候,我究竟该如何自处?不管怎么说,关于荆州地方事务,王叡毕竟要比我熟络得多……"

袁术摆摆手:"文台,你也不要被他吓住。就说剿灭赵慈这件事吧,王叡与羊续两人忙了三个月才将这一小股乱贼剿灭。若换成你,我看一个月就够了。你记住,你以后去了荆州,也不用在公文上与王叡置气,只要用自己的政绩与战绩去压他!不妨这么说吧:只要你剿贼的速度比他快三倍,他在荆州的威望就会被你压住。而你在荆州的面子有了,我袁术在袁门的面子也就有了,因为你是我推荐的人。"

孙坚大喜:"我孙坚别的都不擅长,唯剿贼最熟!"

二人又吃喝了一通,直至双双打起了饱嗝。微醉的袁术向孙坚伸出了两根手指头:"文台,以后你只要做好两件事,我可保你飞黄腾达,势压一众孝廉、茂才!"

"哪两件?请公路兄赐教!"孙坚抱拳道。

"第一,"袁术晃着第一根手指,"你得先答应我,以后做了二千石,要听我袁公路的号令,至于我哥哥袁绍的话,你只要装作听从就是了。"

"当然!我孙坚是一个知恩图报的人!再说,我也清楚我的家世,袁门像公路兄这样看得起我们这些庶族官吏的,恐怕也没有第二个。"

"第二,"袁术晃着第二根手指,"你自己也得上点心,让天子更青睐于你。天子在我面前念叨大秦人的事,也不止一两次了。你这次带来的胡女若真是大秦女,就不妨先献上去再说。待龙颜大悦，我等也可以在天子面前为你说话。"

孙坚一挥手："公路兄，你放心！我不辞劳苦将此女带到荥阳来找华佗先生，就是希望能将她的巧手治好，将她完璧献给天子。且等十天半月，她手好透了，我立即将她献上。公路兄，再喝一杯！"

袁术笑着摆摆手："这酒我是不能再喝了，你自己尽兴吧！文台，别忘了，我还得骑你的宝马回洛京呢！"说着，袁术歪歪斜斜地站了起来，转身往门外走去。孙坚刚要去搀扶他，却被他甩开："文台，莫忘我是堂堂折冲校尉，没几日还会当上虎贲中郎将，麾下都是精锐的虎贲卫士，不要人扶的！"

孙坚在门口作揖，目送袁术上马而去，然后回屋，独自又喝了几杯，终于觉得有些乏了，便也不顾宽衣，倒头就睡。在睡梦中，他看到宋嘉正端着金灿灿的二千石龟钮印，笑眯眯地朝自己走来，而自己脚下则浮起了团团祥云……

孙坚醒来时，发现天色已晚。他从床榻上起身，看见原本堆放着残羹冷炙的食案，目下只放着一个用来醒酒的茶盏。孙坚喝了一口茶粥，发现华佗的助手阿岚正跪在门口。

"阿岚，你怎么未随华佗先生去荆州？他一个人在路上有些闪失怎么办？"孙坚问道。

阿岚笑道："大人您忘了，华先生是被荆州刺史部的人接走的，路上有十个官兵保护他呢，没事的。另外，他临走时将我留下，也是为了照料县寺里的几位病人。不管怎么说，经过先生一年的调教，小人煎熬草药的本领，也多少得了点先生的真传。"

"元化做事周密!"孙坚点点头,"对了,你守候在此多久了,有什么事要向我通报吗?"

阿岚回道:"小人也是半刻之前才来的,看大人还在酣睡,就等了片刻。本想等一下再来的,不想大人就醒了……"

孙坚不耐烦地挥手道:"你就直说什么事吧?"

阿岚回道:"是这样的,您带来的那位病人也醒了,她好像要和您说些什么。小人猜测她是大人在意之人,便立马来通报了。"

"哦,知道了,我马上就过去。"孙坚嘴里虽这样说着,心中却生出一丝惆怅。

第三十四回　真乎假乎

孙坚跟着阿岚，穿过县寺的庭院，来到另一侧安置朱诺的厢房。进门前他按照阿岚的提示，换了一双底部垫了鹿皮的木屐。见阿岚退下，他便蹑手蹑脚地走到朱诺的病榻前，单膝跪地，俯身问道："朱诺妹妹，目下感觉如何？"

朱诺看到孙坚来了，略显惨白的脸露出了笑容。她用有些虚弱的声音回道："哥哥，我感觉手没那么肿胀了……"

"华佗先生施术时，你疼吗？"孙坚轻声问道。

朱诺摇摇头："他让我服下了一种热热的汤剂，我就渐渐睡了。醒来后，华佗先生已经施术完毕了……"

孙坚点点头："这就好。你再休息个十天半月的，这手上的纱布就能拆了。到时候你的右手就能运用自如了！"

朱诺笑道："那然后呢？"

"然后……"孙坚想了想，回道，"你就可以……可以……更往上走一步……去享受荣华富贵了……"

图 7 汉代嵌贝铜龟镇

朱诺听罢,抓起麻布编的小卧被,将头蒙住,似乎是哽咽了起来。孙坚刚想去劝,却发现她又好似在笑,一时也不知如何是好。

许久后,朱诺才将头露出,嘴角还挂着笑意,眼内却充盈着泪水。她用炙热的目光看着孙坚惶恐的表情,又扑哧一声笑了出来。

"妹妹,你笑什么?"孙坚嘴里虽问着朱诺,眼睛却盯着床榻一边压着草席的嵌贝铜龟镇。

"我笑哥哥,眼前的美人不看,却去看那席子上的铜龟。"

"那铜龟镇……模样甚是有趣……"孙坚窘得慌不择言。

"那铜龟镇的样子,是不是有点儿像二千石的龟钮印呢?"朱诺用嘲讽的语气问道。

孙坚嗫嚅着:"是有一点儿像……不过,仔细再看看,也不那么像……不,其实一点儿也不像。"

朱诺又笑了起来,同时将自己白白的脚丫伸出了小卧被,露出了漂亮的足弓,突然,她伸腿将那铜龟镇踢到了榻下。孙坚刚想去捡回那席镇,却发现自己的衣襟被朱诺的左手紧紧抓住了。

"哥哥,且别管那铜龟了,你就这样看着我的眼睛,回答妹妹一个问题……"

孙坚继续低头看着铜龟。

"你连那董卓都不怕,还怕看妹妹的眼睛?"朱诺逼问。

孙坚只好抬起头来。这可能是他第一次这么近地看着朱诺的眼睛。但见她挂着泪珠的长睫下,栗色的瞳孔正映照着屋内灯盏上的火焰——那火焰忽明忽暗,忽起忽落,却始终倔强不屈地向屋内的阴影展开自己热情的双臂。

"哥哥将妹妹献给天子,心里真舍得吗?"朱诺问道。

孙坚想了想,刚想回答,嘴唇却被朱诺左手的中指给封住了。"别用嘴说,且用眼睛回答妹妹。"

两人四目相对,不知过了多长时间。孙坚不知朱诺从自己的眼睛里看到了什么,但是他从朱诺的瞳孔里分明看到了自己——一个如此渺小的自己,既想拥抱火的温暖,却又害怕被火灼伤,同时又幻想着能拥有移动冰山的权力。

许久,朱诺终于移开了封住孙坚嘴唇的中指。她如释重负般笑了起来:"哥哥的心意,朱诺知道了。"

"你知道什么了?"孙坚反问。

"哥哥心中有朱诺,但哥哥心中更有天下,对不对?"

孙坚想了想,再问:"那……妹妹既知哥哥心意,你是否愿意进宫,助哥哥……助哥哥实现凌云之志?"

朱诺笑道:"妹妹本不愿的……但在路上看到那因战乱失去双子的老驿使,妹妹便改了主意……妹妹知道,若哥哥得天子赏识,手握州郡大权,这世上将少许多冤死之鬼……"

孙坚点点头,"妹妹知我心意便好……那么,你真愿意进宫?"

朱诺点点头,又摇摇头。

孙坚皱眉道:"妹妹,你这既点头又摇头,究竟是何意?"

朱诺说道:"妹妹现在是愿意进宫了,但妹妹不能进宫。"

孙坚瞪大眼睛:"这'不能'又是何意?"

朱诺想了想,说道:"倘若妹妹真是大秦人后裔,当然能取悦天子,助哥哥高升,但妹妹并非大秦人。"

"啊?!"孙坚大骇,瘫坐在地,"妹妹,你我相识以来,你一直说自己是大秦人后裔,现在可不能为了不进宫而在自己身世上扯谎啊!"

朱诺笑道:"正是因为哥哥急着想要送妹妹入宫,所以妹妹才不能在身世上继续扯谎,否则妹妹若日后进宫露出破绽,哥哥可是要犯下欺君大罪的!"

孙坚摇头道:"你不是已然通过简雍的检验了吗?你读的大秦文简牍,音韵都对上了,而且,你还读得那么流利!"

朱诺笑道:"大秦文二十六言[1],所见即所读,只要稍加练习,我们胡人三天就能畅读。至于简牍的含义,有不少康居人都识大秦文,因此,只要能将大秦文翻译成我康居文字,就自然能转译为汉文,这并不难……"

"不对啊!"孙坚激动地反驳道,"你不是经常在我饭

---

[1] "言"指字母。

后，用大秦语吟唱大秦国的歌赋吗？你唱得如此自然，怎么听都像是从小就会。再说，我虽不懂康居语，但大秦语的音韵似乎更清脆动听，你唱的大秦歌赋似乎都有此韵风啊！"

朱诺笑道："我唱的调子多是月氏与康居的民歌，这些也的确是妹妹从小就会唱的。至于大秦歌词，其实都是我按照大秦语韵现编的。比如下面的话：散提阿斯玛丽阿库图思撒比乌思……哥哥知道是什么意思吗？"

孙坚摇摇头。

朱诺再笑："妹妹也不知道，因为那段话就是妹妹随口胡编的。如若掌握了其中奥秘，这样的话谁都能编出来。其实，这些话毫无意义，只是听上去像大秦语罢了……对了，妹妹在唱歌时所唱的汉言，所译的其实也只是原来康居语的歌词，与大秦言毫无关系……"

孙坚的脸瞬时黑了下来，但他还是不甘心，再问："好吧，就算你不是大秦人，你骗了我这么久，我始终没看出破绽。你若进了宫，说不定也能骗过天子呢！"

朱诺笑道："哥哥可千万别小看天子的手段啊！那简雍用来校验真假大秦人的简牍，只是宫中所藏的此类简牍的一小部分，已在洛京出现多次，故此才能被我康居人译出。但若天子拿出别的简牍校验妹妹，妹妹可是没本领通读的……"

孙坚站起来，指着朱诺："那你究竟是谁？为何骗我？"

朱诺缓缓说道："我就是苏薤的一枚棋子罢了。我本就是出生在洛阳的康居人，不过与苏薤并非一族。只是因为家父欠下了苏薤的巨额赌债，我才被卖给了苏薤，连家父自己也未能幸免，成了其家奴。哥哥你当还记得，你到洛京不久，便在朝堂上得罪了胡商。事后苏蘿便开始谋划，打算给哥哥一点儿教训。苏蘿知晓哥哥有侠气，好打抱不平，便利用哥哥这脾气，以小妹为饵，让哥哥入瓮。那苏蘿答应我，只要我能冒充大秦人骗出哥哥的钱财，他就释放家父。小妹这也是身不由己啊……"

"那你说你的父母都死于大火，这也是假的？"

"半真半假！家母的确死于大火，而家父则在大火中毁容了，并未身死……"

"你爹目下人在何处？"孙坚再问。

朱诺摇摇头："我也不知，反正还在苏蘿手里……"

"你既然已经助苏蘿骗出我的钱财，为何他们还不释放你爹？"孙坚复问。

"因为他们还需确定，你的确没真将我当成大秦人送进皇宫，否则，若我在宫中露出破绽，自然会牵涉到苏蘿。这样一来，他在大汉做生意的日子也就到头了……"

"那你是康居国人这事，可是真的？"孙坚复问。

"是真的！"朱诺点头。

"那我到底该去何处找真大秦人？"孙坚提高了声调。

"这……"朱诺想了想，说，"小妹我也不知道。大汉与大秦相隔千山万水，交通本就不便，甚至十八年前来洛京的那个大秦使团是真是假，坊间也都莫衷一是。关于大秦国的风土人情的点滴讯息，小妹我也是从月氏人与安息人那里获知的……他们说，只有进入大秦地界后，才能见到真大秦人，但绝无可能将真大秦人带至中土……"

听罢此言，孙坚狠狠抓住了自己的发髻，又猛地敲打了三下自己的额头。而后，他惨笑道："世上有比我孙坚更蠢的吗？我孙坚花了八百万钱买下你，不辞辛劳飞马带你来荥阳给你治手，而你却说自己是康居人——谁又知道你这次所言之真假呢？或许过一两个月，你还会改口说自己是安息人，或是月氏人，或是焉耆人、龟兹人、乌孙人、拘弥人、德若人、奄蔡人、莎车人……总之，你会咬死说，你肯定不是大秦人……对了，你还自称'朱诺'。那么，你的真名叫什么？你说'朱诺'的意思是'西王母'，但有人将'西王母'用作人名吗？我究竟该相信你的哪一句？"

"哥哥……我刚才说的都是真的……"朱诺的泪水终于夺眶而出，流溢满面。

"别叫我'哥哥'！"孙坚迅速站起身，"人无信不立，我孙坚已经不信你了。"

"主人，你这是要去哪里？"朱诺随即改口，下了床榻，半跪在地，哭着问道。

"我这就去县寺借车马，连夜回洛阳。"孙坚一甩袖子，走出厢房。此时，他才发现自己将屋内的木屐带到了屋外，急忙坐下来换鞋。趁着这个当口，朱诺在孙坚背后伏地泣拜："主人这一路上对朱诺的照顾，细致入微，我朱诺长这么大，从来没一个人对我这么好过。主人，你就是把奴婢当成一只狗、一只猫，我今后也不想再离开孙家了！"

本已怒气冲冲的孙坚，听了朱诺的话，心又软了下来。

此时，他眼前又浮现起朱诺入孙家后的点点滴滴：她拨弄箜篌时的妩媚，她踢毽时的灵动，她学习汉家礼仪时的认真。他叹了口气，对身后的朱诺说道："你且在此好好养病……十日后，我自会遣人来接你……"

"主人能容朱诺了？"朱诺停止哭泣，话里充满了希望。

"就算是容一只猫吧……八百万钱的猫！"孙坚无奈地回道。他已经换好鞋，重新站起，准备走入庭院。

正在此时，夜空中突然闪过一条银蛇，随后轰隆隆的雷声滚滚而来。须臾，不期而至的豪雨，如同龙王嘴里喷出的瀑布，开始浇灌荥阳的大地。

孙坚叹了口气。他很清楚，今夜他是走不了了，即使已经上路的袁术，也肯定会找最近的驿站歇息。他回头再看看朱诺，看着她那张楚楚动人的青春面庞。他问自己：这真是一张骗子的脸吗？或许是吧。但是她的青春与美丽，难道是骗人的吗？

"不能入宫的朱诺，难道是上天赐给我的礼物吗？我已经失去八百万钱了，为何还要失去她呢？"孙坚喃喃自语。

想到这里，孙坚突然转过身，猝不及防地将朱诺抱起，径直朝里屋的帷帐走去。朱诺惊喜地用左手勾住孙坚的脖子，与他热吻起来。

"咔！"第二道闪电打了下来，照亮了江东英雄横抱西域佳人的背影。

第三十五回　老账新账

孙坚在荥阳留宿了一夜，本想天亮雨停就回京，却不料第二日阿岚给朱诺换药时，发现其指肿消退的速度不如预期。于是，阿岚按照华佗留下的医嘱，将为朱诺准备的草药从"甲方"转为"乙方"。孙坚因为放心不下，决定在荥阳多陪陪她，于是给胡婵去了一封信，告诉她自己几日后便回。等到第四日早上，阿岚判断朱诺的病况已全面好转，孙坚这才开始担心起自己在洛京的公事，准备次日一早就回京。

午后申时一刻，阿岚给朱诺的右手换了一次药后，便照顾别的病人去了。见阿岚走远，朱诺开始尝试用左手画眉涂唇，但因左手控笔不准，弄得"黛眉类扫迹，浓朱衍丹唇"。孙坚见状，一时兴起，便抢过笔亲自给她画眉，结果描得更花了。朱诺看出，孙坚是在故意逗她开心，便也抢过眉笔给孙坚画眉。不料左手一抖，便将孙坚的两条眉毛直直连成一线。孙坚抢过铜镜，看着自己的滑稽模样，非但没生气,反而哈哈大笑:"左右贯通,乃王侯之相。"

朱诺听了,不由得噘起了嘴,背过身子:"文台,你就是个官迷,心里只有印绶,哪里有我?"孙坚抚摸着朱诺的香肩刚想安慰,不料朱诺猛然回身,以迅雷不及掩耳之势在孙坚额头画了一个"王"字。孙坚拿铜镜再一照,问道:"这是望我封王之意吗?但本朝非皇族是不可封王的……"

朱诺笑道:"非封王之意,而是要将孙郎画成一只老虎——江东虎啸,天下威服!"孙坚笑道:"天下是天子的,我现在只要朱诺臣服。"

"妾心早已臣服孙郎……"朱诺以额头轻柔地摩擦着孙坚的额头,随即忍不住与孙坚热吻起来。

两人闹够了以后,便用铜盆里的清水洗去了脸上的铅华。孙坚静静地凝视眼前的这盆水,看着自己的五官在荡漾的波纹中忽聚忽离。他心中不禁暗想:自己究竟是谁?风流的登徒子?渴望虎符的兵痴?得陇望蜀的官迷?或者当年那个路见不平的富春瓜农之子?目下自己为何竟不顾洛京的公事,远离妻妾,而与这样一个不知来历的胡女厮混于此?自己在朱诺身上究竟看到了什么?是十几年前尚是海贼的胡婵,还是那些与朱诺同样来历不明,却同样让孙坚难忘的已逝女性——比如在山阴殒命的许桃花,在句章授首的伪越后,在盐渎惨死的北宫嫣脂?对了,还有钟离越的爱妾袁氏。孙坚自问:自己是真爱上了朱诺,还是想用这种爱来掩盖他记忆中那些难以抛却的痛苦回忆?

"孙郎,这身衣裳好看吗?"孙坚背后传来朱诺清脆的声音。孙坚转过身，但见朱诺穿着新换上的轻薄罗裳，在初夏的微风中旋转着自己婀娜的娇躯，真是"罗衫恣风引，轻带任情摇"。孙坚拍手称赞，心中的疑惑也一扫而空。此刻，他很确定，他就是迷上了她的青春、天真与异域风情。只要看着她，他的心中便不再有官场的恶斗、繁杂的公务与战场的残酷。从会稽到盐渎，从盱眙到下邳，从南阳到美阳，从榆中到望垣，一脸血污、一身伤痕的他已经累了，倦了——现在的他更需要的，仅仅是：怀抱温香暖玉，头枕佳人青丝，手抚延颈秀项，鼻闻幽兰之香。孙坚暗下决心：将朱诺带回洛京之后，正式纳其为妾，而不管胡婵与吴甄如何想。想到此处，孙坚眼帘渐重，竟打起了小盹。朱诺怕他着凉，便给他盖了一个小卧被，然后也倒在他身边小憩起来。

不料二人还未入眠，帷帐外便传来荥阳丞许汤惊恐的叫声："孙议郎，快起来，出事了！"

孙坚揉了揉眼睛，起身来到门口，问道："何事惊慌？"

许汤附在孙坚的耳边，小声说道："折冲校尉袁术，带了两百名穿便衣的虎贲卫士，现在就在县寺门口！"

"啊？！"孙坚大惊。他知道，袁术前几日刚回洛京，今日又突然折回荥阳，身边还带了二百兵卒，显然是有要务。但荥阳这几日太平无事，堂堂折冲校尉带兵至此，又有何图呢？此外，既然是带兵来办公事，为何又要穿上便装？

孙坚越想越怕，立即整理衣冠，直奔县寺门口而去。

但见穿成商贾模样的袁术已等候多时，身后兵卒亦是贩夫模样。还没等孙坚开口，袁术就冲过去抓住了孙坚的手,急切地问道:"文台,你确信那胡女是大秦人后裔吗?"

孙坚心中惶恐,但为了给自己争取思考的时间,他只能先反问袁术:"是天子听说我买了一大秦女子?"

袁术摇头道:"不是天子,而是我族兄袁绍。事情紧急,我只能长话短说。前几日,我回京后遇到我兄长,他问我去荥阳何事,又问为何在京不见议郎孙坚。我本想为你搪塞,不料从京至此的驿路上已有我兄长眼线。我兄长似要拿此事小题大做,说你欺瞒天子,无故离京,有渎职之罪。我见无法遮掩,只好说你文台所带胡女是大秦人,为她治手也是为了献给天子。不料,我兄长决定立即赶赴荥阳,以查此事真假。目下我比他先到一步,也是为了先与你通气。"

孙坚听罢,面如死灰,问道:"袁绍现在何处?"

袁术回道:"族兄带另外两百羽林卫士正在县城外,马上就要入城!对了,中常侍宋嘉也来了。"

孙坚听罢,更觉紧张,他从袁绍、宋嘉以及虎贲军、羽林军的到场,估摸出此事已扩散到了大将军府与内廷。想到这里,他便借口要回县寺内厢房换套官服,心里则琢磨着如何尽快给尚不知情的朱诺通风报信。不料,几个虎贲卫士突然拿出刀剑拦下了孙坚。

"这是何意?"孙坚指着这些卫士的兵器,怒问袁术。

袁术叹了口气:"文台,我也是没办法!"然后他在孙坚耳边轻语:"我带来的这两百人,一半是我族兄的眼线。临行之前,族兄嘱咐我,将你约出县寺后,就不许你与那胡女说话,这些眼线则会在旁监督你我的一举一动。兄长还说了，那胡女若真是大秦女，任何时刻都能轻松通过校验，若需事先通风报信，则必有诈。"

"若那胡女未通过校验，当如何？"孙坚轻声问道。

"那你就大难临头了！"袁术严肃地回道，"我兄长说了，若这次你献的是真大秦女，就权且放过你；若不是，下邳的那笔灭门案的老账，就和荥阳这笔欺君的新账一起算。"

"可是……"孙坚满脸无辜地申辩说，"我并没有直接对天子说此胡女是大秦之女，何谈欺君？"

此时，轮到袁术担心了："文台，你方才这话何意？好吧，确是我对家兄说，你所携的胡女是大秦女，但我若不如此说，你的渎职之罪又当如何消除？对了，你那日不是说身体有恙才从护驾的公事中脱身的吗？若天子知晓你告假是为了给宠婢看病，这难道不也是欺君吗？文台啊，只有将那女子说成是献给天子的，这一切才能说得圆融。而只有大秦女，才是值得献给天子的。对了，你且对我说句实话，那胡女到底是不是大秦女？"

"她……"孙坚张大了嘴，想了想，说道，"真是大秦女啊，至少我未看出破绽！"

"那你如此紧张做甚？"袁术狠狠捶了一下孙坚的肩膀。然后，他向左右使了一个眼色，两列兵丁便鱼贯进入县寺。袁术在他们身后高喊："对那女子客气一点儿，弄不好她以后就是你们主子。另外，别惊扰了我家二娘子！"

孙坚转过身，背着袁术与他带来的兵丁，佯装伸了一个懒腰，活动了一下筋骨，掩饰着心中的惊涛骇浪。

第三十六回　县堂考校

袁术见过孙坚不到一刻，但听得路上车喧马啸，另有大队人马直奔县寺而来。领头两队伪装成商贾的羽林骑兵散开后，两辆豪华的驷马高车相继在县寺门口停下。从第一辆车上先下来两位男子，其中一位目光炯炯、浓眉大眼、身长貌伟、行步有威。孙坚当然认得，这便是袁术的族兄袁绍袁本初，时任大将军何进之主簿。至于他身边那个面容猥琐、獐头鼠目的男子，孙坚也曾见过一面，他便是袁绍府上的得力谋士许攸许子远。至于从后面那车上下来的，则是孙坚的老熟人中常侍宋嘉。不过，跟着宋嘉跳下马车的，却是一位面目清秀、模样乖巧的女童，孙坚并不知其为何人。

孙坚见了袁绍，立即作揖行礼。不料，袁绍竟视若无睹，振袖就往县寺内走。跟在袁绍身后的许攸也有样学样，不理孙坚。孙坚只好向跟随而来的宋嘉行礼。不料，竟连宋嘉也不理他，只是在经过他时，暗自踢了他一脚，好像是在向他暗示什么。唯一向孙坚行礼的竟是那女童,但听她用清脆的童音说道:"前议郎蔡邕之女蔡琰拜见议郎孙坚大人!"

孙坚一惊。他只知道,大才子蔡邕因被奸人所害,目下一直流落江东,但并不知道其女儿在京都,更不理解袁绍调查朱诺身世,为何要带上她。怀着这种种疑惑,孙坚也跟着一众人等进了县寺。

对于朱诺的调查便在荥阳县寺正堂展开。原荥阳县廷的一干掾吏全部被排斥在外,县寺上下的防务也被从东京来的虎贲、羽林所接管。待孙坚入堂,发现袁绍已坐在县令之位,连宋嘉也只能在一侧陪坐。看这架势,孙坚猜测,本次调查是由大将军何进在背后主谋的,未必是天子的本意。而本次调查的对象朱诺,则孤零零地跪在大堂中央,显得落寞而无助。孙坚清楚,事到如今,他与朱诺二人也只好听天由命了。

但听得袁绍一拍案几,发言道:"此次袁某受大将军何进委托,调查胡女朱诺底细一案,此间亦受到中常侍宋大人的襄助。不过,在座恐非人人都知晓,为何调查区区一胡女背景,要调动这么多人马。此中缘由,且容袁某解释一二。诸位皆知,十八年前,先帝孝桓帝陛下曾会见过一个大秦使团,但对此使团之真假,朝中素有争议。为消争议,先帝命人将使团带来的大秦文书二十卷择其要者加以抄录,并让东观饱学之士录其音韵。因使团成员汉言粗陋,先帝命其用安息语译出文本。此事过去日久,本已近乎被人遗忘。然去岁东观失火,小黄门在抢救文书时,偶然发现当年留下的这些大秦文本,并转呈当今天子。天子对西域事务颇为关心,有心再行当年武帝遣张骞、明帝遣班超之壮举。故此,天子曾多次过问这些大秦文书的翻译事宜,并在天下悬赏真大秦人。不久前,在白马寺安世高师傅的襄助下,这些文书的安息文译文已转成汉言。随后,东观儒士与诸番僧一起制作了秦汉双言简牍二千二百片,以便随时校验真假大秦人。然而,到目前为止,还未有人真正通过校验。对此,天子颇为不满。不久前,袁某从舍弟袁术处得知,孙坚曾亲口对他说,他家一个叫'朱诺'的婢女就是大秦人。对了——"说到这里,袁绍转向袁术,"折冲校尉,你是否亲耳听孙坚说这话?"

袁术看看袁绍,再看看孙坚,点点头:"对,孙坚当时就是这么说的,绝无虚言!"

袁绍再问:"你觉得当时孙坚是在开玩笑,还是认真的?"

袁术点头:"我觉得……他不像在开玩笑。"

袁绍转头问孙坚:"孙坚,方才袁术所说,可有半点虚言?"

孙坚低头不语。

袁绍怒拍桌案:"孙坚,不要以为袁某的秩位不比你高,你就敢轻慢于我!再说一次,我是代表大将军来问你话的。"

孙坚缓缓开口:"刚才折冲校尉所说……并无虚言……"

袁绍盯着孙坚:"你是否知道天子在辛苦寻觅大秦人?"

孙坚点点头:"孙坚知道。"

袁绍"哼"了一声:"孙坚,你既知天子在寻大秦人,又知自家奴婢是大秦人,为何不将其献给天子?"

孙坚回道:"袁公有所不知!我本是想早早就将此女献上,但无奈她手掌突生怪痈,无法入天子之眼。孙某因听说华佗偶至荥阳，这才将她带至此地治疗。等她手痈痊愈，孙坚自会将其献上。"

袁绍说道："手痈事小，此女是否真是大秦人才是关键。我再问你：你从未去过大秦，如何知晓她是真大秦人？"

孙坚回道："因为……马市的市长简雍曾用书有大秦文的简牍考校过此女，此女对答自如……"

袁绍笑道："那是多久之前的事情？"

孙坚答道："两个月之前的事……"

袁绍再问："那时此女手上可有怪痈？"

孙坚答道："尚无怪痈。"

袁绍再拍桌案："当时她手上并无怪痈，而你已知她是大秦人，那为何不早早将其献给天子？"

孙坚回道："当时此女手上虽无怪痈，但背上却是伤痕累累，我本想让其养好了伤，再献给天子的，以免惊驾。"

袁绍听罢，嘴里嘟囔了一句："巧言令色！"

此时宋嘉在旁插话："若孙坚所言不假，此女背上的伤痕还会留下淡淡的印记，一验即知。"

见宋嘉发言，袁绍无奈，只好叫人验看。由于此处只有蔡琰是女流，袁绍就叫她带着朱诺一起到隔壁厢房去验伤。不久后，蔡琰回禀袁绍："回禀袁公，这位姐姐身上确有多处伤痕印记，看似是两个月之前留下的。"

袁绍见此处攻不破孙坚的防线，便冷笑一声："孙坚，没想到你在下邳那掩过饰非的本领，现在还日益精进了。"

孙坚也冷笑一声："袁公，我们目下在荥阳，而不在下邳。将军府也似乎仅仅授权袁公调查胡女底细,这与下邳又有何关系?希望袁公就事论事,秉公办案!"

袁绍笑道:"好,那便就事论事。孙坚,你的话,我问完了,下面就要问那胡女了。"然后,他看了许攸一眼,"许攸,还是由你来问这胡女吧!"

许攸领命。但见他一边摇着竹扇,一边对朱诺说道:"姑娘,别怕,只要你答得好,以后可是有享不尽的荣华富贵啊!不过,下面我问你的每一个问题,你一定要先听清再回,听不懂可以让我再问一遍,但回答必须慢而清晰,行不行?"

脸色惨白的朱诺微微点头。

许攸转头对其身后仅有一步距离的蔡琰使了一个眼色。蔡琰随即在案几上铺开一张白纸,提笔准备记录。她身边摆放着好几个藤箧,其中堆放着大量的简牍。

许攸想了一想,咳嗽了一声:"我且就问了……姑娘可听好了……萨尔维!"

"萨尔维!"朱诺不假思索地回道。但她好似突然领悟到了什么,睁大眼睛看着许攸,心脏开始狂跳起来!

没错,绝对没错!许攸是在说大秦语!尽管刚才他只是在问自己是否安好,纯属寒暄之语。

这次许攸与袁绍显然是有备而来。

许攸捋着胡子,闭眼睛想了想,随后开口问道:"帕特图乌思因马奴思米艾思艾思特。"[1]

---

[1] 拉丁语原文:Pater tuus in manus meas est.

听到这话,朱诺激动地站了起来,大声而急切地问道:"帕特美乌思维维特维尔末尔土乌思艾思特农克?"[1]

许攸将头后倾,小声对蔡琰下令:"快译!"不料蔡琰却小声抱怨:"那姐姐说得太快了!"

许攸再将头前倾,笑着对朱诺说:"姑娘,我嘱咐过你,说得慢一点儿,再慢一点儿!"

朱诺咬着牙,点点头,慢慢将刚才的问题又问了一遍:"帕特——美乌思——维维特——维尔——末尔土乌思——艾思特——农克?"

蔡琰迅速在纸上用速记符号记录下了朱诺所言之音韵。她皱眉想了一想,又翻看了藤箧里的几片简牍,然后茅塞顿开,便前倾身子,在许攸耳边轻声译出了朱诺所言。

许攸哈哈大笑,然后对朱诺回道:"维维特!"[2]

朱诺冷笑一声:"廓莫多——号克——帕罗巴思?"[3]

许攸再将身子后倾,听到蔡琰的译语后,随即从怀里拿出一块简牍,扔给了朱诺。朱诺仔细辨认着简牍上大秦文的字迹,泪水随即充盈了眼眶。

许攸见火候已到,继续说道:"色的德贝思法切类廓德德贝思。"[4]

朱诺用左手捋了一下自己略显散乱的鬓发,以一种屈

---

[1] 拉丁语原文:Pater meus vivit vel mortuus est nunc?
[2] 拉丁语原文:Vivit.
[3] 拉丁语原文:Quomodo hoc probas?
[4] 拉丁语原文:Sed debes facere quod debes.

服的口气说道:"乔奎德维思。"[1]

许攸听完蔡琰译语后,再问:"姑娘,你可听好了,下面这问题你必须给我一个明确的答复。若是,就点头;若不是,就摇头——我可问了:土艾思维拉罗马娜母理也?"[2]

朱诺听罢,点了点头。

许攸再问:"农克维思艾赛空恺撒雷?"[3]

朱诺再次点头。

许攸大笑,然后转向袁绍:"我问完了!"

袁术此时站了起来:"许攸,你刚才与这胡女叽叽哇哇说了什么,能够让我们看看蔡琰小妹的记录吗?"

蔡琰刚想将这记录递给袁术,不料被许攸瞪了一眼。袁术见许攸这种表情,更是狐疑,抢过记录就读。不料,上面写的都是蔡琰自创的速记符号,袁术看了,依然是两眼一抹黑。

"文姬[4],快将文录口译出来!"袁术将记录丢回给蔡琰。蔡琰刚想译出,记录却被许攸抢过去。他咳嗽了一下,说道:"还是我来译吧!我首先问这胡女,身体可安好?她说,安好。我再问她,你的手好了吗?她说,我的手好得差不多了,但是还有一点点肿胀,不过不碍事。对了,这句话她说

---

[1] 拉丁语原文:Scio quid vis.
[2] 拉丁语原文:Tu es vera romana mulier?
[3] 拉丁语原文:Nunc vis esse cum Caesare?
[4] "文姬"是蔡琰的表字。虽然蔡琰当时尚且没有成年,但为了在文人圈子里交际方便,已有表字。

太快了，所以我叫她再说一次。然后我说，这就好，身体要紧。她问我，若离开孙府，再有病了谁管治？我说，当然有人管治，无须担心这事……"

袁术打断了许攸："你丢给朱诺的简牍上写的是什么？"

许攸转手将简牍扔给了袁术："你自己读！"

袁术一看，上面全是自己不识的大秦文，便转而去问蔡琰。不料文姬还未开口，许攸就将文牍抢了回来，说道："这上面写的都是关于大秦地理风土的介绍，我只是问她，这写的是关于大秦之帝都街景盛况吗？她说'是'……"

"那……"袁术再问，"许子远，你都问到这一步了，是否就足以证明朱诺是真大秦人了？"

许攸摆摆手："还不行！聪明一点儿的胡人，学了一点儿大秦语之后，这些话或许都能答上——但下面的考校，却只有真大秦人能通过。"然后，他对蔡琰使了一个眼色，"文姬，轮到你问了！"

蔡琰站了起来，面对朱诺："姐姐，下面的问题，我用汉言说，你用大秦语翻译就是了——但一定要答得快！"

"方才不是要我慢慢说吗？"朱诺有些疑惑。

蔡琰笑道："方才是方才，现在是现在。请听好——翻译：大汉天子英武神睿！"

朱诺迅速答道："奥恩内思因佩拉拖雷思西纳龙马格尼孙特！"[1]

---

[1] 拉丁语原文：Omnes imperatores Sinarum magni sunt.

蔡琰再道:"大汉天子比大秦天子更为英武神睿!"

朱诺迅速答道:"因佩拉拖雷斯西纳龙马伊奥雷斯孙特因佩拉拖里布思罗马尼思!"[1]

蔡琰再问:"'天子'大秦语怎么说?"

朱诺答道:"因佩拉拖。"

蔡琰点点头,突然又问:"'我爱天子'怎么说?"

朱诺回道:"狄利勾因佩拉拖楞。"[2]

蔡琰皱眉,问道:"为何有时你说'天子'的时候发音是'因佩拉拖楞',而非'因佩拉拖'?难道'天子'还有另外一种说法吗?"

朱诺回道:"'因佩拉拖楞'也就是'因佩拉拖'。'天子'若处于言法之主位,则被说成是'因佩拉拖';若处于言法宾位,则是'因佩拉拖楞'。"

袁术听罢,也一皱眉:"怎么回事?既是天子,为何还会处于宾位?"

朱诺笑道:"天子虽有权位,但也必须守言法,故言法欲'天子'为宾,'天子'便为宾。大秦之所以强盛,便是因为绝不因人废言,人人恪守法度,即使是天子,也不会拿人之短,化公为私。"说罢,她将犀利的目光投向主座上的袁绍。

许攸咳嗽一声:"你说话小心一点儿,你现在可是在大汉的土地上!"

---

[1] 拉丁语原文:Imperatores Sinarum maiores sunt imperatoribus Romanis.
[2] 拉丁语原文:Diligo imperatorem.

朱诺笑了起来："难道不是这位大人刚才要我实话实说的吗？现在怎么又叫我掩饰真心实情了？"

"'我要说出实情'怎么说？"蔡琰突然发问。

朱诺迅速答道："沃洛狄切雷非楞。"[1]

"'实情并非总是我所欲见者'怎么说？"蔡琰再问。

朱诺答道："非利它思农桑帕艾思特奎德沃洛维德雷。"[2]

蔡琰想了想，再问："'实情'一会儿发音是'非利它思'，一会儿发音是'非楞'，也是由于刚才的主宾置换之理吗？"

朱诺笑道："小妹妹真是一点就通。"

蔡琰又想了想，拿出一块简牍，递给朱诺，问道："姐姐可将其译为汉言？"

朱诺看了看，想了想，然后译出："……如上所言，均被一一呈报于太祖，太祖阅后，面告三军，声泪俱下。太祖言：庞培小人，无中生有，造谣中伤，以德报怨，实'是可忍孰不可忍'也。大秦共和法度，本有护民郎庇护黔首，以安民心，然庞培弄权，'护民郎'一职名存实亡，天下尽庞培鹰犬耳……目下唯一可救社稷之作为，便是兵卒用心，将士效力，上下一体，护民除奸……"[3]

"姐姐说的'庞培'，可是大秦的大奸臣？"文姬问道。

---

[1] 拉丁语原文：Volo dicere verum.

[2] 拉丁语原文：Veritas non semper est quod volo videre.

[3] 语出恺撒《内战记》第一卷第七节。

朱诺笑道："是的。他好比前汉的王莽，沽名钓誉，似忠实奸，颠倒名实，祸乱朝纲……不过，他最后也像那王莽一样，没有什么好下场……"说到这里，她又将目光投向了袁绍。

蔡琰低声对许攸说："许叔叔，我没什么好问的了。"

"但我还有问题要问！"袁绍突然插话道，"朱诺，看来你的汉言也很流利啊！你怎么会说这么好的汉言呢？"

朱诺回道："回大人，朱诺本就生在洛阳。十八年前，家父随大秦使团赴洛觐见大汉天子，在海上却遭遇风暴，带来的贡品尽失。在交趾上岸后，家父建言采办当地货品上贡，不料整个使团却因此在朝堂上被怀疑是假冒者。家父蒙羞，无法再回大秦述职，便留在洛京，隐姓埋名，以雕刻木人为生，并与家母相识，诞下小女。家母虽是康居人，但居洛京已久，故会汉言，并教会家父汉言。也是由此因缘，小女自小就同时学会了大秦言与汉言。此外，因小女所住之所接近太学书肆，小女也经常去翻书识字，班固先生的《汉书》小女便可通读。不过，听家父说，此书之《西域传》对西域各国之记录错误累累，几乎不堪卒读……可惜，去岁家父家母都在火灾中去世，否则，家父定能考订出《西域传》中所有讹误……"说到此处，朱诺眼圈又红了。

"令尊叫什么名字？"袁绍再问。

"马库思。"

"想必令尊姓'马'？你怎么又姓'朱'？"袁绍复问。

朱诺笑道："家父不姓'马'，小女也不姓'朱'。家父全名如下：马库思·图利乌思·克劳迪亚，小女的全名则是朱诺·图利乌思·克劳迪亚。小女与家父仅仅本名不同，但族名与宗族名却完全一样。"

袁绍大惊："你们大秦人竟然将本名置于族名之前？竟然如此不分主次？"

朱诺轻蔑地笑道："我们大秦人也很奇怪汉人为何在说话时主宾不分，毫无文法！"

"你这胡女……"被激怒的袁绍刚想起身斥责朱诺，却被一边的宋嘉劝住。

宋嘉笑道："一般胡人说话，哪有这等口气，想必是真大秦人才敢如此自信。我看，此女当是真大秦人无疑！"

袁绍转头问宋嘉："宋大人也看不出此女的任何破绽？"

宋嘉笑道："我确实看不出。"

袁绍想了想，有些不甘心地叹了口气："好吧，既然宋大人都这么说，我就代表大将军府，认定朱诺是真大秦人。"

听到袁绍终于松口，袁术兴奋地挥动了一下拳头。他转而去看孙坚，却发现孙坚好似根本没听到袁绍的话，只是坐在一边发愣。

见孙坚失神，宋嘉也有些奇怪。他走到孙坚身边，用拂尘碰了他一下，小声问："文台，朱诺已被勘验为真正大秦女，你怎么一点儿都不高兴？这献上大秦女的功劳，难道不正是你的吗？"

孙坚看看左右，强装欢笑："孙某自然是比任何人都高兴，只是方才朱诺所言，大秦言之主宾言法，甚是奥妙，孙某一时没想通,这才一度失神,让各位大人见笑了。"

许攸听罢,哈哈大笑:"这琢磨文法的事情,还是交给文姬小妹吧!这里我也向文台你交个底,此次勘验朱诺身份之所以叫上她,便是因为文姬小妹聪慧过人,对胡人音韵一听便能诵读,故三个月前就已在大将军府的安排下协助整理秦语简牍了。别看她只有十二岁,记忆力却不输太学的五经博士,颇有其父之风啊!"

孙坚心不在焉地附和道:"是啊,是啊!真神童啊!"

此时宋嘉突然俯身在孙坚耳边低语:"文台,还有一件事情,我只能问你——这朱诺还是处子吗?"

听罢宋嘉所问,孙坚十指在袖内紧紧相扣,低头不语。

宋嘉脸色一沉:"你……你不会如此迫不及待吧……"

此刻,孙坚的脑海里迅速浮现出他与朱诺在雨夜中拥吻的情形,以及那每一响指间的缱绻温柔与绵绵情话。他定定神,咬咬牙,回道:"我并不确定她还是不是处子,但我肯定……我肯定……我自己没碰过她!"

孙坚之所以敢这么说,乃是因为这几日他虽与朱诺多次亲密,但念及她病体未愈,二人并未真有鱼水之欢。

宋嘉看着孙坚游移的表情,心中还是没底,就在他耳边说:"这事我先帮你兜着,万一她不是,我就说孙议郎将其买下时,她就已然不是了……不过,如果她还是的话,文台,那就恭喜你了!"

孙坚点点头:"谢宋大人周全!"

见诸事均已安排妥当,宋嘉走到正堂当中,大声宣布:

"由大将军府主簿袁绍与本中常侍联合勘验，胡女朱诺确是延熹九年访京的大秦使团成员马库思后裔无疑。目下天子立即就要召见朱诺，向其询问西域风土事宜，快给朱诺梳洗打扮！"说罢，宋嘉向门外人拍了拍手。须臾，十名宫女抬着步辇入堂，然后将朱诺引上步辇，就要往堂外走。

"天子现在就要召见她？怎么是现在？天子难道不在东京吗？"孙坚大惊。

宋嘉咳嗽了一下，压低声调说："天子已微服私访到了荥阳，行宫距此不远，但具体在何处，乃是机密。"

孙坚一惊。眼见朱诺就要被抬走，他突然想起了什么，站起来，大喊："且慢！"

"还有什么事？"宋嘉回头问道。

孙坚说道："在将朱诺送走之前，再遣几个人叫来华佗的助手阿岚，将华佗先生留下的药方与配好的药取走，她的手尚未好透！"

宋嘉点头，便叫两个宫女去找阿岚。趁着这当口，孙坚来到朱诺面前，本想开口和她说什么，双唇却似有千斤之重。还是朱诺先开了口，她挣扎着从步辇上下来，向孙坚下拜："谢孙议郎两个月以来的照顾之恩，朱诺没齿难忘！"说罢，她抬起头，压抑着心中的波澜，努力向孙坚露出了一个灿烂的笑容。

孙坚也努力压制住心中的不舍，笑着说："别忘了服药，拆线前千万不要再用右手做事！"

袁绍一行人终于走了，只留下孙坚一个人空落落地留在县寺的正堂。他在堂内来回踱步,反复思考着刚才勘验朱诺过程中的蹊跷。朱诺真是大秦人吗?现在看来的确是的。但几日前,她又为何说自己不是?这说明当时她不想入宫,而想与自己厮守终生——但今日她为何又突然变卦了?

"肯定是许攸的问话,话中有话!"孙坚喃喃自语。他清楚记得,许攸在向袁术解释其与朱诺的对话内容时,曾粗暴地打断了蔡琰的发言,这分明是怕她童言无忌说出真相。

"许攸到底问了她什么呢?他给朱诺看的简牍上写的又是什么呢?"孙坚陷入了沉思。

次日清晨,在县寺留宿的孙坚早早被袁术派来的虎贲军叫醒,叫他随天子銮驾一起回京。孙坚洗漱整冠后,便骑上袁术带回荥阳的蒲梢骢,随着严整的队列,离开了荥阳。一行人快入洛阳县地界之刻,洛阳城内高耸的北朱雀门阙已急不可耐地跳入了孙坚眼帘。但听得三声号令响起,全军撤去商旅伪装,一时间旌旗翻舞,斿带招展。孙坚视野远处的那辆驷马豪车亦被迅速改装为六马之驾[1],车顶亦支起了代表天子的黄色伞盖。但见一羽林飞马来向孙坚传令:"孙议郎随我上前回话!"

孙坚策马随那羽林而去,一直越过了大半个车队,直接来到天子銮驾之侧。但听得车舆内传来了天子的声音:"车外是孙坚吗?"

"臣孙坚死罪死罪,护驾来迟,现就在车外听命!"孙

---

[1] 在汉代,只有天子才能有六马之驾。

坚大声回道。

车舆侧面的小门打开了一条缝，露出了天子慵懒的面容。他对孙坚笑道："朕没看错你，你确是忠臣。"然后，拉门又迅速闭上了。

"臣誓死效忠陛下！"孙坚在马上大喊。

"孙议郎，且听我与你说几句话。"孙坚身后传来了宋嘉的声音。

孙坚放慢马速，渐渐与宋嘉的车舆平行。宋嘉站起身，凑近孙坚，轻轻说道："恭喜孙议郎，那朱诺确是处子。从你献上她到现在，天子已临幸她三次了，对她赞不绝口。天子回宫后可能就会下诏，封朱诺为'宫人'，直接跳过最低的'采女'这个等级。天子对她的宠爱，就是对孙议郎的宠爱啊！以后孙议郎平步青云了，可别忘了我宋嘉啊！"

"是吗？那就好……那太好了！"孙坚的眼睛不知怎的湿润了。为了掩饰心里的痛苦，他揉揉眼睛，喊道："哎呀，宋大人，您也得小心这风沙！"

第三十七回　池底玄奥

转眼时光已从中平三年的初夏转入中平四年[1]的盛夏。在这一年中，朱诺在宫中的位置已从"宫人"升到了"美人"，其地位与已故的王美人并列。袁术也从比二千石的折冲校尉升为二千石的虎贲中郎将，掌控全洛阳的虎贲卫士。然而，让孙坚失望的是，他依然是一名不大不小的六百石议郎，甚至天子也从不提起他因买下朱诺而损失的那八百万钱。其实，倘若天子真愿补偿那笔钱的话，孙坚至少可以买到一个时价五百万钱的"关内侯"光耀一下门面。远在寿春的吴甄几次来信，要孙坚允她将全家迁来京都，但囊中羞涩的孙坚最终还是驳了妻子的面子，因为他不知哪一日天子真就赏他一个二千石，届时再将家眷迁来迁去，真不知还会白费多少钱财。

---

[1]　187年。

就这样，在中平四年的夏天，在天下最繁华的洛京，孙坚却感到了人生从未有过的孤独——他远离富春家乡，远离扬州挚友，也远离了自己的封侯梦想。他甚至没有得到他在入京前曾幻想的艳遇：朱诺既已他属，吴甄亦别居九江，孙坚身边唯一的红袖佳人只剩下胡婵。然而，甚至连胡婵近日来对孙坚也有些冷淡。原来，她自来京后，经常去白马寺烧香，性格亦变得日趋怪异内向，经常一个人在厢房内默念番僧康巨于这年新译出的《问地狱事经》。日子就这么一天天过去，孙坚就像一个在洛水边垂钓的孩童，在每个日出都充满希望地抛下鱼钩，却只能在每个日落收获失望。心情郁闷之时，孙坚便会找赵云、简雍二人一起喝酒解闷，或是跟着袁术一起出游打猎，或者干脆牵着吕布送他的蒲梢骢，一个人绕着洛京巍峨的城墙，漫无目的地走着、想着。当心情极为郁闷之时，他便独自在洛阳北郊一边策马狂奔，一边对着邙山的帝陵纵情大喊，然后再安静地听着自己的回声在埋葬本朝十位帝王的山谷中杂乱地回响。

然而，这一年的大汉朝的政局并不安宁。凉州的战事依然没完没了。尽管孙坚的宿敌北宫伯玉已死于韩遂发起的兵变，但是叛军的内讧并没有给官军带来任何优势。恰恰相反，长期被朝廷欠下军饷的陇西郡太守李参还在韩遂的诱惑下背叛了朝廷，使得叛军兵力猛增到十万。西北局势，此刻全靠董卓一部苦苦支持，官军且战且退，防线亦步步东缩。如此败局，最终导致孙坚曾拼死维护的张温丢了太尉之职。

在这个多灾多难的中平四年，甚至在天下脚下的河南尹也无太平可享。也就在这年的二月,在离华佗给朱诺治病的荥阳县不远的中牟县,暴动的饥民斩杀了贪墨赈灾粮的县令落皓及其主簿潘业,震动京都。孙坚原本想请袁术说情,求天子给他一个出兵征讨的机会,不料大将军何进的弟弟何苗以河南尹主官的名头抢先出兵,一个月内就平定了叛乱,又一次断掉了孙坚建功封侯的念想。何苗由此也得到了"车骑将军"的名号,并使得何氏一族在朝中的势力更加壮大。何皇后仗着两位哥哥日益膨胀的军权,在后宫亦日益跋扈,并时刻警惕地注视着天子与朱诺之间那种如胶似漆的关系。

话说这日散朝后,孙坚得到了小黄门蹇硕的提示,赴西园伴驾。孙坚骑在颠簸的毛驴背上,踏着通往西园的花园小径,手捧朱诺与蔡琰合力编纂的《大秦言急就篇》,正在努力背诵大秦语汇。原来,这几日天子学习胡语着了迷,还令伴驾的众宠臣进西园后扮作胡商,与同样扮作胡女的宫女佯装交易,借此机会练习胡语。天子还放风说,要从众宠臣中找出胡语最精熟者去出使大秦,并以重金激励众人。

其实,对于天子交通大秦的动议,孙坚并不以为然。目下且不说西域,就连西京长安都在叛军的威胁之下,大汉朝哪里还有余力去好高骛远呢?但孙坚也明白,既然食君之禄,则必为君分忧,更何况他也能借着入宫练习胡语的机会多去看看朱诺。故此,近几个月以来,他一直在苦习大秦语。

不久后,孙坚胯下的毛驴将其带至了"大秦馆"。此馆即原来的"戏水馆",本是天子欣赏嫔妃戏水美态的香艳之所。在朱诺的提议下,此处已被改建为研习大秦语之专馆。

馆内水池依然保留，只是四周建起了大秦式白色立柱，诸立柱再支起蜿蜒回廊，以模拟大秦宫廷气派。刚下驴背的孙坚在馆门口拴驴时，便已听闻馆内欢声笑语一片。但听天子的话音："段珪，你这蠢货，怎么还是分不清阴阳？朕再问你一遍：'夸阿艾它忑艾思？'[1]"

段珪战战兢兢地回道："禀陛下……容小臣再想想……对了……夸德拉金它——安诺思——纳图思——森……[2]"

"蠢货，怎么还是'安诺思——纳图思——森'？你是男的吗？你的胡子呢？你得说：'安诺思——纳她——森'！你得记住，妇人的年岁得说'纳她'，不是'纳图思'！"天子笑道。

"但小臣也不是女的啊，若真是女的就好了，我就可以夜夜给陛下侍寝。"段珪嬉皮笑脸地回道。

天子听罢，哈哈大笑，然后将段珪略显皱纹的脸捧起，问身后笑得花枝乱颤的众嫔妃："若段珪是女的，谁又会对他有胃口呢？瞧这一身老皮老肉的！对了，段珪，朕多谢你的好意了！"然后，他又拍拍段珪的肩，轻声问道，"'多谢你的好意'大秦语怎么说？"

段珪一时语塞，然后转头去看一边的朱诺，朱诺则用唇语暗示他相关的发音。段珪这才慢慢回道："马哥纳思——格拉提阿思——阿狗！"[3]

---

[1]　拉丁语原文：Quā aetāte es?（你贵庚？）

[2]　拉丁语原文：Quadraginta annōs nātus sum.（我四十岁。）

[3]　拉丁语原文：Qagnās grātiās agō.

天子笑道:"这才对嘛!"此时,他眼角的余光已看见在入口处拜伏于地的孙坚。他转头用大秦语对孙坚打招呼:"萨尔维!"

孙坚知道这大秦馆的规矩:只要天子先说大秦语,臣下也必须用大秦语回答。于是,他便大声答道:"萨尔维!"

天子一皱眉:"孙卿,今天你是怎么了?对一个人打招呼是说'萨尔维',对众人打招呼,乃是'萨尔维忎',你连这个都忘了吗?"

孙坚答道:"臣下心中只有天子,天子唯一,唯一天子,所以必须先说'萨尔维'!"

天子听罢哈哈一笑,转而对段珪说:"你得学学孙卿这本领,明明是言法错了,还能振振有词地掰成对的,朕都找不到他话里的毛病。"

段珪也奉承地笑着,但眼珠却四处转溜,似乎在找机会将天子的注意力从大秦语上转开。

还是朱诺先看出了段珪有点儿异样的表情。她倚在天子的胳膊上,娇羞地说道:"陛下啊,你看段大人刚才都想给你侍寝了,肯定是有说不尽的话儿要向陛下倾诉啊!要么,你现在就让他先对你诉上几句衷肠,如何?"

在朱诺的提醒下,天子也注意到了段珪的异样,脸色一沉,说道:"段珪,有事快说!"

"诺!"段珪从袖子里抽出了一份奏章。

天子一皱眉:"公务上的事不是都交给了张让了吗,为何又拿奏章来这里扫兴?"

段珪小心回道:"也正是因为兹事体大,张大人不敢做主,才让天子圣裁!"

天子叹了口气:"最近我不想看汉字,以免大秦文荒废。你就拣这奏章上的要紧事说!"

段珪看看身边的朱诺,欲言又止。

天子一竖眉:"你看她做甚?朕的爱妃是外人吗?"

段珪点点头:"冀州刺史王芬上奏,冀州有黑山贼蠢动,要求募兵平贼,以防万一……"

天子漫不经心地问道:"黑山贼是什么人?"

段珪回道:"适逢黄巾起时,常山真定人堵燕合聚少年为群盗,在山泽间转攻,还真定,众万余人。后堵燕又合并原博陵人张牛角部下,遂改姓张。其后跟随张燕的人众越来越多,势力遍及常山、赵郡、中山、上党、河内等地,气势汹汹……此股势力,便是黑山贼。"

天子问道:"黑山贼比黄巾贼如何?"

段珪回道:"目下其势还不可比昔日黄巾贼,但也绝不可掉以轻心……"

天子道:"哦,朕明白了,那王芬就要募兵防患于未然,是不是?"

段珪点点头。

天子再说:"可见那王芬是忠臣啊,朕看此事可行!但张让为何又有所狐疑呢?"

此时,段珪将目光转向孙坚:"孙议郎,你最熟军务,你可看出此事蹊跷?"

孙坚想了想，回道："本朝只有郡、国的守、相才能带兵，刺史只能监督守、相，而无法直接带兵。若王芬上奏要募兵，一般要与其属下的冀州各守、相联名才符合常理。这次他却单独上奏，确是有点儿怪异。"

经过孙坚的提醒，天子也开始警觉了起来。他喃喃自语："王芬……朕想起来了……就是'八厨'之一的王芬王文祖啊，那个先帝曾经通缉过的党人……对，要不是朕在中平元年放松党锢，他本是没机会做上冀州刺史的……"

段珪大力点头道："陛下，这样的党人可不能手握兵权啊，否则对我内廷非常不利！"

天子想了想，拿过王芬的奏章仔细看了一遍，然后笑起来："段卿还是多虑了，他只要募兵五千，且不要朝廷下拨钱财。此外，这事远在冀州，他就算有了点兵权，又能拿你们众常侍如何？你们这些自己的年岁都说不清是'纳图思'还是'纳她'的半阳之人，以后不去冀州就是了！"

"依臣妾看……"此时朱诺突然插话，"河间国的事情若有王芬的护驾，也未尝不是一件好事。反正通缉王芬的是先帝，让王芬做官的是陛下，王芬就是再没心肝，也至少会对陛下知恩图报的！"

天子听罢，点点头："有理！"他再问段珪，"河间国目下是否有黑山贼？"

段珪摇摇头："河间无贼，尚算太平。"

"那就准了王芬的奏！"天子下了最后决断。

"可……"段珪还是面露不安。

天子不耐烦了："你快将朕的口谕传给张让，让他用玺，准了王芬的奏！要没别的事，快滚！"

"诺！"段珪抱着奏章就往外走——走到门口，他突然想起了大秦馆的规矩，用大秦语说了告别之语："伐勒！"

"对众人告别，得说'伐勒忈'！"朱诺大声纠正道。

段珪听出朱诺此语是暗示他，不要不将她放在眼里。他刚想学孙坚方才所说的"微臣眼里，只有陛下"一语将朱诺的话顶回去，但他此刻注意到天子向自己投来的严厉目光，暗觉天子对朱诺与孙坚的宠爱已甚过自己，只好气呼呼地说了一声"伐勒忈"，匆匆退下。

孙坚在一边冷眼旁观，并未感到任何被宠幸的幸福，却感到一种莫名的不安。他分明已经看到，他亲手送进皇宫的朱诺，已经以一个区区"美人"的名头，开始公然干政了。

天子看着孙坚发愣的表情，问道："孙卿是不是在琢磨刚才朱美人说的'河间国之事'是何事？"

孙坚点点头。

"朕这就和你说说！"天子神秘地一笑。然后他一清嗓子："左右都退下，馆内只留下朱美人与孙爱卿！"

见众人都已退下，天子便从胡床上站起，来到水池边，用脚踢了一下池边的一个铜制蛤蟆。但听到池内机关旋转之声响起，原本平静的水面突然出现了一个巨大的漩涡，那漩涡不停地自转飞旋，同时将水面越拉越低。须臾，池内的水已被排空，露出了平坦的池底。天子叫朱诺引孙坚沿着池边的台阶下到池底，自己则紧随二人下池。此刻朱诺又去旋动在池底的另外一个铜制蛤蟆。只听得一阵机关旋动之音，随后一个方形石台便从池底慢慢升起。天子得意地指着这石台问道："孙卿，你可知其中为何物？"

孙坚摇摇头，再看看朱诺。朱诺莞尔一笑："请孙议郎再触动这石台上的玄武大龟之符！"孙坚在石台的北面找到了此符，摸索了一下，这才发现此阳符可被按下，亦是一个机关。孙坚按动机关后，石台则从中裂开，露出其中的巨型沙盘。凑近一看，可见这沙盘模拟的乃是一西域大都的模样，其中有圆形的角抵百戏馆、宽阔的广场，以及广场上的裸人巨像，其形制与中土建筑大相径庭。从模型判断，这些建筑似都由石砌而成，而未用林间之木。

"这是大秦王都？"孙坚猜测道。

"孙卿真是一点就通！"天子笑道。

"但……陛下，这与河间国又有何关系？"孙坚问道。

"为何不能在朕的老家河间国再造这么一座都城呢？"天子笑道。

"陛下！"孙坚立即下跪，"陛下是不是在说笑于小臣？"

天子将脸一沉："大汉除了东都与西都之外，尚无北都，为何朕不能再造一座北都，以镇玄武之方？"

孙坚用疑惑的神色看着朱诺，但见朱诺只是以一种让他感到陌生的微笑应对他的目光。孙坚咬咬牙，对天子铿锵上奏："陛下，目下海内乱贼并起，凉州韩贼气盛，连西京都可能朝不保夕，正是节约用度、共克时艰之刻。若仓促另起新都，财源人力都会不敷使用，弄不好还会生出新的变乱，还望陛下三思而后行！"

天子笑道："孙卿想哪里去了，这建北都的事又不是一蹴而就的，目前仅仅是谋划，尚且未交付三公商议。你放心，朕不是真心要将大秦国之都城照原样再造一座。朕只是想先以修缮原来的河间王王府为名，做一个小小的行宫，但一定要精致，要让人住着舒服。不过，其中有些稍大一点儿的宫殿，不妨模仿大秦之制而建……这样，朕的子嗣住在那里，既会觉得自在，也不会被人误会有违本朝礼制……"

孙坚仔细揣摩着天子每一句话的微言大义。当他听到"朕的子嗣"这四字后，渐渐领悟了天子之意：这行宫原来不是为天子自己而建，而是为某位皇子而建。而天下人都知，天子膝下只有两位皇子：何皇后生的皇长子史侯刘辩，以及已故的王美人生的皇次子董侯刘协——而天子尚未决定何人为皇储。也就是说，无论哪位皇子住在这拟建中的河间国行宫，他必定就是这场皇储之争的失败者。

孙坚料想，这造大秦式行宫的动议定与朱诺有关。他又抬头看着朱诺，心中狐疑：这真是那个在荥阳的雨夜与他深情相拥的无助的西域少女吗？入宫仅仅一年多，她不仅已俘虏圣心，甚至还能左右天子废立皇储之念？她究竟是谁？

朱诺像是看出了孙坚的心思，笑道："孙议郎是不是以为是朱诺在左右天子立储之意？其实，这大主意还是陛下自己拿的……"

孙坚再转向天子："陛下，微臣敢问圣心所指，以解臣心头茅塞！"

天子想了想，慢慢说道："既然朕召爱卿密谈，自然是信任爱卿，只是此次密谈内容，切不可外泄！"

孙坚听罢，叩首道："天子如此信臣，臣当以死相报，怎能泄密？"

天子说道："那孙卿你且听好：朕有两子，长子刘辩今年十二岁，愚笨无礼；次子刘协今年七岁，聪慧仁义。二人性情各似其母。朕更爱次子，然长子背后有何氏兵权支撑，若贸然废长立幼，恐天下不安，所以朕一直犹豫不决。最近朕在朱美人的提示下才想出新的对策：不妨以避暑为名，将两位皇子带到远离何氏兄弟控制的河间国，然后在二子中突立新帝，并将另一子置于河间，随后朕再携新帝回洛……"

"突立新帝！"孙坚瞪大了眼睛，"那陛下呢？"

"朕届时将以太上皇为名，垂帘听政！"天子笑道。

"这……陛下这又是何苦呢？"孙坚更是如堕五里雾中。

"哎！"天子叹了口气，"这也是为了大汉朝的长治久安啊！你想，在朕之前的本朝天子，大多短命。开国天子光武帝享年六十三岁，算是长的，但接下来呢？明帝享年四十八岁，章帝享年三十二岁，和帝享年二十七岁，殇帝才享年百日，百日啊！接下来呢？安帝享年三十二岁，顺帝享年三十岁，冲帝享年三岁，质帝享年九岁，桓帝享年三十六岁。由于本朝天子多是幼年登基，朝中大权便长期为外戚把控，朕总担心长久下去，何时再会出一个王莽，贸然断了汉统。朕想来想去，与其让外戚来垂帘听政，不如朕自己垂帘听政，以便为新君立威，并让外戚不敢造次。爱卿可知朕之苦心？"

孙坚听罢，这才恍然大悟："所以陛下要以在河间造避暑行宫为掩护，行废立大事？对了，为何一定要去河间国？"

"朕说了，那是朕老家，朕回老家看看，显得名正言顺。另外，河间王老了，又无嗣，这也方便朕将未登帝位的皇子立为新河间王。"天子答道。

孙坚再问："那为何一定要将行宫做成大秦样式？"

天子笑道："天下皆知朕爱胡物，若依西域之风营建行宫，天下人会以为这是为朕享乐所建，没人会想到这是为未来的河间王而建，更不会有人想到这是朕行废立大事之所。"

孙坚再问："既是要让天下人皆知天子爱胡物，为何还要将此沙盘藏匿于如此机密之所？"

朱诺插话道："当然是为了堵住朝中那些清流的嘴，他们若看到拟建中的北都如此宏伟，自然又要在朝堂上闹得鸡犬不宁……若吵来吵去，弄不好会暴露陛下的真正意图……"

"陛下……方才不是说……只是想做个小点的吗？"孙坚嘟囔着。

天子笑道："我是说现在只能做个小的，但十年，二十年后呢？对了，不管哪位皇子留在河间，他毕竟是朕的骨血，朕自然是希望他像大秦王那样快乐！"

孙坚再问："那……微臣……能够为陛下做什么呢？"

天子说道："先听朕将话说完。其实河间国已经得到密令略略修缮行宫，而朕也将在两个月内赴河间北狩。朕的计划是：第一次北狩时，先不带皇子，仅去游山玩水，以此麻痹大将军府，而朕走后，河间国便会开始大兴土木，按此沙盘建造一部分宫殿。等到第二次北狩时，朕才会带两位皇子同去，突行废立之事。届时朕会突拜孙爱卿为虎贲中郎将，爱卿将负护驾之责，以使得立新君之大典能安然进行！"

孙坚大惊："那虎贲中郎将不是袁术吗？"

天子说道："袁家与何家走得太近，朕不能太信，但也不能轻慢。那袁术，朕另有重用，孙卿且不要管。对了，听说你与袁术私下走动较多，他若有何谤君之言，定要与朕说！"

孙坚忙回道："据臣所知，与大将军何进走得较近的是袁绍，而非袁术，二袁平日也略有不和。臣与袁术交往时，也仅听过他数落袁绍鹊巢鸠占，却从未听他非议过陛下。"

天子微微颔首："那就好！不过孙卿你且记住：除了朕，你不要在官场上相信任何人！对了，话说到这一步，你也该知晓为何朕一直不兑现诺言，让你做二千石了吧？"

孙坚点头道："陛下定是为了要在紧要时候用到微臣，才故意先不用微臣的，以免打草惊蛇！"

"那你会辜负朕吗？"天子突然伸出双手，握住孙坚的手。

受宠若惊的孙坚感受着天子手掌的温度，激动地说道："富春孙坚何德何能，能得到天子垂青？"

天子笑道："孙卿也别尽说这些好听的！你所心爱的朱诺现在就是朕的美人，孙卿难道心里不恨？"

孙坚吓得立即下拜："朱诺是臣主动献给天子的，怎敢还有妄念？"

天子叹了口气："孙爱卿，现在又无外人，你装什么装？你与朱诺相识在前，朕掠美在后，而在你献上朱诺之刻，她竟还保持处子之身，对此，朕甚是感动。朕且放话在此：你先让朱诺陪朕几年，朕百年之后，若她愿再跟你，你再纳她也无妨！"

听罢此言，孙坚更是大骇："陛下与臣年龄相仿，怎会走在臣的前面？"

天子笑道："朕刚才说了，自光武帝后，本朝天子寿短，朕恐怕也……这话大秦言怎么说来着？'阿思龙伽，维他布列维思。'[1]"

"陛下千万不能这么想啊，陛下龙体康健，定然万寿无疆！"孙坚拜道。

天子笑道："这都是安慰人的虚言……"

孙坚道："再说，朱诺是陛下临幸过的人，怎好再跟他人？"

天子笑道："在朕离世之前，随便找朱诺一个毛病，将其贬为庶人，赶出宫去，届时你便可纳她！"

"陛下，不要再说了……"孙坚伏地，呜呜哭了起来。

"孙卿，你哭什么哭？"天子一手抓住朱诺的手，一手抓住孙坚的手，说道，"你们二人都是朕的心腹，以后有什么事需要彼此商量，尽可相见。朕这就下旨，孙卿以后要入宫找朱美人议事，只要有一小黄门作陪便可，不必拘礼！"

"这……"孙坚激动得说不出话来。

天子想了想："那句大秦话怎么说来着？对了，'桑帕菲

---

[1] 拉丁文原文：Ars longa, vita brevis.（学艺耗时，然人生苦短。）

德利思！'[1]"

"桑帕菲德利思！桑帕菲德利思！"孙坚、朱诺亦用大秦语应和道。

正当三人立誓同逐外戚、共续汉祚之刻，小黄门蹇硕却连滚带爬地跑了过来，在大秦馆的门口大喊："陛下，不好啦！"

"慌什么？"天子一皱眉。

"皇后来啦！"蹇硕气喘吁吁地回道。

"皇后？不是说不许皇后无旨擅进西园吗？"天子站了起来。

"今日……皇后不知从何处弄来刀枪剑戟，让几十个精壮宫女各带兵器开路，我等猝不及防，没……没挡住啊！……小臣死罪啊，死罪！"

"皇后离此多远？"孙坚再问蹇硕。

"不足五百步！"蹇硕话音未落，馆外嘈杂之声已经入耳。

"快护驾！"孙坚一边喊，一边扶着天子踩着台阶重新回到水池边。然后他与朱诺手忙脚乱地重新开动机关，闭上石台，放出清水。但放水的速度实在太慢，孙坚估测在皇后进馆之刻，池底之奥妙依然无法被完全遮掩。他眼珠一转，计上心来，在天子耳畔略语几句。

天子点头称是，随即对蹇硕大喊："将所有在馆外的嫔妃召进来，全部入池！要快！"

---

[1] 拉丁文原文：Semper fidelis.（永葆吾忠！）

第三十八回　欲爱何分

话说众嫔妃遵旨重新入池后不久，皇后便携一众持械宫女来到大秦馆门口。孙坚抹了一把众嫔妃溅在他脸上的池水，整了整衣冠，往大秦馆门口望去，但见何皇后正怒气冲冲地看着自己、天子与众嫔妃。其实，这也是孙坚平生第一次这么近一睹何后美颜。但见何后高挑丰饶、肤白发乌、蛾眉明眸，虽脸带怒颜，却依然风情妖娆。然而，她那曲线诱人的皮囊也好，她那些插在堕马髻中的炫目黄金步摇也罢，依然难以掩饰其骨子里的戾气。看她那一手叉腰，一手指点天子的架势，似乎并不是母仪天下的皇后，而仅仅是一个为了争风吃醋而不惜大打出手的泼妇。

"陛下，您知道您已有多少时日未临幸臣妾了吗？"孙坚没想到大汉皇后遇见天子的第一句话，竟如此粗俗不堪。

"嗯，三十日了吧？"天子似乎被何后的气势给压倒了，轻声嗫嚅道。

"不对……陛下,您最好再想想……想清楚再说……"何后冷笑道。

"那……六十日吧?"天子掰着手指头算了一下,立即改了口。

"也不对……"何后再摇摇头。

"朕公务繁忙……真……真记不真切了……皇后说几天就是几天!"天子笑道。

"公务?"何后扫视了一下在池中瑟瑟发抖的众嫔妃,大笑道,"这就是陛下所说的公务?"说罢,她从宫女手中接过一面小盾,用盾牌扬起水来,泼在众嫔妃的脸上。

等水泼到朱诺脸上时,何后突然将盾牌重重摔到池子里,溅起一片水花。她指着朱诺喊道:"你就是那个诱惑天子的西域之狐?"

朱诺不卑不亢地回道:"回皇后娘娘,奴婢是人,不是狐。"

何后笑道:"是人是狐,还真不好说!你且站起来!"

朱诺从水中站起,但见她湿袍裹体,珠滚藕臂,孙坚一时恍然失神。

"啧啧……"何后点点头,再看看天子,"陛下,这次陛下的品位不错啊……"

"那也是皇后宽容,她才能在朕身边多陪朕几日……"天子笑道。

"哦?臣妾宽容吗?臣妾自己怎么不知道?"何后再转头看着朱诺,"你说本宫宽容吗?"

"娘娘……自是母仪天下……后宫表率……"朱诺编排

着她所能想到的用来赞美皇后的说辞，两手紧紧抓住湿漉漉的衣襟。

"说得好！"何后满意地点点头，对朱诺说，"你且再近本宫一步！"但等朱诺走近，不料何后突然扬起巴掌，扎扎实实给了朱诺一个掌掴！

孙坚心头一痛，但他咬咬嘴唇，忍住了。

"皇后，为何出手打人啊？"天子忙在一边护着朱诺。

何后笑道："这狐媚刚才自己说的，臣妾才是后宫之主，因此，这后宫嫔妃，自然是想打就打，想骂就骂！"

天子赔笑道："但……打人总得有个理由吧……即使是朕，也不能无端责罚官员啊！"

"理由嘛……"何后转头看着一直在水池边向她下拜的孙坚，"孙议郎，你既然担着'议郎'的名头，你且议一议，本宫打朱诺的理由是什么？"

"这事……臣想……皇后动怒，肯定是有理由。不过，到底是何理由……臣驽钝，臣不知啊……"孙坚被逼得语无伦次。

"孙坚，你不知也不奇怪，毕竟你没看着本宫的双眼……你看着本宫的双眼，你就知道本宫的心了……"何后笑道。

"臣……怎敢直视凤目……这是大不敬啊！"孙坚将额头触地，大气也不敢出。

不料，何后却哈哈大笑起来："孙坚，你装什么？本宫在馆门的时候，你看本宫的眼神都快直了。怎么，本宫到你面前，你却不敢看了？"

孙坚答道:"远观为敬,近视为亵,臣不敢违礼!"

"那你就敢抗旨了?"何后冷笑着,然后转向天子,"陛下,您能下旨让议郎孙坚好好看看大汉皇后的双眼吗?"

天子点点头:"孙卿啊,都是自己人,彼此看看眼睛,真没什么的。你就看吧!"

"臣遵——"还没等孙坚将"臣遵旨"三字说完,何后就急不可耐地将孙坚的下巴托起,仔细端详着孙坚的面庞。她有些留恋地拉拽着孙坚的胡须,轻吹了一口气,让自己充满少妇欲望的气息代替了自己的双手与舌头,轻柔地抚过孙坚如刀削一般的脸颊。而后,她再用左手中指宝蓝色的长指甲轻轻划过孙坚右脸上的一处伤痕,柔声问道:"孙爱卿,这伤痕是在何处留下的啊?"

孙坚打了个激灵,哆嗦着答道:"这是臣……在美阳亭与叛军苦战时留下的……"

何后怜惜地说道:"孙爱卿真是战绩彪炳、劳苦功高啊!"

孙坚回道:"不苦,不苦!为了天子,为了皇后,我孙坚多苦都不苦!"

何后笑道:"好啊!不怕苦是不是?那就麻烦孙议郎再辛苦猜一下,本宫刚才为何要掌掴那狐媚?"

孙坚皱眉:"这个……臣还是不知啊!"

"你是知道的!"何后终于将孙坚的脸放下,绕着孙坚走了一圈,一边走一边说道,"孙爱卿刚才不是说了吗,为了天子,为了皇后,你什么都愿意做!可见,在孙爱卿心中,皇帝与皇后本应相亲相爱,才能成为天下夫妇之表率,是不是?"

"是！当然是！"孙坚频频点头。

"那么，皇帝与皇后之间的和睦，是不是大汉之国本？"何后再问。

"是！当然是！"

"那么——"何后将脸转向朱诺，表情也从温柔转向凶残，"如果有个狐媚，引诱陛下一百三十七日，不让其与皇后亲近，这是不是在动摇大汉国本？这样的狐媚，该不该捆？"

"一百三十七日？"天子瞪大了眼睛，"皇后，没那么长时间吧！"

何后紧咬银牙，恨恨说道："臣妾在宫内夜夜苦等陛下，每空等一夜，臣妾就在脂粉奁内放置一颗珍珠。今早臣妾数了，已经放了一百三十七颗了，装满了整整七个奁子！"

"这……"张大嘴巴的天子想了想，叹了口气说，"这的确是朕的不是！"

何后笑道："既然陛下认错了，该如何补偿臣妾？"

天子说道："且听皇后说，只要朕能做到的，一定做到！"

何后笑道："那臣妾就斗胆对陛下提一条要求：以后陛下要对臣妾坦荡，不要对臣妾藏着掖着……"

天子笑道："朕一直对皇后很坦荡啊！朕的事情，哪一件皇后不知？"

何后摇摇头："比如这水池里藏了些什么，本宫就不知！"

孙坚听罢，不禁大惊——难道他刚才想出的让众妃身掩水池机关之策已露出了破绽？

但听何后冷笑道："本宫站在馆门口时，就早已看出这水池里有乾坤。本宫也不是第一次来这戏水馆了。平时来时，众嫔妃一般是三分之二在水池边伴驾，三分之一在池内戏水，哪里会像今日，所有人都挤在池中，这又如何畅游？若臣妾测算不错，若所有人入池，这池水必会四溢。但方才臣妾用盾牌向众嫔妃泼水之时，却发现目下水池之水线离池岸尚有五寸——这难道不反常吗？好了，话既然说到这一步了，所有嫔妃立即出池，让本宫看个明白！"

天子紧张地站了起来："真没什么好看的！"

眼尖的何后指着刚才被天子的袍子所遮掩的一个铜蛤蟆问道："陛下，这是何物？"

"这不就是一般的装饰嘛！"天子用袍子将那蛤蟆遮挡住。不料，何后伸出一脚，在天子的袍子下触动了机关。但听得池内机关旋动之音响起，已经快被放满的池水又开始旋转起来。众嫔妃惊叫着，纷纷出池。

孙坚叹了一口气。事到如今，只能将计就计了。孙坚飞速盘算着接下来的应对之辞。

大约一刻之后，大秦馆的水池已经水落石出。在何后的压力下，天子只好向她展示了这池底所藏的机关。何后一边仔细查看石台内所藏的沙盘模型，一边问道："陛下，您要在何处建这些房子？"

"冀州的河间国！"天子笑道。

"为何要去河间？那么远？"何后怀疑地问道。

"皇后你难道忘记了吗？朕本就是河间孝王的曾孙啊！"天子回道。

"陛下十二岁就离开河间国来京登基了,目下对河间还那么留恋吗?"何后再问。

"故土嘛,怎能不留恋……"天子回道。

"那为何现在才提起?臣妾怎么第一次听说陛下的这念想?"何后再问。

"最近我才想起河间的夏天比洛京更为凉爽,所以……想去那里避暑……"

"现在才想起?避暑?那将现有的河间宫殿修葺一下,还不够陛下避暑用吗?"何后再问。

"这……要造还是造个大一点儿的吧,除了给朕避暑外,还能给河间王养老……"天子回道。

何后笑道:"陛下,臣妾自然知道您的血脉是出自河间王一脉,但就算您要对那河间王施以天恩,为何要将宫室修成这奇怪的西域模样?河间王能喜欢吗?"

天子一时辞穷,看了一眼孙坚。孙坚咳嗽一声,替天子回道:"启禀皇后,这其实是给天子北狩用的行宫。至于为何要在冀州河间国建行宫,除了因为此地是天子家乡之外,也是因为此封国内有滹沱河,有先帝光武陛下险过滹沱河、摆脱追兵之典故。由此看来,河间乃是大汉吉祥之地,在此建行宫,乃吉上吉!"

"别扯那些虚的!本宫且问你:那为何要建成西域样式?"何后再问。

孙坚答道:"皇后慧眼,这其实就是大秦国的宫殿样式。大秦国庭院,多以立柱绕池,伴有回廊,最宜夏天纳凉。天子最爱胡物，以胡风制殿，可让天下人知此是天子私宅，由此稳定北方，以播天威……"

"那为何还要欺瞒本宫，弄得神神秘秘？"何后再问。

孙坚再答道："目下陇西战事紧急，朝廷用度不足，若天子造新宫之事披露于朝野，恐不利于天子威名……"

"不披露于朝野也就罢了，为何天子也不告诉本宫？"何后再问。

孙坚笑道："这绝非是天子不相信皇后，这其实是天子送给皇后的一件礼物，本是要到准备万全时，才能让皇后知道的！"

何后皱眉道："礼物？但本宫并不喜欢这种胡风的建筑。"

孙坚笑道："天子早就有心建立大汉与大秦的交通，故此准备在河间建一胡风行宫，吸引天下有张骞、班超之志的贤达志士学习胡语，以备后用。届时……"说到此处，孙坚看了天子一眼，咬了咬牙，说道："还会有一位皇子常驻此处，在老河间王薨故后，以新河间王的身份监督诸贤达的学习进度……"

天子惊讶地看着孙坚，他没想到孙坚会这么快就向皇后透了底。

何后警惕地看着天子："孙坚所说是真的吗？陛下要派哪位皇子去河间？"

孙坚将话头抢了过来："既然这位皇子要去监督诸贤达学习，自己就得学习胡语，以为表率。而学习胡语，还是年龄越小越好。所以……"

何后长舒了一口气。她知道,她自己生的刘辩今年十二岁,而已故的王美人生的刘协今年仅七岁。她也知道,被遣到河间为王的那位皇子,将失去对于帝位的继承权。所以,若孙坚所言为真,将对自己非常有利。但她仔细一想,又觉得有点儿不对:"不过……既然要让某位皇子学习胡语,为何不让他现在学起?陛下不也正在学胡语吗?"

脑子总算转过弯的天子,此时也顺着孙坚的话头往下接:"朝内嚷嚷着'夷夏之辨'的腐儒毕竟也不在少数啊!朕能学胡语,是因为朕可用天子之威名压住他们,但若朕的某位皇子也跟着学胡语,恐怕就压不住这些批评之声了……不过,如若朕封了这位皇子'河间王'的名号,情况就有所不同了——毕竟河间远啊,这些在洛京的腐儒就能眼不见心为净了!朕的皇后啊,有些事,得一步一步来啊,急不得!"

见何后的神色已经缓和,天子继续安慰道:"要不,皇后啊,你若还不放心,不妨就在最近陪朕去河间看看?"

何后抬起头,问道:"去河间?去河间干什么?"

"陪你去散散心啊,顺便弥补一下朕一百三十七日对皇后的亏欠!"天子笑道。

"弥补这些亏欠,需要走这么远吗?"何后疑惑地问道。

天子笑道:"当然,去河间,也是顺便做点别的事情。其一,最近冀州黑山贼势起,冀州刺史王芬正在募兵讨贼,朕去河间巡视,便可以顺势监督其行为,防止他借着讨贼的名义,又玩弄别的什么花样。其二,目下凉州前线真缺马匹,若坐等幽、冀之马输来,朝廷又会多费很多财用。朕琢磨着，干脆就坐镇河间，以天子之威压低幽、冀马价，以解前线之困。其三，在河间建行宫之事还在草拟中，施工方略是否符合当地风土，朕也想亲自考察一下，毕竟朕离开故土已二十载了，多少也有些想老家了。其四，此次去河间，自然也是顺便带皇后去那里散散心……"

"那陛下会带哪位皇子陪驾？"何后再问。

天子摇摇头："两位皇子都会留京！其间你长兄大将军何进监国！"

"那么，哪些嫔妃会陪驾？"何后再问，顺势瞥了已被封为"美人"的朱诺一眼。

天子笑道："除了皇后之外，'贵人''美人'两级嫔妃均驻京，只带'采女'去。而且，究竟最后谁去，名单可以交给皇后定夺！"

"谁来护驾？"何后再问。

"你二哥，也就是车骑将军何苗可以去护驾啊！"天子回道。

"如此甚好……"何后脸上终于浮现出了满意的微笑。她抓住了天子的胳膊，撒娇道："陛下若真爱臣妾，又何必等到去河间？"

被逼得无处可退的天子只能点头："当然！当然！"

何后笑了起来："那臣妾就先回宫准备，今晚恭迎圣驾！"她转身准备离开时，回头看了一眼朱诺，又看了一眼孙坚，说道，"时辰还早，若孙议郎没事，是否可以移步濯龙园与本宫一叙？"

见孙坚露出犹豫的表情，何后又转向天子："陛下不会不允吧？"

天子巴望着何后尽快离去，立刻回道："孙卿就去陪皇后说会儿话吧。"

两刻后，在濯龙园的老子祠内，何后与孙坚开始了他们人生的第一次君臣密谈。何后亲自动手，将一个红彤彤的林檎劈成两半，然后自己吃一半，另一半赏给了孙坚。她看着孙坚脸上那个随着腮帮子的咀嚼而不断变形的伤疤，问道："孙议郎在美阳县那仗，折损了多少人马？"

孙坚叹了一口气："臣在下邳国招募的千人精兵，最后就只剩下了几十人……真是不堪回首啊！"

何后点点头："这事本宫也听说了，你本是带兵去诱敌的，那张温却见死不救，害你损兵折将……"

孙坚回道："托天子与皇后洪福，孙坚侥幸逃生。"

何后摆摆手："你日后运气恐怕就不会这么好了。你知道那张温为何敢如此戏弄你吗？就是看你朝中无人，不过一枚可以被随便牺牲的棋子罢了……"

孙坚低头，默默无语。

见自己的话戳中了孙坚心中的痛处，何后顺势说道："其实，本宫与孙议郎也能算同一类人……你我本都没有豪门家世的加持，只有靠自己的拼杀，才能在这世上有一立足之地。只是本宫拼杀在后宫，孙议郎拼杀在战场，而且，本宫毕竟比孙议郎早登上高位一步……"

孙坚笑道："皇后见笑了，微臣怎么能和皇后比……"

"怎么不能比？"何后笑道，"本宫的父亲就是一介屠户，难道比孙议郎瓜农后代的出身更为高贵？本宫刚入宫的时候，还不是天天被别的嫔妃指指点点？但本宫就不信这个邪！那被本宫打败的宋后与王美人，哪个不是系出豪门的名媛？但现在呢？皆成冢中白骨尔！孙议郎，你要出人头地，不如多学一点儿本宫的手段！"

孙坚尴尬地回道："这……这怎么学啊……毕竟微臣是男儿……"

何后笑道："人生无非就是一个'赌'字，无论男女。本宫当年就是赌王美人之死不会引发天子废后之举，最后就赌赢了；孙议郎以后想飞黄腾达，不妨也下一个赌……"

"赌什么？"孙坚问道。

"赌我们何家赢！"何后笑道。

孙坚一皱眉："恕微臣直言，这天下姓刘！"

听罢，何后哈哈大笑："孙议郎，你想到哪里去了，这天下当然姓刘。你我对天子的忠心，都是一般无二的。本宫是说，如果要让汉祚长远，天子就得依靠我们何家，而不是提防我们何家。"

见孙坚皱眉，何后解释道："有人总担心外戚夺权，前朝有霍光与王莽，本朝则有梁冀与窦武。但不管别的外戚怎么样，我们何家是绝不会威胁天子帝位的，因为何家出身寒微，无法笼络豪门大族，所以最多只能与诸清流大族势均力敌。不过，这几年朝中局面的确大变。党锢放松后，士人势力大起，天子除了那些半阳之人之外，只有倚靠我们何家才能制衡之。在此局面下，天子还竟然因立储这种小事冷落本宫。你说，天子是不是有些主次不分？"

孙坚轻声反驳："依臣愚见，立储并非小事……"

何后反驳道："本是小事啊！若天子按照惯例，立长子为储，不就没事了？可天子偏偏迟迟不立储，这才变成大事！"

孙坚小心说道："皇帝陛下……不是……下了决心了吗？谁做了新的河间王，不就无法继承帝位了吗？"

何后笑道："你以为本宫真信天子已决意让那董侯去做新河间王了？若他真这么想，先下诏将史侯立为皇储，岂不更简单？在河间造宫，无非就是为他自己贪玩寻一个借口罢了。不过他说的坐镇冀州、低价买进战马的主意倒不错，看来最近天子也没有完全荒废国事。若在一两月内天子真要北狩，本宫也会把握机会再抓住他的心！"

孙坚见何后最终还是没看破天子在河间另行废立的计划，暗自长舒了一口气。

何后看着孙坚，笑道："这次要不你也一起去北狩？这可是你升为两千石的机会啊！"

孙坚疑惑地问道："这与做二千石有何关系？"

何后笑道："冀州有河间国、中山国、常山国、安平国、清河国、赵国、巨鹿郡、魏郡、渤海郡一共六国三郡，整整九个二千石的位置啊！最近冀州局面不稳，若我二哥车骑将军何苗负责护驾，可以轻易找到当地某个守、相之过错，将其拉下马。接下来，他与本宫再一起说服天子将一同护驾的你拜为新的二千石，不就名正言顺了吗？"

孙坚沉默了。他想起了袁术去年曾给他的许诺：只要跟着他干，就能在荆州给他找一个二千石的位置。但一年过去了，袁术并没有兑现他的诺言。此刻，他为何要去相信何后的许诺呢？不过，孙坚是绝不敢把这分疑惑摆放在台面上的。他嘴上说道："皇后，微臣对何家无尺寸之功，并不值得皇后这样拔擢啊……"

何后笑道："本宫看人，不会错的……"

"但……微臣能够为皇后做什么呢？恕我直言，天子对微臣也是爱护有加，微臣夹在天子与皇后之间，多少有点儿尴尬……"

何后笑道："如今议郎可是天子身边的红人啊。按理说，你给天子献上朱诺这个西域狐媚，本宫应该恨你才对，但不知道为何，我今日见到你，却是恨不起来……"

听到这里，孙坚头上不禁冒出汗来，眼睛也不知朝何处看。

那何后的眼睛紧紧盯住他，笑道："怎么，没有天子的圣旨，议郎又不敢看本宫的眼睛了吗？"

孙坚喃喃道："皇后恕罪，恕罪……"

"放心，本宫也不会为难你。以我今日所见，天子如今对你的信任，好似超过了那些个阉人。"何后停了一下，又道，"只是希望你伴驾的时候，多提醒天子来看我就是了……"

听到这里，孙坚抬起眼："此事不难，微臣一定做到！"

听了这话，何后又笑了起来。她想了一下，便提出了新的要求："以后如果本宫想见议郎，议郎愿意陪本宫聊聊天吗？对了，你别多想，就是聊聊。以后你真去了冀州为守、相，本宫就再也见不到你了！"

孙坚的脸又红了："不知皇后……想与微臣聊什么？"

何后笑道："就与本宫说说战场上的事，说说你身上的每一处伤疤怎么来的。"

孙坚犹豫着回道："戎事残酷，我怕脏了皇后之耳……"

没想到何后还来了兴致："本宫就想听残酷之事，孙议郎你尽可挑些最残酷的事说！"

"那……"孙坚想了想，说道，"好吧，以后只要天子不找我，皇后来找我，微臣一定来伴驾！只是……只是微臣还能提一个小要求吗？"

"你说！"

孙坚说道："只是希望皇后日后不要再为难那朱美人。她就是一个胡人，在汉境内毫无根底，根本不可能威胁到皇后与何家。天子也是看胡女风情有别于汉家女子，才对她略为宠爱一点儿罢了……"

何后点点头："孙卿所言有理。今日我掌掴于她，她竟毫无怨色。只要她识相，就是天子升她做贵人，本宫也会眼开眼闭的！"

孙坚听罢，满脸喜悦："微臣代朱诺谢过皇后！"

何后看到孙坚的这副表情，觉得有点儿不对劲，她用怀疑的眼神看着他："孙爱卿，你为何对那胡女的事情如此上心？"须臾，她突然咯咯笑了起来："本宫想起来了，为了这个朱诺,据说你花了八百万钱!对了,你是不是后悔了?"

孙坚大力摇头:"哪里!我买下她时就想献给天子的!怎么会后悔?"

何后还是笑个不停:"孙爱卿,你又口是心非了。你看朱诺的眼神,分明与看本宫的眼神不同!"

"如何不同?"孙坚反问。

何后笑道:"一个是爱,一个是……欲。"

孙坚低头,不知如何作答。

"好了好了!我们毕竟是君臣,话说到这份上,便不能再亲密了!"说罢,何后拍拍手,唤来贴心宫女,命其送孙坚出宫。

当孙坚一个人走出老子祠时,正好看见老子巨像边那被风吹起的一束束幡布,以及幡布上所写《道德经》上的名言:"道常无为而无不为,侯王若能守之,万物将自化。化而欲作,吾将镇之以无名之朴。无名之朴,夫亦将无欲。不欲以静,天下将自定。"

孙坚暗自苦笑。如果真按照老子所言,所谓'无名之朴'就能镇住自然而生的欲望的话,那么世人又该如何解释那种无名而朴实的爱欲的滋生呢?

在经过濯龙池的时候,孙坚从池边捡起一个石子,扔进池中。面对荡漾的水波,他再一次注视着自己的面孔在水面聚散离合。他扪心自问:自己究竟是谁?自己为何在此处?自己究竟是天子的人、皇后的人、袁术的人,还是宋嘉的人?自己究竟该选边清流、外戚,还是宦官?自己心中所渴望的，究竟是什么？是和睦的家庭，还是光耀的爵禄？是铭心刻骨的爱情，还是让人沉湎的女色？是死后的清名，还是在世时的权柄？在中平四年的这个夏日下午，孙坚就这样静静地凝望着深深的濯龙池——与此同时，深不见底的濯龙池也在静静地凝望着他。

第三十九回　乾坤倒转

　　转眼间，孙坚与何后的密谈已过去了十三日。在过去的十日内，天子数度临幸皇后。后心大悦，终于同意天子升朱诺为"贵人"，朱诺也由此成为大汉开国以来第一位具有西域血统的贵人。三日前，天子又至洛京西郊平乐苑狩猎，何后伴驾，二人站在平乐观上齐齐接受虎贲将士的欢呼，真可谓龙威浩浩、凤仪堂堂。宴席间，天子向车骑将军何苗提出一个月内移驾河间进行北狩之事，后者则立即奏明天子，大将军府已制定出几条移驾路线。可见，何后早已将此事告知兄长。宴上并无他事，帝、后便早早带朱贵人离席。孙坚与袁术等人一起喝酒，以唇舌之乐，麻痹心头苦闷。次日，天子余兴未尽，又率领众人移驾洛京西郊的西苑、鸿池苑、广成苑、显扬苑等皇家园林再行玩乐，由此便又过去了三日。到了今日午后，醉醺醺的孙坚这才暂时了结了伴驾的公事,打着饱嗝,骑着蒲梢骢回府。此时已至酉时一刻[1],再晚一点儿,洛京的街面就要开始宵禁了。

"怎么这么晚才回来?"胡婵站在门口,对孙坚怒目而视。

"瞪着我干吗?来洛京后,我又不是第一天回来晚了!"孙坚冷漠地回应着胡婵,从马鞍上慢慢爬下来。因为酒醉,他竟然试了三次才最后着地,令蒲梢骢都惊讶地用前蹄跺了三下地面。

胡婵柳眉倒竖,凑近孙坚闻了闻:"怎么这么大的酒味?文台,你这几日喝了多少?会不会误了公事?"

孙坚傻呵呵地笑着,一摆手:"喝酒就是公事啊!阿婵啊,你且听我说:天子叫你喝,你敢不喝?皇后叫你喝,你能不喝?车骑将军与虎贲中郎将与你一起喝,你敢少喝?要是喝好了,喝得帝、后与上司都开心了,他们没准就会给我一个二千石做做!阿婵啊,你不是说我一直轻慢朗儿吗?你且听着:等我做了二千石,有了掌控一郡人事之权柄,我就能轻易安排他做一个掾吏,绝不会亏待他的!"说到这里,孙坚又打了一个饱嗝。

胡婵冷笑道:"我们家文台出息了啊,连帝、后都和你一起喝酒。对了,我们家目下且无好酒招待你了,我胡婵给文台敬上一碗茶如何?"

孙坚点头:"甚好!我这酒也要醒醒!明日还要上朝……"

不料,胡婵不知从何处变出一碗茶来,不由分说,就

---

[1] 17:15。

将茶粥向孙坚脸上泼去！

"啊！你这是做甚？"满脸茶末与姜末的孙坚惊讶地瞪着胡婵。

胡婵冷笑道："文台，我胡婵跟着你这么多年鞍前马后的，只图能过上衣食无忧的日子，我可不想与孙门老小一起被当成叛贼齐齐斩首！"

孙坚的眼睛瞪得更大了："这……从何说起？"

胡婵在孙坚耳边轻语："此处不便说话。文台且进屋说，程普与黄盖已经在里面等你两日了！"

此刻，头脑已略为清醒的孙坚突然意识到了问题的严重性。原来，一年前自己与众兄弟在洛京散后，程、黄二人便许诺孙坚一定会在各州郡打探对孙门有用的情报，一有风吹草动，就来洛京找自己。一年多来，此二人音信全无，今日突然出现，必有大事。

孙坚抹了一把脸上的茶粥，嘱咐祖迅拴好马匹，紧随胡婵入院。没想到胡婵并未将孙坚往自家的客房引，而是直接将其引向他们共用的卧室。孙坚皱眉，问胡婵："怎么去那里？"

胡婵轻声说道："此事过于机密，只能找家里最僻静的房间，文台见谅！"

孙坚进门后，但见程普与黄盖正趴在地上仔细查看一张大汉地图，而且烛火所照亮的位置，大约就是冀州。二人见孙坚入室，立即下拜："恩公啊，出大事了！"

"两位贤弟请起！"孙坚将二人搀扶起来，"多日不见，别来无恙？"

程普急道："恩公，没时间客套，我且长话短说。半个月前，我们带华佗先生去泰山郡，给郡丞诸葛珪看病……"

"什么，诸葛珪病了？我怎不知？"孙坚惊讶地问道。

黄盖插话道："恩公，你且听程德谋将话说完，诸葛得病不是此事要点！"

孙坚瞪大了眼睛："那病若要请华佗来治，必是大病，诸葛是你我挚友，他得大病，还不是大事？"

程普急得满头大汗："反正诸葛先生已是将死之人，且不管他，听我先说下去！"

孙坚更是惊讶："你的意思是说，诸葛珪的病重到连华佗都治不好了？若真如此，你们怎么对挚友的生死毫不关心？"

程普插话道："不是我们没心肝，而是目下的确没工夫关心他的死活啊！因为我们要说的事，比这大千倍、万倍！而且，这事的由头，恰恰是病榻上的诸葛先生告诉我们的！"

孙坚脸一沉："到底是何事？"

程普继续道："诸葛先生在病榻上说，他夜观天象，得知二事：其一，他本人命不过今年；第二，年内朝廷必有大灾。他嘱咐我二人，勿要挂念其生死，而要挂念朝廷安危……"

孙坚摇摇头："诸葛君贡又来这一套了，装神弄鬼！他说的朝廷之灾，究竟是何事，可有证据？"

程普说道："诸葛先生说，从天象上看，出事的地方，大约在北方，或许就在冀州。但他本人疾病缠身，无法调查具体详情，叫我们立即去找济南相曹操询问详情……"

"但曹操也不在冀州啊……"孙坚一皱眉。

"恩公你看!"黄盖指着脚下的地图说道,"济南国虽然在青州而不在冀州,但与冀州接壤,与河间国也不远。冀州之事,曹操必然比诸葛珪知道得更多!"

孙坚心头不由得一震。这是此二人今日第一次提到"河间国"这三字。他催问程普:"曹操告诉你们什么了?"

程普说道:"还真给诸葛先生说中了,曹操的确知道得更多。恩公也当记得,我们与曹操在宛城打过交道,彼此相熟,此人虽然奸诈,但内心至少是忠于朝廷的。曹操见是我们来了,便忙不迭地交给我们一封书信,千叮咛万嘱咐,说一定要立即送到恩公手里,由您亲自拆封阅读。他还特别嘱咐我们转告恩公,无论朝中出什么事情,一定不要涉入皇储废立之事,否则,孙门定有大祸!"

明明已经深陷皇储废立之事的孙坚听到此言,更是大惊:"曹孟德的书信目下何在?"

程、黄彼此交换了一下眼神,还是黄盖先开了口:"恩公见谅,这信本该是您亲自拆封的,但前日我二人到了府上,一直不见恩公回家,所以……"

"所以,我就擅自做主,未等你回家就拆了这信。"胡婵一边插话,一边从怀里扔出一块绢帛。

孙坚摊开绢帛,找光亮处细阅。程普则在一旁解释道:"此信是曹操写给冀州刺史王芬的回信,然后他将这回信亲自抄送了一封给恩公您。虽然我们没看到王芬给曹操的信,但是从这回信中,也能揣测个大概。恩公细读后便知。"

"王芬？"孙坚听了，心头一惊。王芬请朝廷允许冀州募兵以剿黑山贼的奏章，孙坚记忆犹新。然而，那王芬给曹操写信又是为何呢？曹操毕竟在青州，其所在的济南国其实并不在冀州刺史的监察范围之内。难道是王芬希望与曹操联手对抗黑山贼？但黑山贼势力再大，也不至于打到青州啊？

在忽明忽暗的灯火下，心带疑惑的孙坚终于看明白了这绢帛上所写的文字：

  操伏地再拜言：

  文祖[1]兄足下：毋恙。来信悉收，然兄议不可。夫废立之事，天下之至不祥也。古人有权成败、计轻重而行之者，殷商伊尹之灭夏桀、前朝霍光之废昌邑王是也。然伊尹、霍光之事成，皆有天时地利之助。伊尹怀至忠之诚，据宰臣之势，处官司之上，故进退废置，计从事立。及至霍光受托国之任，藉宗臣之位，内因太后秉政之重，外有群卿同欲之势；且彼时昌邑王即位日浅，未有贵宠，朝乏谀臣，议出密近，故计行如转圜，事成如摧朽。今诸君徒见曩者之易，未睹当今之难。诸君自度：结众连党，何若七国？合肥之贵，孰若吴、楚[2]？而造作非常，欲望必克，不亦

---

[1] 王芬表字。
[2] 曹操所指乃西汉景帝时期发生的"七国之乱"，参加叛乱的有吴王刘濞、楚王刘戊、赵王刘遂、济南王刘辟光、淄川王刘贤、胶西王刘昂、胶东王刘雄渠。后叛乱被汉廷平定。

危乎？望三思。

孙坚读罢，不由得惊叫出来："就连王芬也知陛下要在河间行废立大事了？他还将这事告诉曹操了？那这王芬到底是站哪一边的，是史侯，还是董侯？"

不料孙坚说完，程普、黄盖面面相觑，满脸疑惑。还是胡婵先开了口："文台，你是不是酒还没醒？还是最近大秦言学多了，汉字都不识了？这信提到了史侯与董侯吗？你仔细看看，曹操是将这废立之事与当年伊尹灭夏桀、霍光废昌邑王之事相提并论了啊！那夏桀与昌邑王刘贺都是什么人？都是当时在位的帝王啊！因此，这信说的是废掉当今天子的事情！"

"什么？"孙坚再拿起绢帛细读，然后看到"合肥之贵，孰若吴、楚"这八个字，问道："'合肥'指的是谁？"

程普回道："定是合肥侯刘襄。"

"什么？合肥侯刘襄要反，他要谋害当今天子？他也配？他算老几？"孙坚再问。

黄盖纠正道："是冀州刺史王芬要反，谋害当今天子，然后将合肥侯刘襄推为新帝。他去信曹操，望他跟着一起反，被曹操拒绝了，然后曹操再将这拒信誊写一份给恩公，叫恩公千万不要参与此事。此事其实与天子立皇储之事并无关系，而是关系到天子本人的生死……"

"王芬？弑君？他？这是为何？没有天子拔擢，王芬能成为冀州刺史吗？"孙坚被弄得完全糊涂了。

程普恨恨地说道："王芬是'八厨'之一，与当年被我与黄公覆联手杀死的'八及'领袖张俭是一路货色，自以为正义在手，就能为所欲为。不错，当今天子的确是拔擢了王芬，但王芬之流依然不能忘怀十九年前辛亥之变中那些死难的太学生，只要此事没有个新说法，他们会依然敌视天子，而无论天子给他们多少恩惠……"

孙坚恨道："天子不是已经放松党锢了吗？还要他怎么做？十九年前的事情，又不是他主导的。当时天子还是一个十二三岁的孩子……"

"但在党人看来，正因为有了十九年前的那场大屠戮，那个十二三岁的孩子才能一直坐稳天下，直至今日。所以，他就是那场屠戮的受益者。所以，杀死他，也是为那些死难的太学生报仇，为清流的领袖陈蕃报仇！"黄盖补充道。

"不可理喻！"孙坚气得用拳头狠狠敲击案几。但他突然想起了什么，问道："王芬若真要弑君，他会怎么做？"

"文台，你前几日不是告诉我说，王芬想在冀州募兵抵御黑山贼？这是不是他招募私军，以图谋天子的掩护？"胡婵在一边提醒说。

孙坚点点头："有这个可能，不得不防。不过，天子远在洛京,他如何能动得了天子？除非天子自己去了冀州……"

但此言一出，孙坚随即陷入巨大的惊恐之中：

是的，天子将会在一个月内去河间国北狩，而河间国正在冀州刺史王芬的管辖范围之内！

孙坚颓然瘫坐在地上，眼睛直直盯着地图上被烛火照亮的"河间国"三字。

胡婵看出了孙坚的心思，冷笑道："文台，你现在懂我方才所言了吧，孙门已大难临头了！王芬在冀州放了一杯毒酒，正等着天子去喝呢，而引导天子注意到那杯毒酒的，难道不是你孙文台吗？"

孙坚凄惨地笑道："阿婵，我知道你还想说什么。天子在河间建胡风宫殿，乃朱诺的建议，而朱诺又是我献给天子的。所以在别人看来，好像是我与朱诺设套，让天子钻入了王芬的陷阱……但这……这一切仅仅是巧合啊！……我这……冤枉啊！"

"巧合？"胡婵瞪大了眼睛，"你现在还觉得朱诺叫天子建胡风宫殿与王芬之密谋毫无关系？"

"当然是巧合！"孙坚回道，"王芬怎么会认识这朱诺？就算他认识，朱诺为何要听他摆布？朱诺不过一个胡女，这十九年前清流与宦官之间的争斗，与她有何关系？她为何要牵涉进来？"

"哼！"胡婵冷笑道，"文台，你大错特错了！其一，王芬谋事肯定不是一个人，什么'八及'啊，'八厨'啊，这些党人本就是彼此勾连的。那王芬既然能拉拢曹操，也能拉拢别人，你没看到曹操回信中'诸君'二字吗？这就说明曹操的劝止信里的话不是说给王芬一个人听的。所以，就算王芬不认识朱诺，其同党中若有人认识朱诺，也就能将其化为他们的棋子。其二，朱诺本人与辛亥之事无涉不假，但党人完全可以利用其短处来要挟她，而谁又没短处呢？"

孙坚笑道:"阿婵,这都是你的猜想罢了,你可有证据?"

胡婵回道:"文台,你曾经与我说过,朱诺入宫后已经参与皇储废立之事,这事与她有何关系?你不觉得奇怪吗?无论是天子选中了史侯还是董侯,这二人都不是她的孩子,她作为一个胡人,为何对此事如此上心?"

孙坚默然不语。

胡婵继续说道:"此事我也反复思考,始终不得要领,直到德谋与公覆来访,我才理出一些头绪。文台你想,假设朱诺已是反贼设的暗桩,那么她的任务便是引诱天子去河间国,让其成为王芬砧板上的鱼肉。而要引诱成功,就得摸准天子的脾气,找准天子的心事。而天子的心事,无非就是想废长立幼,但他又担心在洛京不得施展。所以从天子的角度看,在遥远的河间突行废立大事,便既能远离何家人的管控,又能得到具有河间王血脉的皇族的支持,何乐而不为呢?至于营造胡风宫殿之事,在天子看来,亦可用以遮掩自己的真正用心。但天子忘了,无论他建的宫殿是何种风格,无论他想在河间如何抉择皇储,这对王芬来说,都是无关紧要的。王芬只要用他的暗桩引诱天子去河间,他就有了刺杀圣驾的机会!"

"所以朱诺越让天子注意到在河间行废立大事的好处,他就越会留心何家人的举动,这样,天子也就会越忽略王芬的危险?"程普插话道。

"对!"胡婵点点头,"这就叫'明修栈道,暗度陈仓'!"

"对什么对啊!"孙坚打断了胡婵的推理,"还是那话:

说朱诺是暗桩的证据呢？"

"这就是你要的证据！"胡婵突然从怀里扔出一块绢帕。

孙坚用哆嗦的手打开绢帕一看，但见上面记载着一段对话，分别用朱砂与黑墨表示不同的人所说的话：

黑：别来无恙？

朱：无恙。

黑：汝父尚在我手。

朱：吾父真还健在？

黑：健在。

朱：何证？

黑：未语，扔出一牍。

朱：未语，读牍。

黑：汝知当为何事否？

朱：知。

黑：再问：汝可是真大秦女？

朱：然也。

黑：汝可愿陪侍天子？

朱：愿。

黑：妙哉。

孙坚抬头问："这是谁记的？又是谁给你的？"

胡婵笑道："蔡邕之女蔡琰！"

"蔡文姬？"孙坚看着胡婵，"你怎么认识她的？"

胡婵："文台你也知道，来京后我常去白马寺烧香。这去得多了，也就注意到有一女童经常找那里的番僧请教安息文。我甚是好奇，便与之攀谈，发现此女便是蔡琰，且极为聪慧。但多见几次后，才觉得她总对我欲言又止。三日前我再去白马寺时，她趁着监视她的家奴不注意，将两条绢帕偷偷塞给了我，并叫我转交于你。只是文台你这三日来一直在西郊伴驾，故我只能到现在才能转交此物。"

"两条绢帕？"孙坚一皱眉，"另外一条呢？"

胡婵便又拿出第二条绢帕，但见上面用蝇头小字写道：

蔡门家风，宁折勿弯。家父教诲，文姬毋忘。译者之恶，矫意为大。许攸矫译，文姬甚惊。缄默多日，愧对祖宗。今补旧过，追忆朱言。

孙坚倒吸了一口凉气。他终于想明白了，为何一年多前在荥阳县堂，许攸向朱诺问话时用的是大秦语。这就是为了遮人耳目，不让别人听懂他当时是在拿朱诺的软肋来敲打她。幸好蔡文姬品质冰洁且记忆超群，将一年前的公堂记录给全部复原了出来。

"恩公啊！"黄盖在一边说道，"这蔡文姬的证词，足以证明许攸早就控制了朱诺。所以，朱诺在入宫后的怪异表现，都可能是许攸的策划。"

"怎么又扯上了许攸？要刺驾的难道不是冀州刺史王芬吗？"孙坚皱起了眉头。

程普解释道:"在济南时,曹操告诉我们说,他的眼线曾在冀州河间看见许攸出没过……或许现在,许攸正在王芬的密室里讨论刺杀天子的细节呢!"

"许攸?他为何要害天子?他是袁绍的人啊?"孙坚再问。

胡婵笑道:"或许这就是袁绍的意思呢?"

孙坚笑道:"别开这么大的玩笑!怎么会是袁绍?绝对不会!第一,我与袁术关系不错,如果袁绍有这大逆之图,为何我从袁术那里看不出一点儿端倪?第二,在一年前的荥阳县堂,反复质疑朱诺的大秦女身份的,正是那袁绍。假若袁绍真是朱诺的上线,他应竭力证明她真是大秦女才是,这才方便自己将朱诺这根暗桩送入宫中……"

胡婵怒目反驳道:"文台啊,你到现在酒还没醒?你这两条理由算理由吗?第一,袁术与袁绍的关系,就类似那史侯与董侯,袁绍若有大逆之图,他怎会告诉袁术?第二,袁绍心思缜密,怎会直接暴露他与朱诺的关系?他反复刁难朱诺的大秦血统,正是为了在世人面前洗脱自己在幕后操控的嫌疑!"

孙坚擦了一把头上的冷汗,隐隐觉得胡婵的推理是对的,但嘴上还不服输:"别忘了,袁绍是大将军府的人,他也代表何进的利益。何进自然是希望自己的外甥史侯继承皇位,他绝不会将这个机会留给那个什么合肥侯。你说一个大将军府的主簿,为何要帮助那个王芬去坏大将军的好事?"

胡婵气得银牙乱咬:"文台,你还是我认识的孙文台吗?入京后,我也不知你着了什么魔,人变得越来越蠢,如此明白的形势你竟然看不懂？何家是屠户出身，怎能与四世三公的袁家相比？当年党人与袁绍都关系密切，就连被德谋、公覆斩杀的张俭生前也是他的好友。何进让袁绍做主簿，主要就是为了维持与袁家的关系，但这不也为袁绍提供了天赐良机，方便他窥伺大将军府的机密吗？我看这次他与王芬的密谋，不仅是针对天子的，也想趁机杀死皇后与何家人，以便让袁家事后掌控大局！"

脸色惨白的孙坚嗫嚅道："他们……不会如此轻易得手的……车骑将军何苗会护驾的！"

"什么？"程普睁大了眼睛，"帝、后北狩连谁护驾的细节都定了？什么时候起驾？走什么路线？"

孙坚回道："这也是刚确定的。但具体的启程日期与行走路线，目前都是机密。据说是大将军府一手操办的……"

"大将军府何人操办？"黄盖再问。

"那必是大将军府上的主簿……"孙坚迅疾回复道。但话一出口，众人便陷入了沉默。

是的，何进的主簿就是袁绍！

半响后，胡婵哈哈大笑："天子的移驾路线乃是杀人凶手划定的，你说，这何苗护驾，又有何用？"

几乎快被说服的孙坚喃喃道："那袁绍为何要图谋天子？"

胡婵叹了一口气："文台，你这问题是不是有些无聊啊？你这就好比问：赵高为何要害扶苏？王莽为何要废汉统？梁冀为何要弑质帝？袁门势力遍及天下，难道不会日益滋生得陇望蜀之心？再说当今天子行事确有诸多荒唐之处，就连张角之徒都敢问鼎九州,这难道不会激励更多的枭雄跃跃欲试吗?文台,你真正要思考的是:在如此危局下,你我当如何自保?"

此时,黄盖试探地问道:"如果恩公什么也不做呢?……毕竟袁绍与王芬要杀的是天子,而不是针对恩公!"

程普摇摇头:"绝对不行!诸位得站在袁绍的角度思考,他将如何善后。若帝、后在河间北狩期间突然遇害,必然天下震动,他若不就此给出一个说法,是难以扶持合肥侯上位的。若事后有人追查原委,必会得知鼓动陛下北狩的是朱诺,而将朱诺献给天子的则是文台。这样,袁绍就能以给天子报仇为名,处死朱诺,并将孙门屠灭,以此掩盖其罪行……"

孙坚笑道:"这也太荒唐了,就算他们阴谋得逞,最后动手的毕竟是王芬。袁绍若只杀我与朱诺,却不杀王芬,怎能服众?"

程普回道:"恩公,恐怕王芬会在谋刺天子的当日就会被杀!"

孙坚惊讶地反问:"他不是募了不少死士吗?难道那些人不会保护他?"

此时,连程普也叹了一口气:"方才二夫人数落恩公酒喝多了,我本不想多说什么,但我实在忍不住了,这还是我们所认识的孙文台吗?怎么在京都待了一年多,如此简单的军谋,恩公也想不出来?恩公啊,我的文台兄啊,现在你不妨设想自己就是袁绍,然后再谋划一下:如何既能利用王芬杀死帝、后,又能迅速将王芬灭口?"

孙坚沉默半响,然后边想边说:"假设我是袁绍,既然我已制定帝、后北狩的路线,自会事先将其中一条路线告诉王芬,让他带叛军沿路谋刺帝、后,并顺便解决掉何苗、袁术。因何苗所带兵将乃是精锐,所以王芬军在战后必然元气大伤。此刻,我再安排另外一军,突袭王芬后方,将其斩杀灭口,对外则称是自己杀了弑君的逆贼。然后,我会以给帝、后报仇为名,回京进行清洗,处死朱诺与孙坚,以及别的一切知情者。此时,何进即使想反抗,也无济于事,因为他的妹妹已经不在了,他也就失去了作为外戚的根本。届时,无论是史侯,还是董侯,可能都会在几个月内神秘死亡。然后,我会再以先帝无嗣为名,推荐合肥侯为帝,然后自己做上大将军。等我玩够了合肥侯这个傀儡,我会逼迫其禅让帝位于我。从此,天下姓袁!"

胡婵听罢,赞许地击起掌来:"文台啊,你的酒彻底醒了!这才是我认识的孙文台!"

孙坚苦笑道:"我都不敢相信,自己刚才竟能说出如此大逆之言。"

黄盖安慰道:"恩公,你方才只是在倒推逆贼的思路罢了。这样做,也是为了锄奸自保啊!"

孙坚点点头,大口喝了一碗梅子酒,说道:"还是德谋说得对!站在袁绍的立场看问题,很多疑惑就不再是疑惑了。方才我还在想,这些逆贼既然要遣朱诺入宫,为何不自己直接送,而要借我之手?为何还要让朱诺在我家待上这么长时间?现在看来,这其实就是为给世人造成这样一种印象：朱诺本是我孙坚的奴婢，从而没人会由此想到与袁绍有关。此计真毒啊！"

胡婵点头补充说："弄不好一年多年前文台你刚入洛京时，他们就已布好局了。因此，你是如何认识朱诺的，朱诺是如何获得你同情的，这可能都是局！"

孙坚听罢，长叹了一口气。

程普安慰道："好在我们目下已看破此局，局面还来得及挽救。恕我直言，袁家势力太大，我们无力与之硬斗。唯一破解之策，就是劝说帝、后不要去河间。这样，逆贼的所有后续计划都会失败。"

孙坚点点头，又摇摇头："现在北狩之事已开始部署，我若突然阻拦，又有何借口？正如德谋你方才所言，我们现在的确毫无实力与袁家硬碰硬……"

"所以得'以柔克刚'……"胡婵将话接了下去。

"此话怎讲？"孙坚再问。

胡婵回道："按文台你前几日对我所说，天子目前对朱诺甚是宠幸，皇后似乎也对你十分信任。你与朱诺不妨分头行事：你去劝说皇后，朱诺去劝说天子，让他们分别放弃北狩之事。"

孙坚瞪大了眼睛："阿婵，怎么现在轮到你糊涂了？如何劝说皇后且不提，我如何操控朱诺去劝说皇帝？她难道不是在袁绍手里吗？"

胡婵笑道："袁绍能控制朱诺，是因为他控制了朱诺的父亲，假若其父落到我们手里，事情不就反转过来了吗？"

孙坚听出了胡婵的言下之意，抓住她的手："阿婵，莫非你知道朱诺的父亲现在何处？若真知道，你就是孙门的大恩人啊！"

胡婵笑道："我也只是大致猜知他在何处……"

"究竟何处？"

胡婵手指西方："就在西郊的白马寺！"

"何以见得？"

胡婵回道："这也是今日文台回家前一个时辰我猜出来的。前几日，我在白马寺见到安世高师傅，他曾和我提了一嘴，说寺内有人要将安息文的佛经译为大秦文。当时我就疑惑，大秦国似乎并不流行浮屠道，为何要将佛经译为大秦文？而且，一个人若有本领用大秦文翻译佛经，其大秦文又要熟练到何等地步？而除了朱诺，洛阳还有谁有这本领？"

"朱诺之父！"孙坚与程普、黄盖几乎异口同声地喊道。

孙坚的脸上终于浮现出了一丝笑容。他亲了胡婵一口，说道："你过去一直抱怨我不陪你去白马寺烧香，这确是我的不对。明日散朝后，我就陪你一起去白马寺！"

第四十回　宝刹问计

次日午后，洛阳西郊白马寺，蝉鸣阵阵，松柏参天，飞鸟掠空，云压塔尖。

这是孙坚第一次来白马寺。胯下的蒲梢骢好奇地盯着寺门口背驮天竺贝叶经的石雕白马像，仿佛在思考着马类在这个世上存在的意义。孙坚则扫视着高高的廊庑寺墙，以及比它更高的九层浮屠塔，心中还在酝酿等一下遇到安世高后的说辞。此时，孙坚突然发现白马寺山门的正门还未打开，便问同骑一马的胡婵："阿婵，为何正门到现在还没开，信徒如何来礼佛？"

胡婵指指两边望楼下的小门，说道："在白马寺，善男信女都得从左右小门进入，正门是轻易不开的，这是这里的规矩。你且跟我来！"说罢，她便与孙坚双双下马。孙坚将蒲梢骢交给其后的程普、黄盖，叫二人在寺外遛马。

胡婵带着孙坚来到正面左边的小门，轻轻敲了一下门

图 8 东汉白马寺山门重构图

上的铺首衔环。但见一扇小门打开,露出一对碧蓝的眼睛。门后的番僧用不标准的汉言问道:"施主,又是你?"

胡婵笑道:"且望小师傅代为禀告,胡婵有事要请教安世高师傅!"

那番僧摇了摇头:"女施主见谅!师父正忙着重译《人本欲生经》,这几日暂不见客!女施主若要礼佛,小僧可在前带路!"

孙坚急了,将胡婵拨到身后,向那番僧递上名刺,说道:"小师傅,你就这么禀告:议郎孙坚从朝中探得了有关白马寺生死存亡的大事,需要立即告知安世高师傅!"

那小僧将信将疑,思考片刻后回道:"二位请稍等片刻,贫僧去去就回……"

大约一刻后,那小僧回来打开了边门。小僧引路,胡婵紧随,孙坚殿后。胡婵回首低声对孙坚说:"寺内不许奔跑喧哗,等一下文台说话得小点声。"

孙坚点头。三人进入寺院,但见院内朱墙庇荫林,金刹饰塔楼,高林敞华榱,飞甍耸层构,果然是"天下第一寺"的气派。沿着院内小径百转千折后,三人终于来到安世高师傅所在的"译经馆"。

那小僧跪在关门向馆内人通报:"师父,二位施主已到!"

但听得馆内三声木鱼之声,似是表示欢迎来客。孙坚与胡婵在小僧引导下在门口换了木屐,轻声踩地,屏息入馆。

但见馆内,简牍遍地,贝叶四悬,墨香飘溢。一西域老僧端坐在高堆的简卷之后,一边提笔飞书,一边念念有词,似是未看到孙、胡来访。小僧在孙坚耳边解释:"师父马上就译完这段了,二位施主少安毋躁!"

不久后,老僧终于搁笔,抬头伸了一个懒腰,随口念佛诗一句:

安为清来般为净,
守为无来意名为;
清净无为四谛空,
不复得苦故为活。

然后他转过脸,微笑着面对孙坚与胡婵,双腿盘坐,双手合十："阿弥陀佛，二位施主久等了！"

"阿——弥陀佛。"半跪的孙坚笨拙地学着胡婵的样子，双手合十，向安世高回礼。

安世高笑道："孙施主乃是贫僧第一次见到。既然事关白马寺存亡，施主不妨长话短说，直击要害！"

孙坚看看身边的小僧，回道："兹事体大，是否允许孙坚与大师促膝近谈？"

安世高颔首表示同意，遂令小僧紧闭馆门，不再让任何人接近。

孙坚向胡婵使了一个眼色，希望与安世高更为相熟的她先开口。不料安世高看透了孙坚的用意，转眼看着孙坚："孙议郎无事不登三宝殿，不妨直说，无碍！"

孙坚看着安世高碧蓝的双眼，点点头。其实，在来白马寺的路上，他就反复思虑过如何以恰当的方式将袁绍的惊天阴谋说给安世高听——若贸然露底，弄不好会因惊扰安世高而适得其反；但若铺垫过长，则会让译事繁忙的安世高失去耐心。想来想去，他准备从朱诺之父这一关节入手。想到这里，他问道："大师，听说寺内有人在用大秦语翻译佛经？"

安世高一愣，点了点头，然后问道："此事与白马寺的安危有何关系？"

孙坚笑道："那位师傅是自己要来白马寺的，还是有人将其送来的？"

安世高默默不语。

孙坚笑道："出家人不说妄语，大师一定要知无不言啊！"

安世高反驳道："不说妄语，仅仅是指不撒谎，而并不是指'知无不言'……"

孙坚笑道："大师不说，孙坚只好自己瞎猜了。那位懂大秦语的师傅是别人送来的吧？若我说错了，则请大师务必反驳！"

安世高不语。

孙坚与胡婵交换了一下眼神，看来二人的猜测是准确的。孙坚再问："此人是否目前处在寺内一戒备森严的所在，一般僧众都无法靠近？若孙坚说错了，请大师反驳！"

安世高还是不语。

孙坚再说："那些将那位师傅送来的人，是否在朝中很有势力，并以白马寺圈禁此人为条件，保证白马寺的周全？"

安世高还是不语，但嘴唇微动，白髯微颤。

孙坚笑道："孙坚今日也是为了白马寺的周全而来！只有见那位师傅一面，我才能说出保全白马寺之策。"

安世高摇头道："贫僧已经答应过别人了，不能让任何人打扰！"

孙坚一皱眉："不能通融？"

安世高摇头："不能！"

孙坚想了想，眼睛一亮："为见此人，孙坚愿意剃发，扮作比丘，以遮人耳目，如何？"

安世高被孙坚的提议惊到了，不禁哈哈大笑："施主想出如此荒谬的提议，想必真有大事要与那人说。既然施主如此心急，就不妨先与贫僧说说，究竟有何大事吧！"

孙坚见他已成功激发安世高的好奇心，便将袁绍刺驾的各步骤向安世高一五一十地托出。说到末了，孙坚总结道："万一袁贼计划得逞，天子驾崩，那么，尚且留京的何进便会拥立史侯为帝，与支持合肥伪帝的袁贼在河南尹境内展开决战。无论谁输谁赢，洛京必陷兵灾，而京郊的白马寺又怎能不成为城门火所殃及的池鱼？浮屠戒杀，最恨兵燹，又怎能见黎民涂炭而无动于衷？大师高足言无名生前曾为多救一命而奔走劳累，而大师又岂能吝啬弹指之力，不顾天下苍生之死活？"

安世高听罢，闭目沉思，长久不语。许久后，他开始整理眼前的汉字简牍与写满梵文的贝叶经，不再理睬孙坚。孙坚急了，竟去按住安世高的手，说道："大师啊，你怎能见死不救？"

不料安世高年事虽高，腕部却能发出千斤之力，轻易将被孙坚按住的手重新抬起。孙坚暗惊这位西域老人的武功底子，立即将手缩回。安世高整理好文牍后，便抬头对孙坚说道："施主要救百姓于水火，其情可佩。不过，施主若要经由说服朱诺之父来救百姓，却甚为荒谬！"

孙坚问道："为何？"

安世高回道："其一，你所要找的这个人，四周有重重保护，虽人在白马寺，却似关在七层地狱。就是贫僧我，也从未见过他的真面目，而仅仅就译事用简牍与其通信过几次。施主若要接近此人，谈论如此机密之事，又要将他的音信带出，可谓难上加难……"

孙坚听了，颇不服气："若大师能给我白马寺的详细图纸，我就能……"

安世高一摆手，说道："施主，收起你这个荒谬的念头，且听贫僧说完！假使你最终能冲破重重阻碍与此人交谈，并得到他的音信，你又如何将音信带给朱诺？通过口耳相传？但朱诺不信你，该怎么办？隔墙有耳，泄露了风声，又该怎么办？而若通过书信来传递其父音信的话，书信再被截获，你又该怎么办？"

听到此处，孙坚笑道："不妨让这对父女用大秦文的简牍来通信。大秦文言法奥妙多变，朱诺之父完全可以将信的内容写得佶屈聱牙，即使书信泄漏，也无大碍……"

安世高笑道："孙施主还是将事情想得太简单了。若你带给朱诺的信被截获了，即使别人读不懂这信的内容，也会怀疑为何写信人要如此诡异行事。你无论如何行事，都会打草惊蛇，让对方迅速改变计划，弥补漏洞！"

听到此处，胡婵顿时明了：安世高绝非见死不救，而是想出了比孙坚更高明的破敌对策。她恳求安世高："大师，请看在已经圆寂的言无名师傅的分上，说说您的计策吧！"

听到"言无名"三个字，安世高叹了口气："在下邳时，我徒儿言无名的确受到孙门颇多照顾。三日前，他还曾托梦于我说，江东佛事之兴，当指望富春孙氏。贫僧当时就在梦中流泪了，因为我徒在梦中向贫僧所展现的美景，真是'江南四百八十寺，宝刹高塔烟雨濛'。若我徒所言不虚，保孙门无恙，也是我佛门之分内事。然尘世政争，我等出家之人毕竟不宜直接插手，所以贫僧下面所言，并非一个现成的计策，而仅仅是贫僧对于目下形势的一管之见。"

孙坚回道："大师请讲，孙坚当洗耳恭听！"

安世高问道："如若真有人对天子图谋不轨，试问：为何他们不在朝中动手？"

孙坚回道："朝中人多眼杂，各方力量掣肘，不好动手。而在河间国就不同了：那里有王芬安排的死士，天子在明处，他们在暗处。"

安世高再问："可见，天子只要远离帝都，便如鱼儿离水，难以呼吸。然而，同样的道理，对王芬不也适用吗？"

孙坚听到此处，眼睛不禁一亮。

安世高接着往下说："所以，只要设法将那条想吃掉你的鱼也钓出它自己的池塘，它就没机会咬住你了！"

"怎么钓？那鱼很大，怕我们拉不动线，还让其逃了……"胡婵插话道。

"那就再找帮手，让他们帮你一起拉……"安世高回道。

"什么样的帮手？"孙坚继续请教。

安世高回道："第一，大义名分。那恶鱼毕竟不是龙王，在名分上还得听龙王的。第二，也就是那些平常被这条恶鱼欺负的小鱼小虾。你若握住名分，找对了盟友，就能找到破敌之策！不过，在此期间，施主还得记住两点：按施主所言，那恶鱼背后还有一条恶龙，那可是施主暂时斗不起的势力。所以，在任何时候，你都只能针对恶鱼，而不要逼恶龙与你死搏。另外，在此时帮你的那些小鱼小虾，在彼时却未必是施主的盟友,所以,施主也要对他们有所保留。"

孙坚默默不语,认真思考着安世高这话的含义。如果'恶鱼'是指王芬、'恶龙'是指袁绍的话,那么,这里所说的'大义名分'显然就是指天子与王芬之间的君臣关系。而这里的"小鱼小虾",显然就是指与清流势同水火的诸宦官。很显然,安世高计策的要点,便是利用王芬与诸宦官的矛盾,并利用天子的权威,在天子北狩之前,先行调动王芬入京,以此破坏他的暗杀计划。但与此同时,却不深究王芬与袁绍的关系,以免后者狗急跳墙。很显然,若按此计行事,孙坚就可在明面上不提出任何针对北狩计划的反对意见,以免天子对他的"出尔反尔"产生疑心。同时,他也能借此绕过"说服朱诺父女再去劝说天子"这一难关。这真是一个四两拨千斤的妙策!

想到此处,孙坚立即拜地:"大师指点,让孙坚拨云见月,茅塞顿开!我这就去找钓鱼的帮手去!"

安世高见孙坚开悟,便重新提笔准备译经,嘴里也开始撵人了:"贫僧每日都有译事进度,今日因与施主闲谈垂钓之术,略有耽搁了,还望施主早归朝堂,尽议郎本分。"

兴高采烈的孙坚立即再拜高僧,留下三块银饼做香火钱,然后与胡婵匆匆告退。一出白马寺,他便对守候在门口的程普、黄盖笑道:"德谋,公覆,大汉有救了!"

一个半时辰之后,南宫却非殿外的柏树林后,孙坚正与宋嘉密谈。但听孙坚说道:"前几日,我见段珪大人在提及王芬自请募兵的奏章之时,面有难色,似乎众常侍对王芬均有成见。此事宋大人怎么看？"

宋嘉想了想，说："辛亥事变虽都过去十九年了，但我等内廷之人与朝中清流依然彼此心有芥蒂，这也是事实。不过，王芬募兵之事，我认为也不必小题大做。我们不妨这么想：虽然他是以剿黑山贼为名募兵，但在天子北狩时，他所募之兵难道不能被用来护驾吗？"

孙坚一击掌："可不是吗？北狩事大，帝、后安危，牵动天下，这护驾的兵是多少也不嫌多啊！那王芬肯主动募兵为天子分忧，那是大忠臣啊！"

听到这里，宋嘉有些疑惑地看着孙坚："文台，天子已经准奏王芬募兵了，你现在为何再提此事？"

孙坚笑道："虽然这事大体上是定了，但我们这些做臣子的还是得将细节做得更好。前几日在平乐苑伴驾，我就听段珪大人与张让大人说，这次北狩，众常侍最好都别去，以免看到王芬的时候不自在。当时我听了，颇不以为然。谁都知道天子宠幸众常侍，如果北狩时众常侍一个都不伴驾，你觉得这场面会有多尴尬？内廷与外朝若如此不和，会不会有损圣威呢？"

宋嘉说道："文台言之有理！但在众常侍之中，我地位最低，我怎么来劝说众常侍去冀州河间呢？"

孙坚笑道："不用您去说服！让那王芬自己去说服他们啊！难道他的话不比您的话更有说服力吗？"

宋嘉反问："文台的意思，是要那王芬去信给张让大人，让他放弃顾虑，放心去冀？"

孙坚笑道："写信是不够的！虽说见字如临面，但毕竟面谈情更深。不如让天子下诏，让王芬来京述职，顺便安排一场宴席，让他与众常侍把酒言欢，由此捐弃前嫌。这样一来，内廷、外朝齐心协力，将所有细节都推敲得完美无缺，大家一起将天子北狩的大事办得风光体面！"

宋嘉反问："那王芬不来怎么办？"

孙坚笑道："若天子下诏要见外放的刺史，刺史哪有不来京述职的道理？除非他有二心。至少我孙坚看那王芬的确是忠臣，否则他怎么会花自己的钱给朝廷募兵呢？放心吧，天子只要下诏，他必然会坐着驷马高车，离冀入京的。这可是天大的宠幸啊！"

宋嘉点点头："如此甚好！要不明日早朝的时候，你就上一本，当众提出此建议？"

孙坚笑道："这是自然！不过，还是要麻烦宋大人事先给天子吹吹风……"

宋嘉笑道："好说！这不，再等一个半时辰，我就要去服侍天子与皇后了，我会找机会和他们说这事的……"

"今日天子还是临幸皇后？"孙坚好奇地问道。

宋嘉笑道："帝、后目下几乎如胶似漆，如同二人相识之初。"

孙坚笑着在宋嘉耳边轻语："但宋大人也要适时提醒天子，一定得注意保重龙体啊，大汉六千五百万子民，无一不期盼他长命百岁啊……"

"这是自然！"宋嘉笑道。

送走宋嘉之后，孙坚对着他的背影，长舒了一口气。他知道，也就在方才，一场或许会导致无数人头落地的恐怖内战，已被消弭于无形。他转向白马寺的方向，双手合十，口中喃喃道："阿弥陀佛……"

本章后记

中平四年夏，大汉天子刘宏提出北巡冀州河间国的计划，冀州刺史王芬借机部署以剿灭山贼为名而召集的死士，试图谋刺天子，并拥立合肥侯为帝。天子听议郎孙坚言，先行召王芬入京述职。王芬心中有鬼，自以为计划败露，不敢来京，便在任上自杀。一说他为同在王芬府上的袁绍谋士许攸所灭口。王芬自杀的消息传到洛阳，天子隐隐猜到其背后必有乾坤，不敢再行北狩，但碍于北狩计划已经公布，难以自食其言，甚是尴尬。孙坚探知天子之心，又联络太史上奏说"北方有赤气，东西竟天，当有不祥事，不宜北行"，给天子冻结北狩计划找了个台阶下。由此，天子、皇后与东汉王朝均逃过一次大劫。因孙坚戳破王芬阴谋有功，而朱诺与孙坚又关系密切，所以，天子从未怀疑朱诺已涉入刺驾阴谋，对她依然宠爱。但天子也无法因此事直接封赏孙坚，因为这会逼迫朝廷深究王芬背后的主使，最终使得表面上已经缓和的党人、宦官之争再次升级。

不过，天子也并没有因为王芬阴谋的败露彻底放弃北狩的计划。为了给北狩创造新的条件，他将官声不错的贾琮任命为新冀州刺史，希望借他的手肃清王芬在冀州的余党，由此保证河间国的安全。但这一年秋发生在与河间国毗邻的中山国的一件大事，彻底破坏了天子的北狩计划。贾琮在冀州对于王芬密谋集团的调查，已经开始转向了与王芬素有通信的中山相张纯。贾琮决定学习天子考察王芬的做法，写信邀张纯来共议公事。心里有鬼的张纯不想像王芬那样束手自毙，决定先下手为强，联合前泰山太守张举发动叛乱，并从乌丸部族首领丘力居那里借来了精锐的骑兵助阵。张纯领军劫略蓟中，杀护乌丸校尉公綦稠、右北平太守刘政、辽东太守阳终等朝廷命官，聚众至十余万人。张纯势大后，自称弥天将军、安定王，离称帝仅有一步之遥。

与此同时，西京长安以西，韩遂与马腾率领的十万叛军依然在步步进逼，而勉强抵抗的董卓部，则每天都在消耗朝廷的大量军费。至于在洛京以南的荆州，袁术所预报的长沙民变，也终于在这年秋天发生。长沙人区星聚众数万，在一个月的时间内就攻陷长沙郡内六县，并有向邻郡发展之态势。终于，自黄巾大起义于中平元年被镇压之后，洛京再一次面临四面烽火的恐怖局面。而长期沉迷女色的天子，也在这年秋天身体突然变差。这一年，天子刘宏三十一岁，离他自己的龙体被搬进埋葬他的文陵仅剩两年。

第四十一回　君臣之谊

中平四年[1]深秋，长沙人区星自称"大将军"，发动叛乱。与此同时，区星又联络周朝、郭石分别在零陵郡与桂阳郡发动叛乱。由此，荆州七郡已有三郡反叛。面对如此危局，虎贲中郎将袁术荐议郎孙坚为长沙太守，天子准奏。为二千石秩位奋斗多年的孙坚，终于如愿。

然而，此刻的孙坚并不快乐。原来，就在他接受同僚祝贺高升的当日，遥远的泰山郡传来了好友诸葛珪在郡丞任上病逝的消息。孙坚当场恸哭，弄得诸同僚在宴席上无所适从。

因军务紧急，朝廷只给孙坚两日的时间准备离京。而在孙坚离开洛京前的最后一个下午，他又突然得到密诏，命其入宫伴驾。

又是西园，又是少华山，又是天子亭——天子约定与

---

[1] 187年。

孙坚临行前最后一次密谈的场所，便是一年多前孙坚刚入京时二人面谈之所在。此刻天气已冷，秋风瑟瑟，落叶铺山。孙坚在少华山拾级而上，抬步寻石阶，靴落脆叶响。行至半山中，他再转头往山下望去，但见山下的流香池内早就不见畅游的宫女，南国进贡的望舒荷也已进入了休眠，只留下残留的茎秆或直立或倒伏于像明镜一样的水面。再看山顶，原本用以遮蔽天子亭的两片竹幕竟还未转枯，宛若两片在漫野的秋红中预报来春的翡翠。

而当在前引路的蹇硕施动机关开启竹幕之刻，天子亭上又一次传来天子的玉音：

爱美人之婀娜兮，忆春宵之压棠。
恨人鬼之道殊兮，怨盛年之彷徨。
扬罗袂以掩涕兮，泪流襟之浪浪。
悼良会之永绝兮，哀荣逝而异乡……

孙坚知道，只要何后不在，天子便会低声吟唱这首《令仪颂》，以表达对王美人的追思。而天子在今日与自己离别时，再唱此曲，又是何意呢？

孙坚正想着，伴奏的琴声戛然而止。随之而起的，竟是天子剧烈的咳嗽声。孙坚大惊，在竹幕撤去后，立即快步上亭。但见亭内天子正在七弦琴前掩口长咳，而身边竟无一人伴驾。蹇硕一个箭步跑了上去，一边急着为天子捶背，一边心疼地请示道："陛下，此处风大，我们还是换个地方吧！"

天子终于止住了咳声。他喝了口温水润了一下喉咙，对蹇硕摆摆手："此处甚好！话说'隔墙有耳'，此处无墙，最适密谈！对了，等一下朕与孙爱卿说话时，你也暂时退下！"

蹇硕勉强地点点头，在退下前对孙坚说："孙大人，陛下最近龙体欠安，等一下与陛下奏对时，您且要留心啊！"

孙坚点点头，然后对天子下拜："陛下龙体不适，本该静心休养，竟还拨冗见臣，臣感激涕零！"

天子笑道："孙爱卿，这是你去长沙前朕最后一次见你了，等一下朕能叫你'文台'吗？"

孙坚听罢，大骇，立即再叩首："臣孙坚死罪死罪，哪里敢让陛下叫臣之表字！表字为平级之友的互称，臣怎敢僭越这君臣之大礼，让大汉天子折威？"

天子叹了口气："原来，连孙卿都不愿与朕做朋友……"

孙坚听罢，直起身，为自己辩解道："陛下，臣不是这意思……"

天子苦笑道："罢了！至少孙卿很诚实，孙卿刚才是想告诉朕：天子可以有广沃的土地、美丽的嫔妃与强悍的军队，但天子是不能有朋友的，连一个真心朋友都不能有……"说到这里，他突然抓住孙坚的手，"但是孙卿，你知道吗？也正因为如此，朕是多么羡慕你……"

"陛下，这从何说起啊？"

天子紧紧盯着孙坚的眼睛，说道："据说昨日孙卿在同僚为你祝贺升迁的宴席上，竟然当众哭了——而且不是那种喜极而泣的哭，而是那种伤心动情的哭，对吗？"

孙坚紧张地回道:"陛下,臣哭,并非是对朝廷的拔擢不领情,而是因为……"

"因为恰好在此刻,你知道你的挚友诸葛珪死了……"天子将孙坚的话抢先说了出来,然后拍了一下孙坚的手背,"爱卿,你入京这一年多来,心里有多盼望能得到这二千石的印绶,朕心里是最清楚的。但目下你却因为挚友之死而忘却了升迁之喜,可见,你与那诸葛珪,彼此可是真朋友啊!这叫朕这么一个孤家寡人,怎能不艳羡呢?"

看着天子那恳切的眼神,孙坚心如刀割。他顺势改口道:"陛下,千万别这么说!臣虽嘴上不说,但是臣早就在心里把天子当成自己的挚友了。如若天子愿意,从此之后,天子随时可在这私下场合叫臣表字。"

"这就好,文台!"天子笑着将孙坚另外一只手也合在自己手掌中。然而,孙坚此刻心中却产生了一丝不安——因为他分明感到:天子的掌心,很凉。

"文台,你的手好热……"天子将孙坚的手放在自己的手掌心反复揉搓,宛若那是冬日里初盈热汤的暖炉。

"陛下,您一定要保重龙体啊!"孙坚关切道。

"朕能努力活到先帝的享年,就不错了!"黯然神伤的天子苦笑道。

"不会的,不会的!"孙坚主动抓住天子的手,"天子一向龙虎体魄,只是入秋后略有小恙,来春必龙威堂堂!对了,臣的好友华佗能治各种杂病,陛下召他入宫如何?"

天子摆摆手:"那华佗乃民间游医,多用怪方,据说他竟给袁术之妾喝三升醯汁以解腹痛。其施方或偶尔奏效，但很难过太医那一关，最终难免互推责任，彼此不睦。再说，若华佗真有文台所说的大本领，他怎么没救活诸葛珪？"

孙坚默默不语。

天子继续说道："再说，朕这病，本是心病而起，那华佗如何解之？对了，文台啊，你可知道朕之心病是什么吗？"

孙坚从先前天子所唱的《令仪颂》中，大略猜到今日奏对的主题，便慢慢回道："陛下，今夏您与臣曾密谋以北狩河间为掩护，行立新君之大事。然不料先有王芬谋逆，后有张纯叛乱，目下河间之行已不可行。陛下若要再行废立大事，恐怕还得另寻机会。臣便斗胆猜测圣心，目下陛下正在为这下一步的棋如何走而烦恼。"

天子点点头："知我者，文台！不过，关于下一步棋该怎么走，朕也并非毫无头绪！"随后他指着少华山下的万金堂说道，"文台，那里便有乾坤！"

"万金堂！"孙坚一皱眉，"那里有什么乾坤？还请陛下点拨！"

天子笑道："这万金堂，素被民间视为朕横征暴敛之证据，天下人一直盛传朕在此堂中聚敛了从各州郡搜来的各种奇珍异玩。朕还听说，在河南尹境内，最近就流传着这么一则童谣……对了，那童谣是怎么说的来着？……哦，想起来了：'车班班，入河间。河间姹女工数钱，以钱为室金为堂，石上慊慊舂黄粱。梁下有悬鼓，我欲击之丞卿怒……'"

孙坚插话道："陛下，这都是不臣之奸佞在民间播的妖言！臣请追溯谣源，杀一儆百！"

"不不不！"天子连续说了三个"不"，继续解释道，"文台不知，这是朕故意给民间造成的印象，他们将这童谣传得越广，对朕就更有利！"

孙坚好奇地看着天子。天子笑着继续解释道："就像前番朕造胡风宫殿以掩饰废立之意一样，这万金堂貌似是朕贪财的象征，其实质却是朕从何家夺回军权的凭倚！"

"哦！"孙坚将天子的话咀嚼了一下，若有所思地点点头，然后慢慢说道，"想必——陛下的真正目的是，通过万金堂聚财以募新军，借此弱化何家的兵权？"

天子哈哈大笑："文台真是聪明！何进、何苗兄弟目下已掌控天下兵权，虎贲、羽林中亦多其眼线，何家有这兵权在，朕便很难将王美人所诞之董侯立为储君。另设一为朕所直接掌控的新军，乃是唯一的办法。"

"敢问这新军需要多少人？"孙坚试探着问道。

天子反问道："文台本是领兵的，来京一年多，对洛京内外也算熟悉。你且说说，要控制京城各大要害，至少需要多少兵？"

孙坚想了想，回道："若要考虑到虎贲与羽林中何氏党羽可能的反扑，至少需要一万五千人吧……"

天子笑道："不错，大约就是这数！但以防万一，朕想募两万人，配上最好的马匹、铠甲与兵器！"

孙坚提醒道："募兵虽然重要，但选将更紧要。不知陛下是如何选将的？"

听到孙坚问及这关键的人事问题,天子慢慢从袖中拿出一卷绢帛,递给孙坚。孙坚展开定睛一看,但见上写:

西园八校尉:

一、上军校尉:蹇硕

二、中军校尉:袁绍

三、下军校尉:鲍鸿

四、典军校尉:孙坚

五、助军左校尉:赵融

六、助军右校尉:冯芳

七、左校尉:夏牟

八、右校尉:淳于琼

当孙坚看到自己的名字时,疑惑地问道:"陛下不是已经任命微臣为长沙太守了吗?臣又如何能兼职典军校尉?"

天子叹了口气:"文台你目下看到的,乃是朕半个月之前的布局。朕本想将文台一直留在身边。不料,荆州烽火突起,朕只能先遣文台去长沙以解燃眉之急。文台莫怪啊!"

孙坚回道:"天子的布局,自然有天子的道理,孙坚无论在哪里,都是大汉的忠臣!只是——"

"只是什么?"

"臣留下的这个缺,陛下想用谁来补?"孙坚回道。

天子道:"这便是朕想找文台来商议的第一件事。朕目下有两个人选,正在犹豫不决,文台是否能够提一些建议?"

"哪两个人？"孙坚问道。

天子伸出两根手指："一个是袁术，一个是曹操。文台，你看谁更合适？"

"曹操！"孙坚不假思索，脱口而出。

"曹操？"天子疑惑地看着孙坚，"朕还以为文台会推荐袁术。谁都知道你与袁术平时走动颇多。"

孙坚沉默片刻，回道："陛下这西园八校尉的布局，明显是想纳入各方势力互相掣肘。这样，作为天子贴己人的蹇硕才能以'上军校尉'的身份压住他们。而袁家在这八人中，已有袁绍，若再加一个袁术，臣怕袁家的势力会因此变得太大，蹇硕控制不了他们……因此，安排曹操似乎更为合适。"

天子点点头，又摇摇头："袁术与袁绍虽是兄弟，但彼此面和心不和，尽人皆知。而那曹操却始终是袁绍的扈从，朕对曹操更不放心！"

"那曹操可真是忠臣啊！"孙坚几乎是脱口而出。

天子怀疑地看着孙坚："文台你怎么如此确定？"

孙坚本想说出曹操将回绝王芬的信抄送自己的事情，但转念一想，又觉得此事必然会暴露王芬拉拢曹操在先，反而会让天子疑心，于是他改口道："臣在南阳剿黄巾时，曾与曹操短期共过事，相谈甚欢。他曾对臣说过，大汉之危，在于宦官与清流彼此仇恨，殊不知内廷与外朝只有协心勠力，朝政才能安稳。而臣与袁术酒宴多次，他却至多对臣抱怨过袁绍在袁家的跋扈，却从未像曹操那样，触及朝政之根本。故臣以为，曹操比袁术更忠于大汉！"

"曹操真这么说过？"天子的眼睛里闪出了一丝激动。

孙坚肯定地点点头。

"那就是曹操！曹操就是典军校尉！"说罢，天子便自己拿起笔，在绢帛上涂掉"孙坚"的名字，在后面写上"曹操"。

孙坚一边看着天子写字，一边小心翼翼地说道："臣刚才说袁术的忠诚不如曹操，并不是说他不忠。他忠于天子肯定是毫无疑问的，是不是也在这八校尉里给他一个位置呢？"

"你方才不是说袁家不能放两个人吗？"天子反问。

"那就……"孙坚顿了顿，"用袁术换掉袁绍……"

天子将笔放下，想了想，回道："文台所虑，朕心亦知。袁绍与那王芬案是否有关，的确扑朔迷离，但朕也得吸取逼反张纯的教训。若不是朕在冀州追查王芬余党那么操切，张纯或许不会那么快反。同理，若朕设立西园新军时，刻意排斥叶茂根深的袁绍，反而会让袁绍起戒心，最终逼迫其与何进巩固联盟，这难道不是违背了朕设立新军的初衷吗？再说，若朕一方面将袁绍拉入伙，一方面却又排斥何进嫡系，何进必然会对袁绍起疑。这样一来，朕就可以鹬蚌相争、渔翁得利……总之，等到何、袁相互内耗之后，朕再抽空查清王芬案的根底，也为时不晚。"

孙坚勉强地点点头："陛下深谋远虑，微臣不及万一。"但他还是忍不住再补问一句，"但陛下为何觉得那何家人就一定比袁绍来得更可怕呢？"

天子抬起头看着孙坚，想了想，恍然大悟地笑了起来："文台现在绕着圈子帮何家人说话，是不是得到了皇后的什么指示？是不是近日来她找你谈话说了些什么……"

孙坚急忙辩解："臣与皇后说的任何一句话，可都是为了维护皇家的和气啊！"

天子此时突然压低了声调，口气中却露出了杀气："文台，别以为你能在刘家与何家之间两面讨好。朕不用兵，何进是不会交出兵权的，而他不交出兵权，我的协儿又怎能坐得稳这帝位？莫要以为这几个月来朕宠幸何后次数多了，朕就是怕了那何家人了！当年何后背着朕毒杀王美人的事，朕是一辈子也不会忘的！"

"那……陛下对皇后就没有一点儿感情吗？"孙坚轻问。

"朕喜欢的，只是她的身子……"天子冷笑道，"朕百年之后，这身子也便没有存在的必要了……"

一阵寒意袭上孙坚的心头。

看着孙坚魂不守舍的表情，天子拍了拍他的肩头，宽慰道："文台，你没亲见当年王美人遇难时的惨状，只见过何后今日的媚态，自然会觉得朕过于残忍。但何后当年毕竟已犯下杀人大罪，朕能容她至今，已属宽容。想当年武帝临终前杀钩弋夫人时，她又何曾做过什么错事？然而，武帝杀钩弋夫人，难道杀错了吗？文台，你说说，武帝错了吗？"

孙坚知道天子在逼着自己说他心里想说的话，只能先顺着他的话势说："当年武帝若不杀钩弋夫人，则自己驾崩后，势必帝少母壮。如此一来，年少的昭帝必然会受到外戚力量的牵制，长期难以亲政。而钩弋夫人既死，武帝便可不顾及外戚的掣肘，设霍光、金日䃅、上官桀、桑弘羊等数位辅政大臣，这才有了'昭宣之治'的盛景……"

天子笑着点点头："对，除了翦除外戚之外，还得设辅政大臣。但这辅政大臣，也不是人人能做得的，否则难以服众。朕派你去荆州剿区星，而不派你去冀州剿张纯，便是考虑到区贼要比张贼更易平定，因此，文台你在荆州更易建功封侯。等你封了侯，朕再找机会调你入京做辅政大臣，也便顺理成章了。"

不想孙坚即使受到了封侯的诱惑，还是试图将天子杀何氏的念头往回掰："恕臣直言，当年武帝杀钩弋夫人之所以能成，是因为其族人尚无兵权，而目前何氏坐大，已是事实。若处之操切，恐生新的祸乱。依臣愚见，不如在西园军控制皇城要害后，在大殿上公开考校两位皇子学识，择其贤者而立，同时也令何进心服口服。若何进不服，再行弹压，也便有了名头。"

天子低头想了一想，说道："若公开考校，董侯胜过史侯乃是无疑的，但又怕有人拿二人的长幼秩序来说事……"

孙坚笑道："其实可以在考校之前，先行搜集何进家族贪腐的证据，散布于朝野，让朝堂上下产生厌恶史侯的情绪。另外，方才那些对天子不利的童谣，臣下还是认为不能任其蔓延，而要找人在外边传一点儿对董侯有利的童谣，以便左右舆论……"

见天子似乎听进去了，孙坚再建言："另外，即使立了董侯，若何家不反，也不要斩尽杀绝，毕竟何进讨黄巾还是有功劳的，何后亦服侍陛下多年……"

但听得天子回道:"文台不要为何后说情了。朕可以不杀她,但是她的后位朕是一定会废除的,否则协儿登上皇位,她便成了太后,协儿恐怕会吃大亏。"

孙坚插话道:"陛下不是已经废过一次皇后了吗?若再废一次的话,那谁再来做皇后?"

天子笑道:"这不就和文台你商量这事吗?"

孙坚反问:"这事微臣也有资格参与商量?"

天子笑道:"当然有,因为朕想的人选,便与你有关。朕以为,朱贵人可为新后!"

孙坚大惊:"陛下,这事可不能开玩笑!她可是胡人!"

天子笑道:"正因为她是胡人,她在中土便没有根基,即使做了太后,也不会压制新帝的……"

孙坚大力摆手:"万万使不得啊……这会在朝中引发争议的……那……陛下干脆就不要立新后了吧!"

天子笑道:"朕明白了,文台是不是还在惦记着我们之前的约定,即朕在百年之后会将朱贵人还给你?你是不是想:若朕立朱贵人为后,文台你就永远得不到她了?"

孙坚急忙摆手:"臣不是这个意思!"

天子笑道:"其实,刚才朕确是与文台开玩笑。朕知道,立朱贵人为后当然不妥,且后宫凶险,朕也不忍心让她成天担惊受怕。所以,朕自然会在恰当时机,将她放出宫的。文台你方才也说得对,即使废了何后,也未必要立新后,这样对继任天子反而最为有利。只是有一件别的事情,朕现在还需要向文台交底:在朱贵人离宫之前,朕还要送她一件小礼物，这里不妨就先给你看一件样品。"

说着，天子便缓缓地挪开七弦琴下的琴案，但见其下还有一个檀木做的玺盒。他从盒内拿出一个带有橐驼钮的黄金玺，交给孙坚。孙坚自然知道这是王玺的规格，便毕恭毕敬地将沉甸甸的玺接过去，将其翻转过来，但见上面写了四个篆字：大秦王玺。

"这是……"

天子笑道："朱贵人一直说，其父生前一直以未得到能证明汉秦交通成功的信物为耻，并因此不敢回国。朱贵人已与朕说过了，她愿代父回国，并带去此类信物，这样才能洗刷父耻……而你现在所看到的这王玺，便是这信物。你瞧，因为大秦国力不比一般藩属，这黄金玺配的可是真正的橐驼钮啊，而不是一般的蛇钮……"

孙坚一皱眉："可大秦实在是太遥远了，目下西域商路烽火绵延，朱贵人如何去得？"

天子说道："她是胡人，自有胡人的办法。据说从陆路走不如从海路走，可以从交趾郡坐上胡人的大船——若风顺，几个月后就能抵达大秦国境。对了，等到朕将朱诺放出宫后，文台是否可助她回国？"

孙坚点点头："臣自当鼎力相助！"

"好！"天子收回王玺，重新装好，轻声说道，"以后文台遇到朱贵人，只要看到她手里有此印，便知她已经领了大汉使节的差事。但因为朱诺既是女流又是胡人，朕还是不方便在明面里封她做大汉使节。所以，此事不会有圣旨，这印就是圣旨。对了,她最后拿到的印,还会与方才你看到的印有一些分殊,文台你一定要看清!"

"哪些不同?"孙坚问道。

天子示意孙坚伸出手,然后用手指在上面写了四个大秦言:

S. P. Q. R.[1]

孙坚点点头,说道:"这便是朱贵人在大秦馆教过我的话,意思是'贤达院与庶民共荣于大秦'。大秦国的钱币上便铸有此语……"

天子点点头:"如若将这四言也刻在那王玺上,大秦王便知我中土天子已略知大秦风俗,并由此更加确定朱诺父女已完成当年大秦王安敦所下达的使命。这样,朱诺归国后,亦能为其宗族所重新接纳。而后,她便可说服新大秦王再派新的使团来洛京……不过,彼时接待这使团的,恐怕就是协儿了!"

"陛下竟已开始为朱诺回国后的处境谋划了,微臣……"孙坚伏地,开始小声抽泣起来。

"文台,你现在这么哭,是不是在怨恨朕没有兑现前言,让出宫的朱诺做你的妾室,而是让她再远渡重洋,返回母国?"天子笑道。

---

[1] 拉丁文"Senātus Populusque Rōmānus"的缩写。今译为"元老院与罗马人民"。

"不是！"孙坚含着眼泪，抬起头来，"臣是感动于陛下为大汉之未来的殚精竭虑！"

"文台，你看出了朕欲与大秦交通的真正目的了吗？"天子的脸上终于显出了一点点红润。

孙坚点点头："大秦之琉璃器与火浣布为中土所未有，中土之丝帛之品为大秦所缺，若真能互通有无，必能增强两国国力……"

"还有呢？"天子再问。

"还有，大秦可与大汉彼此夹击威胁二国的胡虏叛贼，确保西域商路的通畅……"

"还有呢？"天子再问。

"还有……"孙坚想不出来了。

天子笑道："文台，与大秦交通，其实也是为了在根子上缓解宦官与清流的冲突！"

孙坚瞪大了眼睛："这二者之间的关系……臣从未想过，请陛下再点拨点拨微臣！"

天子叹道："文台暂时想不通其中的关联，也并不奇怪，因为文台毕竟不是朕啊！不过，这些事情，朕从十二岁就开始想了，日日夜夜地想。文台你也知道，朕本是河间国的一个微不足道的解渎亭侯，本不知自己要做皇帝。十一岁时的那个冬夜，朕还在睡梦中，就突然被从洛京来的人给叫醒了，被匆匆送上马车直奔京师，这才知道朕已被当时的窦太后选中立为新君。朕继位后，垂帘听政的窦太后又选定太傅陈蕃、大将军窦武及司徒胡广三人共参录尚书事。当时朕高兴啊，白捡了一个皇帝做，还有这么好的大臣辅佐朕。没想到，仅仅一年之后，陈蕃就与窦武联手，发动太学生向宫内的宦官宣战，事败后二人都未得善终。当时朕还是一个孩子，根本不懂他们为何这么恨宦官，朕也惊讶于这些宦官如何能如此快地从西凉调来张奂与董卓的精锐来镇压这些清流。朕只知道，以王甫为首的宦官连夜写出了一道道残酷清洗党人的圣旨，并绕过朕用了朕的玉玺，就好像是朕在清洗他们一样。其实，那一份份处决名单上的人，朕当时大都不认识。但是，朕渐渐知道了，从此之后，这些党人就恨上了朕，觉得朕是他们的敌人……后来，朕经常在想：这到底是为什么呢？为何那些嘴上都说忠于朕的臣子们却总是在私底下互相仇恨，而不能彼此襄助呢？"

"那陛下想出了答案吗？"孙坚问道。

"其实，答案非常简单！"天子说道，"因为天下士人，都在做一件事：读圣贤书，琢磨着怎么治国平天下，然而，天下却没有那么多官位来对应这几万太学生，所以，他们只有彼此撕咬才能在这逼仄的世上有立锥之地。他们要么彼此撕咬，如同那袁绍与袁术；或者暂时团结起来，去撕咬那些与他们不同的人：今天是宦官，明日是外戚。他们的眼界实在是太狭隘了，如果他们知道在这个世界之外，还有别的世界的话……"

听到此处，孙坚才略有所悟。他尝试着接着天子的话头往下说："所以，陛下想打开输入大秦制品的新商路，并借此探索仿制大秦器物之法，由此吸引一部分士人转向工商，缓解党争的烈度!"

天子笑道:"正是此意!"他喝了一口茶,继续说道:"太史公云,'天下熙熙,皆为利来;天下攘攘,皆为利往'。这话说得实在太好了!只要士人能从工商获利,便能不谋官位、远离党争;而只要他们全心经营工商,他们便更会渴望州郡之太平,以利商货之长途贩售。而消弭党争、天下太平,难道不正是天子之幸、百姓之福吗?"

孙坚问道:"陛下如此深远的圣意,为何不能在朝堂上告知于天下人呢?"

天子苦笑道:"朕其实已经说了,只是没有明说罢了,因为以农为本,毕竟是大汉国策。朕为了作践士人心中的秩位,其实已经做了不少事:其一是鼓励卖官鬻爵,让人知道世上钱可买卖一切,并由此激励士人深思取财之道;其二是设立鸿都门学,让士人明白,除了读经之外,书画刻像也是正经的本领。但天下人还是不懂朕的心,骂朕贪财,骂朕荒淫。朕想,如若我们能得到更多的大秦制品充盈于市,让更多人看见大秦人之日用竟如此精美,或许便可启发更多人去留心那些所谓的'奇技淫巧',而不要在区区五经之上空费青春。朕的意思,现在文台明白了吗?"

孙坚听罢,大为感叹:"陛下,您这是多大的手笔,多长远的谋划啊!"

天子笑道:"所以朕需要一个贤明聪慧的后继国君,将这事继续做下去!"

孙坚再问:"那就一定是董侯吗?"

天子也肯定地点点头："一定是他！别看史侯虚长董侯几岁，但他生来愚笨，缺乏主见，对其母言听计从，毫无人君之相。多年后，朱贵人带回的新大秦使团见到的新天子若是史侯，这是会丢大汉的脸的！"

看到孙坚将信将疑的表情，天子笑道："方才，文台不是说要考校两位皇子吗？要不，现在就考校如何？"

"什么？现在？"孙坚大惊。

"对，你亲自考校！就现在！"说罢，天子突然伸指抚琴，向竹幕后的蹇硕发出暗号。

不久后，蹇硕便带着两个衣着华丽的孩童来到亭中。不用说，那略为年长的孩童便是何后的儿子史侯刘辩，而另一位则是王美人的儿子董侯刘协。

天子也不说闲言，立即给他们出了考题："两位皇儿，这位是朝廷新拜的长沙太守孙坚。他明日就要离开洛京，去长沙剿灭叛贼区星。对于孙太守，你们可有何话要说吗？"

胖乎乎的刘辩挖了一下左边的鼻孔，笑嘻嘻说道："剿贼？这有何难？顺我者昌，逆我者亡，孙太守遇到反贼，见一个杀一个就是了。如果有什么难处，我家舅父何进大将军自会襄助你的！"

"就这些？"天子冷笑着问道。

"孩儿就想到这些。"刘辩翻着白眼，噘着嘴，又开始挖右边的鼻孔。他藏在另一只手里的蛐蛐，此时也开始不识相地鸣叫了起来。

"到你了！"天子转向刘协。

刘协先向孙坚作揖行礼："恭贺孙太守升迁之喜！"然后他慢慢说道，"孤未读过长沙的军报，过于详细的建议，孤尚且无法给孙太守，还望孙太守随机应变。但目下朝廷在冀州与凉州皆有战事，还望孙太守速战速决，以节省朝廷兵费。而要速战速决，就一定要抓住要害……"

"这要害是什么？"天子问。

"粮！"刘协回道，"穷人被逼造反，无非就是因为无粮。孙太守若能恩威并施，一边剿贼一边赈粮，贼势自会溃散。"

"粮从哪里来呢？朝廷目下也缺粮！"天子再问。

刘协想了想，笑道："荆州富户甚多，孙太守不如用太守的官威，逼出他们的粮食来赈民，这样就用不着向朝廷要粮了……"

"若那些大户欺负孙太守是新来的官员，阳奉阴违，又该如何？"天子又问。

刘协想了想，回道："其实这也并不难，官军只去保护那些交了赈灾粮的富户，却任凭其余富户被贼人劫掠。这样一来，任何一个聪明人最后都会知道该选择站在哪一边的……"

天子满意地点点头，叫蹇硕将二人带走。然后他问孙坚："文台，你现在又选择站在谁一边呢？是十二岁的史侯，还是七岁的董侯？"

孙坚笑道："不考校真不知道，二人真有云泥之判。这也真奇怪了，这史侯怎么没有皇后的半点聪慧呢？"

天子冷笑："皇后聪慧？文台啊，你是没见过王美人生前的聪慧啊！后宫佳丽，唯她精通数术，甚至还会计算各种大小球的体积,她还算出自己会被毒杀!"

"什么?既然如此,她为何未能避祸?"孙坚问道。

天子眼睛发红,慢慢解释道:"其实,她怀了协儿后,只要堕胎,便可保命。但是她梦见自己负日而走,醒来便算出自己所怀的乃是大汉王朝的命数。故此,她便坚持诞下协儿,分娩不久后就遭遇了何后的毒手。而协儿也仅仅因有太后的死保,才得以幸存……"

孙坚听罢,长久不语。何后的美态,如同入秋的荷花,渐渐在他心中枯萎了。思索片刻之后,他对天子表明了自己的抉择:"若微臣在长沙得到天子密诏回京襄助董侯,微臣将率精兵朝发夕至!"

天子再次抓住孙坚的双手:"文台,朕今日与你说了这么多,等的就是你这句话!"说罢,天子又咳嗽起来。孙坚慌忙唤来蹇硕,叫他带天子回宫歇息。

次日清晨,洛京平城门,这正是一年多前孙坚入京初遇朱诺时所经过的那座城门。城门外,驷马高车的华丽车舆内,新拜长沙太守孙坚满身披挂,手按百炼剑的包金环首剑柄,沐浴着新升的秋阳恩赐的温暖,遥望南面的荆襄沃土。他知道,那将是他人生的新起点——从此,他将不再是任何高官的佐吏,而将成为一名能真正独当一面的地方大员,为大汉天子撑起一片天,为富春孙氏挣一口气。从此,他再也不用看张温、周慎之类的庸帅的脸色,而完全可以凭借自己的想法,杀伐决断,保境安民。他似乎已经隐隐看到了自己在青史上的位置：或许他不会如霍去病、卫青那么显赫，但至少也能跻身吴汉、班超之列，被后代史家说成是"后汉中兴之臣"。

不知怎的，这一年来在洛京所经历的点点滴滴，此刻全都涌上了孙坚的心头，让他双眼发润。他在驷马高车的车舆上转过身，躬身拜别为他饯行的宋嘉、袁术、赵云、简雍与其他同僚，顺势再看了一眼高耸入云的南宫门阙。他心中默念：别了，南北宫门阙的雄伟；别了，东郊渴乌的妙思；别了，宣德殿前的铜马；别了，濯龙园的林檎；别了，西园的大秦馆；别了，平乐苑的异兽；别了，上林苑的珍禽……别了，从河间国走来的大汉天子；别了，从大秦国走进自己心里的朱诺……伐勒忑，伐勒忑……

"文台！文台！"南面突然传来故友熟悉的声音。

孙坚转头一看，果然是祖茂祖大荣！

但见同样也是满身披挂的祖茂，正马踏洛水浮桥而来，口中大喊："文台啊，我祖茂终于等到你做到二千石的这一天！"

"大荣啊，别的弟兄呢？"孙坚在车舆里向着他兴奋地挥着佩剑。

"你看，他们都在后面呢！"孙坚顺着祖茂的手看去，但见洛阳浮桥之南，孙贲、孙辅、吴景在左，朱治、韩当、公仇称在右，六人已带领约一百名心腹家丁夹道而待。原来，他们在十日之前便已接到胡婵的密信，叫他们速来洛京与孙坚汇合。此刻，祖茂也看到了孙坚身后的胡婵、程普与黄盖，兴奋地在马上打起了招呼。

"我不想再坐车了！"孙坚拍了一下正在为他驾马的祖迅，然后吹了一声口哨。马车后的蒲梢骢听到主人的召唤，飞奔而来，然后慢慢降低步速，以便与马车平行。孙坚一个弹跳，便从车舆中跳至马鞍，随后策马前驱，与祖茂汇合。

"文台，怎么近看你的时候，发现你这一年来长胖了？"转过马头、与孙坚同向而行的祖茂打趣道。

"大荣，你难道不是吗？"孙坚打量了故友几眼，以其人之道还治其人之身。

"那正好你我兄弟此次同去荆州围猎，打打身上的膘！"祖茂大笑道，然后用马鞭抽了一下胯下坐骑的屁股，故意赶到了蒲梢骢的前面去。

"大荣，这是你新买的马吗？好快！"孙坚在后面惊叫。

"这是我从张飞那里新买的紫燕骝，与'汉文九逸'中的'紫燕骝'同名！"跑在前头的祖茂回首向孙坚炫耀道。

"哎，蒲梢骢，别被比下去啊！"孙坚夹紧蒲梢骢的马肚子，也往它的屁股上抽了一鞭。

蒲梢骢一边嘶鸣一边抖擞鬃毛，四蹄加快，瞬时就将紫燕骝抛至身后。孙坚兴奋地控住马头，对蒲梢骢低语："对，好样的，就这样！"

与此同时，浮桥南面那些亲侄与挚友的面容也越来越清晰了。不知怎的，一看到他们，孙坚就想起了自己在富春老家料理的瓜田、在盐渎守卫的盐田、在下邳深陷的阴谋、在宛城染上的疠疾，以及在美阳亭的麦田里洒下的鲜血。孙坚也突然明白了昨日天子对他所说之言的真义:是的,与天子相比,他是幸运的,因为他有朋友,那些能够一路见证自己浴血苦斗的朋友。

不知怎的,三日前在大秦馆里朱诺教他的最后一句大秦言,此刻从孙坚口中脱口而出:"韦尼、韦帝、韦齐!"[1]

"文台,你方才嘴里在说啥?"跟在孙坚身后的祖茂一脸迷茫。

孙坚哈哈大笑,然后在飞奔的马鞍上向着洛水之南,扯开嗓子大喊:"韦尼——韦帝——韦齐!"

---

[1] 此话的拉丁文原文是:"Veni, vidi, vici!"(吾至吾地,吾见吾机,吾胜吾敌!)这本是恺撒大帝驰书元老院呈报其战败法尔纳克二世之捷报的内容。一说是他跨过卢比孔河向庞培宣战时所言。

本章后记

中平四年十月，孙坚被拜为长沙太守后，恩威并施，在三十日内就平定了区星在长沙的叛乱。兵贵神速，他没有等到荆州刺史王叡允许他出郡作战的命令，就率军进入零陵郡与桂阳郡，迅速扑灭区星同党周朝、郭石的叛乱。至此，荆州三郡之乱，在五十日内被平定。孙坚威名由此遍及华夏。此刻，属于扬州刺史部的庐江郡也遭遇匪患，庐江太守陆康暗示其侄宜春县令陆云写信给孙坚求救。孙坚接信后，立即率领长沙本部郡兵出州作战，令荆州刺史王叡颇为不悦。但因为孙坚战功赫赫，朝廷依然在中平五年初封孙坚为乌程侯，食邑乌程县[1]。这也是大汉天子能封赏给异姓大臣的最高爵位。至此，孙坚完全实现了他封侯拜将的人生理想。

历史的车轮就这样驶入了中平五年。从这一年的二月起，黄巾军的残余力量开始组织起新的起义，其中以葛陂黄巾势力最大。三月，太常刘焉上书天子，建议改刺史为州牧，由此提升州权，方便弹压黄巾军的反扑。天子准奏。至此，州权与郡权的矛盾开始激化，这亦为日后王叡与孙坚之间的不睦扩大埋下伏笔。在北面的冀州，朝廷派遣的中郎将孟益、骑都尉公孙瓒与张纯的叛军接连苦战，互有胜负。公孙瓒的军事才能也开始崭露头角，吸引了还在洛

---

[1] 位于当时扬州会稽郡，在今浙江湖州。

京做亭长的赵云去投公孙瓒部。而在孙坚曾经战斗过的陇西前线，韩遂与马腾的同伙王国开始围困陈仓，再次威胁长安。朝廷只好启用老将皇甫嵩，与董卓合兵，竭力保卫西京。此时的西凉战事，还丝毫没有停止的迹象。

在这一年的八月，天子建立"西园军"的计划终于得以实施，并设立八校尉。旨在削弱何进兵权的西园军成军后，天子与何后的关系再度恶化。

而在这一年，荆州全境则太平无事，孙坚亦将远在寿春的家人全部接到长沙，阖家团聚。孙坚老父孙钟与小弟孙静依然坚持在富春务农，不肯入荆。这一年，孙坚三十三岁，长子孙策十三岁、次子孙权六岁、三子孙翊四岁。孙坚与吴甄重逢后，吴甄迅速怀孕，孙坚料其腹中还是男孩，预赐其名为"孙匡"。对于孙门来说，在中平五年，他们已得到了他们所想得到的一切。

但此刻的孙门上下，却无人能预料到：眼前这一切的美好，将在未来的几年后被一场蔓延天下的残酷内战击得粉碎。而后，对于大汉一等侯爵孙坚孙文台来说，他为历史所铭记的真正人生，才刚刚开始。

第五卷完。